太陽正在升起

车弓 著

吼山记

[卷一]

作家出版社

题　　记:

互联网云存储与白俄罗斯女作家 S.A. 阿列克谢耶维奇 "复调书写" 的出现，致使平民口述历史成为一种可能……

拍——古代音乐节奏。例: 东汉蔡文姬《胡笳十八拍》。

憨人憨语：天下大道至简。种瓜得瓜，种豆得豆。

目　录

第一拍　那是我们回不去的故乡

背景：鸟儿为什么折断了翅膀？

在一切行将过去，太阳重新升起时我们就会发现：天空是多么美好啊！虽然这种美好常常伴有雾霾，有我们不可理解的世纪阵风的悸动和俗世浮云的困扰；然而太阳继续升起，明晃晃的阳光普照世界每个角落。许多看似强盛实质腐朽的东西，都在阳光越来越炽烈的照耀下，原形毕露，尽显本质。

也许你饱经风霜，已经习惯世弊流俗的存在。如果你与我有过同样的经历就会见多不怪，觉得人生原本就该如此。还记得我们这些老三届们，当年是何等狂热地追求真理与主义，致使在改变落后面貌狂飙突进的同时，遗落下许多值得后人深思的东西。我们这代人在世俗的眼光里，显然是与前人有别创造力极其顽强的群体，其实却是先天脑残内心荒芜残缺的人。我们虽然肢体健全灵活经得住各种敲打，但智商情商皆缺乏，在俗世沧海游过种种不幸，仍在顽强地展示自身的愚笨。眼下流行的心灵鸡汤，与在街市中播放的《小苹果》舞曲，足够证明这一代人生命的活力。

然而，我们是有原罪的。现实世界中出现的林林总总、披着时尚外衣的世弊流俗，难道不是由灵魂卑微的我们一手造成的吗？

这年头人们办不成事儿，通常只会埋怨自己愚笨或环境局促，天不助人。其实错了，你办不成事儿恰恰因为你太聪明。是呀，你太聪明了；由于聪明失去你想要的一切！

就成功概率来说，这年头聪明人办成的事儿，不及愚笨者一半，甚至连一半都不到。道理很简单，因为这年头每个人都充满着非理性的欲望，聪明人实在太多太多，人们都相互提防算计着……你想哪，如果你渴望着成功，希望对手聪明还是愚笨？如果人人都想满足自己的欲望去主宰别人，那么世界就会颠倒过来，聪明人受愚笨者的支配。不要以为你的对手比你聪明，其实正因为他的愚笨，才在最后赢定了你……

公元 2012 年夏，我意识到前半辈子因聪明产生诸多失误，办理退休手续辞掉手头正忙着的活儿，在老家白鹤桥村买下一亩地盖了座院子，内置小小的菜园子，取名愚自园，准备把余下的时间交给自己。随他建高楼，随他裁花衣，随他唱小曲，随他入梦乡？是该安静下来了……难道我们这代人，在庸常已久的现实里折腾得还不够吗？人们总在世弊流俗中自作聪明地愚人愚己，奔忙在损人又损己的事上，取悦沉湎于物欲中的肉体，而忘记尚在天空自由飞翔的小鸟……

在那段时日里，我听到了那小鸟的歌唱。其实也不是啥小鸟，分明是一只秃毛快嘴乌鸦，在太阳初升晨雾氤氲时，在村口仅存的那棵盘根错节老槐树上悲声啼唱着。很少有人听懂它在唱些什么，但我还是听懂了。它这样吟唱道：

> 所有的时尚都出于城市，
> 所有的传统都出于乡村，
> 所有的奇迹都出于无知，
> 所有的不幸都出于聪明，
> 你不幸吗？先生或者夫人，
> 你太聪明、太聪明了……

如果你还没有听懂，对不起，它就唱着跳着飞走了。可是它飞不了多远，因为它已经折断了翅膀……

这般类似电视镜头的画面，当然是我信口开河的虚拟；它应是在梦中出现的意境，并不是在现实中采集所得……

可怜的现代人啊，这世界上已没有我们儿时那些坐落在"水尽头，云过处；白墙衬褐云，瓦上生雨烟"的江南民居？那时候啊，开窗即见蔚蓝的天空和葱绿的群山；眼前或街市喧闹，商贾踵至，或农夫晨起，牵牛荷锄。屋子临河（或池）而建，一字儿排开，开后门可至青石层叠的河埠头。那绕屋而过的一泓清水，鱼翔浅底，三两可数；一声木门吱呀，邻家少妇婀娜出屋，挥舞棒槌洗涤衣衫，碧波荡漾间，水圈顿如墨荷绽开。朗朗乾坤，小桥流水；春望燕子呢喃，夏缠菖蒲掩窗，秋听寒雨凄切，冬见蜡梅绽庭；最忆金秋季节，夜闻轻风细语淫雨蜷绵，间或一两桨声划开圈圈涟漪，和着杨柳岸晓风残月下的满塘迟荷，蛙声连片鲤鱼跃波。那种静谧而富有野趣的美，就活脱脱地演化成一幅江南之水墨画；俨然有贫穷却快乐着的一种文化范儿……

如今我那可爱可怜的故乡，那杨柳岸下淙淙溪涧流过的美丽村庄，早已变得闹猛非凡面目全非旧景难寻，连一棵十几年的杨柳树都找不见了，又何来我童年记忆中存活百年、盘根错节的老槐树呢？秃毛快嘴乌鸦的歌唱只是我的幻觉。如果你徜徉在宽敞的水泥路面上，触目皆是一排排被玻璃钢屋面覆盖的厂房，与制造劣质不锈钢时蘸水而污染鱼虾翻白水面的溪流，很少再见有鸟儿栖息林间，乌鸦嘛，也压根儿找不见了……

然而我还是听到了这歌声。这是一份存储在记忆里的顽迹，一份童真的追思；只不过歌词内容随着我逝去的岁月而被改动了。它是弥足珍贵的一份人生履历，隐藏在故乡那座山那条溪和同龄人皱纹密布的褶缝里，像一只只蚂蚁似的不时从心头爬上来，撩动我的思绪噬咬着我的灵魂……

时刻躁动的时尚流俗，不会允许人们保持内心那份憩静沉湎于过去，它时不时地跳着闹着把你拉回眼前。这城市在这一年夏秋之交，发生了一场代号"菲特"的台风酿成的特大洪灾，即刻之间就冲垮了我苦心经营的菜园子；随即又有两位民营企业家之殇，使我的心又蠢蠢欲动，产生动笔的冲动回至现实中。

河面又涨高了，人们在紧急地疏离……

这是台风袭击时，出现在我居住城市媒体上频传的一句话。这话背后是城市的几万辆轿车变成登陆艇，无数村庄被淹，盘根错节的高速公路与国道线上，挤满了携老扶幼的人们。我的菜园子被冲垮了，别人的菜园子也被冲垮了，屋里的水涨到人胸口，有些地方淹没头顶；那些可怜的青瓜、茄子与番茄在洪水中哭泣，桌椅板凳床与洗衣机冰箱电视机在水中漂浮……

洪灾很快就过去，政府下拨几十亿元改造抗洪设施。此英明决策深受市民拥护，在水利干部与群众发扬当代愚公与智叟相结合精神，团结一心加班加点努力下，仅短短十个月（汛期前），各项指标均达国际先进水平的五大应急排涝泵站，奇迹般地屹立在高楼鳞次栉比车水马龙的锦簇喧闹之中了；与此同时，此市三江六塘河疏浚工程，也得到前所未有的整治。

几百亿元损失几十亿元弥补；亡羊补牢，犹未为晚。城市很快恢复了往昔的繁华，人们脸上仍浮现出灿烂的笑容，兴奋地谈论物价与反腐，匆匆地上班匆匆地挣钱，筹划着买房炒股生二胎和与之相关的教育改革。一切很自然地发生，又都很自然地结束，没留下任何灾难的痕迹。但人们就是没有想一想，为何在物质匮乏清贫，没能达至国际水平的昨天，洪灾却没有眼下这般频繁与猖獗？难道真如有人在网上的那声沉重叹息：我们与发达国家之间的差距，仅隔着一条久治难愈的城市下水道吗？

现在这城市正大搞五水共治与治水强基，并申报建设具有国际级标准的海绵城市，使城市像海绵一般吸收与贮存雨水。自然又是大手笔，港口码头地铁高铁跨海大桥……诸多的世界第一，难道解决不了城市的防洪排涝吗？为此各行各业都投入巨大的人力物力，虽然不像我们当年那般拿着洋镐挑着畚箕，用草包沙石筑坝开掘河道整治山塘，乃至围海造田增加耕地面积（冬季全民兴修水利）那般搞人海战术，但也差不了多少。全城动员血脉偾张，把城市由于奢华而失去的三江六塘河湖泊重新恢复（付出破坏前几倍几十倍的代价），制造巨型人工蓄水池……与当年不同的是，我们当年凭的是艰苦朴素原始蛮力，现代人却坐在宽敞的办公室里，运用科学智慧在专家反复论证基础上实施……

世界日新月异地发生着变化，使我们把以前许多憧憬转化为现实，又使我们在世俗的现实中，逐渐失去个体抗争的能力。人们已经淡忘了董存瑞、邱少云与雷锋，却念念不忘十年前跳楼的明星。新新时代中机器人与人类残酷地博弈又相互依存，侵蚀着我们这个民族日益衰竭的生存智慧，使我们每天快乐地沉沦却无法忧伤。我们总是自以为是自作聪明，步履匆匆不遗余力地向着奢华行进，总是走得太急太快而无法停下来想一想，我们究竟来自何处去向何方？其实这个民族并不缺乏智慧，只是习惯比肩奢华，缺乏华佗已逝而没有挖肉疗疮的决心。我经营的菜园子被洪水冲垮了可以重建，但是人类的某种精神或能力的缺失，可就是万劫不复再难新生……

除洪灾外，这座日新月异之城发生的另一桩大事，就是省内外闻名遐迩规模超大的两位民营企业家之殇。

死者卞小枫，女，六十出头，单身，生前系沧海一笑针织集团董事长兼总经理。她在五里寺住持宏智法师（据说还是畸恋情人）引导下，服用过多的安眠药无痛苦死亡，佛教把这叫作圆寂，次一等的叫作往生。有老和尚告诉你某某往生，其实就是翘辫子死了。卞小枫在寺院捐了沙弥，往生就变成了圆寂。案发后警方拘讯宏智法师，法师出示她生前遗嘱，说施主久为情所困，不得超度，老衲无奈帮她涅槃以成正果。此案涉及宗教信仰，至今尚无定论。

另一位为绰号憨佬的本书主人公洪根土，享年七十有五，系我家乡天街镇十五岙村人。曾任村党总支书记、星星草集团董事长，是全国劳模、五一劳动奖章获得者，出省委组织部颁发证书的优秀党员。据《福布斯》杂志保守估计，身价在十亿以上。按眼下以财富多寡论英雄的标准，他当是大富大贵之人。可据我了解（我在二十世纪九十年代初曾采访过他）：他就是一个老实巴交、有些憨性或者说犟脾气的农民（拿他的话说是一条替人耕耘的牛）。

我俩那次见面在鸿发大酒店（原市政府招待所）西餐厅吃自助餐，只见他肩背蜡染布褡裢，身穿一件洗得泛白的藏青中山装，足蹬一双特大旧布鞋，独自走进餐厅，坐在靠墙旮旯双人餐桌前用餐：一转眼就和着炒榨菜，风卷残云地吃下六个白馒头，还喝了满满的一碗稀粥。吃饱喝足后他仿佛感到满足，习惯性地用手背抹抹嘴唇，站起来瞪起一双木腾腾呆滞滞的金鱼眼，打量着旁边餐桌上正用刀叉吃煎蛋与叉烧的我。我嘴里含食与他打招呼；他没有理我，站了一会就目无旁人地走开了。直至采访，我方知他就是沿海市赫赫有名财大气粗，蟒蛇吞大象买下国企化纤总厂的传奇农民洪根土……

他离世前已经鳏居，没子女陪伴；据最先发觉出事的年轻女秘书伍慧说：太可怕了……我进去时见一把砍柴斧劈在他脑瓜子上……血溅得全身都是，天冷，凝固变成了紫黑色……他的眼睛还没闭上，就像平时一样木腾腾呆滞滞地瞪着我，好像有什么话要说，又没来得及说出口。我探了探他的鼻息已没气了，这才按响手机报案……

她说当时确实被吓坏了，没想到他居然会走此极端，说像他这类人身体特别强壮，如果不为这般的偶发事件至少能活到九十岁……为此她叹息道：村里的长寿老人很多，像菩萨村长双连伯都快九十岁了，还脸色红润，与大家搓搓小麻将，为几元钱输赢争得面红耳赤。人没有心事就活得长久……憨叔哪，就因为心上担负的事儿太多，就窒息得喘不过气来了。

刑警在这位亿万富翁的家里，翻遍两间砖瓦结构别无长物的屋子，竟然一无所获；只从他的床柜抽屉里翻出一叠乡下女子穿的老布内衣……

这就是他全部家当与最后的财富……

在我的家乡，有关憨书记办厂致富的故事已经流传了很久；与千百年来人类所信赖与鄙视的牛们联系在一处。他以牛的憨厚敦实出现在世人面前，又由于牛的倔强与执拗，最后消失在人们的视野中。千百年来，人们总是藐视牛的智商，穷其一生啃草耕田被人挤奶，然后涅槃……

涅槃的另一种说法，叫作屠宰；这是牛们世世代代的悲哀。

在中国，这种历史延续了几千年，在中国农耕文明的概念中，人就是人牛就是牛。虽然在奴隶制社会里，人与牛一样也曾被奴役，可人毕竟是人，在摆脱奴役过程中奴役了牛，人性便变得尊严了起来；而牛们因为愚笨继续供人奴役着，替代了人原始状态，丰富了人类的生活。但这一切，在太阳升起时传统观念得以改变，牛们开始变得不驯顺起来，试图像人一样摆脱奴役的地位。它们回敬人类道：主人啊，我们生而为牛并不是我们的罪过……造物主对万物公平，每条生命都是不屈的存在；人类蔑视我们是因为一味推行崇高，被万恶的世弊流俗蒙住了眼睛……他们总是太聪明太主观太自以为是，看不到世间没见阳光的地方，同样有着许多细枝末节与那瞬间即逝的风景，需要引起生灵的关注……

在它们的世界里，觉得自己是愚笨的，所以逆来顺受。世道弱肉强食，奴役也是一道风景，换个名词叫作屈辱；但恰恰因为屈辱，就不享受抹杀良心的拼搏，用不着为了众多欲望去拼去抢，以致大动干戈赔上身家性命。人类这种欲望按牛们的说法就是太聪明，他们在奴役的同时获得享乐，又在享乐中为聪明所累。

伍慧告诉我说：太可怕了……那种弥漫在人类心灵的雾霾！

我问此话谁说的，她说当然是憨叔。说他逝世前，还在屋后棚内抱着那条被他圈养三十年供奉于室谁也不准碰的老牛，流着眼泪与它窃窃私语。我问他说了些啥呢？她说具体没听明白，但意思还是懂了，他在向它倾诉：牛啊牛……你走在我前头，我会做坟安葬你；但如果我走在你前头，你就免不了挨一刀……她说那条老牛很奇怪，在他走后拒绝进食生生地给饿死了……

我问：它有没有被大家烹汤喝了？她说那倒没有……谁都知道它是憨叔心头的宠物，如果小洪总不点头谁敢动它？而且它太瘦了没多少肉可供人们吃……随后她唏嘘道：就此意义上说，人性多么残酷。村里牛厩里养着奶牛，下奶有生理周期，为了提高产奶量不断地给它注射激素……以后我连牛奶都不敢喝……为此我曾向小洪总抗议；他说阿慧呀，这是科技生产力。如果人类没有足够的智慧获取食物，就会被打发回牛的群体中享受它们的愚笨……她颇为忧伤地说：人不可能再变回猴子，就像牛修炼不成人类一样。

暮牛逝去，理想不灭。是憨佬洪根上留给这世界的最后一句话，也是牛们的一声呐喊。在这嘈杂的尘世间，每个时代都有着自己的首日封；今天我要告诉大家的是牛们在太阳升起时，试图转化为人类的故事。由此我采访了三十几位当事人，尝试着把这故事真实地书写出来……

单思明（一）：名不见经传的山村

1

太阳升起时，有许多旧的龌龊的东西要消亡，许多新的陌生的东西在生长。这是谁都明白的道理，可我当时却不甚明白。后果就是从政府一名地厅级官员，蹲进监狱里来了。奇怪吗？其实并不奇怪。你当官为谁服务？为百姓还为自己？百姓的概念，现在的官们已经模糊，因为不用再学张思德进山烧炭了呀！张思德，一个历史的名字，你还记得吗？我想多数人已经忘了，我也遗忘了，所以我蹲进监狱里来了……

人们都说是憨佬父子把我弄到这儿来的，是也不是？人要犯糊涂理由很多，原因也是多方面的，他父子俩则是一个重要的因素，却不是决定性的因素。

当2007年新年第一缕曙光，像猫爪子一般柔软而又倔强地伸进牢房，把我弄醒时，我就明白我已身陷囹圄出不去了。这在百姓眼里当然是笑话，其实也不足怪。这年头稀奇的事儿太多，胡监狱长还是我在省党校的同学哩，三个月前也与我关一起来了。他是个长酒糟鼻子的胖子，罪名与我一样：索贿。他的案子比我简单，直接向犯人家属要。我就是经岳母江姗行贿后，才与那些流氓、毒贩（以前还有强奸犯，现在很少有了）隔开，住进他们认为比较安全的地方。他被判后直接去了农场。我的事比他复杂一些，大半年没判，估计得住上十年八年的。我已五十出头，奔六的人了，肚子凸起来，眼睛也花了。狗娘养的，时间过得真快，虽然身子骨还算结实，每年体检指标正常，但自然规律无法抗拒，出去就快奔七了……

监房窗户漏风，晚上冷，我把脸庞贴在冰冷的枕头上，思绪万千睡不着觉。这在以前是很少有，总有一大圈男人与女人伴着我加班，喝酒、聊天，还去洗桑拿，偶尔也去会所唱唱歌，卡拉OK一把，搂搂与女儿安安同龄的那些风骚女孩，大伙开玩笑说这叫交国税。回家已夜深，头一挨枕头就睡着了。有时连家都不回，直接睡宾馆套房。地税自然交不了，老婆高晓敏要与我地位相应的那份荣光，而不是交税款。现在她当然后悔了，可这世上有后悔药卖吗？就像《红楼梦·好了歌》所唱：终朝只恨聚无多，及到多时眼闭了……

这般想着，我的心情便会渐趋平和。在那段时光里，我自然而然地会想起那些逝去的日子。我的童年，别人看来是幸福的。按通常说法，我是个红二代，理所应当地在这时代享受殊荣。可没有，我的身旁总笼罩着忧郁的气氛，这与继父唐如康相关。因为他，太想把我培养成他那种类型的人了。

那时我家住人武部家属楼里，是一座年久失修、红漆剥落，墙上缀满爬山虎之类绿荫植物的红砖老屋。老娘杨氏与唐如康，还有我妹唐英睡在里屋，我睡外屋过道的一张行军床上，窗户与门都漏风。在那些阴冷的冬夜，我裹紧一床像石头般的旧棉被，把头蜷缩到胸前，像一只煮熟的虾米，常常双脚冰冷，直到天亮都暖不热。晚上我常做噩梦，不是梦见掉进冰窖，就是赤脚走在雪地上。有时会梦到火塘（类似北方火坑的砖塘）。在这县山区里，农民冬天生火塘，把干稻草铺塘内，上面盖上灰慢慢焚烧，以用来煨粥和取暖。这种梦境总很短暂，常常刚挨近火塘，梦就醒了，周围还是寒冷。那时没煤气，城里居民煮饭烧硬山柴和稻草，也有拉风箱烧花籽壳的，不多，城西机榨油厂榨棉油，规模小，没多少花籽壳供居民烧饭。至于农村，许多人家连灶具都没有，一年四季、晴天雨天都围个"稻草秸头"，也有柴叶（硬柴担城里卖了）生火塘，在煨粥罐里焖番薯、芋艿杂粮吃。火塘我见过很多，唐如康每年下村，都带我去农家，在那些大山皱褶的草舍棚里，我见过很多一贫如洗、没隔夜粮的人家，在漫长的冬天，老小裹着破棉絮（没棉袄穿）围火塘取暖，用煨粥罐熬野菜汤喝……

唐如康脑子里有个固执的观念：男孩贱养，女孩娇养。这当然与他和我的出身相关。他祖籍苏北，父母早亡，从小放牛娃出身，冬天就没穿过棉袄，参加新四军后才有棉袄穿。这老套的故事，他都说了许多遍。每天吃过晚饭后总给我与唐英上"阶级斗争课"。讲多了，唐英就烦，双手掩耳：不听不听，我要写作业……女孩能撒娇，我不行，如果我也这样，他一定会扇我耳光。我也不是没拒绝，有一次还唱《听妈妈讲那过去的事》，那歌我这年龄段的人都会唱，结果还是挨了一耳光。他警告说：你小子不要玩世不恭，忘记过去，就意味着犯罪！他总是小子、小子地叫我，好像我没名字似的充满鄙夷。我知他这样对我，与亲爹单志荣相关，他俩都是放牛娃出身，没受过多少教育，识得几个字，还是在部队打仗空隙间学的。出自对生长环境的报复，他总想强加一些我所不能理解的东西。

我知道那东西叫责任。也就是他想我与他一样，对用枪杆子打下的江山负有责任，而不是仅仅享受成果……

扯远了吧？那好，我说一段小白鼠的故事。

我那样想着时，在床底下窟窿内会跑出一只小白鼠来，在幽暗的光线中映出一团铅灰，像一块银圆在地面上滑动，疾奔向我俩事先放食物的角落，轻轻地划过一条弧线，享受它认为幸福的晚餐……那窟窿我早发现了，准确地说是半年前就已发现。那时老胡还当着监狱长，神气活现地讲法制教育课，把二十几年前省委党校马列主义那套理论照本宣读。可现在还有像夏明翰烈士那般坚持"砍头不要紧，只要主义真"的人吗？他也没指望我们真听，这社会时兴人们说的一套，做的是另一套，经过这几十年对旧传统道德观念暴风骤雨般的涤荡，人们已经习惯于流俗。那次他兴起监狱灭鼠运动，当然是有着明确的象征性，鼠是什么？不劳而获的害虫嘛！我这般说，监外的人们一定理解。他要求每间房间内都置放掺有灭鼠灵的食物，接连放一星期……

我得补充一下，灭鼠灵是一种新研发的鼠药，有别于江湖郎中捣鼓的敌敌畏或1059的合成剂。它只对鼠类管用，对人没啥效用。如果能毒死人，许多像我这般对生活绝望的人，就会变成尸体用白布包裹抬出去。它呈暗红色液体状，有一种类似麻油的香味。监管员在实施前，郑重其事地告诫过我们：你想找死，这东西没门，还得灌肠……请不要自找麻烦……

但它对鼠类极有效，就这么一小滴，涂食物上吃下就致命。所有蜗居蛰伏在牢房内的鼠爹鼠娘、鼠子鼠孙，都在暗夜里仓促行动，前赴后继地奔向那块食物，结果可想而知，它们都死了。那只小白鼠却奇迹般地活了下来。原因是它总缩头缩脑排在最后，没待它噬咬食物，别的鼠们已经死了……

小白鼠显然有灵性，在见证太多死亡后，就谨慎地对待那块涂上药物的食物，饿死也不肯贸然行动。那时胡监狱长还坐在明亮的办公室内发号施令，我与同室的难友想戴罪立功，不断置放"食物"引诱它出洞，有时一块红薯，有时半片面包，或者零星的鸡肉、猪肉。这小家伙居然都没上当……

一周后，胡大监狱长在餐间训话，宣告灭鼠战役胜利结束，说了一句富有哲理的话：鼠与人一样，伸手就被捉。但仅仅过了一月，他就东窗事发与我同居一室。据说是临时的，以后要转移到农场去。他说他愿和我住，因为我温和，还是他党校的同学。说他治狱甚严，如与他人同处，以其治狱之严，就会被他们黑掉，不被揍死也得揍残。不久，他也发现了那只劫后余生的小白鼠。不过此时他已变得温和，并没有告发采取措施，与我一样悄悄地在就餐时留下食物喂它，称赞它具有灵性。说狱内灭鼠运动搞过几次，战果显赫，它能活下来简直是奇迹。还说鼠与人类一样，凭智慧生存。

是呵，这世界上不管人还是鼠，其实都得凭智慧生存。

还是介绍一下自己吧？我是沂蒙山老革命根据地的人。自然那是我的籍贯，一个带有出生印记的符号。在那个近乎原始的村落里，那些身穿破棉袄、把手缩进袖管、嘴里咬着旱烟管的村民们，大都姓单，据说是唐代单雄信的后人，不知为何千里迢迢从山西迁徙、落脚在这贫瘠的山窝里不走了，世世代代种植高粱、番薯、土豆，其乐融融地繁衍后代，直至我亲爹单志荣出生……

祖先为何选择在荒凉的大山里落户？没查考过。据说亲爹十八岁参加抗日队伍，就为自己是单姓。我曾询问杨氏，单姓为何非得革命？杨氏说她没读过书，不懂；锤子也没说过。锤子就是我爹呀。说她嫁来才半月，炕没烧热，他就随部队南下了。后来她再没见过他，直至唐如康出现。亲爹在渡江战役中牺牲了，临终把我母子委托给他的唐副营长，那时我还没出生。后来唐如康转业到武装部工作，带着我和娘，还有娘从娘家带来梳头的一面镶有雕花木框的镜子，落户在这山清水秀的江南小城。

我说过他是把我贱养的，这是他的育人之道。每当他揍我时，杨氏总眼神呆滞地望着他，嘴唇抖动，好像想说些什么，但终究啥也没说。其实她很想保护我，可没能力保护。在武装部大院里，她是唯一没参加工作的小脚女人。那时伙伴们总嘲笑我，怪模怪样地学我娘的小脚走路，还说那脚趾，尖尖地像两只端午节的粽子。是呀，他们还不知道哩，杨氏那裏脚布才让人恶心，又臭又长，解下来躲屋内洗，水都是黑的，却从不在阳光下晒，只放在床后置马桶的地方晾干，一闻就是一股霉味。她却宝贝似的叠放在床头，也不知唐如康钻进她被窝时，闻到这味道咋想的？后来这些伙伴的娘们，都进干校改造思想，杨氏却没有，她出身好用不着。仍一如既往地为继父与我还有唐英围着灶台转。这般说来，小脚也有小脚的好处……

这儿冬天湿冷，相比北方的干冷，叫人难受。居住在小县城的人们，不像我老家沂蒙山有垒炕习惯，冬天睡在棕棚床上，阴冷阴冷的。可唐如康却心满意足地说：做人日半世、夜半世，小时候连棕棚都没得睡，只和衣睡硬木板，棉被都没得盖，冷得老鼠也钻地洞不出来。这话我不敢反驳他。他是苏南的蛮子，不是我们山东的侉子，部队北撤才进老解放区，成为生父单志荣的部下，最后才随着南下部队打回来。棕棚床有啥好？有我老家的土炕暖和吗？我想杨氏也不会喜欢这种棕棚床的，但她从不反对他。在这家里她的地位比我低下，我是拖油瓶（当地人把继子叫油瓶），她是拖油瓶的娘；为我的所谓出息才抛弃老家土炕，跟唐如康来这儿睡棕棚床的……

2

在狱中燃着蚊香的夏夜，或寒冷难眠的冬夜，万般俱寂的环境里，常使我的脑细胞异常活跃。行云流水般的岁月，巨大的人生落差，犹如电影镜头一般转换场景，那些我所熟悉难忘、爱恨交加的人与事，都逐一浮现在我的眼前，忽而如骏马驰骋，清晰而热烈；忽而又像一泓涓涓溪水，丰美隽永……

我总是想起这对把我弄进监狱的农民父子，究竟为何使我从人生巅峰，一下跌落谷底？自然，这有着历史诸多因素，不仅仅是利益上的冲突。人就是这样，越是不愿意想的东西，越是会去想。

市委办公室通知憨佬洪根土赴京开劳模会时，他正在老家十五岙村委会办公室里，弓背屈腰，脸色肃穆，哗哗地纺着麻线哩。这是一间三十年前就如此简陋的石屋，当时却是全村最好的屋子，现在都可以当成文物了。石屋紧挨下戚家祠堂，外形破损，里面墙面被粉刷过，四壁挂满锦旗奖状（他喜欢这些），中间两张旧板桌，一部传真机，门口挂着天街镇十五岙村委会的牌儿。那架用脚踩动转轮的手工纺麻车，就放在靠门口的板桌旁……

麻线用来做麻包，穷山村变成现代农庄，由洪根土从德意志学成归来的次子、绰号叫衰佬的洪长生，办着一家蔬菜脱干加工厂，产品远销日本和东南亚。麻包专为包装脱干蔬菜用，做成大狗熊、麋鹿等动物形状，精巧得如同工艺品。洪根土是村书记兼公司董事长，按理不必亲自劳作；但他是个劳碌命，不干活就会腰酸背痛心里不踏实，就在办公室里放了架纺麻车，有空便吱溜吱溜地纺着。城里包装业早用纸箱代替，洪长生也想换。可他不让，说发展生态农业得环保，生产纸箱会污染环境。这种纺麻车，智佬戚常锁管理经济合作社时使用过，早就报废成为市农博馆的陈列品。这地方乡企民企发展迅猛，是县域经济的支柱产业，我当书记时，在市中心文化广场建造农民博物馆以志纪念。洪根土怀旧，特地把这些二十世纪的旧物留下来，在现代农庄内使用，说这东西环保，不会污染山里空气与水源。他这人土气、吝啬，喜欢与时尚的东西对着干。这是刚入狱时我对他的认识，现在我并不会这样想了。

文书伍慧拿着电话记录过来，问他去不去开会？去，就要填表格报名单。

他板着一张方正的铜盘脸，憨憨地问谁出差旅费？伍慧摸透他的脾性，知他有兴趣参会，便打电话到市委办询问。秘书小范心里发笑：伍小姐你搞啥搞？全国劳模是政治荣誉，都亿元村当家的阿大，难道在乎这些小钱？

她说：不对，十五岙是社会主义精神文明村，不能仅称亿元村……

资产规模超过亿元，为何不能称亿元村？

你是学数学的吗？伍慧委婉地抢白道，不是超亿元，而是十亿元……但这是经济数据，憨叔讲政治，社会主义精神文明村是政治概念……你市里大领导说话得注意措辞呀。

小范跑过来问我，我也感到好笑。您憨书记不但在沿海城里拥有化工厂，而且在港城大市内也有与时俱进的房地产公司与名人会所，生意越铺越大，度量反倒越来越小。区区一趟赴京差旅费，也能算钱吗？这也太计较了吧？于是小范复电，说差旅住宿费，由会议统一报销。伍慧又把这话传达给洪根土，他才迟疑着放下手中的活儿，满脸天真地堆笑道：那就去逛逛呗，我正想去看看你阿爷，他上了年岁，很久没到我们老根据地来视察。仅过了一小会儿，他就觉察到刚才的失态，补充说：思明娃儿一定认为我气度小，其实我是被这会那会弄怕了……我们当红脚梗的家底再厚，也经不住这伙官老爷合伙折腾呀！

伍慧笑笑，说明白了。她是北京长大的女孩，大学毕业后主动请缨，下放到村里锻炼。祖父伍副省长离休在京城赋闲，时年八十多了，还嘻嘻哈哈地与退居二线的中央领导打桥牌。她学社会形态学专业，自小喜欢搞文学创作，立志要学大作家柳青，写江南农民的创业史。她已在村里住了三年，小说没有动笔，却被山里的人文景观迷住，说：怪不得阿爷当初留山里打日本鬼子……这儿的人们，这儿的风景，多好呀，空气也新鲜，不像北京的天空，雾茫茫地变成了橡皮泥。可惜她的男朋友不理解，硕士毕业后不愿来这儿享受新鲜空气，每晚发来短信唠叨：阿慧呀，当代经济重心，在都市不在乡镇，年轻人要有前途，就得感受北京的橡皮泥……这些，伍慧都与我说过，说她都不想理他了，人家小洪总连德意志都不愿待了，回村里搞现代农庄。她决绝地说：这才是真男人，比她那只知往上攀的男友要强一万倍！

这次全国劳模会，洪根土参加了，差旅费也由会议报销（我事先联络好）。伍慧却没报销，不是会务组不报，而被洪根土拒绝了。报到头一天，他就与她说：阿拉红脚梗做事体讲实诚，我带你来开会，是不懂电脑 TV 汇报，让你当助手。这儿住宿费用高，还不如住外面，有事我再喊你。伍慧一时没会意，问费用咋办？他说按老规矩，村里报一半，个人负担一半。伍慧没再分辩，乖乖地去近处找房间住。她与村里有协议，月工资开三千多，另有千元车旅补助。这待遇，在村里中层算是高的，总经理洪长生也才三千多元工资呀。

会议开得隆重，开幕式后就安排重点发言。洪根土演讲题目是《农村资源的开发与保护》。他说失去传统乡村的城市是残缺的。没有鸟语花香，没有青蛙游鱼，没有苗圃公园，没有洁净的空气与水源，我们农民为之奋斗的家园，又有什么意义呢？文稿由他口述（据说他参会就想说些心里话），伍慧记录，鸿年老师给润色的。当老板二十年的他还像当年村书记那样，办事顶真爱认死理。以为市委、市政府推荐他赴京开劳模会，真让他呐喊乡思乡情与乡愁哩！他不知道，当时中央提倡乡村城镇化，凭经济 GDP 确立城市地位，这是本届市委、市政府最为揪心的一桩大事……

黄鸿年是他办企业时的军师，曾在市政协当过三届常委。说起来他还是明末清初文化名家黄宗羲的嫡系后人。这时虽已退休赋闲，却还像当年一样辅助他把握企业方向。洪根土不会说普通话，但 TV 字幕表达了他的心声，还是获得代表们的满堂掌声。这使他感到有些得意，晚餐时特地打开几瓶自带的村酿葡萄酒让大家品尝，举杯与人交流社会主义精神文明村的发展方向。他沙哑着嗓子，用半生不熟的普通话道：我是红脚梗哪，当了二十四年村书记，前任书记戚双连，也当了二十四年书记哩，没留下一元钱给我，现在村里资产估算有十亿，都是我带着这群吃草挤奶的牛们挣下的……趁身体还好，再干他几年，满三十年就撒手，那时我也就七十六岁了……虽不至于吃饭打嗝，走路跌跤，也差不多成阎罗王嘴里的食了。我当村书记时说过：把大伙儿捕鱼捞食的大渔轮造成，就像过去地主老财那般坐在海边观赏风景了……

这话别人听后不甚明白，伍慧就说有人把他当作渔业公司的老板，要与他签约做东海乌贼与带鱼生意。但我知道，他说的是前人栽树，后人乘凉。

长子油嘴佬戚长庚，是星星草化工集团的老总。这时秉我旨意由伍慧相约，在会议期间与他老参见面。那时我调港城当副市长仅半年，为了调出两千万元现金公关，摆平我在沿海当一把手时留下的尾巴，不得不做出这般的安排。如果你在政府机关待过，就明白我说的尾巴是啥。在过去的二十几年中，我竭尽全力帮助与扶植了他父子，使村子与企业发展到如今这般规模，他父子不帮我，又有谁能帮我呢？现代乡村经济发展，处于一种胶黏状态，官商处于利益共同体。就老百姓眼光衡量，政府官员向企业拿钱，有好、庸、贪三条标准：拿钱办大事是好官，拿钱办小事是庸官，拿钱不办事才是贪官。按这标准，我能为企业办大事，即使办成小事，也不能算是人所唾弃的贪官……

但是，我低估了这对经历市场锤炼、仍保留农民意识、倔强任性的父子，最后把我如一条用旧的破麻袋似的丢进这里，还连累沿海市新任书记、我曾经的搭档陈俊入狱……

据伍慧告诉我：久经沙场被誉为商神的油嘴佬，在北京饭店与他老爹掰手腕输了。她说戚总进门时，憨叔在嘴里咂着旱烟管，正满脸红光地高兴着。他对她说：这下把阿拉红脚梗的想法，捅到北京会议上了，让中央大领导知道吃草挤奶的牛们，抬头后想干些啥。伍慧说：戚总就趁他高兴，提出调动资金填空的事，说城镇化需要农民继续贡献与牺牲。开始两人谈得还蛮好，憨叔虽对他的出现感到意外，却开玩笑说：我这头犟牛抬头，你这头劣牛咋也抬头了？戚总嘻嘻地赔笑道：是牛嘛，总会抬头呀。您说过天下大道至简，阿拉农民信种瓜得瓜，种豆得豆。现在菜瓜黄瓜、绿豆扁豆的我们都得到了，我还想把事儿闹大一些，得个南瓜胡瓜蚕豆与洋豇豆什么的。世间大路小路无数条，条条都通着罗马城哩。就这么几句话，憨叔忽然就变了脸色，愤然道：龙生龙，凤生凤，老鼠生仔钻地洞；莫非你也想跟着思明娃儿瞎胡闹？罗马城啥地方？我在北京城都讲新农村建设哩！你莫把牛头强按马槽套？得明白阿拉农民有几斤几两骨头……星星草集团虽说已由你做主，但董事长这把交椅还由我这老子坐着。

后来两人就有了争论。伍慧说：憨叔说着说着，就伸出手臂搁茶几上，轻蔑地笑道：油嘴佬呀，你现在长本事了，听说也与员工掰手腕玩；试试我老倔头疙瘩，能赢，集团事务都由你做主，不能赢，还得由我说了算……戚总也捋手臂应战，说老爹，您都几岁了还逞能？如果我赢，那笔放农行的扶贫基金，我动了呀！憨叔点头道：你有本事就动吧……你是农民的儿，不能像思明娃儿那样耍嘴皮子过日子，肩胛不担沉的……

我焦急地问赢了吗？她说输了呀！我连连摇头：怪不得油嘴佬回来与我在

会所洗桑拿，支支吾吾地前言不搭后语，连小姐按摩费都我自个儿掏……

果然没出半个月，我被省纪委调查组请去了……

3

这事现在回想起来，是我该承担责任。沿海的乡企与民企，自二十世纪七十年代后期起，走遍千山万水，走进千家万户，说尽千言万语，经过二十年的艰苦曲折，茁壮成长起来，至上世纪末已发展成一股不可忽视的力量，成为衡量地方政府政绩的重要标准。像星星草化工集团这般的村级企业，仅上缴地方税款一项，就占全市财政收入的近百分之十，相当于内地某些地级市全年财政总收入。我也凭此由二十年前的乡镇干部，擢升为副省级城市主管农业的副市长……

我不想为我入狱的事儿多做解释，解释也没用。那年头我们都在摸着石头过河，有人过去了，有人过不去。过不去有着诸多因素，像我，就因活灵没生进肚腹里，人模狗样地太拿自己当个人（洪根土原话）……

我被允许探视后，洪根土来过两次。一次与衰佬一起来，拿来许多生活必需品。还有一次他独个儿来，在附近旅社住了几天，每天按探视时间（也不知他咋疏通的）与我见面半小时。谈他心里想的那些事儿，也算了却与我共过事的缘分，商量牛抬头后村级经济面临的问题。他说一娘生九子，连娘十条心。他与油嘴佬，现在是两股道上跑的车了。他说原以为我是他的"后台"，我进来后他会有所约束。没想到他干得更欢，离他的要求也就更远了。他说他想不通：为何牛抬头后日子反倒越过越僵了？原本抬头时大家还心往一处想，力往一处用；现在社会发展了，人们的生活水平也提高了，反倒是各行其是，再也不能把人心攒在一处了……他给我打了个比方，说过去溪坑里的螺蛳，多好吃，你插队时就爱这一口；我们爷俩就着你秋秋姨炒的螺蛳下老酒，强盗来了撵不走。现在滋味就不一样，无论清炒与酱烧，都吃不出以前的老味道了。他说这样下去，他做梦都想的那些老村坊都没有了，不知今后的路该如何走？我说：您不是把在德意志学现代农业管理的次子长生喊回来了吗？连相好梦莲娜都学中国孟姜女，千里寻夫到陀头山落户开种子场，咋会担心这条路走不下去？他唉声叹气道：此路非彼路。他们这代人的脑子，与我这老辈人不一样呀。

他这般说，我就没法儿再安慰他了。世道的剧变，已使这位拥有亿万财富的暴发户，变得像我一般无家可归。

现在我是没有家了，高晓敏因受牵连丢了市纪委副书记的工作，为在澳洲读声乐舞蹈研究生的安安，与我离婚断绝了关系。继父唐如康早离人世，我娘杨氏也没了，唐英与高晓敏赌气，已鸡犬之声相闻，老死不相往来许多年，不认我这当官的哥了。此外，我已然没有亲人。以前那些牛皮哄哄的关系，你在台上他赌咒发誓，喊亲爹都干；一旦下台就成为一条毛辣虫，人家避你都来不及，哪有人像以前那样把你当亲朋好友知心知肺地待你？人性，说穿了是残酷的。人与人，因为利益关系凑在一处。不是他们不善良，而是环境变化，人们的态度也就变化了。你认为你是谁哪？在中国，只要脱下这顶官帽，又没拥有财富，你就啥都不是，有谁把你当祖宗一般供着？即使有靠谱点的朋友，也往往不善投机，自身日子都过得苦巴巴的，哪有精力财力关照你？就算有精力财力、心善之人，也忙他的事业去了，不能长黏着人家苟活于世。

是谓世事如棋步步新，人情如纸张张薄呀！而洪根土与我不同，他拥有财富有底气，咋也杞人忧天呢？也就从那一刻起，我知他英雄暮年浩气不再；可我没想到，他竟也走到这坨山的断裂处！

这是一坨山哪，三十多年前的江南水乡之山。

这山，与我老家沂蒙山有些不一样，不能说雄浑伟岸，却也玲珑峻秀；但当年的贫穷落后，几乎是一样的。山从四明大山深处延伸过来，莽莽苍苍的一脉。此山海拔不高，却有些险峻，山势并不连绵，一搭窝一搭窝地伸展在沿海滩涂平原上，居高凭空望去，像一群探头探脑试着下水的鸭子。这山，在《沿海县志》与《地名志》上均有记载，叫陀头山，也称野牛山；山并不深邃，也就几平方公里模样。向东过去有天街镇，这在《沿海县志》或《地名志》中也有记载，不过一个五六万人口的小镇，却是古镇，唐代就有了，别名叫桃花渡，坐落在玉带如练的舜江边。桃树现在不多了。渡口已架桥，渡也就废了。但这名称却流传了下来。街名为天街，因为此地三面临山，一面靠河。靠河那头是平地，有一条扁担街从山上蜿蜒倒挂下来，一头靠山，另一头沿河，就被称为天街了。这条街，当年也被我们插队知青戏称哑铃街。插进岭上去那一截，用来交流山货与药材，如倒挂的葫芦；下一截自然通渡口，交易江鲜海腥（通常是干货），与外来的布料、日用品。过天街再往东向北，则是一片散散的平原，涉二三十里，就是当地人说的后海。其实也不是真的大海，而是大江入海的一片滩涂，浩浩渺渺地形成湾塘，此水为咸水，与东海相通，潮起潮涌，昼夜不歇，地理书上称为杭州湾，为世界级观潮胜地。向西向南嘛，直通山南县境，再往里走，就是一望无垠的四明大山了……

峰称陀头，自有出处。传说东吴赤乌年间，有印度高僧唤作那罗延氏的，赤脚持钵来山上修行，坐化于此。孙权母驻跸沿海，见山头终夜光烁如昼，欲修寺纪念，却不知此僧何名。问之村人，言为陀头，乃以陀头名之。如此说来，先有寺名，再有山名。《沿海县志》也是这样记载的。遗憾的是岁月如梭、月移星转，不知何朝何代、何年何月开始，陀头寺改名为庵，不再侍奉佛陀而供观音，也有说是祭妈祖的。妈祖是海神，后海滩涂上多有渔民、船工信奉。在江南河江密集的民间信仰中，许多地方观音与妈祖都合二为一。这有些释道不分的味道，不过当地人没当一回事儿，世世代代传袭下来，习惯就成为自然。这般当家僧也由和尚变成尼姑，香火却自此兴旺起来。旧时沿海有牵观音之习俗，良家妇女婚后生不了小子，成群结队九步一磕、三步一拜地蜂拥上山，求过菩萨，请个面人儿供房里。据说还挺灵验，上山的妇女不久珠胎暗结，分喜蛋于乡邻。也有在双满月后，由挑夫抬着滑竿上山（不再磕拜）还心愿做佛事，那多半是有钱人，要甩大把的钱。庵里菩萨以前塑金身，庵屋也海威，前后三进，厅堂宽敞。周围居民大多从四面八方移民过来，三里一语，五里一俗，几乎每个村坊，都有约定俗成的方言俚语。比如说普通话里的我们，这儿有人说阿拉，有人说阿搭，也有人说鹅啰、瓦啰、阿啰的；五花八门，应有尽有。海威也是方言，就是派头大的意思。庵屋后来被烧毁了，金塑菩萨当然也就不见了……

谁烧的？是日本人嘛。二十世纪四十年代初，在庵西边靠近山南县界，抗日自卫队与驻县城的日本宪兵队、和平军干了一仗。这事在沿海新四军研究会《抗日史料》中有记载。当地有个隐居庵里的国军冯团长，见日本兵烧杀掳掠干尽禽兽之事，与共产党领导的抗日游击纵队接上关系，拉起队伍打出自卫队旗号举义抗日。别看这地方名不见经传没打过几次大仗，当年可是全国十九块敌后抗日根据地之一。冯团长拉的队伍有千把号人，一次战斗中冯团长阵亡，剩下的人被中共地下党联络员、伍副政委带走了。日军宪兵队开到这儿后没有遇到真刀真枪的抵抗，这次与自卫队交火一下子死了十几个日本兵、上百个和平军。日军宪兵队很生气，一把火把庵屋给烧了。

当地也有另一种说法，庵屋被烧毁前，冯团长已把菩萨身上的金箔给刮下来，去当铺换成军饷；否则，自卫队的千把人吃的穿的、枪械从何而来？这话，是庵毁后留下的住持尼姑慧如说的。她说冯团长当年坐着滑竿、带着侍妾阿三与勤务兵小黄狗上山时，是带有金银细软的，住了五六年，还在庵旁砌房子，化缘的钱都被用了。举事那会儿，我看到庵里聚集了不少人，上山下山地搬运枪械往庵里藏，准备了大概半年。他们下山前，我就发觉菩萨身上的金塑不见了……

慧如尼姑在破四旧时还活着，秀才志潮上山砸庵，向她求证过此事，她摇头说啥都记不得了。一年后她圆寂了，这秘密也就再不会有人知道了。

只是陀头之山名，现在还这般叫着。野牛山，是当地农民的叫法，在史书上无载，此山也无野牛出没。我曾问过当地撰文史者，典出何处？说是因为山民宗族观念严重，打起群架来如野牛一般，连命都不要……

我与红卫兵战友们在城里造完反，就来十五畓村接受贫下中农再教育。当然不是我们主动想来，而是形势所逼不得不来。记得当时被结合进县革委会副主任的继父唐如康说：你们不是要造反吗？我们当年也造反，毛主席他老人家都说了：广阔天地，大有作为。造反就得先造自己的反，你们也有两只手，怎能留在城里吃闲饭？是啊，老一辈的江山是打出来的，我们继承江山也得有业绩。既然他这样说，我们就响应党中央号召，放弃过游手好闲的日子，选择到最艰苦的地方插队落户，决心像父辈一样干出一番事业来。

记得那年我们豪情满怀地举着一面红旗下乡时，我刚满二十岁，身坯也出落得壮实了，站在唐如康面前，比他个儿还高。那天太阳很好，不过气候已有些寒了，我们排着队进村，脚下是一条坑坑洼洼的沙石路，不通汽车，只能开拖拉机。镇革委会本想调手扶拖拉机送一程，却被我们拒绝了，我们有两只手，自然也有两条腿。从天街镇至十五畓村，有十二三里路。路上我们还唱着语录歌：我赞成这样的口号，叫作一不怕苦，二不怕死……

挺幼稚吧？现在想来是幼稚哩；当时却是最时尚、最流行、最动听的毛主席语录歌呀。我们这支队伍共九人，原本只七个男生，后来才增加两个女生。一个邵素芳，另一个陈红莲。邵素芳与我可谓青梅竹马，在我离村后没一年就死了，至今我仍没忘记她。她还是县一中的"校花"，小时候却是鼻涕虫一个，两条鼻涕从鼻孔流下来，还用嘴去吸，舌头像蛇信子一般伸出来，一下一下地卷着舔进嘴里去，我们喊：鼻涕虫、鼻涕虫。她也不恼，呆呆地笑着，总像尾巴一般地跟在男生屁股后玩。那时候我们爱玩娶媳妇的游戏（我至今没明白，在那蒙昧的年代，武装部的孩子咋打小就有性意识），娶新娘要用花轿抬，他们推搡我扮新郎，她就抢着当新娘（还挺有型，舔干净鼻涕用手背一抹跳花轿上）让人抬着，跟在我屁股后面颠轿哩，最后自然拜堂送入洞房成亲。这种事对男孩来说是毛毛雨，她可是女孩，一点羞涩心都没有。现在她当然不再是鼻涕虫，穿着她爸的一身旧军装，肥肥大大、英姿飒爽地走在队伍前头，蛮抢眼的。陈红莲与她同届，比我小三岁，都是67届初中。她家成分不好，又有海外关系，通过走后门才同我们来这儿。其实邵素芳也是走后门，因为她爹她娘当时都已打倒，但唐如康让我为她保密，说她是可以教育好的子女……

这支队伍由志潮秀才带到村里，他是红代会勤务组头头，确定留县城继续革命。历史就这般开着玩笑，他是本村农民，现在城里掌权，我们是县城居民，却响应领袖号召来村里，天翻地覆慨而慷。可当时，我们并没感到有何不妥。他身上背着两位女同学的背包，与我并排走在前头。有个叫杨小勇的同学，瘦削精悍，举着一杆飘拂的红旗走在队伍最前面，肩上也背着叠成四方形的背包。他也是县府大院的孩子……

一路上，戚志潮都在向我们喋喋不休地介绍这村落，至今令人印象深刻。他说在十五岙村，男同学的安全没问题，女同学在油菜花开时可得格外小心，不要到处乱跑。我们问他为啥？他说山里人穷呀，女娃儿就留不住，从小缝缝连连地叠千层布纳鞋底，思忖着备妆奁嫁山外去；山下女孩又不愿嫁山上来，村里多是娶不起媳妇的光棍儿。冬天不打紧，大家都没有出门穿的棉袄棉裤，三五成群地围在火塘边吃煨番薯、烤芋芳，一边放着响屁，一边打扑克、搓小麻将闹着玩，不容易出事。待到开春天气转暖油菜花开，身上的血也热将起来，就成群结队地发花痴，漫山遍野转着找女人闹事。害得有女娃儿的人家，早早把草舍屋门板闩结实，防备这些娶不上老婆的光棍儿，把良家女娃儿给糟蹋了……

说得邵素芳、陈红莲两张红扑扑的小脸，立马就黄了，随即又转红，还瞪起眼睛、竖着耳朵听，似乎是一个天方夜谭式的故事。

我问：这么乱糟糟的，革领小组就不管？戚志潮说：咋管？法不罚众，没法儿管。我干爹还当书记哩，五个阿囡有四个都嫁城里去了。也有花痴发到山下去的，出了事就让干爹下山领人……领回来咋办呢？办学习班，揍上一顿就放掉，关起来不行，得有饭给他吃，队里哪有这许多粮食呀？因此，别村提倡计划生育，这儿用不着管，新中国成立人口没增长，反而不断减少；公社把锦旗送到大队部来。这儿啥都落后，就这事先进，不是村民不想生娃，是没人给生呀……

<h1 style="text-align:center">4</h1>

戚志潮明了十五岙的村史，被大家唤作秀才；拿今人的话说，也就是乡贤。他说这村子地处荒山野岭，古代却很有名。现代没名气了，就是因为穷。穷得咋样呢？像他这般的村书记干儿子，从小到大都吃番薯、芋芳等杂米饭，没吃过一餐纯粹的白米饭。这事我可以证明，我与他是同班同学，他就带着番薯干与六谷（玉米）粉来校读书的，连两分钱的汤菜都买不起。他是村里迄今第一代也是唯一的高中生。古代咋有名呢？他开始讲故事。说高二那年，在校图书馆看到一本写东汉高士严子陵的书。严子陵与刘秀是太学同学，刘秀称帝后下诏赐官，坚辞不就，刘秀遣人把他押至京城，好菜好饭地招待，晚上还与他同卧龙榻，相谈甚欢。可次日，他还是悄悄溜了。刘秀想把他找回来，星象师告诉他不可，说昨夜占卜发现客星犯帝座。志潮秀才说：此典故毛主席在诗词里引用过：莫道昆明池水浅，观鱼胜过富春江。严子陵后在富春江畔钓鱼，那儿立有子陵碑。他说此山是一座灵山，山背后的千丈崖，会在暴风雨来临或见世事不公时，发出雷鸣一般的声音，因此当地人也有称之为吼山的。

又说另一段故事：清兵南下时，主帅多铎击败十八座营盘世忠营的黄宗羲（当地称梨洲先生），追至千丈崖（通邻县驿道）下，正要架云梯上山，无风无雨的陀头山突然鸣吼起来，声如雷鸣，吓得他鸣金收兵不敢再追，留下梨洲先生在此设馆授徒，成为浙东学派集大成者，学生多为儒家名流……

我讥笑说：你这造反派，还是个封建古董哩！他说这些都是老辈人传下来的，又不是他信口杜撰。人都爱自己的家乡，我说这些给你们听，就为大家能安心在此扎根、开花结果。说着，他又摇头叹气道：这块山，也只有传统可夸耀，别的没法言说，你们住下就知晓了。我说：不是还有革命传统可以继承吗？他说当然，这儿是全国十九块抗日根据地之一。不过山里人的觉悟低，话就说得难听。说部队的人没良心，过去大家饿着肚皮，拿好东西给他们吃。现在胜利了，他们下山享受富贵，山民还是吃不饱。民以食为天呀，让人吃不饱肚皮就不好……

队伍至呑口时，见路边一块篮球场大小的空地上，已经围拢着一大群人。虽然戚志潮向我们介绍过，但我还是被眼前出现的情况惊得目瞪口呆。快到年底了，山里很冷哩，这些人中（有男有女，没有小孩）许多都没穿棉袄，有些连夹袄也没穿，破衣烂衫得像一群叫花子，在冬日惨淡的阳光下冻得瑟瑟发抖……

我已经不记得洪根土有没有出现在人群中，村书记戚双连和他的兄弟双富、双贵（绰号黑白无常），还有长脚双乐都在。四人中，戚双连与双贵穿着军用大衣，里面没衬衫，双富披着黑乎乎的开花棉袄，也不知原本颜色就是黑的，还是弄脏了，头上不伦不类地戴着棕榈毡帽。他们三个都吸着旱烟，那烟雾与尚未散尽的雾霭混成一体，使人看不清他们的脸。双乐没吸旱烟，也戴着棕榈毡帽，却自上而下地披着一块床毯，腰间系一条草绳，傻乎乎地冲着我们笑哩……

智佬常锁也来了，整个队伍就数他穿得齐整。他上身是蟹青色的中山装棉袄，左边口袋上别着一支钢笔，下身一条玄色棉裤，脚上也与戚双连兄弟一样，蹬着一双蒲草鞋。令人欣慰的是人群中很少有打赤脚的，大多穿着蒲草鞋，也有穿布鞋的。妇女（看不出是姑娘还是媳妇）不多，只有十来个，多半穿男人的旧褂子，没人穿花棉袄，灰扑扑一片。这蒲草鞋后来我们尝试过，真是好东西，内有棕榈垫片，穿着暖和、干燥，是村民们就地取材，用路边马尾巴草晾干后做的。以后我每年冬天回家，都会给杨氏与唐英带去几双……

响器敲打起来，戚志潮让我们停下，跑过去向他干爹嘀咕几句。戚双连是个矮胖子，不到五十岁，却已当了十几年村书记。那时他脸上的肉还很结实，不像十年后我驻村搞工作组时那样虚扑扑的，像得了浮肿病。他握住我的手，点头向站他背后的戚常锁下令说：开始吧——

戚常锁转身跑过去，在一间约十平方米的草舍屋前手舞足蹈，也不知他嘀咕了些啥，有线广播就响起来，传出《忠字舞》的音乐。

随着音乐节奏，一群灰扑扑的人又唱又跳，我们也加入他们的队伍，气氛热烈起来，大家的身上也就不冷了……

岙口村在山口，我们踩着青石板铺就的石阶往上爬，还真是好景致，石阶两旁是成片的柞树林，间或一两棵枝叶繁茂、根系突兀的古樟树，待爬上山坳，有一道古式的木栅栏门，两棵耸天的银杏，一棵是雄的，另一棵是雌的，都枝叶落尽，光秃秃的，显出冬日之严威来。小队长戚常锁介绍说：这两棵老银杏简直成了精，在爷爷的爷爷、再爷爷的爷爷、祖宗爷上山时就栽下了。祖宗爷是谁？响当当的明代大将戚继光，在扫尽倭患、班师回朝时留下伤残兵丁嘛。如此算来，大概也有四百余年了。晒谷场上，竖立着碾谷用的石磙子，还有一对石磨与几只石捣臼。周围除两座瓦屋外，就是三十几座夹杂绿荫、参差不齐、或陈或横、墙用石块与黄泥糊的草舍了。这些草舍屋我们很快领教了，是些啥屋呀？脏兮兮、空荡荡的，除了正房内木床、谷柜与灶间的火塘、咸菜缸、瓮甏外，别无长物，真正家徒四壁。因为冬日冷，村民会在墙上贴着五颜六色的花糊纸（据说用鸡蛋向进村货郎担兑换），也有人家贴旧报纸（也可用鸡蛋换）挡风……

这日中午，我们在用松木新搭的棚内用餐。两块门板连接的餐桌旁，有一堆劈好的硬柴，不远处灶台上支起大铁锅，灶膛内有通红的火焰蹿出来，几个穿着破衣烂衫的妇女，脸上显出节日般的喜庆，奔上奔下忙碌着。但大家却吃得不愉快，原因是那些衣衫不分男女，还有没穿长裤或光着膀子的半大小子、野丫头，不时地从周围的草舍屋里冲出来，有的手里还拿着斗缸、木盆围在棚外，在我们还没吃下一碗杂米饭时，就叽叽喳喳地嚷着要收拾碗盏，仿佛事先有分工似的，眼睛盯着门板上的烤番薯、洋山芋与芋艿，没等我们放下碗筷，就一拥而上，风卷残云，扫荡殆尽……

戚双连兄弟与戚常锁也和我们一道用餐。见此状态，戚双连皱起眉头，用手指着乱哄哄的局面，向戚常锁指责说：看你这队长咋当的？真没素质！戚常锁嘿嘿地向我们赔笑着没吱声。后来戚双连就搁下饭碗，别转双手、踩着鸭子步（我注意到他是罗圈腿）慢吞吞地走开了……

5

我在十五呇村同吃同住同劳动了六年，尽管环境艰苦，可我还把这儿当成自己的家。别以为空口说白话，当时我确实是这样想的。我们这代人历经磨难，许多事讲出来后人不可理解；可当时我们并没像下代人那般贪图享受，侧重追求精神层面。自与戚志潮一起串联赴京见过伟大领袖后，我们头脑中就被灌输了一种叫责任的东西。人是需要有精神的，穷则思变，要干，要革命。我们的安定生活，是我生父与唐如康们，跟老人家浴血奋战打出来的，现在需要我们继承他们的事业，如果不艰苦奋斗改天换地，能有下辈人的明天吗？

当然，那时我没想到以后的种种变故，就像你驾车上路时信心满怀，目标明确，但在途中发生的变故，出发前你是断断想不到的。

这个隐藏在陀头山坳里的村庄，虽然贫困，却仍然美丽。它有七个自然村，组成天上北斗七星的形状，进山先见呇口，约四五十户人家，散布在一簇一簇的毛竹林里。经呇口就算上山，平行三里路至下戚家，内山势平缓，多植桂花树；此为全村最大的自然村，有近三百户人家千把人口（约占总人口百分之五十），大队部、小学都在晒谷场边的戚家祠堂内。如此再往山上行，有条长青苔的石板路，又走三里许，就到上戚家，有三四十户人家住山腰上。沿山又有路，是掩埋在毛竹林里曲曲弯弯的沙石路，向左拐一里许，是前黄，又拐一里许，乃是后黄，分别有四五十户人家。过后黄向右再行三里就到陈家坳，村子稍大，也就六七十户人家。再往里转，向右复向左，拐三转四地盘旋两里许，就到了不足十户人家的姜家塝，这儿的村民没田地，多独居，以狩猎为生。

村子名十五呇，也有出处。两种说法：一是进呇口后至六个自然村，皆为盘山路，盘来转去要翻十五个呇。二是从天街至呇口进村到下戚家，约十五里路。路边有几座小山坳称为呇。此村不大，却是两县交界之要道。由此翻过松树呇经姜家塝越陀头山，有一条陡峭、长青苔的石阶路，如山民们背的布褡裢般倒挂着，可抵南山县鹿亭乡岗墩村，这就是山势比陀头山连绵陡峭的四明大山了。

与我老家单家村一样，村民大多姓戚（由戚大将军从登州带来的家丁后裔），另有他抗倭时招募的闽南黄姓、浙南义乌陈姓，加之黄宗羲抗清失败后隐居于此的梨洲黄姓后人。在漫长的四百余年间，三姓各设宗祠，却相互照应，互有通婚，语言交汇，渐渐地形成一方风俗。至于姜家塌之姜姓，却不知何年何月进山，年代久远，无法考证。洪根土，则更是一个"另类"……

我与杨小勇吃过简单的认亲餐，就由戚双连发配到上戚家来了。

也许是唐如康打过招呼，要把干部子弟放在艰苦环境锻炼；也许洪根土是全村力气最大、胃口最好，却生性固执、对谁都不买账的憨佬。反正是戚双连把男生都分了，让志潮秀才把邵素芳、陈红莲领去下戚家他家，仅留下我俩做伸缩。记得戚双富问咋办？他说还能咋办？唐主任都向公社打过招呼，就让憨佬这倔头去修理吧……

我当时不知此话含义，以为修理就是照顾哩；后来知道修理就是狠剋我俩。其实当时他是没把握，既怕洪根土不接受，又怕我俩待不长，因为绰号憨佬的他，从来就没有服从过他的指挥。

那天双乐随往，替我俩挑行李。山路比上山时陡了些，已有薄薄的一层积雪，踩在路上沙沙响。戚双连怕我俩崴了脚，提醒脚下留神，不要没上战场，就挂彩成了伤病员。还反复关照说：村里阶级斗争形势很复杂，憨佬是脑筋不打弯的人，有事要多与他联系。山上天气有些怪，我们进村时天还晴着，只一顿午餐的工夫，天就转阴了。这山里的风有些硬，吹脸上刺啦啦的生痛……

没多久，披着军大衣、嘴里咬个旱烟管的戚双连，笑盈盈地把我和杨小勇带到正在山坡上撬毛石的洪根土面前，大大咧咧地说：憨佬，你看我带来啥了？身穿着玄灰色旧棉袄，脚上蹬着一双特大蒲草鞋，铁塔似的矗在雪地上的洪根土，头也不抬地说：人呗……

是人呀……人家可是城里造反的革命小将，现在叫知青……

晚上睡哪瘩呀？赤紫色脸膛的洪根土，连眼皮都没抬一下，把一口潲沫吐在蒲扇般的手掌上，继续干他的活儿，好像站在他面前的两个大活人，就如他不吝搭理的木疙瘩。戚双连手指着双乐肩上的铺盖说：你睡哪瘩，他俩也睡哪瘩，上级要求他们与贫下中农同吃同住同劳动……噢，对了，你让秋秋给堵堵墙角，山上都下雪了，风硬，别让城里的学生娃伤风感冒了……洪根土嘟哝说：屋子小，腾不出空地来。还说他是进舍女婿，秋秋成分是富农，学生娃住家里，到底谁教育谁呀？看来，他对上面政策有成见，并不欢迎与他打成一片再教育。

戚双连却不着急，和风细雨地微笑道：我知你这憨佬会推……秋秋是富农没错，你可是贫雇农呀。这么多年下来，早把她改造了，要不我咋让她当赤脚医生？我知你是忌妒我那两间瓦屋哪！告诉你，婆婆唠已留下两女客……队长会议你是参加的，每个生产队分两位，这是任务。要不是唐主任特地交代，我还舍不得把他公子放你队里来……

洪根土仍低头干活，脸上神情很是不屑。后来他终于抬头，瞪着一双木腾腾的眼睛望望我，又望望杨小勇，目光明显带着蔑视。继而又去摆弄那些石头，口中嘟哝说：你精着哩，女娃儿胃口小，定粮却一样……你是存心要糟蹋我那些积储的杂粮……戚双连没再搭理他，吩咐双乐把铺盖扔在雪地上，丢下我俩踩着鸭子步、摇晃着身子离开了。

山坡是朝北的阴坡，山风吹来，刺骨的冷呀。坡上林木稀落，靠崖那边插着几面农业学大寨的旗帜，如在寒风中蹿起一束束火苗，给人心头带来几丝暖意。坡上有十几个像洪根土打扮的壮劳力，正在用钢钎撬石头。我和杨小勇呆立着不知所措。洪根土把手中钢钎扔给我们，耳边响起他沉闷的吼声：干活呀，山风狠，不活动活动筋骨、傻站着会得病。说着，他捡起地上另一根钢钎，双手在旧棉袄上擦擦，又呸的一声在掌心吐上唾沫，熟稔地转动钢钎，把一块蛮石给翻转过来。他的脸色和缓一些，说：搬石头得使巧劲，做人却要凭实情……

当晚我俩在他家里住下了，但他并不欢迎我们。收工路上他双手提着我俩的铺盖板起脸问：带粮票没有？我说带了，是公社划给大队配给粮。他摇头说那不可靠，我要现笃现粮票，让秋秋换成杂粮搭配番薯、芋艿吃，不然开春后会闹肚饥……又不是一天两天的事儿……

接着，他又问我，真是糖拌糠让我下乡的？我不解：啥糖拌糠？他诡秘地笑了，说糖拌糠就是糖拌糠呗……

他家条件不错，在草舍棚遍布的上戚家，他占一间瓦屋，一间草舍，又在旁竖起半间草披间。瓦屋由他的岳丈药老倌住，老人不与女婿同灶，在前半间独砌了一口火塘。那间瓦屋还有阁楼，我与杨小勇进去过，阁楼上全堆着坛坛罐罐，内用酒浸泡着各式草药。屋前有几垄杂地，全植上了药草。草舍前也有两垄扁担长的菜地，种的是大豆菜与蚕豆……

房间已收拾好，是正屋客厅后半间。他全家人围着披屋的火塘睡。晚上北风呼呼的，我与杨小勇带的棉被单薄，冻得翻来覆去睡不着。半夜里，杏儿披着她爹的破棉袄敲门，送来她娘秋秋从镇卫生所讨来的、注满热水的盐水瓶，说：暖脚哩……我娘说脚不冷，就睡着了！说完向我俩一吐舌头扭身跑了……

没想到次日天没亮，洪根土就挡门口骂娘：糖拌糠的儿就比贱民值钱？要暖和住城里去……知青下乡来接受再教育，又不是做官当老爷摆谱……

我与杨小勇赶紧把那两盐水瓶还了。见还坐在被窝里的杏儿，搂着秋秋姨肩膀冲着我俩哧哧地笑哩。这笑容的成分很复杂，既同情我俩是有文化的城里人，又饱含着轻视与奚落……

单思明（二）：因为牛，这村子始有动静……

1

这就是憨佬洪根土给我上的人生第一堂课。含义很清楚：不要以为你是唐如康的儿、城里来的知青，就可以人五人六地摆谱；你是城里造反派咋样？到了山里还不与我们一样，需要人情温暖的凡夫俗子……

现在已没人去回忆那段岁月，如果我没被关进监狱，还当着那时想都没想过的官，我也不会去回忆。现在人们的价值观念颠倒了过来，连四川大地主刘文彩，都被说成济困扶贫、热衷办教育的英雄了。那时候的收租院，可是写进语文课本的呀！知青这段历史，据我看来，任何事物都一分为二、有失有得。我们这代人真正进入社会，其实就从接受再教育开始的。所谓再教育，是指人际关系的融洽，把自己看作环境的一部分。我与杨小勇寄住在上戚家，生活甘苦自不必细说，仅每天日复一日地修水库建大寨田，一天下来就腰酸背痛，趴在床上如死狗一般；何况晚上没电灯，煤油灯耗油，书都没法儿看。无穷无尽的体力劳动，以及贫困的物质文化生活，致使我们连做梦都想着逃离。说不想离开，那是假的。当时下乡至此的九个老插，除149卢益平（体检时没人体重超60公斤，而他有75公斤，硬说秤错涂改为74.5而授予149称号）由于饿急了，套捕笑面弥勒书记家的守更狗烹煮吃掉了，被民兵连长黑无常戚双贵打残腿提前病退回城，没有一个想当逃兵。这不是说我们拥护或支持上山下乡，而是在潜意识里把自己当回事，深信通过我们的努力奋斗，可以改变中国农村的物质条件与意识形态……

我是除卢益平外最早离开的一个，可我不是逃兵。当时我虽然插队六年，也有这样那样打退堂鼓的思想，除了日复一日超乎体力的艰苦劳动（那是应该的，不艰苦创业哪有明天），我更讨厌人们搞形式主义，如半月一次雷打不动地在下戚家祠堂（大队部），吃用米糠和番薯藤合煮的忆苦饭，向贫下中农交流思想；常年在房东家啃着老咸菜（通常只在付粮票、缴伙食费前才能吃上半只咸蛋），下雨天装模作样地背诵老三篇，狠斗私字一闪念，写心得体会向公社革委会汇报思想，没有任何私人存在的空间……

那年头，知青们最难打发的是晚上。我与杨小勇睡在硬板床上，夏天有驱之不散的蚊子与小咬，冬天有无孔不钻的刺骨寒风；我俩最最无聊、最最常规的行为，就是变成山上那些娶不上老婆的光棍汉。其实那时我已开始与邵素芳在玩幼时娶新娘的游戏，但只藏在心里，碰面时并不敢真做，至多拉拉手什么的，说几句勉励话相互送个礼品；如她给我打开司米毛衣，我也送过她题有"没有风雪彻骨寒，哪有梅花喷鼻香"的笔记本；不像现在的女孩与男孩，一上手就演绎成梁山伯与祝英台。我们只在心里挂念着，也就是挂念了整六年，在离村前才有过真枪实弹的接触，最后酿成一曲罗密欧与朱丽叶式的悲剧，邵素芳在我离开不到一年，就跳进水库自绝于党与人民。那时候笨羊杨小勇没有具体想的人。我喊他笨羊，是洪根土阿囡杏儿给取的绰号；因为他啥也不懂，行动比别人慢半拍，连插秧都是杏儿手把手教会的，割猪草会把地里种的庄稼一起割掉，总像尾巴一样地跟在我身后。我让他想陈红莲，他不干，说她脸上长有青春痘。我说你不是一个笨羊吗？人家脸上生青春痘就不是女人了？他说：笨羊就不能有爱漂亮女人的权利？在那些春意荡漾的晚上，他开始想的是电影《红灯记》里的李铁梅，后来觉得太严肃，又恋上《春苗》里的赤脚医生，最后，才把感情转化到洪根土长女杏儿身上，且有实质性的进展，可那已是我离开后的事了……

　　尽管这样，我仍然不想离开，那时代的人，脑子都是用糨糊给涂残了的。不是我强充好汉，而是不想放弃这块已倾注青春热血的土地。要不是唐如康提醒我，我可能还不会回头是岸。记得他说：儿呀，你有理想固然很好，当初毛主席老人家带领穷苦人打天下，不就为他们能过上好日子吗？现在二十几年过去，农民政治上是平等了，生活却还好不到哪儿去。我知道你离不开这块土地，离不开素芳，是把革命根据地当作家乡了。说明你有阶级感情，我和你娘没白养白疼你。但你想呀，热爱家乡需要有回报。上工农兵大学是个难得的机会，你有此心愿，学好本领后不可以回来吗？十五呇村之所以贫穷落后，说到底还是一个文化问题，你拥有了知识，不就可以更好地为村民服务了吗？

　　艰苦的环境，日复一日重复的劳动，使知青们与十五呇村民的情感，已然潜移默化地联系在一起。这不是我们一时头脑发热，而是这村庄让人认识了世间真情。入狱后，我一直在回忆这段逝去的岁月，我惊奇地发现我的人生，只有在吃不饱、穿不暖，每天像牛一般啃草耕耘的日子里，才收获到真正的快乐。以后当官弄权，夜夜笙歌灯红酒绿美女绕膝，发一个文件前呼后拥，开一瓶茅台一个香吻，奥迪轿车五星级宾馆皆是过眼云烟。人呀，只有受挫折后静心思考，才明白啥是自己真心想要的东西……

　　这也不是我故作矫情，身已入监矫情何用？我只想对那段岁月做些缅怀，以志人间真情尚存。

　　值得一提的是十五呇村民对知青的实诚，首先在洪根土身上得到体验。这个身坯壮实、一字不识横划的汉子，开始对我与杨小勇闯入他的领地并不欢迎，每天板着一张苦瓜脸进进出出，仿佛不近情理；但随着时间推移，他身上的那种耐人寻味的妇人之仁，就渐渐地体现出来。譬如说生产队每次派工，作为队长的他，都把我俩与妇女劳力安排在一处。冬季修水库抬石头时，我走前面，他走后面，每次都把麻杠悄悄地移向他那端；那年搞会战他还让秋秋拆了他那有尿臊味的旧裤兜，给我与杨小勇各缝了一副垫肩。那垫肩脏兮兮地骚气扑鼻，开始我很不屑，后来肩膀磨烂了，实在没办法也就用上了，果然就好受一些。可他那个冬天只穿一条直筒棉袄……每逢劳动强度大时，他会让杏儿送来工地的饭盒内，给我俩各埋上一个荷包蛋。开始我以为他的饭盒内也有，后来才发觉没有，全咸菜梗子。回家吃杂米饭也这样，总让秋秋姨拣锅中间干硬部分匀给我俩吃，全家吃锅旁边稀软的。遇上喝稀（通常在不出工时），他会嘱咐秋秋姨在锅中间倒伏两碗干的，捞上来放在我俩面前。我俩不愿吃（同甘苦嘛），他沉脸教训说：人是铁，饭是钢，你们要在这穷村撑下去，先得喂饱肚子。我说：那您劳动强度比我们还大，咋都喝稀的呀？他拿起那只专用的大海碗憨笑道：我是牛胃，吃得多忍得饿；你俩是文化人，能与山里粗人比吗？有意思的是，他会定期安排我俩帮岳父药老倌干私活，去料理那块藏匿在山坳里的药田，这对我们简直是幸福快乐的一天。每次药老倌都带上一副牛骨嵌象棋，躲在林子里与我俩下，还就着花生米、麂肉干，喝他浸泡多年的强身酒。而这天，往往是全家的断粮日，我与杨小勇都见过洪根土带着杏儿、长庚与出生不久的长生，在猪栈间与猪同捞槽里的熟猪草吃……

这些小事，在今人眼中也许微不足道；可在那衣食无着的年代，人们都像乌眼鸡一般盯紧粮食，他这样做，就显出人品的高尚来……

那次水库堤坝合龙垒石坎，不知深浅的邵素芳为解决入党问题、争当铁姑娘队长，相信时代不同了男女都一样，身上例假未绝，抢工程进度跳进冰水里，结果脸色苍白、呼吸紧张昏晕过去。被前来送饭的秋秋发觉后告诉洪根土，我见他像狮子一般咆哮起来：作孽呀！一巴掌打翻督工的下戚家队长、志潮秀才双胞胎哥哥戚志海，抱起已近昏迷的邵素芳，一口气跑了十五里山路往镇卫生院赶。也亏得他有如此蛮力，换成别人恐怕就迟了一步，邵素芳连小命都会丢。同样，对被犁头铁毒蛇咬伤、杏儿以嘴吸吮毒汁后用裤带勒住疮口的杨小勇，也由他连夜背到镇卫生院解毒。那是盛夏夜，黑灯暗火的，山路不好走。事后姜院长说：如果没杏儿做应急处理、两小时内送不到医院，杨小勇就是保住命，也要截肢变成铁拐李……

这些事，现代人就很难做到，不要看场面上牛皮哄哄的，喝起酒来赌咒发誓，好像命都可以为你豁上，其实那都是假的，如果真遇上事儿，就会躲瘟神似的避都来不及。网上有个新词叫"闪了"，很形象确切的。但在当年，憨佬洪根土认为是他应该做的事。就如杨小勇回城后娶杏儿，他问他：如果为当年那事报恩，他就不接受。直至杨小勇再三表白真爱杏儿，夫妇俩才同意。

村里办夜校扫盲那年，我们八个知青都反哺当上了教师，这是大队革领组的信任，也使这些久已失联的知青们，有时间聚一起开伙仓。此时我才明白：每月二十七斤定粮，对劳动强度高、肚里缺油水的年轻人来说，显得多么微不足道，往往还没过月中，我们就断粮了。学员们都是五大三粗的村民，别看每天嘻嘻闹闹，漫不经心，课前课后相互奚落，开着不荤不素的玩笑，主题离不开女人裤裆里那东西，真学习起来，其实还蛮认真的。令人难忘的是那些队长们，如吞口的智佬戚常锁、下戚家的三脚猫戚志海、前黄后黄的麻皮阿梁（陈国梁），当然还有下戚家我与杨小勇的房东憨佬洪根土，发动村民敲瓦爿今天给送一袋板栗，明天又送一包番薯蜜枣，隔三岔五地还打个野兔或斑鸠让我们开荤。敲瓦爿啥意思？就是众家平摊嘛。那时节，每家粮食都不宽裕，尤其冬天大雪封山，相互音讯不通，山里还有饿死人的。

这样的村坊，一旦熟悉了，人们就真情待你，你能说走就走开吗？

2

现在回想起来，这村坊以后发生的诸多大事，与一位叫米沙的高人唱那段马灯调相关。

现在人们说起十五吞村的创业，往往定格在 1981 年春我担任村工作组副组长时。说我启迪了村民的心智，才使他们知道自身价值，抓住机遇太阳升起牛抬头。那时媒体报道也是这样写的。此话有一定道理，洪根土就在那年被选为书记。我承认在村子发展中，我起了一定的作用，如果没我穿针引线，没有县委、县政府表明态度，这个村庄也许不会有今天。但这说法并不确切，至少不完整。事物的发展都有个量变到质变的过程，客观公正地说村子的变化，在我插队第三年就已开始，这当然是指人的观念变化，也就是人心思动。那年公社指示在村山坳里修水库，搞革命，也要促生产。那时"文革"中的许多问题暴露无遗，你想哪，工人不做工，农民不下地，学生不读书，仅举举拳头喊喊口号，谁给饭吃？谁给衣穿哪？饭没的吃衣没的穿了，还咋继续革命？因此中央明确指示要抓革命，促生产。而且要看行动，各级革委会就着急起来。十五吞地处偏僻，是全县有名的贫困村，自然一盘散沙。农民嘛，做事靠贴脸孔，不像城里机关企事业单位发个文件管用。农民思想不通，消极顶抗地跟着干；

那么多年运动下来，谁不知道三大纪律八项注意，一切行动听指挥？但农民不行，一盘散沙，各扫门前雪。如果领导（特别是一把手）没权威，没外力的促动，这头牛很难抬头。你说服他，他信你，就会贴心贴肺、尽心尽意地跟着你干，不信你或不全信，就会雾江使船地滑到哪儿算哪儿。你心思操尽嗓门喊破都没用，他不拿你工资，你不管吃不管穿，最多也管个女人生娃。反正我穷得篮底脱落裤裆扒下，你拿我咋办？进监狱还得管三餐饭哩。

这种事，其实我们的领袖心里清楚，几十年前在《湖南农民运动考察报告》中指出：中国的问题是农民问题……农民问题解决了，中国的问题自然也就解决了。这就有了知青下乡，促使农民革命、生产两不误。公社与大队革委会、革领小组都清楚地看到这个问题，已结合到县生产指挥组工作的志潮秀才，也觉得有必要统一全村的思想，把这盘散沙用水泥搅拌成混凝土，让他能在县里露个脸儿，几次回村与我和干爹笑面弥勒私底下商量，要请米沙来这儿测风水。记得他说：农民嘛，我知道他们心里在想些啥。

米沙何许人？半僧半道，亦僧亦道。他不出家却悟透佛性，皈依县城西南二十多里处的五里禅寺，平时也不住在寺里，只在每年清明做大佛事时出现。佛事场面很大，信众云集，通常有几百人，有时上千，斋饭一烧就是五六石米，用谷箩盛上热气腾腾地置寺前，由他当领头僧用方言诵《金刚经》（此事除了法明禅师，别的和尚还做不来，记不得那许多犄角旮旯、拗里拗绞的冷僻词）。法明禅师起码有八十岁了，常年躲在后院塔林内闭关，一般场面都不出来，只在一年一度的大佛事上照个面。他念经气力衰竭没精打采，没有米沙那般声音洪亮，中气十足。因此由他当了替代。待做完大佛事，他就穿上一件脏兮兮的旧袈裟去云游了，要待第二年清明前才回来。他云游化缘时并不收财物，只写条让善男信女去寺院直接登记造册。据说当年五里寺修缮与百十个和尚膳食所需，多半出自他手，因此做大佛事的善男信女，也由他负责召集……

他云游四乡并不传授佛理，只念阿弥陀佛四字，拿着罗盘，用《易经》算卦占字察看风水。如此看来，他好像也不是正经的和尚，而是道士。好在沿海这地方原本就释道不分，如人往生却要做道场，由道士念佛经；也有请和尚做道场的，焚香点蜡烛供菩萨，烧冥钱冥纸，供死者过奈何桥，贿赂阎罗王免下地狱。米沙的拿手绝活是替人看病，特别是替受惊吓的娃儿喊活灵。他用一张纸（必须是眉头纸），蒙在置水的杯上，一边喊娃儿的名字，一边摇动杯子；没一会儿，纸上就会出现一颗颗类似水晶般的珠花。米沙把珠花弹在娃儿耳朵上，又把眉头纸用火点燃，拈手上在娃儿脸前晃，娃儿就灵魂附体停止哭泣，过一晚上烧退便精神了。也有十八九岁的大姑娘生相思病，也照样画葫芦地用此法，把浮水上的珠花弹她胸口上，还需扎针。他随身带着长长短短一把针，在病人的脑门、耳旁、后颈扎，也扎手指与小腿；扎过弄过，病就痊愈了。如此说来，米沙通医术，却无从医执照，也不自称为医生。四乡八邻米沙的名声极大，人缘自然也好。

我与秀才在红卫兵"破四旧"时就认识他。此事说来纯属偶然，那日我俩闲极无聊，坐在地板上走五子棋，那时节我们年轻，有着大把的时间与旺盛的精力，经常闲极无聊。开始还去跳跳忠字舞，跳来跳去就那么几首曲子，后来就厌了。宣传队有女孩子唱样板戏，我俩也去瞎掺和过，后来发觉自己不是演戏的料，就没再坚持。这日不知咋的说起寺院来，秀才问我，你知道杜白公社有个五里禅寺吗？我说听说过，没去过。他说要不我带你去见识一下？那儿可还没人敢造反。我说好呀，过些天我调食品厂卡车来，去把它扫荡了。他点头称是：凡是反动的东西，你不打，它就不倒；就像扫地一样，扫帚不到，灰尘不会自行跑掉……

那年头人们都有点神经兮兮，听说有"四旧"可破，就像身上打了鸡血一般躁动不安。不像现在沿海民企老板们，有钱玩古董、修寺院，连吃饭的碗、撒尿的壶，都是年代越久远越宝贝，猪鼻孔插大葱装象似的文化了起来。我与秀才是同班同学，这时他还没升红代会勤务组，我俩都在反逆流红卫兵团混。他因高二那年向校花邵素芳递小字条，抄普希金的狗屁情诗（性觉醒早呀），被校教导处记大过处分，"文革"初上台血泪控诉反动教育路线，才以根红苗正的贫下中农出身，与我一起当上造反派头头。

没想到我俩起兵发马到五里寺时，米沙已穿着一身旧军装、肩佩贫三司红袖章守候在寺院门口。五里禅寺的寺匾已被凿掉，两边墙体也用石灰刷过，写上阶级斗争、一抓就灵的红漆大字。里面的菩萨被处理了，佛祖立像上涂满泥巴与秽物。我俩带人进寺转上一圈甚觉扫兴，出来问他：你咋也造反呀？他神清气定地说：天道变了，佛道亦变。说着递上公社造反证件给我俩看，还背毛主席语录道：马克思主义的道理，千头万绪只有一句话：造反有理。弄得我们灰溜溜地只得打道回府……

这事，后来我俩向公社造反司令查询过。他证实米沙确实加入了造反派，说：堡垒都是从内部攻破的。你们造反，他当然也可以造反。秀才问：是不是有人通报，他才提前行动了？司令讥笑说：何须通报？人家米沙是神人，早测算到几月几日你们会来砸寺，为这……还喝下我床底下一壶尿……我问喝尿干啥？他说忠不忠看行动；那是他洗心革面的行动呀……至于出身，你们不必怀疑，我知他是从小捏着打狗棍、会唱莲花落的叫花子，三代都是贫雇农……

这使我俩感到惊讶，他咋测算到我们要砸寺院？如果没人通风报信（也来不及呀）那还真是高人哪！

测风水这号事，今人看来实属平常，无非是想借传统文化的力量，把村民的积极性给调动起来，现在满大街的商铺开业，不都找大师测风水吗？还不为生意兴隆找一种精神依托。志潮秀才这般做，一凭他对农民惰性的了解，为改变故乡面貌和自己露脸不择手段。二是这儿天高皇帝远，干爹笑面弥勒当书记，亲爹是大队会计，三叔又是治保主任兼民兵连长，在村里可算一手遮天，又在县里沾着权势，谁都奈何不得。

米沙真被请来了，他问：你说那陀山叫野牛山？秀才说：这是土叫法，正名是陀头山，不过站山上看，太阳升起时那山特别像条牛哩。米沙诡秘地笑了笑，点头说：我有数了，不会让你失望的。这样，他就让书记戚双连与一群人簇拥着、呼哧呼哧地爬上了陀头山。我看到他上山时有些得意，回头声明说：其实他不叫米沙，应是沙弥。沙弥不是真名，是五里寺住持赐的法名。大家问他真名叫什么？他说他叫范真仁。说以后你们得称我为同志，或是大叔，我走过的桥比你们走过的路还多，穿村走巷地云游见世面，做叔不冤枉吧？看得出，他想报复我与秀才聚众欲砸寺院的一箭之仇……

看过山势测过罗盘（大概从道士处借来的吧），又在山顶陀头庵内外，来来回回地走过几趟，口中念念有词，大家紧张地跟在身后，听到他仿佛在念叨一串莫名其妙的数字……

闹腾了一上午，回至下戚家祠堂内，戚氏兄弟已摆席请他吃饭，用149卢益平日思夜想、馋出口水的野麂子肉招待他。那时卢益平还没有返城，与我们一样满怀信心地想凭自己的能耐，改变穷山村的落后面貌。和尚不是不吃肉吗？对不起，米沙可没忌口，他是野和尚，酒也喝了，烟也抽了，一大节麂子肉腿，连骨头都敲开吸出骨髓。然后他收下五十元劳务费，唤人取来笔墨砚台，写下鬼画符的七个大字：太阳升起牛抬头。

啊意思呢？秀才与我们问，戚氏兄弟瞪起眼睛待他回答。他倒好，跷起二郎腿、封起苦瓜脸一本正经摆起架子来，说风水这物什，心诚则灵。按贫僧所测，此山非佛陀也……那是啥？秀才急问。米沙的头摇得如拨浪鼓：天机不可泄露，天机哪……戚双连会其意，又让长脚双乐从家里取来十元钱置桌上，他这才抖擞精神，似猴儿般灵巧地跳桌上，用罗盘横直左右挥舞一番，唱出一段词来：

> 人说陀头非陀头，
> 实是千年修行一野牛；
> 太阳升起牛抬头，
> 金吞银滩活水流……

唱罢便跳下桌来，整整那件脏不拉叽的灰中山装欲开路。戚双连一把抓住他的衣袖，急问：您这么说，是不是我把祖坟埋佛陀怀中错了？米沙回头：你属牛吗？太阳升起牛抬头，要饮水哪……说完扬长而去。口里还唱着当地小曲马灯调，在哎格龙灯哨后重复：

> 太阳升起牛抬头，
> 金吞银滩活水流……

3

是啊，笑面弥勒戚双连生肖属牛，这年恰是牛年，虚龄四十七，秀才与我也属牛，二三。这个村的四个生产队长智佬常锁、憨佬洪根土、麻皮阿梁与三脚猫志海也都属牛，前三人为三十五岁，后者也有二十三岁；前黄后黄的鸿年老师，也是三十五岁，都是村里的主心骨，大家都想着抬头哩！连在旁边站着观看热闹，十一岁的小学生油嘴佬戚长庚、二愣子戚大猛、杂物贱黄志明，与后来出落得一朵花似的戚双连小女儿菲菲，全都是属牛的呀！我不知当时他（她）们心里怎么想？但可以肯定：十年后，五十七岁的笑面弥勒戚双连被迫逊位，四十五岁的憨佬洪根土接替村书记上位，智佬常锁、麻皮阿梁与鸿年老师进入支部与村委会班子，旋即办厂，三上岗墩起用已失意的志潮秀才当厂长，油嘴佬戚长庚二次离村出走，假公主菲菲与三脚猫志海，于次年也下山捞金自立门户，都冥冥之中与米沙预示村人命运的这段偈言相关……

玄学之妙，向来是信者有，不信者无。你信，才把后来发生的一连串事儿联系起来看，有因必有果。不信，权当是个笑话，无因则无果嘛。是为释道两家六道轮回、因果报应之说。太阳升起牛抬头，不仅要饮水，而且要啃草。按人们当时的理解：修水库就为牛要喝水，喝过水就要啃草了。山上草料不足，自然得开垦山下的草场，这样就有以后漫长的三十几年垦殖与耕耘……

就为这句留给村人希望却摸不着头脑的话，在以后三十几年中，使这座山、这个村的人们，或多或少地陷入进退维谷的迷局中，为之唱出一曲天翻地覆慨而慷的牛们梦想之歌。这就是被称为红脚梗的农民，相较城里白脚梗、内地红脚梗们占有资源（土地或生产资料）更少，文化底蕴（相比黄土文明）薄弱，且耕耘力度更大、回报更为清晰丰厚的文化成因。

这些年来，现代人关于文化制约生产力发展的话题日益多起来。拿黑格尔《历史研究》的观点：人类文明发源于高山、丛林、湖泊，继而平原、河流，随后向海洋推进发展的过程。沿海牛们的梦想之歌，证实了这位西方哲学家的论断。而这时米沙早已不在人世。替代而起的是各地形状不一、大大小小的寺院、道观、天主、基督教堂，与名目繁多手持各种专业协会、学会、研究会证书的大师们，上蹿下跳地推出各种新思维、新思潮与励志的心灵鸡汤，人们的思想也多元化地活泛了起来。这些，是业余选手米沙万万想不到的……

我们这代人无疑到了该谢幕的时候，我们能为这世界留下什么东西呢？岳父高裕豪在我入狱四年后去世，临终嘱托要把遗体捐献给研究用。许多大人物也有这么做的。他的官当得不大，离休时才是个县委书记级，七品，医院自然没把遗嘱当回事（大家都这么做，得费多少福尔马林防腐水呀？火化方便）。这世间的任何物质，不是你想留就能留下来的。像我，当年做梦也没想到，三十年后会沦为阶下囚。那时我多么狂热地想融入红脚梗的群体，没把自己当作人，只为牛们抬头的目标而奋战。可怜的同辈白脚梗们，难道你们不是这般走过来的吗？谁都不是生下来就是个牢监犯，尤其像我这般的红二代……

　　这村子穷，多年吃着政府救济粮才苟活下来。笑面弥勒发动全村人修水库，有个隐秘的思想意识，就是想多骗几石政府的救济粮。自然，如果水库建成也可多截留一些水（山里最缺的就是留不住水），多开垦一些种粮食的大寨田，这样向政府要的救济粮就少一些。但这是远景哪，他可没有那么长远的计划，考虑的是想让大家先填饱肚子，过年有晚稻米舂懒惰年糕过个肥年，如果再搭桨板酿上几缸酒，那就是神仙般的日子了。这不是说他这头牛不想抬头，或是不思进取，而那时抬头或进取于他来说还是遥远的事，先把眼前的日子过得好一些才是……

　　这村里的日子过得实在没劲，城里的白脚梗就别说了，比山下的红脚梗们也差得远。因此戚双连相信米沙偈言修筑水库，不仅仅为牛抬头喝第一口水做准备，主要还是让秀才与我游说县、公社两级革委会增加救济粮份额。当时唐如康分管全县农业水利这一摊，你要让牛抬头，就先得让它啃草，肚里有食才能耕耘呀！农民都是现实主义者，光翻嘴皮子说信仰不成，得有他眼睛能看见、手指能摸到的实惠。这村子里严重缺粮，到冬季几乎每家每户都断了粮，靠卖硬山柴烧炭维持生计。全村才二百亩水田，大多是造大寨田时垒的填的或老田杂地整修的，集中在下戚家、前黄、后黄三个自然村。下戚家九十六亩，前黄、后黄各有三十亩，余下四个小村合起来不足五十亩，皆分布在山褶皱与疙瘩湾里。山上气温比山下低，种不来双季稻；杂地只能种些番薯、芋艿、土豆与南瓜，还有毛笋、蘑菇等山货，勉勉强强凑足大半年粮食。遇荒年救济粮下不来，只能挽老携少下山去要饭了，不然坐在家里只能等死……

　　唐如康与两级革委会同意了，这年冬天加批给村里三万斤救济粮。男女老少，人均匀到十五斤哪！物质刺激嘛，重赏之下必有勇夫，大家的劲头立即鼓动起来，拿洪根土的话说，这下政府把我们当成人了。不是吗？人要吃饭就如牛要啃草一般，颠扑不破的千古真理嘛！试问历朝历代，有哪朝哪代的农民，不都是靠天吃饭，吹灯造娃，哪有政府一次性往你碗里装饭的？于是，全村人都为了那三万斤救济粮，风风火火地动工修筑水库了……

　　虽然戚双连仍举旧制，按筑坝出工率分配救济粮，但大家的积极性还是空前高涨的。笑面弥勒也在这年真正变成弥勒佛，笑呵呵地带着黑白无常双富、双贵拿着工分簿、牵着催更狗阿黄，亲临工地监督。他要把水库整出个模样来，次年再向县与公社革委会申请增加救济粮……

这年冬季，村里难得出现团结奋斗的和谐局面，九百多名男女劳动力，分成五个突击队，四个男队由智佬常锁、憨佬根土、麻皮阿梁与三脚猫志海带领着，驻扎在水库工地上；还有一支邵素芳、陈红莲参加的铁姑娘队，由军嫂应彩娟当队长。军嫂就是村里有发言权的老革命戚启和之媳，她老公戚大勇在部队当排长，说好嫁过来后担任村妇女主任。

筑水库，首先要把山坡里撬起的毛石抬到工地去。山里出产作物少，毛石却多得很，漫山遍野都是，开大寨田时挖出来丢在路边上，修水库正好派上用场。水库工地，在各自然村中间山坳，三面以山崖为堤坝，正面逶迤筑成堤坝。水库堤坝已建了一小段，约五十米，是历年像蚂蚁搬家似的建起来的，没物质刺激，大家没积极性呗。设计堤坝全长为一千零二十米，也就是两里路光景，公社要求冬天趁枯水期打歼灭战。记得工地场面很海威，每隔十几米插上一面红旗，共有百余面，大都是公社与山下各大队送的；因为水库修好蓄水，山下粮田也受益。高音喇叭接到工地上，每天唱"一不怕死、二不怕死"的语录歌，声势造得颇大。戚双连喜欢搞些不符实际的花架子，在会上动员大家：忠不忠看行动，要吃饭就劳动。县里补助救济粮后，公社也表态要补助。村民都很开心，场面摆得越大，上级救济粮也就拨得越多；至年底，家家户户都可以舂懒惰年糕，欢欢喜喜地过大年了……

我与杨小勇参加上戚家的突击队。面对竞争局面洪根土倒沉得住气，每天胸前挂着一个哨子，天麻麻亮就吹集合的哨子，带我们上坡撬毛石。上戚家这架山石头特别多，据他的岳丈药老倌说：是明末梨洲先生抗清时垒墙筑军营用的。梨洲先生就是黄宗羲，他的坟坐在千丈崖下江边白鹤桥村，也是他失败后设馆授徒的地方。当时洪根土的竞争对手主要是麻皮阿梁，为把公社流动红旗夺到手，他常找我商量说不仅为救济粮，而为做人要脸面。懒惰年糕吃过变成屎拉掉，脸面掉了，可没他生产队长说话的份儿了。与我俩刚插队那会儿不同，那时瘪塌塌蔫笃笃的他，现在生龙活虎地换了人儿。每天下工检查完工地，就去茅棚前看两队的进度，红色箭头蹿多高，就是垒了多少米。看完就与大家商量，如何蹭到麻皮阿梁前面去……

那会儿，我在工地上经常碰到校花邵素芳。她明显地瘦了，眼睛也显得更大，下巴颏尖尖的，穿着一件旧军装，细腰间扎着一条牛皮带与大家一起垒石墙。远远看去与男人没啥差别，走近看了才知是女娃儿。我俩见面也就打个招呼，常常我问：近来还好吗？她说还好……至多是加上近期咋没见莲子？她说：发风疹块泡病号哩……

如此折腾了三个多月，除夕后，上戚家突击队在春节加班加点，获得一面公社革委会颁发的流动红旗，气得麻皮阿梁双脚乱蹦在工地上哇哇叫；而憨佬洪根土，这时却捧着装上葵花叶子的旱烟管，刺溜刺溜地一个劲高兴……

<h2 style="text-align:center">4</h2>

这村坊的人，在别人眼里，世世代代、子子孙孙活得都很累；而他们自己却浑然不觉，只要有口吃的，无论是煨番薯、烤芋艿，还是清水南瓜腌白菜，和着米糠麦碎煮一锅，糊里糊涂地喝下去，立马就像打过鸡血一般精神焕发，乐呵呵地不知烦恼。人到这境界是福气也是傻气……

他们见面不喊姓名，叫绰号；还时不时地来些黑色幽默，好像生活在天堂一般。绰号有几种：在名字上捎带缺陷，如呆驼晓炳、跷脚华飞等，还有根据生理特点，如左手佬、六指、拐棍儿。也有加村名或职务，出纳华根、会计双富等，如黄八桂在台上时，称之为八桂书记，下台了则唤为守山佬。另有职业或生肖，如砍柴佬、扪鱼老倌、豁嘴兔、钻地老鼠。也有根据宗族排行，阿大、阿二、阿三地喊，五花八门，应有尽有。喊戚双连为阿大，因为他当书记，自然是阿大嘛，当面喊是尊称，背后却喊他笑面弥勒了，就不是尊大，有点幽默与文化意味。我初来乍到自然觉得奇怪，请教原因，方知与此山相关。在村民眼里，陀头山是佛陀坐化之处。民间素有布袋和尚的传说。离此山约六十里处便有雪窦禅寺，供奉胖乎乎、笑呵呵的布袋和尚肉身，俗称弥勒佛。旁附楹联：笑口常开，笑世间可笑之人；大肚能容，容天下难容之事。村民不知此为佛教未来佛，这般喊他，不仅因他抢风水把老爹葫芦爷的坟做山腰去了；还为他脸上笑嘻嘻的，背后下刀子的行为；就跟把他兄弟白脸双富、黑脸双贵叫黑白无常一样。无常是啥？判官手下的索命衙役呀。我和杨小勇与村民干田活时，大伙东一搭、西一茬地聚一起讲瘪讲卵捏着锄头柄不干活儿；有时还背跌打滚地扪跌（摔跤），男女哄闹一处轧闹猛。这山里女人特彪悍哪，笨羊杨小勇常被她们欺侮，扪跌输了把奶子往他的嘴里塞，还让他喊娭姆（娘嘛）。每当此轧闹猛穷开心时，遇上笑面弥勒带黑白无常下田检查，那桂花树下的哨岗便大喊一声：黑白……众人便心领神会地散开干活，像啥事也没发生过一样……

如果取不出绰号来，也好办，看他的智力与品行。如奋口小队长戚常锁脑筋灵活，不到十六岁爹死娘改嫁，神神道道地守着灵牌，倒腾不出一口吃的来，人们以为他要吃百家饭了，先取绰号叫痴佬，就是呆驼儿子呗。没想到后来他跟上外村说书人刘瞎子，走村过坊、吃起张口不劳身子的百家饭来，又娶进地主阿囡成了家，大家就改变了看法。人生同吃一碗饭，饭里内容不同。村民一年四季，都吃麦碎米饭与番薯芋艿粥，他却寒风陡起时，咸菜笋丝年糕，夏季洪汛间，又换成掺上糖饧的梅糕。他娶下的地主阿囡，人唤作老太婆，也是绰号。不但辈分高，还是她小小年纪额头上就打皱纹。人丑不打紧，吹熄灯身上的肉都一样，能下崽儿就行。人们惊羡的是她带来那一牛车旧木料嫁妆，这可是穷汉做人家的真材实料。待破四旧唱不得书，戚常锁又反戈一击上台批斗刘瞎子，回村与人合伙把山里鸡蛋笋干蘑菇收起来，拿到城里换成布票粮票与油票，来回折腾着搞资本主义尾巴，很快就把草舍棚翻建成新瓦屋。

要说村里有智者，就非他莫属，不称智佬又称啥呢？

像洪根土这般的憨人倔人，年少时被村人喊为后海讨饭腔，因为他是八桂书记从后海滩涂上领来无爹无娘的逃生仔。这绰号有污蔑性，他很难接受，谁喊就与谁红脸扪跌。自古笑贫不笑娼，天下最穷无非讨饭人。那时他已恍惚知晓自己出身，知道讨饭这营生不光彩。当年八桂书记从朝鲜战场上归来，执意返村建设家乡新农村，顺便把他带回村时就说过：龙生龙，凤生凤，老鼠生崽钻地洞。他的出身按后来戚双连的说法，可金贵着哩，应是抗日志士冯团长的遗孤。在这讲究阶级的社会中，脑袋上烙一块红印，聪明一些紧跟潮流，早就顺风顺水地脱离红脚梗，变成城镇户口的白脚梗了。他说那年代老区子弟出山的机会特别多，工作组行庙会走马灯似的一茬又一茬，来一次就带走几个人，他的四弟双荣，就被后当副省长的伍专员，转正为县委招待所的厨子。可惜洪根土是笨脑子，八桂书记也不知出于啥原因（可能太喜欢而想留下他），在说过他是冯团长的儿后，又向他灌输了冯团长不会生养，他是他的勤务兵小黄狗与小妾阿三偷情所育的米汤果，他就跳着闹着不要红帽子的出身，懵懵懂懂患得患失地给富农药老倌当了进舍女婿……

药老倌是番薯蜜枣秋秋的爹，也是后当书记的笑面弥勒的远房堂叔……

有轿子抬你不坐，偏往刺蓬堆里钻？你说他憨也不憨，不是憨佬又是啥？需解释的是憨这词儿，本地俚语中不读作 Hān，而读 Gān。通解为敦实忠厚，不识时务，专指天不怕、地不怕，认死理的倔人，与犟近义。如此看来，应为戆（Gàng）字，如此才音义同解。但后来我查过市文化馆编的《沿海俗语读音通解》，内中注释憨在本地也念为 Gān。

这地方普通话被称作官话，流行方言俗语。字一样，读音却有很大的差别，也不知祖先是啥想头？石骨铁硬地特拗口，明明说的是好话，听起来像与人吵架。平原地区好一些，到了山区连声调都变了，完全听不懂。读者如果稍加注意，就会在近年影视剧中听到蒋委员长骂人；通常被写成娘希匹，其实谬也……他骂你娘做婊子呀，当地人称戏瘪；希匹就解释不通。同样，孬孙儿子的孬字，通常人误解为老，以为是老孙之子，老孙就是孙悟空嘛；其实这孬字有多种含义，主释窝囊。就如洪根土被人称之为憨佬，出典是此地靠山近海，自古设有盐场，南盐北运，历朝历代犹如漕粮沿运河北上设署专卖。金、宋划江而治，遇河道堵阻淤塞，便有驼队南下。初南人视为罕物，喂至精料（稻谷），谁知此物载重远涉，却喜食盐与干草，人称为犯贱之憨骆驼。至今沿海邻县尚有骆驼场骆驼桥之地名，实为旧时驼队厩养遗存。憨佬一词源出憨驼。指骆驼负重贱食，干数条牛的活儿，却食半条牛的草料，你说贱也不贱？非但如此，此物性格倔强，据北地驼商告诉大家：它们长途跋涉，尤善负重过寸草不生的沙漠。驼队行走千里，途中只捎带一马袋水和几张干饼，可那是供人吃喝的。人们便问它食什么……驼商说它只吃盐，不吃不喝也能跋涉千里……

这般，这地方的人认定它是天下第一的贱物。遇上贱且个性倔强之人，唤作憨驼，后来演变成憨佬。

简单说，洪根土被村民唤作憨佬，源于当年与麻皮阿梁的斗婚。自然，此事在村人眼里，可算憨到家了。那时八桂书记刚下台，戚双连要把他纳入自己的班底。当村书记，光凭组织一纸文件没用，斗的是实力。八桂下台是因为与三寡妇偷情，三寡妇是他的堂侄媳，一头扎进去就没回头。要女人就不能当书记，工作组把他打发去管山林当守山佬。那时洪根土还担任着民兵副连长，准备培养入党。可他放着大道不走，偏斗婚做了富农家的进舍女婿……

进舍也是方言，意即倒插门。老话说：无钿置田产，只得卖祖根。这事儿在乡间算不得稀罕，多半在油菜花开时，那些光棍老倌就像赶骚雄鸡一般往山下赶，看到五十岁的老太婆也会喊大慈大悲的观世音菩萨，剥落裤裆勿认人。当进舍女婿虽不光彩，但总比没有老妯乸的强。为啥叫进舍？因为当时村民多住草舍棚。瓦屋叫屋草舍是舍，全村近两千口人，在我插队时只有戚双连双富双贵兄弟与戚常锁少数新贵，推倒草舍砌起了瓦屋，还有为数不多原先的几户好人家，靠做手工（如打石头、做钿匠或篾匠）出山赚来辛苦铜钱，也才住上瓦屋。黄八桂当兵去抗美援朝，回来土改结束连草舍棚都没分到……

药老倌算是例外，靠行疍医伺弄草药，早早地砌起一间瓦屋来，算是村里先富起来的人。可惜发家太早，年轻轻的死了老婆，没留下子嗣，只有一个被人称为番薯蜜枣、没他的肩膀高还瘸着腿的阿囡。番薯蜜枣啥东西？就是秋后留地里的小番薯，捡来放进火缸里煨干当零食吃、被人遗弃的好东西嘛。疍医真是一门神奇的学问，药老倌看毛病，不把脉不看舌苔，只把一根线牵在你手腕上，不停地用手指弹，就知道你的病根在哪儿。他还使用一把女儿针，在你病灶上反复扎不停扎，扎得污血流尽，病自然也就好了，不得已才让你喝他炮制的草药。他能治病，却没从医许可证，好在大家也不讲究这东西。据县志记载：疍医出于疍船，汉武帝时闽越王大渚与瓯越王（没留下名字）反，汉军南下，越人战败南陟岭南流亡海外。凡撤离之处皆在村溪水井置蛊于内，兵饮皆亡，畏若寒蝉。后在营中设郎中谓之相公；每到一处先测水源以身饲虎，日久与疍民（水上漂泊族群）融洽，才得以安定南境……

此相公就是疍医呀。至今沿海境内，尚有相公庙遗存为证。

药老倌相中洪根土也有说法。一说他进山时没适应水土，浑身生疥癣（皮肤过敏），抓得浑身血淋淋的，是他给他涂用硫黄水泡皂树根煎的药给治好的，一来二往就有了感情。也有人说药老倌担心小鸡薄力的秋秋，在他百年后吃苦头才看上他的笨模样。应着憨人有憨福、烂泥菩萨住瓦屋的古训，特地给捣鼓成这段姻缘。斗婚嘛，其实只是个过场。据说秋秋当时并不愿意，洪根土虽说生得人高马大身子骨壮实，却是三脚踢不出一个闷屁来，脏兮兮邋里邋遢的，不分春夏秋冬一件破夹袄，腰上系着一只钢盔锅，东家帮工、西家锄禾，走到东家吃东家，落脚西家困西家，两只肩胛扛一颗头，不着家业地跑东颠西，不是正经做人家成家业的男人。虽说她容貌不佳，却是个家底殷实人家的正经女子。她相中曾在她家帮过工的陈家坳麻皮阿梁，此人刚刚退伍回来，虽说脸上落下麻斑，五官倒也齐整，身上套着件绿军装，能说会道，有个干部的模样；何况薄技在身会做石匠，帮人砌个砖垒堵墙。与洪根土一样，也是个父母双亡没牵累的主儿。

话说少年无丑陋，当年秋秋十八岁，虽说跛着一条腿身子骨瘦小，脸却长得白净齐整，杏眼流转，一笑就俩酒窝儿。她这腿也不是胎里拐，是从小没娘、三岁时趴在药老倌身上攀崖采药摔的。开始没啥大碍不哭不闹，待发觉时已经迟了，药老倌用女儿针扎了几年没见好，后来就变成了瘸子。害得药老倌后悔了好几年，只得认命顺从天意安排……

斗婚，是山里有钱人家招进舍女婿的风俗，犹如文人进考场武士出校场测试实力，优胜劣汰。年轻后生娃就如孔雀开屏，比拼养家糊口的技能，胜出者经族长太公同意，入祠堂行拜谒祖宗入赘为婿，靠的是真本事。那日斗婚，因事先由瞎子老炳择过日子，且在下戚家祠堂公示，村民们就都来哄闹猛，把上戚家晒谷场围个水泄不通。这声势，好如古代财主家的千金小姐站阁楼上抛绣球，秋秋红袄绿裤地打扮齐整，由三叔婆、四阿婶搀扶着，观看未来的如意郎君表演才华……

在村人眼里，后海讨饭遇上麻皮阿梁，算是铜缸对铁鬶，针尖对麦芒，将遇良才棋逢好手。时值残冬，两人都穿着开花的军棉袄。陈国梁是复员穿回来的，洪根土却是在八桂处借的。八桂当过志愿军排长，军棉袄上比麻皮阿梁还多了两只口袋，只是穿在洪根土身上嫌小，紧绷绷的。两人站在父女俩面前，好似两座黑铁塔。这第一轮嘛，洪根土让陈国梁提条件，陈国梁提出掰手腕，洪根土就输了。咋能不输呢？人家在部队修铁路开山，十八磅大铁锤都能抡上百十下，凭的全是手上功夫。洪根土自然不服，提出第二轮比试挑硬山柴。说从上戚家至岙口，把一担山柴挑去镇上卖，路上九道梁十五里的盘山路，中途我不用歇担。这事也玄，通常一捆山柴约六十斤，两捆一百二十斤，中间哪能不歇担？陈国梁摇头表示不信，加码说：如果你挑四捆也不歇担，我就服你！四捆嘛？两百多了，铁肩膀也磨出伤痕来，百步无轻担呀！麻皮阿梁存心让他出洋相，他知自己不行，最好两人都不行，就用不着比了。这村里担柴汉子多得是，也没人行！洪根土犹豫一会说：四捆没试过，三捆倒也可以试试……

陈国梁说：也行，我两捆，你担三捆，中途谁歇担算谁输……

村里后生们看出端倪来，起哄说：天下没白吃鲜桃的，谁说话不算数，谁是孬孙儿子。是呀，平常大家都挑两捆，在途中还歇几次担哩。没想到憨佬根土一条筋，会顺着竿子往上爬，认真地说：这些天我正闹肚饥，不如先让我吃两个烤番薯，我挑三捆给你们看。这话，应是说给旁边凑闹猛的后生们听的，没想到陈国梁也憋上了劲。说你别吃烤番薯了，挑三捆不歇担，到了天街镇我出粮票买焦饼油条给你食饥。几副？洪根土认真地问。十副吧……陈国梁认真答，我说话算话。这时洪根土已全然忘了斗婚，脑子尽想吃的东西了。陈国梁也奇了怪了：莫非这憨骆驼是食错秤砣漏了胃，能为十副焦饼油条拼命？药老倌知他饿，急唤秋秋入内拿出两个麦果来给他吃。麦果是连夜赶制出来孝敬祖宗的，原本应该在斗婚分出胜负祭祖后，才可以散给村邻的喜果。秋秋心里虽不情愿，却父命难违照办了，拿出来双手捧给洪根土。她当然也不信：人又不是憨骆驼？哪能一餐就能吃这许多东西的？但洪根土摇头拒绝了，决心要下山吃十副焦饼油条，脚步咚咚地走到柴篷基，抽出三捆硬山柴来……

这一轮陈国梁输了，丢掉一斤半粮票。那年头，一斤半粮票能抵四斤半杂粮哩，他虽心痛，却输得心服口服，眼睁睁看着洪根土，当着助兴后生们的面，把十副焦饼油条，就着系扁担上的一瓦罐溪坑水，呼哧呼哧地吃下去，连一颗芝麻也没剩下，吃完还余兴未尽地用手背抹嘴唇。回村路上，大家看到他蹲在溪坑边，脱下那件军棉袄，用瓦罐内的溪水冲去肩膀上濡湿的血污……

回村已近傍晚，两人各赢一轮，还得比一轮。陈国梁乏了，要求隔日再斗，洪根土却斗上了兴，拉住说：好佬不吃隔夜饭，你说吧，斗啥？陈国梁手抓头皮，心生一计说：那就斗吃麦果……他是这样想的：斗了一天，孬孙儿子深山滑雪，吃下十副焦饼油条是他付的粮票和钞票，自己可还一粒米没沾唇。如果斗吃麦果，自然会赢。洪根土吃惊地望他一会儿，瞪大牛眼睛道：吃麦果就吃麦果……谁怕谁哩？此音落下，药老倌与秋秋心内叫苦，不仅心疼麦果，这麦粉与菜籽油，可是父女俩从牙缝内省下来积储了大半年！两个大肚汉吃下来，分给乡邻的喜果就不够了；更担忧两个憨后生吃坏了身子，斗婚不成反害了人；但叫苦归叫苦，却已下不得场面，只得把整筐的麦果拿上供两人食饥……

可惜这一轮，陈国梁又输了，吃下八个麦果呕了一小半，最后软塌塌地瘫倒在晒谷场上。究其原因，是他心疼粮票与钞票，过晌没在天街吃一副焦饼油条，腹内空虚，求胜心切吃得太猛了……

他瘫倒时，洪根土也才吃下八个麦果，原本还想乘胜追击再吃一个，却被当族长太公的革命荣军戚企和拦住，当众宣布他赢了：药老倌，恭喜呀，会做会吃，真是一个憨佬哩。洪根土呆呆地望着他，不舍地把手中的麦果放回筐内，沾油的指头往头发上擦。这动作是向八桂学来的，八桂总往头上抹油……

秋秋掩面跑进内屋哭泣起来，没想到自己的终身，要与一个吃不饱累不垮的憨汉子联系在一块了……

从此，憨佬这绰号就在村坊里流传开来。

5

可这事儿没就此了结。洪根土被人称之憨佬，就为心底那股不服输的憨劲。虽然次日他就抱铺盖进舍入门，认命的秋秋只好把他当老公伺候；令她没想到的是，他却没与她圆房，天没亮就往陈家坳跑。干啥呢？找麻皮阿梁比试掰手腕，斗婚第一轮输了，输得他不服气，他要的是全赢……

这一拖就是小半个月，洪根土天天找陈国梁比试手劲。麻皮阿梁可是兵阿哥出身，手臂上的老鼠肉一蹿一蹿地，那可是开山抢十八磅大锤抢的呀。这时他正盘算着砌屋成家业，把借居在孤鳏五阿叔家的那间屋角塌陷的草舍棚给修缮一下。见他每天腰里塞着两个煨番薯，风雨无阻地纠缠，心里烦透了，差点跪地求他。说你都进舍到药老倌家当女婿，总算是把家给安了下来，我可连草舍棚还没得住哩，你还要我咋的？

他说：我掰手腕不赢你，进舍女婿就当得不踏实……丢脸哩……他问：手腕掰不赢我，会咋呢？他说：一辈子没赢，就一辈子不与秋秋同房了……

陈国梁想想：不对呀，拆人一门亲，如毁一座庙……这岂不丧阴德吗？只好乖乖地举手投降，让他跟他抬了三天石头，折回那一斤半粮票，把掰手腕的诀窍告诉他：怪不得老革命说你是憨佬，我还不信。原来你还真憨，一根肚肠捅到底地缺脑子呀。你不与番薯蜜枣同房，她就生不了娃，药老倌岂不当孤老？这掰手腕嘛，仅凭力气大没用，得使巧劲，靠转腕那瞬间的爆发力呀。洪根土如法炮制，果然就赢了麻皮阿梁，高高兴兴地回来与秋秋圆了房。

有人把此话传给秋秋，秋秋气得半死，咋有这种无爹娘养的野种牲，赢不了麻皮阿梁，你就这辈子不上我的床了？当我是泥塑木雕还是烂泥菩萨？我爹可急着要传宗接代抱孙子哩！他听后翻着那双直愣愣的牛眼睛，想了半天道：哪能呢？我是为你争口气，说过要赢他，就一定得赢！否则做人就没了面子……

这故事，是我插队时听老革命戚启和说的。他说他的堂弟药老倌好福气，招了一个憨佬女婿。如果不是当年在朝鲜战场上丢掉一条腿，他也就是个憨人。我问：憨人有啥好呢？他说：当农民的啥都不占，在世间上要做成事，须得一根筋嘛。就像战场上真刀真枪地拼，没一种必胜的精神不行。不像我的那些堂房阿侄，掌权后顾自闷声发财，村里二十年不变，还是原先的穷样子……

我知他说这话，是针对笑面弥勒与黑白无常兄弟。老革命在村里，可是个举足轻重的人物。他与前黄的黄八桂跟冯团长举义时，并不懂抗日的大道理，举义无非为一口饱饭吃。听信冯团长的勤务兵小黄狗说的有饭大家吃、有衣大家穿的道理，才跟上队伍走的。小黄狗也是本地前黄村人，与八桂算是堂兄弟。队伍打散冯团长死了，小黄狗不知下落，留下的部队跟着伍副政委撤到大山里。后来鬼子投降，部队奉命撤到山东，打过几次大仗又打了回来，把县政府的青天白日旗，换上了五星红旗；部队接着继续朝南开，一直打到福建，原本想享受太平时世了，可朝鲜战火又起，部队整编后进驻东北，再后来就开到朝鲜去了。那时八桂是排长，他是副排长。八桂入朝后不久冻伤，先回国参加家乡土改当了村书记。他继续留在朝鲜，在一次与人民军协同作战时，被美国飞机丢炸弹炸掉一条腿，回国后在省荣誉军人学校疗养了两年，才回村里与妻儿团聚，靠每月拿六元钱的特等抚恤金，过起太平日子来……

老革命的悲剧，在于多子多福的习俗，怕老了没人照顾，总想着在大勇十几岁时再添人丁，结果老太婆能力不济，生下次子大猛后离开尘世。他自然没能力再娶，三条光棍没人洗衣烧饭，过着苦日子。他为人懦弱，遇事不敢坚持原则、主持正义。早年八桂与三寡妇偷鸡摸狗犯腐化，实质是为抵制上级亩产万斤稻放卫星。明眼人都知晓不可能，他也觉得不可思议；可当伍专员的工作组要拿下八桂的村书记（他是副书记）时，他却违心地为戚氏宗族利益（他是族长），在昔日战友身上踩了一脚，支持戚双连担任书记。虽然他很快就后悔了，说是连肠子都悔青了，却已无可奈何（戚双连的翅膀长硬了）。这村坊近两千人，戚姓占了差不多一半。他与药老倌戚启卫是大房，吞口智佬那族人属二房，戚双连兄弟与下戚家多数人家为三房，还有上戚家人丁不兴的四房，都是清顺治年间上代太公戚兆明按耕地人口分的。戚双连担任村书记仅三年，就废了他的族长太公，还丢豆子搞民主撤了他的副书记职务。副书记他倒无所谓，人没了腿，工作就不方便。那时长子大勇还没去部队，次子大猛还是毛伢子，屋里啥事都由他收拾，没时间再管村里的事。他在乎的是族长太公的位置，历年都由大房传承。大房子嗣没三房发达是事实，二房四房加起来，还没三房人丁多；但这是老辈传下来的规矩，何况他还没死哩，戚双连就召集宗族在祠堂开会，拈纸团把他给废了。本来你当书记不公，我当族长太公的可以管你，现在族长没了，就只得任他兄弟胡作非为。在他眼里，当村书记与当镇书记县书记一样，看你处事公不公？没了监督机制，就会引发人的贪心与私心……

当书记后的笑面弥勒，一人升天，自然鸡犬得道。二弟白无常当了会计，三弟黑无常当治保主任兼民兵连长，还有在县城招待所掌厨、能与领导说上话的四弟厨子双荣，尽霸村中朝纲，就没了别人说话的份儿。为夺回话语权，他送长子大勇到部队服役，嘱他十只脚指头扎泥里，争取入党提干退伍回村竞选书记；没想到大勇在部队入党提干后，就不肯回村了。他无奈写信让他回家探亲，按他的意思找镇文宣队台柱子应彩娟为妻，让她选上妇女主任进入村级班子，没想到后来大勇在越南战场上牺牲了……

戚启和心里的纠结，在我插队加入党组织时就已开始。每次召开党员会，他都借机挥舞着不锈钢拐杖（县民政局配的），指着戚氏兄弟仨骂娘，那时戚大勇还没阵亡，已升至副连长，他就夸他如何如何了得，以此贬低戚双连，对他兄弟仨表示不屑。直至军嫂应彩娟被发展入党，他才稍稍地收敛了些。

全村三十八名党员，也就他与憨佬洪根土，才敢当面顶撞戚氏兄弟，其他都不敢；原先还有麻皮阿梁，自戚双连默许他带人打石头搞私有后，就老实得多了。其实老革命也用不着在支部会上举大勇副连长的牌子，他这复退军人的副排长，就与笑面弥勒的村书记同级别，而且口袋里还装着两枚军功章，谁又敢把他咋的？可是他总拿级别说事……

这陀山上得台面的人就数黄八桂死得惨。他因三寡妇的风流事被撤销书记职务，最终却没和三寡妇结婚。三寡妇倒是想嫁他，在他当守山佬住陀头庵时，还偷偷摸摸拿着惊蛇棒左右开弓地甩打荆棘丛引路，在月黑星稀的夏夜爬上山来送身子，但八桂却守身如玉去邪归正地不干了，说他在党员会上表态，不能再腐化堕落。三寡妇便取笑说：现在你已不是书记与党员了，还守啥纪律？八桂认真地道：组织上不承认我在党，我还认自己是党员；再说这事，戚老瘸说得对呀，家有家法族有族规，哪有当着祖宗的坟廓，阿叔困堂侄媳妇的道理？我再与你好下去，祖宗的木主牌都会得翻筋斗哩！

三寡妇后来被上山鸡毛换眉头纸的斜白眼货郎担，用两瓶头油骗下山去当继室。临走她把头油一瓶自家留着，另一瓶送给了前黄的大姑囡，说八桂守山不是人，困了她多年身子不要她了，只得跟着斜白眼货郎去做生意。

从此就没了她的音讯，斜白眼货郎自然没再来村里鸡毛换眉头纸，换了个比他年轻多的小白脸，听说还是镇供销社的正式销货员……

单思明（三）：被称之为牛的人们

1

牛有爱情吗？可笑，牛能抬头吗？也可笑。这世间上的事，向来都有着传统的轨道，谁都逃脱不了历史。就像火车疾驰在村庄与原野上，得顺着铁轨顺序前进，得有人给你设计与铺就，否则就会翻车的……

许多年后憨佬洪根土向人介绍，说当年竞选村书记办厂，是因为听过鸿年老师讲的故事。大意是：很久以前，海滨渔村里住着一个有钱的懒人和没钱的渔夫。懒人不下海，整天坐在礁石上看风景，渔夫却起早贪黑地忙着捕鱼。懒人便讥笑说：你看我坐在礁石上，晒晒太阳多舒服；你这般辛苦为啥呢？渔夫说为全家不饿肚子。懒人问他：有钱不饿肚子了，还会不会下海捕鱼呢？渔夫说还得捕呀，不捕鱼我能干啥呢？如果有了钱，我要造一条大船捕更多的鱼。懒人又说：那为啥呢？渔夫说：待以后老了，就可以与你一样坐在海边看风景了。懒人讥笑说：转上一大圈，还为坐在海边看风景？不如现在就像我一样。渔夫想了想说：不对，同样看风景，那时我可以心安理得地看，而现在不安心……十几年后，懒人耗尽家财饿死在海滩上，而渔夫却兴旺发达了起来，把造的船交给下一代捕鱼，自己则像当年的懒人一样，坐在海边看风景了……

　　这故事也许鸿年老师讲过，后来忘了；他却记住了。因为他是憨人，生来贱命，不像别人那样靠祖宗福荫，只有自己创造；如果享前人福，则会像那懒人一样饿死在海滩上。当时他正发疯似的想制造属于他的渔船，说竞选书记办厂赚钱，就为老了能心安理得地坐在海边看风景。三十年过去，他的渔船还真造成了，能不能坐在海边看风景？又是怎样的一番风景呢？这故事后来被他的长子油嘴佬篡改了：老爹，渔夫怎会心安理得地坐在海边看风景呢？人的欲望没有边际，待你造起木帆船捕到更多的鱼，轮机船出现了；有了轮机船，又有电子遥控船，随着现代渔猎集团化、规模化，捕鱼的人也越来越多，您老人家造不出新船来，就不可能坐在海边看风景……

　　洪根土听后愤愤骂道：不肖子，你想让暮牛耕田，四脚笔勒直为止？

　　戚长庚嘿嘿地笑了：您不是说只有累死的牛，没耕坏的田嘛！

　　父子俩拿此故事说事，表明对事物的一种看法。一个三十年前穷得篮底脱落的红脚梗，领着一帮没财产没文化没资源的农民办企业脱贫致富，目标是想老了心安理得地坐在海边看风景，这也太罗曼蒂克了吧？

　　十几年前他蟒蛇吞大象，以小小的村办厂，兼并沿海市内最大的化工集团，谁都认为不可思议，认为合则必死；可他还是硬着头皮上了，在市委、市政府支持下，成为当地农民企业家中的阿大……

　　记得当时有记者采访他：为何敢蟒蛇吞大象？他回答是：我当书记不为钱，要摘红脚梗的面子。又问：十五吞是穷村，你是如何使它发生变化的？他嘿嘿憨笑道：当初嘛，阿拉红脚梗都穷，工作组谈话要我当村书记，我可不敢答应；可番薯蜜枣好面子呗，她家成分是富农，在人前抬不起头来，说我憨人有憨福，烂泥菩萨住瓦屋哩，我不办厂，她勿让我上床困觉嘛。

这般说，周围领导与群众都大笑了起来。

番薯蜜枣就是秋秋嘛。大家千万别认为秋秋是知书达理，或貌若鲜花的奇女子。都说深山出俊鸟，穷乡僻壤藏龙卧虎。书上说每个成功男人的背后，必有个贤女人相助：能让男人成就事业的女人肯定不简单。于是一帮记者吭哧吭哧地背着摄像机进山采访戚秋秋，要在电视上做节目。然而事实与他们的想象大相径庭：这时秋秋因受洪根土牵累大病初愈，不得已舍弃赤脚医生职业在家休养，只见她脸色黝黑、身体精瘦，穿一件大红蜡染布旧棉袄，撤腿坐在半草舍、半瓦屋的院落内，脸红得像个西红柿。见大家围着她七嘴八舌地采访，指着屋边那塌下来的柴篷、也像她老公那般傻笑道：你们别听他的憨话……他说听我话，我让他别去城里折腾，在家安心当农民，把柴篷给叠叠好，他能听吗？

自然不会听……捧着那只久弃的旧药箱她咯咯地笑弯了腰，说他这人哪，老牛一根筋。凡决定办的事，天王老子来了也不买账！看着那些扛摄像机的老记们没反应过来，补充说：刚办厂那会儿，我说这药箱背了几十年，要换新的；他把钱捣鼓空了，连我爹塞墙缝的都没留下，我催多少次呀，他都不理我。还是我攒下换蛤蜊油的鸡蛋钱买的……山里风大，我都没钱买蛤蜊油。现在男人出去做工了，妇女得上山砍柴下田插秧……秋秋认真解释着，又自豪地补充道：现在村里穆桂英挂帅，妇女当家哩！

自从米沙到过这村子、留下太阳升起牛抬头偈语后，这些原本涣散的红脚梗们心头升腾起一种叫作希望的东西。这希望时时刺激着他们向前，又时时掣肘他们的行动。农民啊，是我们国家最单纯也是最复杂的群体。不管生存如何艰难，即使连隔夜粮都没有，在精神上也需要有信念鼓舞着。就像从陀头山上流下来的溪水，不管多少艰难险阻，它的目标就是流向海洋，川流不息，潺潺绵延，除非你筑坝将它截流……

那时山民们会在月明风清的夏夜，悄悄会集在戚双连兄弟、智佬常锁、憨佬洪根土与麻皮阿梁的家里，嘴含着以葵花叶子替代烟丝点燃的旱烟管，相互传递着能让他们改变命运的信息；遇上二四六上夜校扫盲班，那就更闹猛了，抱着孩子或手拿着鞋藤箱的年轻媳妇与大姑娘，也五姑六嫂地呼唤着、戏闹着出门，挤进教室角落里，与男人们一起听我们传播文化知识。只要她们在，课堂上就充满喧闹的声音；男人们则很少有响动，仿佛全哑巴了……

人们的劳动热情也空前高涨，那几年农闲时节，除了造水库，还开垦了五六十亩新大寨田。戚氏兄弟虽然悄悄地担忧着这种变化，会动摇他们治村的根基，却不得不承认这是一种良好的开端。笑面弥勒与我们知青说：这样下去，真有牛抬头的模样……

可惜这种状态也就保持了三年，待我成为工农兵大学生后，从中央到地方，那场在历史上留下痕迹的反击右倾翻案风开始了。这头已抬头的牛，又把头垂了下去……

2

当时的中国，几乎啥事都与政治相关。不要看农民每天敲锣出工，关灯摸奶，在田间背跌打滚的，三句话离不开女人裤裆里的那些事，相互见面都说吃了不？吃的啥哩？咸菜泡饭懒惰年糕六谷米糊，关心着油盐酱醋米，其实他们的政治敏锐性，比每天坐在机关里一张报纸一杯茶的干部还要强。上面一有风吹草动，他就知晓一场暴风雨或是大地震就要来了……

那年发生了啥事呢？我告诉你二十世纪七十年代中期，你就该明白了。

在十五岙村度过的六年，于我以后的人生起着决定性作用。要不是唐如康向戚双连打招呼，提供我工农兵学员上大学的指标，我想我还会在那儿待下去，像杨小勇一样坚持同吃同住同劳动十年，直至上面有政策才返城。要知道当时我们尽管环境恶劣，生活艰苦，心却是火热的呀！我这般说，你们一定以为我矫情，连笨羊杨小勇也这么认为，很多年后聚会时还指责我是逃兵。他说：你以为校花真心拒绝你吗？她是为你出息，才当机立断嫁给秀才的……

是呀，我就是猪脑袋，当时怎么没用脑子想一想？从小与我一起长大玩娶媳妇游戏时只要我当新郎，抢着坐花轿的邵素芳，怎会忽然间改变主意？当我把入学通知书交给她看时，她却拿出与志潮秀才的结婚登记证，断然拒绝与我保持数年的关系。我与她虽说不上山盟海誓，却已有过肉体接触。在那个男女都不敢拉着手在大街上走路的年代，这种关系又意味着什么？

　　我自然迁怒于秀才，狗娘养的我俩不是同班同学，难道连朋友妻不可侮的古训都不知？我与素芳的恋情，在当时知青与村民中已是公开的秘密，谁都认为我俩要成为名正言顺的两口子。我与她同在武装部大院长大，她爹邵廷祯也是侉子，与我生父单志荣可说是老乡，入伍比我继父唐如康还早一年。虽然他的仕途不顺利，唐如康入伍时，他是连队文化教员，唐如康当排长，他是团部宣传干事，后来唐如康由副连长、连长直至副营长，他却还是干事。中华人民共和国成立后两人一起转业至县人武部，唐如康开始当参谋，后来升为副部长，他却一直是干事……

　　人在冥冥之中，对许多事都有感应。我还在孩提时期，对邵廷祯印象就不错。他是一个充满生活情趣的人，每到傍晚就会搬出一把小竹椅，坐在院子的泡桐树下拉二胡，眼睛盯着孩子们玩游戏。拉啥曲子？应是沂蒙山小调《思乡曲》。我虽不懂，却觉得好听，停住玩耍站在他面前呆呆地听，看他白皙修长的双手，灵巧地按动弓弦……

　　邵廷祯问：喜欢吗？喜欢我教你。

　　我摇着头在他面前跑开了，仍与大家一起玩，心里却洋溢着那曲子的动听与温暖。后来我知道了那是一首思乡曲，对他多了一种亲近感。也就从那时开始，我心里就有素芳的影子。这影子就像在春天百花盛开时，在我眼前不停翻飞、炫目的一只花蝴蝶……

　　邵廷祯仕途不利，多半由于他入伍前的成分与素芳妈的出身，几经沉沦，最后还是栽了跟斗。那时邵素芳连红卫兵都加入不了，是我通过志潮秀才的关系，勉强把当校广播员的她拉入其内……

　　我当然要找秀才理论，咋乘人之危把我心中的女神给抢走了？当我要邵素芳做出解释时，她只哀哀地哭泣着不说话。这样我只得找秀才理论了。

　　我知秀才早对她存有不轨之心。高二头学期就看上还读初二的她。那时节我们还都是青葱少年，有贼心却无贼胆，看到喜欢的女同学只是唱些不伦不类的小调：羊角辫儿翘一翘，问侬老公要勿要？小调也是社会混混的玩意儿，我是不会对素芳唱的。同在人武部大院内长大，她有几斤几两骨头，我还不清楚吗？虽然那时她已被称为校花，在我眼里也就是刚擦净鼻涕的小女娃儿。但秀才不一样，山村的偏僻与贫困，并没影响他思想与身体的发育，虽然瘦得一根晾衣杆似的，性意识觉醒却比一般人早些儿。他在秋雾蒙蒙的一个早晨，抄了一首普希金的情诗在她上学路上拦住了她。遗憾的是情窦初开却单纯自负的邵素芳，邀功似的把它交给了教导处。结果可想而知，可怜的秀才差点被学校除名。好在没多久运动开始，他才抬头率先成为红卫兵头头……

可志潮秀才拒绝见我。我在离开沿海前找过几次，他都借故躲开了，还与邵素芳闪电式地举办了婚礼。直至大半年后，我在省城得知素芳因其父被打成"现反"入狱，跳进水库自杀身亡而匆匆赶回时，他才约我在149卢益平工作的驿栈茶馆见面，把那本我送给素芳的日记本交与我。那本日记内有着明显的缺页，显然已做过手脚。我问究竟是怎么一回事？他淡淡回答：你懂政治，该明白她的情况。当时你有能力保护她吗？你不能……可我能……何况你知道我是爱她的。他这样说，我就不便再深入追问。就当时我的情况说，承认与没教育好的子女婚姻或者恋爱，就意味失去推荐上大学的资格……

但我还是在分手时，忍不住问一句：唐如康找过你？

他坦率承认说：是的，他找过我……

显然这是一场阴谋。内中缘由和与其相关的复杂关系，也只有经历过那个时代的人才弄得清楚。直至多年后我身陷囹圄，省纪委调查组有个叫雨文的漂亮女监察员与我谈话，我方知那段难以启齿的情感中，还存在着另一段不可告人的秘密。而那时，距邵素芳逝去已三十年，秀才也形容枯槁病入膏肓……

春江水暖鸭先知，那个时代梦魇一般过去了。那年头做下的许多事，现在很少有人做深刻反思，尤其像我这般身涉其内的人。虽然也会随着时势的变迁，跟着喊些口号；但灵魂深处，却如硬茧一般包裹其内，难以从根子上拔除。那是那时代过来人的劣根性。可是牛们能够知道真相，因为它们直观地观察事物，不像人一般光怪陆离地伪装，为了实现欲望掩盖本性，不会忏悔在前行的路上所犯下的恶行……

邵素芳自杀后，洪根土为争取留村知青的权益，背着从水库里捞起来的尸体，带上笨羊杨小勇与陈红莲，沿着那条曲曲弯弯的快船江，穿着草鞋走了五十里的沙石路，到县政府讨要说法。陈红莲在素芳活着时，关系并不融洽，这时却也成为好斗的母鸡。岗哨自然拦着不让进，政府又不是司法机关，但此事涉及知青却有些尴尬。唐如康与邵廷祯都是老解放区南下的北佬。在当时形势下，虽同情邵廷祯的遭遇，却无力为她解脱。出了这等大事，不见吗？心里说不过去，她是他战友的女儿啊。可见了咋说？邵廷祯可是"现反"，她又自绝于党与人民？何况他清楚素芳与我还有着千丝万缕的关系。如果处理不好，直接影响我的前途。这时候唐如康已把我的前途，放在他人生的首要日程上。现在洪根土却不管不顾地打上门来。为此，他在办公室里多次打电话，让笑面弥勒把他们弄回去，戚双连说洪根土原本是个憨佬，犟人嘛。还说素芳是他干儿志潮秀才的妻，他在政策上拿不准，不好处理。又说洪根土在留下的知青们面前夸下海口，说你们不敢出头，我帮你们出头，县太爷是人民的勤务员。他们没个说法，我就把尸体搁那儿，看他到底管不管？因此笑面弥勒说，他这书记位置原本就坐不稳，这种犯众怒的事儿，还是政府管得好……

从后来故事发展的线索看，这是洪根土首次憋足劲向政府叫板。历朝历代都没有红脚梗说话的份儿，他在试探着牛抬头哩。那次他与笨羊杨小勇、陈红莲在机关大院门口，一坐就是两天两夜，就着冷水啃番薯麦果。唐如康当然没见他（下班从后门溜走），可他不敢把事弄僵，最后主持召开革委会全体会议，派人以政府名义答应恢复素芳名誉，当作工伤事故处理，为留队知青增加已经取消的粮食补贴，出动县民兵指挥部的武装民兵，强行火化了素芳的尸体，召开追悼会，由志潮秀才代表革委会出面做工作，然后解送她的骨灰回村归葬。

那墓地后来我去看过，选在上戚家最好的阳坡地，用卵石垒成。前立一碑，以志潮秀才的名义竖立，上面镌刻着：没有风雪彻骨寒，哪有梅花喷鼻香。这是我送给素芳日记本扉页上的话，没想到成为她的墓志铭……

此番叫板，算是打了个平手，但洪根土心里明白：世态没到牛抬头的时候，因为太阳还刚刚露头，没升起嘛。

接下来有一段短暂的雾霾时光，太阳在升起中却被晨雾遮住了。那几年村里有不少人患了秋秋说的黄胖病（肝炎），脸上浮肿起来。是啊，水库停建，就没了补助的粮食。邵素芳的自杀，又激起村民、知青与政府之间的矛盾。虽然洪根土负尸请愿时，多数村民并不热心，认为他猫拖咸鲞，多管闲账，但心里却明镜似的，明白政府不会像修水库那样重视村民权益。农民种地，历来靠天吃饭，那几年气候也不是很好，北方唐山还闹大地震哩；这儿不是大六月天下冰雹，就是寒冬大雪封山。春种夏收，遇上荒年大家的粮食就更没的吃了。十五岙的村民在戚氏兄弟监视下记工分，到了年底都成为倒挂户。这词儿现在很少有人懂了，在当年生产队还实行原始农奴制结算方式时是常用词，一个工分值几分钱，先按人口领粮食，年底才兑现钱。遇上荒年，不仅这般穷乡僻壤的山村，就是有田有地的山外，农民们年终大都还赊欠队里钱，这就是倒挂户。下乡插队的知青，前些年县里有粮票补助，后来没有了，与大家一样记工分，村民称作为蹒社户。人多了土地没增加，粮食就更没的吃了。洪根土负尸请愿除为农民抬头（认为与领导说上话才有地位）的动机外，还为沦落为与他同命运的知青讨说法，主要还为粮食的事儿。民以食为天，当年在村民眼里的抬头，就是要与城里白脚梗一样平起平坐、名正言顺地有一口饭吃。这不，城镇居民每月发二十七斤粮票，晚上还有电影看，农民没粮票，啥都靠土疙瘩里刨，常年番薯芋芀臭咸菜，糠菜半年粮半饥不饱，遇上荒年人死如灯灭，哈扑吹一下啥都没了⋯⋯

这样的状态，牛能抬头吗？

卢益平（绰号149）在村里插队前几年，心里也充满着一腔豪情，夜校教课时对着那些敞怀奶孩子的少妇朗诵革命诗：勒令三山五岳开道，五湖四海让路，大喝一声：我来了⋯⋯那时候他身壮力不亏，把劲使在革命理想上，修大寨田时还与村里壮劳力比赛撬石头；可后来没了补助粮票，劲也就没了。肚里没油水要沾荤腥，拿条铁棍进山猎野兽，却连野兽都找不到（全民狩猎就不经猎，没激素饲料，麂子兔子野鸡斑鸠们下崽都来不及）；他也实在饿急了，就把村里最后一条畜生——笑面弥勒家的催更狗大黄，用抬石头的钢丝绳套住颈勒死了，深更半夜地把大家召集在水库堰坝分享狗肉。

多年后，已在县城驿栈茶馆当伙计的他告诉我，此生最感激的就是黑无常双贵，孬孙儿子还真打，把我整成铁拐李因祸得福办成病退。我置疑地问：是你让他打的？他说是的，我说你有本事就把我的双腿给废了⋯⋯嘿嘿，他懂，少个人，村里就少一份口粮嘛⋯⋯

3

我上大学离村时，憨佬洪根土让长子戚长庚送我下山。那年他只有十五岁，已是个上通天文、下知地理，拿村人的话说就是：说得死尸会走、白鲞会游的油嘴佬了。别看洪根土表面憨乎乎的，心里却清亮着，知我上大学是学本领，让油嘴佬与我不断线，把抬头的希望寄托在我身上哩。

那山路是我熟悉的，曲曲弯弯的石径，下山比上山还难走。这村里的路，从呑口至下戚家由青石板铺就，从下戚家至上戚家也由青石板铺就，同样是石板路，却狭窄了许多，两人交替都显挤；再往里走，就只有窄窄的、穿过大大小小毛竹林的沙石道了。路修得有些年头了，石板多有裂缝碎损、石质磨损缺落的；路边溪坑渗水的地方长满青苔，不但陡，而且滑。但两边风景不错，也都是一坨一坨的毛竹林子，还有三三两两、间隔的杨梅树与桂花树，间或出现一两棵大樟树与柞树，或柿子树与油桐树；映衬着淡青色的岩石与山崖，景色如画，空气湿漉漉、黏糊糊的，却异常清新……

这条路在修水库、造大寨田与外出办事时，我与洪根土、杨小勇相伴着走过无数次，烙印在我脑海中了。杨小勇曾为素芳的事与我闹别扭，说我就是一个现代陈世美。我分辩说：还秦香莲哩？校花都拿秀才的结婚证给我看了。这年头蛇要果腹，田鸡要活命，谁顾得上谁哩？我这般说，他就不再辩护，但我知他心里是有疙瘩的。因此，他也赌气没送我一程……

早晨的雾还没散尽，青石板有些滑。一路上油嘴佬都攥紧了我的手，嘱咐我小心，不能像范进中举那样遭了失心疯（嘻，这小子还看过《儒林外史》）……他像秋秋一般生着一张娃娃脸，两眼水灵灵地顾盼有神，初看像个俊俏的女娃；个儿不高可长得结实，是个踏着尾巴头会动（秋秋原话）的机灵孩子，不像他爹洪根土，一副忠厚秉实、憨乎乎的傻模样……

这时他已小学毕业，上了公社初中。村里娃很少有上初中的，不仅因为穷，付不起学费；而且读书也没用，不顶吃、不顶穿，生产队又不给记工分，反误了割猪草砍柴的工夫。只有少数见过世面的人家，如笑面弥勒、智佬常锁、憨佬洪根土这般的，才让孩子读书。读书不咋的，名气好听，还多出一份

"出山"的憧憬。在这文化资源枯竭的山坳中，人们生活在一种古老原始的秩序里，如果你有见识，就会觉得有憧憬比没憧憬要好。这山里出过诸多大人物，又有哪个没文化？没文化只能待山里当红脚梗，出山蜕化为白脚梗寸步难行！因此，凡有点见识的山里人，大多不想子孙后代永久待在山里……

戚长庚从小就和我与杨小勇亲，渴望知道山外发生的事；我走后，他就少了个说话的人。他读中学，洪根土交代他一项任务，周末回家时转天街酱品厂，挑担两瓮酱油回村。酱油二十五斤一瓮，他挑两瓮走十几里山路，赚五分脚头钱。他可没他爹那能耐，中间多次歇担，但还是很高兴，一月下来两毛钱，可买两至三本连环画（那可是他最爱之物）。上戚家村口他家斜对头，有个叫戚老瘸的五保户，开着一间草舍门面的小杂铺。他自懂事起，这小店的酱油就由憨老爹给承担；只要戚老瘸没死，小杂铺就得开下去，挑酱油的任务就历史性地落到他肩上了（子承父业）。学校离镇酱品厂不远，坐在教室内可以闻到那股扑鼻的酱香味。五保户就是孤寡老人，村里每月发一元生活费。这点笑面弥勒做得不错，比山下富裕大队要好。能不好吗？断绝这些老绝户生路，老革命戚启和就用民政局配的不锈钢拐杖，敲他的脑袋骂娘。因此戚双连不止一次说：树活一层皮，人活一张脸，不发一元钱，就没了我一张老脸……

油嘴佬在路上叽叽呱呱地说个不停，因为他是油嘴佬嘛！

按城里规矩，他其实不该姓戚，应姓洪；可村里阿爷（药老倌）在他老爹进舍前，说定生下长子随他姓，名字是要放进祠堂的。这约定与他弟衰佬长生就没关系了，衰佬就姓了洪。他说油嘴佬这绰号，其实也是药老倌喊出来的。他识字后他教他背《疍民要术》的医书。没多久他就背熟了，阿爷每年要配膏方、泡许多药酒，年岁大了记不住，他八九岁时这般那般指挥他，话说多了，阿爷就喊他为油嘴佬。他说：我十岁就能记住见过面的村人、孩娃的生肖与时辰八字。阿爷出诊常带上我，疍医配药得问生肖与时辰。在家里老爹是三脚踢不出响屁来的闷罐儿，娘与姐、衰佬长生都少说话……

是啊，当年戚长庚还是小小少年，就能满嘴跑火车，天南海北啥都能扯上。他喜欢扎堆与成人混一处，啥越南战争、草原英雄小姐妹、原子弹上天、台湾与海峡两岸……或是猪八戒招媳妇、张飞的丈八蛇矛到底多长、宋江为何杀阎婆惜、梁山泊一百零八条好汉座次排列等，官学农商，仕途经济，啥都能娓娓道来。那年头的夏夜，上戚家晒谷场上只要有他在就分外闹猛……

我知他说的这些，除从有线广播听来（村里唯一的信息来源）外，还受村小学鸿年老师的影响。鸿年老师喜欢看杂书，常去县城、镇上新华书店买来许多杂书，置于教室一角让人随便翻阅。这些书后来被烧掉一部分，很快又补充上；还有就是他称为城里阿爷、阿奶的洪老师夫妇（洪根土养父母）。从读小学开始，他几乎每年寒暑假都去串亲，老爹交给他的任务只一条：就像瘦猪抠板油一般，占两老人家的口粮吃。当年夫妇俩把他认领下，现在他当进舍女婿不再想回去了，就让儿子沾些白脚梗的味道回来。洪老师夫妇都是语文老师出身，家里藏有许多书（那年头传统文化在城里待不住，大都奔乡村来了）……

这些他听到看过的东西，经童心加工与演绎，往往显得妙趣横生。当时村小学实行五年制，七八十个学生（许多都是动员来的）分五个班级，只有两个老师上统课，这边教室低年级上语文或算术课，高年级学生就做作业或自习；反之教高年级时，低年级学生做作业、自习；优生有的是自由支配时间。戚长庚成绩不错，从小就养成课堂上阅读课外书的习惯……

4

油嘴佬自小就不是一盏省油的灯。杏儿比他大三岁，他却会在拉了屎的泥地上，盖上稻草秸诱她坐在上面，玩坐排排分果果的游戏；还把尿撒在床上，向秋秋告状说她尿了床打屁股；一次不够，还两次三次地促狭人。更有甚者，十二岁那年玩恶鬼附体的把戏，让杏儿不知不觉地脱裤子，让他检查刚隆起的小胸脯。至于差了九岁、从小病恹恹的阿弟衰佬，更被他捉弄得一会儿哭一会儿笑的，自觉自愿地把秋秋悄悄塞给他的燥蚕豆、番薯干，还有野板栗，尽数掏出来供他享用。有段时期，长生晚上都不愿跟秋秋睡，偎在被窝内听他讲故事，严重后果就是把餐桌上他名下的煨番薯与烤芋艿，都藏口袋内奉献给他吃了……

戚长庚在那时，就异想天开地也要抬头，在路上与我说米沙来村里测风水，他躲在祠堂门后偷听哩。说他明白事先由志潮秀才做下圈套：造水库村民没积极性，让米沙这般一弄，大家的信心就鼓起来了嘛。还说秀才请人装神弄鬼，目的是他家叔伯兄弟四条牛，加上他的堂哥智佬常锁，二愣子大猛，假公主菲菲这头小母牛，面上就有七头牛，把风水全应在他的家族了⋯⋯

我惊讶地问：那时你才几岁呀？

他说十二岁呀，该懂事了吧？我也懂风水哩，这牛抬头该有方向，不在地势低洼的下戚家，而在山势高延的上戚家。我家也有牛呀，山里阿爷，老爹加上我，就三头牛了，如果⋯⋯如果啥呀？此时我隐隐地觉察到他的野心，这小子在想着分化或瓦解下戚家牛族破风水哪⋯⋯我打断说：我也属牛哩。他嘿嘿笑道：你可是外牛不属于陀头山，这不，要走了呀⋯⋯

戚长庚十九岁那年，国家恢复了高考制度，无疑给农村的红脚梗们，提供了一次抬头机会。可那几年都是历届生、应届生一起参加高考，呈现千军万马过独木桥，或说是鲤鱼跃龙门的状态。那时我已大学毕业，在县教革委（后改教育局）当了办事员。在昔日同学中，志潮秀才无疑是首选可凭实力考大学的，他是老三届中的佼佼者，可惜因历史原因被打成帮派骨干，送进农场劳改去了，插队知青中陈红莲与杨小勇也有机会，她俩都比秀才低两届，才初中毕业且学习成绩没他好，估计力不从心，很难往此独木桥上挤。如果邵素芳活着倒行，虽也是初中老三届，但人聪明，学习成绩拔尖，可惜她没能挨到这一天。由此我给笑面弥勒与憨佬洪根土捎信打电话，让在镇高中即将毕业的油嘴佬与假公主菲菲争取跃龙门。我是从这村子走出去的人，除通风报信外，其他很难有所帮助⋯⋯

太阳升起牛抬头，这是一句多么美丽的偈语呀⋯⋯

可就在这时，发生了一桩就我当时眼光看来匪夷所思的大事。

人的眼光，无疑是在事物发展中提高的，不是吗？三十年前被人看作大逆不道的东西，如今却被人们津津乐道引以为傲。尤其在我们这国家，当人们被传统流俗所困时，许多关乎人伦、特别是爱情，往往冠以反动污秽、落后的词条，有些还被绳之以法。一旦流俗散尽还事物原本面目，我们就会觉得当年的束缚、动机、行为是多么幼稚可笑，甚至显得荒谬。我这般说绝不是为戚长庚当初的行为开脱，他显然是带有目的性，受到惩罚理所应当，但对另一位主人公菲菲，历经大半辈子磨难，迟迟收获爱情实在不公⋯⋯

在这村里，戚双连无疑享有至高无上的权威，不仅利用占全村近半人口的戚氏宗族势力，把黄八桂给整下去，当了二十四年村书记，把黑白无常双富、双贵兄弟，三房堂侄智佬拉进班子一手遮天；而且在省、市、县领导层中，也有着千丝万缕的关系。他的大女儿娇娇就被搞"放卫星"与"四清"工作组的伍专员带出山去，在省城给他当保姆。二女儿、三女儿与四女儿，也都由四弟双荣介绍，嫁给城里占有资源权势的人家做媳妇。别看双荣当厨子，结交的可都是大人物，掌握官们嘴巴的人，能没一点儿世俗关系吗？这不，在村里贫者多为一家三代、七八口人住草舍棚，而他兄弟仨都盖上了大瓦屋，连脑残的长腿双乐，还当村委会通讯员，不用下田挣工分。

公平吗？自然不公平。这时他的干儿子志潮秀才已进学习班，以前他办别人班，现在干儿子被人家办了班。世事如棋步步新，三十年河东，三十年河西。谁又能吃得准眼前的形势？历史上改朝换代，也都换汤不换药，红脚梗永远是红脚梗，白脚梗永远是白脚梗，阎罗大王确定茕茕众生的命运，凡夫俗子能改得了吗？不信邪的人，有！如有种出种的憨佬洪根土父子，总是异想天开地想要抬头；如果上头没人，再憋足劲用上吃奶的力气，也就是个红脚梗的命，能让子孙变成白脚梗吗？戚长庚的外貌、性格都与洪根土相左，但骨子里的反抗精神如出一辙，小小年纪就要让戚双连尝尝甜的、咸的味道，挣扎着要抬头。如果扳不倒戚双连兄弟，也得让他们彻心彻肺地痛一回。这样，他就把菲菲作为痛下杀手的目标了……

在鸿年老师教过的学生中，很少有坚持到镇高中毕业的，这一届只留下戚长庚与菲菲。原本还有老革命戚启和的次子二愣子大猛、富裕中农黄百根的独子杂物贱黄志明，大猛是初中毕业没考上高中，黄志明考上了，老爹却莫名其妙地在砍柴时被犁头铁毒蛇咬伤，锯掉一条腿成了废人。他家里有兄妹两个，其母早年得黄胖病丧失劳动力，也就不能继续上学了。戚长庚自小就爱捉弄菲菲，她是村里的公主嘛。读小学时把癞蛤蟆或菜花蛇塞进她的书包里，菲菲会当着同学们的面失声尖叫起来，这样他就感到快乐。与四个容貌平凡的阿姐不同，菲菲从小就皮肤白皙，身材苗条，笑盈盈的鹅蛋脸上衬着一对乌亮的大眼珠，还有一双小酒窝，早早地出落成君子好逑的窈窕淑女了；连常年受戚双连兄弟压榨、欺负的鸿年老师，都选她当班长，号召全班向她学习。那时的菲菲，就如一个骄傲的公主，把头抬得高高的，见谁都不大搭理……

从小学升到高中，她在他的眼里，历来是既仰视又漠视，尝试着征服的冲动，两人的比拼在高中最后一学期达到高潮。据我在镇高中了解，当时戚长庚的成绩已稳定在班级（只有一个两年制的高中班）前三名，而初中时稳居上流的戚菲菲尽管努力，却在中流偏下。也就是说如果没特殊情况，戚长庚考上大学改变命运没问题，而菲菲却不行。为此戚双连急红了眼，龙生龙、凤生凤，老鼠生崽钻地洞，多少年来他一直与洪根土比拼着后代出息，咋会允许村里第一个大学生，出在他不屑一顾的憨佬之家呢？为此深感有压力的菲菲，屈尊向戚长庚伸出求援之手，试图最后一搏……

据二愣子与杂物贱回忆，当年发生的所谓强奸案是油嘴佬有意所为。他采取原始的男性特权制服假公主，目的就为羞辱戚双连。因为他向他俩说过：笑面弥勒不是要脸吗？他长脸，我就没脸了？我要他把这脸还给老爹……

黄志明分析说：油嘴佬此举有得有失。菲菲是个好姑娘，他提前行动占有了她的身子；就是他的人了。但他忘记了上大学的初衷，钻进笑面弥勒鱼死网破的圈套中。说这事鸿年老师甚觉可惜，叹息说：农民意识呀，鼠目寸光，两败俱伤；这碗水我喝不着，弄脏让别人也喝不了……

戚大猛说：毕业考后油嘴佬曾向我放风：二愣子呀……你信吗？我会在高考前把公主办了……啥办了？他说你笑面弥勒玩我老爹，二十几年让他抬不得头，我就玩你阿囡，在她身上敲下戳子一辈子忘不了……

他俩回忆那日傍晚，三人割完猪草滞留在水库堰坝机房里，就着二愣子从村委会偷来的两瓶啤酒，烤杂物贱垂钓所获的那条红鲤鱼吃喝，庆贺油嘴佬这头牛有机会抬头上大学（提前祝贺）。吃着喝着，油嘴佬就嘴里跑火车，说人生得意须尽欢，金榜题名时，就差洞房花烛夜了。当时他俩都劝他不要这么做。说这是古代白脚梗文人的美好理想，我们山里穷小子，能出山已然不错，哪有天下一应的好事，一下子全砸到红脚梗身上？但他很自信，说要不，我仨打个赌吧，如果我在半月内把她办掉，你俩咋恭喜我？

两人就说各出两元钱，再请他喝啤酒。戚长庚认为少了，凑十元钱上馆子。两人平素都对戚氏兄弟的霸道有看法，喝酒后也犯了愣气，最后议定各出三元钱买啤酒，上山猎野味在水库偷鱼以志庆贺，而忘记此事的严重后果……

戚长庚说：拉钩……

戚大猛与黄志明也说：拉钩就拉钩……

好戏在半月后正式开场。他仁密谋时，可怜的菲菲却蒙在鼓里，还想最后突击一把考上大学哩。这时她虽对自己失去信心却还心存幻想，只一味地乞求得到同村戚长庚的帮助，好似花朵儿芬芳着招惹蜜蜂采。

离高考还有个把月，天气就闷热了起来。山里的桃花谢了，杨梅红了，樱桃熟了，柿子花却开得通红。江南山区普遍进入梅雨季节，每天湿漉漉、雾蒙蒙的，飘飘洒洒的淫雨，淅淅沥沥的滞雨，啪啦啪啦的烈雨，痛痛快快的暴雨，一阵赶着一阵，一阵接着一阵地下。天空一忽儿明，一忽儿又阴，云层压得很低，很少有天晴的时候。那日刚下过雨，至傍晚太阳却露脸了，有丝丝雾霭在蜿蜒的山道上飘过，身穿的确良格子裙的菲菲（初次尝试大姐娇娇邮来的裙子），像花蝴蝶似的绕飞在土布衣衫的戚长庚身边，油嘴佬长油嘴佬短地呼唤着，研讨难解的一道数学题。她语文好，数理化都不行，前几日摸底测试后情绪还没转过来，回村路上，两人不知不觉地走到了一处……

忽然又下起雨来，开着太阳下，雨点还很大。后来菲菲告诉我：当时她也不知咋的蒙了，被油嘴佬撕扯着的确良裙子拉进地棚里去……她说前来接我的三叔带民兵出现在我俩面前，他们抽油嘴佬的耳光带走了他……

又说：我不知道那地棚里的稻草是油嘴佬事前铺下的……他早向我俩初中同学二愣子与杂物贱吹嘘说要办掉我的……

我问：事先你真不知道吗？

她迟疑地瞪大眼睛望着我说：知道我还会跟他去钻地棚躲雨？

5

这事有个明显的漏洞，就是黑无常双贵咋带民兵有目标地捉奸？是不是笑面弥勒鱼死网破为阻止油嘴佬上大学有意识的安排？据菲菲说应该不会，虎毒尚不食子，她是他阿囡呀？唯一的理由那是山里菜花痴乱下山闹事的季节，三叔带民兵正常执行公务。但她在这事上埋怨老爹做得太过了，下死命伤了油嘴佬父子，使她这辈子饱受人生的坎坷……

　　戚长庚吃亏，在于性格像他老爹一样倔强。在民兵连长戚双贵私设公堂审讯时，一口咬定强奸了菲菲。在打断两条青柴梗气急败坏时还坚持说：我说弄了就弄了……终于使在旁观看、多年未犯羊癫疯的婆婆唠口吐白沫，身子抽搐成一团，歪倒在祠堂阴凉的石板上。次日天蒙蒙亮，戚双连让双贵把油嘴佬送学校处理，说：我就不信政府治不了他……

　　多年后，戴着强奸犯帽子被取消高考资格、离村出走的戚长庚，凭那张说得死尸会走、白鳖会游的油嘴，与人不出名、浊世难容（师傅老宝贝传授）的理念，发誓要采撷五十六个民族五十六朵花，实现他向女人报复的混账逻辑，成为沿海市最大的民营企业家，并拥有化工实业、房产经营资源的暴富者。在我出事后他说过这样一句话：

　　我走南闯北地征服对手，征服女人，唯独没征服老爹。与老爹相比，他是真正的牛人，一座高耸的陀头山；而我……哈哈，只是一坨传统的流俗堆砌起来、金碧辉煌中看不中用的狗屎……

　　那时，他已拥有并又失去了菲菲。他说：当年，我对假公主的事上就错了……错在把女人当作在世间抬头的工具，我奴役与泄欲的对象，而忘记了她与我一样，也是一头辛勤劳作、以汗水与鲜血创造财富的牛……

　　他说的是真话，也是实话，对才开始抬头的牛们来说，互伤同类，同室操戈，就是本性的失却。奴役就是人性丑恶的流俗，无论你获得多大的成功，最后都须为之付出代价。人性之心灵家园的迷失，比物质财富失去更为可怕。

　　当然，这是他经历过世事沧桑后才悟得的道理；善良不为流俗所困！

　　离村前夜，戚长庚仍邀二愣子、杂物贱在水库机房喝酒，吃煨芋艿、番薯蜜枣与蚕蛹。这些东西全是从家里偷出来的，水库被戚双贵派民兵封了，杂物贱就没办法偷鱼，野兽没心情去猎；酒也是三家自酿的番薯酒，就算是最后道别。原本戚双连要把他送往劳改农场，是这辈子从不求人的老爹洪根土，领着秋秋低头向他全家磕头，发誓把他送去外地养蜂，不再纠缠菲菲，才免去这场人生厄运……

　　这晚上三人达成了一个决议。戚长庚说赌注我不要了，你俩得为兄弟办一件事。两人便很讲义气地问啥事？他皱起眉头深思熟虑地说：我喜欢上假公主了，仅在她身上打个戳不够……想日后堂堂正正地拜堂成亲。你俩在我走后，放绳梯在她阿爷坟后悬崖上凿字为证……

黄志明问啥字？他说：还能啥字？长庚戏菲菲的瘪呀。戚大猛摇头，说他与杂物贱知他挨了打，已把军嫂让他肥田的一担屎，泼到笑面弥勒家门口为他出了气……戚长庚冷笑道：一担屎不值三元钱……二愣子，你太小看我了……说着撩起粗布衬衣，让两人看背上的瘀血与乌青，说这事儿不会有完，我要让她祖宗睡在坟里不得安生……

没用，笑面弥勒发现会让人凿掉的……

凿掉再刻，直至假公主心甘情愿地让我戏瘪！

黄志明慢悠悠地劝慰说：我说油嘴佬呀，你是个有文化的人，咋能留下这么粗俗的话呢。再说以后你还要娶菲菲哩……这不是羞辱她吗？依我看还是凿上永结同心吧？戚长庚睁大一双血红的眼睛，歇斯底里地咆哮道：啥文化，屙屎文化？我大学都没资格考了，牛的后代永远就是牛……

那字，在戚长庚走后两人还真用绳索攀岩凿了，不过不是戏瘪这般的粗话，是永结同心。两人与菲菲也是小学至初中的同学，怂恿他干这事出于好奇，而不是真心想敲碎瓦片留下遗憾。与长庚菲菲一样，两人也同属牛，办事自有牛的规矩与章程。

次年，戚氏兄弟祭坟时发现了这秘密，却没遣人凿去。原因有二：一是菲菲誓死捍卫，说凿掉这字就撞死在阿爷坟前。此时她已认准自己是油嘴佬的人，发誓非他不嫁，因为她觉得他爱她。二是戚氏有祖训，不能在祖坟前后动铁器，否则后代便要惹灾祸。听说戚双连发现后悄悄请风水先生看过，先生告诉他如此吉言，应后代子孙兴旺发达。还听说他虽拿下油嘴佬，却喜欢他的机灵，指望破镜重圆留菲菲在身边养老。不是说天有不测风云，人有旦夕祸福吗？他可不想把事儿做得太绝，与人方便为己方便地留下一条后路……

第二拍　憨佬也想看风景

戚常锁：牛要与人争草场？

1

啥林聚啥鸟，啥山出啥怪。俗话说：做人是聚气场，人气越旺，事就做得越大。在这光怪陆离的世界上，有两种人你断断不能轻视：物贱长寿，怪鸟不死。啥意思呢？就是说做人贱到了底，别人就不敢轻视你，就如林子里的鸟存异亡同；与众不同，反有活路。这话不好理解吗？我打个比方，猎人进山捕猎，枪口必先对准识得的鸟，因为他需要猎物而不为别的。如果此鸟异相，太美或者太丑，就迟疑下不了手。他的迟疑，就是你的侥幸……

其实这话，也只对了一半，是常理。所谓常理，讲求生的本领。农民是啥？攮在各种各样、形形色色的绳索里的同类，随时都会成为阎罗王嘴边的饭粒。你不要不信，自古至今我们身上有多少绳索？拿城里白脚梗们的话说，那叫作桎梏。绳索也好，桎梏也罢，绳是活的，索却是死的。表面看绳索松松垮垮，你以为有活路，就争着往外钻。结果正相反，你越往外钻，绳就缠得越多，越挣扎索就套得越紧，直至你精疲力竭，窒息而死……

我这般说话，你就知道我是谁了，十五岙村的智佬戚常锁嘛。做农民的没人会去想这些道道，想了也悟不透；世人大多浑浑噩噩，哪能悟到出头椽子先烂的道理？当然，这些我也只是想想而已，没实践证明这道理是对还是错。世间之事可想的很多，能证明行之有效的则很少。就如这村坊的祖先留下一句老话：生了背后眼，可吃纯米饭。人之一生中某些事，是不能用常理去衡量的。

那年四眼思明在我家住下了，带来个叫蔡志娟的大妈搞工作组。

蔡志娟是镇计生委干部，矮个子，胖墩墩的，走起山路来气喘吁吁冒虚汗。她快五十岁了，老公是山下塘内村农民，在搞"大跃进"那年真种出单季千斤稻的试验田来，工作组却上报为万斤畈上了报纸。政府做事儿爱吹牛皮，原本这儿山水好，手脚勤快是能种出千斤稻的；结果报纸一吹，政府推广，她老公就当上了农技辅导员，东跑跑，西颠颠，不但辅导别人种不出千斤稻，连自家的田畈也废掉了。后来纠正"左"倾风公社领导没肩胛挑担子，犯众人骂灰溜溜地变成过街老鼠，谁都知天街有个王牛皮。啥啥咧？阿拉红脚梗做事顶真，却都是老人家批判的自由主义，事不关己高高挂起。只要你不损害我的利益，管你满嘴跑火车，脚娘肚里缠黄金？可有关肚皮温饱的事却悬乎不得，亩产一万斤，得多交公粮呀？哎哟哟这可要了命，此乡坊田少山多，农民原本吃不饱，按万斤指标交公粮，挖壁打洞也没这许多粮食。就算免去政府的返销粮，这地盘一大群拖儿带女、靠天吃饭的百姓能活人吗？亏得蔡志娟那时口齿清楚，人也像山雀儿那般玲珑娟秀，成了半脱产的广播员，否则就没了如今干部身份的市面……

思明娃儿是天街镇的文教副镇长，兼工作组副组长，是县教育局下来锻炼的后备干部。组长赵刚义没打过照面，由他主持组里的工作。以前嘛，他是村里的插队知青，大伙儿都喊他四眼。做人嘛，说穿了是人抬人，人上人；人比人，比煞人。这词在旧戏文里唱着，历朝历代都这样：命里只有九斗九，就满不了一石。思明娃儿算是有出息，如果不是当县长的继爹唐如康，哪来今日？不过话说回来，进庙烧高香，修行在自己。他的人品还不错，能与阿拉农民尿到一个壶里。不像有些飞上天的老鹰，栖到城里的水泥屋里钻不出来，哪顾得上穷山村的草舍棚？十五呑村是革命老区，解放都三十二年了也说不上啥改变，就是工作组一忽儿伍组长、一忽儿陆组长，走马灯似的换个不停，也就是"文革"中消停了几年，官们多被打倒派不出人来，来了一帮知青娃儿帮修水库与造大寨田。现在"四人帮"倒了，四眼思明换个头衔，又急吼吼地赶来了……

赶来做啥呢？村里又不行庙会，山疙瘩里藏金凤凰，扛着台阁抛彩球？城里白脚梗下来，无非是甲乙丙丁、戊己庚辛几桩事：传达中央精神教育人，鼓动农民伯伯们过好日子，要做历朝历代都做不到的大事儿。思明娃儿坐到这位子上，没两把刷子哪能成？再者就是锻炼干部。维持红色政权需要后继有人，年轻干部没在艰苦环境中锻炼过，就不懂得给牛们上套子，共同奔大锅饭的日子。这事容易吗？说容易也容易，说不容易着实不容易。孔圣人说过：唯女子与小人难养。阿拉农民是小人，难养就是难管理，大伙儿在地里刨食吃，不像城里白脚梗那样发工资发粮票，一不小心就会松套子，上不了税款国库空虚，谁供吃、谁供穿呢？没人供你吃穿，城里白脚梗位置就坐不稳，需要找管理红脚梗的红脚梗，帮助白脚梗管理红脚梗。这话说起来有些拗口，简单点就是农村自治。过去上海滩上各行业都有拿摩温，其实就是阿大；在农村，把握方向的人叫书记。有了忠实执行上级意图的阿大，当了省长县长的白脚梗们，夜里就会困得熟，书记镇长们也就安枕了。这种事别人不明白我明白。我知道这次工作组下来，关键是整顿村级班子，寻找管理红脚梗的红脚梗……

工作组去年入冬就住进我家，已有一段时间了，住下后就没打算挪窝。为啥呢？岙口离镇上近，思明娃儿捎来一辆自行车，来去方便。何况我两个阿囡已出嫁，家里只留下老太婆，两楼两底的新瓦屋，院落也宽敞。村口还有一个邮电分所，可以与县里、镇里直通电话。大队部（村委会）也装有电话，可惜被书记阿大戚双连接通同线，他说话就不方便。邮电分所原先没有，来往信件靠一个土改时参加工作的邮递员送，上午跑二十几里山路，背着邮包到岙口，下午再去属山南县管辖的岗墩和鹿亭村。现在老头办了退休，由独养阿囡小芳顶替岗位，女娃儿嘛，每日肩负邮包走山路不方便，就在岙口砌屋设分所，由邻县一个男伢儿专门到这儿取邮包。

他俩刚住下时，老太婆不高兴，躺床上嘀嘀咕咕地向我抱怨，说原本她只服侍我一个，现在要服侍三人。我说：人家要你服侍是看得起你，多个人无非多双碗筷，他们自带粮票，下饭自付钞票，又不是吃白食揩你的油。她说：我也真是命苦，跟你到这瘩吃糠咽菜，好不容易养大两个强盗囡翻上瓦屋，如今眼看得种种花草，喂喂肉猪享清福了，又要给人当保姆。亏你还是村里的智佬呢？会不明白近紫者赤，近墨者黑，醉翁之意不在酒的道理？我辛苦一点没啥，就怕这家以后不得安生了。老太婆说这话的潜台词我懂，但还是问她啥意思？她嘿嘿冷笑着说：牛不是四个胃吃草，哪来的气力耕田？难道你不明白，他俩会无缘无故地长住在这里，以为你是开旅馆的老板呀？

是呀，我不是开旅馆的老板，老太婆不是保姆服务员，思明娃儿也不是故地重游来欣赏风景的。我看报纸也听广播，知道这些年国家发生了啥变化，自安徽省农村改革起步，把土地分给农民搞承包制，傻子瓜子品牌就做向全国了。省里也有典型，海盐衬衫厂的步鑫生实行计件制，提高了生产效益。县委要求全县农民、特别是贫困村，积极行动起来脱贫致富，书记高裕豪在广播里发表讲话说：火车跑得快，全靠车头带。工作组必须深入群众搞调查研究，掌握第一手资料，真正把群众信任、能带领村民致富的能人、好人，选择到班子中来，带领群众共同发家致富……

如此桩桩件件，说明世道要变了！原则当然是不变的，还是社会主义制度。只是让一部分人先富起来，然后带领大家一起过上好日子。这样领导心里就会好受一些；当然绳索与桎梏还是存在的，走集体化道路原则不会变，不过比原先松一点。老百姓盼这盼那，盼的也就是松一点，凭能力吃饭，有创造发展的自由度。否则就像孙猴子翻筋斗，十万八千里翻不出如来佛手掌。魔高一尺，道高一丈，说的就是这理儿。世道要变，往何处变？在农村要搞所有制改革，以前是把分掉的田集中搞公有制，现在是把集中的田分下去搞承包制。这事儿，我那三房堂叔笑面弥勒思想不通，说辛辛苦苦几十年，一脚给踢回旧社会。说政府把村干部当成揩桌布，要把那些年搞的零零屑屑、鸡皮狗碎擦干净屁股。这话不地道，不把那些年零零屑屑、鸡皮狗碎擦干净屁股，咋搞所有制改革呢？在基层农村，变革是得民心的。这些年大伙儿盼来盼去，不就为肚里有食，身上暖和，住上个大瓦屋吗？以前那搞法，仅练嘴皮子功夫燥喊，娶个媳妇没衣穿，懒孵鸡娘生下咸鸭蛋；清明节祖宗坟头冒烟，烧的仅是没真材实料的空心香……

你还别说，二郎神三只眼，作法凭哮天犬。这次的工作组，与往年还真有些不一样。四眼组长与大妈刚到村里，放下背包就让我带着在村里转，他俩虽没明说，但我知是在重新审视风水。这山里呀，世世代代还真穷怕了，你要让牛们抬头，就得让大家明确方向目标一致，心往一处想，劲往一起使，石板墩上甩乌龟坚守信仰；否则就会如懒惰老妍没系裤腰带（对了，忘记告诉大家，山里人把生过孩娃的婆娘叫作老妍儿），一用劲就掉链子。按说政府干部不信风水，但四眼组长还是信的。那日，他指着村口屹立的两棵古银杏树对我说：智佬叔呀，你知老祖宗看中这坨山，讲用兵谋略攻守自如的风水。你看这两棵银杏树，雌的枝冠张开如大阳伞，像当母亲的遮着一片绿荫；雄的枝丫穿云如利剑劈开蓝天，威风凛凛如大将军，有一夫当关，万夫莫开，守护子孙兴旺发达的气势。我连声哼哼称是。这是我多年养成的习惯，没摸清上面的底细前，我都阿谀奉承地赔笑脸。天雷不打笑面人，你越谦恭，他对你印象越好，你说话也就管用。四眼组长算是熟人，可他公务在身，不是原先插队的娃儿了。这两棵银杏树，村人称为连理枝，是神仙夫妻应全村人丁兴旺。笑面弥勒有多笨，现成风水不用，把祖坟做到佛陀怀里去。他以为应全家的风水？其实不然，麒麟子钻慈悲腹，真种也会变成豁兔儿。可这话我从来不说，不是我不懂，而是没有知音，明白人就会装傻。世间茕茕众生，大多祸从口出，糊涂是福呗。接下来，四眼组长指着树下一扇石碾与一排石槽说：呑口该是戚家军的军马场，以前应有成片肥沃的草场；可惜现今被修建成水库。他又指着村后那坨大山，满怀激情地对大妈说：这陀头山，古人也称野牛山……这景象、这气势、这规模，在多平原与滩涂的沿海县找不出第二个。当年戚、黄、陈三姓寓屯于垦构筑营寨，确实费了一番脑筋，是谓兵法尽占先机……你看，多像一条抬头下山的牛呀……

四眼组长离村后啃过几年书，确实长了见识，有板有眼地真懂哩。是呀，太阳升起牛抬头。我记得十年前那个僧不僧、道不道，非僧非道的米沙进村测过风水，知道他在想些啥？只满口附和着，心里却不以为然。世事如棋步步新哪，明白是一回事，落实又是另一回事。啥事都得走一步看一步，人活到不惑之年，肚子里就有了章程；识人不仅看他嘴里说什么，还得落实行动。

2

工作组住下后，主要就是找大伙儿聊天谈话，访贫问苦，连刮风下雪都没间断，走东家串西家地搞调查研究。四眼组长找男人谈，大妈老蔡找妇女谈。说是上面交代：要知道梨子滋味，就得亲口尝一尝。梨子滋味有那么好尝吗？四眼组长离村已有五年了，不深入调查啥都尝不到；因此大冬天的两人全去钻草舍棚了。这对四眼组长没啥，只是苦了大妈。她胖呀，走山路吃力，何况是十五呑的盘山路，转一圈就大半天。晚上他俩男东女西地住在楼下，我隔着楼板还听到她在哼哼喊腰痛。也不知道四眼组长使啥法儿，拖着她颠东颠西地在村里转。工作组要争入冬这段时间，不趁着农闲把工作部署好，待开春雪化又忙农活儿了。十五呑村虽然地不多，春种秋收程序都一样，待开春人心就难收拢了。

四眼组长显然还想着牛抬头的事儿，满腔热忱地想帮助村民富起来，像山下那般农工副三个轮子一起转。不仅为实现他当年插队时的初衷，主要还为政绩。既然走上官道，就得替百姓办事积官德。他这份心思，别人不明白我明白。可他面临的实际情况不是这样，现在的事儿比当年复杂得多，当年的笑面弥勒想做事，如今他却不想做事了。为何呢？农工副三个轮子一起转，容易吗？当年修水库、造大寨田还有救济粮，如今办啥都得花钱，村里两手空空地没资源，能和山下比吗？村支部一班人已没了这份心气。也为难四眼这娃儿，心想升官（后备干部嘛），运道不来，摊到这穷村陋地的十五呑来了。我当然不会把真实想法告诉他。其实人生升降都有阶段，智者必须用自己的眼睛观察。

对米沙当年留下的偈言，村里很多人信，我是信又不信。太阳升起牛抬头，不就一句大白话？那年头乱世英雄起四方，有口号有旗帜，就能骗得政府与村民团团转；修水库，其实修了也没用。这儿不像四明大山那般水源充足，小打小闹、坑坑洼洼聚不拢水；说穿了就为套取县、公社两级的救济粮。救济粮是啥？就是政府把田亩所产粮食收购上去，重返回来的福利。这山里的牛们原本是啃牲口草料、嚼番薯藤的命。别看这些现在被折腾成白脚梗讲环保与养生的好物什了，当年就是农民喂猪喂牛的草料。为了大家过年能舂懒惰年糕吃，笑面弥勒把白的说成黑的；村道青石板上一泡牛屎，也会被说成黄金糕。他是全村阿大呀，又没害过脑膜炎，知道村民有口吃的比挨饿强。反正这些野汉子与蠢老娷丬，只要肚子有食，就是让他（她）们把陀头山移个位置都干；否则留着这身蛮力气，晚上偎火塘、钻稻草堆哼哧哼哧地造小人，观音菩萨都来不及送红脚梗。还省得来回二十多里去公社，背回那面人皆鄙夷的计划生育大锦旗……

风水这玩意儿，甲乙丙丁天干地支，说复杂就复杂，说简单也就简单；好似戚氏大房药老馆摆弄的中药材，治标不治本，扶强不扶弱；人真穷得讨饭篮底脱落，也就没治了。否则，世世代代的祖宗就没个能人吗？太阳升起牛抬头，讲的是时世好转，农民就有出息，用到哪里都适合。陀头山这头笨牛、穷牛，先天营养不足，又无好的驯牛师调教，真能时来运转抬头吗？我看未必。这世间之事，人算不如天算，天算不如不算。天算的事儿凡人能算，就不是天了。如四眼组长离村后修成那水库，无论下多大的雨都盛不满。当然天旱也干不了。道理很简单，十五呑的山势就像一盘棋，每坨峰、每块礁、每段崖都是一颗子。天人落下的子，凡人岂能随便动？我小时候这洼子称之为撞钟湖，天旱不涸，天涝不满，溪水流下来，就如庙里和尚撞钟般叮咚叮咚响，水清碧绿深不见底，其实就是一个漏底的潭。早先是宗族做规矩的地方，村里哪个老妊牸犯规矩，死了老公逃下山去，族长太公遣人抓回来沉潭。人丢进潭里，沉下去不会浮起来。这当然是以前的事儿，解放后政府倡导婚姻自由，提高妇女地位，村里就没这般做了。就如我爹打石头被炸死，娘带七岁的阿妹下山改嫁，族长大房叔公老革命就废了规矩，留我在村继承香火替她送去衣衫。我这般说，只是说明撞钟潭的水与地下水相通，修水库蓄水作用不大。

后来事实证明我的推测：牛抬头必得先啃草，不吃得肚子溜圆怎能耕耘？十五呑村荒山野岭地没有草场，却有着一大群牛，仅属牛的汉子，有头有脸的五六十个，都穷得老妊牸窝草舍棚里没出门的裤子穿。又不是山下拥有田地与资源的富村，要出息，势必出山与拥有资源的白脚梗们争草场。其实政府早把地盘满满当当地划分好，鱼走鱼路，蟹走蟹路，城里白脚梗做工坐机关，农村红脚梗种田摸泥巴，能让你这群没背靠的野山牛胡乱啃草，世道岂不乱了套？你想乱套嘛，四面八方、条条块块绳索连成的结套，就会生生地勒死你！

那么陀头山是啥呢？陀头是佛，你看这山峰，像不像坐地佛？村名十五呑，其实有讲究。从山上往下看，上下十二个呑，似棋盘田字格一般，把山峰围绕其中。七个自然村以下戚家为中心，除上戚家在山腰外，各个分散在坳中。陀头峰就像一座坐怀不乱、慈眉善目的弥勒佛，村庄演化成他的手肘、胸乳与膝盖，呑口理所当然地成为祭台。上山的路则是通往祭台的石阶……这般说来，为何叫十五呑？因为出呑口通天街镇的路旁，还有三座叫黄豆岭的小山包，按老祖宗的话说，就是守望这方山的沙弥了。我不知四眼组长通不通佛理？按唱书师傅刘瞎子的说法：佛讲舍得，不图进取，丢下与退让才有所得。懂佛学的人不好斗，连别人打他巴掌都不还手，又干吗抬头？你是牛，是你上辈子没修行，六道轮回佛祖让你变成牛，如果强要抬头，争争杀杀地撒牛头疯，下辈子连牛都当不成，变成苍蝇飞虻，甚至下地狱。世人命由天定，按两千年前孔夫子的说法：劳心者治人，劳力者治于人。牛嘛，就是天生耕田供人奴役的。要怪，只能怪自己前世不修，今世受难。我想：这就是祖宗选择这儿安身立命之理。当年戚大将军定国安邦杀人如麻，佛祖就让你遭此磨难。倭寇也是人嘛，听说有些还是失去生计的渔民，朝廷禁海强要抬头，戚大将军奉旨领着先人把他们剿灭了，有多少人丧生黄泉？先人们觉得对不起，就躲进这山里赎罪过。否则凭他们建立的功勋，弄上几块好地占资源，雇上一群长工耕耘，早就车水马龙地享受太平年华，何必躲进这深山冷岙面壁思过、经历磨难……

所以我说当年米沙瞎掺和，秀才是乱弹琴。

想通了这些，我对四眼组长与大妈老蔡工作组的事儿，既关心又不关心。人呗，应该知足常乐。我送走两个阿囡后没了心事，与老太婆的日子过得惬意。人不能什么都想要，啥都要就会啥都要不到。社会显然在向前发展，笨人捡漏鱼，莽汉识大体，置屋角的七石缸坐等天落水；不管咋说，日子比以前好多了，村里还拉了电线通了广播。山下发展，山上也会跟着发展，无非快一些慢一些。我与四眼组长所处位置不同，看问题眼光也就不同。他要政绩，我要实惠，两不相欠互不搭界。可惜老太婆没弄通这理儿，为两人搭伙之事给眼色看……

女人嘛，总归头发长见识短，不识大体，计较眼前利益。如当年砌瓦屋村人尽义务，麻皮阿梁带陈家坞的石匠们帮工，她让人家吃咸菜就番薯麦碎饭，麻皮阿梁什么人哪？当天甩罗锅带人要走，我好说歹说才留住他们，结果还是把她贮藏的鱼干与腊肉全吃光了，每天开一坛番薯酒，摆开三张八仙桌，人家是尽义务帮忙，又没算工钱，你小气就显出没气质来……

工作组住我家里搭伙，一日三餐由老太婆料理。我是挂空衔的村支委，他俩不住书记笑面弥勒家而住我家，算是给足了我面子，理应好好伺候才是。当然，这事与大妈度量狭窄也有联系，主要是老太婆不开窍。开始两人每天各缴五毛钱和一斤粮票，老太婆自然尽心尽力服侍，可大妈觉得不公平，向四眼抱怨说：我俩在镇食堂吃饭，你每餐吃半斤，我才二两，早餐一两泡饭就够，你一餐顶我三餐哩。她这般说自有她的道理，我了解他俩底细：大妈半脱产刚转正，干了二十几年，才拿三十六元工资，加一天三毛钱下乡补贴，一月下来也就四十来元。而四眼大学毕业工资定级高，有四十一元，加下乡补贴有五十多元哩。大妈老公是农民，靠她养家糊口，四眼却是光棍一条。因此四眼与我说：以后搭伙费我出六毛，把大妈减一毛，粮票我一斤二，她出八两好吗？我想一想，必须想一想呀，民以食为天，吃饭最重要。想过后我慷慨地说：都是自家人，提钱就显得生分。你还按旧交，大妈那份就按你说的办。四眼显得不好意思，说我不是吃得多吗？我说你也才二十七斤定粮呀！

这以后，大妈的钱和粮票我少收了，四眼组长还按旧。老太婆不高兴立马给大妈脸色看，在四眼去镇上县里开会时，干脆就不做饭了，吃剩饭，还冷言冷语敲打说：当干部吃香喝辣惯了，她可没民脂民膏供剥削。这话我俩被窝里说说还可以，咋能端桌面上呢？大妈自然不高兴，颠颠簸簸地回了趟家，带上一袋麦一袋米，还有罐腌白菜自己做饭吃。这就不成体统呀，传出去岂不让人笑话？还是四眼说好说歹才遵守工作组条条，继续同吃同住同劳动……

亏我还是智佬哩，这事弄得有多尴尬……

说起来，老太婆原本不是吝啬的人，这般做，无非对大妈老蔡有看法。在村里，女人辈分再高，再有能耐，也是围着锅台转的烧饭婆；而大妈居然要她给衣来伸手，饭来张口地伺候着。这有啥办法？物贱上山成稀罕，人家是工作组嘛。

别看我现在住两楼两底的瓦屋，出身却是贫农，瓦屋是靠自己能耐挣下的。爹活着时，我读过两年族塾，后来爹死娘改嫁，又替房族阿叔放过一年牛，十五岁才自作主张地跟上刘瞎子唱走书吃开口饭。这事儿在戚氏家族看来，应是离祖叛宗。村子虽穷，祖宗却是官兵出身，哪些事能干，哪些事不能干，都立有规矩，子孙不是残疾，不能吃开口饭。刘瞎子是外村人，以唱书糊口，我虽没爹娘教养，却手脚齐全是个读过书的人，吃开口饭无疑是祠堂内祖宗的神主牌翻筋斗。但当年我也不知咋想的，一听到刘瞎子的胡琴声，唱一句日出东方一点红，脚底板就会得发痒……

刘瞎子记忆力惊人，远近四乡有些名声。啥书目他只要听过一次，就差不离能背下来，而且他还有修改能力，把一些失传的乡俗俚曲，七改八改就编成一部赚饭吃的新书。他最擅长唱讨饭调雀咚咚，一曲长工爱上地主小姐的《华姐》，能够连续七天七夜，又拉胡琴又敲竹板地不歇口。那些活蹦乱跳的台词，全由他磨成粉、碾作尘，修改得朗朗上口，别人学也学不走。这部书后来由我吐出来，成为沿海市《民间文学集成·曲艺卷》的主要内容，被誉为江南越语方言长篇叙事诗。据说还申报联合国教科文组织的非物质文化遗产。当年我跟着他走西村、串东庄，从山上唱到山下，又从山下唱到山上，西村六个番薯，东庄七条年糕地过着肚儿圆的日子。老太婆本名叫珠珠，当初是岗墩地主人家的小姐，不知咋的就一眼相中我，死活要跟着我学唱书。那时她家已经败落，爹在土改时被斗死了，娘咧，说起来可怜，她跟我走时还吃素念佛像模像样的像个人。"破四旧"那年，我带老太婆回家探望，她已经是趴在猪栈间捞食吃不认识人了。后来（只隔了一年吧）就死了。她死后没多久，刘瞎子也死了。运动开始不能唱书了，我与老太婆掉转枪头旧瓶装新酒，加入了公社毛泽东思想宣传队。嘿嘿，我还唱过刁德一哩，老太婆却演不了阿庆嫂，不是她唱功不行，而是脸不行，尖嘴猴腮演不得英雄，再说往上查一查，她家成分也不行，哪有地主阿囡出演主角的？当时特别讲究这一套。那时大家就喊她老太婆，不为年纪大（才比我大两岁），而是在岗墩村数她家辈分高。我唱书时，大家都老太婆老太婆地喊。

我这支委，在老太婆倒嗓离开宣传队后才干上的。那些年我俩趁着乱劲往返城乡、走村跨庄地跑单帮做生意，把农户的鸡蛋、笋干、蘑菇收上来，进城换成粮票、油票、布票等证券，再倒卖给乡里人。虽然小打小闹，收入却比唱书与演样板戏还好。这事儿，当时属于投机倒把的行为，县里由"打办"管着，轻者进学习班，重则判刑坐牢。理由很简单：工人做工，农民种地，千百年形成的传统能轻易改吗？如果大家都这般折腾，地谁种？鸡谁养？没人种地养鸡，谁去造自行车、缝纫机呢？有一次，我俩被县上的巡逻队抓住了，因身上带的货不多，县里就通知笑面弥勒担保赎人。我原以为把祖坟做山腰上、灭二房风水的三房堂叔，平时见面显得冷淡，此番必然会重重处罚我。当时老太婆就吓得要命，说关进去大人遭殃也就算了，只是苦了娜娜、姣姣两只小猢狲；我的心也被她弄得乱纷纷的，但戚双连却没轻举妄动。他在村里当书记多年，知道马无夜草不肥，人无横财不富的道理，也趁乱想发点运动财，正筹谋着把志潮秀才在镇上抄家得的浮财，兑现变成活钱。为此，他把我俩担保出来，推心置腹地谈了次话：二阿侄呀，不是说上有政策、下有对策吗？像你这般的情况，亏得我在村里掌权；如果换个人，早把你夫妇送去学习班，弄不好判刑坐牢。这路线斗争就看你跟谁？村里不是有句老话：跟秀才吟诗，随和尚念经。这条资本主义尾巴呀，在农村根儿扎得深，不是上级政府想割就能割掉的。你还是跟我念经吧……

他这般说，我阿爹姆妈生的，又勿傻，当然心有灵犀一点通。不久就被他结合进支部委员，办起经济合作社来，把非法的事儿弄成了合法化。也就是说以大队名义，为戚家兄弟办事。结果可想而知，我辛辛苦苦弄来的钱，大都落进他兄弟兜兜里去了……

3

笑面弥勒当书记，屈指算来已有二十四个年头。二十四年哪，足够使一棵樟树苗长成参天大树，牙牙学语的黄毛丫头生下她的崽。天地造化，世事变故。在这漫长的岁月中，他组织村民整出一百多亩大寨田（有水分），还在上级领导下修了个小水库。县上镇里领导多次表扬，说是治理穷山恶水，改变了农村面貌。但村民的日子，过得仍与以前一样。吃糠菜杂粮的还吃着糠菜杂粮，住草舍棚的还住着草舍棚。大姑娘到十五六岁春心荡漾，就挖空心思地思忖着山下花脸媒婆进山把自己弄下山去；倒是他兄弟几个，这些年犹如黄胖春年糕，越春越馋痨，挨板捣臼似的发达了起来。除老四双荣在县府食堂当厨子没在村里生根、老五双乐脑瘫是半傻，兄弟仨都翻起新瓦屋，日子过得比老爹戚大葫芦大冬天雪地上设陷阱捕野角麂、背去镇上换米吃那时节强多了……

唉！村里的老人们大多还记得戚大葫芦，大房叔公老革命（村里也就他安于守贫），说他当年是神枪手哩，能百步穿杨打下枝头的麻雀，可就是没能耐养活老妊歼与小猢狲们。葫芦奶一口气生了十一个，只留下五个男丁，不是她会生不会养，而是没法儿养；有些生下就死了，有些被戚大葫芦换酒送人了。当年戚大葫芦可是嗜酒成性，打猎时须把一个大葫芦挂腰间，一枪一口酒，没喝就放了空枪。那时节山里野兽多，野麂子一窝一窝的，野猪也龇牙露齿、一鞠一鞠地拱番薯地。他说他晕血，不喝酒壮胆，见血就会翻肠倒肚地吐……后来家里没女娃了，也送男丁，双荣就是他急吼吼地送去城里跟了厨子斜眼金。不是学手艺（双荣才三岁出不了活儿），是改姓当继子。这在山里是丢脸的事。

后来斜眼金故去，葫芦奶迈动一双大脚板徒步去城里，才把他姓氏改回来。原本五子双乐也要送掉，没送掉是沾遗腹子光。葫芦奶生下他那年日本人来了，发羊癫疯让伪保长给送野麂子尝鲜，伪保长黄硕儒（鸿年老师的爹），绰号倭仔疙瘩喝的是两口水，日本人下乡替日本人办事，日本人走了替抗日自卫队办事，这叫作白皮红心。他把任务交给戚大葫芦，灌上一葫芦番薯烧。大雪封山，戚大葫芦带着长子戚双连，进山撞上了野猪公，枪膛爆筒炸花了脸，没容背回家就咽了气儿。临终嘱咐说：万物均有灵性，我杀生太多得到报应。子孙不到万不得已，不要再干猎户……

这年戚双连十五岁，个儿不高性格刚猛，果然不再干猎户，也不让兄弟们干，果断卖掉屋里仅存的几张麂子皮，换成两斗麵皮领回逃荒要饭的婆婆唠（才十三岁）拜堂成亲，又逼他娘葫芦奶去天街当铺邱大头家当养奶嫂，兑钱买下一块山林地，带领半大不小的双富、双贵改行农户。那时葫芦奶还不到四十岁，虽明白夫死从子的古训，却实在丢不下这窝小猢狲，说这不是卖掉我吗？留着还能给你们烧饭汰衣裳。戚双连没答应，说娶回翠花（婆婆唠）多一张嘴，烧饭、汰衣裳的事儿你就甭操心了。葫芦奶想想也是，不打猎了没地，全家吃啥呢？就哭哭啼啼去了镇上。这地土改时记兄弟名下，成分定为下中农；葫芦奶却因邱大头（为他生了个哑巴囝）有当铺，被划成工商地主。此后戚双连领兄弟们自奔前程，与成分高的亲娘鸡犬之声相闻、老死不相往来，划清界限。但善人自有善福，忠厚的葫芦奶却没因此遭难，当年她为新四军伤员哺过奶，出道的伍副省长还记得她，解放后镇压了邱大头，却没咋为难她，与哑巴囝落户天街过日子……

笑面弥勒算是活得舒坦，比戚大葫芦在世时威风多了。做人为啥？不就是吃饱肚子有人伺候抬轿（有知识的人叫尊严）吗？这地方穷是穷了些，却天高皇帝远，他的话就是最高指示；村里除憨佬、麻皮阿梁个别刺头外，多数村民都安分守己不敢招惹他，他就是村里的土皇帝呀！

自工作组住进我家，我就觉察到四眼组长要动笑面弥勒了。在农村动人得借势头，四眼组长有这势头，继父唐如康当着县长哩；没这幌子大家能把初出茅庐的嫩伢子，当成餐桌上的一道菜吗？别看村人傻不拉叽的，大冬天流着口水挤墙疙瘩里晒太阳，心里却明镜一般，知晓蚂蚁上墙出洪水，乌龟进廊是旱年。是该动动了，牛抬头得啃草，山里的草场已被他兄弟啃得差不多了……

但我不知他兄弟咋想的，表面看笑面弥勒的阵势还镇静着。他是聪明人，能看不出工作组大冬天的，不组织大伙儿忆苦思甜开大会，也不修水库与建大寨田搞会战，走村访户搞调查研究，想干啥呢？扫帚柄里逼清油、咸菜帮子嚼出渣，难道是吃饱了撑的？农村的草场，说穿了谁掌权谁啃，连三岁孩娃都知好吃的东西往自家嘴里放。戚氏兄弟没动静，自然有他们的想法与道理在。

这世间鱼有鱼路，虾有虾道，连晒干的黄鱼白鲞，都能入水变成游鱼。

与往年一样，笑面弥勒的饭局多得像元宵灯市的走马灯。山里人家穷，以前家家不储隔宿粮，天晴砍柴下山换米，连日阴雨或大雪封山，家里就会断顿儿。现在好多了，多少有救济粮与喂猪的配给饲料撑着，如果翻箱倒柜，还能找出陈年番薯干、芋艿种，合着六谷（玉米）粉溜成糊糊喝……

树活一层皮，人活一张脸，越穷越讲面子。老人做寿、孩子满月、婚嫁丧葬、翻舍竖梁，倾其所有，像山下人家一样大操大办。富家如此，贫家亦如此，有条件的还请人唱书热闹图喜庆。这些大都安排在春节前后，在祠堂里借上桌椅板凳，草舍屋门口架起棕榈棚，热热闹闹地扛开几桌一团喜气。没遇喜期，也凑在春节前后做，时间近的提前或延缓，相距远了也有在端午、中秋办的。山里人的日子精打细算着，在春节办宴就少了一份开销；还容易保存食物，把喜宴用过的残羹剩菜拼拼凑凑当长下饭，一碗鲞冻肉储放大半个月，酒糟鸡肉打包放在床底下，待打稻时节拿出来依然浓香扑鼻。喜宴也没啥大菜，由猪头肉与猪杂碎唱了主角。村里有政府供应的配给饲料，家家户户都养着猪；平日割草喂着，养到年底杀家猪，白肉送供销社收购，猪头与杂碎留自家享用，一年一次，舍得出血。

村坊讲规矩，村民开喜宴都以请到他兄弟仨为荣。这也是一年四季中，村干部享用权威最得意的时光。辛辛苦苦一年忙碌图啥呢？不就是人生得意须尽欢？因此笑面弥勒与黑白无常每请必到，次次他都坐上横头（南座首位）。这位置原该老娘舅坐，现在尊给了村书记。真娘舅逊位坐他身边了。戚双连有句全村皆知的名言：当书记做的是众家娘舅，你不请我坐上横头是你错，请我不坐是我的错！他当书记这些年，几乎没缺席坐上横头。他身体强壮，没病好面子，有病也带病坚持，要摘得政府的面子。

赴宴者凑份子奉礼少得可怜，两毛六毛都有；但是必需的，送多送少比试着摘面子。奉礼有讲究，不能送单数，得成双搭对图个吉利，还得绕开四、九和十，四与死音同，九谐音救，遇十就满了，满则溢嘛，因此约定俗成地逢八封顶。笑面弥勒不奉礼，他是村里的老娘舅嘛；他也不喝主家的酒，自带一瓶海城大曲，由双富、双贵拿着，偶尔也自己提着晃荡晃荡地在道上招摇。那时节政府明禁私酿，他当书记不带这个头。此村庄私酿白酒成风，在外人眼里有些奇怪，原本酒为粮做，既然大家连饭都没的吃，为何还家家户户、不避人眼目地用番薯与六谷私酿白酒？而且本地流行黄酒，没酿白酒的习俗。提及这事儿，应说与祖先戚家军相关：当年江南沿海寒湿，军营士卒多有患湿病的，中医酒可劫湿，戚大将军就从闽南传入酒花，于此设立酿酒司。士卒临阵前以鼓士气，多赏之以酒；取胜后又以砍下倭头计数，赐酒晋功。长年累月，村庄就形成私酿白酒的习俗。此事笑面弥勒当书记后禁过，曾让双贵带着民兵把几户村民的酒缸砸了，却没能禁住，你今天砸，明天又用咸菜缸酿上了；不喝酒，男人就没力气干田活，两千多口人，你当书记的给养着？何况大伙儿够辛劳的，喝酒无非是坐在黄连树下弹琴——苦中作乐，缅怀祖先活出脸面的慰藉。久而久之，他也便眼开眼闭任人自由，只是自己坚决不酿就是……

在我任支委与队长这些年里，笑面弥勒不屑实干，却热衷组织会战，不断造大寨田修水库，集中力量打歼灭战。这于他来说，是唯一展示工作能力的机会。村民们簇拥一处，不但上级领导容易看到，而且便于掌握情况，发现谁是积极分子，谁是偷工减料的懒汉分子。他判断人自有眼光，标准是谁听话谁不听话，听话就对你亲，不听话累死都白搭。他总是有办法，把猫在被窝里的村民发动起来，参加由他发动的会战。这山里人嗜睡，老少一样；尤其是冬天，当家男人大白天赖被窝内，吃喝由老妊爿或小媳妇端，说是无钱买补食，多困多将息地养精蓄锐。这被称作猫窝，是男人们的特权，好处是一天吃两餐，还与婆娘一般喝稀的。笑面弥勒也懒，却不猫窝；大清早起来在院子里踱八字步思考事儿，当村书记管全村人，得开动脑筋。每次搞会战，他先让长脚双乐拿铜锣挨村挨户地敲，扯嗓子厮喊：出工啰，书记有话——谁不出工扣谁的工分……

这一喊，人们就没法再猫窝，三三两两地伸着懒腰打着哈欠从草舍棚出来拿工具。老妊爿则跟在身后阴了脸，男人今朝要吃三餐，得准备捎去工地的菜团子、煨番薯，空米缸内得变出花样经来；印把子掌在人家手里，没了工分就会扣下政府救济粮，年底全家喝西北风呀！笑面弥勒也没文化，但明白劳心者治人，劳力者治于人的道理。书记当久了，就会自己悟道理。双乐出发后，他会回堂屋喝婆婆唠煨火缸里的莲子粥或红枣汤。这时往往是婆婆唠东家长、西家短地献计献策的大好时机；老妊卜嘴臭，洪洞县里无好人，抵他半个情报员。也就半个时辰，他就带着黑白无常一个手拿工分簿，一个牵着大狼狗龅牙（催更狗阿黄英勇就义后置的新品种），去工地或田畈清点人数，哪个生产队缺工，由黑无常双贵叔牵着龅牙督促喊人。龅牙并不会咬人，只是叫得凶。喊不来人，让白无常双富叔扣工分，待年底在政府的救济粮里扣。这般大家都上工了，笑面弥勒双连叔带着黑白无常转上几圈，便坐在石头或田塍上吸烟，或玩手里的长命球。这副长命球，是麻皮阿梁带陈家坳的石匠，去城里打工开证明送的。麻皮阿梁是村里最好的石匠，是个聪明人哩，明白靠村里几亩薄地，这辈子算是孙悟空翻不出如来佛掌心了，就带人进城赚外快去争草场了。坐过一会，三人就先撤了……

笑面弥勒年轻时，也相信种豆得豆，种瓜得瓜的道理，带头干过田活。在戚大葫芦死后，他带兄弟们铁心务农，没几年就成为收拾山林与种田的好手；否则爹走娘去镇上当养奶嫂，能把几个阿弟带大成家立业吗？刚当书记那些年，他也亲自上山下田地做表率，后来书记当出味道来，就慢慢不再干田活了。那时麻皮阿梁还没送他长命球，他年轻力壮正值盛年，在腰间插一杆长柄旱烟管，坐田塍上装模作样地吸几口，双眼迷离地瞪着别人干活。遇上有人偷懒便跳将起来，挥舞旱烟管敲他的脑袋，嘴里嚷道：爹生娘生，咋生出你这般的懒惰子孙？

那腔调嘛，俨然如阿爷教训孙子。他长得男人女相，都快六十岁了，还雪白粉嫩，脸上连条皱纹都没有；也不长胡须，连眉毛都淡得看不清，笑起来嗓音嘎嘎的，像夏夜鼓噪着叫畈的蛙儿，人便找不到那镶嵌在肉泡眼里的一对眼珠了。奇怪的是他兄弟五个，同爹同娘生出来，相貌却大相径庭。白无常双富叔身细如竹竿，志潮秀才也这身坯。黑无常双贵叔却是个矮脚王，厨子双荣叔身材周正一些，肚皮也如双连叔一般凸出来，至于长脚双乐则更奇了，脚长身子短，鹭鸶鸟一只。兄弟们的脸庞也各生各的，双连、双富、双乐叔脸白，双贵与双荣都黑不溜秋的，不知情的人见了，还真不信他们是同胞手足。

笑面弥勒此生最为遗憾的，就是婆婆唠的肚子不争气，生了五胎，全都是投胎时怕被阎罗王打屁股，逃太快丢了裤裆里玩意儿的没把货。可想世间之事有得有失。这方面捞太多满足了，另一方面就会失去……

4

笑面弥勒在工作组进村三个月后，就向外放风说：这村书记我当了二十四年，都当得腻歪了。四眼娃儿有本事选高人，就把我给撤了……

这就有些撒泼的味道。他说的是真话吗？可能是也可能不是，按我思忖应该不是。人爬到一定的高处，你让他下来都难呀！就像书上说的猴子进化为人，再退回去做猴子可能吗？不可能。那他为何如此说呢？向四眼组长叫板哩。他已觉察到工作组进村，依靠对象是谁，就由谁竞选新书记。我知他一定在思忖：狗娘养的孬孙儿子，你四眼组长老树不栖驻新枝，属哪个林子的鸟儿呀？这地儿我都经营了二十四年，就是一块生铁也被煅成了锰钢，你竟然留着阳关大道不走，偏要抄近路踏上独木桥？不要看我洞底毛蟹无血，这面上面下、台前台后、三角四方地野田河江通阴沟，我都连毛细血管都连通着哩！

如果他真腻歪了，那倒合了四眼组长的心意。工作组驻村三个月，虽然从无提过村级班子易主换帅，但从他俩认真调查研究的形迹中可见端倪。四眼组长要真想做事儿，是断断不会让他这条老牛再拉破车的。其实笑面弥勒心里应该清楚，他又不是真菩萨，如果老牛真拉不动穷村这架车了，就应该主动让位让新牛拉。可惜他没这觉悟，看不到长江后浪推前浪，前浪甩死在沙滩上这势头；否则他不会放出这风来？哪是放风，简直是叫板！一种显示实力的叫板。

这世间之人，不管你是红脚梗还是白脚梗，原本全是溪坑里游动的鱼虾，没人用饲料给喂着，势必大鱼吃小鱼，小鱼吃虾米，虾米嘛，自然只能吃水草；吃不成水草，还有那种叫微生物的东西……你笑面弥勒是什么？在村里闷裤裆放个响屁都有人说香，吃的是小鱼小虾，不吃水草与微生物；虽说政府不发工资算不上白脚梗，总归还是说话算数的一方枭雄；做人图啥？谁都难活过百年，图得是有人赏识，老来心情舒坦而已。但对见过世面、长了学识的白脚梗来说，你就不过是他们手中挥舞的一杆枪。枪使旧准星歪了，换一支是很自然的事儿……

可惜笑面弥勒不懂此理，以为这儿天高皇帝远，可由他一手遮天说了算，这就低估了上级领导的智慧。你以为你是谁呀？充其量是管理红脚梗的一个红脚梗，向白脚梗叫板，你就差得远哩。也许他还有一种天真的想法，趁势叫板让政府作难，认为这二十四年他没功劳也有苦劳，换个地方转为管理红脚梗的白脚梗。这种事也不是没有，现任天街镇镇长吴志远是秀才的姑夫，转弯抹角地算有些亲戚；当年就是由大队书记下台被提升为农机站站长，后当上镇长变成名副其实的白脚梗。但依我看来也不可能，人家那时才三十出头，还读过县农业技术学校，有个出身。笑面弥勒都五六十岁的人了，在政府机关都得办退休了。再说这种低三下四、伺候年轻人的活儿他也不愿干，宁吃带鱼少肉的头，也不吃甲鱼多肉的肚；这二十四年过来，他早独往往来、有滋有味惯了，没面子的事他不会去做。就如我分工管经济合作社，打村里牌子办他兄弟的事，年头年尾少不了针头线末地孝敬他。这就是当书记的威风嘛。人有威风就有了自信，别看针头线末数量少，村里两千人口人情多了去，几年下来就是大数目。这倒不是他贪财，财他要，事他办，拿好处没少帮助人。在农村这种事平常得很，周瑜打黄盖，一个愿打一个愿挨，就是村民不识相没孝敬，这份面子他也要，要的是众家阿大的面子和尊严。做人图啥？充其量活到三万六千天，眼一闭啥都没了，就图个心里舒坦……

因此，由猴子进化为人习惯众猴抬轿的阿大，断断不想再做猴子。

但是，工作组却想让他变回猴子，你说他恼也不恼？他一恼就放出狠话来了。我这村书记都当得腻歪了……潜台词就是你拿我咋办？一副死猪不怕开水烫的模样。其实好办，杀猪的屠户死了，就要吃带毛猪吗？就看四眼组长敢不敢下杀手搬开这尊佛。

明眼人已能看出来，这场博弈四眼组长血气方刚得天时，有继父唐县长做靠山，却没有地利，对村里的情况不熟悉……虽然他在这儿待过几年，可所处地位不一样，毕竟还嫩，强龙还压不住地头蛇哩。而笑面弥勒占了地利，三兄弟经营二十多年，就像一棵盘根错节的老树，根须都扎进石隙缝里去了。我知他一定是这样想的：这般的过路财神我见多了，你工作组下村一年也就一次，能像我这般落地生根地长住下去？十年前你们不是也浩浩荡荡地开进来了吗？说是接受再教育，其实就是来教育人的，还办夜校扫盲学文化，不就想让牛们抬头吗？但这根你们生不下去，山里除了石头，别的啥都没有，城里娃娃能生根？笑话吧！别的不说，毛主席他老人家号召扎根一辈子，你扎得成吗？折腾十年，最后上级一纸文件，全都争先恐后、热逼火煎地返城了。留下十五吞的山，还是我的山；田，还是我的田，折腾一大圈不又回来了吗？啃草得有恒心哪，没恒心干脆不啃。至于村里的牛们，抬头就更没戏了，谁不愿踏着尾巴头会动的自发财，像我这般死猪憋硬屎的能有几人？况且山里的草场薄呀，该啃的我这条老牛全啃了，再啃也啃不出花样经来，还有啥滋味？

两军对阵智者胜！这就要看四眼组长的能力与魄力。农村办事靠实力，现在全村人都心知肚明地看着你的能耐。其实我心里明白，时过境迁，势随境变，现在国家的大趋势也该是牛抬头的时候了。戚双连这头老牛只识旧途，别看他牛皮哄哄的，就是能拉动这架破车，势必也跑不动了；何况他生性贪婪、度量不大，又安于现状，有着这般那般的私心。你要卸磨必得杀驴，有本事搬开这块蛮石，我就为你助阵叫好，相信有一大群人都会支持；现在许多人还不敢讲真话，怕的就是搬不动石头反压了脚。你如果把话讲深讲透，真下杀心了，他们就会转过来，怕的就是你做事做了一半，没做干净手脚，就提前撤退生个没屁眼的娃儿……现在你把营盘扎我家里来了，连目光短浅的老太婆都知你信任我，我能不懂吗？可我却不是与你合作拉车的候选人。你知为啥吗？牛与人最大不同是有自知之明。牛是用来负重拉套的，人却是使唤牛的，我虽从没把自己看作牛，不想拉套侍候人；但奋斗大半辈子，仍是一条负重拉套的牛。可我这条牛却是条驯牛，不是蛮牛野牛，没心气没能力成为管理牛们的头牛。这地儿穷，想抬头的牛很多，却谁都不是好吃的一碟菜？池小王八多，表面风平浪静，内部暗流涌动。我自知没笑面弥勒这股狠劲，又不想损失既得利益，能摆得平争夺草场的牛们吗？人何谓智？就是明道理。一桌好菜好饭摆你眼前，明白哪儿该吃哪儿不该吃？这些年我想通一桩事，处世为人，好如暗夜行路。一个人空手行得快，还是肩荷重担行得快？明摆着的事嘛！经过这大半世的折腾，我已没了这份心气。世间智者大多胸无大志，诸葛亮没想过要当三分天下王？识时务者为俊杰。就如我师傅刘瞎子说过出头椽子先烂一样。

人活到一定年岁，就明白啥事该做，啥事不该做的道理了。

5

四眼组长正儿八经地与我谈过几次，都说村干部配备的事。他的意图我清楚，想让我顶替笑面弥勒，做头牛帮助拉套。这咋行呀？我可没笑面弥勒的能耐，又没有憨佬这般公平无私。这种出力不讨好的事儿，我这般的智佬是不干的。于是我便想方设法，试探着推辞。

头一次我领他去看村后的瀑布。下山的溪水至岔口，原本只有一泓，水流湍急，来势汹汹，至泻口却被溪石挡住了，分成数股没精打采地挂下来。我俩跳上阻击溪水泻下的那块岩石上，我装作没心没肺的样子问：如果砸掉这块石头，溪水就能流在一处了，可祖宗为何没去砸？他是聪明人，点头说岩石是自然生成的，如果没有外力，仅凭溪水力量，要经过数千年甚至几万年才能冲坍，不砸就是自然，就成了风景！我点头道：我问的是祖宗为何选中此处立身呢？他指着那块分水石沉默了。我想他必然会去想：此有两重含义，一是自然造化，水滴石穿，世间做任何事，时间是最好的雕刻师。二是靠外力铲除，水流成一处了，人不一定合到一处，倒不如留下风景供后世瞻仰。

自然界如此，人生又何尝不是如此呢？

第二次他正式提出让我考虑考虑，说中国传统儒家学说中有铁肩担道义一说。我听了心里发笑，这不是前些年批林批孔的观点吗？林秃头其实与孔夫子浑身不搭界，他懂孔夫子吗？笑话。他懂的是《孙子兵法》。可有人老鼠偷芝麻硬往杆上攀。啥叫铁肩担道义？说穿了就是篡党夺权。我说你就明说吧，要我铁肩担道义当出头椽子，你能帮我啥？能多给救济粮还是拨钱给资源？他说这些他都办不到，只能给政策。还说这是民心所向，大家都想在太阳升起时抬头哩！我说给政策固然好，谁不想取其势立其本呢？可这势如何取这本如何立？牛抬头就要吃草，村里又没草场。虽说这世界上钱不是万能的，但没钱的农民，两条光脚梗夹着个大卵袋能办成事吗？

我这般说他就不吱声了，我知他为难哩；他不是书记县长这般的大人物，一个工作组副组长（不管财物的文教副镇长）能有多少权分配资源？钱的事有那么好商量吗？红脚梗向白脚梗要钱，岂不是与虎谋皮？就连伍专员（现在当副省长）也得掂量掂量。仅凭政策能让农民抬头？这在我看来是痴人说梦，历朝历代为解决农民的事儿，施行新政改朝换代的多了去，改来改去换来换去，还不是猢狲屁股不长毛，红脚梗还是红脚梗，白脚梗永远是白脚梗……

农村的情况错综复杂，单就十五岙村的现实，就足够让四眼组长喝一壶。解放初村里就分为两股力量，一是转业军人黄八桂异姓家族抬头，二是戚氏宗族的抬头，斗得昏天黑地；现在演变成了四股，戚氏宗族一分为二，即掌权的三房笑面弥勒兄弟与大房、二房与四房子弟（虽然我这支委饭吃三碗，百事勿管自顾清闲，可人还把我当主心骨）；另就是异姓的憨佬洪根土与麻皮阿梁，暗暗与笑面弥勒较着劲儿。麻皮阿梁采取回避，带人打工自己捣鼓饭吃；憨佬洪根土却如沉塘乌鲤鱼似的打死也不走，定要与笑面弥勒分出个高低来。人如果仅为一口好饭吃，就烂泥菩萨糊不上墙，好对付；怕就怕赶都赶不走蹲棺材底的老王八，这种人要么是大笨蛋，要不就是大好佬……

大房的老革命为此找过我，说四眼组长谈话要他推荐书记。我问他推荐谁了？他说相中我了，如果我不干，就推荐大房堂兄药老倌的进舍女婿洪根土。我知他这般说是在试探我，故意说他不姓洪吗？他说他是姓洪，可他儿油嘴佬随药老倌姓呀？就是姓洪的外姓人，也比三房那每天空落落地脚翘黄天抱、只说不做的笑面弥勒强；国家改革开放要办实事，这村里除了你与他，真找不出能与他一拼的人哩。我说我不行，那您就推荐憨佬吧！我这般说他就没再与我谈下去，他知道我是智佬不想钻刺蓬窝挑担子。

后一次我把四眼组长领到自留地里，在别家种杂粮或菜蔬瓜菜代，我种花木盆景赚外快的山坡上，让他看了罩上塑料薄膜的五针松、斜叶梅与竹桩，还有茶、橘、兰、海棠、杜鹃、刺月季后，我只说了两句话。一句是我只有两个阿囡，都嫁山下城里了。另一句说城里工人有劳保，村里红脚梗没有，我与老太婆指望这些松男梅女养老哩！

他懂我说的话吗？我想应该是懂了。

我两次推却，他知我银样镴枪头，真不想竞选书记，不久就改变了主意，把目标集中在一字不识横划、肚皮吃得横凸的洪根土身上。

憨佬在村里以憨出名，不仅是挑柴担赢了，还吃下十副焦饼油条做了药老倌进舍女婿。父女俩说是郎中，其实身体都不好，干不得力气活，看上了他那身牛力气；会吃会做嘛，否则力从何来？令大家难忘的是进舍后当年办大食堂，守门的民兵连长黑无常都让他最后排队入门，怕的就是他放开肚子吃。有段子传笑面弥勒有三大怕，一怕村里要不到救济粮，二怕油菜花开光棍老倌发花痴，三怕憨佬放松裤腰带。那时他是基干民兵，系着公社民兵营发的牛皮带。进门后黑无常用绳子套他皮带上，看他盛第二碗饭便拉住。其实这法子并不管用，眼看别人快把饭桶掏空他就耍无赖。把身子粘在饭桶上。黑无常一拉绳子就连饭桶都拉了过来。最后还是笑面弥勒有办法，以劳动好（一可顶三）的名义发展他入党，党员有纪律呀，约束他劳动争先，吃饭在后放慢速度……

二十几年过去，憨佬显然变成熟了（现在不时兴大食堂，各煮各吃），但每提及当年，他还心有不甘地嘟哝道：老子那党员，还是没喂饱肚子换来的！

四眼组长在他家搭伙六年，他身上有几斤几两骨头应该清楚，说他是有不少缺陷，但至少办事比笑面弥勒公平公正！他这般说，我就无话可说，村子虽小，不可一日无书记，否则四眼组长好不容易修炼成白脚梗，又要留村里当管理红脚梗的红脚梗了。我明白他的苦衷，深知村里选不出书记对他意味着啥。他最后长叹一口气道：你以为他真傻吗？就眼前这乱纷纷的局势，他还不想出头竞选书记哩。他说他动员几次，他都没一口答应。我讥笑说：贱牛坯变成金麒麟，这种天上掉馅饼的好事儿，他竟然还不干？他说你不是也不愿干吗？我说我不一样，我是戚氏房族的小辈，受制于笑面弥勒族长太公；他可是莽汉撞墙木卵不怕鬼，可以肆无忌惮地放开手脚。你真想让村子改变面貌，就得找他这般的主儿……

我说的是实情，这年头聪明人办不了大事，人聪明过头就会有私心。四眼组长点头说：我也是这样想的，笑面弥勒就是私心太重，办事就不公正了嘛！其实人心里都有一杆秤，当村书记把事儿处理公正了，村子就能走正道；办不了大事也能把村治理好。村子治好了，我这组长也算有贡献。我问：你真想选他当书记吗？他说当然，都与你同桌吃了几个月的饭，还不掏心掏肺地说真话吗？那好……我附他耳边道：官怕激，民怕逼，对付这般的憨人，你得使用激将法！他乐了，问能行吗？我说咋不行呢？这天底下穷到裤子剥落的农民也有自尊心，你越说他没能力，他越来劲。天下还没有他憨佬不敢做的事……我也是农民，知道农民的软肋在哪里。我砌有两楼两底瓦屋，两个阿囡都嫁城里去了；他至今还住两间草舍，油嘴佬与衰佬都没出道，不出十年光棍老倌双脚跳，不抬头逼他变疯牛？他不为己谋也得为子孙谋呀；能像我一般图神仙日子优哉游哉隔水观鱼？

这下四眼组长点头称是。我知这回十五呑的村民有好戏看了。

单思明（四）：还魂草

1

言归正传，说说当年洪根土竞选村书记的事儿。

工作组下村前，我特地找笨羊杨小勇叙旧。人一生中，不是啥事都能留下烙印；有些事面对时很激动，觉得特有意义，几年过去也就淡化了；几十年前的那段插队生涯，却在我脑海中留下深刻的印象。当然，也有转眼即忘的，多半是没意义之事；就像人之间相处，不是处过的人就终生难忘。难忘有两种情况：一是只见过一两回就铭记于心，甚至愁肠百转。还有一种是你见面甚觉平淡，离开后却会牵肠挂肚地时常思念。洪根土与戚双连都属于后一种人，我离村多年始终未能忘怀，与他俩相关的诸多事儿，时常会像电影镜头一般浮现在我眼前，而别人不会。我说过十五呑村是我的第二故乡，指的就是与他俩相关的事儿。

杨小勇现已成为洪根土的女婿，返城后分配到县供销社农资公司工作，没一年就当上业务科长。农资公司当时是很牛的单位，主管全县农村统购统销物资。我俩在村里插队时，在县革委生产组工作的志潮秀才，就常利用职权为村民谋利益，被大家视为恩人。杨小勇进公司靠他当过主任的爹，农资公司属县供销社领导；但他在短期内干上中层，则凭他对基层的熟悉，譬如一亩粮田施多少化肥，他都门清。杏儿进城后，小勇爹原本想为她办个居民户口，找一份像样的工作，却被她断然拒绝。她像她憨爹一般地固执，嫁给笨羊看中他的人品，并不想在城里享福，为此自找门路在街道厂学模具工，每天乐呵呵地把笨重的铸铁件搬来搬去，每月开二十八元工资，辛苦却快乐着，据说他俩的小日子还过得不错。

我开门见山地问：你在十五岙村待了十年，见识比我多；依你眼光看，谁当村书记合适？他没假思索便笑着反问：你不会因校花的事儿，趁机把笑面弥勒书记给撸了吧？是呀，这事儿在我心头是块硬痂。素芳在我离村十个月后，因其父邵廷祯"现反"进了监狱，精神崩溃（派出所结论）跳水库自尽。但洪根土、笨羊杨小勇和莲子不这样认为：说她是被笑面弥勒与志潮秀才迫害致死的。这事不好乱说，没证据呀；而且还涉及我的抛弃……杨小勇的脸色变得严肃起来，说我们进村九人，返城八个；虽说毛主席老人家说过：要奋斗就会有牺牲，死人的事是经常发生的……可校花死得没价值。这事笑面弥勒与秀才脱不得干系。我嗫嚅着说我知她冤屈，但没根据的事儿最好少说。其实我比你还想弄清情况，只是不到时候。我这般说杨小勇就平静了一些，说那也不能让笑面弥勒一手遮天再当书记。现在都八十年代了，解放思想，改革开放。他年岁大了，思想僵化墨守成规，且脱离群众私心重，兄弟仨就是顾自发财的山霸王……再说他都当了二十四年书记，能改变穷村面貌也早改变了……

是呀，就是一头牛，转了二十四年辘轳磨，也该歇歇了。搁下素芳死因不说（当初我就不信她愿意嫁秀才，更不信秀才逼死她。笑面弥勒定是帮凶），此事有着更深层次的社会因素，唐如康和我都有责任。一个美丽纯洁的女孩，活生生地在我们眼前消失了，究竟是谁把她逼到绝路上？我说：我知道笑面弥勒不合适，不仅为素芳的事儿，而是他没这能耐，他兄弟黑白无常也不行……改变农村贫困面貌，不像以前那样花拳绣腿地喊喊口号走过场，需要有能干的带头人领大家脚踏实地干……是领导布置的任务，还是你异想天开主动出击？他问。我说两者兼而有之，这次必须动真格的……他又笑起来，说四眼呀，如果你真这样想，你的下场就惨了……领导还不是你这和事佬的继父？笑面弥勒可向他送过不少麂肉干……还捎带笋干、蘑菇……我说：有你这样骂人的吗？唐如康同志是什么人？当今县太爷呀。他当和事佬是因为那年代……

杨小勇嘿嘿赔笑道：龙生龙，凤生凤，老鼠生崽钻地洞；我倒想看看你有啥能耐，能改变这世俗传统？届时负伤撤离战场，别忘兄弟这儿还留着一块桃花源……笨羊呗，没过上几天安生日子就抖起来了？我说：那就骑驴看唱本，走着瞧呗。

那是谁说的？埋在地下的金子，总有一天会发光。十五爸村虽然贫穷落后，却也不是虾没血地没有人。这儿村民有一种传说：老祖宗带家携口地把屋建在这儿，是因为陀头山佛陀怀里埋有金子。这金子后人寻找许多代了，虽然没找着，但他们相信一定有，至今还在寻找着。就我眼光看，先人说的金子首先是人才；有了人才，穷山恶水就能变成金山银山……

这是我任工作组组长后固执的念头，继父唐如康赞成我的想法，说天下是枪杆子打出来的，人才是在实际工作中发现的。就当时情况看：改革开放需要农村知识分子的加入，最合适的领头人无疑是村小学的鸿年老师。我插队时与他有过深层次接触，他有文化基础，眼光看得远，做事也稳重，是当地乡贤黄宗羲的嫡系后裔；村里解放后出生的后生一辈，多是他的门生，有着扎实的群众基础。可惜这时他的右派尚没平反（此举说来荒唐，这般的穷山村还出右派？但事实却摆在我面前）。按说改革开放就是拨乱反正，工作组有能力改变他的境况，党有党纪，国有国法，中央的口号也是有错必纠；可惜当时百废待兴，有关部门忙得披头散发地来不及落实，而且他的档案还被遗失掉，这就需要时间等待；何况他还不是党员，要当，也只能当村主任。

其次应是智佬戚常锁，头脑活络，很有经济眼光，群众基础也不错，还是现任支部委员。我与大妈驻村住在他家，就因为他识大体，有个好人缘。可惜的是他太聪明，遇事绕道走，胆儿小，是个自由主义者，常事不关己，高高挂起，缺乏为民办事、吃亏是福的牺牲精神（在农村当阿大需有这精神）。何况他宗族观念重，是笑面弥勒远房堂侄，两者关系处得不错。我害怕他穿新鞋走老路，因为工作组是短期行为，总有一天要撤走。

此外，就是憨佬洪根土与麻皮阿梁了。麻皮阿梁是在部队当工程兵时入的党，思想觉悟相对高，办事也有原则性，当年在水库工地上咋咋呼呼（也只有他与憨佬洪根土争夺流动红旗），活脱脱就是一个带兵打仗的猛张飞，但这时他为与笑面弥勒意见不合，带陈家坳的青壮年进城做石匠做包工头。即使我有能耐喊他回村，也不一定能安心留村里。当农民的，一旦找到机会在城里待下去，就是打死他也不愿再回村了。我回家过春节时，还与他真聊过回村任职的事儿，他说任职可以，但村是不回了。我问为何？他提出一个古怪的问题，在部队吃集体饭，进城吃饭店饭，吃过集体饭与饭店饭，就不想再吃老婆烧的自家饭了。我说这有区别吗？是不是村里穷食材不好？他连连摇头说不是，吃集体饭与饭店饭闹猛喜气，他不图食材图热闹，自家烧饭吃冰冷凄惨没气氛……

那么，留下我选择的对象就只有杨小勇的憨岳丈了。他曾是我俩的房东呀，都一个锅里捞食几年，我还不知他的德行吗？简单说：他这人天生就是一条道走到黑的倔心眼与闯祸坯。引导好就是一辆开足马力的推土机，啥艰难险阻都能闯过去；引导不好，就像一辆拆去轨道或没刹车闸、说翻车就翻车的有轨电车，特没有保险系数。可现行体制下，有哪个傻瓜领导愿为他那憨劲儿埋单？也就是说：用他，得有人替他把关牵缰，否则，就是一匹难以调教驯顺的野牛……

这些，都是我下村时所想到的。我明白县委县政府把驻村工作组这副担子交给我的含义，不仅是我有过插队六年的经历，主要还看唐如康面子培养我。像我这般感情用事、缺少原则性的人，做行政工作其实并不合适，可那时党与政府机关普遍缺人，掌权的唐如康们重视培养红二代，如把枪林弹雨打下来的江山交与不放心的人，倒不如交与自己放心的人。把我这头运货的马，用作耕田的牛了。何况这村子是老大难，没通天的手段，诸多矛盾很难处理……

现在想来，这段历史对我是个梦幻，太阳升起时雾气蒙蒙的五彩之梦；令人欣慰的是在这场梦魇中我见识了真神。这似乎是我这辈子的福分，也可说是煞星。笨羊杨小勇在那次会晤中石骨铁硬地说：如果你胆敢举行民意测验，说不定我那憨岳丈会跳出来名正言顺地竞选村书记……不信是吗？不信你就试试……

下村前，唐如康曾语重心长地对我说：你要知道梨子的滋味，就得亲口尝一尝。下村后千万得沉住气，先搞三个月调查研究，多听听大家的意见。我问：根据您掌握的情况，谁当村书记比较合适呢？他说没调查就没有发言权，这次县委县政府没具体框框规定，得用你的眼睛去观察。就通常规律来说：基层农村当书记凭实力，谁得到多数村民拥护，谁就适合当领导。现在中央正展开关于真理问题的讨论，党内历次斗争的经验告诉我们：共产党从无到有，经历过无数成功与失败，关键就是领导人的选择，栽什么种子开什么花……

是啊，栽什么种子开什么花。当年的洪根土在我眼里，是个只顾埋头干活，不知协调群众关系处理矛盾、有些傻乎乎遭人奚落的男人。人们都用调笑的口气对待他与家人，仿佛他生来就是村民们酒后饭余、坐黄连树下弹琴、苦中作乐的开心果。这样的人是好人、善人、老实人；做朋友可以，坦诚可靠，永不背叛；当领导却不行。领导需要有一些我也说不清楚的东西，应是权谋吧？他缺少的就是这东西……

令我没想到的是三个月调查研究下来，杨小勇的话一语成谶。在我认为合适的班子候选人中，洪根土是群众呼声最高的一位。事后想来，也该是顺理成章的事，老革命戚启和曾说：共产党的道理千条理万条理，让农民吃饱饭是硬道理。当时我傻傻地追问一句：您老认为憨佬当书记，能让村民脱贫致富吗？他沉思一会点头说：疗毒治疮得使猛药，此村积垢已久，须得有杀心的人治理，方能修成正果。我不能保证他当书记能使村民发家致富，但让大家公平合理地吃上口饱饭应该没问题。村子长年贫穷落后，不是没资源，而是戚家兄弟仨太聪明……人活得太聪明就会失去公平与公正，不妨糊涂一点能吃亏，别人自然就服你……

2

这话，使我倒抽了一口冷气，事后想想却有道理。是啊，人活得太聪明，就会失公平公正。这世人为权为财、求名贪欲，纷争不断议论不休，不就因为活得太聪明吗？人太聪明就会变得势利，世故圆滑吃不得亏了。你吃不得亏，啥事都想占便宜，谁又肯为你卖命呢？可惜世人得势时，都不会去想这个理儿。人生得意须尽欢，多吃多占想比别人过得好一些；你占便宜过好了，别人也就过不好了。世间就这些资源（按智佬说法是牛抬头时啃草的草场），你多占了，别人就少占了。可惜我彻底明白这理儿，已在落难入狱后了。就当时情况来说，我最大的顾虑是起用憨叔当领头人，必得承担风险与责任。因为我也太聪明，首先考虑自己得失。我太了解他镌刻在骨子里反传统的这份憨劲，明白这列无轨电车一旦开动，谁都无法及时踩住刹车的后果……

此时我已基本掌握笑面弥勒的心态。他狂着哩，不相信我这娃娃组长，能搬倒他这棵参天大树？他也太藐视我了，当时我年轻气盛着哩，不像后来风吹浪打地变成政治漂萍、世故圆熟。人生诸多事业，都是在年轻时做成的；所谓大器晚成，那只是失意者无奈的自慰。可是笑面弥勒却藐视我，对支持我改革的村人说：做梦去吧，四眼娃儿知道啥叫农民？啥叫农村？啥叫农业？仅凭书本上的道道，能让陀头山荒草石坎缝里捡出金元宝来？

他也不相信政府搞改革的决心，说：就这般派个工作组，能从云里采下棉花裁衣穿，从山里掏出粮米饱肚腹，使没文化没觉悟、穷得两只肩胛扛个头、穿开衩裤裆夹卵蛋的红脚梗，从此衣食无忧地过上好日子吗？什么工作组……我见得多了，解放后土地改革、三反五反、整风反右、"大跃进"公社化、四清四不清，名堂多了去，后来还来一场史无前例的"文化大革命"，哪次运动不派工作组？还不是换汤不换药走过场……他四眼娃儿头出角背生翅特别有能耐？

太阳升起牛抬头，那是我与秀才为修水库骗政府救济粮、春懒惰年糕过大年制造的舆论……红脚梗能变成白脚梗？嘿、嘿，历朝历代都没这样的神话……当年戚大将军得胜班师时，如果能在山东威海有足够的粮饷供吃供喝，供宿供住，也不会狠心留下上千老弱病残子弟兵，在这块贫瘠的山洼里繁衍后代，休养生息……因此他不相信，尽管报纸连续发社论，有线广播天天喊，他还是不相信，打死他也不信！

是呀，在这历史悠久的国家里，农民世世代代习惯背对青天、脸朝黄土，在土疙瘩里扒拉一口苦饭吃，还能发财致富到城里做工人当干部，迁户口争草场，异想天开地变成春天大乱梦都不敢想的白脚梗？确是不可思议的事，所以笑面弥勒不相信……

其实笑面弥勒也可怜，活到了这份儿上，诸事也就很难放下了。人嘛，一旦活成个模样，又有几人能放得下？人在年轻时，总想着上了年纪就能够放下，指望像《懒汉与渔夫》故事里讲的那样，可以饭吃三碗、百事不管地坐在海边观赏风景；如果真的老了，又有几个能做到呢？

自工作组进村后，他躲在十几年前砌成的瓦屋里，双手捧头冥思苦想。不错，他是砌了瓦屋，而村里大多数人还住着草舍棚，这儿是山上，不是山下，住瓦屋足够侈奢。人都说他是用集体的钱砌成的，其实不是；他怎能用公款砌私屋呢？何况村里也没许多活钱供他浇水泥横梁、买鳞固土瓦片？他靠自己哪，凭权力与脑瓜子……钱嘛，部分来自向公社讨要的补助款；这得感谢老娘葫芦奶天生奶水旺，哺乳救过新四军伤员，救了伍副省长的命。饮水思源，胜利后伍副省长反哺老区，明令公社党委予以补贴。可这待遇葫芦奶没法享受，红卫兵造反呀，死去的邱大头是工商地主，能把这钱送剥削阶级吗？笑面弥勒就把钱提回来与兄弟们平分了……还有一部分是继子志潮秀才当红卫兵头头时，把造反抄家所得的"四旧"物资（原本要烧掉），他收"罪过"雇车装回堆院子里。这些东西黑白无常没眼力消受不了，要劈掉当柴爿烧，是他阻止后七转八拐地卖给上海文物商店，也是一笔不小的收入……

当然，也有用手中权力替人办事顺带揩油的过路银子；如收取智佬以经济合作社名义非法所得的保护费，村里配给化肥转卖所得等。菲菲的二姐、三姐与四姐嫁去城里，他就每人送了一张自行车与缝纫机票的嫁妆。这种事周瑜打黄盖，一个愿打一个愿挨嘛。这自然是少数，村里像智佬这般能折腾开局面的人能有几个？大多是连四季口粮都没着落，有钱财孝敬他老人家吗？最多也是一篮年糕与几棵大头菜与圆白菜……

沿海县领导班子，在这些年进行了大调整，继父唐如康，两年前由革委会文教副主任提升为负责经济工作的县长。他的老上级姜百万年龄大了，升任省民政厅副厅长，估计没几年就得退下来。他俩都是随部队南下的干部，差不多船到码头车到站了。新任县委书记高裕豪，曾是复出主持省农村工作的伍副省长的秘书，由农业厅处长调至沿海任职。他是本地干部，算与唐如康同辈，也是五十四五的人了。从我插队至今整十二年，眼睛一眨就过去了，现在县委正加紧选拔后备干部，继承老一辈开创的基业以免后继乏人。我是烈士后代、唐如康继子，虽在运动中造过他们的反，但插队落户改造了思想，被贫下中农选拔为工农兵大学生，又在省委党校培训过，理所应当成为考察对象。虽然县委布置工作组重点作调查研究，没实质性权力；但可提供依据影响领导决策。我想通过这次锻炼，引起县委县政府重视，决定下半辈子的人生之路……

唐如康一再叮嘱我：人生道路很漫长，关键时刻却只有几步。十五旮村是县委抓的贫困村走富裕道典型，头一炮绝不能变成哑炮……

笑面弥勒知晓工作组会找麻烦，已在骨干村民中处处设防。我与大妈驻村后避嫌没住在下戚家，白无常双富提醒说：菩萨阿哥呀，这次工作组来势汹汹，与以前不一样，看样子要动真格……你得有个准备……笑面弥勒说是福逃不了，是祸躲不过。仍镇静着轻描淡写地问：你倒给说说，有啥不一样？双富说四眼娃儿原是插队知青，了解村里的情况。他说了解情况咋了？你哥我又没亏待他，上大学还是我帮办的……咋就翻脸不认人了？可素芳那事儿……我总担心……他说又不是我推她下水的，女了命贱能算到我头上？双富又问工作组进村，咋不住下戚家宿智佬家了？我总觉得有情况……啥情况？还不是做官样文章掩人耳目？笑面弥勒振振有词地说：四眼娃儿是聪明人，知好佬不与犟汉斗，我五十七，他三十刚出头，前程比我紧要得多。况且为人不做亏心事，夜半敲门心不惊。我当书记二十四年，又没落下命案犯共产党的法，阎罗王打板子还得问问冤情。虽说一朝天子一朝臣，也得看这穷村陋地有没有接班的人？

我对素芳自杀的事一直心存疑窦。她怎会自杀呢？我离村时她指责我当逃兵，决意嫁给心仪她的志潮秀才。说人各有志，与其沉沦，不如各奔前程。记得我俩分开时，她还背了一首裴多菲的诗：

生命诚可贵，爱情价更高。若为自由故，两者皆可抛。

我入学后给她写过几封信，表示毕业回村的决心；可她连只言片语都没回。这般意志坚定的人怎会自绝于党与人民，何况她已与其父划清界限断绝关系。那么，如果不是自杀，内中有何隐情？与笑面弥勒、志潮秀才父子有何关系？我下村前曾与莲子接触，询问素芳自杀的真实原因。她说：这事儿你最好去问笑面弥勒与秀才，我是她什么人哪？你知我当初也恋着秀才，动机是想回城；而她表面说扎根一辈子，却趁你上大学时与秀才闪婚抢了我的戏；我知她咋想的呀？你走后我得肝炎打病假，她死前几天才回村，那时她神经已出了问题，哭哭啼啼地对着她爸照片闹悲情……后来就跳湖了呗，憨叔还带着笨羊与我进城讨说法……

我问：你没看出异象来吗？

她问啥意思？你是不是说笑面弥勒与秀才合伙害死了她？我看不会，他俩其实蛮关心她的，都准备为她办病退手续……

我没追问，在那年代发生的事儿，许多都光怪陆离弄不清楚。

3

简单说，洪根土的人生是从四十六岁那年开始的；不是说他以前没有人生，而是不够精彩。但自竞选村书记开始，他慢慢品出做人的滋味来，明白了人与畜生的区别。

其实当时他与智佬叔一样，并不想当村书记。这有许多因素，不是三言两语能说清楚的，因为村里比我插队那会儿更穷了。牛要抬头得有草场，腹中无食咋抬头呢？书记就得担负责任，不能像笑面弥勒那般占着茅坑不拉屎，要干就干得轰轰烈烈，就如共产党领导打江山，不就是点燃井冈山星星之火，像寒山枯草一般燎原开来的吗？可随着年岁增长，他已没了当年米沙留下太阳升起牛抬头那句偈言时的那份豪情；像智佬常锁一样，他心里也有了小九九，一门心思地想待政策好了，单门独户凭自己能力劳动致富。就说副业，以前上级不让搞，把大家的积极性当作资本主义尾巴割；现在开放让搞活，他憨佬自认不是熊人，还能背跌打滚地在经济大潮里折腾几年哩。别人能干他也能干呀，凭这身牛力气啥苦不能吃？啥事不能办？这村子已被笑面弥勒捣鼓成一缸酱，做成了颜色滋味与模样儿，想改变也就困难；倒不如单打独斗地各扫自家门前雪，是骡子是马拉出来遛遛。三年前他经历过油嘴佬的事，心火早熄灭一半，明白世事如棋步步新，他与笑面弥勒明争暗斗二十四年，没捡到啥便宜，再耗下去这辈子也就没了。秋秋都劝他别争了，说树挪死人挪活，在山里住了半辈子，累了也倦了，不为自己想，还得为两个小猢狲想想，不如像麻皮阿梁一样自捞摸自脆爽。

这般思忖着，他的心就守不住，总琢磨着大路朝天，各走半边，犯不着与笑面弥勒再斗下去；不如下山与人合伙办企业，眼睛一眨，癞婆鸡变鸭干个体户，就是输光也没啥了不起，不就两条腿夹着一副卵蛋的穷汉嘛，反正没有，赤脚汉不怕穿鞋人。因此他想试一试，不为自己谋，也得为俩小猢狲谋，就如智佬所说：光身子走路，比挑担负重轻松多了。

但他心有不甘，因为八桂把他领回村时说过：共产党领穷人革命造反，就是要让穷人像富人一样过好日子。八桂叔没兑现他的诺言，临终两眼圆睁没合上眼睛，这情形由砍柴佬告诉他，他惦记在心永久难忘……

村子还是穷哪？这模样不是一两句话可以说清楚的。原本穷面子，现在穷到骨子里了。水库做成后没了坳里百来亩水田，新垦的大寨田只能担水种杂粮，卖炭的树已砍得差不多了，镇里的救济粮也没有了，遇荒年真得携老挽少地出山讨饭……这些上面都不知情，他可是哑巴吃汤圆心里有数。山下村民相互招呼，说罢你好或你早，恭喜发财后往往询问孩子的出息，虽出于客套，心里却装有希望。当农民的世世代代脸对黄土背朝天，不为子孙谋活着图啥呢？可山上相见简单多了，只询问吃过吗或吃饱了吗？余下再没话说。脑子简单到只为吃，做人岂不与畜生无异？全村四百多户人家，除先人传下来和笑面弥勒这些新贵们砌的几幢瓦屋，余皆是四壁漏风的草舍棚。山上除了出产笋与蘑菇外，只剩下番薯干、芋艿皮，干稀配、糠菜代，精打细算忍饥挨饿地过日子。十斤粮票就能把一个水灵灵的大姑娘骗去山下。全村挨排挨屋地数过去，十有六七户汉子打光棍。遇荒年全家下山讨饭，主妇缝缝连连赶几夜才弄出条像样的裤头来。男人、娃儿能露腚，老妪只得遮私处不能穿开裆裤，掏不出男人那家伙来。年轻后生、老妪下山求生，留下老弱病残结伙挖山上红刺根吃，人们早晨不再说吃过、吃饱吗？而是互问拉了吗？吃进拉不出得相互用手抠，抠最后骨瘦如柴的猴屁股血肉模糊，肚子却像孕妇般鼓起来；入冬硬山柴砍光挤冷火塘，单等阎罗王索命。不是荒年会好一些，番薯芋艿四季粮，咸菜根头压酸肠，肚皮算是对付了，身上却还寒酸着，那如钻山老鼠般的穿山风，噬咬得人心头发毛。秋后村里老妪只早早地在鸡屁股上抠鸡蛋，干啥呢？山里冬天冷，没砌石灰墙的草舍棚会变成冰窖子，得向进村货郎担换花糊纸与旧报纸，糊墙捞人命……

这般的穷村，像笑面弥勒兄弟这般山老鼠挖洞贮冬粮、无所作为地过日子，有意思吗？如果……他假设：能在太阳升起时，由他领头当书记……

这就是憨佬与智佬不同之处，也就是愚笨与聪明的区别。他俩都有私心，都想光身子行路比挑担负重轻松；但智佬心火熄了，很难点燃，憨佬的心火也熄了，却还可以点燃；因为他是木卵不怕鬼的憨佬呀！问题在于我想不想点火？又如何点火？点燃的是野火还是篝火？

　　当书记得顾全大局，心里要装下全村人。这是我插队时洪根土的政治追求。那时他多次与我和杨小勇说：四眼、笨羊哪（此绰号就是他喊出来的），你看有趣吗？笑面弥勒还是书记哩，占便宜与群众争短长……当书记就得一碗水端平，端不平就别当书记！还说：做人要懂得吃亏就是福的道理，如果这事由我办就怎样怎样……

　　就当时情况看，他是渴望当村书记的。在他心目中，村里的阿大就是了不起的官了。我与杨小勇有时也会与他开玩笑，询问如果他真当上书记，村里会发生什么变化？他涨红着脸说：不就是楼上楼下、电灯电话吗？这是国家提出第一个五年计划的奋斗目标，没有新意。我俩提醒他说得具体些，比方说水稻、杂粮亩产量，住宅改变，他的脸变成了紫酱色，梗着脖子说：反正我会比笑面弥勒强，肯定是村里最后一个翻瓦屋；只要自己有一口吃的，就不会让五保老人扒猪栈间捞猪食吃……

　　说的是大实话，我俩虽觉得他目光短浅，却感到特别实在。在当时的中国，连党中央都在研究农民温饱问题。可惜十年过去，他却没了那份心境，当我征求他是否取代笑面弥勒出面当阿大时，他瞪着那双木腾腾的牛眼睛斩钉截铁地说不干，老子耗不起了，水泼出去还能收回来吗？我问如果大家选你当书记呢？他的眼珠转了转，说那也不能干……我问为何？他说没了当年那份心气……

　　水泼出去很难收回，人的心气却是一捆能重新点燃的柴火呀！

　　我知他在为眼前村里现状怄气，心里的魔鬼在蠢蠢欲动。人真是一种奇怪的生物，只要你在心里藏进这魔鬼，它就扎根生长在里面了。不管你年老还是年少，体衰还是体壮，天性很难改变；燕雀生来会飞，松鼠会爬树，泼出去的水是收不回来的，被水浸过的柴火晾晒干燥后还能生火。问题在于我如何把他心里的魔鬼引出来，这是需要费周折的事儿。这几年农村政策放开了，有能耐的农民又悄悄在复辟资本主义了。他们千百年来分灶吃饭、分屋困觉过惯了私有制，搞私有显然比搞公有河东熟路。别看洪根土五大三粗是个憨人，这点灵性还是有的。他深知民以食为天的道理，对拖家携小养家糊口的事绝不含糊。药老倌戚启卫早在陀头山洼地里，藏匿下一块药田种植贝母、天麻与麦冬；在坑坑洼洼的石疙瘩与布满密密麻麻的荆棘林中，要藏一块药田很容易。现在他把它接手过来，边侍弄药材（有些已被药老倌焙干制成中成药），一边跑供销社卖钱了……

　　要说，药老倌与智佬一样是聪明人，凡事都给自己留下后路。早年洪根土当进舍女婿，他就把房契与土地证抓手里不放，独占一间瓦屋自开伙仓。尽管割资本主义尾巴风声紧，笑面弥勒让黑无常带着民兵四处侦察，他还是不吭声地藏匿下药田，大白天睡在备用的楠木棺材里装病。那块药田我与笨羊杨小勇都知道，遇上工休药老倌便约我俩去那儿下棋，喝他自泡的药酒，还吃秋秋隔晚煮好茶叶蛋与梅糕（物质匮乏年代村里最高待遇）。药老倌有一副石磨象棋，据说是戚大将军继光赠予军士留下的遗物……

　　一晃十年过去了，党中央号召发展农村生产力，笑面弥勒不能再变着花样割资本主义尾巴了。做农民的安于现状，只要日子有奔头，就没了强出头当阿大、领大家致富的念头。洪根土生性古板，不像笑面弥勒那般喜欢扎人堆哄热闹；只要你不招惹他，让他觉得不公平，就不会惹是生非使牛性。说穿了村书记这头衔不当吃不当用，还得吃亏在前、享受在后，比大家多出力气干活；何况他还是药老倌的进舍女婿，是飞来的鸟；不像笑面弥勒卵子一根筋，颠三倒四都是亲，论辈分、排宗嗣，关系盘根错节地当着戚姓族长太公；可说是毛竹根头扎进岩缝里，砍了竹林除不尽根。洪根土显然想过这些事，你工作组可撤书记，还能撤掉他的族长太公吗？

　　这叫没有金刚钻，难揽瓷器活儿。洪根土是个憨人，憨人也有憨人的心思与烦恼。这般想着，他也就不想打肿脸充胖子，做出头椽子竞选村书记。

4

　　阴历年刚过，我和大妈就班子人选与智佬叔交换意见。我说经过三个多月的调查，工作组认为有必要对村支部改选调整，就书记人选谈谈你的想法？他问：你要我说真话还是假话？我说我俩住你家吃你家，都把你当叔了，你还能说假话吗？他点头道：这倒也是……别人能说假话，我就不行……他显然对这事考虑良久，沉寂一会儿，从墙上顺手摘下二胡，摇头晃脑地唱起雀咚咚来：

　　　　勿要说我勿客气，

客气过分惹晦气；
侬是客来我是主，
下饭无没蛋摊摊，
眠床无没板搁搁。
……

这是民间叙事诗《华姐》里的台词，他已向我俩唱过许多遍了，兴趣好时还约老太婆一起唱。我问他啥意思？他说：你要我说真话呗，那么我告诉你：你要使这村子真变面貌，就得憨佬当书记。我说：你说过如果憨叔当阿大，我与大妈就会娃儿把尿似的走不脱了？他说这事与唱戏选角儿一个理，啥剧本啥角色？谁红脸谁白脸？生旦净末丑各取所用。如果你想要脱身稳妥些，还选笑面弥勒双连叔当主帅，由憨佬冲锋陷阵当村主任，至于我吗？自账本交给你们那会儿心里就有了章程。太阳升起牛抬头，我这倒槽牛适合敲边鼓，上不得正角色；就像旧戏文里薛平贵征东，挂帅只能是薛平贵，而不能是李平贵或张平贵……

我摇头道：这不行，双连叔这书记得撤下来，否则村子还会是千年不变的老样子……他笑了：自古华山一条道，要么天翻地覆，关云长错走华容道还是关帝爷；要么就是诸葛亮用魏延，明知他脑后长反骨，还拜他做大将。你也用不着真主意假商量，我知你真想改革就得冒风险，心里想的是他憨佬……

我想了一会道：我已找他谈过，人家还不愿意干呢？他说这有何难？老话不是说妇人怕缠，男人怕激；老牛牵到草蓬头，不嚼嫩草的是恋栈牛。憨佬是后海讨饭佬出身，没栈可恋……接着，他附在我耳边，献上让洪根土出头竞选书记的锦囊妙计，又自鸣得意地哼上了《华姐》的台词：

两情相悦要的是一颗心，
比翼双飞千年万年的情。
……

唱完，他丢下二胡不再吱声，撇开我与大妈蔡志娟，云里雾里让我俩自去琢磨；顾自侍弄那些栽在盆盆罐罐、被他视为松子梅女、打算与老太婆一起养的宠物。年前我在县城联系了一家花木公司，他一出手就赚了上百元钱，兴趣正高涨着哩。

　　智佬叔也属牛，与憨佬洪根土同岁，这年四十五了。他在村里算是会做人的人，就是啥事都明白，啥事都装糊涂的明白人。他家屋前屋后许多坛坛罐罐内，植有各种树桩与盆景，啥五针松、红松、灰柏和樟树头的，都被他用铁丝缠成各种形状，弄成嫦娥奔月、八仙过海、五女拜寿、玉龙抢珠各式造型，稀奇古怪，颇有看头。当时私有经济才刚抬头，政府说不打击没说提倡。春江水暖鸭先知，智佬早心领神会，私下与我嘀咕说：不打击，就是要发展嘛……

　　没出几年，时势就证实了他的判断，沿海私营经济，在中央相关政策引导下，如雨后春笋一般发展起来。按说那时他已做好"单打独斗"的准备，可惜是太过谨慎不想冒尖，始终没下投入其内的决心，最后小打小闹也开拓不出局面来，待他想另立山头再图发展却已经迟了，林木遮天就再长不出小树来。当然这是后话，可想天下智慧之士，有见识者不一定有魄力。天下识时务者为俊杰，却更需要有魄力的执掌者。就此角度说，当初我选择憨佬当书记还真选对了。就当时情形，智佬也不是不想当村书记，如果我明确表态支持，他勉勉强强地也会支撑着上台；问题在于他太聪明，怕付出得不到回报。世间凡聪明人都计较回报，不愿意付出太多，回报太少。其间我与他多次谈话，他都含糊其词说不出发展的规划，说来说去无非是做篾匠石匠，要不就是工艺品、搞园艺、圈匝桶这般小打小闹。我知他并非真想付出；否则凭他这般的智商，一定能想到在大时代变迁中，政府给每个人、每个群体的机会是均等的，天高任鸟飞，海阔凭鱼跃。他的人生其实早有规划，瓦屋门口置放的那些花花草草，就是他最后的归宿。

　　这也是一道风景，智佬想要的，就是这样一道实实在在的风景……

　　撤换戚双连的村书记，势必牵一发动全身……我承认自己是个异想天开、缺少魄力的人，虽在这儿插队现又当着副镇长，其实对农村工作还是缺乏经验。我总是急于求成地怕湿手捞干面粉，最后连条退路都没有。这点笨羊杨小勇最了解我，当我把村书记目标锁定他老丈人时，他不无幽默地说：兄弟，这次你自投罗网地握上一把双刃剑；事儿办成你就英勇就义倒下了……

　　开始我对此话并不理解，直至入狱后仔细咀嚼，才知笨羊不笨，对我所处农业农村农民的洪荒境地，与我自视聪明实则愚笨好高骛远的德行，有着深刻透彻的了解……

　　工作组下村，除了考察调整班子外，主要宣传落实党在新时期的政策。十五呑村列入全县十个派驻村，是因为山下大多落实了经济承包责任制，把地分了；而这儿却按兵不动。村里不到两百亩地，大多还是这些年组织开垦的大寨田，全村近二千口人，人均耕地一分，分给谁？如何分？笑面弥勒就等着我来做恶人；如果我没有两把刷子，他解脱了，我却套住了……

　　太阳升起牛抬头，米沙说的没错，这陀头山的风水该改朝换代了。不改，这代人会在九泉之下挨祖宗的板子。洪根土在这年元宵党员会上，被黑无常双贵逼得没退路，掷地有声地丢下一句狠话；天下大道至简，阿拉农民信种瓜得瓜、种豆得豆，村子落后从班子找原因。我就不信死了杀猪屠，就会吃带毛猪……

　　这话说得狠，把责任全推给笑面弥勒兄弟了，潜台词很清楚，十五呑村这朵花没开好，关键在于种子（班子）没选好……

　　事后回想显得可笑，智佬献策使用激将法，原本是由他挑拨麻皮阿梁激的，没想到麻皮阿梁缺席未到，此角色倒由脑残的黑无常给替代了。那日由我召集党员民主生活会，中心议题是给书记笑面弥勒提意见，讨论发展方向。这村里有三十九名党员，由于平时不咋开会，大家的组织观念比较淡薄，人没到齐，才二十一个，刚过半数。会议开得还算成功，连平时不吱声的老实人都献计献策提建议。这应是人心所向，憋了多年的基层党员焕发出人性尊严的积极性。会议由戚常锁主持，他是支委又是副主任，事先与我商量说，以前开党员会都由他主持。我同意此建议，只是嘱咐他要把主题引入工作组制定的口径，不要扯开去。开会时大家都捧着旱烟管抽，唯独笑面弥勒兄弟抽两毛四分一包的纸烟，没多久戚家祠堂内便烟雾腾腾，在人们眼前形成云遮雾掩的怪圈；看不清笑面弥勒那双镶嵌在肉泡里的眼睛，平时所流露出那种令人生畏的微笑。他在想什么呢？我几次悄悄地打量他，却仍然看不清，只在耳边回响起他在村里散布的言论：

　　铁打的营盘流水的兵，工作组总有一天撤走，十五呑的山，还是我十五呑人的山；水，还是我十五呑人的水……

　　土地爷，土地爷，拥有土地就是爷。我就不信共产党革命几十年，好不容易搞成公有化，一脚踢回到旧社会……

四眼嫩哩，懂啥叫政治？当年伍专员告诉过我：政治就是章法。现在人家当着副省长哩。搞乱章法，各发各财，地谁种？猪谁养？老弱病残谁管？我就不信这社会主义的山，不如资本主义的滩……

可会上他一声不吭；不屑回答，还是没理由回答？黑白无常也一反常态地隐忍不发。双富坐在八仙桌边作记录，双贵坐另一面，抽完新安江纸烟后用旧报纸卷烟筒，双手灵巧地把裁开的纸鸽摊开，从桌上的铁盒内取出一撮烟丝卷，然后用口水沾住点燃；这烟往往只抽一半就丢了，脸上比两位阿哥显得烦躁……

憨叔在会议进行到大半时，才猢狲屁股坐不住地双腿蹲条凳上，接过军嫂应彩娟男女同工同酬的老话题，脸憋得紫红（这是他毛病，一激动脸就憋红）地跳将出来。此时军嫂的老公戚大勇，已在对越反击战中牺牲两年了，老革命原本想让她回娘家，她舍不得丢下残腿公爹与小叔二愣子，这家庭缺主妇呀，她说要帮二愣子娶上媳妇后再离开……

按我与智佬常锁设计，此会要达到两个目的：一为激怒憨佬洪根土竞选村书记；二是警告笑面弥勒收敛些，不要无事生非弄出事儿来。可惜麻皮阿梁说好参会（回村过年节）临时变化返城了，打破了智佬设计两人针尖对麦芒、铜缸对铁鬶的计划。没想到黑无常没沉住气，缺心缺肺地跳将出来顶他的缺，好比国足队员卖球，一脚把球踢进自家网内。

记得洪根土提完黄八桂、鸿年老师与长子油嘴佬三条意见后，愤然说：器不平则鸣，事不公民冤。村支部带领大家走富裕道，书记得办事公平、公正、出于公心……此话说得文绉绉颇显水平。我知他会前必与鸿年老师有过沟通（油嘴佬离村后他俩走得勤）。此话得到军嫂与公爹老革命还有多数党员的响应，老革命说：是呀是呀，当书记办事公私不分，就会伤害大家的积极性……军嫂也说当村书记就得一碗水端平，办事得公正公平公理。翁媳俩一附和，黑无常就指着憨叔的鼻子冷笑说：隔夜馊饭难吃，隔肚闲话好说。谁都知村里除了我菩萨阿哥，谁都没能耐摆平。莫非你富农憨女婿，独眼哪吒藕莲腿，有本事上台试试？

试试就试试，你以为我不敢哪？只要工作组实行民主选举，我头一个报名竞选村书记！洪根土终于把憋闷已久的话说了出来，显得很得意，平时那双木腾腾的牛眼睛熠熠放光，傲然迎战：如果我当村书记，必然公平公正公理地带大家发财，全村最后一个砌瓦屋。这下着火害了邻舍，笑面弥勒可没我想的那般有涵养，他原说辞去村书记，无非与工作组赌气，只见他脸色铁青地站起来转身离席，回头说：智佬……这还是开党员民主生活会，岂不整人吗？散会！

随后会场就乱了套，黑无常也摔门而去。刚出门，笑面弥勒就转身给了他一记耳光，叱道：你这张臭嘴，是得在粪缸沿上擦擦……白无常双富没走，阴沉着脸套上钢笔帽，收拾起笔记本问戚常锁：会还开吗？智佬望望我，又望望大家无可奈何地苦笑道：书记说散会，那就散会吧……

5

别看十五呇村七星布局类似古代的营寨，交通落后没通信设施，有关权力更替、偷鸡摸狗、家长里短的信息，却传得比风儿还快。像长腿双乐这样的脑残（小时候得过脑膜炎），腿脚却特别轻捷，兜村十几里的山路，一转回也就一个钟头。村支部发个通知开个会，准保在半天内传达到。因此设在下戚家祠堂的有线广播，笑面弥勒往往懒得用，只用双乐跑腿。这也是他管理环节的聪明之处，如果用广播喊，人家会借口说没听见或听不到。有线广播是镇广播站办的实事，村里就可以转播。也奇怪，这村的电灯只通呇口与下戚家，广播却通到各山疙瘩。听不见与听不到是有区别的：听不见是没注意听，那东西每天播气象消息、传达领导讲话或者唱唱歌；以前唱语录歌，现在怪声怪调地听不懂了，据说是学香港人与台湾人，唱来唱去也就几首，没啥好听的。听不到是广播线被山风刮掉断线了，也有被村民组长使唤人拉掉的。由双乐传达你就抵赖不掉……

没出两天，憨佬洪根土篡党夺权的信息，就在村里传扬开来；同时还有我和杨小勇与杏儿有染的小道消息，更传得云腾雾障有鼻子有眼。这对笨羊没影响，杏儿就是他老婆，对我却是致命的伤害。我有这么坏吗？朋友妻，不可侮；更有甚者，还说我舍弃素芳就因为与杏儿有染。说她是陀头山千年狐狸精转世，专迷城里有文化的后生。戚氏兄弟是聪明人，牵强附会地把杏儿、杨小勇和我生编胡造地组合一体，显然与憨叔在会上放炮相关，把一场严肃的政治运作，编出村民能够接受的庸俗版本……

大妈蔡志娟着急了，餐间向我与智佬叔抱怨说：这算咋回事哪？如此恶意中伤，还是人干的事吗？戚常锁见我沉着脸不吱声，冷冷地回答道：别搭理，为人不做亏心事，半夜敲门心不惊。是呀，清者自清，这种事越描越黑，沉默就是最好的解释。

除了沉默，难道我还有更好的回击方式吗？

三天后，一个阴雨蒙蒙的暗夜，头戴斗笠、身穿棕榈蓑衣的麻皮阿梁专程回村登门拜访，坐在我房间内用右手大拇指一抢一抢地，讲述他带着村打石队，在县城开拓局面的盛况。说他这条牛，已开始在城里抬头了。他说：以前我接工程，给城里人送鸡送鸭，他们只肩胛一搭，叫一声阿乡哥。现在不一样了，像模像样地尊我为麻总……

我问他啥意思？他憨笑着说：林深出怪鸟，池浅王八多；这下单大组长领教了吧？我问他为何不来参会？他又对着我咻咻地怪笑道：我为您单大组长着想哩，一个憨佬，就搅荡乌鲤鱼般地折腾成这样，如果加上我麻佬，你还咋能在村里待下去？嘿嘿，憨佬是我掰手腕教出来的嫡传弟子哩！我问他听到村里流言了吗？他说咋没听到哩，他笑面弥勒就是放个屁，我在城里也闻到臭味儿；别说杏儿不是狐狸精，真修成精大家都跪地烧高香哩！

我又问他：如果真选择洪根土当书记，他服他管吗？他迟疑一会儿，又挥动右手，跷起大拇指一抢一抢地，吹嘘他在打石队的事。末了，他表态说：这要看他咋管？如果像笑面弥勒一样饭吃三碗，百事不管，仅伸手向我要管理费……他阿娘大脚我就废了他。

单思明（五）：草鞋与皮鞋

1

杏儿是狐狸精的传言，来得快去得也快，竟在半月内悄无声息地平息了。

我有些不理解，问智佬常锁道：咋的就没了声息？他笑而不答意思明白：这事如同双方过招，憨佬那边没声息，这儿自然也没声息了。大妈蔡志娟自作聪明地邀功说，是她做了笑面弥勒的工作，答应年底为村里背一面计划生育锦旗回来，这才没了动静。我听了有些悲哀，这政治斗争又不是孩娃过家家？大妈年过半百、在镇政府机关工作近二十年，咋保留着如此年轻幼稚的心态？笑面弥勒不当书记了，这大红锦旗于他还有用吗？但我没说什么，我能说些啥呢？好歹她是我的工作组成员呀。

令我惊异的倒是憨佬洪根土这边没了声息，这似乎有些不正常。他言之凿凿地在党员民主生活会上亮相，自然该有进一步的动作，否则还是憨佬吗？难道他也为怕我增加压力，甚至为杏儿与笨羊杨小勇的名誉退缩回去吗？这自然不是他这憨人的做派……

我下村后与他有过两次接触。一次捎去一叠伤湿止痛膏，因为杨小勇告诉我，憨叔的身体大不如当年，腰板疼哩；我还给药老倌买去后海的麻酥糖，插队时他就常说多吃羊羔常嚼芝麻，可以延缓衰老。我买不起羊羔，只得用芝麻为他补补了。药老倌七十多了，精神还爽健，只是嘴里没牙，吃饭不香。他见了我直夸有出息。那次我在他家吃了便饭，因为秋秋姨蒸梅糕了，说笨羊女婿与我都好她这一口。餐间洪根土告诉我说：现在村民越发怕笑面弥勒了，比你插队那会儿还怕。这可不是好兆头，书记应与村民同心哩。我问怕啥呢？他说山下的日子越过越红火，村里的日子反越过越差劲了。我问原因为何？他说连你都不明白，县里镇里的干部就更不明白了。以前修水库损了地，粮食减少了，旱季放水由上级戴帽子拨救济粮；现在邻县修成鹿亭水库，政府协调放水，就少了村里救济粮份额。权柄掌握在笑面弥勒手里哩，谁听话多给些，不听话就不给……他见我不说话，补充说：大家怕他是因为他掌着分配救济粮的权；可是我不怕。我问：你咋不怕？全家也要吃粮食哪！他摇头叹息道：我不怕是因为我有法子弄到粮食吃，现在政策开放了，我这头老牛还能耕田，弄些草料没问题，只是可惜当年大家辛辛苦苦修成水库总算有了盼头，这鹿亭水库一开通，就没了我们十五呇人的戏了……随即他又鼓励我说：其实天无绝人之路。俗话说：拿人家的手短，吃人家的口短……我正思量着不要这劳什子的救济粮，领着大家新找一条活路！

这……可能吗？我问。咋不可能？千条理、万条路，对吃草耕田的农民来说：弄点吃的应该没问题，只要付出劳动，流多少汗水就有多少收获……

也许这时这条憨牛已有了抬头的意向，但他啥都没说。没说不是信不过我，而是认为考虑得还不够成熟。他是说话算数一句是一句的憨人，不说虚头巴脑的空话与套话。我没追问下去，初来乍到地我心还没底嘛。第二次在快过年时，我与大妈又去找他，征求村里发放救济粮的意见。他看到大妈直翻白眼，向屋内唤番薯蜜枣。秋秋应声出来，见过大妈急向他解释：蔡专管员在镇里管计划生育，现在搞工作组又不抓你结扎，慌啥？他讷讷说：我有啥慌的？村里原本人丁不旺，你动员男人结扎了，咋做得了力气活？又说：吹灯摸黑，不让大男人被筒里头做小人，活着还有啥劲呢？他对大妈为何如此反感，后来我听大妈解释说：你秋秋姨身体不好，由我陪他去镇卫生院结扎，没想到这憨人记仇哩？

谈完救济粮分配的事，我提出村里发展的大事，转弯抹角地谈到班子换届，说有人推荐他当村书记哩。他的眼睛亮了亮，随即低下头表示不感兴趣，说骗过卵蛋的野牛，表面看来还是野牛，身上已没了野牛的蛮性。自己虽然也想为村民做些事儿，只是没了当年的那份心劲。如果我没记错的话，就在那次，他讲了鸿年老师在扫盲班讲的《懒汉与渔夫》的故事。叹息说原本他也想趁着年轻，捕足够的鱼，有钱了为子孙造一艘大渔船，老了可以坐在海边观赏风景。可二十几年一眨眼就过去了，政府只每天喊阶级斗争的口号，不准许他造大渔船；男人做大事得有心劲，时辰过了，他也就没了这份心劲。我说你有信念，现在应该也不迟呀。他连连摇头说：哪有六月猛火日头下，捂着寒天棉袄出汗的？这汗，只能是黄胖春年糕、出力不讨好的虚汗；就如城里学生娃打篮球，球的气瘪了，就再也跳不起来了……

这日我与大妈又留在他家吃饭，大道理小道理都讲深讲透了，苦口婆心做了许多工作。但他还是没答应，头摇得如拨浪鼓说不行……说他我又不是城里白脚梗，由政府按月发工资、粮票，是上有老下有小地做人家担负责任，不能再像年轻时指望年年有鱼（余）、异想天开地造大渔轮……他嘲笑自己说：辛苦了半辈子，连番薯蜜枣这条小船，我已坐得焦头烂额；哪有心思再造大渔轮……

说起来，洪根土原本还是白脚梗的命，如果没被八桂带回山，他就是城镇居民户口。那年头居民户口与农村户口之间，隔着一道不可逾越的鸿沟；不像后来农民有钱进城买房子，摇身一变转户口变成居民，世道的演变令人始料不及。可是他却回村给药老倌当进舍女婿，变成了农村户口。这于他来说是一桩遗憾事。当时城乡差别大，居民由政府发粮票，而农村没有，吃的穿的全在土里头扒，遇上灾年饿肚皮，全家眼泪汪汪地携老挽小出去讨饭。可他从没有后悔过，说龙生龙，凤生凤，老鼠生崽钻地洞；传说的烈士老爹冯团长只是个符号，亲爹小黄狗就是山里人，生就土里扒食的劳碌命。

我与杨小勇插队住他家时，他断断续续地说过自己的身世。说他有三个爹，一个别人强加他头上传说中的爹，另一个是除了黄八桂可以证明、谁都不认的亲爹，还有一个是领养他的继父。他对传说中的爹与亲爹都没有印象，冯团长拉队伍举义时他应该有五六岁，但他这笨脑子无论如何就没想起来。说：孩娃能有啥脑子？也许别人行他不行，天生笨脑壳，小时候的事儿忘个精光。只有七岁那年洪老师夫妇用两块笃笃糖（货郎担卖的麦芽糖）骗他下山才留下印象；他俩问：糖好吃吗？他点头说好吃。又问还要不要？他说要的。他俩就把他抱下山去了。他说：这情景我记得很清楚：罪过哪……假爹、亲爹都死了，娘也疯了，在陀头庵门口，穿着戏服又跳又唱：

　　官人好比天上月，
　　为妻犹如月下影。
　　……

这两句戏词他记得很清晰，很久了总在眼前晃呀晃呀，晃着他疯娘的身影；说他不知道他跟继爹继娘下山，娘就永远找不到他了。娘是疯了呀，找不到他就学在崖边盘旋的鹭鹰跳下了千丈崖，尸骨都没有人收……

他流泪道：她找不到我才跳崖死的……

冯团长带戏子阿三（一说妓女）进山的事，是守山佬八桂后来告诉他的。

说的是民国廿四年春，通往陀头庵的山路上，四个轿夫抬着两副滑竿进山，前面有个穿军服的少年郎，手拿柴刀左右挥舞，额上闪烁着晶莹的汗珠……

滑竿在当地叫简轿，在两条竹竿上系一把藤椅，没有顶棚，四周也没遮拦。盛夏时，也有用土布搭个凉棚的，这样游客就不再受烈日炙烤之苦。这日，在前面一副滑竿上，躺着一个戴着墨镜、身上穿着纺绸长衫打瞌睡的胖男人，腆起的肚子随竹竿颠动一颤一颤的。男人身子很沉，轿夫抬得吃力，额头上尽是亮晶晶的汗珠。后一副滑竿的轿夫，却显得轻松多了，在那张宽敞的藤椅上，倚靠着一个身子轻盈、脸蛋漂亮的女人，在怀里紧搂着一只红色的藤箱。

八桂说：这女人实在年轻，脸蛋粉嘟嘟的，眼睛极亮，如果没看到她纺绸旗袍裹住的饱满身体，人们一定会认为她还是个孩娃……

上陀头山没现成的路，滑竿在杂草丛生、崎岖难行的山道上，爬行了大半个时辰，才到了山顶。胖男人吩咐在陀头庵（那时香火还盛）前停住，从滑竿上跳下来，摘去墨镜在经幢边双手叉腰站一会儿，又踱着八字步前前后后地转上一圈，饱经风霜的圆脸上出现迷惑不解的神情。轿夫这才注意到原先被军帽遮住的虚扑扑的脸上，在两只环眼鼻梁正中位置，留有一道招眼的疤痕……

到了？听到他嗓音沙哑、显得疲惫地问。是到了唷——穿军服的少年郎赶紧跑到他面前立正道。他说是好地方呀，就是静寂了一些，阿三……阿三，下来看风景呀，老子在江西打了大半年仗，把你的魂都吓没了……现在可以安静了……女人扭着腰肢行至他身边，在轿夫齐刷刷的目光中，风吹杨柳般地倚在他肩膀上，细声细气地说：大官人，走了这么远的路，我累了呀！胖男人就咯咯笑起来，拍着少年郎肩膀说：小黄狗，不错呀……没想到还有这么一个世外桃源……

八桂说：三年后你出生了，是个大胖伢儿呀，又过三年，冯团长拉起抗日武装举义，不知咋的，你亲爹小黄狗想离开，据说被冯团长给毙了。说：你弄女人鸡巴厉害，打日本鬼子就熊样了。没半年，冯团长的队伍在千丈崖下遭日本宪兵队伏击，炮弹片炸脑袋上……他死后，你娘就疯了……

我与杨小勇不解地问：守山佬八桂咋晓得这么清楚？

他说：不准你们喊他守山佬……我八桂叔呀，当年是冯团长举义招募的兵！

2

驻村头几月，我主动把调研情况向笑面弥勒通报。这是我对他的尊重，当时我很想得到他的配合；可他没领情，不但把我看成娃儿，架子端得老大，而且怀有抵触情绪。每次都由我上门谈工作，从不主动与我交流情况，使我俩关系颠倒过来，好像我不是工作组长，而是他的跟班。我知他也在观察我的动静，真干，还是走过场？智佬常锁说他久经沙场，每次来工作组（除了伍专员）都是这副腔调，倒过来做白脚梗的规矩。他自然指望我走过场，你好我好大家好地相处一阵子，待时间到了，他准备好一份工作鉴定，由我向县委县政府交差。因此历届工作组就像扭动屁股在 T 台上选秀的模特，随着他的指挥棒在这儿走过场，最后由他打亮分牌裁决。他对我应该还算谨慎，因为我继爹唐如康（村民给他起绰号叫糖拌糠）当着县太爷，可不想在我这小小的副镇长面前翻船。按他理解：这船要翻早就翻了，大风大浪都过来了，不在乎我的小河沟。当然，他也有担心：上级强调基层干部年轻化，他毕竟有了一把年纪……

每次交流，他都会冰封起脸孔、抽着鼻子道：四眼娃儿呀，这山里出去的知青，就数你与笨羊混得好，笨羊当公司股长，你当文教副镇长，再上一级你就是与秀才姨夫平起平坐的镇长了；叔看你俩在村里吃了多年的五谷杂粮，如今总算有出息了，替你俩高兴哩。我这人性格粗疏，又没文化，当阿大这许多年，就像哺育孩娃到成年，就是神仙也有失手时，哪能没有失手的时候？当干部就会得罪人……他见我不吱声，就提高嗓门说：尽心尽力为村民服务，领大家致富……那么容易呀？人不为己，天诛地灭。你工作组不主事，站着说话不腰痛；有本事换人试试，我都快六十岁了，早想脱手不干哩……其声凿凿，铿锵有力，一副舍我其谁的气势，好似死了杀猪屠，注定要吃带毛猪……

好吃的果子不能连番吃，又不是一日三餐必吃的粮食？这话说一次两次我能同情理解，说多了心里就特烦，岂不言退欲进向我叫板吗？我知他带有情绪，在观察动静摸底儿，虽说都是场面话，心里却对我调查他情况一肚子不满。麻雀虽小、五脏齐全，谁都知当村官辛苦，又不脱产发工资，凭的是为村民服务的责任心；可落到实处真让退下，十有八九个都想留着，好似狗对粪缸发誓不再吃屎了；嗜烟者都说抽烟不好，很少有人能戒掉。村官不算官，大事小事、眉毛胡子一把抓，掌着全村实权哩。我在党员民主生活会后，查阅了白无常双富的会计账本，与智佬常锁负责的经合社经营台账合账后，才与大妈一起向笑面弥勒摊牌。我明知这只是沧海一粟，账本经反复斟酌改过抹过，但也够他兄弟几个喝一壶。遗憾的是笑面弥勒仍没认输，说大冬天假火塘抓蚤子，哪个身上没血斑？还说他早有准备，六月天穿棉袄等发烧，出身汗跳水塘洗澡……

他说的是真话吗？当然未必……

　　清明节那天，我去上戚家想找洪根土单独聊聊。事发至此，我必须要找他聊了，竞选不竞选村书记，须得给我一句准话呀。现在笑面弥勒已摔破砂锅不再理我，让长腿双乐捎信说高血压发作请长假，要我寻一头会耕地的牛替他组织春耕生产；村干部不脱产，原本就不实行坐班制。我驻村后就没见他像模像样地坐村委会上过班。这当然在将我的军，他要给我颜色看哩；别看笑面弥勒每天笑嘻嘻的，心里不乏章程。奇怪的倒是憨叔，自党员会上发炮后就没了动静，一直回避着不见我，这不应该呀，也不符合他的个性。因为他向来就是一个有话就说、有屁就放，一根毛竹捅到底，直来直去的人。

　　我找憨佬洪根土的前一天，在村委会坐了一会儿，分析眼前已经或可能出现的种种情况。办公室在下戚家祠堂三间石屋里，原先挂着革领小组的牌牌。这牌牌山下早换成村民委员会，我让双乐给换上新牌。他说这事他不敢，得请示书记阿哥。在他心目中笑面弥勒就是说一不二的山大王。他哇哇叫道：哥说我是傻子，没经他画押签字啥都不能干。我开玩笑说：你娶媳妇生儿子，也要他签字画押吗？他说当然，我媳妇就是阿哥给娶的，生孩娃当然也得他签字。我说那好吧，你找书记阿哥，就说是我说的。双乐撩开长腿噔噔地往他家里跑，没半个时辰回来了，说他的书记阿哥同意摘旧牌牌，可没钱换新牌牌。当然这是借口，村子再穷，不会连换牌的钱都没有？何况人活一张脸，没牌牌办公室就没了脸……

　　牌牌双乐至今没换。笑面弥勒告假后，我曾去探望过他。白无常双富说他爱吃甜食，早晨用豆酥糖泡饭吃。我便在小店里买了两盒豆酥糖捎上，可笑面弥勒不想理我，婆婆唠奉命拿把砍柴刀守着不让进门，说她老公被我逼出病要闭门静养，我入门她就用刀劈脑袋。这般我就只得回村委会，把豆酥糖交给白无常双富（坚持坐班）捎去。他摘去鼻梁上的老花镜狐疑地看我一会儿，问开党员会是不是上级有新精神？我告诉他没啥新精神，不过党员间相互交心。我不想把换班子之事和盘托出，还没到时候嘛。谁知他的心如明镜似的，叹口气问：你想让憨佬当书记，顶替我哥拿大鼎是吗？我见他还真诚就没否定，说是有这想法，还没最后定。他没显出惊讶淡淡地道：按理说江山代有才人出，憨佬身强力壮地挑这副担子比我哥要合适，只是……只是什么呢？与智佬一样，话说半句就咽下肚。我让他说明白些。他说我哥是老一些，按理也该退下享清福，可惜憨佬不姓戚；村里戚姓只听我哥调遣……以前伍专员也思谋着换人，最后不了了之……

此话说到点子上，在官场上行事靠人际关系，别看笑面弥勒小小一个村书记，道行深着哩。伍专员就是伍副省长，他大女儿娇娇在他家当了十几年保姆；县委高书记曾给时任省农办主任的他担任过秘书。白无常无疑在暗示我，如果撤换笑面弥勒的村书记，得有尚方宝剑，也就是伍副省长、高书记明示才行。除上述关系，最能使笑面弥勒沉住气的，他还是戚姓占了大半的族长太公……

如此看来，要撤换他的村书记还真有些复杂，这自然也是智佬常锁担心与憨叔犹豫的因素之一。十五峇村就数下戚家村坊大、人口旺，田也多。那些田都坐落在山坳里，离水库近灌溉方便，长期占着机房唯一的抽水机。村委会与小学都设在下戚家祠堂。祠堂是瓦屋，前后两进，四间开面，前进是小学，后进朝东开边门做办公室；中间还有个院落，内植一棵枝叶遮天的大樟树。据说樟树原有两棵，是一对儿；另一棵在民国初年被雷电劈死了，只留下枯萎的老树桩。屋子虽然陈旧，墙壁石灰剥落，却还是村里最好的屋子。这村内黄、陈两姓也是大族，田少，人口加起来没戚姓多，只设家庙而没有祠堂，由此下戚家便成为众家祠堂。尽管"文革"砸烂了旧秩序，可在沿海农村，宗族势力还是很强大的，祠堂就是凝聚人心的象征。下戚家祠堂规矩分明，神主牌置放与做祭日分主次尊卑，戚姓为主，黄、陈二姓为次，同等辈分戚姓为尊，黄、陈二姓为卑。前些年山下红卫兵把黄、陈两姓立的家庙作为"四旧"给砸了，戚家祠堂却没砸，阁楼上神主牌由黑无常双贵带武装民兵守护，保存得好好的……

智佬常锁早撺掇我主动找一次洪根土。他说：你看你看，憨佬办事，向来不按常规出牌。学董存瑞送上炸药包，却不见他拉导火索。他向我分析说：我智佬千算万算，不如他一憨；发炮半个月，居然连人影儿都不见。单大组长呀，眼看就要组织春耕生产，村里总要有个主事人，火烧眉毛刻不容缓；若要好，大做小，不如你组长登门三请樊梨花。大妈也在旁敲边鼓说：哪有信号枪都发出去，运动员还在睡懒觉的……这边菩萨又躺下了，耽误春耕季节谁都吃罪不起……

他俩这般说，我就有些吃不准，是不是憨叔图嘴上快活，事到临头却退缩了？智佬说这倒不会。憨佬说话却还守信用……毕竟是一桩大事，他得想想……

我到上戚家时，洪根土正提着秋秋打点好的一藤篮祭品，掖着柴刀准备上陀头山祭坟。见到我，他愣了会儿神，问你咋来了？也不让人捎个信儿……我望着他笑一笑问：去祭坟呀？他说：是呀，今儿清明节，别人有爹娘我也有爹娘嘛，谁都不是从石坎缝里蹦出来的。他见我傻站着尴尬，又补偿似的问我有没有兴趣，与他一起上山顶祭坟？说完望着我傻傻地笑……

我答应了，插队六年，还很少去山顶的陀头庵哩……

秋秋见我答应，仿佛早有准备似的从灶头拿出一铝饭盒梅糕与一竹筒水，塞进我的怀里；转而又取出一把柴刀交与他。他嘟哝着问拿这干啥？她说八桂叔都死过多年，没人守山，山都老了哇；何况娃回城几年脚底板嫩了，咋走这般的荆棘卵石路？洪根土又面无表情地打量我一会儿，见我没表示反对，把柴刀塞进裤腰带催促道，走呀——

3

天刚下过雨，空气湿漉漉地清新着。这些年人们忙着修水库造大寨田，山上的树越来越少了；盘旋曲折的山道上有着不少滚落的石块，有些横阻在路上，有些竖立在道旁，疙疙瘩瘩磕磕绊绊的，显出满目疮痍来。洪根土一边走，一边弯腰把道上的石头捡起来；遇到大石头，他就放下手里的藤篮，横竖旋转着置放在路旁；动作沉稳迅捷，像做惯这事儿似的。

我驻足看他（有时也帮他），问：听说你每次上山，都捡掉路上的石头？他问有错吗？我说没错呀，石头多了，路就不好走……他点头：是呀，这是我们山里汉子的命，搬不尽的石头，割不完的野草，吃不尽的苦哪……

路上，他又絮絮叨叨地向我叙说他的身世，说如果把出身与当村干部联系起来，他就没法儿当村书记。我问是咋回事？他说党员会上他放了炮……其实他老丈人药老倌不让放，可他还是没能忍住……不是戚家兄弟当甩手掌柜不下田，这事儿大家能想开，村里那许多劳力，就这几亩田，顺带过便就捎上了，关键是笑面弥勒坐那位置上处事不公平，就伤了大家的心。说他原本不想争村书记，但实在看不下去……我山里的爹不让我争位置，说共产党选干部讲出身，他土改时划为富农，遭人厌……

我说：冯团长不就是抗日烈士吗？他摇头道：连你也这样说？可我得实事求是哪！其实我不是冯团长的儿呀，真不是……八桂叔告诉过我的出身，我不能把黑的说成白的。黑无常看不起我，认为我没能耐当这个家，我还真想当一回给他看看。无非是办事公平，说话公正，出于公心嘛，这些笑面弥勒做不到，黑白无常也做不到，可是我能做到哪……那你还担心啥呢？我说就算你不是冯团长的亲儿，只要大家信任你，你又能带领大家发家致富，为何不能竞选村书记？做人应该老老实实，对吗？冯团长不是我亲爹哩……他揉着猩红的眼睛悲哀地说：我亲娘在我失踪后没半个月跳崖死了……你说我有多傻，为一块麦芽糖丢下娘……虽然这事没法说清了，但人的良心有底线哪，我不能骗人……我说：你是不是恨洪老师夫妇？过去恨，现在已经不恨了……他说他夫妇俩也是好意，当初日本人把我当冯团长的儿，要斩草除根！我叹口气道：可是，你为何与我说这些呢？

不说清楚我憋心里难受呀……他说他不能活在冯团长的祖荫里……让人当作革命后代供奉着。我就是我呀，别人认我是憨佬，不认我也是憨佬……不像笑面弥勒把他爹的坟埋在陀头山腰上，装神弄鬼愚弄人……我不要冯团长荣光罩着过日子……

他又说：做人不能为达到目的，就不择手段……

上山的路渐渐地陡了，不知不觉中，我俩已吭哧吭哧地爬至山腰，两边都是陡立的石壁垒石与横虬杂枝的荆棘丛，前面已看不到路了……

通往山顶原是有路的，四乡八邻的人要向陀头庵进香；行人多了，脚下就有了路。后来庵没有了，路也就没了。八桂被免去村书记后，每年冬天用柴刀开路；说是他活着，就得有条路走。也开了有十几年，直至精疲力竭、寂寞地在塌圮庵屋旁自搭的茅草棚里死去（尸身还是化雪后上山的砍柴佬发现的）。他死后，这些年就没人再修过路。洪根土让我往后靠靠，挥舞柴刀在前开路；把硬山柴、刺茅草砍得呼呼作响，嘴里还嗷嗷喊着：我叫你长、我叫你长……龇牙裂目、黑脸黑气的，仿佛与谁在怄气儿。他说千不该万不该，他不该把八桂叔独自留在山上；天不该地不该，老天爷不该早早地收了八桂叔去，他还不到五十岁，有的是机会向笑面弥勒翻盘……说他后悔三寡妇以两瓶头油把身子卖下山后，他才上过三次陀头山，都是请八桂叔下山过年节，但他没下山，说自己腐化堕落坏了共产党的规矩，没脸庞见人……

我俩终于登上陀头山，站山顶上往下看，只见山连山岭接岭地，莽莽苍苍，吞口、下戚家、上戚家、前黄、后黄那些草舍棚与夹杂其间的瓦屋，都变成火柴盒大小，陈家坳与姜家滩隐蔽在山坳的皱褶里去了，站边上看不到。山顶峰峦坦露着一块巨石，从山下远远眺望宛如一尊惟妙惟肖的弥勒佛头像；登顶后却是一片坑坑洼洼的蛮石上，余留下一排残墙颓垣的庵屋……

陀头山在近代远近闻名，是因为冯团长当年带着阿三隐居于此，并在抗战时举义归顺新四军三五支队，在崖边的羊角吞与日本宪兵队和汪伪军干了一仗的壮举。那次战斗消灭了十几个日本兵与一百多个汪伪军；可惜冯团长在战斗中阵亡了，留下有谜面没谜底的洪根土……

自攀上峰顶后，洪根土就没再理我，顾自办他祭祀先人的事；这应该是有程式的，而他并不想让我按程式祭祀他的先人。那厚实的背板与那不同常人的硕大头颅，在我眼前若隐若现、晃晃悠悠的。是啊，没冯团长这份荣光罩着，上级党委能同意他当村书记吗？虽说那个阶级斗争年年讲、月月讲、天天讲的时代已经过去，但人们头脑里那根弦消除没有？在党员民主生活会上，他接连放炮提了三条意见，说笑面弥勒当书记行为霸道，处事不公平，说话不公正，干活没公心，比国民党伪保长都不如……

这些话，如果早二十几年或十几年前，是会当作右派或地富反坏右言论获罪的。因为笑面弥勒的所作所为，是由上面一条"红线"贯穿下来由他具体执行的。虽然作为上级组织，并没明确指示他产生特权与把村民当作群氓，但制度的实施与推行，客观上推动村级领导人的特权与独裁，或者说滋生与酝酿了此温床。此过程与后来改革开放中像我这般的干部，被关进自己设置的监狱，道理是一样的……

洪根土在党员民主会上，向笑面弥勒提出三条意见。

第一条是给原村书记黄八桂正名。说八桂叔是个不错的领头人，因为他说过共产党得天下靠密切联系群众，做事公平、公正、出于公心，才十五岁的他回村跟他当通讯员。他俩把前山后山七个自然村都跑遍了，当书记的八桂叔把山和地、舍与屋都分给了农户，没为自己留块山、留垄地、留座舍。那时他俩在山顶残破的庵屋搭茅棚住，晚上他向他聊三寡妇，说她也可怜，娘家成分为富农，嫁给他那当长工的堂侄后，上山只过了一年舒心日子，老公就患痨病死了。他问他喜欢，咋不把她娶了？他说没阿叔娶侄媳妇的理儿。他抽葵花叶子很凶，屋内尽是呛鼻的烟味；他咳得睡不着，他也咳，咳得比他还凶，但还是抽、抽……

他说八桂叔当守山佬后，每天修着上山的路，不为迎娶三寡妇，是真心悔改想为村里做实事。他对他说过：只要他还有一口气，就要力所能及地为村民办些实事。陀头山是靠陀头庵出名的，陀头庵是宗教，共产党说过宗教信仰自由；没路这庵就兴盛不起来，庵不兴，这陀头山也就发达不起来。为此他激愤地说：这样全心全意为村民谋利益的人，现在村里还有吗？你三兄弟把落水黄狗往深水里溺……不让他参加党员会，还带人把他押下来戴牌牌游村……他说八桂叔临终前，用钢钎在庵屋石壁上刻下"菊花不是国民党"七个字。菊花就是三寡妇呀，哪是国民党……是你们为把八桂叔往深水处溺强加的罪名呀！说到这儿他抹开眼泪：这样一个人，不能死后还戴着坏分子帽子……不给平反天理难容呀！

他讲的第二件事，就是笑面弥勒兄弟把村小学鸿年老师整成右派。此事以今天眼光看，原本就是天方夜谭式的传奇，连鸿年老师自己都无法说清。

屁话、屁话……洪根土的脸涨成酱紫色，一个劲地嚷嚷：他不过为上级六千元校舍补助款，被挪用修缮村委会办公室有意见，说了就是蒋介石国民党还重视小学基础教育哩，共产党政府咋不重视呢？这话没错呀，他是小学校长，说话向着孩子们……可你戚家兄弟添油加醋、上纲上线地报了右派……一个好好先生，走路连踩死蚂蚁都不敢，咋会是反党反社会主义的右派呢？村里的娃儿都是他培养的，功德无量哪！前些年他一边批判游斗，一边坚持为娃儿们上课，教唱革命歌曲，讲共产党是人民大救星……

这事我驻村后曾询问过笑面弥勒。他支支吾吾地说不清，只说是上级给的指标。鸿年老师是普师毕业分配的老师，可留在城里教书，是前任村书记黄八桂用滑竿把他抬进山来的。他说八桂利用他充实黄氏宗族的力量，目的是与他争夺村里的领导权。鸿年老师工作不错，教娃也尽力，但他是全村唯一的地主儿子，老爹黄硕儒担任过日本人的伪保长，土改时被政府枪毙了，鸿年老师对政府有不满情绪。他是公立老师，当右派是县里给定下的。要改正也只能由县教育局改正……那笔六千元款子……我去了教育局，局领导说可以由村里决定。因小学校用了祠堂屋子，村里商量后才修缮了办公室……

第三条意见就是油嘴佬戚长庚与假公主菲菲相好的事，对洪根土与戚秋秋来说，是心头最沉重的痛。他悲哀地流着泪说：你笑面弥勒可以轻视我，却不能看不起油嘴佬。你、我两家相争着要出头，比试各自能耐与本事，不能把怨气撒在娃儿身上；他读书成绩好，是全村里除志潮秀才外，唯一能够出山有出息的男人。与菲菲好是诚心诚意地想娶她，在山腰你家祖坟前起誓凿字；可你兄弟仨却心狠手辣地把他整成强奸犯断送掉了前程……说到这儿他呜咽起来，手背抹着眼窝一甩一把泪，明晃晃地耀眼。他说：你这是剜我的心挖秋秋的肉呀，油嘴佬也姓戚哩，是戚氏大房的子孙……他山里爷爷年年除夕夜睡在楠木棺材里不出来，说要把老骨头早日埋土里，应油嘴佬的风水保平安……

4

洪根土上山扫坟祭祀，并不为举义殉国的冯团长。冯团长的骨骸埋在天街镇烈士墓里，每年由政府公祭。上山是为他的疯娘，还有黄八桂说过冯团长身边马弁没留下姓名的小黄狗。他说不管他是否我的亲爹，我都不能让他在阴间冰冷凄惨成为孤魂野鬼……

陀头庵坐落在山顶凹坑里，三面卵石堆砌，南侧留条香客上山的路，庵旁有棵大樟树，树身中间镂空，枝叶却异常茂盛，把半边庵屋残墙给遮掩住，断砖残瓦，遍地皆是；庵堂原为三开间门面，依稀可见当年香火鼎盛的旧貌。屋前屹立两座经幢，高约数丈，传承着荒凉中已然逝去的辉煌……

我俩在庵前经幢下坐了很久。洪根土的思路仍停留在逝去的岁月中，这些年来他无法摆脱自己是谁儿子的烦恼。他一直想弄明白他这头牛，到底该如何抬头？世界对男人来说，不明白自己是谁的后代，找不到抬头的方向，就是人生最大的悲哀。就像我离村后，一直无法忘记这一域贫穷落后的土地一样。

世间的故事有着千千万万，还有啥能比翻身农民把歌唱更为美丽的传说？他终于又丢下我，摇摇晃晃地站起来，走向庵后的千丈崖……

我跟过去，见他把藤篮里余下的祭品和纸钱拿出来，向崖下甩去……

祭品内还有秋秋姨做的梅糕哩，崖下有成群的鸟儿等候着，见崖上有食物丢下，立即鸣叫着翱翔着抢食争夺……千丈崖下有一条通往邻县的公路，大山从这儿拐了个硬弯，仿佛巨龙般腾云盘越，呼啸而去，留下山下成片的沃野；千百年来，人们总不习惯在此上山（因为没开出路来），进山则从呑口走，一条简陋的沙石山道，从陀头山的偏峰拐过来，盘旋大半圈通到南山四窗岩；那儿则是更加贫困、更加落后、稀见人烟的大山深处了……

我醒悟过来，问：你在祭奠小黄狗留下的魂魄？

他回答：与娘一样，他挨枪子儿后是从这儿跳下去的……

见我没再反应，他移动着笨拙的身子在崖前站定，右手搭在秃松上，对着脚下悬崖，喔——喔——地吼叫起来；其声凄厉，雄浑粗壮，令人心头颤悚。

我想起志潮秀才说过此山有灵性，不平则鸣。当年黄宗羲组织十八营盘的世忠营在此结寨抗清，清军统帅多铎率军滥杀无辜，血沃四野尸横遍地，山为之肃容，石为之动情，撕心裂肺地吼叫数日不止……今山未吼人在吼，我没上前阻止，让他把久藏于心中的不平之气，随着这一缕缕、一丝丝氤氲的雾气、水汽、灵气，连同村庄的污秽肮脏之气全吼出来。这样他的心里也许会好受些……

他回头仍用那双呆滞的牛眼睛望着我脸，呼呼喘着粗气道：你还不知道吧？八桂叔告诉我，我真爹小黄狗把假爹冯团长带进山来，是为寻找祖先的宝藏……如果我当村里的阿大，就要把掩埋的宝贝找出来……

我说笑面弥勒不是也领着地质勘探队进山探过宝吗？

他沉思一会摇头道：不一样……心诚则灵；笑面弥勒没找到藏宝，是因为他的心不诚……说过这话他又苦涩地一笑道：可惜现在心诚的人太少了……

下山路上，天空飘散着细雨，山间莽莽苍苍的树林子里，荡漾起一缕缕的浓雾，如一层层纱幔似的，在大山的沟沟壑壑与陡崖峭壁间轻歌曼舞，笼罩住整座大山，远处天际却渐渐透出一丝嫩红儿来……

我俩继续谈论村书记人选。我鼓励他参与竞选，说现在这时势与过去不一样，该是牛抬头的时候了。是骡子是马，该拉出来遛遛了。你那出身非坚持这样说，应对竞选有影响，但不是决定因素。农村改革的目的是发展生产力，只要你做到出于公心，说话公正办事公平，带领村民共同脱贫致富，县、镇两级党委一定会支持你……

他瞪起那双木腾腾的眼睛，不时回头看我，摇头道：我晓得你们在戏谑我哩，我知自己有几斤几两的骨头，其实我放炮提意见，并不为抢班夺权当书记……我问：那你为啥呢？他说就为笑面弥勒……处事不公平……他说他也算活了四十几年了，难道还没看清这世界龙生龙，凤生凤，老鼠生崽钻地洞的势吗？天下的聪明人多的是，像我这般的愚笨人即使选上村书记，也领不了村民走上富裕道；明知这条道走不出去，又何必笨牛强抬头呢？

奴性，永远的奴性……我愤愤然骂道，你呀，还真是一条牵不上道的犟牛！

他沉默了，铁塔似的身躯晃了晃，一屁股坐在道旁的乱石堆上，取出藤篮里的梅糕狠狠地嚼，仿佛对食物有仇似的。我说这是秋秋姨特地为我蒸的，我可十年没吃她蒸的梅糕了……他狠狠地瞪了我一眼：要吃自己拿……

我也坐下吃梅糕，趁势激励他说：你不是想老来坐海边看风景吗？如果不趁年轻力壮打下基础，真上了年龄，还能看到啥风景呢？他沉闷地说：我说过我不行就不行，眼下村里这局面百无一有；你认为我真傻呀？卵子一根筋，无地播种就断根，能无依无靠，赤手空拳带领大家脱贫致富？

我说至少你比笑面弥勒强，他有私心你没私心……当书记能比他公平公正……你都在会上拍过胸脯，咋又临阵退缩呢？他说：那是我说气话，你知我向来口无遮拦，是个直来直去的憨佬嘛！哈哈——我继续激励他道：你还知自己是憨佬，太阳升起牛抬头……过了这店就没那铺……你不愿当阿大，在村里就没有了话柄；你以为你放炮会有人听？人家信的是权，谁发放救济粮就听谁的，待我这工作组撤回去，你还是一条由人摆布的牛……还种瓜得瓜、种豆得豆哩？笑面弥勒可让你种瓜不是瓜，种豆不是豆，你信不？不信我俩打个赌试试……

他呆呆地看我一会儿问：如果我竞选村书记，县里镇里真支持我？

我说：我不是在支持你吗？

他摇头：你不算，你与笨羊在我上戚家住了许多年，对我了解嘛。我是说你继爹糖拌糠……他也晓得我憨佬是他能端上桌的一碟菜。

我俩继续往山下走，这时雨丝密起来，我穿上他递过来的蓑衣，他却淋在雨中了。春雨还冷，我怕他淋坏了，提议在银杏树下避避雨，他说不要紧，这雨算不了什么。我问：听智佬说你找过鸿年老师商量村里开发的方案？他点头说是的，仅凭十五峇村不到二百亩的水田，能吃上饭已不错；你不是说要农、工、副三个轮子一起转吗？马无夜草不肥，我在思量多一条路多生财哪……说着，他便回头望着我嘿嘿地笑：牛抬头，我要的是群牛抬头，而不是像笑面弥勒那般各人自扫门前雪，仅抬他这头老牛的头了……

原来他还有准备哩，我心里比上山时踏实多了。

这儿我得说说当初真实的想法。从那个特殊年代过来的人，思想与价值观念与现今的人们不一样，更懂得物质资源占有对发展社会生产力的重要。现在我们的国家是东南沿海富庶，西北与西南相对贫困，而在三十几年前，东南沿海由于面临台海前线，解放后基本上没怎么发展重工业，轻工业的发展速度也相对缓慢；而且人口居住密集，七山二水一分田，土地资源匮乏。像沿海县，人均耕地不足半亩（像十五畚村仅一分）有许多还是围海筑塘不能种粮食的盐碱地，相比于土地资源充盈的内地，并不占地理优势。这也就是沿海县委、县政府在经过实践是检验真理的唯一标准大讨论后，提出农、工、副三个轮子一起转的依据……

从后来农村发展的势头看，提出这口号无疑是正确的，符合当初沿海的实际情况。洪根土是个农民，他用农民的眼光看待与分析问题。在他眼里，这世俗社会的人是分了等级的。城里的白脚梗与村里的红脚梗，就是一道不可逾越的鸿沟。牛抬头就是要跨越这条鸿沟。就如当年，他带笨羊杨小勇与莲子到县政府负尸请愿讨说法，不仅为冤死的素芳和插队知青的权益，主要还为历朝历代执掌者维护白脚梗的利益与对农民（红脚梗）的蔑视。就像娃儿夜啼，不仅为饿，主要是提醒父母对亲情的重视与维护。农民是这社会中最缺乏安全感的群体。他们所谓抬头，就是想为自己或子女，取得能与白脚梗平起平坐、能获得国家资源，成为一个自由平等的人。

这道理虽然洪根土未必能说清，但他已经意识到了这一点。

5

不久县委召开三级干部会议，通知我回城参加。我临走时洪根土正与戚常锁带着全村壮劳力组织春耕生产插播夏谷，我把开会的事儿告诉他，期望他向我有些表示；可他还是一副木腾腾的神态，愣愣地没有反应。我问他发展规划考虑得如何？他说待忙完这一阵子再说。我想也是，这地方的节气清明后得侍弄秧田。山上地气冷，比山下要迟几天。谷雨气温回升，雨水调匀，秧苗开始拔节，种到大田里才长得快。当农民耽误季节就误了口粮，就是有再急的事儿，也得把秧苗插到田里才放心。十五岙的壮劳力，从年底无所事事至今，算是玩了一个多月的麻将、牌九、图拉克（扑克），总算从年节的一帘幽梦中醒来，懒洋洋地来到田头。水田也不多，只一百零几亩，余皆是一些只能种芋艿、番薯、六谷（玉米）的杂地，还很分散，东一畈西一摊，一小块一小块地分布在山疙瘩的石头窝里。由于田少，山里女人们除拾掇屋前屋后自留地外，平时很少出工干田活；也不翻山越岭地挑山柴换米，只待在家里喂猪抱孩娃。虽然番薯、芋艿连汤煮，肚皮吃得清泡胀，女娃儿穷得连换洗的内衣都买不起，却脸容白皙肌肤细嫩，到十七八岁待嫁之年，就出落得亭亭玉立如同下凡仙子一样，要不怎有民谣流传：十五岙，七个庄，庄庄都出美娇娥。美娇娥也有开工出畈时，那多半是组织集体活动，工地上插上一杆铁姑娘队、铁大嫂队的红旗，叽叽喳喳地围一堆。还有山下双抢时人手缺乏，女人们也会自发性地下山，赚些贴补的现钱……

令我没想到的是在会议期间，洪根土独自进城找唐如康换鞋。那晚他守在人武部家属院门口，拦住刚散会的唐如康。问可不可以到屋里去坐一会儿？唐如康已知我动员他竞选书记，问他要干啥？他说他有重要的事情汇报。唐如康以为什么大事，就把他领到家里坐了，两人扯到夜深才散。

他找唐如康的表面理由是汇报村里春耕生产，其实是为刺探他这县长的口风，以证实我与他说的是不是真话：像十五岙这般人均耕地一分的穷村，能不能农、工、副三个轮子一起转？换句话说，也就是吃不饱饭的红脚梗，能否与城里白脚梗争"草场"？次日唐如康抽个空儿，至县委党校与我沟通。我正参加小组会讨论高书记的动员报告，他把我喊出去，说昨晚洪根土去家里了。我问他干啥呢？他说他不相信党的改革开放政策。说共产党啥都好，就是爱折腾，换个领导一个做法，说话不算数。我问唐如康是如何回答他的。他说：我给他写了张字条，说只要我还当着县长，县里政策还变，他可拿这条子直接找我。我又问还说了些啥？他说他拿字条塞进贴胸棉袄口袋，又提出一个怪要求。我即问啥要求？唐如康指指脚上穿的那双蒲草鞋说：真是怪人哩，说他不识字，我写那条儿没用，真支持他牛抬头搞改革，留一件信物放他那儿就放心，定规把我穿的那双军皮鞋给换走了。我忍不住扑哧笑了，说他那双大脚板，能穿你的鞋码？唐如康也笑了，说是穿不了可他强要换，光脚出门当晚就回去了……你看看……啥啥思想动机？乱七八糟地摸不着头脑……

我说这是他长面子嘛，您是县长，他拿皮鞋回村显炫，说您糖拌糠都支持他当村书记搞改革了呀……啥糖拌糠？唐如康用手抓着头皮问。我知说漏嘴，赶紧搪塞说：这是村人给您取的绰号，在村里凡有头有脸的人，都像梁山泊一百零八条好汉一样有绰号，这样相互叫着亲切一些，就像他们喊我四眼一样……什么意思？唐如康有些不高兴。我说：糖不是甜的吗？您发救济粮就使他们尝到甜头，就是分量不足，他们只得与糠掺一处吃……不就是糖拌糠吗？

唐如康张嘴唏嘘半天：原来还有这讲究？我说对呀，今年您多拨些救济粮，全村人就都喊您老糖了……不行，他沉下脸来了，还得靠自力更生；我也不要老糖，还是糖拌糠实在……

唐如康还真想培养我当革命接班人。也难怪，亲爹单志荣在渡江战役中了流弹，临终把我托付于他；他是讲信用的人，答应的事儿一定要做到。会议结束我回了趟家，是他捎信给我说邀请了高书记谈工作。我知他想借此让我与高书记接近。雨后黄昏的空气湿漉漉的，道路两旁植的梧桐树已抽新芽，老叶飘散满地皆是。路上行人约三成换了夏衣，多半是时髦的姑娘们，熬过漫长的严寒，身上蓬勃的青春味儿迫不及待地焕发出来；留下七成还裹着厚厚的冬衣，大多是中年人，岁月在他（她）们身上留下太多痕迹，以至对渐趋的春风变得麻木了……

唐如康升县长后没换房子，还与我娘杨氏住武装部家属院的矮平屋里。这是前后三进、一字形的旧式洋房，屋顶上有天窗，石灰剥落的墙壁上扒着紫藤，外有花格圈墙围住，墙头上也爬满生刺的蔷薇；此时未到花期，枝叶一簇簇地碧青嫩黄，把平屋装扮得特有乡村韵味。屋不多，院子却宽敞，尤其前进屋与二进之间，有个铺着地砖的操场，中间植有一棵茂盛的大樟树。就这般普普通通的院落，三十年前是县城最好的屋子，曾给我的童年留下诸多美好的回忆。

我到家时唐如康还没回来，杨氏正在包着饺子。她包饺子是一绝，萝卜肉馅剁得很碎，和上茴香与香油，掺有厚厚的一层肉皮冻，一口咬下去一壳儿鲜水，唐如康最喜欢吃饺子，常领客人来家里蹭饭，没进门就嚷嚷，说啥都不需张罗，就包萝卜馅饺子。我悄悄进厨房从身后抱住娘问：你知老唐喊我回家干啥？杨氏手上沾着面粉摸我的脸，讷讷地说，你是越长越像虎子了……每次见面她都重复说这话，别动，娘好好地看看你……她身上穿着黑土布对襟衫，脚上是一双自做的蚌壳布鞋，多少年过去，仍是一副山东农村老太太的模样……

唐如康很快到家，黄澄澄虚肿着的一张脸，一年四季，不分场合地穿着一身洗得发白的旧军装，好像生怕别人忘记他曾是人武部长出身。我赶紧从沙发上站起来让位子，家里只有一把双人沙发，是他的专座。他回家只坐沙发上看报纸，从不做家务，家务是由杨氏承包的。我招呼说老唐，你回来了……这样喊表示亲热，以前我只在背后喊，现在当面也喊了。不知从何时开始，他已规规矩矩地喊我为单思明同志——他神色疲惫，花白的头发乱糟糟的，在沙发上坐下后，我问他为何平白无故地请高书记来家里商量工作？还把我捎带上……他哦哦地哼了几下，正儿八经地说：单思明同志，你也老大不小了，该把素芳放下为你娘寻个媳妇了，等会高书记要带他的女儿高晓敏来吃饺子，你还是换一件衣服吧，穿军装比中山装更神气一些……

他这般说，我就明白这顿饺子晚餐对我意味着啥了。

次日回村前，我专程探望邵素芳的父亲邵廷祯。记得幼时在大院里，他是给我留下深刻影响的人，特点是出奇地爱干净。每天窝家里写材料，有空就蹲着擦地板；总见他把送我与素芳当零食吃的西红柿，洗过一遍又一遍，还拿出不知从哪儿弄来的一面放大镜，竖着横着地照。我问素芳：你爹在干啥呢？她翻翻白眼道：照细菌呗！她是独生女，爹娘把她宠得如公主一般，每天穿着洗得特干净的花衣服，像一只花蝴蝶似的穿过来穿过去，只是老流鼻涕，流下的鼻涕用舌头卷着吸回嘴里。他一向就这样，她说她爸见到要抓她用纱布擦，会擦破皮的……

邵廷祯也是抗战时期参加革命的老战士，他的不幸是因为娶了地主成分的素芳妈，每次运动开始，胡老师就被学校当靶子斗，这般斗来斗去，邵廷祯就在解放前提拔的干事，一直到"文革"开始仍是干事。素芳妈后来被红卫兵剃成阴阳头游斗进了精神病院。那时邵廷祯还没出事，就委托我照顾素芳，说我家的情况你知道，她妈眼见不济了，我只有一个女儿，如果有三长两短……我答应照顾她，那时我虽还没爱上她，但觉得有责任保护她；可惜我最终还没有保护好她。遗憾的是，邵廷祯在我与素芳关系有了实质性进展时出了大事。千不该万不该地在关键时刻掉了链子。那次他刚从"斗批改"干校回到家里，看到墙上挂的领袖像蒙上了灰尘，卸下提来井水用湿毛巾擦，没想到由于纸质霉变，竟把伟大领袖的眼睛给擦掉了。值勤人员汇报上去组织就找他谈话，联系他历次运动的表现，就是污辱伟人没生眼睛使他全家挨整。这类事原本他可以不承认，可不知咋的他承认了自己罪该万死。为此刚从精神病院放出来的素芳妈，在屋内用军用背包带悬梁自尽了，半年后他也被判"现反"入狱……

邵廷祯从监狱里出来后，唐如康把他安排在城郊颐乐园里。我去探望时，他脸色红润（是那种带病态的紫红色），在棉袄外套着一件部队发的白衬衫，呆坐在门口的石凳上，手拿着一面放大镜（不知如何保存下来的），照留在空气里的细菌，口里讷讷念着毛主席语录：凡是反动的东西，你不打，它就不倒……

我上前喊了一声：爹——自素芳的尸体在水库捞起后，我就开始这般喊他。我知这也是素芳的心愿，他只有一个女儿，她死后他就没亲人了……

他迟疑地看我一会儿，用放大镜照着我的脸问：你是谁？我说我是思明。他似乎不相信，上下打量一会儿，忽然脸露惊恐，身子连连后退，拿着放大镜的右手神经质地痉挛着，嘴里嚷道：我没反对……反对伟大领袖毛主席……我几次探望他都这样。也许在他的脑子里，已永远停留在我当红卫兵造反的那年代……

颐乐园其实就是老人屋。这儿的老人政策不错，是全国率先建立老人养老制度的先进单位，受到民政部表彰，中央和地方报纸还做过专题报道。我怆惜地看着他，心头很不是滋味。爹，你看清楚，我是思明……素芳的男朋友呀。老人从监狱出来，得知妻故女亡顷刻之间就疯了。他再次打量我，还用放大镜照一会，连连摇头，扭开身边录音机跳起忠字舞来……

邵廷祯真的啥都不记得了，就是记得又如何？他又把脸转向我，疯疯癫癫地笑着。那笑容包含着几多沧桑几多无奈几多哀怨……

别了，素芳爸，我童年记忆中的邵叔叔；为一个村庄的兴盛，像您当年那样参加革命解放牛们，我头也没回地毅然告辞而去……

戚长庚：我就为了“讨替代”

1

阿是？我回村了。还乡团吧？ NO，NO，凯旋门吗？同样 NO，NO。我是强奸犯呀，绰号油嘴佬。师傅老宝贝与师兄小呆驼都这般喊我；习惯成为自然，我就变成彻头彻尾的强奸犯了。

老宝贝说：强奸犯，搬蜂箱。我就与小呆驼一起把蜂箱搬上车或者扛下车。又说：强奸犯，割蜜。我又戴上面罩提上蜂桶割蜜。快三年了，我这强奸犯与小呆驼都干这些打下手的活；上手呢？由师傅老宝贝干。他坐在那辆由旧运输车改装而成的“大篷车”里喝铁观音，在翻斗桌上摆一副骨制的象棋，左手执红右手持黑自个玩儿。别看他啥也不干，在这三人转的小团体中作用大着哩。他得掌握节气、花场与出蜜率，啥时天晴啥时天雨？啥时转场啥时翻箱？别看这些都是雕虫小技，到他这儿就变成了大学问。老宝贝干啥都认真，还别说，他真有能耐哩，我们大篷车一百零八箱（吉祥数）蜂，出蜜率就比别家蜂群高。一到时辰，老宝贝也就忙碌起来，在煤油炉上做菜煮饭伺候我俩。这事儿他叫喂狗狗。在他的眼里，我与小呆驼只是他豢养的两只狗狗，有时也叫我俩大黄与二黄。他不是一个吝啬的人，把割蜜换下的钱，大半花在我俩吃食上，不是蒸咸鱼，就是炒鸡蛋，割蜜前后还割肉吃。他做的红烧肉可是一绝，浓香酥软，入口即化。不过这样的好时候不多，季点最佳、花期最旺时也就十天半月割一次蜜。老宝贝这般做，为保障我俩更加勤奋地工作，说是养蜂人一年四季南北流浪逐花期，如把一张张挺括油亮的毛爷爷送医院，还是吃红烧肉补身子。小呆驼比我大两岁，人还没我长得齐整，身架子干干瘦瘦的，脑袋奇大，还是塌鼻梁，斗鸡眼，额头像爱因斯坦一般布满皱纹。他除了与我替师傅打下手干杂活外，还驾驶那辆散架的大篷车，长城内外黄河上下到处跑。追花期嘛，蜂农全是讨饭命，吃乞丐饭。这一百零八箱蜂出蜜，全凭春向北、秋往南地转移花场。一桶蜜，土特产公司收购价不足十元，可是小溪汇流聚少积多地由成千上万只工蜂，在蜂王严密控制下，采集千千万万的时鲜花蕊，如牛反刍一般呕心沥血哺制出来的佳酿呀！

人呗，世间最黑心的就是人。凡天上飞的、地上爬的，只要能吃得下咽得落，全成为嘴唇上的饭粒，舔舔舌头就进了肚子。连有毒和微毒的也不放过，去毒或解毒后同样吃，剥夺了地球上所有物种的生存权，何况是蜂蜜这般的好东西？我每天看着成千上万的工蜂忙碌。觉得落进胃里的红烧肉虽然好吃，心里却羞愧万分。菩萨心肠吧？可改变不了我强奸犯的命运……

老爹打电报喊我回村那天，我正在兜着帐篷的车上割蜜。那是我仨的卧室兼生产车间；平时把蜂箱放在道旁，只有在转场时才叠堆在车上。这天老宝贝与小呆驼去赶集了，师傅胃疼，小呆驼陪他先去医院，再到菜场买菜。师傅不肯把现钱落我俩手里，说年轻人手里有钱心思就会变坏，因此诸事皆亲力亲为。我浑身裹着密不透风的胶皮衣，半跪着蹲在蜂箱面前，用蜂刀把巢窝割开，让蜜糖流进桶里。这期蜜，还是闽南荔枝花蜜哩；现在油菜花黄了，师傅与我俩要到安徽黄山脚下赶花期，那时酿出来的蜜，就是油菜花蜜了。入夏再去草原，那儿开春晚，入伏才百花盛开，在那挨至秋季，就又返回南方，要采桂花蜜了……

我听到邮递员在车下喊收电报，搁不下手中的活让他等会儿，说马上就好了。他看不见我，问：你在哪儿呀？我从层层叠叠的蜂箱后，探出包裹得密不透风、叮满嗯嗯嗡嗡吟唱着蜜蜂儿的脑袋来，说得把这箱蜜给割完。他跳下摩托车，向前想看清我的脸。这儿没通电话，我知他从镇上弄清方位，才挨着道旁排队的蜂车找过来……我阻止说：别动，蜜蜂欺生，会咬你哩。他就乖乖地站在道旁，望着我在车上劳作……

那辆解放牌卡车上，罩着一顶沾满了灰尘、千疮百孔的皂色帐篷，陈旧得连车型都看不清了。待我割完一箱蜜出来，他已等了有十分钟，仍兴致益然地侧着头问：小伙子，你练童子功呀？我笑着摘下头罩，五指摊开：拿来……

他问啥拿来？我说：电报呗！你不是来送电报吗？他这才想起他的差使，取出电报交给我，赞叹说：真棒，比我这邮差还吉卜赛……啥？我边拆看电报边问。他跨上摩托车一溜烟地走了，大声喊道：吉卜赛呀！

我知老爹喊我回村，是为我讨还一份公道。虽然他在电报上没明说，但我知他是咋想的。他不认字，电报由人代发；何况他吝啬得把一分钱看成磨盘大。发电报一字三分钱，抵一条天街饮食店卖的油炸烩，那东西北方佬叫油条，我们那瘩是合着南宋皇城的街坊市井百姓喊的。按老宝贝的说法，这南宋的秦桧状元是个倒霉蛋，当时国库里只剩下三百两银子，咋抵挡金戈铁马的鞑靼兵？他是替高宗皇帝赵构替罪哩，赵构十二道金牌召回岳家军，就是不想与鞑靼兵再战了，把设风波亭治岳飞的罪搁他身上了。民间不知道，就把秦桧置油锅内炸嘛；其实秦桧在岳飞平反时已一命呜呼了，否则真置油锅内炸也吃不消。老宝贝之所以称作老宝贝，是他见多识广地爱看各种闲书与杂书。在他的人生境界里，凡是正儿八经书上与报纸广播里说的东西，都问个为什么？对诸多传统流俗都有自己的识见。他文化不高，却是沿海汽车修配厂的六级技工，解放前走村串巷挑着锡炉担做外国铜匠，公私合营才去国营厂当技工；还没干到年龄，就为独子芮大苗工作办了退休手续，在弄堂设摊修修补补赚些小钞票；但他技术活儿好，厂里遇到困难还得找他。可惜芮大苗早逝，留下读小学的女儿芮小苗由他扶养。老宝贝天生劳碌命，脚头勤，在家里待着没味道，就把退休工资交邻居照顾孙女，自己跑出来捞摸世界了。他与小呆驼直呼我为强奸犯，其实并无恶意，却带着一种幸灾乐祸的成分。他多次讥讽说：啥强奸犯？女人生下来就是被男人弄的。有本事你学学我，走哪儿睡哪儿，五十六个民族五十六朵花，天下好女人多得是……

现在我穿着一件白西服，足蹬回力跑鞋，优哉游哉、吊儿郎当、衣衫不整地走在熟悉的山道上，心里却想着如何报复假公主全家的事。拿山里阿爷药老倌的话说是：冤有头，债有主，有冤必报"讨替代"。

我记得他说过这样一个故事：旧时十五呑有个戚姓富家小姐，被颇有心计的堂哥为谋取家产，骗婚推进溪坑里淹死了。小姐变成水鬼后心有不甘，每天守在溪上讨替代；终于在一个月黑风高之夜，把重娶媳妇喝醉酒的堂哥，骗到溪坑也拖下水去，自己投生至他家回人间夺回家产。按山里阿爷的说法：水神河伯是一位爱憎分明的神，所辖水鬼如果没能讨得替代，就不得投生回到人间。我外出养蜂三年，把与假公主那事儿细细思忖几遍，虽说我做得不尽地道，坏了她贞操（那东西在山里值钱吗）？却是她全家合计陷害的一桩冤案，好端端地把我这条跳出农门万丈高的金鲤鱼，给整成晒成干的咸鱼鲞……

在天街镇长途车站跳下车，正巧碰上一辆手扶拖拉机要进山，我立即递给麻脸司机一包大前门；与人方便，自己方便嘛，我又不是老爹，把一分钱看成磨盘大。自天街镇至岙口，有盘山的机耕路通着，道边的野杜鹃有几簇开了，头顶上有北归啣泥的燕子飞着，山还是旧样的山，人却不是旧时的人了。记得离村时他曾与我说：你这脚走出去，已经不是十五岙的人了；没我喊你归，就是骨头埋外面也别回来。为何这般说？他是憨人嘛，看世界是方的，不像我，知道地球是圆的。我离村三年没回过家，也少写信，不是我不想爹娘，而是爱面子的老爹下过死命令，没经他同意回村就砸断我的腿，因为是我使他坍了台……

在农村你可以穷可以没出息，却要守约定俗成的规矩；没规矩就成不了方圆。这点城里就不大一样，按老宝贝的说法，城里人是破除了许多旧规矩的；就像做人被许多绳索捆住，心里就快活不起来。但老宝贝在这事上的看法充满矛盾，他说过要做好人，就得守乡村的这些规矩，做坏人就得像城里人一样破坏规矩。我问他：你不守规矩，是好人还是坏人？他说他一半是好人，另一半是坏人。这就使我不解，人咋能一半是好人，另一半是坏人呢？他说待你长大就明白了……

我与老爹老娘缺少联系，与二愣子、杂物贱却每月保持着通信，因为我还恋着家乡、爹娘和山里阿爷，还有被我强奸与欲讨替代的假公主菲菲与她家人。我承认我侵犯了她，而她却帮凶诬陷了我（两者扯平），可我对她还是恨不起来；假公主长得蛮可爱的，长长的辫子圆圆的脸，还生着一双乌溜溜的迷人眼睛（简直朗若星辰，对不起，书上看到的形容词）；如果不是因为两家比肩高低那些破事，娶上这般美人也是我的福分。那事儿原本就不是啥强奸，地棚是我扯她进去，短裤却是她自己给扯下来的。黑无常双贵用青柴棍打我，说把她给关起来了，我为保护她才承认强奸；可惜她没领这情，签名做下伪证。我知她这般做，屈服于笑面弥勒与婆婆唠的威势，却实实在在地使我变成强奸犯，失去鲤鱼跳龙门上大学的资格，并由此被这村庄驱逐流浪他乡。二愣子与杂物贱告诉我：刻在坟碑后崖的那字还在。这使我有些迷惑，是笑面弥勒兄弟祭坟时没发觉呢？还是由于假公主坚持特意留下？如果这样，说明这位菲菲同学还没与我彻底翻脸；但仍解脱不了留在我心头的阴影而不讨替代；既然你全家蛇打七寸地堵阻了我出头的路，弄得我饭吃不进，我卷土重来非得让你全家拉不了屎……

我说不清楚为何怀有这种心态，世上也只有老宝贝才理解。我回村前他一边嗟叹说：又一个如花似玉的女子要惨遭蹂躏；一边用割蜜换来的一百五十元钱，领我去贸易市场置下白西服和回力跑鞋，把我装扮得焕然一新。他知我这口气没出嘛。老宝贝总对这类事兴致勃勃，我换装后他上下打量一番，一本正经地道：强奸犯呀，这世界不是给每个人都有讨替代的机会，好好珍惜呀。我问珍惜啥呀？他叹口气说：为人一世，不是每个人都有机会的，如果年轻时不翻盘，上了年纪就翻不得盘了。如果你能摘掉强奸犯的帽子，待你老爹掌了权，我与小呆驼一定卖掉蜂箱前来加盟，我们一起闹他个天翻地覆……

我心头一震，迟疑地望着他：师傅，您说真话还是假话？他说我老宝贝这辈子磕磕碰碰没顺畅过，辫子翘，老来俏；棺材板响了还放个出头的辣子炮……

在我印象中，每天嘻嘻哈哈收起蜂箱就和我与小呆驼，在柴油灯下玩抓金花小赌怡情，为一两毛钱争得面红耳赤为师不尊的老宝贝，从没有过严肃正经的时候。我知道他是动了真格！是呀，这辈子他也够倒霉的，诸事都犯在当口上，把人生的活路都阻塞了，才落下晚年这副凄凉光景。可是我有能耐讨替代把强奸犯案子翻过来吗？

进村后我还是不知不觉地去了村小学。从峇口至上戚家那条隐没在毛竹林中的青石板路，原本可从祠堂边绕过去，我也已绕过去了，可又折了回来，因为我心里还恋着假公主（意志特不坚定）。二愣子与杂物贱写信说她在我离村后，有过一段时期神经衰弱（其实是神精病），常深更半夜跑到我俩发生关系的地棚子哭；厨子四叔给她介绍城里对象也不要。笑面弥勒与婆婆唠没法儿，由鸿年老师搞县里下指标的沼气化粪池，让出民办教师指标让她顶缺，准备留村里招进舍女婿照料他俩晚年……

小学校还留在戚家祠堂，由于生源少，只两间教室与两个老师，一个教语文，一个教算术，掺杂年级段授课。我与假公主就在此读小学，那时她骄傲得像一只刚下蛋的小母鸡，不爱理人又会哭，男同学多不敢得罪她。谁欺负她，她会在笑面弥勒处告状，那同学回家就得打屁股。可她对我还不错，我把菜花蛇塞进她书包里，回家都没有打屁股。小学快毕业时，她还把家里带的炒蚕豆，悄悄地塞进我书包里，课间休息时，邀我与女生一起跳皮筋……

但我没进学校见她，分别三年，想是一回事，见是另一回事。我不想让她知道我回村，因为我还没想好如何面对她，我只想远远看她一眼就可以了。天还冷着，屋外没什么人，我找个偏僻处脱下西服，塞进随身带的编织袋内，藏在卵石垒的矮墙窟窿里，蹑手蹑脚地来到一棵枯了半边的大柞树下。我知这儿有个缺口（小时候的藏猫猫处），可望见里面的一举一动……

太阳淡淡地当空照着，低年级的同学正上体育课，院子内乌乌泱泱的，排队玩游戏。这游戏从前我也玩过，村民们在谷雨时节照冥虫，挥舞稻草秸做的火把，边唱边跳：

> 别家的冬瓜生满虫，
> 我家的冬瓜如斗桶；
> 别家的麦穗被虫咬，
> 我家的麦穗如蜈蚣……

在屋里玩自然没有火把，每人手里举着竹竿儿一举一举地比画，词却照念着。假公主在前面领跳，后面娃儿跟她转圈儿……小婊子……够神气呀。我心里愤愤地骂着，明白淤积心头的怨气仍无消解。看来她精神不错，穿着一件大红圈圈绒腈纶衫（够时髦），脸色红扑扑的，羊角辫子一翘一翘地蹦跳在石板道地上，脸上没有我想象的那般哀忧与伤感……

活得不赖嘛，或许她早忘了我这戏过她瘾的强奸犯……我站在墙外注视良久，心里很不舒服。我承认自己小肚鸡肠，见不得所牵挂与憎恨的人活得好。这是啥心态呢？我也说不清楚。我离开柞树下的矮墙缺口时心头五味杂陈，回身拿起编织袋拍净落上面的尘土，复把那西服拿出来穿上，呸的一声，把久积心中的苦涩与无奈，吐在那枯了半边的柞树上：笑……还笑？总有一天我会让你哭出来……我这般愤愤骂着，把编织袋背在肩上迈开大步走了。

回家路上，我潇洒地吹着口哨。我吹的是《国际歌》，当年罢课闹革命时，鸿年老师用那架自置的破风琴，弹着这曲子教我们认字。许多年过去，我心里还回响着这曲子的旋律，每当心里有事想不开，或是需要鼓励自己时就吹这曲子。我知自己这般是色厉内荏，是虚张声势，是自我鼓励，但我喜欢！我就是看不得她阿娘大脚地没有我还快乐？还轻松？还得意扬扬……

2

三年前为这坍祖宗台的丑事，老爹把青柴梗打折成两段，要不是老娘死命护我，怕是第二根青柴梗也要折掉。我油嘴佬的屁股从小就为给老爹练功准备的？每当别人怄气，他就撒气在我的屁股上。老子打儿子不算犯法，我的屁股就是他开的钢铁公司。以前我总是奇怪，为何他打时我不逃脱任他打？仿佛我生来就准备好屁股给他打的。现在我知道这样不对，这是向他示威、在心灵上惩罚他，仿佛在说您打死我，我也就是您歪坯子的儿。嘿嘿，您是一条认死理儿的憨牛，我却是一条不会拐弯的犟牛，这般就针尖对麦芒地对上了；我知这是拿自己身体故意气他，以换取一份精神与道义上的自由。以前我总是奇怪，为何老爹不揍姐杏儿？娘说她是小娘瘪不经揍。他也不揍衰佬长生，娘解释长生小鸡薄力地也不经揍。不经揍就不揍，啥理论呢？这样他能揍的只有我。假公主的事，没娘拦阻他就差点揍死我。以前他揍我时，山里阿爷药老倌也会跳出来揍他，说他打他的儿，他就打他的婿；虽然他的力气没他大，打断一根青柴梗就累得喘粗气，他不打了，老爹也就停住不打嘛。但假公主的事，山里阿爷就没帮我打他的婿。拿老宝贝的话说：棍棒之下出孝子，爱之愈切恨之愈深。老爹揍你说明他喜欢你，生气揍人也累呀，否则谁愿意这样下死劲地揍你？换作我才不干哩……我想你又不是我憨爹，自然不会这般揍我？这就是亲情的残酷呀，世人爱之愈切恨之也就愈深；就因为他是我亲爹，才会下死劲地揍我。

此理用在我对假公主这股酸劲，是否也是这理儿？我说不清也不想说清。

回家老爹就把村里发生的变化告诉我了。他指着挂正面墙上的那双军皮鞋（后挂村委会办公室去了），抽着葵花叶子晒成的烟丝问我：看看这是啥呀？我说皮鞋呀，还是部队上穿的军鞋。是皮鞋……他点头道：这可是我用脚上穿的蒲草鞋，向糖拌糠换来的。我说这有啥稀罕的？不就城里人穿腻了皮鞋，换个花样穿吗？我师傅老宝贝也喜欢穿蒲草鞋；说还真是好东西，穿着松软暖和，城里人没福气穿哩……废话——老爹磕掉烟灰，用被他视之宝贝、镶着铜皮的旱烟管指着我脑袋说：皮鞋是阿拉红脚梗穿的吗？他与我换说明信了我。现在形势变了哩！你四眼哥进村搞工作组有四个多月了……要我把你喊回来干大事哩！

他这般说，印证了老宝贝对时局的判断，国家还真向好的方向发展哩？但我故意气他说：你不是说天不变，道亦不变吗？小兔崽子知道啥呢？他仍装上一锅葵花叶子点燃，美美地吸了一口道：四眼娃儿都动员我竞选村书记哩，你想这时局是不是真变了？

老爹告诉我事儿有了转机，自党员民主生活会上他放炮提了三条意见，笑面弥勒当面没见咋表示，事后却带婆婆唠至上戚家登门道歉。我问是否他要当面向我认错，摘去戴我头上强奸犯的帽子？他说是呀，只要你油嘴佬同意名正言顺地娶菲菲，就答应给平反昭雪。我摇头说还咋平反昭雪？日落西山看不见，水流东海永不回。难道他还去县招生办三跪九叩地送我上大学吗？现在大学已提高分数线；荒废了三年，就是摘掉我强奸犯的帽子，让我报考也考不上了。难道他还能赔偿我青春损失费不成？老爹脸色铁青，沉默一会儿道：油嘴佬呀，为你平反不是说你当初做对了，他笑面弥勒有这态度已经不错了……是人总归要犯错误，跌倒能爬起来，就不失为汉子嘛！我抗议道：老爹，这事儿你说反了，根本不是我跌倒，原本就是一桩冤案……

老爹沉默无言，娘乐呵呵地把笑面弥勒与婆婆唠上门认栽的事告诉我。

夏至那天开荤吃鱼。心不在焉的婆婆唠被鱼刺鲠了喉咙，喝下许多茶水，又咽了两块年糕团还没缓过劲来。娘撇嘴说嘴巴馋痨，一世难熬。婆婆唠没到六十岁已掉光牙齿，舌头分辨不出鱼刺来了。志潮秀才建议送天街卫生院。说是鱼刺呛不死人，却能使人脱下一层皮。笑面弥勒连说不行，医院不治杂症，得找秋秋，说我是行家里手……老爹插话：啥行家里手？他考虑政治哩。知道糖拌糠与我换鞋，就知我憨佬在上面有人给撑着，若要好、大做小，借由头说娃的事哩。是呀是呀，娘说：当年你爹背着素芳娃儿尸身，到县革委会找糖拌糠，他可是老鼠钻进谷仓里躲着不见。他不见，你爹就不敢抬头嘛。如今他可把军皮鞋让你爹捎回家，说明你山里阿爷富农成分没事了。笑面弥勒能不怵吗……

这是人家的水平嘛，他笑面弥勒都当了二十四年书记，懂得看风使舵！老爹插话道：番薯蜜枣，你接着说为婆婆唠挑鱼刺的事……老娘说好，我说。翠花嫂子……就是婆婆唠呀，这些年人们都把她真名给忘了，当年伯母葫芦奶把她领回村时，开脸吃了三天白米饭，是个说多标致就有多标致的人哪……

说正事、说正事……老爹不耐烦地用烟管磕着桌面。

别打岔——娘白老爹一眼挥手道，我总得向油嘴佬说明白呀！她进屋时口不能语，用手比画着唔唔地响……我心里不耐烦：活该……她是婆婆唠嘛，平日东家长、西家短地搬弄是非，老天爷看在眼里能不惩罚吗？别看婆婆唠枯瘦枯瘦地瘪着嘴唇，劲倒很大。我的眼睛现在不行了，使好大的劲才把那根细鱼刺给弄出来。我以为他俩就要走了，自土改后我家成分定为富农，笑面弥勒哪拿正眼看过我？可那天两公婆却要坐下与我和你山里阿爷聊会儿。婆婆唠亲口与我说：菲菲的身子是油嘴佬给破的，破了就得负责任娶她。还说村里在志潮秀才后十年中，也就出过油嘴佬与菲菲两个高中生，我大房老革命启和叔家的二愣子与后黄杂物贱只上过初中……

老爹问我：你娘番薯蜜枣这么说了，你明白笑面弥勒与婆婆唠的意思吗？我说咋不懂呀？笑面弥勒不就服软了呗？亏您当爹的当初没把我揍扁，否则菲菲不就嫁个残疾老公？老爹低头说：那天我收工回来，看到笑面弥勒与婆婆唠还坐家里等我。你想知道笑面弥勒还说了些啥？我说我猜到了，狗嘴里吐不出象牙。是狗嘴里没吐出象牙来嘛……爹就问你一句话：菲菲这丫头，你到底喜欢不喜欢？我反问啥意思？他叹了口气道：做人以忠厚为本，得饶人处且饶人。

能得饶人处且饶人吗？我觉得事儿并不像他俩说得那么简单。当村书记无非是争人才，有了人就有了势力。笑面弥勒显然不是一个轻易认输的人，上门则为两家修好把假公主嫁我？如果事儿仅到此为止，岂不皆大欢喜？我要求老爹与娘把他真实的意图告诉我，娘还想着遮盖，老爹却吞吞吐吐地说了那日笑面弥勒与婆婆唠破天荒地留上戚家喝酒，就村书记竞选之事达成了交易……

这样事情就清楚了，婆婆唠挑鱼刺不过是借口，在此节骨眼上他与老爹主动修好，无非包含两重含义：一是以退为进，以假公生为饵恢复我名誉，让老爹看在两家联姻分上退出竞选，以保全村书记的位置。二是老爹不肯退选村书记，也得看在两家联姻分上，在权力分配上做出合适让步，让戚氏兄弟换汤不换药地继续把持"朝纲"；是所谓以一变应万变，要的是村里实际权力与地位。

笑面弥勒尽管五十七了，身体却仍然棒棒的；据老爹说开会时还炒蚕豆嚼得咯咯响。娘是心里不存事的善良女人，不想给笑面弥勒与婆婆唠过分难堪。在她心里能把假公主娶回家，就是祖坟冒青烟、祖宗积阴德了。她并不关心老爹能否在村里当阿大，或阿二、阿三。这是男人们的事儿，只要笑面弥勒答应老爹进支部也就满足了。老爹显然对此并不满意，自进城见过糖拌糠后，有足够的信心取代笑面弥勒当书记。他问：你是我崽，不会当面奉承我，说说我当书记会不会比笑面弥勒差？我说当然不会。共产党执政口号是立党为公，他笑面弥勒是有私心缺乏公心的人。老爹乐了，说就是就是，至少我这点比他强。他把我喊回来，无非想听我的意见，如果我急于恢复名誉，他也就不再与他真刀实枪地干了，说穿了他也四十五岁了，真干事还有几年？迟早得交班给年轻人。他与笑面弥勒斗了这些年，无非想为下代人造一艘能捕鱼的大轮船，老了能坐边海边观看风景。他向我说了笑面弥勒交易的底线：你们是农民，我也是农民。你们要抬头，我也要抬头。不要看凤凰落毛不如鸡？我还是毛竹扁担两头尖哪，如果给脸不赏脸，我就舍不得兔子套不住狼，两家撕破这张脸，赔上菲菲这没尾巴货，鱼死网破地告上法庭，治油嘴佬强奸犯的罪；我有五个阿囡，你只有两个儿，看谁硬过谁？铁打的营盘流水的兵，待风头过去，十五崺还就是十五崺。四眼娃儿的工作组还能把我咋样？

　　这就算是下战书了，以后两家都别想过安生日子。我问老爹咋想？他想了一会儿说：这晚他喝醉酒，一把眼泪一把鼻涕地坐这儿耍酒疯，说做牛做马廿四年，没良心的四眼娃儿，要把他一脚踢回到旧社会！真真假假咋弄得清？糟蹋了你娘贮藏十年的番薯烧……我说明白了，放开我与假公主的事，您有实力竞选村书记吗？他说如果笑面弥勒不玩阴的，这事由四眼娃儿撑着，不说是腌笃菜压上沉缸石，也是浮手捉田螺，稳稳当当的事儿。我说有这信心就对了，其实我早替您想过，太阳升起牛抬头，这村里除您外，能出头与笑面弥勒抗衡的只有三个人。一是鸿年老师，有文化有见识，但成分不好，又不是党员。二是崺口的智佬，没多高文化，却能说会道，三教九流的朋友多；但他爱财，近些年倒腾粮票、布票和控购物资自发财，有辫子抓在笑面弥勒手上。还有就是陈家坳的麻皮阿梁，劳动积极也能干，只是仗着是退伍军人，不服笑面弥勒管教，为比他年轻得多的山下老妧兄，放弃村里权益带打石队自去城里捞摸……

　　我这般分析时，老爹目不转睛地盯着我的脸，好像在问：你咋知晓的？我说我虽离村三年，但与二愣子、杂物贱保持着联系，这儿笑面弥勒一撅屁股，我千里之外就闻到臭味。他问：那你与菲菲的事儿咋办？我说放心，我的事我自己解决……人也要，理也要，保证不给老爹添麻烦……

晚上临睡时，娘又忧心忡忡地来到我床前问：油嘴佬，听你父子俩的口气，这次真要你菩萨阿伯（啥阿伯？陈年烂芝麻地早出六服）好看了……能不能听娘的话放他一马，菲菲娶过来他是你老丈人呀，两家掰翻了，以后的日子咋过呢？我说：娘呀娘，马善被人骑，人善被人欺。你就托胆放心地把心安肚子里，我油嘴佬已经长大了，知道按章程办事。这世间老爹不能给你的，我都可以给你……她的脸色变得蜡黄，连连摇头说：不要不要……我要你父子都太太平平地做人家过日子……

牛不抬头，人无担负，能过好日子吗？

3

隔几日，我与老爹带着娘蒸的艾青团与艾青饺，到前黄看望鸿年老师。节气已过谷雨，太阳照在身上有些热了，山里的空气却还是湿漉漉的，弥漫着各种花香；如果静心倾听，可以听到各种植物毕剥毕剥拔节生长的声音。一路上，老爹与我都没说啥话，各想各心事。老爹原本就不爱说话，这些天的话已够多了。我也觉得没啥特别重要的话说。我知鸿年老师喜欢吃这些，其实山里人都爱这口。娘裹的艾青团、艾青饺与粽子，在米面中掺入番薯粉，韧不粘牙，有着一股淡淡的清香。这村里凡有些人气、灶亮洞冒烟的人家，都会在端午前用杂米粉和上糯米粉或番薯粉，扭扭捏捏地做这东西吃。当地民谣唱：

> 艾青麦果艾青饺，
> 当家婆娘手儿巧，
> 光棍老倌双脚跳……
> 豆沙粽儿角儿尖，
> 粽叶青青馅甜甜，
> 女娃娃想得泪涟涟。
> ……

为啥光棍老倌会双脚跳呢？艾青团糅合艾青草汁，能为青皮后生清火；猫了一冬，人的内火旺着哩，不压压内火，村里的小娘瘪们就遭了殃；压火气是为她们安全着想。同样，这角儿尖尖的豆沙粽儿，透着一股粽叶的清香，也败内火；春天到了，如花蕾般绽放的女娃儿们，也会思春做出伤风败俗之事，吃过这东西，就把心头的内火给压了下去。这些东西滋味好，大家吃了还想吃，岂不光棍老倌双脚跳？而女娃娃们想男人心头愁苦，言不能表，只能泪涟涟嘛……

在我印象中，鸿年老师像个长不大的孩子，那双藏在近视镜背后大而无神的眼睛，是那样地清澈透明，使人难以相信他已是成年的光棍老倌。他似乎一直在做着童年的梦，在梦境中编织着未来的世界……

他一直没有结婚，不是没女孩儿嫁他，而是他压根儿就不想娶。四眼哥说在扫盲班共事时，村里老妊亻都爱与他开玩笑，问是不是裤裆里那东西有毛病？他会涨红着脸、结结巴巴地说没毛病，不结婚是没人爱他。爱管闲账的大娘、小媳妇们为此忙着介绍，也有胆大的女娃娃，悄悄递字条儿或送东西（布鞋袜子、肚兜围脖之类）示爱，却被他统统谢绝。理由很简单：他戴着右派帽子哩，会连累后代子孙……

这话说得实在，那时还是个搞株连的年代，正常人都怕牵累，何况是个右派？也有胆大的女娃儿信誓旦旦地表示不怕，村姑们虽说没成年就缝缝连连地纳鞋底思谋嫁山下去，但对村里的读书人还是留恋的，没啥理由，就为有文化的男人不打老婆。因此主动送人上门与介绍的人还真不少，说多了他便急了，发脾气说：她不怕连累我怕呀，哪次运动不都是我戴高帽游村？他说他游村后心里就不舒坦，斯文扫地，在人前抬不起头来……

我见过四眼哥了，是他听说我回村主动跑来见我。他还是那副插队时的老模样，五官分明，面目英俊，戴着那副薄镜片眼镜，三七分头梳得光溜溜的；只是穿上一身灰色的中山装，就显出干部派头来了。那日他与我和老爹都聊得很投机，留在我家吃晚饭，娘特意炒了我在溪坑摸来的螺蛳。清明螺蛳肥如鹅嘛，是农家待客的好东西。我们围坐在矮桌前边喝酒边聊天，气氛还很热烈。我山里阿爷鼻子长，闻到酒香掖了条矮凳、端碗葱炒蛋凑过来。他也高兴哩，工作组竟然要选他富农女婿当村书记，岂不是石坎缝里抽毛笋？而且我也回村了，还要与他见面都不打招呼、三房堂阿伿笑面弥勒家联姻，时势真变了呀？

他可从小把我当作孙子（我随他姓嘛）养，确定为继承上戚家香火的。老人家明显地老了，头发差不多掉光变成秃子，牙齿也没几颗了，笑起来满脸的菊花皱，走路也一踮一踮地稳不住身子；他已戒酒不喝，把积累数十年泡的许多药酒，视作性命一般保存着，这天却开了戒，匀出来置桌上向四眼哥敬酒。我看到他那执杯的手神经质地抖动着，嘴唇也在颤抖，连说他开戒是因为天眼开了，现在家里又有了人气……

席间他询问四眼哥：咋想让他的外姓女婿主村事当阿大？四眼哥奉承说：我的眼光与您老人家一样，您十年前在收拾药田时说过：憨叔心正，是您从乱石坎内拣出的一块乌金宝哩！这话说得山里阿爷高兴，连连说：这当是……他心直，没我那三房阿侄笑面弥勒那些弯弯肠子……接下来，他就打开话匣子，满屋子都是他沙哑的声音。他说老爹虽不姓戚，却是戚氏长房的进舍女婿顶半子。说他藏有一本缺页的族谱，载明这上、下戚家，原是同宗的祖公。祠堂始建在上戚家（是大房嘛），后来下戚家出了个秀才，设塾授徒才把祠堂挪了过去。说这块大山风水好着哩，老祖公与老祖婆搬来前是没人居住的荒山僻壤，搬来后开山屯荒才有如今散落在山里的十几个村庄。我不解，问：咋有十几个村庄？十五吞村才七个嘛？阿爷连连摇头说错了，从陀头山往里走，还有鹿亭和牛夹吞八个村，也都是戚姓、黄姓、陈姓人家……那黄姓、陈姓原先戚大将军走时也赐封姓戚的，后世才又重新改回去。老祖公与老祖婆们当年留下在这里，是因为戚家军纪律严明，兵不扰民，沿袭兵营制度垦荒自食其力……

老爹没弄清楚他为何说这些？问：爹，您说这与村里选班子有啥关系？阿爷不高兴了，摇头说，我说你笨，你还是真是个笨人，出门不问风浪事，哪能打得大鱼归？你当村里阿大得要有众望，你看他笑面弥勒咋把戚大葫芦的坟做在佛陀怀里？不懂了吧？这叫占势。在村里真要做成大事，就须占势占理，师出有名。笑面弥勒虽占了势，却没占理；占理就是办事公平划一，靠一桩事一桩事地干出来的。这点我相信你能做好，我担忧的是你没得势；老话说：众人一条心，黄土变成金。书记是共产党官名，相当于戚姓族长太公……老爹说：我姓洪，又不姓戚……呆驼女婿，我姓戚哩……阿爷又摇头：论辈分笑面弥勒还得叫我叔；我与戚大葫芦都是启字辈哪！油嘴佬娶了菲菲，你就铁稳地拿住了戚姓，余下就是联络好鸿年老师与麻皮阿梁，他俩归顺你，黄、陈两族不就也过来了呀……

四眼哥喝得有些多了，晚上与我睡一屋内聊天，说你山里阿爷不糊涂呀，对时局判断得很清楚。我说是呀，阿爷的脑子比老爹灵光多了，可惜他老了。后来他问我见过假公主菲菲没有？我说没有呀！他说你应该去见她、搞定她……我问为何？他说：道理你山里阿爷不是说得很清楚吗？我们需要团结一切力量，使十五岙这条牛抬起头来。我把笑面弥勒来过我家的事告诉他，冷冷地说：老爹欲为我娶假公主准备退一步海阔天空哩！他立即跳了起来，抓住我双手问：你是咋想的？我嗫嚅说：我在想与假公主之间，有没有爱情的事儿……咋离村三年，都没给她写过一封信？他摇头道：油嘴佬呀，当年在村里除了笨羊，我是唯一把你当成兄弟看的人。如果你懂政治，就会明白爱情在政治面前显得多么苍白；何况你现在对她负有责任……兄弟，你把我当兄弟……我点头说：那么志潮秀才呢？他想了想说：也算是兄弟吧！只是现在我俩道不同，不相为谋了……这就是政治的残酷，憨叔不明白这一点，而你应该明白……

我说我明白，会配合老爹闯过这关。四眼哥点头，说我知你现在想些啥？我说我还有啥可想的？他说你的眼睛告诉我回村是想复仇；我也是从你这年纪过来的，知这年纪最容易做梦，也最容易记仇。我知你迫切想把笑面弥勒加你头上的强奸犯帽子拿掉。我承认说是想复仇，只要我活着，这事就不会有完。他叹了口气说：兄弟，你毕竟年轻，有些事今晚与你说不明白……我只告诉你菲菲是个好姑娘，你不能意气用事辜负了她……我想告诉你的是：砻糠搓绳开头难，你山里阿爷说得对，农民做大事得占势占理；如果憨叔不趁此势此理，领着村人迅速富裕起来；你就是摘掉强奸犯帽子，也得不到爱情，活得像个强奸犯……

那晚我俩谈了许多，可惜的是四眼哥的话我没完全听懂；直至许多年后我终于悟出道道来，属于我父子俩合作创业的大好时机也就过去了……

天气很好，天空悠悠然地飘散着白云，我与老爹经过位处内岙的水库，岸边石坎的野花已竞相开了，一丛丛一簇簇地各呈姿容，争奇斗艳；清澈的水面上不时有鱼儿跃起，荡开一圈圈的涟漪。老爹显然是视而不见风景的优美，思考着他竞选村书记后，如何带领大家迅速地发财致富。我俩也正为此专程找鸿年老师商量，四眼哥要我与鸿年老师帮老爹搞个发展方案，说机不可失，时不再来，要打就打速决战，免得笑面弥勒活动开来夜长梦多。就这事上，我看出四眼哥是在真心帮助我父子；可我又想：事儿真这么简单吗？笑面弥勒兄弟就这么轻易退出舞台吗？这么一棵盘根错节的老树，仅因为工作组几个月访贫问苦，我父子联手努力而根颓枝残、轰然倒塌吗？

　　人之间交流讲缘分，鸿年老师是我人生旅途中的恩师，还在刚读小学时，前额秃顶的他就喜欢上我了。其实那时他还年轻，脸上皮肤白皙细嫩，近视镜后的两颗眼珠儿大而黑亮，透着真诚与锐气；他那秃顶是遗传的，他爹黄硕儒绰号就是黄大秃子。那年老爹牵着我手来到课堂上，看着周围都是陌生娃儿我就怵了，哭着要回家。这时姐已歇学，我跟着她白天在林子里抓蚱蝉、蝈蝈儿，夜里还有一闪一亮的萤火虫，她能一下逮许多，装在娘行医的空药瓶内当电筒使。我正哭时鸿年老师走过来，一看就说我长有聪明相，长大有出息。说着他变戏法似的从口袋里掏出一只剪去翅膀的蚱蝉，放我手里问喜欢不喜欢？我说喜欢他就送给我了。他上头节课就问蚱蝉为何鸣叫？说那是它骄傲，总知了知了地叫……

　　我入学不久，教算术的陈老师（她是公立教师）为躲批斗逃回镇上，鸿年老师却守在岗位上，每天向革领小组早请示、晚汇报后再给我们上课。镇里造反派进山冲击课堂，他自觉挂上那块写有地主阶级孝子贤孙的牌儿，弹着那架由他捐的旧风琴，教大家唱《国际歌》。歌声响起造反派就不敢冲，我们也在那时节真正学到一些东西。说起来，鸿年老师也算多灾多难栽了跟头。那年头上级号召发展山区教育，十五岙村庄分散、适龄儿童没法上学，他通过恩师魏宗构从教育局弄到扶贫款，想在前黄后黄新设个教学点。款子打过来后没了动静，他多次去公社教办与村委会催。没想到由此惹怒两级领导被内定为右派，丢了公立饭碗转为拿工分的民办老师。那笔款后来修村委会办公室。为此他心里一直不平衡，直至魏宗构在"文革"中留下孤女寡母跳楼，他的心理也就平衡了，甚至还有些小小的得意。做人就不能强出头嘛，就像是河里的游鱼，在大旋涡中没法挣脱被挟裹的命运。这话是他在送我与假公主考上镇高中时说的，比起那些年在运动中死去的许多师长，他算是找到了一块世外桃源般的净土……

　　他在赠送我的日记本上题词：假如生活欺骗了你，不必埋怨，不必失望；只要坚强地活着，你仍会拥有归还生活本来面目的权利。

4

我与老爹走进那间在前黄小村的瓦屋时，他正躺床板上单脚踩动那只自制的木风扇，双手垂在胸前，一颗秃头软软歪斜着，闭起双眼悠然自得地听着他组装的半导体来复式收音机。他有这个本事，别看居住在信息闭塞的山村里，对山下发生的新鲜事物特别敏感；能自制木风扇改善生活质量，还能组装收音机接受外界的信息。除了娶老婆不灵光，其他都安排得惬意舒服。四眼哥告诉我：他平反的事儿尚无定论，因为档案里缺材料，却一定能够解决。他说现在拨乱反正政府事儿多，做什么事都得如开荤和尚炖蹄髈，点燃蜡烛慢慢焖……

老爹把半篮艾青团与粽子，还有一包阿爷制的苦丁茶放他床前方桌上。屋内没有凳子，他示意我俩坐床沿上。爹坐下就闷头抽葵花叶子烟，我站着没事抓过桌上的艾青团啃，鸿年老师也不客气，把藤篮里的苦丁茶置放在床柜上，也拿起一个艾青团啃起来……

在我和老爹的眼里，鸿年老师是个值得依赖与信任的人。拿他把民办教师岗位转让给戚菲菲的事来说，足见他的心地善良。假公主自我离村一直寻死觅活，精神不正常，这好理解，自作自受呗；谁让他父女合伙把我弄成强奸犯的？我想这何必呢？为我或说假公主值吗？您搞沼气试验想为村民办实事，可这哪是您干的事？望着他清瘦羸弱的身体与充满忧伤的脸，我心中涌上一种无以言说的悲哀来，民办老师虽说拿工分，却比这种临时的科技项目要金贵些。老爹很快把房间弄得烟雾腾腾的。鸿年老师吃了三个艾青团，还在麻木不仁地鼓腮嚼着，那腮帮子一鼓一鼓的，好似要把那些已然逝去的岁月重新嚼回来……

他肯定没吃早餐，娘说不娶老婆的男人，再有能耐也是饥一餐饱一餐地过日子。吃罢艾青团子他才望着我淡淡地问：回来了？我说是回来了。我回村讨替代来了。讨替代？他摇摇头说：这村坊里谁都活得如一条牛……其实菲菲同学比你还不容易，问世间情为何物？直教人生死相许……

他居住在被称为黄家老屋的东厢房内，屋子虽破旧条件还不错；在不足百户的小村里鹤立鸡群，窗棂砖瓦古色古香惹人眼目。此屋原属他老爹黄大秃子，全村唯一的地主，还替日本人当过白皮红心吃两口水的伪保长，我问过山里阿爷，啥叫白皮红心吃两口水，他说是既为日本人做事，也为地下党做事。黄大秃子在土改时被政府枪毙了，其实这地主成分也冤枉，只有十几亩杂地和半山坡竹林子，还是祖上传下来的。黄家祖上是带篾匠下山的作坊主，至他这代才薄有钱财造起了瓦屋。黄大秃子被处决后，发妻大老婆受惊得瘆病亡故，两房妾一走一嫁，家便随之消失，屋子也自然被土改工作队分了，留给在城里读普师的他两间东厢房。现在这座拥有红漆木门的院落内，杂住着七八户人家，每户门口放着沾泥的犁、耙、锄、箩、筐、草刀等农具，旁有乱七八糟堆放着捣臼、水磨与腌咸菜和蓄水的缸缸罐罐。他住在没阁的东厢房，比四间正屋略微低些。整幢屋子沿山势而建，后窗比前窗低许多，院子内装有地漏与蓄水池，在几十年前的建筑中应算得上新潮，比周围高低不一、凌乱不堪的草舍棚不知要强多少倍。

鸿年老师土改时分的两间屋子，把一间转租给别人，每年换五十斤谷和一百斤番薯干。自住那间做了改造，前半间用做灶间客厅，后半间做卧室搭木板床，床边的衣橱和书柜兼用，还有一张他爹生前用来算账、现被改造为写字台的账桌。他在这儿已住了二十几年，只在读普师时才住城里；虽然落魄，他仍是讲究生活质量与自爱的人。唯一遗憾的是这屋子没卫生间，当年他老爹在时家中女眷大小解使用马桶，少有几个男人也是小解使尿壶，大解屋外有的是露天粪缸。这儿的人们没多讲究，男女合一处解决大小解，只是他不习惯，没卫生间也没法洗澡；好在屋后有井，井水冒得呼呼的，拐弯还有道溪，溪水也流得哗哗的；村民们盛夏脱裤头跳进溪中，冬天则不洗澡了，要至端午节才男男女女地围在井台用艾草擦泥垢。鸿年老师自然不这般干，觉得身上有些东西不便当众暴露。而且他爱干净，一天不洗澡就皮肤奇痒，临睡前必洗脚。于是就想方设法在屋内设计了一个手压泵马达抛井里，用皮管接到灶间解决饮水与洗澡问题……

辞去教职后他在努力干一件事，倒贴本钱改造全村露天粪缸为沼气池。据二愣子或杂物贱来信告诉我，他是主动向笑面弥勒要求做这事儿的，说：长年不文明的生活，是造成村子贫困落后的主因。他要让村民像他一样培养"洁其心灵，必先净体；体既净之，心必自净"的生活习惯。还说男人四十不惑，他已过了四十岁，才算悟出人生道理来。现在前黄、后黄许多露天粪缸，都被他科学利用改造成沼气池，粪便发酵后可供全家烧水煮饭，也有思想不通废弃不用的，他动员先把露天粪缸封存起来。这样夏天蚊蝇就明显减少。这是他划右派后村委会唯一支持他干的事，给记满工分。笑面弥勒表扬说：有文化到底不一样，鸿年老师还真是个能人；早知你能搞科学发明，小学老师的位置早该挪挪了……

老爹说明来意，鸿年老师口里嚼着苦丁茶（此茶清火，他有严重的咽炎，这是他辞去教职的原因）淡淡地说：我猜到了，全村没再比你合适的人。老爹说：我怕干不好这差使，让大家指脊梁骨骂哩……

砻糠搓绳开头难，就看你有没有韧性。人心一杆秤，谁真帮村民做事，大家心里自然清楚……他见老爹怔怔地没反应，从书架上拿下一本《梨洲文集》，与一叠装订的手写稿，招呼我坐他床上去，把书在桌面上摊开，指着页上画过的那几道红杠杠说：……工商为本，乃富民之道。又翻几页，又有几道红杠杠，复用右手点着道：看到没有？公天下……啥叫公天下呢？此书解释为：藏富于市井，即藏富于民！民富即地富，地富即国强呀……

他这般说，我一时并没会意；老爹更是坠入云里雾里，瞪大牛眼睛张着嘴傻瞪着我。鸿年老师小心翼翼地收起《梨洲文集》放回书架上，回头问老爹：没整明白是吗？这是我先祖乡贤黄宗羲先生遗著，这几年我把它翻出来读，才明白是一本通往百姓致富强国的书。现在广播、报纸不是天天宣传发展经济让一部分人先富起来吗？我就纳闷中央抓了那么多年一抓就灵的阶级斗争，咋一下子转过弯子来了呢？其实这道理在《梨洲文集》里都有。先祖可是大学问家，明亡后在陀头山下设书院授徒，讲的就是工商皆本、藏富于民的大道理。我们的大中华呀，为何唐、宋间如此强盛如此富裕？文明领先西方千年，就因为发展工商业，民富国强呀！继而落后衰弱，因为明清海禁不准沿海士民经商下海，与诸国没了通商与贸易，嘉靖皇帝错把前来归顺的海盗王直杀了。这儿的老祖宗跟着戚大将军抗倭也有问题；哪是啥海盗？许多都是我天朝经商的士民呀！你们想哪，这地方七山两水一分田，不经商能使百姓富裕起来吗？

说着说着，他就两颊潮红、手指颤抖地激动起来：我的恩师魏正构，生前就是专门研究梨洲学派的，可惜他在那些年被斗死了……他说：我已把这想法向单组长谈了。十五呑村这条牛要抬头，必须农、工、副三个轮子一起转，以农为本，以工促农，以副代农，综合调整生产资源，弥补农业资源的不足……

老爹算是整明白了，瓮声瓮气地问：您是否说像山下那样，办厂致富？是的，鸿年老师笑道：您上次与我说，太阳升起牛啃草，村里草场不足咋办吗？只有一个办法，把牛赶山下去设草场，吃得肚儿滚圆再抬头……

接着，鸿年老师恢复了为学生讲课的英姿，指着那份装订成册的本本说：如果错失机会，就似鲤鱼修行千年跃不过龙门，永远是鲤鱼了。自单组长找过我，我根据村里情况，搞了个一鸟两翼的方案；现在我就把方案交与你；我要说明的是走这条路需要勇气与毅力，要走就走到底，绝不能半途而废……

老爹显然很吃惊，他煞有介事地拿过方案翻了翻，然后合上交我手里，怯怯地问鸿年老师：这么重要宝贝的东西，您为何要交给我呢？鸿年老师像外国电影里的绅士一样，摊开双手耸了耸肩膀说：十五岙村是您戚姓的村，也是我黄姓的村，是众家的村；根据我多年的观察，您做这事比笑面弥勒容易成功，因为他有私心，而您做事比他公平公正……老爹用手抓着头皮，脸又涨成酱紫色，嗫嚅道：可是……我没文化哪……鸿年老师拍拍我的肩膀笑：长庚同学不是回村了吗？再说，我也没离村出走呀！有事，我们不是可以一起商量吗！

接下来，鸿年老师招呼老爹与我坐床上，开始解释他的方案：一鸟两翼，简单说就是农、工、副三个轮子一起转。就像鸟儿要飞翔，必须有两个翅膀带动身体；过去上级割资本主义尾巴，就把鸟儿两个翅膀割掉了；若要富，农工副。十五岙村仅靠山上的那几块薄地，勉强支撑身体只能行走不能起飞，如果发展工业与副业，就给鸟儿配上两个翅膀可以飞了。山里缺乏土地资源，可以开发人力资源，男伢子、女娃娃一大群，都闲在家里没事干。如果能通过政府支持、协调，与城里的企业、商贸搭上关系，由他们出技术出资金，我们出人力合作搞工业、副业，获利根据双方投入分配，总比困在村里侍弄那几亩薄地强呀。过去是政策限制不能做，现在政策放开山下已动起来，乡镇企业开始起步，我们不妨也放开手脚尝试一把牛抬头嘛……

听他这般说，老爹胸脯起伏，呼吸急促起来，讷讷道：可惜我没能力做好，因为我是个憨人哪……鸿年老师鼓励说：你能做好的。古代圣贤老子有一本《道德经》，第八章《上善若水篇》说：水善利万物，而不争；处众人之所恶，故几于道。此话啥意思呢？就是你做人做事，必得像水一样善良，不争自己的利益，而为他人谋利益；你善良，别人就会帮你信你跟着你干，人多力量就大，就如水汇聚千流润泽万物流向海洋；世间上还有啥事儿办不成呢？

这话我听明白了。说的是有因便有果，做人善良必会得到回报。老爹也许明白也许没明白，但就他以后有条不紊的行动看，他算是比我理解得透彻。我知我的明白停留在嘴上，而他的明白可是镌刻在心里了，这就是父子俩的差距。不过从那一刻起，我父子俩都明白了一个事实：在冬天即将过去，春天来临之际，就是在贫瘠的石坎缝中，也能钻出一棵发芽呼唤阳光的还魂草来。这草，只要有一点点沾泥，就会茁壮地成长开出绚丽的花朵儿来……

5

从鸿年老师处回来后，老爹每天捧着那份"一鸟两翼"的方案，一会儿嬉笑、一会儿叹息地沉湎其中，连吃饭的心思都没有。里面有许多字他都不认识（扫盲班文化程度），不厌其烦地进门问我。我解释后，他就注释白字在旁再去温习。他准备系统消化后作为村里发展的纲要，抽时间向四眼哥作详细汇报；好似一个初得玩偶的孩娃，他是多么急迫地想尝试一把哩。

这期间，他与娘又几次逼我见假公主。爹说：笑面弥勒与婆婆唠代她来我家服过软了，我与他争村书记的事与你没关系；如果你真心与她和好，他可以不计前嫌把阿囡嫁给你。娘也说菲菲是个好姑娘，出生时还是她接的生，做人三岁看到老，我从小看着她长大，她不是一个刁蛮尖刻的人，你娶她算是你的福气了。开始我还想敷衍，也不知咋搞的？此事他俩越起劲，我就越觉得没劲。说真话，我不想见假公主，是因为我还没考虑好；这种事两人玩玩可以，真要谈婚论嫁我就觉得特没劲，何况涉及老爹与她爹的竞争，笑面弥勒还有附加条件哩。我不愿把我的婚姻掺入到两家权益之争中。于是我便嬉笑着回答：两老的忘性也真大，笑面弥勒差点没把您俩的强奸犯儿子给整死，咋就好了伤疤忘了痛哩？再说这世间有免费的午餐吗？她爹笑面弥勒不是还有交易吗？就是我想见她，也要待爹竞选村书记后，我倒要看看笑面弥勒还能玩出啥花样？我这么说，老爹就忍不住跳了起来，"一鸟两翼"的方案也不看了，急着给我上传统道德课。三番两次、苦口婆心地与我说：油嘴佬呀，做人是要讲良心的。你是男人，菲菲是女人。你把她给弄了，还把那字刻在崖石上，现在又不愿意娶她。这不是明摆着欺侮人吗？我就是凭着村书记不当，也要占这份理儿……

我被他缠不过，终于打开天窗说亮话：老爹……您是不是犯浑了？您说过集体的事再小也是大事，个人的事再大也是小事；凡事都有个轻重缓急，是您当村里阿大、带领大家发财致富重要，还是为我平反摘强奸犯帽子重要？您俩竞选村书记是当前村里的头等大事，我咋能为假公主的事影响您竞选呢？人家笑面弥勒兄弟在虎视眈眈地等着我，一旦钻入他们套中，就会提出各种各样条件逼你就范，岂不给您带来被动……老爹摇头想过一会，认真地说：占势与占理两者都重要。如果你能听懂我的话，那么我告诉你：我竞选村书记是为我们红脚梗做大事，如果连你油嘴佬都教育不好，何能觍着脸面教育别人呢？如果占势与占理让我选择，我宁可不当村里的阿大，也要把菲菲娶进门摘去你强奸犯帽子。树活一层皮，人活一张脸。就是穷得篮底脱落当不成书记，也要守住做人的道德标准……

我问：如果我说不呢？他说：那你就从这村里滚出去，从今后我就没你这娃！我想起他看鸿年老师方案时认不全字的模样，挑衅似的说：您不要上阵父子兵了？他说：我要，但不要让人指着脊梁骨骂的子弟兵。看他如此信誓旦旦、言之凿凿，试探着问：那您到底要我咋办？他说冤家宜解不宜结。彩礼和藏篮担你娘都准备好了，你去向笑面弥勒、婆婆唠与菲菲赔礼道歉……

好吧，我说：您再让我想一想。

我是得想一想了。在我童年记忆里，老爹一向都用拳头对付我，只有对杏儿，才偶尔露出难得的笑容。他是进舍女婿，按理这家该由老娘做主，但她太羸弱了，没主见，啥事都唯爹的意志办。久而久之，他就成为主宰家人的魔王。我知这事是我理亏，原因一半出于老爹长期受笑面弥勒的欺凌与压制，助长了我的逆反心理；另一半是我这年龄段的男人对异性充满新奇。我跟老宝贝养蜂三年，不断地思索人生的这段经历，发现我对假公主的行为并不出于真爱，而是一种常年受压抑的恶意报复行为；老爹与娘的催促，更加引发与坚定我的逆反情绪，我回村的动机是为羞辱笑面弥勒兄弟（包括假公主），讨替代以牙还牙进行报复，而不是所谓破镜重圆，虽然这般做有些小儿科；可我仍然说服不了自己放弃恩怨，像老爹这般为使村民走上富裕道而克制个人情感……

秧田下种果树剪枝追肥后，是相对的一段农闲时光。上戚家田少，山林却不少，眼下政策开始宽松，果树又重新栽培起来，仅靠单季竹笋与杨梅，在山下换米挨不过秋冬，不管局势如何变化，农民首先需要考虑喂饱肚子。老爹与鸿年老师接触后发过一阵羊癫疯，看看四眼哥的工作组尚无动静，就开始忙养存栏猪的事了。

村里的妇女喜欢养猪，因为山上猪草是现成的，满坡都是，春天草嫩，猪吃了长膘，猪粪还可沤肥。庄稼一枝花，全靠肥当家嘛。这山里的猪粪，可是比人粪还肥哩。上级号召发展畜牧业，养猪也有指标，由镇畜牧站分配给村，每口猪奖励十元钱，还可议价配饲料，每头猪月供十五斤米糠和六谷粉（碎玉米粒）到村，由笑面弥勒掌握分给村民小组。他兄弟仨啥事都占便宜，唯独养猪不沾。猪是吃货，脏也难伺候，得每天割猪草配料。因此，笑面弥勒每年都把指标多给上戚家村民组，算是给足老爹面子。猪粪比人粪好沤肥？是因为山里的猪比人吃得还好。老爹和上戚家村民都是实诚人，按畜牧站配料单配足饲料，合着割来的春草煮，把每年十元钱的补贴都吃到猪肚子里去了。不像其他村把饲料中的碎米和六谷粉，拣出来让孩子打牙祭偷料，这样猪就养不好。猪吃精饲料合草料疯长膘，猪粪也就可沤大肥了。

我知老爹忙过这一阵，又会逼我挑着藏篮担送彩礼去向笑面弥勒登门道歉。此事无论咋想都觉得别扭，何况我尚摸不准假公主的底线。我这人牛皮哄哄地敢作敢为，事到临头却犹豫不决；虽然当初我有魄力把她拖进地棚，却在三年后没了勇气在光天化日下面对她。我是想讨替代实施报复，可确定不了如何报复对她家伤害更深一些，也让假公主能死心塌地跟着我，山陷地崩永不回头？于是我想到岙口找四眼哥聊聊，确定老爹竞选书记的事后再行动。

老爹虽答应竞选书记，目标却不明确。在他眼里村里办厂搞副业，只为让全村人吃饱饭、穿好衣，却没有长期的打算。他只想老了坐在海边观赏风景看别人（后代子孙）抬头，而没考虑自己抬头。在他的眼里，眼下的物质生活已然不错（长期受精神创造物质和艰苦奋斗教育）胸无大志；而改革却是一场改变人的物质基础与意识形态的大变革，关系到这一代红脚梗能不能在人前真正抬头。老爹的毛病，在于他有着见风就是雨自作聪明的幼稚与近乎愚蠢的善良。关于这一点，上次四眼哥与我谈话中看法一致，认为老爹只是一个过渡人物；以后村里真正的竞争在我与志潮秀才、假公主、二愣子、杂物贱这一茬子人。几千年的历史沿袭造成农民无知倔强盲目自信，偏听偏信缺乏生存智慧的劣根性，诸多事都不是我摘掉强奸犯帽子与假公主联姻就可以解决。退一步说：即使老爹竞选上书记，他有能力开创农民抬头的基业办厂吗？大六月的种田汉十二月的砍柴客，没生过娃的小娘瘪没长胡子的嫩后生，在这凡人做白日梦思忖发财的年代里，有天上掉下馅饼的好事吗？

可惜四眼哥又去了县里汇报工作。共产党会多，不开会他就不明白上面政策的变化，当不成他这发号施令的工作组长了。自上次简单的接触中，我知四眼哥已不是当年的四眼哥了，还能与插队落户时一样，与我畅所欲言进行交流吗？令我万没想到的是：尽管我自我感觉良好，充满着得胜回朝的豪气人模狗样地以为是个人物了，在路上仍有人指指点点喊喊喳喳地喊强奸犯，这使我心头特别不爽。在外养蜂三年，老宝贝与小呆驼天天都喊强奸犯，我乐于承受且充满快感，咋回村后人喊强奸犯就不爽呢？

他阿娘大脚这反还得平，不平反我就还是个强奸犯！

单思明（六）：配给化肥事件

1

过端午节后，村里出了一桩大事。这事回想起来有点后怕，不但差点毁掉洪根土竞选村书记的事，还严重地影响我正为此奋斗的仕途。

那次县委三级干部会议开了一星期，书记高裕豪做重点报告，指出沿海的问题重点是解决农村问题。说全县九十六万人口近九十万是农民，长期的计划经济体制，束缚了农村生产力的发展。为此他大声疾呼：同志们哪，实践是检验真理的唯一标准。只有实践，才能走出一条中国特色的社会主义道路来；可我们的同志，只强调客观环境，不愿做艰苦扎实的思想工作，消极落实中央关于解决"三农"问题的政策，这是个原则问题，关系到农村改革开放能否深入下去……

高书记原是省农办的秘书，"文革"时为保护伍副省长（时任农办主任）免受批斗，被造反派拿铁棍砸了头，差点死在医院里。后来他在"五七"干校锻炼了几年，落下偏头痛的毛病，常在阴雨天发作，讲话时头上缠着一条湿毛巾，不时用它擦额头。他五十出头，比唐如康要年轻几岁。一张白净的长条脸，说话细声细气像个书生，动作文雅；但下面的干部都怕他。因为伍副省长分管农业、农村、农民工作，与他走得比较近。会议由唐如康主持。他头发花白，脸色憔悴，穿着一身旧军装。时过境迁，现在他的积极性充分调动起来，比起前些年那副唯唯诺诺的模样要精神多了。

会后我即返村，登上长途车时心里乱糟糟的，琢磨着昨晚上发生的事。我没想到唐如康竟在这时节，为我介绍了高书记的女儿高晓敏做女朋友，还越俎代庖说要给我意外惊喜。在他们这代人的观念中，婚姻应当门当户对，也就是说他通过不懈的努力，才为我找到合适的。令人感到欣慰的是，我对高晓敏印象不错。她比我小了整整八岁，刚从省城大学毕业，正在恢复不久的沿海日报社实习。她生得面容清秀，清纯可爱，没干部子女那种矫揉造作的自以为是，见面时穿着一身浅灰色的学生装，在脑后松松垮垮地扎个马尾辫，如果不是康如康一番介绍，我还以为她是个高中没毕业的在校生，更为神奇的是，她有些像驻留在我心头已久的校花邵素芳，尤其那双乌黑闪亮的大眼睛，活泼动人酷肖无疑……

所喜高晓敏对我的印象也不错，把昨晚上吃剩的饺子，特地送到长途车站来（实习的报社就在附近）让我当早点，这当然是杨氏有意识的安排。上长途车的人很多，闹哄哄地像一锅鼎沸的粥。我前排位置上有个穿土布对襟衫的少妇在奶孩子，旁几个小伙子目光黏黏的挤眉弄眼哟哟地起哄。少妇懒洋洋地白他们一眼，斥道：没见过你娘奶孩娃？哎——有个戴毡帽的瘦个儿接过话头道：我娘，哪有你咪咪大……大你娘的尿……少妇骂着从孩娃嘴中拔出奶头掖上衣衫，孩娃哇哇地哭喊起来。我斜睨着他们，知这些都是山里人，心头爱恨交加。爱他们纯朴真实如山林里的古槐，心里想啥就说啥，不会像城里人那般遮掩情感，又恨他们缺乏教养，看见女人就如猫见荤腥，眼睛瞪得铜铃大。

班车从县城开往天街镇，一天只两班，上午九点钟一班，下午两点钟一班。从县城到天街要跑一个半小时，回程也是一个半小时。天街是条哑铃街（这名是我插队时给取的），两头热闹，中间萧条，只有几扁担长，却是麻雀虽小五脏齐全；山货江鲜棉布百货饮食服务，文化站电影院全挤到一处来了；因是公有制，生意就相对差一些……

从天街下车到十五夿村有十几里地的机耕路。昨晚高家父女走后，唐如康咳嗽着招呼我坐在他身旁，问我印象如何？我心里还惦记着素芳，矜持地说也就一般般。他叹息一声道：我知你在想什么？人死不能复生……我已五十八了，再过两年就得办离休，就怕过了这店就没有那铺了……他见我不吱声又岔开话题说：你那个十五夿村，情况蛮复杂的。戚双连大女儿还在伍副省长家里当保姆……我说我知道。他说如果没其他考虑，你与晓敏处处看，只是不要影响工作。我没点头也没摇头，心里却想：处处看就处处看，我一个大男人还怕她小姑娘，无论咋说她是高书记的女儿，没唐如康我还捞不到这般的女子哩！我们这一茬人运气是很差的，同年龄的女孩大多被上山下乡耽搁了，很少有找到合适的……

家里就一把双人沙发，高书记离开前与唐如康共享，现在唐如康拉我坐在一起，平等地探讨工作与高晓敏的事儿。由此我明白婚姻也是一种交易，建立在双方地位对等的基础上……

岁月在这块大山里缓慢地逝去，致使所有记忆都使人刻骨铭心。

在车上我又想起素芳来了，在我三十几年人生中，诸事皆可忘怀，唯独难忘这段经历。自古红颜薄命，素芳意外夭折来自天性好胜，啥事都要压别人一头；不仅在劳动中处处逞强，在生活上也是如此。记得有年年终分红，我拿到十二元钱买回核桃和枣在人武部大院送人，以示我下乡混得不错；她看到后特地去农贸市场，买来黑市核桃与枣也同样送，因为她不愿被人轻视。可当时队里不同工不同酬，我已拿九分工，她作为妇女劳力才五分，年底拿钱肯定比我少，也不知这钱是从哪儿来的？我与她处后知她这性格，年底买核桃与枣时就多买一份；可任我磨破嘴皮她也不要。她出事后，我一直不愿相信如此处处逞强、有独立主见的人会自杀？憨叔也不相信，可公安局调查结论就是自杀。由此使我联想到现实世界中的芸芸众生，不能由着性子事事逞强，尤其是女人。

下车后我去镇政府办公室转了转，想找镇长吴志远谈谈村里班子的事，书记大头李去地委党校轮训，由他代一把手当党委的家。吴志远也在县里开工作会，但他散会后就赶回来了，听说在为镇综合厂跑项目。天街镇有五万多人口，工业发展落后，前些年把人的思想搞乱了，现在正百废待兴发展乡镇企业，但我没碰上他，今天大清早就下去跑村了。从镇政府推自行车出来已是午后，我去县里开会时把车留在镇政府，呇口通机耕路，骑车进出比走路方便。

我在智佬家坐下，听到内屋有孩子哭声，便问大妈屋里咋添了孩娃？大妈附我耳神秘地告诉我，是二千金姣姣回娘家了，怀里抱着一个，说不定肚子里还掖着一个哩……我问她咋知肚子里掖着一个呢？她说她就是吃这口饭的，对这事儿有经验。我心里吃一惊，现在国家号召只生一个好，这不是破坏计划生育政策？他女儿虽说嫁去城里，户口却留在村里；何况他是我看好的村干部，准备留新班子内协助憨叔搞副业哩。我问：你确证有这事儿吗？大妈点头：娃儿哭闹是因为吸不出奶……她娘肚里没货就不会断奶……

吃晚饭时，姣姣果然抱着孩娃喂米汤。孩娃哭闹着不肯喝，大妈与老太婆动作娴熟地轮流把孩子抱来抱去地帮助喂。姣姣就是我在车上遇见的那少妇，瞪起一双乌溜溜的眼睛，不时地偷眼打量我。晚饭后智佬过来与我商量工作，支支吾吾地说她想在娘家住些时日。我以为他那幢瓦屋不够住，自觉提出挪窝住村委会去。他不愿意，说楼上还留有空间哩。我想起大妈说的情况，严肃地提出姣姣不能躲在村里生孩娃。他点头答应，说这事他已有安排，接着他说了两桩事。

第一桩事简单。他说秀才戚志潮来找过我，约在水库机房里见面。我问为何在水库机房？他说他也不知道。第二桩事儿有些麻烦。他说改革开放抓经济建设是硬道理，笑面弥勒躺倒不干后他查过账，村集体经济已经缺钱了，想在换届前捞摸出一笔钱来，否则巧媳妇难为无米之炊，新班子上台啥戏都唱不了。我说我也担心这事儿，可钱是那么好捞摸的？他说秀才与他说了……前些年都由他俩从农资公司弄出配给化肥指标来，转手倒卖给山下村换钱……应该说这事我有印象，当时留革委会生产指挥组的志潮秀才每年都帮村干这事，后来他作为帮派骨干进农场劳改了，智佬才如断线风筝一般失去了联系。我问：他进去了……还有这关系吗？他靠近我神秘地笑道：一朝天子一朝臣，他不行了别人行。我急问谁行？他说笨羊呀，在公司当化肥核发主任……他是憨佬的女婿……胳膊肘得往内拐。你写个条子我就可以办了。我沉吟着说钱我倒想要，违法的事儿可不能做；再说笨羊我了解，像他老丈人一样是个倔女婿，我们不能偷鸡不成蚀把米，把笨羊也拖下了水。他说：不至于这么严重吧？村里谎报田亩，这事应该不合法，但穷村都这样干，法不罚众，县、镇两级领导都眼开眼闭……

我问笑面弥勒知道这事吗？他说应该不知道……秀才坐了好久，对干爹有他的想法。我点头表示同意，农村的事儿，当领导只能抓大放小。如果啥都按顺序走，就会吃饱的吃饱，饿死的饿死。就拿土地说吧，山上人均不到一分，山下却有半亩多。要怪只能怪你投错娘胎，阎罗王以丁代卯发配错地儿……

谷雨后昼长夜短，没六点钟天就大亮。清晨的山头雾蒙蒙的，升腾起一大团一大团的湿气，屋前的石阶都是湿漉漉的，屋内的被褥也是黏糊糊的，空气倒显得非常清新……

我奉约与秀才在水库堤坝见面。他清明前已从农场回村，在笑面弥勒家里住下了。他是个人才，在县里半脱产工作时积累下不少人际关系，可惜站错了队，在劳改农场也没闲着，帮助办起了福利厂。临走场长舍不得，问他去哪儿安家？他说我原本就是农民，当然是回村里了。场长说农场也需要人才，你已弄清了问题，可考虑在留场转管理人员帮我办厂。他说不留……在这儿待了三年，也算改造得差不多了；天涯何处无芳草，我得回村为山民办些事了。说着他叹口气又道：做人嘛，无非是撞大运；以前我跟错人了，才落下如此下场。我年轻，应该还有事儿可做哩……

人不可貌相，别看他高高瘦瘦弱不禁风的，像根细竹竿，当年造反时可是全校的大明星。他当过校革委会副主任，后来又进红代会勤务组，不久又抽到县革委会生产指挥组工作，在我们这茬造反派中算有出息了。当年他提着杂粮袋咸菜缸上学，上体育课跳不过木马，同学们都看不起他，但他没有自卑，埋头读书，学习成绩从入学时的末流，唰唰唰地蹿到前三名，不得不令人刮目相看。如果不是那场"大革命"，像他这样的读书种子，考进大学是没问题的；可惜运动开始了，他因为素芳写了抄有普希金情诗的纸条儿，被学校点名批评带头造反，阴差阳错地成了造反派头头。奇怪的是他没因她告密而放弃，仍一如既往地喜欢着素芳，并在我插队与她好上后成为情敌并夺走了她……

志潮秀才与三脚猫志海是双胞胎兄弟，却从小过继给笑面弥勒当干儿子。他比戚菲菲年长十二岁，是戚氏下代人中唯一凭真本事考上县高中在县城见过世面的人。戚氏兄弟子嗣不旺，唯白无常双富有两个儿，三脚猫从小读不进书，没小学毕业就务农，五大三粗的汉子做事娘娘腔，没成年就吵着讨老婆过日子，见到女人就傻乎乎似丢了魂。黑无常与长腿双乐都只有女儿没儿子，连在县城当厨师的双荣，家里也只有两个丫头片子。因此兄弟五个，把读过书又见过世面的秀才当作一盘众家菜，五家合养的宝贝儿。

志潮秀才是在粉碎"四人帮"后接受组织隔离审查的，审查后他的党员身份丢了，不能再回到半脱产干部队伍中去……

我知他找我是为干爹笑面弥勒的事，回村后他把东山再起的希望寄托在他身上了。笑面弥勒有一次出口不慎，向我说过志潮秀才的情况。他说我干儿子可是讲朋友义气的人，那年糖拌糠送你上大学，如果没他娶下素芳这神经病，你还不一定有今天哩！现在他关在农场改造思想，改造好了想回村干事业，我是他的干爹，说啥也得替他留个位置……我说我知道他的情况，他的党员不是丢了吗？还咋留位置？笑面弥勒显得不高兴，说党员丢了不是可以重新入吗？我就不信人跌倒了就永远爬不起来？他才三十出头，这辈子长着哩……

2

我坐在机房前石凳上等待他出现，面对着一汪绿莹莹的湖水，不时从胸袋摸出怀表看时间。此物是生父单志荣留给我的纪念品，他临终前把它交给了唐如康，唐如康又交给了我。我问亲爹有没有留下话？他说子弹打穿了他喉结，话是没说，意思我是懂的，那时你妈的肚子已有了你，他想说的是：老辈人打下的江山，下代人得守住。现在帝国主义预言家，把颠覆红色中国的希望寄托在你们身上哩……阳光很好，水库周边葱茏一片，水鸟在湖面嬉戏，公鸟唧唧，雌鸟喳喳，很有一番春日的情趣……

秀才沿着石阶爬上堤坝时，我仍沉浸在一种怀旧的幽思中。我想啥呢？是亲爹、唐如康还是素芳？当然还有杨氏，他们应是最理解我的人，可现在有两个已不在这世界上了。他不声不响地来到我身后，双手垂直地站着；我听到了他沉重又急速的呼吸声。他从小患有支气管炎，像在胸腔内安了一台风箱，呼哧呼哧的，遇上急事说话都会喘粗气儿……

我转过脸去，看到穿着藏青中山装、纸片般单薄的身子，一颗干枣核似的脑袋深深地悬垂在胸前。我问：素芳是从这儿跳下去的吗？他摇头又点头道：也许是吧？这么一个活生生的人……岁月就这般埋葬了她……我也点头复摇头：告诉我，她是什么时候得的神经病？他说你不知道她有神经病？我说她与我在一起时还好好的……他苦涩地笑了笑：那么就在你离开后了。我点着头问：她有没有留下什么？他很久没吱声，后来才轻轻呢喃说：留下她修建的水库……

　　我站起来回身握住他干枯的双手，问：你约我出来，想与我说些什么？还有啥可说的？他说：十年河东，十年河西，你过得好吗？我微微一笑道：说好也不好，说不好也差不多……与你不同的是，我有一个好爹，而你没有。他点头道：是呀，这事十年前我就应该想到。同样是条路，你走十步，我得过百步……可笑是吗？就像我俩同时搭上一辆碰碰车，狂热地转上一大圈，现在又回到十年前的起点上……

　　我说你我说了这么多，不会只想着叙旧吧？我俩是老朋友，有话你就直说。他还是沉默了一会儿，突然问：还记得江姗吗？她是现任高书记的爱人，听说已回沿海了……任纪委副书记兼监察局局长……就在最近，是我在机关留下的那条线告诉我的……我眼前浮现出十五年前，被我推下台阶而骨折的女机要员江姗的倩影……她应该是高晓敏的妈妈吧……怎么了？他笑了笑，受审时专案组问过你的情况，可是……我没有告诉他们……我问：你回来是否想东山再起？他说暂时不想，以后会想的，当农民的还有啥不敢想？输光了，无非从头再来。就像这漫山遍野的星星草，冬天枯萎，春天就又蓬蓬勃勃地弥漫开来……

　　我有些怅惘，拿起石片劈水花，他也跟着劈，水面湛蓝寂静，石片飞过溅开层层涟漪。我说也好，以后想的时候告诉我，不是吗？我俩是同学也是朋友，过去是，现在还是，以后永远是……

　　他闭上双眼轻轻地说：我知道……

　　见过秀才后，我躲在屋子里写材料，心情沉闷得就如夏日暴雨前凝滞的空气，后脑重滞滞地总担心有啥事发生。材料是唐如康指示我写的，他说高书记要了解村里的情况。我不知是否高晓敏在起作用？自那晚吃过饺子后仿佛一见倾心，不到一个月就给我打过六次电话，询问我在村里开展工作的情况，还说报社已列入计划做重点报道。唐如康说：原本村级班子镇党委与工作组就可以定，但十五岙村有些特殊，戚家兄弟是老油条了，与伍副省长熟悉通天哩……

唐如康一直把我当亲儿子，比对唐英还关心。他是个很传统的人，不仅守信用娶了杨氏，还把我亲爹的嘱托记在心上。自介绍高晓敏与我认识后，他与娘也打电话询问我对高晓敏的看法。我知他是在为我的仕途着想，但从秀才告诉我的情况分析，此事已无多大指望……江姗，她叫江姗，是高晓敏的妈……他显然在提醒我：鲜花与荆棘两取其一。他怎知这事？县里肯定有他的残渣余孽。但我不确定的是高书记与高晓敏，为何对我如此热忱，难道仅为十五岙村树立典型吗？

智佬家里已变得不安宁，姣姣带着小毛毛回城了。临走指桑骂槐大吵一场，指责大妈猫拖咸鲞多管闲账，挑水和尚撵走当家人。这事是我惹的祸，大妈看出姣姣怀孕不愿得罪，让我与智佬沟通动员流产。姣姣知大妈如此满心不悦，正因为城里生不了才来此避风头，没想到与城里一样壁垒森严设着关卡。她吵，如果大妈不接茬就不会顺势撒泼；其实她只为出口气，出过气儿就回城，这是国策没办法。可惜大妈没忍住，正儿八经地拿文件向她解释计划生育与提高国力的道理，说她爹是村干部得带头执行国策。姣姣不服说村干部咋了？书记笑面弥勒的三囡、四囡，还不是鸡生蛋似的回村养小囡？这就揭了大妈的短，说她做事不是一碗水端平，默许特权阶层躲村里超生。我知这事与大妈没啥关系，白无常双富老婆是镇长吴志远大姨，镇里以照顾村干部积极性有意护了一手。大妈自然张口结舌不能回答。姣姣得意扬扬地乘机发动攻势，蹦起两条长腿口吐涎沫、污言秽语滔滔不绝，啥善有善报、恶有恶报，背后使绊是烂小人，生下小顽脑后长疖子，屁股生尾巴，吃饭肉骨头卡脖子噎死，屙屎掉进粪缸溺死……大妈的媳妇刚生下孙儿，这话就进了她耳朵，平时蛮有耐心的人，做计生工作打不还手骂不开口，忍声吞气当瘪佬；此时却火冒三丈反唇相讥说：我媳妇头胎生小顽，那是我儿本事，命里没有撒泼也没用，屎壳郎播最多的种，孵出来还不都是没尾巴的软蛋。这话算犯大忌，等于骂姣姣的婆家断子绝孙没子孙命，还捎上娘家智佬与老太婆是绝户断香火。大妈真气糊涂了，咋直捣黄龙揭开烂疮疤？我俩还在她家借住搭伙哩。姣姣果然大怒，掼掉小毛毛张牙舞爪地扑上来抓她的脸。她排过八字算过命，小毛毛长有眉心痣，会给她带来有尾巴的小阿弟……

这事弄得我很尴尬，在姣姣离开后向智佬道歉。智佬摇头说：没啥，这事老蔡没啥不对，是我阿囡搅七拈三惹是非。他这般说想和事，大妈却仍不依黑着脸请假回家含饴弄孙去了。老太婆心知肚明个中原因，不依不饶地让我连吃三天咸菜泡饭，直至大妈思忖明白，回来向老太婆道歉又送上一刀家腌腊肉，两人才又有说有笑地重新热络起来，餐桌上也有了水库捞的鱼或腌猪头肉。

姣姣离村后没再回来，后来我听大妈说，她去县城找到她的工人老公，总算做通全家工作，让她在县妇儿医院做了人流。我问她：你不是生气回家抱小顽去了？咋又去城里了？她扬扬得意地道：你大妈吃啥饭？是国策专管员嘛……

油嘴佬在我的动员下，才去下戚家向笑面弥勒与婆婆唠道歉。我说：你是有文化的人，咋不知欲扬先抑要抬头得先低头的道理？大将韩信为图出息，都从无赖胯下钻过去哩。其实他也有点想见菲菲了。回村已有时日，两人却没上台面地说过话，毕竟有过肌肤之亲嘛，他还是想她的；但又不甘心这么贱，人家打左脸，你把右脸凑上去再让人打？这时他还没吃准究竟爱不爱菲菲，说当时无非是一时冲动，真成为夫妇还没有好好想过。我说你猪脑呀，没想好咋就变成了种猪胡搞？他又说：是他们把我弄成强奸犯，要道歉也应该他们先找我。我说你咋这么小心眼？你爹把你喊回干啥呢？是要你帮他与全村人抬头的，而你却拘泥于这些无关紧要的细节上。他点头：道理是这样说，可就是放不下这张脸。我说你爹憨你也憨吗？你有能耐干出大事来，不是为老爹与你自己都长了脸吗？接下来他问我一个问题，说四眼哥，如果是你咋处理？我说这要看你喜欢的程度？如果喜欢，你啥事都愿意为她做。他想了想问：爱情到底是什么？我说这事我还真说不完全，你已睡了她，还把两人名字刻在山崖上，咋还不明白爱不爱她呢？他嘟哝着说那时我不是还小吗？我说你爹与娘结婚，几岁？他说爹二十，娘才十七。我说那你今年几岁？二十一了咋还不明白呢？他说是否让我再想想。我说待你想好黄花菜都凉了。做男人要有责任性，你懂吗？

他像憨叔一般地抓着头皮说：明白了，我回村就为老爹与村人担负责任；但与假公主的爱情有何关系呢？他说这话时神色有些奇怪，不像通常处于青春期的热血男儿。其实那时我就应该想到，油嘴佬给我留下的是个错觉，为了老爹的竞选与自己的前程，他以和为贵给了菲菲与笑面弥勒兄弟以及村人一个假象。谁都没弄明白他究竟是爱菲菲，还是利用菲菲为自己搭建前行的跳板？这种男人是可怕的，因为他只爱自己不爱别人……

交谈次日，他即去了笑面弥勒家。但仍是交易而不是求婚；也许对他来说：求婚的本质就是为了交易。天气可是转暖和了，风柔柔的，柳絮就飘呀飘的，落下来粘在人身上，上山下山的青石板路上，尽是一瓣瓣的花瓣儿，有桃花、杏花，还有杜鹃花，夜里下过一场透雨，花朵儿掉下不少，把青石板染成花花斑斑的，整架大山犹如一幅明净妩媚的水墨画，煞是好看……

我仿佛看到他仍穿着那件白西装，鞋子也是那双米色跑鞋，脚步稳实地挑着装有懒惰年糕与鸡鸭肉蛋的藏篮担走在山道上。据说秋秋把他的行装都收起来装进樟木柜去了，说又不出门穷显摆啥？知他要去见笑面弥勒与婆婆唠，又让他穿上端详说：马靠鞍装人靠衣装，我儿穿洋装可精神着哩……

令油嘴佬没想到，笑面弥勒与婆婆唠见到他，比接待城里贵客还热忱（也有着虚假的成分）。这时戚氏兄弟在秀才怂恿下，已在实施配给化肥计划，而我与他父子却浑然不觉。据说油嘴佬在路上时，心头忐忑地生怕吃闭门羹，三年前出事时的处理，对他伤害得不轻，笑面弥勒与黑无常那副凶神恶煞的嘴脸，不时在他眼前出现：那天笑面弥勒气晕了，黑无常把他双手反缚着押进大队部，他那张紧绷着的团脸就没松弛过。假公主逃了（他记得清楚：手电筒照亮地棚一瞬间，她就拉上裤头像受惊的兔子一般冲出去）。一记耳光落在他脸上……随即第二记耳光又抢过来，他开始挣扎了……嘴角渗出血来，咸津津地有腥味……他说：我俩相好呀……撒泡尿照照脸，你配吗？后来是黑无常用扎成束的废电线抽他，还掺杂着拳脚，打多久？他忘了……再后来，笑面弥勒用青柴棍下死劲揍……他渐渐地模糊了……叫花子做梦娶媳妇打公主的主意？我要你生不如死永不出头……笑面弥勒这话他听到了，永远铭记在心……

笑面弥勒乐呵呵地接过他递上的四斤蜂蜜，还有一小罐蜂王浆，亲自为他泡了一杯野山茶。那蜂王浆可是好东西，能提高人的免疫机能，是老宝贝特地让他捎回孝敬山里阿爷与爹娘的。老宝贝年过六十岁还漂泊在外养蜂追花期，除想捞摸几个钱供小苗苗出息（那是他答应儿子的），主要还用蜂王浆保健养身。笑面弥勒显然识货，拿起那蜂蜜走到屋檐阳光下照了照，赞叹道：纯料没杂质，好东西呀。随即回头与他说：出息了……油嘴佬，咋三年没回家？我与菲菲她娘都想你哩。猫哭老鼠假慈悲，忘记当年你与黑无常下死劲揍我呢？三年的养蜂生涯使油嘴佬学会了油滑，脸上笑嘻嘻地一口气吃掉婆婆唠八只水氽荷包蛋（不吃白不吃）。说我也想着伯与婶哩！笑面弥勒显然被他的态度迷惑，笑嘻嘻地道：当时你大伯是喝多麂子油闭塞聪明孔看差人了嘛……你现在还恨我吗？不恨……真不恨？恨得想咬你一口肉哩！但油嘴佬仍笑得灿烂。这使笑面弥勒舒心，一对像野牛一般桀骜不驯的倔父子，终于在他的眼前臣服，那是任何补品都难以补偿的，也就是他继续坚持当书记的理由……

油嘴佬在相亲当晚，又找来我这儿说了这番话。当时我正在邮电分所打电话向赵刚义汇报，他丢过来一粒石子，一下从我身后跳过来说：哥，我完成任务了，扫清了老爹前进的障碍。我问他见到菲菲没有？他摇头说没有呀。我说那是你俩的事，你得与她谈谈呀！他得意地道：婆婆唠都给我吃了八个糖余蛋，我还急啥呀？我说你不在乎她，她也不在乎你吗？他哈哈大笑起来，说一个山里丫头，我娶她是看得起她，她还能说啥呢？说着从口袋取出一块当时稀罕的上海表来，说你看，这是啥？我说手表呀，是笑面弥勒给你的？他点头说是呀，说他早准备认我这女婿了。我问他有没有提要求让憨叔退出竞选？他说这倒没有，只说以后有事可与老爹对等商量……我点头笑了，想：此事也没那么简单，就凭儿女婚姻就能了结，撸下他村书记岂不与虎谋皮？

3

配给化肥指标的事儿，有些出乎我的意料，智佬去县城很快扫兴而归。这事于他来说，原本是河东熟地。农民嘛，有自己的生存智慧，办事比我们吃国家粮的干部圆通得多。以前他到县城，只要秀才一个电话约好时间地点，农资公司头儿就屁颠屁颠地跑过来；他摆上一桌子请客，再往头儿家跑几趟送些土特产，指标就很快搞到手了。但这次黄了，笨羊杨小勇没给面子……

智佬已有四年没做这事，主要是涉及国家统购统销政策，上面没人给开口子；经秀才提醒，他的心头才又活络起来。促使他最后下决心的是：村里已经连五保户补助金都发不出来了。秀才说来他家路上，看到淘淘爷爬在猪厩内捞猪食吃。淘淘爷已九十岁，在光绪年间出生经历过三个时代，年轻时收破烂吹糖人儿，后来政府不让做了才转成农业户回山里，十年前他的光棍儿子小淘淘死后，他就变成了老绝户。村里像他这般的孤寡老人有五十多个哩，靠每月一元五角的补助金过日子。他说小时候他吃过淘淘爷捏的糖人儿！有曹操、刘备、关公、张飞，还有秦琼、罗成与单雄信……淘淘爷穿着一件白布长衫，举着草竹杈子漫村坊地走。招摇围观的孩娃们捏小人儿，捏谁像谁……他说童年时小伙伴们最大的欢乐，就是相互夸耀谁吃了几个关公，谁又吃了几个秦琼。

他说以前每年都办这事，笑面弥勒的书记当得刁，凡对村里经济有好处的事一笔没落下，年年虚报山地面积，凡能变钱的东西就变成钱，不放过这种天上掉馅饼的机会；至于村里的那几亩薄地嘛，年年施人粪猪粪沤肥从不施化肥……我问虚报土地面积上级查下来咋办？他说穷村发的是露水财，做一笔算一笔；只把事儿做稳实了，天知地知，你知我知，干部就装聋作哑地说不知道。镇长吴志远是黑无常的连襟，秀才姨夫，眼开眼闭地采取地方保护政策，最多扣秋后救济粮。这边更是自己人，笨羊是憨佬女婿又是你同学，天时地利人和全占了。

我下乡前在镇里分管文教，对配给化肥指标分配的事儿一窍不通，也一概不问。我担心的是笑面弥勒洋伞骨子里戳出拿这事做文章。智佬说应该不会，是他让秀才催我做的。他这人有私心也有公心，当书记犯不着遭众人骂，何况土地面积是他虚报的……

我知村里急需用钱，就为他写了条儿让杨小勇酌情处理。

驻村办事需要有原则性，更需要灵活性。这是我下村前唐如康嘱咐我的。他说没原则性违背了党的政策，失去灵活性就会影响群众利益。优秀的基层干部就会在两者之间选择、妥协与周旋。

杨小勇是个实心眼的人，对生活没过高奢望。他爹原是供销社主任，在县城算活动得开的人物。知青返城时别人工作难找，他却很快被分配到农资公司。那会儿农用物资紧张，公司门面不像后来这般冷落，几乎每天门庭若市。回城后老爹给他物色对象，属下美女一大群，但笨羊没忘旧好娶了洪杏儿。杏儿文化程度不高（秋秋姨身体不好，早早让她歇学帮家务），人却长得水灵，一笑脸上俩酒窝儿；她大大咧咧地说话没遮掩，在村里谁都知晓是聪明脸孔笨肚肠、不晓得吃亏的二百五。两人结婚后恩爱得一塌糊涂。杏儿在街道厂当翻砂工，每天搬弄大铁疙瘩翻过来翻过去忙乎。遇上杨小勇下班早，骑自行车接她回家，像谈恋爱的小年轻一样去电影院，有时还携手逛商场，把小日子过得轻松美满……

　　智佬进城后给他打电话，按常规请他夫妇俩上馆子，说乡里乡亲的，一起吃顿饭吧？杨小勇说吃饭就免了，有事到公司来找我吧！这般说过，次日智佬便兴冲冲地上门，把我写的纸条儿从窗口递进去，以为事儿已成了一大半，说四眼娃儿驻村当工作组长哩……谁知杨小勇看过纸条儿从窗口递回来，说对不起，智佬叔，我在那疙瘩插过队，村里多少地还不知情吗？智佬方知情况不妙赔笑脸道：杨科长，杏儿爹要竞选村书记哩……我爹竞选村书记与化肥指标又有啥关系？杨小勇愣愣地问。树活一层皮，人活一张脸，搭台唱大戏，撑的是场面呀！村里老少都说：以前戚书记能办到的事，洪书记也一定能办……

　　他又愣一会儿，从橱窗伸出手来：有我爹写的条条吗？自然没有……没有？杨小勇缩回手拒绝：智佬叔呀，谁都知我爹是憨佬，我和杏儿结婚时他关照说：做人讲实诚，耍奸使滑长远必要吃亏。对不起，这场面我不能撑……四眼是我铁哥儿们，同屋六年处得像兄弟，有句话托你捎与他，己所不欲，勿施于人……

　　智佬回村多走十里盘山路，径直找洪根土商量对策。说憨佬呀，女婿与你一样吃石头不通世故，把村里的配给化肥指标废了。洪根土憨笑道：他做得对，吃政府饭就得替政府把关。不对，不对……智佬连连摇头，搬出后来他多次强调的一套歪理来：政府利益是七石缸水，村集体利益是眼药瓶水，多一眼药瓶、少一眼药瓶，掏不尽这口七石缸里的水。你竞选村书记得顾全大局，不要犯傻挨众人骂……洪根土回答简单：你明知我是憨佬，不是当书记的料儿，咋还要出这题目让我做？政府这七石缸是有水，但用眼药瓶掏水的人多了就会掏空，掏空没有了水，七石缸就空了呀。我可以不当村里阿大，也要帮女婿守住做人的底线！智佬不高兴了，说你这是守底线吗？因为你碗里还有食，淘淘爷都趴猪舍抓猪食吃了……政府七石缸里的水，十五爻眼药瓶不掏，十六爻、十八爻照样掏……洪根土侧头想过一会儿：淘淘爷的饭我管了。天明让油嘴佬送米去……

　　两人谈了半夜，谁都没说服谁。智佬知事儿要黄了，虽然不服气，想自己还是智佬，办事看不准对象，明知他翁婿认死理，偏拿鸡蛋往石头上碰，心里倒也佩服，这一试还真试出人心来，憨佬当书记不图钱财。以前笑面弥勒支持做这事，那可是村里得大头，他得小头用钱喂出来的呀！相比之下，人品高低立见分明。但这事闹得他揪心哪，这艘一无所有风雨飘摇的小舢板，如由不谙世事的憨人掌舵，是否能够到达富裕的彼岸呢？

他原本还想打电话找杏儿，由她开导老公笨羊。杏儿工资不高，没与公婆住一处，小日子过得也紧巴，但他素闻杏儿与她憨爹一样缺心眼，修水库抬石头与男娃儿掰手腕，只懂蛮劲不会巧劲……回家路上，他思前想后觉得自己很窝囊，事没办成倒兜上一肚子的窝囊气。夜已深了，他又饿又乏地在幽暗的青石板道上摔了一跤，把刚镶的一颗门牙给磕掉了，找了半天没找着。这使他泄气；好心没好报出力不讨好，黄胖春年糕连老天爷都难容警告我……

天蒙蒙亮，智佬常锁就叫醒我与大妈汇报经过，发牢骚说笨羊与他憨岳丈一样，是荤素不沾水火不进的憨人；非但一点面子都没给，反使他兜了一肚子窝囊气，连门牙都磕掉道上找不到了。我听后想去邮电分所与杨小勇通电话，他阻止我道：这事根源在憨佬那里，老通少哩，他不通，你与杨科长通话也没用……我问他那咋办呢？他摇头说没办法……他不通就不会动，神仙老子也没法子。这下好了，我们给了弥勒叔与他兄弟借机寻衅的机会，如果解决不了五保户的补贴金，他们就会发动党员不丢憨佬的豆子……大妈焦急了起来，说这咋行呢？发动群众半年岂不白白劳碌？要不我找杏儿说说，让她做通老公的工作……事已至此，已然没用了……智佬摇头叹息道：智者千虑，必有一失，其实我犯了事后诸葛亮的错误，找笨羊科长前没安顿好憨佬，我应该告诉他笑面弥勒正等他好戏上台！大妈说：你现在告诉他也来得及呀？他颓然摇头说：来不及了……憨佬做事认死理，一根筋不会回头呀；何况他又不真傻，难道不明白笑面弥勒兄弟借机收拾他吗？这事是皇帝不急太监急……我想为他抬轿都不收哩……

正当我三人焦急时，油嘴佬晃晃悠悠地出现在门口。他仍穿着回村时的那件白西装，脚蹬回力跑鞋，叼着一颗没点燃的纸烟儿，脸上神色悠闲望着我们（在以后很长一段时间内，凡正规场合他都打扮成这副派头，以示鹤立鸡群与人不同）。我招呼说：来、来、来——说说你的看法……

他昨晚躲自己屋内偷听到两人谈话，敏感到老爹与准岳丈笑面弥勒之间发生了啥？这使他有一种莫名其妙的兴奋，像有人把炸药包安在他床下，就差拉响导火索了。他自小就爱耍人来疯，在经历过菲菲之事又随老宝贝养蜂三年算长了见识，感到人生处处是战场，社会比读书时复杂多了。他说他在智佬与老爹争论时就想出屋表明他的看法；但他克制了，因为老爹关照他在场面上闭嘴。说他不想让我多是非，总是油嘴佬、油嘴佬地喊我，不让我在人前说话。为此他声明：他是已取得身份证的人，不是别人身上的附庸。他指责智佬道：亏你还是智佬，咋看不透这是笑面弥勒与秀才共同设下的局？

设局……智佬与大妈都愣了，我也莫名其妙。

啥七石缸与眼药瓶？老套。他说改革开放讲资源利益再分配。牛抬头得啃草，十五吝村没草就得找草。谁找到草，谁就能主宰抬头的牛。项庄舞剑，意在沛公，他俩这招是利用政府资源发难。事儿做成政府追查下来，老爹得承担责任。做不成村民就骂死了老爹，给竞选村书记蒙上阴影。啥淘淘爷？早上我把米送去了，人家斗缸里还有几斤六谷粉；不发补助金是智佬哥你没交足经合社的管理费。你们瞎忙得起劲，人家躲暗处开心哩，不是抢班夺权吗？就这点能耐……他俊眉秀目挤一处，连声冷笑着一口气说完这些。智佬蹲在地上蔫了：江山代有才人出呀？小赤佬在外闲逛三年，顽石炼成珍珠贝。罢了罢了，那依你说该咋办？这事我只六月王八盼甘霖，伸头还没现身哩……嘿嘿，他笑起来，用手指着智佬又说：对了，智佬哥，如今你已被逼上梁山……如果，我说如果……你把这事办成，群众检举信就会立即到县领导手上……你不干了吧？对不起，群众会把你与老爹捆绑在一起骂……弄不好，他们还会抬着淘淘爷这些五保户去镇上示威施加压力，你现在进也不是，退也不是，与老爹是系在一条绳子上的蚂蚱……他这般说时，我看到智佬脸上出现了汗珠珠……极力在回避着他的目光，嘴上嗫嚅着说：弥勒叔与你秀才哥不至于你说的那般不堪……

那好，你们就等着事态扩大……如果，我说是如果……他显然还想说些什么，只是看到我满脸沮丧不高兴，就低头不再吱声了。如此僵持一会儿，还是智佬率先打破僵局，指着嘴上的缺牙道：你看看昨晚我摔掉金牙，就知关公走麦城惹上晦气……你大清早跑来教训我，想必心中已有主意？哥也不向你多解释了，事关村民利益，告诉我下步如何走？油嘴佬向他和我各递上一颗纸烟，自己也熟练地叼上点燃，嬉皮笑脸地问：那我先得问你，姐夫笨羊没批的化肥指标，你还想不想要？智佬没好气地反问：不想要，我摸黑去你家干啥？他刻薄地点头，把那对灵活的眼珠逗成斗鸡眼，嘲讽地问：我把这事给办了，你给多少回扣？我娶假公主正需要钱哩……智佬疑虑地端详着他问：此事我办不了，你就能办？是呀，老爹是老爹，我是我，杏儿是他阿囡我的姐呀，你俩是新班子内定的人，单大组长还是工作组，都是官身哪；我是啥？啥都不是的油嘴佬……强奸犯嘛。与他秀才哥帮派分子铜缸铁铫，正好凑成一对儿……

4

油嘴佬说完这话扭身离去，留给我们一个晃晃悠悠的背影。一时间谁都没说话，我们都被他这番话震住了，他才二十出头，正是我当年插队与他爹磕磕绊绊抬石头、修水库时的年龄呀！那时我在想些啥呀？不好意思……满脑子都是邵素芳；笨羊杨小勇也与我一样，晚上睡被窝里浑身累乏酸痛。我提议对铺的他想想莲子？他说才不干哩，臭美，她生粉刺夏天还涂雪花膏……

老太婆把早餐放在桌上，一碟小咸菜，三块霉豆腐，还有几粒可数的笋芙黄豆，主食是一盆煨番薯与一瓦罐的白粥……傻了吧？她用手肘撞撞智佬努嘴讥讽道：你还智佬哩……不及人家油嘴佬的脚指头！智佬戚点头赞叹道：自古英雄出少年，是个人物呀。我还担心憨佬当书记控制不了局面，有这等人物在岂不放心了吧！大妈点头附和：怪不得你弥勒叔怕他，原来还是泥水匠刷沙灰有两把刷子；只可惜了假公主呀，嫁这般的男人苦头会吃得上头颈……我问：大妈，你这话啥意思？她叹口气道：男怕入错行，女怕嫁错郎；屋里老公太精明，老妊岂得遭活罪受。小小年纪，把人没想到的事角角落落都翻个遍，心里拎清着哩。女人嫁他，岂不就大六月里晒猛太阳，不脱掉几层皮才怪？我笑起来，说这是你切身体会吧？她撇嘴说我老公有他一半聪明，也不会举着三面红旗当模范，至今还是田头劳作的红脚梗……

不妨……碗有盆收妖有怪治。闷声勿响往瘪嘴里扒食的老太婆，这时忽然插嘴说：菲菲也不是一盏省油的灯！依我看这对夫妻磕磕碰碰地不会到头……

事后我知道油嘴佬至岙口前，与憨叔交换过意见。智佬前脚走，他后脚就从屋里出来说：爹，笑面弥勒这着棋下得凶哪；智佬哥是他的人，鞍前马后地跟着跑了十几年，现在要把他与您一锅端，我们不能把他从身边推开……洪根土愣一愣问：我咋把他推开呢？这事犯政策，你笨羊姐夫是政府干部哩，怎能为一村之私放弃原则？油嘴佬古怪地笑着没解释。老爹笨哩，村民以人画线，他笑面弥勒打的是地道战，你在明处他在暗处；可惜对牛弹琴牛不懂……

油嘴佬回村一月多了，除懒懒散散地跟老爹农事劳作外，夜里常钻进药老倌窝里听他上家族课。药老倌拿一本残缺不全的《十五呇戚氏家谱》给他看，说孙呀，这呇口戚姓下戚家戚姓，辈分都比上戚家小，老祖公从山东威海过来，占上戚家龙头的风水，下戚家来自义乌乡勇，呇口戚家来自闽南，戚大将军赐姓后才占龙身与龙尾巴……他翻过几天书，书上还果真这般记着。便问，祠堂为何搬下戚家去了呢？药老倌便说他笨，问人的嘴巴生脸上还是长肚子上？他解释道：我说过祠堂原本也在上戚家，三房发达后才建下戚家去，大房老祖公与老祖婆都是立有战功之人，哪能与使唤的随众与杂役争上下？油嘴佬又翻书，果然也有记载：初迁山东威海戚氏六户、赐姓浙义乌氏十一户，闽氏一十九户，余随众杂姓黄、陈、姜、蔡二十七户居此……

他又问二愣子爹老革命是大房的，为何也搬下戚家了？药老倌就说那是因为他残疾腿脚不方便政府照顾的，后来又当了族长太公。如此这般算是厘清宗族的脉络，油嘴佬心里就有底了，知他戚姓与下戚家、呇口虽连着根，却是枝与蔓的关系。为此他又带着这族谱，去见老革命荣军戚启和，他的说法与药老倌基本一致，说这烧饼翻来翻去翻了四百年，如果不是他当年参加革命队伍，后来又去朝鲜战场打美国佬，这戚氏大房会在村里更加没有地位……

据说油嘴佬返村前，曾把电报交给老宝贝看。老宝贝问他回村做何打算？他说能干事便留下，不能干事重出山跟您老养蜂，一辈子不再回村了……有志气呀……老宝贝在豁牙里塞着一颗没点燃的烟（患支气管炎戒烟），一对毒毒的眼珠咬紧他脸漠然点头：好呀好呀，自古华山一条路，开弓没有回头箭，你以为你是哪号货？三百六十行，行行出状元。村里容不下你，蜂箱也留不住你……转而，他长叹一声道：强奸犯呀，记住我这话：有出息的男人，老婆只能一个，女人可有无数个。你占住假公主不是为她的人，而是取这村里的势……

老太婆与大妈分析得没错，戚菲菲遇上油嘴佬这般的男人，算是倒了八辈子的血霉。三年后，假公主在我家替真公主高晓敏当保姆，主动说过她与油嘴佬当年的那层关系，说他从来就是一个强奸犯，不管你愿不愿意，逮到我就要干这事。高晓敏说他是畜生呀？是人哪有这般干的？她说他整个儿就是病态，把对我爹的不满与报复，全发泄在我身上；自己变成畜生，把我也当成畜生了。我问：你就不会反抗？她说她当时只想为自己与全家赎罪，是爹与三叔对不起他，毁了他的大学梦……

当天下午，油嘴佬离开我与智佬、大妈后，就神气活现地吹着《国际歌》口哨（他钟情这旋律，只要心里高兴就吹，百吹不厌），向戚菲菲上课的小学校走去。干啥呢？他说他决定做配给化肥生意后，知道自己又得捅马蜂窝了，就想着拿假公主发泄，说女人不就是拿来弄的吗？她爹笑面弥勒都同意我做女婿了，不演这出不明摆着看我老爹娘家没人蟹没血吗？我知这样做伤人，就想把她伤得更深一些，让笑面弥勒看着难受。我说这不也伤害了菲菲吗？他说她遇上我活该一辈子倒霉，何况我俩领证后就是合法夫妻；她那东西我又不是没见过，我去她家时她竟然端架子不见我。不是说我是强奸犯吗？那么我就正儿八经地强奸你，看你爹你叔还能把我咋的？

他这种心态，自然是耍小孩子脾气；可他就没想一想，这对菲菲会造成多大的伤害？她可是夹在两家是非旋涡中的烧饼，一头是亲爹，另一头是公爹，两面难做人。可惜油嘴佬当时利令智昏地狂热着，满脑子都是出气与帮老爹主宰十五呑村的思想，哪能顾及她的感受？也许他本意并不想伤害她，事实的结果恰恰是伤害了她……

他大摇大摆地走进小学校，把正在上课的她从教室里拉扯出来。她问：油嘴佬，你干啥哩？他说是好事呀，你一会儿就知道了……他拉她走进储藏室里，那也是我扫盲班时与素芳做爱的地方，当年我与笨羊、素芳、莲子组织村文宣队，锣鼓唢呐等乐器也就堆在这儿。你要干啥嘛？我还要给孩娃们上课哩……她的脸涨得通红，身子扭动着。干啥你还不知道吗？他脸上五官扭曲，把她紧搂在怀里。她拼命挣扎轻声哀求：不要……他说你不要，我可要哩……事毕她哭了，这个狼一般的男人，与她发生关系后三年音讯不通，三年中她挂念着他，拒绝爹娘把她嫁城里享福苦苦等待着他归来……可他回村一个月了，去见鸿年老师又找过工作组，还与同学二愣子、杂物贱在水库机房捞鱼吃野餐弄得鸡飞狗跳（她都知道），就是没来找过她……她知她爹她娘她叔亏待了他，她也违心地做过伪证，可这些，都是身不由己时的选择呀？她守身未嫁，不就是最好的证明吗？几天前他挑着藏篮担前来提亲，按理说她应该见他；可不知为何她却躲起来，是可怜的自尊觉得没脸见他，还是根本就害怕见他？不是三言两语可以说清，可是你是男人呀，既然求亲为何又不主动见我？要知道，这是我在爹娘面前的一张脸呀。自从有过第一次，她已把自己当作他的人了。然而，他没有……面临她的仍是粗暴的蹂躏和占有……

她挥舞双手恸哭，歇斯底里地捶打他，说不清是喜还是忧；他却狰狞地笑着，血红的眼珠盯着她的脸，露出了得意的笑容……畜生，为啥这样对我……她哭着喊着悲从心起；他却淡漠地说，你说我是强奸犯，我就是个强奸犯嘛！

5

化肥事件的严重性，不知不觉地向我逼近。那晚上戚菲菲气喘吁吁地跑来呑口找我，这次不是来说油嘴佬的事。她认为这事远比那事儿重要。她说她住在镇上的阿奶，告诉她有事须向我商量，她感到要出事就跑来找我了。戚菲菲有四个姐姐，按理说自小就能得到照顾与爱抚，可她却活得很寂寞。原因四个姐都与她差了一大截年龄，她出生时四姐已上小学，没人疼她或与她说些知心话，也没人陪她玩，使她觉得在家里是一个多余人。

她是多余人哪，如果不是婆婆唠上陀头庵牵观音想生个男伢子，笑面弥勒由此蛊惑，真以为老爹移坟兴风水带来福音，她就不会来到这世界上。这地方风行牵观音习俗，已婚妇人一步一磕头地上陀头庵，牵个穿着红袄袄、裆下生有小鸡鸡的面人儿回来准保生儿子，据说还很灵。可惜笑面弥勒没这福分，辛勤耕耘都是没尾巴货，生下菲菲后他都气得三天没吃饭。菲菲说他从小只有阿奶与她亲，婆婆唠生下她后大病一场，是葫芦奶进山照顾她。四岁那年出痘痘，大姐娇娇背她去镇上，方知葫芦奶是她的亲阿奶……后来她稍大，去镇上时常探望葫芦奶；她问她为何不回山里住？葫芦奶只长声叹息没说啥，倒是婆婆唠嘴杂告诉她：你那菩萨爹是个黑良心。说共产党部队北撤，山里粮食被返乡的国民党军搜光了，你阿奶参加救护队侍候过伤员在山里待不下去，心一横，用自己身子换了五斗米，丢下还喂奶的遗腹子长腿双乐，去镇上当铺当了养奶嫂。那当铺老板邱大头后来被政府镇压，与你阿奶生过一个哑巴囝……解放后你那黑心爹怕受连累都不敢认亲娘……五叔脑子有毛病，还是我给奶大的……

菲菲说她读镇中学时常去阿奶家。老人家七十多了，每天大清早拿着一把竹扫帚，穿着对襟棉袄义务扫大街。她没固定收入，靠带你哑姑姑给镇综合厂缝手套糊口……

　　她说村里要出大事哩，昨晚上老爹与二叔、三叔，还有秀才哥商量了大半宿；好像挺神秘的，我过去偷听，被五叔挡回来。他在门口站岗……每次都这样，他们开会给五叔发一包香烟，由他管门……戚菲菲的情绪有些激动，说在这家里我是外人……自油嘴佬回村后，他们见我的眼光怪怪的，防备得很紧……我爹在党员会后装病，与秀才哥哥每天嘁嘁喳喳地都在商量事……前些天秀才哥去镇上把阿奶请上山。我还在校上课……阿奶大清早踮着半小脚过来，没吃中饭就走了，还扇了我爹一耳刮子，好像说，要他堂堂正正做人，不要昧着良心做事……

　　她一口气说了很多，说这事憋心头很久了。她说工作组下村访贫问苦，每走一家，二叔三叔就跟一家；爹的脾气越来越不好，总是板着一张脸，娘与他说话也小心翼翼的。她说大前天晚上，她听到爹给省城的大姐通电话，骂白生白养了她，嫁了老公忘了爹娘……如果再不出手帮他就断绝关系；还说现在到了与富农女婿白刀子进红刀子出的时候……我问啥富农女婿？她说就是油嘴佬的爹呀！啥让他当女婿？把我嫁他……是假的……他说过两家水火不容，势不两立……

　　我问：你知道啥原因吗？她说我也不清楚……应与昨晚商量的事相关。五叔打盹时我溜到窗口，听二叔说双管齐下，抬淘淘爷一班人到镇政府闹事……秀才哥小声说话，好像在劝阻什么，说你与笨羊哥也不容易……时势所为；给人留条路走，也给自己留一条路……我怕出事，放学后推说留校改作业溜出来……

　　我问：你爹娘与你说过油嘴佬的事吗？她溜一眼我身旁的大妈，手指抚弄着的确良花衬衫衣角说：没有……油嘴佬上门时我躲起来了。我问为何？她说他俩把我当作交易工具……那年头村里很少有姑娘穿的确良面料衬衣，大都是自织土布，戚菲菲是新潮而又特殊的一个。我又问：油嘴佬回村后没找你谈过吗？她脸上漫起一片乌云，泪珠一颗颗地掉下来，咬牙点头说没有……大妈赶紧递上一块手帕，说：别哭、别哭……好姑娘……她却瞬间双手掩脸号啕起来，说他根本不了解我，欺侮人哩！

戚菲菲走后，我想到杨小勇面临的风险。如果笑面弥勒真双管齐下，首要目标就是对准他，那么杨小勇因为违纪失去工作。我说我得马上去上戚家。智佬问：你要干什么？我说我得立即阻止油嘴佬去城里。他摇头道：如果我没猜错，油嘴佬应该已在城里了……我问：你咋知道的？他说很简单，有其父必有其子。他俩都是有事熬不过夜的人；但你可以放心……我揣摩油嘴佬办不成……我太了解憨佬是个咋样的人，他没想通的事，谁都没法办成。你还是在屋里好好地睡上一觉，想想如何对付我那几个堂叔的事吧？我估计他们会闹到镇上去。天亮待杨科长上班再通电话……大妈也劝慰说：四眼，智佬说得有道理；现在村里情况很复杂，重点是工作组与村支部的矛盾，我俩得考虑下一步如何走？县里还等着上报村里的材料哩。

是晚无眠，我眼前不时地出现憨叔、鸿年老师、智佬、油嘴佬、菲菲、志潮秀才、笨羊杨小勇以及笑面弥勒、黑白无常，还有唐如康、高书记、高晓敏的形象；还有这个村的前世今生……我没想到平时你好我好，见面招呼吃了吗？或者是吃过伐？每日开工锄地、关灯上床麻木不仁的人们，一旦动起真格来却头脑清晰、条理分明，如政治家与军事家那般水来土掩、兵来将挡，心思缜密。天哪，这还是世世代代被人鄙视、被人奴役的红脚梗吗？比起上层建筑那些自作聪明、习惯于尔虞我诈的人们毫不逊色，令人刮目相看……

我在起夜解手时，清晰地听到楼上房间老太婆在向智佬嘀咕：亲兄弟还明算账哩，这月的表上又多出一度电来。是啊，每晚上找人谈话开会写材料，都得用他智佬家的电……

单思明（七）：一锤定音

1

次日，我与大妈正在吃午饭，吴志远就把电话打到邮电分所找我。说：我的单大组长，你搞啥名堂？十五舀村民都抬着淘淘爷到镇上讨饭来了。现在可是稳定压倒一切，你不能给我弄出事情来呀！我说是淘淘爷吗？我已让上戚家村民组长憨佬送米过去。他说你别解释了，岂止淘淘爷？凡吃五保的老人都来了。你快带人过来，把聚众闹事的村民和淘淘爷们给弄回去……影响不好……你知道吗？这事影响不好……我说知道了，赶紧遣人通知笑面弥勒兄弟，带着智佬与大妈急匆匆地赶过去。

上午我与杨小勇通过电话，问他油嘴佬进城没有？他说没有呀，倒是憨叔与我通过电话。我急问咋说？他说还咋说呢？让我听党的话，遵纪守法当个好公民呗。我说你做到没有？他说当然做到了，你还不明白兄弟我是笨羊哪？他这般说我就放心了，嬉笑道：你做到我就惨了，村里五保户都发不出补助金，闹不好要出人命。他说你是工作组长，又不是村里的书记阿大？这事得找笑面弥勒呀？发不了补助金拿他是问。我说你糊涂了，开过党员民主会后他撂挑子，现在村里由我与憨叔、智佬当家临时过渡哩。他沉默一会道：你我都知那统计田亩数是假的，我咋能当真的办呢？杏儿她老爹是眼睛里掺不得沙子的人。这事儿你就别多说了，兄弟我不敢擅用职权谋私……我问：告诉我，油嘴佬有没有到城里来？他说你就别瞎操这份心了……他来了也没用；你知杏儿与她爹一般倔，没老爹发话，她就不敢动。再说，我俩一个屋子睡了六年，你不至于真想害我吧？

通话后我与智佬、大妈开了一个诸葛亮会，问咋办？大妈不吱声，智佬沉下脸说：只能穿着棉袄等发烧，走一步看一步吧。我说要不，我去找找憨叔……看他有何办法？他摇头说甭找了，找也白搭；笑面弥勒对准的首要目标是他而不是你，你总不能拿他做垫背住火上烤吧？我看还是动经合社的脑筋，看能不能把五保户的补助金先发掉部分……

他这般说，我心里就有底气一些。我清楚智佬分管搞副业的经合社，销售竹编工艺品为救急截下一些钱的，虽然不多临时还能应付。

这架势我还真没见过，下戚家、岙口、陈家坞、后黄、姜家滩的几百村民，把十几位住猪厩里捞食吃的孤寡老人，用滑竿抬到镇政府门口来了。配给化肥指标没落实，村民均知今年的五保户补助金黄掉了。唯独上戚家、前黄村没来人，也不知道与洪根土、鸿年老师有何妙法截留了上访户。

他们没标语没口号，也看不出是谁领的头？只默默地干坐着。五保老人中有男的，也有女的；流着口水、鼻涕，衣襟上沾满猪的、人的排泄物，邋里邋遢地从滑竿上爬下来，手脚并用，满地寻找东西吃……

滑竿以前是用来载上山香客的。那时陀头庵由慧贞尼姑当住持，香火旺哩，四村八坊，方圆百里，凡不会生孩娃和没男伢儿的夫妇，都到庵里上香。解放后，慧贞尼姑圆寂，年轻尼子大都还俗，庵堂人去室空，十几年后就塌陷了。这滑竿也许久没用了，如今竟被找出来派上用场。长腿双乐嘻嘻哈哈地在人群中穿来穿去，像在三月三姑娘节赶庙会似的脸上很是快乐。以前三月三小镇要搭台唱大戏，山上光棍儿成群结队地往山下涌，浑水摸鱼，东捏一把，西摸一下，专往女娃娃身上占便宜犯花痴。庙会结束，总有几个被武装民兵扣留下来……

我到镇里后迅速与镇长吴志远交流了情况。他的脑子挺清醒，打蛇打七寸，一个电话就把笑面弥勒兄弟拽到镇上来。记得电话里笑面弥勒说正犯高血压偏头痛，吴志远吼道：你这菩萨书记就是卵子痛，也得给我立即赶过来。他兄弟到场后，他又当着我的面呵斥道：虽说你我两家是亲眷，但公是公，私是私，你是党员懂得党的规矩，对工作组有意见可以提，咋鼓动群众聚众闹事？你以为我多吃几年政府官粮，就看不懂你基层的幺蛾子了？笑面弥勒一脸无辜讷讷分辩道：我提意见有用吗？一朝天子一朝臣，村里有能人嘛，搞配给化肥这般的大事，都没与我当书记的商量。不是说死了杀猪屠，不吃带毛猪……说着那对小眼珠斜睨着我与智佬挑衅说：我高血压偏头痛，腰腿不好发痛风，在家养病还没寿终正寝，有人就想着给我送花圈哩……

智佬低头避开他的目光，我却勇敢地正视着，心里说：与你商量有用吗？工作组下村快半年，大小会议开过多少次，哪次不是不欢而散？

吴志远点头：现在不是追究谁是谁非的时候，僧面不看还看佛面，你们在我的地盘内整出这么大的动静来，不就让我这当镇长与党委代书记的好看吗？县委领导知道了，该批评我天街镇搞自由化……自由化是啥？就是要推翻共产党政权由他们当家；你们村委会几个头都在，商量一下给个说法……早夜饭我让镇食堂安排了，豇豆腌菜稀粥，你们几个也在食堂吃，天黑前把这些眼泪鼻涕的五保老人全给我弄回去……

我知这时该我表个态，说：镇政府不是慈善机构，五保补助金还得由村里发，钱怎么来？回去想办法……人怎么办？必须按吴镇长指示天黑前全返村！

黑白无常与智佬把目光胶黏住笑面弥勒待他表态，他却低头吸着纸烟不吭声。双方僵持一会儿，笑面弥勒才懒洋洋地叹了一口气，问：俗话说解铃还须系铃人，我那亲家咋没来？吴志远不解，问啥亲家？大妈道：憨佬不是村委会的吗？镇长通知班子成员参加，他来干啥？再说也没下戚家的五保老人呀。吴志远点头称是，说我的菩萨书记呀，只要镇里没下文件，你还就是村里的阿大。天黑前这儿的人弄不回去，我找你算账……

过一会儿，他忽然凑近我耳朵约我去厕所，在走廊上就问：你与县农资公司的杨科长是同学？我说是呀，我俩都是插队知青，我在十五呇村六年，他十年哩。他叹了口气道：告诉他今年的配给化肥指标不要搞了，村里已有人告到县委说他以权谋私。我说你咋知这事儿的？他说事情还不明摆着吗，项庄舞剑，意在沛公，聚众闹事还不是把你与憨佬父子往炭火上烤，只要杨科长一签字，就是以权谋私的铁证，连你与憨佬父子也脱不了干系……

那天大家分头做工作，说好说歹才把事儿平息。吴志远让文书丑槐叔安排上访群众吃粥后，才招呼村干部聚小食堂吃晚餐。镇机关大多是当地人，下班后各自回家，只有少部分留下吃蒸饭。我们的饭是临时弄的，餐间吴志远还生着气，用指头指着我，又指指笑面弥勒各打五十大板，说改革开放得安定团结的环境，你俩倒好，让上访群众闹到镇政府食堂蹭饭吃？算我倒霉……镇干部二十七斤定粮，这顿饭还不知要扣掉我多少粮票？黑无常已吃下两个烧饼，听这话图穷匕首见，拍肚子说不错，比麦果好吃，就是太干，我吃两个喝碗粥，肚皮就饱了……亏得憨佬没来，否则这筐焦饼还不够他一人吃……他说：他猛哩，见食忘色，是条汉子哩……吴志远听这话冷笑一声：你以为你不猛，把人都弄到我镇政府食堂讨饭吃来了。我这儿不是街上焦饼铺，又不斗婚娶媳妇……吴志远是邻县鹿亭乡人，脱产转干已有二十年了，熟悉村里的情况。众人便都笑了，有议论洪根土憨，说秋秋了不起，白天行医操持家务，夜里还得受这猛汉折腾。也有讥笑黑无常咋咋呼呼的，在这事上连他脚底毛都赶不上。人家十副焦饼吃得，活儿却干得不差，与秋秋生下两儿一女；你黑无常如赶骚雄鸡一般，只弄出俩没尾巴货来，连卵子毛都没见一根。这话是丑槐说的，他与戚氏兄弟关系不错，打击面却大了一些，智佬也没弄出儿子哩。吴志远烦起来，说好了好了，都别鸡巴毛地扯破布头。赶紧吃完饭把人弄回去。五保老人在门口喝粥，你们在食堂吃饼。憨佬再不行，上戚家却无一人上访，下戚家、畚口、后黄的滑竿都还在门口歇着哩！众人这才不再吱声，加快速度往嘴里扒食……

吃过饭，笑面弥勒兄弟果然组织众人，把五保老人们抬了回去。智佬与大妈也随之回村，吴志远却把我留了下来，在他兼卧室的办公室里就着花生米喝酒。开门见山地说：单组长，不好弄吧？十五畚池浅王八多，谁都不是省油的灯呀！锣鼓闻声，说话听音。我知他虽与戚氏兄弟是亲戚，这事上却秉公立断站在我这边的，他对洪根土仿佛也不厌恶。这天我歇镇里没回村，聊了整整一晚上。我与他其实早想深入交流了，只是两人都忙没抽出时间来。在基层工作，你得摸熟人际利益关系，就像《红楼梦》中连市井小儿都会唱的护官符；真正的马列主义者在农村是不存在的，何况还得用实践检验。在中国农村每个乡镇、每个村庄每个人，都是一个吃喝拉撒的独立体，有着各自的利益驱使。你有本事把沙砾堆成城堡吗？当然不能；能也是短期松散象征意义上的，其中黏合剂就是潜在的利益人情。这学问不是党校能教的，而是从实践中摸索出来的。我俩在此当口促膝长谈，靠的是利益共同点。党委郝书记在市委党校轮训，吴志远便有了扶正机会，而十五畚村是县委重点扶助的典型，搞好了是我俩共同的政绩。班子的事，我揣摩唐如康必定与他打招呼，否则不会如此顺利地得以解决……

吴志远告诉我：掂出洪根土斤两的有两桩事。一是三年困难时期，当时还年轻的憨佬，就疯了似的组织上戚家青壮年，砍山卖硬柴换粮米；换下的粮米斤两不取，全分给确有困难的断粮户；后来山下也断粮了，他又组织人上山掘毛竹根头、红刺根磨粉充饥。待春上发救济粮，别家分十斤，他家得五斤，硬把秋秋、孩子饿成个瘦猴儿。他说那年村里饿死三十多人，就他当队长的上戚家没死一人。还有一桩事在他"四清"时取代黑无常当村治保主任。先前村里抓住小偷，二话不说先绑起来吊屋柱上打一顿出气。村子本来就穷，还偷，不揍死算是幸运。他不这样，抓住小偷领家里让你吃顿饭，说说做人的道理，然后退还财物放下山去。开始笑面弥勒不理解，认为是小孩儿摆家家，在镇里汇报工作当笑话讲，后来"文革"中山下小偷多得造反，山上却少有失窃的事儿发生……

他说这些，一般人都做不到，笑面弥勒也难做到。心底无私，才是世间上最可怕的人！这些年来，他当队长（村民组长）的上戚家，各项工作真干得不错，培植果树、养猪畜肥，都跑在全村前头去了；连秋秋这当赤脚医生的瘸腿女人，都被镇卫生院评为先进……

同时他谈了他的顾虑。一是憨佬胆大，脾气倔，不懂共产党的规矩就不好管理。为此他打个比方：牛够勤劳的，兢兢业业地为人服务，惹毛它逃畈谁都控制不了。我开玩笑说：那就别惹毛他呀！他脸露难色地摇头道：吃我们这口饭，谁愿意惹毛基层干部呀？上级考核指标一大堆，惹毛谁都吃罪不起，遇到上面政策与基层利益相违背，你就得吃夹心烧饼了呀。你想憨佬都敢背着插队女知青尸身，向唐县长讨说法哩！他还有个忧虑就是村里情况复杂，他是进舍女婿，根本管不住今天这班闹事的人。就像今天，没笑面弥勒兄弟出面就很麻烦……我还想说些啥？他往嘴里丢一颗花生米摆手阻止：明眼人都明白，他是在警告你：村里少了他笑面弥勒不行……如果你真要动班子，也须持有尚方宝剑。至于兄弟我，你尽可放心，早吃惯带毛猪……肠胃好，屙一泡烂屎就弄干净了。说到这儿，他又凑近我耳朵道：本事不错嘛，前几日高书记打电话了解情况，还特地提到你。我笑问：你没黑我吧？他说黑是黑了，等着吃你的带毛猪哩……

2

下午我回村时，见油嘴佬坐在门口为老太婆匀毛线。老太婆显出少有的兴奋劲来，一边匀毛线，一边还唱着走书：

奴奴推窗朝下看，
门外站着两个汉；
一个胖来一个瘦，
身后花轿没遮盖。
……

看得出两人在聊天，还聊得很高兴。我在村里住了很久，都没听过老太婆唱走书。见到我，油嘴佬放下毛线站起来，一把拉住我袖口说：哥，你回来

了？说着交给我一个纸包。我没立即打开，问这是啥呀？他手抓着头皮扭捏着说，他是去了县城……东西是杨小勇让带回来的。说他见了姐夫没办成事儿，倒被姐臭骂一通，说他外出养蜂三年见了世面，咋还这么幼稚？我说：你还真是幼稚哩，知后果吗？他没理会，继续嗫嚅说：都是老爹从中作梗，识破他计划去村委会打电话，说姐夫敢违法乱纪，权当没生养过姐不认他婿了。否则这小菜一碟的事儿他早就成了……我把昨日村里发生之事说给他听，说这事还是没办成好，否则后果不堪设想……他问为何？我说你那菩萨丈人没你想得那么简单；菲菲都找过我了……他愣一愣，问她凑啥闹猛？我说告你这无良心人的状哩！他的脸红一红，示意我把包包拆开来，说笨羊哥也想不出啥好办法，把他与姐嘴里省下的几元钱，让我捎回发五保金，说他这老插对不起父老乡亲们……

　　我鼻子有些发酸，慢慢地打开这纸包，有一百五十元钱哩！油嘴佬说零头是老爹和我凑的……老爹说不能连累工作组跟着我父子挨骂……说着他像做错事的孩子，红着脸低下了头。我把钱递给智佬道：明日你把经合社的钱凑凑，赶快发掉……他说可能还不够……我说别急，我的工资卡里还有，今天镇里出纳没在，明天我去取出来。大妈迟疑一会，也从口袋里摸出十元钱塞过来，说我有六十二元存款，可借给村里救急。

　　不用了……智佬摇头阻止，余下我垫了……我偷眼打量老太婆，见她的脸色特难看。油嘴佬临走时泪汪汪的，却鼓励我说：哥，不好意思了，这钱以后我会还给你的……我说一家人别说两家话，要你还钱，我就不会掏钱了；只要以后别给你爹与工作组添乱就是了。他说不对，鸿年老师与老爹和他正在做"一鸟两翼"的方案，只要村班子竞选成功，这些钱以后是赚得回来的。我问：啥"一鸟两翼"？他高兴起来，转动着那双与洪根土截然不同、灵活的大眼珠道：现在我还不能告诉你，但你一定要相信我，我会协助老爹让村里变个面貌……说着，他又嗫起嘴唇吹起口哨来，那高亢悲壮的《国际歌》旋律，顿时激起人心头的激情……

　　望着他离去的背影，我觉得他长大了，开始思考人生。

　　时光又如歌如泣地缓慢地流逝着，那些生长在山疙瘩里的秧苗渐渐抽出穗子，慢慢地弯腰低头变得瓷实。不知现代人有无这样的感受？人在实施一桩重要决策时，时间就过得特别缓慢。半月后一个淫雨绵绵的日子，我在县人民医院住院部门口，碰到了手捧鲜花的高晓敏。我是在接到唐如康病重电话后，直接赶回县城的。这时离她到我家吃饺子，已然过去两个月了，我俩除了保持电话联系，一直没有见过面。这有两个原因：工作忙是主要的，麻雀虽小，五脏齐全。别看十五岙这般一个穷村，真解剖麻雀，也得煞费心机。另一个原因，是我对高晓敏缺乏像邵素芳这般的感觉。她太年轻，心地单纯，没经历过那场触及灵魂的"大革命"，说话激情荡漾，却缺乏一定的深度。知青作家梁晓声说过：人若经历过那些事，心就会变得衰老与苍凉，像熬过冬霜的老菜帮子一般，沸水都泡不软了。何况志潮秀才警告过我，被我在批斗会后推下楼梯的江姗，是高书记的夫人她的亲妈呀！如果没特殊原因，此刻她已在沿海县纪委报到上班了……

没想到我这种回避的恋爱态度，倒成为高晓敏渴望逮获我的理由。这当然是她在婚后告诉我的，说：在我的世界里，没一个男人有你这般沉住气的。在这沿海县我好坏也算个红色公主，而且容貌也不算丑陋，可你居然两个多月、六十五天没约会过我……我问：那你为何又嫁了我呢？她说这就是我的臭毛病，你越高傲，我就越想征服你！

当时我还真有点回避的意思，高晓敏也隐隐地感觉到了；因为我俩在电话里谈的也都是工作。见到我，她微微有些惊诧，皱了皱眉头，随即便愉快地向我打招呼：来了？来了……我机械地应付道：你也来了？她点点头坦诚地向我伸出手来，说没想到会在这儿碰到你？与上次文静素雅的女大学生不同，今天她穿着一条碎花格蓝底连衣裙，红绿相间，仿佛有许多鲜艳的花朵撒在裙摆上了。她身材颀长，上下匀称婀娜多姿，是那种舞蹈演员般的体形，衬托出那张靓丽、阳光灿烂的脸，青春蓬勃非常迷人。我觉得身上穿着那件灰白色的老头汗衫都有些落伍了。讪讪又问：实习期满落实工作了？嗯……去了团县委……不错，劳惠珍的部下，强将手下无弱兵！她爽朗地大笑起来：你还知劳惠珍呀？女中豪杰嘛，谁不知道中国有个邢燕子，沿海有个劳惠珍，我们插队知青的楷模呀！

高晓敏把鲜花大大方方地塞到我怀里，挽起我的手说：进去吧！你爸住501病房……

唐如康患的是肺癌，其实在我参加县工作会议时已不行了；但他没告诉我，杨氏也没告诉我，一则怕影响我工作，二是那时尚没确诊，两老心存侥幸。

人都这样，没确诊前不相信自己就如此滑进死亡的泥坑。唐如康半月前在上海确诊，即刻在华山医院动了手术。手术后原本应在那儿静养，可只待了半个月，他就吵死吵活地转回到沿海人民医院治疗……他这一茬人优点是顽强，缺陷是反理智。一是丢不下正在进行的工作，在病中继续履行县长职责。美其名曰：要把失去的时间给补回来。二是上海医院医疗设施虽好，医务人员却没有县级医院对他的尊敬与热情。唐如康在工作中没有架子，是人民勤务员，却极讲究级别、待遇，在鲜花与掌声中（除"文革"初期畏头畏脑地萎靡过几年）养尊处优习惯了的人；上海没人把他这小小的县级干部当作一碟菜……这期间，县委保密工作做得特别严密，连我都没得到他的病危通知。原本杨氏陪他去了上海，家里电话没人接，我理应有所觉察；可惜我这人一忙工作，就不会想到与家里通电话。况且村里只有两部电话，一部设在下戚家村委会，连线还通笑面弥勒家，另一部在岙口邮电分所，得自己付费。因此没特别重要的事，打电话到家里干啥呀？这次还是县委办副主任兼工作组长赵刚义通知，长腿双乐大清早跑来岙口传达，我连夜把洪根土交来的"一鸟两翼"规划修改好，准备向县委高书记当面汇报。经历过化肥事件，村里两大阵营对立引起县委高度重视，据说高书记想亲自过问这件具有典型意义的事哩！说宗族主义是社会主义新农村发展的隐患……

赵刚义含泪哽咽着把唐如康的病况告诉我：先去见见你爹吧！医生说手术不很成功……多好的一个老同志呀！至此我才感到五雷轰顶，急匆匆地赶到医院来了，心里有一个声音疾呼：他不该在这关键时刻倒下……

我与高晓敏走进房间，一眼看到当年被自己伤害的江姗同志，与杨氏并排坐在唐如康对铺床上。她自然没认出我来，站起来招呼道：小单同志，来了？母女俩说话的声调与语气都有些黏乎乎嗲滴滴的，完全不像多年坐办公室的老机关，公事公办的冷漠腔调。我礼节性地点头：来了！我说过经历过那场运动，人的心态都变得苍老，特点就是冷漠，对一切能够引发兴趣与快乐情感的冷漠……我不明白自己为何会这样。但世上像我这般年龄的人，许多都变成这模样。

躺在病床上的唐如康脸色蜡黄，神情疲倦，指着床边那条空板凳，有气无力地问：你怎么回来了？我离开他才两个月，他好像换了一个人。高晓敏像猫儿般地黏到江姗身上去了，初次见面时高书记向我介绍，说她在外面胡闹，待家里还是蛮乖的。我把鲜花放在床头柜上机械地坐下来。没待我开口，江姗就试图与我搭讪：在基层蛮辛苦的，老高与你爹也真是……派你到那种交通不便的地方，来回都不方便……我赶紧喊声阿姨，说不辛苦，我在基层已习惯了。高晓敏向我介绍：妈调回县里任纪委副书记当包青天……这话带有炫耀成分，小妮子懂得适时抬高身价；并没因我冷漠感到失落，仍一如既往地显示出她的热情……

母女俩安慰唐如康一番，很快就回去了，把时间留给我与陪床的杨氏。

杨氏从食堂买来晚餐，全家围在病榻前对付吃过。唐如康就让杨氏回家，说：你很久没睡踏实了，回家好好补个觉，今晚我想单独与思明说些话儿。

杨氏走后，唐如康与我沉默了一会儿。我想汇报村里的工作，被他摆手阻止说：你就不问问我的病情吗？我说赵主任都与我说了……是肺癌……对吗？他问。嗯，我点头：我会留下陪您……你不是医生，留下有用吗？他双目炯炯地盯着我脸，不要再做无谓的投入了。他声音充满疑惑与惶恐。可是……我想说我是您儿子呀！却没好意思张口，因为我知道我是他的继子，他虽把我当亲儿子养，可与我并没有血缘关系……没啥可是的……他明白我想说些啥，果断地挥手打断我的话：儿子啊，手术不成功是坏事也是好事，干了那么多年，我也累了……想歇下了；三十多年前我曾答应过你爹，要把你培养成革命接班人……

我说我知道……他伸手过来问：儿子，能让我摸摸你脑袋吗？我顺从地把头依偎在他怀里让他摸着，泪水不由自主地涌将出来……

我记起来了，小时候他要摸我的头，我总是倔强地抗拒，我也说不清楚为何这样，只是感觉到那双握枪的大手，有一种缺乏血缘亲情的陌生感；现在我把头扎在他怀里，享受着那种对我来说从未有过的父爱。通过头皮的感应，他人性的温暖传到我的心里……我想：太迟了，如果我从小就能享受这感觉该有多好！

他很快恢复了理智，说：好了，现在你谈工作吧。我说了村里的情况，说选好村级班子带头人，比啥都重要……他赞成这观点，说：我相信你的眼光。儿子呀，现在我们的党员，已不如战争年代那样对事业负责任，经过这场运动，把人的思想都搞乱了。在基层谁不七大姑、八大姨地凭利益掩饰着？他戚双连都当了二十四年的村书记，伍副省长喝过她娘葫芦奶的奶水……事儿是不是有些复杂？我说是复杂呀，以前那种纯洁已不复存在……

他长叹一口气道：爹已经帮不上你了，你得与赵刚义主任沟通，促使高书记与吴志远镇长联系早下决心……还有，你与高晓敏的关系趁爹还有口气，能确定最好确定下来。老高与江姗都是很不错的同志……对你以后的发展有帮助……还有，你的同学戚志潮托人捎信给我，希望你能留一条路与他走……我问：是谁为他说情的？他摇头说这你就别问了，年轻人都有摔跤的时候，摔倒能爬起来就不错嘛；而且在你上大学的事儿上，他还蛮讲义气地帮过忙……

3

天蒙蒙亮时高晓敏打电话给我：单思明同志，发扬一下助人为乐的精神好不好？我妈想单独见你哩……这时窗外还下着雨，屋檐水滴答滴答的，一夜没有停过。我看看还在睡梦中的唐如康，想起昨晚上他对我的交底：政治就是一种联盟，你得化解各种对你的不利因素，转化为有利因素。我问：包括婚姻吗？他说当然包括婚姻……从封建社会到现在，只要涉及政治利益，没有一桩婚姻是单一与纯洁的。高晓敏是个不错的孩子，我离开后，她爹可以帮助你实现人生的价值。我说经历过这场运动，我的心已然变得苍老……唐如康纠正说：这不叫苍老，应该是成熟。像她这般出身的女娃娃，喜欢成熟的男人。我说我有顾虑，十五年前江姗在批斗会上不配合，我在押下台时推过她一把，没想到滚下楼梯造成骨折……我说我是作孽……没想到这会儿碰上她。唐如康想了好久，说这事是事儿也不算事儿，得看她的境界……你应该主动说清楚赔礼道歉。人在年轻时犯错误可以原谅，那时你还是个娃娃嘛！

我手捏话筒没敢吱声，高晓敏急躁起来：说话呀，到底见还是不见？我说见呀，我正有事找她说清楚道歉哩。她说那好吧，我与她约，你最好别去办公室，老人家马列着哩，动不动就给人上党课……哎——是不是安排到我家吃晚饭？我爸特喜欢你这样的气质……哎，你娘包的猪肉萝卜大葱馅饺子，特好吃；我妈没她的本事，不过，她包苏州大馄饨的手艺据说不错……怎样？想不想尝尝……小妮子在电话里一反常态地失去了矜持，她说话节奏很快，连标点符号都不用。我说我只想单独见阿姨，就不吃苏州大馄饨了。她把电话搁掉了，心里肯定有失落感；但我顾不得了，这事总有一天会揭穿，早揭穿比迟揭穿要好一些，至少不必多投入感情。我不明白当初自己为何如此激进，在革命大串联中与秀才扛着一面红旗，私刻造反大队公章，扒火车宿接待站走遍祖国的山山水水。那时各地都设有接待站，我们每到一个地方，就借粮票吃饭参与当地运动，舍得一身剐，敢把皇帝拉下马。直至大串联结束，才由接待站出条条回乡造反。那时候我们都天真地认为：这世界就是我们的了，大大小小的当权派都是牛鬼蛇神，必须实行无产阶级专政；否则这国家就会改变颜色。直至后来到村里插队落户，我才明白世界原来不是那一回事，我们的革命行动，只是一种异想天开对国家繁荣富强毫无联系、破坏生产力发展的原始暴力，显得多么地幼稚和可笑。

我怀着这种忐忑不安的心情，走进县纪委办公室来见未来的岳母江姗。我必须在确定与高晓敏恋爱前见她，这是我做人的道德底线。我不能向她隐瞒什么，这样就对高晓敏不公平。虽然我对高晓敏并无对素芳那份热情与感觉，但我却希望我与她的恋爱能成，因为这有助于我以后的发展。唐如康说得没错：从封建社会到现在，只要涉及政治，没有一桩婚姻是单一与纯洁的。唐如康已经帮不了我，他的人生就此画上句号，可是我还得路漫漫其修远兮地走下去……

江姗坐在方正的办公桌后，抬起那张略显憔悴却依然美丽的脸。她调省农委工作十年，因为高晓敏要留在沿海与我恋爱而请缨返任。在她眼里女儿是个特不听话爱折腾的孩子，高中毕业不留城，支农去了农村，待高考恢复重考回城里来；原以为她与她能留在省城，没想到毕业后她又执意跟父亲下基层。说万丈高楼平地起，老爸走过的路，就是她要继续的路……她示意我坐下，一反在唐如康病房里那种柔弱具有亲和力的神态，绷紧脸说：你不应该叫阿姨，这是办公室该叫同志或者职务。我说是的，江副书记……在办公桌对面的沙发上平静地坐下，把推她下楼梯致伤的事儿简要地说了一遍。我说我是从这段历史中走过来的人，不是圣人，我有我的罪孽留在人间……

江姗没唐如康想得那般大度，当即把脸沉下来，不加掩饰地埋怨说：我知老高看人的眼光特次……像你这般的人是不配当高家女婿的……我知此事至此已然没戏，连说对不起，江副书记……我想我大概应该告辞了。坐下……她粗暴地命令说：就为这事儿，你就想结束与我女儿的关系？啥结束？我与高晓敏之间，根本还没有开始哩。我说：我恐怕要让您老人家失望了……

她问：晓敏知道这事吗？我说应该不知道。她又问：你想过告诉她吗？我说想过，却没想过告诉她。她点了点头：那么请你告诉她，我不同意你俩恋爱……

我在唐如康身边只待了一周就回村了；原本我想多住几天，唐如康却逼着我回去。还是一句老话，他说我不是医生，待在他身边没有任何意义。何况他知我挂念村里的事，他说和平年代的斗争，虽然没战争年代残酷，可这一招一式，情况要比战争年代复杂多了。这驻村工作组犹如他当年打仗，靠密切联系群众才能心知肚明地打胜仗。解放后我们占了城里在办公室待的时间长了，就如聋子瞎子似的耽搁工作。你的战场在村里，不要为我失去战场的主动权……正巧这时唐英得知讯息从部队回来，她是护士，留他身边比我更为合适，在征得杨氏同意后，我就适时地撤退了……

临走我向赵刚义道别。他是唐如康拉扯起来的干部，我顺便把村里的情况，再次向他作汇报。自见过江姗后，我对自己特别不自信，他兼着工作组长，我只是主持工作的副组长，村级班子更换得由他拿主意。碰巧这天他有接待任务，说晚上我陪吴县长吃饭，还是在县府小食堂见面吧。我问饭前还是饭后？他说抱歉，只能在饭后，你在下面挺清苦，与我一起吃个便饭……费用由接待科报销……

这油揩得不错，虽是吴副县长吃剩的菜，但那盆清蒸河鳗基本没动，吴副县长高血脂、高血压，他接待的华侨老人也不吃太油腻的东西；还有苔菜小方烤（红烧肉）和韭菜鸡蛋烙饼，都是我爱吃的东西。我与赵刚义也是省委党校的同学，年纪却差一大截；他在"四清"前就是半脱产的乡干部，而我那时初中毕业。他为人诚恳，性格随和，与下级说话不装腔作势，是个很好相处的人。一见面，他就问我会不会为唐如康的病情，动摇对村级班子的基本看法？我回答很干脆，说除非你把我撤职，否则不会放弃……

赵刚义点头说好样的，继而摇头说：没人让你放弃呀，高书记可明确表明态度支持你；而且他对很欣赏。支持我？我可是大大地吃了一惊，这怎么可能呢？我想起江姗对我的态度。他说：咋的，你还不知道吗？唐县长没告诉你……这事我向他电话汇报，他让我按照行文的顺序处理……说着，他从公文包内取出一沓上级党委转来的信函，说：你看看这些批示，就明白上级领导的态度了。

这无疑是笑面弥勒兄弟和秀才的杰作，自菲菲找我告密后，我就料到他们会有这一手，唐如康就说过省政府主管农业的伍副省长，是当地农村基层干部中的神明。他抗战时期在此山区打过游击，收编冯团长举义部队抗日，在陀头山下干过一仗，养伤时还喝过葫芦奶的奶；公社化那年驻村搞工作组，亲手扶植笑面弥勒当村书记……而高书记又是他嫡系部下，在运动中为保他这"皇"被关了三年牢。如果我抓住高晓敏这张牌，还可与笑面弥勒斗一斗，可如今由于江姗，我已失去了这张牌。唐如康曾多次提醒我注意人际关系，就是提醒我注意这来自方方面面的暗箭……我把举报我劣迹的信件展开，当着赵刚义的面阅读。举报信同一内容，上纲上线却内容泛泛，大致说我在"运动"中是造反派打过人，插队落户时生活作风不好，在工作组联合村里的落后势力，伙同富农女婿洪根土搞阶级报复，又替有右派背景的鸿年老师翻案；还说洪根土儿子戚长庚，系有前科的强奸犯，强奸谁呢？信中含糊其事没指名，想必就是假公主菲菲啰……要求上级党委予以调查处理等等，署名是知情者……

我知志潮秀才为自己在村里的利益，参与这封信的操作，人为财死，鸟为食亡呗；亏得我事先向江姗说明情况。他当然心里不平衡，我和他本是同根生的造反派战友，我有一个好爹，摇身一变成为执政者；而他却由于沉沦其内变成溺水者，世事如棋，人生难测哩。

所喜在这举报信的右上角，各级领导在均有批示：

伍副省长批示最简单：转高裕豪同志阅处。

高书记附后的批示稍为充实：经与江姗同志核实，属无意伤害，不属打、砸、抢行为，建议不予追究。据了解：十五呑村工作组执行情况尚属正常，没偏离县委改革开放、搞活农村经济的基本政策，建议此信转天街镇党委和涉事人单思明同志阅处，把握具体政策并以书面形式向县委作一次详细汇报……

除高书记外，其他领导也均有批示，多为转某某阅、某某处理没有实际内容。令我惊异的是除此举报信外，尚有一封写给伍副省长、反映笑面弥勒兄弟问题的私人信件，署名为老干妈与老战士。居然还有人帮我说一句公道话，我心情激动地一口气读完全文：

小伍子呀，自"四清"那年离开时，你喊了我一声老干妈，我记在心上哩。你说有事可到城里找你，我怕你工作太忙，没敢找过你……

最近我儿戚双连想来找您，反映工作组要换下他村书记的事。我给您写这封信，是想说他现在变了，贪图享受，不像以前那样热心为群众办事。工作组要换他是对旳，我儿已当了廿四年书记，村庄还是你养伤时的老模样，群众仍吃不饱饭，这些不是您抗日打游击的初衷。只凭这一条，他就不该再当书记……

小伍子呀，老干妈也老了，有个朴素简单的愿望哩，您当共产党的大官，要像当初您说的那样为穷人做主，凭良心办事，让群众真正富裕起来。现在改革开放不再整人搞运动了，大家都齐心协力奔好日子。不要让群众开始热起来的心，又重新冷却下去……

还有一段话，是老战士对伍副省长与战争年代友情的怀念。我猜想应该是军嫂应彩娟公公、二愣子戚大猛那个老革命老爹的。伍副省长在此信右上角，又用遒劲有力的粗钢笔批下一行字：所述属实，与前信同转沿海县委，老人家的话震撼人心，弄清情况速速呈报我。

我猜到了这位老干妈是谁，不由泪水在眼窝窝内盘旋……这深山还真出怪鸟，当娘的为做人的良心，竟然举报她的亲生儿子。可她不识字，不会直接写信。老革命也不识字，由此我想到菲菲与戚大猛，但从行文口气看，应该是戚菲菲；这个被油嘴佬所谓爱情折磨得有些神经质的女娃娃，居然大义凛然，也站到生身老爹的对立面……

现在你明白下一步棋，该如何下了吗？赵刚义注视着我读信后的神色问。我感到他那声音，像从远处飘过来的云朵，唤醒我内心沉湎世俗的意识。单思明同志，下了决心就不能三心二意……他平静地提醒说：回去重新写个报告吧，把撤换戚双连同志的理由说充分一些，不要面面俱到要单刀直入，高书记催着要哩！

现在我放心了，我看到领导与群众支持改革的力度，顿时有一股暖流在我心头涌动。我明白就是一种冲垮传统的力量，犹如大潮初起拍击江岸之浪涛，声声喧嚣，万马奔腾势不可当。我眼前浮现出高晓敏的倩影，把躲藏在心内的素芳给拽了出去。我明白自己不是圣人，只是生活在现实中的凡人，需要有高晓敏这般的女孩，与我搀扶着共同前进，和衷共济……

怎样……见见高公主吧？你都一周没与她联系了……

晚饭后我向高晓敏打电话，接通后手有些颤抖，不知如何表达我的感受。她也一直没吱声，好一会儿才说：我猜到了，思明，是你……

我说：我爱你……她平静地回答：我知道，从见到你第一眼，我就知道你会爱我的……我结结巴巴地问：你妈……不反对吧？她都向你说了些什么？我……我可是……她说：你啥也不用说了，那天她在你爸病房里，一眼就认出了你……她是眼睛里容不得沙子的人，如果不是你亲口承认，也许今天我不会再接你的电话……对不起，我说：实在对不起……我只想对她说，我错了……她咯咯地笑起来，说：我妈最想听的就是你说对不起……

我相信高晓敏当时是爱我的，而且是一见钟情地爱得很深。唐如康的分析没错，像她这般出身的小姑娘，往往都有恋父情结，喜欢与成熟的男人打交道。恋爱这东西，如果没感觉，强扭的瓜不甜，有感觉，就会心有灵犀一线牵，啥艰难险阻都将化为乌有。我承认那时她拥有激情，想我与她一起发光燃烧；但激情这东西，会随着时间的消逝而流失。许多年后，当我与高晓敏貌合神离，各行其是，岳母江姗就会问我一句话：人犯了错误不要紧，谁都是会犯错误的。关键是你还有没有当年走进纪委办公室那般坦诚的勇气？可惜是后来的我，早已在名利权益的烘托与包围中，不复存在这种坦诚。当然，高晓敏也不是当年的高晓敏，名利权益的欲火，燃烧与腐蚀尽我们的青春。我俩已不再拥有完整的人生。

4

天气很快炎热了起来，至农历七月，山下村庄夏收夏种掀起了高潮。这日子，约定俗定地被称作"双抢"，夏稻要收，晚谷要种，节气不等人，抢的就是时间与粮食。田野上呈现出一片金黄，在烈日照耀下仿佛无数黄金盔甲镶嵌在地面上；微风吹起，稻浪一波一波地金光闪烁，形成一道道独特的风景线，把一座座碧绿的山峰、一条条淙淙的溪流给比了下去……

这一年因土地承包到户，农民焕发了积极性，庄稼长势比往年要好。不过这是在山下，山上却没那么好光景，那几块隐藏在石坎缝隙、荆棘林丛中的疙瘩田，稻穗都还绿着哩，季节比山下慢了半个月，那是因为山地寒的缘故。

二十世纪八十年代沿海的乡村，经济结构还以农业为主，"双抢"便弥漫着一种浓浓的乡俗，那时机械化程度也低，没有收割机，也没打稻机，全凭头戴草帽、赤裸光膊、腰围肚兜的汉子们，与用蜡染布包着俏脸，身穿花衬衣，裤管高绾的姑娘嫂子，成群结队地推着稻桶谷箩担手持镰刀劳作在田畈上；凡是家有劳动力的，几乎全家出动。偌大如棋盘一般肌理清晰的水田里，人潮如涌人声鼎沸，如倒翻了成筐的青蛙田鸡一般。清晨割倒金黄一片，傍晚就栽下满畈绿莹；炙热的空气里满盈着浓浓的诗情与画意……

这番景象，这种意境，开始是由翘着羊角辫子、穿着花布衬衫，露出白嫩嫩、如莲藕般脚丫盘桓在田塍路上守熟的农家女子，用脆生生的嗓子，吟唱流行小曲雀咚咚或者马灯调给牵引出来的，一方田地一曲歌嘛……

> 六月里格猛火日头，
> 土地菩萨送夏收，
> 煨熟满畈黄金谷，
> 四季衣衫勿用愁……
> 阿哥收谷在田头，
> 阿妹送茶田头走，
> 赤日晴空说情话，
> 两人手儿牵着手……

这情形山上没有，山上的田太少。山下满畈皆是，山上的青壮劳力与姑娘嫂子们，都被吸引到山下来了，也有城里放暑假的学生娃与市井闲散人员，凑到乡下轧闹猛赚外快。这些，都被稻农称为打稻客和插秧姑。

十五岙村自配给化肥事件后，又开过一个党员会。这次会议笑面弥勒与黑无常没有参加，白无常与三脚猫志海父子作为代表参加了。下戚家人多势众，党员也就多，占了全村的大半。会议仍由智佬常锁主持，由憨叔发动组织夏收夏种。这不，旧班子算是瘫痪了，新班子就得顶上。

死猪不怕开水烫，笑面弥勒又是高血压与痛风发作，在家里笃定泰山地等着看好戏。这戏呗，在他眼里是外行看热闹，内行看名堂。世上最大的学问就是以退求进，像当年蒋委员长下野躲雪窦山上，看你代总统李宗仁咋收拾残局。别看乡哥啥啥地都不懂，就知乌狼鲞（海豚干）烤肉，比咸白菜清蒸好吃。新班子上台得由经济支撑，就算你憨佬是《封神榜》里的黄飞虎，过得了配给化肥这一关，还能过大肚汉婆媳妇粮食分配的虎牢关吗？要知道仅凭山里二百亩水田，所产稻谷不足村人三个月的粮。往年……哼，哪一年不是我菩萨书记外出化缘、坐家做裁缝，东求西讨地缝缝连连，黄连树下弹琴，苦中作乐。弄不来配给化肥的钱，就拆东墙补西墙地组织自家捞摸，先维持全村五十多户五保老人吃喝拉撒、生病思痛的费用，然后卖毛竹毛笋、蘑菇松茸，组织漆匠篾匠下山。否则这山里的汉子婆娘，仅凭这几亩薄田，就是不吃不喝不娶媳妇不生娃，来春油菜花开时光棍老倌也会双脚跳。嘿嘿，你憨佬有这本事吗？没有，你死了杀猪屠，就得吃带毛猪。村里除了我，也就智佬能行，但经历过配给化肥指标事件，我戚家兄弟不就显示实力了吗？这种事，你智佬也不行，没我就没人弹压得住。如今我这杀猪屠还真不干了，过了清明还有中秋，待全村番薯、芋艿都没的吃了，看你工作组这头带毛猪还咋吃？啥啥啥，你要思谋办厂呢？有钱吗？深山冷岙庵里尼姑思春，没汉子唱《庵堂认母》，寒冬腊月地做春天大乱梦去吧？

这般的话，笑面弥勒只在心里想，并不会拿来当面说道。自那些举报信落到我手里后，我就上门多次与他谈话（算得上逼宫了），可他就是不识相。他见惯了如走马灯一般的工作组，遥着风起云生，实力才是定海的针。他在观察着，等待着翻盘的时机。秀才自那次见面后再没找过我；我上门去笑面弥勒家时也没见他，听说是去了岗墩姨家，因为那儿也在思谋着办厂。那年头港城属下各县区，都在野火春风斗古城地农、工、副三个轮子一起转，办厂成为时髦的话题；有基础上，没基础创造条件也要上；像秀才这般经历过风雨的人应不会寂寞……

洪根土要做的事，就是短期内汇聚资金，很快使自己强大起来。他在党员会上布置了三件事。一是组织全村壮劳力集中砍柴。干啥呢？由村里烧炭换钱做集体资本。二是组织妇女劳动力编竹筐、圈笼，由杨小勇联系县土特产公司收购。干啥呢？还是换钱集体做资本。第三项由他与智佬、军嫂尽义务下山联系各村"双抢"打稻客与插秧姑，把村里能出动的劳力全赶下山去"突击"，换成粮票与现金，所得村里不收管理费（与笑面弥勒反其道而行之），全部分到各家各户。干啥呢？也做资本。鸿年老师说这叫个体成本，村民肚里没食咋图发展？为此洪根土动员说：你愿意就跟我做，不愿意在家歇着。我可把话说前头，要我指挥生产，土地按上级要求分你名下，千年的老藤抽新芽，根存枝在抽哪儿算哪儿。抽不出来你自认倒霉，抽出来算你运气发财。

天街镇辖有十六个村，除十五岙在山上外，还有三个村处半山区。山下十二村也呈北斗形状排列，北斗星才七颗，自然村村坊大大小小有三十几个，全循七星这势，偎依在天街镇这月亮旁；四周围都是大片良田的云海哪，溪水四面八方从山上流下来，把这些土地给滋润了，也肥沃了，作物就疯长起来。风水师说：山上穷，是因为在岙口开口，把风水带山下来了……

面对这年山下的丰收，村民们跟着骚动起来，收拾割稻的钩刀、谷箩、稻桶，摩拳擦掌，成群结队地往山下涌。往日田是集体的，打稻客由村委会组织，记工兑换粮食年终才结算。如今变成了责任田，揽工给现金，一天七毛八毛地落入个人腰包。还管两餐饭哩，午餐有咸肉吃，蒸的，中间卧着俩荷包蛋，八人围一桌，一人一片油嘴，只是荷包蛋要留给组织劳力的工头吃；佐餐菜蔬，雷打不动有两道，即浇麻油的梅干菜和苋菜梗，其余尽主家所有，山芹、小青菜、葫芦、茭白轮流吃，只是不用萝卜；此物刮肠油，吃了容易肚饥。主食米饭管饱。也有客气的主家，工钱一元，咸肉却有两餐，另加点心，是不用捣臼舂的懒惰年糕，用绿豆芽或黄豆芽炒一大盆，送田头合着茶水当点心。这般的好光景，在山上是见不着的。成畈的稻子割下，由壮劳力站在稻桶旁一束束地摔打，主家要求活要干得漂亮。颗粒归仓得没有浪费，然后拖稻草叠柴篷当一年的柴火。

早稻割净便要插秧，田野上又换成插秧姑，成了女人与孩子（学校放暑假）的天下；姹紫嫣红花里胡哨的一大片，嘻嘻哈哈叽叽喳喳，满田畈都是人声，仿佛捅开了无数个喜鹊窝。插秧姑下畈，主家不备饭食也没点心，由女人和孩子们自带（歧视女性呀），不是发糕（米粉合成加红糖干蒸）就是饭团，也有带馒头的，当地人称作西洋面包；歇晏时在田头树荫下围在一处吃，如有人带咸菜，或榨菜脑头（榨菜块卖市场），哈哈，对不起，归公（难得的公有制），你一筷我一筷地分而食之。

秋秋带着油嘴佬与放暑假的衰佬长生，混杂在下山的人流中。洪根土没下山，他在山上组织烧炭（这是一桩大买卖），并对此充满信心，说入冬天气肯定寒，城里各家各户的灶头都要用，不赚个三千五千才出鬼哩？他指望拿这项收入和编竹筐、圈笼的钱投资办厂哩。

戚菲菲早几日就下了山，因为小学校提前放了假。回村后我与她专程去探望了葫芦奶，倒没说啥感激的话，只让镇民政委员落实了她的五保户补助金。她是居民农民两不靠的"戤社户"（这名堂只有我们江南农村有），这些年她一直自食其力地与哑巴女过日子。喜得她连声说政府好。老人家名下也有一亩两分的责任田，家里没劳力，她捎信让菲菲下山帮她料理。

5

据说油嘴佬下山做打稻客头天上午，就在田畈上碰到戚菲菲。其实这是大妈与她的合谋。大妈问她是否真喜欢他？她说喜欢也不喜欢。这意思大妈就明白了，说：我知道男人都是吭良心人，你喜欢就得抓住他，不能让他白得便宜就逃掉。菲菲说他不是挑着藏篮担来过我家了吗？大妈说这不可靠，天下口是心非的男人多了去，何况你两家又是这情况。说着，就身传言教地教了她一招。

这天假公主是到田头送茶水的，头上戴着马胡须草阳帽，身穿一身绛红色的运动衫裤，裤管儿卷起老高，一双白嫩的脚踝像剥开的嫩笋尖，挑着茶水桶一踮一踮地走在田塍路上。开始油嘴佬没发现她，他虽然从小就油腔滑调，干活却蛮认真的，干每一件事就想认真地干好。听有人喊：茶水来啰——

他抬起头来看到了菲菲，这使他多少有些意外。四目相对，两人的心脏都蹦跶个不停。自那次在小学校贮藏室里偷腥试荤，又好久没见她了。你来了？她故作惊讶地问。他说：你不是也来了吗？她搓了搓手，从口袋里掏出俩茶叶蛋塞他裤腰内。说主家没备点心，怕你饿，煮了俩茶叶蛋。他没客气，在裤腰上擦擦手，把茶叶蛋剥开吃了，说我没吃早饭正饿着哩……

自配给化肥那事后，我已与他说过葫芦奶那封信。他知她与笑面弥勒不是一路人，对她的印象有所改变。吃过茶叶蛋后他反身回田里继续割稻。他是聪明人，自然明白她的用意，心想：小娘瘪还真心想与我好哩。

假公主走后，油嘴佬显得心神不宁，他问自己是不是真心喜欢她？这问题他在跟老宝贝养蜂三年中已问过无数次，却没有一个完整的答案。他想起读小学时他就开始惹她，把菜花蛇放进她书包里，渴望听到她在课堂上尖叫；她是尖叫了，可没向鸿年老师告状，提书包至课堂外把蛇悄悄给放了。她知道是他恶作剧，放学路上和声细气地对他说：戚长庚同学，请你下次不要这样。初中时他闹得更凶，偷换或吃净她的饭盒，用颜料弄脏她的衣服；她也没向老师告状，仍然和声细气地与他说：长庚同学，请你下次不要这样。他注意到同样一句话，小学至初中少了一个戚字；上高中全村只剩下他俩，课程安排得紧，他没时间再恶作剧了，她当然也不再说长庚同学（他渴望她说庚同学或者是去掉同学两字）……可是这软糯的方言（在她嘴里说出来特好听）就像长在他的心上割舍不了……

午饭送至田头吃，在柳荫下摊满排开，大家都狼吞虎咽，他却吃得文雅。娘嘱咐他：碗里有八片咸肉，不管四个人、五个人，你只能吃一片，那荷包蛋你不能动，要留给约工的头儿吃；多吃一片肉，就会被人看轻没家教……神志恍惚中他匆匆扒饭，那片肉就让人给吃了，这使他心头很不爽。

许多年以后，这一幕仍会鲜明地出现在他记忆中。那日晚餐在主家吃，却没了肉碗，他仍然没吃到这片肉。心里想着秋秋的话，感到有家教比没家教吃亏少吃一片肉。这时他想起菲菲要他留一下，说葫芦奶想见他，小娘瘪拿我向她的阿奶显宝哩？便放碗站门口等。他知她也来帮工，镇边几个村早分了责任田；有田多好，就能种粮谷有咸肉吃。

他这般想着时，菲菲与葫芦奶却没出现，正整理衣衫欲回村，娘与衰佬还在镇口八字桥下等他哩。插秧姑不留主人家吃饭，母子俩要走十几里路回家烧饭吃。可当他出门还没拐弯时，菲菲就携着葫芦奶就追过来，手指着他说：阿奶，他要走哩！葫芦奶像打量牲口般注视着他点头说：娃，我观察你好久，你像足了你那憨爹；饲牛耕田，觅婿吃饭，我孙阿囡还真好眼力……她这般说时，油嘴佬的脑筋迅速转动，自挑着藏篮担去下戚家试探求婚，菲菲避而不见，笑面弥勒与婆婆唠对他似是而非与模棱两可的态度，以及这一个多月来接连发生的事，使他认准笑面弥勒使阴招玩"缓兵计"；因为他老爹有过口头协议，为他摘掉强奸犯帽子前提是他娶菲菲后，须安排秀才进村委会班子。笑面弥勒说：你要抬头我也要抬头，没把秀才落实好就别想娶走我宝贝阿囡……作为工作组长的我，也曾隐隐约约地向他提过这事，而这是他最不能接受的现实。

他上前向葫芦妈深深地鞠一躬，说：我代老爹谢谢您，您老人家……没待他说完，菲菲便大大方方地邀请道：阿奶想让你……到家里坐会儿……在她看来自己反正是他的人，与其让他态度暧昧地性侵搞野蛮袭击，不如由阿奶做主名正言顺地交往。她也知自己成为村里权力相争的交易，为了家族传宗接代的秀才哥，爹和娘是不会关心她的终身幸福，把她这没尾巴货当一回事。是呀、是呀，我老了……想与后生家拉拉家常……葫芦奶瘪嘴补充道。可惜油嘴佬没理解她的善意（在以后很长一段时间内两人都相互误解），他能聪明伶俐地看穿村里发生的许多事，却无法洞察菲菲这颗女儿心，不知她在想些什么？他打量她俩一会儿，突然转身一溜烟地跑了……

葫芦奶在他身后指点着大笑起来：傻娃娃……跑啥跑嘛？我又不是吃人的老虎……菲菲第一次看到他这屄样，也跟着开心地笑起来：阿奶，他怕生哩。但她心里却很悲苦，你没人时扯着扭着地要与我睡觉，怎正儿八经地见阿奶与你说事就逃了哩？难道就像山里那些光棍老倌一样，只想占便宜不与我结婚过日子？这般想着她就哭了起来，葫芦奶问她为何？咋好端端地哭了？她说没什么，她就是想哭，为她四个嫁去城里的姐哭，也为自己哭，为山里的女娃娃们哭……

葫芦奶当然不理解，在她的世界里，女人生来就是被男人弄的；男人好是你的命，男人不好也是你的命，没那许多笑啊哭的道理可说。她倒是挺喜欢这男娃娃，眉眼儿俊不说，还长着像他憨爹一般壮实的身坯哩。

第三拍　给点阳光就灿烂

黄鸿年：村里真要办厂了

1

我死后地球还照常转着，可我已然啥都没感觉了；我不明白自己咋来到这世界？同样不明白死后魂归何处？这是我被弄成右派后常想的事儿。我咋会想这些浑身不搭界的事儿？无厘头嘛。只是这样想着时，我心里就会好受些；其实难受也没用了，我已被驱逐出公立教师队伍，变成自己都不认识的反党反社会主义分子。就像我不明白自己从啥地方冒出来？咕嘟一下有了意识，接下来又咕嘟一下，我便老死了；那应该是我冒出来的地方嘛，幽暗混沌啥都弄不明白。既然弄不明白，我为何难受呢？难受没有任何实际意义。据说我爹活着时挺风光，瓦屋有，地也有，还娶过一房正室，两房姨太太，还留下我这个儿子，在山里是个大人物了。他走时可啥都没带走，也可说啥都带走了。这就是人生呀，轰轰烈烈、富贵荣华是一生，平平淡淡、潦倒贫穷也是一生，既然如此，我为何非得难受呢？

其实人生就是一个过程，就像水从你身边流过，你活着时思维存在，感觉到水从你身边流过；死后思维不存在了，就感觉不到水流过了。可是水还在流呀！水去了何处？大海嘛，那儿应该是一个存在智慧、幸福圆满的地方。

我读的是普师，这类学校后来没有了，因为人类的教育发展了。读师范毕业后择业就是教书，可我并不喜欢这职业，当时我还年轻，拥有幻想，喜欢城里清晨就冒烟的景象。你想啊，在太阳刚刚升起那雾霭尚无散尽时，一缕白烟或青烟袅袅升上天空，随着阳光渐渐扩散成五彩缤纷，多美啊！我十三岁初进城时，这城市只有三支半烟囱，也就是有一家烧煤的发电厂、一家纺织厂、一家洋烟厂，还有一家贮藏海鲜与食品的冰厂；冰厂不冒烟，所以只是半家。我在学校组织下参观过那些工厂，看到穿着工作服的那些叔叔阿姨、哥哥姐姐们在机器边有条不紊地忙碌，心里就羡慕死了，心里想着如果有一日我也成为他们中的一员，岂不是人生一大快事！

这个愿望在三十几年后，一个绰号憨佬的农民帮我实现了；可惜是我人届中年，发挥不了多少余热了。许多年以后，十五舀村联办厂——星星草化工集团公司，已发展为沿海最大的乡镇民营企业，产品覆盖全国而成为业界翘楚。乡镇民营企业是个什么概念呢？从经济结构与地域分析：乡镇是指它的经济成分中的原始资本，村级经济占主导地位，民营则是扩张资本多元化的运作形式，其性质是民营的。在中国当代经济学中，许多概念都是模糊不清，有待于后人完善并加以甄别。因为那是一个不管白猫黑猫，能捕老鼠都是好猫的时代；只有在这时，我方明白社会主义初级阶段的真实含义。

村里办厂，拿他们的话说是牛抬头时，我是村小学拿工分的民办教师，因为咽喉炎已不在教书育人的岗位上，干啥呢？为村里搞沼气池。我说过喜欢冒烟的工业嘛。在村里当时这是唯一能与工业沾边的行当。我这样的人，出身不好又稀里糊涂地被弄成右派，算是一个边缘化的贱人。就像这地方从事劁猪、接生、剃头的堕民一样受人歧视。我被弄成右派这事儿，站在现在的角度，无论从历史与现实的眼光看，都不应该呀！这事在以后我加入民主同盟，并被结合进市政协常委后所接触到的文史资料分析，和后来成为我妻子的魏淑婉反复研究，我才明白是当年那份《农村小学入学状况调查》惹的祸；因为批评搞教育跃进，说农村小学入学率比国民党统治时期还低。我说的是事实，却犯了当权者大忌。记得我是为争取村小学的经费，把这份报告交给我恩师、原普师校长后县中副校长魏正构（魏淑婉老爹）的，不知咋的他上报了给县教委。他是民盟主委，沿海县头号大右派，后来在"文革"中不堪凌辱（造反派让他吃狗食）而跳楼自杀了。在沿海县，像我这般受他株连被打成右派当官的有三个，没当官的只有我一个。他们仨年纪都比我大，在我平反时都已经死了……

普师毕业时我才十七岁，原本留城关小学当音乐老师。因为我爹黄硕儒在日本人手下当过伪保长，解放后政府把他枪毙了，我是独子，家里已经没人，没打算再回去。但同村的土改工作队长黄八桂说我爹当的保长白皮红心并不是坏人，亲自带人抬一副滑竿来，说好说歹地把我给接回去，还把我那架旧风琴也抬走了。路上他穿着草鞋走前面，让我坐在滑竿上（这很隆重，此地风俗只有贵客与行庙会迎神才坐），我说这不恰当呀，折杀人哩！他说咋不恰当哪？你爹给日本人办过事，你又没办过？村里娃娃都等着老师开课哩。一日为师，终身为父，以后山里娃娃的出息全靠你了……

后来黄八桂与堂侄媳三寡妇有染不掌权了，可惜哪！他死时也才五十出头。那年头他作为坏分子与我一起戴高帽子游村，路上还鼓励我说：只要活下去，天总会亮的……还没等天亮他就被斗死了。

憨书记洪根土能做成这番牛抬头的大事，并不像后来人们传说那样得益于我的支持与谋划，这有些抬举我。事实是我俩当时半斤八两，铜缸铁磬，都是生活在底层的贱民。他的政治处境比我要好一些，我还是没平反的右派，他不是；虽然他从没承认过，但在人们眼里，他是举义的烈士冯团长的后代，我只是比他多识几个字而已。他的成功一半在于时势，另一半是他那种与生俱来、不缺农民式智慧、认真较劲而又异于常人的憨劲……

为何这样说呢？你想哪，在经历过几次大规模的洗脑，庙堂不再崇高，江湖没有规则，人们都知道人死如灯灭，贪恋现世享乐，变得聪明而没有担当的年代里，突然冒出一个凡事死磕认死理且有担当，相信吃亏就是占便宜的憨人；他的成功与收获，就不是偶然的了……

那天我走进小学校时，听到有人拾掇智佬常锁唱黄书（当时山村算是唯一的娱乐），都兴高采烈地呀呀吼着。这时夏收夏种已过，村里那二百亩田全种下秋粮，大山已然沉寂下来了；虽然白天赤日当空，人们还是汗流浃背，至夜却已凉爽，阵阵山风吹来，身上很是惬意；这就有了黄连树下弹琴——苦中作乐的兴趣。那当口应是乡村文化的交替期，不时兴行庙会祭神，演样板戏的草台班子也都歇手，村里还没有线电视，广播里唱来唱去都是老套头，人们心头正空落落地寂寞着。智佬许久不唱黄书了，也嘴痒，经不住众人起哄，便从贮藏室里翻出一把旧二胡，调完弦自拉自唱：

　　　　　　呵哎哎哟——

　　　　　　牛郎织女会五更，

　　　　　　野田麦垄卧鸳鸯，

　　　　　　一只雌来一只雄；

　　　　　　雄的起势急吼吼，

　　　　　　雌的含羞水遮云。

　　　　　　……

　　他唱的是《华姐》。这腔调我很熟悉，村里扫盲那会儿他常唱，班里的女娃儿、小媳妇一边骂他流氓，一边捂嘴哧哧地笑……

　　我是来参加村委会与党员联席会的，有党支部、村委会成员、治保主任、妇女主任与各村民小组长与党员骨干。村支部与村委会刚换届，我没想到被选为副主任。于我这般出身、右派还没平反的人来说，简直难以想象，世道还真说变就变了。我心头多少有些复杂地走进那间久违的旧教室，见憨佬洪根土与原书记笑面弥勒并排坐在台上。仿佛经历过一场暴风雨的涤荡，地点依旧，风景变了；连那高悬梁上汽油灯里折射的光，也比往昔夜校扫盲班明亮了许多。这是驻村工作组撤出后的第一次会议。憨书记的脸上没啥变化，一张古铜色的国字脸，双眼木腾腾地盯住智佬唱书的嘴，像期待那嘴里真会吐出莲花来。他总是这副每逢大事有静气、镇定自若的相道；生性憨实的他，反应总比别人慢半拍。笑面弥勒变化有些大，虽仍正襟危坐，胖胖的圆脸上却看不到以前那志满意得的狂态……

　　党支部与村委会在一月前进行换届选举，名单是工作组与镇党委定的。笑面弥勒已足不出户地病了几个月，没想到这次他居然参加筹资办厂的会议。我知他在家装病，是工作组与镇党委会挪了村书记位置、改任村主任。这种事在现在看来没啥了不起，不就从阿大挪位置到阿二吗？他比憨书记、智佬和我都大十二岁，年长自然得逊位，可当时在他眼里可是天塌下来的大事情；村级班子与县、乡（镇）一样又不一样，县、乡（镇）两级一二把手责任权力不同却发一样的工资；村干部就不发工资；当一把手说一不二眉毛胡子一把抓拥有实权，私底下发小财就容易得多。因此，笑面弥勒就占住茅坑不拉屎……

　　那次决定全村命运的书记竞选，其实是工作组事先安排好的。单组长把县委办公室赵主任与镇长吴志远都请来坐镇。我不是党员没有参加，据说会议开得顺利又不顺利。听老革命戚启和告诉我：憨书记在党员丢豆时，只得了十六票，智佬常锁是全票。全村三十六个党员，只到了二十七位，连提名候选人的麻皮阿梁也没到会，委托陈家坳的党员为他丢豆子。笑面弥勒不是候选人，也有八颗豆。要不是憨书记在竞选中用良心承诺：就是生出孙子没屁眼，也要在全村人都住上瓦屋，他最后一个砌房翻瓦屋……否则连十六票都危险。这些豆子有部分是工作组与老革命做的工作。因此他说：有惊无险哪……鸿年老师，你是有文化，是非分明的人，可惜不是党员。我知那"一鸟两翼"的方案是你搞的，没那东西与他的那承诺，这书记不一定能选上。戚家兄弟与三脚猫可都等着看笑话，我那好媳妇真替他捏着一把汗……他还说：虽说人心都有一杆秤，善恶是非分得清，但涉及切身利益，许多事就不好说了。竞选书记拼的是在党员中的人缘和实力。

　　按我的想法，笑面弥勒早不配当村书记，单组长征求意见时我就说：我挑学生干部也要求作风正没私心有服务精神；咋当书记二十四年，就没做过几件能让大家满意的事？器不平则鸣，村民有意见是他占茅坑尽让他兄弟拉屎有私心。我还说他兄弟所谓的公有制，其实是伪公有制；以满足个人私欲为基础。把村民看作为他们服务或说奴役的工具。其实他也不适合再当主任，智佬意见与我一致，认为赤脚汉挑柴担，最怕头轻头重；蛇无头不行，两个头也东牵西扯行不动；倒不如由憨书记一肩挑比较合适。但单组长并不这般见识，说下戚家戚姓人口多，党员骨干也多，留他在班子只有好处没坏处。我说这一留又不知留到何时？就怕他背后搞小动作，与憨书记磕磕碰碰搞不好关系。他摇头说应该不会；我向憨叔做工作，把志潮秀才结合进班子，他就不会过分发难……

　　通过办厂方案时，笑面弥勒闭目养神不说话，我知他是反对的，这不是说办厂不好，如果他还当着村书记他也想办厂，问题是他没当村书记由憨书记提出办厂，心里就不是滋味了。治保主任黑无常与下戚家村民组长三脚猫旁敲侧击地表示反对。说是生意财子年驳年，种田财主万万年；红脚梗是天生种田吃太平米饭，有安守本分不出山淘涨的祖训。淘涨是山里方言，就像把玩或游戏叫作挪窝一样；本意是下海经商。此训确为戚大将军所留，当年朝廷颁旨海禁，他荡平倭寇误杀过不少海商，嘱后代子孙冻馁不下海饿死不经商，应别有深意。这话经黑无常与三脚猫口里说出，便使人觉得怪怪的。三脚猫也是我的学生，与他孪生兄弟秀才不同，自小不爱读书，两人成绩天壤之别；当阿弟的考上了县高中，阿哥小学没毕业就归山种地，在笑面弥勒偏袒下才当上村民组长。我反驳说戚大将军留此祖训是怕海甬报复，只传戚姓与旁姓无涉。他便冷笑着问我，坐此参会者有几个不姓戚？你是不是让戚姓断子绝孙才安心？他这般说，就又有几个戚姓党员跟着起哄。憨书记见这般争论没个完，直截了当地问：我是戚家进舍女婿算不算姓戚？三脚猫就不敢再吱声，黑无常接着便询问：上级政策不是提倡各家自发财？已把地都分了，为何还搞集体办厂呢？打破了吃大锅饭又喝大锅粥？又说办厂要投钱，投钱就有风险，条条道路通罗马，要发财自己淘涨，为何非要集体办厂？做亏了谁赔呢？这般一说，众人就七嘴八舌地反对，村委会开成了炸锅的粥。智佬常锁看闹下去没完，站起来表态说：我们唱书人有句行话，叫作莽佬看大体，入庙随和尚，眼下的势头报纸广播说多少遍了，若要富农工副；安徽的傻子瓜子，隔江对岸的海盐衬衫厂，凡有些能耐的村都在办厂；这事前几日在支部会上已通过，让大家讨论不过走个程序，你们不支持，我岙口戚姓支持，憨书记组织壮劳力烧炭，我组织女劳力编竹筐圈笼也积了些钱，设在岙口办厂的土地也报去镇上批了，单等修通路就上马。他这般一说，憨书记就宣布散会，说有意见会后还可以提，办厂的事决定下来就不动摇了……共产党的规矩，有民主还有集中；这事儿是姜太公钓鱼愿者上钩，这条路走得通要走，走不通同样要走，赚了大家分，亏了我赔……

　　回家路上，我有意识地与憨书记走一处，我知他心里不痛快；天黑，他提着马灯走个飞快。我追上问：咋办？下戚家戚姓不支持哩。他回头闷声道：啥咋办？我说过办厂的事走得通要走，走不通也要走；捆绑不成夫妻呀，车到山前自有路……我说你现在尝到笑面弥勒的阴招了吗？他是甲壳虫挂帅让屎壳郎往前冲，等着看我们好戏哩。他霸气十足地说：这村里我是书记，他说了也不算，由我说了算！只要智佬常锁与我俩尿一壶里，总有一日他也要尿一个壶里……我就不信等赚到钱，他下戚家戚姓不想分？

2

在基层当阿大须得有霸气，拿憨书记的话说就是杀心健。这自然不是让你去杀人，犯法的事儿做不得，指的是领导人须杀罚决断不含糊，下了决心就须一竿子通到底，任何艰难险阻都要排除。当然不是让你简单地冲冲杀杀，得开动脑筋。农村不是黑社会，要靠智慧战胜邪恶，否则就是无本之木、无源之水。但憨书记在前任笑面弥勒的事上，被弄得没了一点霸气，连豪气都不见踪影，原因是笑面弥勒倒塌的坟廓由人踩，死狗熜毛不要了脸面……

让笑面弥勒留村班子里，是镇长吴志远与单组长做出的妥协，目的就是要他帮助维持局面。在竞选村书记前，单组长多次去笑面弥勒家达成交易，因为他知他的软肋在哪里？戚氏三房尽管人丁兴旺，真有出息的也就志潮秀才，自小聪明伶俐酷爱读书，九岁会得背上百首唐诗，小学没毕业就写得一手好字，与憨书记家油嘴佬不同的是他行事沉稳，不爱说话；不像油嘴佬那般油嘴滑舌地爱耍嘴皮子，有事只在心里盘旋，一出手就有章有法。他那秀才的绰号，原本前面还加有两字，叫阴世秀才，只是这般叫着嫌太明了，村民才把"阴世"给省了，不过意思都懂。这样的人，如果不是遇上"文革"扑上去太快，就天生是管理者的料。白无常把他自小过继给笑面弥勒，看上的就是村里阿大的位置，可惜他进劳改农场没保住党员；没党员就不能竞选村书记嘛。单组长与吴志远商量后，就向笑面弥勒做工作了，提出村里的事儿最终都要交给年轻人的，把菲菲嫁上戚家为油嘴佬平反，换取秀才进村委会保持班子平衡。听说笑面弥勒开始并不答应，说我把村书记让了，憨佬不扶他上台面咋办？单组长就说了一句意味深长的话：不是插队时你们常唱一首歌吗？公社是棵常青藤，社员都是藤上的瓜；时世变了，套路不会变。我的工作组要撤走，吴镇长不是还在镇里把着关吗？这般笑面弥勒也就放心了。不是说舍不得孩子套不住狼吗？把菲菲舍出去，与憨书记不就成了亲家，油嘴佬还是他的女婿呢？

憨书记当然明白单组长与吴镇长想干啥，这是明摆着一种妥协。别看他表面憨搭搭、傻乎乎的，心里倒很拎得清是个明白人。单组长这般那般地费尽周折，不就为他像模像样地上台面唱大戏吗？响器别人敲，戏得自家唱。办厂的事儿是他上任后第一炮，开始他也看得简单，别人能办，我们也能办；就像农民种地，只要有块好地，有好的种子就能种出好作物来。他在支部会上对我与智佬常锁说：放心，鸿年老师，只要你俩与麻皮阿梁支持我，班子里就占了大多数，办厂的事还不铁板钉钉。他这话是对的，只要领导有决心、没私心，这般家家穷得篮底都脱落的农民，还有啥事不想做不能做的？为此他还打比方说：女人生娃儿难吗？难的。秋秋生杏儿时就号得杀猪一般，她还当赤脚医生哩？最终还是生下来了。我不会像笑面弥勒一样，手里捏一对石球转圈做甩手掌柜。农民天生是牛坯，没城里白脚梗那些弯弯绕，你好我好表面笑嘻嘻背后耍手腕。就像那会儿抬石头建水库，大家初期为淹没几十亩地转不过弯儿来，后来不是请来真人米沙，说太阳升起牛抬头解决了，还不就干得呼呼的？农民不懂得白脚梗这样那样的大道理，可懂得天下大道至简，种瓜得瓜、种豆得豆哩……有地勿种饿肚皮，无地种了归人家；以前是为别人做，现在是为自己做了。像办厂这类事，谁都明白是众家儿子，办好了全村得益，办不好就全村遭殃；如果班子思想统一，像当年建水库造大寨田一样目标明确，劲往一处使，力往一处用，说不定拼一下也拼过去了，得到好处是大家的。如果班子内部不统一，背地里做小动作，势必造成人心涣散相互内耗用力不匀；何况得不到像下戚家这般占全村半数人口的支持，就需要当家人认真考虑了。

我明白憨书记当年瓷糖搓绳开头难的处境。同样一桩事，由笑面弥勒出面组织，行事顺理成章，而由他做事情就变得复杂。那时节我的心里也很烦躁，虽然我作为副主任没有面临他这般压力，可也就我担任副主任后，摈弃个人杂念想帮他办成这桩事的，我想智佬当年也是这样。也许他已后悔跟了憨书记无法顺利办事，影响吞口戚姓的利益（他这人啥都好，就是明大义却抛不下利益）。那时我真想捣鼓着学些马列主义经济学，班子里只有我有些文化，我买来当时流行的领袖著作读，想从经典中提炼农民致富的理论凭据，可看着看着，我就慢慢地感到绝望；因为书上根本就没有这种理论与实践。我还尝试着把矿石收音机，改装成来复式，后来又发展为超外差，想多听听中央的声音与外电的评论，为憨书记决策办厂提供依据；可都没用，那些离农民都太遥远……

村委会与党员骨干会后，憨书记沉默了一段时期，大概有一个来月。沉默不等于没思考，他在想着收服笑面弥勒（打蛇打七寸，擒贼先擒王），拿他的话说，是如何使他与自己尿一个壶里。这事其实他早在行动，自单组长与他谈过村里由他掌舵，他就在考虑这事儿了，只是没像现在这般迫切。工作组在，他有依靠，现在工作组撤走，他就没了靠山，诸事需要独立做主。以前笑面弥勒当阿大，他可以站着说话不腰痛、提意见不负责任，现在轮到他主政当阿大，就得热脸孔去贴他的冷屁股；医病问诊，知人知心，他得知道他想啥、需要啥？对症下药给摆平掉。

他把后山砍柴烧炭这等大事，委托给油嘴佬与二愣子、杂物贱等人干。这是油嘴佬为支持他当村书记，在年轻人中建立的圈子。憨书记也年轻过，对付年轻人有他的一套；知道他们争强好斗，在选上书记当天，就让油嘴佬把这些小猢狲召集在上戚家晒谷场上，比赛磕跌与掰手腕。当时工作组还没撤走，他把单组长和我请去当裁判，没半天就把这班在油菜花黄时发花痴思春的小顽们，给伺候得服服帖帖，差点要跪地拜他师傅。那天他真有些得意，当着我的面讥笑说：鸿年老师啊，看看您教出来这些娃文不像读书人，武不像救火兵，啥啥啥老三老四的尿样？还说跟我改朝换代办厂，人像吗？二愣子大猛不服，问磕跌和掰手腕，与办厂啥关系？他笑问：你们不是都输了吗？大家说是输了呀。他问服不服？大家都说服呀。他说服了以后得听我的，我说咋办就咋办？干啥就干啥？有人问不听咋办？他五指捏拳在他们面前扬扬：不听我？呸，我代你爹娘教养，我是书记呀！说着转身向单组长讨好地笑一笑问：我有权利教养他们对吗？单组长笑着说：应该应该，书记也就是老师嘛，你得把他们往正道领……

笑面弥勒就没想要与大家尿一壶里。工作组撤出那天，憨书记邀请单组长和蔡专管员在家里吃饭，让智佬与我作陪，也请了笑面弥勒与军嫂。军嫂也被选为负责妇女与计划生育工作的副主任；她老公戚大勇在对越自卫反击战中牺牲后，为照顾鳏居的公公老革命与小叔二愣子，留在村里没回去。可他俩都说有事没来，我知笑面弥勒在耍花腔，班子换届后他就继续装病没理睬过我们；而军嫂是真有事，与二愣子送老革命去县医院换钢拐杖了。老革命的事全村都知道，他的一条腿丢在朝鲜战场上，那晚零下三十多度，他与通讯员分头钻鸭绒袋里睡觉，美国飞机丢炸弹下来，通讯员的头炸没了，他的一条腿也找不到了……

聚餐很隆重，憨书记把一头存厩的半大猪给宰了，在屋门口搭起松木棚，番薯蜜枣秋秋让油嘴佬从下戚家祠堂借来八仙桌，弄了满满的一桌子菜……在山里不是儿女成亲、老人喜丧办大事不宰肉猪。单组长责怪咋把猪给杀了？憨书记说猪是人养的，也是人杀的；工作组驻村十个月我都没表示过。单组长说我在村里住了六年，你啥时候表示过了？憨书记有些窘，说那不一样……有啥不一样呢？还不就是你当上书记吗？单组长很快把话题转移至工作上：我知憨叔你不是一个虚头奄脑的人，趁着智佬与鸿年老师在，我可把丑话说在前头，改革年代靠实干，你们班子商量一下，如何团结一致把厂办起来。明年我来探班村里还是老样子，我拿你这当书记的是问。项庄舞剑，意在沛公。说过这话，他特别强调团结，显然已有所指。蔡专管员瞅准油嘴佬敬酒机会，询问咋不请老丈人与丈母娘入席？油嘴佬就说请了，人家不愿来。蔡专管员半开玩笑半认真地道：如果有你老爹当年斗婚的本事，就是拖也把他拖来了……单组长顺势道：主任也真是？我插队时他说过：办席不请是你错，请了不来是我错，咋对亲家反生疏了呢？接着，他又向智佬话中有话地嘱咐：智佬呀，你是知道笑面弥勒犯的毛病的；师傅领进门，修行靠自己。猪头是肉羊头也是肉……十五岙村的牛们要抬头，非得猪头羊头都伺候好，团结一致往前看。智佬连连点头：就是就是……

工作组撤走次日，憨书记走马上任去村委会上班。这日子是药老倌选的，算是黄道吉日。原本油嘴佬与小伙伴们还想拿小学的响器送一送（工作组就是敲锣打鼓地给送走的），憨书记感到不需要，说又不是杨子荣打虎上山去见座山雕。天色麻麻亮他就打开办公室门，拿出橱内的旧木盆，打井水用秋秋备下的一条新毛巾，里里外外细心擦拭。别看他是个吃得邋遢、做得菩萨的大男人，还出奇地爱干净，那件蜡染布外套没一处污迹，肮脏了就用抹布蘸水拭。他擦拭完办公桌后，拿起八仙桌上的电话机捂耳朵上玩一会儿，里面有咝咝的杂音。他对话机好奇很久了，这像烟斗似的小东西，咋把领导声音隔山隔水地传过来呢？

这时长腿双乐已上班，这是他哥安排赚工分的活儿。他知道新书记上台取消工分，只是没弄明白没了工分咋干活？他嘴上流着涎涎傻乎乎地倚门看他忙，想入门又不敢。他哥笑面弥勒一年中来不了几次，可从不动手搞卫生……

憨书记擦拭桌椅板凳后坐下看账本，想起召开支部、村委会确定办厂的事，就招呼让长腿双乐让发通知。双乐坐外间挑火柴梗玩没睬他，他见喊不动便动了肝火，拍桌子吼道：长腿，你还想不想当差？双乐这才不耐烦地过来歪着头说：大、大哥……规定，得有工分条儿……憨书记说地分了，以后不兴记工分了。双乐在这事上脑子特清醒，扭身子道：没工分……您得付、付脚头钱……他问多少？八角……傻子也知欺侮人，憨书记掏钱给他。其实这事他自己能做，不就是发通知？一圈转下来就全了；但笑面弥勒爱使唤人，他当书记也得讲派头。双乐接钱撂开长腿欢天喜地地走了。心想：还是憨佬书记好，大哥从不付现钱……

次日上班双乐还在隔壁挑火柴棍。憨书记一把将他拽过来追问落实，问人可通知全了？双乐说全了，只是大哥不会来。他问他咋不来呢？双乐结结巴巴地说：又发痛风，脚背肿得不能下地。憨书记冷笑一声摊开巴掌伸他面前：拿来——双乐愕然：啥……啥拿来？他说我给你的脚头钱呀！我……通、通知到了呀……双乐感到委屈。可你没向我汇报？以后这样子，我让你从村委会滚出去……这话，是说给笑面弥勒听的，虽说两家成了亲家（至少面上这样），那也有阿大与阿二区别的，竟然告病两个月连音信都不通，就没拿他当一回事？双乐慌了，不情愿地归还钱。憨书记拿下三毛，把五毛塞还他，厉声道：傻愣着干啥呀？双乐傻乎乎地问：又要干啥？他说带我去通知你大哥，我都很久没见亲家了……

多年后憨书记回忆说，他与笑面弥勒修好其实从双乐开始的。人之间有隔阂不可怕，须得有诚意。就是事实证明别人错了也不能强迫。人心都是一面镜子喜欢照别人，如果照完自己将心比心再去照人，心里就平衡多了。他说自己是个笨人，笨办法就是不断用镜子照自己，然后再去照别人，效果就不一样……

3

果然支部村委扩大会笑面弥勒来了，来了也不讲话，板着脸孔听黑无常与三脚猫在会上瞎咋呼，他的思想还没通嘛。会后憨书记挺纳闷，办厂的事会前与他说过呀？那天他与双乐从小店里买了两包豆酥糖，通知他开会时，婆婆唠守在门口不让进，一把眼泪一把鼻涕地骂他野角麂狼，说赔上了菲菲还没饶过菩萨老公不讲情面，这事儿如果以前早把他惹毛了，啧啧，你阿囡能换村书记？可他没有拉下脸，这是男人之间的事，没必要与女人费口舌。说好说歹算是见了笑面弥勒，还真躺在旧硬木床上，圆圆的胖脸瘦了一圈。他把办厂方案与他说了，若要富，农工副。据说笑面弥勒想了好一会，才说他没意见。他说您没意见，就要在会上表个态，他也答应了表态，没想到在会上全变卦了。他虽没说一句话，不等于没有话，是不屑说。他要讲的，下戚家子弟兵全讲了，千言万语一句话，不支持……这般憨书记就明白了。杀猪屠死了不会吃带毛猪，理儿是这般说，可他当的是村书记，不是以前的村民组长，全村近两千人口，下戚家可有近千村民；军心涣散的军队，怎能打胜仗呢？

留笑面弥勒在班子里，主要还是吴镇长的意见。班子换届前他来村里座谈，当着大伙儿的面说：我不忌讳笑面弥勒与我三转四回地有亲戚，他的弟妹，也就是志潮的娘是我亲姨。我是担心憨佬上台，没戚姓宗族支持，能否把稳村里的局面？笑面弥勒有错误，但他这些年书记当下来，手下不缺办事的人，全揪光恐怕也不利于村里发展，再说我们还得讲五湖四海……这话咋听似有偏心，仔细想来还算实在，当时村里面临的就是这情况。他这般说，单组长也就同意，工作组结束他去县委办当副主任，村属镇里管，由吴镇长主持全面工作，不想妥协也得妥协呀。因此智佬说：县官不如现管，憨书记过不了这坎，企业办起来，以后的日子也难过……

志潮秀才在换届选举前就出走了，临走跑来前黄看望我。说鸿年老师呀，当年您的话应该是对的。我一时没想起来问啥话，他说是他在县生产指挥组转干的事，你说政治与时局，三十年河东，三十年河西。我想起来了，那次单组长被挑选上大学，他跑来找我说与知青素芳结婚，县里就给办成半脱产转干部。我想：哪有这种天上掉馅饼的好事儿，又娶媳妇又转干部？就婉转地劝他得想清楚，别寒冬腊月地做春天大乱梦。他没听我的话，坚持与邵素芳结了婚。

秀才是我回村后教过的首届毕业生，当时小学生源少，一个老师带三个学生，全班十二人，就他后来考上了县高中。他这人，从小就有出人头地的思想，学习刻苦努力，对我很尊重。我说我可没说过三十年河东，三十年河西，只说事出突然，你须慎重考虑。他说您是没说明白，但就是这意思……如今我悔呀，肠子都悔青了。我问他打算咋办？他说还能咋办？干爹这村书记眼看就保不住了，我留在村里又能干啥呢？我说像你这般的文化程度与能力，留村里还怕没事做？他摇头说：古人有云：宁跟好佬摇旗，不与孬卵挂帅。他这般说，我就知他另有所谋，果然他告诉我，吴镇长让他到邻县岗墩村发展。我问他那儿比十五岙还闭塞，能有啥发展的？他低下头说那儿是闭塞，可在这儿会挡了憨佬父子的路。还说人生几十年，他已过去了差不多一半，下半辈子不能再这么糊里糊涂地过了。

　　对干爹笑面弥勒被撸掉村书记，他表示理解，说做人就得明白，一朝天子一朝臣，干爹当二十四年村书记不容易，再干下去就要走下坡路了。当权这事儿，朝中无人莫伸手。为此他与我讲了个故事，说清道光五年，江南有个文人叫陈孚恩学识平平，不知咋的被道光皇帝看中，当年拔贡，次年朝考一等授吏部主事（拿现在职差属厅局级），没过几年（也就四十出头的年纪），就位居工部侍郎（副部级），由此接近军机大臣穆彰阿，成了道光帝身边的红人。有两桩事儿确立他在朝中地位。一桩是他与同僚伯葰共赴山东巡视吏治，查到山东巡抚崇恩库款亏欠，捕务废弛，则起草弹劾奏折，打掉这只地老虎代为处理政务；两年后又收集到山西巡抚王兆琛贪污案证据，也把他逮京治罪。如此给力，再次得到道光帝恩宠入值军机处。眼看就要飞黄腾达了，然而……他话题一转：就这样的反腐先锋，却为追随肃顺，在咸丰十一年被定下四大罪状，革职永不叙用，从重发配新疆赎罪……所以他嗟叹说：史为今鉴哪！

　　是史为今鉴，一朝天子一朝臣。我的心情也有些沉重，知他也许在拿干爹笑面弥勒说事，也许是影射单组长不拘情面做得过头了……可我啥都没说，知他一朝被蛇咬，十年怕井绳。志潮秀才自进劳改农场说清楚后就迷上了历史，嘴里说着远离政治，心却还没全死。人心死了，就不会说这种故事。中国历朝文人大多依附权力，离开权力王安石不行，苏轼也不行……他见我有兴趣又说了另一个故事：北周开国皇帝宇文泰是个开明的君主，为统一天下曾遍访贤才。有一天他遇到了有诸葛亮才名的苏绰，向其讨教治国之道。两人一见如故地密谈了三日。宇文泰问：国何以立？苏绰说是具官。又问如何具官？答曰用贪官，反贪官……他这般说我就不理解，问何意？他说其实宇文泰也不理解，为什么坐江山要用贪官？苏绰的解释是：你打江山与坐江山，需要有人卖命是吧？人没贪欲，焉能为你卖命？皇帝不能满足他的贪欲，就只好让他们去鱼肉百姓。他解释说：天下没不贪的官，贪官任职时间长了就会民怨鼎沸，苏绰告诉宇文泰的办法是起用新贪官反老贪官，一为解民怨，二为财产权势转移促进社会的发展。为此他感叹说：古代用人有眼光哪……人将离去其言必善。我是替憨叔父子担心哪，他居然表态比别人多拿一根草，就让大家扒倒他的屋哩。如真守贫如斯，能使村民办厂致富牛抬头吗？因此，如果他留在村里也将英雄无用武之地，只能忍痛割爱一走了之……

　　果然是秀才，话里虽含着骨头，条理却甚为清晰……

二十几年后，撤县建市后市委写作班子与《沿海日报》的秀才们，为十五吞村与星星草化工集团撰写村史与厂史，写到憨书记组织召开 1981 年 9 月 3 日的支部与村委会扩大会议，是村里落实承包责任制后，班子意见统一，高瞻远瞩地提出发展工业、决定企业命运载入史册的一桩大事；还说此次会议确定了由志潮秀才当厂长……

这应该与史实不符。为此我专程回村找憨书记，问他是否看过这份材料。他说看是看过了，他们把支部会、村委会与党员扩大会与后来办厂研讨会合一处了。我说合一处也不能这样写，违背事实嘛。他嘟哝说：又不是我让写的，是秀才、三脚猫这些后辈搞的……唉，秀才都犯了这毛病，要这般说就这般说呗。我说这些以后成了历史，你就不过问吗？他摇头说：历史不是人写的吗？我只关心前面的路怎么走。现在企业发展遇到的问题很多。过去的事，就让他们去张罗吧。只要原则不变，没把黑的说成白的就行了……

事实不是这样，工作组还没撤走时，单组长就去县委办报到搞综合，临走布置先把村里的地分了，说安徽早搞了土地承包责任制，山下也动了，这事就不能再拖下去。现在你已是村书记，就组织大家把这事办了吧。憨书记就召开了他上任后首次支部与村委会联席会议，把分地到户的事给确定了下来。

十五吞村民，说好伺候都好伺候，难伺候的也就是下戚家戚氏兄弟。拿承包责任制来说吧，村里原本地就不多，这是历史形成没法子的事；地多就多分，地少就少分，只要公平，干部能吃亏，事儿便可顺利进行。这事工作组与原村支部早有方案，没执行是因为笑面弥勒当面一套背后一套玩阴的，原因是下戚家与吞口地多，而上戚家、前黄、后黄与陈家坞、姜家滩的地少；方案确定平分，下戚家与吞口就须匀地，而这恰恰是他戚氏兄弟不愿接受的事。憨书记接手这事后，又带我与智佬、军嫂做了详细调查，在原方案基础上做了部分调整，除留下各家各户自留地不变外，责任田按人口居住就近划分，这样下戚家与吞口就相对占了便宜，各村民组的多余劳动力咋办？一鸟两翼，办厂开拓、发展副业就成为消化富余劳力的发展途径。田分到户各家自己种，番薯、芋艿翻季种，稻谷减产可用瓜菜代，在保障不向政府少要救济粮的前提下，村里青壮年进厂拿工资弥补……

党支部与村委会确在 9 月 3 日召开，参会的只有憨书记、支委兼副主任智佬常锁、副主任我和军嫂四人，主任笑面弥勒与支委麻皮阿梁都没来。麻皮阿梁在换届会上，兴冲冲地带打石队四位党员参加，跷着右手大拇指一抢一抢地吹嘘他进城捞摸的业绩，竞选上支委就带人离去没了联系。至于笑面弥勒，憨书记几次上门，他答应参加临时却躲开了。记得智佬询问会还开不开？要开，干脆搬去笑面弥勒家里开，他是主任嘛。憨书记黑着脸说开！天要落雨娘要嫁，他不来，有你们三副主任在哩，形成决议少数服从多数。会议讨论通过了土地承包责任制、发展副业与集资办厂的事儿。班子成员分成后方、前线两块，由笑面弥勒、智佬与军嫂留村组织生产与发展副业；憨书记、麻皮阿梁和我重点办厂搞企业，组成在党支部、村委会领导下独立经营、单独核算的经济实体，终于为十五舍村吃大锅饭的历史画上了句号。

确定志潮秀才担任联办厂厂长是后来的事，此会并无提及。

4

那年代的人们具有很强的占有欲，因为社会贫乏到了极点；尤其在农村，一点点能体现价值的物质与精神财富，都会引起人们的嫉妒与争夺。

笑面弥勒出尔反尔，长长大大的一个男人说话不算数（他曾在竞选村书记会上表态支持新班子工作），使憨书记深感忧虑，他急的是集资办厂大事哪。记得入秋后县汽车（原拖拉机）配件厂厂长陈峰（单组长在省委党校的同学），因上锦纶丝（汽车轮胎专用）生产项目，专程考察提出合作事宜后，憨书记又找我、智佬和军嫂商议，说办厂这事等不及了，再等下去就会黄掉。智佬便问他笑面弥勒与下戚家不支持咋办？他手抓着头皮说：我想过了，也想通了，你智佬不是说过吗，韩信立志干大事，还能从人胯下钻过去哩；他笑面弥勒虽说不地道，可还是打断骨头还连着筋的村民哪……我就问他想咋办？他说还能咋办呢？这村里的牛都要抬头，我就不能光顾了自己抬头，忽视了别人也要抬头哪。他这般说，我与军嫂还没全理解，智佬却已会意，道：如此最好，只是可惜了油嘴佬，他可是也想着抬头的牛呀！

憨书记愁苦着脸不再吱声，又用手拼命地抓头皮，那头像钢丝一般根根竖立、已黑白相间的头发，被他抓得乱糟糟的；接着，他叹了口气道：谁让我如今当上阿大？我说过当村书记宁可自家吃亏，也不能让别人吃亏……

也就从那时始，憨书记才确定让志潮秀才当厂长。开始他曾想过让我当厂长，半开玩笑半做真地说：鸿年老师呀，你的方案很好，四眼娃儿都夸你哩，说有文化毕竟不一样。企业办起来缺个厂长把握全局，我们这些人都是亮眼瞎，没文化做不成大事。如果你能出山当厂长，胜算就大一些。我说我也不行，教了那么多年书，就练了一张嘴巴。现在村里文化人多起来，油嘴佬不就回来了吗？我看他就行；不是说板鸭肚儿肥，上阵父子兵嘛。他想了会道：你说油嘴佬呀，我还真考虑过……这些年跟着师傅老宝贝出去养蜂，也算是长了见识；但毕竟还嫩了一些，担不得如此大任……

为此他又去了笑面弥勒家，听说是摊了底牌。他说这段时间忙一些，也就没与亲家公好好聊一聊，今儿特地来向你道个歉……笑面弥勒瞪起藏肉皱褶里锐亮的小眼睛，定神地望住他的脸说：聊啥聊的？你不就是要我给油嘴佬平反把菲菲嫁与他吗？这话我说过不会赖；但你想一想：我现在是落毛的凤凰不如鸡，有心情替他俩办喜事吗？憨书记看他脸色黄蔫蔫精神不振，便问他身子怎样？是不是高血压与痛风又发作了。他指着胸口说：身子倒无大碍，就是这儿堵得慌……接着他问：我一直反对你出头，还把油嘴佬的路堵了，你就不恨我？憨书记老实回答又恨又不恨。说我们当红脚梗的，不就都为抬头做人脚下有条路走嘛？可惜是这条路太小太窄了，你要走我也要走，走的人多了挤了，就难免磕磕碰碰地伤了和气。过去的事过去就算了，我们齐心协力把这条路修大拓宽，免得后人像我俩这般地伤了和气……笑面弥勒叹了口气道：可惜我已没了这份心气……憨书记又问为啥？是不是还在恨我，抢了村里阿大的位置？笑面弥勒从床上跳下来道：如果你像我一样当过二十四年村书记，就明白我躺床上不愿见人的原因了……

这般说着时，他那双浮肿的肉泡眼里挤出泪花来了，用手比画着：就差那么一点点，从书记变成主任……我那养子秀才就不再理我，抛下家走了……你说说……他还像个人吗？三岁就抱来我家，我省吃俭用地供他读到了高中……

倚在门框上看闹猛的婆婆唠也哭开了：抱窝仔的狼呀……一个多月了，连个问安都没有，出去就没再回来……

现在憨书记明白笑面弥勒为何赖床上不起来，家家都有一本难念的经，他的心里也苦呀！做人得前半夜思忖自己，后半夜再想想别人，这样才不做噩梦困得熟。为此他下决心要把秀才从岗墩弄回来。那天憨书记从笑面弥勒家出来，回家淘了一酱油瓶番薯烧至前黄找我喝，他说他的心里有些堵，替笑面弥勒难受，说他也老了呀，在政府机关都快办退休享福了……当村干部嘛，干了二十四年的牛马活儿，退下就啥都没了。我说你说得不对呀，他戚家兄弟不就早砌上瓦屋，日子过得比你我都要好哩。他叹息说：瓦屋是砌上了，可他生了五个阿囡，四个都嫁去城里了，留下菲菲还是我那油嘴佬的婆娘，没人继后呀……我问：是不是你开始同情他了？过去我们这样，谁同情过我俩呀？他摇头：我只是可惜呀，笑面弥勒原先那么精气神儿的一个人，换了个位置咋就变成死藤南瓜？又说人哪，其实靠精神气儿活着，他没了精神气儿，活着也就没劲了……

　　我嘴上说着：你呀，还真是狗逮耗子瞎操心。想想他当时的行为，就不该同情他……但心里着实有些感动。狐死兔悲哩，农村基层干部为何在位时，有权不用，过期作废，丧心病狂地积蓄财富？不是他们目光短浅小农意识；主要还是社会制度不完善，没建立起切实可行的养老制度。接着，他与我聊起志潮秀才的事儿来，问：听说秀才离村去岗墩时到你这儿来过？我说是呀，山里再穷，饿不着文化人，他被他的姨夫吴镇长弄去岗墩办厂。说是那儿的村书记上个月生肺痨没了，主任没文化需要人帮衬……他牙痛似的唔唔好一会，讷讷说：他可是一个有文化又见过世面的人才哪，村里应该留下他。我说也不尽然，他是有文化是人才，可整人也凶，我都没忘他带人回村造反，砸陀头庵和小学停课的事，换个环境对他未必是坏事。他叹息说：摔过跤的烂眼才知抬头认路，他读过书，又经历过世事起起落落；如果能留在村里，能帮助我们做许多事情……

　　我试探着问：是不是笑面弥勒把他喊回来办厂的？他说是呀，他走后一个多月，笑面弥勒的精神气儿就没顺过来，整个人就像抽去了筋的癞皮狗……我想起秀才临走时讲的两则故事（讨价还价讲条件），便提醒说：你就不怕戚家兄弟与你尿不到一个壶里吗？仅他兄弟已足够你对付，如果加上秀才，十五岙村岂不成为他们家天下？他郑重其事地想一会道：应该不会，我有你有智佬，还有村里那帮做梦都想抬头娶上媳妇的小猢狲……再说人心都是肉长的，只要我真心实意地待人，我想秀才也是想走正路的人……

　　秀才回村任厂长，已是三个月后的事了。自从憨书记去岗墩找过他，他对两个村的发展实力做了比较，觉得还是应该回来。为了回村准备一份见面礼，他特地进城找陈红莲叙旧，同时也找单组长摸底，想知道县里对老区穷村走富裕道的支持力度，来确定他是否出山干大事的依据。陈红莲插队时与邵素芳住同屋。秀才对邵素芳有意思，陈红莲却钟情于他；他与邵素芳闪电式结婚后，两人关系歪布裰对裁有些别扭。他俩都是县一中的学生，不过秀才比她高两届；陈红莲性格蛮好的，就是没邵素芳漂亮。男人看女人，年轻时看脸蛋，年纪大了成家后才注重气质与性格……

邵素芳跳水库自杀后，听说秀才像骚公狗一般缠过陈红莲……陈红莲却不干了，在村里对插队知青说：坚决不吃回汤豆腐干。那段时间村里知青蛮乱的，没了前几年那般铁心务农的决心，都想办回城找工作。陈红莲公开说谁把户口弄回城她就嫁谁。后来她终于如愿回城，而秀才却因为造反的事去劳改农场蹲了三年。陈红莲家是工商成分，回城后没落实工作，好在政府把县城的店铺落实政策退还给她家。这时她爹早就亡故，阿叔逃去海外，说是在日本；家里只有母女两人，把临街两间店面房租掉，留下个披间办了个经营烟杂的执照过日子……

秀才进城找她的目的很清楚，要她支持他的事业回村投资办厂。他约她在城北驿栈茶馆见面。茶馆是149开的，就是当年病退返城的卢益平，与秀才陈红莲同是县一中同学。据说他爹原是驿栈喂马的马夫，解放后通信事业发展起来没马可喂了，炸臭豆腐干开大碗茶练摊；149回城后没找到好工作，在他爹的茶馆（当年归饮食服务公司管，后转制民营）当了伙计，八九年下来，此时已练成神清气定、功夫娴熟的茶掌柜，能提一把在炭火上煨得滚烫的铜壶（足有八九十斤重）与耳根齐，对着顾客的茶壶（或瓷杯）高高地洒下去，溅不出一星半点的水珠来。泡茶讲究水温，如此高抛洒茶，不仅姿势好看，水与空气接触降低温度，泡出的茶色彩鲜艳，浓香四溢。驿栈茶馆坐落在江边，风景优美，过去是运漕粮的渡口，占着人文地理的优势，当年在县城内很有名……

秀才在与陈红莲约会中，谈妥由她卖掉两间街面屋，向海外经商的阿叔借钱投资村联办厂，开始她与秀才协助憨书记、历经二十年办厂的风雨历程。

5

在一般人眼里，都认为秀才当厂长是我的推荐，连他自己也这般说；因为人们根本就不会想到一个没受过正规教育的农民，会有如此雅量与胆魄，把对手的干儿子扶上马，且委以重任相濡以沫、风雨同舟十几年，直至他身体衰败才无奈退出。十年后企业走上轨道后，作为总裁的秀才向新闻界宣称：当时他正处于人生转型期，是憨书记受鸿年老师启发，实践他做人前半夜想想自己，后半夜想想别人的承诺，在冬雾弥漫的清晨，双脚套上防蛇虫百脚的上山袜、怀揣着两个烤番薯，手里提着一把砍柴刀，三上岗墩村请他回村办厂。说没鸿年老师推荐，就没有后来的我……

他说憨书记三上岗墩村是事实；但说受我启发或是我推荐他担任厂长，却与事实不符。憨书记的确与我商量过，但我没赞成。理由很简单，因为有比他年轻十二岁、憨书记的长子油嘴佬存在；不但参与企业筹办全过程，还推荐了合作企业视之权威的师傅老宝贝，当时主持着全厂员工的技术培训。使憨书记最后下决心请秀才出任厂长，是因为他心地善良讲大局；不仅为疗治笑面弥勒落选创伤，主要为团结下戚家村民齐心协力奔前程。都是想抬头的牛嘛，争先恐后过独木桥得讲个先后次序；记得后来长子油嘴佬为此赌气离村另谋高就时，我与智佬都责怪他说：田亩要自种，儿子要亲生。憨书记摇头沉痛地说：做人将心比心，当年我儿被他兄弟惩治，我和秋秋就难过了好一阵；如今笑面弥勒也一样，没书记当了，又没了干儿子，就会病瘫在床上起不来。他说这种滋味他能理解；给人路走，就是为自己留路，他得留下一条路于他走哩。

他还说：秀才并不是孤情寡义的人，他想抬头办大事。像他当初的情况，挺一挺也过去了，也就你们文化人说的柳暗花明又一村；挺不住会走极端；而他，最看不得好端端一个人，没实现自己愿望而中途夭折……

此时，秀才相比他的竞争对手油嘴佬，显然要成熟得多。他在与我说历史故事离村时，已经想好如何对付油嘴佬。当时村里也就他俩是挑头王，论文化程度学识胆魄能力都不相上下。如说定要分出优劣，油嘴佬输的是年龄与经验，但比秀才所长恰恰也是他的年龄与经验。这年头，是个思想与经济都飞速发展的年代，啥事都是眼睛一眨，癫孵鸡变鸭；后来油嘴佬终于比秀才笑到最后，占的就是年龄与经验的优势。秀才击败油嘴佬占据一域之城，他的经验只有深入没有发展；而油嘴佬却在失败的废墟中重新站立起来，脚底板翻天地闯过三江六码头见识了世面，拓展视野取得了新的经验……

事后回想，当时秀才看准时势利用憨书记的怜悯心理，造成欲擒故纵态势设下的陷坑。离村前他对我造访说吴镇长介绍他去岗墩发展，其实是为引起新班子重视的伪托；此事我曾找机会求证吴镇长，他压根儿就不知有此事；岗墩村办厂也是五年后的事了。秀才在憨书记上岗墩邀请的前两次，都以心态已衰、欲隐居不出的托词回复，理由与笑脸弥勒几乎一样，而他心内早就活泛开了，仅去县城就有三次。他是借此蓄势抬高身价，在讨价还价非把厂长的位置弄到手，非把自己当作满腹经纶隆中对的诸葛亮，逼使憨书记就范三顾茅庐……

当然，这些都是我后来才做出的分析。

憨书记第三次请秀才出山，约油嘴佬师傅老宝贝同行。这时已过公历年，离阴历年也近了，筹资办厂的事儿已落实得差不多了，供电所在选在呑口的厂址安装变压器接通工业电，厂房正在那块山坡地上立桩，油嘴佬与杂物贱黄志明在马山市培训也快结束了，百事皆俱只欠东风……

与前两次一样，志潮秀才可是瞪着眼睛注意村里动作等他俩上门哩。憨书记与老宝贝到岗墩村时，太阳才两竿高，许多草舍的烟囱还冒炊烟哩。两人都是爱赶早的主，走了十几里山路才到这儿。见他俩进门，秀才的态度和蔼，放下早饭碗问：咋又来了？我说过不要白费脚头筋了。憨书记向他介绍过老宝贝，又说厂子筹办情况（他不知这些秀才比他还清楚，村里一举一动都由长腿双乐叔向他通风报信）……我说过村办厂搭起架子，就请你出山去当厂长，君子一言，快马一鞭！现在是时候了。这开场白，是他与老宝贝路上商量的。老宝贝在知他要秀才当厂长后说：不管咋样，你既然请我当顾问负责技术，这厂长是阿狗阿猫、咸的辣的、红的黄的，我总得见一见哪？办厂好比打仗，厂长就是司令员，不仅仅能力与文化，人品是第一位的……

秀才说师傅懂技术，既然来了，当厂长不是很好吗？老宝贝说是呀，憨书记说过：死了杀猪屠，不吃带毛猪……我也想当厂长过过这把瘾；可我几岁了？比你干爹还长几岁哩……

秀才哑然了。他想起前两次憨书记也坐在这把跷脚板凳上，一边从怀里掏出煨番薯就他倒的水啃着，一边憨乎乎地说着做人诚为本、孝为先这样的话，希望他回村办厂照顾干爹。他心里实在有些轻视他；但就这么一个他所轻视的人，居然牺牲亲儿子的利益，而诚心诚意地满足对手的欲望，却使他感到敬佩。他又何尝不想抓住此机会，有一个属于自己驰骋的天地呢？对他这般处境的人，这种机会原本就很少，过了这铺也就没这店了。但同时他又深知在此背景下，像十五杏这般的穷村办厂不容易；既然让他干，就必得要风起云涌地干出一个名堂来。自他悄悄进城与陈红莲会晤后，他心里已然有一番打算，正盼望着憨书记再次出现。当下他与老宝贝交流过一些技术问题后，又绕回来问：你们不会因为姨夫才请我当厂长吧？我可犯过大错误……憨书记在心里笑了：如果你一帆风顺地没犯过错误，轮得上我请你出山吗？老宝贝振振有词却又轻描淡写地说：人都是从苦难中磨炼出来的，如果你没在火焰中炙烤三次，海水里浸泡几番，我俩还不会大清早地跑来找你哩！老宝贝应该也是满意的，他喜欢有曲折经历的年轻人。这点，他比他的徒弟油嘴佬要强一些；因为油嘴佬没在火焰中炙烤三次，海水里浸泡几番；人如果在年轻时活得太顺利，就做不出啥大事业来……

　　憨书记与老宝贝把秀才带回来了，令他不解的是秀才在岗墩村藏匿着一个眉清目秀叫作雯雯的女孩。他三至岗墩，三次都看到了，她喊秀才为爹，是不是当年他负尸向县政府请愿邵素芳的孩娃？如果是，他怎么不把她弄来村里抚养？但他没敢询问秀才，他知人有了文化，心就复杂了起来，也就有了隐私。这世间上有许多事，都不为他这般的憨汉理解。不理解就不去理解呗，理解得太多，心就会有负担。他是做事就如刨坑栽树的憨人，一个坑只能栽一棵树，栽下就得包活。而且此时他把精力全放在办厂上，再没心思过问其他事了……

单思明（八）：憨佬进城显摆来了

1

　　智佬进城里找我时，我与高晓敏还处于新婚宴尔中。唐如康的情况已很不好，由唐英与杨氏轮流照顾，躺在干部病房里挨日子。由于我与高晓敏遵循他的意图闪电式结婚，他的精神状态突然亢奋起来，在我单独探望时再三关照要我与高晓敏处好关系；说这桩婚姻是他告别沿海政坛的最后亮相。那天他由杨氏、唐英推着轮椅参加我的婚礼，主持婚宴上做最后的演说。在他心目中，唯有从政才算有出息。他脾气突然转坏是在我结婚一月后，唐英回部队办转业手续，他要我陪他度过那段回光返照的时光，又像我在学校参加红卫兵造反时那般，开始喋喋不休地痛说革命家史，回顾战争给人类带来的创伤。还说养子防老，他养育我几十年，就为告别人世时有人摔碗盏片送葬。这也是沿海地区的习俗，人死灯灭，必须把用过的碗盏由儿子在上路时摔破，这样死者到了阴曹地府，阎罗王才会赏碗饭吃。唐如康是党员，彻底的唯物主义者，我不明白他咋也信这些……

结婚仅一月，我已发现与高晓敏共同生活的许多不愉快。譬如下班后我爱躲在房间里看书，说穿了这有些小资。经历过那场运动的人都是理想主义者，当了干部还不乏文青痕迹，我一直欣赏着保尔·柯察金与冬妮娅式的爱情；而高晓敏恰恰最不喜欢这些。她的人生太顺利，把世事就看得简单，特喜欢社交、爱听奉承话，不愿安静地待在家里。勉强留下也是抱着电话机（我俩结婚用唐如康的屋子，安有家庭电话）一会儿笑一会儿哭，疯疯癫癫琐琐碎碎地与那样狐朋狗友聊个不停，有时还把刚认识的朋友喊来家里，欣赏屋内摆设的家具与装饰，甚至把我当作艺术品或玩偶隆重推出，这就使我感到无聊……

我察觉到这种分歧，就像播下一颗不和谐的种子，会在婚姻这块土壤中生根、发芽，直至长出一棵相互漠视的大树；但我无奈地隐忍了。隐忍是为了妥协，为她还在任上的父母，为我的前途我必须做出必要的妥协。唐如康同志都这样了，我在政坛上发展不靠高书记又靠谁呢？好在高晓敏是个聪明人，那时她与杨氏的关系处得还和谐，杨氏最大的优点就是不事张扬；不像后来我遵照唐如康临终指令，把酷爱清洁的邵廷祯同志从颐乐园接回家（唐如康在良心上反思，认为素芳自杀与他逼我上大学相关），高晓敏才原形毕露地图穷匕首见，提着她的那只红色小皮箱（全部嫁妆）逃回高书记与江姗的怀抱中去了。杨氏无奈，只好把邵廷祯同志另做安排，踮着小脚来回跑着照料，高晓敏方才得胜归家。这举动使我备感世态炎凉人情如纸，认识到这世界上只有杨氏才是我至亲骨肉！在唐如康去世后很长一段时间内，她总是默默地看着我与高晓敏闹别扭，有时会独坐角落垂泪；但她就是不说，从没在我面前吐露过高晓敏一词半语的闲话，在听到我与高晓敏夜间斗嘴，她会悄悄捧一床棉被丢我床上，叹息说：这事儿你爹急了一些……

这状态待唐英转业两年，找上男朋友并在人民医院分房子后，才把杨氏接走算告个段落……

智佬穿着一件灰土布对襟衫，肩上背个布褡裢，足蹬一双圆口布鞋，打扮得像一个化缘的老和尚，在人武部大院里东张西望地找到我家。那布褡裢中装着油菜籽、萝卜籽、芹菜籽和洋芋芳（土豆）芽之类的零杂碎。这不是用来送给我的，他是从不做亏本买卖的智佬嘛。三天两头地往县城跑，心里总藏着个小九九，忙挣钱哩。现在城里居民心情舒畅了，会在墙角落、阳台道地上弄来泥土种些菜蔬，既环保又实惠，绿汪汪地形成一片。这就为智佬带来商机，他拿种子换成粮票布票倒腾着回山里卖不跑空趟。此风景延续了许多年，直至县城拆迁旧屋搞房地产开发，除少数别墅房留些空地外，其余家家户户都住进了公寓房，就再也见不到这般风景了……

我把他让进屋内，此时高晓敏还没下班。她怕做饭把那双十指尖尖如葱白般的嫩手变粗糙，每天要挨到杨氏烧好饭菜才匆匆回家。杨氏原先只服侍唐如康，我调到县里工作与高晓敏结婚后，就得服侍三个人；开始她还在心中窃喜着，人老了就喜欢热闹，图个人丁兴旺地喜庆，后来就黯然了，因为高晓敏把吃现成饭当作快乐追求。她快乐了，杨氏就不快乐，她把为我烧饭看成天经地义，为高晓敏服务却不心甘情愿。她看到我领智佬进门，立即泡上了一杯热茶，兴冲冲地问我是否在此用饭？我告诉她说我想与智佬改善生活喝个小酒，她便下去打来一壶黄酒，又煎上两个鸡蛋，就等高晓敏回家开饭了……

饭后智佬要去找旅馆，我留下了他睡在自搭的偏屋内。这曾是我少年时期的栖居之地，我说过唐如康不准我睡正屋的。高晓敏生性疏懒不愿干家务，却死要面子图干净，每晚临睡前必要擦地板；客人上门得换两双拖鞋（房间与客厅、卫生间分类），搞得我精神上很疲倦。她当然不会让智佬睡正屋，我俩还新婚嘛，怎能鸠占鹊巢？好在我早把偏屋整理出来做书房，为自己留下一个自得其乐的小环境，这才有智佬这般客人的临时蜗居。那晚上智佬向我说了工作组撤走后，村里发生的许多事。他坦率承认晚饭前与我说的客套话其实都是试探，目的是要套出我究竟是否支持村里办厂。他说人不可貌相，海水不可斗量，憨佬虽憨却不是莽张飞，如果有文化，可算得上有勇有谋的关云长！

我问：那你刚才为何说农村富起来，是茅草针儿顶石头坎，正道儿不行得横着来？我以为憨叔办厂的决心动摇了呢？他双眼闪烁地端详我好一会儿才支吾说：我以为你调县里工作后，不再管村里的事了。你不管，仅靠憨佬这厂就办不成。我说：不是说死了杀猪屠，不吃带毛猪吗？再说我也没说不管？他笑了，说：那好，兵不厌诈……现在憨书记派我找你过来刺探军情了。憨书记是不撞南墙不回头、不到黄河心不死的人；办厂的事儿是吃了秤砣心的；他把与唐县长换的那双军皮靴，挂在村委会办公室墙上，急着要给自己换鞋哩……

我问：笑面弥勒还反对吗？他说思想嘛，还是不通，情绪却已经好多了。只要有你与县委、县政府支持，估计他很快就会转过弯子来。旧戏唱：朝中无人莫做官呀。大家明白：阿拉农民做事得有靠山！

次日智佬走后，我去找县汽车配件厂找新任厂长陈俊。既然大家信任我，这事我就马虎不得，树活一张皮人活一口气，我不能说话不算数高射炮打蚊子不着四六。要知道，我在大家的心目中，可是最值得信赖的人呀……

那年头，办事节奏比现在要快得多，此时离我撤出工作组才三个月，沿海就接连发生几桩大事。最重要的当然是我调任县委办公室副主任。这角色官儿不大却很重要，按通常解释就是县委一把手的大秘，大内次管。主任是总管，副主任就是次管。而那时期主任由赵刚义兼任，他是排名最末的一位常委，不管办公室具体事务，只有一名副主任，这就显出我的重要性。我知此不是我有能耐，是唐如康离开后沿海干部动迁次平衡。按理说我与高晓敏成了夫妻，高书记理应避嫌，但没有（那时缺人才）。据说县委常委讨论时，高书记曾提出不妥，却被集体否决，理由是举贤不避亲。那时我还没与高晓敏举行婚礼。唐如康为人一向低调，连走路都怕踩上蚂蚁，但去世前却轰轰烈烈地为我赢得了这位置……

我用不着解释，与高晓敏结婚意味着这是一场政治联姻，当时我也并不知晓二十年后为我带来那场无可躲避的悲欢离合。我的人生按唐如康的设计风波不兴地进行着，就连高书记与江姗这般洞察政治、经验老到的父母，因为爱女心切没能拒绝一个不久于人世的老干部的遗愿。当然，这建筑在高晓敏当时疯狂地爱上比她年长八岁的我的前提下，女人在这状态下大都智商降低，屈服情感；另类说法则是她太想使自己尽快地立足沿海，取代其母江姗成为政治强人……

　　沿海汽车配件厂原为拖拉机修配厂，隶属二轻工业局管理，解放后一直为农业机械化服务。前些年与上海汽车生产厂家合作，增加了汽车轮胎业务而提高规格成为直属国企。新厂长陈俊是我在省委党校进修时的同学。我驱车到他办公室时，他正在车间里忙着。在我的感觉中那段时间他特别忙，因为他是个想干些事的男人，虽比我大了两岁，却由于出身工业世家（父亲是担任过工业局长的离休干部），政治上显得比我成熟。在扶助十五岙村办厂的事上，是他主动约赵刚义与我喝酒时提及的。那天他戴着墨镜打扮成阔商模样，抱怨企业一线生产工人不足，有好项目来不及做；说不到八百员工，退休二百五，除县委、县政府下派安插的行政人员，真能干活的不足三百。他说：兄弟呀，你俩现在机关高枕无忧，我可是虎落平阳进退维谷。赵刚义问：你咋虎落平阳了？上锦纶帘子布的新项目县财政不是批了吗？我当时并不清楚锦纶帘子布是啥玩意儿，陈俊解释说是汽车轮胎黏合的复合材料，国内生产厂家不多；在邻省马山市开会时，对方透露已列入国家重点项目，市场前景不可低估。他说马山方面已有意向合作，只是汽配厂缺一线生产工人……我立即脑筋急转弯，把十五岙村介绍给他，说既然产品技术含量不高盈利低，你人手不够可承包给农村廉价劳力做，不如工农联盟搞个分厂吧？赵刚义也说这主意不错，符合县委扶贫济困的政策。他听后并没表态，几天后就带人去村里考察，回来打电话告诉我：那地方搞锦纶车间不错，可惜就是地偏交通不方便。我说可是人秉实、劳动力便宜；你不用大投入就可生产，再说岙口通着机耕路，跑个五吨车没问题……他沉吟一会说是呀，人是挺实惠的；比我厂里的那些老油条，本分得多哩！

　　看我下厂视察，他擦着脑门上的汗珠儿径直跑过来，说附马爷来了，有啥指示？我说：你把十五岙村憨书记的劲给鼓起来，就不再睬他了？人家可是派人找上门来，你不许要赖皮说话不算数？他说哪能呢！他出劳力，我出项目，这是两头通好的事儿，我咋会要赖皮？我点头道：憨叔可是一个实心眼的人，我不准你欺侮他……他陪我回办公室，边擦汗珠边与我说：其实我也实心眼，特喜欢找实心眼的人合作……再说僧面不看看佛面，有你驸马爷保驾我敢欺侮他吗？只是……我问啥？他说县财税局那笔专项开发资金，至今还没批下来。我说要不要我帮你催催？他笑了笑道：这倒用不着，要不有空你帮我在高书记面前运作运作。我说没问题，县政府对国企上新项目与扶植贫困地区政策重点倾斜……

这般说过我便放心了，打电话给憨叔进城与陈俊直接谈……

2

现在回想起来，此事一开头憨叔就唱了空城计。他哪有钱呀？我与赵刚义提议时也都盲目，没把钱当一回事儿考虑。我俩的愿望是让陈俊帮助他脱贫致富，同时也有利用农村廉价劳动力、解脱国企用工困境的考虑。陈俊也没提过让村里出钱。当然他的心里有数，所谓合作联营，双方有利才能成交。他的眼睛只盯着政府投入这块，对他下一步企业改革、从计划经济走向市场经济至关重要。没有政府投入，国企转制就是一句空话。改革开放初期百废待兴，县政府与企业领导都忙得转陀螺似的找项目搞钱。赵刚义是大内总管，自然眉毛胡子一把抓，连节假日值班都在办公室里打地铺。说过的话早如耳边风给忘掉了。至于陈俊，也忙着体制改革到处弄钱找项目、挖人开掘渠道。他两次带人到十五岙村考察，都提出由他出设备村里出地，在岙口建八千平方米的简易厂房开工。当然，他还说做锦纶帘子布没这么简单，不仅需要技术设备与人员，而且需要较大的厂房与堆场，否则原料进来放何处呢？可惜憨叔没引起注意，只盘算着陈俊说的每工八毛钱收入，以为造厂房如同村里搭草舍棚那么简单，花不了多少钱。而且这时他手头已有了烧炭与编竹筐、竹圈笼，还有下山做打稻客、插秧姑汇拢的六七千元钱。这是一笔在他眼里从无见过的大钱，认为可以办很多很大的事儿哩。因此对陈俊再次下村落实办厂资金，提出厂房建造、原料进货、企业管理与技术培训诸项费用，将有二十万元投入时，憨叔那张张开的嘴，就再也没法合拢……

仅发怔一会儿，憨叔就清醒了，询问企业开张建那许多厂房干啥？陈俊解释说这是办厂，不是农民种地，规模大小决定企业发展兴衰。那年头农民办厂，说穿了就是胆大做皇帝，有多大的气局做多大的事儿。还有人说朱元璋不就是一个穷和尚，竟然开创百年基业。这话的气局符合憨叔办事风格，心里一热，嘴巴一松就冒冒失失地答应下来。说好吧！既然工人老阿哥看得起阿拉红脚梗，这钱我们合计合计，待有了名目我带人来城里谈。他咋会不答应呢？当农民的不就两个肩胛扛一颗头，除裤裆里的两颗卵蛋啥都没有？何况他正急着找种子，指望栽穷山沟里生根发芽、开花结果呢？他没钱可要面子，知道这是县里领导，让工人老阿哥专程下乡谈的项目呀，天雷不打好心人哪……

陈俊自然也有他的如意算盘。他讨好赵刚义与我，一为争取财政拨款，增强企业实力。你县委领导不就催着企业转制？国企历史负担重，当厂长就像每天坐在火山口上，二为就势借势地开拓第二战场。不是说农村劳动力便宜吗？占领人力资源，就掌握企业发展的主动权……

憨叔虽然冒失答应合作，却是一个粗中有细的人，觉得眼下村里虽然没钱，不等于以后也没钱；钱可以运作筹措吗？何况陈俊说二十万元，在他看来含有水分。关键是此项目能不能让村里红脚梗们赚到钱？他知世间没天上掉馅饼的好事，既然四眼娃儿帮忙，就不会坐视不管，他没钱政府有钱哪；他担心的是陈俊厂长两次考察，把项目说得天花乱坠，成功把握究竟有多少？天下攘攘皆为名往，天下熙熙皆为利来，可谓无利不起早，你与我合作不就为了钱吗？当时他的心狠着哩，想：每天八毛钱开工资，只管村人买黑市粮混个肚儿圆。既然办厂就要搞大，天下呆驼儿子不惧鬼，赤脚汉不怕穿鞋人。我一个生来贱命的红脚梗，既然政府让抬头做生意，就不怕你城里白脚梗从中作梗。你不就政府发粮票，背靠国家资源威风吗？一旦转入市场竞争两家就是绑一条绳上的蚂蚱，我输得起你却输不起。我输光大不了仍当农民，你却拖家连小有负担；大六月挑柴担，你的负担比我重多了，你输得起，我又咋的输不起了……

为此，他一面让智佬进城"领市面"，说上面的事儿四眼娃儿比我拎得清，知道我想要啥。下面的事儿我头脑却比他灵清，会帮着村人把关。不管有钱没钱，都要尝试这一把！于是，他一面挖空心思地筹措资金，一面唱开空城计进城找我来了……

智佬帮他探过虚实后，憨叔还是感到不放心。他当然知我在真心帮他，可陈俊答应合作太爽快就有些信不过。在他有限的见识中，觉得城里人做事比农村人要诡诈奸滑；要不他们咋能是鞋袜齐整地成为白脚梗，而他却是长年赤脚的红脚梗呢？两者区别不在脚上而在头脑。他也算是人到中年，这点道理他明白。为此，他进城前一面让智佬与我保持联络继续刺探军情，一面却派油嘴佬找师傅老宝贝进行咨询，就为中间有个缓冲摸清底细。

自从油嘴佬回村说过老宝贝的事后，他就在心里为他留下一席之地了。他在想：老宝贝拿着一份退休工资，还不闲下来享清福外出养蜂挣钱供孙女小苗苗读书，想必是一个见多识广非等闲之辈；再说人家以前在县汽配厂当六级技工，拿一份比厂长还高的工资，自然对陈俊搞的项目门儿清。老话说：做生意得货比三家，他岂能在一棵树上吊死？这事如果陈俊得不到好处，为何会在短短一个月内，连续两次进山找他？他白脚梗得好处是应该的，红脚梗当农民还讲个无利不起早。问题是他得心中有数，不能做呆驼儿子见饵上钩，莫名其妙地变成一道端上餐桌的杂鱼羹。现在药老倌也投入到进舍女婿的行列中来了，嘱咐他做大事须有备而发；好似他当蛊医的看病须先把脉，脉象不正须下猛药，啥事都须得有备而发。啥是备呢？就是办厂涉及全村利益，酿酒做醋在这一遭，须得货比三家。是酒，大家喝着高兴，喝醉也乐意；是醋，人就会急了扒掉你屋顶。药老倌说：办厂我也是小媳妇上轿头一遭，外行；但做人，我却内行了，活这么大岁数，就没受过人骗……憨佬心里有数，虽点头称是说这事由我推荐，能出差错吗？药老倌便问他：以后你与他合一锅吃饭吗？他再与你亲也当着政府的官哩；菩萨如能治病，还要郎中干啥？

油嘴佬很快就找到了老宝贝。眼看天气就要转冷，老宝贝正带着小呆驼从草原归来，在大篷车上载着蜂箱往南赶哩。听油嘴佬说了经过，他想过一会儿道：这是一桩好事哪。农民为何窝田头没出息？就因为目光短浅看不到隔山的云。以前政府说让农民伯伯翻身当家做主人，政策却偏向城里工人老阿哥……汽车行业是朝阳产业，锦纶帘子布是做轮胎的必用材料，有着广阔的市场前景。生产应该不是问题。人家能上我们也能上，大不了我卖掉蜂箱跟你进山当技术顾问。我没搞懂的是这般一块肥肉，汽配厂为何把上门的好事往外推？油嘴佬解释说是工作组给牵的线，目的是要帮助山里人翻身农奴把歌唱。不对，老宝贝犹豫着说：天下没免费的午餐……我思忖这陈俊在做一桩空手套白狼、两头讨巧的买卖……

油嘴佬问啥叫两头讨巧？老宝贝思忖一会儿说：他把上家的生产技术引进，转手交下家生产加工赚取中间差价，做的是旧社会叫"仙人跳"的生意。现在油嘴佬懂了，说明白了，"仙人跳"不就是上海滩上的洋人买办。老宝贝点头说又同又不同。汽配厂是国企单位，如果我没猜错，陈厂长使的是金蝉脱壳之计，套取政府贷款购设备，租赁村办厂收管理费弥补经营不足……油嘴佬说这不是让他从中剥层皮吗？老宝贝说：他玩你，你也可以玩他嘛。不妨压缩管理费用先把项目拿下，伺机与生产厂家直接挂钩取得利润最大化。油嘴佬便问为何不现在就直接挂钩越过他去呢？老宝贝白他一眼道：你这猴儿咋比我还狠？去问你老爹村里有钱购买设备吗？你以为马山那边是傻子？人家也是投资不足才找上汽配厂合作的。两人这般说着，油嘴佬便取出陈俊留下的生产程序协议书来，说老爹让我把它给带来了……他问他能看懂吗？他说似懂非懂……狗屁，老宝贝开骂道：你能看懂？国家花钱办大学招生干吗？你给我时间独自静静……

没两日老宝贝看完了资料，油嘴佬问他如何？他摇头不答，却问他拿掉强奸犯帽子没有？油嘴佬说师傅，您咋把冬瓜牵到豆棚里，尽说些不相干的事？老宝贝用鼻子哼一声道：拿不拿掉这帽子与办厂有关系……你老爹都几岁了？秋后的蚂蚱蹦跶不了几年，我想知道厂办成了，以后交班与谁？油嘴佬方才明白企业由谁掌握核心技术，就由谁主宰的道理。便吹嘘说：村里现在拿我当人物哩。老宝贝摇头：我不问村人把你当不当人物，是问假公主把不把你当人物？如果我没猜错，现在你老爹正逼你娶她哩……你要与村民一起创业就必先娶她。为啥？油嘴佬问：我都睡了她，她不跟我还跟谁？这可说不定。老宝贝把资料丢还于他，冷笑着端详他：我瞧你这张脸呀，忠诚不足聪明有余，不像在一棵树上吊死的人。不把与假公主的事儿办了，老爹信你势必鸡飞蛋打、竹篮打水一场空……

呵、呵，师傅呀，你把我看成什么人了？油嘴佬不满地嘀咕道。

老宝贝摇头说：不是我要把你看成什么人，而是别人把你看作什么人。别人把你看作什么人是次要的，而是你把自己看作什么人才最重要。

这话是老宝贝在村里当技术顾问后告诉我的，说他不是对爱徒不信任，而是这社会太复杂，农民的社会地位低下，各种各样五花八门的诱惑又太多。说他当初忧虑的不是啥技术问题，或是资金体制问题，这些都不是问题；是问题也可以通过各种有效途径与措施解决；重要的是社会对农民阶层的整体歧视，致使这群体人才严重不足，对这场排山倒海式的工业革命缺乏认识。就此角度，老宝贝显然是个有见识的人。他说：农民办企业不仅仅是经济的革命，更是一场具有社会大变革与大颠覆的根本性革命，需要有卓越的人才运作与支撑。他退休后一直在思考这问题，为何共产党革命那么多年，被称作主人公的农民还一直处于社会最低层？他说企业的竞争最后就是核心人才的竞争。像十五呑这般的穷村，竖起一块牌子把企业架子搭起来容易，要真正做成品牌走向市场取得社会认可却很难。像强奸犯（很久后他还称徒弟是强奸犯）这般的年轻人，二十岁刚刚出头，没经历过社会的磨难，连对他睡过的女人都难承担责任，就很少会有责任心和事业心与企业生死与共，荣辱同担。他们的心就像在天上漂浮的云，不知欲去何方、安放何处？而真正办好企业，却需要核心成员有铁的意志与全身心投入的决心、信心与毅力……

老宝贝在油嘴佬回去一个多月后，越想越感到不放心，正好憨叔约他在马山相见，就把这些话与他说了。两人言谈甚欢，憨叔邀他加盟帮助决策，老宝贝思前想后，觉得自己还真是酒逢知己千杯少，既交了他这朋友就不能等闲视之坐山观虎斗，有责任拔刀相助，便廉价卖掉一百零八箱蜜蜂，让小呆驼驾驶着他的大篷车来到村里，投入到憨叔办厂的洪流中。此事在沿海乡镇企业中，一时被传为美谈。老宝贝说他这般做不是为钱；人老了，钱就成为一串数字，死时连一文都别想带走。他是为一股气势，被农民办事业的大趋势所裹挟，身不由己投入且再难分离……

后来他在油嘴佬离村时，曾笑呵呵地说过一段话：强奸犯呀，自古士为知己者死，可惜师傅没遇上你这般的好时候；别逞强以为你是啥啥的？你那憨爹虽竞选上村书记，说到底还是两只肩胛扛个头的农民。你父子若要成大事，须记住这世间上是人都比你俩强，别人都是能人、强人，而你俩就是孬孙儿子；要懂得吃亏就是占便宜的道理。你师傅就因为这辈人做人做得太聪明了，就落魄得晚年仍不像一个堂堂皇皇的人；要明白做企业就是做人，能不能与别人共融就看人的气度，明明手里提着讨饭篮饿得打转转，还把残羹剩饭挑出来喂在别人嘴里当呆驼儿子示弱。这世界原本就不公平，公平了就不会有富人与穷人。就像你与小呆驼跟我养蜂，表面是我养活你们，其实是你俩养活了我。我这般说你现在可能还不理解，告诉你老爹他能理解了。人如果能做到别人揍左脸上，还笑着把右脸贴上去，那他就成功了。村里初始办厂，一没资源二没资金，好似货郎担进山收鸭肫鸡毛，一副空挑子没笃笃糖给换，困难可想而知；忍着，你只能忍着，人能百忍自无忧呀，千年铁树总有开花时……

为何……油嘴佬含泪问。不为何……老宝贝也含泪回答：要记住你们是世世代代摸土疙瘩的农民。搭便车还是别人的车……只有自己学会开车买车自己开，出头的日子就会来了……农民开自己的车，才能真正成为车主人……

3

憨叔带着鸿年老师与油嘴佬，进城洽谈锦纶帘子布加工项目。出发前他让油嘴佬给我打电话，问有没有空见面？我说空是不会有空的，憨叔要来，再忙我也得挤出时间接待。我这般说油嘴佬特高兴，说还真是我亲哥哩！我原还想与他开玩笑：我咋是你亲哥呢？笨羊才是哩，他是你姐夫呗。但我还没说出口，他就把话筒撂了，我知憨叔在他身边哩，他只能长话短说。憨叔当书记后做出规定，村干部打电话得自掏腰包，即使工作也不例外。根据我掌握的情况，他当书记后短短两个多月，已把村里该摆平的基本摆平了。这很了不起，情况比我想象的要好；但办厂的事我仍然担心，他虽壮志满怀，却对此事一窍不通。那次智佬留宿我家就嘀咕：憨佬嘛，脑子特简单，四十多岁的人了，没给自己留条后路，把地都分了，村里没留啥集体资产，还把生产管理权让给我那菩萨堂叔。不当坐帐拿总的大元帅，偏当冲锋陷阵的急将军。办企业是年轻人的事呀！我担心他一头栽进去，光棍老倌端锅子……这辈子算是拔不出来了……

我也担心这事，可没有他悲观。安慰他说狭路相逢勇者胜，没准真抱成一大金娃娃？他摇头连声叹息：大姑囡上轿嫁汉生娃，老妊儿上床做伴吹灯，他也是六十岁学跌打，图个闹猛的人了。他这般说我并不赞成，在我心目中，憨叔应是一个粗中有细的人，自下乡第三年秀才请来米沙真人，留下太阳升起牛抬头那偈言，村民都在尝试着抬头，许多都抬不成头重新缩了回去，他却是抬了又抬地永不气馁。此番全村举债、破釜沉舟办厂，人皆不认可，他却一意孤行，说明他的心还年轻着。这世上真懂得农民的人不多，在他的意识中，认为世事是人给办的，别人能办，他也能办。只要有人给他一条金箍棒，他就能像齐天大圣一般把这乾坤搅得不着四六。这就是农民，当年我插队时他就说过：农民咋了？少一条胳膊还是少一条腿？他人能做的事，农民为何不能做？就凭着这股猛打猛闯的勇气，我觉得他能走出一条属于自己的路来。即使失败，他也是一个想过抬头、有过经历的人，比没敢抬头、畏缩不前的庸人要强……

那年头县城里还很少有人穿西装，街上人头攒动，服饰灰蒙蒙地一片。偶尔有女孩衣裙靓丽些，就有人驻足停下观看，遇上思想保守些的老人家，便说这女子有作风问题；不为别的，就为你招摇显摆呀！这日憨叔、油嘴佬父子都穿着西装，在小县城灰蒙蒙的人堆里显摆出颜色来。显摆吗？是有些显摆，对他父子说进城就为了显摆，不让人看出他俩是山里的红脚梗。油嘴佬还穿着那件白西服，这是养蜂回村时置的行头，夏日收起来放进秋秋的藤箱里了，临行前又在镇上衣店熨烫过，还是棱是棱角是角的。憨叔也置了件银灰色的新西装，由秋秋用城里阿公洪老师前些年准备油嘴佬上大学时送的布料，特地由街上裁缝铺赶裁了出来。憨叔开始不愿意，问道士穿上袈裟，就是和尚了？秋秋驳斥说：不管和尚还是道士，你是两千名村民的书记，好歹也是个笔套管（官），你不要脸我要脸哩。你看人家菩萨哥去镇里开会，哪次不是鞋袜整齐衣饰光鲜？人穷穷在骨子里，别让人一眼就看穿你是赤脚汉。这般说了他只好依她。别看天街镇坐落在山坳岰里，因为有通埠的舜江东接鄞江直通外海，百年前也曾是个闹猛的码头呀。名扬海外的红帮裁缝做的西装，当年在上海滩上还小有名气，只是前些年批资封修，连带也批了洋装，生意哑过一阵儿，现在又就流行开来。鸿年老师穿着一件藏青卡其布中山装，这是他刚参加工作时置下的，搁二十多年都没用上，这次从藤箱内翻寻出来，虽然皱巴巴地没熨烫过，但他身材高挑，气质犹存，又在胸口袋里插上一支钢笔，外加一支圆珠笔，一看就知是个有文化底蕴的乡贤。

据说憨叔置办西装后，临出发却后悔了，他不是又没到过县城，养父洪老师就住城里。如果谈项目衣衫取人，他还不谈了哩。再说陈厂长来过山里，他双脚是泥地穿双草鞋领着到处转，也没听他说些啥呀？人家要合作的是项目，是人，不是你穿的衣衫。但油嘴佬非让他穿，说爹呀，您不是说阿拉红脚梗可输得透底儿，也不能没了气儿。衣衫代表人的品位，品位低了项目也就不成了。他还是不愿意，说小赤佬懂啥品位？气得秋秋拿出一把剪子来，说老戏文有唱：人靠衣衫马靠鞍，你不穿我就把它给铰了……憨叔怕她铰（这事秋秋姨还真干过），便无可奈何地把西装给换上了，只是没衬衣不伦不类地套着件旧绒衣，那东西现在看不到了，以前有个洋名字叫司惠脱。

双方合作的事，这时有了些变故。由于汽配厂打给财政局的经费报告没批下来，陈俊便要求追加有偿使用设备的管理费，这使憨叔心头立马变得烦躁。他兴冲冲地进城，原本想通过人际关系周旋减免一些费用，没想到现在不降反升。于是打电话与我联系，说农民办事都是剥萝卜吃，剥一层皮咬一口，再剥皮再咬；哪有不剥皮就把萝卜囫囵吞下肚？别说村里还唱空城计没钱，就是有钱，也是先做事后交钱。哪有事儿八字没一撇地就要交钱？他骂娘说：他阿奶大脚，又不是国民党逼税款步步为营，逼急了老子还就不干了。

我知他说的不是真话，否则不会起兵发马地跑来城里找我。我让他冷静下来别急，说你不干我也得问清楚陈俊那里的情况……

三人为节省费用，留宿在洪老师家里。夫妇俩右派平反后办了退休，洪老师还在县志办（后又去党史办）帮忙，陈瑛老师可就成了专职保姆居家无所事事。屋子不大，只六十多平方米，两个房间，一间由他夫妇睡，另一间给了寄读县一中的衰佬长生睡。夫妇俩终生未育，特别孩子喜欢，长生小学刚毕业就把他接来城里。家里多出三位壮汉住不下，鸿年老师坚持要开旅馆，被憨叔阻住：你出公差旅馆费得村里报，我又没钱，看我面上将就挤挤吧！鸿年老师感到不好意思，说这不明摆着揩城里阿爷的油吗？油嘴佬嘻嘻笑着说老爹就是一个赖皮精，每年过年让他给城里阿爷带只鸡来，末了大包小包提回去。还说衰佬住城里，吃喝拉撒都由城里阿奶管，说早揩油了，不在乎这一次。憨叔低头用牙签挑着煤头纸捅烟管儿，脸上露出孩童般得意的笑容……

这晚上鸿年老师睡了衰佬的床，父子仨在客厅打地铺。洪老师的右派已平反了，鸿年老师却还没有，心里正难受着。洪老师像贪玩的孩娃一样钻他房间里不出来，尽与他交流右派纠错的事。说这好像一场轰轰烈烈的大戏，曲终人散合上幕布，人却还陷在戏里出不来。他说别急别急，这种事是灾躲不过是祸逃不了，事儿得抓紧办，活儿照常干；共产党再"英明"，也不至于陈年再挖臭屁翻历史旧账；何况他原本就是搞扩大化才被上眼药……

次日上午，三人满怀信心来找我，认为我跟高书记屁股后拎包，定是一个神通广大的二郎神。路上憨叔鼓励鸿年老师道：昨夜我城里阿爹说的是真话，改正右派的事儿，你得趁机扭住四眼娃儿想办法，得脚底板翻天地多跑跑。鸿年老师说他知道，待落实办厂的事儿后，在县城多待段时间，争取先把帽子给摘掉。油嘴佬抱怨晚上没睡好。憨叔问他为何没睡好？他说老爹的呼噜响得如野角麂叫，连水泥地板都会得打颤儿，又咋能睡好呢？憨叔便笑骂他还没娶媳妇就厌憎爹了，你娘都与我睡了二十多年，不打呼噜她还睡不香哩……

转眼到县政府大楼门口，岗哨拦住不让进。憨叔问他咋了？人民政府为人民，咋还怕群众？岗哨解释说不是怕群众，是怕群众没规矩，打扰了里面办公的主人。憨叔还想说些什么，鸿年老师阻止他让油嘴佬进岗亭打电话给我。我接电话后立即迎出来，第一次见憨叔猪鼻子插根葱装大象穿西装，不由笑了起来。他问我笑啥？我说您还真逗，穿西装蹬老布鞋变成个人物了？他认真地问我：那我脚上该穿啥呢？我抬抬足上高晓敏新置的黄皮鞋，说你不是有与我爹换的军皮鞋吗？穿西装就该配皮鞋。他摇头嘟哝道：那鞋太小穿着硌脚，待以后办厂赚了钱，我买一双大号的皮鞋穿……

在办公室里坐下来，憨叔就显得有些紧张，犹犹豫豫地说不清话。油嘴佬也紧绷脸严肃着，一对灵活的眼珠却骨碌碌转动，贼溜溜地四处打量，脸上的表情极不自在。鸿年老师代表他俩说明来意，说支部与村委会是真心诚意想合作办厂，陈厂长已答应无条件合作，现在却擅自抬高了门槛。他说憨书记的意思是：农民办事讲信义，此事至此份上有点卡了……我问：你三个就为此而来？憨叔缓过气来责怪说：难道我有闲工夫逛街市？四眼娃儿哟，这事儿不知你咋向他吩咐的？你该知道阿拉穷村缺的就是钱哪……

此责怪不很妥当，我能向陈俊吩咐吗？只不过顺着领导的意图打个擦边球。但出自憨叔之口就顺理成章，他压根儿就没把我当外人。这陈俊也真是……我明明说过村里没钱投资只出劳力不出钱，咋就变卦了呢？为此我做了一番解释，无非说改革开放后扩大了企业自主权。事儿我可以再问问，具体如何合作得由企业定……鸿年老师问：陈厂长不是说你是他省委党校同学吗？我说是同学，可现在他的日子也不好过，以后财政不给国企补助，厂里有几百号人等他发工资。我这般解释着憨叔心头烦躁起来，此时他已没了刚进门时的拘谨，重把我看成插队受贫下中农再教育的知青娃，吹胡子瞪眼珠地在桌上敲着旱烟管说：我不管他啥情况，只要你捎信给他：男子汉大丈夫咋讲话不算数……

为表明态度，我有意按免提键给陈俊打去电话，说我让你与村里合作项目是支持扶贫，你咋就想着赚钱呢？其实这事我心里明白，智佬上门时我也已透底：县财政划钱给陈俊上项目，主要是支持国企转制并不为扶贫济困，我不过是顺带搭便船。这年头百废待兴大家都缺钱，如果没有政策扶助，憨叔咋绕都绕不过这弯子去……陈俊可是机灵脑袋，估计憨叔已告状至我这儿，大叫道：我说县太爷呀，站着说话不腰痛。你工资是国家发的，我的工资却自己赚；项目资金扶了贫，企业员工喝西北风哪？我透底说你那项目的设备款，是我与赵助理向财政争取的，咋就翻脸不认人？现在憨书记坐我办公室里，就合作事宜要洽谈，你约个时间吧！如果不行，我向高书记当面汇报……

这话近乎威胁，于我来说当是司空见惯，可憨叔没明白，在脸上露出不安来，说你咋这般说话呢？他怕我把话说得太重，反伤害了合作方面子。其实我只演戏给大家看，说明我有意促成此事。官场不同于民间，多的就是戏子，而且还自编自演地唱独角戏。陈俊也在演戏，明明想合作（我在他话中听出意思来），却故弄玄虚，目的就为财政拨款购置设备；他是在演给我与赵刚义，甚至高书记看，获得同情为企业争取权益。现在我有些后悔当他们的面打此电话，因为我超越职权变相答应陈俊有后台支持。处于我这般的位置，许多话只能点到为止，并不能发号施令地包生儿子包生囡，人执行算买了脸孔，不执行也拿他没法。此事我说得太多也管得太宽了，怪不得赵刚义批评我不成熟……

4

三人从县府大院出来，意见立马产生分歧。油嘴佬看出我这般大喊小叫地打电话，其实在演戏给他三个看。他说汽配厂是县属企业，能否合作还不是政府一句话？这话县里领导不会直接说，无非怕担负责任！钱是县财政拨汽配厂进设备的，没注明扶贫款，就明摆着让陈俊敲一竹杠。他说人升官后良心就会变坏，此事说不定四眼哥与陈厂长事先商量好，做个样子给我们看；四眼哥的屁股坐在工人阶级那边，既然县政府政策扶贫，倒不如直接拨款给我们，何必让汽配厂从中插上一脚？他说他与老宝贝去了马山考察，认为那儿大集体机制要比国企灵活，少一道环节就少费周折，倒不如趁机撤出来与马山合作。

憨叔不同意，认为农民虽然穷得裤裆掉落没钱，做事却得讲信用，说好的事儿不能变卦。还说老话有说：有钱无理难出门，没钱有理行天下。鸿年老师支持油嘴佬的分析，认为此事夹在里面是有些绕；但觉得憨叔说话有道理，既然四眼娃儿已打过电话，不妨去汽配厂与陈俊谈了再说。他说：单主任心里焦急不像是装的，他的立场站在我们这一边；何况村里没办过企业，万事开头难，得有汽配厂技术支持担保走一程，脚步才迈得稳实。设备款可以商量着办……

三人的分析，其实只说对一半。陈俊变化不是没事揽事做，当时国企改革刚开始，许多事得走一步看一步，上级领导也说不清，县委、县政府通过财政拨款购买设备，既有支持汽配厂扩大规模走向市场的意图（这是主要的），又有扶助穷村改变面貌的想法。因为吃不准，就一女两嫁、模棱两可；可惜是县财政也缺钱，这钱还是高书记跑省轻工业厅争取来的。于县委、县政府来说，县汽配厂改革与扶助穷村办厂，两头都是亲生的孩娃，具体如何接洽，只能仰仗各自智慧。会叫的娃儿多喂奶，这是沿海改革起步时的普遍状况，谈不上与谁亲与谁疏……

憨叔执意要与陈俊继续谈，这想法是对的。我没说破是因为不想说破，我可以断定陈俊在加收设备投资款的事上，心里也是七上八下地在犹豫，他知道十五岙村是高书记与县委抓的点，两次下村考核不仅为村里廉价劳动力，打的是政治仗。不看僧面看佛面，他要巴结的是高书记。那时国企领导人凡有些政治头脑的，都把政府行政指令当作企业起死回生的救命稻草。

我在憨叔走后，挂通了高书记的内线电话，向他报告村里来人要向他汇报情况。此招也是我惯用伎俩之一，爱屋及乌，高书记要扶植我，必对我关注的目标感兴趣，只要他能得闲见憨叔，我就可以他名义发号施令……

隔日，三人到县汽配厂洽谈，陈俊便显出热情来了，领他们车间参观与介绍厂里的情况。车间里正在制作汽轮钢圈，只见一台台排列整齐的车床前，百十名身穿工作服的技工穿梭操作，机轮在电流驱动下唰唰旋转，接触的金属件滋滋响着迸发出火花与幽光，工作着是美好的，那场面就显得肃穆与壮观。憨书记显然没见过此场面，吃惊地张大了嘴巴，露出由于缺钙而浊黄的牙齿……

陈俊表面客套，心里却瞧不起他。不是因为改革开放，他这一厂之长的正科级白脚梗，断断不会与他这般的红脚梗交往。为此他问：你知生产一个钢圈，得有多少道工序？憨叔摇头。他没当过工人，怎知工序呢？油嘴佬感到受了奚落，斗胆猜测说：五六道吧？陈俊斜眼瞅他一眼，心想：小子以为搞工业是娃娃玩过家家？认真解释说从打模到产品完成，大小共有二十一道工序，每道都得有一个成熟技工精心伺候着……二十一道哪，比六月禾稻抽穗耘田还细。憨叔倒抽了一口冷气。陈俊又问知这般的车床多少钱一台吗？油嘴佬尽管心里不服气，却不敢再多嘴。陈俊说要七万多元哩，还是小车床；大车床每台得十几万、几十万元，上百万元的都有；制造车间大、小车床搭配，有十几台，还得冲床、压模机与磨床，设备上千万元……

参观完车间，陈俊招呼他仨在会议室坐下，喊人泡上茶还摆出个水果拼盘。洽谈正式开始（刚才那是序幕），他说洪书记远道而来，厂里也没啥招待，尝尝刚上市的本地橘吧！憨叔笑着拿起一个剥开，丢一瓣在嘴里品尝过后摇摇头问：这东西叫改良2号，在县城卖多钱一斤？陈俊叫来服务员问，回答是三角，也有卖二角五的，她拣贵的买。憨叔一瓣瓣地细看，又拿小半塞进嘴里，说不咋样，有酸味哩；改良2号产量是高了，可没我山里的蜜柑好吃。说着考问陈俊：你知橘树栽种、上肥、剪枝、结果，得几年才能上市吗？陈俊一愣，摇头说不知道。是呀，没当过山农咋知橘子栽培与挂果呢？憨叔裂嘴笑道：你没插队当然不知道，去问问四眼娃儿吧？他知橘树咋栽培出来的……

话入正题。陈俊说：昨天单主任打电话批评我闹本位主义，你十五岙村是贫困村，我们国企理当重点扶持……增加费用我也是不得已，您、我都是肩负责任的当家人，知晓柴米油盐酱醋过日子的艰辛，眼下我确有许多难处……见他如此叹苦经，憨叔迫不及待地挥手打断道：别客气……不是说穷则思变，要干要革命呗？你有啥难处说出来，我能帮得上忙一定帮……我们农民做事除死无大难，只要有口吃的，就夹紧卵蛋往前奔……陈俊把鼻梁上的眼镜摘下用镜片布擦着（其实他不像我一样真近视，只是这年头知识重又吃香，他配副平光眼支撑门脸），支支吾吾地把厂里八百名员工，退休员工二百五，行政管理人员近两百，除去常年泡病假的老油条，留下干活的工人不足三百的状况说了一遍。说全年仅工资奖金一项，就得开支两百多万，销售利润返回不足两百万，管理和设备维护费上百万，县财政正酝酿出台固定资产回报，估计每年也得追加百万元……说这些话，原本我不应该与您说，但您是一个正派人，我就开诚布公地说明情况……转产上新项目是好，可加重了企业负担哪！以前有国家财政补助，现在不补了……不搞联营扩大规模，就没有我陈俊和汽配厂员工的活路呀！

这使憨叔有些迷茫，看企业厂房整整齐齐，工人进进出出，衣是衣鞋是鞋，派头蛮大的；却也像农民一样在愁着无米下锅。这真是家家都有一本难念的经呀！不由惺惺相惜地问：以后政府真不管工人老阿哥的工资与粮票，也不使红本本在医院划药看病？陈俊点头说：可不是吗！政府丢包袱企业自负盈亏，以前那种多做少做一个样、吃大锅饭的好日子结束了；红本本还可以用，钱从企业效益中划……那还不与阿拉红脚梗扯平了吗？憨叔大惊失色，这是他从没想到的事。基础比农民好一些，政府还管发粮票……陈俊哭丧着脸说。

中午，三人留小食堂吃饭，陈俊说不管项目能否成，憨叔这朋友他交定了。他说生意不成交情在，我们还是朋友嘛……转眼间，饭菜已端上来，有鱼有肉，满满一桌，还有三包飞马牌香烟与十几瓶黄酒。陈俊招呼大家落座，说下饭无菜饭吃饱，郝书记不在，王副厂长等会过来陪。餐间憨叔可没咋动筷子，这桌酒菜抵一个白脚梗全月工资。饭后他问：亲兄弟明算账；酒菜钱谁付？陈俊说：我来村考察，谁付的酒菜钱呢？不一样，您是工人老阿哥，我是农民伯伯哪，酒自家酿，菜在地里拔，鱼是水库捞的；在城里啥都要买，不是说以后工人使红本本看病也从厂里划钱，还不与我农村合作医疗一样，兄弟你负担重哪……

餐后，憨叔把没喝的酒退回去，坚持与陈俊一人一半付钱；少付觉得对不住，多付他也没这能力，老规矩敲瓦片吃得安心呗！

联营合作的事儿，在那次洽谈后商量确定。时已傍晚，三人坐公园草坪上说话。在憨叔眼里，公园草坪是城里人死要面子的"一大傻"，他指着十几亩的衰草对鸿年老师与油嘴佬说：不知糖拌糠这些当县长咋想的？这块地种禾稻每亩八百斤谷，少说也能发三十四个闲人粮票，种草啥眼光？一斤粮食也出产不了……中午付过饭钱后他难免心疼，这不是吝啬，而是实实在在地心痛，一餐饭顶山里人半年的粮哩。原本像他这般汉子，骨子眼里满溢着豪气，请人吃餐饭不算咋的？只是糠菜半年粮的农家现实，使他无法像后来那般为工人老阿哥们一掷千金，那时他钱赚得顺手真富了呗；村里娃儿们能坐在明亮的教室里学文化，家家户户也有了电灯电视与洗衣机，虽说也不咋的，比上不足，比下有余。可在当时，合作办企业之事八字才刚一撇哩……

在公园内说事免费看风景，憨叔的潜意识里是想把饭钱折回来。深秋的树枝与草坪大多枯萎，池内的水波被风儿吹起了皱褶，这般的风景山里有的是，折不回来多少钱。憨叔赌气地脱下西装丢草坪上垫屁股。油嘴佬提醒说：爹，这西装可比你那屁股值钱哪。他凄凉一笑又把西装披肩上兜地坐下，从随身布褡裢内取出一包烘干的番薯蜜枣摊地上，说人是铁饭是钢，今日我三个说说联营合作的利弊；我知你俩都没吃饱哩，说事前先填填肚饥。油嘴佬问那饭付了多少钱？他说倒也不多，烟酒退掉付了六块……油嘴佬抢白说还不多，四斤蜂蜜得蜜蜂采多少花哩？他这般说，他的心里更不好受，嗑着牙花用小指甲抠牙缝，心里想着那碗没吃净的东坡肉，真香！狗娘养的，好东西哩，可惜只吃了一块……

这餐饭吃得不轻松哪……路上油嘴佬问老爹为何破费？他说还不因为我们是农民，得上桌上台地让人瞧得起！说我知道吃饭是吃钱，可出门在外该花钱就得花。鸿年老师沉默良久，这时嗟叹道：原以为工人老阿哥日子比农民好过，原来是挨板揹白高不了多少。油嘴佬抢白说高不了多少也是高呀，我做梦都想着进城当工人，至少每月有二十七斤定粮。憨叔便问他俩：陈厂长有否讲真话？鸿年老师说该是真话，我听电台里说国营企业转制老厂负担重！按理说办厂需要强强联合，屙卵抱团会影响日后发展。油嘴佬脑子里还想着马山锦纶总厂，乘虚而入道：我算明白了城里人虚头巴脑的，把合作洽谈变成诉苦会，这姓陈的贼精贼精以退求进唱的是苦肉计。鸿年老师来了兴趣，要他说说咋是苦肉计？油嘴佬便联想起我打电话的事，说没有四眼哥这电话，也许他就关灯熄火地想撤退了，四眼哥打过电话，他就知老爹有高书记当靠山，想着法儿要占我们便宜……鸿年老师觉得有道理，附和说：让人剥皮有两种：一种心甘情愿，还有一种是心有不甘仍让人剥……

憨叔沉吟半晌道：做人讲的是诚恳，不管陈厂长是否在使苦肉计，反正汽配厂情况我仨都看了，他说的应该是实话、真话；这块场子于他白脚梗来说不是草场，因为他们习惯了有肉吃，对我们红脚梗来说，就是一块有草可啃的大草场哪！反正我们又不指望吃肉，人家眼下有困难才找我们帮忙，没困难还轮不到我们哩。这样的合作，我夜里才困得熟不做噩梦；老话说给人方便自己方便，虽然我们是讨饭佬遇上逃荒汉，偷鸡不着蚀把米；但陈厂长这心意我领了，蚀不蚀米只能是张果老骑驴看唱本，走着瞧了……油嘴佬明白他的意图了，问凭啥让农民吃亏？憨叔咂巴着旱烟管道：那是你上世没修好投错了人生。历朝历代还没农民干事没吃亏的。我说过做人要前半夜思忖自己后半夜想想别人就是这意思。没听你城里阿爷说，吃亏就是占便宜嘛。我们办厂抢了工人老阿哥饭碗，我们想抬头找饭吃，他们也得抬头找饭吃；可饭碗多多少少就这几只，你说吃亏，仔细想想还是工人老阿哥，端了饭碗不珍惜，就转到我们农民伯伯的手里来了嘛！你说他亏呀不亏？说到这儿，他心里忽然有些伤感，磕掉烟灰站起来，眺望着远处迷迷茫茫、升升腾腾的晚霞，没头没脑地嘟哝道：如果政府把山上的老虎、狮子都放出来，那些跑不快的绵羊、野角麂就会被吃掉……油嘴佬没听明白，问：老爹，你在说些啥呢？他回头瞪他一眼道：我还能说啥呢？我看不得那些跑不快的绵羊与野角麂，总有一日被老虎、狮子们吃掉，可我又没能力保护它们……

三人吃着番薯蜜枣又说过一些话，天就黑了下来，萤火虫一般的街灯也就亮了起来。憨叔觉得口渴，摇晃着笨拙的身子在池边蹲下捧水喝……鸿年老师追过来阻止说别喝——咋，城里的水要钱呀？他没好气地瞪起牛眼睛。鸿年老师说这水不是山里的溪坑水：喝了会拉肚子……他嘿嘿地笑着说没事，说起来我还算半个城里人，从小喝生水没拉过肚子。

这晚他仨在街头兑了两斤干麦饼，就着一壶茶水吃了，又在街上转了半圈，才回到洪老师家里。陈瑛老师责怪说：咋不回家吃饭？我都煮好了，是否心疼老洪与我的退休工资呀？憨叔笑着没作答。油嘴佬说汽配厂拉住请客，老爹最馋那碗东坡肉！是夜洪老师与憨叔谈到深夜。洪老师知他做出这般决定，称赞说：做人是应该这样，前半夜思忖自己，后半夜得想着别人……

5

合作之事又接连谈了两次，最后管理费谈妥了，协议却卡在预付款上。无论我咋做工作，陈俊都是一句老话：你拿国家固定工资，站着说话不腰疼，我可是得走市场经济养人唯利是图的商人，县财政的设备款没全额到位，我放水过多就损了企业利益。我说：走市场又不是下地狱，汽配厂人强马壮地占着国家资源有那么可怕吗？他说兄弟呀，吃一堑长一智，有本事你来试试？你以为我在卡他，国有国法，厂有厂规；这事儿我已长长人变成了矮矮人，员工都骂我出卖企业的利益，我是钻进风箱的老鼠两头受气。他这般说，我就不忍心再逼他。无论机关企业，都还是政府发着工资与粮票，抬头不见低头见，万一弄出事来，我就吃不了兜着走……

这时憨叔忽然提出要去马山看看，说是投石问路，货比两家，不至于在一棵树上吊死。我原以为油嘴佬在蛊惑他打退堂鼓，因为他一直以为异地大集体厂机制灵活，条条框框会少一些；事后才知是憨叔自己的主张。他说：娃呀，我知你是全心全意为村里好，但毕竟是一桩大事呀；签下协议就得交三万，村里哪能一下筹那许多些钱呢？别说大家没钱穷怕了，有钱也是不见兔子不撒鹰。我是砻糠搓绳开头难，糖饧麦果都没咬一口，咋会把牙缝里省俭的钱一下投放进去？

临走前一天他又给我打了个电话，让我替他求情拖延时日。说他堂堂正正、长长大大的一个人，签下协议就不会赖账。我没答应，说主意得他自个拿。这事是周瑜打黄盖，一个愿打一个愿挨；我可无法挑这担子。我甚至怀疑我是不是猫拖咸鲞，多管闲账；明知村里没钱偏要起兵发马地牵这线，给自己也给憨叔、陈俊出了难题……

他向我打电话那晚上，洪老师知情后，与陈瑛老师把夫妇俩纠正右派退赔的一万两千元钱存折交给他，说这钱原本我想留着养老，现在你们办厂先拿去，我知道不够，但我俩这辈子只有这些积蓄……憨叔开始没接受，他早知两位老人家存有坐牢与下放的补发工资，没想到有这么多。推辞说：虽然我欠着陈厂长预付款，但我有把握弄到钱……洪老师强把银行存折塞在他怀里，说拿着拿着……我还不知底，有钱你不会向陈厂长讨价还价……办厂是正事儿，你不好意思就写个借条……以后有钱还我俩就是了……

他知两位老人不容易，这辈子大半岁月在国民党监狱、共产党农场里度过，改革开放才重见了天日……见他俩真心诚意地支持他办厂，后来就犹豫着把钱收下了。想：也罢，养父母年岁大了，攒着存折担心担事的，不拿这钱就见外伤了他俩的心，还是我先做保管员，待办厂赚钱后加倍奉还就是。这样他又给我打电话，说连他身上带的钱合起来快有两万了。我说那好，您就不必再去马山了，留下一万我做个担保，这几天凑齐签协议就是了。但他不愿意，说还得去马山走一趟，说油嘴佬师傅老宝贝在那等他哩，待他见过真神才能最后下决心……

憨叔临去马山那天，高书记让我给截下了。高书记办事风格与憨叔差不多，雷厉风行讲实效，凡他想管的事一竿子插到底。村里办厂的事我做过电话汇报，当时他漫不经心的，只让我以他的名义继续关注。那日他从地区开会回来情绪很好，大清早地在办公室甩手锻炼，我就乘虚而入在他身边站了一会儿，他知道我有话要说，停止锻炼让我坐沙发上。他的办公室内有两把单人沙发，通常汇报工作我都坐在写字台对面的钢架椅上，只有贵宾例外可坐沙发。我把憨叔进城签订协议之事汇报一遍，说他想为村民办些事。他说：人只有执着才能办成事，像憨叔这般的农民办厂不容易，我支持！我说你支持就见见他，人家现在正处在彷徨中。好吧，他爽快地答应：今天我恰巧有空，你把他叫来谈谈……

憨叔身上没电话，我无法联系上，想起去马山应是正午的车次，灵机一动打电话给县志办，让在那帮助工作的洪老师转告。此时憨叔已让油嘴佬排队买回隔夜车票准备出发，还舍不得退票，说这是钱哪！鸿年老师及时提醒他，说高书记是忙人，约你不去，以后想见他就难约了。油嘴佬也说：高书记见你，说明这事有苗头，一张车票的事又算啥呢？憨叔还没转过弯来，问为啥高书记见我，这事就成了呢？油嘴佬说道理简单，陈厂长可以不听四眼哥，但得听高书记。

三人性急慌忙赶来时，高书记已在办公室等着，见憨叔他张开双手迎上来说：久仰、久仰，听思明同志说你仨进城签订项目协议，谈得还好吗？憨叔大咧咧坐沙发上把情况说了一遍，说也没啥不好的，这年头蛇要肚饱，田鸡要活命，山里人困难城里人也不容易；陈厂长好不容易争取到新项目，把利益分给我们自己就落空，心里难免不高兴。高书记听后皱起眉头说：还真谈得不大好……僧多粥少嘛，国家经济形势开始好转，大家都争着上项目。他陈俊不容易，我也不容易啊！全县三十多家国企都争着资产重组。改革就是过大关，得一关一关地往前闯，闯过去赢了，闯不过去也就输了。他养人，我政府机关不养人吗？关键不在项目在市场；有些项目国企做不好农民可以做好，说到底还是人的因素第一嘛；不管工人农民，谁占领市场谁就是赢者！

说着他扭头问我：你没把县委意图向汽配厂贯彻？我说招呼是打了，但没说县委指示……这个陈俊……啥事都要我亲自过问，我又不生产高音喇叭。高书记摇着头站起来：不就为争项目设备款嘛，我这就给他打电话……

三人离开县府大楼时，憨叔见时辰尚早，仍想着赶火车去马山（他的缺陷就是从不回头），鸿年老师劝诫说别去了，高书记会做出安排……憨叔仍将信将疑脸露惊讶，说他电话里可啥都没说呀？人家高书记是大领导，该说的都说了，不该说的用得着他说吗？油嘴佬明白高书记的用意，知他树立农村脱贫致富典型的意义，说：爹，下次见领导，您老人家得机灵一点……憨叔问：我咋就不机灵了？油嘴佬叹口气道：人家说久仰您就犯傻，站门口不动。憨叔翻白眼回忆道：我没明白他要甜酒酿干啥？没明白又咋动呢？鸿年老师被逗乐了，说：不是甜酒酿是久仰，仰慕已久的意思。憨叔手抓着头皮讷讷地嘟哝道：这高书记也真是……人挺好，就是说话打哑谜；交朋友不如糖拌糠，处久了会吃暗亏……

鸿年老师说：你呀，憨人有憨福，烂泥菩萨住瓦屋，得了便宜还卖乖？

果然，第二天清早，陈俊让人开着一辆皮卡接人。刚在办公室坐下，他就连说对不起……嚷着要修改协议条款。憨叔笑道：有啥对不起的？不就蛇要肚饱，田鸡要活命；这事是我有求于你，咋反说你对不起我了？陈俊呵呵笑道：你没向我说十五呑是革命老区……你是抗日英雄冯团长后人呀！憨叔正想咧嘴分辩，见鸿年老师的目光像鞭子一般地抽过来，便把话咽回肚里去。鸿年老师道：我们村是革命老区，群众思想觉悟高，陈厂长与我们合作必会很好地完成任务。憨叔赶紧表态补充：对呀，农民做事凭良心，不会在工人老阿哥脸上抹黑……

接下去的会谈轻松多了。陈俊主动提出由村里自建厂房搞承包，汽配厂提供技术与设备，对外挂县汽配厂的牌子，按投入上缴管理费回报……憨叔将信将疑地问：不端上桌就剥层皮了？签约保证金咋办？我可都在筹钱了？说着还把洪老师与陈瑛老师的存折丢了出来。我明白他是不愿输了气势。陈俊摇头说：我又没吃豹子胆，敢剥农民伯伯的皮？这样就把协议顺利地签了。根据条款憨叔让油嘴佬在厂里开上介绍信，与汽配厂技术人员先期去马山锦纶总厂参加培训，同行的还有杂物贱黄志明。

结束与陈俊谈判后，憨叔与鸿年老师立即回村，他得集中精力把麻皮阿梁给对付了，他得收复他共图进退。这是他俩进城前就商量好的，向他做一次摊牌，他阿娘大脚还是村支委，咋我行我素赖在城里另搞一套？你打石队牛呗，是牛就得耕田。你有本事赖城里也可以，但得统一号令听指挥。鸿年老师制定的"一鸟两翼"方案，一鸟就是解决温饱的农业，两翼是工业与副业。麻皮阿梁外出打工四年，只孝敬笑面弥勒忘记上交管理费。现在他当书记，不要你孝敬要你抬头。是骡子是马得拉出来遛遛了……

陈国梁：阿娘的大脚，归顺"天朝"

1

阿娘的大脚？这憨佬，我算是这辈子给豁上了；挑柴担一口气行十几里盘山路不歇担？成仙哩。斗婚我认了输，办事我可不认输。他这人说穿了只一个字：扭！扭支疙瘩；按本地话说倭人脾气。倭人就是东洋矮子嘛，现在神气活现，黄带看看、裤带解解地日子过得比我们要好，明朝嘉靖年间可是被我祖宗斩尽杀绝、驱逐出境的倭寇。那时候我中华物阜丰盈、世口好着哩，东洋矮子涉洋过海地要与我中华强做生意抢地盘，做不过就抢呗，弄得沿海地界不太平，朝廷就令戚大将军领兵剿倭寇。这一剿剿了十几年，你剿他他就逃遁，没多久就又回来了，中华地方好呀，他就扭支疙瘩倭人脾气地要与你强做生意……

当年药老倌找进舍女婿斗婚我输了，输就输呗，我没想把番薯蜜枣咋的。那时候她年轻漂亮，脸蛋儿说多水嫩就有多水嫩，像煮熟的鸡蛋清一般能汪出水来，我昼思夜想地想找她当老妣㐀，可惜被憨佬斗婚给抢走了；抢走就不是我的菜了。男子汉大丈夫，这辈子石骨铁硬地过，何愁天涯无芳草？人生起起伏伏，有赢就必然有输。输了就重起锅灶再立山头，把堂房阿叔的两间破草棚砌一砌，反正山里多石头，采下来开成石方垒成墙，能挡风就是新房呗。我堂房阿叔是老光棍，早年采石头砸坏脑子神志不清，鼻涕拖到兔唇上当作冰糖葫芦吃。我占他的屋地基，他下半辈子就归我养。我砌屋不为养他，而为娶媳妇。没屋子，咋能娶老妣㐀进门呢？我俩斗婚主要为番薯蜜枣，当然还为那屋子。做郎中的药老倌啥事都聪明，砌有一间瓦屋、两间草舍棚，可惜卵蛋没用，只留下她一个独养囡，这不，弄得鸡飞狗跳狗咬耗子鱼上墙地不太平，使我与憨佬针尖对麦芒、鳖眼对王八地较上了劲……

斗婚后我撤回陈家坳砌新屋，对番薯蜜枣浑身不搭界了，他却没有放过我，不与新讨老妊挤挤歪歪地圆房，追到陈家坳来与我掰手腕。咋的？斗婚他是赢了，掰手腕赢不了我。我在部队当工程兵打坑道（那是常人干的活吗），十八磅的大锤一天得挥舞七八百下，还得爆破排渣……那时我最羡慕啥？卷毛烟。那活儿凡老兵都会，拿旧报纸撕碎撮一抹烟丝放里面，卷成喇叭筒形状用口水封好，然后用火镰石取火，点燃就有滋有味地抽。后来我嗜烟如命就是在那会儿学上的；不学不行呀，新兵挥汗如雨地抢大锤，老兵躲角落里抽毛烟。不公平吧？这世界上的事不公平多了去，不是谁都会像憨佬这般去争，部队能争吗？老兵油子一巴掌扇死你。你以为你是啥？新兵蛋儿，人家都是解放战争、抗美援朝过来的，有的还是抗战时期的老兵，洗脚让你倒洗脚水算是看得起你。你敢横，黑灯瞎火地做掉你，取你卵蛋领残疾金。于是只得妥协凑一起抽毛烟，新兵蛋儿也不是个个虎背熊腰，抢大锤的手臂是铁打的？我学会抽毛烟就成了老兵，也得使唤新兵伢儿倒洗脚水。憨佬掰手腕输掉很正常，别看他人高马大的身板儿，掰手腕凭借技巧，讲的是肘部的取势与爆发力。此技巧是我老班长江照发同志（背后人皆喊他为缸灶搭）教我的，他让我们替他干活时就比试掰手腕，输了就为他办事儿，这一办就办了三四年，为报答他就教我掰手腕。我与江照发同志同时退役，因为犯了错误，分散野外作业时全班啃压缩饼干，嘴上发出泡来了，为改善伙食炸塌了布依族百姓的鱼塘，违反民族政策。这般我满打满算才当了五年兵。农村兵肯吃苦又老实，我得过两次营嘉奖、一次爆破能手、六次连嘉奖。那时还没评五好战士与四好连队，要评，我准是。可惜两次营嘉奖在领导宣布退役时拿掉了，抵了江照发违纪炸鱼的警告处分，这让人多少有些不舒服……

憨佬黏住与我比试掰手腕，我扭不过他就把这门绝技传给了他，省得他扭支疙瘩倭人脾气地非得缠住我。我让他喊三声师傅，又帮我抬了三天石头，把斗婚输掉的一斤半粮票给折回来，就打发他回上戚家与番薯蜜枣去插瘘了，药老倌还等着抱孙子哩……

如此说来，我还是憨佬的师傅哩。可他从没喊过我师傅；但他心里明白我就是他师傅。是掰手腕的师傅，不是插瘕的师傅。他插瘕的水平就比我高，插出两个儿来，我只有一个；他那俩儿子读书也比我家大傻强，全考上了中学，我家大傻咋说哩，百事都灵光，长得像个白脸小生，就是读不进书；别人小学读五六年，他读了八年还没读出来。我带人出山打石头不为自己为大傻，要赚钱让他出国留学；那地儿文凭能买卖，付了钱就是硕士博士地变成大海归；这年头有文化比没文化吃香，不像以前那样知识越多越反动。十五呑村说改朝换代就改朝换代，其实也该改朝换代了。笑面弥勒是聪明反被聪明误，这世界谁是傻子？脑残的婆娘都晓得纯米饭比番薯干、麦碎米饭好吃。他办事你好我好大家好，笑嘻嘻地还真端着一张菩萨脸，其实指甲嵌比谁都长，啥事都搭一脚，又啥事都没有肩胛，这一点憨佬就比他强。人家虽说板着一张木乎乎的冬瓜脸，办事儿却丁是丁卯是卯，肩胛宽得能端成一座山……

拿六十年代那次大饥荒说吧，笑面弥勒抢班夺权当书记还没几年，县里、大公社领导保驾护航如日中天。他知晓荒年后召集生产队长开会，说上级有号召勤俭节约度饥荒，哪个大队饿死人，就找哪个领导算账。要党员干部带头抗灾度饥荒，把粮食集中在大队部，由他尊老护幼挑担负全责，保障六十岁以上老人与十二岁以下的孩娃过难关……此话中听呀，是人都会这样做。大家把粮食挖壁打洞地尽数献出，想书记阿大肯定有法子，不会饿死壮年人；会计白无常还像模像样地登记造册，准备按老人与孩娃人头数摊发。没想到笑面弥勒召集小队长再次开会，笑着说：以后的日子艰难了，就按上级指示办，哪个小队饿死人，我找小队长算账。这下各小队长炸锅发飙了，嚷嚷说没了粮食我们还保障个屁？他仍笑眯眯地指着早有准备的讨饭篮与打狗棍道：别急别急，这事我有经验，树挪死，人挪活呗；解放后风调雨顺十年，大家上山砍柴下田插秧，脚踝头手掌心都磨出老茧来，该下山捞摸活泛活泛了。众人就问他留下的老弱病残咋办？他说他这村书记领大家出去捞摸，岂不给政府大好形势抹黑？最艰难也要留村里与老人孩娃同生死……事情至此也没错，鱼有鱼路、虾有虾路，夫妻本是同林鸟，大难来时各自飞嘛。这般就把他四兄弟全留下了。结果返春要播秧谷了，出去的一个个灰头耷脑、衣衫不整地先后回村，前黄那嫁二堂的六梅嫂，嘻嘻，还在路上添了个娃……留村的那些老老少少，却有许多眼白看青天地去见了判官阎王；而他兄弟四个，被集中留下的粮食喂得白白胖胖地平安无事……

噢，对了，我那叫四蛮的安徽老妪，就是在那次逃荒替人打工时，由战友做媒从安徽带回来的；如此说来我该感谢他。呸！血海深仇哪，我没带走的唯一亲人半傻孤佬阿叔，连一张裹尸草席都没有，精光打滑塌地饿死在火塘里。事儿至此并无了结，我兴冲冲地带着四蛮捎着播种的秧谷回村，却得到公社党委的警告处分；理由是陈家坳饿死了七个老人、两个孩娃，严格说不是因为饿，是笑面弥勒兄弟组织他们挖山上的红刺根磨粉、拉不出大便给胀死的；他兄弟因此受到上级表扬，理由是共产党干部理应组织生产自救不当逃兵。各生产队留下的粮食去了哪儿？没人查过那细账……

那年村村都饿死人，唯有上戚家只死了个八十岁的老阿婆；憨佬下山捞摸组织人沿江替人背毛竹，一次次地背番薯、芋芳上山救急，那老阿婆也不是吃红刺根胀死的，而是犯支气管炎一口痰没顺上来咽的气儿……

我这般说，是不是显得小肚鸡肠？男人可以愚笨，不能小肚鸡肠地做人做事。当村干部要懂得吃亏，自己有一口吃的，就不能忘身边的群众；如果做到群众吃肉你吃骨头，就像人吃肉狗啃骨头还对人摇尾巴一样，群众就会死心塌地拥护你。这是原村书记黄八桂说过的话。如果我没去当兵修铁路兴许能做到，但当兵见过世面后我就做不到了，因为我变得聪明了。黄八桂也当过兵，他能做到是他当兵时炮火连天打仗死人，干部与战士的关系融洽；而我当和平兵，干部与战士分开等级来了。这山沟沟里的人，世世代代都活得像条狗，懂得吃骨头还对人摇尾巴。别看这般做很卑贱，对人的感觉就是有格局与大气；表面看来吃了亏，但有难时众皆相帮，你就活成了人上人。想想也是，吃进肚子里变成一泡屎，肉与骨头有何区别？做人一世，六十塌，七十稀，没到八十棺材板儿轧轧响，阎罗王临门请你去做长年（工），为一块肉一块骨头、一垄地一间屋，相互争得似乌眼鸡一般又有啥意思？但就是这么简单的道理，笑面弥勒兄弟就做不到……

他们做不到，我也做不到。岁月无涯，人生有限，自在外见过世面后，我知器不平则鸣，这辈子就当不成一个老实人了。如果你真要活出个人样、活出个体面来，就得去斗去争；否则就如压在棺材板下的老王八，纵然活上千年又有啥意思呢？那年秋后四蛮怀了我的崽，肚皮凸得像溪坑的老板鲫鱼，还吵死吵活地要明媒正娶办酒席。我问她图啥？她说不是树活一层皮，人活一张脸吗？你不明媒正娶，我就没了脸面呀！我想一想，对呀，老子与憨佬"斗婚"的脸面还没要回来哩，索性争气不争财，赊钱在天街（那时叫幸福公社）供销社摆了六桌（半年砌仓库石墙的工钱哪），狗娘养的我把公社干部、大队干部都请上了，当然还请了憨佬与番薯蜜枣摘面子。他俩没来，嘿嘿，不敢来嘛！山里人娶媳妇，老妮丬稀缺得像王母娘娘，哪有我麻皮阿梁这般的海威与风光？可惜四蛮不争气，与人斗酒流产把娃弄丢了……

四眼娃儿嘛，人正气还挺老实。当年与邵素芳在水库机房"办事"让我碰上了，天亮他至陈家坳求我放一马。我说这没啥嘛，都是你们文化人想事儿复杂，女人的癏生来就是让男人弄的，村里又没啥娱乐活动。不关灯戏癏还真没事做……他说不是他撑不住面子，而是邵素芳脸皮薄倒不起霉。我说那你下次藏好一些，不要让别人碰上，这次碰上我托胆放心没事。他说下次不敢了。我说你还别价，这东西不是死猪烫毛成白肉，付钞票就是你的？你不敢了说不定以后没你的份儿。他讷讷地说爱情永恒。狗屁！天下有永恒的东西吗？饿你三天还永恒？读书人脑筋单纯着，总不明白民以食为天的道理，有口吃食撑着你就是个人，没口吃食你就变得狗屎不如。果然，死尸会走，白鲎会游，那刀半腌肉的邵素芳在他离村没多久，就易主与秀才结了婚，没一年跳进水库淹死了，驼背向天跌，两个男人都落空……

四眼娃儿为村里竞选书记的事，进城找过我。当时他摸不准我的态度，把群众作为挡箭牌，说笑面弥勒咋样咋样，又说憨佬咋样咋样。我说你别懒惰老妮搽脂粉扮嫩，那两人都不咋样。笑面弥勒输在太聪明，做啥事都是一马当先替自家打算，做人不大气，他吃肉群众吃骨头；憨佬做人又太傻，被人打了左脸又把右派凑上去，把聪明伶俐与秀才有得一拼的油嘴佬弄成了强奸犯；他笑面弥勒阿囡金癏银癏呀，弄一次就犯天条毁了鲤鱼跳龙门的大学梦？这样连亲人都保护不了的憨人咋当书记？他问我两选其一又选谁呢？我说实话实说选憨佬，因为笨人总比聪明人好对付……他还问我是否也想试试？我摇头说不能试。这权力就如骗别人的老妮丬上床，试试会试出瘾头来。再说我这人只相信钞票，身上有几张毛爷爷就知足，没准选上书记比他笑面弥勒还贪心；再说我已带打石队来城里捞摸，当村干部与捞摸钞票，如岳母刺字忠孝不能两全，只得谢谢你了。他要我保证提名憨佬竞选书记你得支持。我说这当然，他当得了村里阿大，我就是长坂坡的赵子龙，万马军中救出刘阿斗当备胎……

2

　　鸿年老师在邮电大楼打电话找我，说他与憨佬进城几天，奇袭白虎团谈下县汽配厂锦纶帘子布的项目，雄鸡出角板鸭下蛋，兵贵神速地想找我聊聊，问我见不见？我说见呀，为啥不见？憨佬都成为我的父母官了，我又不是阿奶嫁倭人，外公坐月子做人勿出？他说你现在工地吗？我说在呀在呀，不必我学八桂大佬用滑竿来抬你吧？他说不要不要，我生着脚哩，明天过来就是……

　　我与智佬保持着联系，知道憨佬进城会来找我。他阿娘大脚总脱不开小家子气，刚当书记就要来管我的碎米细账……没法子，种地头的农民嘛，有这气魄已不容易，村班子换届后，我密切注意着动向。我也是村支委核心领导呀，这就是四眼娃儿说的支持憨佬工作的具体措施；虽然没参加过村里的会议，也没对新班子有过瞎三话四地评论，谁头上都有一片天，我知我的天在城里，而憨佬的天在村里；大路朝天，各走一边，他办他的厂，我打我的工。我说过我的度量不大，眼里见不得别人比我有能耐。我也明白这样想自己显得格局小，也太小心眼；这不是我对他有意见，说实话村里除了我，也就他能把握全局了。在笑面弥勒掌权时，我俩就如一条藤上的两个苦瓜，都是被他玩于股掌的受压迫者。但现在村里一下冒出来几个头来，我的心里就不好受。智佬分明了解我的心态，说憨佬与鸿年老师带着两藤篮煨熟的番薯蜜枣进城，说是四眼娃儿的娘杨氏特爱吃这东西；我知她老家沂蒙山也烘焙此物当零食吃，只是没如此筋道。我听了笑话道：憨佬还真是阿乡哥，不知道县府衙门深如海，天有多高、地有多厚？两藤篮番薯蜜枣就想摆平项目的事儿？也太小看四眼娃儿，他是你农民阿伯什么人？智佬说：你也别太小看四眼娃儿，人家现在是高书记的乘龙快婿，可是全心全意地想为村里办事。我心里笑得更欢了：老子进城两年多，一二三四、甲乙丙丁地处处碰壁，谁都说农民老阿伯是领导阶级，谁都没把你真当一回事。别认为我回村穿着新鲜，鞋袜齐整，跷着右手大拇指在人前一抡一抡地、唾沫地海阔天空，对不起，那只是我好面子、吹牛皮，把芝麻绿豆夸张成膨化糖；其实我对世人早不信任，天下还没有真对农民老阿伯尊重的人哩！难道他憨佬真能手眼通天，凭着两藤篮番薯蜜枣，迅捷地拿定四眼娃儿把事儿给摆平？

这是不可能的事，也是不能够的事，但憨佬的出现上桌上面地与城里人洽谈项目，却使我既高兴又伤感。高兴嘛，中央改革开放的政策不是假的；如果我没看走眼，从这事上可看出政府的诚意，莫非是农民老阿伯真要抬头了？伤感的是我麻皮阿梁好歹也算是村里的能人，却一念之差没看准时势，让憨佬这对手占领先机晃悠到城里出风头……

大清早，我刚到工地，白脸小生就噔噔地跑来与我说：憨佬与鸿年老师已经到了。我心里猛一激灵，来得倒挺快的？老子还没开早饭呢，只喝过两茶缸凉开水。这习惯是我在部队形成的，打石头会吸进石粉，过夜口渴，班长江照发同志与老兵都让我们喝凉白干。喝着喝着就成为习惯，不喝还难受；喝了又肚胀，立时三刻就吃不下饭去。我估计他俩也没来得及吃早饭，我就让白脸小生领他俩先去吃饭，顺便也给我带两个饼来。隔壁街头就有外地焦饼铺，酥嫩脆香，比本地焦饼好吃，称为黄桥烧饼，还有豆腐浆供应。人是铁，饭是钢，干活有力气就得吃好早餐。我知憨佬爱吃焦饼，当年斗婚挑柴担，十副焦饼油条一眨眼就鸭呷燥糠地塞下肚去。现在他大小也算个领导，村书记相当于部队的排长嘛；这领导的接待程序我懂，视察工作头一顿饭必须吃好。我出来打工四年多了，没交过村委会的管理费，笑面弥勒欺软怕硬鬼精着哩，知道我会塞好处给他，满了眼药瓶就打开了水缸盖，没扣过留村家属一斤粮；我不傻吧？那眼药瓶是通过他城里的四姑娘琳琳转他的。现在村里旧桃换新符，新任主办会计二愣子前几日来盘账，我没把账本交给他，话也说得难听：二愣子呀，你在村里不算个人物，油嘴佬那憨爹上任封了你个笔套竹管，就蹬鼻子上脸了？好歹我算是个村支委，比你高一格吧？当年井冈山谁最厉害？毛委员是吗？他是政委不是总司令……要查账，让一把手憨书记过来嘛，你算得上老几？我这般说他就灰溜溜地回去了。估计该向憨佬汇报吧？出门做生意，处处有陷阱，得耳听四方、眼观八方地头脑活络。我麻皮阿梁闯荡三江六码头，吃过山里芋芳头，是个不见真人不烧香的蛮佬哩；再说万事欲速则不达，我急急忙忙地船靠码头没必要。憨佬办厂我支持，若要富，农工副，仅是几亩薄田淘涨不出两千村民的口粮来，眼下也只有这条路；他办厂得花钱我也明白，我带陈家坳三十一位兄弟出来，难道就不为捞摸毛爷爷吗？太阳最红，毛爷爷最亲嘛，缺了钱就办不成大事。我掐准憨佬与鸿年老师找我，无非为了毛爷爷……

白脸小生就是读了八年小学、没考上中学的我家大傻嘛，这年他满十八岁，跟我到工地上班。别看他读书不灵光，人倒生得蛮端正，刚长个就生成我这副牛身坯，干活还下狠劲；因为从小脸生得白，如女孩子这般细皮嫩肉，像足戏文里的生角，工地上的人都称他白脸小生。其实他是四蛮捡回来的野种，这不是我那家伙没用，而是四蛮那次婚礼灌醉黄汤后流产，后几年都没生出小顽来，我夜夜耕田空劳碌，埋怨她不如番薯蜜枣那地实惠。她赌气跑回娘家去了，三个月后给我抱回大傻显摆。我说你不会是自个儿生的吧？她说他都满三岁了，我离村才三个月，生娃又不是拉屎撒尿，有那么快吗？真那么快，政府人造卫星还不请我去造火箭？我说你不会先生下放娘家，看我与憨佬憨劲再领回来？她说你狗嘴喷血，我与你好了五年，一步都没离开过村子，能飞回娘家与别人生娃？我是看他没了父母可怜，才把他带回让你当白爹，这娃天生皮肤白，种子好，让他给你领阿弟哩。也真应验，白脸小生领回后，次年四蛮忽然开怀，给我生下白白胖胖的猫仔来，可惜的只是没尾巴的货色；以后四蛮又一年一个，生养了两个，都是没尾巴货，啥领阿弟？领来三只赔钱的骚狐狸。当下他站我身边不动，我问他干吗？他说没钱。我在口袋里摸出几张工农兵丢给他。他给我当勤务员管着账本，可我从不把毛爷爷落他手里，也不落四蛮的手里。钱这东西只能自己管，落谁手里都不放心；今日他掌握了钱，明日就掌握了你的命……

我揽活那地儿俗名双眼井，现在造电信大楼。狗娘养的城里人，真不把农民当人看。我带出来三十一个石匠，干了大半年，除两万元启动资金外，他们一个烂屙白板也没付过。眼看全队的夜饭米都得赊账，工钱还没讨回来。白脸小生领着憨佬与鸿年老师走进工地时，我正暴跳如雷地与工程管理员老莫吵架：你狗娘养的狗眼看人低，横竖看勿起阿拉农民……尽给上套不拿我当人！看到他俩过来，我就骂得更起劲了：农民是啥？你阿爹姆嬷嘛？老子当过正宗铁道兵！造的桥比你走的路还多，你懂施工懂个屁？电信有啥了不起，敢缩工期扣工资！惹老子发毛把砌的屋子全砸了，上政府告你们浪费国家资源搞腐败……

这话，我骂给老莫听，其实也给憨佬与鸿年老师上眼药；你们不是让二愣子过来查账要交管理费吗？我让你明白这会儿真没钱，就是把我开膛破肚、大卸八块地杀了，也取不出几两板油来。我选择此时机发飙，就为让双方知晓我麻皮阿梁不是任人宰割、砧板上剁的一刀肉。老莫也许会意也许不会意，只笑嘻嘻地赔笑脸任我狂喊海骂，没像往常那般掉头落脚、脑筋活络地做解释；其实我是在演戏给大家看，别以为当农民的憨头憨脑不识情势，关键时脑子清爽得很。我明白憨佬找我为啥？自把我拉进支部班子我就明白咋回事。这人与人哪，老天爷都给配对搭配好了，六月泥鳅钻田塍洞，长脚毛蟹聚河埠头，寡妇找光棍，臭鱼搭臭虾，按台面话说就是物以类聚，人以群分；他找我不但要我出"毛爷爷"，而且要我跟他干事儿。不是我爱显摆，村里有头有脸的男人都爱显摆；显摆得有实力撑着，没实力你就狗屁不如，又咋能咋咋呼呼地显摆呢？配种的公狗不叫得凶，母狗就不会搭理你。你憨佬敢向笑面弥勒兄弟叫板，不就依仗工作组帮你，靠鸿年老师、智佬与我这般自掏自撑跳出龙（农）门的铁杆实力撑着？但我可不是智佬与鸿年老师，没有他想象的那般好收拾。憨佬当上村书记就是政府的官，对十五峇村来说他是君我是臣，麻雀没卵蛋大，还头是头翅是翅尾是尾地口眼清楚五脏齐全。梁山泊一百零八条好汉，只能呼保义宋江坐位置；瓦岗寨十八路反王，他李密就拿不住。你办厂要钱，有呀，满世界飘着哩，得你自个儿设法取。我摆出这架势就为你搭台唱戏，看我唱不下去的戏，你憨佬能不能接着唱？你能唱下去算你有能耐，我野和尚归顺天朝；唱不下去嘛，对不起，树倒猢狲散，我这在打石队当宋江的，咋能起兵发马地帮你去剿方腊？程咬金的三板斧，能敌单雄信的一条鞭吗？

嘿嘿，这人世间的事儿说复杂就复杂，说简单也简单，全凭你动脑筋自己想，想不通复杂，想通了就简单。出门不问风浪事，哪能打得大鱼归？牛抬头那么容易吗？那天我边骂老莫边在心里打着小九九，见他俩无动于衷站在旁边观摩，嘴上便更起劲头吐白莲花来，老子脸麻嘴油哩，在村里有头有脸的一条汉子，进城揽上工程就变成了小媳妇，不把心头这口恶气全撒出来，心里就不舒畅。我就这般气上头颈、唾沫横飞、祖宗八代都操，把自己都操成牲口地投入角色，骂了约莫小半个时辰，老莫终于品出滋味来，知道我麻皮阿梁醉翁之意不在酒，骂爹骂娘是为让他请大菩萨付工程款，丢掉烟蒂（已接连抽半包烟）拍拍我的肩膀道：兄弟，骂够了吗？我打量他一会儿，也取下夹耳朵上的那支烟，伸手拿过打火机点上吸了一口，把烟雾全喷在他脸上。他问消气了吗？没消气接着再骂呀……

我拿过白脸小生手里的焦饼，就着背肩上军用水壶里的凉开水，津津有味地吃起来。黄桥烧饼滋味不错，是我进此工地大半年百吃不厌的早餐。老莫也较上劲了，说还骂还骂，我都听出滋味来了。他是办事员不掌握钱，狗娘养的心态也太好，三十出头的年龄就脸色红润，像笑面弥勒一般凸起将军肚来了。我骂他狗血喷头，他仍笑嘻嘻的嘴角叼烟悠闲地吞吐烟雾，仿佛在听一曲美妙的音乐，还足尖一踮一踮地打着节拍哩。我骂老莫时不时偷眼斜睨他俩。憨佬几次欲上前劝架（对不起，正是我所期望的），他若劝架这事就归他管了，你是君我是臣嘛。但鸿年老师紧紧地拽住他的衣角，看着骂得差不多偃旗息鼓才松手。我假装才发现他俩似的打招呼：咋有空过来了？老莫识相地向他俩点头算是打了招呼，又向我欠了欠腰跨上摩托车一溜烟地跑了；我只好宣布好戏结束接待他俩。

3

这里是大型工场，足有村里半架山坳大，里面堆放着如小山包般的石材与木料，还有几台掘土机正在忙碌着；屋架地基已夯实，混凝土上矗立起的钢筋架，如一枝枝树丫般枝干分明地挺立着。工地上的人东一堆、西一堆，打石头的打石头，抬钢架的抬钢架，还有架炉火的铁匠铺专磨钢钎和锥子，分别忙着各自的活儿。我看到憨佬的一双牛眼睛在阳光下微微眯拢，穿山甲似的目光简直要咬进这些钢材与木料中去了，古铜色的脸上露出惊讶的表情……

我知他喜欢这些，他的手有些发痒哩：多好呀，干活哩，敲一榔头就半张"工农兵"。他的心里大概在想着：麻皮阿梁无利不起早，咋不干活与人吵架呢？是的，果然他问我咋见到他就骂娘？说：你当我瘟神呀？我赔笑说不是，是救兵。他又问咋回事？我说是电信局转制公司后，新下来的分管副总扣划工程款，打石队已经三个月没发工资了。说狗娘养的把老子当成了猪倌，喂饱一个又来一个……他问我打算咋办？我说我现在是瘟神菩萨呀，小娘瘪生孩娃没嫁老公；如果他弄得我拉不出屎，我就会让他吃不成饭……这世界谁怕谁呀？听我如此有底气，他望着我嘿嘿地笑了，说刚才你那卖相怎么怕，我以为出啥大事了？我赌气说：既然我眼乌珠弹出来要拼命，你咋不上前帮我？他讪讪地摇头说他现在是村领导，得调查弄清是非后才能说话。嘿嘿，不容易，抖起来了，懂了规矩？士别三日，当刮目相看，他阿娘大脚狗鼻子上插葱——装大象，还挺像一回事哩！

接着，我领他俩在工地转上一圈，说着鸡皮狗碎工程上的那些事儿。我知这些憨佬不爱听，也没心思听；他再憨也晓得农民进城我独当一面不容易。但我就是要与他说这些，让他知道穷山民在城里混口饭吃，没人能看得起？不是为钱谁愿意背井离乡，过着乞丐一样的日子？我当然还要显摆，转动着大拇指一抢一抢地自我标榜：刚才你俩都见识了，项目经理老莫是国家干部，我敢像教训大傻一样教训他，骂他个狗血淋头……城里人犯贱，你越骂他，他对你越亲，几日不挨骂心里就难受。我说这儿的领导都把我当作人物看，这么大的一个工程，少了我麻皮阿梁还真不行……憨佬当着大家的面没插话，待我进入工棚招呼他俩喝水时，才抖动着大号西装奚落说：村民都说我显摆吧？你比我还能显摆哩！我说我都没见你穿过洋装哩。他说是呀，我儿油嘴佬说城里的生意人时兴穿这玩意儿，我就让镇上裁缝给裁了一件。我嘿嘿地笑着：洋装要配裤腰带，你咋不弄条裤腰带给系上？他说外行了吧？油嘴佬说那叫领带。我大笑道：我知是领带，这东西系颈上卡脖子，与裤腰带没啥两样……

我又领他俩去参观附近轧石场，路上试探着问：憨佬呀，还是你行！野山猫抖毛装老虎逞威风，把笑面弥勒给整下了台。他说还不是大家支撑着、众人着力地向前走？我问眼下村里还安定吗？他说也没两样，以前咋整现在还咋整。我讥讽一笑道：亏得鸿年老师与智佬，否则笑面弥勒杀个回马枪你就受不了……只是……他问啥呀？我说树欲静而风不止呀……不会，他坦然笑道：他还当村主任维持生产，我这书记只管办厂发展。哎——你还不知道吧？鸿年老师插话道：油嘴佬与菲菲的亲事定下来了，两家现是儿女亲家……好呀，军民团结如一人，试看天下谁能敌！我听了心里暗笑：你以为笑面弥勒傻哪？不是油嘴佬先下手把菲菲干了，会把这如花如玉的阿囡嫁你做媳妇？他是咋样的人我还不清楚？无利不赶早，没得便宜的事打死他也不干。凭你憨佬这般的家境，不会是做春天大乱梦？五个阿囡有四个嫁去城里，会让假公主留村里伺候你憨公公？看着吧，沙田渗水一块块干，就差人捅开这薄薄的一层纸，好戏留在后头哩……

　　下午我出去办事，憨佬坐工棚草铺上与细石匠出方。这活当年我教过他，他喜欢。鸿年老师也站在一旁看。见我要出门他停住手里的活，哎、哎叫着喊住我：咋，出去呀？这几天我内火上升闹牙痛抚着腮帮说：约好出去办些事，你俩在这儿歇会儿……他说：你出去可以，得把账本留下。账本？我愣一会儿，我哪有他说的那种账本呀？全由白脸小生记流水账，钱都装口袋里，有就花，没有就熬……这当儿我的牙真痛起来，赶紧咝咝地响一会儿，强作镇静地问：要查账哪？他说没错，我与鸿年老师过来就是查账的。我说性急吃不得热豆腐，这事有点儿复杂……好好歇几日，我俩慢慢聊。他说办厂事儿多，没工夫长待下去。我想迎神不易送神难，我才不想你长待哩？但做企业黏住往往解脱不了……

　　村里来的细石匠这会儿都窝工棚内出方，石矸榔头叮叮咚咚作响，像奏响雄壮的进行曲；把我俩说话的声音都湮灭了。做石匠分粗细两种，所谓粗者，盖屋上梁，就地取材，只把石头出方平整就行，一般人有力气就能学会。细石匠可就不一样，能在上面割弧形、雕花样、刻字碑；把石头揉得如面团一般做啥像啥，在石狮子嘴里凿出一个球球来。这功夫，没几年精雕细刻学不会。别看憨佬粗手笨脚地，却最喜欢干这玩意儿；当年在水库工地上，就悄悄地过来跟我学一手。我从村里带出来的队伍大多是粗石匠，一年四季窝工地上干粗活，只有少数几个细心的徒弟，才窝在工棚里慢工出细活。我知他手痒，便把他领来这儿，他站旁边看一会儿，就脱下西装丢地上拿榔头干起来……

　　鸿年老师不会打石头，只站着看。我知他心里在想着：憨佬是村书记，放着正经事儿不干，咋一见麻皮阿梁就像顽皮的孩子般贪玩？我要的就是这效果，不安排憨佬事儿干，他就会像赶骚雄鸡一般与我吵架掰手腕……

　　我折回来郑重其事地嘱咐白脸小生，倒水沏茶稳住他俩。他问：他一定要看账本咋办？我说你真傻呀，你有账本吗？他从裤子后袋取出一个油腻腻的笔记本，说这不是吗？我说呆驼，你懂账吗？这只是流水账……大伙拿它垫锅底，打石队根本没账本……

　　傍晚时分我回来了，问憨佬：你不是要我帮你办厂吗？真话、假话？他愣愣地看我一会儿说：当然真话，你看我像说假话的人吗？我说那好，今晚我请你俩上饭馆吃顿饭。他说吃饭干啥？乡里乡邻的又不是笑面弥勒？我乐起来，抡着右手大拇指，绘声绘色地把转了一下午，见电信公司分管副总老谭的事说了一遍。

我说有一桩大事要你帮我办哩。此事办成我的困境解决了，你的办厂启动资金也有了名目。他便问我啥事？我说公司不是欠我工程款吗？大清早我不是亲爹晚娘地图嘴巴痛快骂过一通，老莫都原原本本地向谭总汇报了，下午我去公司找，他就没回避，狗娘养的可一直躲着我。他说这事计划有变更，资金一下调不拢，得坐下来好好谈。我知他还想再拖；现在城里做工程十赖九拖，没一个单位爽爽快快付钱。这钱再拖下去，我这打石队长也当不下去了。我这般与他说，他装聋作哑地问为何？你看这城里人修养好多会装。我说老莫没告诉你吗？他说告诉我啥呀？我说我的父母官村书记可是个厉害角色，当年村里死了个女知青，大队不管，公社也不管，他穿着草鞋背着尸首走五六十里路到县府大院讨说法，逼得糖拌糠签字开追悼会改善知青待遇……啥糖拌糠呀？他自然不懂，我说就是县"革委会"唐副主任，现在躺医院里的唐县长啊。他笑起来，说这事与电信工程有啥关系？我说你没关系我有关系哪，憨书记急起来啥事都敢做，他说了电信公司要老赖，由他出面摆平……还说我是人才，大不了跟他回村办厂去。你是没说这话，我吓他吗？谁知这赤佬笑得嘎嘎的，晃荡着双腿道：摆平……笑话……他能摆平？你以为吵吵闹闹就可以解决？我告诉你：我老谭也算闯过三江六码头，吃过山地芋艿头见过世面的人。这事软来好商量，电信转为企业责任制，资金由我谭某人说了算，眼下调不过头寸，有了我马上付给你；来硬的就对不起……我老谭喜欢硬着来，倒要看看他能把我怎样？我点头喏喏着，狗娘养的，以为你是大头鬼？还不是坐这位置上才把你当个人？你说我咋办？我当然有本事啰，终于把这条大鱼哄上钩……我就这般抡着右手大拇指一抡一抡地吹捧他，都把他快抬上了天；天下十八省，马屁大通行。顺着他的话题连说是呀是呀——乡下人嘛，最强哪是城里人的对手，我不过提醒您，他是有名的憨佬，你把他逼急了，他带村里两千人到你公司来吃大锅饭……他摇头说我叫公安嘛。我说叫公安不行，这么多人抓进去还得管饭哩，除非局长脑子进水。我又对他说，噢，对不起，憨书记与我说了，撤退前把做好的石料全砸掉……你当然还是没说这话，我为他设下陷阱嘛。对对，违法的事儿我们新班子不做，图个天长日久呗。你猜咋样？我这般说，他才急了，说好端端的石料砸了干吗？我见他急就火上加油，说憨书记脾性就这样，一急就没人能拦住他……我又说你还说了，他要弄得我饭吃勿下，我就要让他屙拉勿出。还说阿拉农民有句老话：穿着六月棉袄等发烧，好事好做，坏事坏做；宁愿家计败光，也不落对手好处……我这般说他就有些慌了，问我咋办？我说这事儿好办也不好办，别说你吃软不吃硬，阿拉农民更加吃软不吃硬。你想哪，农民原本啥也没有，输掉大不了还啥没有，可你不一样，在城里有房子有工作有老婆孩子，啥都有了就输不起。输不起嘛，办事就得谨慎，犯不着与阿拉穷农民怄气儿。天下农民都好面子听好话，不要里子拆凉棚的主！你哪，得给憨书记一个面子，也给自己一个面子，为我摆几桌圆场面接个风。他说这好说，公司在知味观办了卡，我也想喝顿酒哩……

憨佬狐疑地盯着我问：你真这样说？我说这还有假？他让我订包间请你。他的脸拉下来，说这不是借我由头恶心人吗？我说咋恶心人了？你说这些吃农民、穿农民，为他干活都不爽快付钱，把阿拉农民当蠢驴的城里人，是不是该教训一下呀？他点头说是该教训……可我有那么刻薄吗？我摇头说你不刻薄是我刻薄，我嘴馋了，借你面子撑个场面行吗？让他晓得阿拉农民不但会做，也会吃，与城里人一样是个有面子的人……嘿嘿，长进了呀？他这才舒口气说：你还知道要摘面子？我说是呀，做事做格局，局有多大场就有多大。人嘛，都是人抬人、抬死人，没人抬轿谁都是狗屎一堆。不要看他们人五人六地吃吃喝喝、乐乐玩玩，其实都是钱给撑着……阿拉农民眼下是没钱，却不能让这些狗娘养的城里人，看瘪我乡下人蟹没血上不了台面……他阿娘大脚，我麻皮阿梁没投对人生，生错了时代，如果落生三国曹操、刘备、孙权那年代，凭我这格局，这气派，活脱脱就是草船借箭的诸葛亮……

吹吧？你就吹呗……鸿年老师哈哈大笑道：你还诸葛亮隆中对哩？充其量只是《水浒传》里倒拔杨柳的鲁智深。我也跟着笑起来：鲁智深就鲁智深，也比鲁总那花花公子高衙内强！他们脚下的路，是阿爹阿姆给安排好的，我们的路靠自家走出来……

4

宴会摆在县城知味观，整整四大桌。这是一家百年老店，以做点心闻名，做的是当地的菜肴，海鲜河鲜皆备，招牌菜有大汤黄鱼、苔菜小方烤、大烤乌贼鱼、状元羹和宁式鳝丝。尤以宁式鳝丝闻名中外，此菜用剔骨黄鳝切丝加重油，韭芽焙之，据说还是南宋小康王赵构逃难时吃过的贡菜……

走进饭店点菜时，我立马后悔了。智者千虑，必有一失，我没说明白谭总说请客，钱是以后要从我们工钱里扣，他不过是代为支付，说到底还是吃他娘、穿他娘，闯王来了不纳粮。我问憨佬点不点招牌菜？他沉脸点头说：点，咋不点？我们不能让他看不起……我活这么大，还没像模像样地上馆子吃过饭。这倒是，我也没有。历古至今都是城里人下乡，乡下人杀鸡杀鸭；乡下人进城，城里人肩胛一搭。我笑起来：我以为你是大善人呀，吃自己的心痛，吃别人的咋一点不心痛？他也笑道：你不是说要杀猪吗？吃得他心疼钱就还了。这话说得绝，出门在外拳头硬的是大阿哥，你把人打痛，别人才认你；但我的拳头不太硬，留着暗度陈仓的退路哩。于是我叫起来：不对呀，憨佬……这餐饭还是吃我们自己的呀……他啧啧地响着问：咋又成你请呢？我苦着脸说：老谭让我签字做报销凭证，以后在大家补发工钱内扣还……菜点了，退掉没面子吧？他顿时笑得比哭还难看，沉思着说：我说哩，猛火日头下六月雪，城里白脚梗还会请红脚梗吃饭呢？岂不乾坤倒转过来了？鸿年老师劝阻说：既然这样，不妨简单些，把招牌菜给退了吧？不退……憨佬咬牙道：难得有这一次，我们不能让人看不起……

刚点完菜，谭总与老莫就准时赶到了，向大家拱手说久仰。啥狗屁酒酿，还圆子哩！我把他俩安排在主位上，让憨佬与鸿年老师坐了主宾席，是他请客嘛。老莫从餐桌上拿纸烟请憨佬吸，说一回生，两回熟，天下工农是一家嘛。憨佬板着脸谢绝了，在腰间拔出旱烟管装上烟丝旁若无人地吸起来，沉吟着说：乡下人嘛，都是单相思，是想与城里人成一家；可城里人从没把我们当一家人。既然今晚你说是一家人，那么我就打开天窗说亮话。这次我与鸿年老师进城，是为村里办厂做大事，向麻皮阿梁催交管理费，这三十几条汉子都是村里的主要劳力，窝这儿大半年了，家里老妊儿子囡没见过生活费。我是村里的书记，这每家每户的救济粮，可在我的手里捏着哩……

这话说得够有分量，是鸿年老师在路上与我俩商量的。说做任何事须得师出有名，名正压邪；不管红脚梗还是白脚梗，占理就能走遍天下。他说不要小看这餐饭，谁埋单不重要。摆的就是鸿门宴，重要的是占理。这是鸿年老师担任村干部后，代表农民第一次说话。虽然是通过憨佬嘴里说出来的，但代表我仨共同的想法。他还说牛抬头不仅在经济上要翻身，主要还得在文化与人的行为举止上翻身。说英国的贵族在土地革命后，不如资产阶级有钱却仍被世人推崇，关键在说话举止得体，那种出自骨子里的骄傲。说请吃饭的目的是通过交流，达到互相信任的效果。他认为在餐桌上讨钱的事点到为止，需要交流感情，不致使人心头不快。我问：那他还赖钱咋办？他说现在提倡法治，再说我们不是还有政府的支持吗？这些话，当时憨佬与我并不能全听懂，只是在感觉上认为他说得在理。农民要成事，首先要让别人看得起，人之间只能在平等交流的基础上，才能获得相互需要的利益。他是我家大傻白脸小生的启蒙老师，还是憨佬与我扫盲班的先生，我俩能识得几个字，还是他一笔一画地教出来的。

鸿年老师在以后很长一段时期内，充当憨佬与我的教师爷角色，使那些自以为是、视我们如草芥的城里人，重新审视农民并对我们刮目相看。

其实鸿年老师的理论，在后来实战中并不是灵丹妙药；就驰骋商界的企业主来说，不管你出自什么目的、实际由谁埋单、请的客人是谁，只要涉及商业利益，饭局必是战场……

那晚鸿门宴事后看并不成功，开场应说不错，憨佬绵里藏针说话得体，我与鸿年老师左右护卫相互呼应；虽然没占到实际便宜，也马马虎虎算登上了台面。谭总没吹，他确是经历过大场面的人，见多识广，经验老到；见我们摘面子玩虚的正中他下怀，一上桌就海阔天空、天南海北地扯农民问题。他读过不少书，知道许多历史知识，又喜欢看报纸，对政府各项政策法规理解透彻，一会儿电报、电信历史与发展，一会儿改革开放大好形势，云里雾里地在酒桌上开出他的论坛来，把工程现场经理老莫抛得远远的；避实求虚，巧妙地回避工程欠款的死穴，弄得憨佬、鸿年老师与我三英战吕布都难以取胜。我实在熬不住提出欠款问题，说村里办厂急着用钱，打石队也已无米下锅；想直捣黄龙一锤定音，显出我的能耐来。可狗娘养的谭总只喔喔了两声，才轻描淡写地道：是啊是啊，这事我心中有数。陈队长说过进城打石头，要向村里上缴管理费……

啥心里有数？他可是电影《平原游击队》里的鬼子，狡猾狡猾的；凭着他百炼成钢锻炼出来的酒量，开始哥俩好、三星照地挑起行酒令发动战争。总而言之、言而总之地与我三个干杯。名义上由他请客，酒可是打石队自带的番薯烧；干石匠是力气活，不喝酒做不动这活，我一直让人买黑市杂粮酿酒，酿成后藏在工棚里。知味观离工棚不远，我让白脸小生扛来两甏，就足够大家喝了。也真是英雄豪杰哪，谭总的酒量特别大，见他那来势汹汹的模样，我与鸿年老师都不敢恋战退避三舍，唯有憨佬精神抖擞地关羽温酒斩华雄，发挥得特别出色。别看他平日木腾腾的，双眼像撒夜尿出地闷声勿响，其实还是个喝酒水涨船高的人来疯，遇弱则弱，遇强则强，与谭总酒遇知己、棋逢敌手地不相上下。最后使宴会风云突变的是：酒过三巡（十八巡都有了）服务员布菜，憨佬眼看就架不住了，向大伙敬酒时突然偏离方向；发现了主桌配菜与陪桌不一样（我心疼钱让白脸小生搞的小动作），发飙向店主人问责道：兄弟，有没有上错菜呀？我借着酒意拉他回主桌悄声道：打石佬，花子命，番薯干蒸饭腌白菜，主人上桌我靠边……大伙儿能人模狗样地上桌已然不错……我当然是说气话，没想到憨佬憨红着脸，双眼充血木腾腾地瞪着我，双手挥舞向谭总发作道：啥讨饭命？老谭呀，你给评评理？还有老莫，我不管你俩官当得多大，没他们为电信公司打石头，你会请我这般一个乡下农民吗？兄弟，城里工人是人，阿拉村里农民也是人哪……谭总反应奇快，赶紧附和说：革命工作只有分工不同，没有贵贱高低之分……这就对了嘛，憨佬嘿嘿一笑道：加菜加菜……打狗还得看主人面哩？俗话说大王好见，小鬼难缠……半年前我找唐县长汇报工作，他见我穿着草鞋进城，特地送了我一双皮鞋。这才是给了阿拉农民面子哩！菜谁点的？自罚三杯……我只好自认晦气，推搡白脸小生至柜台说：加菜，主桌啥菜陪桌也上啥菜。此言一出，我手下那帮饿死鬼投人生的石匠们欢呼起来：憨书记，杀客！

杀客是山里人的土话，即是厉害。待我认罚连干三杯后，酒桌上的气氛顿时活跃起来，饿死鬼们全站起来，你一杯、我一杯地向主桌敬酒。他阿娘大脚真商女不知亡国恨，呆驼儿子辛苦大半年，半个白板没见着，就凭憨佬这话，跟着杀客起来。狗娘养的谭总见此还挺得意，与大家杯箸交错喝得欢……

事后回想起来，这顿酒别人都喝得痛快，算是喝出山里阿乡哥的威风来，于我却是一场噩梦。三十多度的杂粮酒，憨佬小杯换大杯地喝了足有十几碗，他是高兴呀，他阿娘大脚给把梯子就上墙，争气不争财，在大家敬酒杀客声中把讨钱的责任忘个精光；他要比试的目标是谭总，最后没把这狗娘养的弄醉，却台风过境不坍瓦屋坍草舍地把我灌得烂醉如泥……

我的酒风不好，喝醉就要骂人。那是因为伤心哪！好不容易沾上孔明的聪明气，想出一条草船借箭的锦囊妙计，就为心痛几张毛爷爷，让白脸小生少点了陪桌的菜；说穿了还因为我不大气，既然开了七石缸盖，就不该拧紧眼药瓶盖。没想到让憨佬与谭总将遇良材、棋逢对手地戏弄了一把。其实我自罚三杯时已经醉了，犯老毛病一圈圈地抡着大拇指流泪借酒生愁。我心头悲苦呀，唠唠叨叨地开骂道：

阿娘大脚……我麻皮阿梁容易吗？爹死没地埋……阿妹卖去山下当童养媳，十八岁毛没出齐，被八桂好佬送去当兵……接娘……回山吃兵贴……在部队打了五年坑道……回来土改搞完了屋没分到一间地没耕到一垄，三十出头才骗来个外地老妖爿……四蛮跟上我命苦呀，领来一个安徽娃，又生下三个没尾巴货……混不上四季衣衫和一口饱饭吃……自找门路下山做石匠，被当作资本主义尾巴割、割、割……刀刀见血……东躲西藏像后娘养的……赚钞票买黑市粮票……好不容易熬到政策开放……憨佬过来正名……总算出了一口腌臜气……可他倒好……要我凑份子办厂……

我这一开骂，就把谭总津津乐道开的论坛，弄成不忘阶级苦、牢记血泪仇的诉苦会，这般大家的脸上就有些挂不住，出门在外，谁不是黄连树下弹琴——苦中作乐呢？原本欠债还债、做工付钱，古往今来天经地义的事，电信公司欠工程款，理在我这边嘛；但我一哭一闹一骂，半醉的谭总（与憨佬斗酒也喝下十几碗）反变成为令人同情的小媳妇，仿佛是我设局欺侮他新来乍到的不谙世事。打石队名义挂在县二建公司，其实却是个体户，原本在城里就被人看不起，国企那些黑心人专把啃不动的骨头与我做。电信大楼基础工程已做半年，只收定金没见着钱，好不容易趁憨书记视察打石队借东风，可脑子一糊涂倒骂开人了。我这般哭着骂着，气撒了人品却毁了，让人看出我没实力不大气！我说过谭总是鬼子进村，狡猾狡猾的，狗娘养的见我喝醉，乐了，也佯装醉了说知心话，说是一朝天子一朝臣，县里改变规划要撤工程他也没法儿，巧妙地把欠款的事拖宕过去；他不赖账，千年不赖，万年不还，只是与你拖着，拖死你拖垮你，可以吗？谁让你出门不问风浪事，没金刚钻揽下瓷器活呢？总算鸿年老师脑子清醒，与他说法制社会要打官司，才把他稳住天南地北地聊法律……

这事鸿年老师后来总结说：喝酒这种场合不适合谈正事，因为国企官员全是久经沙场、能把冬瓜牵到豆棚的油条儿，你也根本不是对手！真要谈事还得找律师。那时我也不知律师是啥东西？自小到大没上过法院的门。通过这事我才知道有那么一伙子人还专门吃法律饭，笑眯眯地坐茶馆里与你聊大天就把事儿办了。那晚憨佬也喝多了，满脸放光额头都是汗珠，把西装搭在椅子背上，那件司惠脱绒衣朝上翻着，津津有味地啃着流油的炸鸡腿，大着舌头反复问谭总：你说我那农民打石队，是不是后娘养的？这话嘛，脱裤子放屁，就是后娘养的嘛。不是后娘养的，别人能欺侮你吗？

后来，我就彻底糊涂了……

5

这场酒局的赢家不是谭总与老莫，不是我，应该是憨佬与鸿年老师；不但由我为他俩创造了首次亮相的机会，而且由于在陪桌上加菜，赢得了我手下那帮四季衣衫不全、从没在饭店吃过招牌菜、只知埋头打石头饿死鬼的心。是他的杀客，撩动与满足他们追求杀客的心境……

白脸小生事后告诉我说：爹呀，大家都说您不是憨叔的对手……干完那三杯自罚酒，您就口吐白沫、像一摊烂泥钻桌子底下了。憨叔没倒哩，他摇晃着身子指着你对大伙儿高兴地喊：麻皮阿梁——啥酒量？倒了、倒了嘛……我泄气地问：谭总不是也倒了吗？他说他没倒哩……不过也被大家折腾得差不多……你醉后鸿年老师与谭总讲法律，讲了一会谭总带老莫要走，憨叔就没挽留，让鸿年老师招来三轮车，好歹把他俩塞上去，我听他对谭总说：麻皮阿梁酒风不行，你行，下次我请客喝单挑……我问：他还敢喝吗？他说不敢了吧？谭总舌头都大了，说单挑不行，喝不过……狗娘养的他阿娘大脚，不敢了吧？欺我娘家没人呗！憨佬也真是，都当村书记了还啥都逞能，直把酒局当作当年与我斗婚哩？我心里愤愤地骂道。我这才想起与谭总的约定，由他签字埋单的？他说他不知道，送走谭总大家又喝了一会，都向憨叔敬酒哩，憨叔还真是海量，来者不拒，说兄弟哪，祭瘟神吃自家丢了可惜，不吃白不吃……

后来……我问后来又咋了？他说他也醉了呀，路上脱下西装让鸿年老师拿着，趴在路边吐，说：还是麻皮阿梁厉害，进去就没出来……

第二天，憨佬与鸿年老师又至工地，大伙儿已在上班了，边打石头边议论昨晚这场酒，说进城打了三年多石头，没蹦上如此海威的事；还说憨书记杀客哩，酒量不知深浅，把狗娘养的谭总、老莫、麻皮阿梁都给撂倒了，临走还吩咐大家按时上班，说现今社会讲道理，拖欠的工钱由他负责讨回来……还说着酒局见人品，憨书记喝酒给陪桌加菜，心里想着阿拉这些饿死鬼投人生的讨饭命……还真他阿娘大脚，老子辛辛苦苦带他们进城捞摸，实施草船借箭维护众人权益，到头来没落好，功劳全归了憨佬……

以往我喝高酒（放单飞与客户独喝），就猫在工棚内不上班，由白脸小生照顾我；逃生仔自十五岁开始跟我，算算也有三年了，小子除了读书勿灵光，其他都还行，端水端食端尿盆地伺候得还行。只是我不上班，大家也就稀松散漫地不上班，在工场里像村里做田活一般讲瘪讲卵过口瘾度时光；要待我得到白脸小生报告，晃悠着牛身子出现在他们面前才重抢锤子。农民哪，亏就亏在没目标、不图进取自由散漫，缺乏管理就成为一盘散沙；这点部队就比较好，当兵吃粮讲纪律，领导在与不在一个样……

上午我还猫工棚里睡觉，像一条癞皮狗般蜷缩身子，呼噜打得震天响。憨佬与鸿年老师在工地上转过一圈后来我床前，工棚宿舍异常简陋，玻璃钢瓦片由钢架支起几块旧铁板，阳光从窟窿里钻进来，把铺着稻草的铺位照得光影斑驳。说起来真罪过，三十几条汉子，就挤这么个毛竹棚大通间里，铺盖与铺盖叠在一起，到处堆满脏衣服、破鞋子和石钎、榔头，连转身的地儿都没有；墙角放着一只塑料尿桶，散发出刺鼻的尿臊味。现在回想起来，当年我们也太不把自己当人了，宿舍连狗窝都不如。也不知夏日一身汗、冬日满身臭的饿死鬼们，那些个漫漫长夜是如何熬过来的？

这是人住的地方吗？麻皮阿梁也真是……我想那天憨佬肯定与鸿年老师皱着眉头奚落我：比村里的草舍棚还不如哩。是不如呀，村里草舍棚长年住，这儿可是临时房；天下农民多贱命，吃需将就，至少得吃饱，否则咋干活？睡则越简单越好，不就摊尸呗，困熟了啥都不晓得了，与摊尸有何区别呢？憨佬摆手让白脸小生别吱声，蹑手蹑脚走床前捏住我的鼻子，炸雷般地吼道：懒鬼，起来，与你说正事儿哩。我什么人？战士出身，立即一个鲤鱼打挺坐起来，双手揉着眼睛望着他俩道：干啥、干啥？不干啥，与你商量工作呀。憨佬笑眯眯地回答，还加了一句：刚才我都听你喊四蛮哩。我懒洋洋地套上那件久没洗涮、冒出浓烈汗臭味的工装，打着哈欠站在墙角的尿桶边嗵嗵嗵撒了一泡长尿，在墙角取下一条已变颜色的毛巾，在门口水龙头下哗哗地放水冲脸，嘟哝说：还啥四蛮？白脸小生的娘嘛，唉唉，我肚里空还没吃焦饼哩。鸿年老师递上两个菜包子，说我在路上给捎上了。我摇头说：不吃……打石头干硬活，这东西不耐饥。白脸小生在床头代替枕头的包袱内，赶紧取出两个冷焦饼递上。我就坐床沿上喝着搪瓷杯里的自来水，大口地吃了起来……

这时我的牙齿还真痛了起来，这是老毛病了，都怪我昨晚没控制好喝多了酒，上火哩。我早看穿他俩无事不登三宝殿，说是与我谈工作，其实还就为钱的事儿。桥下碧鲫乌溜溜，没有网兜难下手。办厂没资本哪，看上我那些欠下的管理费。知道憨佬要当书记，这些年我送给笑面弥勒的那些小好处，就算喂了外洋带鱼付之东流了……

憨佬仿佛看穿了我的心思，吱吱地吸着旱烟道：麻皮阿梁呀，经过昨夜的酒局，我算是领教了城里的生意人……人都活一张脸哪，可惜你这些年没为自己、村人活出脸来。看我捂着腮帮嗞嗞响着吃完焦饼，他伸过手来说：好兄弟，我俩很久没比试掰手腕了，今日不妨试一下？我知你没在村人面前赢过我，心里怪难受的……我摇头：今日不试，我真牙痛，昨晚这酒……过量了……他也摇头：我也过量了哟，你问鸿年老师，都闹腾了一宿没睡……这样吧？我俩设一赌局，你这师傅赢了徒弟，这些年村里的管理费免了，我谅你现在的状况也交不了；如果我这徒弟赢了你师傅，管理费你还可以迟一步交，这三十几条汉子，以后做啥事可得听我的；这事我也不勉强，做酱做醋你自己把握……

我不情愿地伸出手来，说：你以为我俩还是当年的青皮后生呀？屎壳郎栽树屎花头透，老了……

这天晚上打石队全体成员坐在铺位上，嚼着憨佬从村里捎来的番薯蜜枣与盐炒豆，喝着自酿的番薯烧，黑灯瞎火地召开了队务会。听完鸿年老师传达的"一鸟两翼"的致富方案，后来就听憨佬做报告。他说：农民是啥？历朝历代是吃草耕田，耕田吃草，吃无份做有份的一条牛……要想翻身抬头靠自己。人活一辈子没两辈子，这辈子翻不了下辈子就甭思量……政府搞改革指方向给政策，就像阳光照进大伙儿的心里……村里现在是穷了些，但以后我们要让每个人每户人家，像城里白脚梗一样活出人样来，靠啥呢？靠每个红脚梗不嫌弃自己，像山岙岙里背阳的苦楝树，给点阳光就灿烂……我在竞选村书记时说过，保证每家每户都翻上瓦屋后，全村最后一个翻瓦屋……我憨佬长长大大一个人，说到做到，违反你们就拿铁耙锄头把屋子扒掉……说完，他指着鸿年老师说：我给大家请来一位好老师。共产党部队打仗有司令和政委，这儿麻皮阿梁就是司令，鸿年老师是政委。谁派的？我！我是全村的总司令，他这司令归我管，凭啥？手腕掰不过我嘛……

嘿嘿，这会开过后我的王国灰飞烟灭，打石队人心所向归顺天朝。

你还别说，天朝还自有天朝的做法，电信公司的谭总与老莫斗赢了我，可没掣过憨佬与鸿年老师。会后，憨佬与鸿年老师就去找四眼娃儿，说是又要见高书记。真当木卵不怕鬼，赤脚大仙去见玉皇大帝。高书记当然不是随便见的，但他确实与他说过有事尽管找他。憨佬与四眼娃儿通电话时我还不相信：领导客气，你就认为是福气？人家高书记可管着全县百把万人的大事，是大忙人。此话他只是随意说说，如果真与全县农民兄弟都交朋友，近百万人遇事找他，就是千手观音也忙不过来。没想到十几分钟后，四眼娃儿就回电话说高书记同意见，约定晚上九点在办公室。这使我感到奇怪，想起十几年前假和尚米沙那偈言来：太阳升起牛抬头。莫非是十五岙村这条衰牛真要抬头了？

通电话后憨佬问我有没有施工协议？我说协议倒是有的，当即找来白脸小生查问。他找好久才在我枕头底下的那堆旧衣衫与臭袜子堆里找到。可不？上面还盖有电信公司的合同章。可惜那时董总管而现在是谭总。我问有没有关系？鸿年老师看后说问题不大，正月蛋六月蛋生蛋鸡婆不一样，可都是蛋呀！你签字我找他们就是。没想到钱还真讨回来了。后来老莫偷偷地告诉我，没高书记干涉这钱根本要不回来，我说谭总喝酒时不是表态了吗？他说狗屁，谭总的话你也能听？他也不是啥副总，是排名第十二位的总助，啥都管不了的老酒饱。我说那你咋把他介绍给我？他说那是没法子的事，主事的刘总让他应付你呀！没他签字，盖上公司章都没用。我心有余悸地问：留下工期的钱不会有问题吧？老莫说不会，刘总是一把手，官帽在高书记手里捏着哩，除非他告老还乡不想当官了……

许多年后，我家大傻白脸小生从日本留学回来，升格为星星草建筑公司董事长的我，向油嘴佬戚长庚主持工作的集团总部一次性转让产权，到处找不到公司法人章。我说我签字行吗？他说不行，字要签、章要盖，没盖法人章咋签合同取钱？我说当年你老爹拿合同找高书记，那纸上只有我的签字而没有红章章。他瞪起眼睛教训道：那时权大，现在法大。二十多年都过去了，难道你还想回那年代去吗？想想也是呀，现在人们都用电脑做生意，就这么一只小老鼠叫啥标的点一点，钞票就麦克麦克地过去，又麦克麦克地回来了；像我们这些不会用电脑的老头只能望网兴叹，他阿娘大脚地结束历史使命了。你不想结束也难哩，谁还与你玩哪？

好汉不提当年勇。在当年，没我麻皮阿梁的那笔工程款，非但打石队后来变不了几百员工、具有一级资质的建筑公司，就是憨佬那大名鼎鼎的沿海星星草化工集团，也是子虚乌有的事！时光过去二十年，社会就进步了那么一点点……可对经历过这段时光的人来说，壮年变成了残年，姑娘变成了大妈，回忆逝去的岁月，一把辛酸泪呀！我再也不能跷着右手大拇指，在人前人后一抡一抡地、指手画脚控制我所拥有的世界了……

单思明（九）：马山之纳贤

1

憨叔在这年立冬过后，单枪匹马去了马山市。这几年经济复苏，流动人口增加，铁道部门特别忙。没到元旦就早早准备春运增加了筒子车。那时节没有高铁，长途汽车不多，航空也没到后来连地级市都建机场那般发达，南来北往的乘客大都钟情分作快客与慢客的火车。快客票价高，快一点，慢客票价低，慢一些。至于筒子车，俗称猪猡车，说穿就是农村向城市运牲口的闷罐子车。整个车厢没座位，垫上草席（有些连草席都没有）乘客席地而坐。春运期间车厢调配不过来，临时使这招增加班次。没法儿，国家搞活经济交通运输是先锋。现在年轻人大都没见过筒子车，不会理解人们为啥起早摸黑、冒着寒风，还由铁路警察维持秩序排队购票；许多城市票贩子因此过早地进入万元户，流行口号是要发财，去倒票，就因为闷罐子车条件虽然简陋，票面却是半价；而且票子特紧张，一转手就能赚上好几元……

那年头的人们呀，都穷嘛！

因为没到客流高峰期，火车票能凑合着买上，笨羊杨小勇排了半夜队替他买了坐票，但他为省钱却把坐票退了，重排队购买筒子车票。在他看来，乘火车有座位与没座位一样，只要能把这百多斤的笨身子载到马山就行，筒子车票省三元钱，就是山里人三个月盐钱。人不吃盐要生大脖子病，没座位死不了人。他说他当这村的村书记，文不及鸿年老师有文化，武不及麻皮阿梁会打石头，唯有身体倍儿壮，吃些苦耐些劳也就没啥……

他匆匆赶去马山市，有两桩大事要办哩。一是儿子油嘴佬把老宝贝敬佩得五体投地，说他如何如何做人明理，如何如何神通广大；可他只是在三年前沿海县城把油嘴佬交他学养蜂时见过一面，印象尚还不错，老头儿眉眼蛮清秀不像恶人，只是身子清癯瘦削好似没力气干活；可是人家有脑子，有脑子比有力气更重要。在憨叔的世界里，人分两类，善人与恶人，也就是好人与坏人。好人又分两类，有本事的好人，与没本事的好人。坏人也这样，有本事的坏人与没本事的坏人。这样分比较简单，他交往的首先是有本事的好人，其次是没本事的好人与坏人，需要避开有本事的坏人。但这年头识人很难，所谓人心隔肚皮，相识不相知；好人与坏人又没在额头上标字。就如老宝贝眉眼看来善良，心地就不知道了，话儿没谈深谈透，就不知他的心是善是恶。人之间哪，相交久了才知根知底，日久见人心嘛。自与陈俊厂长达成办厂协议后，他急需请一个懂技术、知根知底的师傅，就想着与他交流交流，能否卖掉蜂箱进山帮他干事业……

二是农民办大事，必须礼节在先。他得拜会马山总厂的领导与师傅们。县汽配厂同意承包搞分厂，他就有了正儿八经的牌子，取得了合法经营权。可锦纶帘子布的技术与经营权，却掌握在马山总厂手里，也就是说县汽配厂只拥有联营生产权，没技术与营销自主权。作为合作双方的生产分厂，他得处理好这些关系。今人一定认为这些关系怪怪的，是有些怪嘛，当时国家刚从计划经济过渡到市场经济，诸事没现成的定规与制度。一位可以载入中华文明史册的伟人，也就在那时提出改革开放、让农民富裕起来的宏伟蓝图：无疑是整个国家经济复苏的指导性纲领。

　　憨叔处理打石队的事后才去马山，临行前与我商量说：看样子鸿年老师得在那儿留一阵子，帮助麻皮阿梁理顺关系。还说他发现打石队的事儿没那么简单，农民散兵游勇地进城容易被人欺侮；要在县城站稳脚跟，就得正儿八经地注册公司，名正才言顺。这想法得到我的支持，符合县委、县政府发展民营经济、加强对集体（个体）工商户管理的精神。高书记就在会上疾呼：要打一仗全民皆商、发展县域经济的硬仗。支持与扶植乡镇集体（个体）工商户。

　　为讨还打石队欠款，憨叔与鸿年老师坐在我的办公室里死缠硬磨，定要面见高书记讨个说法。那事儿鸿年老师在电话里与我说了，该是电信公司不对，欺侮农民嘛。大楼快盖成了，工钱却没有付过。别说麻皮阿梁无法交付村里管理费与投资办厂，就是发工资……三十几条汉子吃喝拉撒全仰仗这钱，换谁都不行。麻皮阿梁还算硬气，大半年坚持下来了。原本鸿年老师打过电话，高书记约定晚上九点见，没想到下午市委临时通知开碰头会。那年头县委一把手的事儿特别多，这会那会地身不由己。次日上午，憨叔急吼吼地赶过来，埋怨我没向高书记说清楚。我奇怪他咋整不明白呢？高书记管着全县六百多个村、连同工矿企事业单位近千家，全县近百万人口，没我的努力他根本就约不上。可他是憨人，说不明白道理。我尽量婉转地向他解释说高书记忙，不是谁想见就能见到。他毫不买账地瞪大牛眼睛梗着脖子说：我知他忙，可忙也得守信用，这是做人的基本道理。还说高书记与他交朋友，就得真心实意，躲着不见还是朋友吗？我被他逼进墙旮旯，只好向高书记打内线电话问他啥时候回来？说十五舍洪书记在办公室等着非见您不可。高书记在电话那头沉寂一会儿说：这会儿还在开会，如他着急你先了解一下情况，不违反政策就协调帮他办了，有难度待我回来再说。我把这意思说了，憨叔很高兴，说高书记是明白人。他侧着脑袋问我：你真能代表高书记？我说有他授权就可以……他说这么给你说吧，四眼娃儿，自古干活付钱、养狗守门，狗娘养的电信公司谭总，欺侮阿拉农民朝中无人。麻皮阿梁的打石队三十多个壮劳力，黄汗溻溻地做了半年没给付工钱……我见他管钱的谭总抽中华烟，一包抵农民半月粮，每抽一颗我的心就哆嗦，每天得吃掉农民多少碗饭呀……

　　我笑起来，说我以为出了啥大事情？原来是你办厂急着花钱呀。他圆瞪牛眼睛急起来：这还不是大事吗？四眼娃儿你也晕了……天下哪有这般不讲理的？他是工人老阿哥，可也得讲道理嘛。前天晚上请我与鸿年老师吃饭……我说这不好吗？我还没得人请吃饭。他说酒桌上你好我好大家好，第二天我找去公司就不见了谭总，他躲着不见我嘛……我问有没有签订协议？鸿年老师说协议倒是有的，只是电信公司领导换人，原先的副总换成姓谭的。我说有协议就好办。当即拨通电信公司电话了解情况，知道那姓谭的不是啥副总而是总助，是当不了这家。我有些生气，说你国企干部不管事每月工资照发，人家是农民等米下锅哩！又说：叫你们的总经理说话。他问我是啥人，敢让他们老总接电话？那时没流行手机，安装一门电话年收费两千多，相当于政府科员半年工资，没后来联通、移动搞竞争，一个接话员说话嗓子都嘎嘎的……

我说我是县委办，代表高书记叫刘仲民同志接电话。我并不熟识刘仲民，但我有联系方式，代表高书记说话哩。没一分钟就传来刘仲民的声音，问我有什么指示？我说有人在向高书记告状，说你那通信大楼工程，欠下十五舂村打石队的工资没付清，你给查处一下。

刘仲民问：高书记有啥批示？

我火了，说啥事都要高书记批示，要你总经理干吗？

此时憨叔的口袋里，已有一些实钱与虚钱。实钱数量不多，也就几万元，是洪老师夫妇的补发工资与村里烧炭打竹圈笼的钱。虚钱嘛，也有一些，麻皮阿梁取回工程款答应帮他办厂。这些钱够办厂吗？这是我担心与揪心的事儿。也就从那时起，我与杨小勇通电话打算我们插队知青出血集资些钱。毕竟风雨同舟在穷山村住过多年，笨羊还是他的女婿哩。但这钱不会多，我们回城后吃政府工饷，何况工作时间都不长，能有多少袋底末子的私蓄呢？虽说憨叔猪鼻子插葱充大象，口口声声表示办厂主要靠虚钱。虚钱是啥呢？就是村里两千村民、近五百户人家落实项目后焕发积极性，鱼有鱼路、虾有虾路的集资款。这些钱是未知数还没到手，所以他称之为虚钱；可那又有多少呢？每家每户都穷得篮底脱落、米缸里没隔夜粮地住着草舍棚。但他却充满信心让我不必担心，说天下农民阿伯好似春天田畈里的草，一见阳光就灿烂。还说农民做事都是剥萝卜吃，吃到哪儿剥到哪儿；他还信誓旦旦地表示：大伙儿穷惯了，做梦都想着做白脚梗当工人哩，拿工资吃食堂米饭就是天上掉下大馅饼，高兴都还来不及……

根据憨叔后来回忆，那天他在筒子车上做了一个吉祥梦。梦境很是奇特，且耐人寻味，好似遥远却显得清晰：那是他小时候见过的陀头山和陀头庵，芳草萋萋、林木葱茏，他和鸿年老师、智佬、麻皮阿梁还有军嫂，领着油嘴佬、二愣子、杂物贱和菲菲……哦，还有志潮秀才与他干爹、亲爹兄弟等，反正有很多很多的人拿着洋镐、锄头、铁耙等家用农具，从陀头庵后院挖下去，挖了很久很久（梦中时间模糊），在很深很深的洞穴内挖出了祖宗的藏宝箱（箱子形状模糊）一伙人高兴坏了，拖着、背着，把这口大箱子拖出深幽的洞穴来……

他说：我就说嘛，八桂叔没说谎，祖宗大人果然为后代子孙留下宝物！宝物是啥？黄金、名贵玉器？梦中还是模糊……他们开始庆贺了，借来镇里文宣队的腰鼓、戏服，拿出小学校的锣、鼓、钹；抬着这只大宝箱，从姜家塌、陈家坳、后黄、前黄、上戚家、下戚家、呑口兜转了一圈，不，两圈……应该三圈吧？二愣子乐得在山路上打虎跳……狗娘养的，山里娃儿笨糟糟的又没人教过他，他就能打虎跳，还头向下脚朝天地学倒爬虫走路哩……智佬与老太婆边走边扭动身子唱走书，还唱华姐与长工游塘河那一段：

> 日出东方哎呀喂一点红，
>
> 屋里走出我阿叔老长年；
>
> 阿叔呀，侬划桨来我乘船，
>
> 欢欢喜喜去逛庙会；
>
> 呜扎嘎、呜扎嘎，
>
> 小桥流水家家升炊烟；
>
> 呜扎嘎、呜扎嘎，
>
> 金色阳光禾稻压满畈……

然后他们打开箱子（梦境变得清晰起来），竟是一大箱泥土……大伙儿把这箱泥土铺撒在布满卵石的山岗和坑坑洼洼的山沟里，奇迹就发生了，天上的星星呀（梦中没昼没夜），仿佛受到上苍启示，一颗颗地倾泻而下……流星雨……是流星雨哩……十五呑的山坳坳里漫山遍野长出星星草……没多久，山岗一片翠绿；绿得让人心头充实，充满着希望……

憨叔欣喜地告诉我说，这梦吉祥，是个好兆头。说梦醒后他很怅惘，祖先六百年来相传的藏宝，自己梦寐以求欲开发的宝贝竟然是一箱泥土？说那天他很久回不过神来，用手掐自己人中感到痛方知在做梦。他说这梦好奇怪呀，他想要记住的没记住，倒把智佬和老太婆唱的走书记得一清二楚。他说从那天开始，他决定把厂名定为星星草。说阿拉农民就像漫山遍野一茬茬踩不死、割不尽、烧不光的野草，只要春气发动就蓬蓬勃勃地生长起来……

列车在轰隆轰隆地行进着，旁边有位大妈搂着十几岁的男孩睡得正香，嘴角流下两道长长的涎液，周围的人席地而坐，或睡或醒，不远处有四个小伙子在打扑克，哇啦哇啦地喧哗着，身上粘着用报纸撕的纸条儿。他奇怪的是他们出门咋带了糨糊瓶？仔细一瞧原是用吃剩的饭粒粘的；这不，火车一震动纸条儿就掉下来了……他揉揉干涩的眼睛叼起烟管，下意识摸摸腰间钱袋。钱都在哩，那可是他的命根子，胸间衬袋还有张存折，里面的钱比身上现钱还多，数字后挂四个零；这是他当书记的全部家当，余下就是人了，三个高中生、十几个初中生、六百多名青壮年，还有一千多个老弱妇孺，组成向他要口饱饭吃的"搜宝"队伍……

不当家不知柴米贵。他自言自语地念叨着，当家难呀，开创局面更难！可除了这条路，他的脚下又有啥路可走呢？人活着，几十年一晃就过去了，要让后代子孙说一声好，难哩！

2

唐如康的人生在这年11月底画上句号。人死如灯灭，他是彻底的唯物主义者，在人面前看穿生死，有一种小车不倒只管推的气势；说战争年代许多战友在身边倒下去，他能活下来已是幸运。可事到临头他还是很留恋生活，哀求医生是否有法子延续他的生命。说他这辈子从没求过人，这是第一次也是最后一次求人。病中他一直挂念十五岙村办厂的事，说革命老区在战争年代付出太多，对今人的幸福生活有着特殊贡献。说这事儿他打过仗的人不挂心，又有谁能挂心上呢？为此他特地嘱咐我，须有始有终地替他办好这桩事，要让那儿的农民真正富裕起来。他临终前唐英又回了部队，她请了三个月假回去续假。唐如康在她走后第二周彻底不行了，不要杨氏陪夜，一定要我留在他的身边。我发现他原来也是一个说话啰唆的人，没我小时候那般说一不二的气派，整晚上地拉着我手，一句话重复三四遍地唠叨着车辘轳话……

憨叔去马山前他的状况已很不好。因不能进食采用鼻饲在身上插了许多管子，精神反倒抖擞起来，可能是回光返照吧。我对憨叔说：糖拌糠很关心你哩，他的辰光已经不多了，你能不能去看看他？他说当然要去。滴水之恩当涌泉相报，现在我没法儿报答，探望是应该的。于是，我带他和鸿年老师去了医院。唐如康知道他俩来了，一对已经散光的眼珠骨碌碌地转着，挣扎着让我扶起来，凝目注视一会儿，问：我们见过吗？憨叔点头，鸿年老师摇头。唐如康道：我没见过鸿年老师，你憨书记倒见过几次；三十年前是我派人送八桂同志回村搞土改……那时你还是跟他屁股后面、流着鼻涕的娃娃嘛！憨叔使劲地眨着眼睛，好像想起来了又好像没想起来，脸上露出惊讶之色……村里的事，我听思明说了……办厂好呀，但我得叮嘱一句：农民办厂不容易，无论做酱做醋都要齐心协力依靠党和群众。共产党革命那么多年，就为给天下农民找一只瓷饭碗；你们没捧上铁饭碗不能把这只瓷饭碗砸了……八桂同志是我营里的排长，他没完成的任务……你们得帮他完成……我……看不到这日子了，你们能看到哩……憨叔掩脸哭泣起来，说我把您送我的皮鞋……挂在办公室墙上了……

唐如康在见过他俩一周后离世，临终好像没有啥痛苦，也许他认为把要说的话全说了。这些话我没有记住，却深深地镌刻在憨叔的心里了。二十几年后我东窗事发，他在探狱时提醒说：你呀，四眼娃儿，如果记住了你继爹临终前说的话该多好……我问啥话？他说人离世前，才发觉这辈子许多辰光都白活了……

那天从医院出来，我趁唐如康特护输液的空隙，请憨叔与鸿年老师到家里吃饭，顺便谈谈集资款的事，落实合作条款后，这是我最为担心的事。我问如果把电信公司那款追回来，你打算咋处理？他吱巴吱巴地抽着烟想了想说：当然把这钱大部分留下，保障打石队的生产与生活；让麻皮阿梁这块先活起来。连管理费都不收吗？我问。他摇头：君子一言，快马一鞭，路归路，桥归桥，管理费是要收的。我说：办厂的钱不够咋办呢？我和笨羊正在插队知青中筹钱哩。他说不必，你们回城不久拖家连小也很困难的……还是我自己想办法，走一步看一步，车到山前自有路。鸿年老师补充说：如果让秀才出头当厂长，下戚家的筹资就会多一些。我说也不能寄太大的希望，与笑面弥勒的关系要改善，但得慢慢来，别指望一口吃个胖子……

现在回想起来，当时别说是憨叔，就是像我这般的干部人家也没多少积蓄，高晓敏听说她爹和我要捐钱，已有许多天不搭理我了。唐如康临终前吩咐丧事简办，把政府补给的丧葬费捐给村里办企业，高晓敏知晓后与我吵架，说现在不是学雷锋的时代，没人在马路边捡到一分钱，去交给警察叔叔。她一直为在结婚时没戴钻戒而烦恼，摘面子在小姐妹中吹嘘嫁妆几床新棉被和江姗用私房钱买的电视机，说我吃错药才把农民的事当作自己的事办。高晓敏聪明漂亮啥都好，就是过早地追求物质利益而失去奋斗精神，把宝押在职务提拔上。还是杨氏深明大义，把我生父单志荣留给她的元宝戒卖了，凑钱让我支持村里办厂，说：你亲爹继爹参加革命前，还不是啥都没有？我娘家的山疙瘩，也比这儿好不了多少……

我在婚后做的许多事高晓敏并不知情。如果知道杨氏藏有元宝戒没让她在婚礼上显摆，必与她撕破脸皮吵翻了天。她这辈子样样争先，就是在捐助钱财的事上从不主动，始终没明白人生只是一个阶段，钱是用来花的而不是贮的……

憨叔去马山身上是带了些钱的，不仅有洪老师夫妇交给他的存折，那钱用来办厂要归公家，已不是他可以支配了；在这事上他不是笑面弥勒，公是公私是私地分得清楚。两位老人一生坎坷蓄钱养老，他原本就没打算要他俩的钱，但支持办厂他就入了账。来县城时贤惠的秋秋姨不仅给他准备下干粮，还把全家仅存的三百二十元钱交他零化，说千省万省省家里，出门在外不必省俭，该花的还得花。现在城里住了一个多月，油嘴佬和杂物贱去马山拿走一百二十元，加上车旅开销已花去大半，余下就是他和鸿年老师的用途。他的口袋里之所以还有钱，是女婿杨小勇送来的二百元。他说：爹，您来城里不愿住我家，杏儿与我不高兴哩。他板着脸说你那鹁鸽笼能住吗？原本他不想拿这钱，因为杏儿肚子里有了，是秋秋姨悄悄告诉他要做外公了。但杨小勇说他都准备好了，不收这孝敬他养身子的钱，杏儿会发脾气不让他上床。他这才把钱收下了，因为多次受秋秋不让上床的惩罚，尤其冬日夜里冷，被窝才暖和。他把这钱连同存折，藏在秋秋特意缝制的胸口袋里，怕自己莽莽撞撞给遗失了……

那晚笨羊留下陪憨叔与鸿年老师一起吃饭，他俩到城里都一月多了，我一直没请吃过一次饭。大家合一处吃杨氏包的水饺，他仨都没客气，合着米醋辣酱风卷残云地把半脸盆饺子全吃了，还把锅底的汤喝个精光。我问吃饱没有？鸿年老师与杨小勇都说饱了，憨叔说如果有和好的面再下点面条就更惬意了。他说这话时，犹豫地盯着高晓敏和杨氏的脸，补充说：这是这辈子吃得最惬意的一餐饭，没想到你家饺子这么好吃？我知他说实话。杨氏听了把要送医院的半保温瓶饺子拿出来让他吃；唐如康已吃不下东西只喝流汁，杨氏想留给闻讯赶来的唐英吃。憨叔双眼立即放出光来，却因为高晓敏目光呆滞脸露讥讽之色终于没动筷子。我说客气啥？你吃呀。他待了一会闷声说：吃饱了。站起来咬着旱烟管装上葵花叶子去阳台咂巴了。我知他不高兴追至阳台问：咋了？他说你媳妇嫌我大肚汉使眼色哩。我说她就是这样一个人。其实我知高晓敏并不因为他食量大扫兴，而是厌恶他抽烟。她这人贪图虚荣喜怒形于色，记得婚后她领着一班人观摩新房，炫耀她的幸福小家；咋咋呼呼地上馆子请吃饭，在经济上挺大方的；只是从小被江姗惯坏了特爱干净，常当客人面擦洗地板弄得人不自在，尤其讨厌别人在房间内抽烟，与素芳爹邵廷祯一样患有洁癖。婚后头个月杨氏就不习惯，只是为我面子而强逼适应。我知她这样会得罪朋友，新婚蜜月就向她提出警告，但她只是微笑没做解释，后来才告诉我：她在城里长大，她爹她娘都有爱干净的习惯。我揶揄道：高书记与我下乡还喜欢吃三臭哩！三臭就是臭冬瓜、臭豆腐、臭菜梗，是沿海一道风景；无论城乡都在屋里捂一个臭菜缸，把新鲜的冬瓜、豆腐、菜梗都往里面放，发酵变质后蒸熟吃。这东西奇怪，嗅起来奇臭无比，吃起来却香滑可口，是本地家常菜中一道佳肴。她咯咯地笑了，说臭男人臭男人，男人都嗜臭嘛。没想到憨叔粗粗拉拉的一个男人心却细腻，一下感觉到她的异样……

我想起上次智佬在客厅抽烟，烟灰弹落在地上，高晓敏也当着他面皱眉头擦地板的事儿。便与他去阳台一起抽烟谈筹资的事，道歉说：城里的女人都这样。他说：我知道，她是高书记阿囡女儿……你照顾好她是看高书记的面孔！

晚上憨叔留我家过夜，他让鸿年老师捎信给洪老师，说他有事与我聊聊。我仍让他睡书房，省得他走后高晓敏像狗一般嗅被子中的烟味，还像日本女人一般趴在客厅擦地板。我与高晓敏婚后很长一段时间，总不适应她相夫教子贤妻良母那种持之以恒的激情。记不清哪位大作家说过：天下的女人，智者人前是丈夫的奴婢，人后才是丈夫的主人；愚者则相反，人前是丈夫的主人，人后却是奴婢。这句话未婚男人往往难以体会，婚后就有了体会，高晓敏就是一个聪明面孔笨肚肠的女人，不同的是无论人前与人后，她却自作聪明地充当教师爷的角色，而我这般年长八岁的男人，由于她老爹高书记的原因，心甘情愿地沉沦为她的学生。任何家庭的悲剧都由聪明的男人，沉沦为愚蠢贤妻的工具开始，因为他总是不甘心沦落为奴，想着冲破"妻管严"的藩篱……

　　憨叔留下是想与我交流当书记的体会。他说以前是吃不到葡萄嫌葡萄酸，现在真吃到葡萄，感觉到葡萄还真是酸。我说你才当三个多月的书记，万里长征迈出第一步，以后的路程更长工作更艰苦。他说他知道。人呀，许多事还真是命中注定，这辈子走啥路，阎王爷早就替你安排好了。他说他前半生，都生活在恐惧之中了，这种恐惧在他懂事时就已开始。恐惧啥呢？他回忆说养父母洪老师与陈瑛老师，那些年不是被关在国民党监狱里吗？当时我才十一二岁，肚子饿呀，饿得浑身没力气，动一下就四肢抽搐心里特害怕。这滋味别人不会懂，是对人生的绝望；后来沿村挨户讨吃的，有铜钱人家放黄狗咬我，我也害怕呀，觉得活着实在不算一回事儿。反而是穷人家，就是那些住草舍棚的穷人才给我一口半碗吃的；肚子是吃饱了，心头的害怕越发重了，为何？他们给我吃了，自己就得饿肚子，我就欠下人情了。这世间上别的东西都可以偿还，最难偿还的就是人情债，我得报答人家哪，不报答天地难容。后来我跟八桂叔到了村里，也是吃东家、喝西家的，对他们来说我是外人，但他们没有嫌弃反而收留了我；直至我在秋秋家安身下来，才算一日三顿饱饱饿饿地有一口吃的。但是我更害怕了，我怕活得越久，欠下的人情越多，恐惧这辈子永远还不清这份情……

　　我望着灯光下那张古铜色的脸膛，默默地听着他一口气说完，心头五味杂陈，真不相信这番话会从一个憨人嘴里说出。没错，是他在说，一口气说完连个磕巴都没打；一个没文化的农民，竟说出害怕、恐惧这类读书人都不常使用的词汇！可是他说了，深情却又沉思，带有农民式的智慧与哲理。我问：那你准备咋办？他说我当村书记就想为大家做些好事，不做好事我心里会觉得更害怕更恐惧；可是我又不知道如何去做？如何做好？就说办企业吧，我没办过企业，不知这条路如何走？想到这些，我就感到害怕。我怕做错了事对大家造成损害，这样我的罪孽就会更加深重……

在这世界上挣扎与成长，其实是需要有一种精神的。每个人都对幸福安全的生活有一种本能的需求，但这种幸福与安全的生活，不会平白无故地降临在你面前，需要人通过勇敢的追求与搏击，才能摆脱这种出于善良目的的害怕与恐惧。就某种意义上说：这种出于心头的恐惧越深刻，你追求就越强烈。我惊讶地望着他，安慰说：我明白你说的意思，其实我与你一样，心中也常有一种恐惧，生怕自己坐这位置上办不好事。这不是坏事是好事，你这样想着才能鞭策自己做好事，对得起对你投信任票的乡亲们……

就在那次我拿二百四十元钱给他零花，说他到马山需要开销。他瞪大眼睛问我：公主知道吗？我知他怕高晓敏知道后向我寻事，撒谎说：就是她要我给你的。他摇头拒绝了，说心意我领了，但钱不能拿；笨羊已给了二百元，足够路途花销了。我说笨羊的钱你能要，我的钱为啥又不要呢？他说不一样，笨羊是我女婿，而你是高书记的女婿。高书记没把我们红脚梗当外人已很感激，拿下这钱他欠下人情心里有负担……

<h1 style="text-align:center">3</h1>

那时憨叔已知笨羊和我、洪老师夫妇在帮他筹资，留下与我说这般做他心头很恐惧，怕欠下人情以后还不了。这话准确表达应是内疚，许多年后他仍带着这份内疚努力尝试着回报，他是个知恩图报有情有义的男人，活着不想占人的便宜。世人常把憨叔的成功，归纳为胆大做皇帝，猛打猛闯的世俗精神，其实就我眼光看，应是那种以善良为基础的恐惧；他总是试图以自己的努力创造，然后给人予以报答。他是胆大做皇帝很想把事儿闹大，只有闹大了这群十五呑的牛们才能抬头；闹大必须有雄厚的资本，这世界上钱不能支配一切，但没钱却是万万不能的。憨叔需要钱，可他不想求人白得别人的钱，即使万不得已拿了必须归还；否则他就会欠下一笔人情债；一旦企业失败就终生难赎。在他的心目中，这世间上最难的就是欠下人情无法偿还。因为他是个安分守己的农民，至少在自己心目中是个好人，他不想做损人利己的事。他是需要钱，已到

了一文钱逼死英雄汉的地步，但他不会随便拿别人的钱满足自己的愿望；他只想带领着想在世间抬头的村民们共同创造，共同努力，收获成果才心安理得。因此他必须把身上现有的每一元钱，都用沸水煮过，用火焰炙过，然后精打细算地花在刀口上……

列车到站时，他茫然地瞪着这陌生的地方发呆。深夜的站台空荡荡的，亮着几盏橘黄色的灯；初冬的夜风很凛冽，吹得他浑身上下起鸡皮疙瘩。这儿已在长江以北，也就是人们通常说的北方。车厢内一阵骚动，人们相互询问到了啥站点？很快有人提着大包小包拖儿携女熙熙攘攘地下车。他也随着人流提着一个麻袋出站。麻袋里装有干粮、换洗衣服、一床旧棉絮与小半罐水，这是他旅途中的全部家当。他目光散淡心头纠结，羡慕每一个下车的旅客，老的少的男的女的，车厢只是旅途，他们都有着自己的前方与终点，下车后各奔东西去忙各自的事；而他，前方在哪儿？终点何处？心中有着一种说不出的迷茫……

如今办厂这条路，他在我的怂恿下，智佬、鸿年老师、秋秋与油嘴佬众人鼓动下，在村民的企盼中勇敢地跨了出来，由此为起点开始他的事业、梦想、追求，但前途未测路途遥遥须得上下求索，充满太多太多的未知因素和意外。这种忧虑当他独处时，就会汹涌澎湃着深切地涌上心头；对别人（他的支持者与反对者）都不能说。他知他唱的是一出"空城计"，旁人或动员或反对或信心十足或消极观望或极力阻碍，都怀有各自的目的。他说出他迷茫就会影响军心，支持者必忧虑重重而反对者则幸灾乐祸……

他明白自己走上一条担负全责的不归路。这条路险峻而又艰难，如果是军人，战争尚有穷期，胜败皆有尽头；如果是演员，唱好唱衰戏文既有开头，必有结尾；如今他不是打仗也不是唱戏，是一个解剖麻雀带人寻找梦中财富，路途漫漫永无穷尽的村书记，只要他活着，就如一匹被人驾驭的战马驰骋在没有止境的跑道上，随着人们追求财富欲望的膨胀，将永无休止地持续战斗下去。穷人穷命呀，别人像他这把年纪算是认命了，穷则穷过，富则富过，贫穷与富裕，幸与不幸，人生最后都是一个结局，无非就是黄土垄中埋白骨。可他心有不甘哪，偏要放手搏一搏……这就是憨佬，天生是个发憨性不认输、不量力、不屈服，缺乏自知之明不甘心命运安排的倔货。走在夜深人静的异乡街道上，憨叔内心怅惘空虚，不仅仅是缺少钱，钱可以挣，他来马山不就为挣钱吗？主要还是独自彷徨无人喝彩，人类与生俱来的那一份寂寞……

当然，这时对他来说钱是头等大事。有钱能办他想办的大事，没钱就啥事都不能办。上任前他曾把办厂启动资金寄托在自力更生的基础上，对村委会、经合社和打石队三个经济实体抱有奢望；认为总有些家底容他带领大伙儿折腾一阵，直至出现曙光与转机。富则富办法，穷就穷办法，农民抬头走自己的路，借光的是政府的政策，余下的就靠自己折腾了。但现在看来这些都落空了。除智佬的经合社做篾业生意，落下两千多元应收款与他组织烧炭所得，其余全是空账与赊账。这摊子连反对他任村书记的笑面弥勒也觉得对不起。当他提着豆酥糖去探望时，他指着十年前收回来的一堆旧家具说：憨佬，阿大不好当吧？我知道你会失望；我当书记二十四年，除了新砌的屋子，就挣下这一堆旧木料，你要办厂全拿去。拿去能值多少钱？就是拆了他三间两层屋面的瓦屋，也没有几千元钱哪？屋子得造对地方，又不是城里能卖个七万八万，山里人也就图个眼福。那些缺胳膊少腿的旧家具，搬去还占地方哩。

现在他终于知道桥下鲫鱼乌溜溜，没有丝网难下手的现状了。农民兜里没有钱，就如光棍汉做梦娶媳妇醒来一场空。十五岙村实在太穷，好如一块久旱的土地，等待一场倾盆大雨才能枯木逢春……

听油嘴佬说老爹赶来见面，老宝贝显得特别兴奋：树活一层皮，人活一张脸，活这么大岁数居然有人赏识。那就是赏你一张脸，老脸值钱哪。上次通电话他邀他加盟，说村里办厂缺师傅，他没答应说要看一看，心却已经动了；不是他不赏脸，是世事见多了知中间还会有变故。农民办厂容易吗？他想知道真干还是假干？真干诚心加盟，不在乎一朝一夕，做人活不过百岁去，六十多年眼睛一眨癞孵鸡变鸭地过去了，余下这一百多斤老浮尸交他打理就是。假干嘛，他才不浪费时间参与，又不欠他啥。这般免费观看祖国大好河山，自食其力自得其乐地养蜂活得多舒坦；再说他还有一份退休工资，足够使他体面地活着。人一上六十岁心气就不同，看问题的眼光也不同了。这年头市场经济大潮初起鱼龙混杂，有的是打着农村致富旗帜、把钱落进自个腰包的赤白党。他老了，没几年好折腾了，不值得把多年练就的火眼金睛，交给一个不谙世事的倔货与屠头……

老宝贝已把蜂箱停在马山近郊，天气说冷就冷下来了，他还要往南方赶哩。养蜂这行当说开了也是靠天吃饭的农民，一年四季赶花期，花开到哪儿就得赶到哪儿，误了花期蜜蜂就酿不成蜜。如果不是油嘴佬把老爹赶来马山的消息告诉他，他早转移花场了，但油嘴佬哀求他再等等，他就神闲气定地说了六个字：我等他，只三天。说完这话他想：是呀，三天内我等你，就是冷空气南下一百零八箱蜂全冻死了，我也还等着你。误了这三天，我可等不起。老宝贝是活出境界来的人精，知道人与人相处不在乎每天锦衣玉食的吃喝玩乐交情，在乎的是一口息息相通的真气。这世间上有些人能帮，有些人不能帮，有些人不屑帮，见后自然就明白了。要帮，必得志同道合，即使眼前有刀山火海，也敢冲敢闯敢跳的真豪杰；帮成了不仅积德做善事，也为自己长脸面。他知自己别无所长，不就在人世间比别人多吃了几碗饭吗？嘿嘿，别轻视这几碗饭，对长脑子的人来说，就比别人多了些相处相帮的资本。当然，他还有一手六级钳工的绝活，但那是糊口的手段不值得炫耀，又不是科学创造，凭得是熟能生巧熬得起时间，功到自然成。你能拥有，别人也能拥有，只是你多花费了一些时间罢了。他在乎的是别人（他要相帮的人）涉世的眼光，那种俗人所不能拥有的特殊眼光。

在他的认识中，世界原本就是一个巨大的博弈场，每个人在场中都是一个渺小的点，进行着雅与俗的转换。当农民并不倒霉，只是你投错娘胎输了起跑的底线，而此底线可以通过努力转换脱离其俗；该倒霉的只是农民中的俗人，投错娘胎自甘沉沦不愿挣扎转换而永陷其俗。通过三年接触，他知晓油嘴佬比别人聪明脑子快了一拍，但聪明人不一定就能脱其俗办成大事。他老宝贝不就比别人聪明吗，办成啥事没有？聪明人难耐其俗，以俗排俗，比愚笨脱俗者更为可怕。这年头不是聪明人太少而是太多，满世界都是公说公有理，婆说婆有理，不干正经事天天打嘴巴仗，打来打去把国计民生的雅事儿搅得一塌糊涂，使百姓原本可以由俗转雅的生活倒退了几十年。现在太阳升起朝雾驱散还能这般做吗？在老宝贝眼里历朝历代的智者都是大俗人，困于皇上豢养的朝纲为五斗米折腰，唯唯诺诺难免其俗；他喜欢那些踏踏实实帮底层民众办事自食其力的雅人。在他的意识中，天下最值得敬仰与同情的人就是农民，如果没有农民像牛一样背对苍天面朝黄土地辛勤耕耘，没有足够的粮食喂饱王公大臣、文人墨客、贩运商贾，能有这国家秦疆汉域、盛唐旺宋的历史吗？宋以降金、元、清三朝金戈铁马强虏入境，难道不是看中华夏民族千里沃野百里稻粱之地吗？他说这些道理千百年身处底层的民间雅士不是不知道，而是知道没处可说，说了也白说；就如朝日初升时雾锁长空霾溢四野，人们都被尘世流俗蒙住眼睛吃喝玩乐不知如何创造如何行路了……

这些话都是老宝贝后来进城见我时借着酒兴说的，事后稍为清醒我复问核实，他才在豁牙缝里塞着一颗没点燃的烟（X光透视肺有结节戒烟）嘿嘿地笑着回避：喝醉了吧？我这人吃亏就在于酒后胡言，不足为鉴不足为鉴。但我知道他就是这样想的，否则不会与憨叔一拍即合，贱卖蜂箱加盟他的队伍。他喜欢别人戴高帽子，别人说几句好话就云里雾里找不着北了，那天就是我们轮番敬酒灌醉才酒后吐真言。现在回想起来，此话虽然粗劣道理却是真的。做官不为膏粱谋，就没有中国的几千年的发展史，如果仅为稻粱谋，就会忘记千千万万名不见经传的农民兄弟、世世代代衣不遮体吃糠咽菜的民族苦难史；老宝贝所谓的雅与俗，正是建立在此基础上对中国历朝历代庙堂文化的反叛和对庶民文化的拥趸；他认为是农民兄弟的隐忍与大智若愚，才搭起中华民族文明的舞台……

憨叔乘着筒子车千里迢迢地赶来，无疑使老宝贝心头感动，想他把自己当作活菩萨敬哩。人敬我一尺，我敬他一丈。他到农贸市场割了四斤肉，捎带两瓶马山大曲，喜气洋洋地拿回他戏称为大篷车装满蜂箱的卡车内，在从田间机房自接的水龙头下泡过洗净，调理葱酱糖醋下锅烹制。他要好好招待这个把他当成知音的农民兄弟。通常这些活都是小呆驼干的，老宝贝只动口、掌勺，不做下手活，现在反过来小呆驼站旁边，两只眼珠散淘淘地、愣愣地观望；他在想哪，又不过年过节的爷爷，干吗烧红烧肉？老宝贝乐呵呵地笑着告诉他：我要见的这个人，比过年过节还重要……

老宝贝年轻时出来学外国铜匠，想着干一番大事业，可惜时势不造化人。说起来羞人哪，他娘是被外洋师傅拐走的，爹受了刺激不安心种地败尽家财，临终前娘随洋师傅回来看他，他非但没有仇恨反而乞求他娘与外洋师傅带走他的儿，说儿是我骨肉也是你的骨肉，让外洋师傅教门手艺不能再做农民像我这般孬种。那年他十六岁了，爹死后跟着娘和外洋师傅串街过巷，用烧红的烙铁焊大户人家姑娘出嫁的锡壶与铜罐。后来娘死了外洋师傅就溜了，留下一副铜匠担，由他独自挑着担儿往山里走，居然娶上一位心善的姑娘成了家。解放后公私合营他进铁业社（汽配厂前身）实现干事业的理想，但接连搞运动走马灯似的撤换领导，日子过得越来越让人憋气；而且他脾气犟不会拍领导马屁，又自视有技术业务水平高说话口无遮拦，因此在群众中口德不好无法实现胸中志向，不到年岁就提前退休让儿子芮大苗顶职，得过且过地混日子。尽管在生活中饱受艰辛，但他心中的理想火苗并没因此熄灭，认定自己这辈子能干一番事业，因为他一直固执地认为：历史是由他这般的庶民（凡人）所创造的，他到眼下地步，不是爹娘给他一颗笨脑袋，而是生不逢时，人有志至老信念不变，姜太公七十还能遇上周文王哩……

老宝贝知自己是个厉害角色，年轻时就不人云亦云入乡随俗，那是这时代耽搁了他，政府不鼓励能人养家挣钱，出人头地不符合社会主义公有制原则；直至人老珠黄人皆认为他蟹无血时，才单枪匹马地出来闯荡。现今世道可是谁都奈何他不得了，置下一百多箱蜜蜂捞世界横竖算个人尖儿……难道还有比他狠的吗？他只读过两年族塾，自小喜欢历史爱看闲书，啥《三国演义》《水浒传》《隋唐演义》《说岳全传》，年轻时挑着铜匠担过街穿巷走村串庄，闲下时就统统读过了。不识字懂意思嘛，懂意思就识大道。他特别喜欢《水浒传》中的英雄豪杰，那书不知翻阅过许多遍，许多章节差不多会背诵。他敬仰的不是宋江、卢俊义，也不佩服豹子头林冲、双枪将董平；虽然他们有出身谋略深武艺高，但出身富贵命中注定就是当领导的。他欣赏黑旋风李逵、浪子燕青，在江湖漂泊、以抓鱼为生的浪里白条张顺和阮氏三兄弟，因为他们是庶民没投着爹娘的富贵胎，靠自己挣扎出一番天地来……

令他没想到徒弟油嘴佬口吐莲花吹嘘的憨爹，竟然抢风头喝头口水，把他年轻时梦想干的事儿风风火火地干了起来。这辈子他敬慕会做梦的人，即使失败也要轰轰烈烈地活一回。他原以为人间知音难觅，眼下像他这类人已经越来越少，就如管仲、鲍叔牙那般摔断琴弦而知音难觅。如今一个生活在穷村陋地的农民，在没人才缺设备短资金的前提下，不安于现状不相信命运，要与他工作过的县汽配厂合作办分厂，他心头那份激荡之情就再无法按捺得住……

这般的人物他一定得见，没理由不见，不见就错失了人生的机会。小呆驼问：爷爷，他是不是比卢俊义还厉害？他听过师傅讲《水浒传》，佩服浪子燕青，一直认为主人卢俊义是最厉害的角色。他淡淡地点头道：他比卢俊义厉害多了，空淘箩盛冷饭赤手空拳地闯世界……

4

那晚上两人一见如故，憨叔讲了自己的出身，感慨说：我亲爹小黄狗连名字都没留下，活得卑贱，冯团长的光焰太大照耀了我半辈子，我做啥事人都与他联系一处；但我真不想活在那光焰下。我向四眼娃儿说过，说为这事选我当书记我不干，我得凭自己真本事实力上位……

这话扣进老宝贝的心坎里了。他平生最痛恨没真本领的人，离开爹娘啥事都办不成。连说对呀对呀，梁山泊好汉除宋江、卢俊义几个头领外大多出身贫寒，不就闹他个鸡犬不宁天翻地覆吗？天下英雄不问出身，仰仗出身就不是英雄。我与你一样，娘跟着外国铜匠跑时才十六岁，后来跟他当徒弟也就没学到什么。啥事都靠自己摸索悟出来的。婊子养的，我跟那外国铜匠学本事每天都在暗地里赌咒他不得好死，没想到后来他果然丢下我走了，我虽然也难过了一阵，他的技术好呀，能把锡壶焊得人肉眼看不出来，如今四十多年过去，国企焊工就做不到，这一点是留给我的遗产……

他俩说话时，油嘴佬与小呆驼埋头吃着红烧肉，杂物贱倒侧耳倾听没动啥筷子。因为他心里焦急，到马山近一个月了，每天都在车间添料补料地打零工，做的都是没技术的低等活，连工程师的影儿都没见过。他见油嘴佬不急，每天嘻嘻哈哈地开心着，便问他：这般下去，一年都学不到东西，回去咋培训辅导人呢？但油嘴佬却不以为然，说这项目工艺简单，主要是化学配方，培训只是形式，关键得看懂拿到技术资料；只要爹把老宝贝弄回去，我们啥都有了。杂物贱还不大相信，以为油嘴佬在骗他玩哩。他是十五岙村民中天资聪慧却长有异相的人，容貌丑陋，身材单薄；宽脑门，尖腮帮，一对眼珠儿比常人小一号，大概因为患沙眼，常有眼屎粘在睫毛上，迷迷怔怔地打不起精神来。他是独子从小身体就不好，爹娘怕养不活他，见相貌卑陋便唤作杂物贱，直至上小学才由同族鸿年老师给取了个学名黄志明；此人平时沉默寡言不爱说话，与二愣子戚大猛一起形影不离地跟在油嘴佬身后充当马仔。这是他首次近距离观察老宝贝，见他邋里邋遢地穿着一件旧工装，身材不高，背脊佝偻，脑门与他一样宽，聪明脑袋不长毛地没几根头发，脸上布满着粗粗拉拉的皱纹……他端详着老宝贝想：这般人物能帮村里办成啥大事情？

老宝贝发觉他烧的红烧肉，憨书记也基本不动筷子，两只小猢狲却趁机大捡便宜鼓腮嚼着，还在嘴唇上泛出晶亮亮的油花来，便心痛地用筷子敲打着桌面提醒道：规矩、规矩……我平日教的规矩呢？小呆驼一愣知趣地把爪子缩回，油嘴佬仍运箸如飞，他知老宝贝好面子却是个吝啬人。大篷车停在锦纶总厂不远，这些天下班他天天往这里跑，师傅从没烧红烧肉犒劳过他，这次逮着机会不占些便宜岂不亏了？现在厂里的事儿是有些复杂，说好来培训，可人家连机器都不让摸。这般下去岂不耽误时间？其实他心里比杂物贱还着急，急的不是学技术，而是怕在外培训时间长了村里的情况有变动，他这次可是要破釜沉舟回村帮老爹办大事的，如果父子俩把握不住办厂的实权，岂不又为别人做了嫁衣裳？但他在脸上装出无所谓来，他知道老爹能否接受老宝贝，不仅为掌握企业至关重要的技术大权，关键还是村级班子力量的权衡。这时他享受着老宝贝的红烧肉，却在冷眼观察老爹与师傅的一举一动。于他来说这是比到马山学艺更重要的事，决定着企业权益控制在谁手里？回村后他一直关注权力分配的事，推荐老宝贝不仅因为他有能力帮助办厂，还因为他是自己的师傅。他虽然每天嘻嘻哈哈油腔滑调，其实心里比谁都有章程。在他眼里老爹显然是个过渡性人物，老宝贝也是过渡性的。他把他俩撮合在一处是为自己着想；就像老宝贝精心烹制的红烧肉，老爹品尝为了面子，而他实得口福。油嘴佬的缺陷是懂事太早，年轻轻地就让别人看出聪明来。他知道老爹办厂需要什么，师傅老宝贝需要什么，他与杂物贱、小呆驼又需要什么。他啥都知道，就是忘了他们在需要什么时，自身拥有什么……

此道理很久后油嘴佬才明白，明白后他便知自己当年多么幼稚可笑。他说：人其实都在大时代洪流裹挟下往前走的，就如树上的果子结得是否丰硕，不仅因为种子，主要还取决环境、气候、土壤等综合因素。当时我确实自以为是地过高估计自己而忽现了别人的存在；以小人之心，揣度君子之腹。

在那晚上，老宝贝终于下决心就地处理蜂箱加盟尚无挂牌的村办厂，并在憨叔离开后赶去省城，办了一桩有违他平生意愿却能奠定村办厂基业的大事……

这次见面在村办厂历史上，可算得上是世纪性的会晤。憨叔饭后睡在大篷车里又与老宝贝交谈许久，话题转到办厂的具体事务上。他把这几个月筹备情况向老宝贝大致叙述一遍，询问是否可行。

老宝贝摇头说不行，办厂得具备三个条件。师出有名上级肯定，根据强奸犯（他仍这样称呼徒弟）的说法，县委领导支持没问题，但师出有名却得斟酌了，你为何要这样做？如果仅为村里赚钱，怎样赚？既要在政策层面上说得过去，又要符合村民的实际情况。二是资金，仅凭别人资助不行，而且这钱太少，得自个儿有窝底；穷山陋地没现钱和可以变成现钱的资源。仅靠筹资每户人家出一百元，连买辆运输车的资金都不够……厂子挂牌出去，厂房要建，原料要进，设备还得辅助材料，员工又得培训，几项费用加起来，少说得二三十万元。三是基础人才，首先需要管理人才。刘备没三顾茅庐请来诸葛亮，岂能三分天下？

憨叔说：四眼娃儿有话在先，嫁女送上轿，会继续帮我疏通各种关系……没那么容易……老宝贝还是摇头：就资金来说，现在农村搞经济体制改革，城里也在搞，全县三十几家国企都像喂不饱奶的孩子，天天哭穷弄得政府焦头烂额，都差不多挖空国库了。市场经济于政府来说，是撂担子而不是加包袱；他亲生的儿子都养不活，还有能力照顾别人生养的儿子吗？唯一的可能是政策扶贫，向银行贷款，那得有抵押，村里能有啥交银行抵押呢？而且银行也资金周转不灵，僧多粥少得排队等候。高书记与你交朋友是好事，但高书记是全县的书记，只能给政策而不会直接拨钱。因此上策是村里自己找钱，至少有十五万元的启动资金，否则这厂根本就办不起来……

现在憨叔有些明白了，讷讷地说现在我口袋里已有了些钱……我知道不够还在继续筹呀。老宝贝冷笑道：村里的女人都穷得没内裤穿，男人逢春发花痴，你的娃儿都成了强奸犯，能筹到多少钱？再说待你筹到钱，黄花菜可就凉了；时间一长陈俊一方就会起变化，你以为他是救苦救难的观世音？他没要你付设备款算是尽力了……总不至于帮你搭建分厂厂房吧……按这规模，厂房起码得五千平方米，还得通水电和原料堆场……企业一旦挂牌开业，你当头儿的就像骑上红鬃烈马身不由己，噼里啪啦的出去都是钱……

憨叔这才感到事儿棘手，怔怔地望着他：我知办厂难，没想到这么难？他想起鸿年老师设计的一鸟两翼的方案来了，支支吾吾地又说：这些事……鸿年老师都没与我说哩。老宝贝叹口气道：鸿年老师嘛，只是一个小学老师，能在这当口明白事理指明方向已然不错了；他没办过厂，连一份经济核算都没能搞出来，真办厂，岂不就是隔山打炮没招了？对了，我还有一桩大事没与你说哩。憨叔急问啥事？他取下那颗塞豁牙缝中没点燃的烟，捏手里把玩着道：油嘴佬与杂物贱至此培训也快一月了，真能学到生产锦纶帘子布的技术吗？我可以告诉你，这样的培训只是应个场景，真正的核心技术资料他俩是无法接触的……

如此聊到了下半夜，老宝贝把想到的都说了，憨叔一一作答仍摸不透他能否援手相助？这于他来说至关重要，他需要有个贴心人在旁边做指导。为此几番试探没得到明确答复，最后实在没辙了，丢掉旱烟管屈膝在他面前跪下来；这下老宝贝慌了，豁牙塞着一颗没点燃的烟道：干啥？你干啥呢？憨叔诚恳地说：我拜您做师傅哩……老宝贝这才摇头笑道：道非道，非常道，谁让我这不信邪的老宝贝，偏偏碰上你这憨书记呢？说过这话后他长叹一口气，伸出一双瘦骨嶙峋的手搀住他的手，耷拉着一颗秃脑袋也在他面前跪下了……

两个男人相对跪了一会儿，老宝贝突然开言道：看样子我已没法子说服你歇手，如果你真信得过我，先掏八千元钱给我……八千元？憨叔自然吃一惊。从马山归来他与我说起这场面，我也大吃一惊说不出话来。这岂不是要他的命吗？吓着了吧？老宝贝扶他站起来呵呵笑道：你两个宝贝在这儿学不到真本领，陈俊厂长也不会有好果子给你吃。做企业与做人一样得图个长远，要做就得做出个样子来，不能让人牵鼻子走……当年梁山泊宋江让卢俊义入伙，用鼓上蚤时迁盗锦盒；我得把秃头郑陆研发的 105 锦纶帘子布的技术资料偷到手……

偷？憨叔脸色大变。他是农民，农民也有尊严，下三烂的事儿他不干！对，是偷嘛……老宝贝胸有成竹地说：这马山总厂名义上归市手工业局管，其实是合股的集体所有制企业，厂长由副局长兼任，主事的是外来户秃头郑陆，锦纶帘子布的技术资源掌握在他手里。此人原系省化纤研究所研究员，为分房的事儿与所长闹翻辞职下海，这儿引进人才把他挖了过来……老婆孩子还留在省城……智者千虑，必有一失啊……老宝贝目光炯炯地凝视着他，又自言自语地说：技术输出按惯例须支付转让费；但村里的农民连饭都吃不饱，根本不可能……

可偷是犯法的呀？憨叔满脸通红地憋出一句硬话来。老宝贝大笑起来：犯法吗？我不偷资料偷的是人心；国家哪条法律规定偷心犯法……接着他分析了马山总厂与秃头郑陆之间的矛盾。说市手工业局的做法说穿了也是偷，偷了他的人却没把心偷出来。这秃头郑陆赤条条地下海，指望凭脑袋挣钱让家人过上好日子；马山方面把他挖过来后，承诺的房子、待遇、老婆工作调动全没兑现，他在省城这套房子空置着没有装修……这种既要马儿跑，又要马儿不吃草的做法，别说秃头郑陆不开心，换成别人也同样不开心。他不开心，我们就有机可乘……

可我们能帮人家啥呢？老宝贝数落道：你呀，真是榆木脑袋老实疙瘩；没听说过马无夜草不肥，人无横财不富吗？我不是说偷心吗？去把他省城那套房子装修了，他就乖乖地把技术资料给你那油嘴佬了呀……这事你可得想清楚了，舍不得兔子逮不住狼，你与我同往先安定他的后院……

5

一个多月后的黄昏，也快到元旦了，老宝贝带小呆驼开着缀有彩旗的大篷车来到呑口。这事憨叔在电话里简单说了：如果没特殊情况，老宝贝应该卖掉蜂箱会在三天内至呑口。我说你就那么有把握吗？他说君子一言，快马一鞭；他可是一个上得台面的人，不会说话不算数……

山坡上也插满了彩旗，憨叔、智佬正指挥着村人在平整土地，厂房那块地选择在呑口通往天街镇机耕路旁、被祖先称之为箭垛的小山坡上，由我用高书记名义与镇党委商议后，动员邻村行政划拨出的一大片毛竹林。没法儿，办厂得通三相电、通机耕路，还有通信设备与原料堆场……而这些十五呑村都不具备。

长腿双乐屁颠屁颠地跑过来，上气不接下气地说：来……来了……

憨叔大踏步地离开人群，站箭垛高处（主厂房储水塔）往路口望去，果见那大篷车吭哧吭哧地拐个硬弯转进坡来。他转身向大家招呼：是来了嘛……

村民们都有些激动，放下工具熙熙攘攘地朝前拥；自古以来只有村里的篾匠石匠师傅们下山走出去，去了就不知道回来，仿佛山下的老妊朾个个都是家有百顷良田颇有姿色的真女人，没有外面的机器、师傅上山进村来，山上的姑娘穷得没裤衩穿嘛。这是这一年全村开天辟地的大事，笑面弥勒转动着胖墩墩的身子，也挤在人群中微笑，现在他的病好得多了（原本就是心病，好不好全看他的心境）。自憨叔从马山回来，与他沟通确定秀才担任厂长，知道高书记发本钱让村里办厂，犹如吃了野山参一般支起精神，终于与"亲家"尿在一个壶里了……菲菲带着小学生们列队打着腰鼓夹道欢迎，腰鼓是她向山下镇中学里借来的，主动向公公请战动员学生到工地。那是菲菲与憨叔、秋秋姨感情最为融洽的一段时期，她仿佛已认命与油嘴佬同锅吃饭同屋睡觉了。如果，我说只是如果，没有发生后来油嘴佬与秀才争当厂长同室操戈之事，这段感情将会顺利地发展下去；也许那时菲菲心里还存在不服从命运粗劣安排的抗争（四个阿姐都嫁去城里，而在她们中最聪明、最漂亮、最有文化的一个，却因为强奸犯只能此生长守村里）。自与油嘴佬有过那事后，她心中始终矛盾着，既认为自己是他的人，三年中痴心地等待他，她不知道自己究竟爱不爱他（奇怪，她怎么会不知道呢）？可她却在真心实意地等他；同时又隐隐地感到不满足，觉得生活原本不应该这样。究竟缺少了些什么？她一时间又说不清楚，只能这般矛盾地纠结着……

现在……办厂师傅来了呀，他可是油嘴佬出门在外养蜂的师傅呀，千里迢迢地卖掉蜂箱要来这山里入户。她的心里与大家一样狂跳躁动着，她知道从今后这个贫困落后的山村，自她这代人将发生剧烈的动荡与变化，致使她的命运与这山村一样告别贫困发生变化。八十年代初的农村女青年，有多少人像菲菲一样，矛盾并决绝着，痛并快乐着，憧憬与眺望着未来的日子……

上坡的路有些窄，小呆驼全神贯注地把车开得像游蛇一般，老宝贝神情肃穆地坐在副驾驶位置上，缺牙的龅嘴上叼着一颗没点燃的香烟。他在邻省的省城成功地为秃头郑陆装修了屋子，还与他妻子机关幼儿园的小骆老师成了忘年交。小骆老师说：老郑是工作狂哩，忙起来不管老婆与阿囡，难得有您这般的好心人关心我母女。她还说：大禹治水三过家门不入，他倒好，回省城几次连家门口都没经过。俗话说在家靠父母，出门靠朋友，还是你们这些朋友好……

老宝贝也果然如愿以偿地获得了锦纶帘子布的技术资料。秃头郑陆对他说：你鬼呀，这东西沿海县汽配厂与许多合作单位做梦都想分享；有了它，以后马山总厂的技术培训费就泡汤了，不看你这张老脸，我还真舍不得给哩……老宝贝不以为然地耸着肩膀（得意时的习惯动作，徒弟油嘴佬也会这两下子）戏谑地道：我这张老脸又没雕花，有啥可看的？俗话说花无百日香哪，别看这东西现在走俏，过不了多久白送也没人要。秃头郑陆将信将疑地说不会吧？锦纶化纤是新产品，美国才开发十几年，国内没几家厂能生产。老宝贝指着他的脑袋，豁牙里塞着没点燃的那颗烟上下颤动，连连冷笑。秃头郑陆问他笑啥？他说我秃头、你也秃头，我两秃子关起门来说：你这话嘛，只能骗骗外行人，你以为还是计划经济年代？现在市场放开大家都找新饭碗，只要说出个名堂，就是原子弹也有人造。不是我给指条路，你还难找有憨书记这般的合作者……

憨书记……真有你说的那么神吗？老宝贝点点头学样板戏杨子荣打虎上山的动作，开怀大笑：太阳升起牛抬头。如果我没看走眼，这时势就如一千年前洪太尉上龙虎山，不小心把张天师镇压在伏魔殿的三十六天罡、七十二地煞全给放了出来，三十年后这国家就有好戏看了……伏魔殿？秃头郑陆非解。老宝贝解释说：就是梁山泊英雄了……喔，你没看过《水浒传》吗？

大篷车停在工地上，老宝贝大步流星地穿过小学生腰鼓队的欢迎队伍，没正眼看簇拥而来的人群，旁若无人地与憨叔拥抱在一处，那双浊黄混沌的眼睛里满是泪珠……憨叔挣脱开他，把笑面弥勒、智佬与军嫂等村干部一一介绍给他。他连头都没抬一下，顾自脚步生风地奔向了菲菲，拉住她的手上下打量一番道：如果我没猜错，你就是强奸犯做梦都想着的公主？菲菲满脸通红地低下头。老宝贝哈哈大笑：还害羞哩！看你长得有多俊？怪不得强奸犯跟我养蜂时天天唠叨着你？如果我年轻三十岁，也会变成强奸犯……

大篷车上装着满满一厢的锦纶原料，老宝贝让大家卸车，说天快黑了，赶紧卸下来吧。憨叔问这些都是啥呀？他说：你不是要做锦纶帘子布吗？这是原材料呀，我顺便先带些过来；以后正常生产一辆车不够，要组织车队跑运输。说着，他从怀里掏出一沓钱放到憨叔手里。您干啥呀？憨叔愕然。他嘿嘿地笑道：不认识人民币吗？我把蜂箱卖了还你钱呀！啥钱？老宝贝狡黠地眨眨眼睛，像孩子一般快活地叫道：天知地知，你知我知……

这日天气很冷，大概零下五度，可人们心里却暖烘烘地充满着希望……

单思明（十）：自古英雄气短

1

次日天没大亮，老宝贝与小呆驼走了三里石蛋路又走三里石板路，到憨叔家做客。进门就说：这断命的山路弯七拐八，把我这腿筋都折拐了。憨叔望着他嘿嘿地笑，两道浓眉斜挂在憨得通红的国字脸上，拜了这般的大师傅，还没上任就为他办了技术资料与原料这两桩大事，他还有点害羞哩。昨晚他邀请他来家住，智佬也说老太婆把房间收拾好了。但老宝贝都没答应，说他是野惯的人，多年来把大篷车当成了家，厂房还没建好就住大篷车内，哪儿都不去。没想到大清早他就带着小呆驼找上门来……

山里人习惯早起，此时憨叔在门口那几垄自留地上掏洋芋芳（土豆）。洋芋芳别家早掏了，他为忙办厂的事给耽搁下，药老倌自他进门后不再干田活，何况年岁大了冬季发哮喘，就把这几垄地留下了。这东西还真是好作物，既能当饭又能当菜吃，能种春、秋两季产量还挺高的；山上是沙质土，种下后施点猪粪，不需多加料理，抽出地面的茎叶不多，埋地下的果却满满实实……

天是寒了呀，满地垄霜花，洁白得令人心颤，树枝上也有，比地上的还洁还白；站山上往远处看，翠绿中透出朵朵白花，由帷幔一般的雾气串联着，舞动出一缕缕寒气，与天上的浮云氤氲在一处，别有一番景致。老宝贝穿着老布棉袄，蹲在地上饶有兴趣地看着他劳作，称赞说：还是当农民好呀，不管地多贫，摸摸索索省俭下饭钱，不像城里居民啥都得集市买。憨叔点头说就是就是，红脚梗也有红脚梗的好处，脚下有几分地干啥事都牢靠。他双手拄着铁耙柄，问他俩吃早饭没有？老宝贝说吃过了，在车上捎有"标准粉"，每天雷打不动地与小呆驼吃一碗鸡蛋面，有时也做饼吃。说年纪大了吃一餐少一餐，不能再亏待自己……

憨叔想起油嘴佬说过他犯胃病，就问咋样？老宝贝讪讪地说还那样，死不了也好不了；人活出年纪来，阎罗殿里就不能让你太爽快……憨叔没吱声，老宝贝却又唠叨开了，说他天生就是劳碌命，一辈子都想做大事业，老了还停不住手脚，闲下享清福浑身上下骨头痛。憨叔附和说做事业好呀，我城里养爹洪老师，离休后还去县志办帮忙，说在家没事闲得慌……是啊，是啊，老宝贝点头如鸡啄米，说人老了再不勤快，阎罗王看着会生气，早早请你去他那儿报到……

说着他用眼光瞟了瞟小呆驼，过去帮憨叔收拾洋芋艿。药老倌也起来了，坐屋檐下笑眯眯地看着他俩忙碌，双眼眯成两条缝，脸上的皱纹也一条条地舒展开来：是呀，憨女婿出息了，城里办厂大师傅都帮助干农活。秋秋不失时机地泡上一壶茶，又咚咚地跑进草披间，给憨叔端来一大海碗咸菜泡饭，责怪说就知道傻忙着，也不请城里师傅进门坐坐？老宝贝已在场面上见过秋秋，昨晚村委会为他加盟办接风宴，秋秋在智佬家帮厨；他还认下弟媳向她敬过一杯酒。当下憨叔把掘起的洋芋艿用畚箕装了堆墙角边，呼噜呼噜地扒下咸菜泡饭询问道：咋想到大清早跑这儿来了？

老宝贝脸上笑眯眯的，上下左右屋内屋外扫视一遍，戏谑地说：条件不错嘛，这两间一披冬暖夏凉的草舍棚，就住你与弟媳俩？宽敞得可在屋里打虎跳。憨叔一愣，说不是还有油嘴佬与衰佬吗？老宝贝点头嘻嘻笑问：强奸犯不是要倒贴本钱做进舍女婿？笑面弥勒的大瓦屋……可比这儿宽敞多了。憨叔斜睨一眼坐瓦屋门口的药老倌，见他支棱起耳朵听，吱巴吱巴地抽着旱烟道：他不会做进舍女婿……为何？老宝贝不解。他说不为何……油嘴佬是他村里阿爷的孙呀……那你可认倒霉了，老宝贝瞅瞅药老倌，心里已然明白，有板有眼地教训说：自家有草屋，何必住他家瓦屋去？你有钱办厂，咋不把屋子修修住舒服一些？强奸犯把假公主娶过来，转眼就生下一窝娃，屋子可就不宽敞了。憨叔低头沉闷地说：我向村民表过态，在村里最后一个砌瓦屋……老宝贝又问强奸犯同意吗？他不同意也得同意，憨叔抬头道：谁让他是我的儿……

这般喝过一会茶，老宝贝就想回去，命令小呆驼把洋芋艿装编织袋背回去。憨叔问：您咋知我这是给您的呀？老宝贝咧嘴得意地一笑：老话有说少看老，隔座山，老看少透心肺。你把我请进山发不出工资，我与小呆驼是机器人呀？每天得管吃管喝哪。憨叔笑了，又从灶间拿出一篮鸡蛋和一包笋干菜，还有一塑料壶番薯烧：听说您要来，番薯蜜枣都准备下了；只是委屈您老人家，山里又没啥好东西……老宝贝仔细看过，点头道：山路不能开车，小呆驼拿不了这许多，先放在这儿，下次再让他过来拿吧。憨叔见小呆驼清清瘦瘦地穿着一件旧棉袄，目光散淡地注视着远处山峦，脸上啥表情也没有，觉得他是不能拿这许多，点头欲把鸡蛋提回灶间去……老宝贝拦住他：哎，我没说这个不要啊！憨叔笑了，说改日我帮着捎去。老宝贝摇头：洋芋艿留下，鸡蛋与酒都带走！憨叔道：我以为您与我一样爱吃洋芋艿哩。老宝贝沉脸道：我上山办厂又不修行当和尚？

　　老宝贝是个办实事且胸有谋略之人，大清早地赶来上戚家并不为一筐洋芋艿或一篮鸡蛋。那事也要紧，民以食为天，村里厂房还在打桩，他与小呆驼住大篷车内要吃要喝，过年都不打算回城了，人生地不熟的杂事多哩。据说那年春节"倒春寒"，大雪封山飞鸟无影，憨叔拿去武装民兵值夜的军大衣与蒲草鞋都不管用，他俩差点被冻成了冰腊鸭。江南的冷是湿冷，比北方的干冷还难受；山上气温要比城里低好几度，老宝贝被弄得哮喘病大发，至杨梅时节还咳嗽着。这些当时憨叔与老宝贝都没想到，把心思全放在办厂上了。

　　其实，那清早老宝贝约下憨叔去岗墩村算计秀才，按他俩的话说是给他套笼头。此事两人在马山就已谈成，老宝贝直截了当地提出村办厂蛇无头不行，你掌舵得有个拉套的。他说这事儿涉及企业兴旺、全村致富的大事。说你不是想抬头吗？农民抬头那么容易？企业没管理人才就会变成一盘散沙，进退无序陷泥坑里。憨叔就说了秀才的事。说人倒是有，他是笑面弥勒干儿子，会计白无常双富是他的亲爹哩，四眼娃儿推荐过他，他俩在县高中都是造反派，运动结束后在劳改农场办过三年的螺丝灯管厂。老宝贝说：天下英雄不问出身，我不管他以前干过啥，也不管他谁亲谁疏，韩信将兵前不就是个混混？当厂长须有真才实学服众管人。如果你信得过我帮你掂量掂量。我老宝贝活了六十多年没历练出啥，唯独一双识人的眼睛毒，谁有几斤几两骨头，我都能掂量出来……

　　老宝贝是个见多识广有经历的人，他的事足够写出长长的一本书；可惜那年代凡人都不容易，天下英雄多坎坷，算是生不逢时。他早年做走村过巷的外国铜匠，公私合营才变成城里工人，六级钳工哪，在汽配厂算是一等技术的拿摩温。他的不幸是为让独子芮大苗顶替进厂，刚到五十就办理退休手续。当时厂里少不了他，机器出了技术故障人皆无奈，厂长提着礼品拿着红包，三天两头往他家跑……那时孙女小苗苗的娘还没出走，全家人的日子虽不富足也算和和美美，但老宝贝天生不安分，饭店门口摆粥摊地在汽配厂对过开起铜匠铺来，东家焊一把壶，西家补个铜，为人焊把茶壶修个灯盏的，还把不会出声的收音机调试频道，弄得高音中音低音地嘣嘣嘣响；街坊邻居把他敬作个神大小事儿都找他。这下老宝贝得意了嗜赌成性，白天找人"扎金花"，晚上圈住芮大苗加班赚外快。芮大苗也算他带出来的徒弟，可没有他能干管不住老婆，媳妇抛下他与女儿小苗苗跟厂里供销员跑了。父子俩加夜班想捞摸些钱再娶媳妇：他还等着抱孙子哩。名声传扬出去被县打办抓了"资本主义尾巴"的典型，父子俩都进了坏分子改造学习班，把铺面机器罚个精光，大苗还由此落了个留厂察看处分。好在父子俩有技术，图图出来后没了铺面就在家里悄悄地干……

　　小呆驼原是右腿残疾的流浪儿，八年前被老宝贝收养膝下。他生就一张喜怒没表情的呆脸，脸上长满雀斑，五官偏小一号，两颗眼珠离鼻梁远远的，目光散淡；因右腿瘸，开车用左腿踩刹车。十五岁那年入室为盗偷到老宝贝家里，那时老宝贝已经倒霉，住城郊石桥头农民屋，很少有盗贼光临，根本没防盗意识。小呆驼饿急了，在屋内翻箱倒柜地找不到东西吃，就把挂在屋檐下的干大蒜一个个地剥着吃了。干大蒜辣呀，不知他咋吃下去的？除夕夜待父子俩晨起发现时，他已经嘴吐白沫身子蜷缩一团躺门口了。老宝贝着急要把他送医院，芮大苗却支支吾吾地说送医院得花钱哩！老宝贝骂他呆瓜，说工人阶级吃国家劳保，用他名字就可报销医药费。小呆驼醒来后就不想再当偷儿，跪芮大苗膝下喊亲爹。芮大苗不敢认，这么点工资得养阿囡咋能再添个小顽？老宝贝指着他鼻子骂：他呆你也呆吗？白得的儿呀，我还指望有人继承香火哩。那时老宝贝的老伴早遇车祸离世，小苗苗娘也已经走了；父子俩就把他留下当杂工使，两人熬夜劳作时，小呆驼笨手笨脚地递上烙铁、老虎钳蹲身旁帮忙。当时小苗苗还在读小学咬着铅笔尖上的橡皮做作业。老宝贝赌性不改干完活儿要玩儿，芮大苗与小呆驼就陪他"扎金花"。小呆驼没钱由老宝贝塞给他，赢了算是他投资，输了这钱不就又回来了。三人玩牌输家永远是大苗，小呆驼迷迷糊糊的只能陪着玩。赢了钱老宝贝就激动得一晚上睡不稳，大清早提着竹篮子上街买肉吃。全家人都爱吃肉，无论红烧白切清炒都喜欢。但老宝贝从不让小苗苗玩儿，说是男人赌戒血性，女人赌害子孙。况且她还在读小学，不能摧残祖国的花朵儿。小苗苗也挺乖的，家里没女主人洗菜洗碗的活儿全包了，余下烧饭洗衣服归老宝贝管……

可惜当爹的能干儿子就窝囊，不仅窝囊还短命。收留小呆驼没出两年芮大苗就年轻轻地患胃癌走了。这样家里老的老小的小，老宝贝收敛住赌性想起少年时曾跟人养蜂谋生，在这年春节回滩涂老家召集亲邻旧友喝了一宵的酒，又连推三天三夜的牌九赢钱置办蜂箱，捣鼓好一辆报废的旧卡车，把小苗苗寄养在邻居干女儿家，自己带小呆驼出来挣钱二次创业。千年的铁树盼开花，他想为小苗苗考大学积蓄一些钱哩……

活到老宝贝这岁数还想干大事，不妖也就成了精；他知晓农民在两种情形下抬不起头翻不了身。多年后老宝贝进城办事，我请他吃饭时问哪两种情形？他支支吾吾地回答说：一是农民苦，苦在不识字；自己不识字苦一世，害了后代子孙也没文化。二是培养后代子孙识了字却忘记祖辈受的苦，没把爹娘大人的规矩当一回事；认为跳出农门万丈高，只顾成就自己的事……我说怪不得您刚加盟进村就与憨叔去岗墩找秀才搞三顾茅庐隆中对。他把夹耳朵上的那颗烟在鼻子下闻一闻，没点火就塞豁牙缝里去了，哀哀地道：其实当初我是推荐强奸犯的，这小子野是野了一些，脑筋还是蛮活络的；如果调教得好，比秀才还要灵光。但憨书记没同意，说牛抬头不是抬他一家，而要让全村人都抬头；还说你与吴镇长在竞选书记时就向他推荐过他，他不能当上书记就失信于人。我问您与秀才合作有没有不愉快？他摇头说这倒没有，我是个讲原则的人，待与秀才交谈后，我已发现他比强奸犯要成熟得多……

那日，老宝贝让小呆驼提着鸡蛋与梅干菜先回大篷车去，自己随憨叔去了岗墩村。一路上老宝贝得意扬扬，缺了两颗门牙的嘴黑幽幽的，抽出一颗带海绵蒂的烟塞进缺牙缝内含着，边走边听憨叔介绍村里情况……

憨叔说集资办厂，最难的就是筹资了。村委会思想统一，笑面弥勒知我要把秀才请来，每天带长腿双乐敲着守更锣满村转，要每家每户多多少少出钱参与办厂；还说村里给大家找饭碗哩！他说开始大家都有些迷茫，怕把填肚子的钱放进去竹篮打水一场空，后来见村支部、村委会干部带头投钱也明白了，但钱毕竟不多，多的如老革命与军嫂家，八千元，是大勇的抚恤金。智佬与笑面弥勒各一千五，余下的都十元、几十元地凑，把出栏猪送供销社，没猪就卖生蛋鸡娘，凡值钱的东西都拿去换。实在没东西换出义工贴工分，待有钱时补上……老宝贝插话说：听说你把老丈人的棺材本儿也放了进去，连同强奸犯城里阿爷，有一万八千元？憨叔笑着摇头：我山里阿爹的钱不算入股，我打了借条计利息，他精明着哩，知我秉实说话算数，赚到钱会把楠木棺材给赎回来。老宝贝便由衷地赞叹道：这才是要抬头的农民的做派，不惜身家性命……狭路相逢勇者胜，办厂要的是众人拾柴火焰高的气势……

末了他问：你这般扫帚柄上逼清油地集了多少？憨叔回答有五六万吧？老宝贝点头说：应该不错，但与筹资目标还差得远哩！好吧，既然你推荐秀才当厂长，余下的事就交给他去办吧。憨叔疑虑地问：他哪有这许多钱？老宝贝嘻嘻笑道：没钱就得动脑筋，只要他敢跳进火坑来，钱于他只是毛毛雨……

2

新官上任三把火。秀才被憨叔三顾茅庐请来任代理厂长后，很想烧烧这火却没有烧；不是不想烧，而是根本就烧不起来。当时村办厂在筹备中，人员没一个，设备没到位、厂房尚在建，全凭憨叔背着个布褡裢上蹿下跳地跑。何况像他这般一个因"文革"帮派牵连，在县劳改农场关过三年的男人，就是一条下山猛虎，也把吃人的牙齿给磨钝了，有啥样的雄心壮志拾掇自己的人生呢？进村后他问憨叔与老宝贝要干些啥？憨叔说快过年了，你啥都不用干，与继爹、亲爹、三叔、五叔地团聚过个年吧。你出去那些日子里，他们都在惦念着哩。秀才又问：听说已在建厂房？工地上的事我去看看吧？憨叔瞪起双眼望一会老宝贝道：也好，有空帮我多陪陪老宝贝，他都打算在这瘩过大年了……

让他出来协助村委会办厂之事，憨叔在第一次穿着上山袜、怀里揣着两个烤番薯，大清早地跑了十几里盘山路，上岗墩请他出山时已说个明白：做人要有思忖，不为自己思忖也得为子孙着想。说他记着当初米沙进山看风水说过太阳升起牛抬头的话；办厂就为让世世代代耕耘的牛们众心合力地抬起头来。他的心里便有几许羞愧，米沙看风水是他为鼓舞村民士气请来的；现在却倒过来轮到他来说服他了。他想起为竞选村书记的事，他可是兴风作浪挑起配给化肥事件、帮助干爹向伍副省长写告状信反映情况；那时他对干爹抱有幻想，认为他还有能力维持村里的局面，为他构造东山再起的平台。想到这些他的心里有几分感动，新书记非但不计前嫌，反把他渴望的平台还给他，这是啥度量？换作他不一定能做到。他犯的事儿拿姨丈的话说可是铁板钉钉，说我知你是想做些事的，别指望三十年河东，三十年河西，"四人帮"是中央定的铁案想翻也翻不了，还是另起锅灶先安身再立名吧；现在中央提倡农民富起来，看看能不能转行搞经济建设？他没想到憨叔这么快就抛弃前嫌，把这办厂的重担交与他。这男人与男人之间，想干事儿不在乎情而在乎志，志同才能道合。

　　但他没爽快地答应，他再次进山也没有答应，不是摆架子而在掂量分寸。人一旦受伤心态就会变得复杂，两个因素使他举棋不定：一是他根本不相信，十五岔这般的穷村，一群手无寸铁且无背景的憨汉，会眼睛一眨癞蛤鸡变鸭地办起厂来？因此他需要摸清情况，包括向我这般在他眼里已发达的老同学了解情况。人生有限景无涯，他不能再摔倒了；得慎重再三，慎而又慎。二是他需要像风雨飘摇中的鸟儿一样珍惜自己的羽毛，保护他仅有的人生尊严；需要弄清诡计多端的干爹笑面弥勒是否以菲菲为饵儿、为油嘴佬平反两家联姻做出的交易？如果这样，那就等于在他的脸上甩了两巴掌大煞风景。他知自己是落第的秀才，已在人生道上摔过一跤，要让别人看得起非凭真才实学，而不是由交易所做出的妥协。西楚霸王项羽在垓下战败不肯过江东，就因为难以受其辱……

　　秀才在跟憨叔与老宝贝回村时，神态散淡地索问：干爹是否知晓你三顾岗墩找我的事？憨叔点头说：应该知道呀……他问他说了些啥？他说没说啥呀，感激村书记的信任嘛！秀才听了旁若无人地大笑起来。老宝贝问他笑啥？他说：我的事与干爹没关系，以后的社会凭真本事吃饭能者上庸者下，我不想没贡献就当现成厂长；你俩给我两个月准备，如果能顺利投产开业，村委会正式聘任我当厂长好吗？憨叔自然不信，说两个月厂房还没建好就能开业？秀才笑着反问：你三顾岗墩邀我出山，说农民办厂得把事儿闹大三英战吕布，双宝剑、偃月刀、长蛇矛一起上了，不就为急着开业吗？憨叔心里想着资金，搁一天就是一天的钱哪？秀才仿佛看穿他的心思，说既然你让我代理厂长，启动资金的事儿我解决。说着他从灰中山装棉袄袋中摸出两支圆珠笔，把其中一支交给老宝贝道：真人面前不说假，我俩算是有缘千里来相会，不是冤家不聚头，打个手谜玩吧？老宝贝来了兴趣，说好呀，我倒要看看你肚里货，看我俩是否能尿到一个壶里？当下两人都在掌心写了，一二三同时展开，掌心均为联营两字。憨叔不解，问如何联营？两人仍在掌心复写，均为卖字。这下老宝贝点头赞许地笑了，说：我老宝贝也算见过世面的人，你小子咋像孙悟空钻进铁扇公主肚子摸透我的心思呀？

秀才笑一笑道：我卖与你卖不一样……老宝贝摇头问：都是卖，咋的不一样？秀才说您在岗墩劝我入伙时泄露天机，说要带县民政局头儿看风水选陵园，虽然没说得太明白，但我知道您想卖风景。这事憨叔与村民都不会同意，因为陀头山藏着宝哩。我却要在短期内现杀现卖甩现货，有您老人家手里锦纶帘子布的技术资料，就能保证村办厂在两个月内挂牌开张……秀才喜怒不形于色地娓娓道来，惊得老宝贝张大龅牙的嘴半晌合不拢，知他想好凭锦纶帘子布技术资料，做空稻箩兜冷饭的生意才跟他俩出山，不由在心里赞叹道：不简单，江山代有才人出；长江后浪推前浪，前浪甩死在沙滩上。

我得知秀才的筹资方案后，也不由心中赞叹。那年头多少乡镇民营企业所缺的不仅仅是钱，主要还是缺少好项目。农民嘛，草根经济草根文化，犹如憨叔在梦境中追寻嗟叹漫山遍野的星星草，一见阳光就灿烂。十五岙村如此，其他乡村亦如此；秀才饱经风霜，自然深谙其道。

秀才进城找陈红莲谈合资，应是上任大半月后的事了。此前他并没有正式上班（没办公地方，老宝贝在大篷车做功课），却趁着村民尚不知晓他内定厂长的时机，走马灯似的在镇里县里各处跑。他的出卖资源计划很快奏效，有三家乡镇、集体企业愿意出资与村办厂联营合作。这三家企业，有两家是吴镇长介绍的：一家是做塑料产品的镇办厂，业务副厂长秦胜利是他的初中同学。此君身高马大仪表不俗，在校时因为体育好，成为女生追求的目标；但他聪明面孔笨肚肠，学习成绩并不理想，每次期中、期末考都需秀才辅导，几年下来把他崇拜得如神明一般。他没考上高中，初中毕业在家赋闲了两年才开后门进公社塑料厂当供销员。"文革"闹腾时他爹作为公社二把手被打倒，由此他也被遣返回家；现在其父复出在邻镇当一把手，又重回厂里担任副厂长。由吴镇长介绍他见过秀才主动要求联营凑热闹。另一家是新起炉灶的村办厂，厂长是省城下乡女知青，原名马红卫改名马利娜。两年前别人返城她没回，不是不想回，是下乡时打自卫还击战嫁了镇高中副校长进校办厂当了采购员，又有一双龙凤胎儿女拖累回不去了。半年前，她在车前村书记支持下办起铜带厂跳槽任厂长。这两家厂都有资金实力，管理不错业务却不饱和，听说十五呑村憨书记在县委支持下搂个大金娃娃回村，就思谋着加盟联营。另有一家就是当年陈红莲嫌规模小、不愿上班的城关红卫街道厂，也是因为没有业务渠道，托人三转四回地找到天街镇工办来。

有了这些关系，他就兴冲冲地进城来了。如果我没有记错，秀才应该是第二次来找莲子了。上次瞒着我找（怕我见笑），这次名正言顺地找了。按照老宝贝设计的筹资策划书，三家企业只能合作两家。他搞了个前期资金预算，做出一个三十六万元人民币的股份盘子，包括厂房、集资款、设备租赁与技术转让、人才引进费用等。他向秀才嘱咐说：联营合作啥都可以谈，就是不能出让村里的控股权。一娘生九子，连娘十条心；子女多了爹娘没话语权，同一条路你说东他说西，结果走来走去尽赶冤枉路。又说走冤枉路不仅多花钱，而是失去的时间补不起，误了生产是大事……秀才知憨叔没明说，心里打的也是这主意。现在他在村里与老宝贝成为男闺蜜，几乎无话不谈啥都听他的；但这次他虽嘴上说有数，心中并不以为然。为何？韩信将兵，多多益善嘛……

他进城先找到我。因事前通过电话，我俩约在 149 卢益平的驿栈茶馆见面。那时期县一中同学聚会大多选择他的茶馆，是校友又是插友，非但餐费茶资打折便宜，而且说话随便有亲切感。我从政后虽说与秀才分道扬镳，感情却仍难割舍，不仅为邵素芳，还因为是同一条战壕的战友。村级班子换届前我俩常隔三岔五地在水库堤坝见面，那地儿是我进城许多年后还缅怀向往之处。入秋山里的天气好起来了，晴日多、雨日少，柿子林是红的，老樟树还是绿的，橡皮树、泡桐树是黄的，山影倒叠在水中，连堤坝石坎的泥缝里也长出一棵棵草籽来；没结籽的凤盏花是橙色的，鸡冠花是紫色的，米粒草、野稗子的籽最逗，黄的、青的、暗红色的啥都有，一丛丛地噬咬着石坎长得挺欢……他有收集水库泄洪道石头的习惯。这些春汛溪水从山上捎下来一块块卵石，与其他地方也不一样，红的、黑的、乳白色的，也有靛蓝、杏黄色的，全一颗颗晶莹剔透得很瓷实。秀才从小就玩石，收集这些形状各异的石头刻刻画画，梦想着当篆刻家，这也是他在校造反派中被人称之钢板王闻名遐迩的原因。那时候我俩见面总是争论，当然是对时局与现状的发展与看法。秀才在处世中要比我精明成熟得多，由于不可选择的出身我俩经历不同，价值趋向也自然有分歧。他的

不测是受大时代潮流裹挟无所摆脱乃至沉沦其内，但在他身上表现出来的那种
农民式的狡黠以及坚韧的忍受力，就成为他吸引我的地方；尽管当时我俩所处
地位发生变化，我却依然把他当作朋友。人这辈子中有许多东西转眼即逝，但
那种初涉社会朦胧的情感与友谊总是令人难以忘怀。在秀才身上有一种我所
缺乏的沉着机敏、堪称智慧的气息始终使我留恋。当年我俩扛着红旗、学习红
军长征两万五千里步行去井冈山，没走一日就满脚燎泡，沮丧之际他拿来一份
印有红卫兵扒火车的传单，动员我丢下大部队（有三四十人，还有卞小枫等女
同学）担任先遣队员，改行铁道游击队跨上奔腾的列车，西边的太阳就要落山
了，微山湖上静悄悄地溜之夭夭。待半月后大部队残兵败将赶到时，我俩已在
接待站黄洋界上炮声隆，报道敌军消遁地享受小巧玲珑酸味可口的空投面包十
来天。更促狭的是当时我俩在接待站所写的借条，署名都是数学教师兼班主任
韩得旺……

　　秀才决定向他亲爱的莲子同学图穷匕首见时，向我借了五元钱。我说五元
可能不够拿十元钱去。他摇头拒绝了，说孔夫子治大国犹若烹小鲜。他现在坐
厂长位置上虽不是孔夫子，但对付回城后混得不咋样的莲子还是绰绰有余，何
况他与她相约在149的驿栈茶馆花不了多少钱。

　　世间之事唯有爱情最难说清，尤其是女人；为爱能像飞蛾扑火一般失去理
智。秀才邀莲子出资加盟虽然不是有意欺骗，却也心怀叵测。他与我谈了他的
想法，说世事像潮水一般，后浪涌上前浪势必消失在沙滩上。他与陈红莲都属
于过气的人。在熟悉的同学中大家都找到了自己的位置，唯独他俩需要重新定
位，否则就会消失在沙滩上了。处于眼下境地只有联合作战孤注一掷，把自个
儿捆绑在村办厂这辆战车上……他说人生嘛，不管你有钱没钱是贫是富总得找
份事业做。莲子目前状态是不对的，街道厂安排了工作不去上班，在家门口摆
个香烟摊就有点自暴自弃的味道，时间长了心态就会发生变化。秀才这话说得
有些奇怪，明明是他办厂需要资金，看中莲子退还房子的钱才邀她加盟，却说
是为了帮助她。舌头没骨头牵来倒去一块肉，倒像他变成救世主似的？但我没
揭穿他，人得势时不能奚落失意者，这不道德，而且会招来不吉的回报。我与
邵素芳、秀才、莲子的关系挺复杂，简单地说：莲子爱秀才，秀才爱邵素芳，
而邵素芳爱我。邵素芳与秀才结婚是不得已的事，既有她仰仗秀才而达到回城

目的的选择，也有为我脱离农村去城里读大学而不得已做出的一种牺牲（当然只是我的猜测）。我知莲子可算秀才的红颜知己，早在他造反得势手下马弁如过江鲫鱼时，莲子就与素芳说过喜欢他。她比邵素芳高一届，比秀才和我又低两届。那时候的女娃儿不爱红装爱武装，幼稚的她为让他能正眼瞧她挖空心思地要加入红卫兵，偷出家里的粮票说是在马路上捡的上交组织，还取家里仅有的存折换来一套旧军装，穿着上台血泪控诉她娘记变天账的罪行，目的就为换来他一次语重深长的促膝谈心。这事由邻居给揭露出来，被造反队的红卫兵战友们当作笑话。莲子写血书支农来十五岙村，多半因为这儿是秀才的家乡。后来秀才与邵素芳结婚两人翻脸她还骂她是婊子，装病逃回城里大半年没回村。秀才失势后身边的马弁烟消云散人皆不屑，而她仍然单恋着他送衣送食去农场看望他。由于家庭出身莲子在运动初就被打成狗崽子，学校走资派游斗时她与出身不好的学生也就陪着受人歧视。那时的她瘦瘦小小脸儿黑黑貌不惊人，可她却有着一颗真挚执着的心，既自卑又热烈一根筋地爱着秀才……

校花邵素芳出事后我找她了解情况。我问：她真是自杀吗？她说应该是自杀……我看过校花的日记，她太孤高自许，想着像你一样入党上大学……不像我这般自卑现实……那次莲子还背了我赠送给校花笔记本上的两句诗：没有风雪彻骨寒，哪有梅花喷鼻香？

莲子回城后拒绝去街道厂上班，为生计（说是戒心焦）开始糊一元钱八十只的纸盒子，一双手被胶水浸得脱皮每月才挣十二元钱。后来政府退回没收的街面屋才练摊卖烟杂。她生父是国民党军官，解放初被镇压，寡母原是工商大户人家的小姐，在海外有着千丝万缕的社会关系。

秀才在与红卫街道厂基本谈妥合作意向后，才约定莲子见面。莲子显然动心了，那年代的人都有使命感，她也是个想有所作为的人。她想起秀才当年叱咤风云的岁月以及今日之落魄，怯怯地问：我知道你想帮我，可是街道厂没钱投资呀？秀才这才图穷匕见把他的打算说了：你不是有钱吗？有钱我才来找你；街道厂不过借牌儿，你担任副厂长户籍关系仍留城里，代表他们联系村办厂业务，我把经营部放到县城你当经理负责销售。莲子虽然懊悔把政府归还祖宅赔款与大舅在日本经商之事告诉他，想秀才在诈钱哩。但副厂长的位置实在对她诱惑太大，何况她还爱着他。世人不是凭社会地位看人吗？三十岁的老姑娘没权没势在屋门口练烟杂摊，连街上小混混都敢大白天摸奶欺侮她……

茶馆旁街道厂的冲床声很响，咣当咣当的，这是她曾想上班的地方，可是小学还没毕业的厂长却说她文化低分配做了杂工……她沉默好久终于提出一个他久在回避与办厂毫不相干的问题：当年我比校花究竟差在哪里？我是没她漂亮，心地可比她善良……秀才想了想说：太阳升起光芒万丈，我俩都不提过去的事好吗？她又问小雯咋办？他说素芳走了，你就是她的妈嘛……那日秀才没请莲子共进午餐，莲子也没有吃饭的兴致，告诉他这事太大，需要与娘商量。她说我胆子小，自小到大没人把我当人看，没有独立做过事，因此她得想一想……

秀才离开茶馆时给149卢益平留下了茶钱。他说过老同学消费是给他长脸，只要没坐包间（只四个包间）茶费免收。他离开好久莲子与149还站在门口眺望着他的背影。莲子的脸上亮晶晶的，149安慰她说：莲子，如果我有钱，这副厂长就干了！

3

许多年过去我还揣摩不透油嘴佬是咋样的人。在村里的年轻人中，他是唯一我看着长大并自以为了解的人，但我从没有弄懂他。你说聪明吧？他上知天文下知地理，八九岁时就能把全村人的生肖与八字背出来（药老倌是坐医看病诊断须知生肖八字），那时我与笨羊就住在他家，留给我俩的印象简直是个神童。那年代不提倡看书，我插队时带了本世界地图册在身边，无聊时翻翻，平时就塞在枕头下；笨羊也喜欢，无事也常会看。没想到第三年立秋的晚上，我俩与他全家乘风凉聊大天，油嘴佬头头是道把世界各国首都风光说了个遍，让我与笨羊张口结舌地说不出话来，那年他才十二岁读小学四年级。事后我问他：这里面有些字你应该不认识吧？他说这有何难？可以问鸿年老师或者查字典。我说你不至于把这地图册全背下来呀？他说更没问题了，我喜欢的书只要认真看一遍就记住了。如此看来他是一个绝顶聪明之人……

正因为如此，我在他身上寄托了过分的期望，认为沦落为社会底层农民的抬头，需要经历几代人团结一致持续努力才能达到理想境界，油嘴佬无疑是个重要的环节。但接下去发生他与菲菲和秀才之间的冲突，以及与老爹闹翻离村的一系列事，就令人费解乃至扼腕叹息，简直可说是弱智的行为。在很长一段时期内，他与村联办厂与沿海经济界始终保持着一种若即若离的关系，像个让人躲不开放不下的幽灵，幻化为人们眼前闪烁的一个个谜团。这是他聪明呢，还是愚蠢？其实我早该明白，他与他老爹原本就不是同类型的人，从我帮助村里办厂开始，他就如谜一样出现在我面前了……

　　这世间有些人你能帮助，有些你根本不必帮助用不着帮助。现在有种说法叫道德绑架。意思你对亲近的人，不是站在人性角度而以道德含义硬塞甚至强加于他，爱人越深帮助越多，副作用也就越大，效果适得其反。可惜这些道理我入狱后才算明白并悔之莫及。当年的改革开放不仅是一场经济界的革命，而且是一场声势浩大的思想解放运动，包括人性的解放。可惜我们基层官员往往注重或偏重人们物质利益的追求，漠视与淡化思想道德观念转换与革命；总是自作聪明地从主观愿望出发，指挥他们做这做那，在推动经济发展时忽视了他们精神利益的追求。油嘴佬在十六年后华丽转身协助老爹与戚菲菲"蟒蛇吞大象"、卷土重来兼并全市最大的国有合资企业沿海潘氏集团时，曾泛动着他那双明晃晃、活泼泼的眸子，向我推心置腹地说：哥，我知你一直把我当作傻子，在这十六年中是老爹创建农民经济集团的叛逆与另类，其实我心里明白得很。我这样做无非是为了今天……我问：那你说说我作为政府官员应该怎样做？他仍如十六年前一样油腔滑调地嬉笑道：你管得太多，企业就没了希望；有些事不该操心的就用不着你操心，该你操心的也不必过分操心，你必须得明白：皮球拍得越重，弹跳得就越高。乱石丛中的茅草没人施肥，不也就长得挺好吗？要知道我们是农民，农民用农民的眼光看世界！譬如说地球在你的眼里是圆的，这是科学对你的教育，在我的眼里它却是方的，是环境与人性对我的教育。在这世界上只有穷人了解富人想干些什么，富人永远不会明白穷人在想些什么……

　　他有如此见解，说明他成熟了。成熟其实是一种可怕的东西，因为故步自封缺乏创造力；这世界所有的财富，都是人类在缺乏成熟时创造的。可当时的油嘴佬还是青涩的，他看不清这社会是一个成熟智者所把握的巨大的场；当年的实际情况是：农民要抬头只能抱成团，单打独斗没有前途。他的老爹在书记竞选中得票仅百分之六十多，笑面弥勒不是候选人，仍有百分之三十党员支持他。这说明了什么？情况并不是我想得那么简单，办厂是一桩农民致富的大事，没全村人目标一致，能有十五岙村的明天吗？虽然油嘴佬误打误撞地在后来的十六年中，也开辟出一块属于自己的天地，但如果他能留在村里协助老爹与秀才共同把握时局，也许憨叔后来所拥有的星星草集团发展与开拓要顺畅得多……

这些只是我主观的臆想。当然，如果没经历过这十六年的风雨，油嘴佬也不会是后来那个油嘴佬。我要说的是：沿海的农民企业家在那段时期，都是在烈火中炙烤三年，又在海水里浸泡三年，百炼成钢、精卫填海才成长起来的：没经历过苦难的农民很难抬头……

这年农历除夕前，油嘴佬与杂物贱结束在马山总厂的培训，乘火车折回沿海县城后回村。事先油嘴佬打电话说有急事要见我。我问私事还是公事？公事就来办公室。他说是公私参半，火车到站应是晚九时，你下班了呀……我问他留宿何处？他犹豫说还是去城里阿爷家吧？我说那我过去在洪老师家里谈？他说不行，不能让两位老人家为这事儿揪心。我说你回家姐夫与杏儿知道吗？要不我俩在笨羊家见面？他说也不行，在城里阿爷家不合适，姐家里就更不合适了。我迟疑一会儿道：原本你与杂物贱都可在我家过夜，现在恐怕也不合适。他问为何？我说不为何？糖拌糠临走嘱我把素芳爹从颐乐园接出来，你嫂子与我闹架哩。哦，对了，你要当阿叔了。他明白了，说要不我俩在火车站将就一夜，我在那儿等你？我说火车站咋行？大冬天的……他说这你就甭管了，我俩都带了被褥……

油嘴佬处事风格与他老爹不同，他与杂物贱回来没为省钱乘筒子车。杂物贱倒提议说票价便宜只三元钱，由他晚上去排队？他来马山实习由油嘴佬推荐，与二愣子一样从小就是他的铁哥们兼马仔。油嘴佬笑他：钱是赚的不是攒的……问他县汽配厂的培训人员乘啥车厢？他说车票由总厂代买是客座。他说他们坐客车，我俩也得坐客车……不能让人觉得阿拉农民蟹没血……

杂物贱是独子，他爹原本绰号叫顺屁塌（意为跟屁虫），也是被村人贱看的男人。前些年上山又被犁头铁毒蛇咬伤截肢下不得田了，只挂着拐棍拾猪屎，便多了个绰号叫铁拐李。两人车座一个靠窗另一个在中间，杂物贱谦恭着让油嘴佬先坐，油嘴佬没犹豫一屁股坐在靠窗位置上，说养蜂时，老宝贝尊我坐副驾驶位，说能观察沿途风景长知识。杂物贱迟疑一会问：上次你不是告诉我坐车看外面会晕车吗？油嘴佬想起来是坐筒子车阿，头枕他肩睡一路的事。笑道：笨蛋，诓你哩……我家娘与姐才晕车，我爹与我都不晕。杂物贱惊讶地问：你娘与杏儿姐坐过火车了？油嘴佬摇头说没有，姐坐汽车晕车，娘都没坐过汽车……

两人实习三个月，厂里除发饭票包宿外还补助给每人二十四元。这钱杂物贱没舍得花，用老布手帕包起来捂在胸口内衣口袋里。这情形使油嘴佬想起他老爹，生怕钱会长翅膀飞走。老宝贝可从不这样，有钱了随随便便往裤兜里一塞。发钱后油嘴佬让杂物贱陪着去新华书店，买了一本《第二次握手》。书店的书比以前多了，这书他见过手抄本，书店却没卖过，他想拿它送给菲菲。杏儿捎信说娘与婆婆唠代他与菲菲去镇上扯过结婚证了，笑面弥勒打算在喜宴上道歉为他平反，这般两人就正儿八经地成了夫妻。他想送她一个礼物做纪念……

应该说这时油嘴佬已有所警觉，怀疑老爹以扶秀才上位，换取他的平反达成两家联姻的妥协；此前他一直沉浸在摘面子的喜悦中，在他的潜意识里，把此看作征服菲菲立足于村的一场战争，这是他的面子也是老爹的面子，更是上戚家村民的面子，为此面子他孤军奋战不畏寂寞。窗外雪花飘飘，田野上已有厚厚的积雪，天阴郁着，地面却耀出白光，荧荧的，犹如遍地铺撒着玉石。杂物贱有些困，头枕在茶几上睡过去了，而油嘴佬双眼炯炯有神地看着窗外：好大的雪哎……

火车延误，两人下车已是凌晨三时，油嘴佬让杂物贱去长途汽车站排队购票，他留下等我。也不知他从何处打电话至我家，约我在火车站见面。

我揉着眼睛说：那么冷的天，你想冻死我呀？他说我都没穿棉大衣，不冷，你咋会冷呢？我迅速穿上军大衣踩自行车赶去火车站。当时那里可是热闹之处，天黑着哩，路灯幽幽的，我找他好久没找着，心便有些烦，埋怨他拿我串冰葫芦。后来我在行李房边角见他叉开双腿坐在行李卷上，身上裹着破棉絮像灾民逃难似的耷拉着头，一副落魄的模样……寒风呼呼的，天是冷呀……我停住自行车喊道：油嘴佬……你逃难呀？他抖落破棉絮站起来表扬说：哥，你够铁的。我还以为你不会来了呢？我说半夜三更的啥急事呢……他一边收拾行李一边嘟哝道：狗娘养的狗眼看人低，以为是叫花子把我从站里赶出来，里面有炭火比这暖和多了……我乐了，说你这样儿，我也认为是叫花子……他把行李卷放在我的自行车架上说走呀！我问去哪儿？他说找饭馆，天都快亮了，我请你吃饭吧？我问还留宿洪老师家吗？不哩，他咧嘴一笑露出一口洁白的牙齿，从口袋里拿出一只拨浪鼓在我耳边摇一摇问：姐夫没与你说吗？我问说啥？他说：姐生了个……女娃儿，有七斤重哩。我说就这事呀？想起前两日笨羊送一包大白兔奶糖过来嬉笑道：读书、插队，我啥都落着你后头，就这事儿跑你前头去了……

天很快亮起来，我俩在附近小饭馆里吃牛肉面。沿海的牛肉面，不是后来全国各地满街皆是还打官司的兰州拉面，油珠少，放葱花，量也不大。油嘴佬吃了一碗不够又加了一碗，还点了半斤沿海大曲散酒，说天冷不喝几口受不了。他要我也喝，我没喝说等会儿上班嘴喷酒气不好。他说当官啥都好就这点不好，没个人身自由。我看他穿得太单薄说你抓紧喝，我骑自行车送你去笨羊家看小宝宝。他说没关系，让杂物贱买了下午票，不耽误回家就行。我说你有事快说呀，等会儿我还要上班哩。他用手背抹抹嘴巴说：你还不知道吧，要变天了呀？我吓一跳，问啥变天了？他说村里呀，反正你是我的哥，我就实话实说了，听说秀才要篡党夺权，老爹与我辛辛苦苦，十大功劳一笔勾销……

我扑哧一声笑了。他瞪起双眼问我笑啥？我说没这么严重吧？我可听说秀才出山是你老爹与师傅专程请来的……再说，憨叔不还是村书记吗？我这般说他更急了，涨红着脸自言自语地摇头道：老爹呀，一见阳光就灿烂……我问啥呀？他说是一见阳光就灿烂……这意思老爹不明白你也不明白吗？他似乎有些生气，很快把酒喝完，用西服袖口擦着油乎乎的嘴巴向我诉说：哥，你说说这倒是咋了？老爹没头脑，不至于你也没头脑吗？亲疏不分，恩仇不计，这厂办起来有他当村书记说话的份儿吗？他那双灵活的眼珠滴溜溜地转动着，熟稔地抽出一颗烟叼嘴上取出打火机点燃……你啥别都多说了……我知你们咋一回事？历史会证明此举是东吴招婿，赔了夫人又折兵……

我拉住他问：你咋知道这事的？

他说你别问我咋知道的，应去问笑面弥勒与秀才想干什么？门背后屙屎天会亮的；我可还没学会做小……

<h2 style="text-align:center">4</h2>

至此事儿就有些复杂，还真三言两语说不清楚。我知憨叔这般安排自有他的道理，不仅为村里各种势力的平衡，还因为秀才迷途知返病马苟活比油嘴佬相对成熟。太阳升起牛抬头，是让全村群牛抬头而不是一家一户抬头。笑面弥勒已把村民的思想搞乱了，人之间的关系弄得如乌眼鸡一般，恨不得你吃了我

我吃了你相互仇视，如果憨叔上台也这般搞，势必造成更大的对立。一见阳光就灿烂，不好吗？改革就为调动方方面面的积极性，像十五杂村这般的穷村，原本就人才匮乏，如果内讧，不团结，势必道路越走越狭窄。我承认在秀才的事上有过横插一杠的干预，但我从村民利益的大局出发，难道有错吗？

走出小餐馆时离上班时间尚早。太阳开始露脸了，小县城变得明晃晃亮堂堂的。在送油嘴佬去笨羊家路上我俩都没说话，我推车在前面走，他垂头丧气地跟后面。天真冷了，北风吹来人脸上冷飕飕的生疼。我知他的心里不舒服，一山不容两虎，这是谁都懂的道理呀。在他的心里，一直把秀才当作比笑面弥勒还厉害的假想敌；秀才是高中生，他也是高中生，秀才犯过错误，他没犯错误？不，他也犯过错误。菲菲的事真算账够让他喝一壶的……

油嘴佬在离村跟老爹出来落实项目前，与菲菲又有过一次实质性的接触，按他的说法是：胜利者丁是丁，卯是卯占领性的接触（喜欢用新词）。说天下女人都犯贱，不在那块地上种下庄稼就嘚瑟（啥理论）？当时村里刚分完责任田，油嘴佬知老爹正式走马上任，就想着与二愣子、杂物贱几个弟兄庆贺一下，去小学校借锣鼓。锣鼓由村文宣队唱样板戏时置下已闲置很久，以前由鸿年老师保管，现在菲菲收拾起来放储藏室里。这原本是好事，是得造造气氛新班子新气象把大家积极性调动起来。但小子的动机却是借由头犯花痴，趁机浑水摸鱼捞她的便宜……

据菲菲后来回忆（对高晓敏实话实说）：过中秋节时，他家按规矩把聘礼给发过来，一对祖上传下的玉镯，搭上一扇干麂子肉，还有一坛药老倌珍藏多年用鱼腥草浸泡的药酒。我爹、我叔虽对憨叔上台有成见，对他还是满意的，至少聪明能干。可油嘴佬见他们时没了上回订婚的热情，高抬着头冰封起脸仿佛是我家欠了他的钱。我上前搭话他都爱理不理。我知他心里对我爹我叔有气还没过去，总想着日子长了他会改变印象也没当一回事。但我爹却认真生了气，说憨叔选上书记他就变脸，我嫁过去也不会对我好。就在这次爹提出要他入门当进舍女婿，说五个阿囡四个嫁去城里，留我在家养老。我知爹不过说说而已，出事后他一直撺掇四叔要把我嫁城里，他是在试探油嘴佬的诚意。真要照顾两家住一个村坊抬头不见低头见，上山下山招呼一声就是，没必要非当进舍女婿。可油嘴佬听完拔腿就走了，弄得全家人都尴尬，他走后娘抱住我哭了，说我是苦命……

当时油嘴佬进贮藏室把蒙上灰尘的锣鼓整理出来，丢地上指挥菲菲上前拿，菲菲小心翼翼地笑着摇头，因为上次吃过亏站在门口扶着门框没动。他说咋？怕我把你吃了？她试探说你又不是人。他动手拉她问不是人是啥？她明白他想干啥了，沉脸说这是在学校哩。油嘴佬说她婊子老娼装正经又不是没干过这事？还说他就是强奸犯。拽过她关上门就办事，呼哧呼哧地在她身上动作着问：我不是人你就是人吗？菲菲泪流满脸地顺从着，真不明白他为何还这般对待她……

两人走出贮藏室时，站门口窃听的娃儿们齐崭崭地喊道：两公婆，贴麦果。两公婆，贴麦果……

贴麦果是啥？就是接吻呗！我知情后责问油嘴佬为何这般做？假公主心里肯定难受。他嬉皮笑脸地说：哥，与你说实话我就是要她难受，弄得她在村小学待不下去；她指证我强奸犯时，想过我难受吗？

秀才落实莲子投资款后，就大刀阔斧地干了起来。他没理由不干哪？一个有过劳改经历的人，世事在他脑子中就显得简单，上则上哉、落则落哉，没啥可忧虑。这点上他与憨叔思路一致，赤脚汉不怕穿鞋人，原本就啥都没有，失去也就没啥啥。要提讨饭篮出去讨饭，陀头山有的是毛竹林；因此他的心里特别踏实。他在憨叔为首的新班子身上，看到许多比干爹强的地方。憨叔虽然口讷不善表达，心却诚恳，胸中章程牢靠；只要他信任你，就会放手让你干，诸事皆不干涉。跟这样的主子干活儿，你尽可以放大胆子往前冲，至少背后不会挨冷枪。为此他大胆修正老宝贝制定的方案，把合作联营推向极端，争取更大利益。

事儿可不像秀才预期的那般顺利，就在镇协调会议后签订协议前临门一脚，合作方秦胜利出现了问题。原因是他老爹以前走资派时，秀才组织县里红卫兵回乡发动群众批斗过他，听说儿子居然如此没志气地找自己的仇人合作，赶回家里阻止说：如果你与他合作，我俩断绝父子关系……那日秀才满怀信心屁颠屁颠地跑去办公室，说明来意把项目合作书交与他，秦胜利哈哈地赔笑着拒绝了，说秀才呀，现在还不是你露脸的时候，像你这般的人才埋没可惜。这样吧，此项目我接过来包下，由你到这儿当副厂长，保证比憨佬那干得舒心多拿钱……

秀才不明其意却坚决摇头拒绝，说你以为我讨饭哪？为钱我不会找你，憨书记信得过我才揽活……那你要啥呢？秦胜利仍哈哈地笑着。秀才想：我要啥，你给得了吗？燕雀安知鸿鹄之志？说我只要你联营办厂，做大企业规模共同得益，为阿拉农民争口气。秦胜利这才粗粗游览项目书，皱眉头拍他的肩膀道：兄弟，实话告诉你，不是我不想帮你，是你造反派名气太大帮不上，老爹知道这事把镇工办李主任给骂了一通，李主任兼着厂长，我只是跑跑腿的副厂长。

秀才啥都没说离开了他。两小时后李主任就找秦胜利谈话，说县委办的驸马爷来电话，说事情一码归一码，秀才造反搞扩大化是他错，十五吞办厂可是高书记钦定的点。其实这事我并不知情，事后责怪秀才不该扯虎皮做大旗乱用高书记名义。他解释说他也不知情，只是出门后找过吴镇长，大概是他向李主任打的电话……他问我没问题吧？我们为了一个共同的革命目标，走到一起来了嘛！我说问题是没问题。沿海是农业县，近百万人口中百分之九十是农民，改革开放不关心农民行吗？现在高书记与县委、县政府班子都把主要精力放在穷村上；不过以后出现这类事还需与我言语一声，我知内中的轻重缓急，能帮忙自然会帮忙。

回村第三天晚上油嘴佬就决定向老爹摊牌，此事迟早要摊牌，迟摊牌就不如早摊牌。油嘴佬离开县城时啥都没说，他只是向我证实让秀才当厂长是否属实。我从他那闪烁不定的眼光里觉察到，他是下定决心要向老爹摊牌了……

已是除夕夜，油嘴佬冒着刺骨的寒风与砸脸上的雪末子，跟老爹匆匆往家里赶。山道的青石板都结上了寒冰，那冰要待桃花开时才能化开。老爹撩开大步走在前面，他低头耷脑跟在身后。老爹摇长拔大地是一棵树，挡风哩！他嫩面嫩肤地是一簇草，畏寒哩。他与杂物贱回村两天没回家，在工地帮了两天忙。晚上留老宝贝与小呆驼的大篷车上"扎金花"，赌得惨哪，很快就把口袋里的十几元钱输得精光，心情不好嘛。没钱了还得继续练，只要老宝贝有兴趣他想躲也躲不开，输了可记账待口袋里有钱了再还。老宝贝心里乐着哩，进山后很久没如此痛快地玩了。老爹原本想让老宝贝与小呆驼随他团圆；老宝贝可是死活不让，到他这年龄已是过一日少一日，最烦穷人过年讲各种规矩。这年冬天奇冷，虽然大篷车内加了三床棉被、三件武装民兵值班的军大衣，还嫌冷，但吃食却是丰裕的，由智佬的吞口与军嫂的下戚家拿来菜蔬、冬笋、蘑菇、懒惰年糕多得吃不完，还有养猪人家杀年猪出售白肉后的猪下水、山里人自酿的番薯烧都堆在车厢里。投之以桃，报之以李，老规矩山里人都懂，把老宝贝敬得如神明一般。因此老宝贝哪都不去，与小呆驼自酌自食自乐，就是三缺一缺人扎金花了。

寒风呜呜地响，油嘴佬几次欲开口，都被老爹的沉默压了回去。最后他没憋住说了，不说就没了时机，能当着山里阿爷药老倌与娘的面，全家和和美美吃年夜饭时提出这晦气事儿来吗？根据他的经验，酒足饭饱后老爹准保在五分钟内打起呼噜，这时期他可够累的……为此他斟字酌句，尽量让老爹理解他……

他说：最恶毒的人，也不能扼杀别人的梦想。憨叔没反应，冒着寒风迈动双腿继续行路，对儿子这种文绉绉的言语，他一时没能适应过来，但他明白他与他说这一番话，就像山上长流的溪水堵不住……

他说我在与您说话哩？

他说你说吧，我听着哩。

如此油嘴佬就疾风暴雨式地把对笑面弥勒与秀才这对干爹干儿子的不满，如悬崖落水一般滔滔不绝地倾诉出来，又把自己如何协助老爹，要使村办企业走向全国摘回农民面子的打算说了一遍。这些话他在回村途中已想过多遍，又在白天帮助建厂房，晚间与老宝贝、小呆驼扎金花时反复酝酿，打过腹稿有准备。自陪老爹去鸿年老师那里他就想说了，他回村是来讨替代的，有冤不报非君子。最后自然还是落到那句最恶毒的人也不能扼杀别人的梦想上……

憨叔回过头来，那双木腾腾、呆滞滞的牛眼睛瞪住他的脸，低声问：你说完没有吗？他犹豫一下说：说完了。他说你说完了，该轮到我说了是不是？他怯怯地点头说是……他说山坳的风太大了，说话费劲儿哩，你说的事你师傅老宝贝都告诉我了。我也思忖多时，想来想去还是觉得这般做比较合适；多余的话我就不说了。油嘴佬呀，世间不叫的狗会咬人，会叫的狗也要咬人。我只对你说两句话：一句是选拔能人干事儿，好似石窝子里抽毛笋，冬笋、春笋都要抽，砍谁谁倒霉抽不了，倒不如论资排辈让冬笋先抽，没准春笋见阳光抽得更多更猛些。第二句是老爹比你多喝几担水，知道做人得善良，前半夜想着自己，后半夜想想别人。好事孬事不能让我们一家全占了。你如果有本事，石坎缝里也可憋出棵嫩毛笋，犯不着与我这憨爹怄气谈条件……

油嘴佬哑了，扼杀他梦想的人，不是笑面弥勒与秀才，而是喊他回村相帮、口口声声要灭笑面弥勒的老爹！至此，尚无经世事磨砺还显得青涩的他，已下决心离开村子了。他心中由于仇恨与嫉妒，始终有个声音高喊着：此处不留爷，自有留爷处！

5

早在油嘴佬与杂物贱回村前，麻皮阿梁、鸿年老师带着三十名从山里出去的石匠师傅（人家现在可是注册公司的工程技术人员），带着钢筋水泥、塑钢窗、磷固土瓦片一应建筑物资，开着从城里租来的推土机、挖泥机、水泥搅拌机，浩浩荡荡地杀回村来。

此为决一死战（麻皮阿梁原话）哪，为捍卫十五舀村两千红脚梗的脸面之战、抬头之战、尊严之战。据事后麻皮阿梁跷着右手大拇指一抡一抡地告诉我：当他知晓憨书记落实资金、独立注册、办妥手续，万事齐备、只欠东风，要竖起八千平方米的临时车间与堆场时，他就心里犹如一头野角麋蹿动，阿娘大脚地彻夜难眠了，他的耳畔犹如吹响号角，回响起智佬唱《华姐》磨豆腐：

> 小女子掌磨叔叔推，
> 一份情谊一份货。
> 进去粒粒黄金豆，
> 出来白白嫩豆腐……

讨还电信公司的工程款，麻皮阿梁就在鸿年老师的拾掇下，火速注册了十五舀村民营建筑工程公司。注册时鸿年老师问他：是否以村里的名义？他眨着眼睛，伸出右手大拇指抡一抡，反问道：不以村里名义，又以谁的名义呀？鸿年老师说你不是说这工程队是你拉出来的队伍，就如四蛮带来的白脸小生，最傻也得姓陈吗？他就急了，光棍老倌双脚跳地叫道：做人，哪能好了伤疤忘了痛？从今后不管吃肉馒头还是淡面包，我都规规矩矩跟着憨书记走，他指东我绝不向西！

这可是你说的？鸿年老师问。

当然，你们文化人不是有君子一言，快马一鞭嘛！我这一鞭甩了出去，早早地就过了黄洋界，前头就捉了个张辉赞……

那日接过憨叔的电话，他就向帮他核账的鸿年老师嚷嚷说：开会，开会……

　　鸿年老师感到奇怪，问：你不是最反感开会？说泰山不是垒的，牛皮不是吹的，每一张毛爷爷都靠锤子敲出来的，今日咋火烧火燎地嚷嚷着要开会呢？麻皮阿梁连声嚷嚷道：不一样，不一样……村里建水库、修大寨田，我麻皮阿梁哪一次落在他憨书记后头？这次阿娘大脚硬让他占先机……我不拿出些实货来，村民要骂我是汪精卫举药膏旗，冬瓜条喂鸡里通外国……鸿年老师笑着纠正道：是东条英机吧？对！他点头：还真是冬瓜条喂鸡，这日本人倭支疙瘩拎勿清，取个名字还四个字、五个字……

　　会议仍在电信工地宿舍召开，麻皮阿梁口吐唾沫做报告。一、二、三点安排完春节后工程队的活儿，沙哑着嗓子问大家：伙计们，现在阿拉升格为工程公司，是政府在册的白脚梗了，用不着给城里人贴面孔，低三下四做小老婆……也就是站起来了，城里工人叔叔是人，阿拉农民伯伯也是人。这张脸谁给的呀？众人都说是憨书记，你这蛮石匠手腕掰不过他……好……麻皮阿梁兴奋得涨红脸又问：诸位掰手腕有赢我的吗？不能是吗？那好……我们这些无用坯都别休年假了，让老妣丬夹紧双腿歇着。集中力量把村办厂的新厂房给砌了，阿娘大脚……憨书记上任后第一炮，打响了我们人人做老板，个个是大款……

　　台下有人小声嘀咕着问：你当经理才是老板，阿拉员工咋是老板呢？麻皮阿梁问他入过资没有？没出人民币有本事做技术股，这叫作资本哩。资本家资本家，出资是本家，不是老板又是啥？

　　此会开过，麻皮阿梁与鸿年老师就在除夕前一周，把打石队从城里拉了回来，投入了憨叔与志潮秀才指挥的基建队伍中……

　　记得油嘴佬在这年清明前离开村子时谁都没告别，连与他走得最近的二愣子、杂物贱也不知晓，更不要说向我他认为哥的打电话了，他的姐夫笨羊根本不明就里。据说憨叔为此大怒，觉得失他的面子无法向全村人交代要向公安报案通缉他，最后被老宝贝与笑面弥勒劝阻了。老宝贝讥讽说：你咋连菩萨主任都不如呢？他只告到学校没动公安。你得知道强扭的瓜不甜，强奸犯的性偏着哩，不动公安说不定还会回头，动了公安你就白生白养他不会回头了……笑面弥勒也附和说就是就是，我当年没告到公安就为留有余地；女婿顶半个儿子，他与菲菲都办过结婚证就是我的婿了，我都不急你急啥呢？没准他在外面混不好过几个月就回村哩？笑面弥勒此时已知晓油嘴佬为与秀才争当厂长而离村，虽心中忧喜参半不是味儿，却由此知晓憨叔公正、没把他这下台书记旧班人马赶尽杀绝而心存感激……

在油嘴佬走后三个月，备受刺激、精神失常的药老倌，在下山寻找孙子被车辆撞翻，享年七十有三。据目击者说，他在送至医院抢救时嘴里还含糊不清地喊着油嘴佬……又过三个月，趁着小学校放暑假，已与他扯过结婚证、尚没办喜宴的假公主戚菲菲，也是谁都没告别地出走了……

紧接着，白无常戚双富的儿、秀才的孪生兄弟、读过四年小学的村民组长三脚猫戚志海也离开了村庄。去哪儿了，不知道。据说他临走前发过毒誓：不系金佩银地站着回来，必让妞儿披麻戴孝挺尸归葬（他没儿，只有一个小名妞妞的阿囡）。白无常呼天唤地哭过一阵子，身体迅速衰败，最后走路如倒挂杨柳般直不起腰来了……

陀头山吧？在这年夏季发过一次洪，镇政府命令把小水库的水闸给放了，没给山下村庄酿成灾害，即招来满山的蝗虫，呼啦呼啦地把村民自留地的番茄、茄子，连南瓜藤、番薯叶子都吃净了，稻叶所剩无几；好在到秋后几番寒风一吹，蝗虫奇迹般的全消遁了。春华秋实，日子该咋过还咋过。村办厂开业运转时，智佬常锁又在开业庆典上唱过《华姐》，是后来全厂六百多名本村员工连老宝贝小呆驼都会唱的"磨豆腐"：

> 叔叔拴磨推呀推——
> 小妮子掌勺喂呀喂；
> 白嫩嫩豆腐趁热卖，
> 磨盘上日子熬着过……

采访补述：强者其实都阳痿

1

此小说经历有年，原因是在不断地充实修改。待写到一半时，我约上了已在澳洲定居的军嫂应彩娟。这地方有些怪，赚了些钱的农民有想出去的，大多往东南亚与澳洲跑。原因无非两个：一是历史上有下南洋经商的传统，那些地方现在还有人会讲这儿的方言，听着亲切。澳洲在地理概念上不是东南亚，但有许多华籍商人在那发展，一带两、两传三地就跟着过去了。中国人做生意并不抱团；不是有说一个中国人是条龙，几个就变成一窝虫了？可拉家常诉乡谊却热衷抱团，原因是耐不住寂寞，大海茫茫、忘记爹娘地变成了孤鸟，受不了没乡情乡愁的心理煎熬，就是没事儿坐下说几句方言也解思乡之情。二是澳洲在所谓发达国家中，入籍门槛不是很高，福利保障却做得好，是懒人养老送终的天堂；只要你加入了它的籍，丧失劳力后同样可以得到优厚的福利待遇。

军嫂应是在四眼单思明与小白脸陈俊两位大咖保护伞出事不久，才办证去澳洲的。当时她是星星草化工集团总部分管财务的董事长助理，总裁油嘴佬戚长庚干下许多不明不白的事，她或多或少地知情深谙其道，留着自有许多不便之处；再说那时她的老公二愣子戚大猛已在外头养了小，婚姻出现危机，就在油嘴佬帮助下办了出国定居的手续。出去后却没立即入籍，也许那时她对包二奶的二愣子还没失去信心，指望他能改邪归正；至今她仍兼着港城宾馆的法人与董事长。那家宾馆原先叫沿海二十一世纪会员俱乐部，是个封闭式会所，单思明与陈俊两个大咖就是俱乐部的常客。他俩出事后，有关方面勒令整改，才对外开放改造成宾馆。这家宾馆的股金组成，控股权还在星星草化工集团，另有部分是军嫂从澳洲那些会说本地方言的大咖那儿筹资的，还有就是她从集团剥离出来的股本金。

军嫂后来在澳洲第二大都市墨尔本入籍定居，该是近年她对二愣子彻底绝望（人家都与二奶生出俩儿子来了），与她视作依靠的憨书记在年届七十，终于在村党总支换届中移交权力（死亡前两年）时，才下决心孤雁南飞。据说她曾动员他到澳洲观看风景比在村里还真切清晰，说：人生不过是一场戏。任何事都有个了断，当断不断，反受其乱……但憨书记没同意，她也知他不会同意。因为他与她不一样，生来就是一棵树，栽下就立那儿了；人挪活，树挪就得死！

尽管她已挪了多年，港城宾馆董事长与法人位置却没有挪。挪了，就断了这条根，她也会因此一无所有。这二十多年由牛转化为人的奋斗，岂不白白地放弃了？她把国内的事务委托给总裁养女郝琴雅（混血美女）处理，自己就在澳洲优哉游哉地过起半隐居的生活来，由回忆支撑起希望的空间……

2

　　这是 2014 年年初，一个没有雾霾的晴日，我在港城宾馆大堂见了这位对沿海市民来说已显得陌生，多少有些神秘的女宾。这地方的人们大多患健忘症，不管你多有作为多有贡献多大名声，多么熠熠耀眼光芒四射，一旦曲终人散，人们就会很快把你忘记。因为大家各自在忙着自家的事儿，想着自己的前程心无旁骛。在生意场上也是这样，往往会出现两家联系紧密业务频繁的企业老总，一旦出现情况两年没交往，再次见面时甲老总就得向乙老总介绍自己的前世今生，反之亦然；否则，双方形同陌路。

　　军嫂已有些年纪，秀发垂肩身材依然姣好，穿着红底彩绣绸缎旗袍，足蹬高跟船鞋袅袅婷婷地站在我面前，微笑地望着我不吱声。说来我是这家宾馆的常客，因多年写作兼搞旅游报道，在大堂吧书柜上，放着我出版的几部长篇小说，还有与人合作的一部长篇报告文学。虽然我在十年前采访过她，毕竟时过境迁，我通过郝琴雅才与她取得联系。出乎意料的是她在没人陪同，也没人介绍下，直接把我认了出来。我说小郝也真是，不派个人陪同？她说没啥啥……宾馆除了郝琴雅与她联络外，余者都皆不知她的身份，早习惯了这份独往独来的落寞……

　　我已沏好她喜欢喝的普洱茶。问她是不是要喝其他饮料？她说不需要……普洱就很好……宾馆的十年陈普洱还是她向云南联系专订的……在海外的声名很响，因为历史上中国对外贸易经商，一条是车马丝路，另一条就是海上丝路，这普洱就是当年车马丝路的宠物……

　　没有过多寒暄，我俩便话入正题。往事不堪回首呀……我嗟叹说，转眼间我们都已是夕阳红了……是夕阳红了呀……她回应道：这年头还是你们耍笔杆子好，经商玩钱，钻进去就出不来了。她姿势优雅地抿了口茶微笑地望着我。这使我多少有些迷茫，这是三十年前小镇上，不，应该是山村的村妇吗？人家可是当了二十几年的妇女主任、几年前才去的墨尔本。我说你不是也很好吗？比以前还显得年轻；凡见过你的人都会这般说。我当然说的是空话与套话。大凡是女人无论年少年长，都喜欢人们拿这样的话做开场白奉承她；但也有真实成分，因为我看过她几年前穿戴土样、表情木讷的照片。可她没领情，说有你这样说话的吗？自十年前我俩见过面，地球自转了三千六百五十圈，我没变是妖精吗？否则我站在你面前，你咋还认不出来？

这般说过一会，她打开了坤包拿出苹果手机，跷着兰花指刷屏一会儿道：你发来的小说我看了，写得蛮真实……只是把这些老头老太的往事陈年挖臭屁地晒网上，会让后辈们见笑哩。我摇头道：你说真实我已很满足了，让人见笑也是一种力量嘛……何况历史只有当代人能说清楚，下代人就很难弄清真假了。她说：鸟儿为什么折断了翅膀，你的问题也提得很好……星星草集团能够发展到今天，就是与这样那样形形式式的流俗抗争中，才走到了今天这一步……

且慢，我挥手止住她：今天我找你就是谈这些事儿的……你贵人多忙事给我的时间有限，还是先谈谈你自个儿吧？我想知道你当年如何投身于此洪流，又没湿鞋地急流勇退抽身出来的？她用餐巾纸擦拭有点湿润的眼睛，哀哀地望着我道：往事不堪回首哪，可惜我不会写书，否则可以为你弥补许多细节……谢谢你使我想起了那段真情永久的美丽时光……

3

她含泪说过一会儿当年艰苦创业的情况后，我就直言相问道：憨书记临终刑警在他老屋的床头柜里，翻开一沓女人的花内衣……应该是你留下的吧？她微微点头道：当时我回村看了……确认是我留下的物件……我说我很想知道一个七十几岁的男人，临终时在想些什么……她的目光有些迷离，勉强一笑摇头道：你又不是擅长写情爱小说的作家……这些事凭想象杜撰不出花絮来。当时刑警向我调查，我坦承是我的东西……你结过婚，明白女人年近六十，已经不会对那方面的事感兴趣了……我一生未有生育，你知为何吗？我摇头表示不知。她苦笑道：我选择离开村子……不是为他，是为包养二奶，在我眼皮下养下两个私生子的二愣子。不过我现在想通了，他比我小了八岁……我俩婚姻原本就为凑合……于他来说为想把我留在村里，而我也为村里办厂有奔头才想留下。我们那年代的人不是讲责任感吗？我与他兄弟戚大勇的结合原本就是个偶然，但结合了我就要对他的家人担负责任，他是个在对越自卫还击战中牺牲的烈士呀？我公公也是经历过朝鲜战争的残疾荣誉军人，我不能抛下他们不管……我不会生育孩娃二愣子是知道的，我嫁他前他应该就知道的……在农村流俗滋生的这块土壤上，再醮（尽管他与我前夫是兄弟）意味着什么？妇女不会生育又意味着什么？不孝有三，无后为大嘛。可是谁把我弄成不会生育的呢？这里有道德的因素，也有人为的原因。我这般如乱斩萝卜丝没有条理地诉说，你能听明白吗？我还没来得及回答，她就接下去说下去了：你在小说开头写到油嘴佬是强奸犯，那是对世俗村风的冲击……我赞成又不赞成……她叹一口气道：其实那些年村里出了两个强奸犯，一个是油嘴佬，另一个嘛……就是两年后我那在对越自卫还击战中牺牲、传回捷报遗像的老公戚大勇……没错，他长二愣子整十七岁，是我公公部队北撤前留在山里的孩子，而二愣子是他退役回村后又生下的。他在探亲回家时盯上了我，在我样板戏演出返家路上撕烂了我的花裤头……

不错，他是强奸犯，比油嘴佬凶狠十倍真正的强奸犯。我当年才十六岁，并不明白他的身份，死命地挣扎抗争，在空旷的雪地上流了许多血，都晕死过去了才让他得逞……当我明白他就是我在台上唱的一颗红星头上戴，革命红旗挂两边的解放军时……心头有多失落、多绝望……你想知道当时我向他提出的赔偿要求是啥吗？唉，简直是一场噩梦……

我问：是不是让他娶你？她哀伤地摇头道：我哪敢呢？我是什么？镇上小商小贩的女儿，去镇文宣队演戏是我生得俊，扮相像电影里的李铁梅，我也不会唱京戏，是别人在台后帮我唱的，我只合口型……当时我才初中毕业是农村"戤社户"，没职业无权无势的……出了这等大事我能向谁诉说……这时我看到她的眼里依稀有泪，赶紧递上一块纸巾去。她没有擦仍继续倾诉道：记得当时我不断重复地哭着喊着：你赔我花裤头、我的花裤头……这是娘买的洋花布呀……是啊，我的身价就是一块花洋布……

后来他赔偿给你了？我也被她弄得泪涟涟地问。是的……赔了。我俩在雪地上冻了一夜，我不敢回家去，他也想留下我。男人做过那事后都会变得温柔，他搂着我也不知咋办。但他答应赔我花裤头，也不知他哪来的这股邪劲，又缠着与我做了两次……我的下身出了许多血，疼痛难忍，他都没放过我。果然次日天明，他带我搭车去县城百货店，买回一大摞洋花布裤头……我都不敢带回家，只战战兢兢地拿出一条去公厕换了，其余全让他拿回去，我说我不要，要了娘会打死我的。从县城回来路上，我都挪不开腿走路，在他背着、驮着、搀扶着才回家，发烧大病了三天……后来，他就领着媒婆上我家提亲……

她开始用纸币擦脸补充说：那些花裤头我没有穿过，开始当然是舍不得，后来他牺牲后就压箱底当成了纪念品……要不是二愣子犯浑，婚后老翻箱倒柜地说是憨书记买给我的与我吵架……那东西就不会到他那儿去……我问：你的不育症是在那次落下的？她默默点头：天太冷了……他又太强壮……我当时还没来月经……农村女孩不像现在这般早熟……我问：就没医治吗？她说治了，吃了多少药都没治好……

4

她的情绪开始镇定下来，说她从澳洲特地飞来，就想着感谢我为平民作传记。她说：真情不为流俗所困，是活人为死者作传记的常识，诸事都需真实地表现，不是为某种需要。她告诉我道：不瞒你说，在澳大利亚上年纪的侨商，有许多都在写回忆录。筹备用互联网形式，把逝去的人生记录下来。那网站名叫"时光隧道"。如果不是你发电子稿给我，也许这辈子我都不会刻意地去读小说……我喜欢纪实作品，因为它们告诉我，曾经的生活中我们缺失了些什么。

我解释说我这小说与非虚构作品差不多，不过由于众所周知的原因隐去了一些当事人姓名和不必要的麻烦，避免法律纠纷。她想了想点头：这倒是，这书里的情节许多都是真实的，你只是隐去了人物姓名与时间场景的变动。她沉默一会儿问道：我能真实地谈我的想法吗？我说当然可以，小说还没出版哩，我不是因为想听你真实的想法才发电子稿给你吗？她是有备而来，打开那笔记本电脑说：我是个女人，考虑问题站在女性的视角，觉得你在小说中张扬一种男性意识……忽视女性群体的感受。在当时农村，她们经历的苦难与屈辱比男性更深刻。就说牛吧！太阳升起时，公牛只承担耕耘，而母牛除了耕耘（没人说母牛可以不耕田）还得挤奶、生小牛传宗接代哩。这好如我俩同在一条河流中观察风景，你见到的是逝者如斯夫，阳光下江水滔滔；我却见到水流过处，河流带走啥又留下啥。你在明处我在暗处，无论你采用何种方式，都无法留下这代妇女内心深处的忧伤……

她居然点燃一支摩尔烟（在我的采访记忆中，没人说过她抽烟），沉思一会儿说：我知你一定在想我与憨书记是否有过身体上的接触？我可以坦率地告诉你有的，但只有过两次，一次是他喝醉了酒把我当作他的番薯蜜枣了，酒后乱性嘛。还有一次是我俩决定分手，这应当与工作没关系，是道德观念。他说我不能让村民觉得我是笑面弥勒吧？那时我还没与二愣子结婚，我说为了我，你变成笑面弥勒又何妨？他说祖宗大人都在天上看着哩，做坏事会遭雷劈的。我知道他心里喜欢我，可他已娶了番薯蜜枣，就得对她对我负责任。不怕你见笑，两次都是我主动送货上门，地点在厂小招待所内。我不是贱骨头，这辈子只爱过他一个人，可他背负了太多的郑重不敢与我好，我知他心里也是有我的，为了办厂与传统道德观念，与秀才一起撮合我与二愣子结了婚。二愣子在外面有小三后，我主动上门找他，那时番薯蜜枣也已过世，他却还是不敢。为何？都有了孙子外孙，他说这事让他们知道丢人哪……

她说这桩事始终挂在我心头。我想如果我与二愣子离婚后名正言顺嫁他，可能他不至于用斧头劈自个儿脑袋了？我后悔这一步我俩都没跨过去……我真想他辞世前藏了我的内衣是因为爱我，这样我的心里还好受一些，他走得也就会轻松一些。由此我想到：太阳升起时，牛们真的抬头了吗？也许……这就是憨书记辞世的原因……他是这一群牛里的清醒者，却被束缚得太紧太死。这里面有一个巨大的黑洞，人们集体无意识地阻止着牛抬头，为此设置了形式各异的种种障碍，有些还是牛们自己设置的。谁杀死了憨书记，是你是我？是我们集体无意识地陷入了一场精神雾霾，拿起一把叫作责任的斧头劈死了他……

说到这儿，她有意识地停顿了一下。在我们这代人中也有清醒的，假公主戚菲菲，就是后来的玛丽，就是其中一个……她与油嘴佬最先醒悟，油嘴佬最后又回去了，她却带着母牛的遗恨离开人世……

5

接下去她就放开了，说强者其实都阳痿。别看他们在人前绷紧着脸一本正经地很神圣，其实内心很空虚。就拿性来说吧！我可以负责任地告诉你，十五峘村的女人在性事上从没抬过头……按照你的理解，她们是这时代的一群母牛吧？母牛与公牛享受着抬头时期的同等权益；可她们只能是被动地接受着公牛的赏赐，至死都没有找到自身存在……我不解地说：现在男女同工同酬，又不是生产队掘河修水库记工分，男劳力全工，女劳力半工。满大街涂脂抹粉的女白领，公司办公室坐着女老总，行为做派比男人还男人……她有些愠怒，说这是表象，你别扯开去好吗？你以为这是好事吗？母牛再越俎代庖也变不成公牛。你明明知道我在说啥。我指的是性生活……如果我告诉你那些表面强壮、伸出胳膊都是疙瘩肉、梦里都想着娶媳妇的山民，在性能力上大多是早泄或阳痿……没有几个真男人，你信吗？

看她不像开玩笑，我张大嘴半晌合不拢：不会吧？一个村出这许多强奸犯，田头锄地还把女人的性器挂在嘴上，有钱发财后开卡车到城里集体嫖娼、包二奶……乡下没雾霾没含激素食物，不像城里人那样每天坐水泥楼中摆弄电脑，农民的性机能又怎会出问题呢？

你以为我开玩笑？她愠怒地喊起来：我大老远地从澳洲赶来，可不是与你简单地来谈性的？笑话……我为自己和这时代抬头的母牛们悲哀……现在非但城市，就是在乡村也没几个真男人了。这是整个社会的悲哀，也是一代妇女的悲哀。千百年来的文化贫困，造成男性群体以追求玩弄女性为目标的精神早泄，以及鄙视女性生存方式的集体阳痿；他们简单地把性作为侵袭女性的工具，以施虐为目的的排泄，以达到糟蹋同胞为快乐的公牛目标……她说她为此请教过不少生理专家。他们的认知与她基本一致，认为农村过于封闭的生活方式、与男性过度自尊与自卑相关，例如过早地手淫、以占有为目的的性行为，促使他们生理机能迅速退化与衰竭。她说：落后的观念以及对性行为的错误理解，把一代一代的红脚梗们，逼进人生价值的死角，成为无力抬头的牛……

你知我为何嫁给戚大勇？她问道。我没回答，这确实是我未及深思的问题。她的眉眼间出现一种隐忍的讥讽：按照你们作家的逻辑，英雄爱美人，美人敬英雄。戚大勇是一名人民军队的排长，身上散发出常人难以企及的崇高气质……但在我的眼里，他与油菜花开时那些发花痴的光棍儿没有两样……喜欢你，就先把你干了。拿油嘴佬的话说：我在你身上盖下戳，看你往哪儿逃？十五峘的光棍儿，许多都是这样娶上媳妇的。上世纪八十年代，我当选村委会副主任兼妇女主任后，在全村四百五十位已婚妇女中做过调查，近一百五十名妇女都是被强奸后才草率成婚，包括笑面弥勒兄弟仨、麻皮阿梁、三脚猫志海等；半数妇女对性失去知觉，婚后仍被男人强暴，从未把自己当作一个女人……秋秋姨、婆婆唠这代人不必说了，新一代妇女也是这样。这些强暴她们的男人都是好人，好人不一定是强者，他们在社会上遭受种种不公，回家就以强者身份对弱者女人畸形地发泄……你想，如果社会形态把男人逼进以强暴女性为前提的性事上证明他们的价值，女人感觉不到性欢愉，逆来顺受着男人的阳痿与早泄，这个社会还有希望吗？

这是数千年来民间流俗的狂欢，整个社会形态为之所蔽。现今农村女孩为追求和城里人一样的生活，附媚谄俗地忍受着这种变态与施虐，一群群的洗头妹与发廊卖淫女，难道都自甘沦落为性奴吗？不是，她们只是为赚取钞票建立以后梦想的家庭，延续后代而迎合着男人们的排泄欲望；而这些都是在太阳升起牛抬头时正在发生、人们视而不见的事……

我在经历过世事沧桑后选择到澳洲定居，是想独立自主地做一回抬头的母牛，品尝在这场史无前例的牛抬头时，我们妇女究竟应该得到些什么……回想憨书记当年领着我们争当出头椽子、那份不舍昼夜的劳碌与奋斗意义何在？我问：你说说他们的下一代人，油嘴佬与他的哥们也阳痿吗？她点头道：在性行为上我不了解，但在日常行为上，他在觉悟的同时，又是一个精神阳痿者……什么五十六个民族五十六朵花……是种牛呀，把我们妇女当啥了？

她最后说，如果这时代的好男人都早泄和阳痿，能有好女人的日子过吗？

太陽正在升起

出山记

[卷二]

车弓 著

作家出版社

憨人憨语：大巧若拙，憨人有憨福，泥塑菩萨住瓦屋。

目　录

第六拍　别以为娘家没人

第四拍　不屈的星星草

背景：沉重翅膀下的血色浪漫

1

我在采写这部书时，眼前常会出现一种幻觉，就像一列火车驰过幽暗冗长的隧道，扑面迎来那种突如其来的光亮，视界顿时开阔，眼前春风荡漾。可列车依旧在轰隆轰隆地行进着……

眼前的一切，已不是当年满目衰草、哀鸿遍地的冬日可比。我们那些憧憬着金满屋、笏满床沉醉在水泥丛林、灯红酒绿夜总会卡拉 OK 厅、穿梭在繁华都市名牌大学、出国留学，或用每平方米万元的奢华装饰婚居，在父母首付的公寓房或排屋、别墅里构筑未来的安乐窝，沉湎于富裕生活的后代子孙们，正使用一切手段，包括我们不熟悉的互联网，逐步悄悄地抹去我们这代人当年的人生，与这个国家曾经历过的贫困与丑陋。他们无疑是对的，今日美利坚合众国的年轻人，在华尔街大厦金融风暴与庞氏效应的雪崩中，还能记得华盛顿时代曾经有过的《独立宣言》吗？世界犹如我们手中把玩的苹果手机，万能刷屏，日新月异。我们这些行将老去的人们，还能再干些什么呢？善良、聪慧、勤劳的炎黄子孙们，分配给我们体现他们孝心的休闲项目，手机刷屏、旅游观光与搓麻将、跳街舞。这当然是率先富起来的江南沿海老人们的享受，不包括至今还在呼吸新鲜空气与吃着生态食品的内地村庄，那些衣衫褴褛站在村口望眼欲穿盼望亲人归来的穷汉们，还挣扎在太阳升起牛耕田的境界里。没法儿，前辈阿爹姆妈没生眼睛，使你投错娘胎出生在依靠传统农耕文明繁衍的地方。我只能告诉你们：这儿可是信奉海洋文明的江南沿海，在这片土地上曾出现过海上丝路辉煌的晨曦，你见过十七世纪荷兰殖民者在非洲贩卖奴隶运至美洲吗？一船几千人载到那儿没剩三分之二，余下的都去哪儿了？丢进海里喂了鲨鱼。这就是蓝色文明比黄土文明发达与肮脏之处。

对不起，同胞们，我们占据了这份地理优势，走遍千山万水，叩响千家万户，说尽千言万语比你们先走了一步。但我们靠的不仅是这块土地的肥沃，主要还是祖先留给我们流淌在血液里的精神。还记得我们在灶披间砌有燃烧着稻草或柴火的缸灶吗？还记得我们曾经吃喝过麦碎米饭与番薯粥吗？没忘记那些新三年旧三年缝缝补补又三年，这一代人曾穿过的蜡染布衣衫？与得之欣喜若狂的的确良布料、凭票供应、经久耐用的一双军用胶鞋吧？等等，还有等等……如今杳无踪影……

在写下这段文字时，我接到一份来自家乡的信函，要我以曾任该市（县级市）文联领导身份，写一篇缅怀三十年前乡村文化的回忆。你知道我的记忆闸门打开时脑海中出现了啥吗？是一份群众文化的简报。作为基层文化工作者，当初我们崇高的理想，就是想让每户农家床头有一本可看的书，每个村庄逢年过节能看到一台像样的戏，每座小学的孩子们有一首他们喜欢唱的歌。送文化下乡，让农民拥有文化，是培养我走上文化岗位的老局长再三叮嘱我们办的事。这代人在一个缺衣少食与文化饥饿的环境下长大，我们总是饥肠辘辘、食不果腹；为拥有一本小人书争抢得形同仇雠，为看一场勉强分辨人影的十六毫米黑白露天电影，深夜穿山过岭地走上十几里山路。在我已逝的记忆里，那种精神上的饥饿远比物质的饥饿更为可怕。它使我们在穷极无聊之际不知廉耻地上街刷标语、喊口号、贴大字报，批判这民族日渐衰竭的良心与真诚……

旧事重提，胸腹尚痛。但我想说的是那年头尽管物质、精神环境恶劣，人们流淌在血液里、镌刻在骨子里的浪漫却始终没有失去。世上没有比这代人更为浪漫的群体。我们愚笨、我们卑微、我们低贱，因为我们是秉性倔强、处事一根筋的农家子弟，祖祖辈辈蜗居在山间田里海边滩涂上的砍柴佬、种田汉、捕鱼人；我们心头燃烧的这个民族薪火传承的激情之火却始终未能熄灭。入伍当兵前，我曾在山里背过毛竹，赤日炎炎或阴雨绵绵，那十几里长、蜿蜒曲折、尽是石蛋蛋的山路走下来，老天爷就会让你觉得自己不是人。是啥？不能说，说出来脏了纸，总之是生不如死。长大当个作家？那是城里孩子的遐想，像我这般的出身去你个头，饶了我吧？除非神经出了毛病。如果让你几个月番薯粥、麦碎米饭吃下来，也准保让你把肚里的才华统统地喂狗……这就是生活，这一代人的生活。鲁迅说贾府的焦大不会爱上林妹妹，绝对是真理。

历经四十余年的闯荡，如今我还真厚颜无耻地成了作家，可笑吧？也不可笑。这世间能不能用文字或语言的倾诉情怀，不因为你是否受过良好的教育，而在于你心中那份浪漫激情在物质与精神的困境中有没有熄灭？成年后我终于发现在这星球上，再没有比含着眼泪的微笑更为沉重的人生了，也没有比中国农民更为浪漫的特殊群体。那是由我的父辈、兄弟姐妹共同铸就的一种特殊人生，一份沉重翅膀下凝结而成的血色浪漫……

2

先说一段与本书情节无关的故事，算是弦外之音的插曲。

在二十世纪的最后十年，沿海市有一个培育营养钵的植棉状元，被推选为全国人大代表。为渴望再次飞翔，获得他所向往的生活，在租赁水塘养鱼被洪水所淹后，以土地与房产为抵押，向当地投资公司融资五百万元人民币，一不做二不休地跑去北京创业，在市郊租赁两千亩土地，异想天开地搞所谓"百亭鱼乐园"。此事曾被有识之士称之为大头天话，就算你养鱼有经验好歹经营过鱼塘，但如此大规模地投入（二十世纪九十年代初，五百万元人民币是啥概念），那时人大代表在人生地不熟的首都能施展开吗？何况他养鱼不仅供应市场，还集餐饮娱乐住宿旅游于一体，供人们憩息垂钓，在古色古香的亭子内设高档卫生间（由人粪做饲料喂鱼节省成本），免费让"两会"代表（委员）推动助销。此策划，可在中国农民史（如果有这种史册）上浓墨重彩写上一笔。宋有《清明上河图》，现有百亭鱼乐园，他要的就是盛世皇家的气派。令人拍案称奇的是：此理念并不出于名家创意设计，而是得益于他天马行空般的胡思乱想。当年我以国内一家经济大报记者身份，住在他作为办公室兼卧室的简易工棚里，吃着家乡霉干菜蒸肉（雷打不动的主菜），喝着三元钱一瓶的红星二锅头，听着红光满面的他手舞足蹈地侃侃而谈。

他说北京不是有二千万人口吗？如果有千分之一热爱垂钓，就有两万消费群体；两万人中每月一次垂钓活动，一年为二十四万人次。每人每次买走一公斤鱼，销售量可达二十四万公斤（放养江南名贵食用鱼），每公斤十元，不含观光旅游门票、餐饮住宿与俱乐部会费收入，仅卖鱼一项就有二千四百万元（均保守估计）。因为是老乡，他说这话时表情轻佻，心情大好，指着门外冰封的大地眉飞色舞地凑近我耳畔道：现在媒体记者疯了似的找我，但我不会泄露商业机密。每个企业都有自己的经营模式，我的立足点放在富有阶层的消费理念上，鱼不仅用来吃，还可以用来玩。吃有啥意思呢？无非煎炒蒸煮；玩起来才有意思。垂钓不过一种基本玩法，其他花门还多哩、美人陪钓、春风秋月、把酒临风，你老兄干不干呢？我想没几人不干的？言语间充满浪漫气息，自豪自信满是激情……

这般设计足够浪漫吧？别急，更浪漫的还在后面。这位老兄在短短两年内，就干出几桩堪称华夏奇迹、世界震惊的大事。第一桩足够让国内建筑界惊艳。你知他这一百个集餐饮、住宿、垂钓游览的亭子（百亭鱼乐园须有一百个亭子）如何设计的？他先后找过十家国内有名的建筑设计院均遭拒绝，主要造价太低（又不是开发房地产），而且他要求一亭一式，每个亭子须形状各异，以奇取胜不得重复。吓坏了吧？没人设计没关系，兄弟自个儿上，不就亭子吗？他把自己反锁在房间内，一天三包大前门香烟挖空心思闭门造亭；足足吸了四十条烟，画尽十打绘图笔，还有五盒A4纸，闷了跳出窗户在草地上打虎跳翻筋斗自娱。结果大功告成，专家一看全惊艳晕了过去。土鳖还真是德意志哥特式皇家建筑设计院出来的大腕？恨不得在房间里挖个洞钻进去，或用尼龙丝绳悬梁自尽。据说北京有家专做古建筑的公司老总，把那些御用设计师们像数落自家娃儿似的，骂得狗血喷头：你看看，你看看——还设计高才生？一个在论证会上表演翻筋斗的阿乡哥，就把你们的武功全废了……

第二桩事更绝。为让北京二千万人口的十分之一，统统不折不扣地不漏网，知道他们身边的美丽，此兄全身浪漫细胞再一次彻底调动，竟然挑唆政府相关部门积极配合，花一千二百五十万元的巨额广告费，公然拍卖下一对天安门城楼上象征民族大团结的红灯笼。此举豪爽得北京城差点塌方，连天下都为之震动，国外媒体纷纷刊登消息：这农民老阿伯……疯了也呀……

尽管如此出类拔萃，接下来发生的事却有些惨。此公血气方刚，因后劲不足，后台大老板城门失火殃及池鱼，资金链咔嚓一下断了。不过不要紧，表兄犯事自有国家银行收拾残局，人生难得几回搏，孬孙儿子我不贪污不挪用，最多搞些吃喝玩乐小腐败，约胡同花巷内找个洋妞遛遛弯儿。不算犯法吧？此地不留爷，自有留爷处，拍拍屁股销声匿迹地走人了。

此后许多年里，他神秘地隐遁了。兄弟我什么人？一塌刮子讨饭家生输光，不就是个大冬天赤脚没鞋穿、裤裆内夹着俩卵蛋的穷农民。笑话？这世道我赤脚汉还怕穿鞋人吗？不是说树挪死人挪活，老子操老本行，在大西北边塞种植棉花哩，同样为社会主义初级阶段做贡献，岂不还是一条好汉。他抱怨说沿海城市的地价像乘上宇宙飞船与登月火箭，涨得太快，简直不让人安生了。狗娘养的杂种，都是房地产商瞎胡闹，弄得我这般有才华的企业家，只能在偏僻的大西北玩儿。老子玩鱼，他们玩房，没准三十年后输得比我还要惨！

我与他最后一次见面距今已十年。这番话他是坐在北京望京路一家艺术酒吧聊天时说的。我俩还喝二锅头，不是红星是牛栏山。狗娘养的戏瘾，他骂道：红星包装后价格涨太快，还是牛栏山好喝，是我朋友在央视做的广告。阿拉人穷义气在，得支持是吧？我问他与这位朋友还有无联系？他讪讪地摇头道：人穷志短，只能在电视上见了。我问他最近忙啥？他说现在啥也不忙了，国家对基础农业扶助不足，种棉花赚不来钱。人生五十知天命，我重点得想想生命科学的事了。生命科学？我再次惊艳，这应是专家的事哪。他说世界大宇宙人体小宇宙……你不信是吗？兄弟我余年就与专家较劲豁上了；说着从怀中掏出一叠纸放桌面上展开，指着那些神秘的符号娓娓道来：自从爱因斯坦发明相对论，物质世界中有中子存在，人类就陷入灵魂是否由中子传递的困惑中。他说：如果此论成立，人就能长生不死。我拿过被他画得乱七八糟的帽纸看了一会，说没弄懂……他笑道：其实我也不懂。懂还了得？不就成比尔·盖茨了吗？不，比那牛人还高一境界。他说他相信宇宙中有高级生命存在，只是人类暂时没发现而已。说他正研究佛教中说的神识与中子的关系，说人的觉悟，是刹那间的事；只要觉悟了，就会有智慧诞生。释迦牟尼也没读过啥书，觉悟就成了佛。为此他肯定地说：每个人身上都蕴藏着佛性，平时睡着了，你觉悟佛性也就苏醒了，看待世界的眼光就不一样。

说着他开始移动桌子跃跃欲试。我问干啥呀？他嘿嘿地笑道：翻个筋斗给兄弟看呀，我都五十多了，身手可还矫健……也真有他的，当场脸不红气不喘地连翻三个筋斗，还与当年一般英姿勃勃。此时他在西部搞种植业已破产，回京在一家物业公司当保安，可自我感觉仍然良好。说只要天晴，每晚他都用千倍望远镜数星星，能数到三千了。还说现在他懒得与人比财富，比谁活得长；只要留得青山，就不怕没柴烧，老子总有东山再起的一天。翻完筋斗他问我：厉害吧？我连连说厉害……望着眼前已不再年轻、紫红脸膛的小个子男人，我心头油然升起一种崇敬感：天下无君不丈夫，稻粱垄中说英雄。还是浪漫，渗透到骨子里的农民式的浪漫，无法改变无法消除。可惜不久后他手机失联，我再没见过他……

　　每当我喝着苦涩的咖啡提笔写作时，那形象就活灵活现地浮现在眼前。我承认至今仍在思念着他。

3

　　在洪根土去世三个月后，我去陀头山见了秀才；因为熟识，采访也就随意。想当年我也是个热血沸腾的红卫兵，不同的是老爹后来进了斗批改干校，我就无法在这狂热的队伍中待下去，屈尊在他下级单位搬运公司拉了一年多人力车，后来阴差阳错地当兵投入革命大熔炉。我与他熟识是对他偶然丧失阶级立场的感激；因为当时像我这般的狗崽子并不符合政审条件。为削尖脑袋博取前程，我盗窃家里的二十斤粮票向他这大哥（比我高三届担任过少先队辅导员）行贿，才在"红代会"开出与老爹划清界限的证明混进革命队伍。退役后我开始搞文化，后来又转行搞新闻；他当厂长后多次回乡采访他……

　　出现在我眼前的他面容干枯，身材佝偻瘦削。一米七六的个儿，体重下降至四十五公斤；我记忆中的他原本就是细竹竿，现在简直成了一条钓鱼竿，脑袋像枣核一般尖削。他在陀头庵青灯孤影地养病修炼已十六年，自检查出肝癌换肝后莲子与他离婚、憨书记把他接上山后就没下过山，吃的用的都由村里定期送来。他在庵里茹素侍佛，除了每天做功课研究两小时佛经与打坐外，练篆刻书法抄写《毛泽东选集》四卷本与原版的《金刚经》，不抄五卷（说不值得抄），不再与社会接触。把领袖的著作与佛教经典放同一位置上，看起来有些荒谬，但如果对他的人生轨迹有所了解后，就不足为奇了。

那日我刚坐下，秀才把由西泠印社出版的一本书法篆刻集送给我留念，还像模像样地签名盖章。我知他虽然皈依佛门，心仍留恋红尘未死。其实我们这代人都是矛盾的综合体，嘴上说的与心里想的并不一致。我们相互寒暄一番后，他就说自己活不过年底了，因为前些天梦见憨书记要带他走。他说他还像生前一样，走路脚步声咚咚的，喊他秀才厂长与他商量工作，身后还跟着老宝贝与小呆驼，开着那辆报废的大篷车过来。我说小呆驼不是还活着？他说是活着，可整个人都傻了，在老宝贝走后就全傻了，魂早就跟着他走了……

我说你信这吗？他说信，人活得最硬朗也逃不过命。我知你为憨书记的事儿找我，已经有不少人找过我，但我不想谈，因为我已心如死灰跳出三界外，不管人世间是是非非了。我轻蔑地笑了起来，说经验告诉我说自己心如死灰的人，往往不会心如死灰，何况死灰还能复燃呢？如果你已跳出三界外，那么你同胞兄弟三脚猫志海书记，在陀头山路口重建了改名为慈恩寺的陀头庵，每天香火鼎盛，香客不绝，让你当住持咋不去？还留在此无动静的破庵内清修呢？他憨红着脸连连摇头：我不去……那是因为他们是假和尚，搞的是伪佛学。我兄弟这人，其实你也听说了，他只是一个三脚猫，做什么事都像开汽车，脚落不到挡位上。那假和尚就是他喊来创收骗钱的，每做一场佛事要向村里交管理费。你刚才上山时也见到他主持做佛事，那许多信徒聚一起做水陆道场，连念佛诵经声都充满杀气……你听听，这声音都传到山上来了，阿弥陀佛、阿弥陀佛……传到我耳内就是：钱快拿来、钱快拿来……如果佛祖真有灵，这些假和尚会下地狱……

接着，他苦涩地一笑道：还是那句老话：遍地奢华掩不住心灵的洪荒，我在山里隐居十六年，这世界已变得我所不认识。我问：那么在你的眼中，这世界应该变得怎样呢？记得你欲改变陀头山面貌，鼓动大家创业启迪民智，不是也喊来假僧人米沙装神弄鬼地测风水，说太阳升起牛抬头吗？那么，你与憨书记当年初衷又是怎样的呢？

他没直接回答我的问题，只长叹一口气后吟诵唐代崔浩之诗：昔人已乘黄鹤去，此地空余黄鹤楼；黄鹤一去不复返，白云千载空悠悠。我知他在此问题上，思想与情绪是复杂的。没有一项事业的奠基者，会对自己曾经醉心构筑的理想大厦说三道四，乃至全盘否认；但如果赞美肯定，那么眼前发生的一切，又作如何解释呢？他说：每个人都问我同样的问题：究竟是谁杀死了憨书记？我说你回答了没有？他摇头说：没法回答，连我自己都没弄明白。憨书记是个搞实业的农民企业家，但骨子里却是理想主义者。他的眼睛里容不下一粒沙子。他曾对我说过，退下来啥都不管了，坐在海边礁石上观赏风景的……那是鸿年老师讲的一则阿拉伯寓言故事。我说我听说过这故事，在采访中他（她）们与我说了；这不，渔夫拒绝坐在海边享受生活的懒汉忠告，为自己晚年能坐在礁石上，观赏下代人捕鱼观赏风景，仍风雨无阻地劳作着；后来他的梦想实现了，造成一艘大渔轮交与后人欲安度晚年……可是……

他又叹口气道：你觉得不可思议是吗？我说是不可思议，生活为何竟然会这样？他点头：如果我再给你讲一个善王的故事，你就会了解我们农民，这条抬头的路是如何走过来的？你就会感受到憨书记临终前内心的震撼……

4

接下来他就与我讲了这样一个佛教故事。

很久很久以前，南瞻部洲有一个善王名叫长寿，有个儿子名叫长生。长寿国王乐善好施，努力保护境内生灵，人们安居乐业，其乐融融。当时邻国有个国王，却是个性情残暴的家伙，老百姓恨透了他，被称为恶王。恶王见善王深得民心，就处心积虑地要推翻他，带兵进攻他的国家。善王的大臣们都想抵抗保家卫国，却被他阻止了，说不忍心打仗死人，带着儿子长生在半夜里偷偷出走，把国土与王位让给了恶王。

恶王施政后很快搞得天怒人怨。为了杜绝后患，张贴布告出千两黄金悬赏善王的人头。一天，善王在一棵大树下休息，遇到一个婆罗门求乞。他觉得奇怪，自己的国家里怎会有乞者？为让婆罗门获得温饱，他割下自己的头颅让他领赏。恶王见善王死了很高兴，每天豪饮游玩作乐。有一天他见到大臣手下有个种菜的小伙子，长得眉清目秀极为可爱，就把他要过来留在身边。原来这小伙子就是善王的儿子长生，卖身宫廷是来为父亲报仇的……

　　终于有了机会，长生与恶王出去打猎迷了路，两人单独在林子里过夜……

　　故事说到这儿，志潮秀才让我猜一猜，善王的仇报成没有？我说恶有恶报，善有善报；按照逻辑分析这仇报成了。秀才听了连连摇头说：没有……长生趁恶王睡着时几次抽出宝剑；但每当剑出鞘时，眼前就会出现善王的影子，告诉他做人须得善良，不要以恶报恶。两人返宫后恶王问长生：昨夜我在睡梦中几次见善王的儿子找我报仇，醒来咋不见了？长生见瞒不过，便如实告诉他，自己就是善王的儿子长生。说出实情后他觉得必死无疑，没想到恶王被他的行为所感化，把王位交还于他，自己带人回原来的国家去了。

　　说完这故事，志潮秀才有些气喘，看得出他的健康状况已大不如前。我让他歇一会儿，他坚持没歇。说已经习惯了，一说话就气喘。他问我听了这故事有何感想。我摇了摇头没回答。他说：憨书记就是这故事里的善王，虽然他管理的是一个企业，不是一个国家，可是他按照善王的理念，办厂管理他的属下。我问：你是说憨书记的自残行为，与他的平素信奉理念相关？他黯然神伤地点了点头。说：这故事是我讲给他听的，没想到他牢记没忘，把它作为做人的信条了。我问：你后悔了是吗？他摇头道：这倒没有……只是有些伤感……

　　他说在现实世界中，每个人做事都有一定的动机；仅有激情没有理想是断断不可的；就像一朵花儿开放，只有色彩而没有香味。憨书记虽然没文化，但他却是一个有理想有信仰的人；他的优点与缺点是办事看准方向一竿子插到底，不知道媚世与转弯。因此成也萧何，败也萧何；因为在现实世界里，事情远比我们想象的复杂得多。现在已经很少有他这样的人了。

　　他又问我：太阳升起牛抬头，你说他带着这般的理念办厂，以君子善良之腹，度小人居恶之心，能不遭受挫折吗？按现在的眼光看，我们当时一番百尺竿头、轰轰烈烈的抬头无疑是失败了；这不是说在物质上失败，星星草集团的总资产，一直保持在十亿元人民币以上，产业延伸到十几个省市，全国都很难找到这般的富裕村；我说的失败是精神上的，就是在精神上我们收获了什么？就精神上看，我们的同代人、下代人，却离我们的理想信仰越来越远。就像一朵硕大无朋、绚丽无比的花朵，了然没了香味……我想，这也许是憨书记离开我们的主要原因。他带领大家创业，不仅仅为钱，而是让村里人能像模像样地做一世人。这就是他心目中牛抬头的境界……

他开始回忆村联办厂的事。他说：我前半生还算个有方向有激情的人，尽管遭受挫折，看到眼前的世界却是一片光明，因为那时我还年轻，浑身充满蓬勃向上的力量。中国古代神话中不是有夸父逐日的故事吗？那年头憨书记与我、四眼，带着军嫂、油嘴佬、假公主、二愣子、杂物贱、莲子、麻皮阿梁、智佬，包括我爹与干爹等各有所图、性格各异、路数不同的许多人，都在向着太阳奔跑，仿佛眼前的光明唾手可得。可后来我们跑着跑着都疲倦了……不仅身累心也累了，大家就想着歇下来喘口气；当然我的情况例外，想跟着他继续跑也跑不动了，可如果身体争气，我也没了年轻时的那一份激情，因为心累了……

秀才让我在庵里住几天，说我写小说不是做报告，他还想谈谈憨书记离世前的想法，以提供我作深度分析。说自憨书记七十岁那年卸任村书记，他就知道他要走了；这不是心有灵犀，而是他知道他心里在想啥？十年前他从董事长位置上退下来，失去了集团的指挥权；现在又告别村书记，自然也管不到留村里的分厂厂长二愣子、新书记三脚猫，甚至连衰佬都管不了；他管不了他们就没法指挥他们抬头，只能眼睁睁地看着他们自搞一套，离他的理想与信仰越走越远。这就像一个长期领跑的教练员，为失去指挥权而眼睁睁地看着他所鄙视的新教练，把群体领上他所谓的邪道上去，而他却缺乏扭转乾坤的能力了。

他说他有许多人生的话题要与我聊。为此，他收藏有许多儒释道、天主基督与阿拉伯真主教以及西方人看中国的书籍。还说牛的迷茫，也是人类的迷茫，只有深入透彻地理解这些迷茫后，才能对憨书记的死因做出合理的诠释；而他已没时间与精力研究此话题。

无边落木萧萧下，不尽长江滚滚来。他有气无力地嗟叹道。

5

在闲聊中，我知道当年秀才满怀理想与激情，带了一本书加盟这支牛抬头的队伍。我问：你喜欢读书？听说从岗墩回村时带来一箱书，放在憨书记特地准备的办公室书架上。他说没一箱只有一本，书名《明夷待访录》，是乡贤黄宗羲的著作。他主张"公天下"，说皇帝是"天下之大害者"；提出"工商皆本"与"藏富于民"的观点。同时代顾炎武与后世变法的康有为、梁启超、谭嗣同，以及孙中山、章太炎、邹容与陈天华等，无不以此书为革命的范本；据说蒋"总统"撤离大陆时丢下许多，但此书与《阳明心术》都被视作至宝地带走了……

他说当时厂房还没建好，没办公室更没有书架了，我的厂长办公室拥有书架是一年后的事了。也就那时始我开始读书与藏书。沿海市地少人多，资源缺乏，向有大海汪洋，忘记爹娘的经商传统，这些年民间资本活跃，农民办厂致富，应与本地乡贤文化有很大的缘由……

他说：此书我不是从正规渠道获得的，严格意义上说是偷。鲁迅先生说过窃书不算窃？应是抢，对了，是抢。那天县图书馆造反派在我们一中红卫兵声讨下焚书，在院子里堆了一大堆，我进去时已烧了一小半，当时我也不知此书价值，觉得书名怪怪的，就把它从火堆里抢出来；可惜烧掉了一小部分，后来我把它补全了，没想到办企业后派上了大用场……

说起来悲哀，秀才喜欢读书的习惯，还是在劳改农场时养成的。他说那真是个好地方，允许业余时间看书，场里购买了许多马列主义原著，还订有一些刚恢复的文艺杂志，大家都争抢着看。我这本书是让干爹送过来的，我把它抢救出来后没细看，待到农场后有空余时间了就认真阅读。此书当时并不提倡，好在它用文言文写成，除了我这般的书虫，没几人能看懂；压在枕头下有空就翻出来读。每看一次就有很大收获，中国的历史是大历史，也就是帝王将相史。看过这本书后，我就觉得大历史很荒谬，君贵民轻，絮絮叨叨地说着帝王将相的事……

这本书后来对他办厂有很大帮助。他说主要有两方面：一是我感到中国的大历史荒谬，长达两千多年的农耕文明却没有农民的地位。农民在封建社会初期士、农、工、商排行老二，经历上千年演变后却变成士、工、商、农的末位；这说明什么？社会越发展，农民地位就越低下，抬头与转型是历史的必然。二是农民抬头眼下是最好的时机，因为政府倡导藏富于民为国家民族强盛的基础，允许一部分人先富起来，抬头由牛演变为人。憨书记这代人的宿命，在于太阳升起时只看到牛抬头，而明白牛抬头后的转型，由旧式农民很快融合与转化为新兴社会阶层。此观点《明夷待访录》中有表达，在社会整体转型时，田寓有海洋文明性质的市民阶层，取代农民阶层成为社会的主体；也许是憨书记拘泥传统太过仁慈，缺乏他子辈油嘴佬与衰佬这般颠覆历史、矫枉过正、义无反顾的叛逆精神。人们总是在说狼来了，可是狼真来了，却毫无准备、束手无策。这也许就是憨书记这代人的局限。他们只信守传统，缺乏与外来文化融合的精神……

提起当年创业，秀才脸上出现少有的潮红与激动的神色，但只保持了一会儿，复转为青灰色。我在陀头庵住了差不多有一周时间，他的脸每天都是青灰色的；可能是血液循环不畅吧？他患肝癌先后动过三次手术，第一次切割三分之一，第二次接受移植，第三次又进行排异定位……

他说，如果不是自欺欺人地以宗教麻痹自己卑微的灵魂，可能早就离开了这世界。他说米沙确是他与四眼请来，目的是借用宗教的力量，调动大家的积极性。这是农民的做法，当时虽然没办厂，但抬头的意识已经出现。那时农村发生的许多事，现在看来很荒谬，在经历过公社化、"大跃进"、三年困难时期、"文革"之类的运动后，物资已匮乏到一定程度，且思想混乱，急需一种统一的意志力树立信念。米沙的偈语给了大家一种希望，在潜意识上认识到自己是个人；后来社会上有九牛闯世界的传说，其实全村不止九条牛，我那兄弟三脚猫不也属牛吗？我当厂长时统计过，村办厂发展至八百多名员工规模，起码有八九十个人属牛。牛抬头只是个象征，九牛是虚数，很多嘛。太阳升起牛抬头，是对大家极有诱惑力和鼓动性的口号，帮助我们聚合人心，减少了做动员报告的时间。就此意义说，宗教对缺乏常识的农民来说，是一种精神绑架与被绑架的行为。社会群体意识就如一堵无形的墙，在墙里面的人们需要出来，墙外面的人却想着进去。柏林的实体墙被推倒后，精神之墙存在了很长一段时期……现实世界中人们都做着一场贪婪的游戏，就像世人哄抢糖果吃，梦里的糖果也是甜的。只有现实没有梦境，俗世中的人就会对生活感觉到乏味与绝望。

他说，活着毕竟是一桩美好的事，我住在陀头庵已有十六年，也修行了十六年。陀头庵建造至今快两千年了，历代香火不绝，可到我们这代人手里却被毁了。这是一桩让人纠结的事儿。我住在这儿是为自己赎罪，点亮自己与村人心中的一盏灯。对了，你上山的路难走吗？从村口公交车站到这儿，估计得半个小时。以前更没像样的路，人们上山带着柴刀边走边开路；路其实还是有的，荆棘与茅草长得太快，就把路面给掩盖了。真实的陀头庵别人皆可忘，唯有我不能；它不是现今山脚下假和尚做佛事赚钱的，是人心的一种修炼。我守这儿不仅养病，还为赎罪，这座古庵是我在那狂乱的年代亲手毁的呀。那时我在县城造反，带人"破四旧"上山砸庵屋，处理留守的慧云老尼下山还俗。记得她跪地求我，看在菩萨分儿上不要毁寺，让她留此了却残生。我没同意说你不说菩萨还让你住着，说菩萨就更不能让你住了。为何？那年头我们不信菩萨，信的是阶级斗争与造反有理。慧云尼姑还俗后没半年就往生了，送干爹六十元钱埋在这儿。后来庵坍废没人修建，我当厂长第八年，憨书记因欠款遭人绑架被扒了屋，在坍废的庵屋旁搭起茅草棚住了两年，待企业打翻身仗后才搬回去。我养病在此长住，每当夜深人静时就会出现慧云尼姑瘦削的身影，可她从没向我提出什么。我知她已原谅我了，但我不能原谅自己，每每有人上山必以身说法，告诉人们不能亵渎神明，佛寺砸不得，砸了要遭报应……

你要的创业故事，我都装在那些材料袋内，你也采访了不少人，想必是非自有公论。如今的年轻人已很少像我们当年坐在一起谈论人生，这些在他们看来很虚妄；那时却是我们奉行的信条。记得中央有位领导说过：千条理，万条理，让老百姓吃饱肚子是硬道理。这也是憨书记所追求的目标。穷则思变，没希望就要求改革，做困兽犹斗式的挣扎。那年代的人特真诚，也很热情，只要给他一把梯子就能砌屋上墙，啥顾忌都没有。现代人似乎已没了那一份真诚与热情，他们并不了解当初的农村一贫如洗。你比我年轻不了几岁，一定知道挨饿是啥滋味，很不好受吧？没挨过饿的人根本不能体会那种滋味。这也就是当初在物资极度匮乏下，憨书记领着我们这代人绝地反击的基本原因。他向企业员工讲创业历程时常说一句话：扫帚柄上逼清油。也就是你啥都没有，就无畏惧。现代人油菜、葵花籽油吃多了，就不会再理解扫帚柄上逼清油这话的道理……

他说这些年社会上有个怪现象，以前我们啥都没有，总感谢党与政府；现在我们差不多啥都有了，却在怀疑党与政府带领我们走过的路。如果让大家回头再过以前那日子，我想没有几个人会愿意吧？

6

告别前一夜，我问了他几个敏感问题。我说：听说省监察局工作的戚雨雯，是四眼的女儿？他端详我好一会才点头说：没错……四眼进去那年她回村时提过，我把实情告诉了她。我问：四眼知道吗？他说他能觉察出来但未去证实，因为雯雯不想告诉他。这事令四眼与雯雯都尴尬，亲生阿囡把生父送进监狱，也算是旷世奇闻。我又问：离婚后莲子与你还有联系吗？他说以前有，雯雯就是她送进中国政法大学的……现在有几年没联系了。他问：你是不是想采访她？我说是的，听说她在日本？他说没有，她是加入了日本国籍，生意却仍回国做，是 SNY 公司设在中国的办事处……这些年常驻在北京……

为此他叹息说：谁都说在十五吞我老戚家活得甚是威风，其实很可怜，从我爷爷这辈算至我这代已断后；我干爹与亲爹兄弟五个，下辈只有我与三脚猫两个男儿，三脚猫生下两阿囡，而我（忽然双眼噙泪）没为祖宗留下一男半女……这是报应……老天爷的安排，谁都奈何不得……说着他就小声地抽泣起来……这方面莲子比我看得穿，离开我十六年了没结婚……她不是因为我不育才离开的，也不是因为疾病；促使我下决心与她离婚的原因，是不想在自己溺水时拖她下水……这于她不公平。做人不能太自私，你说对吗？

秀才在我采访半年后谢世，临终前很平静。他的孪生兄弟三脚猫志海问他有啥交代？他指着神龛旁堆放的那堆书法画册说：还有四百六十册，我带不走，你把它们送给有用的人吧？那画册由他自费出版，总共才印了一千册，余下的由他送掉了，还留下这一些。据说后来三脚猫拉去旧货店称斤两化纸浆，落下的钱给村幼儿园买了玩具……

次年清明我又去陀头山，在憨书记、秀才及菲菲的坟前呆立良久，心头空落落的，说不清啥滋味。回程路上，我在村老年活动室里碰到嘻嘻哈哈与人搓小麻将，年八十有五还红光满脸的笑面弥勒。有人向他介绍了我，我原本想约他聊些什么，但见他专注于牌面皮笑肉不笑的认真表情，就把想说的话咽下了。罢罢罢，世间不是每个凡夫俗子，都有活在历史里的愿望；搓搓小麻将自得其乐不是很好吗？只要心里感觉到快乐，你还就是一个活着的人。回城后我加快了写作进度，我怕这些还活着的老人们，没待这部书出版就闭上了眼睛……

这类事，我见得还少吗？

戚志潮（一）：又去马山……

1

大概 1986 年年底吧，憨书记带着我与老宝贝，由小呆驼开着新买的丰田货车去马山市参加全国锦纶帘子布订货会。三百多公里路开了近六个小时。因为当时国道线不是后来那般三车道高速公路，许多地方坑坑洼洼的都在浇筑着柏油，竖起了车辆禁行的牌子。小呆驼开车技术不错，却总是睡眼惺忪地打不起精神来，尤其遇上拦路牌，许多时候他都反应不过来，直到临近才换挡。那时我刚学会驾车手痒。看他这副心不在焉的样子，几次提出与他交换开车，都被老宝贝阻止了，说：干我们这行，龙潜海，鱼沉潭，厂有厂规，店有店制，各司其职，哪能让你这大厂长屈尊当驾驶员？我说在路上又没人看见，他累了，交换开一会又有何妨？他说这哪行呀？制度是人订的，没人执行就不是制度。再说他就这副尿样，你啥时候见他睁开过眼睛？我说他都要睡着了呀？这样开车很危险的，车上都坐着董事长与您这顾问。他不高兴了：废话，睡着了还能开车吗？我这顾问顾而不问；你小子啥时候把我这老浮尸当顾问呀？

这话说得言重了，他这顾问都当着董事长与我这厂长的半个家。企业没我这厂长行，没他老宝贝就不行。小呆驼跟着老宝贝到村联办厂五年了，永远是一副睡眼惺忪的模样，眼帘低垂目光散淡地斜睨前方，脸上出现迷茫困顿的神色。老宝贝也会开车，而且技术一流，他是汽车修配厂的大师傅嘛。啥样的破车旧车报废车，经他三下两下一捣鼓，嗨，就能屁股冒烟跑得呼呼的。他也就是在这时才亲自驾车，试着开一会儿，就咋呼一嗓子：小子开去，别忘有空请我喝一壶老酒。天街镇上有不少企业为节约成本，从废车厂买来旧车找老宝贝修理，都是他给收拾利索的。这时他坐在副驾驶室位置上，过一会就往小呆驼嘴里塞番薯蜜枣。他知他累哩，厂里原材料拉货物流进进出出就这么一辆车，各部门都把小呆驼使唤得像旋转的陀螺不得消停……

番薯蜜枣这小吃现已很少见，那可是山里人家称得上土特产的好东西。以前每户人家都会弄一些，把秋后地里未收净的小番薯捡回来，在太阳下晒干积储成堆在火缸内煨焙，给娃儿肚饥时当零嘴吃。虽是粗粮，嚼起来却满口甜香，又很筋道。老宝贝与小呆驼都好这一口，说城里的饼干放进嘴里没嚼上两下就化了，哪有它耐嚼好吃？老宝贝捐献办厂的那辆大篷车早已报废，原本要拉去城里废车厂，小呆驼哭得如丧考妣似的不肯，憨书记拍着他肩膀安慰说：别哭、别哭，旧的不去，新的不来；厂里买辆新车还让你开嘛。小呆驼拉住他的衣袖伸手要与他拉钩，说君子一言，快马一鞭。这话是老宝贝的口头禅，说是做人要讲信用，男人说过的话必要算数。憨书记与人谈生意时也时常这般说，前面还必加上定语：别看阿拉是红脚梗，说话可是……小呆驼在他俩的身边待久了，慢慢就悟出此话的道道来，也鹦鹉学舌跟着说。果然憨书记答应了他的要求说：君子一言，快马一鞭。小呆驼这才止住哭泣。那辆大篷车从此便留下了，实际上老宝贝也舍不得，说他虽想过把这把老骨头埋在山里，却说不定啥时候交上桃花运要离开，这辆破车修好就是他的坐骑了……

我们相互斗嘴时坐在我身旁的憨书记，却头靠在沙发背上口鼻歪斜地打着呼噜。那鼾声如夏日暴雨前雷鸣一般此起彼伏。我知他累哩，这些日子为了产品销售额波动，他都把铺盖搬到董事长办公室了。也不知何时始他就把货车当作屋里的硬板床，上车睡停车醒，身上生物钟随车轮转动，也不知他咋给调适的。

车开了六小时，他也就酣睡了六小时。自古憨人无心事，真是幸福哪。大战在即，硝烟四起，他居然还能安然酣睡？什么心态……

我知道他心里比刚当村书记那会儿踏实多了。厂子拓展，员工从办厂时的五百多人增加到八百多人，全村青壮年差不多都捧上瓷饭碗，虽然不是铁的还容易碎，比原先喂猪用的食槽却精致瓷实得多了。现在村办厂已与县汽配厂脱离隶属关系，开始自主地向前发展。按照憨书记原先的想法，两者不能完全脱离关系。他觉得汽配厂转产整顿后，虽然效益不是很明显；但毕竟人家是国企，有政府财政贴补，是一艘大船。村办企业这般的小船，只有傍着大船航行才安全。何况村办厂原先是傍着汽配厂办起来的，虽然陈俊要的回报高一些，毕竟有恩于我们。做人做事得守信诺，解除隶属有忘恩负义的嫌疑。四眼也不同意这般做，酸溜溜地与我说：秀才哪，现在你们翅膀长硬了，就想着自己飞？我说这不是翅膀硬不硬的事儿，娃儿大了总得离开娘放单飞。他说离开娘就没得奶吃，以后你有困难找谁？他这般说我就没话说了，有奶吃当然是好事，但这位老娘的乳房早已干瘪，自家娃儿都喂不饱，还顾得上别人的娃儿？

县汽配厂的体制一直没能理顺。办个事儿三娘六主意地拿不定主意，一把手陈俊生性软弱，遇事缺乏主见；这当然不能全怪他，国营企业条条框框多，当领导也难呀，一个小小的车间主任享受行政副股级，岗位调动要经过二轻工业局批准，领导班子调整就要县委组织部考察。他陈俊连动一个门卫和清洁工的权力都没有，又能干成啥事呢？这与我当初在县生产指挥组坐机关不同，每天八小时啥事不干，月底发全工资；企业就不一样，怠于寸心，失之千金，该拍板的事儿就得立即拍板，来不得半点懈怠与马虎。这点四眼就没体会，他只是高书记身边上通下达的太监，不懂得企业管理。我与他说不明白，好在我俩是老同学，说不明白不说彼此没隔阂……

经过五年改革实践，县级班子做了较大调整。那个年代干部升迁如坐直升机，四眼的顶头上司赵刚义，在天街镇党委书记岗位上锻炼了两年，回城升任副县长，他也由办公室副主任直升县长助理兼政府办主任，协助分管农村经济工作。

在好长一段时期内，憨书记与我都没少找他，有他在县里当着官，村里的事情就好办得多。四眼有空也常会来村里，这是他抓过的点嘛。在县级基层当官就这样，当领导的都有一块自己的自留地，这般开会议事时喉咙就响一些。他还是老样子，工作有魄力，干劲也大，就是缺心眼，仗着丈人老头当着一把手，下车伊始哇啦哇啦上台做报告。不过大家并不讨厌他，因为他心地善良还缺心眼，不至于背后做小动作整人。当官嘛，最令人忌讳的就是玩当面一套背后一套，阴阳怪气地使人摸不着头脑，在你不小心时使阴招。他不一样，对憨书记和我还像以前一般热络，村联办厂让他给办的事，他能办就办了，不能办的也能推心置腹地与你商量，教你如何如何去争取利益，这样就少了我俩不少心力与精力。那时四眼正处于官运亨通的上升阶段，为人做事还算谦虚谨慎；

人呈上升趋势时往往头脑清醒，不会犯错误。后来他犯错误，是官当大了利令智昏，对前途失望只想维护眼前的摊子，守身如玉，这块玉没守住，就出了意外嘛。那时节他拿我们当兄弟看，我们就把他当菩萨敬。拿憨书记话说：这红脚梗与白脚梗在精神气儿上就不一样。白脚梗讨饭还得有人提篮，精神气儿在那摆着；红脚梗即使腰缠万贯，也行动畏畏缩缩的没底气，是两种不同类型的人。

我与憨书记配合得不错。别看他这人表面看来粗粗拉拉、憨憨乎乎的，心细起来比绣花娘子还细，工作起来像拼命，眉毛胡子一起事事抓落实。他这种作风开始我并不习惯，你啥都管，要我这厂长是朱金木雕当摆设？何况你又不真懂，急起来还脸红脖子粗地与人吵，往往把关系给弄僵了。老宝贝在管理上站在我这边，多次提醒他：蛇虫百脚，头有头用，脚有脚用，具体事儿你让秀才处理嘛……何必事必躬亲……憨书记虽不明白事必躬亲啥意思，但知道让他放权少管闲事杂事。就嘿嘿地笑着说：我这不是不放心嘛？老宝贝说你不放心，让秀才当厂长干啥？厂里的事不是不要你管事，你要管得管大事。他问他啥叫大事呢？老宝贝就告诉他办厂方针、人事财务管理；但他总是弄不明白，干着干着就忘了。于是我就提醒他说：我不是与您说好吗？我当厂长得有生产、经营自主权，我俩还订过协议哩。我这般说时他就会手抓着头皮嘿嘿地望着我笑，遇到我急躁较真时还连声向我道歉，说看你憨叔，年纪没大就发背，说过的话早随着六谷番薯杂米饭咽进肚了……他这般赔罪我就不计较了，知道这习惯他短期内改不了，时间长了就慢慢地懂了。企业班子需要磨合，舌头与牙齿还有打架的时候呢。经过这五年的磨合，现在我俩把关系理顺了，他不再与我争岗位抢事儿干，我也尊重他对资产的管理权与项目的决定权。像与县汽配厂脱钩这般的大事儿，我就在反复征求他的意见后才实施的。否则我不就讨饭腔作乱撵走当家和尚，再作怪，庙里的真经还得和尚念。

我承认与县汽配厂脱钩时，我使了些小小的花招，不使花招能与他们脱钩吗？自从两家合作后，我经过在劳动力付出与利益回报上的算计，知道陈俊与村联办厂合作是咋一回事。这种事就现在眼光看也没啥，不就是工人老阿哥与我们农民伯伯相互争草场吗？大家都为在这世间上谋一口饭吃，无非是吃好点与差点，你多一口我少一口，可在当时是生死命攸关的大事儿，你多吃一口，就吃没了我们农民的活路。就如我与油嘴佬争当厂长，他占了这位置就没了我表演舞台一样……

我这人嘛，本质上还算老实，心眼却不会比城里白脚梗少。村里也有人称我为阴世秀才，是因为我话少心眼多，表面洒脱其实度量不大；二愣子与杂物贱就在背后这般喊我。油嘴佬离村出走后，看过电影《永不消逝的电波》的他俩，自动充当谍报员监视我。阴就是阴险、心理阴暗，办事阴阳怪气的意思嘛，我明知他们这般喊这般做，心里却不恼，男人做事不解释，解释就变成了我干娘婆婆唠。我承认在油嘴佬的事上做得有些过，县汽配厂是强者，是外人，我对他精于算计是为维护村联办厂的利益，而油嘴佬却是我的同类，我与他争斗是同室操戈，何况他是于我有恩的憨书记亲儿、我干妹子菲菲法律意义上的老公，明知我当厂长会影响他前程拆散他的婚姻，但我还是不得已伤害了他。无毒不丈夫呗！牛抬头必得啃草补充能量，但村里就这么一个草场，他啃了我就没得啃。他离村出走就为容不下我当厂长，但他也得为我想一想：好不容易十年寒窗，由红脚梗熬成半个白脚梗，稍有不慎就从云端里落下来，过了这店就没了那铺。没憨佬书记的度量，连这位置都熬不上，我的心里能阳光普照吗？而且当厂长也是一门学问，如果我像憨书记这般言行一致，说到做到，能管住这些昨天还在地里捞摸、一盘散沙的农民老阿哥、小阿哥、小阿妹们？因此我得一步一步地踩在鼓点上，在众人皆认我阴的前提下不敢越雷池半步，夹起尾巴做人。这不为自己，而为企业的发展，补充憨书记的不足，维护这草场的游戏规则……

这点上老宝贝倒理解与支持我，每当我遇上困难商量，他总是鼓励我说：男人没在黄连水里泡三泡、火焰山里走三走，能熬出个脸面来吗？就如油嘴佬是他的徒弟，在争当厂长的事儿上，他明确地站在我这一边。他还经常与我说：人没经历过挫折办事就没经验，当厂长不能像他那样每天嘻嘻哈哈的就能过日子，得拿捏分寸、心里留得住话，沉默是金……

我向县汽配厂闹脱钩？简单地说是我存有心机，知道企业原始资本积累时，产品起点必与终点挂钩，也就是生产与营销环节一体制，不让中间商从中渔利。村里办厂伊始使用的是"喂养法"（我新创的词）。阿拉农民大智慧没有，却懂得肉猪喂大是用来换钱的，要换钱就得喂养，喂得越壮肉也越多。县汽配厂领导班子队伍庞大，才四百多一线生产员工，除一把手陈俊外，副厂长、副书记、连工会、共青团、妇联（都享受副厂级、行政股级），加起来有二十七八个人，如果把副股级的车间主任算上，就有七八十人（不包括退休干部与闲置人员）。在当时没转制的前提下，这些人见小白脸陈俊凭借县领导关系，平白无故地领养一个农民老阿哥当大胖娃娃，还是"倒大脸"（有八百人的一线生产员工），就认为喂养时机已到、各显神通地摆出气势来，今日考察明天检查成群结队地往山里涌，想方设法占小便宜大包小包提回去。这些人我不要太了解。在生产指挥组时就常打交道，都是吃着碗里看着锅里的庸人，不是纯粹的工人阶级。中华人民共和国成立后我们学习苏修那套，政府早把他们给宠坏了，变成温室里的花朵，与在一线埋头苦干的工人（喂米糠的牛）有着本质的区别。这情况老宝贝比我更了解，说就是一群猪嘛，你把他们当作猪喂养胖宰肉就对了嘛！既然他们贪我就给呀。进山一桌一桌扛开来陪他们吃喝玩乐。非但吃喝玩乐，关键人物还得塞红包，技术辅导费论证费管理指导费、月供节供年供……五花八门啥都有。二愣子、杂物贱不说我阴吗，我就阴给他俩看？羊毛出在羊身上，销售龙头捏在人家手里，我就得克己复礼暂栖身，一旦待产品成型真正掌握市场就翻脸不认人。农民老阿哥那么好欺侮吗？我向憨书记要权出钱由我对付，因为这般的事儿他做不来，总以为农民办厂得有依靠，小船只能傍着大船走。他是一个实打实不来虚头巴脑的人。何况他心痛喂养费哪，埋怨我手脚太大，说过去地主老儿也没这般吃喝玩乐的。我说你就忍一忍，走在矮人屋檐下，就不得不低头，时机成熟我会一刀把他们都宰了。别看我干爹当过书记，其实也是农民的儿，没赚到钱就甩少爷派头。我这般做村委会如我干爹、智佬、军嫂都看不下去，员工也议论纷纷，说这般与过去给地主老财扛长工有啥区别？我隐忍不发地照做不误，因为我坚信猪喂大是为宰肉换钱的。憨书记最大的优点是他信，疑人不用，用人不疑。他虽没明白我的意图，但他说话算数，不干涉我分管的生产与营销过程。可他不参与吃喝玩乐（特殊情况例外）也不让别人参与，反向村委会干部与员工做解释，说秀才厂长有文化，知道场面上的伸缩，比我们这些一字不识横竖，看看花花、摸摸瓶瓶的红脚梗强。老宝贝独具慧眼识透我的把戏，习惯陪同喝两口，那是他娘家人呀。每当我摆席时他带小呆驼大大咧咧地坐上位头，意思是他是这儿的主人。但他不陪陈俊与厂领导，说这是哪码对哪码的事，我这老太公了还屈尊陪儿孙辈？这时我就会让老太婆（食堂大菜师傅）给他送些肉菜过去，没送过去他派小呆驼来捞剩菜，偶尔也亲自出马见我打哈哈，说讨猪食的来了……

　　如此维持了三年，待我与莲子摸熟原料与销售市场渠道，就找个由头双方翻脸了。记得小白脸陈俊急了，亲自过来兴师问罪，说我们傍上马山总厂这条大腿，忘恩负义不守信用把他丢了。他这般气急败坏憨书记倒觉得过意不去，悄悄过来问：秀才哪，你牵来绷去算是懂礼节的读书人出身，这般做岂不失信于人吗？我阴沉着脸啥话都没说，只是从会计二愣子那儿拿来明细账本丢在陈俊与憨书记面前，一年十万出头，三年连红包三十六万元。这吃喝玩乐的账，我都给记着哩。足够养一个上阵打仗的步兵连，比上交的管理费设备投资款还多，这三年厂里毛利润总额才多少？也才五十多万元。长痛不如短痛哪，阿拉农民老阿哥虽然傻，替人扛长工白干活的事儿不干……

　　这般陈俊的脸色就变得难看起来，连老太婆特意为他炖的蘑菇山鸡都没吃，连声向我赔不是，说他是关云长大意失荆州……其实岂止失荆州？他失的是观察时世的一双眼睛。如果能给他上一堂课，我会告诉他：太阳升起牛抬头，别总以为高贵者最聪明，卑贱者最愚蠢。老宝贝说过千不该万不该，《水浒传》洪太尉上九华山打开镇魔殿地狱门，把一百零八条梁山泊英雄好汉给放了出来。

　　平心而论，陈俊倒不是很贪心的人，他是输在国企的体制上，没用铁腕控制与管理好他的那些部下。他不明白我们农民老阿哥赚些小钱，许多时候都是拿命在拼呀……

2

　　这次来马山市，憨书记可是揣着一桩大心事，原因是这两年村联办厂刚打开市场局面挣到一些钱，马山总厂的新任总裁秃头郑陆却召集名为订货会，实质邀化工部市场司来员整顿市场秩序。来前他和我、老宝贝小规模地召开了一个碰头，算是为村联办厂参会做计划。我说这次秃头郑陆来势汹汹无非想以市场价格因素掣肘乡镇、民营中小企业的发展。他说你不是说上有政策、下有对策吗？问我有否做好了应变的准备？这事我也有些蒙，因为事儿来得太突然，我还没做好思想准备哩。老宝贝见我不吱声，开言道：市场经济发展拼的是产品质量与价格；大鱼吃小鱼，小鱼吃虾米，轮到虾米只能吃泥巴了。这事儿我们坐在办公室里说不清楚，只能到了马山走一步看一步了。他这般说，碰头会就不了了之。为谨慎起见，我把憨书记与老宝贝都弄到马山来了，有利于共同决策。

这时憨书记刚解脱感情危机，拿他的话说就是"发日昏"。这也是当地方言，意思与青天白日做梦差不多，纯粹是癞蛤蟆想吃天鹅肉。此事厂里早有传说，开始我并不知情，当厂长这五年来，我为自己也为村人挣个脸面，没日没夜地扑在工作上了。历朝历代凡读过几本书的人都说农民贫困，就因为懒惰、松散，只顾及眼前一亩三分地、老婆孩子热炕头过日子。现在看来此话说反了，那是我们农民没平台有劲无处使；十五夼村自办厂以来，大家就心往一处用，劲往一起使。由于采取计件制把效益与经济挂钩，全厂上下都忙得不亦乐乎。不为啥？就为公平公正地竞争赚钱嘛；以前油菜花开时村里的光棍汉成群结队下山，见大姑娘就往油菜地里拉。现在这状况不见了，代之而起的是男工女工合一处，相互商量工作上的事，如果碰撞出火花来还黑灯瞎火地去油菜地；但状况完全不同了，山上的姑娘自个儿愿意，待秋后纳几双鞋底准备嫁他成一份人家。可想人是会在客观环境变化下变化的，变化的动力是因为让人们看到了希望；粗鲁的山里汉子仿佛一夜之间变成了正人君子，村里的风气也开始好转，很少有人赌博时为一元两元甚至几毛钱打得头破血流、骂得狗血喷头……

但憨书记不一样，有老婆有孩子还在村里当着阿大。这日干爹在下班后把情况悄悄地告诉我，问我是不是废了他当书记（我刚恢复党籍）？我问他是咋晓得这回事的？他说应是莲子出差前回家取衣服时与他说的。我与莲子尚没办婚礼，回村后她与我同居，大部分时间都在城里做销售。我问干娘是否也知道了？她嘴快，她知道全村也就知道了。这时她收拾完厨房帮三叔家的独养囡柳柳侍弄嫁衣。干爹摇头说还没告诉她。我说没告诉她好，省得她装上高音喇叭到处嚷嚷。干爹问：你俩经常在一起，就没觉察这回事吗？说完这话他脸露得意之色望着我嘿嘿地笑。自五年前村书记落选改任村主任，高血压尿酸高得身体一直不好，再加上菲菲出走郁郁寡欢，很少再有以前那种眉飞色舞的时候。

我说这事您也别到处嚷嚷，让我再想想好吗……对了，这阵子厂里事情多，晚上我还得加班回不来，您别忘记锁门……他莫名其妙地看着我责问道：这等大事，你咋的都不上心呢？我说爹，待人得厚道，他是个憨人，只是玩玩不会真出事。您就大人不计小人过，别与他一般计较放过他好吗？说完这话我就想溜，是呀，村里局面刚趋于稳定，出了这等事就又得大翻小乱地折腾一番，再说憨书记力挺我任厂长大义灭亲有恩于我，我不会趁他有难就此踩上一脚。干爹见我如此说立即收敛起笑容，那张团脸一下就沉了下来，望住我的眼睛一字一顿地道：别走，听我把话说完呀。老话有说：不会叫的狗最会咬人……他玩玩行吗？玩到我戚氏宗祠头上来了？那族规可是老祖宗给定下的；别忘了我还是下戚家祠堂的族长太公哩？何况国有国法党有党纪，两人都是村里的头，一个是书记阿大，另一个是副村主任兼着财务副厂长，就如狗咬卵狗发情似的苟且一处；这事要发生在以前，坐牢监都有份儿了。我老了，按理说也不该猫拖咸鲞地多管闲事；可那都是为你。你有没有想过，有他如一块泰山石头这般压着，你就这辈子别再想出头了。我问：那您想咋办？他说好办，告到镇上去，你姨夫现在当着书记阿大哩，叫他派人到村里开支部会，我与智佬、村里戚姓党员串联好，重新丢豆子撤他职选你当书记。我说好端端的，您又为何说他俩是狗是猫是畜生呢？如果我说我不想当书记呢？他有些恼了，你不想当书记我也得这么干！记得五年前……组织上让我把阿大位置让给他；当时我就觉得不妥当。可四眼娃儿非说他是憨人虽没脑髓却有着天王胆，能出于公心公平公正地领着村民抬头向前走。如今好了，你帮他办厂挣钱，钱挣了村里的日子也比以前好过了，但他也就腐败堕落……呀呀，我就不说了，厂里那幢专家楼都快变成……

干爹口吐唾沫、津津有味、滔滔不绝地说着，挺权威也挺有领导范儿的，很少见他如此激动了，脸上泛出兴奋的红光，仿佛又回到以前当书记的日子。权力可真是个好东西，他下台当老二都五年了，还念念不忘当年当阿大的滋味。

我知此事于他来硬的说不通，别看他平时面带微笑模样还随和，真犯起牛头性来，与憨书记一样谁都说不通，便哀求说：爹，这事您就别说了，我说过您让我想一想；就给我一段时间想一想嘛。他问：你要想多久？我说半个月，您给我半个月时间好吗？他说好吧，就给你半个月，你想好了可得告诉我。

　　专家楼是三年前厂里为吸引外来人才特地建造的，有四间屋面八个房间，首批让老宝贝与汽配厂派来的技术人员住了。后来解除合同，技术员们回城，老宝贝也为没人与他玩抓金花，修好大篷车后，与小呆驼又搬回去，这般屋子便空置了起来，只有偶尔来外地客户才打扫房间做招待所用。憨书记的家在上戚家，离岙口有六里路，还有一段长满青苔的石阶路，遇上加班或者风雪天来去不方便。村委会与厂部碰头商量后在楼里给他置了个铺位；当然不是他专用，我与其他厂领导也可在里面住。那段时日天冷，他都住厂里与我一起忙技改，这次方案是杂物贱提出来的，已搞了一个多月；自建厂五年，村联办厂已搞了三次大的、五次小的技改。为啥总是连绵不断地进行技改呢？就关系到沿海乡镇企业异军突起的实际状况。锦纶帘子布生产方式相对简单，投资也不是很大，附近镇乡有许多地方都在投资生产，而且规模也不小。自古商场是战场，村联办厂与县汽配厂脱钩后，由副厂长莲子负责的营销部门采取薄利多销的营销战略，在短短两年中发展神速，迅速打下东南半壁江山，并把业务做到制造业发达的北方市场去了，引起业内国营、集体大厂的恐慌，大家都鱼有鱼路、虾有虾路地为占领市场，以改造设备、压低价格的形式进行竞争。那时候市场经济潮流还没后来那般汹涌澎湃，人们尚不明白这些穿着杂色土布衣裳、足蹬解放鞋、肩挎布褡裢或凡士林布包，住便宜的地下室防空洞旅馆，背着霉干菜、笋干、燥蘑菇等土特产的乡下人，究竟是何方神圣？国内市场咋一下子变成了红脚梗横行的蟹爬天下……

　　此中奥妙外行人自然不明就里，业内人士只要有些脑子就看得明白。沿海乡镇企业咋一下子如雨后春笋般发展起来呢？拼得只是时间差，钻了占有国家资源的国企、大集体企业的体制漏洞，靠的是农村廉价劳动力的低成本运作。一旦国企与集体企业这两头雄狮苏醒，还有这些野山猫乡镇、民企的活路吗？做企业开始拼关系，后来拼技术、拼产品、拼价挌。因此我们得早做准备，不让县汽配厂留下的那些陈旧设备拖后腿，就必须不断地在技改上下功夫。就如这次来马山参加订货会，对村联办厂说其实就是"鸿门宴"。两年前我们钻汽配厂运行机制上的空子，占有市场份额后把他们彻底丢开；如今在马山的秃头郑陆，同样可以联合资金雄厚、设备先进的企业制裁并且击垮我们，何况他们直接占领终点不是中间商，完全可以其人之道，治其人之本。市场经济嘛，谁资本雄厚设备先进，谁拳头硬谁就是大阿哥……

我知这当儿如果没特殊情况，憨书记与老宝贝、杂物贱这些技改人员还在厂里挑灯夜战，在过去的五年一千八百多个日日夜夜中，他作为村阿大与企业董事长，早把这一百八十余斤的牛坯身子交给厂里了，每次技改都深入现场与技术人员一起搞开发。如今由马山总厂挑起市场价格大战雷鸣电闪在即，在此节骨眼上他咋能又出问题呢？我之所以闷声大发财地带领八百名昨天还在山地捞摸的红脚梗杂牌军纵横驰骋，靠的就是他这股憨劲的旗帜。拿憨书记的话说：我们当农民的两只肩胛扛一个头，除了裤裆里穷得叮当响的俩卵蛋（我可是连俩卵蛋都让校花素芳给废了）还有啥呢？拼的只是一种精神……

我在回厂区路上想着这事儿，内中道理干爹不明白我可得明白。我们这一群刚开始抬头的牛，面对的竞争对手却是一群高智商的人，只有抱团结伙义无反顾地朝前走，才能走出一条自己的路来；如果相互倾轧搞窝里斗，只能死路一条没好结果。我这般想着时也埋怨憨书记，咋如孩娃一般憨得不谙世事？啥树上的果子不能采，偏要惹我这戚氏宗祠的马蜂窝？世间没有不漏风的墙，此事厂里早有传闻，老宝贝就说他是笨贼偷捣臼不明就里，只是我不相信也忙工作没去理会罢了。你呀，石板缝里蹦出来的硬汉子，也身壮力不亏精力太旺盛，竟在百忙之中偷鸡摸狗搞桃色艳闻……

老话有说男女轧姘头之事，都是郎情妾意一个巴掌拍不响；一粒火星燃不起野山火，两情相悦才是事情实质。憨书记不幸中蛊，应与军嫂平素对他的崇拜与好感有关。军嫂是比我低四届的镇中学校友，我考进县高中时她还在读小学。别看她年龄小，却是我堂房阿婶，当年戚大勇在部队升排长，归来探家（其实是相亲，家有啥探的？还不是老革命的两间破草舍棚），他当兵出去八年，回来时娘没了，留下老爹戚启和与读小学的兄弟二愣子，急切需要找到一个能为残疾老爹与兄弟烧饭洗衣的女人解决后顾之忧。老革命让鸿年老师代笔写信到部队也是此意，说狗娘养的你在队伍里衣来伸手、饭来开口逍遥自在当和平兵，我在山里死了你娘，老的残、小的愣，日子过得没个人样……

戚大勇小时候呆头呆脑的，不比二愣子灵光多少。那年头物质条件差，十六岁那年行成年礼，按老规矩由老革命携他上桌吃祠堂饭，放着鱼肉祭品不食，白饭会吃掉一淘箩，因此得了个饭淘箩的绰号；没想到后来在部队竟混上了个排长。但他是个孝顺儿子，接到老爹的信立即返乡探家（家有啥好探的？

不就是两间草舍棚？主要还是为相亲），回村也只歇了两日，被老革命打发动员到镇上去相亲了，没几天就把军嫂带回家闪婚；据说结婚证还由老革命领着他俩去镇里开后门，因为军嫂年龄不到呀！他俩办喜酒时，干爹坐在上位头咽口水，指着新娘子对我说：我培养你读书当秀才，你还不如饭淘箩这小当兵的有能耐？你看人家这小娘瘪屁股圆圆的水灵样，准保次年便为老革命添个娃。当时我已在县生产指挥组"半脱产"，听了他的话没好气地回答道：人家爱的是一颗红星头上戴，革命红旗分两边，把鲜花插在牛粪上想随饭淘箩当军嫂哩！是呀，他俩专程到县城买"百雀灵"时找我送来喜帖，我趁他上厕所时，问她一个镇文宣队的台柱儿咋就这样嫁了？她脸红红地回答说他答应她买"百雀灵"，以后随部队当军嫂的。还说他说马靠遛，人靠熬，熬过几年待老革命翘辫子就跟他随军。她说她从小就有理想当兵，当不成兵当军嫂也光荣……

　　没出十年老革命还没翘辫子，饭淘箩戚大勇却在越南战场上牺牲了，据说部队把烈士通知书寄她家时，老革命仿佛天塌下来一般号啕大哭，而军嫂与她的小叔二愣子竟然没有一滴眼泪；二愣子没哭，是因为老革命常用不锈钢拐杖打他骂他，责怪他没有哥的出息，军嫂没哭却令人费解。也许从那时始，她心中已彻底断了军嫂梦，没下山嫁人不为困于族规与照顾老革命与二愣子，而是在村里有了她真正喜欢的人……

　　这般想来我觉得此事变得可怕，就过来人的角度分析，世界上啥事都可以通过人主观意志努力做出合理选择，唯有爱情最难使人理智；当年我和四眼与校花素芳之间的情爱，不就以她的生命终结而画上句号的吗？

3

　　来马山参会半月前，我帮助憨书记与军嫂渡过危机，并成功地说服干爹，使这场刚燃的野山火不再蔓延。干爹提出的条件是：他可以为村民利益，睁一只眼闭一只眼放一马，条件是要军嫂立即嫁人。理由充分：感情上的事不是一张保证书或在党员会上做个检讨就可以解决的，如果两人还藕断丝连的话，就影响了红脚梗抬头奔前程的大事。

　　两人互相爱恋应该说已有些年头。憨书记对军嫂有意，始在她绝了军嫂念头坚持留村没下山嫁人。那年饭淘箩牺牲后，老革命曾想有违族规说服宗族（时他还是族长）放军嫂下山回娘家。老革命毕竟是老革命，他知道房中无郎难留媳。尽管这草舍棚里有老郎与小郎，此郎非彼郎，军嫂留在山里就得守活寡。当时军嫂还年轻着，尽管嫁过来后风雨无阻地种大寨田修水库，由于冬天擦了饭淘箩送的百雀灵，脸上比未嫁的姑娘还水灵，又没娃儿拖累，下山就放了她一条活路。但军嫂没走，不是不想走而是没忍心走，上有老下有小的，老郎小郎烧饭洗衣全靠她服侍。听说那会儿憨书记受秋秋姑差遣（大房药老倌是老革命嫡亲堂兄），经常至下戚家担水劈柴帮她干杂活。接触一多，两人就互有好感，他也劝她留下来，说饭淘箩为国捐躯，以后全村人都是他的亲人。米沙看过风水说太阳升起牛抬头，只要大家一起努力，日子总有一天会好起来。说现在村里的日子还不好过，她这妇女主任不该临阵脱逃。他这般说，就坚定了军嫂留在村里的信心（当时人心还都单纯，没有后来这般复杂）。

军嫂对憨书记产生好感要早一些，还在刚嫁过来建水库任铁姑娘队队长时，他就以对邵素芳呵护以及乐于助人、风风火火的工作劲头获得她关注。那年憨书记为争得一面公社颁发的流动红旗，带领上戚家村民与麻皮阿梁陈家坳打石队日夜拼命，拼到后来，上戚家的老老小小都怀里揣着煨番薯与烤芋艿到工地来了，在他的吼声中硬是压了陈家坳一头。在她眼里，这样的人才算是男人；她也是在那时看到了村子发展的希望，在以后很长一段时间内，她都在默默地关注与观察着他的动静，不但在村书记换届时投了他豆子，她任村副主任参与办厂后也对他唯命是从，积极配合工作。村里每有大事商议，她总站在他的立场上予以支持，这般在工作中产生了感情，用她的话说就是两人心气相投……

如果停留在这般的关系，最多也就是暧昧，不至于被人抓住把柄；可惜是军嫂没能把持住自己。两人关系有实质性突破，当在老革命过世后的那年中秋节晚上。就本质说军嫂是个善良的女人，虽然不再是军嫂也尽了照顾公公的义务，却不想把军嫂这顶帽子随意摘掉。摘掉这帽子她就要离开十五畚村，可这是她流下汗水为之奋斗过的地方，她舍不得放弃也不忍心放弃；是番薯蜜枣秋秋与她说的那番话，使她产生错觉乃至有所行动。她说：就是这一念之差，使他俩同时陷入了情感的困局中……

此事我找个空儿先与军嫂谈，不管咋说她是我的堂房阿婶，在情分上与年龄上说两人走得近一些，虽在办厂时也吵吵闹闹意见分歧，但那是为工作，她为人正直在厂里人缘不错，我不想为这事使她身败名裂在村里待不下去，因为我知干爹在权力之争的事上向来心狠手辣，不会由于我的求情改变他的意愿……

我俩在下班后留办公室说话。那天外面正下着雨，军嫂不断地侧脸往窗外眺望，好像急于离开的模样。她的办公室在我对面，都是简易砖垒的屋子中间隔道玻璃门，说起来羞人，这厂都办五年了，说没利润也有一些，厂房砌成后都没来得及装饰。那玻璃门敞开式没个遮挡。我坐在写字台前可看到对面军嫂与莲子两位副厂长的一举一动。莲子出差去了，屋内只有她一人。老革命过世后家里很少开伙，她与二愣子从家里带杂米蒸饭吃，很晚才回家去睡。我走过去漫不经心地问：雨下得很大……她说是下大了，从点心辰光到现在，没停过……我说你有事先走，柜子里有一顶油布伞。她说不用，雨好像小了一点……我问她没在食堂蒸饭？她说：蒸了，如果你有事，我可以不回家……我说是有事，只是这会儿你是不是不方便？她苦涩地笑了笑说：我知道你想说啥？菩萨主任已问过我……我说饭淘箩都没有七年了，我已当不成军嫂了，喜欢谁是我的自由；别人干涉不了……

她这般拒人于千里的态度，使我一时间没话可说，但为了办厂的事与他俩的声誉，我还是端来一张椅子坐到她面前，鼓足勇气把心里的话掏出来：我倒不想干涉，但你心里该有数，你俩都是村干部，憨叔还是村书记呀！这般闹腾给村民造成何种影响？她低头讷讷道：他是村书记，可也是个男人哪……秋秋嫂子都说成全我……我有些着急，问：你答应了？她摇头道：没答应……就因为他是村书记……我又说：你才三十多，他都五十岁了……少来夫妻老来伴，你稀罕些啥呀？她有些不高兴了，说亏你还有文化……喜欢一个人有理由吗？我说这要看你喜欢的是谁？世界上有些人可以明目张胆地喜欢，有些只能藏在心里。我这说的是自己的感受，许多年过去我一直没能忘记校花素芳的悲剧。她虽一时没明白这话啥意思，但还是低头认真地思考了一会，才犹豫着说了几年前番薯蜜枣秋秋委托她照顾憨书记的事。

她说她俩心里有意思，还是秋秋嫂子先看出来的。她说办厂那阵子不是忙吗？憨书记经常深更半夜地不回家，嫂子就过来照顾他，时间长了她对我说：男人需要女人料理，我是夏雨隔田塍地想料理也料理不了，他听你的话你就替我多关照关照。我有意无意地开玩笑说：我关照多了你就不会吃醋？她摇头说：都老夫老妻还吃啥陈年旧醋？在家里他都懒得与我说句话。别看他这么个憨汉子，心气可高着哩；难为他窝在上戚家陪了我快三十年，我知他的心里寂寞没人说话，不是四眼娃儿给机会，怕是这辈子都没翻身的时候，现在难得为大家做事散散心，你看得上就多陪陪他，只要他能活得开心，我就满足了……

　　我知秋秋姑说的是心里话，山里女人对男人的爱，衡量标准与表达方式都不同，就为让男人活得开心，并不计较他在外做了啥有违自己意愿的事。性的观念对山里女人来说是淡薄的，在乎的只是男人的一饭、一食、一衣、一鞋，是否让她能上桌上台地有脸面。自从油嘴佬离村出走、药老倌离世，衰佬进城考上县一中，这家早已分崩瓦解失了味儿；作为理解与支持村里事业、深明大义的秋秋姑来说，多么希望在她力所不能及的范围内，能够得到别的女人照顾。

　　军嫂告诉我：最近秋秋姑又找过她，因为我干娘婆婆唠获知情报后（干爹终于没忍住告诉了她）找到秋秋姑，要她来厂里抓破她的丫脸（山里女人捍卫婚姻的看家本领）。我问：秋秋姑找你了？她点点头，说秋秋姑非但没闹，反从藤箱内拿出两人的结婚证给了她，劝她不必把别人的闲言碎语当一回事，说男人有本事吃野食，吃得着是他的能耐，吃不着才是无用坏；这种事在旧社会不算稀奇，新社会保障妇女地位才当回事……我知他喜欢你，你也喜欢他；如果有压力我俩离婚你俩去扯张结婚证名正言顺住一起。军嫂听了这话感动得流了泪，问她咋办？她说：爹招他做进舍女婿就为给大房老戚家传后，上门与我做伴已委屈了他；如今留下两儿一女我早该知足；男人五十一朵花，女人五十烂草包，我这只瘸腿鸟，陪他飞也已经飞不动了。他当书记后每天忙得不登家门，我想照料他也照料不到；你有文化又有好心眼帮他算是他福气，我高兴谢你都来不及哩。

　　这话拿去城里说，会被人认为发了神经病，可山里女人就会这般说。军嫂望着我流泪道。我问：那你打算咋办？她说还能咋办呢？天下哪有女人鼓励老公吃野食纳小的？她都如此坦荡地表达对男人的大爱了，难道我做个卑鄙小人夺人所爱吗？再说憨书记他……我问：他啥意思呢？她说还能有啥意思？这些年都是我追的他，他啥都没向我表达过……我说这咋可能呢？郎情妾意是两相情愿的事，厂里凡长有眼睛的人，都知他与你的关系不简单。她摇着头说：那是他们眼睛长得不是地方。

那晚上我俩聊了许久，待摸清憨书记的态度后，我便觉得事儿变得简单了。只要他不像办厂的事儿上那般执拗固执，这事儿就像九月荷塘的蛙声一般，鼓噪一阵子也就会偃旗息鼓不见声息。在山里这种事发生得多哩，就如干爹当书记后这种事发生得还少吗？村里那些为养娃喂嘴巴的一口好饭，差不多都把他当种牛使唤了，他自己的屁股都没擦干净哩，关键是出了问题如何合理地处理？

军嫂说：我可以坦诚地告诉你，我与他发生你们所想的那种关系只有两次。一次是半年前过中秋节，他与你招待城里来的大客户喝醉了，你让我扶他到专家楼一号房休息。那晚你们走后我就没回去，他吐得一塌糊涂我帮他收拾时他错把我当秋秋嫂子了，说番薯蜜枣呵，你没来那东西后不要我了，我俩都半年多没亲热了，是不是以后永远没有了？我……还想要哩……他这样说，我感到他可怜，想起嫂子嘱托一念之差把身子交给了他；事后我奇怪那晚上我咋浑身燥热地想办那种事了，你不知道我与饭淘箩最怕就是办事，他离村十几年我都没失身，原因是我对那事儿没兴趣。次日晨起他明白我帮他办事儿了，跳起来理都没理我，抽了自己两耳光就转身走了。

她说此后我俩见面都尴尬，直至最近秋秋嫂子找我后，我才又郑重其事地约他到半年前办事的老地方，还是专家楼一号房请他喝分手酒，那晚上我情绪失控，流着眼泪说我也不能这般应着虚景儿，我俩还是分手吧？但我要你答应我再办一桩事。他问我啥事？我把打算嫁二愣子的想法说了，还说你干爹笑面弥勒要趁这机会搞他……我着急地插嘴问：他咋说呢？她摇着头叹息说：你还不知他是咋样的人，大半辈子过来都宁折不弯。他说搞就搞呗，好汉做事好汉当，大不了我再回上戚家当村民组长。我说这般你更辜负了秋秋嫂子与我，难道就忘了当初办厂时对大家的许诺了？我告诉他秋秋嫂子来找过我，说你有嫂子这般真心爱你的女人不容易，我就做不到……他脸孔阴沉得像上了黑漆似的没吱声，脑门上的青筋却在突突地跳动，我说：你今晚必须老老实实地回答我，你喜欢我吗？他还是沉默着没说话。我边脱衣服边说：喜欢你就再要我一次，不像上次酒醉后把我当嫂子。我声明是最后一次，以后我就与二愣子结婚过日子了……

我问：你真打算好了？她说：你们不是要我嫁人过日子吗？再说这般耗着

我俩都累，倒不如双方解脱出来把劲使在工作上。我问你爱二愣子吗？她反问道：你说呢？他喜欢我……这就够了……

4

来马山前我与四眼助理通了电话，当然不是说憨书记与军嫂的事儿；他俩的事儿处理好了，由智佬主持支部扩大会做了检讨。原本这支部会没打算开，两人都是办企业的主心骨，闹大了对企业和他俩影响都不好；可憨书记却坚持开，说白的东西黑不了，黑的东西白不了，做事一码归一码，错了就错了，何必藏着掩着让人搁心头难受？为此他找干爹与智佬召集开会，听从大家对他的批评与处理。赌咒发誓说以后再犯这错误，就亲自动手把这骚卵子剜下来喂狗吃。

我给四眼打电话是汇报去马山赴鸿门宴的准备工作。此事重大，涉及全县农村经济发展态势与他的政绩。他在电话里问我：非参加不可吗？我说是的，非参加不可。与县汽配厂脱钩后，村联办厂分包全县乡镇、民营企业生产的产品，都贴马山总厂的"大路"商标；按规定这是违反工商法的，但当时我们乡镇、民企都这般做。秃头郑陆召开全国订货会的目的就为规范市场，如果继续贴标要交巨额管理费，目的就为卡住我们的脖子，纳入他的品牌销售渠道。四眼在电话里煞有介事地咳嗽几声（拖延思考时间），我配合地问：咋？伤风感冒了？他说可不？这几日尽熬夜，不感冒才见鬼哩！接着他试探着问：前些时候憨叔来县里开会，不是说要开发做自己的"星星草"品牌，是不是没把握？我说儿子是自家养的亲，能开发当然是自家开发好；但得有个过程，不像夏雨隔田塍地动雷打闪就下大雨；何况营销部已把"大路"订货网络撒出去了，掉转枪头树立自己的品牌不仅有时间差，而且要花大把钱。他问那按你意思咋办？我说实在不行，奴颜婢膝地随秃头郑陆走一阵子，待他撤了铁壁合围再退回来。他又问我憨叔啥意思？我说他当然想开发自己的品牌，可惜没资金短期难以搞成。他捂着话筒不再吱声，我喊道：四眼，你在听着吗？他说听着哩，全县贴标企业可有十多家哩……我说这就是我向你汇报的意思……

他问我还有事吗？我说菲菲离你家后在怪鸟下小枫的针织市场做，最近有联系吗？他说她前天才来过，为安安买了两件腈纶毛衣。你有事我有她联系电话……我说不用，我可以直接联系上；你可能不知道吧？油嘴佬出息了，升任秃头郑陆的总裁助理，这次订货会具体由他负责操办。他问我：憨叔知道这事吗？我说当然知道，这不，我把他与老宝贝都邀去马山了。他呀呀一会说：屋漏偏逢连夜雨，不是冤家不聚头呀，这对父子都是倔人，也都五年没见面了。我说：是呀，大战在即……必要时你和假公主往马山跑一趟。他有气无力地叹了一口气说：好吧，我俩保持电话联络。

转眼就到了马山市，订货会要待半月后开幕，我们提前莅会不仅临市面了解情况，主要还为与大客户接触巩固营销渠道。那年头做企业一半靠产品一半靠关系，没有产品的质量，就没存在的意义；相反，没关系最有质量的产品生产后也卖不出去。我想甩派头住马山宾馆，展示农民企业的品牌实力。这在兵法上叫兵不厌诈或先声夺人；越是内在品质不景气，就越要虚张声势穷得讨饭也得摆出阔气。慈不带兵，义不养财，搞企业像领兵打仗，越是艰难奋战越得振足精神。孙子兵法有"兵形若水"之说，所谓若水，意即变化。水暖成流，寒即凝冰，化之为气，浅则洼坑，深则穴潭，流即江河，聚则海洋，千变万化，虚实相间，虚虚实实，避虚求实，实以虚之，虚则实之，要的就是让对方摸不着头脑。此次来马山开订货会，说穿了就是一场战斗，不能让对方小觑，必要的派头还得甩，图个心理上的踏实。当然，这些道理憨书记是不懂的，你与他说也说不明白。办厂五年来，我俩出差每次都像地老鼠似的住防空洞旅社。为啥？厂子穷，穷则不达。古人有云：欲行其事，则修其身；身欲不正，事何为正？这是憨书记行为做事的方式。但这次不同，主办方马山总厂召集全国行业翘楚规范市场，确立"大路"品牌的"领头羊"地位。现在秃头郑陆的心气大着哩，为把厂子做大做强，万马军中杀出一条血路来，准备拿我们这些自立门路品牌（于他来说是背叛行为）的乡镇民营企业祭刀。面对山雨欲来风满楼的气氛，我们没自信力不甩派头成吗？何况憨书记这草根司令还是第一次在业界亮相，这派头其实两年前我就想甩了。企业洽谈业务相互间摸底，派头甩得越大，越容易使人信任……

可憨书记横竖不同意，说必要甩派头的时候他也出甩，只是现在会议还没开始不是时候；何况生意又不在房间谈，都是自己人住好住孬还不一尿样？憨书记平素生活简单，我俩出差时即使住地下室他也挑便宜的住。他最大优点就是不管何地何时，心里有否负担倒头便睡。秦胜利与马丽娜经常取笑他，说也不知他做人图啥？为人一世日半世夜半世，余皆可将就，唯睡觉将就不得。莲子也这样，出门在外吃无所谓（不吃正餐常在路边小吃摊吃米粉、馄饨之类），宾馆却要住上星级的，有时候憨书记不给报经营部的发票，她就拿到我生产部门冒充专家给报。洋伞撑开骨子旧，须得面子是新的。秦胜利与马丽娜两位大咖加盟后，在办厂理念上与我们差距很大，亏得我听老宝贝的话没让他们控股，否则麻烦就大了。现在界限划分得很清楚，他两家并不参与联办厂生产经营业务，只在年底固定回报分红。对憨书记这般苦行僧的修行，他俩一直都有想法，说他人高马大的坯子，却长着一颗丫头心。风流老妊穿开裆裤，裤带勒紧裤裆开缝没派头……

我与憨书记在宾馆大堂争执时，老宝贝在豁牙里塞着一根没点燃的烟坐大堂沙发上嘿嘿地笑。我把憨书记拉到他的旁边讨救兵。老宝贝知我用意故意激他：难得来马山潇洒一次，要不多开几间房，我几个各睡各的？憨书记一听便急了，铜钱银子又不是锡箔冥纸？要败家也不在马山败，厂里还有专家楼哩。老宝贝沉脸道：你不要脸，我还要脸哩。全国订货会又不是村里开村委会。老宝贝都这般说，憨书记犹豫一会儿方才同意，说好吧，那就风光一回，让城里人见识见识阿拉红脚梗，钻地老鼠做得，入海蛟龙也不马虎……

这年憨书记整五十岁，应是知天命之年，可性格脾气还像个十五六岁的娃儿，对各种事物充满好奇。遇到他决定不了的事，捋起袖子手臂一伸要与人掰手腕取决胜负。那手臂上青筋脉络一疙瘩一疙瘩地蹿动着老鼠肉，使人望而生畏不敢小觑；可这是当领导的气派吗？我怀疑他有时候不是在解决问题而是在卖弄，蓄意制造气氛回避矛盾。奇怪的是竟有人吃这一套。就说索讨企业欠款吧，这事算是中国的特色，货发出去，合同签得好好的，可就有人欠款不付。咋办呢？憨书记带人出发了，吃饱喝足后与人掰手腕。说他赤脚汉不怕穿鞋人，啥没有多的是力气，说话算数讲诚信，强迫对方应战，赢了（我没见过有企业老总赢过他）钱不要了当场撕毁合同；输了就对不起乖乖付钱。不付下次再来，我坐你办公室里再掰手腕，直至你赢为止。这般吵过闹过，十有八九的老总都架不住他的气势，谁都不想他再次光临掰手腕……

天命是啥？憨书记自然不知道，也用不着知道；他关心的只是企业，企业发展他高兴，企业遇到困难就板脸不理人。对外人来说现在憨书记算是挣足了面子，县里（当然是四眼的主意）让他去贫困村辅导工作；只短短五年村联办厂安排了村内外八百个劳动力，全村每家每户都摊到了，外村合作单位也安排了两百多人，这些年企业没多少利润，村子却日见一日地富裕起来，有余钱买黑市粮吃了，还有不少有壮劳力的人家开始学我干爹、亲爹、三叔兄弟翻瓦屋显摆。脸上挂满荣誉感的憨书记并没多少宏愿壮志，所谓牛抬头的标准还是十几年前的楼上楼下电灯电话；办企业就为让大家白天吃饱饭，夜里有余暇在电灯下火塘边摆张长条桌搓搓小麻将（他迷上了与老宝贝抓金花），接下去的路如何走？他的目标很简单，有钱全村推倒草舍棚翻造瓦屋，早晨起来像城里人一样提着下饭篮现吃现买，餐桌上能见到荤腥。现在大家吃饱饭的目标初步实现，不再像五年前"五保"老人扒猪舍栈捞食吃也没人管。这对他就是成功，也是他引以为傲的治村政绩……

我想起憨书记在村联办厂开业庆典上说的话：五保户在猪栈捞猪食吃，这是人过的日子吗？猪狗畜生都不如！亲是亲邻是邻，一坨山里住着就是一家人，如果十年内我没让大家翻上瓦屋，你们就扒倒我那药老倌祖传的一间半瓦屋；五年中大家没见餐桌上的荤腥，我这当书记的就是狗娘养的……记得三叔黑无常当场询问他荤腥标准是什么？他想了好久才说：至少隔天有一碗红烧肉吃……说得众人都大笑，老宝贝批评道：这不是赫鲁晓夫搞修正主义那套，土豆烧牛肉吗？他认真纠正说：他吃牛肉，我们吃的是猪肉，牛肉猪肉都是肉，猪肉油膘多，味道比牛肉好吃；全村每家都养猪，以后杀年猪别把白肉都送供销社，留半片自家吃……众皆哄堂大笑，是笑他目标定得低还是高呢？憨书记就是这样一个纯真的人，他的生活要求是隔天有一碗红烧肉吃……

5

马山宾馆房客不多，房号有选择余地。我与憨书记的标房是188号，老宝贝与小呆驼168号。拿到房卡后老宝贝挺满意，说老板够意思，没狗眼看人低，留"要发发"与"一路发"给阿拉农民了。这其实这没什么，我选由1开头的房间在底层，房价相对便宜，房号借粤语谐音是宾馆促销手段事先删去不带8

的数字。我本想为从沿海赶来的鸿年老师与先期来马山的杂物贱也订个房间，因为预收押金就没订。果然入房时我们在走廊上一转，发现4、3、9被认为不吉利的数字全拿掉了，使楼层和房间编号显得怪怪的……

这是村办厂开业五年来，厂领导第一次有模有样地住宾馆。住进房间憨书记立马就又反悔了。不值呀，就睡这么几个钟头，睡死过去啥都不知道了？那么考究干啥？放下行李袋他就走了出去，前后左右地瞅着没见有撒尿的地处。在车上六个小时他都合着眼睛没睁开过，此时尿憋着哩……折回房间他问我何处撒尿？我努努嘴示意卫生间在房间内；他大模大样地入内，见四周贴上马赛克的空间内除了浴缸、毛巾架与洗脸盆，只有女人坐着方便的地处，便大喊起来：哎哟喂，你咋领我进了老妊 的屋里？我一时没会其意进去问他咋了？他迟疑地问我是否他这大男人也要坐着撒尿？我翻上马桶盖说你可以站着撒呀。撒尿后他不会用冲水器，又喊我进去问？我做了示范他埋怨说：出了钱买无趣，还是过去住地下室招待所爽快……

上过厕所他开始享受，横下身子在床上躺一躺，觉得软乎乎的还蛮舒服，叹息说：说起来还是城里人会享福，这床比我家的竹榻床强……我告诉他外国人都睡这种床，叫作席梦思。他问啥死梦尸活梦死的？我用手比画着解释说是席梦思呀。他便问我到底啥意思？我说这是外国词，在床里装有弹簧，根据身体部位调整睡姿，人躺床上能做白日梦。噢——他豁然开窍：我算是明白了，怪不得外国佬有许多驼背，原来都是这死梦尸给折腾的？接着他若有所思地问：老外会做啥梦呢？这下我被他给问住了，因为我也不知道外国人会做啥梦……

如此折腾后他坐在沙发上，询问房间打折后的房价。我知他心疼钱说三星标准每晚三十八元，在行内还是便宜的。新建的四星级每间房收费六十八元、七十八元、八十八元和九十八元不等。乖格咙咚格……他嘴里咝咝地响着，在脑门上沁出汗珠：我的天王老爷，一夜就是厂里员工一个月工资？接着又问老宝贝与小呆驼也住这标准房？我说你说的一视同仁。他叹口气说：是一视同仁，两间一晚上七十六元钱哪。我为他泡茶，他问我要钱吗？我说茶叶一元，咖啡两元哩！

这下他彻底反悔了，恼火道：他阿娘大脚马王爷上灶祭，啥都要钱？老子不住了……

这晚上他翻来覆去地没睡好，是路上睡了六个小时睡过头了，还是房间花钱多了不符合他胃口？我同样也没睡好，也许我俩正考虑着同一桩事：这次来马山必须面对一个人，谁？是油嘴佬嘛。打前站的杂物贱告诉我俩，这次订货会秃头郑陆全权委托油嘴佬操办，作为东道主（主办方）执行主席的秃头郑陆只做幕后指挥；说明油嘴佬经过这些年的折腾，已充分获得了他的信任。这于村联办厂来说，既是好事也是坏事，好处是尽管油嘴佬离村出走对他老爹、特别是我充满怨气，但毕竟乡里乡亲地还可以揩些面子，不存在有意刁难甚至白刀子进红刀子出的对立，使他老爹与我过分难堪；杂物贱就说他户粮关系还在村里，不至于完全动真格。坏处是他对村联办厂太了解，厂是如何办起来的？资金设备人员组成，他了解得一清二楚，如果稍有偏心阳伞骨子里戳出，村联办厂就像他自训的一匹善马要被人骑。憨书记与我最不愿意看到的就是这种情况……

也许这时憨书记心里有些许后悔，当初他是那么绝情地赶走了他；没想到这小子还有出息成大事。这不？气势汹汹地杀回马枪过来了。记得当年油嘴佬离村时，憨书记怕我有精神负担特地致歉说：秀才呀，你不必在意，他是冲着我来的，我了解油嘴佬……自小就这样……喜欢当大头脑，不愿给人当副手……我曾试探性地问：这事应该我道歉，早知油嘴佬想当厂长，我当副厂长配合他也成……我说这话自然没出于真心，在企业上班一把手与二把手完全是两回事。油嘴佬当家我就不会从岗墩回来了。我这般说，他就似信非信地用那双牛眼睛死盯住我的脸，说你把憨叔看成什么人了？我是说话不算数的人吗？何况四眼娃儿说过：使用人才也得排队儿，成熟一个培养一个；大姑娘嫁老公也得先阿姐后阿妹，哪有阿姐没出阁，爹娘考虑先嫁阿妹的？连买票乘汽车也排队分个前后哩……再说他也就是一张嘴巴没你那份能耐，完全是剃头挑子——一头热，把事儿搞坏了谁负责？我没分辩心里挺得意，他有这份认识就很好，俗话说人比人比煞人；自家门前三分自留地，种芋艿种番薯全凭主人喜好。我虚情假意地问：你不怕断线风筝放出去收不回来？你不担心我还担心哩，万一出了事儿咋办？他摇头道：我不担心油嘴佬，苗壮的秧苗野田栽；生着这张油嘴在外面骗一碗饭的本事总归还是有的；就是这害爹害娘的生仔逃婚害苦了菲菲，把这张老脸炸成葱油饼，人在我背后吐口水，说办厂这好那好，咋自家亲生儿子管不好？实在是没顺过这口气来……

他这般说，我心里也很难受，有些后悔让油嘴佬走了。如果我主动退一步，让菲菲在枕边敲个边鼓，也许他就不会走了……

晚上我经常睡不着，这是一种毛病。我自小神经衰弱，换个地方睡不香。莲子说我少爷身坏讨饭的命。还有就是心里有事也睡不好，这晚上我就尽想油嘴佬的事了。这事儿至今令我的心里充满矛盾，既庆幸他没留在厂里给我当副手，如果留下我就没有现今的成就感。说穿了这厂长也不是非我莫属，我能当他当然也能当。只不过两人行事风格不同，做醋做酱全凭个人能耐；又感到我逼走他，于他未必是坏事。大男人嘛，天高任鸟飞，海阔凭鱼跃，这世道是能人谁都挡不住；在村里能抬头，外面势必也能抬头。果然他如今做出事来。想到这些我心里就酸溜溜的，如果没我当初死占住茅坑临门一脚，他也不会如此决绝地离去混到今天这局面。由此我想到要不是跟错了人栽了跟斗，也许我干得比他还热闹些……

出门不问风浪事，哪能打得大鱼归。油嘴佬算是遇上了好时代。人能成大事，一半靠能耐（主观因素），一半靠机遇（客观因素）；像油嘴佬这般爱出风头的人，如果早出生十年早被人收拾了，像我这般这条路摸索着走过来容易吗？

也许憨书记睡不着是在心疼钱。像今天这般的住宿标准，于他来说简直是胸口剜肉；我以前多次跟他出差都没享受过这标准，也从没见他如此辗转反侧地睡不着。他从来就是身子一挨床板就打呼噜的人，这席梦思太软乎，没自家屋里的硬板床睡得舒服……夜间他几次起夜，坐床上一袋接着一袋地抽葵花卷烟（现在身上带着两种烟，自家抽葵花叶子，遇到客人发飞马或者新安江纸烟），把房间弄得烟雾腾腾。天还没亮透，他干脆端一把沙发椅坐阳台上。听到我的咳嗽声，回身向我招呼说：睡不着就别睡了，陪我说会儿话吧。

那日清晨我俩就谈油嘴佬的事。他确实有些后悔了，问我：当年这样处理是不是急了些，难道是我错了吗？我想一想回答说又错又没错……他说这话咋说呢？我说当初你下决心办厂，却不知这厂到底能不能办好心头犹豫。因为任何事物都有两种可能性，一种往好的方向发展，另一种就是走向反面。你逼走了他，不但为他留了条活路，也为自己留下退路，不至于上阵父子兵全家投入，一旦失败就会倾家荡产。他点头说：你没说错，还确实这样想过……但这念头也就是转一转转过去了；我想得最多的是人都得逼一逼，没准就逼出一个人才来……经你这般一分析，我心里就顺畅得多了。我问那你咋还睡不着呢？

他用手抓着头皮说：想着油嘴佬的事嘛！五年过去了，我都还没见过他……

他绷着脸向我倾诉道：老话说三岁看到八十，他这人从小犟着哩，达不到目的用各种方法向你捣乱。老宝贝向我说过一山不容二虎……用了你就不能再用他。他还说两虎相争必有一伤。他要离村出走我应该是知道的，菲菲早捎信给我，但我没拦他；怕他真像一条猛虎似的与你吵起来，这厂就难办好了。是啊，是人才你就是想压，也压不了；就像拍皮球，拍得越狠，跳得就越高……我就想起油嘴佬离村前，曾老气横秋地甩江湖腔拍着我肩膀说：兄弟……我俩后会有期……那种冷峻傲气与不满，至今历历在目。我说这五年来，你就没有想他？他把旱烟管内的烟灰磕鞋底上，叹了一口气道：说不想吧，是假的，天下哪有当爹的不盼儿子有出息的？说想吧，也没啥多想？他临走时是给我与他娘番薯蜜枣甩下一句硬话的，说混不出一个人样来，这辈子就永不返家了。我说我那孪生兄弟三脚猫出去时也这般说。他点头赞许道：这山里的野汉子，窝在村里是条虫，出去就想鲤鱼跃龙门都想变成一条龙……

见我托腮沉思着，憨书记忧虑地问：我想了一夜，这次油嘴佬想与我、你掰手腕哩。拿你挂口头上的那话叫啥啥的善者不来……我说来者不善嘛。他说对，你想好没有？如何应对这局面……我说我还在想哩，总觉得秃头郑陆目标是冲着村联办厂来的。他点头说：没想好就不用想了，我看还是走一步看一步吧，这世上没有过不去的坎；我就不信油嘴佬这搅荡乌鲤鱼，能把事情给做尽做绝？

早餐的餐券是送的，憨书记一口气吃下六个馒头。吃过早餐他就急着与我商量转移阵地，昨晚上为这畜生我一宿没睡，拖下去我牛坯身子也会拖垮的……不值得吧？宾馆你想住就住着，我换对面旅馆去……

戚志潮（二）：油嘴佬的奋斗史

1

现在我要说些油嘴佬的事了。他是我这辈子遇到的最大也是最具实力的对手，是与我有过节却不能也不应该憎恨的人；在我们这攒动着芸芸众生简单头颅的世界里，重复着这样一条颠扑不破的真理：凡是对手就须互相憎恨、相互竞争格斗置于死地而后快；这在我们农民群体似乎不存在。原因很简单，不仅是这个群体天性善良，更主要的是相互争斗所获得的物质与精神利益太少，不像有产阶级与利益集团之间动辄毫末就失之千里；在太阳升起牛抬头的改革开放初期尤其是这样。我与油嘴佬之间的过节，说穿了也就是谁当村联办厂的厂长？在当时既无资金又无设备一穷二白的现状下，我俩谁主事都是一副沉重的担子。如果说当年憨书记与麻皮阿梁"斗婚"挑一百八十斤的硬山柴、十几里地山路中途不歇担是壮举，那么农民办厂就是在千百年来没人走过的荆棘路上的一场豪赌。如今的人们不会想到也不会去想，后来被大家称之为农民企业家那种为寻找市场，穿着老布鞋、背着布褡裢，走遍千山万水、叩响千家万户、说尽千言万语艰苦卓绝的创业精神；然而，我们这代人体会到了，也尝试过了；油嘴佬无疑是这支队伍中笑到最后的一个佼佼者。与我不同的是，我走这条路还有憨佬、四眼、吴镇长与村里许多与我一般的牛们扶助与鼎力相助，而油嘴佬脚下的路，基本上是他自己误打猛闯（或说是死皮赖脸、胡搅蛮缠）闯荡出来的……

现在回头想，人都是逼出来的。市场经济不会天上掉馅饼，油嘴佬虽然聪明，如果当初没有憨书记给逼一逼，能有以后的成功与发达吗？

那天清晨，憨书记一夜失眠情绪低落（很少有这样的时候），一直低头抽烟，火光在烟锅子里一闪一亮地闪烁。我知他的心头不轻松，这事落谁头上都不会觉得轻松，何况他还是油嘴佬的亲爹。我知道他在想油嘴佬的事；当年油嘴佬离村时，在村里掀起轩然大波，很长一段时期无法平静。有人说他从小就是讨债鬼，爹为他办厂干大事（在大家心里，憨书记的折腾是为了下一代人），还摘掉强奸犯帽子讨老婆成家业，人生不就两件大事吗？金榜题名时，洞房花烛夜。啥都弄惬意了，还赤脚汉习惯穿草鞋地逃之夭夭改不了野性？简直就是没良心的货。说这样的货不尊爹娘、不守祖规、不顾家业，就是留下来也是大逆不道成不了气候（农村就这样，一旦人们把你当作异类，你就永远抬不起头来了）。当然，也有人说憨书记心太狠没能力，办企业连自己的儿子都管不住，集资的钞票落在他手里算是打了水漂……石头落河里还扑通一声落个响，落到棉絮堆里就杳无声息；办厂遇到这般的小人，算是六月猛火日头下遇蛊惹上晦气；也有人吵吵闹闹地要退股，要把几元、几十元的集资款拿回去……

憨书记表现得出奇镇定，说村联办厂为谁办的？又不是为油嘴佬一个人。杀猪屠死了不会吃带毛猪，我就不信缺少他企业就办不去……不是还有秀才、军嫂、二愣子与杂物贱等一拨人嘛。

话虽这般说，他心头却充满忧伤。企业开业后他工作不在状态，几乎魂不守舍。尤其药老倌寻孙下山被汽车撞伤命丧黄泉，与随即发生的菲菲与我的孪生兄弟三脚猫出走，他更是悲痛欲绝，在众人面前失态赌咒发誓，说畜生（那时起他喊油嘴佬为畜生了）开了个坏头，使大家不相信我能办好厂。他如果回村我不打断他脚踝骨就是婊子养的……在这村坊里，骂人最恶毒的话莫过于婊子养的……你想呀，婊子可是千人踏万人踩，养出娃儿不知爹是谁？

听说二愣子与杂物贱（油嘴佬留在村里的眼线）把话传过去，油嘴佬也赌气，索性就不与爹娘与村里联系了，在外放风说：既然爹娘与大伙儿已不把我当作十五吞的子孙了，我又何必自作多情认祖归宗？厂办不好投资员工退款，是我的事吗？阿爷找我撞了车，有这事的因，却未必是这事的果啊？世间哪方山水不养人，何必吊死在一棵树上？何况树挪死人挪活这话，还是山里阿爷从小教我的道理；山里人祖祖辈辈、世世代代都盼望祖宗坟上冒青烟子孙出息哩，咋到了你们这辈人反不明白了呢？再说人生在世活不过百年时光宝贵，你们没把我当一回事，我得把自己当一回事呀！此后他下决心不活出个人样（对菲菲的承诺），就不再回村来。

世间俗语：人不可貌相，海水不可斗量。说的是人比人，比煞人；大千世界，芸芸众生，不能小觑别人把人看低看死。油嘴佬自小就不是一个让人轻视的人，这点老宝贝与我说过：在这坨山里，你最不能轻视的人就是油嘴佬；小子眼下是口无遮拦不成熟，一旦待他闯荡过社会，就会变成令人刮目相看的能人。老宝贝为何这般说？一是安慰我为油嘴佬出走心头的负疚感。在他眼里他离村出走对他未必是坏事，世间高人都是在江湖中混迹出来的。二是鼓励我与他争斗竞争的积极性。别看老宝贝说话讥讽，行为散淡得稀稀拉拉，好如看透一切没有信念（年龄在那儿摆着哩），心内却仍如一团野山火在燃烧着。自我担任厂长主事后，他就把我与油嘴佬一样当成他的徒弟，希望我与油嘴佬之间展开竞争，以使他能花开并蒂各表一枝地拥有晚年的成功感与荣誉感。

油嘴佬当初的认识：市场经济大潮中人与人之间的关系，就是蛇要饱肚腹、田鸡要活命的利益竞争。认为在商品经济大潮里，人们忙忙碌碌地你争我夺，无非一个利字；也就是鸟为食亡，人为财死。少年的乡村给我这代农家子弟留下的是一段困惑的记忆，亲情、爱情、友情都显得空洞朦胧，扭曲而又忧伤；大家日出而作日落而息、昼夜交替地忙碌，无非是想把日子过得比以前好一些；表面上客客气气，背地里钩心斗角无非就为一个利字，城里这样，村里也这样；一字当头，率先为自家考虑，以致人性迷失。他老爹与笑面弥勒历经数十年的明争暗斗，是是非非，无非是摘面子比别人的日子好一些。油嘴佬与我都是在这个环境中长大的，这就使他以更加忘我的精神，去开拓属于他自己的一块天地……

据杂物贱获知的情报，此时油嘴佬也包房间住在马山宾馆，为秃头郑陆发起召开的全国订货会做筹备工作。此订货会每年一届已开过几届，去年他以厂办公室随员的身份，跟他参加了北方集团在西安召开的会议。此次秃头郑陆的要求是必须超出西安会议规模并办出自己的规模来。锦纶帘子布的开发与生产，原料基础在北方，科技研发在南方，形成南北轮流坐庄的趋势。每年全国订货会均由行业龙头老大发起，在相互交流的基础上确定市场价格底线。由于这些年乡镇民营企业如雨后春笋般发展起来，和国企争夺市场，影响与干扰了国企与集体厂家的正常生产与营销。秃头郑陆发起制定业内价格同盟，目的就是削藩与清君侧；在行内打用价格因素掣肘的霸王战，把一些管理不规范技术不到位压价倾销的乡镇民营企业踢出市场门槛外。凭啥？凭拥有科技研发与资本实力嘛。为此他领先一步，让助理油嘴佬组织业务骨干进行设备改造，在行业率先推出低成本产品，在价格同盟联席会上喊出这样的口号：什么叫商场？商场就是战场嘛！为了让市场更规范地全面发展，我们要活着，就必须有人死去……

秃头郑陆与油嘴佬狠吗？我们村联办厂也狠着哩。做企业不狠行吗？两年前与县汽配厂解除挂靠合同，我们就与马山总厂过招抢占市场份额，为扩大生产规模把产品承包给沿海乡镇、民营企业共同推出"星星草"品牌。那次秃头郑陆亲至村联办厂考察，提出让我们退一步，借业内知名度高的"大路"商标共同开发。他说工人农民是兄弟有路大家走，只要按老规矩贴标交管理费，以前与县汽配厂合作的恩怨可以既往不咎。憨书记答应了，独立开发品牌需要投入大量的资本。他说没问题，只要村联办厂有利润，大家可以一起合作。结果秃头郑陆犯了与陈俊一样的错误，乳狼喂大需要独立觅食不能圈养。两家签订了三年合作协议仅过了一年，村联办厂就开发出比马山总厂更红火的市场来……

在我的人生潮汐中，呛水之凫稚必懂得泅水。农民是什么？是在市场经济大潮中能在野外觅食的一头头狼呀！那些年全厂上下团结一致拼命干活（我当厂长那些年里基本没有周末节假日，更别说年休假），不知啥是享受。那次为打开西北市场我与憨书记去青海，晚上汽车抛锚在前不着村后不见店的雪山口，寒风萧瑟吹来气温骤降到零下二十几度，全车人都快冻僵了。大家由驾驶员领着步行七八公里找到一家店铺，主人烧了火坑但有要求：入内取暖每人每小时两元，搭两毛钱热水喝。见到希望的人群呼啦啦地往内涌，驾驶员让大家排队，结果轮到我俩时憨书记却下不了决心，说每小时两元钱两人就是四元，敲死人竹杠哪！结果排后面的人挤上我俩只买了两毛钱的热水，店铺满员主人不让进了。那晚上奇冷（从无见过如此冷的天气），我俩凑合着喝过热水与同样没挤进店铺的三个后生（后知是"盲流"），在雪地上相互撞击身体取暖。这方法是他仨告诉我俩的，说坐着不动天亮就会冻成冰棍。奇怪的是憨书记都半大老头了，身手竟然如此矫健敏捷？像一个顽皮的后生家一样接连撞翻别人，自己一次也没被撞倒。那三个后生在雪地上摔了几十跤上车时真服了，说没见过南蛮子如此厉害？到地后要请他吃羊杂碎……

杂物贱从油嘴佬那里摸清情况回来，我们已换到不远处十二元钱一夜的私营旅社住了。憨书记一旦上了牛脾气，就很难扳回只好捋他的顺风毛。昨晚我俩住宾馆时，我几次打杂物贱的呼机。那时通信工具尚不发达，年初厂级领导与业务骨干配了只呼机。但憨书记没有，理由是他用不着也不会用。杂物贱在我们出发前两日到马山打前站，住淮河旅社内负责联络关系厂家业务。油嘴佬出走后次年他由技术组长提拔为厂长助理，协助我管理技改工作。他是油嘴佬的死党，与他保持联络，我要求他通过油嘴佬把订货会情况给摸清楚。

他进来时，憨书记坐床上抽旱烟，那双有些充血、木腾腾的牛眼睛盯住他的脸看了几分钟（想从他这儿窥探油嘴佬的状况），他要他从淮河旅社搬到这儿住。说一间房有六张铺，还有水壶烧开水……杂物贱平素见到他有些害怕，这时不断地眨着眼睛（他是火眨眼，说话时眼皮不停地跳动）正想说些啥，被我急用眼色阻止。能说啥呢？该说的我与老宝贝都说了，憨书记已知油嘴佬配合秃头郑陆打霸王战是冲他来的，心情不好，想省下旅馆费充成本（实际不可能），当员工的能有啥解释吗？何况他知晓杂物贱与油嘴佬之间的关系……

　　杂物贱把见到油嘴佬的情况又汇报一遍。房间内的气氛就显得沉闷起来。那年油嘴佬在婚礼前不告而别，这台子坍得厉害哪，菲菲躲进屋里不见人，没脸见人呀，新娘在婚礼进行前被蓄谋已久的新郎甩了，这霉头触到爪哇国去了；婆婆唠向外放口风说她寻死觅活地要上吊。憨书记知情后赶紧带着秋秋姑上门赔罪，婆婆唠一个劲地踹门菲菲就是不开，最后惹得干爹火起来拿起斧头要劈门，嘴里吼道：拉扯你到二十几岁，连礼数都不懂？你嫁了他家就是他家的人，不开门，老子先劈了你到派出所自首……憨书记阻止他，与秋秋姑跪在门口，含泪说：菲菲呀，是我憨佬教子无方害了你，畜生没认你我俩认；如果你还认我俩为公婆，跟我们回家，畜生的事再商量……那日菲菲开门然后跟他俩回家；才大半年山坡上草木刚转青、燕子衔泥筑窝时，就不声不响地也离村出走了。

　　那天憨书记的脸黑得可怕，是没一点血色、如花岗岩一样僵硬的黑，就像被人扇了两记耳光。我知他在想着油嘴佬的事，畜生知他到马山了连个照面都不打？五年了，整整五年，油嘴佬托杂物贱捎来口信：树要皮，人要脸，不见老爹是因为他说过回村就打断他的腿；村联办厂有事需要帮忙，只要老爹屈尊认不是，他可以帮助做秃头郑陆的工作……

　　这不是小人得志、左右开弓地抽憨书记与村联办厂的脸吗？这日午餐与晚餐，我们都没去外面馆子而在房间内待着，沉闷地咀嚼着自带的食物。往昔憨书记每次出差，都会从家里带上大麦粉蒸馒头与腌榨菜，还有笋芙花生与番薯烧酒，在他平素的食谱中这是世界上最实惠最经济最好吃的东西了。在企业图谋发展的那些不眠之夜，他与老宝贝、我、有时还有军嫂、二愣子、杂物贱等，就这般喝着番薯烧酒，抓着笋芙花生合着大麦粉馒头与腌榨菜，无论寒冬腊月、赤热盛夏，常一聊一晚上，乐在其中地度过一年的近半岁月……

　　老宝贝也恨得牙帮索索发抖。说爹生娘生的油嘴佬还真牛上了？孤情寡义地把师傅一脚踢回到旧社会……

2

静下心来想一想，我还真羡慕油嘴佬碰上了好时代，而我却没有。如果当初我也拥有这机遇，也许就不是今日的秀才。我会像他这般说话吗？应该不会，这点自信我还是有的。胜利者的刻薄只能引起失败者仇视，挑起新一轮的争斗。猫哭老鼠——假慈悲，不是修炼到家的仁者壮举，而是引发自己陷入失败泥淖的开始。就此意义上说，当初油嘴佬的修炼仍然是不到家的，错过了与憨书记有益对话乃至恢复父子感情的最佳时机。人生这玩意儿，有时很难界定谁错谁对？也难判断谁是谁非？只要自己觉着满意就行。油嘴佬离村时，许多人都认为是我抢了他饭碗。他也铜缸对铁罄、针尖对麦芒地要与我论是非短长，曾面对面地指着我鼻子，说如果他当厂长，这事应该咋办咋办……说我鸠占鹊巢，修身当和尚戏弄泥菩萨，欺负他老爹一字不识横竖，猪油馅汤团蒙住了心窍……还说恶有恶报，善有善报，不是不报，是时候没到，时候一到一切全报等等废话；这已不是下战书而是挑战了；目的是引发我内心的混乱，使他有机可乘取而代之。自然这些话他都单独与我说，没当着他老爹与大家面论短长；在我眼里他就像一个没成年的孩娃。我当然没吱声回应他，曾经沧海难为水，除却巫山不是云。虽然我俩都属牛，毕竟我比他大了十二岁，在生产指挥组待过啥世面没见过？论他与菲菲的关系得喊我一声阿哥哩……人在年轻时，相差十二岁就是个阶梯，现代人称为代沟。就像我们日常的翻山越岭，没翻过这坡就看不到坡上的风景；就人生来说：年长者看年少者，就像站在阶梯上往下看，高一个台阶高一份眼光；而年少者看年长者则如雾中观花。我俩间的争斗表面看是厂长的位置，实则是经历与学识。他所经历的事我以前经历过，我经历过的事他却没经历过；大千世界中万物相克、相竞、相合、相成，于油嘴佬来说，没我秀才在前面挡路还会有别人，你的抱怨与发泄只能说明你的失败，而增添胜利者蔑视嘲笑你的信心与勇气。佛家有句偈语叫：人能百忍自无忧，事不三思必有悔。你忍不了容不下，说明你的功夫不到家……

可现在他长大了不再是孩娃，让杂物贱捎信刺激他老爹与我，就不再是聪明人的做法……当年他离村的真实因素，除了与我竞争厂长位置外，应该是菲菲由于他的轻薄与肤浅，说了一句刺激他的话。据说这文文静静的小丫头，也不知哪条筋搭错地高看他，在婚前总逮住机会求欢，而不明婚姻与爱情为何物（都是旧小说看的，当时村里包括城里有几个年轻人懂爱情，何况那年他才二十一岁）？竖起眉毛说过这样一句话：你除了鸡巴功夫还有啥能耐？有脸面与秀才哥争当厂长？连我都不服你，村人能服你吗？要不是你把我强奸了，我才不会嫁你呢？还说大姐在城里有瓦房，二姐、三姐有居民户口，四姐差劲些，也是四姐夫拿电视机票与自行车、缝纫机票把她抬走的。你说过是金子总会发光，是鲤鱼就会跃龙门，与秀才哥争当村办厂厂长算啥能耐？他是在县里混不下去才回村里来的；有本事你考上个大学、转一张居民户口给我看看！这般说是个性情男儿都会血脉贲张，何况油嘴佬自视甚高，有镇高中毕业考前三名的记录；那年全班七人考上大学，如果没出菲菲这档事，他成为村里第一代大学生，是旱田坑里捉田螺——十拿九稳的事。菲菲说过这话立即反悔，她原意是以爱情励志并不想推开他，但她也是犟头倔脑的人，说错话不会收回并且当场认错。以致被厂长竞争挫败感阻塞心胸倍觉脆弱的油嘴佬当回事，当场问她：你说的可是真心话？菲菲的回答是：你能有这本事，我也就海枯石烂地这辈子由你强奸了！这话就说得有些怪怪的，油嘴佬与她结婚在村人面前摘掉了强奸犯的帽子，而在菲菲心里却没摘掉，她不承认他是生理上的强奸犯，而承认是精神的强奸犯。油嘴佬点头：好吧，你等着，我会让你等到这一天……

在油嘴佬离村许多年后，已在外闯荡经年见识世界的戚菲菲，才认识到当年的行为多么幼稚可笑。她确认其实自己还是爱他的，却没心气致使他回头。就如茫茫尘世中丢失一册旧书扎，想阅读了却已经找不到北；即使找回来已不是原来那味儿了。三年前，她在四眼家当保姆，心甘情愿地蒙受真公主高晓敏欺凌。那日我与四眼喝了些酒留宿他家。次日菲菲整理房间时不知咋的旧事重提，我说对不起了，你为支持我当厂长，把油嘴佬丢失了。她封起脸说别自作多情……他离村出走与你一毛钱关系都没有……我说那你老实告诉我，油嘴佬为啥离开村子……她摇头抢白道：天高任鸟飞，海阔任鱼跃。亏你也是个大男人，他与你在这小水汪中争风吃醋有意思吗？他走是为了博取更加灿烂的人生……

她这般说，我就无言以对……

菲菲为何厌恶留在村里？表面上看是四个阿姐前后都嫁去城里，这是干爹实施养老计划的重要环节。他虽从无说过十五岙咋贫穷落后又咋闭塞，但心里对这份祖宗留下的不动产却漠视鄙视甚至仇视。干爹没本事送她们去国外，却有本事送她们进城。他自己与我干娘虽然晚年还住在村里，那是他病马当作健马没法儿，他做梦也没有想到二十年后，这村里的日子，过得比城里居民还好。他的那些年轻时如花似玉的女儿，我的堂姐与堂妹们，身材发福招摇过市地领着孩子们，间或不断向他索要买房买车的首付款……

这其实是个悖论。干爹最终没有随他的哪个阿囡住城里。不是阿囡们忘恩负义不带他玩，而是他不愿意了。在村里小水汪游戏惯了的鱼，能经得住城里大江大河的荡涤吗？人嘛，年轻力壮时往往想出一出是一出，总以为以后的衰老为期尚远，把仅有的财富换成触手可摸的现实，到老才发现尽是些枉费心机地白劳碌。不是风景有变，而是你的心态变了……

当年菲菲不想待在村里，不仅有与她四个阿姐较劲的心机。她比四个阿姐又不缺少啥？论容貌她比她们还漂亮，论学识她是高中生，而她们，大姐没读过书，二姐三姐小学没毕业，就数四姐勉强在镇中学读过一年初中，闹红卫兵时胆小怕武斗逃回家来了……但这些都是表象上的动机，她不想留村的深层次原因，是觉得村里环境囹圄流俗，太陈旧也太沉闷，人之间为蝇头小利争执相互间都弄得如乌眼鸡，而把女性视作商品缺乏起码的尊重。她自小就讨厌干爹，觉得他道貌岸然，根本不算个人……

这事说起来连我都羞于开口，干爹不到五十岁身子发福得了一种怪病，浑身须毛脱尽，像金庸小说中东方不败蜕化成的女性，房事与精力均不如以前旺盛。这事原本没啥，不痛不痒于生活没啥影响。可他不知中了啥蛊由高人（瞎子老根）指使"采阴补阳"，把干红枣塞处女私处，半月后取出用红糖炖鸡蛋羹吃。但此事可有些难办，这村子里红枣有红糖也有，鸡蛋更是现成的，处女拾目皆是，用人私处却需要花精力与财力。尴尬中婆婆唠自告奋勇答应办，老公是啥？她心目中是神是主人。神要强身健体就是圣旨，开始在外一个鸡蛋换一私处，后来发展至家里，把没嫁的两个阿囡奉献替老爹治病。说女人这东西就为被男人用的，反正以后老公用，倒不如让当爹的先用用。菲菲开始屈从，她还小嘛；待上初中学过生理卫生就抗争不从了。当时她四阿姐也已出嫁，家中处女只她一个，婆婆唠软硬兼施想尽办法逼她就范，她以自杀抗争不从……

这样肮脏龌龊的爹，在她心中算是一个完整的男人吗？这事在油嘴佬弄成强奸犯后我才知情。菲菲到我被收审的劳改农场探视时已表示她有出走的想法。她说了与油嘴佬的事后问我：爹这样做，还算是一个人吗？我瞠目结舌无言以对。她哀哀地望着我道：我憎恨村里的男人，你们啥时候把女人当作人呢？

杂物贱又在马山宾馆与油嘴佬见了面。他再次带着我交代的摸底任务与他谈判，既然秃头郑陆打价格战目标明确，作为应战一方须得把底摸清楚。孙子兵法有云：知己知彼，方能百战不殆。我把憨书记邀来就为方便企业决策。我把这任务交给他，说别管油嘴佬有多高傲多狂妄，他总归还是户口留在村里的农民。乡里乡亲的，无力改变秃头郑陆设下的天门阵，透个消息总还是应该的。

真当是应了士别三日当刮目相看这古训。站在他面前的油嘴佬英俊潇洒，十足是个城里人：黑色条纹的西装，胸前系一条猩红碎花格的领带，足蹬一双擦得锃亮的黄皮鞋，大背头上抹上了发蜡，一张原本英俊的脸蛋儿，红润透亮地焕发出青春的光泽；手里还像模像样地拿着个真皮的名牌包……

杂物贱显然有些怯场，他平素钻在车间搞技改，没见过如此场面，用手背揉揉那双一年四季都沾眼屎的多眨眼，战战兢兢地（一紧张习惯性结巴）说：油……油嘴佬……你、你发达、达了呀……你应该叫戚总助……场面上不能叫绰号。油嘴佬认真地纠正他。戚、戚总助……他仍结巴着，还没习惯这种场合（我遣人不当，他并不适合做这类事）。油嘴佬笑嘻嘻地把他领至大堂吧，找靠窗位置坐下，让服务员泡上两杯浓香咖啡，说：我知道他们会让你再来找我……

杂物贱很想说他自己要来，没受憨书记或我派遣……油嘴佬粗暴地挥手打断他：最好别解释，你解释只会越描越黑，我俩是初中同学一起在马山培训过；但现在我俩各为其主，按说没啥可交流的，但因为我是十五呑村出来的，虽然老爹现在不认我了，可我祖宗与山里阿爷的坟还埋在山里，你有事就说，只要不影响马山总厂的相关机密，我都可以告诉你……杂物贱就按我向他说的价格透底的事儿说了一遍。未了补充说：油嘴佬呀，此事你可得想明白。老话有说得饶人处且饶人，你得手下留情啊……

接着，杂物贱开始说厂里生产、销售艰苦创业的情况（不择要点），既像向他汇报工作，又像在泄露办厂机密。油嘴佬默不吱声地耐心听他听完，在咖啡中加上奶与糖，用勺子轻轻地搅拌着，和颜悦色地与他说：我明白秀才派你找我，是想了解总厂调整价格的底线；这事于我很方便我也想让你完成任务，好坏我和你还有二愣子算是赤卵兄弟，但你想过没有？你完成了任务我却尴尬了，因为马山除了总厂班子外，只有我一人了解情况。现在国内锦纶化工市场竞争激烈，价格决定成败；蛇为饱肚腹，田鸡为活命。我们也是无奈之举不得已而为之。请你转告秀才厂长：就目前情况看，村联办厂的实力不足，硬着来竞争不过马山市办厂。如一意孤行导致摊牌，只能鸡蛋碰石头，倒霉的是你那方而不是我……

所以，憨叔让我找你……杂物贱还是说漏了嘴。油嘴佬依然打断他的话：找我没用，现在不是在五年前了，大家一窝蜂地上项目，产品铺开市场后，竞争的是科技含量与实力……可是……你毕竟是十五呑村走出去的人哪……杂物贱显然还想争取。没可是……自古商场无父子。何况五年前我已不是村里的人……如果，我说如果，老爹还认我这儿……不会自己来找我？退一步海阔天空……退……咋退呢……你让他俩直接对话吧……我正有话说哩……油嘴佬板下脸来，一副公事公办的模样，轻描淡写地说：兄弟呀，记住我的话：落后就要挨打。你还是回去告诉老爹与秀才厂长，记住这次的教训再图振作；农民办厂，只有自身强大起来，才有市场发言权……

这已经是油嘴佬第二次提出要见老爹与我，他是不见菩萨不烧香？杂物贱回来不敢把原话直接告诉憨书记。父子俩五年不相往来，他怕在火上添油影响父子情感。在我送他至门口时说：秀才，情况好像不大妙……估计低于今年统销价的百分之五。我听后脑袋立即炸了，百分之五？原材料费用还上涨百分之二，加起来就是百分之七。按现下渠道营销，企业每年得损失五六十万元……我迟疑着问：能不能改变？他犹犹豫豫地说好像不可能，油嘴佬吃马山的饭，就得听秃头郑陆指挥。他如此卖命就为证明他的价值，不是村民随意可掷的垃圾货……

3

五年前油嘴佬离村，并没立即找秃头郑陆，而是去了内蒙古伊盟。

他去那儿有两个原因。一是找一个大家都找不到的地方。他在办喜事前三天丢下如花如玉、已扯上结婚证的菲菲独自出走，简直离经叛道不可思议，连他的铁杆好友二愣子与杂物贱也觉得丢面子；何况他还有强奸犯的前科，把两人的名字都凿刻在我阿爷坟前崖石上示威，不就证明海枯石烂不变心吗？何况在村民眼里菲菲虽系假公主，却是小学校的民办老师，要相貌有相貌，要文化有文化，住着三楼三底的瓦屋，屈尊下嫁只有一间一披瓦房和一间草舍棚的他，在这穷村里也算是一桩前所未闻的稀罕事儿；而他居然还把她给丢了，不是大逆不道又是啥？于是油嘴佬审时度势，怕老爹与我干爹告到公安局派出所通缉他（憨书记是准备这般干，秋秋姑与我干爹干娘没同意才没实施）。他们当然要为菲菲的前程考虑，扯过结婚证就是他的人了，比当年强奸敲下印戳还铁板钉钉；把油嘴佬搞臭等于把菲菲也搞臭了；他又没说与她离婚，没准走了一年半载地又回来与她生儿育女哩？干爹嗟叹说像油嘴佬这般不负责任的调皮猢狲，弄不清楚他到底咋想的？不硬做说不定还会吃回头草；硬做嘛，即使回头我阿囡也得吃他一辈子苦头；世上只有凤求凰哪有鹿回头的？油嘴佬是聪明人，要走就走远一点，走到你们都难寻找的地方，就会省去许多麻烦。第二个原因是这地方他原本就熟，跟老宝贝养蜂每年去那里赶花期；只要老宝贝不暴露目标，他爹他娘我干爹干娘就是踏破铁鞋也难寻觅；而老宝贝（他摸熟他底细赞成他出去闯一闯）断断不会暴露目标。而且那地儿，还是老宝贝相中的养老之地。几年后他喝醉酒吹牛，说这世界已被这班不肖子孙弄得浑浑噩噩不着调了，亏他有先见之明在塞外找了个安静去处。人便问何处？他说我老宝贝也算这辈子艳福不浅，老了老了，还有真心的人在帐篷悬挂套马杆。啥意思？他解释说那地方的男人与女人心头都安静，女人发骚想养个娃儿，就在拴马桩上挂出套马杆来，暗示可进帐篷行苟且之事。此事真假，我没考证，只是老宝贝在过了七十岁，还总是去邮电所取邮包，汇钱去那儿买奶酪。油嘴佬跟老宝贝养蜂三年，自然知那地方是他舔好疮疤东山再起的栖身之地；像他这般的聪明脑袋，恐怕是早就留下了基础。但他在伊盟只留了半年（不知以啥谋生），就与秃头郑陆联系上杀了回来……

当初菲菲虽然激将油嘴佬离村自奔前程，真离去后却难免茫然若失，几次找老宝贝探口风想弄清他去处。找多了老宝贝有些烦，给她讲了朱买臣的故事，说：你这等聪明的姑娘还是小学老师，覆水难收的道理都不知道呀？此故事载于《三言两拍》，说的是：朱买臣打柴读书，寒暑不辍，到了四十多岁仍未得一官半职。为此妻子崔氏常嘲笑奚落他，他不以为意说到五十岁必然金榜题名大富大贵，届时我必会报答你。崔氏不信，逼朱买臣写休书离异，改嫁附近张姓木匠。张木匠好酒使气，动辄对崔氏拳脚相加，崔氏心里懊悔不已。过些年朱买臣进京面试，衣锦还乡出任会稽太守，崔氏哀求他重新收留她。朱买臣骑马至张木匠家门口，令人舀一盆水泼于地问：如果你能把泼出去的那盆水收回来，我俩就重归于好。崔氏羞愧，投水自尽。听过这故事菲菲就明白了，人做过的事就如水泼出去，要收是收不回来的。她俩的事如果油嘴佬是朱买臣，那她就是崔氏；相反，如果她是朱买臣，那么油嘴佬就变成崔氏，关键是菲菲不想成为崔氏而想做朱买臣。这口气她还真给豁上了，张果老骑驴看唱本——走着瞧呗！

在油嘴佬的回忆中，秃头郑陆是他人生旅途中除老宝贝外遇上的又一个贵人。两人早在马山总厂培训时已有交往，当然这种交往仍是肤浅的。那时秃头郑陆是马山市政府从省里挖来的人才，刚上任担任这家拥有三千多名员工、大集体厂的副厂长兼总工程师。马山总厂隶属市手工业局（后改名为轻工业局），当时转产不久（东部沿海市属企业大多在那时期资产重组走向市场），他可是日理万机的忙人，哪有时间与一个外地培训的小技工打交道？两人相识相知，是因为共同爱好而志趣相投。油嘴佬是个率性之人，却从小养成良好的阅读习惯，在他日后的生活轨迹中，随处可觅踪影；当时马山学艺工作安排并不紧凑，这难怪，于马山方来说并不想倾心传授吃饭本事，而沿海方派去的大都是汽配厂的年轻师傅，因为不是项目不直接做承包给村联办厂，也没刻意学。这般白日上班，晚上就闲着没事儿，汽配厂几个小伙子在宿舍戒冷、戒热、戒肚饥地甩扑克，杂物贱不玩就早早上床歇息了。这是他的残疾爹临行时再三关照的：娃呀，老话有说吭钱买补药，早困早将息。出门在外爹娘照顾不了；你人穷志短啥都没有，只有身体是自家的，要保重好。只有油嘴佬闲不住，吃过晚饭就往附近市图书馆跑。

他花五角钱证明是马山总厂徒工，又花两元钱登记了一张临时借书卡，就如老鼠钻进白米缸似的猫在图书馆里，阅读化工书籍和技术杂志，因为他明白这些是他以后抬头行路、人前人后说话做事的资本；也是后来秃头郑陆高看他、以公费送去省化工学院培训插班就读的根本原因。当时他每晚到图书馆坐在灯光昏暗的角落里，为何？有自卑感呀，别看油嘴佬在村里目空一切很狂妄，外面却装小脚特别不自信。别说他，其实许多农村娃儿都这样。我在上县中时也自卑得很，拿四眼这般的干部子弟当保护伞。城里年轻人来图书馆除了做学问，还穿着光鲜有些赶时髦的意思，而他只有养蜂回村时那件白西装，天冷不适宜穿了就穿着厂里发的厚帆布工装；人家胸前佩校徽或企徽，他光溜溜的啥没有，脚上就更寒酸了，是老娘秋秋纳的千层底老布鞋。这东西现在可算是好东西，可在当时穿皮鞋还是布鞋，是有产者还是无产者的分界线。所以他不自信，只坐在角落看书做笔记。

秃头郑陆就在那时发现了他。他在马山是单身贵族，晚上也有去图书馆的习惯。油嘴佬进厂时见过他，站讲台上神气活现滔滔不绝地上技术课。他那容貌很容易辨识，不到四十岁就脱发，只在脑后留着鸭尾巴，头顶心寸草不长。人之间的友谊往往出于偶然的遇见，应该说那时他就对他有好感了。他对他的好感不仅因为他阅读的化工书籍与杂志，这些是他的专业；而是他常用探询的目光注视他，开始像小老鼠般胆怯而又躲躲闪闪，后来就变得肆无忌惮有些张狂并带有一种挑衅的味儿……秃头郑陆太熟悉这种目光了，他就是一个农村出来的娃儿，与他一样在谦恭卑贱的外表下，藏有一颗极其自负脆弱的心……

秃头郑陆是那种非常敏感又脆弱的聪明人，做人在身背后都生着眼睛。他看书时习惯摘掉帽子，却讨厌别人轻视他是秃子把注视的目光热辣辣地定格在他的脑后。这时他便恼火了，看啥看？不就脑袋上少长几根头发吗？书上还说聪明的脑袋不长毛哩？众皆醉去伊独醒，油嘴佬是唯一拿正眼观察他的年轻人；他知他在求知外表下那份诚意，孺子可教矣！他向他走了过去……

据杂物贱得到的可靠情报，秃头郑陆应在油嘴佬离村大半年后，两人在包头火车站站台上偶然相遇。我问：秃头郑陆在马山，去包头干啥呢？油嘴佬在伊盟，又去包头干啥？是不是两人事先有所约定？他嘿嘿地笑道：有无事先约定我就不知道了，只是我知道马山总厂的原料基地在包头，而油嘴佬虽然不做锦纶制品了，却仍关心着锦纶制品的原料。他说事到如今，我也就不必瞒你；这事的传说有两个版本。第一版本是油嘴佬自己说的：做人靠运气，运气不来昼思夜想也没用；运气来了想推也推不掉。他说秃头郑陆的厂办在马山，原料基地却在包头近郊。那次他去那儿办事，啥事他闪烁其词没说。你知他这人啥话只说一半极不靠谱，你问下去往往东牵西扯地不着边际。啥《西游记》师徒四人去西天取经，孙悟空一个筋斗云就到目的地，唐僧骑着白龙马却要走上几年。这是他办事的风格，要不咋会被人称作油嘴佬？他说他是在包头火车站出口处碰上秃头郑陆的。我问他你待在出口干啥呢？他说在等人，不会是等他吧？两人相见都不由愣了愣。秃头郑陆问他这么冷的天，傻愣在这儿干啥？油嘴佬说自己是踏着尾巴头会动的机灵人，满脸堆笑地回答说等人呀？他问等谁？他说等您呀……于是，他从他的手里接过了旅行拉杆箱。

还有一个版本，是杂物贱听菲菲说的，我说过他做双重间谍，同时不断地在油嘴佬与菲菲之间穿针引线传递信息。这点二愣子要好一些，他只给兄弟提供情报而不顾及女同学菲菲。菲菲自油嘴佬离村后心上仍在恋着他，毕竟两人有过那种关系还扯有结婚证，按传统理念她就是他的人了嘛。但她从不主动出击，奉行你不主动联系，我就绝不理睬你的理念；天下只有蜂恋花，哪有花惹蜂的？花惹蜂就显得花熬不过寂寞不值钱了。在油嘴佬上省化工学院后菲菲在他身边安了一个名叫萍儿的眼线，这人是她镇高中的同学，据说两人在学校就是死党（其实不一定）。当时她在省化院旁开理发店（应是美容院），油嘴佬课余到她店里理发聊天时提到这事。她说油嘴佬很有心计早想好了自己的退路，培训结束后一直与秃头郑陆保持着联系。说他与她说过：为重续旧梦他每周写信给秃头郑陆诉说理想与现实生活矛盾。开始秃头郑陆并不回信，他没回信他也写，一页接一页，一次一大沓，到伊盟后更是隔三岔五地写，像写情书一样地写；还自费去邮局打长途电话找他。目的只有一个，让秃头郑陆伺机保送他上大学。人说做大事的人胸有成竹，他在肚子里开出篾匠铺来，为利用秃头郑陆这块跷跷板算是不择余力挖空心思。

就我分析她这般的说法比较靠谱。因为省化院是秃头郑陆的母校，他在上大学时也有过坎坷的经历，很容易被油嘴佬的诚心感动。我问萍儿还说了些啥？杂物贱摇头说这些都是菲菲说的，还说了些啥他就不知晓了……哦，对了，菲菲好像说过油嘴佬两年考出大专红本本来，学杂费是秃头郑陆给解决的。因为他答应毕业后回马山工作，据说两人还签订过一个协议……

4

油嘴佬离村时胸中憋着一口气，在他眼里全村人都看不起他。不相信他是有能耐的智牛，能为实现目标忍辱负重拉着村联办厂这架战车往前赶路？他对杂物贱、二愣子说过：我最不能容忍大伙儿用轻蔑的眼光看我，连老爹也是；好像我只是个仅吹牛不办实事的壳里空。他说农村娃儿并不比城里娃儿智商低，整体没出息是国家的教育制度出了问题，一味锦上添花而放弃农村的基本教育，让他们输在起跑线上。如果农村娃儿能与城里娃儿一样受到教育，那么这世界必然能更快地变个样儿。为何这些年农村娃儿能中高考状元，而城里孩子没有或者很少呢？是因为农村娃儿憋着一口气在念书，而城里娃儿不会。

在省化工学院，油嘴佬遇上他的第三个贵人骆忠先。

如果说老宝贝带他出去养蜂免费旅游长了见识，知道外面的世界很大很精彩；那么秃头郑陆就给了他人生须有压力，为达到目标永不停止奋斗的玩命精神。秃头郑陆是一个特别爱玩命的人，在业界有拼命三郎之称。他使他明白人生在世一切要靠自己创造，天上不会掉下馅饼，要获得就必须像他小时候玩耍陀螺一样，只有用鞭子不停地抽打（外界压力），才能不停地旋转。你要出息就得拼命，你失败是你智商（内在）不够与压力（外界）不足造成的。人的智商是天生的，凡人之间的差距不大；而压力却是后天造成的，你所受压力越大，也就越有出息。为此秃头郑陆在油嘴佬进入省化院后，介绍自己的恩师系主任兼岳父的骆忠先教授与他相识。使他明白现代社会的竞争，最终是人才与知识的较量，并得以终生持之以恒钟爱着这份事业……

在油嘴佬有限的人生中，他还佩服着一个叫王阳明的乡贤，把他的著作《阳明文集》终生置在枕边。而这本著作，则是骆忠先教授赠送他的毕业纪念。他对他说：我学化工并不专注文科，晚年才有幸接触到这本书，但你的乡人给我的震撼是全方位的。别看这么厚厚的一本书，其实也就说了"观花见花：寂然不动，感而遂通"一句话。啥意思呢？就是世界上任何事物都是格而知之，行而知之，山野之花，我未见则寂，见之即动。对你们这代人来说，未来的竞争比我们这代人会更加严酷，你要赢得这世界就必须观花见花，寂然不动，感而遂通，认识事物的本质来掌握你的行动……

油嘴佬初到省化院就读时，身上没钱连学费都交不了。他重面子不想开口与人要。秃头郑陆答应公费推荐上学，在厂里开一份徒工的工资就读，已是天大的恩赐（不是天下读书人都能享受这份施舍）。但这钱除了上交书杂费根本不能维持日常生活。当初还无大学生打工一说，这是后来城市发展第三产业后才涌现出来的新事物；那时饭馆不多基本还是国有的，个体户开些包子馒头、焦饼油条类的点心铺，维持生存都存在问题；如果范围扩大些，也就几家洗头房与理发店。像沿海县城 149 卢益平开设驿亭茶馆，也是向县饮食服务公司承包经营上交管理费。油嘴佬不敢向家里要钱，不愿拖累老宝贝泄露动向，危难之际只得向秃头郑陆频频求救（只有这一条路）。秃头郑陆被他弄得烦了，思索再三把此包袱丢给恩师兼岳丈骆忠先，打电话求援说：爹呀，我交友不慎结识了一个不识相的人，只得麻烦您施援手支持了。骆教授就问他是谁？他说就是我弄到您这儿上学的那阿乡哥，我知您老是菩萨心肠，是否彻底成全他一下？骆教授说这人还不错，基础差一些，但可断定是一位学化工的人才。他问你说彻底成全，咋彻底呢？秃头郑陆没好意思提钱，就说当年您咋成全我，现在也咋的成全他……

就这层次说，秃头郑陆真是个大好人。他为何不遗余力地帮助油嘴佬？除两人有共同的爱好气息相通，主要还是在他身上看到当年自己艰苦卓绝、孤掌难鸣的奋斗痕迹。他已经感觉到这个被称作油嘴佬的小子，就是他青少年时的翻版。是呀，少年郑陆就是在人皆歧视的目光里，靠自己努力才一步一个脚印地冲破贫困藩篱，由一个乡村穷小子发展到了今天的事业……

接到女婿电话骆教授心里有数了。老人家不知出自何种心态？一直把帮助贫困生作为己任。甚至觉得他们身上拥有难以预计的潜力，能使他钟情的中国化工事业有个飞跃式发展。为此他与秃头郑陆的岳母（退休教师）一起，在了解油嘴佬情况后去学生处为他争取最高奖学金。遗憾的是此时学院奖学金评议已经结束，油嘴佬因是插班生在生活来源这项中，如实填写为马山锦纶总厂徒工，有工资来源，只评为三等。骆教授不依不饶地说徒工能自学考大学，说明他有深造的潜力。工资交了书杂费吃饭咋办？总不能由我这当教授的老头子养着。强要学生处改一等，每个月增加八元钱。学生处领导开玩笑说：骆教授呀，您有两女儿，大女儿嫁地质家，小女儿嫁了企业家，莫非还想招编外驸马呀？骆教授喜听奉承话，见他夸赞两女婿笑得特别开心，说：可惜我没女儿嫁了，只是想当伯乐。如果你们确有困难，弄不成一等就二等吧？不够的部分我补，只要让他不知我在帮他。这样，油嘴佬的奖学金就由三等变成一等。但他还是每天吃不了三角钱的包菜，独自捧着饭盒子嚼榨菜孬头。把每月补助的钱都悉数买了图书……

　　油嘴佬还是知晓了骆教授在帮他的事儿。他原本就不是普通的学子，是个踏着尾巴头会动的人，只要秃头郑陆一撅屁股，就懂得如何顺着竿儿往上爬了。高中毕业经过几年社会闯荡，使他这般从山里出去的穷小子，懂得这种天外有天、山外有山把握关系网的重要，知道骆教授喜欢他，立即就如救命稻草一般抓住不放，即使稻草中插着刀子与火把，也要为了前程赌一把。做人转眼百年，最多也就三万六千五百天，能真正使生命燃烧的不足两万天。与秃头郑陆的想法相反，油嘴佬需要的不是物质帮助，那些东西对他有形有限；他千方百计地巴结骆教授（他是他至今唯一接触到的大智之人），目的就像徒弟偷学师傅手艺一般，把他拥有的专业知识在最短的时间内学到手，使自己成为化工业界的强人……

　　接下来油嘴佬付诸行动。他是插班生不似正规生那样能接触导师，骆教授虽把他当一碟菜，却远没到端上台面的时候。炒菜先得有料，厨师方可或煎或炒或蒸或煮地烹调出能端上桌的美食来。为争取成为这盘菜的主料，油嘴佬挖空心思（他等不及），把心思用在他的外孙女郑燕身上。周末跑去小骆老师家（两年前老宝贝带人装修他知晓地址）帮她料理家务。使小骆老师感觉到他可靠，逼得余暇就让他领燕子玩。那时郑燕刚上小学，小姑娘爱漂亮又特喜欢小动物。他带她买花蝴蝶结还背她去动物园，弄得她几天不见长庚叔叔，就在家闹绝食。每逢周末小骆老师主动打电话预约，说燕子询问叔叔周末如何安排？没出三个月小骆老师就把他当亲人往娘家屋里领了。

　　其实人与人之间的信任，不仅仅是物质利益的交集，主要还是在心灵上的沟通；在这方面油嘴佬更是一等一的高手。那时秃头郑陆特别忙，一个月难得回一次家。小骆老师年轻漂亮，风华正茂。与秃头郑陆恋爱时常有同事见缝插针，说他学业虽好，相貌可不咋样？小骆老师也逗，当丈夫面调侃，说他一个大葫芦瓢儿比她爹还显老。秃头郑陆大学毕业在农场锻炼时她奉父命探望，那些农场女人说他是她爹哩。郑陆下海后曾提出让她随去马山，她思考良久没答应，说下去容易上来难，省城毕竟是省城，爹娘都上了年纪，何况燕子在城里上学换个环境不习惯。郑陆担心小骆老师红杏出墙聘他担任克格勃，常在深夜打电话查岗，说你可得把师母给看紧了，有情况立即向我报告。因此油嘴佬去她家除了逗燕子玩外，还有个重要任务在她家设立东厂。小骆老师是聪明人，夫妻分居易遭猜疑，知他是丈夫好友，常有意无意地显示忠贞。使之他汇报材料丰富翔实，得到秃头郑陆的嘉奖与肯定……

骆教授年届七十按理应该退休了，只是他这专业师资紧张，学院就把他当宝贝留下发挥余热。膝下两个女儿，大女嫁去北京，地质工程师的女婿一年四季脚底板翻天在外跑；女儿搞文物请保姆在家里照顾孩子，连给爹娘写信时间都没有，春节自然也不回家过。郑陆在岳父支持下下海，就更没时间照看老人了。骆教授具有硕士生导师资格，却很难找到得意门生，嗟叹无人继承学业，骆师母退休后动了子宫手术精神衰弱，一年中有大半时间卧床，家里虽请有保姆料理，但如电器修理、自来水管破裂、换个煤气罐的保姆就做不来。这样油嘴佬就又一次老鼠爬进白米缸，不久老两口就把他当亲儿子看待，不无遗憾地说：可惜我只有两个女儿，如有老三定招你做女婿……待两年后毕业他返马山时，全家人拉住他的衣襟恋恋不舍，骆教授的眼睛竟有些湿润。他说：你答应过考我的研究生的，回去把本科学函授修完，我欢迎你再到省化院进修……

油嘴佬有无答应骆教授是否考研究生？我想他应该不会答应，就是答应也是逢场作戏，在他的理念中，读书只是为脱离贫困，在菲菲与村人面前挣足面子而已，至于学识，那是他进取的一种武器，就如上台演戏刘备舞双股宝剑、关公挥青龙偃月刀、张飞使丈八蛇矛，是装饰而没有实际意义；他所要的东西，在他就读的两年中，由骆教授专门给他开小灶，把自己的武功秘籍毫无保留地传授给他了，有此足矣。骆教授于此纠葛不休寄他予厚望，只能说明他不了解农民……

5

杂物贱汇报情况后，憨书记又显得闷闷不乐。这时离订货会召开还有十天，莲子从上海获知前程莫测的变故，打电话询问情况。她说秃头郑陆如果真准备动手……城门失火殃及池鱼，她多年的心血灰飞烟灭，在上海的前沿阵地将丢得一干二净。我嗫嚅着说：你再等一等，也许情况还会有变化……她失望地叹道：不可能了，我知这对父子都是憨货，下了决心的事不会回头……哦，憨书记来了没有？如果没来你就是拖也得把他拖来……村联办厂是死是活，得由他董事长做决策……莲子说这话显然偏心于我，潜台词就是要我不要主动担负责任。我说来了，他与老宝贝都在我身边哩。我问：你什么时候来马山呢？这儿还有些散客业务，需要你签订协议。她说好吧，我处理完上海的事儿就飞来马山。莲子说完就啪地挂断了电话，我在旅社公共电话机旁愣了一会，想起这五年商场上白刀子进红刀子出的峥嵘岁月，心有余悸。由于身体原因我与莲子虽然相爱却没有结婚，这在憨书记与村人们看来不可思议，他经常半开玩笑半作真地与我打趣，说你俩年纪也不小了，咋就鱼吊臭猫叫瘦地拖着？他当然不知我的身体情况。这种事是个男人就很难开口；莲子也总是催我，对我抱有幻想，说现在科学这么发达，你有毛病可以治呀。我问她治不好咋办？她说治不好也不要紧；除了性外我们不是还有许多共同语言吗？只要你心里喜欢我，这世上无性的婚姻多得是……可是我仍然不忍心。莲子虽已为我熬成了老姑娘，没与我结婚还有机会嫁人，结过婚就变成削价的地摊货了……

莲子这人表面看来很会计较，就如现在危难之时就想把责任推给憨书记；其实她的心眼不错，做事也顾全大局比较认真，并不真心与憨书记过不去。自担任副厂长兼管营销后，因交通不便在沿海县城注册设立独立核算、自负盈亏的营销公司并任经理，很少有推诿责任与不听指挥的时候，与厂里分级核算的账目也搞得很清楚。我知道她这是为了我，想为我博回人生的尊严。现在我们这茬同学，大多混得不错，她也希望我能够重新站立起来，在改革开放洪流中找到自己的位置。村联办厂的营销开始没有自己的队伍，只有三四个搞统计财会的工作人员。产品由县汽配厂贴标马山"大路"品牌由供销科统一代销。沿海多数乡企民企在创业初期受资金、设备、人员局限也都这样。莲子算是一个有头脑的人，她不瘟不火地做了三年养生媳妇（童养媳），按照我的意图把客户关系搞熟，悄悄地建立了自己的销售队伍，迅速把局面拓展开来；中国人好面子嘛，横来竖去地弄不过一个熟，何况与机制灵活的村办企业打交道，自然比国企有利可图且少了不少关卡。因此就有了企业两年内与县汽配厂脱钩，由养生媳妇�拘桌坐大，正儿八经地成为家庭主妇。打出村联办厂（对外称有限公司）"星星草"品牌，在当时国家处在由计划经济向市场经济转化过程中，采取借船出海的做法，与马山总厂进行松散型捆绑式的联产联销，以交纳管理费形式贴标同时打"大路"品牌；也就是根据客户需求同时营销两个品牌一个产品，于是就有这次订货会上硝烟弥漫的主仆之争。秃头郑陆气急败坏地实施价格制裁，其目的就是以大鱼吃小鱼的方法制约"星星草"品牌，拓展"大路"品牌的市场份额……

在业界有一俗语：教会徒弟，饿死师傅。说的就是马山总厂眼下的状况。其实不止我们一家，东南沿海众多乡企民企都一样，采取蚂蚁战大象的战略抱团搞人海战术，拖垮那些原本占有市场份额的国企与大型集体企业，使秃头郑陆这般欲所作为的超人能人深感头痛……

没办法，这是一场蛇要饱肚腹，田鸡要活命的战争。五年前此地乡企民企之所以雨后春笋般得到发展，一凭政策，二靠机遇，三就是"不能讲、不能去"（此地方言北仑港北仑区的谐音）。啥是"不能讲"？中央指示开发四海通航的北仑大码头呀？"不能去"就是对内地意味深长的北仑开发区；依仗的就是农村廉价劳动力，低价低价再低价。现在政府政策优势还在，却已是扶上马，送一程，力度大不如五年前；而市场经济侧重质量与价格竞争，崇尚规模经济与科技革新，随着内地市场的开发，沿海农村廉价劳动力已经优势不再……

三年一小坎、五年一大坎，村联办厂已到大坎之年。秃头郑陆以技术改造与采用自动流水线的生产方式，把我们赤手空拳创业的农民企业，逼进"人机大战"狭隘的死胡同。犹如当年日本鬼子在华北平原大扫荡，耍大刀鸟枪的土八路全死啦死啦的……

早在半年前，莲子就闻到一股死亡的气息。随着天街镇上不少乡办民办厂的倒闭与衰落，她匆匆跑来村里向憨书记与我汇报。记得当时她带来一份国内经济学家讲话汇编材料，指着他们总结乡镇（村）办企业成功经验时，都不约而同地提到了船小好掉头的经营模式，说：根据我在市场一线所获信息，那种船小好掉头的论调很快将被实践否定。岂不知风浪一大，小船比大船更容易翻船……

可惜是我和憨书记都没有引起警觉，那时村联办厂出品的"星星草"品牌营销走势如日中天，有多少吨货进来，就有多少吨货出去，简直可说是供不应求。没想到只有短短六个月，形势就整个儿翻了过来？国企与地方大集体厂家，不但占有资源，还有各级政府给保着；而我们什么没有，什么都得自己拼。莲子自受我的蛊惑后，携带资金入伙上了梁山，虽风风火火地把产品推销了出去，心里却一直不放心。说你们红脚梗办不好厂还有地种，我可倾家荡产无路走了。我安慰她说一样一样，小船翻了我也无路走，那几亩地可以糊嘴休养生息，我还与憨书记风雨同舟地办厂做甚？她想想也对，企业倒闭大家都无路可退，倒不如营造不了大环境就理顺小环境，就势把她负责的营销公司率先推出股份制改造。这做法憨书记开始没同意，既然你已归顺我"星星草"，就是牡丹花也得开在草丛里。我做工作让他网开一面。憨书记知中央文件说承包经营才同意放一马……

　　我知莲子这番苦心不仅为自己，而且也为我留下一条退路；但我能在憨书记与村人遇到惊涛骇浪欲将翻船之际临阵脱逃吗？

　　马山市的集体经济与民营经济都发展得不错，市里领导思想解放，率先开拓轻工业体制改革，"一刀切"把市里大集体企业放权推向社会，说是让大家在泅渡中学会游泳。正是在这种大背景下，由秃头郑陆任厂长的锦纶生产总厂迅速理顺体制关系，推行专家治厂搞技术开发，没出两年，就率先成为国内同行业的龙头老大。企业搞大，秃头郑陆的野心迅速随之膨胀。他虽是一介书生，下海经商原是迫不得已的事；现在见时机成熟，就放开手脚领着三千员工大干起来；既然是行业龙头老大，就须有龙头老大的模样。发起全国订货会，打一场心照不宣的霸王战，树起"大路"品牌地位。

　　杂物贱拿出油嘴佬提供的会议资料，向憨书记、老宝贝和我汇报情况，说：油嘴佬说他只能提供这么多，余下的秃头郑陆将在会议上宣布。我问：你把村联办厂的情况与他说了吗？他说说了。我还说憨叔也来马山了。我问：他咋说？他说他知道……说过这话他就不吱声了。我见憨书记的脸仍如磐石一般铁沉着，过一会才从牙缝里挤出话来：天要落雨，娘要嫁人，随他去吧。

　　吃过晚饭，老宝贝原要玩几把抓金花，他是老顽童嘛，在厂里时有空就玩，不分昼夜。现在没人陪他玩不高兴，站在房间内做憨书记的工作：山雨欲来风满楼，管它东西南北风；做人一世，吃喝玩乐，能玩不玩就枉为人生了。

如此动员一番，见憨书记与我都没有兴趣，瘪兮兮地转了几圈，看看上床尚早，就让小呆驼陪同去逛夜市，说他几次来马山都没逛过夜市，听说街上的棋牌室可以搓麻将，他先去侦察侦察，如有好去处回来把我俩带上。

他走后我与憨书记坐到一处。我问：憨叔，看样子这仗不好打哩……他回头凝望我一会，瓮声瓮气地问：有啥不好打的？我是穿着棉袄等发烧，准备里外一身湿……我试探着分析说：当年油嘴佬出走您我都有责任。眼下这情势他站在哪一边很重要，您是不是可以见见他，商议一个双方留有余地的办法有个缓冲……不见……他回答得很干脆，拿旱烟管的手在颤抖。要见，也是你去见他。我说我算老几？俗话说父子没有隔夜仇……还是您会会他吧……油嘴佬尽管出去多年……户粮关系还在村里……上大学还是村委会给盖的章……他点头说：章是村里盖的不假，别人能上大学我也盖章，可那是证明身份，并不是说我原谅他了。他山里阿爷为他没了，我还能原谅他吗？他回来我照样打断他的腿……说着他长叹一声道：做人嘛，堂堂正正、清清白白，他要回心转意，除非立即与菲菲圆房把她娶了……否则我永远不会认他这畜生……他磕掉烟灰站起来，说：我也没逛过马山夜市哩，你能陪我去散散心吗？

戚志潮（三）：谁都不是省油的灯

1

半天雨来半天晴……穿过火车站入口处熙熙攘攘的人流，我脑子里想着大宋风流皇帝宋徽宗在金兀术掳他与钦宗北上时，要求回宫再欣赏一眼他收藏的钧窑瓷器所吟之诗。据说此诗只有半句，另半句没吟诵就被金兀术打断了，他阿奶大脚你这位亡国之君也太痴了，居然江山美人啥都不要了，唯独丢不下这件经过窑变的钧窑玩意儿？钧窑是宋代五大名窑之一，大汉民族传统制瓷工艺中的珍品，被誉之为国宝。以独特的窑变艺术著称于世，素有黄金有价钧无价，和"家有万贯，不如钧瓷一件"的美誉，凭借其古朴的造型、精湛的工艺、复杂的配釉，入窑一色，出窑万彩的神奇窑变，湖光山色，云霞雾霭、人兽花鸟虫鱼等变化无穷的图形色彩和奇妙韵味皆在其中了。

昨夜我与憨书记去逛夜市时碰到老宝贝，他没去棋牌室搓麻将，也没坐在小吃摊前喝几盅（他是自谓做人想得通与看得穿的人，此两者都为他最爱）；却怀里抱着一个破画筒与小呆驼穿梭于市，被出来透气的憨书记和我迎面碰上。我问他怀里抱着什么呀？他说是钧窑瓷器。下巴嗑住筒沿腾出右手，指一指街沿旮旯有不少打扮得如农妇穷汉这般的摊商，随即又双手捧住那画筒，翻过来兜底与我俩看，说是号着宣和年的字哩。憨书记自然不懂，说这种破瓷片，沿海的上林湖山间多着哩。是呀，我家乡出产越窑青瓷，与此地出产钧瓷同名，烧制年代比河南的钧瓷还早些。我一时窘住失语，不是为老宝贝淘宝惊讶，而是没想到此老顽童兴趣转移之快，刚刚还在旅馆内听杂物贱汇报，愁眉不展地为油嘴佬出的题目愁肠百结，咋就旋即一忽儿工夫，就在夜市街头淘宝了？

我已很久没乘过筒子车了，刚跨上车就被前赴后继，大包小包地往车内塞的人们挤到放便桶的角落里。又快过年了，这几年政府号召发展经济，南来北去的商贩，外出做工的民工，还有像我这般的乡镇企业家供销员，有的返乡回家过年、有的又出外送礼办事。火车挤得人满为患，只得又加筒子车。改革开放使各地的经济活起来，由原先的死水一潭变作波涛汹涌，交通部门自然充当了急先锋。我走得急没带行李，在火车开动后好不容易听着不堪入耳的骂声，从便桶角落挤出来，找个靠窗处把自己安顿下来，随着车轮的吭当声冷眼观察大千世界形形色色的人们，那一张张憔悴而又苍白的脸，那一双双心急如焚目光散淡的眼睛，那一副副瘦削而承担生活艰辛的肩胛，心里涌上一阵阵难言的悲哀……

对搞企业的人来说，时间就是生命。昨晚逛夜市归来后，我在老宝贝房间坐了半宿，自然不是谈半天雨来半天晴的钧窑瓷器，那些在逛夜市时已经聊了，我还夸夸其谈地与摆地摊的那些商贩吟诵了唐代诗人陆龟蒙写家乡越窑青瓷的名句：九秋风露越窑开，夺得千峰翠色来。在这方面我应该比四眼和同辈人有发言权，不仅因为我自小刻刻画画地喜欢书法篆刻，而且还因为我深厚的文言文基础，现代人已不对文言文感兴趣，我的基础是在学书法中背诵《说文解字》打下的，应该说这是一个较为有效的捷径。那晚我俩在旁边小呆驼的鼾声中吃着花生米、笋芙黄豆又喝番薯烧，再聊杂物贱与油嘴佬大堂会的旧题。我说老宝贝呀，您徒儿为您出了题目，您咋一点不着急倒有心思玩半天雨来半天晴？他赌气地白了我一眼说：你不是说这玩意儿是假货吗？白花了我六张工农兵哩。我说假货也可收藏呀，您放上一百年不就成为真货了？他说一百年我这把老骨头早埋黄土，就是真品也玩不了了。我说您又不搞投机倒把，假货真货不就玩个心情吗？他这才点头笑道：这倒也是，人说假货我看成真货就是了，喜欢就养眼呗！我再次把话题扯到油嘴佬身上，说您老人家知道油嘴佬此番是冲我来的，目的是要与我一决雌雄……他听了连连摇头大喝一声：错了……你以为你是谁？我可告诉你，自徒儿离村出走那日起，就没把你再当作对手了，他是在与他自己与假公主较着劲哩。此话怎说？我一时有些迷惑。老宝贝狡黠地一笑：他在离村前夜见过我，我问她是否把假公主拿下？他一直以为他在她身上盖过戳、留下痕迹她就是他的人了。我说不是，只要她的心没在你身上，你就一辈子没拿下她。他就求我赐教如何真正拿下她。我告诉他试验方法很简单，就某件事来说，你指向东她就跟你向东，你指向西她又跟你向西，她就顺了你、拿下了。不信你可以试试，你要在村办厂当厂长，看看她是否赞成为你与她爹、你爹、与她堂兄秀才吵翻？你就知晓她的心了。女人的心不顺着你，你就是与她生了娃，你也没有拿下她！我没想到五年前支持我当厂长的老宝贝，竟有如此恶毒的心谋考验菲菲对油嘴佬的忠诚。结果自然失败了，老宝贝在油嘴佬临行时大笑说：我说你没拿下她吧？这下你可以死心了吧。所以……老宝贝往嘴里丢着花生米鼓腮嚼着，又抿上一口番薯烧对我说：油嘴佬在此五年中卧薪尝胆，所做种种努力就为拿下假公主；他是为让她看看，他是这村里最有能耐、唯一能真正拿下她的男人……你的意思是……这下我有些明白了。老宝贝点头指着杯子说：把酒满上吧！明儿你回趟沿海把假公主请到马山来；她说过油嘴佬出息了就嫁他……五年过去是时候了……他见我没反应，又笑嘻嘻地补充道：好呀，自撒屙自吃，这次你可得把屁眼擦干净。我狠狠地剜他一眼道：不就是让我笨牛吃回头草呗？你等着，我会让你如意心愿……

　　天没亮，我就让小呆驼驾车送我至车站。临行见老宝贝偎在被窝里睡得正香。昨晚我告诉他：瓷与玉一样，假货要变成真货须藏在身体上暖与润，暖与润的时间越长，变成真货的时间就越短。我当然是逗他，他却信以为真赤身搂着那画筒坠入梦乡，嘴上还流着口水哩……

我坐在筒子车里，耳畔响着车轮与铁轨轰隆轰隆的撞击声，心里想着堂妹戚菲菲这些年的遭遇……

自油嘴佬离村出走后，菲菲在村里待了不到半年。听二愣子说她原本也想早早离开，留在家里烦呀，干爹干娘都认为触了戚氏三房宗族的霉头，被人睡了又扯了结婚证，没过门就被老公抛弃，这类事村里亘古罕闻，不是扫帚星又是啥？婆婆唠几次寻死觅活，害得三叔在祠堂双眼井旁安岗哨，生怕她一时不慎就跳下去。但有两个原因使她暂时留下来，一是小学校已开课，没合适的代课老师丢下那些学生娃咋办？二是僧面不买买佛面，她既与油嘴佬扯过结婚证就是他家的人，待在村里为照顾苦命的秋秋姑与药老倌；不仅因为是油嘴佬的亲人，按族里辈分秋秋还是她的远房姑，药老倌是大房堂阿爷哩。虽然憨书记与干爹不睦，但于菲菲和下辈人来说，村里是非恩怨随着时代变迁渐变得模糊，而且菲菲固执地认为两家关系不睦，责任在我干爹私心与贪欲造成，在干爹指使我向伍副省长写匿名信时就反对，气得干爹骂她：养囝养强盗，戏文要看通天笑。这事在药老倌下山遇车祸后，菲菲就显得更谨慎了，从家里拿上被褥去上戚家住，因为她怕秋秋姑也走上药老倌的路。何况当时憨佬书记正忙着村联办厂开业后的事，杏儿怀孕后反应剧烈杨小勇在公司忙事无法回村来，她留秋秋姑单独在家不放心。她是待秋秋姑情绪稳定下来后，才思忖自己离开村子的事……

她离村后没走多远，先在县城一家叫丽人行的温州发廊学生意。这桩生意是高中同学胡萍儿介绍的。萍儿比她大一岁，外出闯荡已三年多。两人在菲菲离村前去阿奶家告别时碰上，那时胡萍儿已完全改变了学生时代的模样，一头染成金色的头发烫成狮子狗毛形状，天气没大热就穿着桃红隐格、刚遮住屁股的连衣裙，一扭一扭地上前招呼她：俊雀儿……

俊雀儿是菲菲在中学时代除了公主（通常由男同学喊），女同学们给起的绰号。据菲菲后来告诉我说：她遇见她时有点晕，几乎认不出来。她说你咋变成这样啦？她嬉笑着反问：我哪样了？她用手摸一摸她的裙边：这么短？胡萍儿就笑她老土：你说这呀？短是短些，我腿型好……男人就爱看这个……菲菲说她都有些脸红，想起油嘴佬与她分手前的那晚上坚持要那个，她说不了……你都要与我走散了……他抚摸着她的腿说：你这好身材……分开我也会想你的，想死你……萍儿见她呆怔着便补充说：男人都是这副德行，爱看女人的大长腿……她告诉我，接着胡萍儿就邀她到德记馄饨店吃馄饨；她就把离村出走的想法告诉她。胡萍儿听了见多不怪地没说啥，有意无意地拿出钱包在她面前炫耀。菲菲有些心慌：那里面尽是一沓的工农兵与毛爷爷……

我问：你晕了吧？她说是有些晕哩……萍儿说她准备去省城开店。还说这年头大家都为钱疯了，谁不赚钱就是猪头三……接着她安慰菲菲说：别怕，我的俊雀儿，条条大道通罗马，女人只要手里有钱，就不怕男人不回头……

菲菲没在丽人行发廊干多久，就向老板娘阿蓉辞职。阿蓉是个比她大两岁的女孩，发廊没有老板，阿蓉就称自己为老板娘。她自己投资自己开店自己收钱，一身多用内外忙碌，好不容易把发廊给支撑了下来。与菲菲不同的是阿蓉没文化，小学还没毕业就歇了学，十六岁那年跟人出来混世界，在此行当里已打拼了八年。菲菲曾好奇地问她咋不继续念书了？是不是父母供不起她。阿蓉坦率摇头说不是。是她来那东西早，没十四岁脑袋懵懵呼呼地尽想些花花草草的事念不进书了……她说女人都有那个阶段，过了阶段就又想念书了，但她是不会再回去念书；因为她在外面花花世界混过，就不会再回去念书了。还说做发廊这类生意就如吸鸦片烟，上瘾后就很难再戒掉。

丽人行发廊除了洗头剪发烫发还做美容和按摩。没男性小顽，清一色全是她这般年龄的五个女娃儿，分别唤作阿香、阿调、阿莲、阿桃，虽文化高低不同，容貌却都端正（不端正老板娘阿蓉不要，因为招牌是丽人行），生意就显得出奇的好，早上九点开门要到深夜两三点钟打烊。阿蓉每天坐在柜台收银，人手不够时也拿自己充数，大家忙得如转陀螺一般没个消停。隔壁也有一家发廊，规模比丽人行还大一些，不同的是男当家坐门口柜台边屁事不干，每天拿一副扑克牌接龙，模样很是休闲，里面的生意就好不起来……

菲菲在喜欢办实事的大阿哥来过后，告别老板娘阿蓉离开丽人行。这位大阿哥是批营业执照的工商所干部，以前每次都找阿香或阿调专业服务；可那天喝醉了酒要换换口味，指名道姓地要菲菲服务。她说老板娘阿蓉就招手让我过去，问你知这发廊的执照咋批的吗？我说不知道。她把嘴努一努翻着白眼道：不知道问他就知道了，都是当年我敲大背给敲出来的；他可是我的大阿哥，你心里明白就是了。她这般说我自然要把大阿哥给伺候好；但这位大阿哥不自重，刚进包厢就要抱住我轻薄，我好说歹说才阻止他按常规按摩，谁知他才老实了一会儿，就涎着脸皮在我身上一阵乱摸，我就回敬了他一个耳光；没想到把他的酒给打醒了，撩开布帘子掩脸狼狈逃窜，临走向惊慌失措的阿蓉丢下一句狠话：在我的地盘上干活，手脚得放干净一点……

菲菲说这话后流下泪来，说这位大阿哥给初出茅庐的我上了下山后的第一课，使我感到山下不是我想的桃花源。这样我在丽人行就干不下去了，留我，阿蓉会保不住营业执照没法赚钱了……

2

菲菲在丽人行发廊出来后，应招聘广告去沿海大酒店考服务员，这是她梦寐以求的理想。记得她上初中时，干爹要我为其辅导作文，题目是《我的理想》，她写成了一个草稿，文句不咋样，意思却明白。说她的理想是每天穿戴得漂漂亮亮的，胸前别着招待所徽章，来回如飞地为客人端盘子。我知她这理想是四叔厨子双荣传染的。她少年时跟干爹去县医院看头晕病（估计是贫血），四叔请他俩在招待所吃过饭，看到服务员穿着工作服端盘子，觉得很美就记在心上了。我看过那作文，只把漂漂亮亮改成为清清爽爽，其余都没动。她写得很动人，简单扼要地阐述为人民服务的主题，那年代革命工作没贵贱高低之分，工农兵是国家社会主义建设的主人翁。她还联系服务对象抒情：在熔炉里冒出钢花、田野里满畈金黄、海防战士手握钢枪，心里就觉得自豪。我改动漂漂亮亮四字，是感到她不该追求漂亮而应该再朴实些，清清爽爽更符合社会主流意识。

沿海大酒店，其实就是四叔掌厨的县府招待所，现在承包向社会开放。也不知承包人从哪儿弄来一笔投资款把门面给扩大了，还改建了大堂上了霓虹灯，就改名为沿海大酒店了。那年头大家都做着发财梦，把为实现共产主义目标改成一切向钱看。青涩的菲菲并没有找四叔沟通，径自走进了经理办公室参加面试。令她没想到的是经理因她是农村户口而回绝了。其实这是借口，许多与她条件相当的姑娘后来证实被录取了。菲菲所以没被录取，是因为没重量级人物幕后推荐。沿海县政府虽把大酒店由私人承包，体制关系却没有理顺，是给经理人安插皇亲国戚的一个机会……

这种事在改革开放初期比比皆是，天真的菲菲，怎知道广告只是一个漂亮的幌子，录取人员其实早在内部落实了，所谓面试只是一个掩人耳目与掩耳盗铃的过程。就在失望的她从经理室低头出来时，碰上了正安排农村三级干部会议的县委办公室副主任四眼……

戚菲菲，你咋在这儿呀？他热情地招呼说。

这时四眼助理虽还不是县长助理，却已住进了安置县级干部的新房子。这是机关事务管理科给安排的，三室一厅，八十平方米。当时算是不错的待遇。比他级别高资格老的干部都没有享受这种待遇。我去县城办事时去过他正在装修的新居，是格局新颖的小高层民居，称为名苑小区，里面住的大都是从基层上来的新贵与外地引进的科技教育文化人才。如有个在《诗刊》上首发新诗叫宋明的诗人也住在里面。那年头可是文艺界的繁荣春天，各种文化刊物如雨后春笋，如果你写小说或诗歌能在国家级刊物上发表，那么不管你有没有正规大学文凭接受过系统教育，就能成为这座小县城的文化教父。四眼的屋子在三楼，两室朝南采光好，一厨一卫，客厅宽敞，比他原先住的人武部大院旧平屋，显得气派多了。

四眼助理能住进这楼，当然有真公主高晓敏的因素。公主当时在报社搞采编，听说常为上批评稿件的事儿与总编辑争吵，弄得报社领导很尴尬，三天两头打电话向高书记告状。高书记烦了，说你们不会让她撤离一线搞行政工作，基层单位党委书记们也老向我告状，告来告去我也没处理办法，改革开放不能压制民主，得让人说话呀！他这般说报社领导当然心领神会，破格提拔让她当副总编负责出版发行业务。那时她已经身怀六甲大腹便便……急切需要寻找一个熟识、信得过的称职保姆。四眼助理见菲菲在城里也没找到工作，就把她介绍给高晓敏了。

这下好了，假公主碰上真公主就牵扯到人性的复杂。开始两人和睦相处，相互谦让，情操提炼得恰到好处；高晓敏让菲菲烧一碗保胎的桂圆红糖蛋花汤，还匀半碗给她喝，知道她喜欢看书，特地让四眼助理打电话给弄来一张借书卡。高晓敏喜欢干净，两人每天起一大早系着围脖弄早饭、擦地板，亲热得像亲姐妹一样。此时杨氏与浑身不搭界患有精神病的邵廷祯已与他们分居，在这事上高晓敏可谓挖空心思，在怀孕后处心积虑地向父母提出环境险恶与解救下一代的责任，洁身自好的高书记与江姗被吵得没办法，只好放弃自己的待遇（两老住在旧县府楼老式的六十平方米的平房内），满足她要求向组织申请了一套新居。据四眼助理后来告诉我，他娶公主虽然怄气却因祸得福。否则，我哪有资格住进名苑小区来？杨氏与邵廷祯始终成为四眼助理的一个心结，说不管公主意向如何，他都不会放弃，天地良心人心都有一杆秤。我知他这般说也算与我套近乎，因为邵廷祯就法律意义上是我岳丈而不是他的亲人。他诉苦说连唐英也与他扯皮，说好杨氏搬到医院她的单身宿舍住，结果找到男朋友孝心立即崩溃。他说老子现在多年的媳妇熬成婆不怕了，反正高晓敏肚里有我的崽，不至于离婚再打光棍。说老婆没了可以再娶，娘没了就永不会回来……现在四眼把杨氏与邵廷祯丢人武部大院，自己与公主高晓敏搬进名苑小区来了……

菲菲在人武部大院只住了一个多月，安安没满月就随公主搬新居住。我问她：四眼与公主还吵吗？她撇撇嘴说不吵了……吵架是公主的生活智慧呀！我不解，说吵架咋还是生活智慧？菲菲说当然，马善被人骑，人善就遭人欺。公主闹，是因为她没法儿理解，天下哪有朋友的疯岳丈，行孝住进自家屋里的？换成你，闹心不闹心？这明显是扇了我一耳光。小丫头在城里才住了几个月，就适者生存地改变了思维逻辑与高晓敏形成了战斗同盟。她不知道也永远不会知道我与四眼助理那种说不清道不明、只有我们过来人才理解的那种微妙的友谊。我想：四眼也真是，当年校花邵素芳活着时，你对她爹都没个表示，现在她已走了多年，你倒替她行起孝来……

但菲菲在四眼助理新居只干了两年，在安安办双周岁生日宴后，就在她哭闹声中凄惶地离开了，合了我们在历史书上读过的飞鸟尽良弓藏的道理。为何？菲菲没有明确告诉我答案，我问她多次都不说。我说要不我与四眼助理论论道？有她在四眼家里，我和莲子进进出出要方便得多，村里许多事她都可上下联络传达，四眼也经常有意无意地把县里主要领导的信息，通过她传到我与憨书记的耳朵里；但菲菲终究离开了四眼家。这事我如果追问急了，菲菲就显得不高兴，含糊其词地搪塞，理由五花八门，甚至老气横秋地说婚姻是啥？就像宾馆内铺地毯，表面看雍容华贵色彩鲜艳，一旦掀开臭虫成群龌龊肮脏。铺的时间越长，地毯下掩藏的龌龊就越多。还说世界上有许多美丽，只能站在远处欣赏而不能靠近看。如果一定要近距离进行观察，就会发现许多不能容忍的瑕疵……

这些话是理智的且具有哲学意识，拿民间的话说也就是家家有本难念的经。在菲菲嘴里平淡得体、极其自然地流露出来，使我对她有士别三日当刮目相看的认识。看来她也真长大了，不再是小时候流着黄浓鼻涕、跟在我身后叫阿哥的那个黄毛小丫头。我想起四眼助理与我说过：放心，我俩是兄弟，憨叔与秋秋姨也算是我的亲人。菲菲在我家做保姆我就当她是亲妹子唐英，就与进修上大学一样，我还特地为她办了借书卡，只要她爱读书，几年下来就是一个没文凭有实际才能的大学生。我说不是要照看安安吗？他说菲菲当过小学老师就是不一样，安安在她手里挺乖，工作量不大。他说公主与我单位工作都忙，很少回家吃饭，她有大把的时间可以看书学习。当时我还问：她有没有与油嘴佬联络，有破镜重圆的可能性？他说：这个你就更不必担心了，天下有情人终成眷属。

没想到她在他家只干了两年，就由四眼介绍到针织市场卞小枫的沧海一笑公司营业部工作了……

这些年里我去县城见菲菲，总追问她为何？我说我想知道你为何离开四眼助理？与真公主相处不是很好吗？四眼与她大小都是国家干部，这社会强食弱肉地找个靠山不容易？她开始是不想说，后来见我逼得急，我说我就是想知道到底为啥？如果是四眼或公主欺侮她……这打狗也得看主人面，好歹她算是我堂妹，公爹憨书记与干爹菩萨村主任都是独霸一方的人物，就是油嘴佬都口口声声地喊四眼助理为哥哩。菲菲说：哥，这事你最好不管账，管多了会伤了大家的感情与和气……后来时间长了，菲菲在沧海一笑营销部工作得还顺利，就若明若暗地透露出一些信息来。真相其实很简单，在一次深夜为安安换尿布时，菲菲听到四眼助理与公主在卧室内争吵。起初声音不大，后来渐渐地大了起来。原因是公主打算把那件买下没多久的隐花格皮夹克赠送给乡下表妹；她有喜新厌旧的习惯，经常不舍血本地购买时装装点门面。这代人在青少年时期因物资匮乏与观念束缚穿戴千篇一律，现在世道变了却难熬过时尚诱惑，总想着弥补岁月逝去的遗憾，处心积虑地满足肉体的奢望；尤其女人遇到工作不开心，就把成把的钱丢在盲目购物的疯狂中。公主有条件成为时装包裹肉体的奴隶充实空虚的内心，却为肉体渐行渐远的背叛而失去灵魂的天真。她在产后因与总编辑不睦已从报社调出来承担筹建县级电视台（新生事物）的工作，一反常态地忘却了在家与菲菲像日本女人一般擦地板的嗜好，常忙得半夜三更才回家，次日天未明又出门，由于疲惫慵懒而忘记打理，身子就如喂过糟糠的存栏猪一般发起胖来，购买的时装存柜时间一久，那些烦心的事儿就自动寻上门来了。

这事原本与菲菲并无牵涉，但愚蠢的四眼助理竟提出把公主心爱之物送给身材苗条、楚楚动人的菲菲，岂不是狼子野心昭然若揭？接下来公主铁面无情反击四眼老公的那段话，使菲菲明白自己是触发这家庭地震的导火索。她说公主是这般说的：以为我眼睛瞎了？啥事都护着小婊子……洗澡还隔卫生间张望着递睡衣。不就是油嘴佬吃过的一碗剩饭？要不是安安我早把她辞了……

这段话的关键词是四眼助理究竟向菲菲做过什么？动机为何？我就不得而知了，菲菲自然不会告诉我，我也很难深入询问她。如果情况真已发展到高晓敏所说的那样，菲菲的离开当属明智。

3

关于卞小枫，在沿海县留下她的许多传奇。她所创建的城郊针织市场与沧海一笑集团风云一时，在我这代人心目中留下许多美好记忆。她是沿海县自力更生走出来的第一代民营企业家。她的事迹有许多宣传资料，组成沿海改革开放前期的传奇。这儿我想说的是，就她当初的名望与经济实力，四眼把菲菲介绍于她，确实是使足劲帮了大忙；为我这位初出茅庐的堂妹的人生发展，以及携上亿港资与油嘴佬举行婚姻马拉松之役，双双成为继卞小枫后沿海经济界的翘楚，提供了强大的思想与物质保证。由此引发人们对四眼与菲菲之间不可示人的许多花边与桃色联想。后来沿海的文人有很多想采写卞小枫与玛丽（菲菲）的报告文学，有意思的是两人都拒绝采访。卞小枫拒绝的理由很简单，她创业在沿海，发迹却在上海，品牌产品沧海一笑腈纶内衣走向全国与沿海没任何联系。玛丽（菲菲）却剪不断理还乱支支吾吾地有些说不清了……

我把菲菲叫到149卢益平的驿亭茶馆喝茶。把在马山的险恶处境与她说了。她问：你要我做什么呢？我说很简单，跟我去马山见油嘴佬。她又问：是憨叔的意思吗？我说是的，憨书记与老宝贝都是这意思（其实是我撒谎，憨书记根本没这意思）。她想过一会问：可是我能帮村联办厂做些什么呢？我说帮助我与油嘴佬沟通，取得秃头郑陆谅解，为村联办厂争取有效时间保存实力，安全撤离主战场。这下她连连摇头了，说：秀才哥，你这是高看我了……我有这么大的能耐与价值吗？我鼓励说：有的，你知油嘴佬向杂物贱提出什么条件吗？她问啥条件？我说他开出的条件是他老爹与你向他赔个不是……菲菲连声冷笑起来：这不可能，我知憨叔不会这么做的，他从没有过向人低头的时候，何况我也不会答应……你把你的堂阿妹当什么呢？我是你与油嘴佬较量、衡量商场成败的砝码吗？我说：冷静……菲菲，你也不是孩子了，我知道现在你的心里还爱着他，我想利用这时机，把油嘴佬夺回来还给你。她的决心好像有些动摇，讷讷地问：可油嘴佬能有这个能耐吗？我知道他仅是总厂的一名助理。我说有，据我了解，秃头郑陆非常信任他，好得就如一个人，总厂的技改项目就是他负责的，而且这次全国订货会采用了他的方案，是会议筹备组所设办公室主任，负责具体实施……菲菲不说话，凝眉思索着。这就是你特地从马山回沿海找我的原因？我点头承认，说机不可失，时不再来，只要熬过这一关，村联办厂才可以大踏步地前进。她问：如果我跟你去见油嘴佬达不到此目的呢？我说：那我们就见机而行尽量减少村联办厂损失，留得青山在，不怕没柴烧嘛……

菲菲自在四眼家被辞退后，两年多来一直在县针织品市场做营销，从部门营业员做到营销经理，其在当地知名度已高于在马山当总助跟班的油嘴佬。那些在针织品市场熙熙攘攘、南来北去的厂商，只要提及美女经理，都会向你伸出大拇指，眉飞色舞地说 OK。我知这是夸赞而不是戏谑，聪明的她已适应与熟悉这环境，帮助在国内知名度如日中天的卞小枫做出一番事业来。

沿海这地方说起来够狠的，一个除了农业几乎啥都没有的偏僻海隅穷县，在二十世纪八十年代初期仿佛老天爷作法似的，一夜之间遍布针织与化工电器产业。当然，这些都是乡镇、民营企业……这个县的腈纶衫加工在全国小有名气，出名原因就因为价格便宜，一件花花绿绿时尚款式厚实绵软的腈纶毛衣才卖五六元钱，简直让人无法想象。自然质量并不咋样。既然价廉未必物美，但那个年代国人并不像现在这般有钱，消费观念停留在追逐表面时尚的浅表层次上，对衣饰品之类的消费品，并没有后来那般注重名牌与内在质量图个天长日久，看到价廉与时髦的东西逐之若蝇，唯恐失去捡便宜货的时机。1984 年县委县政府为培养企业人才，与中国人民大学工商学院合办过为期三个月的经理人培训班，四眼助理蓄意推荐我就读。报到那天同学们问我来自何处？我说沿海县许多人都不知道。我指着身上穿的腈纶衫说沿海出产这东西，大家眼睛一下亮了连说知道知道……那个来自新疆哈密的叫阿丽克莎的女同学补充说：你们有许多供销员在我们那搞推销，这东西漂亮是漂亮，穿在身上也暖和，就有一样不好……我问有啥不好？她用手比画道：不能用热水泡……下水前这么长，捞上来就这么短了……是呵，腈纶这东西牢固耐穿，怕的是六十度以上热水一烫，长衫变成短袄，长裤自然也变成了短裤。沿海的腈纶制品一直兴旺到九十年代中后期，后来被内蒙古鄂尔多斯的羊绒衫代替，也算是与时俱进。羊毛是鄂尔多斯的，生产基地也在鄂尔多斯，市场却还是在沿海……当年那些下水前长、洗过后变短的腈纶衫裤，大多是全国各地商贩在沿海针织品市场戚菲菲手里批发出去的，品牌就是沧海一笑……

戚菲菲的事儿，外面传言是油嘴佬离经叛道、不义不孝地抛弃糟糠。油嘴佬由此承担恶名，从没在人前人后做过任何解释，反正在大家心目中他已是强奸犯，离经叛道之罪名多一项少一项也就无所谓。在这事上菲菲充当了复仇女神的角色，不仅在我与油嘴佬争当村联办厂厂长时，她讥讽他小水汪内争草虾，也不看看大江大河鲤鱼跃龙门？轻视他眷念眼前利益不思进取，火上浇油地促使他离村独自奋斗。就她这种近乎荒唐、不顾村民利益的行为，我当时就批评她跟着起哄，不想齐心协力帮助村民共同致富。我说菲菲呀，你这般做表面看是在帮我的忙，其实却在拆村里的台，如果油嘴佬能想通，村联办厂应该有他施展才能的机会。我说的是真心话，虽然我看不惯油嘴佬那种咄咄逼人的嚣张气焰，但他的聪明才智却是我所欣赏的。菲菲听了我的话却反唇相讥道：别得了便宜还卖乖，他是强奸犯，又不像你这般在政治上没前途的帮派骨干；你以为我是旧社会女子，任由你们男人摆布的木偶！

油嘴佬从化工学院毕业后，曾找过菲菲要和解。他简单地认为获得了大专文凭、成为村里第一个大学生就是鲤鱼跃过了龙门。如果菲菲同意，我相信他那时可能回头是岸不一定留马山为秃头郑陆效力；但是菲菲仍拒绝了他。据事后她告诉我有两个因素致使她下决心拒绝，一是男子汉大丈夫的咋说话不算数呢？他说过衣锦还乡没出息就不会回村娶她，弄到一张大专文凭就算出息了？还不是跟秃头郑陆跟班拎包没有自己一份独立的产业；她说油嘴佬说了，他得到大专文凭已算尽了努力，算是对得起她这般打工做业务员的。她听这话就火起来，把自己通过四眼帮助得到的电大汉语言文学专科结业证书丢他面前，说不就一个大专就抖起来？我续考三门课就是本科文凭。我说你这般说不是气他吗？当心以后真不要你。她说真不要我也没关系，天下的好男人多得是，我为何非在一棵树上吊死呢？还有一个原因是，有过四眼家当保姆经历的菲菲，在待人接物行为举止上已看不得油嘴佬的粗鲁，见了她没说几句话，就拉她到出租屋内要干那事（年轻气盛嘛），而四眼要和公主高晓敏办一次事儿，就软言细语地温情半个时辰。相比之下，竟有天壤之别，菲菲就感到不适应。她说想起要与这般的人过一辈子，我心里就如毛毛虫在爬不适应。我说这怪不得油嘴佬，他原本就是从村里出去的红脚梗，哪能拿到一张大专文凭就立即变成白脚梗的？你这般决绝，当心以后他真逃了悔恨终生？她摇头说悔恨啥呢？我现在这样过日子就很好……而且他也逃不了。我说你就这般自信，他如果真出息了，就不一定是你的了。她鄙夷地说：他不是把我俩的名字都凿刻在阿爷坟前的山崖上？要逃也早逃了……

女人，在许多事上都显得不可捉摸……现在我俩坐在茶馆靠窗的雅室里，戚菲菲眺望着眼前傲霜不败的绣球菊，优雅地品尝着铁观音，双眼迷蒙地陷入沉思中。我央求说：为了村民利益，你就向油嘴佬低一次头吧？

她没正面回答，与过来续茶的149卢益平搭讪谈东城拆迁的事儿了。149央求她帮他向四眼求情，说四眼兼着县拆迁办主任哩。149走后，菲菲观察着我脸色继续说话：秀才哥，此事别人幼稚你也幼稚吗？做企业的都是强盗坯，会因为我这样一个女人的爱情而网开一面？根本就没这个可能。说完她仍噘起如鲜花般的嘴唇，一小口一小口地品味铁观音。最后她说：做人，特别是男人，得在社会上有一块自立的天地。不管做大做小，都要活出独立的精神气来！这事我不愿帮你也帮不上你，你还是好自为之吧……

次日我还是去见了四眼助理，陈述村联办厂在马山订货会上受阻的情况。我还没把事儿说完，他就蒙了，问我是不是得罪了秃头郑陆？说高书记现在满脑子都是撤县建市，不能在关键时刻为政府添乱……我说这不是得罪人不得罪人的事，是市场经济的必然规律……同时我把自己与憨书记产生的分歧告诉他。我说我已找过菲菲了，她说她不参与我与油嘴佬之间的争斗，不去马山见他。糊涂，四眼助理的脸沉下来，这是你与他的个人恩怨吗？村联办厂是县委县政府树立的农民致富典型，涉及整个县的农村发展布局……我建议说：实在不行不妨先妥协，兵行若水，继续做童养媳贴标做"大路"品牌。眼前秃头郑陆最忌讳国营机制的北方集团崛起，需要联合江南民企合作进行托拉斯联产联销。他略微沉思一会说：你有这样的打算很好，搞企业也得讲究策略暂栖身，有序退却是为了更好地前进；待猫教会老虎上树后，我们再来个回马枪与秃头郑陆分道扬镳……这样吧？我与他们的经委主任同是中央党校函授班同学，化工部王副司长也是港城市老乡，关系不错。实在不行我来马山和他们聚聚。我说这样就好，我担心憨书记不会同意，自两年前与汽配厂脱钩越过马山总厂单独营销，他就一门心思百折不回地要推出农民自己的"星星草"品牌，五年磨砺为之亮剑呀……他问我如果按憨书记思路死猪不怕开水烫继续坚持，每年得损失多少？我说：如果不对设备做技术改进，年亏损少则几十万，多就上百万……四眼助理的鼻尖上，沁出一颗颗细密的汗珠来，他学岳父高书记在办公室里转圈子，边转边讷讷自语：这当口撤县建市是大事，村联办厂千万不能出事……这效果正是我所希冀的，心里忽然有一种莫名的兴奋。不管咋说，我总算找到了一条企业起死回生的路。

　　接下来我俩谈话就比较随意，我装作漫不经心地问他最近还好吗？他说工作上没问题，有高书记撑着啥事都好办，就是个人生活的事儿上常出麻烦，你嫂子……不，应该是弟媳吧，有些神经质，常为一些小事有一出没一出地与我闹。不知咋的？我在她这儿总归找不到温暖感……我笑了笑：人说婚姻七年之痒，你可还没到七年哟。他点头：是没七年，我现在是看高书记的分儿上处处让着她，还不知高书记退下后咋办呢？我说既然你把话说到这份儿上，有件事儿我憋很久了真想问问你呢。他说说吧，我俩那是谁与谁？我说他对假公主菲菲两年前就有意思是吗？他愣住了，说这是哪一码对哪一码的事呢？我说若要人不知，除非己莫为。两年前真公主辞退她保姆我就看出苗头来了。他点头旋即又摇头道：是菲菲与你说的吗？我说不管谁说的，我问你到底有没有？他坦诚地说可以说有，也可以说没有。说有嘛，我确实从心底里喜欢她；说没有嘛，迄今都没敢越雷池半步突破那种关系……

　　我问：你喜欢她什么呢？你还别说，这也是我想了多年的事儿。四眼助理镜片后的双眼游移不定，目光躲躲闪闪。他说他确实喜欢菲菲，归纳一下有三条：一是她总会安静地坐着倾听，不管是我还是高晓敏说话从不插嘴，但脸上表情却能明白无误地告诉我她在想些什么。这点高晓敏就不行，总急于表达自己的观点并强加于人。二是她总是默默地干活从不邀功，把家里收拾得井井有条，连患有洁癖的高晓敏都感到满意，安安就更不用说，一天到晚地黏着她，小小年纪就帮她搞卫生。三是她知道心疼人，就是我忙到深更半夜回家，也给弄好热汤热水地给侍候着，每次喝醉酒连衣服与鞋袜都由她帮我脱，而高晓敏从来不屑侍候。她在我家当保姆两年，我与高晓敏的内衣内裤还都是她洗的……我问：她在你心目中都这样了，你就没在她身上动过心思？他摇摇头说：我这不是不敢吗？她是油嘴佬法律意义上的妻，憨叔与秋秋姨的媳呀，我总不能抹着良心办事哪！鬼话，这世界上还有你这般的人不敢做的事吗？我冷冷地板着脸说：要不是真公主如母夜叉般地守着，你恐怕早下手了。他尴尬地笑着：也是呵，有这两扇门合着，我就不敢闯鬼门关嘛。我说你就不会想法帮帮她，她还爱着油嘴佬哩。他点头：最近她就在打呼机说有事要汇报，我忙，没来得及回她呢。

4

回马山的次日，我就急于与油嘴佬沟通；觉得有必要与他谈谈了。赌气归赌气，做人归做人。他想报五年前争当厂长的一箭之仇，那就冲着我来吧，绝不能坏了他老爹与全村农民想抬头的大事。这些年来我们走过来容易吗？为了村联办厂打出属于自己的"星星草"品牌来，他老爹与许多许多的牛们昼夜不分辛勤耕耘，连身家性命都给搭上了。不错，你的马山总厂、秃头郑陆是有恩于你，那毕竟是利用你为他们创造财富；市场经济规律就在于相互竞争，可也得看看双方实力呀？如果我们红脚梗能像城里的白脚梗那般占有与支配国家资源，有资金与技术，就不会是今天这局面了，说不定哀求的人是你而不是我。我得把这些道理与他讲清楚，也必须讲清楚，放不放我们一条路就由他良心裁决。

这时离订货会开幕式只有七天，国内一百多家锦纶帘子布企业营销商与几十家汽制汽配企业采购商，都云集在马山这地级市内摩拳擦掌，进行着若明若暗的先期意向性接触乃至私下交易。于我来说不但是双方谈判前的例行摸底与亮相，而且是一次人生价值取向的抉择；不知油嘴佬有无觉察与意识到，无论输赢我俩站在同一条起跑线上，需要对人生方向进行再次抉择。我让杂物贱传递信息表明态度：如果他还是十五吞村子孙，必须在会议开幕前与我见面……

我这态度有些蛮横，甚至显得霸道，却是对他与对我天经地义的要求。虽然这些来自天南海北的莅会企业，没有一家能如此主动挑衅强硬沟通；通常做法由参会企业负责人或销售代表携礼品样品进行联络，甚至奴颜婢膝地上门觐见以示臣服……但我不一样，我手里握有憨书记与菲菲，还有四眼助理三张牌。油嘴佬再无情还是憨书记的儿，菲菲是我堂妹、他法律意义上的老婆，而四眼助理则是看着他长大、有兄弟之亲的地方大员；至此我明白憨书记不见油嘴佬的理由了，也许他早料到在会议中会出现如此局面。站在行业的角度，马山总厂挟天子以令诸侯显然是霸主，但在亲情的角度他是父而油嘴佬是子，至于秃头郑陆充其量不过是油嘴佬的朋友，最多也是同行企业的一个头……

我这般计较是不是有些无赖？是，也不是。现在营销大战在即，交战双方均剑拔弩张，处在敌强我弱态势，如果没一种昂然正气，我方岂不自乱阵脚，安能克敌制胜？眼下秃头郑陆无疑是金毛狮王，带领着一群狮子上阵；而憨书记与我合起来不过是两只头羊，率领着一群没经过严格训练的山羊仓促应战。我们是弱者，弱者应该先发制人，尽一切可能（就算耍无赖）争取主动。否则这仗就无法打！战争胜负不是看过程而是结果。只要还有一种可能，我必须争取……

他不会见你……杂物贱含糊其词地说。我问为何？他说不为何，他是大会副秘书长兼办公室主任……忙着哩。我问那他明白我是他什么吗？他说你是莅会代表，沿海星星草公司的厂长。不对，好你个吃里爬外的杂物贱……我告诉你：我是他老爹办的村联办厂厂长，他老婆戚菲菲的堂阿哥；是他爹的全权代表与他妻舅……

我与油嘴佬在马山宾馆大堂咖啡厅见面。酒店有四层楼面挺气派，大堂足有两层楼面高，正中两根大而显赫的罗马柱，顶上镂空石壁上金龙升腾龙爪子飞舞，两侧是橙黄色有立体感的实木板面墙，左边设一小卖部，内置景德镇的瓷器。右边就是飘散着焦煳味的咖啡屋……

　　我按照杂物贱说的六号台坐下，小姐先端上一杯内有柠檬片的冷开水，接着递上单子来，问我要蓝山哥伦比亚还是摩卡？我跷着二郎腿缓缓地展开单子册页，里面有六七个品种，价格都在十八元以上。爹生娘生地不就是一杯小小洋茶，比五元一杯的龙井、碧螺春、黄山毛峰还贵了三倍？现代人还真疯了，放着好端端的国产茶叶不饮，倒推崇迷恋起那些红发碧眼的洋毛子品牌来？我又缓缓地合拢单子册页说：对不起，我是客人，待主人到后再点。油嘴佬就在这当儿吹着《国际歌》旋律的口哨，心不在焉地从楼上下来。那些小姐显然熟识他，不约而同地口里喊着戚总迎过去。那殷勤的表情，使人想起电影日本鬼子进城时，失去民族气节的汉奸与伪职人员手持太阳旗夹道欢迎……

　　我站起来微微欠身，算是与油嘴佬打过招呼。他微微摆手淡淡笑着，招呼服务员为我点了杯与他一样的咖啡，还问我要不要来个果盘啥的？我摇头谢绝。有好一会我俩都没有说话。这油嘴佬今非昔比，花格呢的银灰色西装大衣，胸前系一根色彩鲜艳的猩红色领带，头发烫过还抹上了油，在幽暗的灯光下闪着波光，下巴胡须被刮得精光，脸上像是精心修饰过使人感到假；可喜可贺的是那双眼睛，仍如原先一般精明活泛，在刻意的矜持中保留了令人不可忽视、野性的张狂……

　　他也在打量着我，岁月匆匆，时光流转，五年未见的我在他眼中该会是一个什么形象呢？的确良中山装内紧裹着一件土布对襟棉袄，脚上没像他那样穿着当时企业家中流行的三接头皮鞋。我想他一定会在心里取笑我：干了五年咋在体现灵魂的外包装上，仍是一副毛时代的质朴？我承认自己在穿戴潮流上已经落伍……两条在十五呇村同时出发上阵搏杀的犍牛，经过五年一千六百多个日日夜夜春风秋月风刀霜剑的残酷岁月，此牛已非彼牛啊……

　　哥……我知你会找我……他喊我哥并没捎上秀才，是按菲菲辈分喊的，也是第一次如此正儿八经、郑重其事地喊我；他没忘记他还是油嘴佬。见我回过神来，耳畔响起他熟悉的乡音：还记得小时候货郎担进村时，我偷干娘藏在灶眼洞的鸡毛与鸡胗皮，到下戚家换笃笃糖吃，被你一把夺下时说的话吗？不记得了……只依稀有印象，但我没吱声，只轻轻地点了点头。他说：你说我傻哩，这东西卖给镇供销社，能买一斤碎谷……这才两块笃笃糖……当心秋秋姑打你的小屁股……我终于想起来了，那时候的油嘴佬不过才五六岁吧？还没到上学的年龄，身子瘦瘦削削小鸡薄力的，骨头嶙峋像两棵突兀的毛竹根头的瘦肩胛上扛着一颗大脑袋，两只眼睛像六月稻地田螺般地鼓凸出来，闪烁着明亮寒冷的光……有这回事，后来你把鸡毛与鸡胗皮都拿回去了……我梦呓般地回答。是呀，价不符实……这是你第一次教我的生存法则。用自己最小的代价，换取人生最佳的利益，是我们农家子弟的经营之道；也许你忘了这回事，可是我仍然牢记着。油嘴佬显然是聪明人，知我与他约会，想了个漂亮的开场白；止住我的责询为自己所作所为制定了一块坚固的盾牌……

我微笑着把四眼助理与戚菲菲的近况与村联办厂生产、营销大致状况说了一遍。他默不作声地仔细听着，那对黑而有神骨碌碌的大眼珠不停地转动，脸上的肌肉微微地颤动而抽搐着……

末了，我说我自然是无事不登三宝殿。我承认在这轮技改价格霸王战中你赢了，但赢的不是你；我输了，输的并不是我。赢的谁输的谁你心里清楚……他笑了笑，孩子气地向我作揖道：哥能把事儿想得如此明白，我倒觉得有些不好意思了。其实你的意思我明白，如果我油嘴佬代表马山总厂打赢这场价格战，我俩都成为输者，你输的是村联办厂厂长的位置，而我却输去了老爹、假公主还有四眼哥，是吗……我说正是此意。他又笑了起来：你有没有想过我俩双方退一步做到双赢呢？你得到更为广阔的市场，我获得老爹、假公主与四眼哥重新开始人生呢？我点头说：办法应该有，但我了解你不会这么做。秃头郑陆于你有再造之恩，恩将仇报老天爷都不会饶恕，拿我们山里人的话说会遭天雷劈。再说我俩之间，还没到这种图穷匕首见的地步……

这日我俩谈了有两三个小时，深夜归来我把憨书记唤醒至天井说话，这家旅馆没有大堂与大堂吧之类的设施。天转冷了，地上凝霜，在幽暗的灯光下闪烁着银光。憨书记在那件旧西装外披上了军大衣。不时地边跺脚边用手捂嘴呵着热气。我把回沿海和与油嘴佬见面的情况，简单地向他做了汇报。我说：我和四眼助理、油嘴佬都商量了，四眼助理说没特殊情况他会来马山参会。这次订货会我们认栽吧，停止"星星草"品牌运作继续贴标做"大路"，四眼助理把这称为暂栖身，待撤县建市后再搞大动作。他停止了向手上呵气的动作，在嘴里含起那杆镶铜的旱烟管点燃，默不吱声地在大衣口袋里掏了一会儿，抓出几颗番薯蜜枣与笋芙花生米，用旧报纸摊开放在石凳上，又从贴身口袋里摸出塑料瓶装的番薯烧酒来，说：饿了吧？灌两口。

我知这物什是秋秋姑的赠馈，目的是为压缩厂里开支。这些年我们红脚梗办厂不容易，全村上下都节衣缩食维持着企业生产与运转。村联办厂有今天，不仅有全厂八百名职工昼夜忙碌洒下的辛勤汗水，更是全村上下老老少少近二千村民有钱出钱、无钱出力的集体贡献。在许多有关企业发展与场面的大事上，厂级班子都争农民的面子，啥都可以输，唯独底气不能输，输就输掉了我们最后的家当。虽然我们在上桌上凳的台面上，也请客送礼讲阔气摆派头（那是为了让别人看得起我们），在背地里嘛，我们中的每个人都该省就省该俭得俭、三月不知肉味地熬尽人世沧桑；如果向城里白脚梗们看齐消费，不当家不知柴米贵，早就成为阎王爷嘴角的饭粒，一卷舌头就咔嚓吞进肚里去了……

我说我不饿在火车上已吃过一份盒饭……他灌了口酒瓮声瓮气地说：还是喝一口吧，去去寒气……他说这话时嗓子有些哽咽：我知道跑不跑这趟结果都一样……我们红脚梗创业要使别人看得起，就必须使自己尽快强大起来。我咽下一口酒问：我见过油嘴佬了……你就没啥要问的吗？他摇了摇头：我知秃头郑陆打价格战实属无奈，蛇要饱肚腹，田鸡要活命嘛，他身后有着三千员工等着他要饭吃哩。畜生避着不肯见我，我就知他意思了，你也别太为难他与菲菲，权当死马当作活马医，我俩回到办厂初期那会儿从头再来……

他说这些话时我看到他脸上的肌肉在抽搐着，眼里依稀有泪。我说憨叔，别难过，事情总会过去的。他用手背拭着眼角，离开石凳蹲下，面对满地银霜憨声憨气哼起雀咚咚《华姐》来：

> 奴奴我，父母双亡落难女，
> 犹如水中漂萍无根底；
> 不求富来不求贵，
> 漂进河滨随衰草……

这词的曲应是讨饭调，办厂初期智佬最爱哼的就是这几句。五年前憨书记办厂创业时，手下三员大将智佬、鸿年老师、麻皮阿梁，像鸟翼一般紧紧地护卫着，支撑着他所要开创的事业。五年过去人情慢慢地淡了，劳燕分飞各人自扫门前雪；一旦马山之役失利，憨书记与我都还回得去吗？

5

乡情真是一种奇怪并渗透在人骨子里的东西，离乡越久思念越切。那些年我们农村的跳头王，就是靠着这份老老实实做人、踏踏实实做事的虔诚，逐渐获得社会各界承认与信任。我们肩背一只流行的帆布包，带上霉干菜、番薯蜜枣、笋芙花生（黄豆）之类的土特产（在城里这些可是好东西），走遍千山万水，叩响千家万户、说尽千言万语，凭借乡情攻克一个个堡垒，如滚雪球般打开营销局面……非但我们，当时沿海的乡镇民营企业，十有九家都是凭这份乡情存活乃至发展的。

就在我与憨书记深谈的那晚上，事情发生了一些微妙的变化。当然这些我也是事后知道的。那晚上油嘴佬回屋时秃头郑陆还在看文件。马山锦纶总厂虽是大集体，原隶属市二轻工业局，却因为做大了享受行政副处级直属市政府管，凡下达局处级的文件他那里都有，他还是市政协常委。看到油嘴佬回来，秃头郑陆高兴地招呼说：回来了，我的内阁总理大臣，会务准备得怎样了？油嘴佬便告诉他处理差不多了，正打算逐一汇报，秃头郑陆挥手打断他：你办的我还能不放心吗？两人关系处得不错。油嘴佬回厂后没独立住宅，开始住集体宿舍，为商量工作方便就让他住市里赠送的郊区别墅来了。油嘴佬见他桌上的水杯没水了，赶紧拿开水瓶给续上。当时市场上已有净水器供应，他俩都学化工坚持用自来水泡茶，说是自来水中含有难得的矿物质与微生物。茶是天目白片，也是在茶山订购的有机茶。每年郑陆总会让办公室多购些，作为礼品送往化工部与省有关部门以及合作企业的头头脑脑们，余下的便自己享用了。说有机茶没污染明目清肺，多喝能让人延年益寿……

别看郑陆行为处事文质彬彬，与上司与同行关系处得不错，厂里的口碑却不行，除班子成员外，员工中鲜有支持者。无非两个原因，一是他工作有想法却缺少执行能力，不善于做广泛发动群众与深入沟通的工作。二是因为他是外来户，缺乏必要的群众基础。油嘴佬了解他的弱点，在他与员工特别是车间营销部门之间，起着传声筒与执行者的作用。他也是外来户，与郑陆不同的是他这张嘴巴能说会道，啥都没门的事儿经他这张油嘴一说，门就哗啦一声敞开了。这角色使他潜在的欲望得到满足，也使郑陆对他越发信任与依赖。俗话说：一条好汉三个帮。郑陆与油嘴佬虽只有两条好汉，但却比他在异地单打独斗地独自挣扎强多了。当下油嘴佬汇报说：会议筹备情况我按您吩咐在合作层面上跑了跑，大家对价格调整持有不同意见，但大致能按预定计划出台。只是……他顿时面露难色欲言又止。

郑陆丢下文件夹摆手道：能否具体一点，坐下慢慢说……油嘴佬点头，一对灵活的眸子观察着他的脸色说了村联办厂的情况，说如果这样……沿海许多合作企业都会死，因为总厂技改项目刚开始，可能出现供货不足的情况。秃头郑陆吃了一惊，估摸着油嘴佬与村联办厂是否有实质性的接触。这是他的忧虑之处，也是他对油嘴佬不放心的地方；因为他与村联办厂打过多年交道知根知底。为此他狐疑地问：见过你爹了？油嘴佬摇头说还没有——

他问：你就不想见见他？油嘴佬说：不是我不想见他，而是他不愿见我……戚总助呀，他开导说，你是聪明人，你老爹也是聪明人。天下大凡聪明人大多是倔头，办事一根筋不肯回头。其实做生意这玩意儿就如领兵打仗须一鼓作气，需要占领市场制高点。我打个比方吧：譬如四人搓麻将心里想着和牌，可和牌有条件，凭天时地利人和；一人和牌三人跟着付钱；赢者得到了钱，余三就成了失败者。你老爹这几年占得天时地利人和赢得太顺，早就没把我放在眼里了。这次我提出打价格战就为当头打他一闷棍，使他猝不及防地丢城失地……在这事儿上你的头脑千万要清醒，我们打蒙你老爹并不为消灭他，而是给滥竽充数的其他乡镇民企一个教训。市场经济虽然有异于计划经济，但市场是必须要规范的，没规矩不成方圆；就如蛇不能有两个头，有"大路"品牌就没"星星草"，有"星星草"品牌，也就没有"大路"了。自古华山一条路，胜者为王败者寇……您提出价格调整方案目标就是对准我老爹？油嘴佬低头嘟哝着。秃头郑陆摇头：是，也不是，我要为行业安全立个规矩。

油嘴佬明白事情并不像他想得那样简单，原先他认为凭他与秃头郑陆的关系，给老爹与我一个下马威，只要村联办厂认栽赔个不是，此事就可有惊无险地过去了。因为凭马山总厂的生产能力，短期内并不能满足日益发展的锦纶品市场的需要，须有多家乡镇民企的协助开发。但秃头郑陆这次是玩真的，并没见好就收的意思。次日杂物贱就把这情况告诉我了，说油嘴佬其实也为难，一头是生他养他的老爹，另一头却是对他恩重如山情同手足的郑陆；他在中间吃了夹饼。我说这道理我懂；憨书记早知道秃头郑陆要痛下杀手，可没想到他身手不凡这么快。杂物贱冲我暧昧地笑一笑道：事物总有正反两个方面，说明我们村联办厂还有救。我说你咋这么说话？啥时候学会幸灾乐祸了？他认真地说：油嘴佬能把这信息泄露给我们，说明他俩之间存在分歧……至少是油嘴佬并无参与这桩事。我说分歧有啥用？油嘴佬又不是总厂掌舵人改变不了现状？他说他是改变不了现状，但你想过没有……总厂的技改项目可是他主持搞的，掌握着生产营销成本的核心资料；如果那东西到手，我们不是有得一拼……

　　他说可能你还不了解秃头郑陆这人。我问：是不是油嘴佬讲了他的事？他说是的，秃头郑陆其实也是红脚梗出身。他老家在淮北平原一个贫困的小镇上，祖先数代都是穷得篮底脱落的农民；如果他爹娘屈服命运的安排，也就没有现今咄咄逼人在国内化工市场驰骋纵横的一代枭雄。他爹虽是红脚梗，但他阿爷却培养他读过两年私塾，认准文化改变命运的道理，把希望寄托在他身上。土改时分了田地家庭经济状况稍有改善，就咬牙送他上学。那时瘦骨伶仃的他大名郑贵生，上大学后认为其名土气且不符实，才改作郑陆。他对油嘴佬说：名字虽是一个符号，却代表你在别人眼里的价值，一片陆地视野开阔，多好。如今他都能清晰地记得为供他上学，患有严重肺结核的爹做不了田活，偕同手臂残疾的娘，冬天带上小儿麻痹症的阿弟和瘦猴儿般的阿妹举家出门讨饭。两老穿着破棉袄残酷地把阿弟富生的腿弄出血来，生疮溃烂裸露裤腿外，还在他阿妹的瘦猴脸上糊上一层薄泥巴，用席垫拖着沿街求乞换钱供他读初中、高中直至大学……

　　由于长期没好食物吃也没好衣服穿，他在中学时代就备受歧视，被同学们喊为叫花子哥，谁都远远地躲开他，好像贫穷是一种痄疾会传染。少年郑陆在屈辱的环境中几次抗争多次想阻止爹娘的乞讨行为，以休学相要挟欲下田挣工分，他老爹为此竟跪地求他，说小祖宗呀，谁让你投生在农家？你要使这家有脸面让人瞧得起，就得发愤读书找一份挣皇粮的差事做。少年郑陆由此咬紧牙关奋发读书，自初中到高中各科成绩名列全班第一，终于如愿以偿地考上大学。通知发到村子时，已卖掉屋子搭草舍棚摆杂货摊、穷得只留下煤油炉子煮饭的爹娘，为凑足学费把未成年的阿妹许配给村东跛脚鳏夫，生产队长领着他娘在村里借下高利贷才帮他圆了梦。秃头郑陆上大学四年很少人看得起他，值得庆幸的是他遇上了慧眼识英才的骆忠先夫妇，辅导他做成那篇题为《论现代实用化工的发展》的论文，毕业后留省城成为化工所研究员，成为骆教授的准女婿……

我问：是油嘴佬让你告诉我的吧？他说是的。我说他想说明什么呢？杂物贱神秘地一笑：同是天涯沦落人，相逢何必相识时？油嘴佬说了：他是海水里浸泡过三次，又在火焰上炙烤过三次心里留有疮疤的人。让我们不要惹毛他，不惹毛他啥都好办，诸事皆可在会后商量，惹毛他就坏事！杂物贱用手势比画着：像吹气球一样，用力过度啪一下爆裂了。

事后我知那天晚上，油嘴佬与秃头郑陆共眠一室，推心置腹地说了许多话。秃头郑陆是那种表面强悍、遇事处处逞强的男人，抛弃省城里平淡尚可称得上安逸的平民生活，单枪匹马地来马山开发，但他的内心仍充满着与弱者一般的荒凉，希望在前进路上得到别人的鼓励与喝彩。油嘴佬就是栖居在他身边充当此类角色的人。大千世界的纷繁庞杂，造就了世间人生百态。在这晚上的两人谈话中，油嘴佬和秃头郑陆一直泪光闪闪，心头充满难以抑制的豪情与悲愤。秃头郑陆不断地询问油嘴佬：如果老娘与老婆同时落水，你先救谁？这是个常识却又难以回答的问题，油嘴佬的回答是两人都不救打电话报警，因为他还没学会游泳；如果下水救人势必三败俱伤，得不偿失。这般回答在常人看来应是孤情寡义不谙世事，但在秃头郑陆看来，这是他到此为止得到的最佳答案了。是呀，没必要三败俱伤……

在以后的许多年里，油嘴佬在老娘与老婆同时落水先救谁的事儿上，不断经历着人性道德与感情理智的考验，及至他真正学会游泳后，才摆脱此类俗套而又烦琐的选择与权衡；不过那时他已经长大了。现实中只有心智成熟、已经长大的男人，才不会受此困惑；因为这世界发展得实在太快，而我们要做的事儿又是太多太多……

戚志潮（四）：风云突变

1

这儿我再说说戚菲菲吧。因为本故事发展诸多线索都与她相关。杂物贱大清早地把他所获油嘴佬的情报返回于我，使我证实菲菲在我返沿海时说的话不假。菲菲虽然不肯跟我来马山（这时不想见油嘴佬与公爹憨书记），却提供了许多她掌握的情况。这时在外历练多年、平时沉默寡言心有章程的堂妹，显然比我想象与了解的要成熟得多了。

对油嘴佬与秃头郑陆两个男人，她是这样评价的。她说：油嘴佬是个有心计的男人，自离村出走后，她很快发觉自己还在爱着他。这是因为他身上有一股她所缺乏的锐气，凡事总能绝处逢生给她以惊喜。虽然在身体上她管不了他了，却想在精神上控制住他。这般的老公犹如一块鸡肋，嚼之无味弃之可惜。她不想跟我来马山是因为不想见他，毕竟两人有过肌肤之亲，是她在法律意义上的老公；但他身上的毛病太多，为了获得财富能不择手段，卖身投靠秃头郑陆是为证明他的价值。她说秀才哥呀，我现在非常讨厌见到油嘴佬，因为他一意孤行单打独斗地做着财富梦；我知他这是表现给我看的，但我已经不稀罕；因为我已有了能力自己创造。我不想在梦入佳境时搅醒他，每个人脚下都有着自己的路，跨出每一步须对自己负责任，我期望他美梦成真却又担忧他误入歧途；我了解他眼下的处境，表面上烈火烹油，内心却备受煎熬。我能理解他远离亲人的这种孤独与煎熬，他的人生犹如站在三岔路口，如迷途羔羊渴望着亲人的帮助，因为他面临的对手比他想象的强大；秃头郑陆不是体制内的小白脸陈俊，如果没有两把刷子，像油嘴佬这般具有狼子野心暂栖身的人，能踏踏实实地跟在他屁股后面转吗？

古语说得好，床榻之侧岂容饿虎酣睡？油嘴佬虽没大出息，留他身边终究是一只老虎；一旦秃头郑陆在马山立足，驾驭这几千人的大厂，就得拿油嘴佬祭刀。这内中道理，秃头郑陆清楚，油嘴佬的心里也清楚。两人相依相偎不过是相互利用。她说尽管油嘴佬离开她多年，毕竟还是一个从十五呑出去的孩娃，内心躁动不安却行为幼稚；为他安全起见她在他身边安有眼线，关注着他的一举一动。听这话我吃了一惊，问：莫非你不放心他在外面胡搞吧？她摇头说这倒不是，处在上升期的男人珍惜眼前的战利品；像油嘴佬这般一只脚踩着红脚梗，另一只脚迈向白脚梗的男人，意志暂时还不至于如此薄弱。她最为担心的是他为了获取财富，不择手段而丧失人性的底线；她说不是说男人有钱了就会变坏吗？她问我知道于连吗？我说啥于连？她说就是法国小说家司汤达在《红与黑》里写的于连……他离开后我就一直在想，他是不是当今社会的于连？他与秃头郑陆好得如同穿了连裆裤，却各心怀鬼胎。油嘴佬真实的动机是利用他作为发展的跳板，当然秃头郑陆也在利用他；两人迟早有翻脸的时候。我可以明白无误地告诉你：现在他的竞争对手是秃头郑陆而不是你，因为他对村办厂厂长的位置已无兴趣。

她问：我这般说你明白吗？我点头：水往低处流，人往高处走。他没必要一辈子与我较劲拿我当靶子；我也没时间与精力和他耗下去。她说你能宽恕他我很高兴，再说你俩总不能如此针尖对麦芒地死掐。掐多了只能两败俱伤得不偿失……我说这次过来，我就想为你俩重归于好创造机会……

重归于好？她摇头说：不可能，经历过这许多事后，油嘴佬在我眼中已慢慢地变得平庸和幼稚，不再像在镇高中高考前夕那样对他崇拜了。那时他在我眼中聪明睿智，虽然有时也像愣头青一般，青涩淘气不谙世事，但我发自心底地喜欢他；认为他对我好是真的好，我也有过非他不嫁的愿望；但这种心态随着时间的流逝已不复存在。我之所以还不放手，是因为五年前他离村时说过：你等着，我一定会让你心甘情愿地嫁给我。我答应过就得等着他。记得四眼哥与我说过（这对油嘴佬不是好事）：月亮与地球围绕着太阳转，但它们各有自己运行的轨道，油嘴佬爱财有进取的欲望不是坏事；是我们这代人的共同特征；关键要看他挣钱后用在什么地方？这事现在无法检验，因为油嘴佬还没有衣锦还乡……

油嘴佬这人本质不坏，但是他私欲膨胀得太厉害了。现在他的心大了去了，不在十五呑，也不在天街镇与沿海县，他想得到的是这个世界他能得到的全部而不是局部。四眼哥（又是四眼）说：与这样的人打交道非常可怕，他会以他的利益出发唯利是图、见缝插针地拿走你认为是善良的东西；为达到个人目的不择手段。但有一点可以肯定，在他还没有达到目的前，不至于回头咬人；咬人需要花费更多的时间与精力，他在按他的既定目标前进时没有多余的时间与精力。她的话使我想起校花邵素芳的前车之鉴，问：你就那么相信你的四眼哥吗？她反问：我为什么不相信他呢？我从村里出来后他一直帮着我；我没有亲哥，他就像我的亲阿哥一样。没有他，就没有我在沿海县城自食其力的今天。

她这般说，我就不再多问。我说：你公爹憨叔与我可一直在盼着你回村，你就不能回村帮我们一起干吗？她忸怩一会说：我是要回来的，也许快了……但我离村前与油嘴佬一样发过毒誓，没有贡献不衣锦还乡决不回头……

她说油嘴佬与秃头郑陆之间的关系很不正常。她说人之间关系的发展，许多都是从生活上开始的。现在是油嘴佬与秃头郑陆的蜜月期，两人同住在一屋子内如同孪生兄弟，早晨起床油嘴佬就为秃头温好洗脸水，连牙膏也挤在牙刷上了；然后油嘴佬煎好荷包蛋，（秃头生活西化）冲上两杯掺牛奶的咖啡与一盘烤面包片（屋内有烤面包机）笑嘻嘻地出现在他面前……恶心吗？他在家里就没这般孝敬老人。他图什么？还不是为获取财富吗？我说你也神了，咋连这些都知道？她撇撇嘴说：这有啥奇怪的？我说过我在他身边安有眼线嘛；这些年我把挣的钱都花在这上面，就为想知道他的一举一动。我知我这做法有些无聊，但我没法遏止自己这样做。他俩关系在厂里路人皆知，没啥保密的……

接着她说秃头郑陆也很神，他明知油嘴佬在利用他却装作毫无觉察，心甘情愿地成为他前进的跳板。也许他已经觉察到他野心所在，只是利用他的浅薄与幼稚为自己铸就辉煌。她说他没有当过官，却学着政府官员的做派，喜欢独树一帜引导潮流，在工作与生活中玩些新花样，故意把事情弄得复杂化……开啥会干啥事须穿啥款式啥颜色的衣服；下车间穿工装须把领口熨平，色彩必须是蓝的；开会分规格穿西服，参加礼宾式会议还得换套装。这种事别人做不来……油嘴佬行，他已摸熟他的脾性，仿佛熟练地操作着一台机器，把他的工作与生活处理得有条不紊，服侍得妥妥帖帖……秃头郑陆生性孤寂，在厂里人缘并不好，没油嘴佬就施展不开，时间一长就离不开他了。

　　她说虽说秃头郑陆在生活上如此弱智，其实是个有善心与志向的非等闲之辈。油嘴佬选择他做竞争对手作为获得财富的跳板，也许是痴心妄想迷失了方向。她通过卞小枫关系掌握秃头郑陆当总经理（厂长）仅两年，不但对厂里的技术设备进行改造，理顺生产关系，还花了几十万元钱资助老家丽云山区搞教育改革，扶助贫困儿童就近入学。这事马山市政府相关部门因有人反映他用公款树自己的形象派人调查过，情况基本属实，但动用的那笔钱却是经过董事会讨论、奖励给他个人的非生产资金，结果不了了之……别看秃头郑陆在生活上讲究，工作起来却是个拼命三郎。半年前与油嘴佬一起改造设备时，胡子拉碴邋里邋遢顾不上收拾，在单独面对与处理一大堆技改问题时，把自己锁进房间啃三天三夜的面包咸菜没出门；因此他在厂里还有一个绰号叫秃疯子。但只要一闲下来，他又重新搭起架子讲究生活格调变了回来。他的难伺候是出了名的，还在油嘴佬在省化院进修时，厂里曾为他的住处雇保姆做家务，还尽选年轻美貌的，但他都不满意，不是嫌人家没文化，就是指责不会干活走马灯似的换人。厂里有搞卫生的勤杂工，听说调去他的别墅伺候，就会吓得求爷爷告奶奶地哀求办公室别给穿小鞋。他别墅前有一个花坛，平时也喜欢养些花花草草，一有空闲就在花坛里摸索。但他工作忙少有闲情逸致干杂活，只能招呼外面花工搞。搞到后来都被他赶走了，深夜召办公室主任带花工入宅在屋内外拉电线亲自布局画图指点；待花工弄出来又不满意了，说人家是木头脑子精神死坏，没有创意精神……

　　戚菲菲说这人太聪明又太敏感，工作和生活节奏快，别人跟不上他的思路；在工作中表现得喜怒无常，诸多事儿今天布置明天纠正；又好批评下属，训人六亲不认……员工当面尊他董事长，背后都骂他秃疯子；除油嘴佬与他亲密外，没有一个知心的朋友……

　　所以，菲菲断然下结论说：你们控制住油嘴佬也就控制了秃头郑陆，只是要趁他俩还没完全翻脸前。如果憨叔与你有耐心不妨再等等，因为马山总厂这般的情况还存在许多变数，个中原因，我不说你也应该清楚了。你说要我帮忙拉油嘴佬回村与我破镜重圆重归于好？这不可能，秀才哥，对不起；既然我已出来闯世界，我就非得堂堂正正、明明白白地活一回，进得我菲菲盘中的菜须得是一棵好菜；否则我会觉得对不起自己懊悔终生……

2

又过一日，油嘴佬让杂物贱捎信过来，说他想在开幕式前与老宝贝见一面。此事与我想到一块去了，要让憨书记改变主意退一步，老宝贝自然是化解父子障碍的润滑剂。油嘴佬是聪明人，老宝贝是他请来办厂的功臣，老爹再固执不至于不听他的话？况且他知道我已有意向与马山总厂合作贴标生产，此符合秃头郑陆提供技术输出，一损俱损一荣俱荣的发展理念。如果……油嘴佬天真地对我说，老爹能退一步海阔天空，搁下"星星草"品牌继续贴标，秃头郑陆将不计前嫌延缓价格调整，或者坐下来心平气和地制定合理补差方案同谋发展……

这话秃头郑陆在两年前村联办厂与汽配厂脱钩时曾说过。当时憨书记与我商议问如何看，我利令智昏地没把诸多问题考虑成熟，问他咋想？他说场面上的大道理他一时间说不清，也不想说；既然农民办厂别人帮一时只能一时，归根结底得创自己的品牌，早走一步是一步。就像古人打仗对阵竖立帅旗，李自成的农民军也有个大顺国号嘛。这样我们就打"星星草"品牌自己干了。当时我心里还着实得意，由于农村廉价劳动力与灵活的销售机制主动调低价格，攻城略地与马山的"大路"品牌展开竞销；没想到仅仅过了两年，马山总厂就搞成自动流水线项目迎头赶了上来……

油嘴佬提出要请老宝贝吃饭，说是尽师徒之谊叙叙旧情；其实我知他葫芦里卖的是啥药？无非要他做老爹工作，在订货开幕式前与双方洽谈沟通。油嘴佬在秃头郑陆处碰过钉子后，改变了前些天一味争强好斗、在老爹面前摆出一副救世主姿势以证明他的价值所在；开始从村办厂利益的角度思考问题。他知这是秃头郑陆能够退让的底线，也是我能勉强接受的极限，开始理性地考虑问题。他在与我晤面时说过：农民做事要忍辱负重，圆通温顺；汉代大将韩信为取天下，能从市侩无赖胯下钻过去。燕雀焉知鸿鹄之志？大英雄不争一城一地的得失。我说这话你与我说没用，最好与你的憨爹说去。他故作惊讶地问：你不是厂长吗？我说我是厂长，但你老爹是董事长；我管生产销售，决策大事归他管。他怏怏地问：你是说老爹不会同意？我说他啥时候有过委曲求全？他问我能否帮他做些工作？这事他可是站在了火山口上，稍有不慎就两头不是人，以后别想在这行业混了。我说我可以试试，你、我各留一条路走，但没有把握，因为你知你老爹是怎样一个人。他说他明白了。农民应该在乎口袋里的钞票捞取实惠，而不是虚头巴脑的名气；只有避过眼下秃头郑陆的锋芒，他会将计就计，帮助村联办厂站稳脚跟后徐而图之……

事情发展到了这一步，对村联办厂说也是没办法的办法了。在商场上企业与品牌争雄，刀光剑影中双方虎视眈眈，较量的是掌舵人的智商与实力。一时得逞不是事物的终点，就如汉王刘邦面对西楚霸王项羽，诸战皆败争锋九年由弱转强最后才取得垓下之役完胜，凭的是毅力与韧性。一旦豁上狭地相逢，总得有人示弱服软留下一条路走。做产品不是搞政治，没个是非曲直谁对谁错的路线问题，讲究实力较量；谁的拳头硬谁就是大阿哥。在眼下两家力量悬殊的前提下，保全实力伺机待变算是上策，服软归顺、取消品牌是中策，信守底线、负隅抗争导致全军覆灭是下下策。现代大工业的竞争越来越趋向集团化规模化，没有憨书记两年提出的只要打出农民自己的品牌大旗，就不愁打工吃粮人这一说。天下农民是一家，共和国土地上最大的家了；可是一个家徒四壁、风吹凉棚的家呀。农民有资源、有资金、有技术、有人才、有市场吗？像锦纶帘子布这般产品，说穿了是大型国企因为利薄不屑垄断才由乡镇民企组织生产，但原料、生产技术设备与市场终点仍控制在大型国企手里。城市大工业的发展时刻张着血盆大口，把一些有志有才却无资本建立机器王国、劳动力密集型的中小企业，最后一个个地吞噬消灭殆尽。什么叫资本主义？这就是资本主义机器吃人的后工业时代。

这些道理是我后来才明白的，就是没想到会来得这么快。是福求不来，是祸躲不过。我相信老宝贝与我一样，看懂了马山订货会对村联办厂意味着啥？虽然他每日开开心心自得其乐，还带上小呆驼捧着新买的照相机上街拍照，上夜市淘宝，但他心里何尝没有一本自己的账？

这本账就是：牛抬头后如何识路？

我回旅社时，老宝贝正与憨书记、杂物贱、小呆驼玩抓金花，这是一种类似牌九的游戏，人各发三张牌，一张明着两张暗着轮流喊庄比大小由赢者统吃。老宝贝最喜玩此游戏，从建厂初期一路玩过来，有空隙就拉人入伙乐此不疲。憨书记原本不玩牌，经不住老宝贝连哄带骗渐渐地也就上了瘾。这天他刚去过晓明大旅店，与那儿住店的几位邻省邻县的乡村企业家，商量如何应对秃头郑陆单方压价竞销的对策？至晚就回来了，他自律能力很强，虽然嗜酒成性却从不吃请，也不请别人吃饭。就他的观念说：谈事就谈事，吃饭归吃饭，把谈事与吃饭混淆一处，就会误事……

当下看到我回来，老宝贝立即招呼道：快、快、快……四缺一，我正愁明日洗胶卷的钱没处开销哩……我望着堆在他面前那堆零票冷冷地说：您老已攒够棺材本儿，还指望从我这儿掏钱？也够黑的……他跳起来一把揪我至床前，手指叩着我的后脑壳乐呵呵地道：别愁眉苦脸的，每天自作聪明想东想西，天塌下来有长子挡着压不着矮人……老话有说憨人有憨福，烂泥菩萨住瓦屋……你不为我攒棺材本儿，我就不帮你借船出海的办法儿……

借船出海？我心头一震，随即明白老宝贝死皮赖脸吵着跟来马山凑闹猛的用意；虽然游戏人生早出晚归地游山玩水，原来他心里早有了谱。我坐下随他玩牌，一边玩一边悄悄观察憨书记的脸色。就借船出海四字分析，我估计老宝贝与我想到一处去了，实在没办法，就示弱遵从秃头郑陆两年前提出的品牌联销；母鸡孵蛋，先孵化出小鸡来再说。其实做企业就好如下围棋，在己方做活一只眼，留着另一只眼不做，先声夺人把势散开去，在与对方争夺地盘中边打边走伺机做第二只眼。那时期许多乡镇民企利用机制灵活盘活资产，稳扎稳打地做成两只眼走上良性发展的道路，还真出了不少围棋高手……

我从老宝贝玩世不恭、嬉笑怒骂的神态中，知道杂物贱把油嘴佬要请师傅吃餐饭的信息告诉他了，趁着与他上厕所（老宝贝肾亏，隔半小时就要撒尿）的时机，我悄悄提醒他：徒弟要请您吃饭呢？他狐疑地打量着我的脸断然说：不去……我老宝贝也是跑过三江六码头，吃过本地芋艿头的人，鲁淮粤川、京沪杭甬啥菜品没尝过，还吃他马山啥捞命杂隔羹？我呆怔一会说：您老人家还真应该出马了，你那徒弟有话说哩。他神秘地附我的耳朵边问：啥话？如果他有我这当师傅五年前的机灵劲，把那自动流水线的技术资料偷与我，我就去……

啥？啥？我彻底愕然，已经风烛残年的老宝贝还真富有想象力，想出一出是一出；如果油嘴佬能把那东西弄出来，那么村联办厂也就有了第三条路可走。可想他说的借船出海，非我所想借船出海。可是此时非彼时，随着市场机制的日益完善，不是初创业时的五年前了，知识产权受法律保护，油嘴佬会这般做吗？如果他真敢这么做，秃头郑陆能容忍他这等背叛行为？憨书记又咋想呢？

五年前，油嘴佬与我怄气离村前找师傅老宝贝商量。说此处不留爷，自有留爷处；他就看不得我这副小人得志的模样……

老宝贝心里自然有数，知山里人啥都好就一点不好，看不得别人比自己强；为针头线脑的事儿就感到如一座山压下来。油嘴佬虽跟他在外面跑了三年，逞能的个性却三岁看到老依然未变。但他并没有说破，说破也没用；人不经过历练，不知道山有多高水有多深？山高水深，要待爬过涉过方才知晓。他仍如往常一般乐呵呵地逗他道：这朗朗白日乾坤大世界的，谁是大人谁做小人呢？油嘴佬惊讶地望着他问：师傅，难道您老人家真不懂？天下是我与老爹一起打下来的……那你老爹为何不重用你呢？老宝贝板下脸来了。油嘴佬说了他与老爹的交锋，说老爹不信任他哩。老宝贝这才点头说：对呀，你是他爷他是你儿，大翻小乱地错了乾坤嘛……周瑜打黄盖，打的就是他爷……如果他还是你爹，他不信你又信谁呢？你与他是打断骨头连着筋的亲人，他信你才这样干的哪！他仍然笑眯眯地把纸烟塞在缺牙豁口不点火，一字一顿地道：孙子，你才几岁哪？小小年纪就知争权夺利。如果换作我是你爹，这生产副厂长也不会让你当。这是十五岙村众家办的厂，又不是你上戚家洪家的私家厂……油嘴佬做梦也没想到师傅没与他站在一处，胸部起伏脸色有些黄快快，他不常抽烟身上却备有打火机，知师傅生气上前点烟。老宝贝敏捷地闪开道：我遇上好年头还想活几年哩，你别咒我死……

这时老宝贝已彻底戒烟，抽烟手势却还在，见油嘴佬固执地伸手没缩回，便点点头把塞豁牙缝的烟点燃了，用浑黄色的眼珠斜睨着他，叹口气柔声说：天下本无事，庸人自扰之；你要走就走吧，又没人绑着你……

油嘴佬知老宝贝也没想留下他，不由双手蒙脸哭泣起来。边哭边说：爹不相信我……扼杀了我的梦想；您也不相信我……你们都不相信我……老宝贝沉默一会忽然把手搭他脑袋上柔声道：孙子，藕长水里必须种水里，松生山间须栽山上。你那憨爹说过：种瓜得瓜，种豆得豆。天下万物，栽什么种子开什么花，种什么树苗结什么果，连老天爷都扳不过这理儿来。你还太年轻，不懂得前人栽树后人采果的道理。我可告诉你，政府办企业栽桃杏树，三年两载就开花结果，可我们农民栽下的却是银杏树呀，没十几年二十几年浇水壅灰施肥，枝头哪有果子挂出来呀？我与你老爹怕是看不到了，你能看到一定能看到……怕的就是你没耐心，没耐心你拣桃杏树栽呀？如有耐心你就等着一天天地熬，待银杏结果采一把到我坟头祭祀，让我也闻闻这果子的清香……

油嘴佬听他这番话也许明白了，也许仍不明白，把头埋进他怀里呜呜地哭开了：老爹喊我回村，我觉得有了机会……可他把机会给了别人……笨哩……你笨哩……老宝贝连声叹息：啥人生？啥梦想？啥机会？你小子……不就是个强奸犯？你以为平反了就可胡作非为由着你性子办？你见过下染缸的布能用清水漂得清吗？只要假公主心里认你是强奸犯，你就永远是强奸犯。听师傅的话，走出去下山闯荡学本领……学好本领这世界啥不是你的？等你真正长成男子汉，再采这村里的果子不迟……

油嘴佬不哭了，擦干眼泪振作精神大步出门。这是他人生最后一次哭泣，经过这次哭泣他感觉到自己长大了！多年后他对村人说：牛抬头的方式多种多样，但须得弄清这世界上哪些东西真正属于你？哪些东西并不属于你……

3

我当时不知道油嘴佬在悬关两厂命运大事的当口约会老宝贝，不仅仅为合作，而另有所图。狗娘养的油嘴佬在异乡抬头耕耘中，耐不住时时处处袭来的人生寂寞，误采一朵含苞待放的蔷薇花；由此辜负了苦苦等候着他变好的杜鹃花。他在与师傅约会当天，会见了他的孙女芮小苗。当然这事儿前提是老宝贝蒙在鼓里。如果他知道，就不会用五十六个民族五十六朵花这般戏谑的口吻，愉快地接受徒弟的邀请。这五十六个民族五十六朵花，是老宝贝在养蜂时挂在口上的歇后语，当然有一种精神猥亵的成分；因为国人常把姑娘当作花嘛。原意是开着大篷车辗转南北虽寂寞难耐，却可以追花期欣赏沿途风景。北边的花刚谢，南面的花却开了，待南面的花期过了，北边的花却又盛开了；赶来赶去顶风冒雨辛苦万分，却也神清气爽其乐融融。没想到后来成为徒儿油嘴佬的人生信条与座右铭；在戚菲菲寻找爱情真谛对他实行考验时，他乐此不疲偷鸡摸狗地进行尝试。小苗苗就成为他品尝的第一枚甜果……

　　小苗苗长大了，眉是眉眼是眼地出落得亭亭玉立。每次油嘴佬见到她，心尖尖上就会麻酥酥地震颤一下。那美，是老天爷施舍给青春期女性无法遮掩的美。刚满二十岁的她，在海城技工学校毕业后在油嘴佬怂恿下瞒过她阿爷，跨地隔省地找来马山当了一名车床工。收到他捎来的约会纸条儿，心里就莫名其妙地激动起来。当时她还在车床前忙活，小脸儿通红胸口扑通扑通地跳个不停。她想：我这是怎么了？长庚哥哥以前也写纸条约我，咋没今天这般心慌意乱呢？哦，对了，是阿爷来马山了，他告诉过她要把两人的事儿向他挑明，以后就不用再偷偷摸摸地搞地下活动了。

　　当年油嘴佬由洪老师夫妇领着见老宝贝学养蜂时，芮小苗还只有十三岁。那天她在房间里写作业，听到外面阿爷笑声放下作业本在门缝里张望。阿爷已很久没有这般开心了，自她爹芮大苗病故后每天独自翻扑克牌接龙，见到她都是唉声叹气泪汪汪的。她知他已准备把她放邻居阿姨家自己出去放蜂，他对她说：小苗苗呀，芮家就盼你出息了，你在家里好好读书，阿爷出去帮你赚学费。就在那次她看到了油嘴佬，黝黑的圆脸上长着一双俊俏的眉眼儿。大半辈子游戏人生、不甘安分守己的老宝贝，对失去父母的孙女儿历来疼爱有加。芮小苗知道他要走了，悄悄地掉过几次眼泪，但她却没有阻拦他。她知他出去养蜂，就为割蜜卖给供销社换钱。爹死了，娘跟人跑了，阿爷得花许多钱把她培养成人……那晚上合一处吃饭时，情窦初开的她看到那对活泼泼转动的眼珠，扑闪扑闪地盯着她看，心里就感到慌慌的。她从没见过这样的眼睛，黑白分明流光四溢，虽然他不时地低头俊俏的脸庞无精打采，但目光却异常明亮，那双黑亮的眸子一轮一轮的，不时发出电麻般的信号，使她感到整个身子都酥麻了。她明白他是无意的，他又不认识她，怎会全心地关注她呢？但她还是激动，少女天真无邪的羞涩和激动……

　　就从那天起她心里就有了他。她也说不清为什么？她才十三岁哪。每当夜深人静时，从小缺少父母关爱的她就会躺在床上睡不着，莫名其妙地想起这双黑白分明流光四溢的眼睛……每当这时她就悄悄地鼓励自己：加油！长大嫁给长庚哥哥。她很快就长大了，十六岁那年考技工学校，老宝贝得知信息与小呆驼在家待了半个月，直至她收到录取通知书才离去。她问：长庚哥哥呢？老宝贝说：回村结婚了呀！她感到心头被重重地击打了一下，瞬间小脸儿焦黄，埋怨自己长得太慢了。她的心头始终不解，想：他怎会与别的女人结婚呢？但旋即她就从洪老师夫妇嘴里，得到心上人逃婚离村的消息，心情才又渐渐明朗起来。她鼓励自己快快长大，只有长大了才可以与别的女人竞争。在芮小苗的情感世界里一直希望除阿爷外，有一个男人能关心她、照顾她、疼爱她。她自小就是个多愁善感的孩子，家庭的变故使她倍感寂寞，对外人有一种病态的不信任感。正因为此她在考上两年制的技工学校后，没毕业就自作主张地与油嘴佬取得了联系……

那天两人在总厂附近的和平公园见面，天气实在冷了，天空阴着北风呼呼地像吹哨子。芮小苗特地穿着一件鲜艳的红风衣，在昏暗的灯光下格外耀眼。油嘴佬远远地望见她，见她身子软软地倚靠在门框上，像一朵盛开的大理菊满脸通红翘首以待。他原本是想约她看一场电影的，小丫头就喜欢看电影，喜欢真由美陈冲与张瑜迷得颠三倒四。但这几日筹备全国订货会日夜加班，晚上还要替秃头郑陆准备发言稿，只能出来一会儿只得约她在公园见面。她见到他了，像一只花蝴蝶一样地飞过来：长庚哥哥，啥事？他说：你阿爷来了……芮小苗点头：你不是说过了吗？带我去见阿爷。油嘴佬顿时变得支支吾吾的：明晚上请师傅吃饭，我还没想好说不说这事？他是在犹豫呀，如果他与菲菲已处理好关系，如果他老爹没与老宝贝出现在马山，如果村联办厂与总厂合作顺利，那么他提出这事实现的可能性就会大一些。可如今……这不是甩巴掌扇老宝贝的脸吗？树活一张皮，人活一口气。他知道目前师傅与他是各为其主，此事捅开来，势必引起几个家庭的震动，与我（菲菲堂兄）的关系彻底闹僵。但此事毕竟是纸包不住火，迟早都要揭开盖子掀起盖头来。油嘴佬明白此事对他来说非同小可，性质比当年弃妻离厂还严重。他老爹、师傅与笑面弥勒一旦得知此事，非联合起来抽他筋剥他皮砸断他的腿不可，就是菲菲她娘婆婆唠和她姐也都不会放过他。而且他的结婚证还在菲菲手里攥着哩。看样子这家他真是永远地回不去了……

油嘴佬此时聪明反被聪明误，只能说服芮小苗躲起来不见她爷爷。

我不知已变得世故的油嘴佬，是咋哄过小苗苗的？但我猜想他应该对她这般解释的。小苗苗当然很想让爷爷知晓这事儿，她说不出口想让他告诉爷爷，油嘴佬自然不让，说此事还是待订货会结束后再说，因为两厂在产品价格与品牌的事儿上产生矛盾。小苗苗说这与我俩的事儿有何关系？油嘴佬告诉她关系大了去哩，说我让你别暴露你就别暴露。小苗苗问：那我想见爷爷都不行吗？他说暂时不行，待订货会结束后我带你见他。

次日晚餐时，油嘴佬衣冠楚楚地出现在马山大酒店的茶餐厅，像啥事也没发生一样请老宝贝和小呆驼吃饭。老宝贝最近胃不大好，赴宴前特地用憨书记自带的馒头用开水泡过就着榨菜孬头垫了些底。这东西憨书记每次出差都会带上一大包。他有个奇怪的理论：如果在外面吃不好吃的东西让人赚昧心钱，倒不如让秋秋做善事积德让大伙儿分享。这不是说现今他有钱了，钱是比以前多了但没多多少。他当董事长不拿工资，每年分红拿一成，九成再放进投资里。在村领导层中他吝啬是出了名的，逼不得已请客吃饭必自掏腰包，偶尔进餐馆解馋最多点个红烧肉。在这点上老宝贝与他心有灵犀一点通，认为餐桌上七大碗八大碟的，最好吃不过红烧肉；但老宝贝并不主张他背着个食品袋出差，认为钞票赚了是要用的，会吃会用花掉的钞票才算自己的；否则脚一蹬走了，钞票也就变成别人的了。他不主张却也不反对，因为秋秋姑蒸的馒头与炒的榨菜孬头他喜欢吃……

油嘴佬见了小呆驼拥抱在一处。他说师兄，几年没见，你想我吗？小呆驼从他怀中挣脱出来说想呀，爷爷比我还想你哩，每次吃红烧肉总说你在就好了……油嘴佬怔一下：咋还是我在好呢？我不是与你抢肉吃吗？小呆驼说抢着吃才有滋味，比我一人独吃强呀。说到此油嘴佬便有些伤感，连说对、对，我已五年没吃师傅做的红烧肉了。老宝贝打量着他俩亲热情绪受到感染，嘻嘻笑着说：那今晚你请我俩吃顿红烧肉吧？油嘴佬点着头问：您老人家来马山，我老爹没请您吃饭店饭吗？马山的红烧肉味道没师傅烧得好，但还中吃……

三人寒暄中，油嘴佬最怕老宝贝询问小苗苗的情况，因为师傅并不支持孙女自作主张地打工来到马山，可惜老宝贝没问。他没问自有他的道理，订货会价格营销大战在即，作为一方代表，孙女倒在对立阵营中算啥鸟事？寒暄过后三人便坐下吃饭。油嘴佬开始蠢蠢欲动试探着问：听说老爹还在骂我？老宝贝淡淡地回答：骂倒没大骂……只是觉得你没与菲菲圆房心头有些遗憾。油嘴佬的脸红了红，随即勉强笑道：他就是这么一个人，我跟您老人家养蜂时也口口声声地骂我是强奸犯！老宝贝因为已垫过肚子只象征性地吃了块红烧肉，就把盘子推往小呆驼面前，开门见山地问：说吧，现在我师徒俩各为其主，你得告诉我郑癞头的出厂价最低多少？郑癞头？油嘴佬一时没回意。就是秃头郑陆嘛……五年前好端端的……我都把他当作一条汉子，没想到看走眼了，他是农民的儿偏要与农民作对，也不知他这书是咋读的……这世上就数农民活得苦了，自己种田自己织布，一辈子没好吃好、穿好、喝的，世世代代埋头耕田，如今好不容易老天爷开眼，牛有露水草可啃了，你这强奸犯……却助纣为虐伙同郑癫头欺负他们？老宝贝做过开场白，就打算单刀直入地进入主题了。油嘴佬虽低头没吱声，心里却想着：师傅先前不就是一个游戏人生的白脚梗吗？协助老爹办厂还是他动员的，咋几年不见反帮红脚梗说上话了？此话您不说我也懂，但世间的事儿没您想得这般简单？如此沉默一会他说：师傅，此事您先别戴着有色眼镜看人，郑董事长也是红脚梗出身，他不会欺负农民的……上级号召一部分人先富起来，他多次捐款给家乡办教育，不是您想的那种人……见老宝贝没吭声他又补充说：此次产品价格调整，他也是不得已而为之……您想呀，各省各地的乡企民企那么多，乱哄哄地你方唱罢我登场……如果不做市场规范会变成啥模样？老宝贝习惯性地取出海绵蒂香烟塞进缺门牙的豁缝里，侧脸瞪起一对浑黄的眼珠看着他：你倒说说看是啥模样？他的眼睛生了白内障，医生让剥离他不愿，说父母给其躯不能毁其容，能看这世界几年就几年，摞藤的南瓜生蛆的肉，没啥可留恋的？

油嘴佬一时没回答，没合适的语言嘛。老宝贝望着他嘿嘿地笑了：你说不上来我替你说了吧？这套大鱼吃小鱼的把戏旧社会在上海滩就有人玩过，郑癫头再玩不算新鲜。啥价格同盟？说穿了就是清理门户犯众人怒众人骂，把做梦都想成为白脚梗的红脚梗们逼回田里去，重新变成埋头干活不啃鲜草的牛……

你咋不吱声？没话说了是吗？你没话说了我老宝贝想与你说个故事。

接下去，老宝贝平静地向油嘴佬讲了他为何进山，又如何帮助村民创业的事。他说强奸犯呀，你一定奇怪我为何那么爽快地答应你老爹办厂？又为何在你离开村办厂后选择留下？我是想把一把老骨头埋在山里哩！你离村五年中我都没拿过工资，每月十八元补贴比汽配厂给我的退休金还少，与养蜂更没法比……你以为我学雷锋呀？我可没这般思想境界。那么为啥呢？

油嘴佬忐忑不安地问：是呀，师傅……您为啥呢？小呆驼嘴里嚼着红烧肉急于显示能耐：师傅说过……师阿奶是这坨山的人……老宝贝的双眼眯拢微微点头：我为还债……首先为你老爹……他不听我的话犟着哩，可他却是我多年寻找的人，值得我把这把老骨头托付给他。你知我走南闯北是懒散惯的人，没在世间服过谁，唯独你老爹是个例外……其次我还为一个人，小呆驼说了是你的师阿奶，我这辈子欠下她太多，想在活着时还些给她。你知我是海边滩涂的人，年轻时靠手艺吃饭。那年灾年应是蝗灾吧？满畈的蝗虫吃光了粮食山下没活干了，我挑着铜匠担往山里走，肚里没食又患疟疾晕倒在道上……你问我啥地方吧？办厂后我找过没落到实处，大概就是现在陈家坳那瘩……被一位砍柴的阿妹发现连拖带抱地弄到她与独眼阿爷住着的草舍棚里……天气很冷哟，她把家里的破棉絮兽皮还有干稻草全裹我身上；爷孙俩轮流搂着用番薯粥喂我……我整整昏迷了十多天……醒来时阿爷已断气尸身摊在我身旁……独眼怪怪地睁着。我问阿妹咋死的？她说他为让我活不吃粮食饿死的……当时我身体虚得不能行路，大雪封住山没处可去，那冬天就在她那住下了，记得门背后有一小堆番薯……我数了有七个，阿妹说开始是十三个……外面下雪出不去，三个人吃早就断粮了……

知道独眼阿爷死因后我号啕大哭，她也跟着哭得像猫叫一般没力气，说以前下雪也这样，她爹她娘都是在冬天饿死的……后来我的病愈痊了，雪也停住了，天气开始暖和起来，我就挑起铜匠担带着她离开了村子……

这人就是你俩的师阿奶，当年她才十六岁……小呆驼已吃完两份红烧肉，见油嘴佬盘子里还有就拨拉过去吃，被老宝贝一掌打翻了，说吃……你就知道吃……你们师阿奶的命苦呀，服侍我一辈子眼看着就要过上好日子，雨天出屋为我父子买早餐豆浆时被一辆卡车撞飞，在送去医院的路上……满脸是血乞求我行善积德掐死了她……那年你们大苗叔叔刚满二十岁……

说到这儿老宝贝泣不成声，小呆驼眨巴着那双斗鸡眼问：师阿奶……为啥让你掐死她呀？老宝贝抽了自己一个耳光道：车轮子从她的下身碾过去……两条腿都没了还救得活吗？她怕倾家荡产……连累我父子……油嘴佬听了泪汪汪地颤抖着说：您……真下了手？老宝贝摇头继而点头：没等救护车到医院……她就断了气儿……

现在油嘴佬明白师傅为何留山里不走？为给一个女人还债啊。人欠下债是要还的，今生不还下辈子做牛做马也得还。他眼前出现小苗苗亭亭玉立的倩影，她的脸蛋儿没菲菲有味道，身材却比她顾长秀丽，走起路来小屁股撅个老高一蹦一跳的，脚下仿佛安有弹簧富有弹性，浑身上下洋溢着青春的活力……

天哪，他心里喊了起来：我油嘴佬还算是个人吗？他起身在吧台埋单又折回，双膝屈地跪老宝贝面前磕了一个头，啥话没说站起来头也没回地走了……

4

听说憨书记在马山市受困，刚谈下城关文化广场业务的麻皮阿梁，情绪立即激动起来。右手大拇指一抡一抡的，向身边的鸿年老师哇哇地喊道：狗娘养的，这秃头郑陆是啥瘪日出来的，敢在我的阿大头上动土？鸿年老师大致知道马山发生的情况，劝慰他不必激动静观其变。其实两年前他就劝阻憨书记与我给人留一条路走，也为自己留一条路，反对企业之间超乎实力的恶意竞争；可惜当时我俩都没有听他的，主管销售的莲子也认为农民走上市场经济的道路，就得疾飞猛进地抢地略城，场面铺得越大越好。此时她早与沧海一笑的卞小枫接上头，两人为开拓上海市场竭尽全力不惜血本，认为农民创世纪的时代已经来临，只一味地收购与建立销售点铺开摊子突飞猛进。鸿年老师的右派早已平反，并与恩师魏校长的女儿魏淑贤结了婚，原本恢复教籍要去城关中学上班的，但他推托咽喉炎给拒绝办了留职停薪手续，仍在麻皮阿梁的建筑公司当副总经理，业余时间却钻进了本地乡贤《梨洲文集》的研究中（有关家谱与资料查明他是黄宗羲长房黄百家的十四世孙）。这魏淑贤也是小学教师，鸿年老师普师毕业那年她才出生，算起来要比他小了快二十岁。两人结婚后老夫少妻挺恩爱，在县城安下家来。

城关文化广场是政府的形象工程，在六百亩的土地上搞石刻雕塑，还要搭三十米长的牌楼。麻皮阿梁接下一批两万石方的石材业务，该是建筑工程公司成立后一笔最大的业务，为此他情绪高涨，胸中那豪情壮志也立即像吹气球一样膨胀起来。说没有憨书记领着村民走这条康庄大道，就没有他麻皮阿梁的今天。改革开放短短几年，沿海的经济面貌就发生翻天覆地的变化；县统计局提供的数据证明：城乡生产总值增加了十五倍，人均年收入翻了三番。这当然得益于以高书记为首的这届党委，坚定不移地深化农村经济改革，发展乡村企业，以工兴农，以副促农，使全县近百万万农民行动起来，带动整个县域经济发展。

鸿年老师打电话告诉我，原本麻皮阿梁要过来，商量后准备由他陪四眼助理来马山。他说麻皮阿梁在沿海县城发展势头很好，城关文化广场的石材业务是四眼拍板定下已签协议。你在马山要花钱吱一声，现在大趋势明朗，港城划成对外开放的单列市，拥有国家级的大码头，沿海也跟着沾光马上要变成县级市，四眼有可能提拔为副市长……我说鸿年老师，您与我说这些啥意思？他支吾一会回答：四眼助理说过，村联办厂是县委高书记扶助的典型，马山一仗必须打赢，我与麻皮阿梁已经沟通，倾巢之下安有完卵？就是倾家荡产也要"东方不败"……他这一急，连金庸武侠小说的词也用上了。我问：您不是说得让人处且让人吗？经过这两年的攻城略地的内耗，我与莲子也都有些累了。他听后沉默好大一会儿才说：道理是这么讲，可"星星草"的品牌已经打出去了能收回来吗？覆水难收呀？你如实告诉我，如果我们坚持只进不退，每年损失多少？我说大概几十万吧？弄不好上百万哩……鸿年老师在电话里惊叫起来：那你们准备咋办呢？我说也没有啥好办法，只能回头向秃头郑陆服软重做"童养媳"……

鸿年老师不吱声了，我正想搁断电话，突然传来他坚定又清晰的声音：难道菲菲同学没告诉你？她那儿出现了新情况；没准是个大转机……

麻皮阿梁原本说好不过来但还是来了，他与鸿年老师第二天晚上才到，下榻在比马山大酒店还牛的淮河宾馆，此时离订货会开幕式还有四天。据鸿年老师告诉我，临走前他与智佬与我干爹通过电话，如果没特殊情况，他俩也准备乘火车赶来。我问他四眼助理咋没来呢？他说还不是因为菲菲同学（他一直没能改口，把他教过的学生名字后加同学以示亲切）那桩大事给耽搁了，如果没特殊情况，他俩明后日必出现在马山。

麻皮阿梁一到，就咋咋呼呼地撺掇憨书记去宾馆饭店喝酒，接下文化广场大业务后他显得底气十足，说憨阿大呀，如果你吝惜酒钱，我麻皮阿梁埋单行吗？这些天憨书记正与参会乡镇民企老大们商量抵制低价倾销的事，谈得不是很愉快，见他这副赚钱就是一切的黄豆汤得意劲儿，狠狠地瞪了他一眼闷声说：在这地界里要请也是我请，有你说话的份儿吗？麻皮阿梁讪讪地讥讽说：你这不是老太公吃嫩豆腐——乏力硬嘛；明知家伙不行了还充好佬？憨书记有些恼怒问咋不行了呢？麻皮阿梁便伸出粗壮的胳膊嘻嘻笑道：打肿脸充胖子……你还敢与我掰手腕吗？老子现在搂十七岁大阿囡进洞房，一夜都能做七次。憨书记也伸出胳膊来，说试试就试试，谁怕谁呢？两人就趴在床沿上掰手腕……

可惜麻皮阿梁还是输了，我知这餐饭店饭就没得吃了。双方坐下后憨书记开始卖弄鸿年老师与我教他的学问，讥笑麻皮阿梁是闯王李自成的农民军开进北京城，大将刘宗敏傍上陈圆圆，不知山海关还有个吴三桂，就做梦尽想美事？弄得麻皮阿梁一脸茫然，悄声向我嘀咕着问：你不是说憨书记趴下了吗？这牛坯身子咋还如此板结？我说罢罢罢，你是猫捕不着老鼠拖来咸鲞，不在沿海好好待着，倒来马山多管闲事？虽然我与憨书记在马山穷途末路走麦城，却不至于连一餐酒都喝不起？走，我们到对面小店喝去。我这般提议，憨书记立即应和，说好吧，喝就喝，我还不信你麻皮阿梁上屋揭瓦喝酒有了长进哩？说着提上放在床下的那蜡染布褡裤就带大家往外走。我知那里面还藏着一塑料壶番薯烧酒与一包笋芙黄豆没动过；这些物什都是由小呆驼开专车连人带货从村里搬来的，成本比在火车上托运还低廉……

干啥呀？这般推推搡搡地，又不是娶媳妇办喜酒？麻皮阿梁明知故问。憨书记说喝酒去呀，你不就是馋酒了才来找我的？阿娘大脚都追到马山来了……

喝酒老宝贝没跟去，不是因他肠胃不好喝不得酒。他七十多了，人生七十古来稀，这儿那儿的毛病就一股脑儿地全出来了；然而老宝贝却不是这般的人，凭他天生喜欢闹猛的个性，就是一口酒不喝也得陪着，没去是因为带小呆驼与杂物贱去办一件他认为更重要的事，说好去见油嘴佬给介绍一家上海国企大客户。油嘴佬因没说动秃头郑陆推迟价格制约，又为小苗苗的事内心疚愧，总想弥补村联办厂与师傅老宝贝些什么，就把业务渠道挖出来一块介绍于他。他负责总厂技术检验这一块，认识的客户应该不少，老宝贝就决定摸底见识见识，在冒气的大蒸笼里先捞一块肉馒头尝尝。

自与师傅见面后，油嘴佬的态度开始转变，那种身在曹营心在汉的味道出来了。那时老宝贝当然不知道他与小苗苗的事，知道还不疯了？与我碰头时商量说：封缸烧酒勿出气，强奸犯还是强奸犯嘛，这种卖主求荣的事儿只有他才做得出。我知事儿并没那么简单，油嘴佬什么人哪，啥事都踏着尾巴头会动？担忧地问：您老人家不会看走眼吧？眼睛一眨，癞孵鸡变鸭，何况一个大活人？罗贯中把《三国演义》写绝了，就是没提防姜维断送了诸葛亮打下的江山……老宝贝平素喜欢《水浒传》，每逢决策大事必拿梁山泊说事，我就与他绕圈儿说《三国演义》。果然他眨眨眼睛问：蜀中江山不是刘后主败的吗？我说刘禅虽傻不至于把江山送人吧？是诸葛亮这书呆子用了孬种姜维造成汉中空虚失去屏障，才使邓艾涉险抄了后路……没准秃头郑陆指使他摸底试探……老宝贝摇头说不会吧？小子还没坏到与我这师傅留心眼……

我也没随他们去喝酒，大战在即订货会硝烟弥漫，诸多事儿均有待我处理。待他们走后我向四眼助理家里拨电话。说：四眼，你不会扔下我不管吧？我这儿打的可是淮海战役……一旦秃头郑陆在开幕式上宣布价格调整与品牌联销，村联办厂可就全玩完了……他大概又闹家庭矛盾呀呀呀地支吾着，话筒内传出安安的哭闹声与公主的呵斥声。我说你说话呀，我在旅社打的可是隔省的长话，每分钟收费一元两毛……这才他挺爽快，说那你搁下，我等会就打过去。我把旅社号码报了，他打就他打呗，他是政府我是企业，大河有水小河满，花些电话费不算啥过分的？果然没半小时他就打电话过来了，我问刚才怎么啦？他压低声音说：还不是因为菲菲上门谈事儿来了……真莫名其妙？秀才，我可告诉你……这辈子讨老婆，千万不要惹公主那般的，简直不可理喻……

5

戚菲菲那儿还真发生了故事。四眼在电话里（听得出他心情好着哩）开始卖关子说：秀才呀，我说过憨人有憨福，烂泥菩萨住瓦屋没错吧？简直是天上掉馅饼呀，这不是山重水复疑无路，柳暗花明又一村吗？说完嘿嘿地笑着待我反应。我没工夫听他闲扯撤县建市或者官场升迁这类的话题，那关我屁事？我现在是水深火热地陷入困局，只想听些企业脱困的事儿。便催促说：你有话就说，有屁就放。咋卖关子挤对人哩，我可没心思与你闲逗……他说那好吧？闲话少说，正言开场。便说了冯老先生回乡寻亲的事儿……

一月前，瘦骨嶙峋，不，应是仙风道骨吧？冯老先生坐在菲菲的店铺内（大概还没最后确定，她在前几日我回沿海时没透露风声），向他打听憨书记下落。老先生七十有二，脸容清癯，留着一小绺的山羊胡子，一对明察秋毫晶亮的小眼珠紧紧地盯住她脸蛋儿看。她感到有些羞涩又有些自豪下意识地抹了抹脸，女人长得漂亮才有回头率嘛？老先生已不是毛头小子，目光中饱含慈祥没有猥亵的成分。姑娘，听口音你像是在山那边的人？她点头心里却奇怪，她俩没说过几句话，他咋听出她的方言来？老先生也点头脸上出现惊喜，回应道：都说深山出俊鸟，只有山里阿囡才长得如此水灵嘛。菲菲脸红了，自离开四眼助理家至此练摊做销售，见过许多海内外客商大都行色匆匆，三言两语验过货品后签单后匆匆离去。这年头大家都忙着生意，很少有人如此这般地专注于她。

针织品市场是改革开放后政府顺应乡镇民营企业发展潮流，作为示范窗口开发的；占地一千多亩，广告上了央视，设施却简陋得以地摊为主。但酒好不怕巷子深，客户要的是货真价实并不厌弃，南来北去地汇集一处显得特别繁华。当年内地人提起沿海县大多不知道，只要说起白沙针织品市场都会竖起大拇指称赞：地摊货，便宜！在这儿练摊的商家都很忙，天没亮开铺夜间满摊灯火，要到午夜时分才静寂下来，成为沿海真正的不夜城。菲菲在这里工作两年多了，老板就是沧海一笑针织集团的卞小枫。她在市场拥有三间店面屋做腈纶内衣，相比地摊生意更加红火。菲菲现在已提升当经理做批发，手下有从洗头屋召来的阿菱、阿调、阿香三个营业员；物流公司的车辆，常在她商铺门口排队扎堆……

老先生来这儿有时日了，开始只围着摊子转没订过一笔货。过立冬天转冷了，他还穿着一件薄薄的羽绒衣，里面套件花格子衬衣，脚上蹬着一双河蚌壳的布棉鞋。菲菲怕他着了冷，指着一项款式新颖的腈纶混纺的套衫与他说：老先生，天冷，拿着穿吧！老先生战战兢兢地从腰间取出一个牛皮夹要付钱，菲菲推托不要，说这款式是厂家宣传打广告的，没定价。老先生便很惊讶问生意这么好，咋还要打广告？我可没在报纸上看到你们的广告呀？菲菲告诉他针织品市场的专项商品，一般不打报纸广告，由厂家统一上中央电视台，除非有特殊的促销活动。但老先生似乎没理解，又问统一打广告，咋引起商家对独家产品关注呢？菲菲便又说货比货，比赢货，商家眼睛都是雪亮的。她说这儿的产品凭价格与质量取胜，人们口耳相传才是最好的广告。老先生听后颇有些感慨，说共产党不简单，做生意也与过去打仗一样靠收服民心……

菲菲把腈纶衫包起来交与他，老先生仍坚持付钱，说不收钱他就不要。还扯开羽绒衣说真不冷，他里面穿着一件羊羔皮小背心哩，人瘦才显不出身子来。菲菲只好把腈纶衫拿回重放在货架上。这日客户还算清淡，又坐下与老先生聊天，向他贵庚几何？咋知此方言南北不同东西有别？老先生慢腾腾地说：这沿海县地势南高北坦，北面靠海南边是山，居民多为各地移民。秦代设县址为句章；是个历史悠久人文荟萃环境优美的好地方。菲菲愣一愣：南山的麂子北海的箭鳗，莫非老先生祖籍乃沿海人氏？但口音不像呀。老先生没正面回答，叹息几声就摇头离去，给她留下模糊而又深刻、说不清理还乱的印象……

这年菲菲二十七岁了，旋即过年虚龄就二十八，已到了未婚女娃儿心慌的年龄。乡下像她这般的妹子大多抱上孩娃，她与油嘴佬的镇高中同学胡萍儿，去年初偃旗息鼓不再鼓捣洗头房，嫁了个有钱的老公（据说是个官二代）在省城投资卡拉OK项目，这在当时彩电业尚没兴起的年代，简直是匪夷所思的新鲜事，在菲菲眼中胡萍儿实在是出息了……

老先生说菲菲长得俊俏，其实她还真生得美。苗条的身材，修长的双腿、一张小鼻子翘翘的，脸镶嵌着两颗如黑宝石般的眼睛左右顾盼有神，比小时候我取笑她为八抓婆（特别爱管闲事）神气水灵得多了……可惜是她被油嘴佬给耽搁了……当然原因不仅在油嘴佬，她自己也有责任。五年前油嘴佬闹着要平反，由秋秋姨与婆婆唠操持着连结婚证都扯了，最后仍鸡飞蛋打……怪的是她不甘寂寞不甘认输，不甘心这辈子就依靠男人稀里糊涂地过。她的四个阿姐虽都嫁到城里，却依靠老公吃饭看男人脸色行事；女人虽没男人能耐但也是人，她不想做个一辈子看男人脸色行事的女人……

自那次黄昏后，老先生不管有事没事都会到她店铺坐一会儿，把从香港带回的凤梨酥一块块地分给她和阿菱、阿调、阿香吃。可他自己不吃，笑眯眯望着她四个吃。吃完后他问好吃吗？大家说好吃。老先生点头是好吃，我只带来一盒。吃完就没了……阿菱、阿调、阿香就都嚷：还要……还要哩！菲菲却没吱声只微笑地望着他。他也不吱声也微笑地回望她，那神情似乎在说：你咋不要了呢？有时阿菱、阿调、阿香其中一个调班，盒子里还剩有两块，他定让菲菲给吃掉，菲菲微笑着拒绝，他又把留下两块带回去；也不知那两块去了哪儿，第二天照常带整盒过来。次数一多大家都熟悉了，菲菲问他为何自己不吃？他惋惜地说：我有糖尿病呀，这辈子吃不动甜品了。那模样好像是受委屈的孩子。

老先生这样做其实是在试测人，港商做生意先结识人注重细节物色合作者；后来冯老先生与我熟悉后，总拿此例说菲菲模样生有菩萨相，待人接物不卑不亢地有资格……

吃过凤梨酥冯老先生与菲菲聊山里的事。他问得很详细，大都是菲菲不大了解、隔了几十年的旧事。菲菲有主见却不是个敏感的姑娘，聊到后来她留了个心眼，想弄清楚他想干什么？这……就有了冯老先生三上陀头山的故事……

菲菲察觉到他与这坨山和憨书记有关系，是在一次分吃凤梨酥后的闲聊中。冯老先生赞叹说山里的杂粮营养比香港糕点好，吃了养人……他提到当年有个喂奶给抗日自卫队伤员吃的阿嫂，长得胖乎乎的每天吃番薯干，还有丰盈的奶水给伤员喝，大家喝过她的奶后身体恢复很快，回队伍打日本兵也更有力气了。这话使菲菲想起阿奶给她说过的事儿，便问这胖阿嫂叫啥名字？老先生想了好一会才说没得记忆了……于是菲菲帮他回忆是不是她的祖母葫芦奶？于是老先生又想，还是没有确切的记忆，菲菲就没有继续追问下去。她想：世上大概没这么巧合的事吧？不过，她在心里打了一个结，开始留心起这事来了……

四眼助理还在电话里滔滔不绝，他说：老先生来的次数多了（专喜与她聊天），小姐妹们就开玩笑道：菲菲，你转好运了呀；没准他看上你，娶你到香港做小哩！菲菲涨红着脸说凭啥？大家说他给你吃凤梨酥呀！菲菲不解，说他不是把凤梨酥也分给你们吃吗？众人就说不同，不同的呀！她问都吃了凤梨酥，又有何不同？阿菱说傻丫头，他看你脸才分我们吃呀？他咋只与你聊天问情况……

四眼说菲菲想想也是，别人他只分凤梨酥并不聊天，也不问她们情况。便在一次吃过凤梨酥，老先生与她聊天时主动提问：老先生，您来这儿有时日了，有事要我办吗？老先生这才犹豫一会红着脸说是有事呵……这事可真不好启口……他这般说菲菲的心里咯噔一下就误会了，想他果然有事不好启口？便转弯抹角说了与油嘴佬的事；话没说一半老先生就连连摇头说错了、错了哩……我都土埋半截身子的人了……菲菲问她这小小的营销员，能帮上啥忙？如果能帮上，她就一定帮！

四眼开始说正题。说冯老先生是来沿海认亲的，但他并不是沿海籍人氏。

他和他二哥都是保定军校毕业的军人；开始在孙大帅手下做事，上海被北伐军占领后投诚了国民革命军……抗战时他二哥重拉部队被新四军收编，而他还在国军当营长；原本也想投诚却因为二哥牺牲没投成……后来他转业在香港做生意变成商人。说他这商人爱国所以返乡寻祖。我说你如此说了半天，我还没弄清你想说啥呢？他说是呀，菲菲也没弄清楚他想干啥？就跑来找我了。说冯老先生这次来内地是为寻人……他叹息说：二哥与我说过有个儿子……冯家宗祠传到我这代兄弟仨，大哥早夭，我没生养是绝户……所以我回来，不为做生意是想找到二哥的儿我的亲侄儿……

我一时没回意过来，问：你就能肯定憨叔是他的侄儿？他说当然，应该八九不离十。菲菲这回可真立了大功，说她小时候阿奶就说过，憨佬应是冯团长的娃……这不，冯老先生不就姓冯吗？还就乌龟对鳖眼地对上了眼。冯老先生说了，他的亲侄儿如果尚存人世，应该有了五十岁……还说：我在贵县公安局查过户籍，没找到有此经历的冯姓男人……

我说你甭说了，明天带他与菲菲一起过来；如果真乌龟对鳖眼地对上了眼，算是憨书记祖宗坟头烧高香了……他说：可不，我在香港企业家名录里查过冯老先生的底牌，人家可是一等一的潘氏化工董事局执行主席哩！

戚志潮（五）：不靠别人恩赐活着

1

兔子自与乌龟赛跑后活得很憋屈，就那么打了个盹儿咋就输了呢？后来它悟出一个道理来：以后比赛不能找小东西比，小东西活着不容易，没两三把刷子就活不下去；要比与大东西比，大东西活出滋味来自认为了不起，自以为是就容易被击败。一次，兔子正在休息，森林里又有那些庞然大物在讥笑他，笑声最响亮的是大象。兔子就蹦蹦跳跳地跑过去，问大象敢不敢与它比赛？大象愣了愣（咋能不愣呢），在这林子里除了少见的狮子与老虎，自己差不多已成了森林之王，小东西居然敢挑战？于是这就有了一场兔象赛跑……

遗憾的是：这次是兔子赢了……大象自然是莫名其妙；它也想不通哩，小东西真跑起来，居然还挺快的。不对，它这不是跑……是在跳嘛。由此大象也悟出了一个道理：动物不管大与小，会跳的动物比会跑的要厉害，自己虽然体积庞大（这没办法，爹娘生的基因遗传），却只能跑不会跳，那么庞大的体积，太重了跳不了半尺高，而兔子小却会跳，还跳着很高，动物界会跳的比会跑的要走得快……这世界上，还真不能轻视比自己弱小的东西哩。

明白了这道理大象就变得性格温和了。据说它原先也吃肉，吃肉能长肌肉，赛跑就有力气；后来它就不吃肉了，只像牛一般老老实实地吃草，也不再欺侮小动物，只安心做它的大象，反正森林里也没有别的动物欺侮它，庞大的体积在那摆着哩，再说它身大力不亏，仅凭兔象赛跑失败也没其他动物欺侮它；可是兔子以后就抖起来了，生崽择窝还有三个哩……

菲菲离村后很少主动与村人联系，就是她爹她娘也很少写信或打电话，就是大年三十也不回家。这点她是向油嘴佬学的，写信打电话说些啥呢？一个弃妇，一个精神与物质上的流浪女子，又有什么话可与大家说到一处去的？啥也没说的岂不浪费时间与费用吗？在这事儿上干爹干娘可怄着气哩，嫁出去的女儿泼出去的水，前四盆水泼出去虽也没再见回流之水，却还多多少少地能闻到点蒸汽儿。这盆水嘛，也不知泼没泼出去？不但没再回流，连蒸汽儿都闻不到了。于是他总向我抱怨，说生囡养强盗，戏文要看冲天笑。冲天笑啥东西我不知道，问干爹也不知道，说是山里的老话都这么说。后来我偶然问智佬，他说大概是一出旧戏，当官的爹把阿囡嫁出去，女婿出息后奉皇上圣旨，把横行乡里的岳丈给监斩了。我知干爹也是嘴上说说，心里其实还是蛮想她的。二愣子告诉过我：菲菲在针织市场沧海一笑营销部坐台后，他还带着干娘去远远地瞅过一眼。我说他怎不进去坐坐呢？二愣子说他倒是想去坐坐的，你干娘婆婆唠眼泪成把落，你干爹怕菲菲见了伤心丢了面子。二愣子说菲菲这些年除他与杂物贱，只与鸿年老师保持着联系，在他与小魏老师大喜之日送过一对缀有龙凤机绣花纹的腈纶枕头……

二愣子说菲菲同学为啥与鸿年老师保持联系？无非两个原因，一是因为她心里还牵挂着油嘴佬。油嘴佬也是他的学生，而且是得意门生；虽然如断线风筝一般没了联系，毕竟师道尊严还在。有朝一日菲菲想与油嘴佬恢复关系，还必须由他穿针引线。二是鸿年是村里唯一支持她往外走的男人，曾对菲菲说过：我知油嘴佬倔，这脾气像他老爹；他抛下你游走江湖，争个脸面求取上进；你应该相信他，有朝一日他必负荆请罪找你……

我知道菲菲当年虽然坚定地跨出这一步，心理上却很无助也很无奈；毕竟是个二十刚出头的女娃，再坚强也挨不过那离乡背井的无边寂寞，尽管她心气高傲，自小目空一切、好高骛远，但终究未谙世事，不知外边的世界山有多高、水有多深？据说她刚离村那阵子，经常跑去鸿年老师那儿哭诉，赌咒发誓地要把油嘴佬的心收回来，说是挺立的青山回流的水，负心的汉子静默的海，相信总有一天油嘴佬会主动回到她身边；说那山崖上的字是他刻下的：永结同心，他咋就违背了自己诺言了呢？那时的她，说多愤青就有多愤青，多文青就有多文青，与鸿年老师新娶的娇妻魏淑贤双双跑去县图书馆，找托尔斯泰的《安娜·卡列尼娜》与《复活》看……油嘴佬也真是，那是他回头是岸的最佳时机，如果那时他能主动地向她赔礼道歉，说不定两人早就鸳鸯蝴蝶地摒弃前怨双宿双飞。可惜油嘴佬没那份情商，他并不真正了解菲菲，把她一时的气话奉作金科玉律，为图个出身在邻省化工学院一味头悬梁锥刺股地苦读，直至丧失最佳时机。

那么菲菲何时发生了变化呢？是进四眼家当保姆的两年中，无论情感与心智都有了质的裂变。这不是说四眼与公主高晓敏教坏带坏了她，而是环境促使她的思想行为潜移默化地发生变化；不但身在其中地观察到一个由权力打造的现代家庭的优越感，而且在四眼鼓励下考取了电大汉语言文学专业，见识了与山里完全不同的花花世界；这种感觉实在很奇妙，如果说以前尽管油嘴佬伤害甚至性侵害，她厌恶仍能原谅他的粗鲁，能够自我安慰在心理上取得平衡，因为山里女人有哪一个不是这样走过来的？她尚能体会到他与普通村民不同的好处，感知他的聪明与睿智；那么，当她在四眼家进修与在针织市场经商历练后，就会对油嘴佬这些优点茫然漠视；她唯一不能放弃的就是她与他毕竟有过那种关系。这对农村女孩来说在短期内还是抹不掉的，就像上漆的木质，没经历多年的风吹日晒，不会改变颜色一样……

这变迁于油嘴佬就是现代文明的罪过，对菲菲来说就是一种蜕化。孰是孰非，我相信在小说里很难说清。

就在麻皮阿梁返城这天，四眼助理就带着冯老先生与菲菲往马山赶……

麻皮阿梁在那晚上喝得烂醉，也没回淮河宾馆开房间，与憨书记挤着睡了一晚，两人呼噜打得水泥地板都震动，害得我与杂物贱、老宝贝都没睡好。反正睡不着，我与老宝贝就躺床上聊他在夜市淘宝所得的钧瓷宝贝，天南海北、尽己所知地瞎侃胡吹，从瓷器又说到"星星草"与"大路"品牌，话题转移到眼前村联办厂需要做出的抉择。结果我俩吵了起来，我说半天雨来半天晴；他说九天风露越窑开，夺得千峰翠色来。我再说半天雨来半天晴，他还说九天风露越窑开，夺得千峰翠色来。这就奇了怪了，那宝贝是他淘的，我虽知是假的却替他圆场，他倒好，却贬低钧窑的地位了。我知我们家乡的青瓷烧制是比钧窑早，但成色做工却没钧窑细巧，只一味地古朴淳厚黛青溢翠，从艺术审美角度有些许呆板，没钧窑这般色彩斑斓。结果把杂物贱吵醒了，睡眼惺忪地揉着眼睛问：都这时候了，你俩还争什么呀？老宝贝说有些事该争就得争，不是伤不伤和气，而关系到企业的发展方向与前途的大事。杂物贱不解，问这半天雨来半天晴与九秋风露越窑开，夺得千峰翠色来，与我们办厂啥关系？老宝贝说关系大着哩。随即气呼呼跳下床，指着我鼻子说：他不懂你还不懂吗？办厂就像窑工做瓷活各有各路子。地域不同土质不同人的精神气儿不同，干的活儿也就不同；你不就厌憎家乡的青瓷色彩呆板傻不拉叽，没钧瓷绚丽多姿剔透玲珑好看吗？那我可告诉你这叫大巧若拙、大智若愚；世间上越是绚烂斑驳越是色彩鲜艳的东西越短命，越是古朴淳厚越是拙纯单一就越长久……这话我今晚就搁在这了，你自己想去……说过这话他就又钻进被窝睡觉不再说话。杂物贱问我到底在说些啥？我叹息说在说瓷器，他说得对呀，太过鲜艳华丽就不能日久天长，好花不常开，好景不常在嘛……

次日清晨两个醉鬼醒来都早，我们几个没喝醉的倒睡得死沉。憨书记出去蹚马路了，这是他唯一的爱好，村里上班就得走六里山路，每次出差也都这样，不走一走心里就会堵得慌。马山订货会硝烟四起，我们在火里他却在水里。麻皮阿梁也起来了，从街上买一副大饼油条回来就着隔夜开水吃过，唤醒我说他要走了。我问他咋要走呢？他气呼呼地说：隔山打炮，我说话有用吗？我说要不你再多住几日？我们一起再做做工作。他说不了……我在沿海的事多哩。他呀，也就是一条犟牛，决定的事谁说都没用。我已在鸿年老师那留下一张支票，拿下秃头郑陆要多少妈妮（money）你看着办。我说这不是钱能解决的事儿。他说别傻，世上有钱不能解决的事吗？

　　这时菲菲已从四眼处知晓马山事儿急了，却仍没告诉我冯老先生的事（说明她已比以前成熟）。因为她吃不准乡情在海外游子身上能产生多少作用？冯老先生从香港赶来是来寻亲的，还不知憨佬书记是不是他侄子？就算是，这钱上的事能随随便便说出口吗？有道是富在深山有远亲，穷在对面不相认。油嘴佬就在对头宾馆住着，还隔山观火地看着老爹与亲人如热锅上爬着的蚂蚁，何况一个远在海外经商的港商，充其量不过在此待过的一个乡邻？菲菲心里明白得很，油嘴佬与她两人离村出走，村民已把他们看成浮在水面上没根的浮萍。在她看来这事负有主责的应是油嘴佬；但她同样难辞其咎。村里一大群牛都在争着抬头哩，这是千年万年难遇的豪举，而他与她两头牛却离群逃畈了，这在道理上说不应该呀！菲菲是个注重自身形象的女子，他与她虽没结合却领证有过那事儿；她把他看成她的人，可她不但没管住他还让他走了，如今却反过来祸害村里人了，这就有了她的一份责任。按老规矩她应该留村里等他，就像旧戏唱的王宝钏十年寒窑盼夫君。可她没有，她也走了，劳燕分飞天各一方。虽然两人户口都还在村里，但终究离村五年。五年除夕夜都住城里过，她觉得没脸面再回村里……

　　很久了，菲菲一直没弄清楚还爱不爱油嘴佬？以前她应该是爱的，出事后他外出养蜂，她每时每刻都会想着他，不为别的就为他凿刻在阿爷坟前那行字：永结同心……那时她恨不得立刻嫁他生儿育女。那时两人也没联系她能原谅他，怪只怪爹娘的干预，你们越反对，我就越要与他好；可后来他回村了，所作所为使她失望，觉得他并不真心爱她，与她好只是为了向她爹她家族出气，是讨替代对她的报复，这就使她感到委屈。离村五年她虽然常会想他，却已是想他的不足多了，好处少了。他缺少的不是财富，这些菲菲认准可以与他共同创造，他缺少的只是爱情与人品；他只是把她当作一个女人，缺少书上描写的爱情那般缠绵且充满激情，为此她的心里充满着哀伤与无奈。

　　这就是菲菲在马山见到我后向我倾诉的一番话。她说她在陪四眼助理与冯老先生来马山的路上想了一路，始终没弄明白面对眼下的局势她应该做些什么？我试探着问：难道你的四眼哥没与你说些啥吗？她斜睨一眼正与冯老先生谈笑风生的四眼助理悄声与我说：在他的眼里，每个人却是一颗棋盘上的棋子。我惊讶地问：那他是啥？她说他是棋手呗！

　　菲菲说得没错，四眼是棋手。自他担任村工作组长那会儿就自认为棋手了；不，可能还要早一些，从我俩联手请来假和尚米沙测风水时，他就向往着成为棋手。不过那会儿不是他一人，而是想与我联手成为棋手，因为那时我比他更有可能是棋手；而现在却是倒过来了，他是棋手而我变成了棋子。棋子与棋手的区别在于棋子没主动权，棋手要把它安到哪儿就是哪儿；而棋手却有着随心所欲的自主权，即使下出一手烂棋，也能确定每一颗棋子的命运。

　　四眼助理至马山，其实也是有心事的；毕竟我这儿已到了火烧眉毛的时候……坚持还是撤退？他须得理出一个帮助县委、县政府决策的依据，村联办厂是高书记树立农民发财致富的典型，在省报上载过由高晓敏撰写的一个版面的报道。这事可不是用来玩儿的。当官的无非想出政绩，没政绩不但职务上不去，还会被老百姓指责为庸官与贪官。棋手就那么好当吗？稍有不慎就会如拿破仑遇上滑铁卢遭淘汰之厄。所以他来马山也是有负担的，何况上次见面时他就明确地告诉我，被内定为撤县建市后副市长的考察人选。撤县建市可是近阶段县委、县政府压倒一切的中心工作，得考核经济指标和人均生活指数，这些后来被经济学家称为GDP，指标与指数如果不达标，其他工作搞得再好，撤县建市也就没门。就如棋手竞级获取段位，下出一着昏着就会悔恨终生……

　　这年年初开始，高书记就带着县里干部跑民政部，与他在中央党校同学叫老葛的司长联络，老葛明确表示：只要沿海各项经济指标达标，撤县建市就没问题包我身上了……令高书记不放心的是经济指标主要靠工业产值，而沿海工业基础薄弱没几家大厂，靠的是这些年农村经济政策开放如雨后春笋、星罗棋布地发展起来的乡镇与民企，牛们抬头团结一心蚂蚁撼大树，搞的是人海战术；虽然小打小闹地打一枪换个地方没形成品牌与产业，却也实实在在地为地方经济建设做出了贡献。村联办厂的"星星草"品牌在此两年中成为沿海乡镇民企中联产联销的一块牌子。前几日我返回沿海找他，除邀请菲菲为我减压外就是向他报告马山发生的情况。我说四眼呀，不是我们无能，而是这行业发展实在太快，许多事都出乎我们的意料……他虽不以为然轻描淡写地与我打官腔，说你这秀才呀，浑身都生着心眼儿，还不是变着法儿把矛盾上交？你交到我这儿我交到哪儿去呢？我可告诉你，现在中央文件明文规定政府不能投资或者说变相加入企业经营……你找我不就是敲竹杠要我出血吗？如果实在没办法就回到贴标合作老路上去，待我忙过这一阵再图良策。话虽这般说，但我知他心里已着急了，继续贴标合作，经营额算马山还是算沿海的？少了贴村联办厂

"星星草"品牌标的十几家乡镇民企，沿海的 GDP 将会直线下降，对他来说意味着什么呀……

这就是我这颗棋子，对他这位雄心勃勃想要晋级的棋手带来的烦恼。现在总算菲菲帮他抓住一根救命稻单，使他从面临晋级失败的阴影中，又趾高气扬地走了出来……

2

我在麻皮阿梁离开后，又与憨书记开门见山地谈了一次。他刚看过街景买了两副烧饼油条归来，这可不是为我与杂物贱买的，是专为老宝贝与小呆驼准备的早餐。自老宝贝进村后，憨书记就一直把他当作亲爹一般地供奉着，外面来了客人招待吃饭，必让他坐上位头。这一点他比我干爹好。干爹对人总是笑眯眯的，心底里却对谁都看不起，有事只与我亲爹与三叔商量，不把别人放眼里。村里有谁家办个酒饭大屁股一挪自己坐上位头。遗憾的是老宝贝并不把憨书记的殷勤当一回事，该吃就吃该坐就坐，该享受就享受。他早餐也爱吃烧饼油条，就指使憨书记去买，别人买来还不受用。我几次提醒他说憨书记把您敬作一个神，您也得体谅帮他撑撑场面哩。老宝贝不以为然地说这算啥？公私合营那年拖拉机配件厂的侉子厂长，还是个打过仗的南下干部，还帮我倒洗脚水哩。他那人比憨书记还懂得以礼待人，在任时厂就红火走后厂就垮了。我充大是帮他立规矩，企业没人才就立不住脚……老实说，我卖命就因为他敬我，不敬我早就溜号了，天涯何处无芳草？非得待在你这穷山窝里不可？他还说：你当厂长也得学着点，有识之士都是你敬我一尺，我还你一丈。我想想这道理也对，礼贤下士嘛！可不知咋的我就是做不到；想来也就是读书人与没读书人的差别……

憨书记仍坚持他的意见，说你让这个那个做我工作都没用，我这人做事一根筋；啥事都可退让个人吃亏也有度量，就是不能给人当垫肚鸭。搞企业与打仗一样讲一鼓作气；现在"星星草"品牌在全国信誉良好，不能在这次订货会上倒下牌子……这话在理论上说是对的。经过这些年折腾，大风大浪我们都一起经历过来了；好如小草硬从石坎缝里钻出来，无论土地贫瘠气候冷暖，只要太阳升起总要抬头迎接阳光。但如何更好地抬头却有个斗智斗勇、使自己活得硬朗些的过程。企业与人一般，在其出生成长中会碰到各种各样的坎。眼下根据油嘴佬提供的情况就是一个大坎；过不了这坎不要说抬头就是低头也是船翻人亡的下场。我说：憨叔呀，我们农民抬头是要有坚定性更需要有灵活性。这五年中你不是常用鸿年老师说的上善若水来体现农民办厂理念吗？这是老子说过的话，意思不仅是做人要像水润万物一般有善性，好人有好报；主要还是遇事得像水一样善于变化，以水的柔顺来克山的阳刚；这条路走不通，我们得换一条路来走。眼下我们的处境是有些困难，低头是暂时的，你不是常说西汉大将韩信为实现他的目标，从无赖的胯下钻过去吗……

我把这些道理都说过说清后，他的双眉拧成了一个结，慢悠悠地抽完一窝烟然后倒了一杯水，又从枕头下面摸出个干馒头旁若无人地大嚼起来。这也是他的习惯，身大力不亏容易饿，每当考虑问题时就啃随身带的干馒头压肚饥，致使考虑问题与决策时思路清晰起来（后来我明白这是糖尿病的前期症状，不明白像他这样每日身体忙碌、无富脂肪食物结构的人也会患这病）。干馒头山里人叫作麦旺，在厂里有时他忘记带，就会冲军嫂喊麦旺麦旺……军嫂也真尽职，总会变戏法似的递上来。果然，他啃下半个干馒头后来了精神气儿，抬起那双木腾腾的牛眼睛翻了我一眼问：是我那畜生说的吗？他现在可是郑秃头的人哪！我说是他说的，他说来日方长，只要保住莲子苦心经营的上海市场营销渠道，一旦时机成熟重新亮牌也有回旋余地。他又问：依你的想法咋办呢？我说我已与油嘴佬商议，想和秃头郑陆会前沟通留一条路走……他苦涩地笑了笑：这不就是回到几年前借船出海贴标生产老路上去了吗？我说是这意思，三十年河东三十年河西，待我们赚了钱增加技术投资，积蓄了力量再奋力超越他"大路"品牌。他问郑秃头愿意吗？我说还在尽努力做工作，估计没啥大问题……他说他是没啥大问题，规范市场压缩乡镇民企品牌发展不就是他想做的事吗？可是我有大问题呀，那些跟着我贴"星星草"品牌的十几家乡镇民企咋办呢？你不是与他们签过合同吗？说话不算数要遭雷劈报应的……

说过这话他把咬剩的半块馒头仍塞回布褡裤去。沉重地一下一下点着头，脸上的雾霾越积越凝重；后来他索性一骨碌地从床上站起来，炸雷似的吼了一嗓子：我不同意，这不是存心骗人吗？上善若水就得水润万物，做人心地不善良，做成了事也得下地狱。做事情不能半途而废，亏损也得自己给扛着……

　　窗外的寒风有些凛冽，那是来自西伯利亚的冷空气。他如此执拗的好马不吃回头草，为了合作厂家（说穿了无非由利益驱动，才傍上我这条他们认为是大船的小船）的众家利益，甘愿自家沉陷宁折不弯，虽使我感动却感到身心都冷飕飕的。就如童年时打摆子一样，干爹与干娘在上面捂紧被子，我在被窝内仍瑟瑟发抖。这感觉太令人震悚，俗话说夫妻好比同林鸟，大难来时各自飞。那些贴"星星草"品牌的小厂，大多是四眼助理看到村联办厂效益不错给介绍贴标的，说白了也就是有福同享有祸不能共当的乌合之众，不能说人家就是唯利是图两边倒、两头靠的墙头草（改革年头难免鱼龙混杂泥沙俱下），而是市场竞争严酷的现实，迫使人们在渐趋成熟的幌子下，变得人心不古越来越势利；不要说我们在马山价格大战中失败丢城失地，就是稍有失算波及合作者的利益，他们也会见风就是雨地望风披靡另投新主。这就是现实中庸人求取生存的心态与社会劣根性。可憨书记却为了这些傍上大船的小船们的利益（连四眼助理也知道抓大放小哩）固执己见，明知赔本亏损也要守信履行协议精神。我的眼前出现了旷野里埋在雪底下的小草，尽管春天即将来临，却还在潮湿的寒冷中挣扎的那份韧劲。我知道它的名字叫作星星草……生长在大山贫瘠土地上不屈的星星草啊，你当真是悬在天空的繁星？洒落到人间成为一个个平凡的人丁？

　　虽然我知道你必然会钻出那层薄薄的瘠土，终究会朝着春风朝着阳光欢歌，但我知道你要经历多少冰雪严寒与不同寻常艰难险阻的努力，才能熬出一份抬头的希望？也许你们有些被沉重的顽石钳制压住根须，经过努力终究还没能钻出地面来；也许被突如其来的狂风暴雨惊雷骇电摧残得失去微小的生命，然而只要有一点希望，你们总会不改变秉性地努力着。这就是你们，倔强坚韧、不断抬头、不断夭折的星星草！而我身在其中，不知道是能穿越冰雪严寒，绕过石坎裂缝幸运抬头的草芽，还是被顽石压榨、永无希望钻出地面而化作腐朽的草茎？我知道憨书记是一条不会回头的牛，生性倔得很哩！但我还是把我所想到的这层意思向他做了解释。我说您的善念值得我学习，您的韧劲也无可厚非，只是大千世界芸芸众生，适者生存。我们没必要为信念与众生利益做出无谓的牺牲，我们只是一群原本就啥都没有、想把日子过得好一些的农民；没必要与自己较劲当作世人的活菩萨与救世主，只能经历这个坎才能继续向前看。

他想了好一会又问我：你是否背着我与畜生见面谈过了？我老实承认说是的。我把村联办厂生产与经营情况告诉了他，他也把马山总厂的情况告诉了我。他问他啥意思吗？我说他与我想法一致，认为没必要拿鸡蛋往石头上碰……这下他更生气了，铁青着脸问：如果我还是拿鸡蛋往石头上碰呢？我说您不会的，您是村书记企业董事长，不是一个普通的红脚梗？他听这话跳起来：红脚梗咋啦？就不能有梦想了，我要做的是众皆合力的农民品牌，活着干，死了算，乱葬坟滩也要走出一条活路来！

晚上油嘴佬与我通电话，说我交代的事他办了，说秃头郑陆已安排开幕式前为老爹接风吃饭，只要在席上认错给个面子同意暂时贴标，他将在一年内援助村联办厂搞技改再树"星星草"品牌。我问与村联办厂合作的贴标企业呢？他说只要质量过关一视同仁，肉烂在锅里都是肉嘛。我知应是最好的结局了，便问这下秃头郑陆咋转得这么快？没几天前那种颐指气使、赶尽杀绝的气焰了？他说还不是我那四眼哥从沿海特地赶来，请了化工部陈司长与他党校同学马山经委汪主任与郑董事长沟通吃饭了。秀才哥呀，现在你该明白了吧？我是身在曹营心在汉，接下去只要你有招呼的，我就照办就是了。我说我才不信你这鬼话哩？说穿了还不是秃头郑陆想利用我们红脚梗做大势，用价格来制约我们的发展。他在电话里嘿嘿地笑了，说这倒是，压一压捧一捧，他的要害在莲子姐开拓的上海市场……哥，这块肥肉你千万得盯紧别出差错，郑董事长可是心在天山、身老沧州地与北方集团试剑必争之地呀！我说我明白了，他在会前请你老爹和我吃饭八成就为这事……哥英明……油嘴佬赞赏说：如果我没猜错，他会用补差的方式要你们推广"大路"品牌……

我说我明白，我们红脚梗做事要的是里子，可以留面子给马山，但实惠我们一分一厘不会退让。接下去我透露了菲菲的信息：你还不知道吗？假公主来马山了，住在淮河大酒店，与你那四眼哥在一起。他显然有些惊讶，捂着话筒半天没出声。我问：咋哑巴了？他说：你为何要告诉我？我做顺水人情说：你帮了我这么大的忙，还不得为你办一桩回头是岸的好事吗？记住我的话，夫妻没有隔夜仇，回头向她赔个不是；你俩都分开五年了，天下之事和为贵……你在外也流浪五年了，该回来的时候就该回来了……他支支吾吾地问：老爹知道这事吗？我说咋不知道呢？昨晚与菲菲见面时还说哩，只要你俩一天没圆房，他就一天不认你这畜生为儿子。他听了这话又沉默一会，孩子气地问：他就没想着要打折我的腿了？我说那是气话，你娘都早想着抱孙子了……

又是很长时间的沉默（狗娘养的，我当时不知道他还有小苗苗的这档事，就异想天开地想着当和事佬了），末了，他提醒我说：秀才哥，这企业间场面上的事尔虞我诈，老爹不懂你应该懂得呀？不能靠先声夺人以势取胜，凭得是智慧与策略，小不忍则乱大谋，郑董是个要面子守信用的人……老爹该忍就忍一点，千万不能一言不合就把盘子砸了。你让四眼哥与我师傅做做工作。告诉他，我也是从村里走出去的娃……狼还恋窝哩……

<h1 style="text-align:center">3</h1>

鸿年老师到马山后，也帮助我做憨书记的工作。这事原本他并不想谈，自从右派平反后他就留在县城给麻皮阿梁当顾问，很少再顾及厂里的事，只有重大决策时村里才喊他来，他还是副村主任嘛。可我向他施加了压力，我说都是你那上善若水的理论给闹的？现在憨书记时不时就发善心，做事耿直得不会拐弯没有一点灵活性。他说没错呀，我们农民做事除了善良的资本还能有啥呢？我把马山发生的情况一五一十地全告诉了他，说做企业首先是生存，其次才是行善，为了生存只能割舍那些跟我们贴标的尾巴。这样他就懂了，皮之不存，毛将附焉？就同意找憨书记谈……

我不知两人如何谈的，反正结果并不理想。大概他与他说：做人应以善良为本，办企业也应该这样；你处世善良好名声传出去就会八方来助。但办企业得讲究灵活性，尤其在具体决策上得根据实际情况变化而变化，是所谓兵不厌诈。秀才说得没错，老子说上善若水，不仅是以善为本，还通着变化与变通；水化万物才有利于万物……他这般说憨书记应该不知所以却知然，然就是大致的意思。由此明白鸿年老师帮我做说客来了，说他同意与秃头郑陆关于合作的事谈谈，但人嘛，不能靠别人的恩赐活着，要他放弃"星星草"品牌、割舍那些依附在村联办厂的乡镇民营企业是不可能的；在认为大是大非的问题上他绝对不会人云亦云。接着他就以其人之道还治其人之身亮出他的观点，说鸿年老师呀，我知道船小好掉头，跟着郑秃子形成合力就如小船傍了大船风浪不惊风雨无阻；但要我自倒品牌放弃朋友的利益规范市场断断难以依从。做企业不能言而无信，就如部队打了败仗司令员临阵脱逃成为卑鄙小人。相比企业亏损破产，人品的道德沦丧要比这严重得多。您与秀才的好意我都领了，我知道你俩是为村里利益为我着想，四眼助理也这般与我说过，实在没办法就金蝉脱壳以成正果；您知道我是一个愚笨的人，我坚持就为不想让信任我的人伤心。我这般做不为自己，是为秀才、畜生（油嘴佬）下辈人留下个做人的模样……

我说他这般说您就没坚持吗？您得告诉他那些与村联办厂贴标合作的加工企业，表面把他捧成神背地早存异心；如果我没猜错，此刻他们早已与秃头郑陆联络，他可以贴"星星草"品牌，同样也可以贴"大路"品牌。只不过秃头郑陆为了维护质量、碍于合作多年的面子暂时没接洽罢了。在这世界上没人硬得过利益，在全民上下都在摸着石头过河的市场经济大潮中，还存在良心与不屈的灵魂吗？鸿年老师说：我咋没说呢？都说了，但他就是一根筋，在这事上想不过来就不会回头了。他说他总在回忆当初我们农民创业的初衷，说：那年我与畜生一起来您家，我说我一字不识横画怕是做不来办厂大事。您鼓励我说：没文化可以学，怕的是您没有踏踏实实勤勤恳恳为大家办事的心；当领导只要出于公心行事公正公平，你做不来的事大家就会帮你一起做；众人拾柴火焰高，所谓得人心者得天下。这些年我就是这般思忖着您的话走过来的，如今忽然要换一条路走，我还真做不来。来马山这些天我想了不少事，觉得我们农民做事不图赚到多少钱，就为老老实实地让人赞个好；别人做企业是为了赚钱，我做企业当然也为赚钱，但是做人比赚钱更重要；如果两者让我选择，我选择的是做人、做良心、做品牌；钱亏了还能再赚回来，人心亏了就赚不回来了。企业破产可以从头再来，做人道德沦丧就万劫难复了……

话说到这地步，我知憨书记是一意孤行难回头了，他的话从大道理上讲并无错，但在现实中却很难行得通。错的是谁？是秃头郑陆、油嘴佬与我，还是整个现实世界你争我夺为利益而用尽心计的芸芸众生？大家都错了，就你清醒，这世界留有你的好果子吃吗？

冯老先生虽然跟随菲菲来到马山，心中却忐忑不安，不相信世界上竟有这等巧事？你想什么就来什么。他回沿海寻亲已有些时候了，却一直没有着落；

人活世间上有些事显得奇怪，不管你身处何地，有钱没钱，年纪一大就会想着那些深藏在骨髓里的东西。二哥冯团长其实也是一个憨人，当年在江西"剿匪"——不对，现在不能这般说了，应是与红军打仗，叫"围剿"，当年共产党还是在野党，仗打败了上司没开罪他，师长张辉瓒还让他们给活捉了，共产党打仗就是厉害嘛，他却单枪匹马地带着勤务兵小黄狗躲藏了起来，气得新师长到处张贴布告，说找到非毙了他不可……那时他是他手下的营长，找不到哥了只好回到收编的队伍中去……直至后来日本人打到中国来，二哥冯团长才又重拉起队伍出现了。他原本也想着过去，兄弟一起拉队伍总比分散干强，没想到没多久他就牺牲了……

那天菲菲把憨书记的情况与他说了。说：我也不知道是不是您要找的人？但他是我没过门的公公，我可以领您去见见他。这时两岸还没"汪辜对话"，冯老先生虽在香港做生意，出身却是国民党旧军人对大陆认亲尚有顾虑；听她介绍后忐忑不安地问：他是共产党的村书记，会不会嫌弃我是国民党……菲菲说应该不会吧？现在政策比以前宽松得多了，只是他是个憨人……村里办厂情况也不很顺……发生了什么事吗？冯老先生是企业家，说起办厂顿时来了兴趣，觉得有共同语言，便说做生意事儿就是撞额角头碰运道，一时挫折算不了什么。当年我从部队退役，也是在不断撞额角头撞多了才转危为安的……

一路上，他都在与四眼助理交流。觉得现在内地改革开放，思想观念已与过去大不一样。说前些年他因生意上的事，与广东深圳那边有接触，那时政府还明文规定不准人们收看香港的广播电视节目，那些架在屋顶架上的鱼骨天线一下竖一下拆，来来回回地折腾好久，邓丽君的歌才在内地流行开来……他说这些歌内地能响了，他也就觉得回乡寻亲有了戏；他的大哥、二哥都没有了，他又没有传下后来，如果找不到二哥的后人，那么冯家传到他这辈就算是绝后了。因此在路上他絮絮叨叨地询问着有关憨书记的情况，这正好上了四眼助理的圈套，他亲自陪他来马山目的不仅仅帮他寻亲，而为解除村联办厂在马山遭受滑铁卢之役寻找生机。此事他向高书记做过详细汇报，却隐瞒了解决此战役的第二方案；当下级的如果事先啥都拍胸脯包下来，事后解决不了问题咋办？这冯老先生又不是他的亲人，即使是他亲人也得防个不测。他先请示高书记与在化工部工作的本籍乡人陈副司长取得了联络，这位陈副司长是秃头郑陆邀请的莅会代表，答应到马山后帮他疏通，但强调说中央有规定政府官员不能插手企业经营业务；何况马山锦纶总厂的资产虽由市轻工业局控股，但实质上已由秃头郑陆承包经营，政府只管理行业监督并不干涉营销具体环节。四眼助理心里也明确这事靠不住，但只能死马当作活马医，医好是他的贡献医不好不是他无能，而是企业拥有经营自主权情况太复杂，高书记的这本账就算有了交代。如果……企业在生死存亡的关键环节，冯老先生能作为一张关键的牌打响，村联办厂这局棋就能盘活了……

　　站此角度说，冯老先生的出现就是盘活村联办厂的备胎（当时他只能想这么多），也就是他作为棋手，冯老先生成为他竞赛棋盘上的一颗关键子。当然这些他在电话里没说，只是含糊其词地暗示我车到山前必有路。原本他还想带笨羊杨小勇一起过来，因为他是憨书记法定的女婿，而菲菲虽然也法定却是没过门的媳妇；笨羊此时也已提拔为县轻工业局副局长，菲菲与杏儿的关系都还处得不错，不管马山的订货会的事儿成不成，仅就冯老先生寻亲的事儿就必须集中力量打歼灭战，趁热打铁一气呵成；对村联办厂只能是好事而不是坏事，因为冯老先生不是一般的人（一般的人他就不会如此热心），而是香港企业界的名人。但杨小勇却没有随他过来，那是他了解四眼把亲情因素渗入了经济成分，觉得这是两码事，亲是亲，钱是钱，把钱与亲扯一处，他觉得动机肮脏就不屑随同了。我奉四眼之命与他电话联络时，他的积极性就不是很高。说四眼是当作家编故事的料，形象思维的能力超过逻辑思维，他是为自己撤县建市当副市长爆料哩。说是亲跑不了，不是亲认不下，大白天的电灯泡他就不当了……

　　菲菲与四眼带冯老先生来到马山，也下榻在淮河宾馆，设施与环境条件要比马山大酒店好，当然房价也就高一些。这事我是瞒着憨书记安排的，四眼助理的费用当然能报销，冯老先生那么大年纪又是来寻亲的港商，总不能让他住得太酸气了，何况人家自个儿付费，厂里最多也就给菲菲埋个单；何况莲子已从上海赶回参加订货会，正好与菲菲睡一间房。我这般安排菲菲称赞我会当厂长，说冯老先生说过吃没关系睡要睡好，人老了，吃得越多死得也就越快；做人一世睡不到三万六千个觉，睡一晚少一晚不能委屈了自己……

　　四眼住下后，就与马山经委汪主任和先期莅会的陈副司长联络开展工作，这是他的优点也是他的个性，干任何事只要找准目标势必雷厉风行。我让菲菲与莲子先陪冯老先生看看风景休息休息，待我安排好会前的事再与她俩联络。其实不仅仅是会务而因为憨书记，这些天大家都忙着与合作企业联络感情了，我没来得及与他沟通。憨书记这人有些怪（犟脾气嘛）说通了很好讲话，说不通使起性来就成了一根筋，生怕这等美事他给搅黄。就我所知，他从没有把自己当作冯团长的儿，口口声声说他的亲爹是小黄狗（中了守山佬八桂的蛊）如今忽然间冒出一个亲叔来，此弯子可能一下子难转过来……

此时距离订货会开幕式还有三天，全国上百家锦纶化工企业、十几家生产汽车轮胎的大厂，都集中到马山来了。据有关资料统计：在二十世纪七十年代初此行业生产企业在国内不满十家，而且全是国企与大集体。八十年代初始有乡镇企业与民企冒头，短短五年间，就发展到几百家，仅上规模的不下百家，可想发展势头迅猛之极。现在这一百多家上规模企业的头头脑脑都集中在此，包下马山市内大大小小的酒店宾馆在会前进行沟通串联，相互刺探军情为自身利益订立攻守同盟。此时最热的话题，无非就是由行业老大确定货品价格同盟把谁谁淘汰出局。没办法，时代进入八十年代，企业讲究实力，蛇要饱肚腹、田鸡要活命，谁的拳头硬谁就是大阿哥嘛。此前莲子游转八省一市汽车轮胎制造业与原料基地，给我带来的可不是好消息。她避开憨书记在淮河宾馆四眼与秘书小黄同住的房间，向我与四眼助理秘密商量以利最后决策。她介绍的情况虽在我的掌握中有些仍出乎意外，由于国家银根收紧行业竞争激烈，进口（原料市场）与出口（货品市场）都在为自身效益而收口（调整价格），调整的幅度有些比秃头郑陆准备在会议上公布的价格同盟还低；这就意味着有一大批企业（首当其冲的就是缺乏资金贴标代为加工的乡镇企业与民企）面临死亡。牛皮不是吹的，火车不是推的，情势逼人哪，那个八十年代初期中小企业依靠农村廉价劳动力，散兵游勇小打小闹意外发财的黄金时代悄然过去；如果不对原有设备进行技术改造，依靠资金实力进行供产销集团化运作，势必被历史潮流淘汰甚至死无葬身之地……

四眼不愧是县长助理，当机立断地做出两条指示：一是同意我借船出海的主张，在此会上促成与秃头郑陆的联合，保住村联办厂生产规模再作徐图；二是借鸡生蛋竭力促成冯老先生认亲，争取港资注入改造设备，根据发展情况与秃头郑陆继续竞争。我说如此有违办厂宗旨与做人准则憨书记不会同意的，我与鸿年老师都做了工作他仍没能转过弯来。四眼助理问老宝贝如何看？我说他也半天雨来半天晴，咬定九州风露越窑开，夺得千峰翠色来了。四眼助理就显得有些不耐烦，断然说：你们以为我愿意这般做？就政府来说削掉这些繁枝末节的中小企业，减少县财政地税收入影响地域经济 GDP；我与油嘴佬通过电话，他说就目前态势已是最佳选择。你通知你那菩萨干爹、智佬、麻皮阿梁与军嫂召开村委会扩大会表决，党的组织原则是少数服从多数，憨叔应该懂的……

我想想，火烧眉毛事态紧急，也只有四眼这着棋了！

4

次日早晨，是憨书记约定见冯老先生的时间。看样子他有些紧张，晨起破天荒地没去蹚马路看风景，倒坐在公用卫生间内对镜用钳子一根一根地拔胡子；来马山也有十几天了，他都忙得没收拾过。就是不忙，他也顾不上收拾，平时出差他都胡子拉碴的，我提醒他马靠鞍装人靠衣装，秋秋姑不是让您收拾得干净些，人见了也利索。他也就是嘿嘿一笑，说：收拾干净也是一个红脚梗，命里注定九斗，也就到不了一石。我见他进卫生间许久没出来，就进去撒尿与他开玩笑说：您又不做新郎官，拔胡子干啥？他说菲菲嘱咐过，把自己收拾干净是对客人起码的礼貌与尊重。我笑了，说您这些日子天天胡子拉碴地见客户，咋不讲些礼貌与尊重呢？他说不一样，冯老先生是香港大客商，我不愿让人看不起……

此事最终还是昨晚上菲菲过来与他说的（这种事由菲菲说比我要好一些，他更愿意听她的话），憨书记虽然不相信，想守山佬八桂明明告诉我是小黄狗的儿，洪老师夫妇也从没告诉他有个叔，咋又冬瓜牵到豆棚里弄出一门在香港当老板的亲来呢？没准是老先生想侄儿想疯了，没人认他就找我这儿来……但他还是决定见一见，人心都是肉长的嘛，老先生孤苦伶仃地流落他乡多年有家难归，心头藏有多少凄苦呢？如今千里迢迢地找上门来，自己拒而不见还真失礼数，说不定就伤了老人家的心；何况这又是菲菲的面子呢？自打畜生离村出走，他一直觉得他家亏欠菲菲。小女子每逢过年过节没回村来，礼物却让杏儿捎回家，有两年还回他家里过中秋，一口爹一口娘地唤个亲热。她在县城自淘张一口饭吃，有空也去杏儿家，笨羊与阿囝早把她当作自家人，连只有五岁的外孙女铃当（他总不明白笨羊咋替她取这种怪名字）也一口婶一口姨地吊她腿弯儿上撒娇。至于寄养在洪老师家读县高中的衰佬，更把她当亲姐亲嫂子看。如今她把她认下的叔爷爷领到马山来了，他不见岂不扫了她的大兴吗？

令憨书记没想通的是：在他眼下处境不利时缘何那许多人赶来围着他转，连在政府有位置的四眼助理也赶过来。他知道村联办厂此番遇到了大事情，大家心里都不好受。但他还是感到奇怪，这位素不相识的阿叔、港商冯老先生咋也给惊动了，突然出现在他的眼前？由此他联想到在冥冥之中他命不该绝真有贵人相助。他来这儿认亲与他办厂有啥关系？与菲菲又有啥关系呢？这虽使他百思不得其解却也认为是好事儿，说明他在世间上并不是像前半生一般单枪匹马地奋斗，而是有着广泛的人缘关系与亲情基础。他应该早已不把自己当作烈士遗孤，这话五年多前竞选村书记时就向工作组说过，说千万不要把他当成冯团长的儿才让他当书记，他靠自己本事不仅没见过面的假爹势。他当选村书记与冯团长半毛钱关系都没有，只是人们已习惯把他当作烈士的遗孤，报纸上不就也这般宣传的吗？此角色他要不要演下去？演下去该如何演？对村里的发展有无好处？他已从冯团长的大红伞中钻出来，钻出来了还要不要再钻回去？想起这些他的心情立马又沉重起来。他不是冯团长的儿外人不知道，老天爷可在天上看得清楚；有这样戏弄老人感情的吗？那可要天打五雷轰遭天雷劈的。

这般想着他就觉得自己脑子不够用了。此生中他没想明白的事儿很多，其他事没想明白可以不去想，可这事儿太大，涉及他做人的品德与别人的感情。可惜秋秋不在身边，如在身边可与她商量，此生只有番薯蜜枣能理解他……

冯老先生由菲菲陪同走出电梯口时，憨书记那双牛眼睛就愣愣地瞪着打量他。冯老先生没他想象的那般容貌威武穿着正规（在他眼中有钱人都像旧戏文演的角儿那般相貌堂堂衣冠楚楚），只是一个驼背瘦个子的普通老人。他脸容清癯胡须眉毛全白了，穿着也极其简陋，一件手肘上打着补丁的西装，脚上是一双农家常见的老布鞋，只是在鞋头上包了一层仿真麂皮；他走路脚步放得很轻，好像怕踩死蚂蚁一样。他也有时日没见菲菲了，见她扶着他的手臂出电梯，像男孩子一般地剪了短发，额前刘海倒梳得齐整，脸庞白皙细嫩两颊透着红晕，打扮得如城里人一般，内穿藕绿色的腈纶棒针衫，外披一件绛红色的风衣，浑身青春洋溢地像在六月池塘里一朵含苞待放的荷花。这时我看到站在餐厅左侧门口相迎的憨书记目光受惊般缩了回来，脸上的肌肉抽动了一下；我知他不是为了冯老先生而是为菲菲，他心中一定在想：这油嘴佬真是没福气，放着这么一个水灵的丫头不娶，还异想天开地想去找月宫的嫦娥？

来了……鸿年老师在旁轻轻提醒，看到了吗……憨书记点了点头。

冯老先生眼里余光朝我们一瞥，知道他寻找的人出现了。他已见过我与鸿年老师，知这黑脸膛的大汉就是他的侄儿。这是他到马山的第三天，昨日下午由菲菲陪同去过元庆寺朝拜佛祖，据说跪下许愿磕了几个头。他不信佛却是几十年经商惯例，每至一地，不管事急事缓都要去寺院朝拜。按他的解释生意属水为阴性（暗合鸿年老师所说上善若水），阴性需阳性调和，佛属阳性，朝拜佛祖就是人与天地真气调和。菲菲动了动嘴皮正要解释，他却见多不怪地漠然收回目光，仿佛啥事也没发生似的从侧门步入餐厅。冯老先生是个见过世面的人，凡事揣着一颗平常心。知道世间诸事自然天成，是你的就是你的，不是你的求之不得，急是急不来的。这种人生态度，就是佛教中常说的结缘；但我还是能看出来，他的内心充满激动，那双皱褶深陷洞明世事的眼睛里，竟然有泪光闪烁。他的事儿菲菲昨晚已作介绍：七十有二膝下无子，是香港潘氏塑料化工集团董事局主席兼总裁。菲菲说他年轻时办事从来不急，那是因为他还能够创造；人在创造着时总会觉得以后岁月还有很长，年纪一大就啥事都逼上来了。几年前他回了老家河南商丘，泄气的是家里已没了直系亲属，倒有几个八竿子打不着边的远堂远表要认干爹，遗憾的是没说几句话就讨红包。菲菲说冯老先生曾是个有想法的人。有钱人都这样，拥有得越多想法也就越多；但想法与性格往往不成正比，想法越多性格反倒越绵和，就像流淌的水能够容纳与带走许多东西。那些能够实现与不能实现的想法混淆在一处，最后反使他变成了没有想法的人……

据说菲菲昨晚见到公爹后就担忧此次见面，她说仅短短一段时日未见，憨叔就变得如此衰老，以前紫黑色脸膛上总有红晕游弋，现在神态疲惫憔悴犹如过气的演员脸上抹了铅粉；他的行动也不是以前那般敏捷与有力，投手举足显得呆滞木讷。说鸿年老师就保养得好，与小潘老师结婚后保养得脸色红润，神清气爽，人也显得年轻了起来。他俩是同年庚的人，憨叔看起来比他大了有十岁……

她说人之间见面第一眼很重要，尤其如冯老先生这般经历过风霜的长辈，能从相遇第一眼就看穿他想见的人喜怒爱好与过着什么样的日子。说他在来马山路上与拜佛时已在咨询她，问他平素喜欢什么穿戴有没有特殊的喜好？他说他想在初次见面时送一份礼物，不管是不是亲却留下一个念想；但她没能回答，因为她也不知道公爹除了挑硬山柴与担石头，还有啥喜好。

冯老先生的早餐一如既往地简单，只有半碟煮黄豆半碟咸榨菜，还有一块豆腐乳与一小碗白粥加两片烤面包。他在菲菲陪同下找了个靠窗的位置坐下，缓缓拨动筷子。菲菲取菜后坐在他的身边，盘中比冯老先生多了个煎鸡蛋，少了白粥换成一杯鲜奶……她临走前应是向卞小枫请了一周事假，欲帮助冯老先生认亲后回去上班。鸡蛋与鲜奶也不是菲菲想要的，是冯老先生特意嘱咐加的。他说戚小姐呀，我老胳膊老腿地老了，医生嘱咐我吃不得好东西了；你年轻还长身体不要学我茹素，每天须吃一个鸡蛋喝一杯牛奶……

四眼没吃早餐，他在昨晚与憨书记交换意见后，天还没亮透就与小黄搭早班火车回去了。原本他是想在马山多住几日，但高书记让办公室打电话通知他回去忙撤县建市的工作。我与憨书记鸿年老师装作很随意地向冯老先生的餐桌走过去。冯老先生缓缓地用他这份简单的早餐没抬头（他是长辈不需要），鸿年老师向他简单地介绍憨书记，对他莅临马山表示欢迎。说，实在失敬，这些天都忙订货会的事了，对老先生来内地辗转寻亲大驾光临有失远迎。老先生这才抬头用犀利的目光在憨书记脸上盘桓一会，现在他算是近距离地看清楚了，直在心里打转转：不像……连二哥影子都没有……二哥虽然身材魁梧却是个圆脸庞，是个上身粗壮双膝短小的胖子。而他是国字脸轮廓线条分明；尤其那双眼睛瞳孔大而无光，目光散淘淘地显得善良却有些傻呆；二哥眼珠小却如鹰隼一般锐亮，有着一种摄魂夺魄的力量……

冯老先生注视着憨书记用手指指身边让大家落座。他目光犀利却患有白内障，左眼剥过一次右眼没剥，原因是眼管阻塞不好剥了，因此看人时侧着头显得专注……是家族人种的变异，还是社会环境的铸就？我看出冯老先生的心中不断转着念头，他很难把眼前这人高马大的汉子与他兄弟相联系。是呀，他家兄弟仨大哥傻二哥精而他散淡脸容也不一样，他与大哥像娘都是瘦长的条杆儿，二哥却像胖乎乎鸭子腿的爹……他努力地想寻找出憨书记身上与他兄弟的相似之处，但没有，这汉子就像生长在矮树林中一棵挺直的钻天白杨，心地坦诚如一页没写上字的白纸。阅人无数的冯老先生边咀嚼着食物，边伸手过来提议道：要不，诸位饭后到我房间小坐一会……

奇迹在一行人上电梯前的一段路上发生。冯老先生有意落后，仔细观察憨书记的步态。在他河南老家有种说法：子孙像不像先人看步态，当年二哥就因为外八字迈鸭子步差点没被保定军校录取；憨书记虽然生得人高马大，走路模样却像极了冯团长……

当然，这些都是冯老先生后来告诉菲菲的，说也就从那一刻起，他的心头才滚烫火热起来。是哩，众里寻他千百回，蓦然回首，那人却在灯火阑珊处？他是我冯家的种嘛！

这时憨书记心里也在转着小九九，这位冯老先生瘦骨嶙峋，完全不像他心目中那副威武的军人派头。这样的人会是自己阿叔吗？当然不能，守山佬八桂明确告诉他生父是小黄狗；小黄狗是后黄姓黄的土著，与他冯家半毛钱关系也没有。三人走进房间，冯老先生喝过几口茶兴致便高涨起来，把他回国寻亲的故事眉飞色舞地说了一遍，道：我这些年行善积德，老天爷在冥冥之中帮我见到戚小姐，没想到天下竟有这么凑巧的事，她把我领到这儿来了，说你们正在参加一个全国订货会……也就是在这一瞬间……憨书记耳畔回响起他幼时听到过的一种声音，遥远而又亲切地传送了过来。他想起小时候的事儿来了，是的，他记起了这种最初的声音：沉闷、哀忧、略带沙哑……如今这种声音正在隔山隔水地向他浸润着，超越时空向他传送了过来……洪老师夫妇把他领走时，用一根棒棒糖引诱他，说山下有许多许多好吃的棒棒糖，他才跟上他俩走了。以前他从没见过那样的糖，外面包着一张五颜六色写着外国字的玻璃纸，很漂亮。后来，直到现在他也没再见过这种糖了，不知当年洪老师夫妇是从哪儿弄来的？他说了那种糖，冯老先生想起来了，说他知道这糖，是美国产友邦援助的战备物资……

此刻连憨书记都怀疑八桂说的身世了，他是不是出于某种目的？比方说他姓黄就认定他也姓黄是小黄狗的儿了。要说明白此事个中缘由，继父母洪老师夫妇最具权威性，可他俩为何在那么漫长的岁月中没向他提及身世呢？那声音还在隔山隔水超越时空地传递过来，憨书记都感觉到他的头有些晕了……不可能……不可能……龙生龙，凤生凤，老鼠生儿钻地洞。就老先生这模样他就不可能是他的侄。八桂叔尽管与三寡妇做下苟且之事却不会骗人……他清晰地记得他跟洪老师夫妇离开时，娘在庵前那棵大樟树下手舞足蹈地唱着旧戏文哩……

　　树梢斜钩玉弯月，
　　官人狠心撇下奴。
　　……

就两句，他只记得这两句。他问过会唱旧戏文的智佬出典何处？智佬遗憾地告诉他不知道，应是外地的旧戏文吧……

5

事情发展到这步如果能把握局势，应该说还有挽回余地。四眼助理临走时对我说，他再次向秃头郑陆打了招呼，他的态度已转缓和，说只要憨书记在他设宴时主动认个错，诸多事情可以商量着办，放弃"星星草"品牌是必需的，但联营加工企业可以照单全收，对价格调整也可采取差额贴补办法，尽量减少村联办厂的损失。我说憨书记要的是保品牌呀，其他可以退让，包括上海市场的联产联销……四眼说可以谈嘛，谈判谈判不就是谈吗？只要不谈崩任何事情都可以转化，男女办了结婚证还有闹离婚的，当初你们与汽配厂也只合作三年，结果还不把人给甩了？我说明白了，秃头郑陆气势汹汹地下了最后通牒，目的就是争气不争财，要的就是市场经济宏观调控的指挥权。经过这些年的历练，我知道企业竞争就这样，捏得死就捏，捏不死放一马，不会让你独树一帜另立山头；所谓教会徒弟，饿死师傅，说的就是这理儿。如今他肯把村联办厂联营企业收购，贴补营销差价就放出了合作的信号。秃头郑陆当然不做亏本买卖，交换条件是莲子两年内含辛茹苦建立的上海市场，转化成为"大路"品牌的营销网点，这就是我们村联办厂谈判的筹码所在。

在实施锦纶帘子布行业发展战略大局上，这些年秃头郑陆一直做着业界南方老大的美梦，煞费苦心，机关算尽，运用市场经济杠杆作用，欲瓦解业界自然形成的山头与队伍，上蹿下跳地拆散中、小企业之间的联盟，大鱼吃小鱼地实行蚕食策略，企图整垮或收服我们这些乡镇民营企业为他所用，以品牌联产方式形成一种集团营销的力量；然后挥戈北上，与有着国资背景的北方集团平分秋色占领市场的制高点，以达到他徐而图之，独霸朝纲的野心……

这是市场经济发展的趋势，不想做将军的士兵不是好军人；秃头郑陆的野心诚然有许多可圈可点之处，但他这种组织托拉斯的生产与销售形式，却代表着中国现代工业文明的大趋势。

这晚，秃头郑陆在马山大酒店设宴请我们过去吃饭；应该是图穷匕首见的时候了，我们来马山已有十二天，也算是他正式亮剑与我们摊牌。上午杂物贱把信息传递过来时我问：确定了吗？他说确定了，油嘴佬预约在今晚上，后天会议正式办开幕式，明晚召开预备会议就没时间了。我说好吧，就定今晚五时我与憨书记鸿年老师还有莲子出席。他欲转身离去时我招手喊住他问：香港冯老先生寻亲之事，油嘴佬知道吗？他支支吾吾地说好像知道……我说知道就是知道，不知道就不知道，还有什么好像的？你不会把我们昨晚召开碰头会的事儿，也向油嘴佬交底了吧？杂物贱显得有些惶恐，讷讷道：我又不是三岁孩娃？知道啥该说啥不该说……再说冯老先生住在淮海宾馆内浪头甩那么大，油嘴佬咋会不知道呢？我想想也是，知道又有啥关系？这是我们与秃头郑陆摊牌谈判的砝码嘛！我知杂物贱为油嘴佬与菲菲穿针引线当双面克格勃多年，便用戏谑口吻讥讽说：油嘴佬也真忙晕了头，知道假公主来马山咋不赴鹊桥会？杂物贱不住地眨着眼睛嘿嘿笑道：我早提醒过，但假公主不愿意，说他来宾馆我就走。走……我哈哈大笑，去哪儿？难道她敢放冯老先生的鸽鸽？油嘴佬也真是聪明一世糊涂一时……

四眼助理提议召开的村委会扩大会，在憨书记见过冯老先生后次日下午召开。由于我那菩萨干爹与麻皮阿梁拒绝出席，我们开的只能算一个碰头会；智佬与军嫂特地赶来马山，由于不了解情况几乎没啥发言。会议由于冯老先生的出现与干爹、麻皮阿梁的缺席，没形成最后决议；会上由我为主分析了眼前面临的局势，提出与秃头郑陆合作贴标生产借船出海的方案，鸿年老师也修正了他主张的上善若水的办厂理念，说不是天不变，道亦不变，事物都是根据变化向前发展的，是谓造化天地……我俩说了大半天，一直闷头抽葵花叶子的憨书记只轻巧巧地说了几句话，就基本把我的方案给否了。他说村里老话有说：田地得自家耕，娃儿得自家养；吃人家嘴短，傍人家福浅。别人家道地摆一张红木大眠床，你睡一晚还是人家的，不管他郑秃头啥条件，"星星草"这品牌我都不会放弃，是祸是福，我们也得靠自己挺过这一关。他这般说过，会议就僵住了，令我没想到的是，向来与我最通气的莲子，这时却站到憨书记那边去了，冷冷地说：黄鼠狼给鸡拜年，能安啥好心？大象能吞掉兔子，兔子还能吃掉大象吗？我问她是啥意思？她撇撇嘴道：憨叔说得对，《国际歌》里唱着哩，这世界上从来就没有救世主，要创造人类的幸福，全靠我们自己……

她这么说憨书记高兴了，那张平时显得木讷的脸上显出少见的笑纹来，说有人想以表决的形式否认我的意见，我是企业董事长，真要表决就得召开董事会，按股本金多少进行裁决。原来他知道四眼助理要我召集村委会实行表决之事。

我与憨书记、莲子同赴秃头郑陆的鸿门宴。秃头郑陆很会挑选时间场地，因为后天上午是订货会开幕式，马山大酒店大堂被布置得焕然一新，三道密集闪烁的霓虹灯，打出欢迎全国各地精英会集的标语。大堂报到处安置了国宝熊猫吉祥物，显出节日般凝重而又热闹的气氛。老宝贝没来，鸿年老师也没来；因为对方名单为三人，即秃头郑陆、油嘴佬与副厂长兼营销经理毕越，作为对等交流我们也出席三人。我仨赶到包厢时秃头郑陆已带着油嘴佬和毕越坐在餐厅内等候。双方都是熟人用不着彼此介绍，憨书记大大方方地在秃头郑陆预留的主宾席落座。这时我非常希望油嘴佬能在此第一时间喊一声爹，这样不但可以增强宴会气氛松弛洽谈双方情绪；还可以解除父子俩五年音信不通的隔膜增加血缘情分。但油嘴佬只张了张嘴没喊出声来，我知他是想喊（我俩有约定）也准备喊了，但看到憨书记一张如铁板般的脸孔就把这声爹咽回去了。他很长时间没喊也不习惯喊了。秃头郑陆让服务员筛上酒来做开场白道：明天预备会上就召开新闻发布会，都是老朋友我想提前打个招呼，希望诸位为我这执行主席捧个场……憨书记脸上肌肉抽搐了一下，不卑不亢地站起来道贺说应该应该，是老朋友呀，这五年内有您的帮助，我们村联办厂才有今天……我与莲子也站起来向秃头郑陆致贺。是呀，五年来分分合合、磕磕碰碰，我们是没少麻烦人家。毕越也举杯向莲子在营销上做出的努力表示钦羡；油嘴佬却仍安坐不动。自入座后他始终没敢抬头正视老爹（憨书记后来说他是臊得慌）。我知他是尴尬，其实不必，自古商场无父子，对面相见不相认，是谓各为其主……

秃头郑陆很快把话题转移到贴标合作的事上，先从他的出身谈起，说农民要做大事真不容易，我老家也是农村，父母亲人村民为供我上大学极尽所有。那年我考上大学，老村主任敲着铜锣在村里集资供我交纳学杂费，可惜他没待我毕业就去世了。我一直有个美好的愿望回报家乡……至此他泪流满面大放悲声……使得憨书记眼中也湿漉漉的。我猜他必在想：不容易，人活世间上有所作为也真不容易（平素称赞人都说这话）。接下来秃头郑陆话锋一转图穷匕首见，只见他挂泪笑道：市场经济游戏规则莫不是大鱼吃小鱼，小鱼吃虾米，虾米吃泥巴；残酷是吗？是的……就像我与憨叔两拳击手站在台上，不出拳就挨揍……别无选择……

憨书记板脸听着没吱声。这于他来说已成惯例，他总觉得自己比别人愚笨。人家笨鸟先飞他却笨鸟不啼，可惜秃头郑陆误解为他被他的气势唬住了；待双方又互敬过一轮酒，秃头郑陆趁着酒兴异想天开地提出一个收购"星星草"品牌的规划（也许词不达意说漏了嘴），简直是哪儿痛打哪儿，恰恰犯了憨书记之大忌。事后我想秃头郑陆归根结底还是不了解农民。农民是啥？吃的是草、挤出是奶的牛呀？憨书记还算有修养，讪笑着问：品牌收购了我干啥呢？秃头郑陆竟然再犯错误，说钱算啥呢？我有钱了把人都养起来，您憨叔是我戚总助老爹嘛，我郑秃头讲义气，保您十万元年薪当自己老爹养着啥都不用干，就坐在办公室里看风景……我爹没了多年，我想孝敬都没门……

此言一出，满屋惊讶。秃头郑陆也真是马屁拍着马脚梗上，只见憨书记红着脸噌地站起来，指着油嘴佬鼻子拍桌骂道：你以为你是谁呀？老子立世为人，一不吃别人吃过的剩饭，二不睡别人睡过床板……打发叫花子吗……说完，他取下搭椅子背上的那件西装，还伸出蒲扇似的大手嫌脏似的拍拍，沉闷地说了声：失陪，我还有正事要办，没心思留在这儿瞎吹牛……说完转身扬长离去……

多年后，憨书记逮住机会，在沿海召开的全国订货会酒桌上，当着陈副总（化工部转制为集团公司，陈副司长变成陈副总）与常务副市长（撤县建市四眼的面，同样谈笑风生地奚落秃头郑陆：郑癞头呀，如果你真不想在马山干了，我出三十万年薪聘你当星星草集团副总裁，帮我搞技改与销售……奇怪的是秃头郑陆没离席出走，只无奈地苦笑着：不敢，我有这能耐就不至于走麦城……

此是后话，搁下不表。

第五拍　贫不失志

菲菲日记（一）：冯老先生进山

1 月 19 日（1987 年）。天阴，间或有小雨。

陪冯老先生用早餐。席间他问油嘴佬的情况。说他要见你，你为何不见？我说我不想见。他问是不是小两口闹矛盾了？婚姻这事得糊涂着过，年轻时太认真就会闹矛盾，闹了就相互想想对方的好，想过他好后就没有矛盾了。我说我俩情况有些特殊，不仅是闹矛盾，都分开五年了。他问我为何？你俩究竟是谁错了？

我说了我与油嘴佬的故事（如果这也算是故事）然后告诉他：我俩性子都倔，都想着如何改变对方，到头来还是谁都没改变谁；很难说清楚谁对与谁错？要说错了，我俩都错了，要说没错，我俩都没有错。如果我像四个阿姐一样嫁鸡随鸡、嫁狗随狗地安于现状，我就不是假公主，他自然也不是油嘴佬了。我有许多来自农村的小姐妹开始也像我一样，不信命运安排，后来就慢慢地妥协了，走到一处结了婚，有的还生了娃；结婚生娃后有些过得好，有些过得不好，不管好与不好是外人的看法，而她们自己总在抱怨，总感到不满足，认为生活对我们农村的女孩太不公平。她们有着与城里女孩一样的理想，一样的生活追求，可就是前世不修爹娘把她们生错了地方。城里女孩能实现的，她们都实现不了。如果婚后男人能按她们旨意办，她们的心理就会平衡一些，自然生活也可以过得好一些，可惜是城里的男人不会把她们当作城里的女孩。我四个阿姐都被我爹我娘认城里男人是收破烂的，当作商品一般处理出去了，她们没有自己的选择权，嫁到城里也总受欺侮，因为城里男人是收破烂后收去的。每次回娘门大姐总说大姐夫咋好咋好，我外甥如何聪明如何伶俐，她的日子过得如何如何幸福；但我知道那些都是违心的话，大姐夫好，咋一次也没回山里来过？外甥聪明伶俐，也没见他有何作为？连重点高中也没考上？我知她在人背后悄悄地哭泣。为何那样？因为她不挣钱不养家，日子靠着大姐夫过就没有她的话语权。我不想婚后过得与她们一样，所以不想随随便便把自己嫁了……

他问：油嘴佬（他称他为戚先生）又错在何处呢？我说别人可以不理解我，他也不理解我。你问啥不理解我？就是不懂得我，刚才我说的那些他都不懂……是呀、是呀，就是您老人家说的他不会尊重人嘛。这山里男人都这样。就说我爹，高兴了可以把我娘用八乘大轿抬起来，当作观音娘娘涎着脸皮往她身上黏，黏就为干那种事，没待系上裤子就变了脸（我在冯老先生处没说粗话，反正那意思他懂，爹翻脸比我翻书还快），一个耳光甩过去。我小时候常见娘躲柴房里悄悄地哭泣。她最恨我爹当着我们面打她，哀求他在没人的地方打，可爹偏不，专在人多处打，还用硬柴片，有几次都打得她瘸腿直不起腰来。油嘴佬很聪明，借口老爹与村人不信任他想逃脱这种生活，但他本质还是一个没把女人当作人的山里男人。如果说他错，这就是他最大的错处，他也与我爹一样没把我当作一个与他一样的人，不尊重我呗！这山里的男人都不尊重女人。

我第一次向冯老先生说了这许多话，总算把自己搁在心头五年的一口闷气发泄了出来。如果说油嘴佬八年前与我发生那关系时我啥也不懂，他第二次离村时我便明白了，在县城待了几年我也就全想穿了。我啥都可以妥协，唯独他不尊重我这点上不能妥协。我不知我说这些冯老先生能不能理解？会对我如何看？但我不管也不顾忌，我说的都是真心话嘛，很久没地方如此发泄了，说出来心里便舒坦一些。他为人蛮和顺的，懂得尊重女人，与他聊天没有顾忌……

末了他问我：你爱他吗？我流泪告诉他：说不爱他，我咋会稀里糊涂地把自个儿交与他？说爱吧，我又咋的躲着他不与他结婚呢？他侧着头温暖地望着我说：傻丫头，时间将会说明一切……

趁上午在房间里没事儿，我记下了这些。

补：19日下午二时，下雪末子。

鸿年老师与我那憨爹过来，在冯老先生房间里坐了有大半个时辰。昨日他俩与秀才哥一起认亲，他仁离开后冯老先生在我房间坐了半天，絮絮叨叨地问我公爹的事儿，我把我知道的事全说了，他还问了番薯蜜枣秋秋姑与药老倌的事，我自然也说了。此刻他们没让我过去，我也就没有过去。

男人间有些事女人是不需要管的。管多了他们会觉得烦。我娘很傻，常要去管爹的事，这也不放心那也不放心，爹就要打她了。秋秋姑从不管憨爹的事儿，我就没见过憨爹打她。

村联办厂在马山遇到麻烦事儿了，秀才哥急得如没头苍蝇似的。他到城里向我讨救兵，要我管管油嘴佬的事儿，不知为啥我就不想管？我有能力管这事吗？出来五年，至今仍是打工者；女人自己没强大起来，就管不了男人的事。我知油嘴佬这般做，是报五年前老爹不信任他让秀才哥当厂长的一箭之仇，以证明他的能耐；虽说这般做未免小儿科，会损害村民的利益，但却显出他的男儿气来，男子汉大丈夫在马上定天下，不争斗算是个男人吗？我知油嘴佬不至于赶尽杀绝自有分寸，因为他家的祖坟埋在陀头山哩……

别想这些事了，糟心……

又补：19日。夜十二时，雨夹雪。

莲子姐还没回房间睡觉，这女人比在插队时装懒猫泡病假强多了。我对她感觉不好是因为素芳姐。人家那是校花，事事逞强，生不逢时把自己给玩丢了。四眼哥与秀才都没福气，如果她活着，这块田地还真没莲子姐说话的份儿……

空调真好。我呵欠连连，困了。估计冯老先生，这时也该睡了。

20日。晨六时。还下雪。

昨晚莲子姐没回房间，估计留秀才哥那了。我不管，好上就结婚呗。也不知他俩咋想的？鱼吊臭，猫叫瘦……瞎等啥呀？小雯雯长得很漂亮，才小学毕业就长得如大姑娘了，她文文静静的像极素芳姐……

我漱洗好冯老先生房间门还关着，没起床哩！鸿年老师好像也没起来，我得在房间等一会。对了，昨晚我做了一个梦，油嘴佬又要强奸我，扒开我的衣服……呸、呸呸，我咋总是不要脸？他扒我衣服就为了做这事嘛，我咋变得一点志气都没有？嘴上哟哟哟地拒绝着，身子却不争气地打开……配合着他……

这就是爱吗？不是……我绝对厌恶他做这事……男女处一起为何非得有此事？坐着说说话不是很好吗？哎，油嘴佬的劲……还真大……

这样的梦我做过许多次。俗话说日有所思，夜有所梦，我承认我还在想着他。我俩分开该五年了吧？如果加上养蜂三年就八年多了……人生又有几个八年？说不想他那是假的，我俩是有法律保护的夫妻又没有离婚？分居因为我想成全他成为我向往的男人，至少像四眼哥一样懂得尊重女人。不对，四眼哥也不是理想的男人，女人对男人只能站远处看，走近了就会看出毛病来，别看他在外面吆五喝六地活得神气，在家里就看高公主的脸色行事活得像个小媳妇，还不是她爹高书记是他的顶头上司吗？譬如处一起久了他就对我有了那意思，连上卫生间和洗澡都隔窗贼头贼脑地张望，这就使我很看不起他，无论咋说我是油嘴佬的人哪？朋友妻不可侮，你这读书人这点道理也不懂吗？再说像我这般的过来人，你有意思何必那般偷偷摸摸地玩深沉；这点油嘴佬就比较硬旺，喜欢就把你干了，看你逃哪儿去？至今我不是还守身如玉地等着他吗？令我更为不屑地是高公主一发作，他就贼胆心虚地把我辞了。我俩又没有做过那事，就是真有那事你是男人也要敢于承担，好汉做事好汉当嘛。油嘴佬胜他之处就是心气高傲，从不会虚情假意地妥协，自与我有过苟且之事（他说是在我身上戳了章，笨蛋，幼稚，我的心没在你身上，戳了章有用吗）后整整八年，从没向我认过错。他应该是有才华的……当年镇高中同学的成绩就数他最好，如果不是因为我，早大学毕业变成了白脚梗。虽然后来离村也赌气上了大学，他上大学我高兴哪，但此大学非彼大学，大专还是在职进修，不能迁走户口，连我都有电大文凭……说穿了我俩其实还是村里的红脚梗……

哎呀，隔壁冯老先生在开房门，肯定有事找我……

21 日。晚二十二时三十分。雪停了，阴天。

莲子姐还没有回来，估计又像昨晚不会回来了。回来也没关系，她有房卡钥匙，自己开门就行。宾馆真好，时时有热水供应。我洗过澡了，坐被窝内看日记写日记。这是我在村小学校教书时养成的习惯，每天不写几行字就睡不香。农民很少有人相信文字，但我相信，文字是有灵性的，它们一定比我活着长寿，会在我死去的若干年后重新复活。如果那时候人们能说上一句：假公主（莫名地喜欢这绰号）这女人，其实也活得不容易……那我就会感到非常满足。这世界上有许多许多的人，有谁能记住一个出身山沟沟的小女子呢？吧台柜上有咖啡与绿茶，还是免费的，昨晚上我学着冯老先生的模样，偷偷地泡了一杯咖啡（我馋嘛），还加上伴侣，发现不好喝，太苦。像小时候感冒发烧娘捏住鼻子灌我喝那门档灰，舌头都发麻了。也不知冯老先生天天百喝不厌，在他嘴里是一种什么味？老先生七十多了还像孩子似的见一切都新鲜，问这问那的……哎，他还有些花却让人不反感，见宾馆漂亮服务员问长问短地喜欢搭讪。初识那阵子发现我喜吃甜食（我是彻头彻尾地奶油蛋糕爱好者，每回发工资都要上街吃那么一块，可以高兴上一星期），每次来店里坐都送榴梿酥……不过，他对我倒蛮正派的，我知他喜欢却恰到好处，给人一种信任感……

这几天，发生的事儿很多，许多都来不及记。

我知昨晚莲子姐没回房的原因了。该死的油嘴佬把他老爹、秀才哥与莲子姐都弄去马山大酒店喝酒了，据说是他的主子秃头郑陆请的客。也不知咋的把他老爹得罪了，当场离席回了那小旅社，油嘴佬感到愧疚丢开秃头郑陆来向老爹道歉。据说老爹为我俩的事没理他。老爹也真是，又何必呢？都说强扭的瓜不甜嘛，我都不计较，长长的鹞线放出去，总得缓缓地收回来，绷太急了反会扯断了……难道他还不晓得那歪坯子的性格？就像幼时拍皮球，拍太重太急了，球就蹦得老高，不理他岂不就老老实实地掉下来了。听说这晚上，油嘴佬留那儿与秀才哥与莲子姐说企业设备改造的事了……

上午九时我与冯老先生受邀参加订货会开幕式。马山市体育馆可真大，比沿海人民大会堂还大了许多，门口红旗招展锣鼓喧天，里面悬空挂着许多彩色气球，呈现出节日的气氛。会场足有三四千人算是让人开了眼界……开幕仪式搞得很隆重，领导讲话后还有文艺演出。我看见了中央电视台主持人薛飞与杜宣，那是我与小姐妹们心中的大明星哪，他俩真人比电视里还好看；唱歌跳舞的演出单位是东方歌舞团，演员都漂亮得像年画上的人儿一样，每唱完一首歌、跳完一曲舞，观看的人们都疯了般鼓掌……

下午他们开会，冯老先生回房间休息了。他年纪大了，饭后要打个中觉。我在马山大酒店看展览，心里期待着碰上油嘴佬。其实就是碰上了也没啥说的，我只是想让他看看没他我也活得很好。自那次化工学院毕业后他自鸣得意地来找我炫耀被我赶走后，我俩又有两年多没联系了。他读大学时倒写信给我，开始勤一些，一张白纸像沾上芝麻的烧饼写得密密麻麻的，说的全是他如何如何有能耐，好像离开他地球就不转了？连一句贴心的话都没有。以后每月一封，三言两语应付了事。但我都没有回，回啥呢？你不是狠吗？不是小看我吗？为我说过一句村子最大也只是小水汪滩，就是当上厂长也泥鳅掀不起大浪来的气话，就撒性儿赌气出走？你有本事离村，说明你有能耐嘛！那好，等你成为深渊深潭的蛟龙后再来找我……你有出息，还不是我巴望不得的事儿，我又能说啥呢？夫贵妻荣，再苦再累，反正我在等着你。我倒要看看我俩谁能熬得过谁？你老爹就说过人要知足，这世界上的好东西是我的不勉强，不是我的我也不要……

我没碰上油嘴佬倒撞上了小呆驼。他傻愣愣地望着我，问我看到他师傅老宝贝没有？我本想说我又不是你师傅的保镖，脚生在他腿上我咋知道呢？看到他这副急吼吼的模样，就改口问他找师傅干啥？他说他不能告诉我，告诉我，我就会着急的。我说我不着急，你尽可放心告诉我。他犹豫了一会说：那好，我告诉你，你可不能急……

门上有插钥匙声，应是莲子姐回来了……

22 日上午。约十时。天晴。气温低。

原本说好今日就回沿海，由憨爹、智佬与鸿年老师，带冯老先生和我去山里看看。但憨爹在马山还有些事，让智佬哥去改签火车票，推迟一天走……

莲子姐昨夜回房间后，哭得伤心。我问她啥事？她不说。我也就没再问，估计是村联办厂在这次订货会上碰壁了。四眼哥来马山路上就问我与油嘴佬有没有联系？我说没有，如果你需要的话我在厂里有眼线。他问啥眼线呀？又不是战争年代搞间谍，弄得神秘兮兮的？我只是随便问问。现在村联办厂与马山总厂的关系有些微妙，总厂的技改资料掌握在油嘴佬的手里……这事儿秀才哥上次来县城向我讨救兵，说这次我能帮就帮一把。但我拒绝了，你们男人争风还让我这女人摆平，好意思吗？现在莲子姐哭成这副样子，估计被油嘴佬伤害得不轻，难道他真疯了吗？为了出气找女人开涮？可我有啥办法呢？我不会忍气吞声去求他的。我俩干耗着就因为谁都不愿跌倒认输认个错。他连他老爹的话都不听，会听我的话吗？两年前他大学毕业时来沿海求我，说他现在反悔了能养活我了，要我与他一起来马山创业。这是我俩分开五年唯一他说过认输的话，我当时还有些感动，如果他多坚持一会，也许我真会跟他去马山，我没答应他是因为他还是那副目空一切的妄狂模样，觍着脸黏在我身上说他要养活我，狗屁，我需要你养吗？其实我最反感这样的话，我又不是我四个姐，有自己两只手；如果靠你养活，这些年过去早就饿死了？后来我俩就吵起来，油嘴佬就是个大男子主义者，好像我是落他嘴里的一块肉，啥都得听他的，当着阿香、阿调的面与我拉拉扯扯。吵到后来我火了嘛，甩他一个耳光指着鼻子骂：油嘴佬，你狗对屙缸发过誓，不喝三吆四地混出个人样来，就不回来见我了……如今这般算一副人模样吗？他还就嘻嘻地赔着笑脸，说他如今好歹也是个大学生，咋还没个人样？我说你说过的，要混个一人之下、千人之上的厂长给我看看，你就不为与秀才哥争当村办厂厂长离开的吗？如今你当上厂长没有？我这般激他他就泄了气儿，记得他的嘴都裂歪了，说算你狠，假公主你就等着吧？我会让你等到这一天的。说完他就脸色铁青地丢下我顾自走了……

以前油嘴佬、二愣子、杂物贱都人前马后喊我公主，自从高晓敏出现后，他们都喊我假公主了。假公主就假公主，反正我喜欢。

小呆驼说的那事有些邪乎，如果油嘴佬真已背弃我，我一定让他有好果子吃。我俩结婚证还在我手里攥着哩，你就嘴馋采野果子吃，青天白日地开房间？还反了你，欺侮我娘家没人？我问小呆驼是否亲眼见着的？他赌咒发誓说当然是亲眼见着的，他还有房卡……咻啦一下，门就开了……我问他会不会看错了人？他说咋可能？就是师傅的孙女儿小苗苗……

这事如果发生在五年前，于我来说就如晴天霹雳，连杀了他的心思都有，可在五年后的今天，我心里却是大寒天吃冰棍一般感到呛胃。小苗苗咋能鸠占鹊巢呢？她喜欢油嘴佬吗？她可是我安排的眼线哪。想当初她初中毕业要考上海技工学校，就在沿海阿姐阿姐喊着要我介绍四眼哥帮忙，我傻瓜一样地以为她还是一个孩子，引为知己把自己的遭遇全告诉了她；她同仇敌忾地与我一起声讨这坏了良心的男人。她上学后缺零用钱，我把辛辛苦苦赚来的钱给她汇过去，还买漂亮的衣服送她，毕业后她去马山时还主动找我当眼线，说要为我管住这条没良心的大灰狼，到马山后打电话把油嘴佬的一举一动都告诉我，没想到这小蹄子为好成怨，不声不响地倒向了油嘴佬？因此昨晚上我几乎一夜没合眼，也不是难受，只是觉得怪怪的，小苗苗这般一个城里户口的姑娘，才刚二十岁，水灵灵地出落得一朵花一样，稀罕油嘴佬啥呢？今儿一大早起来，我向冯老先生房门下塞了一张纸条，说我有事出去一下，让他别等我用早餐，径自去马山大酒店 368 房间守候着。原本我也不想这么做，多掉档次，可我就是没能忍住，因为心里委屈……但我没成功（也许我心存侥幸不想成功），大约七点半，从房间出来的是油嘴佬与另一个男人。大概是小呆驼搞错了吧？他应该是老实人呀，没准小苗苗借房间洗澡？这种事常有，阿香、阿调冬天就借客户的房间洗澡。酒店离总厂不远有热水供应……小呆驼只说小苗苗拿着一大包衣服进去，又拿了一大包衣服出来。说他在旁边守了一小时，说小苗苗都把油嘴佬房间当作家了……

这样想着，我就有些为自己害羞，看我都想到哪儿去了？由此看来我心里还是有油嘴佬的，他就是一头大灰狼嘛，叼走了我的心。噢，记起来了，下午我还得陪冯老先生去参观化工品展览，他也搞这行业，兴致勃勃……

大姨妈提前来了，做女人真叫累。

22 日。晚九时半。淮河大酒店。

油嘴佬突然敲房门找我。塞给我一大包东西让转交给他爹。

我问啥东西呀？

他说别介，你需要的东西……

我说你不会自个儿给他？

他说给了，我给他不要……你给他会要的。说完，他就把东西丢我床上，没待我反应过来就走了……

我没喊住他，他为村联办厂让我给他老爹传个信的，不是为找我的。他不找我为啥要留他，我有那么贱吗？就是他找我，我也得搭个架子不理他呢？以前我年轻幼稚，把他当个宝似的任他轻易得手，他就不把我当作宝了。他走后我拆开那包东西，里面都是纸，应该是图纸。

23 日。天晴。途中。

我随冯老先生、憨爹和鸿年老师、智佬乘火车归沿海。差不多有一天。

途中，谁都没多说话。憨爹与智佬哥打瞌睡。鸿年老师看书，冯老先生合上双眼在耳朵里塞着话筒听收音机，偶尔也打瞌睡。那收音机信号很好，他像宝贝一样地随身携带着……

我呢？双眼盯着车窗外转瞬即逝的风景，心里想着与油嘴佬之间的那些事。我总算悟出了一些道理来了：在婚姻中个性相似的两个人，得相互谦让着点，不能太任性了。现在我俩的感情无疑到了谷底，却仍然谁都不肯退让一步。不管小苗苗的事是真是假？我发现自己还在爱着他。问题是我俩都任性，我想着他来求我认错，他呢？也想着我求他认错。这般各不相让，冷战就开始持续了呗！这般持续着最后吃亏的还是女人。女人青春短暂经不住耗，也许油嘴佬就看准了这一点，就倔强地与我干耗着。我知道他是牛性子，吃亏在于不会认错。小时候憨爹把他往死里打，他都没有认过错。可惜是我也一样，爹娘从小不喜欢我，就因为我的脾气犟……那么，我应该咋办呢？我想来想去地想不出来一个办法来……我不会向他认错的，这是我做女人的准则。唉，真是个性决定命运，还是走一步看一步由他去吧！还是憨爹说过的一句老话：是你的谁也抢不走，不是你的强求也没用……

火车咋老是停靠？没站头也停靠，让人的心情很不舒畅……

我为冯老先生续水，也为憨爹他们续水。

中午吃的是包子，豆角馅的。由我付钱，憨爹临上车时给了我两元钱。

23 日。晚九时。天街旅社。

刚吃的晚餐，在镇政府小食堂。

姨夫吴志远给准备的。大白菜粉条肉，还有一条水库捞的鲢胖鱼。

晚了，没让喝酒……而且冯老先生也不喝酒。

姨夫当众人的面夸奖我：油嘴佬老妊，比以前出落得漂亮了……

23 日。续。晚上约十一时。

姨夫安排我们在天街旅馆住下了。智佬哥回村去了，憨爹原本也要回去，姨夫说你这村里的小书记，看不起我镇上大书记就回吧？看得起我就住下来。房租我都替你付过了。这样他与鸿年老师也就住了下来。

我知道姨夫升官了，由镇长当了书记。

冯老先生邀请憨爹住一屋子里。憨爹也同意，只说他会打呼噜。冯老先生说不怕，过去与日本人打仗战壕里也能打盹。我知他只是想寻找合适的机会，再与他说说话儿。我在他俩房间烧开水，水开后又坐了一会儿。因为冯老先生讲的故事吸引了我。他说他在香港的潘氏化工集团不是由他创建起来的，主人是他已亡故的岳丈潘老先生。说的是光绪年间在上海，潘老先生的阿叔潘先生在租界一家洋行学生意。端午前老板派他去城南收欠款，他带上装钱的皮袋子出发了。事情进展得顺利，没到中午钱就收全了，共一千八百多大洋。他口干舌燥地进十六铺旁一家茶楼喝茶，还打了一个盹。但回洋行时发现皮袋子不见了，老板也被他吓蒙了，这一千八百多大洋，当时可是一笔巨款哪。他要回去找，老板怕他趁机逃走扣住审讯，定要他交代钱去了何处？他当然是说不清楚……

事儿至此发生了转机，有个生意亏本的李先生，买晚上的船票欲返老家，也走进这家茶楼喝茶发现了皮袋子，打开一看都是银子。他知世人忙忙碌碌地赚钱不容易，就待在茶楼内等失主。这边老板缠不过潘先生，上灯时分终于跟他到了茶楼。潘先生望见李先生正欲询问，李先生猜到他是失主便从行李箱中取出那皮袋子，问他浑身汗涔涔的是不是在找失款。潘先生与老板这才舒了口气，要取皮袋子中十分之一的银圆酬谢他。没想到李先生谢绝坚决不要。潘先生过意不去，约在次日中午请他吃一餐饭，李先生开始不肯，经再三邀请才同意了……

次日潘先生由他老板相陪，早早地如约在饭店等候。待到午时时分李先生才匆匆走进饭店，见两人正等着他喝酒即行跪拜礼。两人大疑问他为何多礼？李先生说：你俩真是我的贵人，是上苍派来超度点化我呀。两人问其意？原来李先生昨晚买好船票的那条船翻了，船上二三十个人无一生还……

冯老先生讲完此故事后，见憨爹愣愣地没有反应，又添了两句话。一句是你不做企业我不会与你说这等旧事，我要说的是生意场上胜败乃兵家常事，马山订货会失利，于村办厂不一定是坏事。第二句话是搞企业做生意与做人一样，讲的是以德衍财。生意人把钱财称作流水，什么意思呢？就是要看轻赚钱，像水润泽大地一般让它流到需要的地方去，流走得越多，汇聚得就越快。这位李先生就因为没拿这份不义之财才使他留下了一条命。冯老先生故事中的潘老先生是本地山南县人氏，曾任国军副师长，弃军从商才建立起香港潘氏化工基业，他的大女儿潘杏花是他现在的妻子。

我以为憨爹会说些啥？可他瞪起牛眼睛点着头啥都没说，好像没听明白。

24日。晨七时。天街旅社。
天还没大亮，冯老先生就坐在石阶上听收音机。
山里的空气真好！他说。

昨夜没睡好吗？我问。

他点头笑了笑：是没睡好，呼噜太响了。睡下时我想与他说会儿话，他就打起了呼噜……火车上也睡得呼呼的……没心事的人睡觉香……

我问：房间没安空调，您冷吗？

他说冷倒不冷……吴书记让人送来军大衣。你看，我这不是穿上了吗？

我说您回房间准备一下，饭后镇里来人去烈士陵园……我爹也要过来……

24日。晚八时。家里。

今天发生的事儿太多，得全记下来，时间一长就会忘了。

冯老先生住到憨爹家去了，他让我住家里来。说金窝银窝，不如自家的草窝。姑娘家的别太使性儿，爹娘把你养大不容易，咋能随便生爹娘的气呢？他这般说过我在憨爹家里吃过晚饭，就跟我那菩萨爹回家了。我知道呱呱嘴的娘肯定挺想我的。秋秋姑待客挺诚意的，听说冯老先生祖籍河南，给他下面条吃。

上午，冯老先生由姨夫、憨爹一行陪同，参观坐落在镇政府旁的革命烈士陵园。这地方埋有在抗战时期牺牲的一百余位烈士，我读镇中学年年清明都去祭祀。由于历史资料散佚，特别是海峡那边国民党士兵的资料，许多是无名碑。冯团长的墓也在陵园内，冯老先生昨晚一到就提出扫墓。他在马山时就提到这事了，说我与二哥分开那许多年，看看他应该没问题吧？我说这有啥问题？他是抗日烈士呀。他很高兴但还有些担忧，说他是国民党呀！我说共产党也认他！他就更高兴了，悄悄告诉我：其实他已经来过，在与我认识前独自来的。港商行事派头与我们不一样，喜欢搞微服私访。所以姨夫答应陪他到烈士陵园祭祀，他像孩子一般兴高采烈，连说是呀是呀，既然来了就得看看我哥，坟茔旁边的土坍落了也该淋一淋，是我当兄弟的本分。其实我知道他在观察政府的态度……

姨夫已知村联办厂在马山失利之事。四眼哥已打电话告诉了他：让他把冯老先生伺候好，说老上司呀，你脑子得拎清，村联办厂是高书记树的典型，真垮了我俩脸上都不好看……憨书记还真是憨人有憨福，烂泥菩萨住瓦屋哩！刚在马山遇上晦气，就把财神菩萨领进门来了……我给你透个内部信息吧，高书记撤县建市要搞大动作，思谋着重抖沿海乡镇、民营企业雄风，解决眼前存在的资金缺口，树爱国港商投资家乡的典型哩，在会上重提了火车跑得快、全靠车头带的老话题；还说全县五千多家乡镇、民营企业，融入港资意义重大。这话是姨夫接站时悄悄向我透露的，情绪激动地直向我竖大拇指，夸奖我立了一功……

当政府官员总是这样，奉行实用主义的哲学。遇事没个稳定情绪，常把思路当作现实。我向他泼冷水道：这事八字还没一撇，主动权掌握在冯老先生手里，你可不能见风就是雨、大喊小闹地把事儿给弄僵了？我把这些天他在马山与憨爹接触的事简单地向他做了汇报，说情况有点复杂，憨爹至今都没确定认还不是不认，关键是冯老先生也吃不准……他说那你更得加加温……把这门亲认下来，不但村联办厂可以发展，镇里也跟着沾光，GDP可以上去……姨夫自担任一把手，改革目标明确，发誓要喝第一口水，把天街镇做成沿海县改革前哨……

冯老先生急着回内地寻亲，不仅妻子潘老夫人有归葬故地的愿望，更重要的是立嗣。他从国军转业经商且被潘老先生相中招婿时已满四十载，当时潘老先生有三个阿囡，二囡、小囡均花容月貌早早地嫁走，唯独潘老夫人患小儿麻痹症落下残疾，发育不良至宫寒被医院确证终生不育。而她恰恰是潘老先生选定的家族继承人。潘老先生择冯老先生为婿时曾要他答应一个条件：终生不离不弃才可继承家业。如今冯老先生年过古稀，寻亲愿望自然迫切！

这些情况不仅是冯老先生陆陆续续告诉我的，还是四眼哥通过县委统战部和侨办了解的。

姨夫热情地陪同他去扫烈士墓是想留下个好印象。因为港商投资内地不多，他想检验自个儿的能力是否适应改革开放的潮流。他的心其实还挺细的，接到四眼哥电话后，已派人把坟地给修缮过，因为很久没人祭祀，坟上石坎剥落，长满衰草，墓碑上字迹也不是很清楚。于是他昨天打电话给陵园，要他们尽最快速度修葺，并把冯长林三字用红漆勾勒。虽然他知冯老先生可能微服私访过，但还是得让他觉察到镇政府的诚意……

冯长林就是冯团长的大名。

冯老先生的姓名叫冯长森。

冯老先生用过早餐，歇了一刻才徒步来到这儿。原本姨夫要用车，冯老先生挥手说不要。这么一段路权当是散步。政府小餐厅是姨夫当书记后开张的，一般不用，只在上级来人检查工作时才使用。虽然天街镇近年开出各式风味酒店，但领导就餐一费钱，二不雅，办小食堂相对文明卫生一些，就是喝醉也在自家庭堂内，不至于在社会上扩散影响。冯老先生的情况比较特殊，他是个素食主义者，因此姨夫办的是家宴。一行人来到烈士陵园时，爹偕同智佬哥，还有军嫂与二愣子已抬着花圈等候在冯团长墓前。这是我们在电话里约好的，爹与智佬哥动手把香烛点燃，就等冯老先生过来做祭奠了。爹原本不想来，这事于他来说也有些突然，他不相信冯团长真有个兄弟在香港？我走后他就骂我说养囡养强盗，戏文要看冲天笑。真有这等好事，咋不回家与他商量？报纸上虽然宣传开放搞活，又没见与国民党拉拉扯扯搞合作？冯老先生毕竟是国军的军官，现在虽没提阶级斗争为纲，但路线还得分清楚嘛……

冯老先生看到别家坟头萧瑟，他二哥的坟廓倒显得齐整，心里便已明白几分。在这事上共产党政府还算有气度，事情都过去几十年了，竖起个烈士塔来已属不易，还能修葺整理有专人看管着。这不是给前人一个实实在在的面子吗？他默默地走到坟前啥话没说，就招呼憨爹与他一起在冯团长坟前跪下了。

路上他问过他：常来吗？

憨爹老实地回答：不常来……

不是不常来是没来过。在憨爹心目中，他就是小黄狗的儿，祭坟往陀头山上走断断不会来这儿。冯老先生理解地点头。是啊，一代人有一代人的历史，常过来干啥呢？生死相隔两茫茫。如果憨爹确是他至亲，二哥死时才六岁。六岁的记忆不可靠，如说常来反显得不真实。现在憨爹能随着他跪下行大礼，他已经感到很满足……

天冷哩，陵园有薄薄的积雪。冯老先生披着姨夫拿来的棉军大衣，还戴了一顶棉绒瓜皮帽，手里拿着一条拐杖，老棉布鞋踩在积雪上吱嘎吱嘎地响，像戏里演的解放前收租谷的地主老财……

远处有几个打雪仗的孩子，侧头指指画画地朝这儿看哩。

24日。夜深续记。天寒。

刚才爹与娘进来了。说这房间现在秀才哥住着，要我不要给弄乱了。

接着两老便问油嘴佬的事儿，问我到底咋想的？男人三十一朵花，女人三十就要变乱稻草了。虽然我并不合他俩的胃口，毕竟是亲生的阿囡，对我这桩不明不白的婚姻实在是有些急了。我说还想什么呀？你二老不是说过嫁出的女儿泼出的水吗？爹就开始死命地骂油嘴佬与他憨爹，说仗势欺人也不该这般断子绝孙呀？把字都凿到你阿爷的坟前了，还做这般的缺德事……怪不得这次马山被秃头郑陆打败了……说是人在做，天在看嘛。

我问他俩是否知道憨爹的身世？他说咋不知道呢？全村人都知道呀。我说那你说，憨爹到底是不是冯老先生的亲侄子？他摇头说穷狗饿急了等屁吃，人像吗？我问：您不是说见过冯团长，那他俩长得像吗？他又摇头，说冯团长虽也长得胖墩墩的，骨子里却是一副贵人相。你那憨爹人高马大憨头憨脑，一看就是一副穷酸相。你说像不像？我有些不甘心以子之矛攻子之盾反击说：五年前你为油嘴佬平反时，不是说他是村里最有聪明相的人吗？难道他不是他的儿呀……

爹听了这话就吼起来：我知道你心里还没有忘记那歪坯子？人家都不要你了你还想涎着脸贴上去吧？告诉你吧，那姓冯的不会认你那憨爹做侄子的……你得想想清楚，这盆心火早晚得熄……

好了，不说这事，爹娘对这事儿有成见，我懒得搭理了。早知今日何必当初，不但用硬山柴把人打得遍体鳞伤，还告到镇中学断了人家的大学梦？

还是说冯老先生的事吧，我是为这事才回村的。从烈士陵园回来的路上，姨夫没能免俗开始谈乡村工业发展前景，说全镇十八个村，三万多人口，有八千多青壮年从事工副业生产。他这样说是向冯老先生汇报工作，好在冯老先生入乡随俗，有一句没一句搭理着，脸上还显出兴致勃勃的模样来。听到后来他有些不耐烦了，显得漫不经心地问：江南鱼米之乡哪，那么多青壮年投入工业生产地谁种呢？姨夫便愣一愣，是呀，自己还真疏忽了种地。走在身边的憨爹见他发窘，机智地补充道：这儿与平原地区不同，村坊多地少，就如十五岙村人均耕地不足两分，妇孺老人都能耕种过来……

冯老先生点点头，说了一桩冯团长离队的旧事。他说：做人性格决定命运。其实我二哥吃亏在牛脾气。我全家人脾气都硬，他这脾气还特别硬。在保定军校读书时，学长为训练他的性格让他端洗脚水服侍，他不愿意把学长给揍了，结果落下个处分……当年"进剿"红军时，二哥曾向熊师长建议：红军熟悉地理，得稳扎稳打步步为营。熊师长没听他的话，结果扎进红军布下的口袋里……仗打败后撤出来时两人干了一架；二哥要如实呈报上峰部队伤残情况，熊师长不干。二哥就带着勤务兵开了小差，临走我兄弟俩见面，他说熊瞎子不足以谋，哥打败仗没脸见人，团里吃粮的弟兄交给你带吧……这样二哥就开溜了……

他说的熊瞎子就是那位学长熊师长，抗战时期东躲西藏不接战，后来在汤恩伯部队当军长，上海开战后投诚了解放军，成为省政府的参议员。喔，你们叫政协……做人嘛，有时候还真不能硬闯硬打……

他说这话的意思姨夫不会明白，估计憨爹也不明白，但我有些明白了。他是在诘问：农民办那许多厂，都能赚钱吗？

下山时已临近中午，姨夫还邀请大家去政府小餐厅用餐。冯老先生却坚持要去阿奶家，说吃饭不急，还是先去探望老人家。因为他听说冯团长负伤后喝过她的奶。说一乳之恩，人之天伦。虽然二哥没抢救过来，但葫芦奶的慈爱令他感动。他说二哥是死了，阿弟我还活着，来了不探望就失了礼节……

路上冯老先生又说当时虽说国共合作，但双方已有芥蒂。我知二哥牺牲后，很想来探望她老人家，却也不方便；后来日本人投降又遇上国共交战，我随部队上了前线，就把这事儿给耽搁下了……

阿奶的事儿说起来都可以上报纸，可惜是没人替她写稿子。她八十岁了还事事逞强，踮着大脚板挺着大奶子、脚轻手健地义务扫大街。她喜欢打抱不平，专为比她还弱的穷人说话。遇上不称心的事会双手叉腰，扯开嗓门祖宗十八代地骂娘，弄得镇上干部都很怕她。自五年前伍副省长亲自过问，县民政局每月补助十八元钱的生活费，我爹、二叔、三叔、五叔都想把她接回村里住。爹说现在共产党不再讲成分了，我们也可认她当娘了；但阿奶却不愿意回来，显然是以前我爹与阿叔们不认她为娘生气哩。她就与我说过爹与阿叔们都是吭良心人，人家是宁可没有做官爹，屋里也要养个讨饭娘；可我那几个儿都不要我了。她不回来大家就没办法，只得每家每月交两元钱，让她与哑姑在镇上单过……

众人进屋时哑姑正在缝手套，阿奶也在缝。哑姑没见生人呀呀地叫起来，阿奶抬头望着我一时间没明白冯老先生是什么人？冯老先生却没避嫌，像出远门多年的游子撩开军大衣，蹬掉棉鞋上沾的雪双手有架势地一拍，俯身跪在她面前磕了三个响头，嘴里喊着：娘……我的亲娘呀！阿奶的眼里立即冒出泪花来，她是感动哩，自家的亲儿子都没这般待她，赶忙上前扶起他端过竹椅让坐下，连说不敢当……我一个乡下老太婆，哪受得了您这般的礼节……

众人都看得有些呆，不知道该站着还是该坐下。阿奶屋里可容不下这许多人。憨爹的眼中也有些潮湿，这冯老先生是在为他做表率呀。我爹的脸即刻涨成了猪肝色，自阿奶随了邱大头许多年他一直没喊过娘……众人正呆立间，只见冯老先生从内衣口袋里摸出一只金怀表来，双手递上给阿奶，问：娘，您老人家可认识这东西吗？阿奶打量一会惊疑地道：这是当年藏在冯团长胸口里的东西呀，咋会落到你手里？冯老先生说：这表有两只，我俩是兄弟啊……

这下憨爹也明白了，冯老先生确是冯团长的亲兄弟……

25 日。黄昏。天阴。有雾。

歇了一天。反有些累了，且精神恍惚。

上午听娘东家长、西家短地唠叨。我吓唬她：你再这般唠叨，我就住憨爹家去了，反正嫁出的女儿泼出的水。她说你嫁了吗？没嫁呀！我说结婚证不是你帮助扯的吗？有那东西不就嫁了吗？她打自己的耳光说当时她真让猪油迷了心窍，为好成歉。我说你好端端地与我说话，我就在家里多待几日，否则我马上就走再不回家了。她被吓住了赶紧去灶间，煎我小时候最爱吃的荷包蛋……

下午，军嫂过来，坐我房间内关门聊天。先说了一会厂里的事。她说她很担心，按目前状态货品降价后维持不了两年。她问我沧海一笑下小枫那儿的情况，我说上海总部情况不知道，这儿批发市场没前些年好了。她有些伤感说国家宏观调控，咋调到我们乡镇民营企业的头上了？我说我也不知道。继而又谈冯老先生，说他如果能投资村联办厂搞技改，我们就能与马山竞争了。我说这事现在还不知道，关键在我那憨爹会不会认下这门亲？她说应该会认吧？这些年下来我算摸熟他性格，凡对村民有好处的事儿他都会做……我说如果他真是冯老先生亲侄儿，事情也许会好办多了，冯老先生挺喜欢他的。但我怕他不认，根据他的性格就不会认。他在马山就对我说过：做人讲良心，不属于我的东西我不要；冯老先生那么大年纪又那么远的路过来，我总不能把白的说成黑的吧？她想了想：说得也是……要是他不是冯老先生的亲侄儿，我们凭啥要人家投资呀？过一会她又问我：这事你老爹咋看的？我老实说他可不看好，说我憨爹八成不是他亲侄儿，还说龙生龙、凤生凤，老鼠生子钻地洞；憨爹生来就是劳碌命的相没福气……

她只呆呆地望着我不说话了，模样儿有些焦急。我知她要与二愣子结婚了。打趣说二叔公辈分高，饭淘笋叔没有后原想把你当作姐妹；你与二愣子结婚又把辈分给赚回去了。她苦涩地一笑：你认为我想当婶呀？这二愣子有他哥一半的灵光，这辈子我也值了。我与他差了九岁，人都说我老牛啃嫩草？其实这嫩草我真不想啃……你是过来人，与你说说也没关系，女人看男人要的是依靠，像二愣子这样的男人能依靠吗？我说：他愣是愣了一些，心地实在坏心眼倒没有。她说你不会看错人吧？他哥还活着时他就在墙壁挖洞偷看我洗澡。我答应嫁他其实只是为一个人……我问谁呀？她说你那秀才哥没告诉你吗？农民办厂不容易，少了他就缺失了主心骨……这次你能帮就一定帮帮他……

我懂了，饭淘笋叔没有后军嫂为何还留村里不走？不仅为拄着钢拐杖行路的老革命二叔公，还为了我那呆头呆脑实心眼的憨爹……我说不清楚这是一种啥感情？两人一个五十岁了，另一个才三十出头，心气却连到一起去了。但有件事我应该明白：女人真爱一个男人并不靠肉体维持，而靠爱是能为他牺牲一切……

明天要爬陀头山。憨爹让人捎信过来，说冯老先生想去看看让我陪着。

26 日。多云转晴。

真去爬了陀头山，远在天边近在眼前，以前我还没登过这陀峰哩。

我有些不知天高地厚，到上戚家时还穿着软底高跟鞋。秋秋姑见了很惊讶，说娃咋成城里派头了，穿这鞋能爬山吗？拿出她那双多年没穿的麂皮钉鞋让我换上。这鞋是我大叔公药老倌传下来给她采药用的，防滑却很沉。秋秋姑也让冯老先生换鞋，是油嘴佬穿过的上山袜麻草鞋。冯老先生在他家住得蛮开心的，烤芋艿煨番薯都是他四十几年前吃过后来吃不到的东西。说在香港就没见啥下雪，看到这儿把山石与草全给遮住的雪真好，像他出生地河南老家一样挺壮观的。他来村里原本可住岙口厂里的小招待所专家楼，那儿装修得也很洋气，可他不愿意非住憨爹家里来。说以前想来还来不了，这儿可是共产党的地盘。他要上陀头山开始憨爹没同意，山陡积雪路滑的，近几年山林保护连砍柴佬也很少上山；何况他毕竟上了年纪。但冯老先生固执己见地说：二哥的坟在山下，魂却留在山上，那儿是他与小嫂子隐居的地儿，我不去会会他心里就过不去……还说他是老了，下次不知还能不能来？憨爹主张他真要上山就坐滑竿，说前黄后黄与陈家坞都有抬滑竿的人。冯老先生没同意，说他不坐滑竿也不坐黄包车，让人抬着走拉着走的感觉很不好……

现在我那憨爹变得自在多了，一路上饶有兴趣地与冯老先生讲着上辈人传下来的藏宝故事。这故事是守山佬八桂与我大叔公、二叔公讲给他听的，小时候爹与几个阿叔也不断地向我灌输。说的是明嘉靖年间戚继光抗倭得胜班师还朝，把搬不走的珍宝藏在陀头山了。为此我还请教过秀才哥，他说根本不可能，戚大将军班师时连兵饷也凑不齐，还能藏宝于此吗？否则，他也不会在建水库时与四眼哥弄来米沙唬人，直接挖藏宝开发陀头山就是了。我相信秀才哥说的话，太阳升起牛抬头，是挖掘村人心里藏的宝，我家爹属牛，秀才哥属牛，我也属牛，村里有许多人都属牛嘛！山里真藏有啥珍宝，当代科技如此发达，勘测队一探不就清楚了吗？这事我不信秀才哥不信，憨爹却信，凡守山佬八桂说过的话他都信，做梦也想着这陀头山里真埋有宝藏。他对冯老先生说当年冯团长由勤务兵小黄狗领进山，就为想开发藏宝，后来东洋兵占了县城才打消这主意拉队伍打仗……

冯老先生很感兴趣地听他讲这故事。听完问他：这事你报告政府没有？憨爹说报告了，政府不信。四眼助理还批评他不要总异想天开地想着天上掉下肉包子来，说传说最好的解释就是继承祖先留下的开拓精神，那是比藏宝更值钱的东西。冯老先生说他们不信我信哩，这块山有福祉与灵性，当年二哥的队伍在江西打散他开小差到这儿，其实想重扯旗帜募军饷。他走过许多地方都没站住脚，最后至此拉起了队伍……现在我算明白了……他来这儿还是他的勤务兵小黄狗给引来的？转而他嗟叹说：人为财死，鸟为食亡。可惜老天爷不让他重抖擞了……

山道崎岖，积雪很厚。冯老先生跟跟跄跄地在憨爹与我的搀扶下，中途歇脚几次才爬到山顶的陀头庵。庵与我想象的相似，仍是一片废墟，只有庵前两柱经幢傲天屹立着……我仨在庵后石凳上坐了一会，从山顶望去脚下千仞悬崖峭壁，一缕缕云烟从眼前飘过，清冷的苍穹下几只鹫鹰展翅翱翔。憨爹把准备好的鸟食，从布褡裢中取出让我撒去，我胆儿小，见风动云过处鹫鹰争啄食物来回穿插，脚底板发痒心里慌慌的，但还是勇敢地把这些鸟食撒完了……

冯老先生紧裹身上的军大衣对着石崖自言：这么陡的山峰……可见二哥尘心已绝，孤意修行，不是日本兵占了县城杀我同胞掠人财物……是断断不会再起兵举义的……憨爹闷闷地回应道：这山还是一座吼山，在山上住过之人就会变得豪气长存嘛。冯老先生问他啥意思？他说此山在世道不平时会如雷鸣般地吼叫，当年戚大将军抗倭训练士卒、后来黄宗羲世忠营驻扎这儿抗清时，它就发出呦呦呦的吼声振作士气，住这山上的人听到吼声无一不慷慨激昂地匡行正义……

下山时我感到累，我想冯老先生一定也累，但我的心头却充满激情。这是我近年来最高兴的一天，因为我的心中已听到陀头山的吼声。

27日。下午。天晴。气温回升。

屋檐下的两盆兰花抽了新蕊。从没见过爹还养花。

憨爹与冯老先生谈得很投机，介绍他被选为村书记后带领村民办厂的事儿。末了他说：这事儿呀，真是砻糠搓绳开头难！当年八桂叔带我回村时问我人生目标是啥？我说做人无非就是吃了困，困了吃，吃饱困足就是好福气，那年我才十四岁，咋懂得做人的道理？八桂叔可是参加过您哥，对，也许是我爹冯团长举义，当过解放军排长才回村的，他说共产党搞土改干革命是让多数人过好日子，而不是少数人过好日子。人活着不是别人为你干啥？而是你想为别人干些啥？让大伙儿能吃饱饭、夜里有一张眠床安心困觉，你才吃得落饭，夜里也可放倒困得熟。他说这就是人生目标。我当时也没弄清楚他说的话，只是觉得这话有些道理，就跟着他回村里来了。这道理，是我以后慢慢摸索出来的，办厂后我才知道人活着为啥了？你明白了啥呢？冯老先生笑眯眯地问。他说我当书记，办厂就为每个村民过上他们想要的日子。谁帮我，我就和谁来，谁害我，我就和谁急。我办厂不为自家能赚多少钱，为的是让每个村民吃饱吃好饭，夜里能安心困觉，这样我也就吃得落饭困得好觉了。如果有本事，我想让子孙们都能这般安安稳稳地过日子，这般我这辈子也就值了……

冯老先生侧头思索着问：你就没想过人心不足蛇吞象吗？憨爹回答道：想过，现在还没到那时候，那时只要我这带头人不贪财，出于公心做到公平公正，别人也会像我一样跟着学；我向村民保证过待大家都住上好房子，我在村里最后一个才翻瓦屋……

憨爹说这些话时用手拼命地抓头皮，有许多屑屑掉下来，他说完我就让秋秋姑烧上热水服侍他洗了头。洗过后他望着我绽开笑脸夸奖说：你在，多好……油嘴佬硬是没有福气。这话说得我眼睛红红的，在家我就没为爹洗过头。

后来，我回下戚家村委会向秀才哥打电话，报告了这儿的进展情况。他说：好！欲速则不达，菲菲，这事你得沉住气，最好能留冯老先生在山里过年……我担心马山的事，问他情况咋样？他说不咋样，可说很不好。我问：你们啥时候回村呀？他说老宝贝与杂物贱马上就回，我与你莲子姐赶上除夕夜就算不错了。油嘴佬说有份图纸转交他爹？你可别忘了……我说我没忘，憨爹不要……说他正大光明办厂，不做偷鸡摸狗的事儿。他问图纸在你这儿吗？我说在的……他说你保存好，他不要我要……我告诉你一桩大事，油嘴佬与秃头郑陆闹翻了……我说他不是驯顺得像条狗吗，咋敢翻天？他说这次不一样，油嘴佬是魏延脑袋上长反骨，可能要像五年前一样再次离厂出走。他把马山的几笔业务大单，转到你莲子姐这儿来了……

我耐心地听着，觉得秀才哥的想法与做法好像有些不对头；啥地方不对头？我却一时间说不上来……

28 日。上午十时。天阴。憨爹家。

我陪冯老先生参观完村联办厂，他在厂办军嫂处打长途电话。打完电话他的脸色就有些难看，对我说他要立即回香港去。那边已在给他办理机票手续。我说憨爹与我姨夫都想着留您在这儿过年，村里过年很热闹的。他摇头说不了，谢谢大家的好意……夫人催我回去哩，家家都有一本难言的经；我这次在内地逗留时间长了……家里有许多事还没来得及处理……

憨爹去办事了。冯老先生在厂里坐了一会儿，我陪他又回上戚家。因为他不愿意留厂里用餐。接过电话他的情绪有些沮丧，与我说他赴港后二十几年的遭遇。说那时候潘老先生还在世，虽然他有三个阿囝与女婿，除他参与公司决策外两个襟弟都不管企业之事。因为潘老先生明白企业是条蛇，蛇无头不行，多头也不行，如果三个头那就更糟糕，你朝东我向南他去西，相互掣肘找不到北，因此只信他一人。潘老先生是军人出身，在大陆时就是他顶头上司，两人的友谊是从战火中发展起来的，他把残疾长女嫁他，补偿代价就是把公司传与他。可惜潘老先生走得太早，他走后二十年间，公司矛盾明暗丛生错综复杂，直至最近十年间，关系才渐渐顺畅起来。他说现在憨爹的情况与他那时相仿，搞企业掌舵人好似一位驯兽师，把狮子驯服能在它身边酣睡才省心。如果没驯服它就会把你一口吞掉连骨头都不吐……他问我此事残酷吗？是很残酷哩。由此冯老先生嗟叹说：一个人如果想比别人活得好活出尊严，就得比别人多经历残酷经历沧桑巨变……

这话我没听懂他想表达啥？与他这种具有智慧的人打交道就得学会思索。

对油嘴佬离村单打独斗的事儿，憨爹一直耿耿于怀。这些日子冯老先生曾奉劝他不必生气，说他输在理上，你是输在心上。儿大不由娘，你驾驭得他一时，却驾驭不了一世。我想他离开你不因为你没重用他，而是你的瓶太小太浅，装不下他这泓水……那天他说还笑着问我：你说呢？菲菲小姐。我想他说对了，可我怕憨爹不高兴没回答。

28 日。晚上。天阴，冷了。

晚间在上戚家憨爹家里吃饭。冯老先生逗留山上这几天，我爹、智佬哥与鸿年老师，包括军嫂与二愣子，凡村里有头有脸的人都想请他吃餐饭（这是习俗），但他哪儿都没去，说自己年纪大了不喜欢热闹，由憨爹领他转转就行了。因为明天要回沿海，下午我姨夫赶过来再聚聚（他不知拉冯老先生入伙投资的事儿谈得如何），秋秋姑就想着办一桌，让憨爹把鸿年老师智佬哥与我爹请来为他送行。这事儿冯老先生原本也不同意，我不是每天芋芳番薯地在你家好吃好睡吗？何必再讲客套？但秋秋姑说不管以后您认不认他这憨侄儿，上门到了我家就是我的客人。这餐桌上面的饭是一定要吃的；不吃那就是看不起我们了。冯老先生同意了，吩咐搞简单一点。秋秋姑说山里农家小户，又不上街买菜蔬有啥就吃啥？只是图个高兴……

但菜蔬搬上桌还是把冯老先生吓了一跳。仅蔬菜就有六大盆：红烧干菇、烩芋芳、葱烤萝卜、黄芽菜粉丝汤、咸菜丝炒年糕、冬梅煮花生。荤菜一条黑鱼做成红烧鱼块，糟溜鱼片，鱼头豆腐三道菜。令人叫绝的是八个鸡蛋又做四道菜，分别是嫩艾炒蛋、咸菜笋丝摊蛋、葱油跑蛋羹、蒸水蒲蛋。秋秋姑行呀，她要守庄户人家的脸面，也就是她的妇道，不能让冯老先生轻视她小家子气。冯老先生显然是被吓着了，说烧这许多菜给谁吃呀……憨爹高兴地望着秋秋姑憨憨地笑。别看他平素像块石头似的板着脸，笑起来其实还蛮迷人。他显摆地指着桌子说：衰佬娘知您老人家基本食素，也没上天街购个荤腥，这条鱼还是智佬的副业队捞来的……小年夜讨个年年有鱼（余）的彩头……

冯老先生听了摇头嗟叹：我这人生来命里犯贱，虽说走南闯北地跑过不少地方，就只思忖你这搭的盐烤芋艿与番薯蜜枣好吃……来、来，以茶代酒，我先敬你贤德媳妇一杯……冯老先生是不喝酒的，就只能以茶代酒。我看到这时他的眼睛竟有些湿润。秋秋姑没待他反应就抿了一口憨爹杯里的番薯烧，泥鳅一般地钻进灶间去了。这山里人有规矩，女人不上桌（军嫂就在灶间帮厨）；而我是例外，憨爹把我当外来客哩。

气氛很好，我爹、智佬、鸿年老师和我都吃了不少。吃到最后菜差不多都没了，冯老先生提出要长下饭压饭榔头，秋秋姑就把放在灶头上的臭冬瓜、霉菜梗与豆腐乳端上来……

现在我半坐在床上写日记时还满嘴余香，口舌生津哩。

30 日。夜间小雨。天街承租屋。

下雨天也有人放鞭炮，估计是哪家企业年底开业了。

冯老先生乘夜间飞机走了，我与四眼哥把他送到机场。临走他塞给我一千元港币要我交给憨爹，说都打搅了一周，不好意思来不及兑换，你替我交给他权当伙食费。我坚执不要，两人推来搡去地被四眼哥看到，说冯董事长要你拿就拿着呗，在机场推来搡去地多难看。这样我就收下了，但我知憨爹不会要，就如油嘴佬让我转交的那些图纸；只能转交秀才哥处理。

冯老先生在机场贵宾室里，又与四眼哥说了会儿话。他俩说话时四眼哥使眼色让我离开，我就去了趟卫生间。回来见冯老先生仍兴致勃勃，脸上浮现出满足的笑容，四眼哥却不很高兴。回来路上他问我镇里文宣队演出是咋回事？我就把昨日中午我姨夫硬把冯老先生留镇上饯行的事说了。说这是他特地安排的思乡催泪弹。他问啥催泪弹？我说节目是临时插上去的，智佬哥不是会唱雀咚咚吗？姨夫就让他把阿奶挤奶喂冯团长的事儿编成曲书，让文化站的女娃在招待冯老先生吃饭时唱了……乱弹琴，这不是旧社会唱堂会吗？我问啥叫唱堂会？他说你去问智佬；他有多聪明？吴书记也真是，自作聪明……好端端的事儿给搅黄了……他这么说我不理解，这与冯老先生投资有啥联系？他登机时不是满脸笑容很高兴吗？现在想来还确实是马屁拍到马脚梗上？那节目叫《军民鱼水情》，内容应该没啥问题，表现冯团长牺牲后日本鬼子扫荡欲斩草除根，山民们为掩护收养烈士遗孤。原本智佬哥想编阿奶用乳汁喂养伤员，冯老先生给阿奶跪下喊娘的情节，但姨夫说这岂不抄了《红嫂》吗？我们目的为吸引投资吗？干脆把戏做足表现乡亲们争着收养冯团长的遗孤。没想到演过大半，唱到乡亲们你一瓢我一匙争抢领养孩娃时，憨爹板脸站起来吼了一嗓：停——众人面面相觑。姨夫上前急问咋了？憨爹说做人实事求是，你们待我有这么好吗？姨夫分辩说：这是演戏……演戏也不行，要说就说真话……要不是我的城里养爹洪老师收养，都不知道今天还能不能站在这儿……

四眼哥没说啥原因，但我想可能有两个因素，一是透了我方让冯老先生参与投资的底儿，明显想要人家感恩嘛；另是说明我们不尊重历史，把当时严酷的环境给美化了。而冯老先生是过来人，知晓当初是咋回事儿。

我与四眼哥分手时，他说不管冯老先生回港后是否与你联络？认不认憨叔？你都要主动与他联系当作自己的叔爷爷。他对憨叔、你秀才哥和我都很重要……真的很重要，决定着村联办厂与高书记树立的典型能否走出峡谷，走向未来。我说我没有他的联系方式呀？他说我有的，回去打电话告诉你……只要他还有联络，这事就有希望……

我说我懂了。四眼哥深情地凝望着我说：菲菲，加油！

戚志潮（六）：甩破砂锅缝到底

1

菲菲打电话告诉我这天发生的事儿，我知晓冯老先生的投资要黄了。能不黄吗？作为董事长的憨书记都这样，明知马山离席而去破坏了秃头郑陆联合做品牌的兴致，现在前方军情吃紧，却稳坐金銮殿说真话，固执地守住他上善若水做人要实诚的道德底线（都是鸿年老师，中国传统文化丰富得很，啥不好教却让他学老子哲学），由我们这些前方打仗的喽啰自生自灭去折腾，真是皇帝不急太监急，失去的江山算是谁的？

我知道他心地善良，做人讲实诚，这应该是中国人的美德。还在我们牙牙学语时，爹和娘就这般教育我们。我们的小学课本、中学课本里也都这般说。在中国历史上有着许多这样的例子。隋炀帝开掘了南北运河国力强盛，原本可功垂千秋，却倾全国之力去攻打高句丽（因为高句丽不听话，不够实诚就得讨伐）。结果功亏一篑，落下一个暴君的恶名。宋徽宗算是个善良聪明的皇帝，一手瘦金体书法令历代才子倾倒，在中国历代王朝中宋代的财力国力算是强盛的，可他忘了好好地当皇帝，不听忠臣进取之言重用奸相蔡京，搜括各地花岗岩大兴土木，结果让金兵入侵断送江山成为阶下之囚。明末崇祯皇帝卧薪尝胆眼看中兴有望，却因为相信异族与他一般善良与实诚，中了清兵奸计凌迟袁崇焕，京城市民万人食肉，导致闯王李自成进京吴三桂引领清兵入关丢失掉大明江山……如此桩桩件件，说明主子固执己见，墨守成规（当然原因不仅为一），就会导致民心溃散江山换代。憨书记当然不是皇帝，他的事业不至于那么辉煌，充其量只是一家村办企业的草头王，但作为一村一厂之主，兴盛与衰败的规律却一样。他那种固执与不善变通，使我闻到了一种致使企业溃败与腐朽的气息……

在中国历史上农民是什么？不就是一块统治者任意耕种为所欲为的田？一条任人宰割任人驱使的牛？在太阳升起阴晴得当雨水调匀时，这块地就显得肥沃，地上的庄稼收成也好；如果失去阳光雨水的滋润，土地也就贫瘠种不出庄稼来，拿现在的话说就是沙漠化。若你是一条套上犁耙就耕田，蒙上眼睛就推磨世代被人奴役的牛，遇上善良的主子，干重活时还能吃到糟糠与细粮，一旦碰上主子苛刻，一把干草过严冬，母牛还得每天挤奶。你老了，对不起，一把尖刀捅进脖颈宰了吃肉，把骨头都熬出汤来喝，你的善良、你的实诚有用吗？

一部中国的大历史摆在那儿，善良与实诚得随机而变。中国的传统文化够发达的吧？晚清民国百余年不就是任世界列强任意宰割的一条牛吗？人家怜惜过你五千年耕种历史与文化的辉煌吗？这世界讲的是弱肉强食，利益瓜分弱国无外交。做企业也一样，政府给你的是政策，是强是弱靠你自己去折腾，赢了就是大阿哥，输了连小弟的位置都没得坐。要不马克思怎说第一桶金（资金原始积累）充满着弱者的血泪？憨书记始终没明白的是：不管你有多么善良，多么实诚，一旦你变成商人，成为这群体中的企业家，你以前的一切信念就得重写。善良与实诚本质上没错，却是鳄鱼的眼泪，只有当你获得财富成为胜者后，才可以像本地的乡贤一般建个图书馆造个大学一掷千金；你手无寸铁身无分文，仅有善良或实诚有用吗？这世界上农民最善良也最实诚，善良与实诚得如牛一样勤劳勇敢，信守传统美德不敢越雷池半步，却恰恰造成农民最贫困最无奈……

太阳升起时有许多旧东西消亡，许多新事物产生，他这块地他这条牛，应考虑的是抓住大自然蓬蓬勃勃的生机如何耕耘如何栽种，如何获得最佳利益？恰恰不应该是善良，或是单纯的实诚……

在憨书记回村这几天里，留在马山的我、莲子（营销）、杂物贱（联络）与老宝贝（技改），已经彻底地被秃头郑陆击溃击垮了，连老宝贝也萎靡不振不与我讨论钧窑半天雨来半天晴，九州风露越窑开，夺得千峰翠色来。秃头郑陆显然是有备而来，一下把价格拉到底线、营销势头雷霆万钧全面铺开，国内行业魁首纷纷倒戈易帜（现在市场好做吗？谁不想压缩成本赚些钱）。这是意料之中的事，不仅因为实力的悬殊，还因为带头人憨书记的善良与实诚，赶着群羊与狮子老虎争夺市场。这是一场力量悬殊的倾城之战，没人理解你的企业文化与产品品牌，已经在商品经济大潮浮沉而变得利欲熏心的人们，没必要为你的不合时宜埋单。你以为你是谁呀？全中国十三亿人推崇的是五花八门、各种各样的利益与成功，而不是传统意义上的善良与实诚。根据莲子电话联络，秃头郑陆在那晚酒宴上碰钉子后，仍有意向与村联办厂贴标合作。这是因为我们的产品在质量上还是有竞争力的。莲子虽然附和憨书记合作是对企业初衷的背叛，在事实面前不得不打消她的坚定与自信。为不至于在以后的几年中，由于货品价格调整一败涂地，她在参观马山总厂的自动化设施后，不再支持憨书记负隅顽抗企图改辕易辙；而秃头郑陆却不依了，面对市场订单如飞的大好局面，宁可没有莲子含辛茹苦建立的营销渠道自辟蹊径。他在人少处与莲子不无遗憾地说：莲子厂长呀……他是憨人，别人不理解你得理解呀，咋不帮我做工作一起发财？他是个要脸面不要钞票，宁为穷厂鸡头，也不做富厂牛尾的人；他不要赚钱你要呀。如今这势头我拦都拦不住，毕副总还会把装进口袋的钱财拿出来给你吗？

莲子试探着问：你既知他是憨人，咋与他一般见识连气度也没有？秃头郑陆心理阴暗地笑着说：做企业嘛，就得知己知彼，方能百战不殆。就本质说我和憨叔是都喜欢冒险的同类人，他输就输在老子天下第一太傲气。这次我就是要杀杀他的气焰，他以为他是谁呢？如果他真挺不住，我也不要他向我认输，只悄悄地歇了"星星草"商标贴我"大路"品牌做，把村办厂归到我名下来，他不就心疼钱吗？总厂免收管理费就是；反正我把其他乡企民都已摆平，接下去就是联合抱团、推出"大路"品牌与做大做强了……莲子问他说话算不算数？他说君子一言，快马一鞭；给别人方便，就是我自己方便嘛。莲子找我商量，我沮丧地说事到如今回不去了，给总厂做小老婆憨书记不会答应的。你没听他说他是企业法人董事长，重大事儿得董事会商量吗？

至除夕前，筹备已久的第二届订货会（首届由北方集团召集）已接近尾声，令莲子不爽的是，尽管她把价格也压到会上秃头郑陆宣布的口径（按此出货，村联办厂年亏损约为三十万元），但人家开始不信任了，那些她联络多年的铁杆"啃乡户"见她如老鼠躲猫似的。莲子埋在我怀里哭泣说：人心不古呀，秀才……我们要活下去得换一条路走……我长声叹息说迟了，水泼出去是收不回来的……市场经济初级阶段利用农村廉价劳动力的时代已经结束，随即而起的是机器与人竞争的后工业时代。她问我咋办？我说自古华山一条路，现代化的竞争动力来自科技革命，眼下的关键是筹钱改造设备，增强自身的市场竞争能力；油嘴佬正是看到这一点，已悄悄复印了图纸交给菲菲带回村了……

与菲菲通过电话后，我沉默了一整天。倒不是为马山之事担忧，此事自那晚赴鸿门宴后基本定局，我与莲子等人留下只是做善后工作，尽力挽留原有客户，能订多少业务就订多少业务；按眼下行情多订货还多亏损。余下只有联络感情，把出货余款讨些回来减少损失。另外就是由老宝贝向客户（包括马山总厂）的技术人员了解与交流设备技改情况。如果村联办厂还想办下去，技改这条路是迟早要走的……我担忧的还是菲菲，她不是我亲妹妹也是嫡亲的堂妹。老宝贝显然已发现小苗苗与油嘴佬的事，并打算立即采取措施。他自然不会把此丑事告诉我，小呆驼却忍不住悄悄地与莲子说了。五年了，菲菲一直在等着油嘴佬，不相信煮熟的鸭子会飞掉？而且我知道她已成为女权主义者，天真地认为女人不强男人不爱；想凭自己的实力获得社会承认与收获爱情，并通过婚姻改造和造就男人。自她在县城谋取职业后，就满怀希冀期盼油嘴佬拜倒在她的石榴裙下。可油嘴佬是什么人哪？又不是他那善良与实诚的憨爹，原本就是个狼子野心的偷鸡贼。他需要的是能按他意志办事的老婆；而不是在社会上自食其力呼风唤雨的女强人。现在小苗苗近水楼台先得月，我怕菲菲在心理上承受不了……

据小呆驼说法菲菲已有所察觉。我问他告诉假公主没有？他说他把油嘴佬的房间号码告诉她了。我相信女人在感情上比男人敏感，何况像菲菲这般心高气傲胸有城府的聪慧女子。五年不理不睬又不即不离（也只有她做得出来），别说油嘴佬这般原本花心的男人（停留在性器上），就是正常的男人都熬不过寂寞。我也有过青春期，那时我的生理机制尚没毁坏，动物性功能时刻冲动，见到漂亮女孩就无法自制，就像高中二年级时对校花邵素芳的渴求。这方面男人与女人不同，缺乏理智易受外界刺激而冲动；女人就相对稳重些，一旦心中确定目标则会理智地守身如玉。戚菲菲这种孤注一掷宁可玉碎不为瓦全、放断线风筝的做法，原本就是非理智行为。要知道世间男人虽各个不同，经不住美色引诱却异曲同工，连许多熟读四书五经的大人物也难免其俗。你既然喜欢油嘴佬这般的男人，就得把他拴在身边，放任就等于失去了他……

可怜的菲菲并不明白这道理，只一味相信自己做着王宝钏十年苦守寒窑，等待薛平贵征东归来的美梦。由此我意识到，这场家族间的内讧已不可避免，席卷两代人的情感风暴必将再次荡涤当事者的灵魂，影响与触及两个家庭成员心灵与肉体的撞击，乃至波及蔓延到村办厂与全村人的利益……

2

冯老先生走了，理由很充分，得回香港陪发妻潘老夫人过年。憨书记与菲菲把他送到天街镇；心有不甘又无可奈何的姨夫在镇小礼堂摆了几桌陪他吃了中午饭，然后打电话给镇工办要了一辆皮卡，送他至下榻的沿海大酒店。当晚由县政府接待科出面，派一辆统战部的奥迪轿车，由四眼与菲菲送去机场。四眼在分手时说：冯老先生哪，接待不周之处万望包涵……有第一次必有第二次，相信您能在沿海认成这门亲……冯老先生欣然点头：是呀是呀，有第一次必有第二次……踏破铁鞋无觅处，得来全不费功夫。我确信自己能找到亲人。

他走后，四眼助理特地到村里来了一趟。这时已快过年了，厂里从信用社提出款来，用最后的积蓄给家家户户上了年礼，并支付了五保户的社保金，还给全厂职工发了年奖。这时大家还不知村联办厂在马山遭遇了滑铁卢，憨书记特地召开村委会与厂班子联席会议做出决定，说就是天大的事，也待出年后再说；让大家安安稳稳地过个年，一副天塌下来由高个子顶着的派头……

四眼赶来参加军嫂与二愣子的婚礼。自我向他说过憨书记与军嫂黏黏乎乎有那关系后，他就特别关注他俩的婚事。说李自成进北京城，事儿就坏在陈圆圆的身上；两人都是村干部，这事不能野山火烧了干柴棚，得找个理由阻止。

两人的婚礼其实早该办了。自饭淘箩叔出事后，二叔公老革命想把军嫂留下，最好的办法就是让二愣子顶替阿哥进洞房。二愣子也同意，他喜欢军嫂哩。说起来二愣子也命苦，没满周岁就死了娘（据说得的是产后红），由秋秋姑抱去养。当时国家困难时期刚过去，山里人生活特别苦。秋秋姑把这堂弟当成自己的儿养，家里有一个鸡蛋，油嘴佬半个他也半个；油嘴佬脑筋好，常把娘给他的半个鸡蛋又骗回来。二愣子比油嘴佬大三个月，秋秋让喊阿叔，油嘴佬从没喊过，反使二愣子像跟屁虫一般跟他身后转……这状况自军嫂嫁过来才改变。二愣子初中毕业没考上镇高中（脑子不行成绩跟不上），留家里帮军嫂料理屋后七分自留地与十几亩山林。油嘴佬升上高中，他没法跟屁股后面转就跟定了军嫂。她让他干啥就干啥，她拿锄头他递柴刀；她烧饭他拉风箱（全村首户风箱灶，镇荣军办办的），她煨火塘他递草……

但军嫂没同意，不是不想留村，饭淘箩叔牺牲后娘家倒让回去，寡妇再醮是破旧风俗，饭淘箩为国家捐躯思想解放，总不至于让她落单身守空房。老革命二叔公虽然留恋却不好阻止，她上山时他就有过承诺不能食言。军嫂不想离村简单说就是做人讲良心，把一老一少丢下不放心。可是她不想与二愣子凑成一对儿，她比他整整大了九岁，山里的女人比男人老得快，年岁一大她就变成了老太婆，而他还年轻着哩。何况军嫂也算是曾经沧海难为水，有过饭淘箩这般成熟的男人，二愣子在她的眼里就是一个小弟弟……

而二愣子却当作一回事，这些年咬定青山不放松。军嫂与憨书记的事他虽隐隐约约有所耳闻。却不相信她真会离他与他爹而去，他哥饭淘箩死过多年，要离开也早离开了。留在下戚家总有留恋的地方；他也不相信憨书记堂堂正正一个人，真会干出夺人之爱的事？世事繁杂二愣子却是个思想简单的人，他相信一个人从头到脚都信。老革命二叔公虽然身体动弹不得，脑子却异常清醒，明白军嫂为何没离开他又不与二愣子圆房，必定另有缘由？女人的心深海的针嘛，他只是不说破而默默地看着世事变化；明白村人早把他看成半死的人，就像守山佬八桂过世就没人再提起；半截子身子已埋进土里说话有谁听？他虽然没文化却世事洞察，对村里发生的变化看得清楚。这些年憨书记对他的照顾不算少，仅社保补助金就拿得比别人多，还把军嫂与二愣子弄进村委会当干部；换一个人能对他躺床上的活死尸如此器重？这男人与女人的事嘛，年轻力壮时讲个心气相投，老了还不是相依做伴？只要没明目张胆地睡在一处就是两家人，为此他心知肚明却没捅破这层纸。直至半年前临终时才握着军嫂的手说：阿囡呀（饭淘箩牺牲后他就把她当成女儿），按理说我不该干涉你的事，都是我这活死尸拖累了你整八年，我走后你要想下山早点下，如果不想下山还是成全了我那二愣子，憨佬这人不错，如果他没当村里阿大，最多也就亏了番薯蜜枣，如今你奔他去就亏了全村的人，他当书记咋能娶小……

　　难道说四眼助理主动为军嫂出嫁大驾光临？那倒也不是。我在军嫂婚礼前赶回村里问他咋知道此事的？他说是军嫂打电话让他当证婚人。我又问：你知为何吗？他说还不是她与憨叔有一腿的事想做个了断呗……从此他俩可以清清白白地在村里挺直腰杆做人。其实我也挺窝心这号事，他俩都是我在工作组时提拔的村干部，出了问题我的脸面就不好看，你说是吗？我说你还算是个明白人。四眼便有些得意：本来嘛……你说我啥事不明白了？

　　这时我脑海中浮现出校花素芳的影子来，小女子死前精神错乱想见雯雯，干爹拦着不让见，为何？就因为糖拌糠有过吩咐，闹出四眼在山里有了孩娃的丑闻，工农兵大学岂不泡了汤？一将功成万骨枯。为保护他的安全，干爹与我都咬紧牙关挺着，终于使素芳走上不归路……我想说：你不明白的事多哩……但我没说，因为没到说的时候。我说：你以为军嫂结婚这事就太平了？四眼说：当然树欲静而风不止；总比两人鱼吊臭猫叫瘦烈火焚心般要放心……我说婚姻不过是个形式，两人真心心相印，二愣子是没办法管住的……

　　他愣了愣问：你小子又有啥新发现？我说了昨晚归家路上军嫂蹲在雪地上哭泣的事。我问她咋啦？她指着不远处幽暗的山坡说：他把我丢在这儿走了……我问谁走了？她说还能是谁？憨书记嘛。我把他约出来想道个别，以后我俩不能约了让他再抱我一次……我问他抱了吗？她摇头说：他寡情……说他心情不好就走了……我说他做得对呀，熬不过这次会有以后许多次……军嫂突然两眼放光，恶狠狠地盯住我骂了句粗活：男人都这样……撩起裤裆不认人……四眼哈哈大笑：要不咋说他憨人哩。我想：你不也这样吗？为上大学把初恋丢了。这就是当官的男人，为维持权力伤了心爱的女人……

我讥讽说：你还真重视关心到家了，大雪天进山来。他说其实我是来找你谈谈的。我问找我又干啥？马山的事儿黄了，冯老先生也走了……村联办厂起码得过五年苦日子，不知还能不能撑下去……他拍了拍我的肩膀（这事二十年前是我对他做的）说：兄弟，别那么悲观，山重水复疑无路，柳暗花明又一村……我打电话与伍副省长取得联系……我讪讪地说：他不是退休了吗？人走茶凉呀……他嘿嘿地笑道：是人走茶凉没错……但他能证明当年地下党转移冯团长遗孤的事……我问：你是说憨书记与冯老先生的事有希望？他说对呀，只要弄清洪老师身份与联系人，这事就八九不离十……我说不对呀，憨书记坚持说他是小黄狗的种呀！他点头道：你认为经历过马山风波，他还能坚守道德阵地吗？

次日下着鹅毛大雪，山道上旧雪未化，新雪又铺上了。这时离除夕夜只有三天了，厂里职工开始放年假，村民正忙着过年，虽然不像城里人那般铺张，但年还是要过的，尘是掸了，家什也该收拾一下。日子算是渐渐地比过去好了，杀年猪的把白肉出了镇供销社，留下的猪头与杂碎该煮的煮，该腌的腌；杀的鸡也开膛剖肚，还得摸摸屋角落那几垄被雪压住的菜地，平日舍不得拔的几棵黄芽菜芯硬了没有？哪个萝卜大了该拔？还有伴有猪粪鸡屎下种的荞菜与胡萝卜……

军嫂把婚宴办在厂大食堂，只有四桌，邀请村委会干部与厂车间主任参加。婚宴并不显赫，不仅是军嫂与二愣子都没钱，主要还是从马山回来的杂物贱，向大家报告情况，按订货会上秃头郑陆宣布的价格倾销，村联办厂将甩破砂锅缝到底地一塌糊涂。何况冯老先生仓促离山，走时连句实在话都没留下，众人的心就天上灰蒙蒙、地间白皑皑地变得冰冷凄惨，吃的与办的都没了兴趣……

四眼悬乎？做了热情洋溢的证婚词，全是大道理。他对两人姻缘没说啥，用不着说啥嘛。全村人低头不见抬头见，谁不知道谁家锅里煮的啥米？柜里有着啥衣？缸里挑的啥水？除了白首到老夫妇和谐这些套话，能有几对夫妇和谐白首到老的？说了等于没说，又有谁在意呢？接下去四眼大谈特谈鸿年老师的先人乡贤黄宗羲与冯老先生的爱国情怀，风马牛地联系在一处，把婚宴开成了一场爱国主义现场会。他说：冯老先生是个爱国侨胞，近年在广东投下数千万港币扶助乡镇和民营企业……他说老人家也不容易，岳丈潘老先生把这么大规模的化工集团交给他，经营二十几年，资产翻了一倍。说他在沿海与他多次接触，知他想的是树高千丈叶落归根的事。人生七十古来稀，躺下去就起不来，啥也带不走……为此他希望在有生之年，看到兄弟冯团长牺牲的这片土地发生变化，此事不管成与不成……我们政府都坚决支持表示欢迎……

我知他这话有意说给憨书记听，潜台词明白：憨叔呀憨叔，县委、县政府关注着你认这门亲，可不要把大家的一片好心当作了驴肝肺……但憨书记不知是没听明白还是有意装糊涂，拉下个苦瓜脸，只两眼木腾腾、呆滞滞地注视着军嫂与二愣子一眨不眨。他有这等的神功，只要专注这个人与这件事，就双眼瞪住你久久不会眨动；好像春日田头那些声声聒噪叫春的蛙儿，充满欲望要把眼前的东西撕碎吃掉。干爹就说过他最怕他这双干瞪的眼睛……

那晚上憨书记喝得酩酊大醉（很久没这样了，凭他酒量全村上下无人匹敌），散席后一手拉着四眼助理，一手拉着我的手号啕大哭，哇哇叫着：你们都是好人……坏人只有我……我是坏人呀……男子有泪不轻弹，我从没见过他如此哭过。我知他的心里难受，为村联办厂在马山功亏一篑的现状，为辞去回香港过年没留下悬念的冯老先生，也为军嫂与二愣子算不上奢华的婚宴，还为辞村离他而去的油嘴佬与菲菲……太阳升起牛抬头？抬得是啥个头呀？我指挥秋秋姑与杂物贱好说歹说才把他弄回上戚家去，听说在路上还喊着四眼助理与我的名字，说：天哪，溪里游鱼乌呆呆，没有丝网咋下手……

是呀，天地之大，适者生存，没有捞鱼的丝网咋下手？咋下手……

3

干爹在菲菲嘴里知晓憨书记没认下冯老先生这门亲。虽然他不想村联办厂从此走上绝路，却敬他还算是一条汉子。狗急不咬熟人，饿汉不吃祭物。当农民的虽穷得讨饭篮底都穿孔，但穷要穷得有志气，青石板上甩乌龟地硬碰硬。是你的就是你的，不是你的啥都不能要。现在的社会风气算是咋一回事？

上级领导想政绩想疯了，下面群众捞钱捞疯了，为了权与钱，干部和群众都把自己不当作人了？啥事都能干得出来。退一万步就算他现在不是国民党是商人了，这钱也不能稀里糊涂地要。港商是啥？是资本家嘛，共产党革命的对象。拿资本家的钱算啥能耐呢？糖衣炮弹。吃人家嘴软，拿人家手短，请进大菩萨来得拆屋修庙搞祭祀，他说干啥就干啥，那十五吞村庄还是你的吗？你看看香港（干爹没去过香港，全凭过去报纸的宣传）灯红酒绿的，繁华是繁华，可那儿还是中国人的地吗？有劳动人民说话抬头的份儿吗？现在的民风呀，也只看到眼前有口好饭吃，不管神喂你、鬼喂你，全张口吞下？想的只是一家一户的富……

干爹自从村书记下台后，啥话都不说，只冷眼旁观地看风景。他也听过鸿年老师讲的《渔夫和金鱼》的故事，长长的鹞线缓缓地收，能干就干一些，不能干就把头缩进甲胄里，反正已不当书记挑担子，心里落得轻松。管你外面三六二五的东西南北风，我心中自有章程。就办厂事上他虽看不惯憨书记的盲动、蛮干，总体还是支持的，因为他看到憨书记在为村里做事。他反感的是他这个人，而不是他做的那些事。在他的眼里，马山遭遇挫折也正常；这牛抬头嘛，千年万年都在抬，有几回一帆风顺真抬起头来的？人生背后眼，能吃白米饭。他理解憨书记在马山不倒"星星草"品牌的行为；这世间农民除了脚下踩的一亩三分地，余下的也就是一份精神气儿了，连精神气儿都没了，还能在这世上抬头吗？憨佬呀憨佬，现在你是村里的领头牛吗？不知天高地厚，就得让你尝尝这滋味；当年我不也想着抬头？才对你那么狠。当领头牛容易吗？上级一块，群众一块全得摆平；摆不平也得摆，这就是当一把手领头牛的苦衷。

憨书记是不是冯老先生的侄子？他可是兜根知底儿。搞大公社吃食堂那年，他顶替八桂当上了书记，生产队要选管生产的副大队长，放卫星做高产田；他知村里那几亩薄地无法放卫星，就想讨替代找人充当急先锋。伍副省长（当时是伍专员）工作队在镇里，指名道姓地要提拔年轻干部，说八桂不行了，阶级观点模糊搞三寡妇的腐化……像憨佬这般根红苗正（认他为冯团长儿）的年轻人，就该大胆提拔。他认他是八桂的人心里不愿，却挡不住上级指令找他推心置腹地谈话说：我想栽培你当副大队长，对着党旗起誓告诉我，你到底是不是冯团长的儿？憨书记年轻时比现在更憨，说土改时登记成分，我就没填革命烈士呀。干爹启发说：当副大队长不用下田干活记工分，以后还可以到镇里脱产吃皇粮……他想这么好的事儿，你总不至于不说实话吧？当农民的出山不就为吃一份皇粮？没想到他还是拒绝了他，说白的就是白的，黑的就是黑的，龙生龙，凤生凤，老鼠生崽打地洞。皇粮我倒想吃，可惜我真不是冯团长的儿……

真不是？干爹当时还不相信，说你不要中守山佬八桂的毒，他是为拉帮结派骗你的。这就把话说白了，那时两人工作还没矛盾，他是真想帮他；没想到憨书记拿出证据来，说我娘在我内衣里用佛红写着：后黄十六世孙的根字辈狗狗。干爹当时还不信，结果去镇上汇报工作时阿奶证实有这事。说当年冯团长身边有个绰号小黄狗的勤务兵是后黄人，守山佬八桂与戚家大房的二阿叔参加队伍就是他牵的线儿。这般干爹心里就有数了，我说呢？他阿姆贱咸腿当成金华火腿卖？我看他这面相就不像。但他没向伍副省长报告这事，只说他不想当干部，动机为何？不得而知……

那晚大雪封山，婚宴后四眼没再回城，与我在干爹家住下了。我当厂长后他与我走得近，因为他知道村民脱贫致富，仅凭憨书记的三板斧砍不出道道来，真要成事还得靠我这样的文化人。

菲菲走后，干爹的屋子空余出来。我在楼下占了一间，因没与莲子结婚又常出差，有时候还去亲爹那里住，我胞兄三脚猫不愿来厂里做小差听我使唤，离村打工后他那儿房间也空置着。我亲爹戚双富的情况这时已很不好，主要是胃痛吃东西老吐，有时还夹杂着血丝；秋秋姑给他吃过几服中药一直没见好，我怀疑他得了恶毛病，让他去县人民医院检查死活不愿去，说富贵在天生死由命，真犯上恶病大医院小医院一个样；人要死，天奈何？如果大医院有用，北京有的是大医院，许多有杰出贡献的人就不死了？三脚猫走后丢下我那病歪歪天天涂头油、夏日也搽雪花膏的嫂子与侄女，见到我倒像仇人一般没话说；但我是探望亲爹的。老戚家的祖宗没积阴德，致使下代人丁不旺，都是裤裆里缺玩意儿的丫头片儿，晚年的老爹在心理上感到寂寞。他读过三年族塾平日喜欢舞文弄墨划拉几笔字，我的书法篆刻爱好就得到他遗传。这段时期他常让亲娘过来由我陪着，说也就人生的最后一站了，你虽过继给大伯，总还是我儿呀。亲爹家也砌有一套两层三开间的楼屋，我不去住也空着。这样我就在干爹与亲爹砌的瓦屋之间穿梭跑。老话说得好：有屋住千间，呒屋宿狗窝。我干爹、亲爹都砌有大瓦屋，却仍免不了老来凄凉心里寂寞，两老形单影只空荡荡的缺乏人气儿。

四眼助理宿干爹家目的是与我商量工作，当然他也与干爹有话要说。姨夫吴志远送走冯老先生后与他打了电话，说这贼憨佬一点面子都不讲，居然说我排《军民鱼水情》是假客套，他阿娘大脚活生生地把港佬冯老先生弄丢了。四眼助理安慰说：他把他弄丢我们再找回来就是了。姨夫不解：就那么一个瘪兮兮的老国军，真那么有钱吗？四眼助理就把他了解的情况又说了一遍，特地嘱咐说不管憨书记是否愿意认这门亲，反正我们要让冯老先生完成潘老先生夙愿，让他们在这块土地上找到灵魂归宿……但……姨夫又犹豫着问：如果憨佬真不是他侄，老国军能在我天街镇投资吗？听说那潘老夫人的老家可是在山南县。四眼说：就是他没在我沿海投资，我们也要让他感受到这块土地的温暖。这是离休的伍副省长和县委高书记的一致意见……

话说到这地步，姨夫算是明白领导的意图了，打电话到马山与我说：秀才呀，你可以回来了吗？姨夫可要向你讨救兵了。我说您大书记有事说，咋鸭梨倒大脸向我这小厂长讨救兵？他说你有没有办法让憨佬主动认下这门亲？我故意逗他问为啥？他说道理岂不明摆着，我这镇书记当到五十五也就没戏了，认下老国军这门亲，不但可以促进镇级经济发展，还是县里交代的政治任务……我说是我那四眼同学与您说的吧？他说是呀是呀，现在干部出政绩以经济建设为中心，与GDP扯一起了，老国军是否投资与你姨夫屁股底下的位置相关……这事你可得帮我出主意。我说别急……好事多磨徐而图之。憨书记生硬不吃，如果把他逼急癞孵鸡就会变成憨憨鸭；干爹与他斗了几十年都没能斗过他呀！

事后回忆起来，当时我与干爹对这事的感觉很奇妙。我既想把这事情给促成，又怕真成了就会信马由缰失去控制。广东深圳那边就有这般例子，联合投资的项目谈成了，可小集体厂却变成为私营企业。由对方投资控股，企业还是你的吗？所谓控股权，其实就是话语权。没了话语权你说话谁听？说话没人听你对企业还能有控制权吗？干爹不是圣人，他始终对五年前四眼助理与憨书记合伙抢班夺权耿耿于怀；在很长一段时间内没对四眼助理有好脸色看。他认为他当村书记时掌握着一手好牌，没有憨书记出现，他也能让我办厂带村民致富。当年你四眼助理虽当了工作组副组长，充其量还是一个娃儿嘛；没你继爹糖拌糠托付于我，下村插队六年没我不计后果地鼎力扶助，能有如今这般烈火烹油的局面？仅邵素芳那事就够你小子喝一壶。可惜四眼助理不顾及那情分，不顾身家性命地死扛憨书记上台。如果干爹再年轻十岁，必以牙还牙至少也得拼个鱼死网破，撕下那张脸把素芳的事儿公布了。你不仁，我就不义嘛！这事到最后为何没了动静？一是他毕竟对当了二十四年村书记的村里有感情顾全大局，如果争权夺利把事儿摊开，大半年解决不了，岂不把村民牛抬头的大好时辰给耽误了？二是他喜欢并害怕油嘴佬，爹老子缺心眼，儿子可是一等一的好手，小小年纪为配给化肥之事，居然把他所倚重的智佬常锁给玩了。就凭他那股杀气与狠劲，不落个鱼死网破也得春蛇蜕壳蜕下一层皮？再说当时我还有"文革"帮派骨干那糗事。他不想两败俱伤把事儿做绝，给菲菲、我与他自己留下一条后路。三是由于我的劝阻，说啥事都不能打破砂锅问到底把事儿做绝。您老人家已在台上唱过二十四年大戏，得留条路让别人也唱几年戏？再说我那事儿还得靠四眼鹞子翻身，失去四眼就失去我在县里的那条线……

　　这晚上四眼助理与我和干爹，商量草船借箭弄到冯老先生的投资搞技改。秃头郑陆不就靠自动流水线的生产设备，才压缩成本沉潭泥鳅兴风作浪地弄出声响来吗？有钱又啥事干不了呢？我进屋时两人已在商谈，只听干爹操着公鸭嗓子道：四眼娃儿，你晓得我是旧派人马老思想，过时的皇历不经翻，这事呀，你与我没得商量……我是对憨佬有意见；换其他事我会毫不犹豫支持你，可这事不行……他憨佬做得没错，不能为钱干这种虚头巴脑的事；志远书记的说法也不对，啥为了全镇民营企业大局……狗屁，还不是为了钱吗？就这点我服憨佬办事较真，我们共产党干部不能为香港资本家那几张臭钱，闭着眼睛欺骗后世人…….我见情势不对急入内帮四眼书记圆场：干爹，历史那是后人编的，您也不能上纲上线地看得太严重，只要大处不离谱，小处可做润色。冯老先生在外漂泊久了身心疲惫……需要乡情亲情坐下来歇一歇……投资的条件不是可以谈吗，不一定就把村庄卖给了他……对……伍副省长也这么说……四眼助理接过话头：此事真实情况村里人了解不多，守山佬八桂与老革命二叔公都已走了，没人知道真相。高书记汇报到省里，伍副省长特别重视，说冯团长的队伍是我拉过来的民间武装，记得他是有个娃儿留在陀头庵，日本人张贴布告要斩草除根……是我联系地下党组织给抱走的……战争年代那些事很难追根究底，差不多也就放行算了。干爹摇头：这也不能证明他就是他的儿啊……你不能让我闭着眼睛说瞎话？四眼助理说是不能证明，却事出有因……历史宜粗不宜细，待一切调查落实拿出凭证来，秀才的村联办厂这盘黄花菜也凉了。最近伍副省长接连打三个电话给高书记询问这事，让在撤县建市前把情况弄清楚。四眼助理还说：其实这是一件予人方便自己方便的事儿。现在香港那边的情况也很不妙。冯老先生与潘老夫人没子女，岳父潘老先生十五年前临终时把集团这副担子交给他就有归葬故里的念头。他俩没子女两个连襟却儿孙满堂，且大多年轻力壮在集团窃取要职，一个个地把眼睛瞪得如乌眼鸡一般，为家族财产继承权斗争激烈……冯老先生看好内地投资，不仅仅是为赚钱，而想与潘老夫人归葬祖坟，实现潘老先生的愿望。新世纪香港就要回归大陆，冯老先生在海外生意已不好做，有必要把集团资产重新布局。这次回内地寻亲，无非是有意识地撒些钱为以后发展铺路……

干爹听完皱起眉头道：如果这样，秀才就更不能取人钱财了。四眼助理问为何？他说老话有讲趁危劫财遭天雷。你说他钱多没处花直接投资就是，何必非让他憨佬认亲……四眼助理听此话半天没吭声，后来对我叹息说：看来你菩萨干爹这次与憨叔站一处去了，还没有下海经商的冯老先生懂得政治……

4

据杂物贱告诉我，那次秃头郑陆举行鸿门宴后，憨书记在老宝贝安排下与油嘴佬见过面。我开始不信，说那晚油嘴佬不是来我房间了吗？坐了很久要我说服老爹放他一马，不要使他过分难堪。我说憨叔不见你，主要还是你不认菲菲……他说办企业先得做好人，人做得不好企业就走不上正路。你俩的事使他上上下下见不得人……油嘴佬说路归路，桥归桥……做人与办企业是两码事嘛……我说我知道两码事，但憨叔认为是一码事。说做人做牌子，办厂看品牌。好人办好厂，坏人办坏厂。还说你不当他是爹，他就不会认你这儿子……油嘴佬泄气地说：他不把我当儿子我没办法，可我认他是爹呀……

现在菲菲把马山的技改图纸留我家里，我才相信杂物贱所说此话不虚；当是油嘴佬那晚上把图纸拿去给他老爹了，而他把图纸丢了出来才去找的菲菲。毕竟父子连心，油嘴佬其实还把他老爹蛮当成一回事的。杂物贱说他在淮海宾馆大堂偷听了他父子俩这次对话：

爹……我不是为菲菲，才离开村联办厂的……

不要叫爹，我没你这儿子。我知你不为菲菲是为与秀才争当厂长。

您没法儿拒绝，我血管里流淌着您的血。无论到哪里我都是您的儿……

那你听我一句话，要办好厂先做好人；人做好了到哪都能办好事。你把菲菲娶了我才认你这儿子；否则，你在我眼里永远是个畜生……

我长大了，有自己的人生规划，有想事情思考的头脑。不会像您一样为偶然一次承诺，赔上整个人生乃至让别人摧毁您……

你没摧毁我，也摧毁不了我……但你却摧毁了菲菲，村里与她同龄的女孩儿，许多都抱上了娃；你姐与笨羊姐夫的小铃铛，都快念小学了……

菲菲过得不坏，有她自己的人生，我没必要围在她身边转……

畜生呀，我说你还真是个畜生……你围在她身边转了吗？就让她这般在城里像男人一般打拼，连个倚靠都没有？要不是因为你，她早就像她四个姐一样安安生生地过日子了，老话说浪子回头金不换，你咋就不能回头呢？哎，这是啥劳什子？黑糊糊的一盅……

咖啡呀？您尝尝……您把厂子交给我吧，我能让它起死回生……

嘭的一声，杂物贱绘声绘色地说：憨书记把铁拳砸在玻璃台面上，咖啡杯跳了起来，他说：畜生，你可听好……你还为此事闹心，以后再喊我老爹，我就从陀头山那断崖上跳下去……杂物贱说：说过这话他就转身要走，油嘴佬口里嘟哝着您还是死护住秀才不放？上前拉他，他把他一膀子甩开了，说别废话，我还是一句老话：只要你一天没娶菲菲，我就一天不是你老爹……

我问：油嘴佬没当场把图纸交给他吗？

杂物贱拍着脑袋想了想道：好像没有，我见憨叔站起身来，生怕他发现就溜了……哦，对了，油嘴佬好像说过设备投资与技术改造的事儿……

菲菲回城送走冯老先生后神志恍惚，上班打不起精神来，每天病恹恹地小脸儿蜡黄，好像生过大病一样。年底了，针织市场的事儿特多，店铺因为兼着零售，越在节假日就越忙。为此闺蜜阿菱打电话至村里，问我：她不会是有了吧？我怀孩时就这样，人瘦了一圈，厌食不想吃东西……我说：你发啥神经呢？她没男人哪来的野种？阿菱说：忙过这阵我们歇年假，她咋办呀？我说这些天还在忙，除夕过后我接她回村。阿菱又说：我问过她，说不愿回村，以前她也不回家过除夕的。阿菱在她手下做营销员也两年了。她对男人有成见，早劝说菲菲炒掉油嘴佬鱿鱼，重找对象过日子。但菲菲没能听进去，不相信油嘴佬会背叛她；虽然五年没联系，毕竟她持有结婚证哪！这丫头从小死心眼，想做的事干爹干娘都劝不转。我估计她是为油嘴佬与小苗苗的事而烦恼；尽管她与油嘴佬又分开五年，五年有着近两千个日日夜夜，两人音信不通地各憋着一口气，但她本质上还是爱着他。她觉得爱上一个人，就该无条件地信任他。油嘴佬虽然油腔滑调地不靠谱，但还是她法律意义上的老公，不至于在肉体上背叛她？她平素在工作之余喜欢看些心理分析的书，四眼说她只要一有空闲，就看县图书馆借的《福尔摩斯侦探案》，我知现在她是走火入魔，把油嘴佬与小苗苗的事放心上了。这油嘴佬也真是？竟然聪明一世糊涂一时，都与她有过这种关系把两人名字凿到山崖上，咋会为另一个约定或说承诺就变心呢？你要风流就不能惹菲菲这般的女人；要知道她从小就是倔头倔脑一根筋，连我干爹干娘这般的亲生父母都不敢得罪于她？要不咋说她是假公主呢？你得罪她，她就会与你死磕。再说你与小苗苗那号事毕竟纸包不住火，若要人不知，除非己莫为。

知道她这些事儿后我原想与干爹和干娘说一下，但一想又觉得不妥。这事以前是涉及两户人家和上戚家下戚家宗族内的事，现在还关系到老宝贝与他孙女小苗苗，一旦有闪失就坏了彼此之间的情分。想到这些我还真恨上了油嘴佬，怎么就想出一折是一折，离村五年竟还不让他老爹老娘我干爹干娘与村民安生，如今还把对全村人有恩的老宝贝给牵涉了进来？真不知他到底安的是啥心？

这芮小苗也不是好东西。你不是知道油嘴佬与假公主尽管情感有隙却拥有婚约的事实？怎能乘虚而入横刀夺爱？何况你年届青春又生得花容月貌，还是城市户口，找个什么男人不是找，偏要做出这种伤感情丢脸面的事呢？即使要爱，也得堂堂正正名正言顺待油嘴佬解除婚约再说，完全没必要背着菲菲偷鸡摸狗？这等做法，又让你阿爷老宝贝的脸面往何处搁……

这样想着，我就觉得屋漏偏逢连夜雨，祸不单行地要发生大事了；难免心头七桶上八桶下地不得安生……

这年老宝贝满七十岁了，做事仍像年轻人一般任性，颇有些一不做二不休的味道。当他发现徒弟油嘴佬与小苗苗有私情后并没立即惊动他俩，而是布置小呆驼弄到证据，是呀，这事打死他也没法相信，兔子还不吃窝边草哩？他当然知道强奸犯对付女人有一套，菲菲就不被他骗了吗？但他自从跟他外出养蜂认他当了师傅，他就把他当作亲孙儿看，如此算来他该是小苗苗的哥呀，怎能如此兄妹乱伦？一只肩膀高来一只肩膀低唱起陈世美秦香莲之《铡美案》，家中娶有妻，咋向年少无知的师妹伸手呢？这……岂不丧尽天良……

　　智者千虑必有一失，按说老宝贝早该有所警觉。半年前小蹄子吭哧吭哧地从技校毕业坚持要到马山找工作，他与强奸犯通电话问是不是他在找茬？强奸犯的回答使他感动：师傅，您老人家别的事对我不放心，这等事就尽可放心。技校毕业生找工作难，阿妹在学校学习成绩不错，以后社会凭本领吃饭，马山地区级城市比沿海县城有发展潜力，我想为她创造一个好的环境百尺竿头求上进。您老人家栽培了我，我总在思量着报恩；她来马山只要有我一口吃的，就不会让她饿肚子……天下十八省，马屁大通行。这番花言巧语句句落到了老宝贝心坎上，说得在理哎，天高任鸟飞，海阔凭鱼跃；鸟儿长大，就得展翅翱翔蓝天，鱼儿入海，就得试着跳过龙门，难道老宝贝年轻时就不是这般憧憬的吗？在企业干技术活儿，与政府当公务员一个理，上一堂就贵一堂。强奸犯如果还待在村里，能有机会主持大项目搞技术革新吗？因此老宝贝信了。信他也就是信自己，觉得他这般洞穿世事没老眼昏花地看错人？自己这辈子没遇上好时代，就不能再耽误下一代。世道风云不管如何变幻，年轻人有人领路总比独自摸索强……

　　可他疏忽了一个常识问题。他也从年轻时过来，该知道这种猫叫瘦鱼吊臭的风流把戏。按通常规律说，男孩照顾女孩分两个层面：一是双方互有好感，开始没想发展为情爱，由时间这万恶的催化器助长身体内的荷尔蒙转化成为情爱。二是双方已产生情爱，由于这样那样的原因没走到一处，碰上就如干柴烈火焚烧一切。当然，也有最终以兄妹相处的，但少之又少，因为男女间只要不是一母同胞，就不可能只有亲情没有爱情的；而且要看双方的品德，像油嘴佬这般急于抬头、都会从石坎缝蹦出来的歪苗苗，早就是子系中山狼，得志便猖狂的非君子了，能把如花如玉的小苗苗当成亲妹妹看？而老宝贝却天真地认为徒弟在报恩。他是百密而失一疏啊，尤其忽视了像小苗苗这般自小缺乏家庭教育背景，而任性成长被惯坏了的孩子，能按着他的思维方式经营自己的未来吗？他可是一直把她当作孩子呀，可小苗苗还是孩子吗？她在与他的通信中有关对强奸犯的种种讽刺挖苦全然都是反话，其实两人早就偷鸡摸狗地好上了，在考技校时他就给她寄复习资料，在校两年中书信、电话保持着热线联络。而且她都二十岁了，身体发育良好，浑身上下青春洋溢，像一枚熟透的果子是人见了都会动情。在人生的感情恋情这点事儿上，她可是比老宝贝看得清楚。认为人生在世无非找个快乐，只要她需要或者愿意，勾引强奸犯这般野心勃勃的男人简直易如反掌。强奸犯是人又不是仙，哪有到口的仙桃不咬之理？她相信自己具有这实力而且实施了此魅力。

老宝贝智者千虑必有一失呀！如果……没与假公主婚姻在先，像强奸犯这般的乘龙快婿，老宝贝倒也喜欢，现实社会不就讲竞争吗？强奸犯就具备竞争实力，但有戚菲菲在，小蹄子这般的行为简直就是在作孽……老宝贝年轻时也曾有过许多风流韵事，尤其是亡妻走后他是墙里开花墙外香地虬梅绽枝，差不多成为中老年风流娘们人见人爱的香饽饽了，有机会就要把残余的荷尔蒙给挥发一把，但那是在他遭受妻亡子逝媳走接连串的惨剧之后，心中怨恨无可排遣之时，自进了村联办厂后早已去邪归正把心思用在办厂上了，最多也就是拉人玩几把抓金花赌个输赢多吃一碗红烧肉而已。他不相信他在晚年日薄西山之时还会跌跤？却偏偏在这事上跌了一跤。因此当小呆驼战战兢兢地把妹妹与师弟开房间过夜的消息告诉他时，他突然发作左右开弓地扇了自己两个耳光……

马山订货会还没结束，老宝贝就连招呼都没打采取了行动，与小呆驼绑架芮小苗提前开着货车回村。小苗苗在车厢内哭嚷：你们这是犯法……老宝贝在豁牙缝里插着一颗烟，嘿嘿干笑道：我就犯法，你把我怎么着？我要告你……告吧，你阿爷我这辈子活到七十岁，还没尝过蹲监狱的滋味哩。

芮小苗身上被麻绳绑住（也不知老宝贝从啥地方弄来这玩意儿），他让小呆驼从车间把她骗出来，一到僻静处就神不知鬼不觉地把她给绑上，还在她嘴里塞上一块毛巾，架上车就往沿海开，途中才把她嘴里的毛巾取出来。小苗苗倒聪明，随机应地改变主意哀求说：爷爷，算我求你……我都没向厂里请过假哩。老宝贝说不必请了，你被我除名了……

这时候，我猜想老宝贝陷入了沉思，他应该在想他的老太婆：这女人命苦呵！自己这辈子最对不起的就是她了……缺德吧？是有点缺德。救人一命，胜造七级浮屠，她于他来说是救过他命的恩人，结果却使他失去做人的根本。当时卡车司机在前面开着车，他佝偻在蔬菜车厢内扶着全身是血的她……胸中五脏如焚：她没公费医疗……他没钱……那年轻司机不是富人……她的下半身都被车轮子给碾没了……他没想到老太婆醒过来嘴里喷出血沫子发出微弱的声息：拿命……换钱……让大苗娶妻留个后……老宝贝心里懵懵乎乎的，娶妻留后？该娶妻留后呀，芮家的后代哩……于是，才有了小苗苗……

报应哪，这就是报应。他昧了良心，所以遭到了报应……

5

老宝贝把小苗苗绑架回来，关押在原先那辆报废的大篷车内。现在他已把它改装成安乐窝，定名懒人居。每当厂里设备检验大修，外来技术人员多或有合作单位供销（业务）员上山短住，他就与小呆驼从专家楼里撤出来住在车里。大篷车经他捣鼓与改造后，里面增加了餐桌与锅台，能煮能炒能煎，还有洗照片的暗房（兼洗菜与淋浴），像一辆活动的西式房车。

这几日天晴了。黄昏还没降临时山头雾霭弥漫。老宝贝不再上班与外界切断任何联系。家尚不治何谈治厂？整天窝在车内陪着小苗苗，诉说自己的经历与做人的道理；还讲憨书记与村民们创业办厂的过程，说小苗苗阿奶的故事。讲乏了就问她说：你知我这般为啥吗？小苗苗摇头说：我又不是你肚皮里的蛔虫，咋知道呢？他问她是否真不知道，她说就是不知道嘛。不知道就是不知道。于是老宝贝从头开始再讲，说到动情处，他自己倒哗哗地流泪了，还浑身战栗不已，模样甚为悲切……小苗苗开始也就认真地听着，听到后来就犯起了迷糊，小脑壳一颠一颠地打瞌睡。

他把她推醒还继续讲，讲得声情并茂、口干舌燥。最后小苗苗就不耐烦了，噘起花朵骨儿般的小嘴问：爷爷，你已经关了我一周，究竟有完没完？他惊讶了，反问道：我讲的你就一点也没听进去吗？小苗苗不屑，说咋没听进去哩，你的故事我都会背了。他喟然叹息：可是你没听懂阿爷讲的意思呀？小苗苗噘嘴轻蔑地说：咋没听懂哩，不就是您为山里人干活吗？与我又有啥关系？你……老宝贝气得差点背过气去。

他把她带回后与小呆驼轮流值班，两人轮换着弄饭菜，把大篷车变成了拘留所。小呆驼虽傻却从小与师妹要好，这小苗苗呀，鬼精灵鬼精灵的，小小年纪能与他玩在一处，还想方设法捉弄他。通过这些时日相处，她早做通师兄的统战工作了。老宝贝是明眼人，为防两人背着他串通溜号，连夜里睡觉时都在手上用麻绳打个死结，把拴住小苗苗的绳头攥在自己的手里……

小苗苗试图反抗，开始莫名其妙地大声唱歌，哇哇乱叫，有时还大喊救命；她反抗，老宝贝反而高兴了。他把她绑架回村就为了教育她，为她鼓说：你喊吧，厂里放假没人了，我已把车子开到山背后，你就是喊破嗓也没人睬你。小苗苗上厕所时松开绳子，他都寸步不离地跟在身边。她刮脸羞他，说：流氓……他啐她一口，说小时候尽给你擦屁股，又不是没见过那玩意儿？他都这般死皮赖脸的，小苗苗就没辙，哭过闹过后嗓子哑了，也就不闹开始绝食。老宝贝把香烟叼在豁牙的嘴上嘿嘿地笑着，见她不吃饭了就让小呆驼做帮手，抓住身子往嘴里塞，还灌汤弄得她浑身湿漉漉脏兮兮的……这样小呆驼不忍心，在她熟睡时悄悄问：爷爷，您这样会把妹妹整死的……他摇头说整不死……死了我倒省心哩！我都七十岁了还能活几年呀？做人没规矩不成方圆，我死后，要靠她自己做人哩！

此时老宝贝已横下一条心，与其对不起憨书记与我干爹还有村民们，还不如对不起自己亲生骨肉。这山里人看上去木腾腾傻乎乎的，其实心里都有一杆公平秤……恶有恶报，善有善报。只要小苗苗一天不回心转意，他就关她一天，直至向菲菲赔罪认错答应与油嘴佬分手。否则他这张老脸在村里就没处搁了……

如此折腾了约一周，老宝贝吃饭不香夜里难眠，弄得精疲力竭痛告不堪，面对小苗苗的冷漠与无知束手无策。待憨书记忙完厂里工作，与脸上生冻疮的秋秋姑合打一顶油布伞，去城里接回菲菲找来大篷车时，已是年三十除夕夜了。西伯利亚的寒风正凛冽地荡涤着江南大地，气温又骤然下降，山里再次飘雪；而县城里却在下着丝丝小雨。江南寒春与北方不同，冷是阴冷，雪天也就零度左右，却冻得人脚指头发僵，在脸上、手上、脚上发连珠炮一般生满冻疮……

往年过年秋秋姑也都来城里接菲菲回家。菲菲店铺忙生意基本不回，五年内只回过一次，秋秋姑全由着她，房中无郎难留娘嘛；反正礼数到了，她不回她就去洪老师家把衰佬长生带回去。好在她有两个儿子，油嘴佬没回还有衰佬哩，否则大年夜地两张老脸相对蛮无趣的；有时她也去杏儿家看看，笨羊女婿是独子，多半要陪城里爹娘过年，杏儿出嫁是杨家的人了，她只是来看看，拿点芋艿番薯过来孝敬她的公婆（现在城里人喜欢这些）。她没能力教养油嘴佬，却有一颗把菲菲当作自己阿囡的心……但今年不一样，自从我向憨书记汇报老宝贝绑架小苗苗提前回村的事后，夫妇俩商量决定让菲菲来处理这桩事……

自然先搭长途汽车，从天街镇口八字桥步行至岙口。天空灰蒙蒙的，雪花还在飘着，道上的雪白得耀眼，脚踩在雪道上咔嚓咔嚓地响……一路上菲菲都紧绷着脸没说话。自夫妇俩与她说过老宝贝与小苗苗的事后，她就不说话了。她不说话，夫妇俩也自然不好开口。这算咋回事儿？短命猝死的油嘴佬，害了一个不够还害两个，憨书记恨不得开膛剖肚喝他的血吃他的肉，他向马山打电话时他已辞职走了。秃头郑陆还问他要人哩！说这技改项目弄得上不上下不下的，拍拍屁股就溜了，你恨不得把他开膛剖肚，我也想喝他的血吃他的肉哩。他还对他说：你找我，我找谁呢？马山的全国订货会我是赢了，但我手下最得意的大将却丢了……衰佬长生个子单薄，清瘦颀长，文质彬彬的脸上生着一双兔子般的惊恐又纯净的眼睛；此时他把头缩进在天蓝色的滑雪衣里（城里阿奶陈瑛老师给买的，全家就数他穿得时尚），也沉默地跟着他三人后面……他从来就是一个三脚踢不出一个闷屁来的衰佬呀，原本话就少，过年就二十岁了，说的话加起来没他哥油嘴佬半夜的话多……

快至岙口时，秋秋姑轻声问菲菲：先回家……还是去见小苗苗……此时已近黄昏，山头黑白相间，暮色与积雪混杂一处。正闷头疾走的菲菲，仿佛陡然从梦中醒来倏地站住，自言自语地问一句：雪停了？秋秋姑说：可不是吗？好像是停了……菲菲轻叹一口气，仿佛下定决心：走——扭头向村联办厂走去。去哪儿呀？秋秋姑一时没反应过来，憨书记也愣在了原地，手提行李箱的衰佬，抬头呆呆地望着他们……

菲菲说：小苗苗怀了娃儿，这么冷的天，住车里会被冻坏的……

几人在厂房后的毛竹林中找到那辆大篷车，雪把车与山坡接连成一体……

老宝贝已躺下了，枯脸面壁如哲人般沉思着。小苗苗脸色呆板地盘膝与小呆驼相对坐着……

自昨天我找到他们时小苗苗说怀上油嘴佬的娃，老宝贝就被击垮病倒了。病倒了这张老脸还是没处搁哪？真想一头撞在山崖上……撞死算了，没脸面了活着还有啥意思？这辈子没欠过别人的债呀？如今半截子身体埋土里棺材板响了，讨债的小孽畜却让他欠了个天大人情。我离开后他就流泪对她说：你能呀……能……他是畜生，你也是畜生……你走吧……走得离我远远的……小苗苗可没走，她不想走了，目光散淡地斜睨着老宝贝轻描淡写地说：阿爷，没招了吧？我说过你玩不过油嘴佬……她不明白就这么轻轻一击，爷爷就彻底地垮了……

菲菲走进大篷车，目光平静地注视小苗苗一会，啥话都没说就解开大红对襟棉袄，从贴胸处取出盖有镇政府大红印章的红本本，双手捧给她说：这东西我保管了五年多，现在没用了，给你……啥呀？小苗苗头低低的不敢直视她的眼睛，心里充满歉意与恐惧。一个多月前，她还拿她的津贴监视油嘴佬提供情报，在电话里姐呀姐呀地叫得欢哩……结婚证呀……菲菲平静地说。小苗苗没说要，也没说不要。她心情很复杂，世上有许多好东西，争夺时充满诡计阴谋，白刀子进红刀子出地非得到不可，真得到了其实不过如此……

憨书记看到老宝贝满是老年斑的枯脸上，渐渐被泪水濡湿。他用粗糙的手背也揉了揉自己的眼睛……秋秋姑也哭了。衰佬长生见小苗苗站着不动，上前从菲菲手里拿过结婚证放进她怀里说：你不要脸菲菲姐要脸哩……小苗苗突然就笑了：我是不要脸哟，要脸不会被阿爷弄到这儿来了？

菲菲离开大篷车时满脸是泪，心头充满苍凉与悲愤。突然她向着茫茫雪原飞快地跑去……憨书记也摇摆着随她跑去，菲菲又突然站住回身扑进他怀里，哭着说：爹呀，天太冷了……家里生着火塘，您把她接回家去；今晚我就住娘家去了……以后也不回家住了……憨书记茫然地点头：娃呀，我晓得了……以后的路你自个儿看着走。哪儿有水你蹚过去，哪儿有坑你跳着走……千万千万莫回头，抬头往前走……

菲菲日记（二）：艰难的抉择

6月28日（1987年）。晴日。晚九时。天热了。

冯老先生又到沿海来了，同行的是一个与他年纪差不多的老头；两人都穿着棕色的纺绸衬衫和白塑料凉鞋，鹤发童颜、模样清癯。听说他是他的秘书周先生，兼着公司的法律顾问。他俩又在沿海大酒店住了下来，也不清楚来干啥？各戴着一顶花布阳伞，在街市上东看看西逛逛，晚上住宿在酒店内不打空调。天气已热，中午冲上了摄氏四十度，这样的气候对体魄强壮的人都难适应。奇怪的是他俩躲进房间内就不出来了，黑灯瞎火地也不明白在里面干什么？

这消息是四眼哥打电话告诉我的。他问：菲菲，冯老先生与你联系没有？我说没有呀。他回香港已快半年，我给他写过三封信，他都没回哩！四眼哥说：这就奇了怪了……我向他打电话也没接。我问：要不我过去看看他呀？他沉吟一会说：不要，再等等吧？他可能主动会与你联络……

我问：秀才哥村联办厂的情况还好吗？他说也就一般般吧……你秀才哥也没有与你联络？我说没有，莲子姐倒来看过我……我问她厂里的情况，她只说了八个字：好不了，暂时死不了……他听我没吱声，又快快地说：差不多呗！就是缺钱哪，听说你憨叔到处在筹钱……

6月30日。晴转多云。晚八时。

上午打扫租屋卫生，结算半年的水电费，下半年加了五十元房租。

下午在房间休息，翻看旧日记。见本年2月2日这天，记着三桩事：

一是马山锦纶业全国订货会召开闭幕式。进城办事的憨叔坐在我营业部里向笨羊小勇哥打电话，刚放下话筒秀才哥的电话就追过来，说锦纶行业在市场运作基础上，宣布成立行业协会，推选北方集团董事长韩德标和南方马山总厂郑陆担任正副会长，邀请化工部产业司陈副司长任顾问。说有一个理事名额，问憨叔要不要挂名？憨叔问理事是干啥的？秀才哥说村联办厂虽没与秃头郑陆达成合作，却因为经营规模历史记录（只能凭历史记录），他仍推荐憨叔担任理事。说全国理事会是个议事平台，商议行业内发展与行为规范的大事，关系到村联办厂的话语权。憨叔说他年纪大了推辞让秀才哥担任，还说以后这种事，由他代为做主。秀才哥好像是答应了，接着汇报马山会议的情况……说订货会开得成功，南方订单首次超过北方，秃头郑陆要求品牌联营厂家抓住市场经济杠杆，明年订货会把北方集团给竞争下去……

二是憨叔问我：他没认下冯老先生这门亲，我是不是很失望？我说失望没有，只是有些想不通？人家冯老先生可是满怀热情来认亲的呀！憨叔摇头说：他越是满怀热情，我就更不忍心欺骗他……人在做，天在看……做人得实事求是，对吗？我说对的……可是您也没根据说明就不是他的侄呀？他点点头：我没根据，至少有八桂叔留下的话……八桂叔还告诉我洪老师夫妇骗我下山时，疯娘在我内衣上用佛红写着后黄十六世孙的根字辈狗狗几个字。我问这内衣还在吗？他说都陈年烂芝麻的事，早找不到了。再说冯老先生也拿不出根据来呀……我说：如果冯老先生能拿出根据呢？他说那就另当别论……反正不管我是不是他的侄儿，我拿他当亲叔待就是了……

三是憨叔下午要返村，四眼哥让小车司机送他去长途车站。路上两人有一段对话。四眼哥说：憨叔，吸引港资写进政府工作报告。这次虽然没成功，但冯老先生还会再来。不仅关系到您个人私事，而是有关沿海乡镇、民营企业走出资金困境的大事。历史是靠后人编写的，许多地方并不完全真实。譬如商纣王拿现在的说法是暴君，可他是个好国君，做过许多开辟疆土与兴修水利的工作。秦始皇统一六国功高盖世吧？可后人把他写成暴君。只要对人民、对集体有利，我们可以适当地灵活一些……四眼哥在转着弯子说话道理很清楚，要憨叔不必拘泥认亲的细节，顺势做对全县经济发展有益的事。但憨叔没买账反驳说：四眼娃儿呀，我也不懂啥商纣王、秦始皇的，但知道灵活不等于瞎编。我也很想要钱，村联办厂没有大投入改造设备，根本就过不去这坎。你年轻，憨叔不忍泼你冷水……要人钱财这种事儿，开口容易收口难。做人哪，最难受的莫非就是受人恩典无可报答。你憨叔是过来人，深知这里面的利害关系。历史我不懂，不懂不能乱说话，但我知道做人的道理。老话说：受人滴水之恩当涌泉相报。我不是他的侄儿，你要我受人之恩，这涌泉从何处来呢？

旧日记插入1：2月14日（正月初三）。天雨。

伍副省长与郝副部长俩，今年春节在沿海大酒店过。晚上，四眼哥通知我一起吃饭，把笨羊小勇哥与杏儿姐，还有鸿年老师和比他小十几岁的魏淑婉师母都请来了。听说原本伍副省长与郝副部长想回当年打"游击"的地方看看，但高书记与四眼哥没让他们进山，原因是大雪封山了，四眼哥说他刚从山里回来，雪花都有豆瓣大，山道积雪埋人膝盖了，他差点都封在山里过年了。

伍副省长与郝副部长带来家属，郝副部长离休前是省委统战部副部长，高书记特地叫上县委统战部长老邱（郝副部长点名要见）一家作陪，四眼哥说我们这些人，是作为老区代表参加的。宴会规定不谈工作，但这些谈惯了工作的人，像前进的火车一般刹不住，吃着喝着就谈起冯老先生的话题。老邱说他春节前专门查过当年冯团长举义与牺牲的材料。伍副省长来了兴趣，指着郝副部长说：老郝，这事你也有发言权，当初是我俩一起做工作让冯团长举义……他是有个叫小黄狗的勤务兵，我年纪大了脑瓜子不够用，你给补充补充……

郝副部长说了冯团长举义后的情况，说这事有点儿复杂，冯团长与小黄狗都在撞钟山那次部署反"扫荡"会议中，由于当地白皮红心、名叫黄硕儒的保长告密（是不是他告密难下结论），遭到日本宪兵队与一个营的和平军"围剿"。他俩在突围中都牺牲了，伍副政委也负了重伤。这地区在抗战时期没与日本大部队有过对抗性的战役，那次我们麻痹了，只有参会的十几位领导与一个通讯排，我是排长，小黄狗是冯团长的勤务兵。战斗打响后冯团长指挥大家撤退，由于下山的道路都被日本宪兵队的小钢炮与机枪封住，领导们大多由小黄狗（他是当地人）领着攀山后青藤撤出，落撞钟湖水凫渡逃生。通讯排很快就打光了，大家的枪筒都是热的，轮到伍副政委与冯团长撤出时，两人还相互推诿谁先下？一发炮弹呼啸着飞过来……伍副省长点头：记得冯团长推搡我下崖时，最后一句话好像是：我是军事指挥员，负责全局……郝副部长也点头：我们全倒在血泊中，是几个攀崖砍柴的樵夫，顺藤过来把我们救出来……小黄狗领路先下崖，但也牺牲了……

郝副部长提到的白皮红心伪保长黄硕儒，应是鸿年老师的爹，事后抗日锄奸队把他蒙住眼睛请进山里，七拐八弯地审讯好久，最后还是给放回来。

鸿年老师坐餐桌前脸庞有点黄，但他没有解释。历史留给后人的是太多太多的谜……

伍副省长当即做出两点指示：洪老师夫妇领养冯团长遗孤，统战部存有敌伪档案中载明为部队 05 号首长指令，05 号首长就是他。他说你们不信敌伪档案，不能连我这当事人也不信吗？为此他已写有书面证明。其二由郝副部长证明小黄狗是在战斗中牺牲的。他说啥冯团长的勤务兵与小妾通奸？乱七八糟的野史嘛，一个革命战士，关键时刻能用生命捍卫他的首长，能是偷鸡摸狗的人吗？

由此，两位首长得出结论：憨叔就是冯团长的遗孤。

旧日记插入 2：2 月 16 日（正月初五）。晴。

笨羊哥与杏儿请四眼哥与洪老师陈瑛老师夫妇，在 149 益平哥的驿栈茶馆吃便饭，顺带把我也捎上了。目的为搞清憨叔被洪老师夫妇收养时，内衣上是否留下他身世的印记？原本也想请鸿年老师夫妇参加，但他不能证实其父白皮红心婉谢了。对此疑问洪老师回答坦率，说内衣用佛红留下的印记是有的，载明他是黄氏十六世孙根字辈。这情况我与陈老师入狱前就告诉了他。否则他不会丢下我俩跟八桂回村扎根；但这并不能说明他不是冯团长的儿。就当时情况分析存在两种可能：一是他娘为避免日本鬼子斩草除根惨遭横祸设计的伪托，包括装疯卖傻也为保护自己而不是真疯了，我与陈瑛当时也不是正式夫妻，遗憾的是抱走娃后没与他娘（认为她真疯了）打招呼，致使她伤心过度跳崖自尽；如果她活到今天，这事就可明白无误地说清楚。二是也不排除他真是十五吝黄氏的子孙，那佛红写的那行字是你们憨叔真实身份记录……四眼哥问：这件内衣还保存着吗？洪老师苦笑道：我与你们陈老师坐过国民党的牢，又坐过共产党的牢……为登报自首（那年头被国民党逮捕凡没暴露身份的人，我党都采用这方式营救）的历史问题，至今无法说清，还能把娃儿的一件内衣保存吗？

他说这话时，陈瑛老师抹开了眼泪，对四眼哥道：你是当领导的，知道共产党的规矩。如果老洪能弄清这问题，今天就不会以退休教师的身份坐在这儿，会放你们憨叔回村当农民吗？当年的 05 号首长重返故地指导工作，还不把他当作座上宾？见四眼哥无言，她又对笨羊哥、杏儿姐与我说：相信你们的老爹……他也是五十出头的人了，虽口拙却心敏识大体。认不认冯老先生？我与老洪相信他心中自有章程在。

他俩走后四眼哥又坐了一会，吩咐与指示我们多向憨叔做工作，说目前冯老先生是否认亲投资，是拯救村联办厂的关键之处，也是涉及憨叔能否带全村人脱贫致富的关键。说到后来笨羊哥与四眼哥争吵起来，笨羊哥说这些年县委县政府对乡镇民营企业的发展是只会生不生养，只顾盲目发展缺少统一规划，致使管理混乱缺乏有效资金的投入，造成停滞不前的倾向。对他的指责四眼哥缺乏耐心，转移话题道：说你是笨羊还真是笨羊，你是乡镇企业管理局副局长，提这种意见不是与高书记的工作报告唱反调吗？缺乏有效资金投入？僧多粥少，政府有专项资金投入吗？有钱我还死皮赖脸地追着他冯老先生做啥？我贱呀！你是不当家不知柴米贵，地方财政不就是养着上万名公务员与事业单位的吃饭财政……他这般说，笨羊哥就与他面红耳赤地吵起来，说还不是我们这些拿薪水不作为又向上级吹牛喊空口号的官僚主义造成的，国家精兵简政口号喊了许多年，最后反多出许多机构与领空饷的闲散人员来……四眼哥正想辩解，杏儿姐息事宁人地当和事佬说吵啥吵啥？你两人一见面就掐，掐来掐去还不是做不了主的空话？都是当官和当爹的大男人；无非为帮我那憨爹办企业那点破事，就不能坐下来丁是丁卯是卯地好好商量吗？

7月3日。晴转多云。天仍热，间或有雷阵雨。

上午我为客户单位打包忙托运时，冯老先生带着周秘书来针织市场了，两人都穿着纺绸衬衫与西装短裤；手里摇着一把折扇。还像以前一般，他俩先在营业部周围转一圈，指指点点地比画着看我们忙；我知他俩在寻找生意空档，果然待这单生意忙完，他俩就在店铺坐下了，把凤梨酥分给大家吃。阿调知他是来找我的，赶紧替下还在入账的我，她附我耳朵小声说：你挂在心上的冯老先生还真就来了。

话题重又展开。这次与上次不同，冯老先生与周秘书各带有一个笔记本，他俩提问由我与大家回答。问的大都是当地风土人情。如陀头庵的老尼姑是啥时候圆寂的？圆寂后有没有进塔林？山对过那边鹿亭的白鹿桥还在不在？以前东边五马寺香火很盛，现在住持大和尚换了谁？这儿的民风人死后出殡还像以前一样做不做道场？山下的姑娘嫁山上去？是不是还与过去一样抬高抬阁"十里红妆"红漆马桶、子孙桶一概齐备……两人仿佛分了工，由冯老先生提问，周秘书老花镜一闪一闪地负责记录；冯老先生问得很具体，他记得也很认真，老低着头，把那小本子记得密密麻麻的几乎找不到空处。冯老先生的问题，有些我知道，知道我就回答，小姐妹们知道的也就答了呗，有些根本不知道，也就无法回答。没回答冯老先生也不勉强，转移问新问题……

他这般认真我就有些不习惯，显得太正式与生分了些。自上次陪他进山后我已把他当作亲人，可他又像重起锅灶从头开始。冯老先生归去后，沿海县政府没与他中断联系，我也给他写过三封信，可他竟然只字不回。这事使我有些不解，既然他重返故地说明对憨叔的事儿并没死心，为何在半年中如断线风筝似的失去了联系？而且这次来又显得神神秘秘地隐瞒我与他相识熟悉的实情。他俩走后我立即向四眼哥打电话，把我的发现如实告诉他。说冯老先生这次来营业部有些怪怪的。他听后就笑起来，说菲菲，你的警惕性蛮高的嘛，以前我咋没有发现你有经商的才华？我说我没和你开玩笑，怕与上次那样煮熟的鸭子又飞了。他笑得更厉害了，说这次应该不会了，他俩在认真地做着投资考察了解这儿的环境……对了，菲菲，我告诉你，这位周秘书与冯老先生同样不是等闲之辈，他是香港的大律师，回去要向潘氏集团董事局作投资环境报告的呀！

四眼哥这般说，我就理解了呗，心里着实为憨叔与村联办厂高兴。因为凭我直觉，至少此时冯老先生已把憨叔当作自己的至亲了。

7 月 4 日。有 06 号台风犯境。下雷阵雨（大到暴雨）。

秀才哥一身浸湿地来到营业部，向我了解冯老先生与周秘书的情况，我就把他俩向我问的话对他说了。他高兴得手舞足蹈地说：对，菲菲，你做得好。我与四眼助理联系过，这次伍副省长与潘副部长这着棋发挥作用了。我问啥棋？他说就是香港同乡会馆嘛！我为他借来一身干衣服让他换上，向他了解村联办厂的情况。自发生小苗苗事后我与村里（打落牙齿往肚里吞）很少有联系，憨叔也没来找过我，心里蛮惦念村联办厂的事……

秀才哥摇头说：我与你电话里说还老样子是怕你担忧，其实情况已经很不好了，自马山订货会后营销出现阻力……镇里两家合作企业都在闹着退股份……冯老先生来得应该正是时候……我问憨叔现在咋样？说这事的根子在他那儿哩，有人烧庙和尚急菩萨不急，他不认亲我们有啥办法？秀才哥说别急，火缸煨番薯隔夜熟，只要火候到家他会相认的。

我俩聊过一会厂里的事，后来秀才哥转移方向问我与油嘴佬还有无联系？我说当然没有了，就是再没志气也不做回汤豆腐干……他说你呀就是太老实，这感情上的事三言两语说得清吗？我相信你在心里还没有忘记他。我问啥意思？他说有人在内蒙古遇见他了，他在马山总厂辞职后，在伊盟的郊外盘下两家小煤矿，单独注册了企业。听说老宝贝也准备去那儿投奔他……我问小苗苗呢？他说你还惦记着她？我说当然，这辈子我都不会忘记她……

7月5日。晚九时。天九街租屋。

冯老先生下午打电话过来，约我至沿海大酒店吃便饭。我说吃饭就不要了，您是长辈有事尽管吩咐……他说他来沿海快半个月了，为生意上一些杂事耽搁，还没与我好好聊过哩，明天又要回港就想与我聚聚，请我务必赏光。他在电话里叹息说：菲菲呀，有些事你现在还不明白，到我这年纪就自然会明白……做人一世，草木一秋；钱还真不是个好东西。像你这般眼下缺钱的人，天天盼着有钱，有钱可以成全你许多事，包括你想要的快乐；但当你真正发财有了钱后，你就有发觉这些快乐又是多么虚空与迷茫。你叔爷爷我（首次听此自称）劳碌一生，如今眼睛也快闭了，就想与你这年轻小辈谈谈人生……

他这般说我就不好再推却，向阿香阿调交代夜市工作后就过去见他。

晚餐就冯老先生、周秘书与我三人，只点了几只素菜没喝酒。冯老先生的脸色很不好看，周秘书也是一副心事重重的模样。两人开始聊的是有关香港公司的事，我虽然不懂但从他俩对话中能猜出大致意思：目前潘氏集团状况不好，自年初法定继承人潘老夫人沉疴染身，家族内部呈现分化现象，董事局意见分歧导致东南亚投资失误。冯老先生甚至有些激奋指责周秘书：我与你合作也有二十年，还从没发现你有今天这般犹豫彷徨疑虑重重，连对我的决策也失去信任……

对他的话周秘书没有反驳，却是一脸凝重地沉默相对。冯老先生的态度有些激奋，后来就把话题转移到沿海来，还是激奋地说：现在考察后你该知道了吧？我看中这地方不仅为有血缘亲情，而是这块海滨港城之地，具有自然环境与人文资源优势，适合成为我潘氏化工的栖身之地。接下去他的话有些令我费解，但意思明白，无非是企业发展寻觅商机。他说从古至今，这儿就是一个由移民组成、孕育现代市民意识的海滨小城，是中国古运河延伸海上丝绸陶瓷之路的重要港口；上接京津下达闽广，内衔长江三角洲辽阔腹地、藏龙卧虎开发之地。近代发展速度何以缓慢？许多由人为因素造成。通过这些年政府加大改革力度，旧貌重现而成为投资的一方热土……

现在我算是明白了，不声不响的冯老先生绵里藏针来沿海不仅仅为寻亲，把他与发妻潘老夫人尸骨归葬故里，更重要的是为香港潘氏集团发展大计。这点上我有些佩服四眼哥与秀才哥的估计，合作开发不仅为村联办厂脱困而为香港与内地共同发展，所谓一个巴掌拍不响，不存在憨叔想的那样：受人滴水之恩，难以涌泉相报……

饭毕喝茶时，冯老先生才问了我与油嘴佬的情况，说闺女呀，这世间上虽说钱财不是万能的，但没有钱财却断断难以挣到你想要的幸福。表示如果我愿意跟他去香港学生意潘老夫人想收我做干孙女的愿望。他说过这话后周秘书就又掏出那本随身所带的笔记本，问了我的生肖与时辰八字；解释说那边有风俗，收干孙女要与干阿奶生肖时辰八字不犯冲。我一时间有些懵了，乞求说这事让我想一想可以吗？冯老先生点头说当然可以，这只是我的一点建议，你可以有权拒绝……那边的文化特征就是尊重人。他这样说，周秘书就把笔记本又给收起来了。

7月6日。下午。在营业部。

昨夜没睡好。冯老先生要收我做干孙女儿的举动把我给吓着了。

上午送了冯老先生与周秘书去机场。临登机时我忽然有些依依不舍地想哭，冯老先生用那绵软的手慈祥地拍了拍我的腮，说了句意味深长的话：别难过，我们即将逝去，你们还有明天！

下午董事长卞小枫来检查工作，询问我憨叔与村联办厂的事。我如实告诉她情况有些不好，她听了没当回事地向我跷起大拇指说：办厂先做人……了不起，他打赢了马山这战役，就打赢了整个中国的农民！这话的意思我很费解，马山之役四眼哥与秀才哥都说输了，而卞董咋说赢了呢？就她一脸认真的态度不像在开玩笑？她是个严肃认真醉心工作的人，从不与我们下属开玩笑，除了工作上的事也从不过问或关心员工的私事。原本我想把冯老先生欲认我做干孙女带我去香港学生意的事告诉她，但想了想没敢说。一是说不准冯老先生是否心血来潮在开玩笑？二是我还没想好是否丢弃这儿的一切，重去开发与耕耘我的人生理想。卞董对我不薄，我怕告诉她没了回旋余地，说实话我还真舍不得离开她。

7月12日。晚上十时。天九街租屋。

我在149益平哥的驿栈茶馆与秀才哥莲子姐见面。他俩终于结婚了（十几年的马拉松恋爱）到县城来买东西。这使我感到高兴，我估计爹和娘也会高兴的。秀才哥都四十不惑了，莲子姐也三十七八，再不结婚也真是鱼吊臭、猫叫瘦了。但两人脸上都没有喜色，在茶馆坐下就问我与冯老先生联系的事。我把他俩与我的接触说了，还支支吾吾地提到冯老先生想认我做干孙女儿。我以为他俩会反对，没想到莲子姐当场就跳起来拉住我手问：真的假的？我说事是真的，可我还没考虑好哩……她着急地说这还用得着考虑吗？现实社会竞争穷人就为寻找资源。冯老先生手里掌握着资源呀！我犹犹豫豫地说：四眼哥也鼓励我跟冯老先生去香港看看，说现代女性不应该吊死在一棵树上，可我就是放不下……其实我也不想去香港，听说那儿的花花世界够乱，人有了钱就变坏，心地不纯变得不善良。我在这儿不是蛮好的吗？工作上卞董对我很信任……生活得平静……

莲子姐叹口气道：我知道这不是你的真实想法，自从离村出走我就知你是个心有抱负的女子；你不想走是因为心里还有油嘴佬……为情所困是世间女子的弱点，就像我这许多年没放下你秀才哥一样。现在村联办厂的情况很不好，镇里两家联营企业都想退出，我与他结婚是想协助憨叔坚持下去……

一直没说话的秀才哥，这时双眼紧盯着我认真地说：菲菲，如果十年前……不，五年前吧？我肯定不会赞成你去香港发展，那儿的情况正像你所说的是花花世界，钱多了人容易变坏；但现在我动员你去。你莲子姐说得不错，农民创业须得依赖资源。时代前进摧毁了过去小米加步枪打天下的基础，现在是经济竞争年代，谁获得资源谁就拥有了希望……冯老先生是个讲乡情乡谊的先辈，尽管憨书记没认下他，他却在寻找各种机会与我们共渡难关。我颇为不解地问：你咋又把我去香港与村联办厂的事给联系上呢？他微微笑道：冯老先生邀你去港就为了帮助我们。你想哪，全县乡镇民营企业现已发展到五千多家，加上个私企业约三千家，很快就能突破万家，发展速度很快对吗？但这都是些小打小闹，政府真正依靠的还是国营与县属大集体企业。冯老先生在香港应该是民企集团，他要你过去就是想扶助地方民营经济做大做强，借助潘氏集团实力做成行业托拉斯……我问啥叫行业托拉斯？他说就是联营集团嘛。如果我没猜错，估计他与周秘书处理完香港的具体事务后还得过来……你得相信你秀才哥……让你赴港不仅是他认干孙女（他想认干孙女香港有的是，你认为就你出色），而是想让你在他与沿海县中、小企业中搭上一块合作联营的跳板……

末了他问：我这般说你清楚了吗？我说清楚了……

我知这晚上我又该睡不着了。

12日夜。续。天九街租屋。

反正睡不着，何不再写上几句。

冯老先生来了又走了，在对待村联办厂的事儿上，我觉得他仿佛在期待着憨叔的态度。我与他和周秘书的接触中，发现四眼哥已把伍副省长与郝副部长到过这儿并把意见转告于他，他领周秘书返沿海考察莫非是想了解投资环境。鸡蛋没外来温度孵化不出小鸡，企业没外力相助也很少会获取成功。憨叔没认下冯老先生为叔，不至于像四眼哥所说那样伤了感情，而是增进了双方互相了解。在前几天请我吃饭时，冯老先生还向周秘书称赞他有骨气。说做企业与过去部队打仗一样凭人的精神，别看这位憨先生人高马大地不像是我冯家至亲，但脾气与我二哥像极了，胜不骄败不馁无功不受禄地不要别人的恩赐，这是真干大事的人哪！他怅叹说：人这东西，外貌学识气质可因时局动荡社会变迁消除痕迹；但某些蕴藏在骨子里的家族精神是无法改变的。他说二哥也是一条真汉子，那年江西"剿共"部队被打散，如果他能苟且上峰定然不会有何责怪；可他就是认为这仗不能这样打指责上级瞎指挥，这就犯了大忌最终他选择离开了队伍……

这般想着，我就觉得自己应该选择跟冯老先生去香港；这不仅为憨叔与秀才哥的村联办厂，而是为了我自己。秀才哥说得没错，农民不因为身份而比人愚蠢，而是长期缺乏表演平台压抑了自身的聪明才智。退一步说，即使冯老先生对我不负责任临行变卦，潘老夫人不认我做干孙女，我也应该凭此尝试一把；不为自己而为憨叔为村里人尽我这农民后代牛抬头的责任……

想到这些我的心情就激动起来，想出门去夜店买块奶油蛋糕与一杯冰柠檬水吃，楼下就有此刻应该还没打烊。我这人馋、馋，是一只小馋猫；自打在真公主家安安过生日我品尝过此两神物后，就莫名其妙地爱上了，无论高兴还是失落，每当问题在心里有了着落庆贺，就想品尝奶油蛋糕与冰水（奶油棒冰也行）；说出来不怕被人笑话，那次小苗苗的事后我六神无主，回县城后整整花了一个月的工资，狂吃了一周奶油蛋糕（大寒天没处售冰棍冰水嘛），才使残破不堪的心情终于复归平静。

8月2日。晴。晚七时半。

今天不是我值夜班，饭后阿香、阿调想留我在营业部打牌（新装上空调），我没玩，早早地就回了天九街出租屋，打开电风扇赖床躺了会就起来写日记。

冯老先生与周秘书走后，又是一个月音信不通。四眼哥有些着急了，隔天就打个电话询问情况。原本冯老先生回港前要与四眼哥在沿海大酒店见个面的。他征求我意见问：菲菲呀，你说我要不要与单先生单独见个面？他知道我来沿海关心着我的事，就这般偷偷摸摸地走掉不大好吧？我说：您确定见我给联系。他犹豫一阵说：要不还是下次吧？我啥都没结论见面说些啥呢？如果没特殊情况，我马上就会回来。我还记得我那大侄子过中秋满五十周岁过生日了。不管他认没认我总得回来见他一面……

他俩回港后四眼哥认真地问我：冯老先生回香港该不会是急事吧？咋连个招呼没与我打？我说大概是急事，听说潘老夫人的心脏病犯了……四眼哥说也是，人到了这把年纪，半条命由阎王爷捏着哩……

今天四眼哥又打电话问情况。我说你不是有他的联系方式吗？他说我已让办公室联系过几次，每次都没有人接……不会出问题吧？我问啥问题？他说最近香港报纸有刊登潘氏化工集团投资马来西亚的信息。我愣头青地说他投资马来西亚与我们有何相干？四眼哥不高兴了，说菲菲呀，我看你现在不大喜欢动脑筋，他投资马来西亚说明要放弃我们……我说不可能呀，冯老先生不是见异思迁不守信用的人，答应的事不会轻易改变的……话筒里传来四眼哥的讥笑声，说天下商人又有几个信义之人……你还没过去当干孙女，就替那边阿爷阿奶说话了。我说我说的是实话。他说他知我说实话，也知冯老先生是好人；但企业决策瞬息万变，并不以冯老先生的个人意志为转移，我怕他把握不住那儿的局面……

经他这般一说，我也开始担忧起来，莫非……

昨日沧海一笑总部来人，在营业部安装了制冷空调把电风扇给拆除了。营业部上半年的经营额比去年同期低了五个百分点。我很想去楼下公用电话间问问冯老先生那边的情况，但想来想去还是放弃了。我觉得无论如何我得相信他等待他；换句话说，即使我联系上他知道那儿发生的变故，我也没能力帮上忙，倒不如啥都不知道的好……

8月5日。多云转雨。

傍晚暴雨，全民抗击9号台风。

小铃铛过生日，我在笨羊小勇哥家里蹭饭吃。杏儿姐还把我当她的弟媳善待我，每年铃铛过生日都会喊上我。铃铛在这一年内长高了六厘米，我送她的生日礼物开司米针织短裙有些嫌小需要调换。她才七岁就有一米二高了，杏儿姐很担心，说好像勿像他外公的孙，长成一个牛坯身子以后嫁人就难了。笨羊哥说不会，现在的孩子营养好长得快。四眼家的安安只比铃铛矮了三厘米。说起安安铃铛显得不高兴。两人在县实验幼儿园是同学。与她同年同月生的安安过生日把她接去了；她过生日爸妈没把安安接过来。我知笨羊哥虽常与四眼哥抬扛，两家关系却好得如同一家人，便问杏儿姐为啥？难道两个同屋睡了六年的知青插友吵架了吗？杏儿姐说：你笨羊哥不是为了四眼哥，他是看不惯公主那副自命不凡的腔调，怕铃铛长大后受她的影响……

饭后聊起村联办厂的事儿来了。杏儿姐叹息说：爹也真是，放着好好的平安日子不过，贴标就贴标呗，你笨羊哥说他管着全县乡镇民营企业，有一大半是仰仗大企业贴标生产的，偏拒绝马山总厂合作，自搞啥星星草品牌？现在是做一单业务亏一单，日子过得就如王小二过年，一月不如一月，这大半年的营销搞下来，做的全是亏本生意……我正想说些什么，笨羊哥愤愤地插上一句：马山的秃头郑陆哪是品牌合作？分明是侵并收购……我接茬说：笨羊哥说得没错，我也欣赏憨叔的硬骨头，农民办企业要想抬头，不自己打出品牌行吗？人没点精神气儿哪能干上一番大事业。杏儿姐笑道：我看你俩倒能说到一处去，我家这位主上半年托关系为村联办厂介绍过几笔业务；生意做成了货款还没收回来，为爹帮了倒忙正烦恼着哩。笨羊哥见杏儿姐当着我面奚落他，就有些激奋地辩解说：现在人们的价值观念不同，荣辱观念也就不同了。过去做人是善良好诚实好，现在是人越善良越诚实就越遭人欺侮越吃亏……

我试图安慰他夫妇，说：做人善良与诚实最终不会吃亏；我就不信憨叔与村联办厂会无路可走……这时（也就是昨天）我接到周秘书打来的国际长途，说他已为我办成各项手续，邀我无特殊情况在八月中旬抵港加盟潘氏化工集团，以六万港币年薪担任冯老先生的私人秘书。他没说冯老先生与潘老夫人想收我做干孙女；但我觉得此二者有机相连。我很想把此事告诉他俩，决定抵港后为帮助憨叔解决村联办厂的资金投入，帮助改造设备完成企业转型；我觉得冯老先生接洽我也是存此善念，油嘴佬虽已不要我了，我却还是十五呇村的人。但我仍没启齿，原因很简单，我不会像油嘴佬一样没做成事儿就信口开河。俗话说满满的白米饭好吃，满满的大实话难讲。事儿在未办成前，皆有各种可能存在……

当夜台风袭岸，生日宴后笨羊哥冒雨去了单位值班。我就宿在他家里与铃铛睡一屋子。铃铛真像她的外公，七岁的孩子就会打鼾……

8月9日。天阴有雨。9号台风已过境。

昨日向上海总部卞董电话请辞说明情由，原本以为她会挽留我，因为针织市场营业部的销售量在国内领先（报纸与央视广告留下联系地址与电话，全国各地客商均来此进货），没想到她非常支持我。说菲菲，好样的，香港潘氏化工是大公司，你出去不会塌我沧海一笑的台，也不丢阿拉女同胞的脸；出去好好地干吧！这世界属于勇往直前的人。我说您不会担心我干不了？她说担心啥？路是人走出来的嘛，走的人多了脚下就有了路；如果干不下去了，你还可以随时归队来找我。我们沧海一笑喜欢跳来跳去在哪都不塌台的女人……我问她移交咋办？她说三天内我即派新经理上任。

她如此宽宏大度，使我感到既高兴又有点心酸；知心者，卞小枫也，在两年半的上下级共事中，我从普通营销员到她把营业部重任全交与我，从没说过一句表扬我的话，也从没有过查账与批评意见，只在临走时说了句好样的，她喜欢跳来跳去的女人……

今日回村归家，与爹和娘啥都没说（不需要说，嫁出的阿囡泼出的水，没啥说的），他们也没问我，权当我回一次娘家呗。在村里我没碰上憨叔，也没碰上秀才哥，这样倒省去了许多麻烦。傍晚我悄悄去祭了阿爷的坟，那油嘴佬凿刻在山崖上的字尤在，张牙舞爪地仿佛在嘲笑我：永结同心？还长庚与菲菲？呵、呵，我仰面大笑着，泪水溢满眼眶……携子之手，偕我同老。青春的快乐与忧伤都随着那山间淙淙的流水离我远去了，故乡哪故乡，几十年、几百年、几千年后你可曾还会闻到游子所留下的那份思念那丝芬芳，听到一个乡村女娃临走时那一声撕金裂帛般地深情呐喊：爹娘哪，我仍是爱着你们的！

是夜，我留宿在天街阿奶处，听她说我小时候如病猫似的纤弱身子，蜷缩在她怀里听她纺棉纱线入眠的陈年往事……

8月15日。晴日无云。天空湛蓝。

今天是我至港次日，暂住冯老先生家里。

有两件事没想到应该记录下来：一是冯老先生算是香港豪富，用港语说该是大佬，却住在平民区的公寓房内。他说这样可省去园丁花工一应杂役，只雇有一名烧饭的菲佣，与平民家庭没啥两样。我放下行李箱他就给了我一把铁门的钥匙，说你可以与自己家一样进出方便完全自由。我打量这座装饰算得上奢华的民居，大小也只有我在十五岙村爹娘居住的瓦屋那般光景，不同的是在这屋子里挂满了旧时代名人的书画墨迹，与一些我未曾见识过可称为古董的工艺品；几乎填满了每个空间与角落，看上去像进入古代宫廷剧的场景中，觉得感觉怪怪的没有现代气息。据冯老先生介绍，这些东西都是潘老先生生前所传下来的遗物。二是我没想到双腿瘫痪的潘老夫人，竟是个像极了二十世纪四十年代电影明星上官云珠这般的美人儿；她坐在轮椅上，举手投足举止高雅，喜怒不形于色，略显呆板的脸上露出谦恭与带有礼节性的微笑，一看就使人喜欢上了。

我住下的头天晚上，她就指着墙上挂着酷似她的一幅肖像，给我讲了一堂民国历史教育课。

照片上的女人名叫廖克玉，以民国西施的身份被写入中国近代史（廖克玉夫人，以前我还真没听说过）。她出身江南一个平民家庭，其父廖兆熊曾任清廷游击。十六岁时由同盟会领导人宋教仁介绍，由上海远嫁时为江苏布政使的瑞徵为继室，其时父已亡携母同往。瑞徵婚后连擢两级，辛亥革命前任湖广总督。起事前革命党人所获总督府一应情报，大多由年仅十八岁的她提供，也就是说她参与了颠覆清王朝的革命事业。1912年已被革职的瑞徵病亡于上海寓所，翌年6月15日她在章太炎的婚礼上，受到孙中山先生的赞扬，说她为民国首创立下大功。宋教仁誉她为民国西施……

潘老夫人说：她是我的亲表姨，我爹潘宏正受她的影响南下广州，是黄埔军校四期生。我问：廖老夫人还在世吗？她说撤离时我们来了台湾，她留在了上海，我爹健在时两家还有联系，现在已经没有了……

12月18日（1988年）。晚七时半。伊丽莎白大道七号公寓。

窗前霓虹灯耀如白昼。方才接到秀才哥的一个长途电话，问我：最近冯老先生这边情况怎样？

我实话告诉他也不是很好。关键因素两个：一是潘氏集团在东南亚开拓的传统塑料业，由于环保低价倾销等因素，遭遇世界性的"贸易壁垒"，正在向化工产业调整，目前情况尚不明朗。二是潘老夫人病入膏肓已至生命极限，且神志开始模糊；董事局内部分化加剧，各种派系与家族内部斗争激烈，处于分化动荡阶段。冯老先生小心翼翼举步维艰，以控制眼下局面为首举，凡事走一步看一步……可谓大有大的难处，家家有一本难念的经。秀才哥问潘老夫人究竟得的啥病？能否转内地医治？我说好像不可能，说是肾功能衰竭，早已靠透析维持生命。他又问：她对你好吗？我说好的，她住院前头脑清醒，每天吃素念佛；她对谁都好，又对谁都不放心……足不出户性格优柔寡断。外场面全靠冯老先生维持着……那么，冯老先生对你还信任吗？我知秀才哥这样问是啥意思，便说信任倒是信任，就是……他问就是啥呢？我犹豫一会说：处于这般境地，他处世做人极为谨慎，表面上看婆婆妈妈，其实心有章程……从不在家里或者单独见面时与我谈公司的事。我知他真正信得过只有董事局法律顾问周秘书……

他问周秘书以前是干啥的？我说香港司法界有名的大律师，专打家族遗产纠纷的官司。他很早就成为潘氏化工聘任的持股律师。三年前冯老先生以百万港币年薪，聘为专职法律顾问兼集团法务部主任……

挂断电话后我开始想我在沿海时的事，那些久违的旧时回忆，翻江倒海般出现在眼前许久不散。掐指算来，此时我到香港潘氏已一年多了。自去年冯老先生带周秘书至沿海实地考察，回港召开董事局会议，扭转潘氏集团欲开拓东南亚市场的发展方向，把投资指向中国内陆。我跟着他俩先后考察了河南（冯老先生老家）、山西、内蒙古与广东诸地；酝酿可行性报告，做经营战略结构的调整。如果没有特殊情况，我可能很快就能实现自己的愿望重回沿海工作。当然，这些还属于内部机密，不能随便告诉秀才哥。四眼哥与笨羊哥也通过电话与书信与我保持密切联系。四眼哥还开通互联网邮箱，让他的秘书与我定期网聊，吩咐我密切注意香港潘氏的动态。

我所做的一切，其实冯老先生都知晓（可能潘老夫人也知道），也许正是他与周秘书把我以潘老夫人干孙女名义安插在潘氏化工集团，希冀或渴望我这般做的；但他从不提及更不过问，好像已经忘却了家族遗留在沿海还有一个绰号憨佬的男人。憨叔自然更没有与我联系了，他根本不知道在千里之外的香港，有个原本是他儿媳、现今名义都没有的弱女子，正为他的财产继承权与当地政府渴望的投资奋斗着……此事仔细想来实觉可笑，这些有头有脸的大男人，为了一份人皆向往的财富，终于把我这小女子当作个人物了！

12 月 18 日。晚十一时。续上。
同室捎来一客我爱吃的虾肉馄饨。开始吃宵夜。

年初我已从冯老先生的公寓房搬出来。没别的原因，是潘老夫人太喜欢我。她喜欢的方式很特别，需要不停歇地与我说话，使我没有一个属于自己的空间。我不知这种喜爱别人如何感受？于我来说却是一桩可怕的事情，按说倾听别人说话是一桩善举，但得有一定的心理承受能力；而我恰恰没有这种能力。亏得冯老先生明察秋毫，借口集团公司工作需要，主动为我找了一间附近价廉物美的双人两居房。

吃过宵夜我又向秀才哥通电话（这儿条件很好，寓所装有电话），我在电话里问他：村联办厂还能坚持多久？我这一年多都没回过沿海，心里其实蛮想家的。虽然回去也没啥事，但就是心里想。秀才哥说了一件事：姨夫吴志远其实也是一个倔人，自上次镇文宣队演出《军民鱼水情》与憨叔红脸后，两人一年多没联络，这次在镇经济工作会议上发了善心，帮助村联办厂向信用社贷了五十万元的救急款，总算把拖欠员工的基本工资给付了。我摇头问：咋会落到这步田地？他说还不都是秃头郑陆给追杀的……这两年你莲子姐的营销公司销到哪儿，他就派毕越经理压价追销到哪儿。我又问村联办厂不是有营销机制的优势吗？他说这是以前……那时国营企业和有政府背景的大集体厂家关系没理顺；可随着改革开放的逐年深入，地方政府思想解放，乡镇与民营企业的优势不再，已渐渐无法与资金科技实力雄厚的国企与大集体企业展开竞争了……我问小白脸陈俊的沿海化纤总厂也是国企，他们那里的情况咋样？他说你咋要问他们的情况？我说是这儿的资料显示的嘛，香港潘氏的信息资料部对他们的情况极为关心。他问为何？我说可能因为开发同类产品相关。他叹息说：也不好，他们至今没有融到资金实行转制。我又问憨叔现在咋同意贷款了？他说不同意还咋办？企业运转着还有希望翻身，关掉就全没有了。他现在已变成热锅上的蚂蚁到处融资。如果技改这一步走不出去，村联办厂面临破产倒闭也就一步之遥的事了。我说你咋那么悲观？七年前办厂初期的那份雄心壮志去哪儿了？他嘿嘿地苦笑道：性格决定命运。心理学家荣格有个婚姻七年之痒的论断，说是两个异性相吸的男女，经过七年时间的煎熬，就到了分手的时候了。这话用在憨叔与我办厂上同样合适……

　　我感觉到他说这话有些异样，惊讶地问：你要走？他说他是不会离开憨叔的，只是非常担忧，不知道何时才能打翻身仗……

　　后来，他就说了油嘴佬的事。说他去内蒙古伊盟原想开发锦纶原料生意，没想到第一票就亏得精光滑塌，你知道他后来干啥了吗？我沉默了一会问：干啥？他说还能干啥？下井挖煤当了差不多有一年的煤黑子……他居然下井挖煤？不要命了？我知道干这活的危险，香港报纸与电视上经常有那一带（山西与内蒙古）矿井塌陷活人埋在里面的报道，心头就不争气地扑扑乱跳着绞痛起来。他说现在好了，不知他从哪儿弄到钱把两个小煤矿盘下当了老板。我刚去内蒙古进原料时看望过他，他说他对两年前的行为感到后悔。我急问：他与小苗苗咋样了？他说这正是我要告诉你的，白天我打你公司电话时没说……（都急死人了）小苗苗说怀孕之事是假的。我问马山恋究竟是咋回事？他说他一时心血来潮耐不住寂寞与她闹着玩儿……没想到小苗苗以假做真与他好上了，她说谎就为气你，你真被她……我问现在呢？两人走到一起没有？他说老宝贝与小呆驼现在那儿帮他经营煤矿，小苗苗一年半前从老宝贝处逃出来打听到他下落去了伊盟，不知为何却又走了。菲菲呀，我想得饶人处且饶人，油嘴佬还想着与你恢复联系哩……快多联系？哼，他咋不主动找我？我听了心里一团无名火又升腾上来，愤愤地说：去死吧！我是人不是鬼，不再陪他玩儿了……也没时间玩儿……

放下电话我整个人呆了。我不否认还在心头惦着他，可我有时间陪他继续玩儿吗？他完完全全是个魔鬼，人能与魔鬼玩吗？

12月26日。凌晨二时。

今夜过圣诞节。公司聚餐会后举行了舞会。

我没想到他会西装革履、风度翩翩地过来邀请我跳舞。我说我不会。他说没关系的，华尔兹节奏很慢……我可以教你……跟着音乐左右摇摆就行……我说我会踩你的脚……他又说没关系的。我刚学跳舞时也会踩舞伴的脚……多跳几曲就熟练了……我跟着他步入舞池，他左手握住我的右手，右手扶住我的腰，我俩就随着乐曲摇摆起来。这感觉还真有些奇妙，我从没有进舞厅跳过舞，何况在这种正规场合下，可我浑身放松没怯场，在众人注目下跳得很投入很舒展很熟稔；我知这是因为他的关系，他使我感觉仿佛我俩早就是熟悉的一对……

后来音乐停了，我俩就在一起喝鸡尾酒饮冰聊天……直至音乐再次响起，我又情不自禁地伸手给他接受邀请，我俩又旁若无人地旋入舞池……

他是谁？英文名：杰克。潘氏集团内地市场部经理，曾获英国剑桥大学国际关系学博士学位，集团公司内众女孩皆向往的英俊帅气的单身贵族，周秘书唯一的公子与法定继承人……

我承认在舞会散场后他送我回公寓的路上，我的心一直狂跳不已；现在写日记时尚无法平静。我已经干掉了贮藏在冰箱内的一块奶油蛋糕与冰镇葡萄酒（在公司聚餐会上我同样干掉不少奶油制品与冰镇葡萄酒），心头却还滚烫滚烫的。我想我这是咋了？疯了吗……变成劳伦斯小说中的查泰莱夫人……

可恶的油嘴佬，这可是你给逼的呀！

1月12日（1989年）。阴，有小雨。香港邵逸夫医院。

我为潘老夫人陪夜。护工给她做过透析，这时候她睡着了。

早晨潘老夫人醒过来，拉着我的手问：艾米，又是一天挺过来了，是吗？艾米是她为我起的英文名，在公司大家都这样称呼我（可我不喜欢，擅自改成玛丽）。潘老夫人平时也不这般叫，她总还是喜欢喊我菲菲，只在正规场合喊艾米。她这样喊，我知道她有话与我说了，便道：阿奶您别这般说，医生说您的情况好着哩，药物能控制住病情。您才七十刚出头，我的亲阿奶都八十多了，还手轻足健地活得滋润（我在她面前小嘴可甜着哩）。潘老夫人勉强地笑道：我知道这次是挺不过去了，活一天多花一天的钱……闺女呀，知道你阿奶为何挺着不肯断气吗？我是想把这把老骨头归葬山南老家去呀！你那太阿爷我爹在世时就想着回家乡，树高千丈叶落归根，可惜他没有回去呀……

　　她这般说，我就哭了起来，因为我想不出有啥话可以安慰她。我知道潘老夫人收我做干孙女是为同乡。天街镇解放前同属山南县，后因水利与种植规划才划给沿海。我至港后潘老夫人一直很喜欢我，因为我俩说方言同一腔调。她见我哭了，反拍着我肩膀安慰我：阿奶不是还没死吗？你咋啼哭了起来？我说我不要阿奶死嘛……她说好、好……阿奶一时半会不死了好吗？只想先叮嘱你，死后你得把我带回去……还有你太阿爷我爹的骨灰一起葬在陀头山上……

　　说着，她从枕头下摸出一宗卷袋放我的膝头说：你认我做干阿奶，我还没送过礼物哩。昨日你干阿爷与周秘书来探望我，我从自个名下掰出一份股本金让周秘书做了公证，算是我干阿奶送你的遗物……哎——你打开看看呀……我说我不要……她问为啥不要呢？我死了啥也带不走……我说我来香港给您当干孙女不为钱；况且公司给我的工资蛮高的，比内地十个工人的工资还要高……她脸上柔和地笑着，用那只保养得很好的手拍着我手臂道：看样子阿奶看不到你出嫁了，就算提前送的彩礼……还是打开看看吧！阿奶喜欢见到你的笑模样……

　　我还是没打开宗卷袋，脑子一片模糊，只感到此财富来得太突然。我凝望着潘老夫人躺在床上佝偻的身子，觉得心里挺对不住她的。受人于杯水，报之以琼浆……我可啥事没为她做过，连每天陪她说说话儿，引她开心都没做到，就要拿走她名下的钱财，这好吗？但我还是把此礼物收下了，好奇心引诱我揭开宗卷上的封条：整整五百万元港币的股本金。

　　1月15日。午十二时。晴日。潘氏集团办公室。

　　大清早的，冯老先生打电话让我去他的办公室。

　　他已很久没在公司照面，听说与周秘书出去办事了。公司近日谣言甚多，还有人信誓旦旦地说潘老夫人早不在人世了。这分明是造谣嘛，我隔三岔五去病房探望，她的情况是很不妙，肚子与残疾的脚都水肿了，手指头一按一个坑，但医生说只要坚持透析，过个一年半载还是没问题的，只是病人意志需要坚决不能松劲，要有活下去的信心与勇气。为此冯老先生交代我要多鼓励她，说这个家族自潘老先生辞世后亲情寡薄，原因是潘老夫人由潘老先生正房所出，而她的两个妹妹均为姨太太所生。也就是说公司的原始资本（第一桶金），来源于挂在墙上的那位民国西施廖克玉，是潘老夫人的表姨妈，与她的两个妹妹没有血缘关系。也为此原因，潘老夫人才成为潘氏化工集团的法定继承人。

虽然冯老先生这些天没来公司，但办公室仍窗明几净一尘不染。这是我担任他秘书必做的功课，每天上班第一件事，我就把他的办公室打扫干净。我进去时，冯老先生已坐在大班桌后处理文件，这些文件也由我整理登记放在他办公桌左侧。办公室里配有计算机，他却不会用只作为一种装饰，我学会后登记与打印文件挺方便的。他见到我抬头笑眯眯地望着我问：与杰克先生相处得还好吗？我不免心头一惊，觉得他问得挺突兀的。我虽对杰克有好感（说实话那只是倾慕），却只在圣诞节舞会跳过舞而无深交。他的舞跳得不错，那晚上也确实弄得我心慌意乱的，差不多一晚上没睡着；但第二天上班我俩就形同陌路，此后如斯。我承认他人长得很酷很有魅力，是公司未婚姑娘们梦寐以求的对象，但是他平素却为人傲气，脸若冰霜地使人难以接近……

他是我老友周秘书的独生子……见我没吱声冯老先生从抽屉里拿出一块凤梨酥吃起来。此物是我特意放在办公室的，在他血糖降低头晕时应急用，他一定又没吃早餐，我赶紧沏上一壶茶送上去。他说：我问你话哩？我把我对杰克的想法说了。冯老先生点点头道：他是有这毛病……周秘书与我相交数十年，当初送他去剑桥念书我就不赞成，人才不一定非在国外培养嘛。后来他在那找了个洋妞玩得昏天黑地连书都不念了，说要趁着年轻周游世界……当时周秘书与我商量，我说世间其他事皆可阻止，唯有年轻人的爱情很难阻止，他不听我劝告动用警方与黑势力把他俩拆开了，并把他绑架回香港，此事迄今已七八年过去……我问：那女方呢？他说早结婚了……听说是嫁给阿拉伯一位王储……

接着，冯老先生问我潘老夫人赠送遗产的事，我说是有五百万元港币的股本金，内有潘老夫人与您的签名，注明您是我的第一监护人，我已把材料交给法务部留存了。他点头说是呀，这样夫人与我、你的持股就有了百分之三十多，加上周秘书家族可至百分之四十；如果算上我带来的那几个国军老兵与公司骨干，就可超过百分之五十一。你明白我意思吗？夫人送你的是原始股，现在市面上已翻了一番……我们在公司董事局不能失去控股权，否则后果会很严重……我说我明白。自潘老夫人病急住院后，冯老先生与周秘书不就为公司控股权上下奔波吗？冯老先生说婚姻的事我不强迫你……不过，杰克确是一个好青年，你可与他多接触接触，相互增进了解。对了，你与我那大侄孙还有联络吗？如果有联络，你可以二选其一，这般选择余地更大一些……

他又从抽屉里拿出一张纸片交与我。我说这是啥呀？他说你自己看……与我、你……老家的村庄都有关系……我展开看，全是一排排难懂的英文字母。冯老先生即从大班桌后转至我身后，指着纸上的数字说：明白了吗？这是英国皇家医院的 DNA 鉴定书……

您是说……憨叔真是您的亲侄儿？我大惊失色。他郑重地点头说：科学就是这样鉴定的，不管我认还是不认，他身上都流着我冯家的血液……

1 月 15 日。深夜一时。窗外有雨。伊丽莎白大道七号公寓
今晚再次失眠。我得把今日发生的事记清楚。
冯老先生对我做出两条规定：

一是鉴于憨叔目前的处境，不能把他是亲侄子的事泄露，尤其不能让他本人知道。他说他这人像他二哥一般脾气倔，认准的事九头黄牛拉不回，不必弄巧成拙地把他好心当成驴肝肺。他说此鉴定书早放在他保险柜里了，为何未公开？是为潘氏化工集团内部复杂的关系；而且现在沿海方面县里、镇里对此认亲企求目标不尽相同，他须得看清楚了方才实施。他说：我不是共产主义者，没义务没能力担负公共事务，我只想让他的家族与村民真正获得实惠。他们是农民，希望过上一种平和安详的生活，他想帮助他们实现这种简单的愿望，而不是其他带有政治目的的恩施……

二是通过这些年他对内地政策与市场调查研究，确定潘氏化工集团在香港局促之地难以伸展手足，须对产业经营结构进行战略性的调整，以投资开拓内地市场持续发展后劲。此为他和潘老夫人多年的愿望。他说我与夫人都是中国人，我俩的根在中国。可实施此战略性的调整与转移，于他来说困难重重；家族的分化与董事局意见分歧，致使他举足维艰难下定论，希望我对他有效配合

帮助他实现夙愿。我问他：需要我做些什么？他说开拓市场需要决策者身体力行冲锋陷阵，而他老了诸事皆力不从心，需要像杰克一般的年轻人为此承担责任赴汤蹈火……

他这般说我就明白自己该做些什么了。冯老先生对我不薄，潘老夫人也把我视作己出。他俩给的这份嫁妆足够我此生衣食无忧，过上一种富裕人家的优裕生活，而我竟蒙昧不觉以为天上真掉下馅饼来。按秀才哥评价，我是个聪明脸孔笨肚肠的女人。正因为笨，我把爹与他写信给伍副省长的事报告给四眼哥，还让捡了我便宜的油嘴佬从身边溜掉，受小苗苗的蛊惑把结婚证奉还于他……

世事皆如流水一去难返，如今开始长大的我是否已变得聪明？过去的我傻吗？应该说傻也不傻。我能看清楚世事变化，只是看清后不知道咋办？可是，那些已经过去的往事能从记忆中完全抹去吗？

戚志潮（七）：铁壁合围之挣扎

1

村联办厂在此后两年中，曾有过一次小小的辉煌，好似流星划过长空，留下一个美丽的瞬间。虽然时间短暂转瞬即逝，但毕竟是辉煌，在沿海乡镇民营企业发展史上，留下蚂蚁撼动大象体现地域文化特色的典范一页。现在的人们自然难以体会到，这种类似欧洲工业革命兴起时堂·吉诃德大战风车的酷烈情景，可当年沿海的乡镇民营企业，就是在这种"人机大战"血与火的酷烈战斗中，杀出属于自己"七分天下"的一条血路来；那些坐在明亮办公室手握鼠标君临天下，自以为了解人类发展种种秘密的历史学家也许认为，这只是一种螳臂挡车或者是不自量力的逆袭盲动，那么我告诉你：错了！因为历史在此拐过了一个硬弯，一种由人为精神控制的小小的插曲与美丽的传说……

憨书记在拒绝认亲放走冯老先生后，即觉察到县、镇两级领导对村联办厂态度的转变。能不转变吗？你不听招呼嘛！在马山时我就说服四眼，提议与秃头郑陆进行品牌合作，他自作主张为争口气给否了。否了也好，铁胆的将军得由掌握粮草的主帅给撑着；他有前来寻亲的港商冯老先生做后盾，由菲菲领着追到马山，又从马山赶到村里，在他家与村里滞留了六天五夜。人家多么心诚呀，四眼助理与我姨夫吴志远都眼巴巴地观望着，认为这事必成无疑了；我从马山打电话给菲菲问咋样？菲菲说应该没问题。冯老先生说过只要他认我这叔，这忙该咋帮就咋帮？亲帮亲，邻帮邻，有难共担才是一家人。可他就是没认这门亲，说锣是锣鼓是鼓，戏文开场钹定音；还说人在做天在看，不能昧着良心说瞎话，还是为他这张不值钱的憨脸？企业做到这份儿上，当家人都成这样子，外人瞎着急操啥心有啥用？说穿了也就是成了没爹娘的娃儿，只能鸡啄啄鸭嘎嘎地任人欺侮宰割。领导也是人哪，以前尽心尽力地帮着你，疏通关系树你做典型，那不光为你是为了出政绩；历朝历代的皇帝老儿与地方官老爷，有哪个全心全意为百姓的？就说四眼助理有一段在此插队缘由，出手相助把你扶上台，扶到一定程度扶不上去就不扶了呗；同样帮人啥帮不是帮？不如帮助能同进共退伶俐机智，又知心知肺审时度势的聪明人；你赚钱他出政绩落个哥俩好。方言有说：宁为好佬扯旗，不给屙卵挂帅，就是这理儿。俗语说人走茶凉，其实是人背茶凉；你塌台关云长败走麦城，沙家浜阿庆嫂还洒热茶待你吗？以为你是唱泰山顶上一青松的新四军伤员郭建光？就是郭建光活到如今，也米西米西地哄日本鬼子拿钱搞经济建设，不是泰山顶上一青松，而是水没金山擒法海。这些道理，为何憨书记会不明白？时过境迁为钱的事父子成仇兄弟失和，都快白刀子进红刀子出了，你还守住个善良与实诚不放手？倒霉的就只有我们这些没跟得了发威雄狮的一群羊，乖乖地任人宰割的份儿……

　　但憨书记却没有因此而气馁，别看他表面上木腾腾的，其实心智不衰是憨并不傻。所谓憨者大半出于心地善良，明白世间人心险恶却不愿同流合污，为坚持他那个阶层的信念或者道德底线，倔强地得到他想要的那种具有文化底蕴的东西；在所不惜地进行堂·吉诃德式的骑士与风车之较量。至今思项羽，不肯过江东。此"江东"憨书记是断断不会过的，但也没到四面楚歌自刎乌江之时；他在年后召开的天街镇经济工作及企业信贷协调会上提出：这次我们"星星草"品牌尽管在全国订货会上失利，但坏事可以转化为好事，只要有足够的投入转变营销策略，订货量还是有可能超过去年的趋势……我姨夫不耐烦地打断他：不是说订得越多亏损越大吗……憨书记分辩说：目前情况看是这样，订单越多亏损也就越大……但从长远考虑，只要耐得住压力保住市场份额，我们就有鹞子翻身的一天，这企业夯实基础做大规模，就与阿拉农民栽禾稻一个理：一亩田是种，十亩田也是种；种植规模越大，收益也就越多……

此言既出，全场皆惊。从宏观角度说你还不能不佩服他这种逆向思维的思辨能力；可是有谁能信他这话做这种赔本买卖，以致牺牲既得利益做道德意义上的抗争呢？是的，我们谁都亏不起，不敢赌也不能赌！人生短短几十年，人们往往被眼前些许成功所迷惑，而疲于思考藏匿在事物深处的内在规律，争夺着眼前的利益与成功的光环。憨书记的话被众人肆无忌惮的哄笑声所掀翻，直至五年后他在沿海召开的全国订货上，再次复述农民栽禾稻的经营理念。而当时，这种理念是作为一个笑话传播的，我姨夫当场打断他的话：说到底，你憨佬还不是绕弯子向我要贷款哄钱吗？可惜天街镇这座庙小，养不了你这尊大菩萨，这一路亏下去别说我这镇党委书记，就是县委高书记也被你哄翻了……憨书记可没理会他的不屑，仍旁若无人地说：我不要钱，要人！企业生产规模扩大，村里的劳动力就不够使了，镇里能不能给予支持……人嘛……这下姨夫在心底里笑了：天街镇找三条腿的蛤蟆不容易，找千八百个人有的是，只要你发得出工资，我明天就召开各村联席会议送人给你……但我得告诉你，现在没人再学习雷锋……国家劳动法规定得清清楚楚，用工得按最低工资线付薪酬，你有钱吗？有，憨书记稳如泰山地回应说：羊毛出在羊身上，工资我肯定付。只要镇党委认同这方案，我会在五年后让大家都成为腰缠万贯的富翁……

这话，就是胆大做皇帝，骑驴骑马一头摸到黑冒险撒泼的做法了。姨夫说好吧，天街镇我是大书记，你是小书记，我们的目标都是为民致富，只要你给我写下来不惹火害邻舍，不向我要钱，你要试就去试吧。反正我也船到码头车到站，大不了陪你摘掉这顶乌纱帽……

这时老宝贝与小呆驼已经走了。他俩在菲菲放过小苗苗约半月后离开村子，如果我没记错，应在正月元宵节前的那日。

天空晴朗起来，太阳淡淡地挂在东山头，像以前富人家老太婆取暖用的亮眼火盅，黄灿灿地从一个个小孔内溢出丝丝暖气来，风儿轻轻地扇动着那丝淡淡的光辉，洒向各个银装素裹的山头与一片白皑皑的大地。天气还寒着哩，路上的积雪泛出粼粼寒光，道旁树梢上的雪末在寒风中凝成为冰片，病后的老宝贝走出大篷车，眯缝着眼睛看了一会天色，又进车内捣腾出工具箱来，蹲在车前修车。小呆驼跟出来问他干啥？他头也不回地说：万年的河流会改道，千年的筵席会散去。这世间上没有不变化的东西。我在山里住腻了，想调新鲜换个埋葬老骨头的地处哩！小呆驼知他要走了心里有些留恋。说宝贝爷爷，您老人家安定一点好不好？这儿的人对我俩都蛮好的，厂里有食堂都不用自己做饭吃……老宝贝摇摇头叹息道：人家对我俩是蛮好的，可我对人家呢？树活一层皮，人活一张脸，出了你妹这档事，我还有脸皮在这儿待下去吗……

经历过此事小呆驼长了心眼，说爷爷您老了哎，人老了就得有人服侍；妹妹走了您再离开这儿，没人服侍您呀？听这话老宝贝悲怆地笑起来，就病了这么短短半个月，他身上那种平素的豁达与玩世不恭不见了，腰弯了肩陷了，下巴的肉垂下来，脸也皱了，瞬间变得苍老与颓废。他说不是还有你吗？以后宝贝爷爷也会离开你，你就得独自过日子了……你呀，还是得学会一门手艺，自己养活自己……小呆驼说：我会开汽车呀……是呀……他跟跟跄跄地站起来，回身伸出那满是油污、瘦骨嶙峋的手，深情地抚摸着他的脑袋说：开汽车多好呀，可是得有人让你开呀……待我死后你若生计无着，再回到这山里开汽车，这儿的人良心好不会欺侮你……小呆驼有些迷茫：爷爷，您会死吗？是人总要死的……老宝贝凝视他的脸说，死了倒好没啥牵挂了……可惜我一时还死不了，我俩把大篷车修好再养蜂去，爷爷喜欢四处看风景，不喜欢长住在一个地方……

老宝贝修过一会车，就歇了一会，他披着厂里送的那件军大衣，敞开衣襟，仍像以前一样地在门牙豁口塞一颗没点燃的香烟，呆呆地在露出雪地的岩石上坐了好一会。看着大山旮旯在初春的阳光下，漫山遍野的积雪在吱吱呀呀地融化；那山岩，那石块，就一小片一小块地钻出来，呈现出原本土壤的赭褐色。各式各样的树，也分不清杨树、榆树、梨树、桃树、核桃树、柿子树，全都光秃秃地纠缠依偎在一处了，东一蓬西一棵的千姿百态，有些树皮上已转青，在枝干缝中爆出米粒大小的微绿来。树下一丛丛的杂草虽然仍枯萎着，却比以前长得滋润了些；山岩也在渐渐露出生命的颜色来……他想起初来乍到时，憨书记领他去看陀头山，那是村里最高、最险、最峻、最陡的一座山呀，他与他说着此山藏宝的故事；如今一晃眼，都六年过去了，真正光阴如箭逝者如斯夫呵……是呀，他老了呀，已帮不上这些善良纯洁的山里人，他知道他该走了……

修好车已是晌午，老宝贝又带小呆驼在看管村小学校的我五叔处借了一面锣，让他陪领着在上戚家下戚家前黄后黄陈家坳绕了一圈，像干爹当年办厂集资时一般边走边敲着锣喊道：对不起啰，我这山里人家的老女婿，欠下人情债这辈子还不上了，下辈子接着还啰……

老宝贝的女人姓啥名啥哪村坊人有无宗亲后人？时过境迁他也从没有提过，只知他进山后找过好像没找到，一个平民女子的历史，被悄悄湮灭在无痕的茫然中了；但在老宝贝心中却始终不会消失，虽然他一直茫然迷惑地以为是老天爷开的一个玩笑，总在日趋平庸的生活中寻找开心寻找新生试图忘怀；但是他却没能够从这段苦难记忆中走出来。树要皮人要脸，人不厌憎你，你得厌憎自己呀！小苗苗的反叛，使老宝贝感到自己何等可笑幼稚。在一切都在欣欣向荣日新月异向前推进时，个人的情感史真就那么重要吗？但是他仍想坚持，他所坚持的是这一代人的道德底线。在这天寒地冻的下午，老宝贝在完成他神圣的祭典仪式后，决心去寻找属于自己平凡的黄昏。他与小呆驼一起消失了，那辆早已报废破烂得如同一堆垃圾般的大篷车也不见了。这世上于他这等聪明人来说，再没什么比浪迹天涯更有意思更快活的事了……

离开半月后，憨书记收到他托杂物贱转交关于村联办厂渡过危机的一封信，里面有憨书记在镇经济工作会议上，信誓旦旦地表白关于负债经营的一段话。以此维系他人生最后的尊严。因为他知道：如果在战场上发生这等事，他无疑就是一个逃兵。

憨书记中气十足地在镇经济工作会上说的这番话，当是在马山订货会的两月后。春暖花开，风光无限，应是往年村里光棍汉们结群下山摸奶菜花痴乱旺发之际；此时的村联办厂也正处在目标不明人心涣散，联营生产企业解缆开船，急需一剂十全补心丸的时候。我姨夫在人力上支援村联办厂的决定，无疑给已处在困局中的憨书记，注射了一剂令人亢奋的强心针。对憨书记来说，这辈子有许多事就从来没明白过；他也没想弄明白，事儿过去就过去了呗，如果啥事都须明白，人就在原地打转转没法儿往前走，以后的事儿还做不做呢？所以不需要明白只顾往前行路就是。他知老宝贝离开就不会回来了，这年外地聘请的技师也跟着走了几个，这无疑在他心中留下创伤；但他没时间去考虑得失，或者判断道德层面上的是非。他只是觉得难受，他也没有派人去寻找。于他来说生命就像一本厚厚的书，这一页已经翻过去就不再留恋。他心中只有做人的道德与信义，并不刻意地寻找智与礼，拥有此两者就没有办不成的事；一旦打定主意，就如九头牛也拉不回地去实施。干着，就是大道与大信；如何干？那却是智（能力）与礼（方法）的问题。天下人行事各有各分工，他管大事需要市场销售份额与打响"星星草"品牌，如何实施他不管，那是我当厂长与部门的事。他在会上虚晃一枪得到了他想要的东西；以我姨夫为首的镇党委班子，却没明白他说的羊毛出在羊身上的含义，就云里雾里地陷入他事先设计好的瓮内……

这事如要明白，须追溯到五年前办厂时他立下的规矩。当时村联办厂靠众人拾柴火焰高的方法集资起家，所谓的经济股份构成，涉及员工进厂时上缴的基本股份。也就是说你持有基本股份才能进厂，而基本股份是不能退还或者提前支取的；员工在试用期内享有厂食堂免费伙食不支付工资。直至半年后才按计件制发工资，却得月扣50%填补所持股份的不足，满三年才领取全额工资。这个条件可算苛刻，但在当时农村劳力寻不到饭碗的境况下，大家都宰猪杀鸡、倾其所有地想挤进厂来。现在企业营销亏本，憨书记在无力投资改造机器设备又不愿失去市场的前提下，玩的就是寅吃卯粮的把戏。这当然是一种危险的游戏，企业盘子做得越大，蕴藏的社会风险也就越大。一旦崩盘，近千名员工闹将起来，就是把他宰了剔骨剁肉煮熟吃掉，也难解心头之恨哪……也只有他这般的憨人才敢在急难之时，抛出这所谓的缓兵之计。在他那双木腾腾的牛眼睛里，露出坚定自信的光芒……不错，在那次会议上他还有些得意：你们不是认为我憨佬这次必死无疑吗？看看，我有我红脚梗对付白脚梗的办法哩！

会议结束回村路上，喝过半斤番薯烧酒（中饭在镇政府小食堂招待宴饮）的憨书记，兴致勃勃大步流星地走在前面，我好不容易赶上他问：你在会上说的真话还是假话？他回头向我傻傻地一笑：我何时说过假话？当然是真话啰。我吓了一跳，忐忑不安地问：您真要把县陈俊汽配厂报废的一百二十台设备买下，增加员工搞家庭作坊扩大生产规模与秃头郑陆对着干哪？他说当然，他有先进的自动流水线设备，我有红脚梗们牛坯的精神；压价就压价，谁怕谁呀？他这般说我的心头即刻沉重，讷讷劝告道：憨叔……万万不可，此举失措一旦崩盘，后果真的很可怕……他拍拍那块突兀在路边的石头让我坐下，问：你倒说说咋可怕？我说从长远眼光看，人断断不是机器的对手，当年英吉利拥有土地资源的贵族，就是这般被新兴的资产阶级击败的。接着我向他说了国外后工业时代机器主宰人的许多例子。他说那是外国，可我们是在中国呀。你说农民除了两个卵蛋一身胆，余下还有啥呢？当初我们身无余资涉险办厂开业……不是也很可怕吗？再说我们把这仗打赢有了钱，也可以技改搞自动流水线呀！我们摇头说不行的，靠我们自身实力挣不了这许多钱，除非有外力支持……他拍了拍我的肩（这招是向县、镇两级领导学的）道：秀才呀，世间无难事，只怕有心人。当初毛委员在井冈山闹革命时说过一句话：路线对了，没人有人，没枪有枪；路线错了，有人失去人，有枪也会失去枪。你千万不要被郑癞头的气势吓倒，他那花拳绣腿的招数我知道，不缺钱，缺的是企业的向心力；你看着，只要我们挺过这一关，五年后我打他趴下在你面前喊爷爷！说过这些他没容我分辩，站起来大步流星地向前走了，仿佛身后根本就没我这人……

我的心里突然冒出一个奇怪的念头：像他这般浪漫与乐观的人，如果识字，真不应该经商或从政，而应该去当作家与诗人……

2

镇经济工作会议后，憨书记组织召开了村委会与董事扩大会，决定村联办厂的命运与发展方向。先由我把马山订货会的情况大致作了介绍，憨书记主持会议做开场白。他把市场经济比方为养鱼塘，说在主人在塘内养着青鱼、草鱼、鲤鱼与鲫鱼，原本各类鱼各居水层安分守己地过日子，可偏有一条搅荡乌鲤鱼（黑鱼）蹿出来，嘿嘿……还是一条红脚梗大鱼哩，吧嗒吧嗒地吞吃掉其他鱼……主人不张网抓捕才出怪？说到这儿他忽然自我解嘲地笑道：什么叫市场经济，按我的话说这就是市场经济，进入市场的农民就是这条搅荡的乌鲤鱼，要抓捕它容易吗？野生乌鲤鱼偏偏比主人养殖的那些青鱼、草鱼、鲤鱼与鲫鱼耐活……今天我们两会合并一起开，就是商量这条野生乌鲤鱼怎样不被主人灭掉，能够留在池塘里继续争食吃……星星草嘛，别看表面柔弱，放进市场经济池塘里就是一条搅荡乌鲤鱼；老话说得好：天上一颗星，地上一户人，掉下星星变成灯，灯不灭，人不绝。这陀头山满山的石头搬得完，那些漫山遍野的野草能割得尽灭得绝吗？这些星星草就是农民……说天下凡沾泥之处，就是阿拉农民存活的地方……

这话算是动员也是决策之解释，因为大家知道村联办厂在马山受阻与冯老先生认亲失败的情况，会议开始就出现凝重与悲怆的局面；每人都表情呆滞面呈秋霜，连一贯抢先附和他决策的军嫂也意外保持沉默。是呀，能说些啥呢？说了也白说，事儿至此已是铁板钉钉你不跟着跑也不行了，开会不过图个形式。看样子军嫂婚后与二愣子过得不错，穿着那件婚宴上的大红缎子棉袄，眉眼间流露出些许安详来。但我知她心里肯定在想：就算农民是割了一茬长一茬的星星草，可这长出来的嫩草得抗得住风寒发挥作用哪，扩大生产规模销售落不到实处又有何用？我揣摩军嫂心态时智佬发言，仍如往常一样当事后诸葛亮夸夸其谈，批评村联办厂犯了决策错误不见风使舵，把自己逼进了死胡同。说自古成大事业者胜者王侯败者寇；就是程咬金也得让让李密军师，有这般死猪撒硬屙憋气的吗？他这般说，憨书记就不需要解释，他早就是"缸鸭狗"（港城百年老店）老牌子死鸡拔毛不怕痛了；你说你的我做我的侧着耳朵当作穿堂风，当书记五年多有哪一桩事与人商量过？接下来的发言就显出激烈来，会议的意见几乎单边倒，谁都对五年多村联办厂发展方向有意见，也谁都不支持继续扩大规模与秃头郑陆对着干，秦胜利甚至提出要罢免憨书记的董事长，说他犯了独断专横的大错。奇怪的是这次干爹却一反常态地当和事佬。说马山之事他不知情不瞎评价，冯老先生那事应该处理得没错，说吃人家的嘴软，拿人家的理短，做人是得有一份志气，从哪儿跌倒就从哪儿爬起来。还说农民与港商原本就两个阶级两种类型的人，能互相尿到一个壶里吗？但他却反对招人扩资，说这不是多一个人就多一副碗筷那般简单？人多嘴杂做事三爹六主意，政令不通影响决策；冯老先生在香港尿不到一壶可以不尿，近邻近舍尿不到一壶就会误大事。屈指算来，在五年多办厂的大事上，只有这次干爹总算与他半尿到一壶里……

憨书记睁一只眼闭一只眼地静观事态发展，对每个人的指责没做任何解释。他左手拿着旱烟管，右手托住脑袋专心地听着，一口一口地把葵花叶子烟雾吞下肚去，仿佛这牛坯的身体是个烟罐子永远装不满似的。我知令他头疼与需要对付的是三位不是村民的董事，在以往这些年头的合作中常出现不和谐的回声。果然秦胜利开始发难，在表达退股愿望后愤然指责道：我把钱丢到水里还会扑通响一声，丢你憨书记这儿五年没听见声息，如今还要倒贴本钱搞销售，这不是惹火害邻舍把我们也坑进去了吗？马利娜接过话题就喋喋不休地诉说她的企业不景气，把钱放这瘪员工意见大了去，要不是她拦着书记要领村民上门讨债来；因此秦胜利退钱她也得退……两人这般一闹莲子也有些急了，她虽也在犹豫却还想跟着憨书记树活皮人活脸地与秃头郑陆拼一拼的；如今见两家均要抽资就失去了信心，赌气说：你俩退我也退，村联办厂在上海的渠道与网点我不要了，树倒猢狲散申请破产卷铺盖走人就是……

　　申请破产，有那么简单吗？如果清资核算，不但先期投入血本无归，而且落下几百名员工失业。这村联办厂虽说几年来没多大利润，员工吃得大食堂基本工资都掉进腰包里了。五年多来有近半村民翻上了瓦屋，这些一张一张的毛爷爷与工农兵又不是从石坎缝里蹦出来的？事情发展到这一步会议就有些乱，以前这时候鸿年老师往往出来打圆场，不仅因为见多识广，而且村联办厂的顶层模式还是他设计的；但今天他却枯坐无言，脸上神情呆板地对前途失去了信心。我原本也想说说自己的想法，但事先憨书记与我交流过，此举酿酒做醋关系到村联办厂存亡；我当厂长最好少说话，此得罪人的事儿由他出面兜着。看看大家说得差不多了，他才不慌不忙地磕掉烟灰站起来说了想法。他说今天的会开得真不错，都吵了大半天是人都让尿给憋着，厂食堂也烤好了毛笋与大头菜等着开饭；大家是先撒尿、吃饭，还是先听听我的解释……
　　众人都没去撒尿没要开饭，他就又嘿嘿地笑着干咳几声道：那好吧，从马山回来闷了许久想与大伙儿说些贴心话；你们骂也骂过了，赞也赞过了，其实心里都明白我是个憨佬，我想咋干你们都知道。从马山回来我就晓得这次企业是走了华容道，老秦阿娜你俩要把抽资返回股本我没意见，利率我也按照银行贷款算好了，这些钱拼拼凑凑我还是拿得出的。新箍的马桶没三日香，村联办厂的那股势头也就过去了，你们把钱放这儿不放心就提走吧。但莲子要把股本抽回我暂时不会同意，你与他俩不一样，老秦阿娜是集体入股，你可是从自家口袋里拿出来支持阿拉农民办厂，山里人有说受人滴水之恩，当以涌泉相报，我还没来得及报答你就不同意退。如果你一定要退嘛，过些时日待我把上海那些欠款收上双倍奉还，大家好聚好散不枉同事一场……

他这般说我看到莲子在流泪，众人的脸色也有些黄快快的伤感。憨书记没顾及别人感受，他平常不多说话，说了就如竹筒倒豆子一口气说完。他说：你们问我，为何不肯倒"星星草"的品牌？理由很简单，老宝贝告诉过我：我们是农民，原本就啥都没有，从没有要变为有，赢得是一口精神气儿。做了五年，现在我算是体会出来了，做企业就像上阵打仗，就是输得只剩下一条裤头，也要夹紧两个卵蛋护住种。种是啥？是"品"。阿拉当农民的都知道：种瓜得瓜，种豆得豆。天下大道至简，说的就是这理儿。没有这种，我们活得再好，也是别人的奴。我领大家辛辛苦苦做了五年多，不就为竖起个农民的品牌来吗？别看现在我们啥都没有，那是还没到时候……你看这山里长的毛笋，埋土里三年无声无息每年长不到三分，可它没闲着把根须全扎进土里去了，啥石头石崖石子的，哪有土哪有缝就往哪钻，把根基给夯实了，一旦钻出土层见了阳光一年长三丈，根须扎得越深越广，长出地面竹子也就长得越快。世间万物其实是一个理，栽什么种子结什么果。他郑癫头为何要灭我们品牌树他的牌子？说穿了就因为他怕了我们，晓得从长远的眼光看有"星星草"就没了他"大路"的出息。如果大家都不要这品牌了折个价卖给我，我要！凭啥呢？就凭阿拉农民太阳升起牛抬头的这势头，凭四眼他继爹糖拌糠用皮鞋换草鞋、高书记与我交朋友抬举红脚梗帮农民抬头的势头……

你们问我为何不认下冯老先生这门高亲？记得我当选村书记时说过：红脚梗抬头靠自己。受人钱财必受人驱使；这点道理下一代人不明白，像菩萨村主任、智佬与我这般从旧社会过来人就知道，旧社会地主老财的钱都是省吃俭用节俭下来的，冯老先生的船虽大一些，但钱财也不是偷来抢来的。如果我们要了投资就替他们打工回报，企业性质变了我就不是老板，生产销售就没了阿拉农民说话的份儿，与过去为地主老财扛长年做长工有何异样？我不要别人恩赐是为保护大家的利益；通过这五年多的董事长法人当下来，我知道啥钱可以要啥钱不能要？不能要的钱拿了就会烫手；何况我不是冯老先生真的侄儿，就受不了他这份恩，受了心里会难受一辈子；真是他侄儿我也不想仰仗他脚娘肚站起来。我靠的就是我们每个拿劳动力换财富的人；我要依靠你们把农民的这条路走出来……

在座的每个人可以把我的话转告全村出资的股东，谁退股只要有摆得上桌面的理由我都同意。合作就像男女相亲双方愿意才结婚，就是结婚反悔了还可以离婚，所谓捆绑不成夫妻……但钱我现在没有，除了老秦阿娜与莲子外，这办厂时筹的众家银子我一时间拿不出来，就是把我和番薯蜜枣剁成肉酱卖了也不够。退股有两种办法，一种是股东同意我把厂办下去，每年以债务支付固定红利，譬如我向银行贷款；还有一种办法只能毁厂退股，把机器设备折价抬走，我留下"星星草"品牌重起锅灶。我还就不信有种不能育出上"品"的苗，上"品"的苗就结不出上"品"的果来……

许多年以后，我耳边还回响着憨书记的那一番话。在我印象中他一直是个表达迟缓、木讷的人。可没想到那天他说的这番话如此感人，简直动之以情晓之以理，慷慨激昂却又合情合理。我在会后悄悄询问鸿年老师：这话讲得通透达理，是不是你老学究授意所为？他惊讶地叫了起来：这咋可能呢？惭愧呀，我还在外面自称为村联办厂的教师爷，可我的思想根本达不到这种境界……我还以为你俩商量好的呢？我说我真不知道他会这般说。他感叹道：志潮同学呀，到如今我才明白，在这迅猛发展的改革时代，有些事我们文化人根本就不行……

记得那日憨书记把话说完，众皆鸦雀无声地沉寂了几分钟，然后秦胜利与马利娜相互交换了个眼色转身离席。村里头头脑脑包括莲子，却谁都没有站起来撒尿或去厂食堂就餐，全都把脑袋耷拉下来。其实这时候大家的心里全都明白，事到如今，进亦不是退也不是，只能是死猪不怕滚水烫地穿着棉袄等发烧；眼前也只有这两条路可走。一是机器转着，企业尚有翻身的一日；二是机器停下，那就是破产休业啥也没有了。后来干爹板着脸问：如果第一条路走不通，村里的六百多名员工咋打算？憨书记冷冷地沉脸回答：我就压根儿没说过要走第二条路？我去镇里开过经济协调会，吴书记同意扩招增加二百多名新员工把事儿做大哩；不管眼前有啥困难，只要村联办厂这块牌牌在，我这个董事长总得让机器转起来。转起来……众人又沉默了……活人憋尿憋口气，甩破砂锅缝到底。不跟着憨书记干，谁有油嘴佬能耐敢下山单打独斗试试？

村委会、董事扩大会吃过中饭后继续开，直到晚饭辰光才歇手。憨书记虽然由五年前筹建办厂时的多数，变成了如今的孤家寡人；大家虽然忧心忡忡、七嘴八舌地议论批评他，可谁也没想出好办法，也没人能系统性地反驳他的观点。所喜是会议最后表决时，竟没一人提出退股，也没否决他提出的夯实基础扩大规模与马山总厂展开"人机大战"的发展方案。大家要的是补台而不是拆台。谁都明白把这张台子掀翻容易（谁都得不到好处），重拾起来不容易；只能顺着憨书记的思路往前走；仿佛一场突如其来的台风，来得突然去得也快。大家心里都明白接下去的路会很艰难，但如何艰难如何走，除憨书记外心里都没个数。其实当年他何尝心中有数，只不过长着个天王胆，走一步看一步摸着石头过河向前挪⋯⋯

3

如今想来，1988 年这年全厂没过上一天安生日子。村委会与董事会扩大会后，憨书记就立即贯彻实施他称作"负债经营"的办厂思路。在十几家联营加工企业先后解缆易帜后，新招入二百七十名员工经过短期技术培训匆匆上岗；通过笨羊杨小勇（新任县乡镇企业管理局副局长）帮助，从县汽配厂转让一百二十台报废设备扩大了生产规模；由副厂长军嫂奇兵突出，深入山里山外建立近两百户家庭作坊，挖潜代为加工搞"人海战术"取代联营合作企业；继而把"星星草"品牌进行重新包装，由莲子在上海市场建立的营销网络为基础迅速推向市场，同质、同价、同销（甚至部分亏损），在华东汽车轮胎制造市场与秃头郑陆马山总厂一决雌雄。

然而，问题却客观地存在着，主要是二百七十名新招员工与近两百户家庭作坊的管理。正像姨夫吴志远所说：在天街镇找一只三条腿的蛤蟆没有，而两条腿的人有的是⋯⋯当时天街镇十五个村，只有镇政府周围九个村办有企业，余下六个村差不多全靠农业收入过日子。壮劳力在"双抢"季节来不及，余下三季就闲暇下来，白天搓搓小麻将夜里搂着老婆大胖腿早早地将息。至于妇女劳力就更加没事干了，大都只在家里烧饭、洗衣、纳鞋底；能上班当工人，算是前世修来的福气，就是砸锅卖铁倾家荡产也在所不惜积极报名。但农民的事好管吗？不在同一村坊，不是同一个祖宗，没有宗亲血缘与切身利益联系就不会与你同心同德。这与秦胜利、马利娜合作不同，他们参股只是一种债务关系，并不参与实质性生产与营销；而新招的员工却直接加入生产与营销，管理就增添了难度。其实干爹在这事上早看得清楚，说你憨叔（第一次用如此亲切

的乡音称呼他）也可怜呀？这不，又在自己的脖子上套上一根绞索……我明白
他这话的意思，村里凡明眼人都能看出来，这只是一种作茧自缚的发展模式，
如果前景真如憨书记所展望那般顺风顺水，这些新加盟的异村人，以及新设的
家庭作坊在同等得益的条件下，将逐步消解矛盾变成驯服熟练的生产者，在
为企业创造效益的前提下实现自身价值。当农民的要求不高，无非是想把日
子过得如城里人一般衣食无忧。问题在于此时的村联办厂不但没有收益反是
亏损的；一旦企业出现问题或者崩盘，加盟者达不到预想的利益目标，体现
不出他们的劳动价值就会转化为巨大的破坏力，而使管理者全方位陷入绝境。
后来村联办厂与憨书记陷入"三角债"绝境，由此引发且付出双倍的回报才
了却风波……

中国的农民是一个缺乏组织约束力的松散群体，他们勤劳勇敢却习惯于各
自为战，缺乏为实现崇高理想的牺牲精神。而当年憨书记恰恰是把农民抬头的
精神因素看作高于一切，并为此目标牺牲人在现实中的生活利益，而忽视了这
种松散性带来的巨大破坏力。就当时实际状况看，企业唯一能自救的是在继续
开发市场保持销售活力的同时，吸纳与补充资金像马山总厂一样开发与改造技
术设备，提高生产效率压缩成本。而憨书记恰恰选择了与此相反的一条路，继
续以农村廉价劳动力为基础，企图以两军相遇勇者胜的战术优势，在树立农民
品牌的基础上，宁可亏本也要扩充市场进行绝地反击，要拼的是农民人多势众
的勇气与韧劲……

招兵旗竖起来，大批吃粮人便涌上来。连智佬、军嫂、二愣子、杂物贱
们都不相信，在企业处于生死存亡的危急关头，咋会有如此众多的飞蛾自行扑
火？都认为村联办厂一个新的黄金时代，随着憨书记的英明决策而来感到欢欣
鼓舞。唯一不高兴的是我干爹，他就阴沉着脸与我说：看着吧，这是一场灾难；
这世间上啥都好对付，唯有人难对付。但这话他也就是向我发发牢骚，公开场
合却不会散布，尽管他对憨书记有着篡权之痛的愤恨（直至晚年仍耿耿于怀），
在主观愿望上还是希望村民牛抬头富裕起来的。

新员工与家庭作坊骨干户培训结束后，憨书记有过一次简单的动员。说：
别以为你们来当工人，就能像城里工人老阿哥一样端铁饭碗、拿铁工资？告诉
你们，我们村联办厂实行股份制分配办法，厂里的老员工包括我都不拿基础工

资只有生活补贴，计件吃分红。所得利润对半分，五成作为基本工资，余五成中一成为税金与管理费，四成转入各人股本金。为何这样做？是阿拉农民有只饭碗不容易，有了就得端稳不让打碎它。现在厂里发的还是粗瓷碗，因为品牌还没打出来；待企业发展赚到钱，大家就可以揣上铁饭碗，像城里工人老阿哥一样吃劳保享受福利……

他说：我这人是个憨佬，做事说话实打实不玩虚的。老话有说办事仗信，做人靠熬。熬啥？就是熬出一个实诚来，现在村联办厂经营效益不好，我们先得熬一熬，熬多久要看经营情况；看我们的品牌信誉如何？我对本厂老员工有过承诺：十年后让每个员工都变成万元户。我说话算数，只要全厂里还有一个不是万元户，我也就不是万元户。大家在一起都是兄弟姐妹，你们加盟我信得过；你们也得信我，大家一起熬，总会有熬出头的一天。这样吧，我与分管劳动人事的副厂长军嫂商量过，你们留下签订一份劳动协议；熬不住或信不过我嘛，趁早吹灯打烊退还投资，一分一厘都算清楚……

我与干爹、智佬、莲子，甚至连军嫂、鸿年老师等人，原以为这种类似原始共产主义的分配制度留不住异村人，现代人哪有几个不为钱而活着？没想到新招的二百七十多名（打破计划劝都劝不住）员工只走了几个，余下的全签下劳动协议。不仅让姨夫吴志远与镇领导刮目相看，还得到高书记赞扬，四眼代他打电话表示祝贺：了不起呀，秀才，胜不骄败不馁是真功夫哪！我说那不是我的能耐，是憨叔……你别高兴得太早，我可告诉你我心存疑虑，因为人是没办法与机器比拼的？我说过销售越多，亏损就越大……

他说：别急别急，先就熬着，把局面稳住，伺机再图发展……

随即憨书记的胆子大了起来（原本就够大），他部署兵力分三条线作战。一条线由我帮助莲子搞销售，尽力把"星星草"品牌推向全国，压价就压价，保持与秃头郑陆的马山总厂同价，扩大营销规模巩固市场。我提醒说，如此一年下来得亏损十几万元，如果有百分之十的呆账坏账收不上来，那就是几十万元上百万元的数呀！他要我先别管这些了，做企业开弓没有回头箭；只要把呆账坏账控制在百分之十以内，他就有能力把村联办厂维持下去。二条线由杂物贱帮他内部挖潜搞生产管理，歇人不歇机"三班倒"连轴干，连星期天都不歇工。员工有事咋办呢？一个月定休四天，由编组为第四车间的行政人员预备队顶上。这种事儿国企、大集体企业都做不到，为何？国家有劳动法呀，员工是人不是牛得有作息时间保障劳动权益。可这儿天高皇帝远，是政府想管都管不到的盲点。改革开放初期穷惯了的农民，脑子都用在奔富裕道上法制意识薄弱，很少有在劳动强度与时间上计较的。此番调整产品成本就大幅度地降下来。第三条线，是憨书记派出的奇兵，由二愣子军嫂夫妻档，把边角料的加工业务，组织与派发给周围村庄的家庭作坊做。现在天街镇八字桥至十五忝村的道路两旁，如沿塘螺蛳似的掇满形形色色的工棚房，就是那时发端的产物。还别小看家庭作坊加工业，在那年头几乎占村联办厂总营销量三分之一且有效控制住成本；可说是当年憨书记打得是一场全民皆工的人民战争。三年后二愣子继任我担任厂长，就是靠对外加工业务这块起家的……

企业扩大生产规模后，憨书记把鸿年老师喊回来开办职工学校，说没有文化的军队是愚蠢的军队，办企业与部队打仗一样需要鼓舞士气。劲可鼓而不可泄。只要坚持数年，就把员工培养得像城里工人老大哥一样有文化有理想有素养……村联办厂也就有了前途……鸿年老师当时忧心忡忡（憨书记的做法显然超过他的设计范围），曾不安地问：事物发展有正反两个方面，如果熬不过去您打算咋办？憨书记板起脸想了想回答：秀才也这样问……我说你们书读多的人啥都好就一样不好，做事前怕狼后怕虎想东想西，怪不得晚上老睡不着？他说做人哪有个定数？就说讨老妡传宗接代吧，谁能包生儿子包生囝？我也想过企业转不动了咋办？其实没啥可怕的。老宝贝临走让杂物贱捎给我三锦囊，其中最后一个就是破产，最坏打算是我被打入地狱别人啥都不亏……这村联办厂也就是沿海农民的黄埔军校，从这儿出去单干或打工的人，谁都不再是一条虫而是一条龙哪……

此话又让鸿年老师大吃一惊，事后他研究了企业破产法后深感自己目光短浅，原来憨书记不是没打算而是早留下后路，真正是赤脚汉不怕穿鞋人？这哪儿还是办企业，是搞政治吗？为此他战战兢兢地问：三个锦囊还有两个呢？憨书记嘿嘿地憨笑着说：他吩咐过天机不可泄露的，我答应了就不能与人说，说了也就不灵了嘛。鸿年老师把他说的话完整地传达给我。我说第二个不知道，第一个我猜也能猜出来了。他问我是啥？我说就是他正实行的死猪不怕开水烫的"负债经营"嘛！只要把品牌打到全国去，成为沿海对外交流的名片，对高书记、四眼助理与我姨夫吴志远来说，就是一个烫手山芋想丢也丢不掉了……

他听了连吁了两口气说：有道理。只要不崩盘政府就得接手这烫山芋……

我知老宝贝走的是野路子，可憨书记偏偏就听他的……

4

这沿海县地形特殊，山呈一字形耸立在与山南交界的南面，占了整个县境的三分之一，北面却多是平原，大都是移海建塘围起来的滩涂地，所居农民几乎都是附近市县迁徙过来的移民，上溯不过十代；除靠海吃海晒盐或捡些小海鲜外，就是改造盐渍地种植棉花苧麻等经济作物。天街镇与近山几个乡镇，是为解决县域淡水资源从邻县划过来的。改革开放后，这块土地因缺水少田且历史上向有外出经商漂洋过海的传统，乡镇与民营企业的发展就特别快，二十世纪八十年代中期像憨书记这般白手起家的乡办、村办及民营企业已是遍地开花星罗棋布了……

憨书记眼看着发展势头不错又一次豁上了，在解决用工与扩大经营规模后，他带我进城去找四眼助理。目的很简单，就是向他要贷款要设备。是呀，员工增加了，我和莲子经理巩固营销阵地后，营销额没减少反而增加了，设备全加起来只有四百多台，日夜运转，加班的员工也全上不了机器；"人机大战"要的是满负荷生产，憨书记要打的是品牌争夺阵地战，需要有货品量与质的覆盖，这就需要有充裕的资金支撑销售亏损以及与增加设备继续降低生产成本。此问题其实笨羊局长已帮过大忙，向已转产的汽配厂小白脸陈俊借调了一百二十台淘汰的设备。现在憨书记却看中另外可以运转的二百台库存。对此陈俊回答很实际，设备是做库存贮存着，村联办厂想拿去也不影响县汽配厂日常生产，只是这些设备由县财政拨款购买，此款项已转入国家银行贷款属企业递延资产，憨书记想要可以办理手续把银行欠贷接手过去，这样就需要由分管领导审批转贷手续……

如果我没有记错，出发前我提醒他：马山订货会上四眼助理过来，曾想通过陈副司长与秃头郑陆沟通被你拒绝了。后来他又通过伍副省长与省委统战部试图证实你是冯团长的儿又被你借故拒绝，理由简单，村联办厂靠自己能力发展，不要政府与外来资金注入……四眼助理是政府这座庙里的和尚而不是菩萨；再说现在他一门心思钻进撤县建市的政绩工程上，你以为他会帮你吗？人逢喜事精神爽，此时村联办厂发展尚为顺利，他嘿嘿地憨笑道：你以为他像你这般的小心眼？人家当领导的站得高看得远，未必为我的憨脾气生气？再说又是公对公的事儿，高书记还与我交朋友。他这般说我就不吭声了。试试就试试，看看四眼助理与高书记多有涵养？

憨书记还与办厂初期一样，坐在四眼助理的办公室内抽闷烟。我当然不敢造次，只毕恭毕敬地坐着，四眼电话来电话去地让我俩干等了近两小时，才果断地撂下电话，脸无表情地问：说吧，憨叔您可是无事不登三宝殿？有事不是可以打电话吗？我正想回答，憨书记已快人快语却指着我的鼻子道：秀才在路上说我没认下冯老先生这门亲，你就不会再帮我的忙了？嗬，他还知道使用激将法呀，没开始谈事儿就把我给出卖了……我赶紧打圆场说：是的，莲子都说憨叔是一员福将哩，憨人有憨福，烂泥菩萨住瓦屋哩！自马山订货会至今都快大半年了，愣是坚持下来了……四眼助理锣鼓听声说话听音早知其意，便哈哈大笑道：您要发展生产，小白脸厂长那儿的设备没问题，在仓库里锁着也没用。可这事我与他交换过意见，银行里的贷款可得归你们还……

四眼助理说着便从抽屉里拿出一张银行销货贷款单搁在桌子上了，用手指敲着桌面道：小白脸陈俊与我说好，设备按老价格折旧百分之三十……至于钱我就无能为力了。我多次向秀才强调说现在搞市场经济，就得按市场经济规律办，政府不能拨款专项扶助；何况全县那么多企业都是纳税人，政府提倡公平竞争倾向谁不合适嘛……为此他补充说：此银行的续贷单是我设法弄来的。你们只需按时付利息还贷就是了。

我俩走出政府大院后，憨书记铁青着脸很久没吱声。他需要设备更需要钱，有钱可以稳定市场，逐年改造设备达到良性循环，使企业走向市场与秃头郑陆进行决战，然后在业界树起一块属于自己的品牌来……然而这次四眼助理轻轻地关上了这扇门，不是不同情我们而是没办法；他有他的使命与理想。其实憨书记早就应该明白：随着市场经济大潮铺天盖地而来，政府对企业来说只是一剂扶强不扶弱的中药方，要撑的是顺风船而不是逆风船！

销售第二年我们稳住了市场，而且还略有发展；这是我们组织生产挖潜降低成本的成果，虽然没啥利润可言却勉强能够持平；年终结算下来员工居然还有一半的工资可拿。这样大家都很高兴了，因为憨书记在年初动员会上说过：不要让人觉得我们农民虾没血，就是倒贴劳力也要把市场拿下！大家都做好了拿补贴白吃饭抵工资的思想准备，没想到旱田禾苗盼甘霖，猛火日头洒起毛毛雨，大年三十还有活菩萨毛爷爷落进腰包？

　　这下政府与媒体就开始热闹了。高书记在三班干部大会上表彰说：谁说兔子跑不赢大象，蚂蚁战胜不了田鼠？十五吞村联办厂的典型事例摆在那儿，"人机大战"嘛，硬是靠人的精神因素打败了机器……此话说得对吗？又对又不对，对的是在我国现代工业始兴起之时，人的因素在短期内还发挥着决定性的作用，村联办厂如果没有憨书记胆大做皇帝与赤脚汉不怕穿鞋人的坚持，也许在半年前就已偃旗息鼓死翘翘了（那时期由人被机器取代倒闭的中小企业还少吗）；不对的是农村廉价劳动力被先进机器取代的潮流势不可当已成趋势，如果农村中、小企业局限于生产挖潜与员工加班加点精神动力的基础上，盲目停留在"人机大战"短期得势的喜悦中，势必人毁厂亡被现代工业潮流淘汰出局。但无论咋说，这两年我们算是挺过去了。

　　我记得已奉命筹建县电视台的高晓敏，在次年春天破例在厂专家楼住了半个月，写成一篇《沿海农民创世记》的报道发表在省、市两级党报上，详细描写了憨书记如何艰苦创业，如何在马山与秃头郑陆争夺市场，又如何自力更生走出困境的内幕。此文一出十五吞村名气就传扬出去，不断有外地与近邻诸县市的党政干部与媒体记者前来取经采访。连姨夫吴志远与天街镇的党政领导们也被弄糊涂了：这憨书记不就在借鸡生蛋与拖欠员工工资苦苦过日子吗？咋就上上下下忽然红了起来？姨夫问我真实情况如何，我只回答两个字：亏着！他说讲具体点……我说你看税务报告不就知道了吗？他说你们又是往来款又是递延资产、小额销售免税单，哪里弄得清？我说：这么说吧，应了当年毛主席他老人家回答外国记者的一句话：前途是光明的，道路是曲折的……

5

　　其实这年底我已预感到一场使企业遭受灭顶之灾的债务风暴即将来临。因为我知道（除负责财务的军嫂外就我清楚）憨书记为死猪憨硬屎地撑硬场面，卷入了企业"三角债"风波已久。

譬如说他为调动员工积极性，把拖欠两年的基本工资百分之五十（另一部分转入股本金）一次性给发掉了。不发也不行呀，工人干活理应给工资，这事《企业法》与《劳动法》都有规定，拖欠已是不应该了。本村老员工还好办一些，前几年算是赚到一些钱，对厂领导有个基本信任度。新招的员工就不一样了，没钱就少干活或不干活，甚至还有搞破坏的。这锦纶帘子布制作技术难度不高活却精细，稍有瑕疵质量就不合格；全厂那许多员工技术质检根本来不及，全靠当班员工的责任心。员工心里有事工作就没精打采地负不起责任来，出了次品就影响了公司的品牌。此事公司领导班子抓过几次，负责技术工作的杂物贱还下车间蹲点，却无法杜绝，一不小心就在成品里发现次品。本来嘛，你都没发基本工资给人家？这种白吃饭没酬金的事，短期内凭人的觉悟可以坚持，红军两万五千里长征，志愿军在上甘岭不就讲个阶级觉悟吗？但时间一长就不行了，谁都不是脑子缺根筋的白痴？企业的大账算不来，个人小账却门儿清。憨书记在大家强烈要求下，决定把该给个人部分发掉，全厂九百多名员工，月人均三十元，全年三百六十元，连同头头脑脑及投资单位，两年加起来就不下百万元。那时的钱值钱，按比例算现在都上千万了。军嫂提出账号里没钱。憨书记追问广州打过来的那笔钱呢？军嫂就递过账本来，说水费六万多元、电费十二万元、原料款十七万元都刚刚从银行划走。憨书记又问我：安徽、江西，还有湖南株洲，几笔大额货款年底前会不会到账？我说根本就到不了，莲子已兵分六路在各地追款哩，返回情况都不好……

这样，憨书记就背起那条蜡染布褡裢，捎上秋秋姑给他准备的麦碎馒头与呛饼、番薯捏伴、炒花生或石板豆，还有番薯烧酒出发了。干啥？向这几年他新交的那些乡镇民营企业朋友借钱救急……没办法，病急还乱投医？不就是生不带来、死不带去，饿了不能当作番薯捏拌啃的毛爷爷吗？多一张富不了，少一张也穷不死，一匹好马两个鞍，一条好汉三个帮。做人犹如后海发大潮汛，有涨潮也有落潮，潮起潮落是老天爷安排的命。一人有难四方帮，权当是交人情多个朋友。这种观念，有些像老庄哲学：道非道，非常道。当时沿海创业的农民，其思想观念十分混乱且复杂，既奉行佛教虚无主义与包罗万象，又遵循儒家天下舍我其谁的处世进取精神，在具体问题处理上，却离不开老庄哲学的出世与洒脱。你说他信吗？他啥都不信，不知来源典出何处？说不清楚内中的道道。说他不信，却时时处处大事小事地践行着。很久以后鸿年老师有过一个精辟的总结，说儒释道三家，儒是沿海农民谋生之道，好比发给大家一只盛饭的碗，饭淘箩满时装饭吃，饭淘箩里没饭就得饿肚子，办企业就为煮饭装饭淘箩内。释是处世之道，犹如穿衣打扮修饰，给人一张文明示世的脸，只能坐而论道嘴巴快活却解决不了温饱。道则是精神娱乐，人在吃饭与衣饰后的精神排泄。此三者中吃饭最重要，穿衣次之，娱乐又次之。

当初沿海农民企业家，办厂找活路奔小康，大多像憨书记一般被逼出来的，乱世英雄起四方，讲的是草莽英雄的义气，只要口袋里有两个烂污白板，就开始追求精神娱乐，以中国农民几千年来铸就的黄连树下弹琴——苦中作乐的道家传统，与人共享劳动后施舍的欢愉。可惜是这种有着藐视权贵、济世扶贫精神的民间传统，随着经济高度发展与西方文化的侵蚀，乡绅文化和无数传统村庄的消失而逐年消亡。当年憨书记之所以敢于负债经营，就是建立在他那个"朋友圈"饭淘箩里有饭大家吃的基础上。当然，这种人情往来是双向的，他有难时别人帮，别人有难时他也要帮。憨书记在他六年多的经营交往中，借进别人不少钱，借出别人也同样不少；有一股民间资金的源头活水，维系着成千上万想要抬头的牛们道德观念的基础上互传友谊，致使他们在解放自身的道路上迅跑。这种做法与传统道德有利于民间资金的盘活，对没依附在国家配给资源的中小企业资金流通、借贷提供了基础。不足处是得不到制度保障与法律制约，往来手续只凭个人脸孔与一张"白条"，讲的无非就是传统道义中信与义两字。有借有还，再借不难，信守诚义为真君子嘛！

这年憨书记一下发掉百万元的员工工资与投资回报，无非就是凭他这张老脸东拼西凑借来的。连同企业前期债款与周转资金，村联办厂账本上虽仍无出现亏损，实际负债率已达百万元；如果把那些企业周转中的呆账和死账算上，起码有三四百万元之多。在钱还值钱的二十世纪八十年代末，如果掌握此情的是我，非犯神经官能症不可。可想当时他承受了多大的压力……

如此严峻的现实，如果没有市委市政府（沿海已撤县建市）领导三番五次地表彰树立憨书记为农民中的典型与"万元户"，以及媒体推波助澜接二连三的宣传，憨书记的债务纠纷可能暴露得还会迟一些，因为他的"朋友圈"内的三教九流（大都是农民企业家）都还是重感情与讲义气之人，遗憾的是政府的表彰与媒体的宣传使他们确信憨书记是个身上有钱欠债不还的"小人"，这就需要用置政府法律之外的非常规手段索还欠款……

令人恐惧的是在次年开春，由于莲子联络的北方集团原材料价格调整，与秃头郑陆调整经营思路，联合品牌归顺依附在马山总厂周围的乡镇、民营企业，以莲子营销重点区域上海为中心，再次挑起促销价格大战，对重新理顺并新开拓市场的村联办厂进行的所谓铁壁合围，致使我们再次遭受滑铁卢。而这时，村联办厂应收款的坏账，达到总营业额的百分之二十以上，折合成货币计算不下五百万元……

在毫无征兆的前提下，十几辆卡车运载着三支大军，突发其来、气势汹汹地包围了吞口的村联办厂。干啥？都是来讨债的！采用了非常规手段的讨债。都说堡垒是从内部攻破的。这三支大军应是内外接应相互呼应，熟悉企业内情。一支是这些年憨书记在他"朋友圈"内的债主，沿海市有头有脸先富起来群体中的代表，足有上百人。据事后归纳并账，合计金额达两百余万元。他们中有的确是企业遇到情况急需用钱；有的并非急用赌的是心里一口气。这儿涉及地域文化的劣根性，马王爷出道独只眼，大善之中藏妒性。只能人比我孬，不容人比我好。你憨书记借款时信誓旦旦，说好是临时救急有借有还，前些年遵守合约进进出出还上利息算得是一条汉子，咋这两年只见你生意越做越大（销售额翻倍），省报、市报还整版报道农村改革成果，借钱到期怎不还了呢？当我们是孬孙儿子、呆驼阿爹、瘟神菩萨？谁都明白改革开放对没有国家资源依靠的农民来说，是"钱生钱、钱养钱"与"小钱搏钱、大钱置产"的游戏；你的钱是钱，我们的钱也是钱呀。穷相帮富相忌，有钱（品牌做大之错觉）不还就是遭众人殴的逃生子。难道这世界就你聪明？拿我们劳命挣来的血泪铜钱，当成了祭祖宗坟头的冥纸？

第二支大军就是新加盟的外村员工，夹杂部分家庭作坊的欠款户，集体罢工示威，要求贯彻国家《劳动法》补发工资以及赔偿损失。此举酝酿已久（我说过是不安定因素），爆发只是借外力讨债的时机。虽然他们进厂时，憨书记打过预防针，说企业处于困难时期需要艰苦创业，真正打出品牌则需要五年，但大家等不到这五年，现实境状是没拿到全额实际报酬、日夜加班的高强度劳动，使他（她）们感受到比在家里种地还要憨气，眼见得山下生活一天天地好起来，外出打工的同伴一年还有几百、上千的毛爷爷往家里汇，相比之下自己不但寒酸，简直窝囊透了。因此在第一支讨债大军采用暴力手段绑架憨书记后，在秋秋姑呼天抢地的痛哭声中，出气（纯粹是没实质意义的出气）扒倒她在上戚家的一间瓦屋与一间一披的草舍。因为憨书记多次在会议上说：只要村里还有一户人家没翻瓦屋，我这当村书记的绝不造瓦屋。那好，你革命者永保艰苦奋斗的本色，让你尝尝住旷山野地的味道？阿拉可是要砌屋娶老妊、嫁人过日子的……

第三支大军最后出现，骨干为秦胜利与马利娜率领的退股队伍（也酝酿已久厚积薄发），由我三叔黑无常领着（不知是否得到干爹或智佬哥暗中支持，包括我姨夫吴志远默许），得知信息后以为终于树倒猢狲散了，用三辆大卡车搬走了一百余台设备，还把留厂坚守的军嫂（财务副厂长）扣押在十年前油嘴佬与菲菲苟且的地棚里，逼她交出银行账户与法人财务章……此举按秦胜利的说法只是搔搔痒，促使憨书记去邪归正不再做牛抬头的春天大乱梦，集中精力现实乐惠把赚钱落到实处；实质是对处逆境中的村联办厂不抱希望，索性来个墙倒众人推，由它"往生"归天由设备充抵股本金。

经此三支大军的洗劫，村联办厂犹如褪毛的凤凰变成等待下锅的三黄鸡。当我与莲子在上海（正与客户谈业务）得知消息匆匆赶回时，厂子已是一片狼藉……设备、厂房门窗亦被砸坏，受损严重的食堂（开过饭）把积储的食品一扫而空杯盘狼藉，桌椅板凳缺胳膊少腿面目全非，简易墙推倒灶具锅台全被打破……所喜是我俩回厂时已近黄昏，却有二愣子、杂物贼自发组织约有四五百人的护厂队（办厂首批员工），手拿铁棍以及各式工具东一伙西一团地站在寒风中守卫厂房。人们穿着破旧的棉工作服，脸上身上全都汗津津的，嘴里咬着鲜六谷与烤番薯这类的杂粮；这时秦胜利与马利娜们刚走，罢工闹事的员工也已散了，我问为何不报警？二愣子靠近我咬耳朵说：憨叔说是他理亏……

农民哪，这就是农民……几月前发工资时还心怀感恩推杯换盏（尽管是最差的下酒菜）对主人歌功颂德，转眼间就成为梁山泊英雄好汉造反有理。

半月后，憨书记黑着脸摇摇晃晃地拖着疲惫的身子，由一辆簇新的北京敞篷吉普车给送了回来。他垂头丧气精神恍惚，没了以前那种自信专横与霸道劲，简单问了些厂里情况就要回家。我知他那屋子被扒让他住厂里的专家楼，他拒绝了，回上戚家找了几个人砍柴把陀头庵整理了，与秋秋姑搬过去住。

秋秋姑受此惊吓后脑子出了毛病，常独自枯坐讷讷自语。此病久治不愈，确诊为被憨书记称之穷人富贵病的帕金森氏综合征。憨书记经此变故，也常沉默不语地呆坐着发愣，很长一段时间内不理厂务，工作由我与军嫂（她在镇党委我姨夫干涉下隔天返厂）莲子共同主持，主要是停产整改与收回应收款，减少呆账与坏账与归还债务。经那次事件后鸿年老师长住在城里不回村了，闹事的员工都是经过他的培训（政治教育）上岗的。他说以后他已没有能力再帮助村里做事，要求辞去村副主任职务；但保留了村联办厂与麻皮阿梁建筑公司董事与顾问。干爹与智佬也更少顾及厂里的事。据二愣子、杂物贱告诉我：憨书记住山上后每天清晨必修功课，就是对着陀头山的悬崖峭壁吼山，其声哀怨凄厉令人毛骨悚然……

据后来债主们内部透露：所谓绑架只是警告，告诉他做生意须守规矩，谁的钱都是扫帚柄上逼清油来之不易。只要他认错告饶说明钱的实处重订借款协议，天下农民是一家皆可商量。当然欠债必还，最好先还一部分，家家都有一本难念的经，谁都不是家里开银行？可他半月没吐句实话死撑面子活受罪……要不是从内蒙古商会接连打过来两笔共一百零六万元现钱还掉大部分，我们连要他死的心都有了……国家禁止民间融资借贷不合法呀！我通过关系询问：是内蒙古商会打过来的钱？他们说对呀，是那里打过来的……我们才把他送回来……

由此，我想起油嘴佬来，很想知道这两年半里他活得咋样。

戚志潮（八）：格桑花儿开

1

格桑花是一种生长在高原的花，又称娑萝，特点是耐寒，不管多么贫瘠的土地，都能开出绚丽的花朵来；其实就是我们江南山里的杜鹃花，也叫映山红。

记得前些年有一部这代人印象深刻的电影《闪闪的红星》，那画面上的映山红说多美就有多美。它的故乡应该说在西藏与青海，格桑就是藏语嘛；可我看到那种漫山遍野，遍地怒放的格桑花，却是在内蒙古伊克昭盟，伊克昭系蒙古语，意即大庙，成吉思汗的陵墓（一说衣冠冢）就在那儿。此盟在 2001 年后撤盟改市，就是后来内蒙古经济最为发达的鄂尔多斯。

现在我又该说油嘴佬了。债主们提到那笔钱从内蒙古打过来，我就知道是他了。关于他重返伊盟在那儿扎根创业的故事，社会上流传着多个版本，内容大同小异，有一点却是共同的，就是他在那儿小煤窑里当过煤黑子（有可能当年离村出走与秃头郑陆相遇前也干过这活），挖过一年煤，也有说半年的；无论一年还是半年，那时候他的人生算是落到了谷底。油嘴佬自马山订货会后，因监守自盗总厂技改资料和小苗苗的事，被秃头郑陆炒了鱿鱼（也有说他感到没脸面主动辞职）。但他没有立即与马山总厂脱离关系，被发配到原料市场集中的伊盟当联络员，不知咋的遭人暗算做亏生意才进小煤窑去挖煤。在以后许多年里，油嘴佬对这段经历讳莫如深，忌讳别人提及。对他这般要面子的人，当煤黑子显然是一段很不光彩的经历。

也合该他运气好与脑筋活络，在去北方订原料的火车上，遇到了一伙出来办事的老乡。途中无事大家比着吹牛，比谁的亲戚官当得大。其中有一个瘦长个儿的中年人，脸上还遗留着长青春痘的疙瘩（事后知他名叫王大维），说有个表叔原在北京军区当副师长屯边驻军在伊盟，后来被抽调"支左"运动结束退役留京当了大官（一说煤炭工业部协调司副司长，另说铁道部调度司副司长），住在中南海西边万寿路的部长楼里，离婚重娶漂亮媳妇变成京城权势一族……人就问那衙门有权，你咋不去找他发个小财？他说人富了就变得薄情，不像小时候玩坷强盗游戏那般随便？他说小时候他经常扮强盗，不是想当强盗，是我们逼他当强盗；他当强盗连藏猫猫都躲不好，我们一找一个准，天生贱骨喜欢别人揍他（强盗嘛），还跟在屁股后面转。他娘（我亲姨）带他嫁了二堂，村里人都喊他拖油瓶总欺负他……现在不同了，一当官架子就大，家门口站着警卫我都懒得进去了。人说怕是进不去呀？他说是进不去，写信退回来，电话也打不进去……人皆说他吹牛不打草稿，天下哪有不认乡情的？八成是没这个人。他急了，说官大断亲，古来有之，哪还有啥乡情？遂从口袋内抓出个皱巴巴的信封给大家看，指着上面的通信地址说：这是他娘活着时写的地址，说有事可找他。真有着火死人的急事，我闯也闯过岗哨去……于是大家唏嘘嗟叹道：人哪……真遇上急事隔地近亲靠不上，隔心乡邻能相帮。做人哪，图实惠不能浪得虚名……

这类事别人听过也就忘了，就像水流过去不留下啥痕迹。做人如果啥事都能记住，脑袋里得装上个笔记本电脑。但是油嘴佬记住了，不但记住还知道他的大名叫王哲强，小名就叫猫崽，家住北京万寿路九号楼203室。就是这个人，后来成为油嘴佬改变人生命运的契机；也就是继老宝贝、秃头郑陆与骆大教授后，他是油嘴佬东山再起的第四个贵人。

就油嘴佬本质来说，也像他老爹那般是个不信邪的倔头。如果当初他在马山发生变故后，诚挚地向秃头郑陆解释清楚，我相信凭两人交情与他对马山总厂的贡献，秃头郑陆也不至于如此绝情，把他发配到当初还是荒凉的塞北（也许是他自个愿意来）。塞北草原好地方？这只是在歌词里唱唱。那时的伊盟还没有开发，没后来那般扬（羊绒）眉（煤炭）吐（稀土）气（燃气）这般牛皮哄哄……秃头郑陆在他离去时愤然骂他是一头恩将仇报桀骜不驯的狼……有着同样身世的他不胜哀伤地叹息：人呵，都是这山望着那山高，你以为你是啥？离开故乡你已经啥都不是了；你以为你还有家吗？你帮助他们他们就能接纳你吗？不是的，他们已经不会再接纳你，你永远是个无家可归的人……你把他们当作亲人，他们却把你当路人；你受穷他们会开心地讥笑你，谁让你狼心不足认他乡为故乡的？你富有人们就会嫉妒你，为何同是红脚梗你撞上好运而他们没有？你施舍回报他们认为是应该的，你满足不了欲望他们就会恨得咬牙切齿，甚至把你肢解骨骼啃尽你的肉！你已经迈出这一步，只能是一个精神无可依托的流浪者。他说兄弟，听我的话，你已经长大了注定这辈子流浪，不要再回头是岸地缅怀童年缅怀故乡，扎扎实实地去干一番属于自己的事；这就是人生，兄弟如此，父子如此，人们世世代代只有往外走，没有再缩回去的，除非你是呆驼儿子……

他说这番话，是对油嘴佬盗窃总厂技术资料的指责。如果油嘴佬能低头乞求认错，也许他还会把他留在身边。秃头郑陆就是这样的人，疾恶如仇既往不咎。但油嘴佬不是一个能弯下膝盖的人。经过这番折腾，他明白故乡诚然是回不去了，这儿同样不是他该待的地方；人间处处有芳草，也同样处处充满陷阱，留下总有一天被人卸磨杀驴。早在他离村出来闯荡时，老宝贝就语重心长地与他说过：徒儿呀，别以为外面的花花世界那么好混，那可都是阴谋与诡计的纠集……江湖人心险恶，处处充满陷阱，你必须小心翼翼才是……是呵，经过这些年的历练，他已经明白天下没有不散筵席的道理。这儿的天下不是他打下的，属于秃头郑陆，他只是寄人篱下地分得一杯羹；他要得到这锅羹的全部，就须得有一份属于自己的事业。由此，他义无反顾地离开马山与秃头郑陆分道扬镳……

油嘴佬离开了秃头郑陆，当然也与小苗苗失去联络。他能够为满足自己的某种欲望舍弃菲菲，当然也能舍弃小苗苗。这时他的亲情与爱情的观念开始扭曲，女人在他的心目中是什么？只是衡量成功的杠杆与装饰，并不是全部；他眼里只有利益，利益才是人生的全部，如果此利益没有实际价值，就会毫不犹豫地割舍抛弃乃至遗忘，连眉头都不会皱一下。他离开能够施展才华的马山重返有着开拓前景的伊盟，是牛们对历史现实对生活生命意义再思考，以他的理解对人生进行新的探索与扬弃。他已经不是老爹那种给点阳光就灿烂，有赖于土地、种瓜得瓜种豆得豆的传统农民了，开始成长为一个独立自主的人，在保持牛们抬头啃草低头耕耘的同时，伸出他的触角对这个世界进行小心翼翼的触摸，以及对异乡大地的拥抱。在以后的经营中，这个生着一双灵活大眼睛、俊朗阳光的年轻人，从来没有为暂时的失败泄气，一如既往笑口常开自命不凡地活跃在商场上，心无旁骛、胸有章程，孜孜不倦地向着传统宣战，颠覆他的前辈各种自寻烦恼、所设下的清规戒律。在他心目中牛们不仅在太阳升起时啃草耕耘，或者挤奶，而是应该享受人生而演化为独立的人；一个连菲菲这般贤惠善良、小苗苗这般花容月貌的故乡女子都能舍弃的男人，还在乎舍弃世界上许多不符合逻辑的东西吗？

这时他的心中只留下八个字：为达目标，不择手段……

油嘴佬的事业，就在伊盟市郊的一座蒙古包内开展起来。一位满脸皱纹，头包着亚麻头巾身穿蒙古袍，寡居放牧牛羊的妇人（比番薯蜜枣秋秋还苍老），默默地接纳了他。他当然没有办公室，也没有必要的办公设备。他告别井下那种暗无天日的煤瞎子生涯，是因为矿主弄不到发货车皮挖下的煤运不出去，而克扣了煤瞎子们的工资，就如村联办厂拖欠员工的工资一样；大家聚众闹事要把矿井给炸了，闹得矿主实在没办法决定把矿井承租转包给个人。这就给了油嘴佬咸鱼翻身的机会，使他想起了已镌刻在脑子里的北京万寿路九号楼203室，以及小名叫作猫崽的大人物王哲强。在与矿主经历过两轮艰难曲折的谈判说妥价格，他就在那个寒冷的冬天，独自背着布褡裢闯荡北京来了。

油嘴佬是最懂得把钱用在该用地方的人，自在火车上与王大维聊过王副司长后，他就知道北京是他值得烧钱的地方，那是皇上的金銮殿呀。普天之下，莫非王土；率土之滨，莫非王臣。这样，他开始过上一种叫花子般的日子，王子般地花钱的生活。俗话说：挣钱是本事，守钱是学问，花钱是艺术。油嘴佬与他老爹最大区别是：老爹有本事没学问更不懂艺术；而他却懂学问修炼着本事与艺术。此时油嘴佬身上应是积蓄了一些秃头郑陆给的钱；但钱这东西，不是花出去就有效果使你变得更有钱，它需要人的耐心与掌握火候等待时机。何况他认准那位能办事的王副司长，除了姓名住址其余一无所知。在偌大的北京城除了他，再也没有他相识的人了；他不但要熟识他，而且要把他拿下为己所用，不是一门艺术又是什么？因此，在猫在地下室宾馆（战备时期北京人挖的防空洞）的那些日子里，油嘴佬可谓绞尽脑汁，盘算着如何恰到好处地把身上的钱花出去收获成果？他想起老爹常挂嘴上的两句话：赤脚汉不怕穿鞋人，木卵不怕鬼，胆大做皇帝。这时他已从报纸上看到伊盟是个产煤之地，为何没有规模性开采？除政府投入资金少，民企投资政策界限不明外。主要是铁路车皮不好搞运输存在障碍。他找王副司长就为解决此障碍；解决障碍后他就成了那两座小煤窑的主人……

他开始往王副司长家里跑了，相信他能帮他找到这把阿里巴巴打开财富之门的钥匙……

王副司长当然不接待他。老家亲戚太多许多不认识，哪能接待过来？他吩咐北京娇妻拒绝乡邻上门……可油嘴佬是个特有恒心的人，一回生两回熟不会轻易罢休。一而再，再而三，专拣王副司长出门时上门，他相信女人心软，搞定他老婆比搞定他容易；打听到王副司长出差后索性在他家门口打开铺盖坐等，直至娇妻于心不忍开门约定王副司长归来日期（不约定咋行？眼看着这么一个俊小伙日夜守候在门口报警不成）。这样隔几日他又上门，王副司长开门见山地问他是哪门子的亲眷？他直言相告；我不是您亲眷而是亲眷的乡人和朋友……他问他为何找他？他指指被他老婆拒收的那袋炒蚕豆说：这是您表哥大维让我捎来，说您小时候最爱吃这一口……王副司长连想都没想提过炒蚕豆进屋把他晾在门口了。本来嘛，我又不认识你，收礼不收人，收礼认的是亲眷，而不是捎礼的人？油嘴佬没办法，只得苦笑着摇了摇头离开……

下个星期又来，这次是送藕酥糖（全是北京刚兴起的特色超市买的）。这也是王副司长小时候爱吃的东西……这次他又不在，娇妻开门了（睡衣真亮丽），让他进屋坐一会儿。他进去心里一下惊呆了，这是人住的屋子吗？简直是皇宫！其实也普通，只是油嘴佬当年孤陋寡闻少见多怪。但他装作不在意，大大方方地坐下，向她讲王副司长小时候的故事，说他是家乡下辈人的偶像……

过几日，又拿土特产过来，这次没说王大维捎来，说他自己找特色超市里买的。他说他在京做生意没个伴儿很孤单，想认王副司长当亲人哩。这样一连几周下来，王副司长把他迎进家门问：小老乡，你那么虔诚地来找我，肯定有事要我帮忙，我俩进屋说吧……他装作受宠若惊地说：可我不是亲眷又咋好意思打搅您呀？王副司长道：谁都混得不容易？不是亲眷还是乡人嘛……

2

这是一片以后再难见到的草原：一望无际的原野上绿草茵茵，远处是瓦蓝瓦蓝的天空，几乎没有一丝云彩；牛儿羊儿们一大群一大群如棉花絮般在蓝天绿草上浮动。不远处是成吉思汗功盖后世气宇轩昂的皇陵，在黄昏落日的霞光下蜿蜒蔓延巍峨耸立，泛出金黄色的光辉与瓦蓝的天空，碧绿的草原衔接在一处，生机盎然浑然一体，显示出草原母亲博大宽阔的襟怀……

这儿的天地，可比我家乡的那山那地广阔多了。我是联络上在包头锦纶原料厂当库房助理的芮小苗后，才辗转来到这片美丽的草原。

小苗苗大半年后从马山总厂辞职时，秃头郑陆感到诧异，问她值不值？说天下好男人多的是，为何非天南海北地去追他？她说有句裴多菲的诗：若为爱情故，两者皆可抛。秃头郑陆听后哈哈大笑，连说错了错了，这裴老夫子的原诗是：生命诚可贵，爱情价更高。若为自由故，两者皆可抛。小苗苗也笑了：反正就是那意思，我想明白了，这辈子跟着他这人为他活着了……秃头郑陆摇头道：你太年轻了，还不明白男人是什么？明白了会后悔的；你要辞职我同意，但你要孟姜女千里寻夫我不赞成，你知他现在干啥吗？小苗苗说不知道，我只听爷爷说他在内蒙古伊盟。他说他是在伊盟，那笔锦纶原材料单子被人骗走亏了本钱，在一个朋友的小煤窑里下井挖煤当煤黑子还债哩。小苗苗不相信，说他这么聪明灵光的人会下井挖煤？秃头郑陆说：那你就耳听为虚眼见为实去看看他吧？辞职的事先别提，后悔了再来找我上班……好吗？我与企业的事与他掰翻，个人还是朋友，我与他保证过不会为他的事儿欺侮你……小苗苗说：不了，时过境迁，一代人有一代人的风景。这事是我自己做出的决定，后悔了也不会来找你……秃头郑陆连连点头说佩服，你俩呀，也就是一对疯子……遂从抽屉里拿出五千元钱递给她，说那好，你走吧！从今后我不希望再看到你……小苗苗没想到他一下子塞给她那许多钱？愣住坐着不动。他问：你怎么啦？她醒悟过来说没什么？这钱是您给我的？他说当然，你是去找他的，他也是我的朋友呗！小苗苗这才笑着把钱随意地塞进牛仔裤兜，屁股一翘一翘地离开了……

　　小心把钱丢了！秃头郑陆在身后喊。放心，丢不了……她头都没回，蹦跳着出门去了。代我问他好……秃头郑陆又说。她回头冲他吐吐舌头：我知道……她知秃头郑陆这份钱不是给她的，而是给油嘴佬的；他认她是油嘴佬的女人哩。不拿白不拿，拿了也白拿，不就是拿瘟孙的？她想：没想到傻里吧唧的臭男人，相互之间还有真情感？

　　如果说这世界上还有真情感，小苗苗对油嘴佬的感情可算得上热烈与真挚。她倒了三趟车，从马山到徐州，又从徐州到北京，再从北京乘直快列车才来到伊盟……她隐隐约约地听油嘴佬说过，他向往的伊盟葛布尔草场，是他跟着她的爷爷老宝贝，心灵能像马儿一般撒欢与释放的驿站。是它让他知道这世界有多广阔。现在她来到伊盟了，葛布尔草场又在哪儿呢？问过几个人都说不知道。她不相信他在小煤窑里当煤瞎子，阿爷老宝贝也没告诉他在当煤瞎子，那活显然不是像他这般有文化、受过大学教育的男人干的？她已经不愿意去回忆那段被爷爷老宝贝绑架关押在大篷车内屈辱的日子，在见过菲菲返回马山时油嘴佬已离她而去且音信全无，为了获知他的信息，她忍辱负重在众皆鄙夷的目光下生活了大半年，直至深秋时节小呆驼捎信说老宝贝肺癌住进医院，她回去陪伴才获知油嘴佬在伊盟葛布尔草场的确信。手术后的老宝贝同意她寻找油嘴佬，并告诉她联系方式 BP 机号码。说：你要找他，我现在也不拦你了；你见到他捎个信，师傅要是还死不了，也会去那儿找他的。于是小苗苗返马山办过辞职手续，就隔山隔水地来这儿找他了。秃头郑陆说她孟姜女千里寻夫，是呀，她就是孟姜女；菲菲姐把那张盖有天街镇政府大红印章的结婚证给了她，他是她的夫呗，她就可以名正言顺地追她喜欢的人了……

车站道旁有公用电话亭，她入内拼命打他的 BP 机，但该死的油嘴佬却没有回答……半小时后，她坐在车站阶台上，颓唐地拆自己在旅途中弄乱的辫子。她原本毕业后已铰掉辫子烫成大波浪，但后来他说还是辫子好看，没法儿，女为悦己者容，她又把头发给养起来。辫子有两条都还短（不到两年嘛），在上面掇有蝴蝶结。她先把蝴蝶结摘下又褪下橡皮筋，弄乱头发用随身带的梳子梳了，再把辫子编起来戴上蝴蝶结……这条编了又编那条……她的眼睛一眨一眨的，长睫毛下的两颗眼珠不时地泛动，动脑筋哩！每次拆辫子编时，她都开始动脑筋。她知道头发与脑子连在一处，动脑筋就扯头发……如此过了半小时又打他的 BP 机，还是没回音，又坐下绞辫子，这次是绞不是编，抓往头发往外扯……

这强奸犯死翘翘了……她愤愤地骂着，头觉得都大了。找不到油嘴佬晚上她将露宿在街头。时过立秋，江南还柳条儿青青地暖和着，这儿却已冰天雪地。小苗苗解开随身带的行李卷儿，里面是她新置的棉被儿，弹力絮喷胶棉的又轻又柔，是沿海一家民企开发的金凤凰品牌。没法不喜欢，是女孩儿都喜欢。就是这条新被子她试躺着做过多少回梦？那多半是属于她这年龄女孩儿的梦。在梦中她变成一个美丽的新娘，被他拥抱着抚摸着宠爱着……她问：你真的强奸菲菲姐了吗？他说你说呢？她说不会的，是她诱惑了你，你以后再做这事我会杀了你……她把这条新被子披在身上，这是她唯一的财富。她拥着它不知不觉地睡着了，甜蜜地坠入可由灵魂自由飞翔的梦乡……

她是被脸上毛茸茸、有些扎脸的东西惊醒的。觉得身上被什么东西箍住了，她闻到一股浓烈的酒味，这滋味与阿爷或油嘴佬嘴上冒出来的不同，有些酸臭味混浊而又腐烂不堪……她想喊叫，但嘴被另一张嘴堵住发不出声音来……她明白发生了什么？倏然瞪大眼睛。在昏暗的路灯下她看清楚了一张狭长的、长满酒刺、坑坑洼洼的马脸。那两只有力量的手在忙碌着，一手解她的上衣纽扣，另一只手更荒谬，摸摸索索地找她皮带的钢丝扣……

小苗苗被惊醒了，心头扑扑乱跳却没慌张；她未见识这种事，同学中倒有人见识过。告诉她这时不需要慌张，男人都这德行……她心里忽然想笑一下，她爱上强奸犯是遭了报应。她振作精神努力挣脱出自己的嘴来，笑道：好哥哥，别急呀……那两条搂紧她的胳膊松开了……就在那一瞬间她迅速地推开他，身子像泥鳅一般从他身下钻出来，积蓄全身力量一脚蹬在他的裆部上……经历过此事的女同学说：那是男人最为薄弱的部位……果然，他哎呀惨叫一声，双手捂住裆部在地上翻滚起来……她丢掉身上半捂着的新棉絮跳将起来，骂道：姑奶奶是人不是猪……天气晴朗，天上浮动着明月就是冷了一些。对面的火车站在月光下显得冷清清的，没几个行走的人。那人挣扎着站立起来，又像狼一般地扑上来：婊子，老子以后生不了娃就要你赔……他会说汉语不是蒙古汉子，这使小苗苗略略放心……再次扑上来的那汉子变得像狼一样凶狠，抱住她就欲撕衣裳；现在她完全清醒了，摸出佩在皮带上的蒙古短刀顺手给了他一下子……

这是油嘴佬送她的礼物。火车上规定不能带武器，小刀算不得大武器？小苗苗把它藏在裤裆里就为了对付这类人，过五关斩六将地带了过来，想不到正好派上了用场……挨刀的汉子蜷缩在地上，血从伤口流出来，痛苦地扭动着身子……真扫兴……小苗苗整理行李正想离开这是非之地。但那汉子的呻吟使她想到一个棘手的问题：他会死吗？他死了她就成了杀人犯。这样想着她又走向电话亭。这次不是打 BP 机，而是拨派出所号码报警……

在憨书记被人绑架的半年后，我趁内蒙古洽谈原材料的机会，专程来到伊盟会见油嘴佬。此前我零零星星地听说过他的一些情况，有些相信有些不相信。像他这般心头主意牢靠决绝自我奋斗的人，肯为村联办厂做出如此巨大的牺牲？也许他真是后悔了，觉得自己单打独斗对不起老爹与村人；但也不至于白白送上一百多万元货真价实的钱，以至让大家改变对他的看法。我想是一定有一桩特别触动他的事，才促使他改变初衷完成对自己人生的拯救……

厂里的情况依然不好，主要还是周转资金短缺无法进行设备技改。这场旷日持久的"人机大战"，与半年前发生的砸厂绑架事件，几乎摧毁了村、厂两级领导班子的意志。憨书记实在想不通，为办厂他把身家性命都扑了进去，外面人闹绑架还债他都能承受。受恩必报借钱要还是古往今来做人的道理。他也没说不还，只不过呆账坏账未销资金一时周转不过来；失了信用债主的行为过火一些可以理解。但村里厂里的员工跟着闹他就有些想不通了，自己所付出的桩桩件件不就是为员工赚到更多的钱？让村庄早日富裕、大家都能过上像城里白脚梗一样的日子吗？他辛辛苦苦全身心地投入得到了什么呢？到头来没有内蒙古商会转过来的一百多万元钱，这坎差点儿就过不去了……

　　我私下问过他：您知道这钱是油嘴佬打过来的吗？他说不知道……知道我不会要……我说为啥不要？要不是油嘴佬这份钱，您就被这些酒肉朋友折腾死了。他说我就是被折腾死也不要畜生一元钱；他的路走不正钱来路不明！我说他打钱过来说明他已回心转意，您对他从前的行为应该原谅。他沉默半晌才哀伤地告诉我：其实我心里已原谅了他，患难见亲情，上阵父子兵……除了他……你想想，有谁能在此紧要关头帮我们呢？只是菲菲那事我一直没过去，抽我的脸呀。我说其实也没啥，菲菲成了冯老先生干孙女与您还不是一家人？她在香港过得不错。接着我说了香港潘氏集团的情况，把菲菲转我的技改图纸递交于他，说油嘴佬在两年多前就提出"人机大战"人必输于机器……我们要把马山总厂比下去还得借助机器改造设备……这次他没再提当年红军长征两万五，靠着小米加步枪，打败了日本鬼子与国民党八百万军队的事。只是摇着头说：钱呢？我又不傻，还不知道机器比人工能节省成本……我算过一笔账，要改造设备与归还债务起码得有五百万元的资金注入。如果要我跪着求人要钱，我干不了！我把菲菲最近通话的事告诉他，说您没认冯老先生，他可还把您当成他侄儿；有可能清明后他要回乡扫墓，四眼也与他通过电话，他要我们把村里厂里的财务报告打给他……

3

　　三匹骏马疾驰在草场上，赶着像棉绒球滚动的羊群兜圈跑。身穿黄白相间蒙古袍的贡布，回身倒挂马鞍上问我：兄弟，选哪一头呀？油嘴佬与我也都骑在马上，跟在他的身后跑着……

　　油嘴佬见我来探望他很高兴，用当地最隆重的仪式"杀跑羊"招待我。我以前没有骑过马。今早晨摔了几跤勉强学会了。这感觉真让人畅快，腾云驾雾胸口与脚底心痒兮兮的，欢乐就在全身蔓延开来，简直是一场成年人的游戏。油嘴佬见我学得快表扬道：哥，不愧当领导的，看你反应快，我骑马都学了三天哩。我没应声知他这张油嘴在奉承我。其实我这人在日常生活中反应慢一拍，干娘自小就喊我为老摸，至今二愣子在厂里还跟着喊老摸老摸的不避嫌。啥老摸？就是做事动作比常人慢一拍。譬如小时候我住干爹家帮助打扫卫生，这事应该不是男人的活，干爹就不干家务，村里男人也这样，吃完饭把碗往桌上一推，起身坐堂屋里抽烟，或找人讲大道搓麻将推牌九玩儿。家里碗谁洗桌谁擦地谁扫呢？名分是干娘，她是家庭主妇嘛；当时家里除菲菲还有阿三莹莹、阿四英英都没出嫁，由她指挥着料理那块称作自留地的毛竹山，冬掘笋春挑马兰荠菜，夏采果秋掊芋艿番薯，全家人的菜篮子在她身上系着；这就把洗碗擦桌子扫地这等杂事交给我这自小爱躲在屋里见太阳头晕的读书郎做；我天生爱干净也喜欢做，可就是动作比人慢一拍，一摸就大半天，老摸这绰号就由干娘婆婆唠喊出来了……

我手脚慢做事却认真。毛主席说过：世界上怕就怕认真二字，我们共产党就最讲认真。这是优点也是缺点，我与莲子结婚后体现尤其明显。她生活随便我却认真，为此她吩咐我这样那样地摊床叠被收拾房间；干爹由此看不起我，说真是三岁看到八十？一个大老爷们有这般摸呀摸的？怪不得你当不好厂长亏了生意。我说这与当厂长有啥关系？他说男子汉大丈夫要抓大事，这种细碎的活儿交给办公室去做。但憨书记特喜欢我这劲儿，说没我拾遗补阙他在厂啥事都干不了。鸿年老师也喜欢，引经据典地表扬说：一院不扫，何以扫天下？

……我没应声，继续跟着贡布的黄骠马跑，心里为即将失去生命的那只羊儿揪心。我不明白油嘴佬与老宝贝咋想的？草原上的草还没完全泛青杀啥跑羊？何况是一条鲜活的生命，为我这来自远方客人的口福即将丧生？阿弥陀佛，罪过呀罪过……这样想着，我就没理会贡布的问话……

这是我到伊盟的次日上午。昨晚在火车站下车后，油嘴佬就赶着马车把我接到瞎老奶的牧场来了。同行的莲子没有过来，在包头的接待方把日程安排得满满的。她不愿来我也没想带她同行，女人到一定年龄心里都存不住事，说话就会满嘴跑火车。我来这儿不是简单的游山玩水，身负憨书记的特殊使命，欲招安油嘴佬与老宝贝回村共兴大业。经历过这些年这许多事，憨书记流泪思想起儿子与老宝贝来。农民做事学梁山泊英雄排座次，村联办厂缺少的是玉麒麟卢俊义与智多星吴用这般的英雄豪杰,仅凭矮脚虎王英与一丈青扈三娘是断断办不成事的?我不想在招安尚无意向前,让莲子过早地涉入他父子的情感游戏……

贡布是瞎老奶的外孙,牧场搞体制改革时瞎老奶为分到一块水源丰沛、水草茂盛的草场,把他从几百里外的草场召唤到她的蒙古包。多一个人多分一群牛羊也多几块草场。贡布的娘没有了,与嗜酒如命的老爹兄仨住在一起。长兄娶媳要新砌蒙古包,孤寡的瞎老奶趁机把他接了过来……

瞎老奶没全瞎,能在阳光下数清几只羊几条牛放牧。她在太阳下山时把羊与牛赶进厩,清晨再把它们放出去;但这些只能在晴日做得到,遇到刮风下雨就不行了,好在草原上夏季不像沿海这般刮台风下暴雨,年轻时她一个人也就对付过来了,令人难熬的是冬季(这儿夏季很短,入秋就是冬季),下过雪后四野白茫茫一片把枯萎的草场都覆盖了;如果遇上暴风雪牲畜就会损失甚至遭受灭顶之灾。因此每年冬季贡布就会骑着马过来,帮她管理与迁徙羊群与牛们……

在草原上牧民没有耕地,牛、羊就是他们的口粮。

油嘴佬在旁提醒我:秀才哥,贡布问你话哩……

我茫然地扭头回望油嘴佬。他戴着鸭舌帽身穿大红T恤,骑姿潇洒神气活现,像极了美国好莱坞影片里的西部牛仔……兄弟,选哪头呀?贡布继续问。他的眼睛充满血丝,眼珠似乎要爆裂开来,脸上那道粉红色的刀疤在阳光下分外耀眼……羊儿已经被赶跑了三圈,身体内热血沸腾还在昂头跑着。这是油嘴佬事先与贡布说好的,他付最高的价拣最鲜最嫩的羊,招待来自故乡的亲人烤石蛋羊肉吃。昨晚接站时他一见我就说:秀才哥,你不放心我在外面混饭吃?其实我早改邪归正……老爹不相信我,还不相信师傅吗?我说我只是想你了来看望你,哪能对你不放心哩。这时我想起贡布事先与我说过:瞎老奶与他的羊都是最鲜最嫩的,"杀跑羊"得由远方客人选,选中那羊就是它的福分,因为它提前往生了。我茫然地用手指了指领头那只颈上长着圈圈绒毛的公羊……

贡布的手里亮出一把尖刀……雄鹰般离开马鞍扑飞过去……他抓住了那只公羊按倒在草地上,随即尖刀捅入它的胸脯;还没待鲜血喷出来,另一只手已飞快地入内摘取出它的心脏……可怜的羊儿在草地上抽搐着往生了。按贡布说法,每头羊的前生都是牧人,只有待牧人杀死它才能往生为人。我与油嘴佬几乎同时跳下马来……我恐怖地用双手蒙上眼睛，残酷的人类啊，你们怎能如此对待别的生灵，它们死净了你的好日子还会长吗？贡布已经在为亡羊超度了。这个成吉思汗的后人，懂得如何慰藉与祭祀他的衣食父母……

傍晚的阳光炽白炽白，在远处雪原的映衬下，铺洒在微泛青色间或黝黑的草场上，一堆熊熊的篝火在一顶黄白相间的蒙古包旁燃烧着，蓝色的火苗一蹿一蹿的，像丝绸被风吹动抖抖索索；火中手指头般的硬柴在熊熊的火中变成腐朽，燃成灰烬，贡布在篝火上翻转着穿在铁棒上的烤全羊……

是那只脖颈上长着圈圈绒毛的美丽公羊。它的肚子里装着事先煨热滚烫的石蛋。从逮到它剥皮，装石蛋，再在篝火上烤熟，整个过程不到一小时……

油嘴佬告诉我："杀跑羊"是牧民待客最为隆重的礼仪。羊儿在奔跑时热血沸腾，活杀焖入烫热的石蛋置火上炙烤，就会使来不及涣散的鲜血进入肉中，烤出来的全羊外焦脆香肉质细嫩。他又说：过去成吉思汗带兵打仗，负责后勤工作的内侍往往会驱赶着大批羊群，供前线立功的将士享用这种美味……游牧民族之所以英勇善战，是因为成吉思汗与历代王爷们，奖励前线战士的不是金银珠宝，而是赐给勇者成群成群的肥羊……

几皮囊的马奶酒，分别置放在我与油嘴佬、老宝贝、小呆驼与贡布身边。我们在篝火旁围坐一起，由瞎老奶在每人面前的蓝纹粗瓷碗内筛满酒。瞎老奶的瞎眼白蒙蒙地往外翻着，目光呆滞地徜徉在别处；可她竟然没有溅出一滴酒，这在我看来简直是奇迹。贡布会说汉语，解释说蒙古女人地位低，无论年长年少，容貌端庄还是丑陋，幼年时就得学会为男人筛酒。瞎老奶年近七十，早已熟能生巧功到自然成了……

被贡布在火焰上翻转炙烤着的羊肉，飘出一股股的幽香引诱得人在舌尖上不时渗出唾沫，鼻孔也麻麻痒痒地感觉到舒服……太阳下山时起了几阵风，蓝天变得幽暗恍惚，气温也就慢慢降了下来，东边湛蓝的天际上浮出一轮弯月来，天便显得无穷大，地也显得更加辽阔，人置身其中变得异常渺小，仿佛被大自然一层层的幽蓝与浑黄给紧紧地包裹住了。这情景，使我联想起都市中熙熙攘攘，犹如过江之鲫般追名逐利的人们，为自己比别人生活得好一些，挖空心思绞尽脑汁地忙忙碌碌钩心斗角，显得又是何等可笑？

这是我平生从未有过的一种感觉，对着那丛熊熊燃烧的篝火，在脑海中逐渐荡漾开来，很久都无法驱开……天色慢慢幽暗了下来，清风吹来身上寒飕飕的冰凉，大家都披上了棉外套。我们已吃完两轮肉差不多半只羊没了。待贡布用刀子再次把羊肉肢解装盘后，瞎老奶完成了筛酒的仪式，在旁边唱起蒙古长调来，其中有几句，我记得特别清晰：

> 草原上的格桑花儿开了，
> 姑娘也就长大了，
> 长大就要嫁人了，
> 嫁给一个马上的汉子了，
> 这负心的汉子要离开了，
> 格桑花儿也就枯萎了……

她是用蒙古语唱的，我自然听不懂，那歌儿的意思，是油嘴佬后来翻译给我听的……

老宝贝做过手术后已见衰老，越发清瘦，整个身子都佝偻着，坐在篝火旁像个尚没发育的孩子，他脸上的赘肉挂了下来，脸色蜡黄，精神状态已大不如以前。记得他刚至十五呑村时见人笑呵呵的，那双鹫鹰一般的眼睛总是光彩耀目，言谈之中充满着智慧与对世事那种玩世不恭的嘲弄。眼下我们喝酒吃肉大半天了，他却始终没说过一句话，只是微笑地倾听着不时点头与我打招呼……

他的牙口不好嚼不动羊肉，油嘴佬让贡布给弄来陶罐，帮他把羊肉在罐内捣碎了，他也像我们一样用手抓来吃。我们吃整块的，他吃捣碎的。但他吃得很慢嚼得很细，边嚼边在唇边流下唾涎来，使在旁边的油嘴佬不断地用毛巾为他擦拭着。他的舌头在嘴唇上一舔一舔的，脖子上喉结蹿动，老半天才把咀嚼的羊肉咽下去。然后，他又像喝中药似的焖一口酒，那酒在他喉咙内要停留很长时间，才蠕动着颈脖艰难地咽下去……

在这样美好的夜晚，不谈往事就是人生憾事。我们围着篝火谈论村联办厂那段艰辛却充满诗意的创业往事，包括相互间争奇好胜与钩心斗角的内耗。我也就在这时开始东拉西扯闪烁其词地说了这些年发生的变化，以及想请他俩回去共创大业再展辉煌的意图，还说了菲菲在香港那边的情况与冯老先生欲投资村联办厂的意向。油嘴佬显然是狡猾的，常在关键之处巧妙地转移话题，他不谈怎样离村怎样与菲菲分开这些敏感的话题，只说他与老宝贝之间的故事。风趣地回忆说以前老宝贝如何酷爱吃羊肉，当年养蜂赶花期到这儿，在身上摸出一叠一叠的钞票，让他与小呆驼买羊肉吃；他说羊肉壮阳健胃是男人的一大补品……说那时老宝贝边吃羊肉边喝酒边说当地下流谚语：老卵硬如铁，石板柱个凹。说这都是羊肉作孽，使好端端的老人都变成为骚汉子……他怅叹说：虽然现在师傅都吃不动羊肉了，却还骚着哩，喜欢摸年轻女娃的奶子吃豆腐……他这般说着时，老宝贝在旁边听得嘿嘿地笑，恰到好处地插上几句话，仿佛是在说着与己无关的事儿。这样我就很难把话题扭转过来，把话儿说尽说透说惬意……

那羊肉可真香哪，小呆驼并不像油嘴佬那样帮师傅搗羊肉，顾自觍着脸吃得飞快，连蒜末与炒盐巴都不蘸，腮帮一鼓一鼓地满嘴冒油。有时老宝贝会呆呆地凝望着他，亲昵地在他手背上拍一下；小呆驼这才知趣地缩回手，那对眉心分得很开的斜眼珠散淘淘地瞪着师傅的脸看，那神色好像在问：我不能吃吗？老宝贝衰老的脸上那双眼睛恢复了先前的炯炯有神，似乎在说我咋总教不会你？对待客人要讲礼貌……小呆驼似乎懂了又似乎没懂，没过多久又满脸冒油地吃。最后他终于吃饱了，把双手放膝盖上看着我们喝酒。他不能喝酒，一喝就脑瓜子痛。油嘴佬见他呆坐着无聊，重又把羊肉搁他盘子里说：吃吧，吃吧，很久没这般吃了。秀才厂长是我亲哥不是外人哩……哪门子的哥？我心里想道：你狗娘养的都休了我家菲菲了我还是你亲哥呀？我也有些醉意了，我这般说老宝贝一定不开心，他是小苗苗的阿爷呀！这时我才想起小苗苗的异样来，我在包头邀她请假陪我一起到草场来，她笑着摇头说要陪莲子姐哩，好像对油嘴佬已然失去了兴趣。但我没纠正油嘴佬关于亲哥的称呼；他要喊就这般喊着吧，神仙一般的老宝贝，此时那双罩了白内障的眼睛聚光在一处，他还有啥事不明白的呢？

世事呵，待明白时已经过去，没弄明白才有希望拥有未来……

4

那晚我喝了许多酒，后来也就喝醉了，嚼碎的羊肉与酒混合着使胸腔胀得难受，胃里像有无数毛毛虫涌动着往喉头冲，想吐又吐不出来……脑袋晕晕乎乎的身子像要飘起来。这滋味，挣扎无奈又有些快感，心里却出奇地清醒，我知道我是来完成任务的，但这任务无法直言，油嘴佬连一个单独说话的机会都没留给我。我知道自己喝不动了，也吃不动那肥嫩的羊肉了，但油嘴佬与贡布还在喝着撺掇我继续喝。瞎老奶仍在如诉如泣地唱着。五皮囊的……马奶酒下去了呀？后来油嘴佬也脸涨得通红舌头开始打结，搂住老宝贝哭道：我是没爹娘的孩娃呀……贡布看着我们腼腆地笑着，后来他拉起了马头琴，合着瞎老奶沙哑的嗓音也唱了起来……

唱什么？不知道。瞎老奶都唱了大半宿了，我们不把五皮囊的马奶酒喝尽，她是不会停止吟唱的……油嘴佬说过她年轻时只喝羊汤不吃饭，能连续唱七天七夜不停歇……贡布拉的那把马头琴，就是当年瞎老奶的丈夫配合唱曲的……

老宝贝后发制人这时来了精神，推开附在他身上的油嘴佬颤巍巍地站起来，斩钉截铁地说：喝呀，不喝算尿个男人吗？篝火还在燃烧着，他脱下外衣丢在小呆驼膝上，大喝道：是男人的……跳起来呀……他跟跄着脚步晃动苍颜皓首拼命甩动双手，屁股一颠一颠地跳起了狩猎舞。油嘴佬仿佛清醒了，用手揉着眼睛也跟着节奏跳了起来，贡布边拉琴边蹦跳，快活得像个孩子。油嘴佬跳过几圈旋转着过来拉上我的手说：跳吧，秀才哥，人生在世，对酒当歌，其乐融融……我心中野性即被点燃，也身不由己地跟随舞动身姿。此舞姿与节奏有些像我们当年跳的忠字舞，我恍惚中听到了胡松华高亢激昂的歌声：

从草原来到天安门广场，
高举着金杯把赞歌唱……

只有小呆驼没动，把一块羊骨头含在嘴里，双眼神淘淘地瞪着远方的夜空。不知道他在想些什么？大千世界的芸芸众生，在经历过一个充满理想忽视现实的疯狂年代后，现今仍在继续疯狂着；那时是为了实践一种崇尚暴力的主义，现今却是为被这个主义批判摒弃过的财富与金钱。我知小呆驼想不来这些问题，那是我自个儿在想。我喝醉了我就会想到这些，想到这些我常泪流满面，为自己为眼前沉浸在肉体欢乐中的人，为所有沉湎其内的人……

在这世间上，只有小呆驼才是没有烦恼而幸福的人。

夜深人静，油嘴佬已醉得人事不省，由贡布与小呆驼抬进蒙古包里睡了。我却反而清醒了，只是觉得头有些大，眼前有一圈圈的光晕浮动，身子也变得不像自己的。好呀，这是一种似醉非醉的状态。我留下来陪老宝贝说话。油嘴佬被抬走后，老宝贝也陡然清醒过来，恢复以前那副神气活现的模样，在皱纹密布有些酡红的脸上绽开了笑纹，问我玩得开心吗？我说开心……他莫名其妙地说：你会吃羊肉？我没会过意来，说羊肉是好东西呀，谁都喜欢吃……他说：你没见瞎老奶只喝了几口汤，一块羊肉都没吃……人呀，谁都不是圣人；圣人也要享受口福，孔子弟子三千执教收束脩，三千弟子都送，得杀多少头牛多少头羊呀？何况我等凡夫俗子了……老宝贝用手拨弄着篝火残烬，斜着眼睛看着我问：强奸犯他爹还好吗？我仍没转过弯子问：强奸犯……他说就是憨书记呀！我打肿脸强充好汉，说还好……"星星草"的品牌算是打出去了……现在市场份额在国内不比马山总厂"大路"差，约占国内销售百分之十五。只是……老宝贝轻轻地摇着头：恐怕不是这样吧？宾馆饭店铺上的地毯华丽吧？掀开来都是一坨坨的蟑螂与臭虫……我说是有许多不尽人意之处，主要是应收款没收上来……企业坏账太多……是资金链出现问题了吧？老宝贝一语中的，见我尴尬着，他却像孩子一般地笑着，脸上的皱纹一条条舒展开来：还有原料涨价也成问题了呀……他不晓得我与强奸犯在帮着他……包头有他入股的旧废塑料加工场……

这事我应该想到了，小苗苗就在那儿库房呀？他见我沉思着不吱声，换了个话题道：你喝酒藏奸哩，说醉了其实没醉。我说我都吐了，咋还没醉哩？他嘿嘿笑着说：我都看到你用手指……硬抠出来，你这秀才厂长头脑清醒……强奸犯搞女人行，喝酒就没你有城府……如果我没猜错，你这趟过来是想请强奸犯回去……憨书记想五指并拢捏紧拳头出击打大仗了……我还是没吱声，他用枯柴般的手指拨弄着篝火的余烬又说：其实不可能，强奸犯就是有这份心，也没此资金实力啊！你那同学四眼眼下是副市长了吧？他说得对……企业发展到此阶段需要融资……大投入才有大产出呀……憨书记不是连做梦都想为子孙打造捕鱼的大渔轮吗？我离开时给他留下三个锦囊咋不实施呢？现在应是时候了……

至此我明白了老宝贝除负债经营、技术改造外，另一个锦囊是什么了？我的脑子骤然清醒了：你是说……他笑了笑道：若要人不知，除非己莫为。做企业就如高手下棋，决胜经纬，得失寸心。回去告诉憨书记，我说过的农民要抬头，木卵不怕鬼，胆大做皇帝时期已经过去了；接下去就要游丝网兜江面扪浮头鱼……我没明白问啥是浮头鱼？他说鱼身子庞大了待在水下沉闷，得时不时浮上水面透气……眼下局势你找油嘴佬没用，他现在充其量只是有枪就是草头王的草莽，修炼成浮头鱼为时尚早。村里已有人做徐庶身在曹营心在汉……我问谁是徐庶呀？老宝贝一双铁锥似的眼睛盯住我的脸说；你瞒得过别人瞒不过我……菲菲去了香港潘氏化工集团，这可是十五岙村办厂以来下出最妙的一手棋……

　　随即老宝贝告诉我小苗苗的故事。说一年前他带着小呆驼投奔油嘴佬时，小苗苗已经去了包头的原料厂……强奸犯没娶小苗苗呀……他张开没牙的嘴呵呵笑道：我就知道他不会真娶她，算给我这张老脸留个面子吧？不是，强奸犯什么人？别人不了解我还不了解呀？他的心大着哩，没成大事前决不会结婚娶妻生子……来这一手是给假公主菲菲颜色看，他强奸犯从来不是一盏省油的灯，你不理睬我有人理睬我哩；可小蹄子是一盏省油的灯吗？她就是奔她喜欢的人去的。这女子我把她娇养惯了，从小就这样想要的东西非抢到手不可；但这次她失算了。你想哪，一个初出茅庐的女孩儿，仅凭脸蛋能把握住这匹没套上笼头的野马嘛……他对她也喜欢（男人就这般滥爱嘛）只是玩玩呗……小蹄子没经验让他白白玩了呗，还痴心不改地要死要活……现在还没完全死心。不听老人言，吃苦在眼前啊，我不放心才跟来这儿……

　　他说他俩没结婚才是对哩……两人真过到一处就玩大了。都是天不怕地不怕的主，海龙王独只角霸海各唱各戏，就会惹出大麻烦来。我带小呆驼过来前，小蹄子已吃过两次老鼠药自杀，还用刀捅过强奸犯……你过去掀起他后心看看还有碗口粗的一道疤；为甚？就为逼他成亲，她不会让强奸犯白玩的。小蹄子狠着哩，她找到他时他还在井下挖煤，她二话没说就进小煤窑下井当质检员，两人相帮相扶小半年后才盘下小煤窑……但不管她咋做咋说强奸犯就是不娶她，说他在菲菲阿爷戚大葫芦坟前凿下字，此生要娶的只有假公主，只要她一天未嫁他就一天不婚。别看强奸犯平时油嘴滑舌的不正经，干事却是一股狠劲，磨砺好了是一块好钢，不成器也就是一坨废铁了，天下有狠劲没机会成事的男人多着哩，也就菲菲这般的女人能治他……我老宝贝别无所长看人准着，我芮家小蹄子根本就不是他这般男人盘中的菜，永远也走不到一起……说着，他长叹一口气，脸色变得更加抑郁：可是小蹄子就是不醒悟，一意孤行地就想着与他天长地久；强奸犯被她缠得烦了才打发她去了包头，接下去还不准弄出啥事来哩？我不知我死后她该咋办？我老宝贝这辈子也就为此事儿让人戳了脊梁骨，我这辈子没做过坏事，如今老了老了，倒让想吃现成米饭的小蹄子给坏了名气……

我插嘴问：他俩没结婚小孩儿咋办？我想起从小失去父母所爱已上县中的雯雯来了……老宝贝说：根本没孩娃……小蹄子为把强奸犯抢到手信口扯谎嘛！我好奇地问她俩在一起不会怀娃？强奸犯呀——老宝贝又长声叹息道：他跌得倒爬得起……能弄哭你又能让你笑……小蹄子能让她怀娃早就把他给拿下了……徒不教，师之过……十年前憨书记把他托付于我，都是我这老不死把他带坏了……你还不知道吧？这草场曾经是我的窝……别看瞎老奶是个瞎子，那时风韵犹存，把一根套马杆竖到帐篷外招汉子……他说那时候，南来北去的养蜂汉，夏季这帐篷就成为他们的家……我眼前出现当年叠影：老宝贝带着两个徒儿赶花期……草场的草比现在长得还好，各种野花竞相开放，大盏的，也有小盏的，红的，也有绿的，五颜六色争相竞奇煞是好看……死了当家人的瞎老奶，唱着蒙古长调把老宝贝扯进她的帐篷内……一泓淙淙流水从遥远的地方流过来，流进草场的低坑填满，然后又向前流走了永不止息……老宝贝连连摇着头说自己前世作孽，神才惩罚他注定晚年与瞎老奶处一起……

他说他已经折断了翅膀，今生永远飞不起来了……

5

次日上午，油嘴佬陪我去考察他投资控股的原料加工场。老宝贝没去，自一年多前走进瞎老奶的蒙古包后，他就没打算再挪窝；动手术后他的身体一直不好，说是把这把老骨头交给这片草场了，贡布现在喊他舅阿爷哩。小呆驼成为小煤窑的专职司机。老宝贝把他托付了油嘴佬，说都是同门兄弟，他傻，你帮着他弄上一口饭吃。原料场是老宝贝过来后，由租赁下两个小煤矿的油嘴佬与北方集团合作开办的。业务很简单，把各地回收的废旧塑料经过处理与合成加工，改造成做锦纶帘子布的原材料。这技术老宝贝懂，制作产品容易。而且他与基地的负责人熟，早在养蜂时就转出一大圈朋友关系来……

　　油嘴佬自打通铁路"车皮"关卡后，把租赁五十年为期限的两座小煤窑玩得挺潇洒。途中他对我说：大有大的难处，小有小的好处；村联办厂经营效益不佳是把摊子铺得太大，八九百个员工发工资就得上百万元，表面看有压力才有动力，其实两者不成正比。做企业只能看羹吃饭不能承受过大的压力……我知道他言不由衷吃不到葡萄说葡萄酸没理他；在经营上这些道理我都懂，他老爹一夫当关万夫莫开，我能在他面前编排他老爹的不是吗？后来，我俩谈到小苗苗与菲菲的事儿了，我很想知道在他心中究竟谁分量更重一些？他警觉地问我是否昨夜老宝贝编排他的不是了？我说是的，这事你应该有个了结，不能这山望着那山高把她俩都伤害了。他叹了口气承认说菲菲的事儿他有罪，小苗苗可是自己寻上门来的。说像小苗苗这般的女孩子，心还在空中飘着哩，当情人可以当老婆是断断不行的。说他在老宝贝寻上门前确与她同居过，小妞儿心比天高识比人薄，啥都帮不了他，整天像纽胶糖般黏在他身上，出门还得查"户口"，一有风吹草动就眼泪鼻涕成把抹扮演《红灯记》中李铁梅，伶牙俐齿地唱仇恨入心要发芽！他当时正在创业被她弄得没办法，只好把她骗去原料厂管理库房了。我问他打算咋办？他说他正在想办法把她弄到"黄带看看裤带解解"的日本去，内蒙古商会与那儿有联系。我说啥"黄带看看裤带解解"？他嬉笑着说不是米西米西八格牙路的日本话吗？我问：她愿意去吗？他说这要看我哄她的本事？估计是愿意……我不是一直埋怨她文化程度低跟不上形势吗？她都说了像某某、某某，文凭都从地摊上买来的。这事我深思熟虑，我招惹了她就必得对她负责；如果两人扯在一起沉沦，倒不如好聚好散解缆各奔东西……

　　接着我俩又扯到菲菲，他说她现在应该是玛丽了（原来他知道她的英文名）。我说你这样不负责任，对得起她吗？他听了又是嘻嘻一笑，玩世不恭地说社会发展了，男人与女人都一样，我对她负责任她对我也得负责任呀。秀才哥，这事你还真甭与我说，责任应在她而不在我，我至今没结婚就为等着她……我这么与你说吧，菲菲与小苗苗开始我都喜欢，但喜欢不等于爱；爱到后来我都爱不起来了……因为我累了……男人在本质上都是自私的，需要女人的责任与付出……菲菲的问题在于她总是高高在上需要我的责任与付出，可是她又为我做了些什么呢？她什么都没做等待着我为她做什么；这就是我困惑甚至想离开她的原因……他坐在车上长长地打了个呵欠：我现在就想着躲起来啥也不想谁也不见，能够独自一人清静清静……

我离开伊盟时，油嘴佬提着十多斤干牛肉送我至车站。我再三推辞说莲子还在包头等着我；知我找你肯定翻脸。油嘴佬问我为啥？我说这就是女人嘛。她是坚决站菲菲一边把你看作负心汉……她们的思维状态有时很难让人理解……但他还是让我带上，说他知道莲子姐在背后骂他，但这是他与老宝贝的心意，不捎上就是看不起他。他说草原上没啥好东西，就牛羊肉值点钱……

我说：出了小苗苗的事后，村里的女人都在声讨你……你又不是不知憨叔的脾性？我敢保证这东西带回去就会被他丢掉。他想了想才把肉袋收回去。说不要就不要，我还舍不得哩。说过这话他就不再睬我，我看得出他在心里难受，不由问：你离村那许多年，知道老爹为何恨你不理你吗？他有些伤感地说：我当然知道一辆旧车在向前开的时候，止不住传统的惯性；老爹虽然没文化，但他身上君君臣臣父父子子的思想比谁都浓，他是这个时代传统的卫道者；在他的眼里，君要臣死，臣不得不死，父言子从，不得不从。而我却背离了这轨道，而且越走越远；我知自己是回不去了，也许这辈子就永远在外漂泊不能回归。我问：你想过回归没有？他点头随即又摇头，哀叹说想过，但现在还不是时候，我必须使自个儿更快地强大起来，以事实证明我走的路没错。这世间上牛抬头不能仅困守在这片土地上，人生的路很多很长；留下是一种奋斗，走出去感知与收获这世界同样是一条路。我想，我有朝一日是要回去的，但不是在现在……

这时我已看到伊盟的发展前景，知道邀他回村不是时机，拍着他肩膀安慰说：兄弟，好好混吧，这世上谁都活得不容易，给你老爹村人争脸混出个前景来。他这才脸有喜色说没问题，老宝贝已给我设计了一个发展规划。羊、煤、土、气……我只要抓住其中一块就保证发达。他说他在担心老爹与我的村联办厂，这般下去哪有个头？我说相信你老爹也相信我，总有熬出头的一天……他苦笑着说即使走出困境，锦纶产品也是微利产业；对政府税收有益，但村里是发不了财的。我问：这是你当年离村的原因吗？他说应该不是，当年我哪能想这些？总认为自古华山一条路；老爹信不过我，由你当厂长就没我的路了嘛……我笑着打趣说：我就知你是小肚鸡肠，当年我也是，就这么满怀激情地干上了，完全没有考虑别人的感受。他说你是考虑了，但你不想让；那时谁都想着抬头，哪会想着别人的利益呢？我师傅老宝贝就说我是鼠目寸光。我点点头又问：现在你还把我当对手吗？他浅浅一笑道：我俩不是都成长了吗？我试探着说：如果不因为眼下村联办厂的境况，我诚心邀你加盟你能回头吗？他摇了摇头说：你知草原上有句谚语，好马不吃回头草？我问他啥意思？他说也没特别的意思，马比羊群走得快；如果吃回头草把草根都啃尽了，羊又吃啥呢？

单思明（十一）：饿死也不迁祖坟

1

冯老先生带周秘书和玛丽（菲菲）再次来沿海时，已是 1990 年春天了。距离上次回乡寻亲过去了两年多。这段时期香港潘氏集团内部发生了质的变化。由于回归大陆的时间越来越近，冯老先生果断地以家族控股的优势，撤回了在东南亚的基本投资，回笼资金决意向内地发展。听玛丽说：这次干阿爷的决心已下，不再怕内地政策多变犹豫了，关键在于憨叔，只要他能接受由港方控股的基本条件，其余啥事都可以谈。我说放心，这是有利憨叔村联办厂进行规模化运作的大事，只要冯老先生意向坚决能看得上，市委市政府坚决予以支持；憨叔的工作由我来做。是呀，自去年出了"砸厂绑架"事件又过去大半年，憨叔的一口气还没顺过来，不得已收缩生产规模小打小闹地维持着，正缺资金搞设备进行技术改造哩。憨叔总算承认"人机大战"，人不可能打败机器。眼下沿海投资环境也发生根本性的变化，国家民政部关于撤县建市的报告批下来了。过去十年是沿海历史上经济发展最快的时期，人均年 GDP 从一百五十美元上升到一千八百多美元，足足翻了十二倍。而且正以每年翻倍的速度递进；按当时达到三千美元进入"小康"社会的标准，要不了几年全市就可以进入"小康"社会……

冯老先生来得正是时候，撤县建市后新班子新气象，正在作着发展规划。高书记已退居二线，他满六十岁了原本该退休养老，组织上为照顾他弄成副厅级后再退，调任港城市担任纪委巡视员。他家住房已换成大套（约一百五十平方米）。得知冯老先生信息的前两日，我刚打电话给秀才厂长要他转告麻皮阿梁给装修一下。我在这次变动中被提拔为市委常委兼副市长，还分管农村经济这一块……我当县长助理四年多了，再不挪挪位置就变成油锅里炸透的老油条喷香嘎嘣脆，可惜油分子太多了吃了伤身体。秀才在电话里懒洋洋地说：你与他又不是不相识？文化广场业务都交他做了可直接打电话呀。我知麻皮阿梁赚的钱都支持村联办厂了，说那不一样，这种事涉及领导干部的境界，还是你说比较好一些。他说明白了，你小子想拍书记岳父的马屁要他再出点血吧？我说不仅是钱，钱我可以出，关键是质量得保障。价格吗？当然得优惠。老爷子已是此生最后一次了，我想我应该有所表示，得让他高高兴兴地退下来……他说明白明白，这些年他为我们农民做过不少事，我会让麻皮阿梁尽力而为的。他问听说老爷子去港城市纪委当巡视员？我说是，但是副的，沿海是县级市解决不了他的级别……但他不想搬家，岳母江姗也不愿去。新房子装修好，我想让安安过去陪阿奶上学也方便……秀才很聪明知我还有正事要说，问：你说了大半天咋没说着正事？不说我就挂了。我阻止说：别……是有大事要说哩。他问：是不是你搭档赵刚义当书记，市长王玫从省厅空降至沿海。你想扶我阿斗上台面奉上见面礼？我说是也不是……我要问你憨叔筹资搞技改的事咋样了？他说不顺利，小钱有一些大钱弄不到。我笑道：你小子行狗屎运，冯老先生下周就要过来！他问：是菲菲发邮件说的吧？我说是的，冯老先生去年底就想来，因为市长人选未定推迟了两个月……

他沉默一会说：冯老先生是生意人，他才不管你谁是市长哩……我说别忘了他曾是国军上校军官……你转告憨叔周末我办家宴为老爷子饯行，请他与你一起过来作陪，刚义书记可能也参加，我们顺便商量一下冯老先生投资的事儿。我特别强调说：秀才呀，人生难得几回搏，过了这店就没有那铺。这次我们一定要成功，不能像上次那样让这条老泥鳅给溜了……他说明白了……憨书记不参加你家宴咋办呢？我说为高书记饯行他会来的，他俩不是交的朋友吗？事关重大，他不来你就是拖也要把他给拖来，要知道我们是在帮他办事！不能老是皇帝不急太监急？村联办厂如果这步跨不过去，以后出头的机会就更少了……

打过电话我就放心了，因为我知道憨叔对我岳丈高书记有感情。

但憨叔没来参加这天的晚宴，这倒不是他故意回避我，自那次"砸厂绑架"事件后他已是许久没见我了，我想这大概是他心存内疚与自卑的原因。他没来是因为番薯蜜枣秋秋姨发病离不开。秋秋姨患帕金森氏综合征已延续大半年了，笨羊与杏儿曾把她接来县城治疗，不但没治好反而病痛加剧。秋秋姨是中医知这种穷人得的富贵病药物没法儿治，就又由憨叔领回村住陀头庵里由他照顾着静养。那次事件后，憨叔办厂的心劲与情绪大不如前了，拒绝出头露面参加具有官方背景的聚会，怕高晓敏再火上浇油给来上一篇报道，就更使他觉得没脸见人了。

能不影响吗？他与军嫂被债主买通黑社会性质的"讨债团"，在山口油嘴佬与菲菲做那事儿的地棚里关了一夜，莫名其妙被转移到隔省山区的一个坟场内"私了"。所幸是由于镇政府交涉债主们把军嫂给放回，他却整整关押了半个月。据军嫂说那些暴徒出门就使用电警棍折磨了，整整四天四夜没给他饭吃，威逼他说出藏匿钱的地方。因为他们根本就不相信家底拥有千万元的老板，竟然会没有几十万元的私蓄？他们扒掉上戚家的屋子就为了找钱……

这种"私了"之事，在当时沿海经济大潮兴起时屡有发生，被政府定性为落后乡村陋俗对经济发展的破坏，虽文不对题仔细想来亦然。像村联办厂发生的这种债务纠纷，如果深入调查，不但债主多是刚富起来的民营企业家，而且双方所在区域村、镇两级领导，像笑面弥勒、智佬、镇党委吴书记、秦胜利与马利娜都脱不了干系；那次高书记在我向他汇报后震怒了，在县委常委会上拍桌子。说这算咋回事？沿海不是解放前上海滩十里洋场与租界，竟然欺侮到我当书记的地盘来了。我不相信在解放四十年后的今天，在共产党执政的地盘里竟然发生这种事，简直是给在这块土地上流血牺牲的先烈脸上抹黑，向县委、县政府进行恶意挑衅……为此他一边派出工作组协助处理善后问题，一边勒令公安局限期破案；打电话给公安局长说：这还了得？你们保啥驾护啥航？十五畓村的典型是我树的，负债经营这话也是我说的，代表沿海乡镇、民企发展趋势，农民翻身抬头追求幸福生活的方向……

但憨叔出来后主动销案不让公安局追究，说是正常经济纠纷不是政治事件，而且得他负主要责任。说借钱守信与欠债要还，是亘古不变的硬道理，我在皮肉上吃点小苦罪有应得，只是对不起浑身不搭界的军嫂连带吃苦头……他甚至当面责怪我，说思明娃儿，这就是你的不是了……好端端的兴师动众向高书记汇报做甚？他们请我下山是我理亏在先……让大家打一顿出出气也应该嘛……我说我这不是着急了吗？难道眼睁睁地看着让他们把你整死？他连连摇头说不会、不会……我欠下那许多钱，他们把我整死钱就没有了嘛……

俨然一副死猪不怕滚水烫的派头；想想也是啊，人家追的是钱不是命，把人打死了钱就没有了呗。可想憨叔在这事上脑子灵清得很……只是没想到秋秋姨由此落下病根。医生说是长期担惊受怕与生活不规律引发的脑病变……

这天，他没来参加我为高书记办的家宴，据说用挎肩筐背着头痛欲裂的秋秋姨在陀头山上晒太阳。太阳好着哩，连雾气也没有，两人在崖石上坐下来，望着庵后千丈崖下山南县境内的那一泓清水，与几块界线分明墨绿色的田畈，以及耸立其中的几排瓦屋上，冒出那丝丝缕缕的炊烟来……

天晴哩……秋秋姨说，你看那太阳出来了，像铜盘似的……

是晴着哩，太阳早就出来了，晒在身上多舒服……

由此向东，这块绿茵茵的土地一直向东，再向东，就是沿海人民世世代代围海造田、赖以生存有着特殊意义的大块土地了。她靠山面海人口众多，可惜的就是耕地太少了（人均四分半），当年日本鬼子侵占这儿时，伍副省长随同在上海郊区被改编的武装力量，就是从后海渡海过来在沿海与山南创建革命根据地的。这块土地历史上多出商人，男娃儿长到十六七岁光景，前头当爹的腋下夹一把阳伞，手里提条破棉絮；当娘的兜着蜡染布包袱，内装一套四季衣衫与几双自纳的布鞋，儿呀儿呀地哭着唤着；儿子双手搂紧贴胸口的一抔老娘土，也爹呀娘呀地唤着来到江边码头，搭航船至外洋码头转洋轮，大海洋洋，忘记爹娘头也不回地出去谋生。也有说好人家未婚女娃儿跟着送行的，一路走一路抹泪依依难舍不得不舍。多情自古伤别离，还没一起过上日子，心上人就像鸟儿一样地飞走了……

这块土地东隅就是沿海老县城，许多年前城关街河边，夏日乘凉都是一搭一搭的老妃儿，老的少的靓丽的平庸的，全穿着蟹青色的老布衫，一边叽呱叽呱参偷麦穗娘偷米地说着话儿，一边双手舞动一针一线地纳鞋底。这些千针万线纳成的老布鞋，邮给千山万水远隔重洋的亲人们。这些老老少少、胖胖瘦瘦的老妃儿都是路远迢迢、出门做着生意男人们的女人呀。她们的男人近的几年回来一次，远的十几年才回来，也有一辈子再没回来，把身体变成了银票漂洋跨海地汇寄回来，世世代代如水流年永不间断。女人如有了积余，就把这在山疙瘩或围海造田堆垒起的家园里，置下一小块一小块的田地。那些在外面的男人们老了死了，由儿子（没儿子可由后辈亲人顶替）又漂洋跨海地出去，把冰镇过盐渍过的尸身乘洋轮背回来，一路上喊着：爹呀，回家啰，跟我回家……那一起回来的是烧成灰的那把旧阳伞，与几十双穿烂的旧布鞋……

这就是历史，沿海县的平民奋斗史！经历过风雨与彩虹的憨叔，显然不会像我这般去理解以及诠释这份历史，但他开始理解这是一条历史发展的必由之路，是这块土地特有的恩赐与流传下来的精神。后来我知道那日浑身疼痛疲乏无力的秋秋姨，偎依在憨叔宽厚的胸脯间叹息说：真好，有你陪着我真好！也真是难为你了；这原本是山下男人们做的事……山上男人靠山能吃山哪，砍柴……卖柴……拿着猎物蘑菇换麦碎米饭，种番薯芋艿……现今你说要抬头，办厂做生意了……把我参药老倌传给我的那两间半破老棚给办没了……说着说着她就小声地哭泣起来。没想到他呵呵地笑着问她：你后悔了……她摇头说没有呀……杏儿嫁了……畜生走了……我们不是还有衰佬吗？衰佬不就考上农大了……你要他毕业回村种地哩……不会让他再像油嘴佬那般飞走了……她感觉到有一颗黏糊糊、黄腻腻如豆瓣大的泪珠儿落下来，掉在她的脸颊上，她没顾得擦却扬起手无言地在他的脸上抹去了它……

你哭了？我可没责怪你呀，屋子扒倒了还可以砌呀，山上多的是石头，只要有钱，这次我们要砌瓦屋，像菩萨村主任那样的大瓦屋……她望着他的脸讷讷地絮叨着……他没再说什么？放开她站立起来，铁塔般的身坯矗立在山崖上，对着山下阳光里那片黛青色的土地，呀呀地吼起山来……

他在想啥呢？后来他碰到我时说：我还真没弄明白，米沙说的太阳升起牛抬头，咋有这么难呢？

2

冯老先生在我送高老爷子去港城上任的一周后，下榻在由旧县委招待所改造的沿海大酒店。他还是老样子，脸容清癯安详宁静，行动镇静机警敏捷；跟随他的周秘书比两年多前更瘦了，听玛丽说是犯过一次心脏病，新近才做了心脏搭桥手术，为憨叔这事儿才跟冯老先生一起过来。与上次一样，两个干干瘦瘦的老头儿穿戴打扮一个模样，都是手肘上打着补丁的栗色旧西装，脚上是一双玄色旧布鞋，初看起来与乍富起来的农民没啥两样；不同的是两人出门时都戴着墨镜，而上年纪的农民天生喜欢阳光很少戴墨镜，那是毛头小伙的事儿……

　　季节不错春暖花开，沿海大酒店的院子里桃树挂了蕾，一点红一点红地涂抹在枝头上，把人心都映衬得暖烘烘的……冯老先生与周秘书的身体比两年多前衰弱多了，脸色也很憔悴，走路有些气喘吁吁；如果不是这季节出门已有不便，毕竟上了年纪嘛。玛丽告诉我：去年她陪他俩去河南老家考察，政府一位副市长陪同参观酒厂，晚餐时厂长客气地捧出一坛五十年的沉缸酒，无论如何让他喝一口。说：美不美，家乡水；亲不亲，家乡人……她说冯老先生年轻时特爱喝酒，也有豪情，高兴起来就摇头晃脑地吟诵：五花马、千金裘，呼儿将出换美酒。啥后果都不考虑，后来糖尿病、痛风等毛病多起来就戒了酒。但还是架不住家乡人的盛情款待喝了一小盅，结果到晚上就浑身出汗发起烧来……为此她特地关照，这次冯老先生过来不准灌酒，以免发生意外。我说我这儿应该没问题，关键是你向镇里村里打过招呼没有？她说她已向秀才哥打电话联系过，接待工作一概从简。

　　像冯老先生这般的爱国港商过来，需要政府出面接待；我们事先召开了个市长碰头会，认为这是招商引资的一桩好事，可以促进地域经济的发展，这时王玫市长刚从山南调来，由我负责落实接待工作。会后我向秀才打电话，要他与憨叔过来以村里名义召集接风。我说钱可由政府接待科出，场面以村里名义撑。秀才说这咋好意思？村里撑场面自然村里出钱；再说冯老先生是冲他憨叔来的，没必要让县财政接待掏钱嘛。我说村里不是穷吗？他说难道你还不知憨叔这人吗？越穷越争气不争财，这种场面上的事他绝不吝啬！他这般说我知他与憨叔已商量过，就说既然如此你们搞个接待方案过来，现在香港回归在即关系很敏感，接待方案统战部要审查。秀才说他知道，镇里通知让莲子先传真至你处，我与憨叔隔日过来就接待细节面谈好吗？我说好的。我调电话传真莲子果然已传来方案，一看头就晕了，由市委、市府领导参加的欢迎仪式居然是以茶代酒，朴素得如和尚做斋的素餐宴。我即打电话问莲子谁定的？她说当然是憨书记，他说是主人而且已与玛丽通过电话，说冯老先生赞同此方案。我有些恼火这算啥档次的方案呢？虽说冯老先生与周秘书都不喝酒，但毕竟是代表沿海近百万人心意的盛会呀，何况又在香港回归生即具有统战意义？我国本是礼仪之邦，无酒不成席？冯老先生可以茶代酒，政府这些头头脑脑们可是要以"薄酒"聊表心意呀。何况冯老先生代表香港潘氏化工实业过来投资，涉及沿海投资环境，干部的思想面貌与社会状态。现在邓丽君的歌满大街都唱，《上海滩》《霍元甲》的碟片卖得挺欢，连街头的小混混都穿着香港衫演出"精武门"。对外经济搞活对内政治清明，已成为时代的主旋律。接待工作直接反映出当地政府招商引资、对待外商态度与必要的礼节，就像国家间接待外宾，没适当程式行吗？

于是我又给秀才拨电话说：我知憨叔行事向来节俭，但此事涉及方方面面影响，是否能把方案更改一下？秀才在电话那头没敢吱声，我补充说这不是憨叔、你我之间的关系，涉及全市的投资环境……后来秀才终于说话：四眼呀，类似的话我都与憨叔说过，他只问一句话，冯老先生为我而来，还是为政府而来？为我而来就我说了算。我问：这般做你们不怕把事儿弄僵了？秀才说我倒不担心冯老先生那边，听菲菲说人家这次是有备而来，兴致勃勃极有诚心；我担忧的倒是憨叔，你知他是石板墩甩乌龟——软硬不吃，君子不食嗟来之米的。我心头一股无名火瞬间就蹿起来，说村联办厂筹资无望，危在旦夕，过了这店还能有那铺吗？他说这是你的想法，憨书记可不是这样想的；他要凭自己的力量站起来，说是拿人家的手短，吃人家的嘴软；企业是村办集体性质，拿了冯老先生的钱有回报要求就改变了企业性质，没回报要求就心存愧疚走不出农民自身品牌的一条路来……我问：你也这么想吗？他说在这事上我很犹豫，关键在于如何谈？我也在想冯老先生投资目的究竟为何？天下没有免费的午餐……他见我没吱声又说：要不我俩就顺着憨书记的意愿走一步看一步，看看冯老先生的反应再说……你又不是没领教过他的牛脾气，像马山与秃头郑陆洽谈掀翻桌子扬长而去，把他惹毛了你这副市长咋收场？当然也就没我的好果子吃了……

我有些气馁地说：这是全市招商引资的一桩大事，你就不会与他讲讲道理吗？他又一阵没作声，最后才长叹一口气道：天下熙熙，皆为利来；天下攘攘，皆为利往。这道理流行了几千年，可谓把天下人的人性吃透……我虽不完全赞同憨书记的想法，但对他的为人，却是越来越钦佩……

　　这年刚过清明节，天街镇革命老人葫芦奶逝世了。老人家活了八十五岁，临终那天清晨还拿着一把竹扫把扫街道。这事儿，她已无偿地干了二十多年。古镇天街这时变得繁华起来，窄窄的青石板道上出现了许多外地手艺人，有温州洗头屋、扬州的洗脚房、贵州、云南、四川那边的小吃店，还有冒名城市品牌（这儿人喜欢上海货，街头摊位都排满了上海品牌）实则是乡下人开的服装社、电器店与洗衣坊……满大街都是叽里呱啦地操着外地口音的各色人群。这儿人穷，那儿大概更不富裕，剃头挑子两头热，夫妇兄弟姐妹们搭帮着，相携相扶地做生意上门来了。葫芦奶听不懂他们的方言，他们也听不懂她的方言，都是叽里呱啦呜里哇啦的双方不开国语，用双手比画着说话。这山里只有学过拼音的学生娃，才会梗着嗓门讲普通话，一般人都不会，五里不同音，十里不共俗，说乡音显得亲热些；虽然语言不通但葫芦奶仍把他们视作亲人。天下穷人是一家，她当年就因为没饭吃才从外地嫁这儿来的，没歧视他（她）们的意思。因此每天早起吃过咸菜泡饭（几十年不变），她就拿起一把大竹扫把出门扫呀扫的，从自家门口扫出去，直扫到那家辣妹子餐馆（这儿垃圾堆积最多）；再过去就是镇政府门口了，她扫过大半条街就不过去扫了，因为镇政府过去的下街头就是铺设了柏油马路的新街，有固定的清洁工与垃圾箱比较干净一些。那天不知咋搞的？还没扫到辣妹子餐馆就扑通一下栽倒在地人事不省，待人发觉送到镇卫生院，就已经没了呼吸。

　　我得知消息由机关事务科的司机华师傅开车赶去时，冯老先生与周秘书、玛丽还有憨叔、秀才、莲子以及笑面弥勒兄弟，包括在沿海大酒店当厨师长的双荣都已经聚集在那儿了。一家子人伏在葫芦奶尸身上哭得感天动地，戚家兄弟在她活着时，因当地流俗再醮，邱大头并不孝顺，现在她没了却体现出孝心来，把丧事办得分外隆重……

　　玛丽领着冯老先生和周秘书，这时到天街镇考察已经两天了，在镇党委书记吴志远、憨叔与智佬陪伴下考察了当地投资环境。事儿应该说办得还算顺利。冯老先生在香港出发前，已委托周秘书做成投资方案，实地考察只是为了实施。在他看来，这是他秉承病妻潘老夫人意志、这辈子办的最后也是最大的一桩实事，算是对他兄弟冯团长、上司兼岳父潘老先生有了个交代。那天在憨叔做东、赵刚义书记、王玫市长与我参加的素餐会上，冯老先生就表达了此意。说树高千丈、叶落归根是海外游子的共同心愿。他选择把潘氏化工集团的资产部分转移至内地，不仅是因为内地拥有更加广阔的市场，主要还是那一份浓郁得化不开的思乡情结。他说精忠报国是他这代人的政治理想，投资的目的是盼望国家早日富强起来，使每个人都能抬起头来，挺直腰杆活得像个真正的中国人……

秀才与玛丽、哑女与众亲属哭倒在灵堂内，前来吊唁的人们鱼贯分批瞻仰葫芦奶的遗容。玛丽与葫芦奶的感情特别好，去香港后常汇钱给她，此一刻间与哑女相搂在一起哭得泪人儿一般，哑女也四十多岁了，此生无婚陪伴葫芦奶，岁月仿佛在她身上停止流逝，脸容清秀身材还与姑娘一般纤瘦苗条。玛丽说过小姑长相年轻，那是因为她思想单纯没有欲望活得简单而又平静。瞻仰完憨叔与我陪着冯老先生、周秘书、吴志远等一应来宾，坐在屋门口搭的灵棚内聊天吃寿果——这东西北方人称作馍，本地称之为麦果。灵棚是灵堂的延伸，内置街坊邻居处借来的桌椅板凳供凭吊者休息吃羹饭……这儿乡俗，人死后要在灵堂置上三天三夜，由和尚或尼姑念经超度亡灵，也有请道士与土地菩萨的，说是让死者在去西天路上丢下尘世一切欲念烦恼，与其他亡灵相互照应共赴太虚幻境。如遇盛夏尸身不易保存，会在死者身下置上一盆冰。这冰藏于山里的地窖内，称之为阴冰；据说是五百年前戚大将军抗倭前线死了将士，就用阴冰入殓送往家乡……

日落西山看不见，水流东海永不归。两条墨迹尤新的黄纸幡儿飘灵棚口，把现场的气氛烘托得庄严肃穆。山里人虽然穷却懂礼数，祖宗留下的老规矩必得遵守。吴志远告诉冯老先生说：葫芦奶的丧事由镇民政干事负责操办。他说葫芦奶用奶水喂养过伍副省长、冯团长和伤员是革命功臣……此番介绍使冯老先生听后特别感慨，说不错，民族精神代代相袭才能流传，台湾那边国民党也做祭日祭祀抗战老兵。待众人排队瞻仰过遗容后，冯老先生又与周秘书和我入内重又祭祀一番，出来见灵棚内置有砚台、纸笔；他沉思一会儿后以冯团长的名义提笔写了一幅挽幛：

当年逐倭寇，一乳多胞赤子心。
今日归天庭，游子返乡慈母情。

他写后，吴志远也请我写。我正琢磨着咋写？憨叔却一下把笔夺过去，在冯老先生写的条幅上，刷刷刷地写下四个大字：妈妈安息。然后脸朝灵堂跪下，叩拜八跪大礼。这啥意思，人皆不解呀？但我明白，菲菲已把冯老先生在英国皇家医院做的DNA报告透露于他，他知道自己是冯团长亲生骨肉了。我看到冯老先生憔悴的脸上露出表示赞赏的笑容。是呀，他是代冯团长写的呀！我看见他那双呆滞的牛眼睛里溢满了泪水……

我心中暗暗庆幸：一头桀骜不驯的牛终于低下那颗高昂的头，十五岙村联办厂终于有救了……

3

遗憾的是冯老先生的投资意向没得以落实，憨叔拒绝了周秘书在香港议就开发东亚化工园的合作协议。理由很简单：祖宗有训贫不卖山。一周后冯老先生带周秘书与玛丽撤回县城仍下榻沿海大酒店，心情十分沮丧地要求与我见面聊一聊。这实在是一桩令人不可思议之事。为这次洽谈，冯老先生的准备工作做得十分充分。凡事都小心翼翼精细毫丝的他，经过三年的调研考察，查看了沿海市近百年来的人文地理变迁（投资环境）与工业布局发展现状，已深思熟虑地决定把香港潘氏化工（塑料）集团做战略性迁徙，把发展重心放到沿海来。因为这时由他任董事局主席的集团内部，由于潘老夫人患尿毒症的信息扩散，正酝酿着一场地震式的家族遗产继承风波；随着他的年龄增长与精力衰退，潘老夫人的两个妹夫与外甥、外甥女婿各占山头另竖一帜，大有取而代之改辕易辙的趋势，公司也由此面临分崩瓦解的危境。是他与同行的周秘书在惊涛骇浪中力挽狂澜，希图开辟内地市场来拯救公司的危局……

这些，都是玛丽在来往邮件中有意无意告诉我的。她认潘老夫人为干阿奶担任冯老先生专职秘书已两年余，不但跟他在河南老家、深圳特区、珠海等地考察，还去新加坡菲律宾等处了解子公司情况，对公司的投资决策意图大致了解。她说此投资不仅是冯老先生和潘老夫人，考虑百年后公司何去何往生死攸关的大事；还涉及塑料与化工产业，在港澳以及东南亚人口密集的弹丸之地无从发展的现状。她说自从上次冯老先生拿走两根憨叔的头发，通过DNA检验明确无疑地证实他就是他的嫡亲侄儿后，冯老先生虽没对外界透露信息，以此作为双方洽谈的基本筹码（说是生意归生意，亲情归亲情）；但在沿海投资与发展的意向更为迫切。她说冯老先生说过：同样一笔生意，在投资环境、各自的价值趋向与其他条件均等的前提下，能帮助自家亲属承揽当然比外人更为理想。她说已靠药物维持生命的潘老夫人同样持此意见支持他的决策，这也是他带着法律顾问周秘书随行的原因。

我知道玛丽在此事上一份迫切的心情，不仅因为十五杏村是她的故乡，而且抵港后她设身处地体会到，海外游子在外创业的艰难与回归的愿望。冯老先生如此决策不仅为帮助乡邻尽快摆脱贫困，还为潘老先生与他含辛茹苦创下这份家业的安全。通过这些年在商场历练的玛丽，尽管被一场糊涂婚姻戏弄对油嘴佬耿耿于怀，这块土地给她留下太多太多不甚美丽的记忆，就本质说还是一个善良的乡下姑娘，她的心仍向着生她养她的村庄，胳膊肘往内拐竭力促成这桩她认为是两全其美的大事。

可惜憨叔没领她的情，当然更重要的是他没有理解市委市政府以及冯老先生的一片好意。玛丽在电话里委屈地告诉我没文化多么可怕……她领冯老先生与周秘书到村里，她爹她叔智佬军嫂二愣子与杂物贱……这些原先把她当作亲人关心她同情她帮助过她的人，现在几乎是全村人都把她当作另类换了一副嘴脸。还有人更甚，直接喊她为香港婊子。我问：你秀才哥与莲子姐咋样，他俩没这般对你吧？她说当然，他俩有文化见过世面，知道我为村人的利益做徐庶，身在曹营心在汉哪！我问憨叔呢？她说他看了香港潘氏把村庄开拓为东亚化工园的协议，知自己真是冯老先生亲侄儿后反与他疏远了。我问为何？她说他的理由很简单：我是冯团长的儿，更没权利卖他祖宗的山了！我说：乱弹琴，开发东亚化工园怎是卖祖宗的山呢？

我在与冯老先生接触前，想去天街向吴志远与秀才处了解情况，以利于政府在此次招商引资项目中加入与指导。许多事在电话里说不清楚，你要知道梨子的滋味，就得亲口尝一尝嘛！何况冯老先生与憨叔又是这样一种关系，我想弄明白是憨叔为何这么快拒绝冯老先生的帮助，是他自身的原因还是出于村里或说是宗族势力的胁迫。冯老先生的投资方案应该说很有发展前景且具有可操作性。他汇总了国内前沿化工产业的发展趋势，提出了此产业与西方发达国家接轨的理念，合并村联办厂组建成立沿海潘氏化工集团，注入巨额资金（首期为五千万元港币）利用十五呇山地开发定名为东亚化工园的产业园区，扶助村联办厂在保证锦纶产品生产、进行自动流水线改造的基础上，扩大同类型化工产品的研究与开发，打出属于沿海自己的品牌。我把此投资意向书交给新上任的王玫市长看过（人家是北大经济系毕业的高才生），她只说了三个字：大手笔。我知此举真能合作成功，应是十五呇全体村民祖坟冒青烟烧了高香的事，别的搁下不论，就凭五千万元港资的投入，对处于逆境中的村联办厂又能做多少事儿……

　　冯老先生下榻沿海大酒店其实只住了两个晚上，第三天就由吴志远与憨叔、秀才给接回天街去。记得当时我向他们吩咐：此番冯老先生带周秘书来沿海，在董事局内部是顶住压力做了工作的。从香港潘氏集团电传过来的文件看，选择沿海投资主要看中这儿地处长江三角洲拥有港口码头，交通便利腹地辽阔人文资源丰富，有利于香港潘氏自身发展，并不仅仅为了施舍；当然冯老先生坦然相告抢滩沿海是奔憨叔认亲而来。但这仅仅是个内因条件，首先考虑的投资环境因素，改造村联办厂扩大规模，看中的是沿海人文因素（特别是憨叔农民企业家那种赤脚汉不怕穿鞋人的拼命精神）。他说企业竞争到最后不仅凭资产，更重要的是人的一种精神。还有个有利条件是因为化工产业涉及污染源的处理，而十五呇这般对外相对封闭的山区，比在人口密集地区更容易疏导与封闭以节省投资成本……我这般吩咐其实就是交底。企业投资不仅是项目资助或慈善投入，而需要合理规划与相应的经济回报做支撑，涉及相关政策与法律条文……我这样说的意思很明白：市委、市政府在合作具体事项上，不做任何条条框框规定，希望合作双方秉着互为有利的原则，尽力尊重冯老先生的意愿促成此事。

　　冯老先生是个谨慎而有责任感的实业家，他的投资方案细则总体说就是由他全额出资控股（百分之五十五），参与合作方村联办厂连带出让土地（村子三千亩山林与平地、捎带一个小型水库），人力资源买断工龄（由现存八百名员工转化为产业工人），并由企业承担完善农村福利机制（学校、医院）占百分之四十五股份，由此改变单纯生产锦纶帘子布产业结构，增加化工业产业项目，成立沿海潘氏星星草化工集团公司。由控股方派员任董事长（法人）与财务总监，合作方任副董事长、兼总经理，全权负责管理生产营销事宜……这般的合作模式，应是当时内地与境外企业联营的基本模式，可想冯老先生与周秘书深谙中国的国情，充分考虑到合作双方的利益，合情合理地就生意论生意，回避政治上的敏感问题，得到市委市政府以及上级港城市外资管理办公室的肯定。吴志远在离开我时还代表天街镇党委与憨叔、秀才表态：保质保量地完成市委市政府布置的任务……

我还没来得及去天街镇，当晚玛丽来到我家谈情况。已是深夜十一点，安安去了外婆家，我还在书房批阅文件，高晓敏敷上面膜躺床上看电视。撤县建市前有线转播频道开通，她也理所当然地由筹建办主任正式担任电视台台长。这是高老爷子离任前对这位自视甚高的公主最后的恩赐，也是她达到事业顶峰的标志。因此她得尽职尽责每晚上床前必看半小时的自办节目。玛丽就在这时摁响了门铃。因为事先没电话联络我不知是她没理睬，公主却像猫一般溜下床去开门，此时她已养成习惯对深夜摁门铃者情有独钟……

七年多前名为菲菲的村姑在我家当保姆，工作勤快为人忠诚老实，因我对她的刮目相看而被高晓敏当作眼中钉肉中刺，以怀疑与我有染非除之不可，我没办法才把她介绍到卞小枫的沧海一笑营业部当营销员。但自从两年多前她婚变由冯老先生带她去香港后，两人却隔山隔水在计算机里鸿雁传书地热络了起来，原因是聪明的玛丽，为保持与我这政府父母官的联络，达到她身在曹营心在汉回报乡里的目的，经常小恩小惠地寄些香港的金银玉器与饰物化妆品给她，她也偶尔会寄包茶叶与我参会的纪念品给她礼尚往来，以至成为心心相印（应是心怀异思）的闺蜜。这人哪，尤其是女人，其实就相差社会地位的那么一点点……

玛丽在冯老先生第二次到沿海考察后去香港，当时由于小苗苗横插一杠，与油嘴佬处于感情破裂中。记得当时我曾问她：咋一下子意志坚决义无反顾去当香港小姐了？那时由于人们的观念差异，并不是每个正派女子都有此决心的。她告诉我说：是为与油嘴佬憋一口气，我必须有出息。说冯老先生知道她的情况后，说过这样一段话：我理解你正在承受的生命之痛，但我不会也不能安慰你；就我的人生体会说，人在年轻时理应多承受艰辛，这般老了就会感到轻松一些。没经历过大悲大痛的人生，不能算是一段成熟的人生。我理解你与侄孙儿，不，应是戚长庚先生之间的感情是真挚的；如果你遗憾他的抛弃感到痛苦，就应该跟我去香港发展，你只有站起来让他看到你比他出色，才能使他能够尊重你、爱你、敬你……他说我带你去香港，就是为让你站在更高的台阶看男人……也许对你以后的人生有帮助……

　　玛丽进屋先与高晓敏说了一些女人间的话，然后就与我说投资的事儿。她说这里面有误会……我问她啥误会？她说冯老先生承租土地六十年产权，出发点不是想统治这块土地建立他的潘氏化工王国，而是想全方位地改变村里贫穷落后的面貌，让大家过上城里人的生活。这目标是与憨叔办厂的初衷是一致的。而憨叔却简单地认为农民丧失土地，就会变成水上的浮萍，如果生意失败就会变得无家可归……我问：你的看法呢？她说我的看法很简单，如果村民以转让土地为代价，能使自己与后代人变得像城市一样繁华美好，这一辈子也就值了。难道我们的改革开放，不就让农民过上幸福的生活吗？我问冯老先生与周秘书也这样想吗？她说是这样想的，冯老先生也快八十岁的老人了，他栽下的树还不是由后人乘凉吗？我又问她：你秀才哥咋想呢？她说他基本同意合作方案，只对迁徙祖坟与处理污染的问题上有些想法，提出了修改意见。我说我明白了，我会找吴书记、你憨叔与你爹谈的。她漠然摇头说：来不及了，今天上午在吴书记主持签署意向协议书的会议上，被憨叔断然拒绝。说：我作为共产党的基层书记，再穷也不会迁祖坟……

　　我摇摇头问：冯老先生不高兴了是吗？她说这倒没有，冯老先生知道他是憨人，他这样说他还很开心，说不愧是我冯家的子孙，蛮有骨气的。

4

　　那年玛丽在去香港认潘老夫人前思想有了反复，临走前晚独自躲在出租屋里哭，我得知信息后与高晓敏前去看她。她说她反悔了不想去香港了，因为她从卞小枫的经历中知道成为女强人的艰难。卞小枫也是县一中比我和秀才低一届的同学，虽然搞起沧海一笑针织集团个人资产都上亿了，历经艰辛年届四十还没能把自己嫁出去，至今仍光棍一人独自奋斗。我知此原因后向她做了具体分析，我说各人自有各人的命，阿富婆（卞小枫在同学中的绰号）没把自己嫁成，是因为她眼睛里看到的只是钱，她关心的只是自己而很少去关心别人的命运；而你不一样，你是为让全村的农民抬头，为了这个群体的尊严，为失去的爱情去向社会讨还公道的。她听了我的话后低头想了一会，泪眼婆娑地望着我问：但我怕大伙儿不会理解我，认为我贪财贪图享受才认冯老先生为亲去香港的。我说傻丫头，你离村出走村里就没人说你贪财贪图享受吗？人有改变生活的愿望有啥不好，难道只有贫穷才是属于农民的生活吗？就说你憨叔办厂，又是为了什么呢？她问我：按你的想法我应该去？我说当然得去……冯老先生的话是对的，你应该换个环境换个角度看世界……

我们回家的路上，高晓敏问我：你动员她去香港，是不是因为冯老先生的香港潘氏集团所拥有庞大资产的诱惑力？我说是的，没有外力的援助十五呇村民很难抬头。她想了想说：我担心菲菲承担不了此职责。我说你放心，她是与你这般真公主不同的假公主；你的一切是由我岳父母大人安排好的，而她的一切要靠自己创造；只要她心里还有十五呇村还有憨叔与油嘴佬，这事就一定能成功。我说：如果我猜得没错，经历过世事沧桑的冯老先生也已想到这层意思，有意让她担当过河卒……

我到天街见了镇党委书记吴志远。他说这事并非玛丽说得那么简单。冯老先生的投资方案是能让十五呇村迅速脱贫，他阿娘大脚的五千万元砸下去，石头缝里都会蹦出脱贫致富的项目来；何况化工行业属于朝阳产业，村办厂这一扩资打响品牌，就会如山窝窝里飞出金凤凰来，带动周边村镇的发展……这是我们想都没想到的大好事哩……我问：既然这样，你为何不做憨叔的工作接受他的恩赐呢？他随即摇头道：世间的事儿都有正反两方面，首先是村里对迁村下山意见不统一，按照方案此项目实施过程中需要迁徙村民，在呇口及邻村（由镇政府特批农用土地）建立新村安顿，修一级绕山公路方便交通，同时征用水库进行必要的排污处理，以及……我问是不是土地征用有困难？你可以打报告到市土管局批，不行我打个招呼……他复摇头说：你知你憨叔咋说吗？我问他说什么了？他说他眉头打了个结，说这事我看得缓一缓，俗话说金窝银窝，不如自家屋里草窝？十五呇村建在山上是祖宗大人定下的规矩，历经四百多年风风雨雨地过来了；这要拆屋刨祖坟的事儿我不能干！以后会被子孙后代指脊梁骨骂的……我说这不是小农经济小富即安吗？他说是呀，我也这般想，可是他问了我一句话，我却回答不了……他说如果将来，我们的农村都变成了城市，农民也就没有土地了，我们的下一代人会感到幸福与快乐吗？

他们所思，急他们之急，如今忽然如拔萝卜一般把他从泥中拔出失去基础，心中滋味可想而知。秀才送我至山腰，嘱托我为村办厂前程不要与憨叔闹翻。说：现在你知道农民创业的局限性了吗？牛抬头容易如何识路就难了；目光短浅斤斤计较，这就是历史上农民成事不足的原因……他说他多年与憨叔共事，知道他这人生来就这脾性；与拍皮球一样，拍得越重就弹跳得越高……

新搭的棚子很简单，砍树杆做梁泥糊的墙，墙根立在已坍的庵壁上，顺势撇下也只七八平方米的面积。里面只搭了一张床，竖一壁灶，门口缸瓮罐甏地不少，因为山上那口废井缺水，这些都是接天落水用的。我推门进去时憨叔正躺在床上，头枕在秋秋姨的膝盖上吹口哨，是《公社是棵常青藤》的曲子。这也奇了怪了，我与他相识这许多年没听过他吹口哨，没准油嘴佬还是向他学的呢？说起来他这人还是天生的没心事，如今冯老先生还愁眉不展地住在沿海大酒店没走，他却已像没事人一样心里乐呵着；其实这才是真正的憨哩，不管工作压力多大，表面上看他绷着脸，心里却总是蚤多不痒债多不愁，苦中作乐地有幸福的花朵儿在开放……

见我至此他并无惊讶，起来泡了一碗霉干菜茶递给我说：是否又给你添麻烦了，我还刚与你秋秋姨念叨着你哩！山里应该出茶叶，但憨叔喜欢用霉干菜泡茶喝，一年四季如此。我简单说明来意，说您也真不给我一个面子？他低头歉意地说：我知你为村里好为我好，冯老先生也是为村里好为我好，菲菲与秀才也这样为村里好为我好，你们的好意我全接受，但事儿我却不能办……我说冯老先生与周秘书还住酒店里等着哩，您就不想说明情况？事没办成情谊在嘛，他问我：菲菲还住哪吧？我说您是指玛丽吧？他嘿嘿地笑道：我没文化喊不惯洋名儿，叫菲菲觉着顺口一些。我与他交换了冯老先生投资的意见，说没想到吧？这 DNA 检查出您就是冯团长儿子？他问我 DNA 是啥玩意儿？我把 DNA 的功能做了解释，说现代亲子鉴定的准确率达百分之一百。他迟疑地问：我又没去英国，他咋做鉴定呢？我告诉他冯老先生带走了您的三根头发，检查出您俩基因一致。他还是觉得不可思议，问我会不会是冯老先生搞错了？我说这咋可能呢？科学应该不会出错。我说您应该想一想，这样做会使冯老先生伤心？他长叹一口气说他想了，这些天都没有好好睡觉，连你秋秋姨都觉得不正常。我说这事过了这店就没有那铺，您该想清楚，办厂不就是为让村民富起来吗？他摇摇头说想清楚了，菲菲也说过这话；真这样我就更不能做这事；这书记是为村民当的，而不是为冯老先生，应该对十五舀村子孙后代负责任……

这晚上，我向他说了市长王玫有意让香港潘氏化工，入主新组合的市化纤总厂的意思。他听后惊讶地问：不就是小白脸陈俊新任厂长的大厂，难道国企也像我一样遇上困难啦？我说是的，改革年代谁肩上都压着一副担子，化纤总厂有人有设备没找到好项目……冯老先生参与投资好处多多，排污问题也比山里好解决，陈俊厂长在市郊新批了一块地直通后海，不存在迁徙祖坟与村庄的事……他有些惋惜地问：政府撤县建市，连城里的工人老阿哥都养不起了吗？我说不是养不起，而是不能养……中央三令五申，企业靠市场不能靠政府，改制就是放水活鱼……他问我与他说这些话啥意思？我说没啥意思，只是考虑您与冯老先生的关系帮政府做一件好事，帮助沟通促成这事？他低头想了一会说：这没啥为难的，天下工农是一家，我可以劝说冯老先生把投资转移到化纤总厂搞合作。我不无担忧地问他：村联办厂下一步的路如何走呢？他说憨人有憨福，烂泥菩萨住瓦屋，熬着走呗。总有一天我会靠自己力量走出来。我说如果冯老先生同意合作，我倒有个想法与您商量……他问啥想法？我说我设法让化纤总厂收购村联办厂帮您搞技改。他连连摇头说无功不受禄，我说过我的路要自己走；只是现在厂里业务不饱和，您帮我输送一些技术销售骨干到化纤总厂去……我瞪大眼睛问：厂靠人撑着，岂不自毁长城吗？他连连摇头说不会……我是怕他们闲下来荒废工夫；再说冯老先生合作后家大业大地需要有人帮助……不是说一个好汉三个帮吗？他对内地市场不熟悉，需要像秀才、莲子这般的人才帮他管理与开拓市场渠道……

5

冯老先生与周秘书在村联办厂投资项目告吹后并没立即回香港，而在沿海留了下来。他不想走哩，都过了古稀之年人生还有几时？投资项目合作是大事情，以后即使再有心劲，也没了那份精力。何况此项目是他厚积薄发、积聚几年时间和精力的良心之作，是他竭尽心智、呕心沥血才搞出来的。他确实看中了沿海这地方，人杰地灵山清水秀的，看中都不忍心丢弃了，想在百年之后把自己与老妻这把老骨头都埋到这儿（此事吴志远憨叔都有承诺，不管合作之事是否成功都会帮他办理此事）。人哪，有许多事儿年轻时能干真就干了，待老了往往心有余而力不足，缺乏年轻时的那股锐气与精力了……

冯老先生在我陪他见陈俊洽谈项目的路上，沮丧地问我殡仪馆在何处？这话显然使我吃了一惊，惊异地望着他不知所措，玛丽也感到很吃惊，从副驾驶位置上回头问：阿爷，你不舒服吧？他摇头说没有，人总有这一天早备早安心……我虽不明白他此意何为？但还是陪他去考察。

冯老先生与周秘书都是苍近黄昏之人，在我与玛丽陪同下进了殡仪馆并参观火化场。我看到他俩的脸上并无忧伤，相反兴致勃勃情绪甚好，返回途中向我与玛丽叮嘱道：记住，我百年后到这儿火化，把骨灰交给还没认我的那憨侄儿……他说他已选择陀头山作为他与潘老夫人的安葬之地，说他对异姓祖坟都敬爱有加，不会随意刨去我冯姓祖坟的。随即，他与周秘书小声嘟哝一阵，轻轻地叹了口气道：这儿的丧葬费用，比香港那边便宜多了……

对香港潘氏集团转而洽谈投资市化纤总厂的合作项目，小白脸陈俊在市长王玫支持下，表现出前所未有的热情。作为当年县汽配厂厂长，企业连年亏损虽没影响他市管干部的仕途，却使他处于英雄无用武之地的忧虑与困惑中。他与我都是改革开放后省委党校首届调干生，不同的是他学业优秀思想激进毕业后选择改革开放第一线进了企业；而我却相对保守地由唐如康安排进了机关。他也是"老三届"生，"文革"时我与秀才参加"造反派"，而他却成为逍遥派。据说那时他在党校学习时，就展现出实践是检验真理唯一标准的才华，开始摸着石头过河设计国企改革的方案了，从业后虽屡败屡战仍一马当先，由县汽配厂调任资产重组的化纤总厂，任厂长兼党委书记。

那晚上他出面招待冯老先生，以示规格把市长王玫拉来作陪。

王玫市长在以后的许多年里，在沿海一直有着正面与反面的影响。她来沿海任职前曾担任过省经委开发处处长，还挂职在山南县当过两年县长；省委组织部原欲提拔她为经委副主任。沿海撤县建市缺少主管全市经济工作的领导，考虑她在山南国企改革试点这块搞得风起云涌很有起色，特地派她来沿海担任市长主持国企改革。那时期全国上下正举行国企改革的大会战，也有称国家卸包袱的肉博战，打破吃大锅饭进入"撤并转卖"程序减轻政府负担。这事儿在理论上可行，实践起来却不尽人意；原因是我国的工业体制都是从"老大哥"

那儿搬来，实施有年头积习难返……你想呀，在社会主义国家体制工人阶级领导一切的现状下，喷香的大锅饭吃了几十年；如今忽然间要下岗或给新的主子（资产拥有者）当仆从，非但关系难以理顺，精神落差也很大。人只有从低处往高处走才满怀希望奋力登攀，谁愿意从高处往下跌呀？但没法儿，国家要强盛社会要发展，只能牺牲一部分人的前途和利益。

王玫市长是"文革"前北大经济管理系毕业的高才生，又在山南县国企改革的实践过，无疑是富有经验的。她的得意之处在于成功地引入与注入外资（山南跑到沿海前头去了）改变国企性质；因此她在山南有个不雅的外号，叫作"辙并王"。在这次晚宴上她巧妙地转移方向，把话题引向市化纤总厂撤离国有资本、由香港潘氏集团控股的方案。她说：陈俊先生（把党内习惯称呼同志改成先生）是个有能力的企业家，化纤总厂的改革遇上堡垒战，是由于体制局限与政府改革力度的不足……这观点其实与赵刚义书记的市委工作报告有矛盾（我特别注意这点）；可王玫市长在那次酒宴上，为和冯老先生拉近距离亮出自己的观点以示开诚布公。

冯老先生饶有兴味地听着，周秘书时不时地从包内拿出计算机，噼里啪啦按动数字键，我知道这次洽谈能取得成功……

冯老先生离开沿海时，已是桃红柳绿的季节。

他在沿海住了一个多月，期间憨叔携秋秋姨几次探望，捎些山里特产笋干菜、番薯蜜枣过来，但他还是称呼冯老先生没喊过他阿叔。来了也很少有话说，坐一会儿就走了。后来笨羊告诉我，他其实是带秋秋姨过来看病，并不是刻意地来见冯老先生。两人见面说了些啥？没人知道。玛丽说：冯老先生在以后很长一段时间内，身边不再带凤梨酥了，而是嚼番薯蜜枣。他有糖尿病，身上带小吃是为救急，番薯蜜枣也含有糖分，味道比凤梨酥还好。冯老先生留沿海期间，与陈俊关于与市化纤总厂合作之事，进行了细节性的磋商。他最感兴趣的是化纤总厂也有一万多平方米的土地，并可以有效解决排污问题，在冯老先生的如意算盘里，这块地按照沿海的发展速度，才算是真正的有效财富……

以小见大，以繁求全。这是一个成熟的商人踏入商业智慧的"门槛"……冯老先生回港前一天，又与玛丽一起回村礼节性地探望秋秋姨。这年山里的杜鹃花开得特别鲜艳，花期也特别长。一月前他进山时向阳坡上的杜鹃才开，如今一个月后返村，山背阴处的花朵还是一大簇一大簇地开得耀眼哩……真好，杜鹃花，香港就没有那样的花了。现在他竟然有一种庆幸没与村联办厂达成合作，如果协议签定下来，也许几年后这些漫山遍野的杜鹃花就不复存在了。令他没有想到的是，那天村里的有线广播（可能是操作失误）正在唱着：

> 公社是棵常青藤，
> 社员都是藤上的瓜……

第六拍　别以为娘家没人

戚大猛：众人拾柴火焰高

1

星星草锦纶公司打翻身仗卷土重来时，秀才厂长、莲子姐与杂物贱已去了沿海潘氏化工集团（原化纤总厂）快两年了。两年时间不算短，憨阿哥与我算是挣扎着过来了，摆脱了五年前被马山总厂秃头郑陆搅得人仰马翻穷得要跳陀头山千丈崖的窘境。经过人员整顿与设备改造后的公司（厂），大多是生龙活虎的年轻人；那些年过五十岁的员工，因为机器替代人工生产陆续离岗回家作业，改造成与企业休戚相关的家庭作坊，组成大大小小藕断丝连的经济联合体。这种模式在当时沿海乡镇民企中很流行，延续了相当长的一段时期，几乎成为乡镇民营企业与国企、大集体企业对抗的主要形式。直到世纪末组成产业集团才逐渐销声匿迹。当时为何流行？靠的是我们农民勤劳勇敢的奋斗精神。你国营大厂不是要按《劳动法》出牌推行八小时工作制吗？家庭作坊就不一样，除吃饭睡觉时间外十六小时连轴干，你有单休日双休日，一个月二十二个工作日，对不起，阿拉没有；是牛嘛，除了嚼草就是耕田与挤奶，哪有时间单休双休？那是人的作息时间，想要抬头的牛们没有作息时间。所以，在同等条件下厂国企与大集体企业是斗不过阿拉乡镇与民营企业的，我们这些红脚梗世世代代都是牛坯贱骨头，别无优势身子骨却比白脚梗结实……

　　在厂里，大家都亲切地称他为憨叔，没人喊官名董事长；但我不这样喊，秀才厂长在厂时也不这样喊。他不喊没道理按辈分就该喊叔，而我不一样，按戚氏大房排行我应喊他姐夫，番薯蜜枣秋秋是我的堂姐。这事儿我小时候愣让油嘴佬占了便宜，按辈分排我是他本家的叔哩。我家为何辈分高？我那老革命爹说是富家娶亲早，越富辈分越小，穷人娶亲迟，越穷辈分越高。我与油嘴佬读初中时稀里糊涂地与他还有杂物贱弄成桃园三结义，结果回家挨了我爹老革命的三爆栗：啥、啥，你们还结义成兄弟？全乱套了，按规矩你是他油嘴佬的叔。是啊，按族谱我家老革命是启字辈，他山里阿爷（外公）药老倌也是启字辈。如此算来……我是大大地吃亏了。为此我曾找油嘴佬议论要把次序改过来。谁知他不依说是男人得守信用，桃园三结义也只是内部玩玩并不当真！我与军嫂结婚后，按她称呼才改口为憨阿哥，这般喊着我就觉得自己神气不少……

　　现在的星星草公司，自秀才厂长走后改朝换代，憨阿哥是公司董事长兼总经理，智佬是分管联合体家庭作坊的常务副总，由我这副总经理兼任厂长。我老婆大人原来名字排在我前面，现在倒过来排我后面成了管理财务的总助副厂长兼办公室主任，鸿年老师则成为公司的监事长。秀才厂长走后被免去厂长职务，却顶替鸿年老师变成了村副主任。现在厂里员工已没人喊我二愣子，我老婆大人说当领导被人喊绰号不礼貌，他们顺借过便理所当然地唤我为二总，也有叫二掌柜的。我不喜欢二掌柜喜欢二总；本地生意人喊掌柜为老板，而他们恰恰不喊我二老板却唤为二总，平心而论我对二总的绰号倒蛮喜欢的，名副其实嘛，在星星草公司除了憨阿哥，我就是掌握着实权的老二嘛。短短几年，憨阿哥把我这二愣子推上一线主持工作。但我知道这是暂时的，他的心里想着油嘴佬哩。秀才厂长临走时告诉我，油嘴佬在内蒙古那边置下两个小煤矿发展得不错，要不是他违反了规矩不听话，我那憨阿哥早让他回来主持工作了。他能回来我也不妒忌，那小子的脑袋就比我长得好，待人接物头脑也比我活络多了，把公司交给他管理我服气，要不是秀才厂长占了位置，他早就是我的领导了……

　　春节长假刚过，憨阿哥就带我进城找秀才，把召开全国订货会的接待方案交给他看。今年订货会比往年迟了一个月，原因是去年我们抢了马山总厂的风头，秃头郑陆经营效益不好没能力举办全国订货会了，就把皮球踢到沿海来。憨阿哥原本不想接这风头，企业是靠实实在在地做出来的，靠壳里空开会咋呼没用？没想到四眼市长知道来了兴趣，找憨阿哥与我说：你们不是要全力打造沿海农民创业与"星星草"品牌吗？怎能放过这么一个好机会呢？他说订货会是全国性会议，部领导与各省行业内的大仙们都到场，放在沿海开会就撑了地域经济的门面，是请都请不来的好事呀，咋能随意放弃？市长王玫去省体改委当副主任后，由常务副市长四眼接替她主持政府工作，听说赵刚义书记已找他谈话，下面呼声很高有转正的希望。憨阿哥见他这般说顺竿攀高道：如果你想搞可以以市政府名义开，打沿海乡镇企业的品牌，由我们星星草公司承办就行了。四眼市长挺机灵，说你是烂田蚂蟥专叮我白脚梗，想拿政府的钞票为企业打广告？憨阿哥老实不客气地点头道：政府出面比企业出面大有好处，其一是推广品牌比企业自说自话更有影响；当然，出钱的事嘛，你就意思一下，主要是接待规格上档次。四眼市长问：其二呢？憨阿哥道：我想感谢政府与沿海乡镇、民企各方神圣，在星星草困难时帮了我们……俗语说墙倒众人推，而在沿海却众人拾柴火焰高……憨阿哥说此话出自真情，一双木腾腾如死鱼般的眼睛难得地有些湿润……好、好呀……四眼市长为之动情点头同意，推推架在鼻梁上那副玳瑁眼镜道：就凭你说这话……我立即向刚义书记报告，你找秀才……统一弄个方案由我过目；他熟悉公司与市场情况。还有莲子，她还是兼职董事嘛；这两年销售没少帮忙，星星草的半壁江山还是由他俩帮着打下来的……

　　是呵，秀才厂长与莲子姐都是大功臣，人虽离开公司乡情尤在……秀才现在是沿海潘氏化工主管生产与营销的副总裁，莲子姐在他手下任营销经理，在王玫市长为首的市政府全市经济一盘棋，发展好了都是沿海品牌的授意下，莲子姐差不多代理了半边天的营销业务（她做市场营销八年熟悉情况），其时沿海潘氏化工还处于初创阶段，她的精力几乎全用在了星星草……我俩在秀才的办公室内谈了召开全国订货会的事，秀才高兴得手舞足蹈连说四眼市长的决策英明。说他早就盼着这一天了，五年前马山秃头郑陆那口气还没出哩。说：没想到十年河东十年河西。村联办厂以前我是厂长，莲子是副厂长，跟着憨书记辛辛苦苦地干了八年，最大的愿望就是想直起腰板来像模像样做个人，风风光光地在沿海举办一次全国订货会；如今这愿望还果然实现了……他立即打电话约莲子姐与杂物贱下班过来共商大计，然后一起活血活血。我问活血活血啥意思？他瞟我一眼说：就是凑一起轧闹猛呗！

晚上我们便一起去149卢益平当老板的驿栈茶馆活血，除莲子姐与杂物贱外，笨羊局长也参加了。原本还邀请了杏儿，但她说晚上街道厂要加班就没过来。杏儿当副厂长后经常加班搞得连节假日都没有，好在铃铛已读小学三年级会自己烧饭吃。笨羊对她一意孤行的忙碌多有怨言，说她太好胜是自作自受，原本落实城里居民户口后，可凭他关系可以换个好工作；但杏儿说她没文化不愿意，不想靠贴老公脸孔做甩手不干活的白相人。憨阿哥支持她的想法，说女人不能靠男人脸孔活着，得做出自己的事业来。夫妻俩至今还没自己的屋子，在星星草公司困难之时，每月工资扣下生活费后邮寄到村里。现在公司发达憨阿哥要把钱还给他俩，笨羊就是笨羊，他说爹，您都把我们当啥了？我是您的女婿没帮上忙已很汗颜；这几个钱权当我与杏儿孝敬您两老的份子钱，还钱就见外了吧？他都这样说了憨阿哥也就不客气，把钱入了账转成了股份……

驿栈茶馆已与时俱进地发展了，说是茶馆其实啥都有，不仅可以喝茶喝咖啡，还可以上菜喝酒吃饭唱卡拉OK。杂物贱带新婚老婆陈芳儿同来。没想到他双眼斗鸡破相的丫脸，平时黏黏糊糊吱扭疙瘩的不大像个男人，讨的老婆倒蛮拿得出手。陈芳儿个儿小小巧巧的虽大了肚子，看起来还腰是腰臀是臀蛮细巧。她是沿海潘氏化工副董事长兼党委书记陈俊的小阿妹，跟着莲子姐做营销不知咋的就看中了杂物贱？沿海潘氏扩招（冯老先生在合作协议中载明消化村联办厂员工），他央求厂里放他跟秀才与莲子姐跳槽。憨阿哥开始因厂里缺技术骨干没同意，后来莲子姐说了陈芳儿的事后他就放行了。

秀才与憨阿哥那晚喝了不少酒。两人都是打响"星星草"品牌的大功臣，分开后各忙各的好长时间没见面，碰见了就高兴。笨羊局长、莲子姐与杂物贱也喝了不少，我当然也没少喝，大家高兴嘛！千年的铁树开花，算是苦尽甘来。当初哪，他阿娘大脚地被秃头郑陆几乎斩尽杀绝走投无路，如今销售量占了国内市场半壁江山，这事想想虽然稀里糊涂地喝着番薯麦碎粥过来了，也实在是不容易。大家喝醉后就开始唱歌。憨阿哥与我一样不会唱歌，秀才与笨羊局长陪他聊大天，我却散不拉叽地撕公鸭嗓子插几曲。后来莲子姐把话筒转给了会吼几嗓"妹妹你坐船头"的杂物贱了，我也就失业没事儿坐在他仁旁边听。我听到秀才在解释当年离厂的事儿，说后人写厂史，必把我与莲子、杂物贱，还有带走的一百多名员工写成见异思迁不能共患难的小人；其实我们心里比留下的人还苦……憨阿哥说：同样打"星星草"品牌没你们曲线救厂地帮我，那年我差不多被秃头郑陆包了饺子。笨羊局长不屑，讥讽说啥曲线救厂我咋没看出来？不是为当城里的白脚梗才跳槽到沿海潘氏吗？四眼市长说刚义书记为留住冯老先生五千万元投资款，还撕口子特批了大家的城里居民户口……

秀才摘下眼镜（进城后才配眼镜扮斯文）用绒布拭着，醉酒的眼珠儿血红血红地盯住笨羊局长沙哑着嗓音说：兄弟你别讥笑我了，你以为我愿意呀？如果不是四眼动员说要开辟第三战场借力打力，需要掺沙子有身在曹营心在汉的徐庶……大家谁都不会离开村联办厂……在企业博弈的大局上，只有四眼、憨叔与冯老先生是棋手，我与莲子、杂物贱都是棋盘上的一颗棋子，下到哪儿算哪儿……说得憨阿哥嘎嘎地笑了起来：我哪有这能耐支开你们哪，当初厂里的实际情况连工资都开不了？肚饥和尚不留宿夜客，我也是为你们的前程着想嘛！笨羊局长笑着阻止道：闹了半天原来你们都是徐庶……冯老先生知道一定会气得吐血……

秀才这么说自有他的道理。那次砸厂绑架事件后，企业经营业务萧条，憨阿哥带着我们左冲右突都没突围出去，如果不是秀才、莲子姐与杂物贱按四眼市长与冯老先生的协议带走一百多名外村闹事员工，还真不知该咋收场？这事虽然留厂员工十有九骂，但毕竟在客观上减轻了村联办厂负担；何况秀才与莲子姐包括杂物贱趁着沿海潘氏筹建空档帮村联办厂做了不少工作。但这些厂里普通员工并不明白，秀才与莲子姐、杂物贱都是办厂的创始人，就像部队带兵打仗的将军，咋能打了败仗丢下部队先撤了呢？四眼市长答应的城里户口就那么重要吗？记得当时杂物贱红着眼睛向我道别，说尽管陈芳儿说他是农村户口不与他结婚，他心里还是想留下的。我问憨阿哥咋舍得你走吗？他说他也不想我走，但莲子姐说过他就答应了……因为他在建厂开业时有过承诺，水往低处流，人往高处走，谁有出息他绝不阻拦。我说那你犹豫啥？走呗！虽说我是二愣子，但这事我还看得清，毁人一门亲，得消三世福。他不走陈芳儿就得与他分手。别以为你杂物贱有技术人也聪明，可人家女娃什么人，陈俊厂长亲阿妹脑子进水犯头晕病才看上你？我们当农民的几斤几两的骨头，别人摸不清自己得拎清？世间人哪有几个像憨阿哥这般经得住折腾？一辈子满打满算也就三万六千天，每天太阳升起天亮忙到黑，不就为三餐温饱衣物无忧吗？哪有放着满满的白米饭不吃，喜欢啃烂番薯的？除非你真是一头牵不回的憨憨牛……

记得憨阿哥瞪着牛眼睛问过我：二愣子呀，别人都走了你走不走？你也有文化咋不跟去捧铁饭碗？我这儿的瓦饭碗可是一打就碎的……我当时虽心里七桶上八桶下地打转转，却坚定地摇头回答说不走，打死我也不走；啥铁饭碗瓦饭碗……老婆大人每天逼着我看报纸，知道以后啥地方都没了铁饭碗捧……他们离开您，我不会离开您……

我不是从小就愣吗？村里人都说我像年轻时的憨阿哥。我不知此话于我是褒扬还是贬损。做人嘛，有时候还真如憨阿哥说的那样憨人有憨福，烂泥菩萨住瓦屋用不着多想，想多了就会变得秀才一样骨瘦如柴处处遇上霉运。其实他与莲子姐加盟的沿海潘氏，合作后关系从没理顺过，效益比我们星星草公司还差，要不住冯老先生不断增加投资，市场经济这一步还不知能否跨过去？当初我坚定地留下没走，其实也是老婆大人的主意。她说花无百日香，人无百日衰，看准村联办厂必有铁树开花驼背翻身这一日。她也神哩，村联办厂的发展许多都在意料中，断定我只要跟着憨阿哥好好干，必定山中无老虎，猴子称大王。果然他们一走我的好事也就来了嘛。何况当时四眼市长、冯老先生、陈俊厂长都没喊上我。不是他们有眼无珠，而说明我的价值在山里而不在山外……现在我明白我那老革命爹的目光不错，说男人少来愣，是缺乏嫂子这般的女人管教，我娶了她果然就改邪归正想愣也愣不了，她总是时时刻刻地把我管住，诲人不倦地把我弄得服服帖帖。其实愣也不是啥坏事，不就是说话不经过头脑，敢作敢为就是了。这点憨阿哥还特别欣赏我，说他年轻时也犯过愣，不明白人与人之间为何说话非得拐弯儿？后来年纪大了就渐渐明白做人就如走山路，脚下的路没一条是直的，你要到达目的地就得七转八拐地遛弯儿。

那次憨阿哥不知真话还是试探，连连摇头叹息说：二愣子呀，我这儿的瓦饭碗也不好捧呀，你留下砸了饭碗可别怪我。我表态说：瓦饭碗不好捧也得跟着您……天无连日雨，阿拉村联办厂总有云开的一天！我这般说他就有些感动，说是呀……三个臭皮匠——顶个诸葛亮嘛，笨有笨办法！瓦饭碗不好捧我们众心合力着捧。只要我们共同努力，村联办厂总有云开日出一天，我们捧的瓦饭碗会胜过他们的铁饭碗……这时我爹老革命走了三年多了，他临终的话我还记在心上，做人要懂得吃亏就是占便宜的道理；每做一件事如后海晒盐一天天地熬干……他说：你不是你哥一般的聪明人，只能比别人多吃苦走更多路，才能得到你要想的东西。这话，我现在总算体会到了。秀才、莲子姐与杂物贱的离开，是因为他们比我聪明，但不一定聪明人总有好果子吃的……

2

1992 年初春气候回暖得很快，春节刚过没多久，市府大院里的各种树木花卉就冒出了嫩芽。间隔在银杏间的梅花已绽开，姹红嫩黄枝枝点点的，衬着高大的银杏树煞是好看。院内多种植银杏梅花，盆景栽松柏，池塘内植莲，听说还是当时副书记赵刚义的主意，银杏古朴通财，梅谐音美，松柏刚直，至于莲嘛，通廉。现在人们生活犹如芝麻开花节节高，干部就要刚直求廉洁。赵刚义是农技员出身，不但对地里庄稼有研究，对树木花卉也有一套。他是想干一番事业的人，升任书记后在抓紧锤炼干部队伍建设的同时，对周围环境尽其所能地进行改造。机关从旧人委大楼搬至新楼，各部局委办都搬一处来了，就得讲究一个办公环境。比起高裕豪时代，沿海公务员队伍增加了差不多一半，配置尚属时髦的电脑，晚上组织岗位培训，说要像西方一样实行无纸化办公。十二层的办公楼设有附楼，面积扩大三倍却仍嫌挤，上上下下四架电梯还不够用。机关管理科重置方案在后院又新装两架电梯，上下班时人流就不至于拥挤……

赵书记同意了四眼市长让我们商议的方案，说：领导干部得重视文化搭台，经济唱戏。为何同样的山、同样的水、同样的政策，这地方经济改革快了一个节奏？除各级领导重视外主要还是地域文化精神。沿海市域的六十万亩耕田，都是从各地迁徙来的移民一锄头一铁耙地从山旮旯与海涂围垦中开垦出来的。像憨阿哥这般的农民就是典型例子，树立星星草品牌可以带动一大片……

他这般说过，四眼市长的胆就壮了起来，打电话告诉我：这次会议必须开好，星星草品牌不仅代表沿海，而且代表了中国农民走自力更生奋发图强、艰苦创业发展道路的方向……

晚上我跟憨阿哥、秀才与莲子姐（小白脸陈俊同意借调他俩帮助筹划会务），去了四眼市长办公室。憨阿哥现在脸上没霉运了，红光满脸喜气洋溢；那双木腾腾的牛眼睛也像油嘴佬那般变得活泛起来。把四眼市长抛在桌上的那两盒中华烟（还是软装）一根接着一根抽着，一点儿都不心痛，说这家伙真比他带的烟丝要强。啥烟丝？我还不知道那是葵花叶子掺的吗！我也不识相地跟着他掏那烟抽。四眼市长心痛了，说这两盒烟是他为农贸市场剪彩缴获的，平时舍不得拿出来，如今你俩存心把它给消灭了？憨阿哥哈哈地憨笑着说：打土豪分田地嘛，我反修防修帮助你打歼灭战。四眼市长说：您把它消灭了，下回客人上门我咋办？憨阿哥机智地回答道：现在国家取消粮票、布票、烟票没取消钞票，你吃着政府皇粮不至于连香烟都买不起？四眼市长皱眉道：买是买得起，只是家里财务权不在我手中，公主不批准我哪敢随便动？憨阿哥弹着烟灰继续取笑道：她缴了你小金库的械，多找几个地方剪彩不就挣回来了？这种不义之财，我不抽白不抽，抽了也白抽……说着，他扬扬得意地从怀里取出一枚新设计的企业品牌纪念品来，呈上与四眼市长看。这牌牌制作精致，上面有着一棵欣欣向荣的星星草……

这是啥呀？四眼市长不明就里。憨阿哥说你不是要我出血吗？我想想会议送这东西好……纪念币嘛……我让莲子搞的……还是足金？四眼市长的眼睛亮了一下，正欲点头赞成，莲子姐说哪是足金？憨阿哥点头道：不是足金是金箔的……开会那许多人我咋发得起……四眼市长仔细欣赏着此玩意儿，觉得还真蛮精致的，点头说还不错嘛，接着他提议说：是否真弄几个足金的呈送参会领导？我感到金箔的好像拿不出手。憨阿哥连连摇头道：这哪行呀？干部不能脱离群众嘛……四眼市长推着架鼻梁上的玳瑁眼镜望着他咻咻地笑：我就知道您老人家不让我们脱离群众，也真是……大江大河都蹚过去了，还在乎这小打小闹的一个品牌纪念品？憨阿哥拉下了脸，说你这是变着法儿说我小气哩，我是小气呵，如果我能抽上一颗能换五个鸡蛋的中华烟，一定给每个领导送上个金坠子……

纪念品上镂刻着一个广告，还是憨阿哥的经典设计，由市电视台公主台长联系省电视台特别制作。画面上呈现五大三粗的憨阿哥，背着一棵偌大的星星草往山顶爬；背景是冉冉升起的一轮红日。公主开始没弄懂，广告画面得出彩，咋不找个十八九岁的嫩女娃，倒拍一个糟老头儿？想改动。憨阿哥不高兴了，说他开始办厂梦里见到的就是这画面。农民嘛都像他这般五大三粗的有啥不光彩，电视台不是天天都喊劳动光荣吗，咋我就没十八九的嫩女娃好看了？结果省电视台播出后效果出奇得好，这下公主折服了，怪不得教科书上说丑中见美？原来丑还有丑的特技效果，艺术史上该有这一说……

四眼市长指着憨阿哥的鼻子笑道：还真不谦虚哩！把牛坯身子都弄到纪念章上去了，我家那位说您那是个人英雄主义。憨阿哥乐了，说是吗？啥个人英雄主义，其实我还不是为省钱，你家公主都告诉我雇个三流模特做广告得一卡车的鸡蛋钱。你还别说，这些年我真悟出个道道来，许多事都不能按照常规的道道办……要弄，就得弄出些新鲜来……锦纶丝不就做汽车轮子的吗？秃头郑陆前两年弄了个汽车爬山，里面坐着一个光膀子的小女娃，漂亮是漂亮可是不顶用，哪有几个汽轮厂的技术员与工人老阿哥去看广告的？省电视台导演也让我这样拍，我偏不，自个儿爬山……老牛爬山，在太旧升起的早晨爬山……

会议紧锣密鼓地筹备起来，据说赵书记内部有个指示：钱不是问题，不够市里财政补；订货会要么不办，办就要办成全国一流的，打出沿海乡镇民营企业艰苦创业走自力更生道路的品牌来。这下新闻媒体可就热闹起来，憨阿哥背着一棵星星草迎着旭日爬山的广告，在报纸上每天登电视台每天播，没几日就家喻户晓深入人心了；憨阿哥也造足声势出尽风头，眼看订货会成为策划、宣传沿海的窗口。四眼市长乐了，这可是在他代市长主持政府工作后第一件大事，以后可要载入史册的。隔天把我与莲子姐召去了解情况后做新的布置，他说那广告是叫绝，你们不说，我都没弄明白蕴藏在里面的深刻寓意；这次刚义书记提醒我，为啥农民要背着一棵草迎着太阳爬山？这里面蕴藏着我们民族的精神！马山是地级市，沿海可是县级市，马山总厂是市属大企业，星星草公司可是一家民营资本控股的村企，两者相比其中含义不言自明。市委市政府决定成立由我为组长、镇党委吴书记村里憨书记参与的领导小组，由秀才、二愣子和莲子担任办公室副主任。他再次明确会议由政府出面举办，不仅打响企业品牌，同时提高沿海地域经济在全国的知名度。这般，会议便有了许多具体要求，譬如开幕式晚会必须上央视，邀请国内大牌明星献艺，尤其是群众喜闻乐见的小品演出得出彩。

开过协调会我与莲子姐回去传达，憨阿哥便有些怯场：哇呀呀，我的天王老子，这不是穷村办庙会得加很多钱吧？我戏谑地调侃说：四眼市长都说死猪不怕开水烫，谁让您背着一棵星星草在太阳升起时爬山的？爬山就得不怕烧钱……莲子姐也在旁帮腔道：这些还不算土特产礼品和请客吃饭等不可预计费用哩，保守估计得超过二百万元……他愣了，愁眉苦脸地说：二百万元哪？哇个隆咚锵，换成鸡蛋得挂几个车皮哇？宰头猪锣分下水，这些钱可是全厂员工辛辛苦苦日夜劳作换来的呀。怪不得郑癞头弄过几年订货会就撂挑子……见我俩都没吱声，他如牙痛似的嘘嘘响着，变成一头落入陷阱的野角麂欲走无路神色忧虑。我仍不知深浅地继续逗他，说企业烧钱不就是为赚钱吗？不如豁出去把事情闹大了再说……莲子姐也火上添油，说在央视做广告，钱也不是一沓一沓地出去吗？譬如就打个大广告？不行、不行……憨阿哥连连摆手，你俩不当家不知柴米贵？与其把这些钱丢给明星，倒不如给客户让些利来得实惠。说着他就想着撤退，说这副组长我还不当了，我们又不做民用产品？用不着那些排场……

我这才传达赵书记的指示精神，说他说了钱不够由政府财政贴补。他迟疑地瞪大牛眼睛望望我又望望莲子姐问有无凭证？莲子姐说要啥凭证？这订货会由市政府主办，他不给钱您撂挑子不办就是，看是您急还是他急？憨阿哥的脸色才平和一些，讷讷自语道：企业的钱是钱，政府的钱也是钱哪，出这许多钱搞订货会究竟值不值？

3

是啊，星星草公司这些年的钱来得还真不容易。憨阿哥的话使我想起秀才、莲子姐与杂物贱离开后那段艰难而又奇特的时光……

人生啊，犹如在时间版面上画一幅巨大的图案，若嫌初稿丑陋而放弃则永远留下丑陋；但如果继续画下去，就会充满着机遇与变数。村联办厂在市委市政府下达"沿海企业沿海帮"的文件后，在融资改造设备事上有了根本性的进展，但真正解决问题的却是沧海一笑卞小枫那笔五百万元的款子，致使企业由此走出困境。憨阿哥告诉我，他是在青岛返回的火车上碰到卞总的；好像冥冥之中老天爷自有安排似的，憨阿哥这辈子注定与卞总有缘……那天他穿着一件油腻腻的灰土布旧棉袄，钢丝一般的乱发刺刺地耸立着，乌黑中间有白发，老农民般耷拉着脑袋抽旱烟……卞总原本从不乘慢车，她工作节奏很快旅途长了影响效益；但那天沧海一笑辖下加工厂突发急事没买到特快就坐上了慢车。她的公司总部迁移上海后加工厂还留在沿海，委托职业经理人打理，她只管营销在各地建立网络。其时正疯狂地迷上体育彩票，连上海主管此项工作的王副市长都与她交朋友。这位副市长后来调任北京，就是被人们传为与她有着神秘关系的部级领导。她的车座恰巧在憨阿哥对面，两人只闻其名却不相识；看到他一烟管一烟管地接着抽烟（那时没有无烟车厢），她不满地皱起眉头却又不好意思呵斥。车厢是公共场所不是公司，在她的公司内有吸烟室，上面张贴着"吸一根烟，缩短三分钟寿命"的宣传语，规定员工不能在办公室吸烟。卞总是懂礼貌的人，无权干涉只得好意提醒：你这位大哥，想必有心事呀？憨阿哥横她一眼，闷闷地回答说没有……吸烟有害健康哪，科学证明吸一根烟缩短三分钟寿命……不抽了好吗？她说。憨阿哥横她一眼强词夺理：那是指纸烟，我不吸纸烟吸旱烟……她仍微笑着说道理一样，旱烟比纸烟更凶……憨阿哥好奇地打量她一会，顺从地灭烟往垃圾桶里磕烟灰，点头说：科学是这道理，但我是农民读书少不懂科学……遇事吃了大亏……

卞总从他浓重的乡音中听出是乡邻，搭讪道：我看出来了，大哥不是普通的农民……现在这社会讲文明不懂科学可以学嘛，就拿我们沿海十五爿村的憨书记，带领村里农民办锦纶厂脱贫致富，还一家培养出两个大学生，穷山窝里飞出金凤凰……她这般说憨阿哥的目光直了，问：你认识他？卞总说不认识……听人说他做人有骨气软硬不吃，很了不起！憨阿哥摇头：他呀，没啥了不起？没一桩做成功的事儿。办企业亏了，两个儿子，大儿油嘴佬不孝顺离家出走，小儿衰佬是三脚踢不出一个闷屁的书呆子，估计大学毕业也要飞，不会留山里帮他做事……卞总有些奇怪，道：您怎能这样编排人家呢？憨书记目光远着哩，宁可背债亏损，也要打响农民的品牌，穷不卖山，连香港老板投资款都不要……

这倒是……憨阿哥叹息说：可他现在快守不住了……

那是他没找对人……在沿海想帮他的人有的是；如果你与他熟悉，回去捎个信儿，如果需要，可到上海找我这样的朋友……

你是谁呀？

我是沧海一笑的卞小枫呀……

后来憨阿哥多次流泪告诉员工：没有沧海一笑卞总打过来的那笔资金，村办厂也许真就咸鱼翻不了身了……他说你们知道，我轻易不会要别人的钱；世上最难偿还人情债呀，我拿人家的钱没能力偿还，就一辈子在心里不得安宁……我两次拒绝冯老先生，第一次他寻亲认我为侄儿，我不知自己是否他侄儿；第二次我知我是他的侄儿，他要我拿陀头山与村庄作股抵押。我没那份权力不能让后代子孙指着脊梁骨骂……

沧海一笑资助五百万元无息借款，憨阿哥说是天上掉下馅饼由我多次跑上海落实。按卞总说法这钱是她看中憨阿哥人品，原本想要无偿赞助；世间上有那么好的人吗？有！她卞总就是；憨阿哥不要才做无息贷款处理。期间她两次到村办厂考察，对憨阿哥表态说：钱不是问题，都是天涯沦落人；一人有难多人帮，搞企业谁没个头痛脑热捉襟见肘的时候？我敬仰您的为人……权当我俩交个朋友；您是兄我是妹您有难尽管开口，凡是我能帮上定当尽力而为，不必见外……憨阿哥自然不愿意，说：朋友归朋友，亲兄弟亲姐妹也得明算账！要不把村联办厂资产做个评估，把你投入的钱算作股份？卞总摇头拒绝了，说我不搞投资。这些年最不相信的就是有人以投资名义圈钱；如果您一定要入账，可把这钱先打入资金往来款，待企业赚钱了还给我，亏了也就算了。我只认准您这个人交朋友……憨阿哥不肯罢休，说要不我按银行贷款付利息，这样我心头才会平静些。卞总便不高兴了，说憨书记呀，你把我看作什么人？我说过我做生意看人品不看钱……这样吧？您实在接受不了，就写一张借条给我做凭证；我说过有钱还无钱就算了，您也用不着记挂在心让企业走上市场再说。憨阿哥就写了借条盖章交给她。卞总看都没看当他的面撕了。说好了吧？您把借条写了我也收了，这下您心理平衡了吧？做人信誉重还是钱重？不在于这一张薄薄的纸……

憨阿哥的眼睛当场就湿了，没再拒绝当着她面憨憨地发下一个毒誓：大恩不言谢，小枫阿妹呀，如果这次我星星草再打不响，我这一百八十斤的笨身子就从陀头山下跳下去！卞总点头说好呀，您跳我陪着您跳！

卞总回上海后并没立即汇钱进账号，半个月后，两条价值五百零四万的德国西门子自动流水线设备，由物流公司托运到了厂里。憨阿哥的做法更绝，一口气从村联办厂跑上陀头山，哇哇地吼了一通山，回来就带我的老婆大人去镇里办手续，把所有家当抵押给农业银行获贷八百万元，又置回两条德国西门子自动流水线设备，把那些运行了八年的手动设备，改造后全分去了散布村内外的家庭作坊。他在车间主任以上班子会议上动员说：他阿娘大脚的"人机大战"……我们被马山总厂的郑癫头打败了！败的是设备不是人……这次阿拉两家都上了德国佬设备，狭路相遇勇者胜。我向信任与武装我们的恩人说过：大恩不言谢，三年内夺不回市场，我领大家去跳陀头山……

卞小枫是沿海土生土长、大名鼎鼎的民营企业家，沧海一笑针织集团的创建人；也是当年收留假公主菲菲的老板。她还是四眼市长、笨羊局长、秀才与莲子姐在县中读书时的同学。但她很少与他们有所来往，也很少与当地政府及企业界走动；原因是她看多了商场上尔虞我诈的龌龊与奸诈，身处其中又不愿同流合污。在沧海一笑针织内衣的生意铺开后，即把总部搬到上海去了。这年她应该有四十岁了还打着单身，据说她上高中时学习成绩一般，沉默寡言不善交往；只有体育特别优秀，能像男孩子一样拉单杠胳膊肘上蹿动的肌肉，每天穿着运动服在学校操场上跑步；听说这事与时在校当体育老师后来出家的宏智大师相关。她的身世与莲子姐相似，出身商贾世家，老爹很早就去南洋开药局，解放后索性丢下她母女俩不回家了；开始还汇些钱过来，后来连生活费都不汇了，靠娘在弄堂口摆烟酒摊维持生活，好在她那在县工商联当办事员的鳏夫舅舅，时常对母女俩有些食物上的接济与资助，才使她在这样的特殊环境中屈辱地长大……

她的人生在十七岁那年开始改变。因为是独生女享受政策没去农村插队，跟着病退的舅舅陶杏仁悄悄地搞了家地下编织工场……沿海这地方人多地少开埠却早，受邻近大都市上海世纪洋风影响，女娃儿从小都爱拿个毛线针折折连连、织个羊毛衫啥的扮俏；使沿海城关镇享有"十里长街无闲女，家家都是织衣人"的美誉。卞小枫与大家一样自小爱织毛活，织久了就自己悟出了道道来，因嫌手工织衣慢在她舅和娘支持下，去上海针织厂参观并弄来三台半自动摇车的机器；以后她不再在腰里缚着上衣每天跑步晨练，也不做梦寐以求要站在五星红旗下听奏国歌的美梦了，与两位要好的同学一起，办了一家（未经工商注册）取名为"三套车"的地下针织企业……

这些年党与政府发展地方经济的政策，使三台半自动摇车四个员工（算上她娘）上马的"三套车"，经过十几年的市场搏击，演变为国内大都市设有营销网络的沧海一笑针织集团，成为民营针织行业中首屈一指的大姐大……

如果说那年头中国有神话，沧海一笑与卞小枫就是。在沿海在港城在江南，几乎每时每刻都在诞生着这样的神话……

4

卞小枫不是农民出身，与农民创业故事应该没啥可比性；但在中国当代经济学概念里，她与我们农民创业同属于民营经济范畴。她对憨阿哥与村联办厂能如此慷慨相助，在沿海经济界无疑像丢下一枚原子弹，使她对社会上（包括她所鄙夷的地方政府官员）的偏见做出了响亮的回答。就如我这般办事鲁莽不善思考的二愣子，也在问自己一个为什么？从而逼使我想了许多问题：即我们这些在憨阿哥率领下的红脚梗，在太阳升起抬头时脚下的路该如何走？也就是乡镇与民营企业发展到一定程度如何识路？如何耕耘？谁是我们真正的朋友，谁是我们的对手乃至敌人？使自己成为真正的时代强人，与城里的工人老阿哥有着平起平坐的地位？老实说，这些问题在我认识卞总前很少思考，但卞总的为人与做法启示了我。为何政府无法解决甚至回避的农村中小企业经营风险，作为民营企业的沧海一笑，却能如及时雨一般骤降甘霖，致使我们脱离困境走向辉煌。难道这仅仅是憨阿哥的人品魅力吗？

我认为这里面有一条暗暗流淌的地下之河，维护着世界上弱者的希望之舟扬帆启程，帮助我们认清朋友相互靠拢，维系着这社会产生正义微弱的温暖，在弱者的相互帮衬中发扬光大，而成为憨阿哥所追求的善良诚意与理想之光，召唤着人们为实现自身的梦想而进取。

我知道虽然四眼市长把假公主介绍给沧海一笑，其实并不咋欣赏卞小枫，甚至有些反感，在他们眼里她只是一个在地域经济发展中的异类。不仅因为她把厂开在沿海却把销售总部搬到上海，营业税与生产值都计算异地没给本地带来多少好处；而且就经济发展观念说，卞小枫与他们跑的也不是同一趟车。就市领导说培植与扶持企业就好像女人生孩娃，自生自养就有一种亲热感；而卞小枫却毛笋抽在篱笆外变成别人园地的一盘菜。这些还好说，领导也不全是本位主义者，关键在于卞小枫做大事业后不咋把他们放眼里。你想哪，她在上海副市长家里直进直出（上海与沿海虽只差一个字，城市级别却隔了好几层），却没把你一个县级市的一、二把手当一回事，说明她的眼睛长到额角头去了。卞小枫后来衰落与她不尊重地方政府官员应该关系不大，已属于另一层次的问题。我在这儿旧事重提她的事，因为她对我后来的发展（包含星星草集团崛起）实在影响太大了。我在与她的接触中体会到一个残酷的事实：即企业与政府的关系须由企业内在变化为指导，有个"三部曲"的演变过程，即诞生时企业依赖政府，成长中逐渐脱离政府，一旦走上市场就必须彻底剥离政府。卞小枫告诉我说这是规律。企业运作与政府目标不同、管理不同、利益不同，就像体育竞技场的运动员与裁判各司其职。可惜的是憨阿哥以及继任者油嘴佬，都没把这问题放在议事日程上，导致战略决策失误以致造成重大损失……

我是二愣子嘛，我承认我的脑子肯定没有秀才与油嘴佬、玛丽管用，可我在那次全国订货会上已嗅到那味道，只是我没有系统性地识别乃至抗争，村联办厂在成立以及发展过程中始终受到政府的关心与支持；也正因为这种关心与支持而成为企业无形的约束与掣肘。也许憨阿哥在那时已经看到这些问题，曾就冯老先生的认亲与投资事儿上，做出弱者力所能及的抗争。但这种抗争是不自觉的，带有一种农民式的善良与执拗，并没有形成观念与共识。坦诚地说企业只有到了油嘴佬与我们这代人手里，才可能做出理智的判断与分析，即我们到底在干什么，要什么？物质利益是什么，精神享受又是什么？秀才与莲子姐经历的那些事，当年在我当时看来并不入港却也合情合理，为了企业的兴盛他们牺牲了农民身上许多宝贵的东西，去投诚他们认为是崇高的工人老阿哥，却没有摆脱那些传统的流俗观念，仍作为受四眼市长掌控摆布的一颗棋子。当然，人睡久了终会醒悟，莲子姐后来的抗争，则出乎憨阿哥与我的意料，但这已是属于另一层面的一种消极抗争，与理想和现实的矛盾冲突……

卞小枫发家的故事在沿海民间流传很广。有人说她认识中央某一部级领导人，并保持着一种神秘的关系，因此年届四十岁还没有嫁人……也有人说她在上海买体育彩票，从1到9号码都买一下子就发了大财……更有人说她娘在她床上供了一尊观世音菩萨，日日夜夜地上香和四季鲜果供着，观世音菩萨为她作法把金银珠宝都吸纳进来……

这三种说法似乎都有影子，深究却都是无稽之谈。在我参加的一次驿栈茶馆聚会中，四眼市长对卞小枫的发家有过一番评议。他说：你们只看到和尚吃斋，没看到和尚念经受戒。在沿海这地方人只要出名，就好话坏话一起上唾沫都能淹死人。阿富婆（卞小枫的绰号）这人嘛是有些古怪，没有真心朋友回沿海儿乎不与同学们来往，难得回家大清早地穿着短袖衫、运动短裤在城区大道众目睽睽下跑步，冬天敲开河面上的薄冰洗冷水澡；虽然不再想当运动员了却还想着在五星红旗下听奏国歌的梦。她的成功靠苦干加巧干碰上好机遇给逼出来的，别的不说，就说她的作息时间就与常人不同，每晚九时上床（没有朋友与娱乐活动）睡觉，清晨三点钟起床处理案头工作；九时准时上班直至六时下班，大热天中午不打午觉，也从无有过双休日。工作紧张时变成拼命三郎，连续熬几晚上不睡觉；休闲时独自带着帆板去海边冲浪（她喜欢这项目），倒几天几夜地不见人影……

他说这种人不仅仅是工作狂，思维方式也与常人不同，不仅全身心钻进工作中去，而且没有爱情没有家庭，过着一种与世隔绝类似机器人一般的生活。他说他趁她在沿海期间，介绍过一位名叫邱栋当体委主任的军转干部，他也爱洗冷水浴与帆板冲浪哩。几次约会均被她推说忙而拒绝，结果邱栋约她出来看电影，她倒是来了，你们猜她来赴约会干些啥呀？哈哈，啥都没干在影院里打瞌睡哩，把头靠在邱栋肩上歇息。邱栋误会了，认为她在示爱俯头吻了她一下；没想到她突然惊醒跳起来抽了他一记耳光，没容他做解释就离座而去……

因此，四眼市长嬉笑着问大家：就凭她这种状态，能与副部级高干搭上关系当小三吗？再说她也长得不漂亮，小眼睛小鼻子雪白的一张冬瓜脸，能惹人家高干爱吗？不可能是吗？我想是不可能……

他说这故事时笨羊局长不出声地听着，后来他颇为惋惜地说：其实阿富婆在校读书时还蛮老实的，只是成为生意人后像是变了个人。他说她做的针织内衣在国内市场畅销应该是抓住了机遇，他在乡镇企业管理局对沿海家庭作坊有个粗略的统计，使用手动摇车的针织个体户不少于八千家，如果算上潜在没统计在内的散户应在万家以上；而这些家庭作坊，都是阿富婆走向全国市场的基础。就这角度说：阿富婆能迅速做大做强发财致富，靠的是十里长街无闲女，家家都有织衣人的地域经济优势……

此后我对卞小枫的发家史充满兴趣，因为我是把她当作一个平民英雄崇拜的。尽管社会上有许多闲言碎语讽刺与讥笑她，但她在我的眼里始终充满光辉。在商场上卞小枫还有一个绰号，被称为外星人。何谓外星人？就是不通情理呀！也就是说她的成功在于办事认真，翻起脸来却六亲不认。企业的原始资本积累与掘得第一桶金，都沾有从业者和劳工的血泪。对卞小枫来说同样有其残酷与不光彩的经历；但这些不光彩的一面，始终被她后来的辉煌所掩盖。在与沧海一笑员工（我接手莲子姐在上海的营销网络后住了很长一段时间）接触中，我听说了这样一个故事，说她打开西北市场稳定局面后，学宋代赵匡胤杯酒释兵权撤了与她一起打江山的娘舅陶杏仁职，才真正获得企业的领导权。为何撤他？倚老卖老与她不合，偷工减料中饱私囊；她在事前调查清楚，为稳定大局隐忍不发，抓住把柄迅疾出手，疾风般地扫荡由他筹建的各地办事处，把生产销售大权掌控手中，摊牌逼其下台大权独揽掌控局面达到她人生的辉煌。

卞小枫打开市场局面不在于她的人际关系，而在于她的商业智慧与把握时机；正如笨羊局长所说的那样，她准确无误掌握与控制了民间财富流动的契机。我国传统毛衣业的构成，发端于历朝历代的运河漕粮运输；那些中国最早的市民阶层（漕工）把北地的羊毛，携带至江南取代蚕丝产生散布（先富裕人家后扩至民间）沿江各家各户的家庭毛活。千百年都由手工捻纺羊毛为毛线，由家庭妇女一针一线地编织成衣，作为上等人家丈夫或儿子御寒衣饰，也有女娃儿嫁人或给情郎专意编织绒线衫做信物。至二十世纪六十年代初（一说六十年代末），在针织化工界突然冒出一种腈纶纺织品，以价廉色彩鲜艳、洗涤便捷等诸多优点取代羊毛线，很快在江南一带的城乡妇女中流传开来；与此同时还有一种叫"的确良"的成衣产品，替代传统全棉卡其布与民间作坊的蜡染布风卷城乡，流行成时尚。在那年代人们身上有一件腈纶内衣或的确良外套，就是时尚的象征。

卞小枫在娘舅陶杏仁支持下，靠从上海买回的三台手动摇车纺制腈纶毛衣起家，算是喝了现代科技的头一口水；但流行并不就是经典。就腈纶针织内衣来说穿身上不透气，且有辐射有害物质伤害身体，不能用沸水消毒浸泡；正为这些原因，富起来的人们仍回到用羊毛、羊绒为原料的老路上去。但针织行业却从此兴旺起来，毕竟用手工编织太麻烦浪费时间；何况随着社会的发展，妇女就业率越来越高，留守家庭的闲女也越来越少。娘舅陶杏仁的做法是剥萝卜吃，看看销售态势好，在每套针织内衣上少了二两线，制衣时在纺机上加持重物（铁锤或石头）；这般制成毛衣上市顾客买时合身，回家用温水一泡长裤就变成短裤，同样，上衣长袖也变成短袖。为维护消费者利益，卞小枫不得不拿娘舅开刀痛下杀手……

同时被她拿下的，还有与她一起创业主管生产的两个小姐妹。她客客气气地摆了一桌酒，把娘舅与两小姐妹请家里吃饭，从银行取来十五万元三沓现金丢桌上，作为请他（她）们开路的条件。她娘还想说情却被她掀翻桌子，说做企业就像上阵打仗没办法，不是你死就是我活；如果您说情索性连您也被开了。后来果然把她娘也从公司中除了名。没办法呀，企业法人（尤其民营）就得这样硬心肠地杀鸡吓猴；她手下可有几千号员工，没一点杀心与杀气如何镇得住？

这就是卞小枫作为女性企业家获得成功，通往财富之门的真实途径。

5

憨阿哥与四眼市长在排会议主席台座次上发生了争执。按说为开好这次会议，四眼市长的市政府已尽力服从与维护企业的利益。譬如邀请大牌明星演出之事，憨阿哥坚决不同意，说与其把一麻袋的钱背去北京送那些不知天有多高地有多厚的腕儿，倒不如在营销中让利返本，让这些年越过越穷的工人老阿哥露出个笑脸来。他这般说四眼市长就不理解，咋改革开放十五年城里工人老阿哥越过越穷？工资都涨了好几次不是在为政府脸上抹黑吗？憨阿哥就打比方与他算了一笔账，说：思明娃儿哟，这就像锅里五斤米的饭，原本十个人吃不是每人摊上半斤吗？现在米没增加只把秤星改了，把饭匀给二十个人吃，说还是半斤其实只有二两半……戏法人人会变，各有巧妙不同。我这般说的意思你懂了吗？四眼市长还没弄懂，说憨叔，您究竟想说些啥呀？他说：我说的就是加工资的事儿呀！以前焦饼油条六分钱一副，焦饼三分是吗？油条也是三分嘛。现在多少？焦饼五角油条五角；各涨了十八倍，城里工人老阿哥的工资加得有这么快吗？国家银行每天都刷刷刷地印刷钞票，钞票就不值钱了嘛……我知道政府为阿拉农民取消了粮票、油票与布票……使我们能与工人老阿哥一样只要赚得来钞票，就可以柴米无愁地过日子；可我们也得想一想这口原本属于工人老阿哥汲水的井，里面的水多了还是少了……

这番话合情合理，四眼市长瞪大眼睛好一会没出声。后来他问：依您咋办呢？憨阿哥说这钱不管政府出还是企业出，都是阿拉沿海的钱……邀请明星唱赞歌就算了，没必要嘛！政府要想闹猛提高知名度，我让智佬叫上那帮民间的朋友，闹个龙灯弄些台阁搞场庙会，钞票就省下不少……四眼市长问智佬是否行？憨阿哥说人家现在是省曲艺家协会理事，唱的雀咚咚《华姐》要申报联合国啥的？啥遗……他转脸询问秀才。秀才说是教科文组织的非遗项目。对、对……是非遗……憨阿哥两眼放光地说：留钱多打几口让工人老阿哥的汲水井；阿拉农民近几年是赚了些钱，可离中央的目标还远哩；不是也得打井吗？井多了水就出得旺，老百姓生活水涨船高……银行多印钞票也不怕了……

这般分析四眼市长能听得下去，自然得向赵书记汇报。四眼市长又把事儿置常委会上，说憨书记的文化搭台是搭地域文化的台，要办庙会舞龙灯走台阁哩。他以为赵书记会反对，又算咋回事？政府出钱给他买炮仗放，白得老婆白养儿子都不要？没想到赵书记考虑一会点头道：别说……还真是实践出真知。人怕出名猪怕壮；如果在央视花钱瞎起哄，倒不如掘井多树几个典型……

接下来的事便有些尴尬，按憨阿哥想法所谓特邀贵宾，应把近年来对企业有功之臣都请上，让他们看看公司的出息。他说：阿拉星星草这些年好比上山牛磕磕碰碰地走到现在，吃水不忘掘井人，请帮助过我们的恩人高高兴兴地来，高高兴兴地走，体现出阿拉农民做事的诚意……他在定下开此会后给下小枫等贵宾打过电话。说都是老兄弟老姐妹了，这条路走得不容易，趁机会好好地聚一聚说说心里话。他的这些邀请对象中，包括先前借钱给他后来又扒倒他屋和绑架他的那些好佬们。做企业不仅找对方向搞经营，主要还是看局气；你的局做得多大气就有多盛。这些人中现在有许多不如他，主要也就是局气没他大；但他却没有忘记他们。于是他们中有人就酸溜溜地说：憨阿大呀，如今你总算眼睛一眨，癞蛤蟆变鸭地阔了起来？不要我们这帮共患难的真朋友（还真朋友？差点都白刀子进，红刀子出了）了，真没想到你还有今天？憨阿哥笑呵呵地回应说：兄弟们呀，韭菜靠割，笨人靠逼；难得靠你们这般帮着我，如果不是你们逼一逼？说不定我也早就死翘翘了，还哪有今天的出头之日？也有人说今日你做新郎官插雉鸡毛——八面威风着哩；邀我们这等衰佬过来不怕触了你老霉头？他就涨红脸着急道：兄弟，你这算啥话？俗话说墙倒众人推，我是靠众人拾柴火焰高才成气候。没你们借钱帮过我，我这憨佬哪唱得成独角戏？天下农民是一家，上台唱戏的是我，敲锣打鼓是众家嘛……

这话四眼市长也赞成，既然是政府搭台唱戏就得请上各路英豪，热热闹闹排排场场地风光一次。他在筹备会上投赞成票，说好呀，既然您想请索性都请来。道士做羹饭一次是请，两次也是请，只要对沿海地域经济发展有利，韩信点兵，多多益善。问题还是出在沧海一笑卞小枫身上。她接到他邀请电话半开玩笑半认真地问：您要我参会哪？那好，我先问您一个问题。在草原上的牧民牧羊，无角的是绵羊，有角的是山羊；绵羊嚼草茎，草茎没了能再长，山羊连根啃，草根啃光就变成了荒原。您说牧人喜欢养绵羊还是山羊？憨阿哥没到过草原一时傻了。卞小枫就在电话那头咯咯地笑起来：老阿哥呀，马善被人骑，人善被人欺。你就没有想一想，政府出资为你赚吆喝目的为啥？如此尖刻的问题，像憨阿哥这般的实心眼人，半个世纪都不会思考出来；只听电话那边卞小枫又问道：我过来参会可以，但我要坐在主席台前排正中位置，在开幕式上讲几句话您同意吗？同意我就过来，不同意吧？我就不过来打搅了……

　　我知卞小枫说这话可能就是一个玩笑。没想到憨阿哥当了真（对这类事他总是特别认真）爽快地答应说：只要你参会，这儿我都会安排好……

　　遗憾的是涉及梁山泊英雄排座次，四眼市长就来了劲儿。会议是市政府出面召集开的，按他的意思化工部来的陈司长与两位处长行业协会会长，还有省、大市部门领导，赵书记与作为会议主持人的他与吴志远书记和憨阿哥，必须坐在开幕式主席台的头排位置。文化搭台经济唱戏，这戏是在政府领导指导下，唱给来宾与客户们看的，市政府出钱主办理所应当是主角；你阿富婆只是一个被邀嘉宾，不要说坐正中就连坐主席台前排的份儿都没有。这样憨阿哥就与他吵开了，你政府口口声声说是为企业服务的公仆，公仆就为会议主角服务，而主角是行业中有贡献的企业家嘛。两人在此问题上争执很长时间，最后四眼市长板脸下命令道：憨叔……我俩也算合作多年，别的事儿都能依您，唯独在这事儿上不行。您想哪，参会企业负责人少说也有一百五六十家，我们得一视同仁不能厚此薄彼，是吗？如果莅会老总们都坐台上来哪坐得下？憨阿哥强词夺理分辩说：我只推荐七家帮助我的老总，来了得有地儿坐呀？四眼市长苦笑着说：我不是都安排在主席台后排就座吗？别人行，就她沧海一笑卞总不行……憨阿哥说：她是星星草品牌走向全国的大恩人！我答应她坐主席台头排正中的……

　　四眼市长取笑道：你说阿富婆吧？她就是个怪人，说好了也不一定会来……上次王玫市长召集企业界扶贫捐款就没来……她不喜欢出席会议……高兴时参加，不高兴了就不参加，把政府会议厅都当作她家里的厅堂，进进出出地不搭理人。刚义书记还在春节团拜会上不点名地批评过她，说我们有些企业家，骄傲得很哩，连主席台都不愿意坐了……您知道她说啥吗？她分辩说不是说政府官员是人民勤务员吗？我没上来你们咋不可以下来吗？您想想，这样的素质能坐全国会议的主席台正中吗？刚义书记首先不会答应……

如此憨阿哥更来气了，粗嗓大气地说：他不答应我还不答应哩；做企业靠众人拾柴火焰高……星星草有今日，我憨佬有今日……全靠她帮助我们渡过难关，滴水之恩当涌泉相报。不同意她坐主席台正中，这会我也就不开了……难道这会是为她开的吗？四眼市长的脸也沉下来，眼睛盯住了秀才与我们这班人。是的，她对星星草公司有恩，我要谢她错了吗？憨阿哥显然犯上了犟脾气，目光凛然不屈地瞪着他。我知道四眼市长不会因此退让，利益促使人的固执……以前我们读小学时，鸿年老师教导我们人民政府爱人民，办厂初期的事实也告诉我：政府的利益就是人民的利益。但自从马山订货会后，我就逐渐体会到政府利益不一定就是企业利益，有时甚至背道而驰，他们还有更高层次的追求。这种追求建立在驾驭牛们的基础上，驾驭牛越多效益也越明显。憨阿哥应该觉察到这些正在发生的变化，但他来不及深入思考，也不愿意相信这种变化，固执地把那双用蒲草鞋向唐县长换来的军用皮鞋挂在村委会办公室墙上。他的所谓抬头建立在政府支持的基础上，以朴实善良的农民式心态去理解与接受现实……

他总不相信政府除了人民以外，还有别的群体或说个人利益？协调会后他茫然地问我：二愣子，你说说，四眼娃儿这么做目的为何？我有些郁闷地回答：他现是主持工作的常务副市长，但他也是凡人，凡人就有七情六欲……

戚志潮（九）：穷寇莫追

1

那天晚上，憨书记与四眼市长为阿富婆坐主席台与怎样坐主席台，争议得面红耳赤不可开交：究竟谁是这次会议的主人？别看这种小小的争论，其实关系到谁创造历史，谁是历史推动者的大问题？当然，我是支持憨书记的。大道理不必说，这次市委、市政府主动推进与参与策划全国订货会，说穿了就是为了打鬼借助钟馗，表面看来是为宣传星星草品牌，推出十五爷村办厂，实则为促进沿海地域经济，张扬政府对地域经济的控制力与执行力。控制力与执行力两词，原本是经济学家用在企业管理的专用术语，但在那时期政府官员应用得更加广泛。此目的憨书记不一定清楚，我可是明白得很。现在不是高书记与糖拌糠那两任领导人的年代了，啥事儿都讲个竞争！就沿海当年实际情况分析，市长王玫在任三年，硬着头皮把陈俊的化纤总厂与冯老先生的香港潘氏搞成合作，为政府财政卸掉包袱；虽然事后问题不少，却开了省内国企转制的先河。王玫市长也由此被提拔到省经委副主任。四眼呼声甚高成为市长的热门人选，十五爷村是他当工作组长后培植经历过反复、在市内外多少有些名气的乡企。好风凭借力，送我上青云。既然当官就得有百尺竿头更上一层的雄心。这场订货会与其说是为憨书记开，倒不如说是为他而开。成功地推出农民品牌不就为负责农村工作的他铺就了晋升台阶吗？何况赵书记是他多年的顶头上司，他当工作组副组长时他就兼任组长，其意不言自明。现在憨书记居然要让阿富婆坐主席台正中？阿富婆是否"另类"另说，关键在究竟是谁帮助了村联办厂的发展？

　　四眼在请我与莲子吃饭时，有过这样一段对话。他先问我俩：这些年里我待你俩咋样？莲子低头扒饭无语。我违心地奉承（生活教会我爱惜羽毛）道：这还用说吗？恩重如山。四眼摇头叹息道：恩重如山谈不上，但对企业的帮助是具体的……没我，星星草公司就走不到今天……但憨叔咋总不理解呢？就拿这次会议说吧，我力挺他要抬他到人所关注的舞台，而他总在往后缩……我正想附和他，莲子却抢先问：四眼，我不清楚你为何如此不遗余力帮他？这……四眼想了想如实道：其实我也为帮自己……你俩想哪？我都四十岁的人了，王玫市长才比我大三岁，如今都是副厅级……我正想说：道可道，非常道，名可名，非常名。这是老子在《道德经》中说的话，意思是万事得顺应自然不得有违。莲子还是抢先说了：人比人，比煞人，你没听说俗话说爬树爬得高，掉下一团糟吗？

　　四眼的脸黄了，我想他一定在心里嘀咕：你们这些人呀，吃不到葡萄，非说葡萄是酸的。但他没再说啥？他知道人之间关系再密切，就如夫妇兄弟姐妹也是话不投机半句多，有些话是不能说透的……

主席台上梁山泊英雄排座次的事儿，最后在我协调下终于解决了。我先向憨书记做工作，问他开会的目的是什么？他很快就回答了，说不就上善若水吗？让大家一起抬头过好日子。这句鸿年老师在办厂初期就说过的话，他始终记在心上，要求自己做每一件事，必须像水一般从高到低无争无求滋润万物地流淌，滔滔入海而不求回报……我说对呀，阿富婆是我的同学，正因为她与您办厂理念相同才无偿援助我们。她做这事正是水润万物之举，可没想过要啥回报。如今政府主办这次活动，不就为扩大我们民营经济的影响，推动地域经济的发展，从广义上说也是水润万物之举……您与四眼没必要为主席台的座次闹别扭吧？憨书记闷闷地抽着烟想了好久，突然文绉绉地问：恐怕是醉翁之意不在酒吧？我说是醉翁之意不在酒，但这也属正常……我把四眼隐藏在心里的想法与他说了：当然，赵书记与四眼也不是没一点想法，他们想通过这次订货会，炫耀政绩把全市的民营经济发展经济推向全国去，让更多的牛抬头，农民能够过上好日子……我想阿富婆也能理解四眼的苦衷，憨书记又想了一会哑巴着烟嘴问：那依你咋办呢？我说我去与四眼沟通让阿富婆坐主席台前排，但您也得退一步，正中位置得让化工部陈司长与赵书记坐。我这般提议他的那双牛眼睛就木腾腾地咬住我了：这正中位置就那么重要吗？我说是的，政府做事有规矩。他问：五年前马山开幕式，郑癫子咋坐到正中去了？我说那不一样，他们企业主办，政府一把手没出场，何况秃头郑陆是协会的副会长……

商量后我去上海办事顺便找阿富婆。阿富婆在沿海是出名的怪人嘛，说通了啥都无所谓，说不通钻进牛角尖泰山压顶不弯腰；她那儿说钱比说理的事儿好商量。这几年沧海一笑发展得不错，她是灶尊菩萨坐锅台摆架子任性着哩。我与她也多时未见，至上海下榻处打电话联系去她的公司（门面不大，落户在寸金寸地的繁华地段）。此日她大概心情很好，问清事由说不必让我劳驾，老同学难得见面，邀请我至二十四层楼的国际饭店顶层餐厅吃饭。没多久她就单独开车过来，有意炫耀地穿了件红色呢绒大衣，头戴黛色绒线帽，手里还提着一块砖头大的玩意儿。坐下寒暄后我问她这是啥东西？她冷冷地说：大哥大呀，无线连接电话。这段时期我忙，上哪都有电话追着，提上这东西出门方便多了……我无话找话地问：多少钱一个？她说是秘书弄的，具体不清楚；大概值两万元吧？

说是便饭只点了三个菜，一个是称之为"划水"的鱼（生意人都爱点这个，顺风顺水），还有一个墨鱼干烤肉，另外一个是汤不像汤羹不像羹的东西，她告诉我是外国菜叫罗宋汤……还开了两瓶没啥酒味、比村里番薯烧酒差远的法兰西干红葡萄酒。我俩吃饭时背后有女招待陪着，身子倚靠我身上倒酒换碟子。席间，我谈了订货会筹办之事，说憨书记差点与四眼市长打架了。她问是咋一回事？我说憨书记坚持让你坐主席台前排正中位置，四眼市长被吵得没办法要我过来沟通一下……她听完咯咯笑道：我以为出了啥了不起的大事？我与上海郝副市长都并排坐过，他四眼稀罕就坐去我不坐这狗屁主席台就是了。我说不行呀，憨书记说你答应过去，你不坐主席台这会就开不了。她便问那位置如何排？我说四眼调整憨书记坐第二排，你坐在头排他的身边……她说这咋行呢？千遭百日开一次会，憨叔不坐头排亮相不就啥意义都没了？你回去告诉他，我可能有事去不了，让滕副总过去……让憨叔坦坦荡荡地坐一排去，为天下农民摘个面子……

吃完饭划卡埋单，我问多少？她说没多少，上海是啥地方？三百二十六元吧……我说还行，这排场沿海也要这数。她有些得意地莞尔一笑：老同学，美元哪……

接下去商量会议筹领导小组和新闻稿，我又打电话给四眼，让他过来确定名单与审稿。政府与企业花那许多钱，落到实处不就为立名与影响吗？通过十年磨一剑，我于此道可算是河东熟地深知内中夭夭，经过二愣子、莲子等工作人员几天奋战议就出一个草案，单等四眼与憨书记过来拍板。原本我电话请示过四眼，定下马山秃头郑陆不参与会议班子。原因是四眼与我都对五年前在马山的一箭之仇记忆犹新；而且秃头郑陆只是协会六名副会长之一，属于可放可不放的对象；如此时马山锦纶集团（原总厂）还如以前一样如日中天，就须与憨书记一般安排进入班子坐主席台前排。企业间的竞争是残酷的，随着"大路"商标衰落事过境迁，业内也就没人把他当回事了。四眼虽较谨慎问我此事憨书记如何看？我说此次出资开会不就为雪耻吗？五年前马山之役几乎使村联办厂崩溃，憨叔比我还耿耿于怀哩。四眼说那好，你看着办，不要像阿富婆那事儿闹出不愉快来……

但我没想到憨书记又不知哪根筋搭错，在确定阿富婆无法参会后，提出把秃头郑陆放进组委会副主任名字排他前面。我说：时势论英雄，马山总厂已是昨日黄花，销售量远远落星星草后面去了……他摇头叹息说：秀才呀，不是憨叔批评你，做人不能看势头；人好了我们不能抬轿，孬了我们也不踢脚……他好歹还是副会长，能参会就是看得起我们……我没好气地说：你现在不也是副会长吗？咋能买了炮仗与人放呢？他微笑道：我知道你为五年前的事儿怄气哩，事过去了就成为历史，虽然我也是副会长，但入行有迟早；何况他是来宾，我们更要以诚待人。我想起五年前憨书记可连主席台边都没挨上；秃头郑陆还设宴羞辱我们……憨书记说：有一句老话叫且饶人处得饶人；当年没他逼得大家走投无路，也就没后来我们的绝地反击……此一时彼一时，搞企业谁都不是常胜将军，没准几年后他又跑到我们前面去了呢？其实郑癞头人不坏，就是不大尊重农民。每年在订货会上碰到我，总问我死了没有？我不死，仿佛他活着没意义似的……

我说我不明白他盼着您死……您却还护着他？憨书记乐得如孩子似的，古铜色的脸上一条条皱纹舒展开来，乐呵呵地道：也许因为我俩是对手，彼此心里明白；别看他嘴上老盼着我死，其实心里割舍不下。去年订货会陈司长拉我的手向他敬酒，他啥也没说一下抱住我哭了，说不是冤家不碰头呀……啥是朋友？这就是朋友啊……现在我把烧饼给翻了过来，马山"大路"品牌节节败退……我怕他像我当年一样走投无路，一时顺不过气来翘了辫子……

我说我是明白了，您怕他歇手不干在业界没了竞争对手是吗？他附我耳朵说是呀，做人度量多大，事业就做得有多大……他是知识分子重面子，输不起哩；不像我赤脚汉不怕穿鞋人，输到底还是一个农民……

这次四眼特爽快，很快赶来宾馆入门就嚷嚷：秃头郑陆的事秀才在电话里说了，我同意憨叔意见，诸葛亮收服南蛮还七擒孟获，放他进组委会显出我们海纳百川的大气。现在把会议新闻稿给统一下，央视可能要报道。我下午还有个会议，得赶紧把筹备情况向刚义书记汇报。憨书记点头道：秀才他们议的那份讲话稿，总体上把情况说清楚了，只是提到我的地方太多……村联办厂有今天，应说是众人拾柴火焰高。没大家的努力就没我们今天的会议。我在想哪，除了卞总沧海一笑与马山秃头郑陆外，有几个人还不能不提……四眼问谁呀？

他说是后海滩涂先借钱给我后又遣人绑架的陆总，留下企业发展三条锦囊妙计的老宝贝与几次穿针引线想为村人谋幸福的假公主菲菲……

他讷讷地说：我可以不坐主席台，我这人不喜欢开会嘛，坐在台上又不能抽烟端架子难受哩……四眼说：这不是您喜欢不喜欢的事，您代表十五呇村与星星草企业的形象。不坐在主席台央视咋上节目呢？央视不上节目，全国人民咋知您干了些啥呢？憨书记在房间里转来转去嘟哝说：我干活又不是给人看的，我要别人知道干啥？我是为村民过上好日子才干活的呀！四眼不高兴了，说您不是想着抬头吗？仅过上好日子就能抬头了？以前您一顿吃十副焦饼油条，让您天天吃您就吃不了嘛？农民生活稳定后要培养精神追求……憨书记问：啥叫精神追求呢？譬如说读书看报、文娱体育，像开会坐主席台拍成录像在电视台上播，让大家知道您是成功人士……四眼简单解释过后转而问我：玛丽回来没有？我说还没哩。自潘老夫人故世后去香港一年多杳无音讯……是呀，四眼点头叹息说：她不在怪可惜的……这时我想起油嘴佬来，说其实还有一人应该来参加这会……四眼急问我：谁呀？我说是油嘴佬……这些年他在内蒙古伊盟承包了两个小煤矿，又在包头市郊与老宝贝办起一家锦纶原材料厂，明里暗里地都在帮衬着村里……四眼点头：这倒是……虽然他与憨叔怄气坏了祖宗的规矩，但没坏我们农民创业的精神；不知是否来得及？你拍电报打电话让他赶来参加。憨书记的脸顿时变成猪肝色，愤愤地说：你俩最好别提这畜生，一提他我就生气……

我知道他不会真生气，自两年前我去过内蒙古把情况向他汇报后，他就在心里惦念上了油嘴佬。他这人能把许多事都藏心里不在脸上轻易流露；油嘴佬也真是，明明心头惦念着他老爹，却音信全无连主动登门道歉的态度都没有。父子俩就这般死犟着看谁挨得过谁？

2

全国锦纶行业订货会前，憨书记决定在鸿发大酒店（由沿海大酒店更名）办一次宴席，请政府企业界相关头头脑脑试吃会议餐。此举由我四叔厨子长荣鼎力促成，他原本已办退休手续，但市府招待所改制为酒店后又把他请回掌勺。沿海这地方依山面海以农业为主渔牧辅之，相较于附近几个县（市）区工业基础薄弱，服务业也不发达；早先没有像样的星级宾馆，改革开放后政策调整，乡镇民营企业如雨后春笋般冒了出来，酒店与服务产业也水涨船高地随之兴旺。

鸿发大酒店由本市最大的乡企鸿发电器集团管理控股，是拥有十二层迎宾楼六百间客房的首家星级宾馆。那时生意并没后来那般红火，四叔知晓此会由村联办厂牵头举办很想露一手，找干爹电话联系后屁颠屁颠地跑来与我商量。说是乡邻乡亲的早想请大家尝尝他手艺，只是一直没捞着机会；还说干爹都发话了，望大阿侄成全。干爹下台当村主任从阿大变为手里无权的阿二后，原本凡村里发展之事均与憨书记唱反调；但自冯老先生三次莅村憨书记穷不卖山后，就重新与他尿到了一个壶里。理由简单，不仅是我阿爷戚大葫芦埋在陀头山佛陀怀里；而且就观念来说，他与憨书记一样，是不相信天上掉馅饼，而是主张自主创业的人。认为农民抬头靠自身，任何外部力量都不靠谱，他与我形象地比方说：麦种只要不在高温中泡过，撒地上就会生根发芽；狗屎就不行，撒在金漆马桶里还是狗屎。我领四叔找憨书记沟通。四叔还是老话，说乡里乡亲的……您开会住宾馆内，我总得表示个意思……憨书记为人实诚，对迎来送往之事向来不感兴趣；有钱住宾馆就住宾馆呗，摆啥谱？何况是试吃（无非定个会议菜谱），他又不是重要人物。此时他的心思全放在会议筹备上，像吃饭这类事（虽说民以食为天，他从没有注重过），用得着像模像样商量吗？便打电话与四眼问咋办？没想到四眼来了劲头，说会议由市政府挂名主办，餐饮是地域文化宣传的最佳定位，是得捏定菜谱借会议东风推出本帮菜……

你还别说，四眼的脑筋转速就是快。以前我总小看他在国企改革这块，工作魄力不如王玫市长；致使市化纤总厂与冯老先生合作之事，她走后就如泥牛入海无消息了。其实四眼想管也管不了，他缺乏的是王玫市长这般的魄力，做事前怕狼后怕虎的，摸着石头过河地走一步看一步。但他对乡镇民营企业发展这块却如河东熟地，脑子好得像《三国演义》中徐庶荐诸葛，小小一桩事儿便会被他弄得触类旁通四处开花；知道借力打力地为"文化搭台、经济唱戏"服务……既然乡里乡亲，何必浪费钱还累人？憨书记知四眼意思后，虽然不满地嘟哝却按此执行。他哪想到这时四眼已准备接任市长，思路已从他分管的农村经济这一块跳到文化旅游上去了。是呀，市域经济的发展不仅需要牛们的抬头，还有城镇那些鸡呀鸭呀的许多散户组成的三产服务业；你要留住客人的心，就必须要留住他的嘴。为此四眼又打电话给宾馆老总魏杰，断然做出两条指示：说宾馆与旅游业这块虽然不归我分管，但我要借这次全国会议的东风，促一促具有地域特色的三产服务业。一是整出几道谁都未曾尝过回味无穷的本帮菜，让大家过嘴难忘。二是弘扬沿海的餐饮文化搞出一份特色菜谱；使这些来自全国各地的老总们，不仅记住沿海有农民自己的星星草品牌，还拥有一家口味特殊具有江南风味的鸿发大酒店。

魏杰听后自然叫好，说没想到你这大领导，刚主持工作就抓到点子上……

筹委会选择会场食宿时，憨书记原本不想住在这儿。原因是价格高每间房一百二十元，吃饭也贵人均每天八十元；据说餐饮还要上王八。这不是说村联办厂没钱吃饭开房间，而是他天性吝啬办事局气不大。村办厂虽然打了翻身仗，周转资金却仍吃紧尚没还清银行贷款。四厘息呀，每年利息就几十万元……每至年底他就心痛得光棍老倌双脚跳脸都会得变色。卞小枫那笔款虽没让他付息，她说过有钱归还本金，没钱不还也可以；这咋行呢？不符合他做人的信念，欠债不还非君子所为嘛。企业再不济住宾馆的钱还是有的，仅每年资金往来款的账面利息就足够他办事，何况还有四眼答应的返税补助款。没这底气他也不会心事来潮地大张旗鼓，开如此规模的全国订货会。但他农民出身节俭已成为习惯。自办厂始几乎每元钱都是从指缝里抠出来的，这些年村、厂领导出差同样还住旅社招待所，不沾酒店宾馆的边。拿他的话说：农民伯伯生就朱砂骨是叫花子的命；真像国企大厂那般折腾这点家当早折腾空了。还说做人在世吃吃困困，钱都花在吃饭困觉上，每饭每宿省一元，积蓄起来就是娶媳妇的钱。不要以为城里的席梦思躺着舒服？说穿了就是钢丝弹簧加上稻草垫，还没屋里的火塘与破棉絮环保哩！

定下会议食宿后他当然还向四眼发牢骚，但四眼立场坚定斗志昂扬地没商量余地。说就是穷得讨饭篮底脱落的穷汉，家里烧缸灶出门还充阔佬哩？做人做事为来为去就为把住一张丫脸。这次订货会与以往不同，争取到国家化工部召集市政府主办星星草公司承办，市里企业都算攀上高亲，代表着沿海民企的形象与档次，也是政府的形象与档次。食宿安排不当就会影响会议档次，您不要脸面我要脸面哩。还说化工部领导要来，全国顶尖的一百余家锦纶企业参加……您就是借钱贷款也得给我显摆出农民翻身抬头、当家做主的气派来……千遭百日地开一次会，我们不能弄得穷光蛋相亲，裤裆里夹两个卵蛋去丈母家。现在沿海经济 GDP 已冲上全国前十位，不能在客人面前跌倒面子。

这般说憨书记也只好同意，趁四眼财大气粗朗声教育提高他的思想认识时，得寸进尺弱弱地笑着问：本地宾客与工作人员费用谁埋单呢？四眼一愣，说憨叔呀，您承办会议连这些小钱都付不起吗？我可是在为您服务推广"星星草"品牌哩。憨书记说不是付不起，而是勤俭办厂制度有规定；你晓得我这人自办厂至今，一直照章办事不敢坏了规矩，还是照章办事能省就省一些。要不，你打电话给魏总，让他给……四眼有些生气，板下脸当着他面给魏杰打电话。然后告诉他道：我向魏总打了招呼，食宿均按七折，再低他就无能为力了。但有个条件，要您在会上为酒店打个广告。他问啥广告？四眼说很简单，在会场背景图案中打上沿海大酒店的商标。憨书记想了一会迟疑地问：这有用吗？四眼微笑着没回答。过一会他道：还有要求哩……他问啥要求？四眼说要拍您向领导与各地老总敬酒的电视片。我……憨书记愣住了，一个农民伯伯，还拍场面上敬酒的电视，这也太抬举我了吧？四眼还是笑着没回答，我说：只要央视经济频道能播出，魏总的鸿发大酒店不就火了……这下憨书记明白了，说：原来他想搭便船？四眼点头道：正是此意，您以为都是您呀？生意场上大家都鬼精鬼精的，不放过每个宣传的机会……

筹备组工作人员入住酒店后，魏杰派人服务得挺周到。憨书记也来试住过几晚（办事方便嘛）。但他还是不放心，让二愣子每天到前台签单询问，生怕结账时多收他钱。晚上也一反常态地睡不安稳，向对床二愣子唉声叹气地说自己命贱，睡"死梦死"骨头疼……二愣子试探着问要不我俩去对过旅社睡棕绷床？憨书记即拉下脸说：这哪行？四眼都说了，我们睡这榻是在给全市农民长脸……

四叔领旨后对会务餐着实动过一番脑筋。这时他名义上还是灶头掌勺，其实早被鸿发电器副总兼宾馆老总魏杰摒弃；为餐品质量专从江苏请来烧江淮菜的大厨负责案头，四叔的作用好似部队炊事班的上士，专管进料与买菜。市府招待所先被承包为沿海大酒店又改制成鸿发大酒店，对后厨菜品做过几番改革；书记赵刚义与前市长王玫追求菜品多样化，每有宴请喜欢上江淮菜（据说周总理宴请贵宾时喜用），魏杰就把时任餐饮部经理的四叔给冷落了，提前给办了退休手续；并在他掌勺的家乡菜谱（清蒸白煮为主）基础上合成江淮菜系。直至发现江苏大厨在食材上做手脚，才又把四叔给复请回来协助掌厨。有着政府背景的酒店菜谱常由领导人（特别是一、二把手）喜好更动，现在王玫市长已走由四眼主持政府工作，魏杰急切需要了解他的口味。铁打的营盘流水的兵，放牧的羊群随着鞭儿转。没办法，宾馆老总只能跟领导人口味走，他喊立正你就不能稍息；做酒店行当的可以跟谁过不去，也不能与地方领导人过不去，要知道有一大半的业务都是由各部门头头脑脑给带来的。魏杰当老总多年自然知此玄机，才唆使四叔出面，邀请试吃会议餐……

四叔虽然长期在招待所烧惯大众菜，却也有他的一技之长。那时候人们物质生活条件不是很好，县级领导也没像后任一样搞特殊化，最多只能弄一碗红烧肉吃吃。四叔要在招待所干下去当然该炼成一手绝活，主打本地特产野角麂肉炖洋芋艿（马铃薯），内搁洋葱黄酒八角大料，成为招待所的一道招牌菜。此菜出典说起来还是当年我阿爷戚大葫芦首创，他是猎手，打来野味烩芋艿吃，烩着烩着就烩出滋味来了。四叔自小进城当厨子，在师傅的指点下发现，在麂子肉中加入洋芋艿与洋葱黄酒八角大料炖着吃更入味，就自作主张地改造成为他主厨的当家菜；辅菜就是竹笋烤咸菜卤与干烧野山菇，加之本地的大汤黄鱼与清烤乌贼（墨鱼）。解放初期伍副省长担任县军管委主任时，就专喜麂子肉这道菜，后来几任书记包括高裕豪也喜欢；每有上级派员视察就通知四叔上厨。那时候沿海政府机关有权势人家做阳寿嫁阿囡娶媳妇，都要自个儿掏钱在招待所摆几桌，内行人就指名道姓地要四叔上厨；条件好一些的人家还提前给四叔塞红包……

四叔按魏杰所定会议餐的标准后复来找我，说：你那高中同学四眼市长蛮英明的，想借这次全国订货会一箭双雕繁荣家乡餐饮文化。才有你四叔我英雄有用武之地露几手给他看看，省得改制后我如养生媳妇进恶婆婆门忍声吞气地过日子。我说你也是，退休了在家里歇着不好，还非逞能回酒店露几手。他摇头说不是还没到年龄嘛，在家里每天歇着剥手指嵌也很无聊的，还不如在酒店有活干好。我说：你别高兴得太早，这家乡的餐饮文化也不是一道野角麂肉炖洋芋艿就得以弘扬的，这里面的门道深着哩！他说这你尽可以放心，你叔这三十几年的厨师饭不是白吃的，最近我还在研究祖宗留下的疍家菜，仅后海滩涂那些小海鲜，就能清蒸白煮地弄出十几道菜来，保管大家吃得腹胀如鼓满口生香。我问疍家菜又是啥东西？他说就是过去舜江上柯鱼由妇女掌勺的疍船烧的菜。我又问他咋弄到这菜谱的？他说哪有菜谱呀？我学厨跟的师傅就是疍家人，与村里憨书记岳丈、我戚氏大房的药老倌转来拐去还有亲哩……

他这般说我就笑了，呵呵，四叔聪明着哩，四眼是醉翁之意不在酒，还没正式当市长，就把王玫市长定的规矩给废了。也不知何时开始，沿海官场悄悄地兴起上有所好下必效之的"范儿"，那时政府基层官员还不敢明目张胆地索贿行贿，那是在二十世纪九十年代初，人们占有物质财富远没达到后来奢靡的程度，官员们享受只从吃喝入手。四眼在订货会上推出家乡菜谱，是从嘴开始控制官员食欲继而发展人际关系。为此，聪明的四叔卷土重来又在鸿发大酒店干了十年，直至脑满肠肥营养过剩得了脑溢血才离开……

3

过了春分，天气就暖和了起来，江南好就好在处处都是柔水，到处都在潺潺地流着；小溪叮咚，河水绵绵，那些大江大河在阳光下泛动着金色的波涛，轮船突突地行进着，充满着生命的希望，把冬之萧瑟驱赶到旧日的旮旯角。各路人马都开始集中到沿海报到，马山锦纶集团总裁郑陆瘦死的骆驼比马大，摆阔气讲排场带了大队人马虚张声势到了沿海，在鸿发大酒店要了一个套房两个包间，还在对面旅社租了几个房间安顿下来……

与憨书记不修边幅粗粗拉拉的作风相反，秃头郑陆是个爱虚荣讲派头的人，不但企业行为而且个人形象操守都极注意；平时总是西装笔挺皮鞋锃亮地注重仪表。遗憾的是这些年他总忙忙碌碌头发又掉了不少，弄了个假发套用胶水糊住，晚上睡觉时再取下来挂在衣帽架上，人若冷不防地闯进去还挺恐怖的……据说这种假发套戴在头上特难受，花钞票活遭罪；但秃头郑陆不计较，活遭罪就活遭罪，总比让人观摩电灯泡强！男人如果太在乎自身形象，是内心不够充实与强大的表现。

秃头郑陆出门总带着毕越同往，在公开场合招摇过市并不忌讳；小妮子漂亮能干而且风骚，这不是说她就一定与他有染。在我印象中秃头郑陆不是个好色的男人，之所以与她影形不离，其实是某种心理暗示确证他强大而有男人魅力。那年头这圈内的中年男人，流行显炫小蜜与名车；就如中华人民共和国成立初政府官员下乡，有一辆自行车与时不时地掌握时间看手表为尊贵；到二十世纪六七十年代，开始流行屁股冒烟的轿车与随身所带的晶体管收音机。其实毕越以前并不太专注形象，出门社交总穿一件松松垮垮的棒针衫；她性格爽朗明快，是众多销售经理中唯一不施粉黛能与男人在酒桌上拼命的女人。当年油嘴佬离开后，秃头郑陆有意识地向毕越示好靠拢，她也有意无意地向他示忠，两人有了利益关系后才很快热络起来，在他心中渐渐取代了油嘴佬的位置。秃头郑陆的最大缺陷是在取得成绩或遭受挫折时须找人倾诉；而小骆老师又不愿调到马山来，调来也不行，她不懂企业与他无话可说，就如有段位的棋手无法与初学者沟通一样。小骆老师生性文静，不愿每天都说些冲冲杀杀尔虞我诈的话题。她的世界里充满着童贞的乐趣；而且她也不想离开省城离开父母离开她那个熟悉的环境……

　　秃头郑陆已经很少再回省城的家。他的女儿也已经长大，据说获得市青少年钢琴考级第二名准备考艺校。做企业就像嚼泡泡糖粘上就很难分开，秃头郑陆的心理不够强大依然需要倾诉，为此他只能迷上毕越，远处高层的寂寞使两人相依相偎互诉衷肠，成为精神与物质的结盟者。毕越在市场营销中冲冲杀杀已有年头，年过三十仍然单身，虽在商战的大盘中每日灯红酒绿杯盘交错，心灵依然寂寞需要有男人的慰藉。她对那些女部属经常灌输：这世界由男人主宰，那是无法改变的事实；而男人却需要倾诉，我们改变世界的方式就是倾听男人们的倾诉。在一个以男性为主宰的社会形态中，女性学会倾听是掌握世界的武器。你们在我部里工作，我可以不问能力不问学历，需要考核的是你们有没有倾听的习惯……

　　在马山锦纶集团内，没人对毕越这种越轨不同常人的思想和行为说三道四，人们已经习以为常。对一个人到中年知识结构并不完整的女人，能坐在副总裁位置上尚属不易；而且对已转制的大集体企业来说，几乎每个员工都知道效益是企业生存之本，涉及个人切身利益的方方面面，明白毕越这样做，是为了工作与他们的利益。像秃头郑陆这般喜怒无常、说话尖刻的智力型总裁，不是每个员工都能伺候得了的……

　　此番秃头郑陆身处危境，仍扬扬得意地带着毕越提前来沿海招摇，除了解会议议题与市场信息外，主要还是想会会憨书记与我，还有被他认为是后台的政府官员四眼……他没弄明白缺乏资金设备落后的村联办厂，咋顷刻之间咸鱼翻身，在他认为不可能的现状中，如一条乘风破浪的利船劈波斩浪避开风险，一下子就驶到他的前头去了？内中动力是什么？外在环境又如何？他一直风闻憨书记后台硬具有政府背景；这点他在五年前马山订货会上已感觉到了，为了保住"星星草"品牌，化工部陈副司长与市经委主任反复打招呼不让他赶尽杀绝；但政府不能啥都包干呀？现在是什么年代呢……在他的眼中，憨书记是一条跌得倒爬得起的汉子，即使身处逆境也不乞求于人。五年前他差点把他踩烂踏扁了……当时他的心情应说是矛盾的，如果再踩上一只脚，也许他就永世不得翻身。那只脚当时他很容易踩，无毒不丈夫嘛，只要趁势把他的客户统统拉过来他也就死翘翘了；但他终究没忍心踩下去，而是有意识地留下一条生路。不仅因为与油嘴佬的友谊，而是对他这种农民办企业的精神感到敬佩。人呀，有许多关系与感情是很难理解的，不仅由于物质利益联系，而是一种精神状态；就如眼下他与毕越之间的友谊。他知毕越对他倾听建立在物质利益的基础上，一旦抹杀她的利益关系，也许她就会像油嘴佬那样毫不留情地离去。但他对憨书记的敬佩就不一样，两人在利益关系上是对立面，都已经处于白刀子进红刀子出的状态了，可他依然崇敬他折服于他而对他下不了最后的杀手，甚至眼睁睁地看着他强大起来把自己击垮击倒，让他像一条破麻袋一般把自己扔到拳击场外去……他太明白自己是如何成长起来的？童年的记忆至今历历在目；也许就因为有这份记忆，才使他与他有一个共同的默契。他知道有两个原因促使他最后下不了决心：一是憨书记办厂，必然经历比他更多的曲折与艰辛，他在农村长大明白农民在现实社会中处于弱势人群，恃强欺弱非君子所为；另一个原因嘛，出于企业自身发展战略需求。他的"大路"品牌要一统天下需要与憨书记的民营企业合作，因为他的竞争对手是北方集团而不是"星星草"。企业竞争到最后就是组织规模化、集约化生产，需要收购这样的实体绿叶烘托红花形成行业的托拉斯……

　　自然界物华天宝万物竞秀，令他没想到是此绿叶成长太快，竟然脱离他这朵红花自己成为红花了。是呀，为此秃头郑陆不得已哀叹道：就只有这么一片土壤能花发两枝？又不是清水濯濯的江南秋池，一茎双发开放并蒂莲……

　　秃头郑陆想来想去，觉得会前应与我有个沟通，因为他已知我离开星星草公司，通过陈俊联络约我在台商开的上岛咖啡馆见面。他是个颇有心计之人，至沿海安顿下来后，把搜索市场信息的那些事儿交给毕越去做；自己则把重点放在现实社会中日显重要的公关事务上了……

　　此时他已在酒店大堂见过憨书记，两人并无深谈见面还是那句话：你怎么还没死呀？以前憨书记听他说这话总会低头知趣地离去。是呀，他咋没死呢？人家总认为他要死了，连他自己有时也这样想；但他却没死，原因是大家都在帮他不想他死。大家为何帮他呢？他三言两语说不清；像他这茬农民企业家，有人已死过几回了，就如原野上的草岁岁枯荣自生自灭，死了也没人同情。人都说出头椽子先烂，烂了没啥了不起换一根呗，反正山里多的是木头。谁知晓他大难不死反而牛了起来？这次他倏然牛了起来，半开玩笑半认真地说：郑癞头呀，我咋能死呢？你不是也舍不得我死吗？我死了，你又与谁叫板与谁竞争呢？没了对手你岂不在人间活得太寂寞了……憨书记把这话传给我听时，脸上浮现出得意的笑容。他能不得意吗？这五年中非但没死掉反而成长了起来，与五年前秃头郑陆所处的位置正好换了个；这是常人能够做到的吗？他说秃头郑陆觉察到了他的得意，难得谦恭地笑道：好呀，这辈子碰上您算我倒霉……败在您的手下我也算值了。他也难得地笑了一笑，心想这话原先得由我说哩，没这秃子三斧头，村联办厂也许早已衰落死翘翘了……我问：您又如何回答呢？他憨憨地一笑道：是值……没你郑癞头教会我办企业，就没今天站在这儿的我了……算是讲了大实话。其实像他这般能玩真格的憨佬，就如我们小时候玩的"打勿死"（陀螺呀），越用鞭儿抽它就越转得快……

　　秃头郑陆早等在咖啡厅，小白脸陈俊也坐他的身边。两人正脸露礼节性的微笑，小口小口地呷饮着咖啡，眼睛却焦虑地盯着门口进出的行人……见我进门秃头郑陆装作没看到，用不锈钢小勺羹搅拌着杯中咖啡，几年不见，他已变得成熟，光秃的宽脑门下一对小眼睛在镜片后灼灼闪亮……陈俊扬手向我招呼说：戚副总，在这儿哩……我走过去还没坐稳，秃头郑陆就一把抓住我的手说：秀才厂长，久仰久仰……我挺胸回答说：久仰个啥呀，我俩又不是初次见面？我不过是你当年手下败将嘛！他摇头用细长的中指推了推眼镜，那手洁白顾长应该去弹钢琴，如今却用来签协议与策划方案。哎，当年——噢、噢，当年……好汉不提当年勇嘛。他显得有些尴尬。要提……我说有压迫就有反抗，人类文明是从历史低矮处走过来的……他低头嗫嚅道：是呀，当年我就像鸿门宴上的西楚霸王只持匹夫之勇，没听亚父范增的而放过了刘邦……我开心地笑了起来：直说吧？让老板约我出来做甚？市化纤总厂与香港潘氏合作，员工改口称陈俊为老板。陈俊现在也有些小得意，在体制内闷了十年，总算在太阳升起时洒掉暗夜露水，能搏一个属于自个儿的前程了。这种心态在当时国企老总中十分流行，羡慕当二皇帝而不愿直接当主子；别的不说，仅工资奖金一项就超出政府机关公务员几十倍……

这个……秃头郑陆嗫嚅道：你能告诉我"星星草"品牌，现在最低市场协商价多少吗？呵呵，兄弟，按理我不该问这个……但陈总告诉我，你不会见死不救；我俩还可以是朋友嘛……而且……他伸手在裤袋里摸一阵，掏出一封信放在桌面上……我问这是啥？他说是信呀……我说我知道是信，谁的？他说是陈司长的亲笔信呀……我说他不是要参会吗？他说是的……是他让我在会前与你聊一聊，如果可以的话……把它交给憨书记……洪老板好吗？我知他目的了，便又问：你咋不当面交与他？他说这不大好吧？再说他也不一定会接受……我想虽然你已离开他，这点面子应该会给的……就像当年油嘴佬偷走我的图纸，最终我还是没痛下杀手……我摇头笑了笑道：也许……情况没你想的那么复杂……他没自信地说：我知他是个憨人，不会记仇……但现在政府宏观调控力度越来越小……这次赴京，我听说中央准备撤部建立集团公司……我轻松地笑了：据我了解，星星草公司根本没有你在五年前提出的那份压价促市计划，而想建立质量管理体系与行业价格同盟共同反倾销……

他有些吃惊啥话都没说，只黯然地点了点头。

4

这晚上，四眼带着秘书程明与接待科的杨曼丽赴宴，见憨书记与二愣子、鸿年老师、莲子与我围坐在餐桌等他，打趣说：老远就闻到香味，看来四叔为十五凫乡人动真格了……随即他把目光转向我：鸿年老师来了，笨羊局长咋没来呢？说好趁试吃会议餐定标准我们聚一聚吗？我说笨羊局长说他对村里没啥贡献，不敢来凑热闹。四眼摇头道：就他实心眼？夫妇俩差不多把前几年的工资全交给村里花了，怎说没贡献？还有鸿年老师也这样，右派平反的补发工资都交给了村里……村办厂有今天，憨叔说过是众人拾柴火焰高哩！

鸿年老师两年前不再担任村副主任，也不协助麻皮阿梁搞建筑公司了。他那右派更正后，加入了民主同盟被选为副主委，当上政协常委，现在脱产在文史办当副主任。但村里有事他还经常过来，他是星星草公司的顾问嘛，四眼有事也喜欢拉上他；市里专为他的祖宗、乡贤黄宗羲成立了学派研究会，他也就成了地方名人。憨书记在会上有个发言稿，就是他帮助起草的。四叔这时还不知我有肝病不能喝酒，特地从家里拿来干爹送的一瓮粟米烧，约有十五斤吧？要我代他在试吃宴上吃好陪好。说这是组织上给他长脸，从今后要像憨书记一般去搏第二春，为推出家乡菜系贡献余生。他还特地嘱咐说：这秘制的麂子肉炖洋芋艿，只有大口喝酒大块吃肉才有滋味。这桌子试吃者中只有我是至亲，他说吃饭讲究个气氛，你不放开喝他们也放不开，这餐饭就会吃得无滋无味。我当时不知道杨曼丽是海量，否则也不会那么尽兴地喝了。四眼带她赴宴就为调节气氛对付憨书记的，筹委会把不同意见给统一按政府确定的方向走了，他的心里比谁都高兴。现在看来，他确有这方面的才华，能把各种不同的意见拉着拽着顺他的思路走。要不，他咋当市长呢？

憨书记见人到齐了，手指着他身边空位说：都坐下吧，一会儿上菜。今晚上乡党聚餐，我们只喝酒聊天不谈正事……四眼拍拍杨曼丽的肩膀介绍道：这位美人是机关事务科的小杨，很有点酒胆，人称九碗不倒；慕名憨叔海量，让我带来长长见识……啥？众人惊讶，憨书记也有些吃惊，抖动双唇嗫嚅道：九碗不倒？杨曼丽显然久经沙场，见众皆注目于她用大拇指与食指撮合在一处，斜着小脑袋向大家招呼：嘿哎——憨书记皱起眉头目光有些不屑，但只蠕动着嘴唇没说什么。我知他在责怪四眼还没当成市长，就搭了起来架子，试吃会议餐不就确定大会菜单嘛，咋还带上个女秘书？其实我明白四眼压根儿没让四叔请客，带接待科杨曼丽过来是让她负责埋单。当然，也有显摆她酒量的意思，让乡党们喝着高兴多为他唱些颂歌。要知道现在憨书记领导下的村联办厂，可是体现他政绩向上级与兄弟市县炫耀的一张响当当的牌呀！

试吃宴席上，我看出四眼有备而来，除确定会议的议程外不排斥为秃头郑陆说情，因为化工部陈司长也向他打了招呼。此时的他已热衷并圆熟地掌握酒桌与女人的交易，开拓他官场上方才兴起的权色双赢博弈。这种士大夫阶层在行为上裂变的迹象，使他逐渐拉远与农民群体之间的距离，于他来说也是一种人性堕落的开端；但他毫无觉察地热情周旋在一饭一钵裙衩飘曳之间，游刃有余，扬扬自得。我们的政府官员不知从何时开始，酒局已没有亲情与私密的空间，变成充满赤裸裸利益权谋交集的战场。

也就在前天晚上，我与小白脸陈俊带秃头郑陆与四眼见面。席间同样气氛热烈杯箸交错，他与毕越之间眉来眼去最后还喝上了交杯酒。喝多了的四眼甚至借酒发挥，说沿海市政府开门办企业，代表憨书记欢迎马山的"大路"品牌指导工作，与"星星草"互相携手展开合作性竞争。我相信这话代表沿海市政府开门办企业繁荣地域经济的政策与方针；但在这场合上说出来还是让人觉得怪怪的。订货会当时是企业品牌销售的"晴雨表"，上百家锦纶帘子布生产企业的头头脑脑集于此，不就为谁是谁非的面子？经过几轮价格调整与经营搏杀才决斗出一个老大来？现在锦纶帘子布市场销量已翻了一个筋斗。据郑陆（协会副主席）介绍：天下大乱必要大治，目前国内锦纶制品市场山头林立，北方集团占多年老厂优势，凭借地理人际关系，已部分转向军工产品，稳占市场份额四成。余下六成，秃头郑陆占两成，以憨书记为首的乡镇民企又占四成。五年前马山总厂凭人才技术优势，在万马军中扫荡出一条血路来，曾一度上升到市场份额四成，却仍挡不住江浙闽粤诸省如雨后春笋般发展起来的乡镇民营企业，初生牛犊不怕虎，没规矩没畏惧哪儿有客户就往哪里钻，打一枪换一个地方小规模集团化的经营模式，好似无数只蚂蚁爬在大象身上，占据它的耳朵眼睛鼻孔，乃至嘴肠胃肛门处搔痒你干扰你，使你摸不着、看不见、找不到……而憨书记就是他们的头。发起召开此会目标就是联合没资金实力的中小企业，联合销售共打"星星草"品牌，与秃头郑陆争夺江南市场份额称雄华夏。为此，秃头郑陆乞求四眼啥事都可以商量，唯有他放血本争下的上海市场暂时不要动……他说他不会跪下求人……为全厂三千多名员工……让憨书记给留下一条活路走……

如此看来，骄奢多年的秃头郑陆，这次准备向憨书记屈服投降了，他的回报条件是利用现有渠道，帮助小白脸陈俊与我正在开发的沿海潘氏化工，奠定在上海市场发展的基础。我原认为这是一桩一厢情愿的事儿，憨书记没必要为无利益关系的沿海潘氏埋单，四眼也没权利牺牲星星草公司的利益。没想到还没全面主政的四眼市长，却为化工部陈司长的一封信，忘记了五年前兵败马山的羞辱，承诺帮助秃头郑陆做做工作网开一面。说是让他放心，共产党的政策是有饭大家吃，不会因此而斩尽杀绝让他的马山员工无路可走。这事现在想来有些滑稽，四眼也太敢想敢干异想天开。憨书记当然不知此时的四眼已与秃头郑陆有着私下交易，凭他的个性秃头郑陆没拿着陈司长的一封信与四眼不合时宜的苟且，仅凭马山锦纶集团的三千员工衣食生计，他可能也会网开一面同意秃头郑陆共同发展的联营主张，握手言和饮马黄浦江头。但如果知道四眼未经他的许可随口许诺就是另一回事；憨书记平生蔑视权贵，最看不得他认为是龌龊与肮脏的东西。也许四眼正是想到这些，才在试吃宴上施用美人计企图一醉定音……

酒与美人，实在是现代商战不可或缺的利器，不但能相互联络感情（尤与美人同饮），而且还能麻痹人的意志化解仇恨与愤懑。

如今的憨书记在宴席上已显得矜持有教养，不像十年前见到食物那般急不可耐，连眼睛里都充满攫取食物的贪婪目光；这点麻皮阿梁就不行，尽管他已腰缠万贯成为有产者，但他对食物的贪婪始终如一。我知道憨书记酒量好胃口也佳，啥东西只要到他的嘴里都觉得香甜。他嗜酒而且酒量很好，只要上了兴趣能喝半坛子番薯烧酒；这也就是我四叔的期望，他为推出沿海本帮菜应我干爹的要求表示诚意，希冀他能够喝好喝高；试吃宴前就打电话问我喝啥酒？我说就喝村里的家酿番薯烧酒。他说不行，这酒太冲。我说他要的就是这冲味。他说那好，你干爹有瓮粟米烧放我这儿，几年了都没舍得喝。我知四叔当厨子怕坏了味觉很少喝酒，就说那好吧，粟米烧比番薯烧好喝哩。我问他知道今天是啥日子吗？他想了想说：我不知道呀……是不是他生日？我笑了，说他是鸟人石板缝里蹦出来的种，谁知他的生日呀……今天是值得庆贺的日子，村联办厂挂牌十周年呀……

他说明白了，四眼市长代表政府为他庆生哩……是呀，这日子别人记不得我可不会忘记……我见识过憨书记的首次豪饮。在二十余年前的水库工地上，干爹为完成公社革委会工程指标，逼邵素芳与陈红莲下水砌山墙，寒冬腊月湖面都结了老厚的冰。他跳出来反对，说完成指标也不能作践女孩娃？你拿一坛番薯烧酒来，今晚我上戚家与四眼、笨羊两娃儿加班把这截山墙承包了……那截山墙有一百多米长，不加班就砌不完。干爹也来了兴趣，说我知你憨佬酒性大，这样吧？我出两坛子番薯烧酒，你喝半坛余下大家平分，下戚家三脚猫队长带人一起加班……憨书记说可以呀，你去把酒拿来。一坛就是十五斤，两坛三十斤。长腿五叔转背没两锅烟工夫去大队部把酒拿过来，干爹拿过一个漱口的搪瓷杯哗哗地倒满递给他道：同村捞食吃，同碗喝豪酒；我敬你憨佬身大力不亏会吃会做，君子一言，快马一鞭吧，你喝下半坛这酒就归你了……自工期开始干爹与我爹、三叔只做甩手掌柜没抬过石头，也没砌过山墙……众人知出了稀奇事，放下工具站在旁边围观。憨书记接过搪瓷缸斥道：看啥看，都给我干活去。说着一杯接一杯，没多久把半坛番薯烧酒全喝下了，脱下外衣在塘堤上跑了三圈，卷起裤腿就下到冰水里，忙到半夜才收工。路上大家揶揄他：憨佬呀，你下水还有酒喝，我们忙了半夜，可啥也没捞着呀。他憨憨地笑了，说你们哪，衰佬吆，谁要能比我多喝一搪瓷杯，我让笑面弥勒拿十坛子酒来……

可惜这晚试吃宴，憨书记没啥动筷子，酒嘛，当然喝，只是矜持地喝。这时秋秋姑的病已转厉害了，二愣子告诉我已弄来人民医院住院，由军嫂与杏儿陪着哩。现在上戚家的住宅给砌好了，是二愣子雇人给砌的，原本想为他砌如干爹这般的全瓦屋，他说自己说话得算数，要待全村人都住瓦屋才最后砌，就砌成两间一披的半瓦屋了。二愣子说人民医院床位紧张，开始秋秋姑住不进去，是笨羊局长提着两瓶洋河大曲，由四眼妹子唐英领着找院长才开的房间……

宴会的气氛在四叔亲自端上那道炖得像花菜般处处开花，嫩滑爽口满屋浓香的麂子肉炖洋芋芳时稍为好转。当了三十多年厨子的四叔的嘴也练出来了，坐下不走用刀子把炖烂的麂子一道道划开，用公筷给大家布过菜开言道：今晚能把各位请来，算是我这当厨子的面子。菜不咋的，这酒可是家酿的粟米烧；如果大家觉得我这厨子功夫还没废，就把酒喝出个味儿来……接着就划拳打桩一个个地敬过来。这般一闹，气氛也就活跃了起来。

酒过三巡，杨曼丽开始表演（四眼就是让她来助兴的嘛）。现在回想起来她搞这套还真有办法，先学着四叔方言给众人敬上一圈，说些有幸参加晚宴，小女子这厢有礼的客套话；然后由大盅换成小盅，说自己来了大姨妈，虽说还是舍命陪君子却不能过量。她这般事先打过防疫针我们都不再勉强，毕竟人家是机关女干部，把那东西文绉绉地说成了大姨妈。四眼可不依夺下她的小盅换大杯，说时代不同了男女都一样；啥大姨妈小姨妈的，哪有每次喝酒都来大姨妈常住户口呀？杨曼丽假装斋上往大杯倒满酒，毕恭毕敬地到憨书记前说久仰大名，只是无缘相识今日如愿以偿……憨书记哪见识过这场面，仓促之际三杯即一仰脖子喝下去。杨曼丽随即莞尔一笑又满上，让服务员打开包厢音响一手提着酒杯，一手拿起麦克风，说是为憨书记和大家助兴唱起李谷一的《祝酒歌》来。她练过嗓子还真唱得不错，四眼与小程秘书带头鼓掌；场面就立即有了热烈的气氛。杨曼丽见众人来了情绪，也就满脸红光精神焕发，一双化过妆的眼睛亮刷刷地盯着憨书记的脸扭住不放了，撒娇说：憨阿哥（她阿娘大脚辈分都比我高了一辈）呀，今晚我真幸运没见过喝酒这般爽的男人。俗话说：酒逢知己千杯少。刚才戚大厨说了菜没有，酒必须喝好……接着又是小女子先干为敬……一仰脖，把一杯酒干了下去。憨书记愣愣地瞅着她，心里思忖小女子还没杏儿大，小嘴儿甜得像抹上了蜜，还真与我这半老头斋上了……即点头把眼前的酒干了。没想到这口子撕开，杨曼丽的疯劲上来了，一忽儿唱卡拉ＯＫ一忽儿跳新疆舞，没多久心里还想着秋秋姑住院的憨书记与我都倒下了，乐得四眼坐山观虎斗哈哈大笑不停……

那晚一桌子人全被搞醉了，听小程秘书说杨曼丽当夜送进了医院。憨书记醉后与二愣子和我挤一个房间睡。次日早晨他醒来问我，酒后失言昨晚他都说了些啥？我迷迷糊糊地想起来，说好像您与四眼说抢滩上海的事……二愣子也醒了补充道：您答应"星星草"不与马山"大路"争市场……憨书记掌击脑门道：对了，你看我这个糊涂虫……接着他摇头叹息道：四眼娃儿也真是没意思……有话直说就是了，还扯上陈司长？其实只要郑癫头赔个礼，如实告诉我马山集团三千工人要饭吃，我僧面不买还买佛面，哪会赶尽杀绝一杠子捅他老窝去？谁都明白搞企业如耍杂技走钢丝不容易，那江山是他领着员工辛辛苦苦用钱砸出来的……我问：您就不报五年前那一箭之仇了？他连声叹息说：废话，天下工农一家亲……我能记他工人老阿哥的仇吗？我把上海的地盘全占了，他们干啥呢？

5

　　现在回想起来，憨书记退让有其合理性。这社会五花八门瞬息万变，无论你干啥凡事都得留下一条后路。当年李闯王的农民军打进北京城，刘宗敏不把陈圆圆霸占为妾吴三桂能反吗？当然，历史是不能任意假设的。憨书记也不是因为通晓历史，才对秃头郑陆做出战略性让步而放他一马。就主观愿望说，他要的只是正名不让人们看不起农民；他把秃头郑陆请来不是要灭他，只要他在众目睽睽之下向他赔礼道个歉，让大家知道牛抬头后像人一样能干事，他也就心满意足了。这个歉，秃头郑陆是道了。在三天后的开幕式宴会上，四眼隆重推出仪态万方的杨曼丽牵着憨书记的手，一老一少地执着本地产的沿海大曲，在背景音乐《沿海之魂》的旋律中，向三十多桌来宾轮番敬酒，秃头郑陆站起来即席要求发言，代表马山锦纶集团三千多员工向他致敬，宴会厅上顿时山呼海啸般响起一片掌声。我看到这时憨书记的眼睛是湿润的……

　　憨书记本质就是一个大度的人，此举会后遭到二愣子、军嫂以及村里厂里骨干们的抵制与反对，凭啥我们农民企业不能在全国最大的应用市场——上海，与马山锦纶集团决一雌雄呢？当年秃头郑陆可是往死里整我们的？就说您吧，秋秋姑的帕金森氏综合征不就是在那时得下的吗？但憨书记啥也没分辩，只是淡淡一笑道：过去的事已经过去，如果我们还站在过去的苦日子出不来，就没有了以后的好日子。于他来说：这世间已有太多的事是他看不清的，没看清就不去多想；因为你想也没用？十年前不就是个一字不识横划、只晓得肚皮吃得横凸的农民吗？农民是啥？世世代代埋头耕田的牛呀！是谁唤醒你在太阳升起时抬头？谁告诉你除了耕田还有其他活可干？又是谁指引你日子可以过得有奔头呢？他想起办厂初期鸿年老师规划的"一鸟两翼"发展纲要，告诉他做人做事上善若水，水利万物而不争的道理……此话可对着哩，当农民的办事是得像流水一样百折不回，润泽万物；需要的是水流经两岸的风景而不问水究竟流往何处。如果啥事都要争个是非弄清究竟，这一泓原本就没底蕴的水，势必被瓜分、被引流、被干涸；他向往的只是那深不见底的浩瀚大海，如果他这泓潺潺流淌之水能够被融合被拥抱，那么他也将完成人生的使命，涅槃以成正果……

许多年以后，星星草集团公司的多种化工制品，在上海门户洞开享受盛誉，成为优质免检产品而走俏市场；这块敲门砖正是秃头郑陆留在那儿脑子活络关系融洽的销售队伍，致使星星草品牌没多久就覆盖全国并走向世界……

会议结束后憨书记单独设宴，邀四眼市长共同招待陈司长、秃头郑陆与北方集团许总等贵宾。当然还由四叔掌勺以麂子肉炖洋芋芍（马铃薯）、冬笋烤咸菜卤为主菜。两菜在此会议中一直主打，加上山里蘑菇笋干与后海各式各样的小海鲜，吃得大家赞不绝口吵着要见厨师长，四叔在闭幕式会餐中，合着大家的掌声走上主持席拿过麦克风征求意见问：此席比江淮菜如何？众大声回答实惠、好吃……他又问比粤菜、川菜、鲁菜、杭帮菜如何？众又说各有特色……然后七嘴八舌地吵着问主菜名？四叔想了一会道：一荤一素好如男女搭配，干活不累，诨名叫作撵勿走……啥呀？四叔解释：就是皇帝下圣旨也赶不走……

那些天的麂子肉都是干爹组织人上陀头山狩猎的新鲜货，由智佬哥的经济合作社开着小三卡连夜送来的……

会后憨书记邀请几个正副会长留了两天商量协会事儿。晚上自然又是宴请，秃头郑陆推搡着毕越向憨书记敬酒，憨书记这些天酒已过量不能再喝了，说如此喝下去他都晕晕乎乎天南海北找不到北了。毕越便问他是不是没杨曼丽陪他就不能喝了？憨书记摇头道：就是她过来我也不再喝了……毕越问他为何？他说城里男人呀都娘娘腔，喝酒没有山里人爽快……喝酒得有女孩娃陪的风气要改一改，新社会啥都能解放，就是让女孩娃陪着拼酒的风气不能解放。毕越不解其意，说他这般说是否不给她面子了？他叹了口气小声告诉她说：女孩娃喝酒得小心哪，不能像男人这般由着性子。小杨现在可还住在医院里，医生说她以后再这般拼命生娃儿都会畸形……

散会后二愣子告诉我一桩事，说秀才……你还不知道吧？油嘴佬回过沿海了……我说人呢？我咋不知道……他说他接到通知就赶过来，还带着一个混血二毛子女孩娃来参会哩。没签到就又走了……

我问咋回事，他是会议的特邀嘉宾呀？二愣子吞吞吐吐地说具体他也不清楚，油嘴佬到沿海大酒店报到已近傍晚，不知咋的碰到了憨书记，父子俩在大堂吧台谈了约半小时，他就带着那二毛子女孩娃返机场回去了。在上飞机前向我打过一个电话，说他没资格参加这会议。我问：他还说了些啥？他说也没啥吧？在电话里问了我他爹与星星草公司的一些情况，还给我留下一个联系方式……对了，他说他买了大哥大了，这是他的号码……

　　我按此号码立即向他拨通电话，告诉他这儿发生的情况。他说好呀，没事他就放心了。我问他还好吗？他说好着哩……就是老宝贝……快不行了……我说是否把他弄回沿海来，你爹都很想他的，会议上还说他是农民办厂的大功臣哩！他说他不会回来的……他与我爹一样都是一头大倔驴哩……

采访补述：成人的游戏里没有爱情

　　作者：记得苏珊·桑塔格说过：其实我不想写东西——我想握着别人的手直接沟通。这话是我从事文学这职业后久有的感觉，但别人的手都不大愿意让我握，生活留在每个人心头总有着一块硬痂，甚至生了一块厚厚的茧子，不愿让人触及，不愿让人抚摸；他们总是拒绝我的诚意，不愿相信也无法信任我。我知道我做得不够努力也不够诚恳，在过去的年代说过许多言不由衷的话。我已找你好几回，你一直都没给予我沟通的机会，今日你能撇下手头正在忙的生意，与我聊聊这些年你在得到的同时失去了什么吗？

　　陈红莲：你问这些事儿，使我想起以色列作家奥兹有段话说得特别好：文学与流言，是彼此不相认的两兄弟；但他们都在做着同一件事，挖掘别人的秘密——在那扇关闭的门背后，在厨房或者卧室，人们如何相爱？如何争吵？彼此讳莫如深的秘密是什么？但流言只关心谁和谁上床了？而文学却会关心为何却是他们俩？比起流言，文学应该更深入普通人的内心。我并不否认我回避你们认为那种是文学而我却认为是流言的那种东西，但我其实也是渴望着握着别人的手进行沟通或者说是交流的……

　　在已经过去的那段岁月里，我也在想自己收获了什么？又失去了什么？是收获比失去的多一些呢？还是失去的比收获得更重要一些？

我并不讳言在常人眼里，现在的我算是一个成功者；不但拥有日本、中国双重国籍，而且在东京、横滨与上海、深圳、港城以及沿海均有商铺与房产。这是一个打工者梦寐以求渴望得到的财富。我不是人们心目中的老板，却是打工队伍的中佼佼者。我用自己的精神与肉体，经历过时间的发酵，搏出一个我所需要的天下来，无疑是值得每个打工者羡慕或者说追求的目标；但其实我明白自己并不快乐，在肩头背着一份历史的沉重；至今我仍单身一人，没有人与我分享获得的财富与快乐，也没有人可以握着手倾诉或者沟通。这社会已经越来越多地造就了我这般的人，也使越来越多原本纯洁单一的人，失去了本真与自由。应该说他们活得并不快乐，在得到的同时失去了太多太多的东西……

盲人摸象……噢，你知道盲人摸象的感觉吗？我在过去的那些年里辛勤地劳作着，感觉与盲人摸象无疑。我们摸到了，还是一头大象，巨大无比身壮体硕，物质的得到出乎我们的想象，可就是不知道它寻见光明的眼睛在哪儿？它的灵魂又在何处安放？没有梦的日子犹如瞎子点灯白费蜡。由于岁月的流逝，我们比以前更加怀念失去的贫困，想回到无拘无束没有负担的童年中去……

作者：我理解这种孤独与无爱，是奋斗者前行途中留下的足迹；作为同龄人，我能体会到它们在你的回忆中，像无数蛆虫一般啃噬着你的心灵；到了我们这般的年龄回忆使人痛苦，现实中有许多不快的记忆，已像海绵体一般充塞到你心头的每个角落，干扰或说影响你现在的生活。但我还是很想知道，究竟是什么促使你离开秀才？而且义无反顾再无重聚，难道这是你选择生活的一种状态？

陈红莲：非要说吗？好吧，此事搁在我心头快二十年……二十年，我自以为已从阴影中走了出来，其实没有，我仍沉浸或者说奋斗在此阴影中……是的，这些年里我一直在回忆中度日，秀才无疑是我人生旅程中最重要的节点，没有他也就没有我的现在。那么我的现在又是什么呢？我得到了原本想要而现在却不需要的东西，譬如说财富与人的尊严；但失去了原本我认为无足轻重而现在渴望得到的许多，譬如爱和子女。这些都是我在经历过秀才后得到的收获，是他让我进入了这代人集体参与的人生豪赌中，我们在此赌局中得到了我们想要的物质生活，但是我们却输掉了弥足珍贵的爱情……

秀才在全国订货会约半年后，身体明显感觉不适。说头晕、四肢无力，嘴里没味道。当时还是残春，江南进入梅雨季节，天潮，到处湿漉漉的，弄得好人都头昏脑涨地难受，我也就没太在意；以为是他弄来各种各样壮阳的中药，泡酒喝得过度而引发的。其实他大可不必为自己阳痿而沮丧，通过这几年治疗，那种广告打着他好我也好的中药，瞒着我吃过不少，只是没有效果罢了，我早没把这事放心上了。诚然我很想有个自己的孩子，但他不行我有啥法子？没种子再肥沃的土壤也长不出庄稼来。要怪，只能怪自己命苦。婚前他向我坦白这事，我回答说我与你结婚，是想帮你办企业实现自身价值并不是为了孩子，人活着不仅要生儿育女，还有更重要的事情做哩。再说你不是已经有了雯雯吗？我知道雯雯不是他的亲骨肉（好人薄命呗），但名义上归他抚养。别笑话我，当时我就是这样想的。经过那场史无前例的大革命，我们的头脑中又有几人存在爱情的概念？他说我年轻轻的，总不能误一辈子吧？我说有啥误不误的？庵里尼姑不是也活得很好吗？我需要的是钱和做人的尊严。我说这话当然含有赌气的成分，当然有钱与有做人的尊严了，有爱就比没爱的好。秀才只是生理有问题，至少他还能比别人在感情上理解我。生儿育女那事有比没有好；上帝确定你没有就不能强求。我承认我爱他更多在精神层面上，是改革的洪流把我俩撮合在一处。他有没有那功能确实没有很好地想过。在那年代女人与男人一样疯狂，把钱看作获取人生尊严的唯一动力；何况经历过那场大革命世事也看得多了，在我眼里这世界上又有几个健康人？结婚不就为了过日子嘛。身残算不了啥，怕的就是脑残。秀才身残，脑可没残，他跌倒后还能勇敢地爬起来，就说明他是个生活的勇者……

但人在生活中的烙印很难消除，尤其是像秀才这般读过书的人。婚后秀才待我不薄，像大哥哥一般呵护着我。初时我想想也蛮满足的，觉得生活中虽有种种不如意之处，能有此伴侣这辈子也值了；但我很快感觉到自己错了。他的不堪不仅因为性功能丧失（药物可以治疗），而是爱的能力（药物无法治疗）丧失。在经历了校花邵素芳的事后，他在生理上与心理上都不是一个真正的男人了。他娶我其实并不为爱我，只是为了开拓他那份事业，把我当作邵素芳的影子充塞门面，以维持他男人的尊严。这种情形是可怕的，他总是拼命地工作，努力使自己忘掉过去；就像一支长途跋涉的部队行进在沙漠中，已经人疲马惫前方却有战事召唤着，缺少食物也缺少水，渴了累了就拼命地饮酒，用酒来麻痹他那已失去爱的神经。他在与我的共同生活中从没有忘掉邵素芳（我无法担任这份心理治疗师的责任），尽管她并没真正爱过他，最后留给他的只是一个空中楼阁；可他却自作多情地坚信这份爱的存在。其实他俩的事我最清楚，完全是一份罗曼蒂克的单相思；作为官宦门第出身的大院小姐，邵素芳尽管落魄仍爱着同一阶层的四眼。他俩的悲剧是贾府的焦大爱上了林妹妹，而林妹妹是断断不会爱上焦大的；邵素芳嫁他是越俎代庖为心上人做出的牺牲，这种事在那个年代司空见惯；而秀才却误会他就此摘取了她的芳心。尽管后来发生的结局如此酷烈，邵素芳那份在骨子里的高贵致使她在雯雯出生后彻底疯掉，他还企图以自己的诚心救赎她已渐逝去的灵魂，对外封锁消息试图维系这份爱情的长久。这对我来说当然是不公正的，我也是一个女人，为何非生活在另一个女人的阴影下？但我还是克制了，我的克制是为了他的事业与无依无靠的雯雯，当然也为了自己心头无可奈何屈服现实的宁静；而他在知道我态度后，不是感觉到幸福而是更深的痛苦，为没能给我一份应得到的爱深致歉意。他的酗酒在那时已经形成，他总是以酒浇愁来寄托已经逝去的那份爱情；我俩结合只在表面上弥合了他的理智，却没从根本上消除他对传统爱情的渴望与思念。

他的肝病无疑是工作繁忙与饮酒过度引发的，但这只是现象；真实原因是他内心对爱情无望引发的焦虑。他发现了在奋斗中可以夺回他梦想的财富与尊严，却无法重获逝去的青春爱情。这是我们这一代普遍面临的问题，谁都无法让时光倒流恢复我们想要的东西。秀才自给邵素芳送裴多菲情诗那一日（他还是高中二年级学生）起，就注定把宝押在邵素芳的青春与美貌上了，他对她的爱充满着真挚与诚意，就像当年我对他的崇拜一样；可月移星转，时光流逝，我们都因各自原因失去了我们想要的一切。这对我们这一代人来说，是无法舍弃与逆转的事儿；可是当时，我俩却投身于各自的忙碌中谁也没去发现，待到发现时已经迟了。就是无边落木萧萧下，不尽长江滚滚来；一切就已成为过去……

秀才初次发病是在我俩去上海途中。干啥呢？开发沿海潘氏化工集团销售渠道的事嘛。时市化纤总厂改名为沿海潘氏化工集团，但进展却不很理想。冯老先生签订协议、付定金与土地转让金后几乎三年没有动静，一笔为数庞大的职工赔偿与设备款尚未付清。作为控股方香港潘氏，虽然派来一个叫杰克的总代理帮助陈俊厂长处理业务，却基本上撒手不管，原因是香港潘氏集团内部出了一些问题，后续资金无法到位。杰克的年龄比我大不了多少，却是一个没主意的人。陈俊和秀才与他商量问题，他总说要请示总部才能答复。一请示好几天（甚至好几周）就过去了，就是回答也是模棱两可不着调。玛丽充当其中联络员，头一年住在厂里找她还算方便，可次年潘老夫人撒手西去她撤了回去就音信渺茫了。冯老先生与周秘书自从签订协议打入首期款后很久没有联系，玛丽回答是他俩都住进了医院，病情公司有规定不便透露。如此市化纤总厂转制只得放慢速度，小白脸陈俊被逼得没办法，只好让秀才主持全面工作，按原计划开发 CPC 产品主打上海市场以维持生计。

秃头郑陆没食言，他派毕越过来配合我俩跑营销。因为与马山锦纶集团的主业帘子布没冲突，她的配合是积极的，措施也很得力。但她在上海也就住了几日，提供了我俩一份业务单位的名单，介绍几位老总与我俩吃过几餐饭，就拐道去了北方，余下的事儿由我俩自个儿跑。就在这时，秀才的身体呈现出强烈信号，有一次竟然在酒桌上晕了过去……

作者：是婚后那种无爱的日子，促使你与他分道扬镳吗？还是因为别的什么？譬如说你的事业前途，或者是说你对生活还有更高的希冀？

陈红莲：应该说都是，也可以说都不是。实际生活或说婚姻，对我们每个人来说都是复杂的，包罗万象；如果说世界非红即白，那我们的人生也就简单了。我与秀才分手，有着多种因素，对我来说，包括情感与道德两种内涵。我不是一个可称得上道德楷模的人，但也不是见异思迁的人。我俩的分手，主动权在于秀才，他是一个利己的人，严酷的社会现实逼使他站在自身的角度奋斗人生；他一直渴望着抬头，这是他们这代农民生活的宗旨与人生的全部含义；他对世事与别人的利益，是站在他自身的利益上进行盘点的；然而他却是一个秉性善良的人，他从来不会欺负弱者。是社会教会他狡诈，却又从人性角度拾回了秉性。因为他从没有一种想把自身的幸福，建立在别人痛苦之上；即使有，那也是逼不得已。秀才回市人民医院全面检查身体，已拖至参加高晓敏三十五岁生日晚宴后。算算时间过得真快，这时四眼家的安安已上二年级，和笨羊与杏儿的铃铛同在一个班里，亲密得犹如一对双胞胎的姐妹；两家联系也频繁紧密。这晚我与秀才说好不让喝酒的，但碍于老同学面子他还是喝了三小杯葡萄酒，结果当场冷汗淋漓肝区痛得厉害。回家（进城后我俩与我娘住一处）后到处找止痛片没找着，在床上翻滚了几乎一夜；次日天蒙蒙亮我就送他进医院，三天后化验结果出来是肝癌晚期。我俩都呆了！

　　事后回想此病早有征兆，三年前秀才奉四眼令（方案由冯老先生提出）为缓解憨书记村联办厂不可逆转的压力，带我与杂物贱等一百八十名生产骨干支援（投奔）陈俊正改制的化纤总厂，体检时查出脂肪肝与乙肝病毒携带者，医生嘱咐不能喝酒与熬夜；可惜是我与他都没当一回事，搞企业还担当着责任，有哪个老总生活秩序不被打乱，不喝酒与熬夜行吗？那时期我们为把失去的青春夺回来，基本上每个人都在拼命地工作，很少会有人去考虑生死这类大事，都认为我们脚下的路还很长很长。十年后大学毕业又读研的雯雯分配在省监察局工作，在办理四眼案子时问我父辈的情况，同样责怪我为何与秀才最困难时我俩分道扬镳？说：既然你俩能在精神上融合在一起，你为何还离开他呢？她说：我为何在京读书时花着你的钱而拒绝与你联系？就因为不能容忍你在那时刻与他分离……我问：雯雯，你现在几岁了？她说三十多了呀。我说这就对了，三十几岁是多么美好的年龄呀！那时我几岁，都四十出头了呀？你不会明白一个四十几岁的女人家徒四壁膝下无后，心里会是什么感觉？这一代人永远不会懂得我们这代人当年在寻找什么？她问我：这世界上难道还有比亲情更美好的东西吗？我虽点头却没附和。我知与她这代人说不清楚这些东西。人在快速奔跑或是累得再也跑不动时，是很难去想亲情这类需要担负责任的东西，就像一位优秀的马拉松选手，在奔跑中除水与一条遮羞的短裤外，其余不再保留什么一样；何况我与秀才与雯雯，并没有她所理解的那种亲情。当孤独的恶魔紧攥住你那条自认为坚强、其实十分脆弱而又敏感的神经时，你想到的不是符合传统道德地苟且与共、生死不离，而是绝处求生挣扎自救浮出水面。我知自己并不是一个道德高尚的人，崇高到可以为拯救一个并不爱你的人共同沉沦……

　　我这人运气不好，许多倒霉事全让我蹴上了。在陪伴秀才住院的那段日子里，我深深地反思那段已经逝去的岁月，我的祖先还算活得体面，按十五盒的村人说是人上人的白脚梗了；这也是他们当年修水库建大寨田、办厂致富所谓牛抬头的终极理想。可惜我生不逢时，刚从娘肚子里钻出来，国家已把那些旧白脚梗们给扫荡殆尽；我父辈自然也就退出历史舞台，留下我母女靠街口摆一个烟杂摊过日子。岁月如梭，风云激荡，在我童年与青春期间伟人们的那些折腾，使已摆脱红脚梗命运的平民百姓犹如惊弓之鸟无所适从。我们这一茬子人先是升学无望，头脑里万般皆下品，唯有读书高的理想彻底破灭，随之而来的是轰轰烈烈的知青上山下乡插队落户与贫下中农打成一片，尽管生活艰苦劳动强度也大，但我们心中的希望之火却无泯灭，渴望爱情、充满幻想，期望凭着自己的努力，通过劳动创造社会主义乌托邦，使自己过上一种平静自立自尊的生活。然而后来发生的一连串事实，是那么无情地粉碎了我的梦想；在见证校花邵素芳的自杀，目睹着四眼与秀才这些在我眼里曾经出类拔萃的男人们，忘记理想忘掉初衷为了权势与利益，白刀子进红刀子出的残酷现实世界后，我的心里感到一种由衷的失望，为之构建的理想世界开始塌陷。为此我询问自己一个问题，即众皆塌陷人皆酒醉的现状中，我的清醒意义何在？

我想这些事时，秀才也躺在病床上思索着他的人生。换句话说：在当时身患绝症时他在寻找肉体中欲离他而去的灵魂。我知他拿体检报告时就萌生这念头了，当时我还想藏着掖着地不让他看，只说是肝里生了个疖子，是良性的。我知我这般说，连没文化的农民都很难骗过，秀才算是这群体中出类拔萃的人，难道会不懂疖子与癌症的区别吗？于是我就把体检表递给他看了，说别怕，挺住……有我与你在一起哩。那时我确实没有想过要离开他，总认为我俩生生死死是会在一起的，至少不能在这时候就放弃他。我离开他在一年后雯雯考上了北京政法学院，他也在上海做了换肝手术；生活算是暂时平静下来了，我这才想起该有自己的路要走，在他痛哭失声要求下我俩平静地分了手。其实这事他与我都考虑有一年了，也是在这一年中，我俩都感受到在这世界上生存的艰难和残酷。如果两人一起沉沦，倒不如一人突围而去，减少双方在肉体与精神上所遭受的共同毁灭。他显然是沉得住气的一个人，记得办理离婚手续的那天，他苦涩地笑着对我说：莲子呀，我感谢你携手陪伴我走过人生最扎实的这些年……什么事有开头就有结束，人类的个体生命都是孤寂的，相互接触是为了寻找温暖对方的人生。在这世界上你代替不了我，我也代替不了你；许多事只能独自承受独自担负……在成年人的世界里，同等智商的人玩在一起是为相互照亮与取暖，朋友与群体只是一个利益共同体，别太天真指望别人能够承担你的痛苦。现在我的灯已经照亮不到你了，所以我们需要的是分离而不是同归于尽，去重新寻找能为你照亮的一盏灯吧……记得我问：那些过去的岁月……我们还能回去吗？他说不可能了，你已经长大成人远离童话，就永远地回不到那个童话的世界了……

作者：你说你参与了这场一代人的集体豪赌，得到了你想要的物质生活，却输掉了弥足珍贵的爱情。我很想知道秀才当年面临死亡时的实际想法，譬如说他是为你的幸福考虑，或者说他把牛抬头的希望寄托在你的身上？说得残酷一点，是他在经历过种种艰辛后，对生活或说爱情产生了一种本质的绝望吗？

陈红莲：秀才首次看到他的病理报告时，短期内在我面前表现出他作为男人的镇静，他由我扶至霍医师处，镇静地问：告诉我，还有多少日子？霍医师近视眼镜片后射出两道疑惑的光审视着他问：告诉你有用吗？他用坚定的眼光迎着他的疑问：有用……我得挤出最后的时间审讯我的灵魂。如果时间够用，我想把我的感受用文字形式表达出来……霍医师没有直接回答他的问题，而是闪烁其词地说：如果，我说的是如果，你不主动配合治疗……最多也就是半年……他问：治疗有希望吗？回答是百分之五十……肿瘤位置不好……但霍医师最后还是犹豫着说：你年轻……有一种办法可以试试，就是寻找活体肝源，换肝……上海的瑞金医院能做……不过费用巨大，不是一般人可以尝试的……秀才点头说明白，如果命可以用钱换就值得一试。因为我还想多活几年看一看；虽然是一条农民的烂命，好死总不如赖活着。那次在医院住下后，秀才就让我联系弄钱了。这位稍稍有些斗鸡眼的霍医师，在白帽下露出的那对眼珠还真诚，并没有看不起农民的意思。当然那种真诚，是需要用一小麻袋一小麻袋人民币与笑脸喂出来的……

我为何没有寻找能够温暖与照亮我的那盏灯？是因为我觉得在成年人的游戏里不存在爱情；这种体会我在秀才转院治疗时有着深切的体会。在当时大家都还不富裕的现状下，我为秀才治病就得有经济实力。记得当时霍医师是通过他在上海瑞金医院的同学联系上肝源的，但这儿经费支出却无从着落。我想在第一时间去找憨书记，此时星星草公司已如日中天，但秀才的迂腐与保守使手术耽搁了三个月。他固执地认为他是国企（其实是合资公司）的人，且担任领导职务，员工生老病死理应国家公费医疗报销。于是我就去找小白脸陈俊。陈俊开始倒也热心，知情后立即到住院部慰问，安慰秀才安心治疗，说一定尽最大努力抢救；但涉及经费之事须请示四眼（新来一名市长，他还是常务副市长），鉴于秀才不属于市管干部序列，表示无能为力，让他组织会上讨论，在企业员工医疗补助金中解决。陈俊组织开会却遭到班子成员、包括港方代表杰克的集体反对。原因三条：一是企业合资后员工管理界限不明，且效益不好连职工工资都发不出来；二是合资企业是新生事物，加盟的秀才与我以及杂物贱等一百八十名员工，均无办理医保手续；三是即使享受医保手术只能在市里做（按市职工医疗标准核报），转院上海不属于公费范围……这样事情就复杂了，我跟着厂人事办陈玲由四眼批条企业盖章马不停蹄地周旋在市编制办、总工会、劳动局、卫生局、职医办等十几个部门，一大圈转下来，层层关卡门门把守，事没办成人都转晕了……

转晕了也得转，这可是生死攸关的大事呵！如此一转悠一个月过去了。可怜的秀才天天在医院里哀求巡房的霍医师打杜冷丁，为何？痛哩！有时冷汗淋漓地在床上爬，把床单都撕碎了。此时秀才才体会到世态炎凉，人情薄如纸。在那些不眠之夜，我趁他注射过杜冷丁安静时发牢骚：别看平日你那许多狐朋狗友，还有亲人，这时节怎么不过来陪你？他说这又不是值得显炫的事，我们不是对外保密吗？我抢白说四眼不是知道吗？他不就是你的生死之交？我家雯雯……你别把我当傻瓜了？他说拜托……你别把雯雯的事胡说……这是历史……再说，他不是也常打电话过来？他这位置忙着哩……我说再忙也不能看着朋友死活不管……他就沉下脸来说：你能陪我，我心里感激。如果感到无趣，你也可以走……没必要在我身边唠叨。我说过生命都是单体的，有些事需要独自面对……他这般说，我就噤声了，他得这病已经够烦了，我总不能雪上加霜？秀才见识与经历过许多事，性格有些冷。在他的眼里世界本身就是冷酷的，谁与谁都由一种利益关系维护着，就如一块地毯遮掩的房间，表面看富丽堂皇，如果把地毯掀开来，蟑螂臭虫满地龌龊。他总是掩盖住自己的真实面目，死要脸面活受罪。除了我，这世界上很少有人真正理解他。

一个月后手续还没办下来，我也累病了。无名的高烧，我想可能是累的吧？一检查，得了急性肺炎。我的情况与秀才一样，也属临时合同工没医疗保障（那时政府社保机制尚无建立）。此时秀才也泄气了情绪很差，开始骂人了。你摸石头过河吗？不能啥都没规矩破坏了得重建哪。此时临近高中毕业的雯雯过来探视，伏在她爹床头哭得伤心。小妮子有一米七高了，腰肢纤细，脸孔越长越像邵素芳，活脱脱一个美人胚子。秀才坚持着没告诉她真实情况，只说肝里长了个小疖子。但她仿佛心有灵犀，一有空就赶来探视。有几次，我真想把她的身世之谜告诉她；一旦我俩都有不测，她就再也不知道生父是谁？这于她于四眼于我俩都不公平。但最后我俩都没说出真相，秀才一再提醒我，说她年纪还小难以承受残酷。这种舐犊之情，甚至连我都怀疑雯雯是他亲生的。这个由四眼继父唐如康一手制造的人间悲剧，对于我同样不公平；秀才也一直没顾及我的情感，雯雯从来只喊阿姨而不喊我妈，她只认秀才是亲爹……有段时期，我甚至动摇了，想与雯雯好好谈一谈，她毕竟长大了啊。但后来我还是忍住了，因为这对病中的秀才与当官的四眼都不利……

　　这样，秀才的病在住院部拖延一个多月，直至在腹腔形成腹水出现浮肿，肚子如锅盖一般鼓凸了起来，憨书记从女婿笨羊处获知我夫妇俩走投无路的窘状，匆匆从外地赶回，与笨羊、二愣子与军嫂等人过来，把一麻袋的现金提到霍医师办公室里，恶狠狠地问救死扶伤，不就是你们这些白衣天使的天职吗？告诉你，秀才可不是我们普通农民的烂命……再多的钱也得花……霍医师这才冷冷地说：此手术县级医院做不了，得转院去上海。于是，憨书记就提了这一麻袋的钱，陪他去了上海……

　　秀才在上海做的第一次手术并不成功，因为没有预订肝源，打开腹腔切除了三分之一肝脏，半年后切除部位重新生出了癌细胞，且穿刺化验开始扩散。不得已预约二次。这时秀才的脾气变得很差，可能是生存无望产生的心境惨淡或是病理反应吧？常无缘无故地冲我发火，甚至打我耳光骂我是婊子，说他的人生毁在我的身上，要我在他眼前消失彻底离开他。这是他与我结婚后从无有过的事，我仍忍声吞气全职伺候他，心理上却阴暗绝望到了极点，甚至连跳楼自杀的心思都有。好在这阶段时间不是很长，很快由四眼（在我苦苦哀求下）通过司法部门关系，花三十万元人民币弄到一被枪毙的贩毒犯活体肝源，才再由憨书记手提着一麻袋现金（他不使用支票，总喜欢提着现金表达他的心意）重去上海瑞金医院做手术。就在那次手术前，秀才（因为他知道手术成功率只有百分之五十）拉着我的手要我答应替他照顾雯雯，说看在这几年的夫妻情分上，无论如何把她培养到大学毕业能够独立生活。我当然答应了他，但我还有一点不明白，为何事情到这地步，秀才还保守着她的身世之谜不让四眼知晓呢？我想他应该是想留住此人世间最后的那份温情……

　　这次手术出院后，憨书记应他要求把他带回陀头庵住了。这庵屋由他外出打工失败、被人捅了七刀重回田头的胞兄三脚猫出钱修成，这也是秀才的意思。说他这辈子没太多麻烦人，到这地步不再想麻烦人了，树高千丈，叶落归根，还是把这把病骨捎回山里吧！还说此庵是三国时期孙权之母吴国太修筑的古寺，庵屋是他当年带红卫兵造反时毁坏的，他要使它的香火重新旺起来。我问他：我咋办？他反问我：没有爱情的婚姻道德吗？说：莲子，你是有文化的人，知人不能抗天命；你原本就不是这阶层的人，认识我这霉佬算是交了一生霉运。如今我已不能帮到你。你从哪儿来，还是回哪儿去吧！我问雯雯咋办？他说你已经答应过我，把她当作亲骨肉对待的。我已经舍弃了你，也同样可以舍弃她。我不知咋的，在知道他这决定后刹那间感到一种由衷的轻松，同时又深为失落；是啊，人年轻时都这样，每时每刻都在追求与憧憬着快乐的希望，总认为前面的路还有很长很长，辛辛苦苦小心翼翼地盘算着，在心头充满着各种各样的欲望；纵然年岁逐年增长，总以为前面的日子还有许多许多，一旦躺进医院在与死神面对面时，方知生命的开放原是一刹那的过程；就如一朵含苞待放的鲜花，有的放进温室，有些置在风雨中，总有凋谢沦落为泥的一日。秀才虽然留恋生命，但他知晓此生的生命之花已然凋零不再开放，而我却没有，我还拥有明天……

作者：成年人的游戏里没有爱情，自然界的植物许多都是雌雄同株，但花儿（无论雌花雄花）都是单体开放的，当然也有双双含苞怒放（譬如并蒂莲），但很少很少；你与他离开后还有联系吗？那么多年过去，你又为何没再寻找他说的能照亮与温暖你的那盏灯呢？是找不到还是不想继续寻找呢？

陈红莲：应该说有过联系，但我却没再回到他身边：因为我知道那是我们永远也回不去的地方。我离开秀才后，总在思念当初的岁月。我没办法不思念，也没办法忘记他，忘记那个他出生的村庄，忘记憨书记与那村庄的所有男男女女，那是我人生最为珍贵精华的一段时光。人真是奇怪，两个活着异体的人，相处时并不感到有特别依恋之处，一旦分开，却引发出那种无穷的留恋来。但我知秀才心意已决，看破红尘隐居在陀头庵里不再回头；如果我回至他的生活中去，就是对他最大的不敬，我还指望他平静地多活几年哩。在这世界上，我们每个人都是要死的，从哪儿出发就回到哪儿去。人生无非就是一个过程，从出生走向坟墓的过程；只不过有人走得快一些，有人走得慢一些。无论快与慢，每个人都匆匆地朝着那条路走，勇往直前义无反顾。有些人活着时，被欲望与利益牵引着走，得到了还想得到，好像人生永远不会完结。我们这时代有许多人都这样。这感觉现在回忆起来，总有些怪怪的；其实我们当年就是这样，这个群体实在太贫困了，秀才和我当年都是拼了命才杀开一条血路来的。相比秀才对这个群体的忠诚与坚贞，我只是一个俗人、庸人，我年轻时对死亡充满了恐惧，尤其在上中学时觉得人死后啥都没有了，心头难免空虚；与秀才结婚后才慢慢地想开了，死亡不是你想回避就能回避的，你会死去不是别人不会死，既然谁都会死你想有啥用？索性丢开不去想它。但自从离开秀才后，我心里又会莫名其妙地想到死亡，想到人类那个无法企及的地方，尤其在夜深人静时我独自面对空虚，那一份无可名状的恐怖与绝望，又悄悄地在我身上复活了……

人生道路是漫长的，关键时却只有几步。离开秀才那年，我只有四十五岁，对女人来说虽然已不年轻，但眼前毕竟有许多条路可走呀！这时冯老先生在香港回归后两年溘然长逝（享年七十七岁），合资的沿海潘氏化工在他生前已有争议，焦点集中在企业规模与控股权上，一朝天子一朝臣，新任香港潘氏董事局主席詹姆斯（潘老夫人妹夫）提出全面撤资，引发内部体系变化、权责不明的管理混乱。由此我没再回沿海潘氏，我已见惯了人们为追求现世享乐，太多的虚伪与尔虞我诈。为重拾人生的尊严，也为秀才倾心嘱托的雯雯（他的希望），我含泪埋藏起心底的忧伤，远涉重洋投奔鳏居日本已发达的娘舅李三明。我知那对我将是一个新的世界，一次新的人生跋涉。因为我们都是个体的生命，有着自己开放的自由与理由！

你问我离开秀才后，为何没再寻找能照亮与温暖我的那盏灯呢？我想：四季交替，春天过去，夏天与秋天来临，接着就是冬天；而世人又有几个能熬过冬天？尤其像我们这代经历过春之严寒的俗人与庸人……

太陽正在升起

车弓 著

归山记

[卷三]

作家出版社

憨人憨语：世界有容乃大；成全大树，何与草争?

目　录

第九拍　善良是为后人留下的路标

后记　河流为何总是弯曲着前行？　/ 352

第七拍　你连骄傲都不敢，谈何作为？

背景：未曾忘却的诗与远方

1

又扯一个话题，关于城市人文精神提炼。

我写这部小说时，这座城市的党委与政府接二连三地发出文件：在促使企业升级转型与地方经济发展中，有效地保护市井乡村与传统文化。原因固然是多方面的，但其中一个重要因素，就是这块地域中那些善良的人，在现行流俗泛滥中正在一个个地逝去，有些是非正常死亡。这是一件令人伤感的事。这些大时代中的小人物，竭尽全力做了他们该做的事，来不及涅槃，甚至没留下遗言就匆匆地离开了。我对着他（她）们的旧照片敲打电脑键盘时，心里总有一种不祥的哀伤，我怕这本书没来得及出版，他（她）们中的一部分人也走了。这些年我的乡人、作家冯骥才不断在两会提案中指出：在漫长的农耕社会中，曾容纳过我们凡夫俗子存身的传统村庄，正以平均每天九十个的速度消亡。为此他疾呼：保护乡村，保护我们赖以生存的民族精神……

我们的民族精神是什么？三言两语说不清楚。但有一点学者们的认识基本统一，那就是这民族的市井与乡村精神中，千百年来生长着一种叫作善良的东西。这些在竞争白热化、居住在水泥丛林里的都市人中已变得越来越稀缺了，甚至比大熊猫还珍贵。我们的民族是个善良的民族，善良地生存，善良地发展，善良地孕育了博大精深的传统文化。可惜在此半个多世纪内，人们心目中善良的秉性，正随着城市的不断扩张和传统市井与村落的消失，在我们中间悄悄地流失了，逐步让位给外来时尚与落后俚俗相结合、以现代传播手段为主要特征的流俗，致使人们原始的欲望泛滥，心中的魔鬼蠢蠢欲动……

随着现代工业与城市的飞速发展，大量原本在黄土地上躬耕的农民来到城市，同时又随着城市拓展原有的郊区乡镇，推倒旧屋拓宽马路重建高楼而变成繁华的市区，从而改变了城市的人口结构。就如我居住的港城，三十多年来城市版图扩大了十几倍。我们不去议论这种拓荒式的建设速度是否有利于现代都市的形成与发展，单就文化意义上说，就使许多农民失去了他们赖以生存的精神家园。二十世纪初美国执政者与有产阶级就开始这种现代都市的构建，但在一世纪后，却鼓励与倡导有产者去卫星城与郊区创业，在那儿开辟了大量的别墅与办公楼，因为那儿的新鲜空气更适合人们创造与发展。例如举世闻名的硅谷，就没建在城市的核心区内。原因是都市扼制了人类的想象力与创造力。但这些我们的城市新居民是不会懂的。他们中的成功者在嘲笑都市下岗工人没能耐的同时，把奢华与享乐当作炫耀成功的资本，试图像西方都市人一般生活，却不明白人家的城市精神是什么？只从好莱坞这般的影视作品中，效法人生如梦与醉生梦死，玩出一番西方二十世纪六七十年代盛行现今正逐渐消失，以追求自由与个性解放的嬉皮士风格来，而忘记了民族文化中那种夸父逐日和精卫填海的精神。

我们的民族崇敬庙堂却忽视平民，善于做构建大历史的文章，缺乏对平民文化心理的研究。我们害怕死亡对鬼神敬而远之，却又崇敬死亡把鬼神供入庙堂，信仰民族文化各种各样腐朽落后的东西。我们不懂得骄傲同样不知谦让。我们总是好死不如赖活着地追求眼前日渐富裕的现世享乐，总在优柔寡断地设计着子孙后代可以持续的奢华，而把身不由己的衰老与死亡给遗忘掉。我们在嘲笑别人苦难的同时，遗忘了自己所经历过的苦难。我们总认为以后的岁月还有很长很长，不愿意去思考死亡临近时你为后人留下了些什么？我们总在毫无生机盲目模仿着别人的生活方式，致使我们在日益平庸中复制出一代又一代的平庸；我们缺少对民族传统文化精神的钟爱，缺乏对平民阶层起码的尊重，而去一味迎合所谓可供奉庙堂的伪精英文化，以致祖先延续下来、熔铸在我们血液中的善良品性，随着那些街巷市井传统村落消失而逐渐离我们远去，只留下称之为庙堂文化自以为是空洞无物不合时宜的文字记载……

不可否认，那些可以供奉庙堂令人仰视的祖先们，曾为中华文明的传承留下许多令后代子孙为之骄傲、叹为观止的道德教化，作为民族传统以文字固定在各类教科书内；但仅有这些是远远不够的，大量的民族精神却蕴藏在那些遍布各地繁若群星的街陌市井和传统村落中，逐渐发展成为这个民族所独有的市井文化与乡绅精神，用来弥补庙堂与民族大历史的种种不足，经千百年的发酵与膨化，深深地植根在平民百姓的心中。这种民族文化遗产散布在建筑艺术以及民间习俗与遗址遗物中；也有文字传承的，那是一代又一代的乡绅与乡贤，以地方志与家谱族谱的形式，留下了令后代子孙骄傲的不须谦让的文字，而成为民族文化的根基。我们通常所说华夏民族文化源远流长，不仅仅指庙堂文化，更是植根于千千万万平民心灵的市井和乡村精神。正是这种以平民为主体的文化精神，促使我们的民族千百年来长盛不衰，韧劲十足衰而不竭。但是近百年来在我们经历过战争、动乱与经济发展的同时，越来越多的现代聪明人，不断创造出新思维新概念新观点，以不懂装懂的自作聪明冠以时尚帽子的愚昧，否定以至于消灭或阉割了蕴藏在街陌市井与传统村落中的这种精神，以盲目趋势掺杂私心及时行乐的时尚和藐视民间文化传承的流俗，代替祖宗千百年来流传下来的，足与庙堂文化相映同辉的传统市井与乡村精神……

现在江南的沿海城市，已然不可挽救地遍地奢华臃肿不堪地膨胀了起来，与西方繁华都市相差无几；那些曾承载过我们浓浓乡愁的地标性建筑物，在城市的成倍扩张和传统村落的快速消失中所剩无几……

当代流俗中心犹如灾难深重的雾霾，不仅摧毁了在今人眼里显得破烂陈腐微不足道的那些老屋子，还包括千百年来农耕文明所留下承载过苦难，满溢着浓浓乡情乡思乡愁的传统精神；那些老屋子是一个民族的自尊，是现代人除了肉身体憩，还需有供灵魂驻泊憩息的精神港湾。我们在这环境中居住了上千年，留下了一种可与世界所有民族相媲美的中华传统精神。可在短短的几十年中，由于我们的平庸、由于我们的媚俗、由于我们的无知，好大喜功喜欢攀比追求享乐，使那些蕴藏在街陌市井与传统村落里曾引之为傲的民族精神，无可挽回地流失了。现代人不仅毁灭了都市中那些传统老屋，把大家赶进千篇一律的水泥钢架丛林中，一幢幢立地而起的高楼大厦，形影同貌不可一世地以西方品相出现，把人们的肉体与精神，折叠并压缩进狭隘的物质与精神空间内；现代都市与向城市靠拢的村庄，到处洋溢着一股浓浓的洋骚味，致使承载民族传统的民族之根无处安身。导致后代子孙在世界文化共融、西方现代文明的握手言欢中，逐渐迷失方向失去民族标识。那些我们祖先曾引以为豪的中华文明，也随着这些承载物的消失，无可挽救地衰落下去。

我不是说保留市井街陌乡间村落的那些传统老屋子，就是继承与弘扬了我们民族的传统精神；随着农村城镇化的发展，要全盘留住那些老屋子是有困难的。世界经济与文化交流共融，已成为当代一个不可逆转的趋势。科学越发达，人类丢弃的旧东西也就越多。问题在于我们要有选择的加以保护，使我们民族的文化精神千秋万代地流传下去。

每当夜深人静时，我面窗眺望这个城市的星海灿烂时，感觉到自己还是当年那个穿着中山装，胸前别着两支钢笔手无缚鸡之力的文青，心中陡生一番失落的悲切感。我是从这个城市出去的，当兵、读书、工作，转过一大圈二十多年后重回故地，看到的是雾霾弥漫下高楼林立、人声鼎沸的陌生景象；那些处在"云过处，水尽头"的褐瓦白墙旧景荡然无存，连江水都变得混混沌沌不如先前清亮了，我不知在这二十几年中故乡发生了什么？但我知道此间已不是我心中的故乡了。它与全国所有城市一样，在失落传统市井与村庄的过程中，丧失了自己特定的地理与空间坐标……

2

其实外来文明也不尽是丑陋的，有着许多可供我们民族选择与借鉴的东西。每个民族在自身的发展中，都有着独立的地域文明精神，散发出独特的绚丽与芬芳，这就是大千世界千姿百态的美好。问题在于我们在不了解西方文明的基础上盲目采用拿来主义，不问青红皂白地借鉴并发扬光大，这就有些莫名其妙且显得可笑了……

有这样一桩事足够给力。在美国纽约哈德逊河畔，离该国已故总统格兰特陵墓不到一百米处，保留着一座孩子的坟墓。在墓旁一块木牌上，记载着这样一个故事：1797 年 7 月 15 日，一个年仅五岁的孩子不幸坠崖身亡，孩子的父母悲恸欲绝，在落崖处给他修建一座坟墓。后因家道衰落，这位父亲不得不转让这片土地，他对新主人提出一个特殊要求：把孩子的坟墓作为土地一部分永远保留。新主人同意了这个条件，并把它写进了契约……接下来的事，我们不妨假设：如果中国需要修建"皇陵"，孩子的坟墓理所当然"让位"。如果这样，他也就没有自己的"历史"了。而在美国不是这样，一百年过去了，这块土地辗转卖了许多次，孩子的坟墓仍然保留在那里。1897 年，这块土地被选为总统格兰特将军的陵园，孩子的坟墓依然完整地保留下来。又是一百年过去，1997年格兰特将军陵墓落成一百周年时，纽约市长在缅怀格兰特将军的同时，又一次修缮了孩子的坟墓，还亲自撰写墓地的故事……

这个故事告诉我们一个起码的常识：平民的孩子与高贵的总统，同样平等地享受历史；对我们每个凡人的启示几乎是颠覆性的。可惜这种理性宽宏与对人权维护的契约精神，并不存在我们民族的庙堂文化中。一部中国的大历史，实则就是帝王将相的朝代更替与宫廷演变史，唯君是上，专制强暴；普天之下莫非王土，率土之滨莫非王臣；君君臣臣父父子子地束缚着一个民族的创造力，致使历朝历代的平民阶层成为蕴藏在历史背后的群氓与小人。我们生活在一个奴性已久的历史环境中，鲁迅先生为此写下《狂人日记》与《阿 Q 正传》，为中国之国民性画上浓墨重彩、令人深思的一笔。近代史上鸦片战争被迫开放五口通商，已经证明落后就要挨打的事实。我们值得珍惜的是那些散落以及珍藏在城市巷陌市井与传统村落的传统文化，那才是国人弥足珍贵的一份精神瑰宝……

在我定居的港城市，近年有人醉心铸塑城市文化精神，不断地修整完善那些大而玄空的口号，"港通天下""书藏古今""天下旅游""×× 开游"等等，一忽儿智慧城市，一忽儿宜居城市，还有概念模糊的东亚文化之都等等。喊了许久也没人弄明白，到底你的城市地域文化精神是什么？可恶的流俗仍如弥漫的雾霾一样，抓住现代人可怜的攀比心理与腹中缺乏主见，使人们缺乏对城市文化精神深层次的思考。就上述口号与头衔，内容空洞却不全面，且缺乏个性特色。城市与人一样，它在自己的形成与发展过程中，有其相异于其他城市的精神。试问世界上有哪个港口不通天下？又有哪个藏书楼不藏古今之书？若说旅游，春秋时期儒家孔圣人率弟子周游列国，古人早就有了旅游的实践。至于智慧城市、宜居城市，就更是一叶障目，说不全面了。天涯何处无芳草，哪个城市不智慧？哪个城市不宜居？东亚文化之都定义是什么？内容又是什么？是东亚各国民众定的，还是你自己吹的？这就涉及历史，你就须清楚这座位于江南水乡的美丽港城，在其形成与发展过程中，发生过哪些有异于其他城市的事件与人物。

说穿了你还是没沉住气，人们在前进的过程中总是急躁浮夸急于求成。我们在没弄清楚祖先为何在此建城？历朝历代干过一些什么有文化价值的大事？就在缺乏对城市个性特色透彻了解的基础上，匆匆而又武断地下了结论。我爱我足下这块生我养我教养我成人，恩重如山绵延万代的土地；正因为敬仰与恩重如山，我才像鸟儿爱惜翅膀一样不敢妄下结论，因为我知道任何浮夸与苍白的语言，都无法表达居住在此城市的每个人，对祖先安居之地的一往情深。我们所缺乏的恰恰就是那种出于心底的敬畏之心……

历朝历代的文人墨客，大多视家乡山水为心中之圣物，留下多少赞美的诗词赋文与书画笔墨，从没有人为了达到某种利益，趋炎附势地去争全国第一、世界第一。真正的第一是什么？是蕴藏在这块土地历史深处市井巷陌传统村落，角角落落人文内涵的城市品质；是人们心头的一份坦诚，老人脸上满足的微笑，少女眼中传神的甜蜜；体现在每个市民看得见摸得着，可以身体力行乃至仿效的日常行为中，不是那些自称文化大师的名人脑袋一拍就能想出来的。

在古代，不乏文人墨客提炼城市文化精神；那多半建立在他对这块土地有着透彻了解，由心底而发的人生感悟。"一生痴绝处，无梦到徽州"是汤显祖当年赞美徽州的诗。美吧？很美！可人家还有前两句：欲识金银气，多从黄白游。由此使人联想到徽州是民富景美怎样的一个好地方？可惜徽州这地名不用了，那地方现今叫黄山，据说为发展旅游业，金钱的魅力把城市的文化魅力给遮盖了。

我的家乡同样很美，有诗人李白《梦游天姥吟留别》中"海客谈瀛洲，烟涛微茫信难求，越人语天姥，云霞明灭或可睹……"的山水风光；也有贺知章"碧玉妆成一树高，万条垂下绿丝绦。不知细叶谁裁出，二月春风似剪刀""少小离家老大回，乡音无改鬓毛衰。儿童相见不相识，笑问客从何处来"那种浓郁得化不开烟雨朦胧乡音缭绕的江南市井与传统村庄，使人读之犹在眼前触手可摸；没有一丝一毫的匠气铜臭气与溢美之词，也没有与他处争第一的实质内涵，但一看就知是此地此城山水秀美的一方神圣一域圣迹。

但是这些，还不是纯粹的城市精神的提炼。真正的精神不仅在城市的景物，还蕴藏在笑语盈盈名不见经传的街陌市井，与那些"云过处、水尽头，白墙衬褐云，瓦上生雨烟"的传统村落里。蕴藏在从未载入过庙堂史，祖祖辈辈耕种与居住在这块土地上，曾经饥不择食衣衫褴褛地贫过寒过饥过挣扎过抗争过奋斗过，现今却开着大奔与宝马，去内地贫困区域行善且不留姓名的那些普通平民的身上。只有他们，才是这坐落在东海之滨的千年港城开放出的一束束绚烂无比的美丽花朵，才有资格确立这座城市的文化精神是什么。

3

城市文化精神的研究，有许多来自历史细微之处。家乡港城市应有着许多鲜明的地域特色。她的美好她的绚丽她的善良，持续地体现在这座城市历朝历代平民的记忆中，并在太阳升起时厚积薄发开出灿烂绚丽的文明之花。记得年轻时我在搞《民间文学三集成》时，有幸读过清代乡人徐兆昺载《四明谈助》中的一个故事：董孝子黯，字叔达，江都相仲舒六世孙。家贫，早失怙，事母尽孝。母疾，嗜大隐溪水，远不常致。孝子筑室溪滨，板舆就养。疾遂瘳，人遂名慈溪。说的是汉代鸿儒董仲舒的六世孙董黯，少时家贫，母疾要喝娘家大隐溪水。他就把家搬至溪旁汲水为母饮用，直至母病愈才返回至村上。

这是什么? 慈孝文化。中国民间村落中世代传承的精神之花。我没有考证过董家何时何故从中原迁至此地居住，上溯历史，此地从中原迁徙来的士族很多，这是历史变迁造成的文化现象。我家乡有地名慈溪，是传承慈孝文化的地方。十几年前，我曾采访过此地十八位民营企业家，顺便也把这县级市的书记采访了。此人谦恭，在陈述民营企业发展过程后，说了一段使我至今记忆犹新的话：为何同样的政策、同样的环境、同样的资源，改革开放后这儿的经济发展比同类地区快一个节拍? 在全国百强县中排名前十，且数年绵延不绝……是我们当领导的特别有能力? 还是这儿的人特别聪明? 不是，都不是。是地为溪名，人为慈孝的地域文化精神，世代传承支撑起城市的风骨渗透到人们骨髓中，摈弃流俗与人为设置包袱，才使这儿的经济文化与社会形态，蓬蓬勃勃地发展起来……

书记特别强调重复着流俗与包袱两词。作为乡人我明白此中含义，人只有心怀善意（动机：明白你需要什么），心无旁骛（做法：精诚所至金石为开）地去办一件事，成功的把握就大。如果你的欲望过高要的太多，相互攀比这也要那也要，要多了就会负担过重啥事都办不成了。这地方的乡镇与民营企业，在太阳升起时雨后春笋般遍地开花，靠的就是这些农民企业家办事一根筋，走遍千山万水，叩响千家万户，说尽千言万语的坚执与为民奉秋的慈孝精神，才孕育出地域文明成果，成为国内农村的发展模式，应是对家乡城市精神的继承与发展。

孝不奉先，何谈爱国？两千年的中华传统文明对庙堂史衍生了忠诚，君要臣死不得不死，父要子亡不得不亡；为民族大义，有多少仁人志士抛头颅洒热血捐躯社稷，于平民则孕育了孝字，尊老护幼人之大义，为民族精神延续多少平民百姓在市井村落血脉相承贡献一生。这就是地域精神，一座城一方水土的文化之魂……

我在本书写作过程中，关于地域文化的定义，有幸与沿海市始任乡镇企业局副局长、现已退休任民间乡贤文化研究会会长绰号笨羊的杨小勇先生，还有曾任市政协常委、该会顾问黄鸿年先生结识，进行深层次的交流访谈。他俩认为该市文化底蕴来源有三：一是由于中国大运河南北贯通连接海上丝路，使之成为世界黄金水道上罕有的启锭港与东方原始海洋文化的发源地。在中国由大运河延伸出海的港口城市，除了天津就是这儿了，而天津建城的历史远没有这儿悠久。二是如果我们有心在史书和地方志上查阅，就会发现这儿是中国最早、世界少有（一千多年前唐代建城通商、两宋设立相当于海关功能的市舶司、明末清初地方名家黄宗羲在《明夷访谈录》中明确提出：工商皆本、藏富于民之纲领）孕育与产生市民文化的城市。三是由于南北大运河贯通历朝历代的漕运与魏晋南北朝肇始延至明清的海上丝路，给这块土地带来社会意识形态上的变化，在中国与世界握手长达两千年的历史长河中，开放出灿烂绚丽的现代商务文明之花，直接成果就是一个世界驰名的商帮和改革开放后雨后春笋遍地开花的乡镇民营企业，在同样的政策、同样的环境、同样的资源现状下，致使这儿的发展比其他区域快了一个节拍……

什么是城市文化精神？他俩在谈到城市精神时，异口同声地表达了同一个意思：城市地域文明是由创造历史的平民阶层形成的，这儿是中国商务文明的诞生与传播之地，也是国内罕见由黄土文明连接现代海洋文明最先孕育东方市民精神的城市……

但是传统流俗无孔不入，仍在侵蚀着人们的肌体。经过三十几年折腾，这地方率先富裕起来的人们，开始享受国家改革开放带来的经济成果，放开手脚趋炎附势地时尚起来。随着生活状态改变与那些传统村落逐年沦陷，乡村与乡绅精神的丧失，那些历朝历代孕育而成的市民精神也正在失去。人们日益厌恶日常的安逸与平庸，有钱任性地试图寻找新的人生坐标与享受现世的道德模式。这些年我在采访星星草集团的兴衰与调查书中主人公憨佬洪根土的死因，接触了许多尚在一线拼搏的民营企业家，他们普遍感到心累。为何？船到码头车到站，该得到的基本上都得到了，没得到的许多也由于种种原因而感到无望，是该找一处心灵休憩的港湾歇一歇了……

当代流俗的最大能耐，就是立足不良传统的土壤，披上西方新思潮的时尚外衣，并很快发芽生长蔓延开来。在沿海，最近悄然兴起了一种叫作心理诊所的二奶业。经济学专家与教授们无法回答的问题，由这些始出大学校门的年轻女孩的青春美貌以及高智商做出满意的解答：你累吗？好的，我就来安慰你……不要问我从哪里来？我的家乡在远方……这些大多面容姣好具有魔鬼身材的内地女孩，在发现老天爷对人间的财富分配不公，为解除家族的贫困，不惜高扬起肉体开发的旗帜，干起现代潘金莲的勾当来。如果你的财富来自智商，那么我的财富就是青春。她们并不在乎传统道德的束缚借种代孕，借船出海博取子贵母荣的明天。因为她们相信这地方男人的智商高于内地，能给她们带来子贵母荣的福音，何况以色换财乃是女性亘古不变的至简途径。妓女小凤仙如果不出卖色相能遇上蔡锷吗？陈圆圆不就因为吴三桂才千古留名？不是说以自己努力博取光辉灿烂的明天吗？此类努力最节约资源与本钱，今日不搏更待何时？于是打电话发微信：钱多人傻快来。你约我，我邀你成群结队地蜂拥骤至……

世间因果原本简单，只要你真心实意地付出，孳生与逆袭同样会开出美丽的罂粟花。现在沿海的第一代二奶、三奶或四奶，已有不少成功者登上企业家舞台，把持她们认为是崇高的职业，开始其向往的白领人生，成为这地方这时代的佼佼者……

矫情与陷入流俗的女人们呀，为让生命花朵瞬间绽放，不惜把现代科技应用在肉体上。爱情嘛，死亡了，道德伦理觅无踪迹……如果有一天，当你老态龙钟、步履蹒跚回首往事时，会不会对这种曾经的寄生人生感到羞耻？你须得明白：现代科技失去文化支撑，就会变成邪恶的魔鬼，你所享受的，只是一种变态的人生！我们每个活着的人在历史长河中，理应享有帝王的尊严；而横行的流俗在阉割别人的同时，也摧毁了你自己的精神。这城市千百年流传下来的地域文明，不是流俗暂时猖獗所能抹杀的。

由此，我联想到了洪根土与卞小枫的非正常死亡……

人生，只有前行的人生踪迹，不会有倒退的生命。因为我们曾经拥有善良且富有真情。除了财富与现实，我们还应该拥有诗与远方！

戚长庚（一）：玛丽要嫁人了

1

如果……我说如果……从字面分析：这是一种假设。如果一个亿万富翁，临终时面对一份庞大的资产，身后没有直系亲族继承该咋办？这是我得知冯老先生在香港病逝后，询问我的助理于燕，事关我与老爹以及全村利益的大事。虽然在十四年前，老爹与村人已不把我当作他们的成员，但我仍自作多情地把自己作为村民。这事发生在半年前。也就从那时起，我开始密切注视着沿海潘氏化工集团的动向，我预感到有什么即将发生……

他阿娘的大脚，被窝里头捉蚤子，尽往暖处钻！我与菲菲这场耗时已久、互不相让的婚姻大战，在冯老先生逝世半年后重燃硝烟。那日清晨，我接到沿海市长四眼哥的电话，说玛丽欲在1996年农历正月初八（离此时还有三个月），于鸿发大酒店与潘氏化工外籍董事执行总裁杰克举行婚礼。他直截了当地问我咋办？我说还咋办呢？现在她是自由人，与谁结婚都是她的自由。四眼哥沉默了一会儿（我知他在思考），上帝给他一个从政思考的脑袋，他必须思考处理各种各样我认为简单而他认为复杂的问题。这也难怪，坐在他的位置上不把简单事儿复杂化，官儿当得就没价值了。他问：你就没一点想法？我知他在探我口风，说想法当然有，只是想想而已；你说过世界上诸多事儿，都不是由个人意志决定的呀？他没有再说话，过一会儿就把电话挂断了。我知菲菲（呵，洋名玛丽）的婚事，涉及沿海潘氏化工的生死存亡，他应该比我还焦急哩。

我赤脚钻回于燕的毡窝内，尽管蒙古包内燃着炭火，气温还是很低，得当心感冒。这是我俩一次心照不宣的旅行，从鄂尔多斯出发，行程近两千公里，驾着我那辆新买的德意志宝马，奔她的老家海拉尔去。没想到中途她改变主意，在呼市舍弃那温暖的宝马，雇来两匹马要与我像游魂一样，穿越被大雪覆盖的锡林郭勒草原。说：老公，我被你精神绑架多年，你也让我绑架一回吧？那可是我幼时的梦想。我心里发怵，一千多公里呀，寒冬将至，两人骑马穿过浩瀚雪原，途经荒无人烟的山丘与沼泽，需要有多强的意志与体力支撑。可于燕，就是这么一个刁钻古怪的女孩，不服从她还不行；因为出发时我答应她一个条件，在接下来至春节三个月内，无条件地服从她的指挥，报答她大学毕业后，拒绝留内地机关工作，四年多来无论在精神还是肉体上，都皈依我这内蒙古十大青年创业标兵的决绝行为。

于燕用两条细长的柔臂搭我肩上，笑眯眯地问：来电话了？我点头：是来电话了……她说：你打算咋办呢？我凝视着她那双湛蓝、似天空般明亮的眼睛，双手紧紧地搂住她那洁白细腻、如羊脂般柔软滑润的胴体，有气无力地说：我还没想好哩……她点点头梦魇般地说：你不会放弃的，是吗？我知道你不会放弃……你从来就是一个吃着碗里盯着桌上的男人……

我也跟着点头，想问她一个恼人的问题：如果……

她武断地打断我：没有如果……中枪的头狼是跑不远的……

于燕是蒙古族混血女孩，蒙名诺明花日，花朵的意思。凭真本事考入山西煤炭学院，毕业后在我承租的小煤矿里蹲下了，赶她都不走。这当然有意图，她说她是民族主义者，凭啥蒙古人的矿产由你这汉人开采？二十几年前生产建设兵团的知青娃，在冰天雪地里掘黄引水异想天开地要建设塞北江南种植水稻。结果怎样？亩产一百多斤，成本比黄金还高只得下马。兵团后来解散知青也都走了，留下那畈田，水土环境破坏连草都不长……她讥讽地说：你们汉人哪，只图一股劲搞破坏，压根儿就没想在这儿长住真把草原建设好。你大老远地跑过来买下煤矿赚钱，别看现在风风火火的也想做些事，赚到钱就闪了呀。她说她得监管我，蒙古人度量大，赚不赚钱没关系得把人留下。她说这儿好哩，全国搞计划生育生一胎，蒙古人享受民族政策生二胎、三胎……自治区两千多万人口，蒙古人只有两百多万，占百分之十。

我说她混血，不是指她爹有汉人血统。她娘是蒙古族，这没错，我俩去海拉尔就是去探望她娘。她给我看过她娘的照片，黑红脸、高颧骨，身材高大、手拿套马杆笑嘻嘻地站在一座有拴马桩的蒙古包前。拴马桩，暧昧，瞎老奶年轻时蒙古包前也有拴马桩，我师傅老宝贝不就乘虚而入了吗？我知道这是一片比锡林郭勒还大还美丽叫呼伦贝尔的大草原。锡林郭勒也是大草原，但离呼市近，现代工业文明与来自西伯利亚沙尘暴相配合，迅速退化堕入沙漠化境地。于燕坚持骑马穿越，就是认为不久的将来这片草原也将不复存在；说是留下一份最后的念想。我理解她，就像四年前我带刚报到的她回沿海，试图亮相锦纶帘子布全国订货会，被老爹一巴掌抽回来，说是受了这块土地的恩情，就得扎扎实实地回报。时代日新月异地向前发展，我已见不到那些充满江南气息的河道与河边街道弄堂，是我们这代人破坏了人与自然的和谐。于燕会说汉语也会说蒙古语，现在我俩已深入百里稀有人烟的草原腹地，住宿在一个叫东营旗的地方。我俩行动的路线与食宿全由她安排，马儿的草料也由她负责。她与当地蒙民叽里咕噜地聊天侃大山，边喝酒边说着笑话（全是丑化编派我的），我自然一句也听不懂。她回到蒙民集中的草原上，就像游鱼入水回到自己家一样。于燕从小与她娘一起生活，说她连爹生得咋样都不知道。我说：没准你爹是汉人？她说你是抬举我了，我知道不是……汉人有我这般高鼻梁蓝眼睛棕头发的吗？她说自她娘把她送到海拉尔，住在搞民委工作的舅舅家寄读，就晓得她爹不是汉人了。那时班里的同学全是黄皮肤黑头发的，大家看不起她骂她是杂种二毛子，她很苦恼，拿舅妈生炉子的煤擦头发与脸，渴望自己有汉人一样的面庞，但她没有成功，眼睛暴露了她显得神秘的身份……

我问：没向你舅、舅妈考证你的出身吗？她说咋没考证呢？但他们与娘一样；知道也不会告诉我。舅妈问我：这重要吗？我说也不是最重要，我比她们生得漂亮哩。舅妈是汉人，说这就对了嘛，小姑娘只要生得漂亮，黑头发与棕头发有啥关系？没准她们长大后也会把头发染成棕红色。她的话没错，等我上了煤炭学院，满校园都是染棕头发的女孩儿，扭着屁股哈呀哈呀地与我打招呼，恨不得眼睛也像我一样是湛蓝色的……这下我乐了……她妈妈个头，原来也有这一天……接着她脸色凝重地与我说：那时我看了不少人种进化的书，知道我爹不是蒙古人更不是汉人，应该是个色目人。你懂色目人吗？他们居住在欧洲，是成吉思汗大帝占领过的地儿……

于燕由贡布带来见我时，我刚好遇到一个不大不小的麻烦。由我承租的两个小煤矿都是老矿，签订合同时由当地矿务局工程师验证过，说至少还能开采十五年。我当然做过核算，如果按当时开采量日／矿五吨的话，一个月一百五十吨，两矿就是三百吨。要知道矿工的工作日是歇员不歇工的，这样全年加起来，差不多有三千六百吨，只要解决火车运输问题，年利润就有一百万元以上。但不知何因，挖着挖着矿脉就稀落下来。这样我就找矿务局那工程师，问是啥原因？谁知他没好气地说：这生在地底下的事谁说得清？就像女人怀孕，老公能知她生男还是生女？这话说得不负责任。我这人行事风格一贯脆爽，该磕头时磕头该烧香时烧香，磕头烧香并不因为我卑微低贱，而是处世的一种手段。我出身卑微但并不自贱，明白人在异乡客地别人的屋檐下，办事不得不低头；像他这般不负责的人还没见到过。虽然我表面上仍乐呵呵地四处张罗请客吃饭，但采挖速度明显降了下来。那时我也不去管包头郊区那个锦纶废塑料原料加工厂了，只每天愣愣地发愁，嘴里还今天两千明天五千地计算着损失，心里头急哪；满嘴唇上都发了燎泡，真正的急火攻心无计可施……

于燕就在那时穿着一条藕绿色的连衣裙，脚上一双长筒马靴，蓬松的棕色头发上，系着条火红的碎花格头巾，与贡布一起策马来到我身边……

我眼睛顿时一亮，唇上裂开口的燎泡也不痛了。说实话，我还从没见过如此面若桃花，腰是腰臀是臀充满蓬勃青春活力的姑娘。她很快跳下马来，裙裾被马蹬勾了一下，撕开口也顾不得掩饰，手里甩动马鞭一蹦一跃小跳着向我扑过来，用标准的汉语招呼道：你好，戚总——嘿，我这人虽然很花，也接触过不少风尘女孩，却从没听到过如此清脆悦耳如林子里鸟叫一般的声音……

贡布介绍她的身份是山西煤炭学院的毕业生后，我就把她留下了。

没想到，她下矿井没一个星期，就把问题给解决了。原来不是矿脉断了，而是转移了方向，向左向下往深层挖，矿脉比预估的还旺哩……

她来矿区四年，每年煤产量递增百分之五十，还在管理制度上做了改进，工人都服她。值得称道的是，她与矿务局铁路局工商税务的关系，处理得比我还好。我当然很喜欢她，多年一起工作也有了感情很想占有她，自送小苗苗去了日本读书后，我还没有正儿八经地沾过女人；这应该有两个原因，一是随着时间的推移，我越来越思念离开的那个山村，那毕竟是生我养我的故乡啊？我越想那个村子，也就越想菲菲；虽然她已去了香港改名为玛丽沾了洋味儿，但她那一颦一笑、一举一动还留在我的心坎上，我没有忘记答应过她衣锦还乡，活得人五人六地凯旋归乡娶她为妻，她毕竟是我明媒正娶的妻呀？现在我已经经历世事长大成人，必须为少时的幼稚行为负责，没得到她是我这辈子人生的遗憾；只要她还没有嫁人，我就应该践约等着她。虽然日月如梭时光飞逝，我心里还抱着与她团聚的信念；这份感情就像藏在地窖里的佳酿，珍藏越久，香味就越加浓郁，直至浓郁得难以化解，时时刻刻地悬挂在我的心头。我不明白这是不是爱情？但我知道我的心里还有她；至于小苗苗，只是我一时糊涂，为证明自己尚有人爱让她看的，没想到由此造成她与她的误解。除此原因，二是于燕在此四年中对我若明若暗若即若离的克制。她仿佛知道我家中尚有前妻，在我难以克制时（男人总有想占点便宜的毛病），用随身携带的那条锦纶马鞭把我抽开去；但她却始终没想离开我，我知道这并不仅仅是因为钱的原因……

我俩真正突破男女之间的羁绊是在三个月前，那时我已得知香港潘氏的掌门人冯老先生已经逝世，与之合作的沿海潘氏化纤集团处于混乱之中。不巧的是我矿区那个 A 窑也发生塌顶事故，把十多名矿工堵在了井下。这种事只要你在矿区工作过肯定知道，是人命关天涉及矿区生死存亡的大事；我与于燕立即下矿组织营救。原本我不让她下矿去的，她虽是工程师却是女子，矿里明文规定不让女人参与抢险；可她却没理我的茬儿，下去后连续三天三夜护卫在我左右，在排险中煤层子又一次塌陷我被砸晕过去，醒来时发现她趴在我身上哭泣。在这时我才发现她是真正爱我的，抢险结束后我还躺在救护床上，就冒着她如雨点般甩过来的马鞭子紧紧地搂住了她。她流泪说：你不是有玛丽吗？我说我已经弄丢了玛丽，不能再弄丢你了……

有过那次后，她打开电脑让我看她珍藏的图片库，我发现有几张玛丽与杰克相依相偎亲密无间的照片。我问她是怎么获得的？她告诉我是玛丽发至她邮箱的。我问什么时候？她支支吾吾地说应该有两年了吧？我说：你咋不告诉我？她又支支吾吾地流泪道：这不是她的本意，因为她还在心底里爱着你……

　　我俩丢开矿上的工作，穿越锡林郭勒草原千里走双骑，就为了一个原因：这些年她的贡献很大，为我注册在伊盟的煤炭作业公司立下汗马功劳；尤其是这次A矿出现塌陷事故使矿下全体员工生还，由她主持的修复工程业经两个月的共同奋斗，获得安检合格证书重新开业。这么大的功绩我这当老板的必须犒劳她；同时我也想为自己的婚姻做出决定。因为我占有她时就有承诺，必须在三个月内明确态度；对嘛，人家是正儿八经的煤矿工程师，又不是啥烟花女子可以供你玩耍的？就说她是小凤仙吧，我也须得是蔡锷呀？君子一言，快马一鞭，如果我还是一个正派男人，就须把此事做个了断……

　　女人就如草原上初夏时开放的花朵，需要男人像园丁一般呵护；否则就会像深秋寒风时的花朵一般凋零。当然，我不仅为她还为自己。我已经过了当护花使者的年龄，特别是她给我看了玛丽发过来的照片后，我就觉得选择的天平开始倾斜了。我并没有深究她俩为何有如此密切的联系。我相信这方面女人比男人慎重。虽然我明知玛丽的选择并无过错，杰克在这场财富大赌局中由于出身优越，比我更容易呵护并照顾她的终生；但我心里还是充满嫉妒与抱怨，就像一道缀满鲜花通往理想之门突然向我关闭。这些日子里我的心头充满着烦恼与纳闷，闷歪了烦瘫了。出道这些年，我还没有如此彻心彻肺地烦恼过。这当然不是于燕带来的，她很好，像圣母玛利亚一如既往地保护并支撑起我的野心；难道我不就靠着这份野心寻找理由挣扎向前的吗？自我膨胀地觉得前途一片光明。我也知此烦恼不仅仅为玛丽，在分离的十四年中，她留给我的印象虽说深刻却已变得模糊，我说不清楚自己究竟是不是还爱着她？只是明白我在这场旷日持久的婚姻中失败了；内心感到由衷的难受与纳闷……

　　我的烦恼来自许多方面。一年前我人生第一个贵人老宝贝辞世了，这是意料中的事，却不是我想见到的事实。有他在我的心头充实，感到自己做啥事都理所应当，他走了我的眼前就一片空虚。他患肺癌后前列腺又出了问题，患病六年，两年前已经扩散；医院要为他动手术他不愿意，说瞎老奶能用锁阳草药给他治，人只要饭吃得下、酒喝得落就没问题。他说没问题其实就是最大的问题。他死后瞎老奶也不行了，每天钻毡堆里只喝奶茶不吃粮食。贡布在煤矿里为我打杂做后勤，这地儿的蒙古人不那么善待有钱的汉人，有他在身边我相对安全一些。但不知为何，此后我的心头就感到一种无可遏止的绝望。我知这是老宝贝离去的原因，他离去后小呆驼也不理睬我了；他心中的偶像随之坍陷，每日目光呆滞地坐在帐篷角落讷讷自语：爷爷怎么死了呢？爷爷怎么会死呢？我知他心中寂寞，可我的心头就不寂寞吗？老宝贝离世前挺安静，这时他的下体痛得厉害，额头全是汗；他不呻吟也不叫唤，口里嚼着麻黄说是他这辈子没管住下体的报应。他仿佛突然知道人是要死的，无论伟人凡人富人穷人名人俗人，只不过是这世上参与游览的旅客，最终殊途同归需要的不过是一抔黄土……

我知道老宝贝要死了，不再住在城里的新居，每天在帐篷里陪他聊一会儿。他与以前一样用手捂住下体喝奶茶，有一搭没一搭地与我闲聊。我俩谈得最多的就是人生与女人。他对他这辈子还是满足的，说人比人比煞人；同样活一世许多人活得就不如他。他说此生最对不起的就是女人；发妻儿媳孙女，当然还有瞎老奶与我不认识的那些女人们……他总是忘不了她们。说儿媳妇其实是他给逼走的，那女人懒，现在的女人都懒嘛，除了戏瘾与弄清爽自个儿身上啥活都干不了。老伴走后他逼她贤淑弄茶煮饭洗衣裤，受不了她就负气走了。他说其实瞎老奶也懒惰，把帐篷一搭地方弄成老鼠能做窝；他年岁大了没地儿去才与她住在一起。现在像老伴能把水门汀地板都擦出人影儿来的女人，已不多见了，可惜她早早地离开了他。他还与我讲小苗苗，说你没娶她算是祖宗烧高香，她像她那懒惰的娘哩，连自己身上都收拾不干净，还指望她服侍男人吗？我问他要不要打电话让她回来？说这狗娘养的大学没毕业就在那儿搭上新男人，说要留在名古屋定居。他摇头说不要，断线的风筝泼出去的水，嫁出的阿囡别人的瘪能收得回来吗？

我知他如此喋喋不休地说着这些，是知我还没忘掉以前的菲菲，现被我戏称为香港婊子的玛丽。他说与她接触过知她是好女人，有意无意地在我面前长吁短叹：强奸犯呀，花是野花香，过日子得是家花强。不要学我……老太婆走后我早就变成孤魂野鬼……我问他：像菲菲这般的情况，我还要不要等她？他瞪圆眼睛叫道：等呀，不等咋知晓人家对你是否真心，而你又是不是实意？人这东西说不清，有缘千里来相会，无缘对面不相识。我又问他于燕如何？他说她与有脑子的菲菲和没脑子的小苗苗都不同，那就是一只还在南来北往地飞着的燕子，还没选准自己的窝哩！你千万不要动歪脑筋坏了她身子；否则就会偷鸡不着蚀把米，吃不了兜着走。老宝贝离开时没有啥痛苦，尽管没了牙齿，还想吃就吃想喝就喝，瞎老奶不给他喝马奶子酒，他竖眉瞪眼地骂她没良心，把他给的退休工资喂狗吃了。她拗不过他（没人能拗过他），每天给他喝半皮囊酒吃一斤炖羊肉。他死的那天晚上，还让贡布拉着马头琴与瞎老奶一起喝酒、唱长调。贡布说：我以为老爹没事儿，没想到早上就醒不来了，我才骑马来喊你……他没痛苦就为留下的人找到了痛苦，他死后瞎老奶整个儿都枯萎了，小呆驼也每天愁眉不展坐在帐篷口守着，甚至不愿意与我说话了。而我嘛，也是每天心慌不定，连矿井都接二连三地出事，要不是于燕把关，早就陷入杂乱无章不可解脱的混乱中……

　　还有一桩事……也烦……香港的冯老先生死了。他逝世表面看与我毫不相干，但与老爹与菲菲却关系重大。直觉告诉我他是老爹亲叔我的叔爷爷……这是一种奇妙的感觉，我不是计算我能获得多少遗产，而是不甘心他的那份资产流失……我奇怪自己的感情竟变得如此脆弱。自我离开那个叫十五吞的村子已快十四年了，掐指算来当年我才二十二岁，现今已快三十六岁人到中年；他阿娘大脚，有家难返有妻难认落得如此境地？人生又有几个十几年？接到四眼哥的电话我心头的那份自尊，那份与于燕类似新婚宴尔般的柔情蜜意，犹如大海退潮般离岸而去。如果玛丽真与杰克举行婚礼，那么老爹与合作联营的沿海潘氏咋办呢？玛丽出于自愿还是被财富这潮汛所挟裹呢？

2

　　我说过，我卑微但我不自贱；因为我是我老爹的种呗！老爹就说过种瓜得瓜，种豆得豆；栽什么树苗开什么花嘛。

　　早餐时于燕趴在我的身上，双肘支在我胸膛上口哺（亏她想得出来），用她那张红嘟嘟的小嘴嚼碎面包，混合着奶茶置于我嘴里；还用那条细细柔柔的香舌舔净我的牙。好享受……我接过四眼哥的电话后情绪就不快活，她这是用她的方式想方设法安慰我。我问过她为何喜欢我？她说我于她来说犹如一朵变幻莫测的云，常在晴空万里时忽然间乌云密布暴雨倾盆；又在黑云压城之际瞬间云开日出阳光炽烈。我知此话于我不是赞扬而是贬损。她阿娘大脚的，我又不是故意伪装而是变态；一个离乡日久的流浪汉，又被老爹精神绑架十几年的浪子，能有一份自然的好心情吗？我的变态说明了内心的窘状。但陷入爱情里的女人都犯贱，我越是这样她就越兴奋；那时我并不知道于燕接近我负有特殊使命，总觉得她有被人虐待的倾向。据她介绍，读大学时有许多男生围着她转，其中不乏佼佼者，听说还有副市长、副厅长、副县长的公子（那地儿煤炭学院女生特吃香）。这不奇怪，她是漂亮女人又混血独树一帜；但她都不感兴趣。理由简单：围着女人屁股转的男人都不是好男人。可想她有多狂……

昨日接过电话后我俩没再上路，在驻地溜达了大半天。天气很好，天空万里无云湛蓝湛蓝地望不到边，白日冰锣般悬空挂着，好像距离很近伸手就可摸到，却连一丝儿热气都不冒。冰积的草原上没风，那些夏日茂盛的草儿全被积雪埋住了，四周皑皑白雪莽莽地连成一片，只有远处暴露红土的土坡上才露出鱼鳞般的赭色，山坡上间或出现三两个蒙古包，旁有木栅栏内嚼着干草的畜群，如一塌塌一块块散落在雪野上的尘埃……

这就是草原的冬景了，天高日淡，人绝畜尽，美丽、残酷、震撼……

我不说话，只牵着马儿走在前头，于燕在我身后也牵马跟着我走。我停下，她也停下了，我回头见她那双湛蓝湛蓝的眸子里含着一丝哀忧望着我，就好似跟着牧民身后驯顺的羊羔。我俩都穿着厚厚的皮袍子，足蹬高筒牛皮靴。我还是不说话；她却耐不住寂寞一会儿汉语，一会儿蒙古语（当然是我能听懂的）呱啦呱啦地说起来，其实翻来覆去也只有一句话：你是男人，我的主人；此事大主意自己拿，我听你的……

我确实该拿定主意了，不能老像池塘浮萍一般漂着；就是埋没多年的金子也不会发光了，何况不是金子早已锈迹斑斑？我在这些年中尽顾着考虑自己的人生，怎样才能活得有价值有风采？我想起那年秀才请米沙看风水的往事，那时我小学没毕业扒教室窗口看，见一大堆人聚大队部门口叽叽喳喳地，那个穿着道袍不像道袍袈裟不像袈裟的瘦老头儿，手里拿着罗盘比比画画，神气活现且神神秘秘（是鬼鬼祟祟吧），指手画脚口吐白沫地说着话儿。我喜欢轧闹猛，自小上课坐不住，鸿年老师批评我猢狲屁股，就溜出教室站在小勇哥哥后面观看，只听他说太阳升起牛抬头。啥屁话？太阳升起，牛当然要抬头啃露水草。

秀才挡住他对笑面弥勒道：干爹……天机不可泄露呀！我便明白这瘦老头是他请来当说客的。啥天机不可泄露？秀才在那时就包藏祸心，他要的是这一代人的抬头！因为笑面弥勒信神，村里每有重要事儿决定都要请人占卦看风水。瘦老头不再解释，唱了一首神神道道的雀咚咚，其中就有太阳升起牛抬头这一句。他可能是感冒了嗓音沙哑，然后拿了钱说还有事儿就走了。他走后秀才就特意拉上四眼哥为大家分析，两人都说米沙有道行能测未来之事。说当年他俩带红卫兵去砸五里寺，他算准他们要来事先把菩萨藏起来，在寺中写上毛主席语录把寺院给保存下来。他说这些我都似信非信，人哪能知晓未来之事？生了背后眼好吃纯米饭。我离村后专程找过米沙，那时他已经病入膏肓躺床上吃饭都由人喂。我问他太阳升起牛抬头是否预言？他有气无力地说：瞎掰呗！风水预测之事历来是信者有不信者无。还说他已经忘了这件事。我问他知自己还能活多久？他说也就这两三年间的事。但我离开没多久他就死了。他连自己的生死都没测准，还枉谈啥风水预测之事？可当初笑面弥勒信了。他信是为了修水库调动大家的积极性。修水库有配给粮发放可帮他统治与管理村民。也怪，这村里许多有头有脸的人都属牛哩！

可就是这么一个太阳升起牛抬头的预测，却使老爹与村民从此理直气壮地抬起头来，办起村联办厂挣脱捆绑在他们身上的桎梏与枷锁。毫无疑问，这是秀才与四眼哥借助米沙虚幻的神明，营造气氛给了老爹与村民们一种神奇的力量，以使他们向着自身解放的路迅跑。

这桩事使我明白，身处底层的农民要办大事须得有信念支撑。我自小就聪明伶俐，自以为是地认为高人一头；对秀才哥与四眼哥玩这种神神道道的把戏有兴趣，因为我的山里阿爷特别信这个。老爹是进舍女婿我随着山里阿爷姓，为此他就特别地宠我；每当我不听话时受惩罚，老爹拿娘晒被的藤条抽我，痛得我哇哇乱叫满屋子讨救兵。杏儿姐做错事老爹从不打她，对我从来就是武装镇压；他对衰佬长生也是慈眉秀目的，衰佬没我强壮瘦得像笔棍糖，当然经不住他用藤条抽打。我就哇哇地叫着讨救兵，阿爷就会从瓦屋里蹿出来，有时还会顺手给爹一个耳光；老爹当然委屈道：您护犊子我还能教养他吗？阿爷横眉怒目地嚷嚷：你打我孙我就打我婿。教养得讲道理……道理你讲得过他吗？老爹就不吱声了，道理他自然讲不过我，我是油嘴佬嘛。这时娘站在旁边看，我知她心里在哧哧发笑，这边是她的爹，那边是老公，她两头都不得罪就站旁边观看……

我从小就看阿爷屋里的那本线装书，书名《齐民要术》，是一本药书，里面全是麦冬贝母雄黄松脂没意思透了；稍有些意思的是五步蛇穿山甲之类，还有许多图。我不喜欢植物喜欢动物，尤其是我没见到过的动物对我有神秘感。山里阿爷没有其他书，这本书是他开药方用的；我没其他书看就把这书翻了有两三年，书中有许多字不认识，个别阿爷注了音的。没到小学毕业，我除了书中那些生僻词外都能背下来。阿爷夸我特聪明，说这些东西你娘番薯蜜枣学了三十年，还囫囵吞枣地没弄懂，你随手翻翻就能背熟了。他一高兴就说：没准儿我家祖宗坟前真要冒青烟。《齐民要术》内也有看风水占卜与测生肖八字的学问，米沙说的那些我当然也略知一二……

阿爷对我那是真好。老爹打过我后我不敢回屋吃饭，怕他趁机反攻倒算揍我屁股；那年头我的屁股成为老爹的出气包，只要他在外面受了委屈（不仅生产队的事，还有他当进舍女婿我随了阿爷姓，众人就说他是没能耐的晦气佬），就把气撒在我身上。娘表面看来中立，其实她也是护着爹的；她恼火时不打我用手拧，拧起来比老爹打我还要疼。老爹打过我向阿爷讨救兵几次，她就拧我几下教训我长记性；公正的是她也拧杏儿，不像老爹啥事都站在姐一边。有时我回不去留阿爷处吃饭，我家瓦房草舍连一处却分开吃饭，阿爷的饭菜比我们要好一些，我们长年都端大海碗喝番薯粥，阿爷有娘把瓷碗焖锅底的六谷米饭。我们吃咸菜疙瘩，过节才有咸蛋吃，阿爷每天一个咸蛋雷打不动。我在他这儿吃饭，他会把好东西分一半给我吃；甚至连晚上他喝的药酒也会让我尝尝。那东西可不是闹着玩儿的，我喝过后嗓子干渴，十四岁就雀儿硬邦邦的，知道偷看杏儿姐刚鼓起来的小胸脯，据说就是那断命药酒给喝的……

令我记忆深刻的，还有城里阿爷洪老师与阿奶陈瑛老师。每年放暑寒假老爹与娘就派我去城里做客，那对我来说可是乐于承担的一段美好时光。夏天我会背上一小兜番薯芋艿与鲜六谷（北方人叫苞米），冬天挑上十斤懒惰年糕（掺上六谷粉手工做的），就晃悠晃悠地去城里做客了（老爹叫作学规矩）。城里阿爷、阿奶也都喜欢我，见着我就兴高采烈地喊起来：特派员来了……我开始不明其意？后来才知他夫妇当年以教书为生兼做党的地下工作。组织上派出的联络人身份就是特派员。他俩在解放后一直受审查，后来还被弄成右派下乡劳改好长时间，就因为与特派员单线联系，特派员牺牲了他俩身份组织上从来没搞清楚。夫妇俩特派员、特派员地喊我可想喜欢的程度。但他俩对老爹却亲近不来，原因是老爹不仅嘴笨老实，而且在解放初期趁他俩关押时跟着守山佬八桂回了十五呑，致使两老鳏住寡居失去了亲情；可是我嘴甜呀？阿爷阿奶地叫得亲切，使他俩感到有了盼头。这样我每次去城里，他俩都买好东西给我吃，回家时还不忘给杏儿姐与衰佬带礼品，有时还夹带些流动粮票，这在当时是最珍贵的；是两位老人家为让下代人茁壮成长，在嘴里一粟一米抠下来的。

我小时候特别喜欢去城里，除了能自由自在地玩，还可去双眼井弄堂口书摊看书。我去玩时阿奶每天给我一毛二分钱，一毛买焦饼油条吃二分乘车。我把钱省下对半跑去书摊看书。不是说城里阿爷家里没书，书多得去了，整捆整叠堆书架上，但那些书我看不懂也不爱看，如《马克思主义基本原理》《联共·布党史》，除了阿爷连阿奶也不看。我在书摊喜欢看连环画和小人书，如《隋唐演义》《说岳全传》，还有《小布头奇遇记》等等；在那年代有许多书不能看，但这书摊上都有，许多都包了书皮儿文不对题地写上《艳阳天》或者《金光大道》。书摊主人叫长脚金川，长脚是绰号金川才是他的名；年岁与城里阿爷差不了多少，人虽长得瘦弱丑陋心地却十分和善，见我每天踏着尾巴头会动地金川爷爷金川爷爷叫得亲热便心生好感。别人看书每本二分，我一分钱两本甚至三本。这样我就在县城看过不少书。这位金川爷爷在我上镇初中两年后不见了，书摊当然也没有了。询问城里阿爷，他说好人烂命患癌症死了。我问他有没有儿子？我想如果他有儿子必会父业子承。阿爷摇头叹息道：他与我一样是右派，没讨过老婆哪来的儿子呀？这样我只好翻屋里的书架找他的藏书看了，当地圣贤王阳明与黄宗羲的书，我就是在那段时间看的。如阳明先生的心学中格物的理念，就对我后来经商启示甚大。世界上任何事儿都是学而知之，花朵开在荒山野岭，你没发现就不知道嘛；事物只有认识了解透彻，悟深悟透才能顺其之理把它做好。你要知道梨子的滋味，就得亲口尝一尝。后来，我们这些在内蒙古淘金的游子们，在呼和浩特市成立了一个青年企业家协会，许多都是回去又杀回来的兵团知青。他们中许多人都知道我家乡有个叫王阳明与黄宗羲的大学问家。我们经常聚在一处研究他俩的为人与学问，使我们对当前的社会形态结构与为人做事提高了认识。大家都说要做好生意，乡贤的书还不能不读……

这日我也不知咋的，尽絮絮叨叨地与于燕说那些过去的事。天气很冷，到黄昏那空气都变得如一把把的利剑，刮得人脸上都刺扎扎地生疼。于燕趴在我的膝盖上仰着头听，还时不时地插嘴提问一些问题，真把我当作大师了。太阳下山时我说：回去吧？天冷了哩。她仍余兴未尽地把脸扎进我的皮衣内了，嗫嚅着说：我在听着哩，你从没有与我说过过去，你有兴趣就接着往下讲吧？我看了看身边两头凄然肃立的马儿，眼睛水汪汪地已被冷风吹出泪来，便对她说：你要听，我就在晚上接着讲，马儿可要喂草料了……

3

当年我与秀才争当厂长离村出走，许多人不理解，我自己也不理解，事后想想是觉得挺惋惜的。老爹可是我的亲老爹呀……我把老宝贝请去协助他办厂，以为有了属于自己的平台就可以发展。当时我的野心很大，他戚氏三房兄弟不是搞家天下吗？四眼哥把老爹抬上桌面，要的是他主持公道让大家一起抬头。我曾有一个美好的愿望，如果这村子里老爹主村我主厂，他搞内部管理我搞外部开发，没准儿真能太阳升起牛抬头地弄成气候。这从广义上解释红脚梗抬头，不仅需要像老爹这般的人匡扶正义（这点他比笑面弥勒强得多，因为他处事公平），还得有人挖空心思（我比秀才强）赚钱。没钱咋抬头呢？就是说农民抬头得有经济支撑，有了经济地位才有政治地位。像当年我与老爹、鸿年老师口袋瘪塌塌地去县城，没四眼哥这官衔罩着，城里白脚梗谁理睬我们呢？

老爹的缺陷就因为他正义，说过的话非践行不可。这就是全村许多人死心塌地跟着他干，把他当作阳光雨露滋润大地的原因；这是他的威望，换一个人就走不到今天这一步。但这种正义需要付出代价，在当前社会形态下其实走不通这条路。大家都想抬头都按常规出牌，就如北京皇城四通八达的道路堵车，一堵大半天谁都占不到先；你说路修得不好吗？不是，路修得很好并不影响行车，而是车太多太拥挤了，大家都抢道往前开就谁也占不了先。这事还只能是摸着石头过河，走一步看一步，连中央领导人都说让一部分人先富起来，再让大家共同富裕。否则就谁都过不成河。老爹是正派人，有能力有魄力举起这面旗帜来，而且大家都信任他！旗帜举起后就需要有人拼搏。就说摸石头过河吧，就得脚下有石头可踩才能过得河去；需要有人去争去夺，甚至去抢去偷，方能在众人发愣发呆时先过得河去。《三国演义》中诸葛亮这么大本事，最后蜀汉还不是亡了？原因就是蜀中无大将，廖化充先锋；诸葛亮再有能耐却没有冲锋陷阵的先锋！使我当时没想通的是：老爹为何非压制我使用秀才不可？虽然后来事实证明，他这样做有他的道理，还是他的那套公平公正。其实也不是秀才不行，是他原本就是个廖化；表面看来阴森奸猾，其实与老爹一样是个内心善良的人。在这国度里：正直是正直者的通行证，卑鄙是卑鄙者的墓志铭。你想要办成事，得懂得你与怎样的人在一起玩？王阳明先生的伟大，是因为他知道格物，世间万物不是生而知之，而是学而知之。你要成功就必须懂得与各式各样的人玩，懂得他了解他才能玩深玩透。人只有经历过后才知道眼前的路如何走？

当然，这些道理我是后来经历过世事才悟出来的。悟出来后我已心平气和不再埋怨老爹，也不埋怨秀才了。这世界我最佩服的人其实是邓爷爷，因为他懂我们农民，坚持解放思想把我们带上富裕道。中国的农民富裕了，国家不就发展强大了嘛！

其实，人这一辈子该做的事很多，但每个人只能认准一件事做，做就要做得最完美、最优秀、最独特。就说果树结果子吧，优种结硕果，劣种结劣果。土壤肥沃结，贫地劣地也结，只不过果实大小酸甜不同，人生的价值也就不同。最有本事的人，也挡不住苹果树结苹果、梨子树结梨子的结果。是果树就得挂果，果实多少，受根基土地的限制，能不能结果结什么果，却是由树性本质决定的。

四年前应四眼哥邀请，我带于燕来沿海见老爹。事先秀才给我打电话，说老爹还真咸鱼翻身犒劳功臣哩，父子没有隔夜仇……你还是过来捧场见识见识吧？我思考一会儿后答应他，说：好吧，就冲你贵人吉言，父子没有隔夜仇。我立即过来……我知四眼哥的市政府出面邀请我，其实是向我这他们认为的浪子传递一个信号：办厂这事鱼有鱼路虾有虾路；苹果树结不出梨子，梨子树挂果绝不是苹果；四眼哥是觉得秀才不行了，给他另找了个差事做，要我上阵顶替他哩！这事与其说高看我，其实显然低估了我，我已经见过世面不再是当年戴着强奸犯帽子的小喽啰；人在外面（商场上）能有十几年可以泡吗？不信试试，在中国这地盘上，没背景的小企业早就被人挤垮压扁了。他们在低估我的同时其实也低估了老爹。我知老爹虽口口声声骂我是欺祖灭宗不遵规矩的畜生，其实心里早已原谅我了。他办厂不就为村里的后代子孙谋出息吗？他依靠的是当地农民的根基，而我却像墙头芦苇一般不要他帮助没有根基，在外面单打独斗地干成一番事业打下根基，没有三两花拳绣腿能成吗？就说祖宗的规矩吧？世世代代的农民遵行了上千年，到头来不是还在一亩三分的墙角地里面对黄土背朝青天修行吗？我能下山自找出路成就事业，难道不正是他的希望吗？我知他不能谅解我应是菲菲的事儿。他与娘都喜欢菲菲以为她是弱者，我不能任性抛下她；其实他俩并不真正了解她，不叫的狗才最会咬人。我承认这事是我对不起她，但如果不是她出于自尊在我离村时临门一脚，要我撒泡尿照照自己，像混出个人样的人吗？我也不会如此肆无忌惮一走了事，毕竟我俩有着那种关系而且还打了结婚证。换句话说是她的蔑视与烈性，促使我离开村子独自奋斗。记得她当时说：是马是驴拉出来遛遛，你以为我与你睡了就是你的人了？只要你还是个红脚梗，我即使与你结了婚，心里也不会承认是你的人。我那四个姐可全是白脚梗哩！

是的，她轻视我！在她眼里我就是一坨狗屎……人真是个奇妙的东西，得不到的总想着得到，得到了就不懂得珍惜。这话对她来说如此，当年她就没有真正珍惜我。于我来说同样如此，当年我由于年轻不知珍惜，现在欲想珍惜又出于自尊主动放弃了珍惜。虽然这十几年来我有过小苗苗，如今又有了于燕，还牛皮哄哄地对外声称：五十六个民族五十六朵花，天涯何处无芳草，但那只是在表面上打肿脸充胖子，于燕才真正懂得我，我的心里从没停止过想她……

四眼哥正是带着这种破镜重圆式的传统愿望，主动打电话向我伸出橄榄枝；代替与我一样有着强烈自尊心的老爹与她发出邀请。我知道这不仅仅是为玛丽，更主要是为那家上不上下不下，与香港潘氏合作的沿海潘氏化工……

可是，我不是有了于燕吗？如果此事发生在一年前，那时我与于燕虽然亲密无间却更多地停留在兄妹情谊上，我一定立即回程从杰克手里把玛丽夺回来。这不仅是对她实现我的承诺，更重要的是帮助老爹获得沿海潘氏的控制权，因为投资者是老爹的二叔，我的叔爷爷冯老先生呀！作为一条饥渴已久的狼，我能放下这块到嘴的肉吗？

这时我想起了四年前我带于燕回沿海的情景，其实那次回去我已决定向老爹妥协回头了。我启程时北国还是冰天雪地，家乡的江南却已柳芽绽枝。我之所以带着刚到煤矿工作的于燕同去，目的就为在老爹面前挣个面子，让他（更重要的是为让玛丽）知道，我不是仅靠吊在老爹的脚娘肚上过日子的败子，而是各人头上一方天，有能力创造属于自己的天下；不但在内蒙古伊盟混得不错，而且在身边不缺漂亮的女人不至于寂寞。于燕在形象上比假公主要高贵靓丽得多，在时下月亮也是外国圆的社会形态中，她代表一种时尚的选择。那时于燕虽没与我有现在这般密切的关系，但她自告奋勇愿意配合我去见老爹。我在向她说明要她假扮我的女朋友回家乡时，她还在办公室里跳着迪斯科舞步扑过来啄了我一口，瞪起那双不设防的蓝眼睛说：太有趣了……你的老爹你的女朋友你的乡亲与旧同事，对我将是一种挑战，我乐于承接这趟美差。我俩在飞机上，还一遍遍地演习着台词：密斯玛丽沙，一踢发塌……她乐得蹦跳起来说太做作了，老爹又不懂英格里西，干脆你——好，我是油嘴佬的老婆……我板下脸道：你咋能称我为油嘴佬呢？她搂了一下我道：爱称嘛，情真意切……

我俩一下飞机我就向老爹喊电话，他没有大哥大我只能打房间的座机，号码是秀才哥告诉我的。他已挪位置去了狗屁陈俊由冯老先生投资的化纤总厂。座机打通老爹没表现出我预计的那种激动与不安，平静地问我在哪儿？我说已在鸿发大酒店住下，来您的房间不合适吧？明天是订货会开幕式，我俩先在宾馆大堂里见面咋样？他问老宝贝好吗？我知他想念他，说他不好，并发了胰腺癌，还是晚期……我还想说些什么，可老爹已把电话挂了。

老爹没失信，我与于燕携手（事先设计的程序）下去时，他已遵嘱坐在酒店大堂咖啡台抽着旱烟等我。灯光玄暗，他比十年前瘦弱且脸色憔悴，可想死灰复燃的成功来之不易。我与于燕上前喊了一声爹。老爹一愣抬头把两道木腾腾呆滞滞的目光停留在于燕身上了：她是谁……我说是我的女朋友呀……于燕有些害怕（事后她告诉我小心脏都快蹦出来了），又怯生生地喊了一声爹……老爹点着头深深地咂吧一口旱烟（咋还是葵花叶子？不是说翻身农奴得解放了吗），我心中一酸赶紧掏出口袋里的软中华呈上，老爹把那烟接过嗅了嗅仍塞回我烟盒内，说油嘴佬呀，一包烟值两篮鸡蛋我没得福气抽……继而把脸又转向于燕问：哪国人？英……吉利……于燕顿时显得慌乱台词全忘了。大冷天穿裙子……你冷不冷呀？你不要脸我可还要脸哩！说完这话他就绷紧站起来，把一张二十元人民币压茶杯下，磕掉旱烟管烟灰转身就走……

爹——我有事与您说哩……我急了，欲上前拉他的胳膊，他一下挣脱开回头冷冷地对于燕说：畜生已经结婚，你要还是人的话，请你不要做瓶塞儿添堵……说完，扬长而去……于燕待在那儿好一会儿才回过神来，怯生生地问我：啥叫瓶塞儿？我恶狠狠地回答：就是第三者插足嘛……她问我俩怎么办？我泄气地说：赶飞机回去……她问：会议不参加了？你傻瘪呀——我愤愤然地骂了一句粗话：他连我这儿子都没认，我留这儿有啥意思？

凌晨五时，我与于燕已在回程的飞机上。她问我究竟咋一回事？我向她说了菲菲的故事，愤愤地说现在这世道，不是男人绑架女人，而是女人绑架了男人……她想用我叔爷爷的钱来绑架我，大白天做梦，休想！我说：我的江山是我打出来的，任何人都别想主宰我……包括你……

于燕乐了，说像你这般瞬息万变的人，谁又能主宰得了你？

4

当夜，我与于燕从东营旗疾驰一百多公里，返回锡林郭勒盟的花儿酒店。因为那儿大哥大手机没信号，现在我的心里很乱，往事不堪回首，这是四年来四眼哥唯一打给我的电话。据我所获得的信息，由市政府牵线与香港合作的沿海潘氏化工已濒于崩溃的边缘，原因是冯老先生逝世，致使香港潘氏改变了经营策略，拖延的后期资金无法按合同兑现。花儿酒店很次，是当地人开的，每个房间都生有炉子，烟道通往屋外。远远望去，外表被雪封住的白色小屋处处冒烟。蒙古人其实很传统，我俩进来时，前台小姐看了身份证，定要讨夫妻关系的证明。我原本心情就不好（心里有事咋好得了），差点都对她骂娘了，于燕灵活，见机悄悄地塞给她一枚企业公关用、刻有成吉思汗肖像的镀金纪念章，说了几句我听不懂的蒙古语，她才迟疑着把钥匙交到她的手里……

窗外白雪皑皑，屋内温暖如春。不远处一座喇嘛庙，在夜深人静时，有打更的竹板声在雪域敲响……

　　于燕睡过去了，粉嫩的脸上泛着两团红晕，嘴巴吧唧吧唧的好像说着蒙古语，听不清她在唠叨什么？我对语言应该有天赋，不管哪儿的方言只要听过几次就能懂，还能学着讲一些；这点秃头郑陆特别欣赏，说这社会办事靠乡情，我最适合搞公关了。但蒙古语不行，于燕都教了我差不多有四年，我只懂得简单的对话，鹦鹉学舌地说几句，复杂一些的不会。就像刚才登记住宿时，她与服务小姐嘀咕。进房后我问她说什么，她笑着用我家乡方言说：侬勿是猫拖咸鲞多管闲账吗？在这方面她永远是天才，真正的天才；不但懂英、日、俄三国语言，还近墨者黑近朱者赤地学会了沿海土话与我交谈。我用大哥大与秀才、二愣子、杂物贱交流，她从我的口形变化就能知道大概；但她聪明，从不与我说破我不想让她知道的东西。说男人与女人之间最亲密，都得留下一个空间存储各自的秘密。如果啥都想知道啥都追根究底，不但爱情失去了，连普通的友谊也保不住。她说现代人都不能透明地过日子，就像她很想知道这世界上父亲的存在，却从来不问她妈她舅，因为她知道她（他）不告诉她，总有不告诉她的理由；同样她也从没问过我的过去，这些在她看来与她并不相干。她需要把握未来，明确地说是我的未来究竟属于谁？

　　我忍不住在她脸上亲了一下，如此冰雪聪明的女人，跟着我知道她想要啥？于燕醒来了，脸上出现红晕，嘴里叽里咕噜地喃喃着，也不知她又在说啥？两条柔臂又紧紧地箍住我……

　　睡吧？别多想了……船到桥头自会直……这下我听清楚了。

　　自冯老先生认亲失败，玛丽随他去香港旋即又回沿海投资，秀才、二愣子、杂物贱，就成为我监视她的三条渠道。我也弄不清自己出于啥心态？总想掌握她的一举一动。假公主嘛，心气高傲心机深着哩；现在我已彻头彻尾地感觉到了她的厉害。也许读高中时她已很厉害了，彻底改变在村小学时高高在上的公主脾气，不声不响地装出一副弱者的姿态，与老师同学们都相处得很不错，除学习成绩稍差些外（天生对数理化缺乏感觉），长袖善舞地掌握着自己命运的主动权。我在班级里最后一个加入共青团，可她在初中时就已经是团员，高中时担任团支部书记。如果我没有记错，高二最后一学期她颇有心计地接近我，让我给她辅导功课就以发展入团为幌子，先找我谈心谈话进而请君入瓮，把我纳入她欲控制我的预谋中……

她阿娘大脚，人都认为我是强奸犯；其实她才是强奸犯，精神上的强奸犯。在我离村十四年中，她装作悲悲切切可怜巴巴地，先玩了我老爹与她老爹，利用我的幼稚与盲动，离开她从小就想离开的村庄。我离开，老爹骂我畜生。畜生是啥？忘记乡情乡思乡愁不通人性嘛。而她离开，在人们眼中却出于被逼无奈，是受到我这忘恩负义强奸犯的性欺凌。接下来她又以弱者的姿态瞒天过海，还玩了四眼哥阿富婆，以及许多忠厚善良的乡人；以被抛弃的怨妇身份，利用我叔爷爷冯老先生爱乡返乡寻亲的机会，堂而皇之名正言顺地离开沿海，投入有钱有势的香港潘氏集团怀抱，以港人身份返乡投资沿海最大的国营化纤总厂，玩了冯老先生、陈俊、秀才哥等立于潮头的风云人物，以改革名义组建股份制公司，与港人杰克联首获得公司实际权益……

会玩吧？很会玩……世间上真正会玩的人都不露痕迹，举哀借事师出有名……她奶奶的，老子只干了她一次，她却玩了老子十几年，而且还将继续玩下去。而这些，原本应该是属于我玩的，太阳升起牛抬头，除她老爹我老爹属牛外，四眼哥、秀才、二愣子、杂物贱都属牛……我属牛，她也属牛。

这方土地这方风水，还真出人物哪。哈哈，我像一条癞皮狗般蜷缩在床上睡不着；旁边的于燕这会儿安静了，面目姣好高而挺的鼻梁上沁出细密的汗珠，那是炉子烟门未关烧热的缘故。她的鼻翼翕动呼吸均匀，奇怪的是那双湛蓝的眼睛熟睡时也没合上，在眼眶内一圈一圈地转着，只是眼珠的颜色变成了透明的褐黄色。难道她也在玩我吗？这年代每个男人都缺失了与己贴心的人，因为女人比男人还会玩。她阿娘大脚整个中华民族阴盛阳衰，连体育竞赛也仰仗女人奏国歌升国旗，田径男足男篮男排都被黑白世界控制，没我黄皮肤男人的份儿；就一个陈真霍元甲施展拳脚，在飞机舰艇枪炮现代化的当今有用吗？现实社会中女人早不把男人当作人？除了交配生孩娃都把你一脚踢靠边了。老宝贝临终前说的话在我的耳边回响：强奸犯呀，为了老爹与村人，你得控制住菲菲别让跑了；捷径，你知啥叫捷径吗……

老宝贝知道他要死了（坚持两三年是说笑话，其实他的心里明镜似的），我坐在毡毡上陪他说话，瞎老奶战战兢兢的不断递上奶茶来，老宝贝低声吼道：酒……不知我要喝酒吗？瞎老奶没法儿，冲我笑一笑转身拿上一皮囊马奶子酒来。老宝贝喝上酒浑身精神话也就稠了……

　　他说人活着，其实是为找个奔头，当官是奔头，赚钱是奔头，馋嘴猫似的玩女人也是奔头；老太婆活着时不反对我玩，却嘱咐要玩得有档次，不要传染医不好的脏病……我在外面干啥其实她都知道，有一次我被隔壁一女子迷住了，那些天她为我做饭，下饭菜上面换着花样，下面都是青菜萝卜打底。我说你咋都烧这般的菜？她说人与菜一样，容貌不同身体都一样。她说得对呀，男人玩女人就玩一张脸；可惜那时我年轻贪心，以为玩过就占有了，现在看来却都是空的。她还是她，你还是你；就如摆在店里的乐器，被人吹过的笛子还是笛子，被人拉过的胡琴还是胡琴嘛。你没买下别人买去照吹照拉，这世上没有属于你的一样东西……你知小贱货为何赖在日本不愿回来？那是她找到新玩的人了；你认为你玩她，其实她也在玩你呀。在她眼里你就是一个傻帽，玩了她几次供钱出国，白白放她在外面玩。所以这些事你得想穿；我老了没用了，玩过那些女人有谁照顾你……强奸犯呀，俗话说棉袄穿旧的好，人是老了的好。你现在外面也玩得可以了，真要讨老婆还是原配的好。小贱货与燕子都太年轻了贪玩，她们与上一代人观念不一样，一场"文革"一次改革，别的没啥变化，却把女人教乖了……学会以钱为纲以柔克刚玩男人了……十个男人九个花……挨不过女人要钱花……

　　老宝贝死后把骨灰撒在草原上，这是根据他遗嘱办的。他在遗嘱里托付道：有女人的地方就是我安魂之处。我到过发妻黄桂花故乡没找到地方，又回至相好其其格的帐篷，才找到我灵魂归宿之处……由此我知道：黄桂花是小苗苗的阿奶，其其格就是瞎老奶。一个活生生的生命走到终点，能陪伴他的不一定是最相爱的女人……小苗苗知噩耗后没从日本赶回来，却在我的邮箱里发来一束红绳子扎的白花，在电脑屏幕上跳出她那张青春蓬勃的笑脸：永别了……阿爷……爱您的芮小苗。在老宝贝安魂三天后，贡布带着瞎老奶跨进我的办公室。我问祖孙有啥事儿，瞎老奶颤巍巍地从胸口取出一份带有体温的存折双手捧至我面前，我问这是啥？她说是他留给她的钱，而她没用。她说人得知足，他用生命最后几年陪伴过她已经知足；与她有关系的汉子很多都没他那般有情义。师傅走后小呆驼留在我公司开车；从此更傻了，常朝着那蒙古包的方向整日静坐黯然伤神……

　　一个凡人的逝去，天地为之肃穆。致使我在心里询问自己：辽阔无垠的蓝天，美丽而又贫穷的草原，我心何归？根在何处？我知道我想家了，十五呑村陀头山，陀头山上陀头庵，可否有那种类似蒙古族长调一般的雀咚咚唱起……

5

在花儿酒店住了两日，我与四眼哥和二愣子、杂物贼都通过电话，知道了沿海潘氏化工发生的变化。我与于燕商量说我想回江南家乡了。她说她已看出来了，问我留在伊盟与包头的两家企业咋办？她是聪明人嘛，看到我接电话时心不在焉的模样，就知我的心已经没在这儿了。既然心不在了，留下没灵魂的躯壳又有何用呢？我问与她相处那么久，你就没一点儿难受？我想起此行目的地是去海拉尔见她娘，她毕业四年多了，连春节都与我待在一起没回过家；她娘一定会很想她？她摇了摇头哀伤地说：没关系，娘说过马驹生下来，摔几跤就会自己走路；小鸟离开窝，就练习着自个儿飞翔。天下当儿女的，哪有一辈子留爹娘身边？她说：我娘好着哩，每天围着十几头牛与一群羊转，夏牧冬护忙得来不及，哪有时间想我？何况那儿通邮，我每个月都写信寄照片给她……

我知我俩这次起兵发马地去海拉尔，就为当着她娘她舅的面把我俩的事儿敲定。因为我说过我爱上了她，按照当地的风俗敖包相会手牵手唱过情歌。三个月我俩的第一次关系，就在那座古老的石堡内发生的。她煞有介事地把盛装的蒙古袍垫在地上，笨手笨脚地痛并快乐着哇哇乱叫……事毕，我看到了那摊染红在蒙古袍上的血，确认表面看来张牙舞爪的她，其实骨子里是一个好姑娘。那天我就把我与菲菲和小苗苗的故事告诉她，道歉说自己并不是一个规矩的男人。她觉得好奇，说你为何要说这些呀？蒙古人不在乎男人以前做过什么？而在于是否真心喜欢她？她说：你以前做过什么事，那是你的事与我无关；我只要你真心喜欢我。她说她已二十五岁，按当地风俗早该嫁人；带我回去她娘肯定喜欢……

接着我俩商量两个小煤矿的事儿。我说两家企业你都有股份；我走后，你替我管理起来……她拼命摇头说：不要……我要与你一起回你的家乡沿海去……我说不行……玛丽可不是你这般开明的人……她学着我沿海方言说：呒啥啥呀，她不开明我开明不就行了吗？你回沿海又不是去享福的，那个沿海潘氏的烦心事儿多着哩，还怕容不下我这真干事的小助理吗？

于燕这般说是符合情理的，经我这些年的同事与了解，她不是小苗苗这般不负责任的女孩，凡事先考虑公司与旁人的利益。她也想着赚钱，却不把赚钱当作人生的最终目的，凡事总想着自己能否给人以帮助？这样的人现在已经很少见，以后也必定越来越少见。有这样一桩事使我深受感动，也是后来我俩形影不离的原因。记得两年前的一个冬日，我俩开会商量矿井安全作业事故分析时有线广播突然响了，说有西伯利亚特大暴风雪袭击本地。我俩落实措施到班组散会后我就找不到她了。她宿在附近蒙古包里，我怕她受冻让她住办公室来。为此我带小呆驼驱车找她，却发现她根本没有在那儿。是夜我无眠，次日傍晚暴风雪过去她疲惫不堪地回来了。我问她去了哪儿？她说困死了，昨夜没睡觉，帮瞎老奶把畜群迁徙到大丰谷去了。我知大丰谷背风，每有暴风雪来袭附近的畜群都往那儿迁徙。便责怪她说为何不喊上我？她说你是汉人，不懂得迁徙畜群？羊群遇暴风雪顶风跑，把握不住头羊会遭受损失。瞎老奶家人少老宝贝爷爷还病着需要帮助。小时候她在家里遇上这种情况，都是邻帮邻户助户相互合作着把畜群赶到安全地方的。我说：我是担心你哩。她说担心啥？我是蒙古人知道畜群对牧民的价值。暴风雪过去后我探望老宝贝，瞎老奶一个劲地向我夸赞，说她是个有责任心的姑娘，说贡布回家了，没诺明花日，我那群羊就完了……

于燕是个有爱心的好姑娘，她能跟我回沿海吗？在回呼市途中，我又接到秀才与杂物贱的两个电话。情况与我分析的大同小异。玛丽为保住沿海潘氏要与外籍总裁杰克喜结连理。杂物贱这厮戏谑说：兄弟哪，我都收到她的喜帖与喜糖了，为了阿拉农民的利益，你说过要与白脚梗去拼去抢的……他在电话里叫道：这事我与我家芳芳（陈芳儿，其貌不扬的白脚梗女人）商量了，薛平贵不回寒窑，王宝钏急得要吃洋馍馍了……

我没好气地贬损道：我都与她失联十四年，还不知她嚼过多少洋馍馍哩！他说天地良心……假公主可不是这般的人，十四年来她一直在等你……

秀才废了住陀头庵里养病，基本蜗居不出门。自来过草原后与我保持着联系，他知他当年亏过我，现在新砌的庵屋里装了一门电话，常在夜深人静时挂通我的手机，充当老爹与我之间的秘密信使。但世间诸多事，不是他想象那样我要回就能够回去的。十四年过去，村办厂已经旧貌换新颜，企业不是过去的企业，老爹不是过去的老爹，我也不是过去的我了；何况沿海潘氏有国资外资掺杂其内，内中关系复杂，利益矛盾交错纵横；不是我在伊盟的那俩小煤窑那般好伺候的。我知他们喊我回去是看好我，有天降大任于斯人之意（老爹就说我人品不行，办厂行），不愿眼睁睁地看着沿海潘氏落入外资；可我要有能力承受呀……沧海横流方显英雄本色。他们既把我当作救命稻草，又把我作为向香港潘氏施压的砝码……秀才在电话中沉重地说道：此闹剧表面看是一场婚事，实质却关系到资产再分配；玛丽的剑鞘所指，涉及你老爹与你是否进军国企……实现红脚梗指挥白脚梗的幻梦？油嘴佬呀，这是一场前所未有的淮海战役呀；孰进孰退，关系到星星草农民集团的利益……

我警惕地问：菲菲来找过你？他没回避，说她刚离去……我又问：她说了些啥？他说：她可没有你想的那样小肚鸡肠，说做不了夫妻还是朋友嘛！我说她都要和杰克结婚了，你与我说这些还有用吗？他惋惜地叹息道：做酒不成就做醋，这是她的无奈之举呀。她说她自去香港后，就觉得自己成为水塘中的浮萍，逃脱不了随波逐流的命运……她说她已经累了……再也经不住折腾了……是吗？我心里愤然骂道：我戏你娘的瘟……嘴上却言不由衷地安慰说：没关系，我知她累了；要学那泰山顶上一青松呗……沉住气，千万得沉住气。世上没有走不通的奈何桥。待我处理完这摊业务飞回来，成功，在再坚持一下的努力之中……

戚长庚（二）：危险的游戏

1

接过秀才电话后，我心里一团乱麻。玛丽去找了秀才，他是她的堂哥嘛；她与他说了些什么呢？从秀才的通话中，我闻得了一股浓浓的火药味。这不仅来自香港潘氏的毁约，主要还是玛丽说她累了。真累了吗？不见得。就我获得的多种信息分析，她非但没累，而且还要开辟一个新的战场。如果她与秀才说过此计划，秀才蓄意向我隐藏了一些什么？如果她没明说，那么是秀才觉察后设饵钓鱼试探我的态度。但有一点可以肯定，玛丽的日子并不会比我过得舒心。这样想着，我又觉得自己的判断并不全面，如果一招不慎踩了进去，是不是中了玛丽设计的陷阱？自古商场无父子，她还是香港潘氏的人，得捍卫她自己的利益。这般思前想后，我就揪心起老爹来了；作为涟漪中的中心人物，他咋连一声都不吭呢？他不吭声，我就不知他葫芦里卖的什么药？能说回就回去吗？一旦踩上贼船就下不来了。翌日，我让于燕登记机票直飞海拉尔。这下小妮子不高兴了，埋怨说你的变化还真多，昨日还说从呼市回伊盟，今天就咋又要飞海拉尔了？我说我这不是守信用吗？也许这次回沿海，我就再不回来了；我答应过探望你娘，就一定得去看看她。她说：看到你接电话时那熊样，我就知你又改主意了。我说这样安排不好吗？她说当然好，我都许久没见我娘了，也很想回家一趟哩。但我不是替你着急吗？这位玛丽姐不是一般的女子，她有能力也有定力；值得你去为她搏一次。就算失败，也丰富了自己的人生！

我讪讪地摇头道：我搏赢了，你怎么办呢？她皱起了眉头反唇相讥说：你以为你是谁呀？没有你地球还就不转了？全世界女人没你都得当寡妇？我问她啥意思？她说没啥意思，我是说你就是输，也得输在她这般的强女人手下。我说难道我就不能为你考虑考虑吗？我回去后你咋办？她说：我还年轻，有的是奋斗的时间……不会离开你就丧魂落魄……我不是还没与你结婚吗？再说你要把这儿的俩小煤窑留给我。于燕就这点好，任何事都拿得起放得下，做事认真起来彻心彻肺虎虎有生气，有一副不达目的决不罢休的闯劲儿；一旦放下就没心没肺过后不思量，泰山压顶不弯腰地啥都不在乎。这就是年轻的力量。因为年轻，可以随时随地推倒重来，反正有的是时间，时间是终结一切的良药。昨晚我要与她同睡一屋，她决绝地把我推出门外说：安静安静……对不起，你马上要去收复失地上阵打仗，赶紧去做好你的战斗准备……说着就把另开房间的钥匙从门缝中塞给我。我俩这些年瓜田李下难免口角相争，她也会脸挂秋霜地与我赌气使小性儿；多半搁不了多长时间，有时我一句轻描淡写的笑话，就把她给逗乐了。她是猴儿性，在公司员工中关系处得不错，除小呆驼不会转弯抹角说笑话外，谁都有能力把她给憋哭或者逗乐；连下井作业挖煤的民工也都喜欢她，追着喊她为阳光美人。她喜欢乘吊车下井，在井下为他们唱歌提劲儿……

我说：你不是说要跟我回江南去吗？那儿现在快桃红柳绿漂亮着哩。她说：那是我不放心你……想帮帮你。别看你长得高大威猛，一张油嘴能吐出莲花来，遇到实际问题脑子还没我转得快……我见她高兴了，便哈哈大笑着说：你不是说我年长你十岁，在你面前像个孩子似的？可你不能一辈子都跟着我呀？她嘻嘻笑道：别老和尚梦里娶媳妇尽想美事？我说过要这辈子都跟着你吗？

她嘴里这么说着，却还是愉快地在宾馆大堂办理了飞海拉尔的机票。

在飞机上我俩都没有说话，她在看一本美国作家海明威的《老人与海》。这书是我推荐给她读的，书里面的老人太惊艳了，那种精神力量简直要把世界给玩了。这就是我心目中的男神，我真希望我的这种感受能通过书本传染与她。她读得很认真。而我，却仍在想着玛丽与杰克之事解脱不出来。现在我可以静心思考秀才捅给我的情报，用我的逻辑思维能力分辨出个端倪来。

这世界说大挺大，说小其实也就不大。根据我掌握的信息，这段跨境情恋还是老爹老娘撮合的。玛丽虽然与我分开，却与他俩保持着联络。她一直喊我娘为秋秋姨姆，姨姆就是娘嘛；逢年过节必打电话问候，说姨姆，好吗？有没有需要我办的？她这一招就挺厉害，与我没了联系还把老爹老娘当作她的亲人，比待自己的亲爹娘还殷勤；在沿海工作时与我姐杏儿笨羊姐夫与四眼哥都走得近，使大家都认为她是有情有义的好女子。村联办厂咸鱼翻身后，老爹在新盖的屋里安了电话，九十年代初上级要求村村通电话，他是村书记享受村官待遇。非但他，沿海那时连村民小组长家里也安了电话。拿老爹的话说当村干部没啥好处，就是打电话方便。每月九元钱座机费，一年一百零八元打长途得另加话费。我知老爹心里并不赞成过年要少吃半扇猪；但大家都这么办他也就办了。他总是善于把一些不相干的事，与吃穿生活上的事形象地组合在一起，算账贼精。这类事使跟着他抬头的牛们很不开心，麻皮阿梁就抱怨说他把一元钱看成磨盘大，不是做大生意的料儿；智佬也抱怨他骨子里是个农民，不懂得享受生活。说千年樟树百岁银杏，几十年的人生眨眼过，活得那么累干吗？他俩安电话连同主任笑面弥勒都由各自公司与村里报销。老爹却不要，说他不相差半扇猪，公私得分清。他不报销，二愣子与军嫂这些企业下属，也就没好意思在家里安电话，有事在厂里打。村里的村民小组长也有在家里安电话的，学老爹的榜样自个儿缴费。

装上电话联系就方便了，老娘捞起话筒会与玛丽说上半天悄悄话（比我瞒过老爹向她通秘密电话亲密得多了），东家结婚生娃、西家死人出丧，反正电话是由玛丽拨过来的，她也不用多付话费。玛丽近两年由香港派来任执行监事，协助杰克管理企业，平时闲得无聊就爱与老娘闲聊。她打电话通常在晚上，时间煲长了老爹会干涉，说都老娘儿们了哪有那么多废话？这时老娘往往示意是菲菲……老爹来劲了夺过话筒也阿囡阿囡地喊，口里不断重复：如果畜生争气，我早就当阿爷了……玛丽便趁机喊着爹安慰他，有时还会一把泪一抽泣地弄得老爹心里也酸酸的。这般的电话煲多了，老爹就让她忘记我这畜生，该考虑自己的婚姻大事了。玛丽倒也支支吾吾的，大概那时对杰克还没有啥意思，或者说她心里还没忘记我；就如我这些年憋着一口气没放弃她一样。当然这是一个悖论，男女之间最纯粹的爱情，十几年没有联系，就是熔炉里炼成的钢铁也冷却了。其中的原因只有我俩自己心里清楚。这其实已不是爱情，是在相互憋气较着劲儿；我不向她低头求乞，她同样不会向我低头认输。时间越长，双方憎恨也就越切，就像嚼泡泡糖，越嚼越没有滋味，却终究不忍心随口吐掉。

老爹就是在一年前与小白脸陈俊接触时，听说玛丽与杰克相好。为此他特意去找她，据说是差不多要跪倒在她的石榴裙下了，说千错万错都是畜生的错，不能为畜生再耽搁了；村里的女人到她这年龄孩娃都上了小学……

玛丽回沿海后很少回村，只在她二叔双富过世时才认真回一趟。二愣子把这当作大事，差点把我新置的大哥大给打爆了。说：油嘴佬，特大新闻！假公主回村了，秀才的亲爹没了……她穿着泡泡沙裙子比以前还漂亮，买回一大堆时尚物什挨家挨户地分；村人都赞扬她有出息了……

我冷冷地说：她回村显摆与我有啥关系？他便显得有些失望说，咋没关系呢？再显摆也是你油嘴佬打过戳的痣。你知大家喊她啥吗？还是油嘴佬家的，也说憨书记家媳妇，嘿嘿，她还都应了呀，不在为你小子摘面子吗？新箍的马桶樟板香哩，你不回村她帮你摘面子哩！那时，二愣子已娶他哥的遗孀军嫂，我反唇相讥说军嫂不也给你摘面子吗？结婚三年还没与你养娃？他迟疑一会儿失望地道：军嫂又咋能与假公主比呢？人家现在是港商……

后来他又打电话告诉我，说玛丽这次回村与她老爹笑面弥勒闹翻了。我问咋回事？他说她回来不出钱为二叔白无常风风光光地办丧事，倒把积蓄投资在星星草公司做股本了。他说你还不知道吧？自秀才得病失去男劳力后，戚氏四兄弟已败落了，连白无常办丧事的钱都拿不出，由秀才向厂里支股本借哩。我问：不是还有三脚猫志海吗？他说甭提他了……外出打工在东莞那地儿与人打架斗殴，连刺七刀变成半条命；回村后干不得地头活，你爹照顾在厂里管仓库，发的基本工资他抽烟喝酒都不够，连阿图上镇高中读书都向村委会透支钱。十年河东十年河西，现今你老丈人笑面弥勒家就靠假公主撑着场面；可她赚钱也不往家交。油嘴佬，你好福气呀，她现在是沿海潘氏化工监事长拿副总裁的工资，在星星草公司的股本金比我还高……

我好福气？她赚的钱是我的钱吗？她往我老爹的星星草公司增加股本，岂不是在抽我的脸吗？太阳升起牛抬头，在许多目不识丁的村人眼里抬的就是钱。财富代表一个人一个群体是否成功的标志。这世道虽说钱不是万能的，没钱却是断断不能的。戚氏三房的败落，说明了一个时代的终结。虽然我与于燕拥有两个煤窑，可以在夜深人寂万物静谧时肢体缠绵身心交融一处；但在村人的眼里，我仍是一个欺世盗名欺祖忘宗的孤魂野鬼。

这般想着，我感到自己好像是清醒了！

就在玛丽回村那些天晚上，她与老娘睡在一个被窝里说些体己话（爹娘喊她回娘家她没回）。心里一直觉得有亏欠的老娘，也贴心贴肺地劝她嫁人哩。说女人经不住男人熬。男人四十还是一朵花，女人就变成了烂稻草……玛丽说她不是还没到四十嘛？娘说到了四十岁你就要哭了……她生杏儿才十八岁……油嘴佬隔了三年，也才二十一岁，最后衰佬挨到了三十岁，简直是活遭罪……她说不生了老爹坚持要再生，说总得有个男娃姓洪……她说她搁到三十岁有了三个娃；而假公主三十五还单身着……她这般说玛丽就抹开了泪水，说是不是爹娘不要我了？娘就也跟着抹泪水，说看样子我那油嘴佬是不会回头了……依娘眼光看，与你一起那个杰先生……玛丽纠正说他姓周，是香港潘氏周秘书的儿，杰克是他英文名。娘说：不管他姓周还姓杰，我看与你还般配……

爹娘都这样，杏儿姐知道后急了，要笨羊姐夫打电话跟我说：油嘴佬，老爹不让回来就真不回来了？你再不回来公主可要跟别人跑了呀……

可是我没回答，因为我不知道该如何回答？

2

冯老先生回乡投资，在逝世两年多前就达成最后协议，其项目总投入为一亿元港币，第一期投入（连前期资金）合计二千九百万元悉数到位，第二期投入为二千万元，计划五年内到位，占组建的沿海市潘氏化工集团公司百分之四十九股份。余下由沿海市化纤总厂以地产、设备评估抵充，占百分之五十一股份。组成中港合资的股份公司，冯老先生原本要控股；但赵刚义书记不同意（王玫、四眼哥说破嘴也不松口），说合作可以控股不行，十五舍村憨书记说过不卖祖宗产业。我怕后人指脊梁骨骂哩……

双方谈判历经五年，冯老先生后来同意任副董事长，派杰克担任港方执行总裁，并由玛丽任监事。冯老先生也真是一个怪人，这事就做得有些死皮赖脸。有钱哪里投资不行为何非在沿海？他原本想认玛丽做干女儿，他喜欢她哩。可她没同意，不为啥？辈分不对嘛。他是我老爹的阿叔，她称我的老爹为爹；这般她就成了我的啥啥了？可想当时她还认我这个老公的。她咬定不松口，冯老先生也就没为难她，让她做潘老夫人的干孙女……

我至今尚没弄清楚冯老先生在投资沿海潘氏时，是不是已考虑到为老爹与我的发展留下后路？从各方面的资料（我从双方合作后就嘱咐于燕搜集相关信息）汇集分析，最大可能是冯老先生在决定把香港潘氏资产转移内地时，就果断地按他搞家族制企业的套路设下了迷局。他是民营企业家，尽管嘴上说得好听为家乡或是他曾战斗过的地方做贡献；但骨子里仍想维系传统的血缘继承方式，把他那份辛劳终生的财富留给后人；为此他把投资目标首先对准我老爹扶助星星草公司（村联办厂），可惜我那笨透了的老爹没理这茬儿；出于身体状况与香港潘氏内部的变化，他不得已才把投资指向小白脸陈俊的市化纤总厂。鉴于他私营资本投入与市化纤总厂企业性质产生的矛盾，他又以资金逐步到位方式控制发展规模；目的就为在他百年后由老爹以遗产继承的方式，改变企业资产性质获得实际控股权。按此分析，冯老先生肯定有遗嘱留予周秘书；如果我没猜错的话，玛丽当是其中重要的关键人物……

我与于燕在飞往海拉尔路上都沉默着。她继续在看海明威的《老人与海》，我想着我的心事。我知她对我即将离开表面装作无所谓，其实心里也不好受。四年了，我俩都形影不离地生活在一起，白天工作晚上娱乐；就是两条狗也耳鬓厮磨地扯出感情来。于燕是那种善解人意的女孩，只要她愿意付出，就会设法让身边的人高兴。她身材姣好模仿能力强，会跳多个民族舞蹈。只要贡布盘腿坐下拉起那把陈旧的马头琴，她就跳起来了。贡布只能拉蒙古曲子，如果遇上能歌善舞的哈萨克族舞蹈，于燕就让我鼓掌掌握节奏，自己用嘴哆来咪发唆地边唱边跳；高兴处还让贡布伴奏，贡布说我不会呀！她说不会也行，你就按我跳的节奏拉。几次下来，贡布也就合上节奏了。也有跳白族布依族傣族这些南方民族舞蹈的，于燕干脆让贡布歌手，让我拿筷子在碗上叮咚叮咚地敲着伴奏。她说其实南蛮子的舞蹈，许多与水相关，水流淌的声音不就是叮咚叮咚吗？你只要模仿流水声音，我就能够跳了。跳朝鲜舞是她的专项，只要我与贡布拿脸盆当手鼓，她就跳得兴高采烈气急喘喘。不过这样的时候很少，大多她都跳蒙古舞，在我打哈欠时才换花样跳新疆舞增加扭脖子的动作。按她的说法东契丹西契丹、东匈奴西匈奴、东胡西胡同宗同源，舞蹈是人类唯一拥有的相通之处……

音乐与舞蹈真是一个令人奇妙的东西；它会让人忘记动荡不安的岁月，使人产生幻想热切地期望未来的日子永远如此。在那些夜深人静的晚上，我常常会想，如果……我说是如果，忘记过去忘记故乡开始一种新的生活，我就会安静快乐地在这块异乡土地上待下去；像师傅老宝贝一样把生命的结晶骨灰撒在这片原始的草原上。我以前总不明白此生意义何在？为土地为女人还是为自己？我总是不断地把以前的菲菲与眼前的于燕做比较，觉得她们是不同的两类人。菲菲的四个姐都仰仗男人的力量，由红脚梗变成了白脚梗；为此她总是感到不满足。她比她四个姐都具有姿色，文化程度也比她们高，所以不安心留村里过平凡的日子，总在不断地攀比与攀升，最终把自己搞累搞有钱无疑算是个成功人士了，却也把别人给搞怕搞累拖垮掉；现在的她仍在继续攀比与攀升。而于燕在工作与生活目标上没啥大追求，她在贡布带来时尽管色厉内荏，张牙舞爪地说汉人抢掠蒙古人的财产，对我这入侵者虎视眈眈地抱有敌意；但一旦我让她在公司参与管理，就如怀孕的母豹子一样驯顺而尽责，在工作生活中处处以快乐为目标，尽职尽守地干好她的分内工作；我承认由于有了于燕，我在伊盟的日子过得快乐而无奢望。由此我想到女人的优雅、对财富权力的欲望以及观念，都潜藏与植根于民族与地域文化精神内，有着诸多无以言表的异质性与同一性。

海拉尔是小机场，航班不多。我俩走出机场时于燕告诉我，她娘的蒙古包离机场还有两百多公里，得找雪橇才能过去……

我说我知道……她惊诧地问我：你怎么知道的？我说我猜到了……在观赏你跳的舞蹈中，我知道这儿生存着怎样一个民族……

化纤总厂和香港潘氏合作之事，秀才哥患肝癌前已向我介绍。那时他显然特别激动，说这是牛抬头的最佳途径，既占有国企市场垄断的优势，又可以发挥农民特有的机制效应。他想以此为起点风风火火地干上一番事业哩。其实那时秀才哥从老爹的村联办厂跳槽去国企，也是顶住巨大压力的。被二愣子、军嫂、留厂人员与村民们骂作秦桧；连我那个总是站老爹对立面的假岳丈笑面弥勒也跟着骂，说是他抽了羊癫疯。秦桧应是南宋高宗时的卖国贼吧？十二道金牌召回岳飞陷害忠良于风波亭。为此我特地去图书馆查过资料。别看我搞企业疯疯癫癫地离家别乡，流离颠沛心灵寂寞到一处诱骗一处女人，其实心里头明白得很。所谓太阳升起牛抬头，任何人都不会帮助我们，除非有属于他的既得利益；抬头即为抓住时机。你想抬头别人也想抬头，这天上不会掉下馅饼来，你不抓住时机就会连这碗残羹剩饭都轮不上。你以为你是谁？秦桧……呵呵，你有秦桧这份本事吗？当年宋高宗泥马渡江被金兵追得疲于奔命桴木浮海，差点就被扑哧灭灯了。从金国释放回归的秦桧当宰相查国库，才区区几百两银能与胡虏战吗？十二道金牌召回主战派岳飞的罪魁祸首当是主子高宗，目的是换得南宋后来的一百余年江山。后来孝宗上台由史浩主政给岳飞平反，勤俭治国的孝宗御阵亲征在瓜洲打了一仗，结果被搭上心爱的妃子大败而归。史浩为此长叹：高宗时战有帅，库无饷；孝宗库有饷，则无帅……

历史就是一个任人装扮的小丫头嘛。秀才哥带着一百五十多人进沿海潘氏，不过是老爹试图下山问鼎城市的一次预演；这事别人看不清我看得清楚，玛丽也好，秀才哥也好，还有杂物贱，都是我们这代人的佼佼者。牛抬头得有人在前面探路，他们就是探路者；没他们探路，老爹的村联办厂就是改造了设备搞得再红火，充其量不过是县域经济的一个土包子，端上台面也比不上省城百年名店知味观小笼包。改革开放，说穿了就是十二亿红脚梗与数千万白脚梗争夺国家资源、吃上一口好饭的一场世纪大战；数量众多的国企大集体企业就是一盘众皆分而食之的大餐，因为他们占有着国民经济近百分之九十的资源，与百分之八十以上的科技知识。这一点，四眼哥比任何人都看得清楚，他能在没文化的老爹走投无路四面楚歌的绝境中，审时度势鼓动他手下大将秀才哥染指国企充当先锋，无疑是具有战略眼光经过深思熟虑的。老爹别无所能，他的成功是靠胆识魄力，但随着改革开放的逐年深入，这种胆识与魄力就被像冯老先生这般的亲情资源和科技知识所代替。这是历史发展的必然……

玛丽无疑理解与执行着四眼哥的意图，成为促成市化纤总厂与香港潘氏集团合作的黏合剂。站在她这位置上，于合作的初期在舆论与民心上，自然是红火了一阶段；这是意料之中也是十分必然的事。聪明的她演足了这角色，此时会很自然地退居到幕后去，因为接下去所发生刀光剑影的资产争夺（按四眼哥的说法是重组）与瞬息万变不可捉摸的市场变化，使她这般没经过专业训练和接受过专业教育又人到中年的女子无法应对；于是她只能把眼光落到杰克这般在西方接受过系统教育的专业人才；以身相许控制他以控制沿海潘氏，来分得属于老爹或说农民利益的一杯羹。

现在沿海潘氏的主事者是小白脸陈俊，作为政府派遣负责企业的官员，他不是站在老爹与村民利益上为农民集团做事的人。他在主政的约五年中主要做了两件大事。一是照搬港方现代企业的管理经验，打破工人的铁饭碗精兵简政定岗定位。这事在理论上讲是行得通的，中央都这么号召，实际却很难得以实行。化纤总厂五千多名员工，仅行政人员就占五分之一有一千多名，许多还都是政府官员的七大姑八大姨……据说新加盟的秀才哥交给杰克一个裁员名单，说是要把企业效益搞上去，须定岗定位不养闲人。杰克把方案交给陈俊，陈俊在王玫市长默许下欣然接受。结果一刀砍下去员工裁掉一千多；接着新招收三百多个熟练的工程技术人员，清洗原化工厂行政科技人员老班底。这刀可算是砍得狠，一千多名员工集体下岗平均每人赔偿三万，就得四五千万元人民币；就不是一个小数呀，还得给留下的三千多名员工（包括领导成员）上劳动保险。如此加起来起码六千多万元钱。香港潘氏后续资金到不了位，这儿中央三令五申剥离国有资产政府不再当奶妈，陈俊与杰克一下子就急得要撞墙了……

还有一桩事是王玫市长与陈俊得意扬扬，认为国企走中国特色改革之路，把改革主动权控制在手里，不让外（港）商控股只出让企业经营权，而把生产人事权抓手里。目的很好，不让国有资产流失，承包经营权让一部分人先富起来，接着大家共同致富；但实际仍然是行不通的。你不能让自己吃肉馒头让投资入伙者啃骨头吧？要了人家的钱又不让有生产销售的指挥权，人家是脑子撞坏变成智障还是钱多得压死人没处堆了？香港潘氏在冯老先生还健在时，就已对此做法心存芥蒂地做成了夹生饭；如果不为老爹留一条后路（我想应该是这样的），早就逃之夭夭了。做企业就为有效益，宁可赚多了钱放"希望工程"或者"母亲水窖"去，也不做不明不白的亏本生意。你不拿心换心，谁全心全意地卖命替你干？就说老爹的村联办厂星星草公司吧，如果他没有愚人是福的吃亏精神与死猪憋硬屎地执着掌控全局，能混到今天这局面吗？这就不是仅仅裁员与定岗定位满负荷工作制能够解决的核心问题了……

当初王玫离任后，四眼哥还是常委兼副市长时打电话告诉我这情况。我问他两桩事：一是玛丽怎在此关键时刻没到任呢？他说是潘老夫人离不开她，由她回港陪伴了。二是我说咋不让秀才哥掌控全局呢？他说这有两个因素，一是港方认为他代表沿海方利益执意派杰克参与；二是你秀才哥其实也没能力控制局面，毕竟是盘面太大是东亚化工区的场面呀。我就知道这事儿坏了，告诉他：世间识时务者为俊杰，搞企业不怕小就怕大而无当。你看那草原上大面积的积雪，白皑皑的一望无垠，以为就天长日久？其实那只是暂时的，一旦大地回春小草破土而出，顿时雪崩冰化无影无踪草原复返绿色……他丈二和尚摸不着头脑要我别卖关子问啥意思？我想了想告诉他说：你想呀，陀头山的竹子是由笋抽出来的吧？为何头年一出土就能疯长三丈？那是因为它扎在地下的根须，每年才长三厘米足足蓄发了四五年，盘根错节地在石缝土壤里布足了细密的根须！他嘿嘿地笑道：我知道了，你是说陈俊与秀才都缺乏历练呀？我说是的，记得当年你送给素芳姐的笔记本上写着：没有风雪彻骨寒，哪有梅花喷鼻香？

他说：喔喔，对了，我是忘了……没有风雪彻骨寒，哪有梅花喷鼻香？

3

雪原无垠，雪橇往前滑动。海拉尔这传说中的雪域边城，建城二百四十年一向是与俄蒙东欧商贸必经之地，辖下满洲里此时刚开辟为国家级开发区，充满着生命勃发的种种商机，我一直神往却从无来过。刚出机场，于燕就哇啦哇啦地用蒙古语一阵嚷，不知从哪儿钻出来许多雪橇来，刷刷刷地好几辆，全都是戴着棉军帽皮手套的雪人儿，也哇啦哇啦地嚷着；这次我听懂了，全是砍价的。于燕很快与其中一个面目良善的老头儿谈妥，我便与她提着行李箱上了雪橇。这样，海拉尔这座神奇之城就与我擦肩而过（在飞机上我俩说妥抓紧时间），只有白皑皑的几座哥特式屋子残留在我的记忆中……

雪橇用狗拉，有三条。前面那条花青色的狗个儿特别大，有如小马驹；后面两条狗略小一些，也是花青色的，与前面那大狗不同身上有深浅间或的条纹。我问于燕：这三条狗咋不一样呢？她说笨蛋，男人与女人也不一样嘛；不就男人个头雄伟，女人的个子娇小一些。这样我就明白了，前面是一条公狗，后面两条母狗。这番景象，与十年后冬天我再次临幸海拉尔时，城市自然还是白皑皑一片，雪橇却没有了，代之而起的是出租车。一辆一辆的满雪地像乌龟般蠕动。怪哩，只要开出市区，在雪原上就奔跑得飞快，这点，其他北方城市的司机还就不行，只有雪道铲平了才能开快车，因为雪结冰后打滑踩不住刹车。拿于燕的话说：海拉尔的出租车全国一流，特棒！

谢天谢地，途中于燕总算开始说话了，否则，这约两百公里的雪道，要说多寂寞就有多寂寞，连拉雪橇的公狗与母狗都不吠……

我说：于燕，要是现在我向你求婚，你会咋样？她理智地说：你不会！我问咋不会呢？是不是你说我做事让人摸不透吧？她说那是两码事……我说如果我认真呢？她说：我说你不会，你就是不会……

小妮子还真如钻进我这铁扇公主肚皮里的孙悟空，知道我在飞机上在想一些啥？搅心搅肺地弄得我肚腹痛，自身却镇定自若心里有着章程。是呀，她知道我不会，这会儿已经是归心如箭。心里这般想就这般说，连逢场作戏都不会。这使我的心里感到如针扎一般难受，相处四年多了，没感情还有着亲情哩？我感到自己欠她的实在太多了，亏欠越多，就越不能开玩笑。一旦她认了真，我的脸面就没处搁了……

雪橇以每小时二十多公里的速度滑行，到她家的貂子屯起码得七个小时。这块叫作呼伦贝尔的大草原，被长白山下来的雪水滋润着，已是我国最后的一块绿洲，也实在太大了；雪橇置在茫茫的雪域中，犹如在大海中晃荡着的一叶扁舟。面对着疾速而逝的茫茫雪原，我想：个体生命对大地母亲而言，显得实在渺小……

　　陈俊的股份制公司确切地说没风光多久，还没到五年就随着冯老先生谢世和二期资金搁浅即将雪消冰化，如鲁迅所说，破帽遮颜过闹市，全线崩溃……

　　那种崩溃如果成立，实在是很可怕；就会像春天到来时久已积压山头的积雪，昨日还是白皑皑的，今日忽然露出了狰狞的崖石，到明日就烟消云散了……改革年代对地域经济来说，最为可怕的就是大型国企的崩溃；一种旧的体制退出，必须有一种新的体制输入。我想冯老先生活着时，最不放心的就是在他百年后，此项投资合作遭受夭折。这种情况在他的圈子里时有发生，为此他在病入膏肓时还声嘶力竭地跑去市长办公室找四眼哥嚷嚷说：政府包生不包养是对的；但企业发展初期就如婴儿，需要有人的关怀与养育呀！四眼哥没正面回答却与他兜圈子：您老不是包养着吗？二千九百万元港币足够陈俊维持一阵子。当时他还是常务副市长，国企改革由市长分工主管；他只是全市近万家乡镇民营企业发展的推手，没几个县级市领导如他这样功勋卓然。我可以想象这时的冯老先生像是一只自投罗网飞来的鸟，眼睁睁地看着已是他无力养育的企业走向颓势，企业做大了实在是可怕的，停产一月仅发工资维护设备就得上千万？他眼前的四眼哥却是平静的，此事挨板子也得市长挨，轮不着他这穿针引线的副市长？何况这时他离既定目标的市长，也就一步之遥。只要跨过这一步，他相信有他处理的办法……冯老先生没奈何只得向政府讨要政策。说企业我可以包养，资金也可以到位，化工企业是朝阳产业；但不是由我香港潘氏控股，董事局就定不了这儿的规矩呀……

　　那时四眼哥与我通电话，心里虽有忧郁但还是有些幸灾乐祸，因为毕竟还不是他主持政府工作当着家。我知他心里在想：改革是摸着石头过河，您老人家定不了我也定不了呀！既然您已像鱼儿钻进网箱投资进来，我就不怕您逃了。我在电话里问他如何回答冯老先生？他说他只能耐心地安慰他老人家：中国的事情很复杂，若要好就得熬。还举了一个我向他讲的猎人熬鹰的故事。说草原上的猎鹰，都由主人用熬鹰的方式训练出来的……

　　空话，屁话……冯老先生好歹是我的叔爷爷，他能熬得住，能向你这父母官求援吗？要知道是他接过了政府手里的这个烫手山芋，才使这资产重组后的庞然大物能够维持到今日。但如今冯老先生逝世了，致使香港潘氏集团董事局的内部结构发生变化，潘老夫人的两个妹夫、外甥、外甥女婿联合闹事，推翻了冯老先生生前由周秘书掌握的董事局，由小姨夫詹姆斯担任主席。这位詹姆斯先生可不想再继续熬鹰，他自知熬不过政府，宁可损失前期资金也不愿继续周旋了……

而这时由四眼哥担任代市长的文件已由省委组织部下发。随即而来的是一千余名没交足社会保险、被停发工资的下岗员工，正秘密串联欲在市政府门口静坐示威。你说四眼哥急也不急……

雪橇还没至貂子屯，四眼哥的电话又追过来。这已是他第三次与我通话了。第二次在昨晚呼市宾馆，我正洗澡头上的肥皂泡还没洗去，搁床上的大哥大就急促地响起来，我光脚冲出去捞起电话。他说玛丽与杰克都上门来邀请我了……你小子究竟是咋想的？不要等到木已成舟面壁嗟叹……哎，油嘴佬呀，我说你这小子炖豆腐端上热台面就别玩深沉了，我是猫拖咸鲞地皇帝不急太监急？你知道市政府是不会把企业控制权落到杰克那二毛子手上的……他这般焦急我就故意装死，说天要落雨娘要嫁人，我又有啥好法子呢？他说：别装——我知你的心里从没有放下玛丽……再说冯老先生可是立下遗嘱，留有你老爹的股本金哩！只要你与玛丽结合，这沿海潘氏就算是保住了。你说过做企业就如熬鹰，犹如石坎缝里抽毛笋，一年冒出三丈高……他还真信任我哩，把我几年前说过的话活学活用当作金科玉律？可惜时过境迁此一时彼一时。我说知道了，你得让我想一想哪？对不起，等一会儿……我正洗头哩！洗你娘的小头吧？他骂了一句粗话，说等会儿挂过来便关机了。我洗完头索性把身子泡进浴缸内想事儿，水暖烘烘的不知不觉地眯了一觉，醒来已午夜两点；于燕放刁说是考验我的意志不与我同床，顿时甚感无聊把回电的事儿耽搁了。

我冲着手机喊：哥……对不起啦……信号不好……前不靠村后不着店，没移动网络呀……三条狗在前面拉着雪橇无声地疾跑着，赶车的老头儿正打着瞌睡。也累呀，男人想过上好日子活出尊严来，都累；可那都是女人给折腾的呀。女人一旦占有男人，想让男人活得光鲜你好我好就逼着男人干事，就像这位赶雪橇的老爷子，一妻三子（不搞计划生育），刚才我俩下坡时问过他年龄，用狗奶喂大的他才四十五岁就一脸沧桑，把脸皮折腾成紫茄子了；可想人生无奈岁月煎熬，全是事儿给急的？再过十年我也就会变成紫茄子。如此看来人生实在可怕，紫茄子熬汤味都发苦哩。我一边这般想着，一边嗷嗷叫着，拍着大哥大嗷嗷地喊，但信号还是中断了……

别急，到了貂子屯你可以打回去嘛。于燕冷冷地说。我问屯里有移动网信号？她翻了翻白眼说：没有……你可以到邮电所打，一分钟三毛钱……打折……你愿意打多久就多久。

4

我没见过杰克，据说他是个比我帅气的男人，这是真公主高晓敏在电话里告诉我的。公主一般不与我这种劣等人通电话，四眼哥告诉过我，她说我身上有戾气与匪气；还说玛丽摊上我这等男人算是倒了八辈子血霉。她原先对玛丽印象也不好；真公主与假公主都是公主，起点不同学识不同，关于人生的观念自然也不同，心存芥蒂嘛。可自从玛丽去香港后两人感情却热络了起来；当然是面和心不和的那种。咋不知为何有关杰克的事，她总是热心地向我通风报信。她一般在晚上打电话，有时甚至深夜，我知这时四眼哥肯定不在，寂寞无主兴味阑珊的她，就会想起老公的狐朋狗友来。有一次她神神秘秘地告诉我：你知今夜谁陪着玛丽呀？是帅男人杰克哎。我虽然早不把这当一回事，但还是像女人控般装作大吃一惊。她说他比你可有魅力多了，是那种人见人爱的少奶杀手。我开始并不相信，这位比玛丽年长十几岁的男人，除非生理或心理有毛病，否则咋会一直未婚？后来于燕让我在电脑上看了他俩成双搭对地进出公共场所，我才注意到此人狗娘养的还真生得不错：高个宽肩，瘦骨嶙峋气质高贵，像外国人一样的生着刀条脸，一双凹陷的褐色眼睛炯炯有神，特有型……我在心里骂道：好一个腹内草包的俊皮囊？不知咋的看过照片我倒放心了，我知假公主虽然没啥文化底蕴，但不会喜欢这般的男人，充其量不过是趁着年轻玩一玩。我把我的想法告诉高晓敏，她着急起来问我啥叫文化底蕴？

这是个严肃的问题，应该是我请教于她，而不是她该问我的话题。既然她问了我就回答，我装作玩世不恭地说：不就是那种有话不说憋屁不放的男人嘛？我说我这煤矿上有个全家死光下井挖煤的二傻子，三脚踢不出一个闷屁，上井不找女人把钱系在裤腰带上，每天只咬六个烧饼……她嘿嘿地笑道：你这般理解，以后有你哭的时候……现在他与玛丽可是手携着手一起上班……我说好呀？她假公主不就是性冷淡吗？现在也知疼男人……她说这可是你说的？我是替你惋惜呀！现在的男人除了财富就是抢女人……

类似这般的信息听多我就烦了，抢白她：嫂子你当电视台台长，又不干克格勃？咋把假公主看得这么紧？她乐了，说就因为没干成克格勃，才把你这浑人当兄弟看。我赌气说既然杰克这么优秀，两人郎情妾意，你帮她促成不就得了？她说她不可能做这种缺德事；他是外籍华人，像玛丽这般的优秀女性咋能羊落虎口呢？我提醒你的意思是，你得争取主动肥水不流外人田。这般看来她还有爱国热忱，帮我在干川岛芳子的活儿？也许这是女人的天性。高晓敏上过大学（凭实力考上的）见过世面，还有文化底蕴；否则就是一个市井版的婆婆唠。她说累了说乏了，有时也会张牙舞爪地恢复女权主义原型，向我发动心理声讨：你以为现在是旧社会，女人是男人的奴役工具？要就拿来不要就抛开，允许你们男人花天酒地地潇洒，女人就得养在深闺玩贞洁。还五十六个民族五十六朵花，你是啥呀？皇上？明朝皇帝除朱元璋与朱棣先生，其余都短寿，平均寿命才三十六岁（连这都统计了），都是玩女人玩死的……哎呀呀，我的娘呀，她把我在酒桌上说的玩笑话，端上桌变成教育革命的大下饭？我戏谑地问她：是不是假公主想我了让你当说客？我说中国有个古董叫辜鸿铭，说过只有一把茶壶配几只茶杯，没有一只茶杯配几把茶壶的……假公主要是不服，让她做变性手续变成一把茶壶试试……

高晓敏听出我话中含有讥讽，愤然说：你们男人简直不可理喻，与你四眼哥一丘之貉。我问她四眼哥是否也拿辜鸿铭这狗头说事？她气急败坏地说：嘴犟，你就等着瞧？说着就掐断了电话。

时至今日，我仍不相信玛丽会与杰克结婚？虽然她已三十六岁不再年轻；那些年轻时不符合实际的想法早离她远去。她之所以佯装年轻还在奋斗，是因为没得到她想要的东西。对我们这一代个性各异追求目标相同的红脚梗来说，可以忍受贫困，忍受饥饿，因为我们两只肩胛扛一个头地下山原本就啥都没有；却不能忍受别人的奚落与嘲讽，忍受自我价值的失去。玛丽是个要强的女人，这种要强支撑她走过与我抗争的十四个年头；而且还会继续支撑下去，直至生命终结以体现她的价值所在。婚姻是奋斗中的女人最后的避难所，杰克不可能成为她的精神避难所，她不会就此停止折腾寻找归宿？别人不了解她我还不了解吗？她虽身处异乡，像我一般吆五喝六地混成一个人样；可那是一种好风凭借力送我上青云，凭的是冯老先生潘老夫人的力量。她的心还是十五吞村农民的那颗心，她还想奋斗还欲挣扎以此体现出她的价值来，所以她不会与杰克结婚，尤其在她的人生正处在三岔道口上，不至于如此轻率地决定自己的命运……

这并不说明我非得重新选择她，我想回去不仅因为玛丽（当然她是一个至关重要的筹码），还有冯老先生过世后那笔投资在沿海数字庞大的资金。半年前，秀才一个平平淡淡的提醒使我如醍醐灌顶，明白乡情乡愁血浓于水的道理。他说：有件事我必须告诉你，玛丽有冯老先生的 DNA 测定，证明他就是你老爹的亲阿叔……我问：这事儿老爹知道吗？他说以前不知道，现在应该知道了。香港潘氏在冯老先生逝世后会有许多变局，玛丽没有掌控全局的能力；如果你还认你老爹的话，应该回来帮助控制沿海潘氏化工的局面……我愣怔一会儿问：你为何要告诉我这些？他说难道你还不明白吗？这十几年来憨叔带着我们这伙人上蹿下跳，玛丽甚至改名投靠为了啥吗？

为了啥？不就太阳升起牛抬头吗？接过此电话后我偷偷地躲进房间大哭一场。我不明白自己为何如此软弱，但我明白这种血缘上的联系，使我挣扎着想去握住某一种东西。很想很想……

其实世人之间，尤其是有文化差异的群体间，为了物质利益需求不同，在精神上总像隔着一层薄薄的塑料膜；我们日常中总以假面示人，很少相互欣赏真诚相待。这也是我们农民群体最缺乏也是最原始的本质。他们总是以自己的善良去掂量别人的人性，永远心无旁骛口无遮拦地向别人表示自己的善良，真诚地把自己呈现在世人面前，以致使人皆怀疑他们的诚意与善良。秀才真诚相告使我感动，虽然这十几年中我俩由于利益上的争夺，貌似觉醒实则沉沦地掩盖住内心的世界，自作聪明地以假话空话虚话掩饰自己的内心躁动，在心里头相互提防，以致错失许多有利时机。为此我手持话筒傻傻问道：是假公主让你告诉我的？他略微停顿一下道：没有……但她希望你能明白，你与她都是从这村里走出去的人……

　　一个人，如果别人都认为你聪明那就完了，因为没有人会再倾肝倾肺地陪你玩儿。其实在这世界上谁都不傻，谁愿意与一个公认的聪明人打交道？可惜世人都自以为是地认为聪明可以占有一切，很少有人明白这一点……

　　玛丽不会与杰克结婚，因为她与我同是十五岙村人。这村坊不管你生肖是否属牛，世世代代都与牛的命运牛的脾性联系在一处。自米沙留下太阳升起牛抬头的偈言后，每个人（无论男人与女人、留山上还是去山下）的心里，都想在历史尘埃中留下一些东西。这村坊的人仿佛谁都是一个石匠，在这块裸露在青草丛中的石崖上，日夜不停地雕刻着属于自己的年轮。俗话说：不叫的狗会咬人。这村坊的人都是狗，谁都憋着一口气不吠，不吠不等于无知与老实，而是知与不老实的一种境界。玛丽此时所表现出来的异常，其实给了我一个信号，告诉我她要与我共同获得我们应该获得却将失去的东西，并不是真要与杰克结婚……

　　据杂物贱和梅林鸡陈芳儿跟踪，我知道纨绔子弟杰克虽系世人眼中的成功人士，其实却是一个胸无大志得过且过的混混男人，虽然接受英国剑桥名校教育，说明他爹周秘书是个有追求的人，并不说明他的优秀。他年届知天命之年却无婚娶，厂内流传着关于他的许多段子。一说他外表娘娘腔实是同性恋者，喜欢与年轻漂亮的男仔混。二是他缺少男人的功能。来沿海五年从未见有女人登过他的租屋。他也从不到桑拿房卡拉 OK 厅找小姐，除了工作没有啥兴趣爱好，过着一种循规蹈矩一成不变、没有激情的生活……杂物贱由此下结论道：假公主虽是假的却还是公主，她与杰克接近不是因为感情而是为了利益。两人是两条道上跑的车贴不到一块儿去。连杂物贱这般愚笨之人都能看出苗头，我怎还不明白吗？

　　经我了解：杰克的租屋地处城乡接合部，是一幢爬满青藤的木结构旧式别墅，足有两百平方米。这屋子原先是生产队仓库租价不贵，杰克租下后把它改造了，装饰成四周布满音箱电视屏幕与霓虹灯的大房间，一张席梦思大床像海浪之舟漂浮在一块褐色羊毛地毯上。他受过西式教育懂得如何享受生活，下班后足不出户地在音乐与视屏中寻找乐趣。杰克没有业余生活与风流韵事，这对信奉传统的夫子们来说自然值得赞赏，但于当下急于冒富具有探险精神的企业家群体说，却是一种没血性不合群的落伍者。玛丽与他都是由香港潘氏董事局派来掌控企业命运的精英，男未婚女没嫁，孤男寡女，如果没有特殊的定力自然难保圣洁；何况我与玛丽的关系，在当地除二愣子、杂物贼少数人外没几人知晓，由量变发生质变也是顺理成章的事儿。但还就是应了鲁迅先生说过的那句话：贾府的焦大不会爱上林妹妹。杂物贼甚至在电话中打包票说：兄弟，真没事，我敢以身家性命担保他俩没事！他说当年我与二愣子为触笑面弥勒的霉头，都攀悬崖上把你俩百年永好的字都凿上了，难道我还能骗你吗？我问那山崖上凿的字还在吗？他说：黑无常带民兵用石灰涂掉过……几年雨打日晒后字又露出来了……

5

我与于燕在貂子村过了一夜，次日清晨又搭雪橇返回。她娘其实没我想象的那么衰老，刚过五十岁，生得五官端正四肢匀称，眉心还有一颗观音痣，只是长年风吹雨打的，她脸上的皮肤有些粗糙，颧骨像通常的蒙古人一样高凸，显得高贵而又圣洁。她在为我倒奶茶时，我能清晰地看到那双掌套马杆的手，纹路粗粗拉拉地有些像鸭掌子；连手背上的皮肤都结了鱼鳞斑块。于燕知道我在想啥？噘起红嘟嘟的小嘴巴在她娘的手背上亲了一口，那手立即像受惊吓的猫爪一般缩了回去，在棉袍上不住地擦着，用标准的汉语（咬音比我这南蛮子还准）责怪道：死女子，多大了呀？没规没矩的。于燕说多大，你也是我的娘呀……她粗糙的脸上立即绽开了幸福的笑纹……

与普通的蒙古牧民一样家徒四壁，一个人的蒙古包，除了毡床与一张小餐桌外别无长物；只是在撑住帆布的那段木桩上，也像瞎老奶一样挂着一架马头琴。我问：阿姨会拉琴吗？她摇头说不会。说过这话她顺着我的目光望了那琴一眼，欲言又止地垂下头去。我明白这张琴恐怕有着不可告人的故事，有可能涉及于燕的身世；她不说我也不便问就是。在这个古老的狩猎民族中留下多少像《僧格沁王》那般的长篇诗史，人们在苦难的吟唱中传承着这个民族的文化精神。

貂子屯不大，也就百十个蒙古包与几十座低矮的小泥屋，住户有蒙古人、满人与汉人。屯不远处有一个集市，据说以前是通往俄罗斯的驿站，叫花子旗。那儿的居民比屯子多一些，大概有七八百户人家吧？三三两两的小泥屋与蒙古包沿集市成十字形排开；那些草泥糊就的屋顶上冒出的炊烟与烧炕的烟囱，散发出一阵阵略带清香的干草与木头的焦煳味。集市旁边有着一片荆棘林，间或有几棵沙枣树，林子低洼处有一汪透明晶亮没覆盖积雪，据于燕说到夏天景色绝美的湖水，残留的石驳堤岸边建有一座小水电站，供集市上的居民与周围屯的牧民用电……

昨日雪橇走了七八小时，至屯天已黑透，星星与月亮却把小屯映得透明。风有些大了，我由于燕领着绕屯走了一圈（主要是告诉屯民们出走多年的姑娘带着她的男人回来了）。我问，为何这儿的蒙古包与小泥屋那么低矮，都快陷进雪里去了？她咯咯地笑道：冬天冷呗，屋低保暖。我听了恍然大悟，明白十五呑村也有许多建得特别低矮、像老爹那般的个儿进门就得低头认罪的草舍棚，不仅是为省料，而且是为保暖。相比之下，村里的环境比这儿自然优越得多了……

晚饭后，于燕娘坐在炕桌前给我介绍这屯子的故事。她说别看这儿冬天荒凉，夏天可是人来人往的一个热闹地方。她说这儿以前驻过自治区地质勘探队，说是雪地下埋有乌金。我问乌金是啥？于燕撇撇嘴说就是我经营的那煤炭呀。说就为这原因，娘把我送去海拉尔的阿舅家，逼我考煤炭学院，说待我毕业后可回这儿开发乌金……这不……我毕业四年多了，都没回这儿开发乌金哩……她娘叹一口气说：地质队专家都来过几批了，还有老毛子，后来都走了……

接着，她哀婉地叹息道：撒走……就再不回来了……这样我就知道于燕身世了，虽然她一直讳莫如深避谈她的出身，但我从这块生她养她的雪域草原上，在这古老屯子与市集上发生的往事中，与她娘标准的汉语中，寻找到了我想知道的那些陈年旧事的蛛丝马迹。历史在匆匆的过往中，总会留下一些影子或是叫精神传承的东西。这屯子、这集市、这位未老先衰有故事的女人，曾经与家乡我的老爹一样，对脚下这块土地有过一番绮丽的梦想，就如陀头山传说中的藏宝一样，激起当地人们满怀激情的憧憬；却由于这样那样的原因，被大历史前进的脚步轻轻地抹去，像一缕清风一粒尘埃般飘忽逝去，乃至无影无踪。但是，人类文明的痕迹却从此留下了，像烙印一般镌刻在人们的心里。于燕这个混血的姑娘就是这种痕迹与烙印留下的结晶，没有这些，她不会千里迢迢地跑去山西上煤炭学院，像一只春天的燕子一样，满怀热情满怀憧憬地飞进我的怀里……

也许是很久没人陪伴说话，这晚上她娘与我说了很多很多，直至我呵欠连连于燕不客气地打断她。身在异乡为异客，是夜我失眠至快天亮时才睡了一会儿；人们都是在共同的跋涉中相互温暖相互发现，并相互搀扶着前进。我知道我应该礼待于燕，礼待与尊重这位漂泊在异乡的同类。如果她的家乡能像包头、伊盟这般得到开发，她还会留在我的身边吗？

　　晚上我在于燕娘低矮的蒙古包内睡不着，自然又想起了玛丽与杰克的事。秀才哥告诉我玛丽半月前回村见我的爹娘，次日才跟着老爹上陀头山见他……

　　我在貂子屯还是没打通四眼哥的电话，不是没移动信号，在邮电所打座机也不通。可能在开会或者餐饮？这时节他一般不接电话。意外的是我的大哥大里有二愣子的未接电话，可能是在晨间打过来的。回程乘雪橇七八个小时，我想复电途中信号又不好，赶飞机回呼市已夜深。他很快地接通电话，先声夺人地告诉我：兄弟，你的流亡生涯（他给老爹当副总后喊爹为憨阿哥，对我称呼却未变乱了辈分）结束了，这儿出大事了……

　　我故作轻松地问：啥大事呀？是军嫂生娃了还是你拣到了金元宝？小子结婚八年多，四十出头的军嫂一直没鼓起肚子来，连比他后成亲的杂物贱都当了爹；这已成为他心中的隐痛，常向我抱怨好地咋种不出庄稼来？他说都不是，是你说的那条不叫的狗，叫了……我问：咋叫呢？他说玛丽与杰克回村发结婚请柬，憨叔与你娘还挺高兴的，支持哩。兄弟呀你玩过头了吧？非争一口气让她服软认输……是呀，你都说天下哪有茶杯向茶壶注水（偷换我的辜氏概念）？你知道我干了啥？我说我又不是你肚皮里的蛔虫，能知你干啥哩？他嘿嘿地笑过一会儿，说我把假洋鬼子领到她阿爷坟头的山崖去了，不是有我与杂物贱凿下的字吗？把你与假公主永结同心的故事告诉了他。胡闹……我沉脸吼道，你知你干了啥吗？他说我在帮你呀？她真与假洋鬼子结婚就没你份儿了……听此信息我的头有些晕，难道假公主要玩真的吗？我可以想象老爹陪她爬陀头山见秀才的情景：一路上老爹黑着脸一声不吭，玛丽自然也一声不吭。夜间她与老娘同眠交换过意见，再理智的女人在财富面前也不可能理智。就现有处境她嫁给杰克无疑嫁给了财富。我开始怀疑冯老先生临终留下怎样一份遗嘱？如果载明沿海潘氏股权由杰克与玛丽婚后继承，那么，他俩结婚为了资产重组应是顺理成章的事。如果按此设想，玛丽半个月前就不该回村见老爹和娘，又为何上陀头山与秀才哥商量？

　　我拍拍自己滚烫的脑门，对着话机吼道：二愣子，你是猪脑呀？她决定要与绣花枕头假洋鬼子结婚，你领他去看凿在山崖上的那字有用吗？他说咋没用呢？这是你插过她瘾的证据。我说你以为她还是过去村里的假公主？就是假公主心里也想着钱哪；如果给你两百万你和军嫂离婚干不干呢？他又嘿嘿地笑道：别说两百万，就是二十万我也让她开路了……我说这就对了嘛，醉翁之意不在酒……现在的男人与女人，为了钱又有啥事干不出来？话机里没有他的声音了。我说你马上去见秀才，把这事儿弄清楚告诉我……

雪橇仍在雪地上滑行，三条狗比昨日跑得要快一些，掌橇的那老头仍在迷迷怔怔地缩肩打着瞌睡。他脸长眼睛小，不爱说话，醒了也与睡着一样表情木然。好在三条狗已跑熟了路，公狗打头两条母狗顺着它跑；这满地的雪只要认方向，不识路也横竖能到海拉尔机场……

于燕上雪橇前与我吵了一架。起因是她把我用旧报纸包着留下的两万元钱还给我。那钱我从伊盟驾车出发时从银行取出来，准备给她娘的安家费。你想哪，无论从哪个角度说我都该付钱。员工角度吧？人家离家弃舍大老远地为我这私营老板服务，把老娘丢这冰天雪域里不就为钱吗？从情人或同居角度，我都不明不白地占用她四年的青春，虽有过娶她的念头却因为玛丽而搁浅，难道不应该赔偿损失费吗？这钱，我在临走前塞到她娘的炕头，没想到她把它给带回来物归原主。我说你这是干吗？钱又不是给你的？她虎起脸道：你把我当成啥了？嫖资……少了一点嘛……我娘穷却是正派人不卖女儿……我原本是聪明的，对待这种事完全可用微笑辩解过关，连小苗苗这般用自杀威胁的猛女，我都设法骗她去了日本而分手。可心里装着玛丽的事不痛快，还有赶雪橇的老头儿两道不怀好意的目光，竟顺着她思路愚蠢地问：你要多少？话刚出口，她就满脸通红地跳下雪橇向我咆哮道：滚吧，有本事你给我一座城……随即她就蹲在雪地上嘤嘤地哭泣起来……

我忽然醒悟过来：她还真爱我哩！这些天知我与玛丽的事后强作欢颜对我的冷淡是假的。我感悟到在世间上原来还有真爱我的女人。我冲下雪橇用蛮力抱住她，用发烫的嘴唇堵住她的嘴抱她返回雪橇坐定，接连抽打自己的耳光说：错了，亲爱的，我全错了……那老头儿味味地笑着，好似啥事儿都没发生一样甩开鞭子，三条狗儿居然跑得挺欢的……

狗在跑着，只要吃饱了就会奔跑；其实人也在奔跑着，在特殊的环境中人注定跑不赢狗。我和玛丽和于燕都错误地选择环境，也在错误地选择着自己；然后沿着错误的轨道，一次又一次地试图重新出发，直至精疲力竭枯泽而亡……

玛丽旧日记：尘封的记忆

旧日记之一

1978 年 5 月 21 日。夜十一时。

窗外的蝈蝈儿呻吟着，滋吱又滋吱，滋溜又滋溜，其声凄厉绵长，还带着颤音，仿佛有什么伤心事，弄得人心头酸汪汪的。这东西小时候我们叫作纺织娘，这是四姐说的。我问她为何叫纺织娘？她说你听它叫的声音，像不像娘坐在布机上织布的声音？我听了听觉得不像。说娘的织布声像撑船声，喔吱嘎、喔吱嘎……她说：你说不像我就没办法了，反正娘说过它叫纺织娘。我又问：它会织布吗？她说你说它会织布它就会织，你说不会织布它就不会织。我问为何？她说它穿的衣服与人不一样，是从身上长出来的肉衣。这下我懂了，说它滋吱又滋吱，滋溜又滋溜地叫着，没准正在织布哩。四姐笑了起来，说对对对，它是在织布裁剪花衣裳哩。可是今晚它的叫声有些不对，没有往常欢快像是在呻吟……

小时候，我们常抓蝈蝈儿玩，抓住关在秀才哥编的竹笼子里。秀才哥手巧，能编各种各样的竹笼子，篾还是自己劈的。蝈蝈儿抓进竹笼子后心很躁，总是跳来跳去地不得安宁，喂它的饭粒也不吃，没多久就饿死了。而且不能雌雄搭配着关，雄的与雄的不能关一起，否则相互咬架死的也就更快。我常把四姐捉的蝈蝈儿放生，因为它们在野外叫得欢快，关进笼子后就叫得凄惨……我听不得那种凄惨的声音，而且它们不吃米粒很快就会死掉，我不愿意它们死……

油嘴佬走了已经半个月了，没音讯。我说服自己不去想他，但脑子不听话，还是止不住地去想。那晚的事回想起来真可怕，我隔窗望见爹与三叔用硬柴爿抽他，背脊上都是一颗颗豆瓣大的汗珠，褪下裤子肉乎乎的屁股血肉模糊。三叔按住他的头，身子用扛石头的粗麻绳捆绑在长凳上，老爹气急吁吁地边用硬柴爿抽，边问他：你到底弄了我阿囡没有？油嘴佬噭噭地喊着一直没回答。我很想过去保护他，但我的双手被反绑着，娘与五叔揪住我身子，为防止我喊叫，娘把一条破毛巾塞进我的嘴里了，只按着我的头让我趴窗户上观看。后来，我听到油嘴佬的回答：弄了……我就是要弄她……

　　强奸犯——爹丢下硬柴爿对三叔说：找憨佬去讨个说法……不能白让他把我阿囡弄了……

　　后来，娘与五叔把我带回家；过了一会儿爹也就回来了，让五叔进秀才哥的房间拿出纸与笔来，厉声对我说：你写，是油嘴佬强奸了你……我不想写，他就逼着我写，说如果我不写，明早晨就把我脱光衣裳与油嘴佬一起游村。这种事我小时候听娘说过，守山佬八桂与三寡妇偷情，民兵连长三叔就把他俩脱光衣裳置滑竿上游村的。这样我就害怕把这事的经过写了；爹拿过纸条看后一巴掌抽在我脸上，说他都招供了，裤子是他剥下来的……我也不知哪来的勇气？不知羞耻地说：没有……是我自己脱的……不要脸？爹骂道：我戚氏三房的脸都让你这小婊子丢尽了……他又一巴掌抽在我脸上，蹲下身子去捡那块带进屋的硬柴片，那上面还沾着油嘴佬的血迹。娘发疯似的扑过来把他抱住了，哭着说：你要打……把我也一起打吧！爹愤愤然地说：你以为我不敢呢？

　　其实那时手忙脚乱的，我真不清楚是油嘴佬剥去我的裤子，还是自己主动褪下裤子。我相信油嘴佬也不会记得清楚？傍晚我又让五叔带去那个地棚喊灵魂，因为这些日子我老是魂不守舍地发呆，娘就让五叔陪我喊灵魂。地棚还是老样子，只有半间屋面大小空间大半截埋地下，只有朝南入口有抬梯，里面零乱地堆着干稻草，还有守山人住过用砖块搭的小灶……五叔说：相信我……菲菲不会自己脱裤子，是让油嘴佬给弄的……我说我真不记得谁脱裤子了？当时我晕了呀！他说菩萨阿哥已把证明交给学校，油嘴佬也已经走了……你就忘了你说过的话吧！我睹物生情地哭了一会儿道：我是真不清楚谁脱的裤子呀……那天爹是如何的决绝，把头往屋柱上撞着号啕说：爹生娘生，我咋生了个不要脸的畜生囡呀？我培养你念镇高中，你让我的脸往哪儿搁呀？在我的记忆中爹是刚硬的，从来没有过这样子。爹哭娘也跟着号啕，赖地上用手打自己的脸。我蒙了，不知所措，谁脱裤子就这么重要吗？但我仍不愿意写，我知我写下来就定了油嘴佬的罪……爹号啕一会儿见没制服我，就让五叔拿来一条捆柴火的田绳丢给我，说你去上吊死吧。后来，他们就把我关进黑乎乎的柴房了……

我想事情也许就这样过去了，谁知当晚五叔满屋子地喊，说娘喝1059（农药）了，接着满屋子就忙乱起来，我听到爹在柴屋门口绝望地咆哮：去死，让她死吧……都死了我也就省心了……

后来爹把证明交去学校，油嘴佬就变成了强奸犯……

我问五叔：你说实话，那晚娘是否真喝了1059？五叔摇头说诓你哩，你一个小小囡，斗得过我那菩萨阿哥吗？我哥是啥？弥勒菩萨转世的呀！

窗外蝈蝈儿仍在呻吟着，滋吱又滋吱，滋溜又滋溜，带着憧憬带着理想，我知自己今夜又将难眠……

1979年9月1日。夜九时。

爹把我安排在村小学当代课老师，因为鸿年老师得了咽喉炎，还有一种说法是肺痨；在公社卫生院检查出来又去了县医院复查属实。爹说这病会传染，村娃命贱，虽不像城里人衣帽齐全鞋袜光鲜，肚子里装着番薯六谷糠菜半年粮；可也是祖国的花朵呀，不能小小年纪就传染上痨病，长大不会做地头生活赚饭吃。他说鸿年老师这病一时半会好不了需要调养。他这般说我知道他为了治好我的疯病，要我去村小学教书了。果然大队班子经过讨论，大家同意我代替鸿年老师当代课老师……

我已经疯了有一年多，经常在晚上梦游出去。据娘说：我常深夜起床往与油嘴佬发生关系的地棚跑，还又哭又笑有唱有跳的；可这些我自己都不知道，如果知道就不疯了呗。如今回想起来其实这感觉蛮好的，至少能把内心的忧闷发泄出来。爹因为油嘴佬的关系，不让秋秋姑给我扎针。村里别的女娃发病都由秋秋姑给扎女儿针给治好的。爹向外保密（影响他脸面嘛）领我悄悄地去公社卫生院治，医生说是神经官能症，日有所思夜就有所梦呗！治了好久，打针吃药都没有治好。娘管不住我喊来五婶陪我。五婶是由娘从安徽买过来的，娘也是那儿人；那地方叫绩溪，都是山风景好却穷。我没去过那儿，不明白天底下还有比这儿更穷的地方？五婶与五叔一样缺心眼，平时也是疯疯癫癫的。刚嫁过来时，还不明白男女住一屋是咋回事？又哭又闹地跑来我家向娘诉苦，说五叔是大流氓，睡觉时拿下面硬邦邦的东西欺侮她，弄得她很痛连走路都痛……娘被她弄得哭笑不得，问她大姨妈来过没有，她问啥是大姨妈？娘为她讲了做女人的道理，她才在两年后为五叔生了个女儿。这事，经娘的婆婆唠嘴一宣传，大伙儿都当成笑话讲。她晚上与我住一屋，就讲她那地方的女娃儿，为省一口吃的口粮，有十三四岁被人领走当媳妇的。她说她有许多小姐妹，十五六岁还不知道大姨妈是啥，现在她们都没用过我在用的卫生巾。我惊问：她们不用这东西用啥呢？她说你娘以前不也用灰袋吗？我这才恍惚记起小时候我娘晾在茅坑梁上、从不拿到屋门口天井里晒的灰袋。记得我问过她这是啥？她说是腌臜布呀……

我疯掉的那段时期是快乐的。每当天黑油嘴佬就来到我身边，不管我愿意不愿意，他总推推搡搡地邀我去地棚做那事。我说不要嘛，让人知道了多倒霉……他说没关系的，就一次不会让人知道的。我吱扭着身子推开他不愿去；可他用手抓住我胸脯像在我心头点燃了一把火；我的身体四肢瘫软仿佛燃烧了起来，他就把我抱过去亲……多好，我感到心头那朵花吱溜溜地开放，无比灿烂无比绚丽。那一瞬间天空明丽风儿轻轻；只有心尖尖上麻酥酥地像电击一般震撼。我感到有一种把生命托付于人的满足，轻飘飘地享受着那种无根无质万事解脱的感觉……现在我清晰地记起来了，尽管我还感觉到是在梦中，但我知道那是一种实实在在的人生。我那条花裤头的确是油嘴佬帮助我脱的，可那又有啥关系呢？当时我因为心慌，手脚全软，褪了几下都没褪下来；他喘着粗气一拉就拉下了……后来情况怎样？我真糊涂了……我糊涂没多久三叔就闯了进来……

疯的快乐高潮在梦游中，我总在自欺欺人地补充那瞬间的细节。那种快乐在我上高中后校图书馆借的外国小说中出现过，多么美丽令人神往，可我竟然在唯一的体验中给糊涂掉了……我在心里总是唉声叹气地抱怨爹与三叔，是他们扼杀了我这种简单的快乐；当然他们是为我好，认准油嘴佬是贼（有给人快乐的贼吗）保护我的贞洁；但我不需要，从小到大你们有谁关心过我？知道我需要这种快乐吗？我也恨油嘴佬既然喜欢我使我感到了快乐，为何不能留村里与我共同面对？你都把我俩的名字凿刻到我阿爷坟后石崖上去了，为何不能像梁山伯那般坚执地等待？如果你能学梁山伯我一定化蝶陪你。有过这一次我就是你的人了，虽然我在爹的威逼下写下证词，但这又有啥关系呢？怕学校除名？只要我爱你你也爱我，再苦再累我们能在一起就行了；可是你却走了，像拍掉衣上的灰尘一般无影无踪，只留给我那无穷的回忆和思念。我俩都分开一年多了，你居然没写一封信给我，你把我当作啥呢？油嘴佬呀，这种快乐不是你想给就能给的，你给了我就像胶水鱼鳔般黏住了你，无论你到哪儿我的心都随你在一起……因为，你欠着我的一份情……

现在我养成写日记的习惯，记得我俩的高中语文老师老余头说过：日记是人类见证爱情的礼宾曲。我把每日对你的想念与仇恨化成文字，浓缩在这些小小的笔记本上，有朝一日它们会向你讨个说法……

今晚不写了，明天是我当老师的第一堂课，我还没有备课哩。我写下这些证明我没疯；人说我疯了是他们自己疯了，如果我真的疯了，那是老爹与你这油嘴佬给逼的……你知道吗？我恨老爹也恨你！

旧日记之二

1981 年 5 月 28 日。天晴。

傍晚快下课时，油嘴佬探头探脑地在教室外张望。他以为我没看见他，其实我早就看见了，只是装作没看见。你要找我就光明正大地找；为何这般偷偷摸摸的？为人不做亏心事，半夜敲门心不惊。你喜欢我就大胆地进门见我，这般偷偷摸摸地做啥？我就看不惯男人这副贼腔……

两个多月前他从外地养蜂归来，就变了一副腔调。那次我上体育课好像在做老鹰抓小鸡（不对，应该是照冥虫）的游戏，他就在围墙外那棵大榆树下偷窥我，还挺潇洒地穿着一件时髦的的确良条纹衬衣，不愧是在外头混过几年出息了，身上沾了些洋气回来。那天如果他在围墙外喊一声，我就会毫不犹豫地跑去扑入他怀抱。毕竟有三年未见还音讯不通（这点我就特生气，他与二愣子、杂物贱有书信来往就不给我写信），他不知道我有多么想他？我不知他是否也想我？我想应该也想的吧？在过去的三年里，村里发生了许多许多的事儿，包括县城工作的厨子四叔多次向我做媒；想把我捣鼓到城里的好人家去。我与他的联系仅凭二愣子与杂物贱提供一鳞半爪的消息，维系着我那原本就很脆弱的神经和对他的思念。我虽然恨他却把他当作最可倚靠的人。是的，女人都傻，只要第一次把身子交给这男人，就把自己当作是他的人了。我算是看透了自己，在恨他的同时，骨子里深深地爱着他……

他不与我打招呼，我就与他打招呼呗，毕竟是他回村后第一次找我；都回来一个多月了，我俩没有正式约会过。我知他为我爹与三叔把他弄成强奸犯怨恨着哩；他怨恨他们连带我也给怨恨上了，以为我是帮凶嘛？这般想着我就冲他笑了笑，他站在教室外用食指勾着招呼我；我讨厌他这种流里流气的流氓相，但还是欢快地走出教室问他是否有事找我？他低头笑一笑说：是的，我来找你……我收敛起笑容明知故问有事吗？他支支吾吾地说没有……也没啥大事；就是有些想你了。他这般说时我高兴着，说明他的心里还有我。我知女人在这场合须演欲擒故纵的游戏，就不动声色地把他往学校堆东西的贮藏室里领，兴奋地想着他会对我说些啥话？都分别三年了嘛，他心里有我一定会有许多话要与我说。令我失望的是他进屋就把门给反锁了，随即抱住我要干那事。这次我可清醒着，是他强行扒下了我的裤头……是强奸犯？他是强奸犯哩……

事情过后我很失望……如果注定要发生这事时他能说些思念话，或者询问我一些啥我心里就会好受些。他不是能说会道的油嘴佬吗？可他啥话都没说（分开那么久，居然没一句暖心话），一见面就办这事，而且又是在学校教育孩娃的地方？也太不把我上桌上台地当作个人了；这事也不是说不能办，自三年前我爹我叔把他弄成强奸犯后，我已把自己当作他的人，多办一次少办一次，早办迟办还不都一样。问题在于他完全不顾我的感受；我虽屈从了他，却受不了他压在我身上那副眉飞色舞急不可耐的神态；这不是爱情，不是……断断不是爱情，是一种奴役，一种对的践踏，一种向我爹我叔我家族的复仇与发泄。我开始在他怀里拼命挣扎着，后来索性不反抗了，勇敢地瞪住他那双平时流光溢彩、此时显得惊恐苍白的眸子，但他在我的身上胡作非为……在他松松垮垮地从我身上下来时，我问：有意思吗？他无奈地摇着头说：也没啥意思……我说没意思是吧？没意思你为何要这样……你就是一个强奸犯嘛！他懒洋洋地边整理衣裳边说：你又不是今天才知道我是强奸犯？我三年前就是一个强奸犯了……我气急败坏地问：你还有事吗？他说没有……我说没有，你就滚吧！这时我看到有两个顽皮学生趴窗户上张望，看到我抬起头来就喊着：贴麦果……贴麦果地逃开了。我恨恨地催促道：你还不快滚！他看了看我就无奈地走了……

他这样子我的心头就很不快，对我三年中对他的思念给弄丢了。我知这时我爹与他爹正为竞选村书记的事角逐较劲着哩，油嘴佬这副模样，是否对我爹是一种无声的抗议呢？难道他把我当作他的出气筒了吗？

1981 年 6 月 26 日。夜有阵雨。

今天油嘴佬又来找我了。自上次为化肥事件他找我出气快一个月了。这月中他没来找过我；他不找我，我自然也不去找他。在谁主宰十五峇村这事儿上，我是支持憨叔的；因为他比我爹主事公平，工作组没看错人已让憨叔主事；但这不说明我从此得事事让着油嘴佬。无论他爹主事还由我爹主事，我是我，他是他，我俩的婚姻属于自己不属于老人；油嘴佬不能因此欺侮我。我走出教室问他又来干啥？他兴高采烈地说：老爹走马上任，我与二愣子、杂物贱得给他制造一点气氛，借村文宣队藏在小学里的锣鼓用用。我虽看不惯他那种有意炫耀得意忘形的模样，但还是很克制地问：是憨叔让你来拿的？他摇头说不是，是他想出来的主意。我说好呀，是值得庆贺庆贺。我这般说不知是高兴还是失落？经过几个月的较量，他爹上台当书记我爹下台了，村里的局面就整个翻了个儿。我回办公室拿了钥匙打开贮藏室，他自然又跟过来。但这次我留了个神，锣鼓已很久没用放在杂物堆里，我打开门守在门口让他自己拿。他嘿嘿地笑着看我一会儿，故技重演进屋就把我顺势拉进他怀里……我没含糊啪地一巴掌抽在他脸上，谁让他没脸没皮？我戚菲菲再贱，也是一个有手有脚有头有脸独立的人哪……

但结果……还让他得逞了。他就是强奸犯嘛，一个没脸没皮的人你拿他有何办法？不是我不能或者说不想反抗？我从小割猪草参加田活有力气与能力反抗，只要我喊一声高年级同学就会过来帮我；但我不想把事儿闹大，闹大于我有啥好处呢？事毕他满足了吹着《国际歌》口哨扬长而去，我却大半天心情不舒畅，上完课回家借口伤风没吃饭，回屋蒙起被子悄悄地哭了一场。他不尊重我，所谓爱我就为干这事……野兽、贼人……活该我倒霉。天哪，我该怎么办呢？

1981 年 7 月 19 日。天气晴朗。

阿奶见过油嘴佬后回家对我说：菲菲呀，你好眼力……这人额角方方俊眉秀目，一看就知能办大事不会一辈子住山里的男人，你以后跟他享福哩！

我听阿奶表扬他，心头怦怦地跳得厉害。我说我有啥眼力？还不是被他逼上了绝路才……阿奶笑眯眯地点头又摇头，缺牙的瘪嘴唇颤动着打断我的话说：男人哪，在那事儿上都是没脑子的畜生；你看那些没结扎过的大公鸡，追起母鸡来多猛多狠？雄狗雌狗发情咬堆，用棍棒打都打不散。他越喜欢你越浑蛋，对你越好就干得越猛，干出小团来你就是他的人了嘛？你呀，就是读书太多脸皮太薄，把简单的事儿想复杂了。啥你爱我我爱你，嬉皮笑脸地没正形，那是城里白相人的事……油嘴佬读再多的书也是个红脚梗，如这村坊里世世代代的红脚梗一样，找女人不用嘴巴用鸡巴？阿奶是过来人，这种事见多了，你阿爷当年见我长得还中意，啥话没说就撅倒在田塍里，众目睽睽地把我拿下了。我们做女人的得使巧劲，只要他喜欢干这事就是你嘴唇上的饭粒，手腕上的镯子逃不了……

可是，再怎么说他也是读过书有文化的人呀……我虽仍然心结未解，心里却开窍得多了。

有文化不也是男人吗？是菜虫子就要吃菜，田里的蚂蟥专叮嫩脚梗……阿奶余兴未尽，两片瘪嘴唇上下翕动着：妞呀，你年轻想法就多，等上了四十岁变得老菜梗，这条菜虫子还能见面啃你，就是你的福分了……女人不能身在福中不知福。你说油嘴佬野，换个男人也一样，不野不猛还不是个好男人；屹立在峰峦的陀头山千年不变，天上的云彩一天一个样。天下哪有牛拴在草蓬头，不啃嫩草的倒槽牛？阿奶也年轻过，知道年轻男人咋一回事？

我说可我不喜欢这样……她说那是你犯贱，还真以为自己真是公主？

回家后，我把阿奶的话想了好久，觉得有些道理。记得有位作家说过：男人与女人不同，智商藏在裤裆里，见到漂亮女人喜欢用下半身思考。想来分开三年，我还是漂亮有魅力的；他抵挡不了诱惑嘛，要不咋说女人漂亮就是祸水呢？这般想着我的脑子乱哄哄的，简直是一团乱麻，想着三年前爹与娘反对我与油嘴佬好时说过的话：囡呵，水往低处流，人往高处走。天下哪有父母不指望阿囡嫁个好人家的？你稀罕他油嘴佬啥呢？家里住着草舍棚，盆没盆，箱没箱……你看你四个姐都一个个去城里享福了。你书读得比她们高，难道连她们都不如……

1981 年 9 月 5 日。星期六。小雨。

油嘴佬来我家正式提亲，这是他第二次来我家了，头一次是在换届选举前，爹假惺惺地表示热情答应为他平反，同意他与我交往，还把自己用过的一块钻石牌上海手表送给了他，但我知道这是假客气。因为工作组要换届准备让憨叔当书记，村民大多拥护他。爹在村里许多事上做得太过，口碑不好，答应为油嘴佬平反是想把我作为交换筹码，让憨叔让步保住他的位置。这时期他与二叔三叔以及秀才哥做种种努力，就是想躲过这次风头再说。这一点我很看不起他们，连亲阿囡的终身大事也可以用来交换，还是至亲骨肉呢？我不知憨叔有否答应他。其实答应也没用，人在做，天在看；工作组得顺应民心做事；但这次情况不同，憨叔已登台当上了村书记，爹与娘还有三叔二叔都在背后发牢骚骂人哩。说要把雯雯直接送县上交给四眼哥丑丑他！雯雯就是四眼哥与素芳姐的亲骨肉呗，这事只有我的家里人知道。秀才哥知情后很生气，他认这阿囡躲到岗墩村亲阿婆家去了，临走威胁爹与娘说：如果把这事给泄露出去，他就永生永世不认这家门，也不再认干爹与干娘了。秀才哥在这家里的地位高，爹霸着村书记的位置就指望着他接班哩。在村里做人大事小事都依赖着权势，爹失去了权势就如变了一个人，整天在屋里摔破脸盆儿骂人哩。

我与上回一样依然躲在房间里不见他。在这山里是习俗，生女婿上门全由爹娘接待，女儿不能直接见面表示热忱，否则会被人认为贱骨头。但我不见还有另一层意思，因为我看不得爹娘虚情假意说一套做一套的表演，而且我也不想见油嘴佬小人得志那副趾高气扬的模样儿；我宁可被他强奸也不愿意在他面前示弱，这是我保护自身尊严的最后一道防线。我原以为爹与娘会变脸不再相认（他俩经常这样出尔反尔），因为经过换届选举爹被赶下了台嘛。没想到爹与娘仍对他热情，糖荷包蛋烧了八个；娘与他叽叽喳喳地唠得欢实，好像啥事都没发生过。这使我有些奇怪，莫非爹娘已改变主意喜欢油嘴佬……这样我心头一股无名火又升上来，把我当啥呢交易工具哪？我觉得有些耻辱，这人世间最令人悲哀的，莫非就是你最亲近的人为了某种利益的出卖？你们问过我答应这桩婚事没有？就像三年前不顾我的感受就把他整成强奸犯？我真想冲出去当着他俩的面拒绝油嘴佬求亲，想了想又忍住了。他们没把我当一回事，我得把自己当作一回事……

油嘴佬走后，我躲在后山的竹棚里哭了一通。这儿有我童年抓蝈蝈儿与蜻蜓蝴蝶转圈儿玩的欢乐与酣畅，也有我为自己编织与憧憬的人生梦想；我为爹娘的寡情薄义不把我当作一回事哭，更为自己的命运哭。我不知道现在还爱不爱油嘴佬，只是觉得心里头很委屈。这是我的亲事，可就是谁都没把我当作一回事？好像我就是一件不值钱的破衣烂衫，谁穿上就归谁了……

1982 年 4 月 29 日。天阴。晚九时。

油嘴佬头也不回地走出屋去。外面天黑还下着小雨，我递上蓑衣他也不要，咬牙切齿地推开我说保重。我强忍住泪想说些啥，但还是啥话都没说；要说的话都在床上说过了，再说也就是炒冷饭了。这是油嘴佬返村一年来，我俩心灵靠得最近的一次。天公不作美，把我俩都降生于贫家……出生无法选择，人生道路却可以选择；村里的小水汪滩掀不起大浪来，有本事去山下闯出个世界看看！饿死穷死也不枉此生到人间走一遭！油嘴佬当场对我立下毒誓，不混个瓢满盆肥衣锦还乡就不回来娶我；而这正是我的意思。他为当村联办厂厂长之事，与他老参我秀才哥闹僵了，觉得很没面子。我就激他说：男子汉大丈夫的又不是我这般的弱女子，就没雄心壮志自己另辟一个世界？他还犹犹豫豫地问我咋办？我说别认为你穿过的破棉袄就是你的衣衫了，没有你我会活得更好……他还犹犹豫豫地说：可我毕竟穿上你这件衣衫了，而且我娘与你娘代我俩领过结婚证。我说是你的旧衣衫别人拿不走，不是你的旧衣衫你也留不住；你以为你当了厂长我就是你的人了？不是的，只要你一天没出息，我就是身子留你身边，心也不在你的身上。我这般说他就明白了，其实他早就应该明白，人生在世不管你是白的还是黑的，总是希望能改变一些什么？因为生活除了眼前的苟且，还应该有诗与远方……

我知他此去义无反顾不再回返，心头不是难受而是庆幸，甚至有一种解脱的感觉。油嘴佬应该是个聪明人，这在他读镇高中时就显示出来，全班学习成绩就数他好，但他入学时与我一样最多是个中下流程度，短短一年就跳到前三名去了，奇怪的是也没见他有多用功；他的问题在于格局太小看不到自己前程。我知他不是为我而离开，他对我应该还是留恋的，当然只是眷恋肉体。这使我暗自得意留住了面子，证明当年他强奸我不仅为泄欲而且还是喜欢我。这晚还干了那事，这次可是我心甘情愿的。他在床上肆无忌惮地剥光我的衣服，连安全套都扯掉了，谁知他安的是啥心？有一点可以肯定，他还是想和我好下去。自娘与秋秋姑去镇上为我俩办证后，就不再阻止我俩亲热，鼓励性地拿免费安全套塞在我床头。她还现身说法道：你们这代女娃比我们解脱多了，不会弄一次就怀上娃儿。女人生娃前是紧身裤，能多亲热就多亲热，生娃后就变成开裆裤男人就不稀罕了……我问啥是开裆裤？她说就是男人想弄就弄不值钱了嘛。就她的眼光看扯证后我们就算结婚了；可她不知当时我与油嘴佬各有各的想法哩？就我来说不想这辈子就如此草率地了结，我自小就有与四个姐攀比的愿望；如果没发生三年前那糗事，我希图凭着自身本事创造属于自己的生活。而他扼杀了我这隐秘的愿望。现在我向他说明白他就懂了。如果没他与秀才哥争当厂长之事，我俩还扯不明白哩；他兴致勃勃地回村，原本想与老爹共同耕耘脚下这块土地，但在城里发展无望的秀才哥占了他想要的位置。两虎相争必有一伤，他在深感英雄无用武之地时，才与我说到了一处。

油嘴佬这人其实很有潜力和可塑性。秀才哥任厂长后经常与我交流他的事。说他有一股倔劲能成气候，就是太年轻不知脚下的路如何走？他不该留在村里，外面的世界比山里大得多了。现在是牛抬头最好的时机，我在城里待不下去了才回来，他除了你那点儿屁事前无屎迹后无尿迹，真应该趁着年轻去外面闯一闯。我见他说得真诚，便问他不就与我同岁吗，咋还像孩娃一般地看问题？他说男孩成熟比女孩迟一些。你不要怕不成熟而怕他太成熟，变世故了就不是你的人了。油嘴佬从马山学技归来时我俩已经定亲，按爹娘与憨叔秋秋姑的意思，元宵就为我俩办喜事，我同意了油嘴佬却支支吾吾地没答应，我知这时他的心已不在村里了；心不在村里的人显然是留不住的。我与秀才哥交流说了我的想法，秀才哥说如果你有天高凭鸟飞、海阔凭鱼跃的想法不怕他丢失掉；这厂长我就当仁不让逼他去外面试一试。农民抬头不仅为赚多少钱，还要在政治文化教育多个领域彻底翻身；人之间其实智商与能力差别不大，关键在于学识与机遇，个人的智商与能力往往蕴藏融洽在社会大时代背景中。我问：他有这能耐吗？他说：应该有，他的问题在于顾及眼前看不到未来；一个男人如果连骄傲都不敢，还能有未来吗？他太顺利了，通过世俗的小聪明小伎俩就完整地得到了你……

听了他这话我的震撼不亚于去年选举时，他帮助爹向伍副省长写信反映憨叔与工作组的问题。那时我浅薄而且自私地把油嘴佬当作自己同行者，关心着村里公信力的变化而排斥秀才哥；至此我方才明白同样为牛抬头，他比油嘴佬显得智慧与成熟得多了。生命短暂人生自私，尤其女人对幸福各有理解。年前我去城里购物时到过四姐家，亲眼看到女人嫁个城里老公的平庸与幸福。四姐夫雷军也算是个成功的男人，在县木材公司当个保管员管理砌屋造梁的紧俏物资，却平庸得每天归家不求上进，只顾碗瓢锅铲地过日子。至于我还有三个姐夫，就更不如雷军了，做这般的城里人与乡下人又有啥区别？

男人仅凭忠厚老实对女人好有用吗？在我四个姐看来那简直就是前世修来的福气；但在我的眼里却是俗气与浊气。我不知什么才是我真想要的生活？但绝对不是我爹和娘所说的自行车缝纫机，加一日三餐无忧，口袋里装有粮票钞票的平庸日子；就是油嘴佬出去后开了眼界不要我了，我也要凭着自己的能力，折腾出一个属于自己的天下来……

今晚的油嘴佬，才是我心中真正的男神。总算很有男子气地甩下一句话：此处不留爷，自有留爷处！

1982 年 5 月 5 日。天晴。晚十一时。

今日立夏，娘煮了立夏蛋吃。鸡蛋是憨叔与秋秋姑送来的，为油嘴佬离村出走的事他俩来向爹娘与我道歉。子不教，父之过。憨叔口口声声地骂油嘴佬忘祖欺宗，是无视祖宗规矩的畜生；向我表态说如果同意，立即向派出所报案全国通缉废了他。说他是他爹生他养他就有权利这么做。我当然没同意，这岂不自打耳光废了他前程吗？虽然他舍弃我而去总还是我的老公，因为我持有我俩的结婚证。秋秋姑问我以后咋办？我说还能咋办？等他呗！我这般说她的泪就落下来了，埋怨说有其父必有其子，父子俩都是抚顺风毛的孽种……

他俩在我家等了大半天，爹都避着没回来。此事对他打击巨大，当明确油嘴佬离村出走消息后，他就声若洪钟大发雷霆转着车辘轳话骂人了，说油嘴佬就是一条喂不熟的野狗，一条吃肉不吐骨头的狼；非但糟蹋了他的阿囡，存心让他这张老脸没处搁？我劝慰说：脚生在他身上我咋管得住他？何况此事关系到我声誉，您有事在家里打我骂我都可以，咋在外面到处嚷嚷呢？他就瞪起眼睛骂我说你以为你是啥？观世音菩萨吗？人家都欺侮到我头上了，他打左脸我把右脸凑上去让人打？我使性说你这般咋呼我还有脸在家里住吗？他横眉竖目地道：嫁出的女儿泼出的水，有本事住你公婆家去……省得我每天看你那张孤孀老妊的丫脸？我不知已走了六天的油嘴佬知不知道我所遭受的压力？这村里凡有人违反祖宗的规矩都要犯众人骂。我知爹恼火不为保护我，而在为维护他那张老脸失去的尊严，为憨叔占了村书记位置出气。我预感到自己在村里再难留下去了。

秀才哥一直在忙着厂里的事，已几天没回家了。晚上进屋见我哭得哗哗的，安慰说：别哭别哭，太阳升起牛抬头，面包会有的，粮食也会有的（苏联电影《列宁在1918年》的台词）……一切都会好起来的……

旧日记之三

1992年8月21日。天晴。炎热。

潘老夫人的肾脏日渐衰竭，药物已不起任何作用。我拉着她那只枯柴般的手陪伴在她的床头。她问我对杰克的印象如何？我不想再隐瞒她，说了自己与油嘴佬的故事。

她唏嘘了一阵，说都快十四年了，你都没能放下他吗？

我说：是的，虽然他离我已经越来越遥远，但我还是没能放下他……

她长叹一口气说：女人都这样优柔寡断有情有义……是什么使你割舍不了这段感情呢？我说我都已经梳理过了一遍，因为骄傲……他从不认输……她望着我不解地讷讷道：骄傲不是男人应有的美德哩，难道他对我宝贝的干孙女儿也这样吗？在婚姻中男人的骄傲……可折磨人……别看你干阿爷如今百事小心翼翼，年轻时也特别傲气，与我结婚好久了，还喊我爹为潘副师长……我说是的，这是因为他是农民的儿，其实心里极度自卑……我俩都这般，谁都不愿低头向对方认输给个道歉……

8月22日。天晴。还是炎热。

我把房间空调关了，屋内立即弥漫起夏日咸津津的潮热。别墅离海近，总闻到一股浓浓的海腥味。我热得浑身汗津津的，潘老夫人却手脚冰冷脸色苍白。从昨天到今天，只要她神志还清爽，就耐心地聆听着我与油嘴佬的故事……

这忽儿她问：你说到哪儿了？他从×省化工学院毕业后回沿海找你……我说是的，他穿着白西服，脚上是亨霸的运动鞋，架起二郎腿坐在摊位上看我收货验货发货地忙碌……

他没向你打招呼吗？我说是的，要不我咋说他骄傲呢？于他来说得到的东西就是他的，因为我是他穿过丢下的旧衣裳嘛，他想重新穿回去就不需要主动打招呼。潘老夫人呀呀地唏嘘着，说这就是他的不对了，咋好不向我的宝贝孙女儿打招呼呢？在香港碰上这样的事，都是先生向夫人致歉的。我说是呀，但那是在沿海……我下面打工的那些小姐妹们没骨气，争着为他端椅子泡茶，姐夫姐夫地当大爷伺候着。也真是，我多贱呀？离村三年多他都没给我只字片言，他一来我就让他神气活现地端架子享受姐夫的待遇……

我把他领到出租屋内，进门没说上一句话，就急不可耐地抱住我要亲热（把我当牲口呗）。我理所应当地挣脱开了，询问他咋忽然想起找我来了？他说他老早就想与我亲热了，只是没拿到文凭怕我取笑他……说着他把盖有校长印章与学校钢印的毕业证书给我看，盛气凌人地说：六年前你爹你叔把我弄成强奸犯，使我失去了高考机会，如今这面子总算摘回来了；我可是村里的第一个大学生哪！我把我获得的电大汉语言文学的文凭交给他看，冷笑道：看你抖的，这算是出人头地出类拔萃吗？记得你离村时可向我信誓旦旦地保证过：不人五人六、人前马后地混出个人样来，就不回来见我了……接着我问他打算干啥呢？他说按他与秃头郑陆约定，回马山为他打工。我取笑他说：这就是你说过的人样了？他点头说：可是我想你……就回来看你……我心里多少有些温暖，以前总是我在想他，现在他也会想我了……但我还是板起脸孔说：男子汉大丈夫一言九鼎；你吃过的话可以变成屎撒了，我可都还在心上兜着哩！还是一句老话，你想把穿过的旧衣裳重新穿回去，就得有头有脸地来见我……人靠衣妆马靠鞍呀！他惊异地看了看我，啥也没说扭头就走了，从此就没在我面前出现过。他走后，不争气的我大哭一场；我不是为他哭，是为自己的硬心肠而哭；我应该不是这样的人呀，在与他分离的三年中，我可是还在日日夜夜时时刻刻分分秒秒地想着他，把自己当作他身上的一部分，设想着重新见面的时刻，没想到就这般在简陋的出租屋里重见，没说上几句话他就走了。但哭过后我又有一种莫名其妙的兴奋，心头升腾起一种新的期盼；以前总是月亮围绕着太阳转，现在我要让太阳围绕着月亮转哩！

潘老夫人笑了起来：有意思？太阳围绕着月亮转……

对……我说：女人要让男人看得起，自身必须强大起来……

8月27日。傍晚六时。

今天清晨潘老夫人走了，她走得很安详没有痛苦，脸上甚至有幸福的微笑。

在将近三个月时间内，我一直陪伴在潘老夫人的身边，我俩谈着各自的人生与爱情。我谈我的油嘴佬，她谈她的冯老先生。由此我发现年轻时的冯老先生，与油嘴佬有着诸多相似之处。这家族的人包括冯团长，都有一个显著的特点，倔！不是一般的倔，而是一种特殊的倔。也许是基因使然，他们做的许多事都不合常理。拿冯老先生来说吧，无论过去打仗还是后来做生意，都一条道走到黑地不回头，就是失败也在所不惜；这种性格的好处是有恒心与韧劲，容易把事情干得完整，干成了五彩缤纷，光环耀人，干不成嘛，失败了也壮怀激烈，流芳千古。所以潘老夫人嘱咐我，投资沿海潘氏这么大的盘子，要替冯老先生把关。她说他也老了心有余而力不足精力不济，希望我当作她俩留下的一份遗产帮助经营好，也算是他与她为故土热地做出的一番贡献。说起家庭婚姻之事，潘老夫人说我对男人逼一逼的做法是对的，她说男人在为事业的奔波中，有时候头脑是糊涂的，允许犯错误与改正错误。只要这男人想做些正事就是好男人。她说：就说你干阿爷吧？我不去查他计较他，一查就会查出毛病来。他都七十多岁的人了，外面还养着两个情人，有个十一二岁的阿囡哩。我问潘老夫人生不生气？她摇头说不生气，他年轻时风流成性爱谁逮谁，公司女员工都有排队向我告状的。我一不干涉二不过问，就盼他年纪老了自己会改。他老了也没改多少嘛，我也没了心劲计较了，和风细雨地规劝他注意身体，不要走在我的前头。他走我的前头我会觉得更无趣，他有糖尿病高血压多种疾病，心脏还搭过桥哩。男人都这样，年轻时馋嘴猫似的贪恋姿色，越有能力越贪不考虑身体后果，老了干事业就力不从心了。像他这样，心里还想做许多事，身体已经跟不上了，这样心里会觉得很痛苦……他也可怜哪，这辈子算是我拖累了他，我是残疾嘛！我问她：如果您老人家不是残疾，会管他吗？她摇摇头说也不会……你们这代人还能思考太阳围绕着月亮转，我们那代人嘛，全都是月亮围绕着太阳转的……即使他是阴太阳、毒太阳，也得围着转……

不知咋的，她说的那些话使我想起我的阿奶来。我每次与阿奶说起油嘴佬的事，她也是这般告诫我的。

潘老夫人咽气前，还拉着我的手说：你讲过你的故事后，我知你不会顺着你干阿爷的意思嫁给杰克了……杰克也是一个好男人，但他不会比你说的那个油嘴佬有趣……阿奶是见不到你那一天了，希望那个叫油嘴佬的男人，总有一天能围着你这皎洁的月亮转……我流泪记下这话，希望借此吉言应验。

旧日记之四

1994 年 3 月 12 日深夜。阴有雨。

我回到卧室已近午夜，反正睡不着了就把今日的感受记录下来。

杰克希望我在他设计并欣赏的古堡里留下来。我因与他竞猜卡拉 OK 的曲子输了，多喝了几杯葡萄酒，就有些飘飘然地答应了他。与他在一起其实是一件很有意思的事，杰克来沿海工作快五年了，没完成香港潘氏与冯老先生的希冀与额定工作指标，把上上下下的关系却处理得不错，大家对他都还满意。都五十出头了还打着单身。但他兴趣广泛，摄影、打高尔夫（沿海没球场，开车去港城）、唱卡拉 OK，还搞自驾游每年出国两次沐浴海风，把业余时间充填得满满的⋯⋯

这儿原是郊区生产队的仓库，以前是祠堂，足有三百多平方米。杰克比我先到沿海工作，他报到后就到处找房子，最后相中这仓库租赁下来，当初才二千四百元一年，后来增加到三千元，除了房子，还有一个很大的院子。这在沿海城关郊区，已是很便宜的价格了。如果在香港，就是九龙那边的郊区起码也得三十万元港币。潘老夫人谢世后我到沿海留下来，这才对杰克有了正面接触。他是个享乐型的男人，在香港时就很会玩，特喜欢搞派对跳舞；我跳舞还是他给教会的。冯老先生为扩大与周秘书联盟控制股权，几次撺掇我与他交朋友，最后因潘老夫人的反对未果。杰克租下此屋后以他的理念进行全面装修，把主楼屋顶给掀翻了，装上全覆盖的防水玻璃。这样阳光就可以肆无忌惮地照射进来，他在里面培植花草，与屋外青藤环绕的草坪相连接，把卧室起居室客厅餐厅整合成一体。人置其中，不像住宅倒像一个绮丽的天然大舞厅。

我俩很快事毕，我毫无激情地躺在他的怀里。这是我俩的第一次，他以前也约过我都被拒绝了。他开始惊讶继而赞叹，说在这世人皆无方向的年代，还能有如此守身如玉的女子？经过刚才那一番折腾，他知道我不是处女⋯⋯可是，这对他来说真有很大关系吗？好吗？他温情脉脉地问。一般般⋯⋯我有些疲惫地说。他支起身子呷了一口可乐，随即又把瓶子递给我说：玛丽小姐，我觉得你除了工作，应该享受生活。我也学着他的模样喝了一口，这时我听见莫扎特柔和的小提琴协奏曲还在屋内轻柔地回响着，刚才做事时我忘记了它的存在。我感觉到自己的酒劲过去了，又回到了生活现实中。沿海潘氏在冯老先生病重后，所有的合作项目全部停顿下来，陈俊董事长急得像没头苍蝇团团转，催着我与杰克回香港汇报情况；但杰克却像没事人一般无动于衷。现在他又躺下来，依偎着我轻轻地说：其实对年轻女人来说，禁欲是一桩很不好的事情，它会使你的生理器官发生变化……我愣愣地望着他，一时不知道该说些什么？

我清晰地想起来了，刚才我与他在办事时，心里却想着油嘴佬。我是个保守的女人，除油嘴佬外没染指过其他男人；但今晚却鬼使神差地感觉到特别兴奋。真活见鬼了？我在心里恨恨地骂着自己，心里却有一种想哭的感觉。杰克并不知道我在想些啥，继续发表他不知从什么书上看来的谬论，说科学实验证明，女性比男性更需要获得性爱……禁锢是一种制度的缺陷、思想的误区……我还是没吱声。不知咋的我仿佛看到了油嘴佬责备的目光，虽然我心里在倔强地抗争着，难道就准许州官放火，不许我百姓点灯吗？我又没卖身于你？这么多年了你一直没与我联系，难道得我倒贴上门求你吗？杰克仿佛来了兴趣，仍在滔滔不绝地发表他的谬论，讲着中外许多名人女子由于得不到性爱，最后像花朵一般枯萎的故事。我觉得他像是在勾引我，终于没忍住问：你为何要与我说这些？他笑了笑说：我查看到你的体检表了……我一惊，问什么什么？他仍然微笑着说：子宫肌瘤这东西，医学上是普通的生理疾病，其实是一种心理顽疾，与女性长期性压抑或性交过频内分泌失调相关……

我气急败坏满脸通红地从床上蹦起来：你在跟踪我？窥探我的隐私？杰克先生，我要控告你……别激动嘛……他拉住我的手摇头说：不是跟踪也不是窥探；对不起，玛丽小姐，我们都生活在一个无序而又陌生的时代里，这世界上不是每个男人女人都能相互关怀的……我俩碰到一处是上帝安排的机遇。你想哪，你也三十多岁了，单身流浪的生活还要坚持多久？上帝给了每个生命一样的时间与空间，女人的绽放就像彩虹划过长空一般短暂，需要有异性园丁辛勤地呵护……我这般说完全没有贬低或说不够尊重你的意思，恰恰相反我是站在同事的立场上关心着你的健康，希望你能理解与接受我的殷勤……

可是……可……我竟然不争气地哭泣了起来……他也从床上跳下来，蹲在我身旁抚住了我的肩膀道：我想，你所爱的那个人可能不会归来了，那么多年过去，他也应该有了自己的一份新生活；我想为了你的健康或者说精神生活，你应该重新考虑你的未来了……别把上帝恩赐给人类的每一缕阳光给白白浪费掉……

他这般说着，我的心里便有些感动；我眼前浮现出来的油嘴佬身影离去了，复像发情的小狗一般爬上床去又与他做了一次爱，但我还是明显地感受到他那种力不从心。我知他是为了恩赐才与我上床，虽然索然无味仍感激他的这份温情。这又不由使我想起当年油嘴佬那种彻头彻尾的粗暴，我感觉到自己有些累了，也有些头晕……事后他要留我在他的古堡里过夜，我就断然地谢绝了。不因为他，而为自己心理上的抗拒……

现我已握笔把这些记录在案，心头就有些隐隐地刺痛。可恶的油嘴佬，我的不贞是你冷漠的结晶，你把一个忠于你的女人，给逼到反叛传统的死角去了。

4月12日。晚九时。

连续阴雨，心情非常不好。

这段时期，我都回避与杰克接触。两人同在一个公司，抬头不见低头见，除了正常工作，我尽量不与他接触。杰克工作缺乏激情，就如做爱没有激情一样，这是我鄙夷他的主要原因。因为冯老先生告诉我：在这世界上做成每一件事，男人需要有一种激情。没激情的工作就若花儿开放时灿烂却没有香味。他说没有香味就没了花的品质……他几次与我说：世间没有现成的果子可以吃，做企业与做人一样，不仅为眼前的苟且与维持，还需要有一种敢打敢冲敢于冒险的激情。为沿海潘氏的合作成功，你必须把杰克的激情给调动起来，有能力带领员工创造财富；否则迟早得垮台。

在杰克的事上我一直询问自己，经过与油嘴佬十几年的分离，我的爱情究竟该安放何处？杰克无疑是在追求我，不仅因为香港潘氏的股份，冯老先生与周秘书一直在做着全额控股的努力。也正因为此他俩把杰克从总部销售公司调离出来，控制沿海潘氏的产业，而且潘老夫人过世后又把我调来加强这儿的工作。我理解两位老人家的苦心，他俩是想把沿海潘氏搞好，钱扔出来容易，收回去就难了；而且两位投资沿海潘氏，是想凭最后的能力为潘老先生的故乡做出贡献，包括冯老先生与憨叔那份亲情。可是我并不了解杰克，认识那么长时间了一直对他没有感觉。他是那种可以把自己包藏得很深的男人，表面看来很潇洒，该吃就吃该玩就玩，可谁都不知道他内心究竟在想些啥？这样的男人应该是成熟的，但他这份成熟使人望而生畏显得可怕；没有一个女人敢与自己并不了解的男人，共同生活一辈子。出来混了十来年，尤其经历过油嘴佬、四眼哥秀才哥与冯老先生潘老夫人和社会上许多事，我虽然没学到啥，但有一桩事却想清楚了：每个人都是个体的，活好活坏是自个儿的事与别人无关。即使最亲近的人如父女、夫妻，你活的是你自己而不是他；他为你存在而不是你为他存在。他需要你，你就是一块宝，不需要你就是一根草！没有可以调和的余地……

我回避与杰克交流，就因为我还没有想清楚。

4月30日。深夜十二时。

很不争气，我又从杰克的古堡返回单人宿舍。

我俩在音乐声中做了爱，但感觉比第一次更差。这不是他的原因，他第一次就羸弱，不是他不尽心或说他是在应付；这种优越环境成长的男人，就如肥沃土壤里长出来的稗子，存在着先天种子的缺陷。原因是我自己在与他缠绵时，心里不争气地想着油嘴佬。我不知他为何总是阴魂不散，每当我稍有非分之遐想与现实苟且时就跑来打搅我的好梦？难道我这辈子就注定只能有你这般一个男人？我不知杰克感觉到我的情绪变化没有，反正我是立即偃旗息鼓兴致全无。没一个女人能在情思不集中时感受到性爱的快乐，何况杰克向有自恋情结是个骄傲的男人，这段时期我没理他，他也就不睬我；把性的给予当作恩赐，像皇帝老儿对妃子一般普洒甘霖……

为了考验他的真诚，事毕，我提出这个月没来月事（大姨妈呀），要他抽空陪去医院检查的要求，他当即神色慌张吓得不轻。我知杰克是讲究现世享乐的丁克男人。便问：怎么你不高兴……你可以做爸爸了呀……他摇了摇头嗫嚅道：不可能……我们不是采……采取了措施……我微笑着说：不是因为你的原因滑出来了吗？他嗫嗫地响着顿时脸色沮丧地说：如、如果意外，这孩子也不能留……我问为何？他说你记得上次我俩喝了XO葡萄酒吗？我问酒咋啦？他说酒是好酒，都在周家窖存十几年了……只是……我为提高你的兴趣，在里面放进高含量的催情素……如果在这环境怀孕的话，孩子会发育不健康……

真逗！为了获得或说继承香港潘氏的资产，为了遵循冯老先生与周秘书的意志获得我欢心，他居然……我赤身裸体地跳将起来，望着他淫荡地大笑，前俯后仰，连眼泪都笑了出来。这是我出道后对男人唯一的大获全胜，男人都禁不住逗弄，一逗马脚就露出来了。由于潘老夫人给我银行支票股本金的力量，我由一头山村母牛上升到可与贵妇炫美的高度；身价百倍哪……但我的心头充满悲哀，是啊，他不是爱我……是为香港潘氏的那份股份逗我开心哪？天地之间，何人真能知我？生为女性，又有何人真的爱我？这是我这般出身卑微而又爱作、不甘寂寞女子心头的一份悲哀……

我把眼泪写进日记里，心里不断地责骂着油嘴佬；我把自己的不贞洁全归罪于他。千刀万剐的油嘴佬，你不带着我一起飞翔，害我终于迷失自己；我真想把你肢解掉，喝你的血吃你的肉……

戚长庚（三）：这儿的黎明静悄悄

1

我与于燕处理完伊盟煤矿的事务，委托专人管理办移交手续。企业不大，当然也是五脏俱全；但这只是临时的，具体资产处置要待我去沿海后视情再定。我去前线打仗，须先保障后方稳定嘛！接着，我俩就开着宝马车上路，行程二千多公里疾速赶回沿海。这条路在当时并不好走，沿途只部分开通高速，大都是国道线，许多地方都在修路；要在济南与南京各住一晚上，方可转省城的329国道直达沿海。于燕曾建议乘飞机走，这般速度会快一些。她说你不是着急吗？开车过去得三天？我说再急也不急在三天，离玛丽与杰克的婚礼还有两个月哩，笃定泰山来得及……事实是于燕倒巴望我迟些走，不仅是内蒙古方面有事要处理，而且小女子心思缜密鬼精得很！希冀杰克与玛丽木已成舟既成事实，把我弄成第三者插足才高兴（狗娘养的，现在我倒变成第三者？前夫还差不多）。这般她就可以名正言顺心安理得地与我在伊盟过太平日子了。在海拉尔回程路上，我问过她人生理想为何？她告诉我是开发貂子屯埋在雪原下老毛子勘探过的乌金。我知此刻她心里一定在骂：狗屁的玛丽弄出个遗产风波来，活脱脱地毁了我的好事儿？

在我当时的认识里，她与玛丽之间存在的矛盾，是一场能让男人心情舒畅自我感觉飙升女人间的战斗。每当我看到她那嘟起嘴巴、眨着那双湛蓝多毛的眼睛与我怄气时，心头就充盈起一种由衷的自豪感；倒像我不是被玛丽的抛弃者，而是两个有品位的女性猎艳的宠物；这使我男性的自尊心获得极大的满足。可惜的是这份自尊没保持多久，当后来我明白个中缘由气得差点吐血时，已然木已成舟请君入瓮了。别说，这世界上男人可以获取战胜全部，仍很难逃脱女人编织的罗网，问题在于你永远不明白她们心里在想些啥?

　　途中我与于燕说笑着解闷儿（我执意开车回村，不仅是为炫耀自己在北地荒原混得不错衣锦还乡，而且还为享受我所珍惜的小妮子调情过程）。我开始与她说当年负气离村出走的故事。她说：你寡情呵，都扯上结婚证了还舍弃离开她? 我知她会这般问，她表面上护着玛丽，其实是为自己说话。相处那么久，这点小心思我还猜不透吗? 但我装着不懂，与她大谈特谈家乡十五岔村的前世今生，与我曾经经历过的那种牛的生活。我说那时大家都浑浑噩噩地过日子，不知道活着意义何在? 谁拥有话语权谁就有尊严是阿大。老爹与我想着抬头，就为村民们能过上城里人一样吃喝不愁衣食无忧的日子……

　　她也与我讲貂子屯发生的事。说很少有外人去那儿，她娘都把我当成新女婿。在她跟我离开时说：女儿呀，娘没能力使你像雄鹰一般蓝天飞翔，像骏马一般在草原上驰骋；你看中的男人是你这辈子的依靠，不管他以后对你好不好，你都要像真命天子一般地侍候他。她说：这话原本我不想告诉你；你不是追问我爹吗? 其实我是有爹的。你猜得没错，我爹就是色目人。他从没在这儿居住过。我这样说你就知道我是私生女……那时我外公年轻，曾为俄罗斯的地质勘探队带过路……貂子屯原先不叫貂子屯，那时也只有驿站没花子集，跑着朝廷的信差与驼队。周围散住着上百户牧民，其中一对年轻夫妇在这儿放牧着牛与羊群。有年寒冬暴风雪肆虐很久，女人让男人把家里仅存的一头牛，赶到驿站市集去换粮食。回家路上他遇见一个贩运貂子皮的色目商人，遇上暴风雪迷路蜷缩在雪地上等死，男人就把他背回家来……于燕说：从此这屯儿就家家户户养起紫貂来，改名叫作貂子屯。这男人就是我外公，外婆亡故大舅跟上抗日队伍走了，他又收留了我的娘，我娘是在抗战胜利后留下的日本孤儿。再后来解放了，驿道上就没了商队，也没有人再养紫貂，大家还放牧着牛群与羊群，屯子的人慢慢地多了起来，驿站也形成了花子集……

　　我问：你还没说到你的爹哩? 她瞪起那双蔚蓝色的眼睛道：我说过外公朝思暮想地要开采地底下的那些乌金，那地儿日本人的地质勘探队找他带过路，解放后老毛子的地质队也找他带路，都说找到了大煤矿……后来就真来了苏联老大哥的许多专家，在貂子屯安营扎寨准备开采矿源……队里就有我爹嘛；但他们在我出生前早撤走了，那位"老大哥"是偷偷越境跑回来的，在屯子里住了一阵子，政府发觉后又把他遣送回去了……我问：遣送回去没再回来？她说傻瓜，没再回来咋会有我呢？何况他也丢不下这儿的大煤矿。她说后来他由海拉尔政府签下合作开发协议后，作为技术人才回来的……

于燕开始问我与玛丽的故事：听说你大专毕业后去找过她？当时你俩是个什么情况？

是呀，我去找过她……我陷入沉思凄然地说：爱情就如花朵开放需要双方维护，可惜当初我俩年轻又都憋着一口气，不懂得爱的真谛。现在想来我找她目的其实不是为了爱，而是向她炫耀为满足自己可怜的自尊心。那时她已在城郊针织市场沧海一笑经营部当经理，我见她混得不错结结巴巴地提出要与她圆房，可她竟连身子也不让我碰。奚落我说：你现在想起来找我了，早干啥去了呀？你不是胸有大志想凯旋而归名正言顺地娶我为妻吗？那就做出个样子给我看看呀？我四姐夫做木材生意都成为企业家了，阿香嫁人，她老公还为她在城里买了房子；阿调的老公都为她办成了居民户口，家里还置上洗衣机与电视机。四姐是我姐，阿香、阿调都是中学同学与朋友，她们有的我为何不能有？可是这些你有吗？这岂不是明摆着说我是个屠头孬种没能耐吗？而且这时我的心态已发生变化，深知独力创业的不易，离村时那一番雄心壮志已减去大半；世间人比人气煞人。每个人起点与平台不同，成就自然也就不同。为此我问她：是我喜欢你重要？还是物质更重要？她说都重要……没物质基础哪来精神的自由？如果没六年前那一回事……我早凭自己的能力闯出一块天地来……说着她把获得的电大文凭给我看。她这是在向我炫耀了……一边揭着我疮疤一边向我炫耀……罢、罢、罢，这世上物以类聚，人以群分；你就是天上的七仙女，我这红脚梗董永也不再侍候了？于是我啥也没解释离开她回马山了。如果，我说是如果，这时她追上来留住我，我可能就会觍着脸向她道歉了，因为我在心底里还是爱她的，我所出示的种种表象不是我真想离开她，而是出自我作为男人的自尊心。而她没有，她没有追出来接受我的道歉，当然，我也没再回头……

她问：这次后就没与她联系吗？我摇了摇头：联系过，只是她不愿意理我……现在想来，我俩走到今天这一步，是因为两人的自尊心都强，不会也不懂得主动道歉；接下来，就发生了你所知道的小苗苗那桩事……

我说这些往事时，于燕把车速放慢到八十迈，眼睛里闪烁着依稀的泪光。我坐在副驾驶位置上问：你在想些什么？她许久没回应，后来没头没脑地说了一句：我在想啥哪？我想我跟你返乡是不是一个错误？此话咋说？我侧头观察她，见她一脸严肃不像是在开玩笑？心里便有些不落忍。是呀，我为啥要把一个心灵还尚纯洁、对理想前途充满热切向往的女孩儿，拖入这一团乱麻的情感迷潭呢？在经历过这十几年的世事沧桑后，我已经开始明白，阿拉伯童话里阿里巴巴芝麻开门不是那么好开的？我正试图着安慰她，她却忽然叹了口气道：你们男人总以自己的胸怀去揣度女人，可你有没有想过玛丽对你的感受吗？只有爱得彻底爱得无私爱得纯粹的女人，才会做出如此牺牲；如果是我……还做不到这样……

她阿娘大脚，原来还是一个同盟军？但我却为她这话感动……

到沿海已近半夜了，从省城出来的国道线在修路。江南靠海段地基没北方平原黄土地坚实，这些年经济繁荣车辆成倍地增加，公路老是维修造成堵车，而且一堵就是几个小时。这种状况待几年后高速公路如星罗棋布般开通才有所缓解。说起来也是我运气不好，这日刚好遇上周末，下班回家出城度假的私家车多，特别容易出事故。我俩出省城没多久，前方一辆私家车（听说也是一男一女，女的开车男人把手伸进她裤裆里）撞到栏杆上，报110来了许多交警，清障车拖撞坏的车辆，这一耽搁就是三个多小时；车辆排了三四公里的长队，司机都走出驾驶室抽烟撒尿喝水聊大天了……

吧台登记时我主动要了两间房，于燕那对蓝眼珠滴溜溜地转着点头没说话。当晚各自歇过次晨吃自助餐，我俩不约而同地端着餐盘来到靠窗位置。她问我今天干啥？我说不干啥？我睡大觉你有精力去转转……县城比四年前扩大了一倍，有1、2、5三路的公交车……她问咋没3、4路呢？我诡诈地笑起来，说这就是南方嘛，你可以认真地想一想呀？她想了一会儿也不知想出来没有？又问我有啥好玩的地方吗？我说：有呀，这儿的特色就是围海造田，土地不够就向大海要，一条塘一条塘地围出去，留有许多海塘的遗址。当年明朝开国皇帝派大将汤和建的所城与戚继光抗倭练兵的校场山都在城里……如果你想跑得远一些，可搭长途车去看看秦始皇派遣方士徐福，带三千童男女寻找长生不老药的出海渡口……她说我到这儿可不是来玩的。我说是呀，生意人每到一个地方须熟悉环境，权当是工作你也该走一走呀。

她走后，我躲房间里先向秀才哥通电话。他换肝后有排异感，总觉得身上怪怪的全身浮肿，以为要死了，放共同创业的莲子姐一条生路离了婚；又把考上中国政法大学法律系的雯雯，托付给堂妹玛丽的四姐联络照料，自己跟我老爹上了驼头山休养研究佛学。这点我真服他，夫妻本是同林鸟，大难来时各自飞。何况两人结合原本就为各自利益，何必捆绑在一处沉没？现在几年过去，他的亲爹没了，干爹与干娘也老得爬不动陀头山了；可狗娘养的还挺抖把电话安在山上，身静心不静地隔空指挥，与四眼哥、我爹、小白脸陈俊与堂妹玛丽保持着联系……

我打通他的电话，他保持短暂沉默问我现在在哪里？我说已在沿海酒店住下，问要不要过去看他？他说暂时不要吧？我已茹素念佛不问世间繁华……我在心里笑起来：屁话，佛的能耐只能给不能得道成仙的平民阶层，获得往生后去西天极乐世界的空头支票，能使一个习惯江湖喧哗的现世汉子去邪归正金盆洗手吗？世间之人无论强弱，心头都藏有欲望的恶魔；一旦心境开启阿里巴巴藏宝之门打开，这四十大盗的恶魔就会活撞活颠地跑出来，除了死神谁都无法阻止。但我还是轻描淡写地说：记得五年前你为化纤总厂原料之事找我，现在又通报玛丽婚事于我，亲不亲，乡与邻，难道我真去邪归正回来了，你这教师爷就没话要与我说吗？他又停顿了一会儿（我知他在判断真伪，因为他说过一切待你回到沿海再说），问：你是为玛丽来的吗？我说不，我需要知道沿海潘氏的真相……因为我们是农民，天下红脚梗是一家人……他突然像打过鸡血一般声音洪亮振作起来：兄弟，你知这陀头山为何又叫吼山吗？见我没回答（还真不知道），他说自古山通人心，不平则鸣。当年鸿年老师先人梨洲先生兵败退此山，清兵尾随追至绝杀；天怒山吼，群山回应才逃过此劫；后梨洲先生百病缠身，靠每日吼山吐纳真气，才留下教后人藏富于民的绝学《梨洲文集》……

我知这才是他要我回归见他的原因，问：你也在吼山吗？他说是的，兄弟，我也在吼山，好死不如赖活着，为活命把积累于脏腑的腌臜之气吼出来……是吗？我说：秀才哥，我们都得好死不如赖活着……我爹我娘、你干爹干娘还有智佬鸿年老师麻皮阿梁和全村的红脚梗们……在太阳升起雾霾散去时好好活下去，活出我们农民的气势来……他讷讷自语道：兄弟，没错……是时候了……

2

打过这电话后我放心地睡了一大觉（路途累嘛）。我猜测得没错，通过十几年与老爹合作、心犀相通的秀才哥，终于给了我一个明确的信号，那就是我们该齐心协力地打开阿里巴巴的财富之门。这才是我下决心回归沿海的主要目的，而不仅仅为玛丽与杰克。我与她包括杰克，只是十五爷村民利益一盘大棋上的一颗棋子；而棋手却是我老爹。秀才哥这般说，我就明白老爹决定动用我这颗闲置已久的棋子了。

晚间我叩开于燕的房间，她正在冲热水澡哩，用毛巾裹住湿漉漉的身子赤脚为我开了门。我责备说咋又洗？她说不洗干吗？免费的……是呀，在伊盟公司里没这待遇；员工成年在地底下劳作，上井虽说可洗热水澡（煤是现成的，反正自己挖，多一钻子少一钻子的事），但是浑堂。啥叫浑堂？就是公共澡堂子嘛；像于燕这般的小白领不屑去洗，公司其他坐办公室的女性也很少会去洗，要洗澡就在家里自己烧热水；怕传染脏病。煤瞎子们大多野，从我这儿领钱出去，就花到不远处像沿塘螺蛳一般、满市集都是叫作洗头房的藏污纳秽处了。那里面的姑娘都是一块块田，由这些笨牛们付出精子与银子浇灌出妖红的罂粟花来……为此于燕常批评我这当老板的抠，不抠能行吗？我赚的就是来自各地红脚梗的剩余价值。

我在这日下午单独去乡镇企业局找笨羊姐夫。这些年我虽与姐保持着联系，却也尿不到一个壶里；十几年内我与爹娘通信，就靠她两头传话维持着思念，见面她就会把我骂得狗血喷头。身为男儿，我有我的自尊；但与笨羊姐夫，我俩却有着男人间的共同话题。姐夫从政后已从小办事员提拔至科级副局长，对时局却有着比四眼哥更为敏锐清晰的判断，能够宠辱不惊安守本分地坚守在他的岗位上。他是一个缺乏工作能力与热情的人，却有乐于助人与安于守贫的办事风格，在当地乡镇民营企业中口碑不错。四眼哥就是太顺利了，时时处处地想着他的政绩，虽然也大刀阔斧地帮助农民发家致富，但官当大了总归还留着自己的一份小九九；再说他快要升市长了，就更为了政府的利益不会站到我们这边说话。沿海潘氏是一块硬骨头，不是每条狗都可以咬动的，我要对老爹的农民利益集团负责，在见四眼哥前充分了解情况，不至于投钱进去如肉包子打狗有去无回。我回沿海前，特地为外甥女铃铛买了草原上暴风雪中联络用的真铃铛，还有蒙古袍子。当然也为四眼哥家的安安买了；这些小玩意儿她俩喜欢。其实铃铛只在伊盟与锡林郭勒使用，两地离现代都市包头与呼和浩特近。现在草原在退化，许多地方都沙漠化了。真正的大草原如呼伦贝尔、科尔沁是不用铃铛的，那儿风声大用铃铛联络毫无意义。用啥呢？于燕说是角哨呀。真远也就没了办法失联了嘛。姐夫这人日怪，他没去过草原却特别喜欢草原，原因是他看过《草原英雄小姐妹》；他在与我打电话时说希望来草原走一走，我也多次邀请他，但不知为啥却没成行。为此，他常抱怨自己每天坐办公室里把心眼给捂小了……

我向姐夫询问了有关沿海潘氏的情况，他交给我厚厚一叠企业生产与经营的报表，说：油嘴佬呀，不是你笨羊姐夫多嘴，这可能就是四眼与小白脸陈俊伙同玛丽为你设下的一个陷阱……我可以与你说实话，沿海潘氏至这个月，已拖欠工人六个月工资了，听说下岗员工已在组织请愿团去港城示威，要求解除与港方的协议。我问咋会闹到这种地步？他说其实这怪不得冯老先生，人家是真心诚意地来投资合作的，是市里领导这着棋没下好，知道合资企业待遇福利好，以为可以抱个大金娃娃了，七大姑八大姨地从机关转过去上百名行政人员；这些人转过去不仅是拿几万十几万年薪的事儿，把政府争权夺利的坏风气带过去，一下子就把企业给整垮了……我说老爹就没看出他们设陷阱吗？他摇头叹息道：难道你还不明白老爹上善若水的办厂理念吗？水利万物而不争是他做人办事的一贯风格呀。再说，有你的秀才哥与四眼哥在旁边鼓捣……

于燕边擦着脸上的水珠边问：出了啥情况吗？白天她乘长途车去徐福东渡的句章港，晚餐时告诉我说她看到海了。说大海真美，像一块抖动着的蓝色大丝绸……与草原完全不一样的美；美得几乎令人窒息……我双眼微眯地望着她，内心激情涌动。她本能地退缩着，警惕地问：你想干啥？我一下掀开她湿漉漉的浴巾，推她至床上野蛮地侵入属于她的领地，说我想干啥你还不知道，你现在还是属于我的。我这人有这嗜好，遇上好事儿与坏事儿都特别有激情。她没有反抗，嘴里干啥哩干啥哩地嚷嚷着，随着我有节奏地蠕动着身体……我俩很快地像两条发情的狗儿，相互闻着对方身体的味道变得异常兴奋……

我总是这般对待她，把她当作一件随时换穿的衣服，这是因为我感到受到玛丽的欺侮，是变态的一种性虐待；而她也总是迎合我，试图抹平我心灵的创伤。这就是她这样蒙古女人的好处了，在物欲横流女性意识觉醒的年代，男女情爱已经堕落为肉体的占有与被占有；我说不清楚自己到底是否爱她，她也同样说不清楚是不是爱我？我俩只是相互依存地做着扭曲地爱，得到身心交融短暂的融洽。她曾经说过：戚总呀，这般下去我俩会不会变成两条疯狗？我说你不会，我会，因为我自离家后早变成一条缺乏心智的疯狗了……

事毕，她问我：这下心里畅快了吗？我说你咋知我不畅快？她说我感觉出来了，你办事不愉快就把我当作玛丽发泄……我点头承认，眼里溢出两颗泪珠来。狗娘养的，这婊子还真设下了陷阱……

当真情与传统割裂，历史便会呈现出诸多无奈。玛丽与杰克结婚按说该是顺理成章的事，可在当初还传统的沿海市民中引起了轰动。一个乡下丫头，就因为认冯老先生做干阿爷，拉到几千万元港资嫁给港方执行总裁。无论如何都是市民们酒后饭余的谈资。玛丽到底是个怎样的女子？何德何才何贤何容？为何是她而不是别人？沿海已经出了个卞小枫，在别人还在梦想着当万元户时，她够神气的？由三闺密白手起家手摇纺车的作坊，一跳跳到大上海去成了百万元户千万元户，全国哪个城市的针织成衣窗口没沧海一笑的品牌……还打着卞小枫欢颜迷人、笑容可掬，比电影明星还明星的大照片……现在又多出了个玛丽（绞滋绞塌的洋名字），有认识她的人说：她可比卞小枫漂亮靓丽多了……

娘戏瘾——此种种流言好比有人在我头上撒了泡尿，花轿都抬到屋顶上，就等着王老虎抢亲开场了。老子不开着宝马回来当救火兵，这台面如何塌得起？现在我已弄明白：杰克离开的女人名叫夏洛蒂，是新加坡籍的混血儿。那时他俩都在伦敦剑桥读工商管理硕士，都住到一起有几年了。毕业时他爹周秘书（那时还是大律师）叫他回香港，说不回香港就不让他继承遗产。他动员她一起回来而她不愿意。那时她也是血气方刚（漂亮女人几乎都血气方刚），说我凭吗跟你回香港？你不能留在伦敦陪我吗？他说不上伦敦有啥不好，如果硬要回答，这不就是个世界雾都嘛，一年四季中有一半时间没太阳，雨茫茫雾蒙蒙，要穿雨鞋带雨具出门。他不喜欢雨天……又从小接受传统教育，心里愿意也不敢答应她。成何体统呢？中国传统历来讲夫唱妇随，可没说过妇唱夫随呀？为此彼此不肯退让闹翻了。西方社会提倡尊重女性，尤其在婚姻大事上大多由女孩说了算。

结果杰克离开伦敦凄凄切切独自回港。那年他才三十六岁呀，周秘书在政商文三界都有涉猎，多次为独子物色对象都让他给推掉。他从无向父母提过夏洛蒂的事，为此父子间关系闹得很僵……在那些孑然一身的日子里，杰克总是渴望回到她身边，回港后一直关注着她。而夏洛蒂也一直在等待着他的出现。他不结婚，她自然也不会结婚……两人在热恋中曾经山盟海誓：这辈子谁都不离开谁！

这是一件多么美好的事儿呀，就因为两人都有着可怕的自尊心谁都不愿让步，结果把青春岁月给耽搁了。最后夏洛蒂也实在等不住了，在她做生意的爹督促下，匆匆嫁给当地一个银行家。那年，他已经四十二岁。夏洛蒂也已三十有六。此后杰克就对女人失去兴趣，及至见到玛丽才又重新扬起生活的风帆……

这段天方夜谭式的故事，是笨羊姐夫提供的素材。他说是杂物贱那巴掌脸的邮政美人陈芳儿告诉他的。我怀疑内中情节构思，可能是哪个好事者由地摊文学搜集而来，有意弄得我这般的俗人血脉贲张寝食难安……接下来的故事与我的猜测大致接近。在次日晚我拜访四眼哥时，高晓敏理智地谈论评价杰克，说玛丽是为了捍卫沿海潘氏的控股权，才同意与杰克结婚的。我故弄玄虚地发表我的谬论说：在我眼里玛丽是个品行崇高对爱情真挚的女人，不会因为财富与她不爱的人结婚；如果连她都经不住诱惑，那么这世界上就没真正的爱情了。四眼哥并不明白我是反话正说，讥讽道：你抛家离村这许多年，难道还认为现实社会中女人都是圣母，孩子都是天使吗？告诉你，未来世界中以财富决定情感……我问他：按你的想法，我应该咋办呢？他望着我刻薄地笑了笑：如果你具有经济实力的话，从杰克手里把她夺回来……

我决定回村上陀头山面见秀才哥，主要是想摸清老爹的意图。人说游子还乡必见爹娘。听了那么多叽叽喳喳的声音，我还不知掌握企业命运、有着杀伐决断权的老爹究竟是啥意思呢？但在没弄清情况前我不愿直接面对他。现在的事儿比办厂初期那会儿复杂多了。这里面有两个概念，一个是沿海潘氏的控股权，另一个是玛丽与杰克的婚姻；两者互有联系都涉及我，而我却是要企业也要人；因为这涉及我们农民的面子。这世界上真正令我敬畏的人只有老爹，十几年过去一个没文化的红脚梗，能把村办企业折腾得如此生龙活虎，确实够不容易的。除了他，谁能到这份儿上？他就是我心目中敬仰的神！可惜直到如今，我俩都没尿到一个壶里。我在他心中就是一个不守祖宗规矩、欺祖违宗的浪子。昨晚四眼哥明确地告诉我：自冯老先生逝世后，沿海潘氏的情况变得错综复杂，一方面是香港潘氏董事局单方撕毁冯老先生签订的协议要求撤资，律师函已发到沿海市政府欲用法律形式对簿公堂。另一方面是企业停业发不出工资濒临崩溃，下岗员工已聚集至市政府机关大院静坐示威；为此中央大报记者站闻风而动，已对下岗员工进行采访欲全方位报道。如不进一步控制事态，不但厂方陈俊焦头烂额，连市政府都很难控制局面。

四眼哥说：这就是我连打三个电话让你回来参与决策的原因。玛丽与杰克联姻只是冰山一角，关键是沿海潘氏内部股份变革，和星星草公司能否接替港方成为企业的主人……他说完这话推了推眼镜，眼珠向于燕溜了一溜；我赶紧解释我俩的关系，说她是伊盟矿业公司的助理，负责处理我的私人业务，相当于政府的专职秘书或办公室主任……接着他夫妻就与我说玛丽与杰克之事。我问是不是她顶不住了让我回来救急？如果真想结婚还不就偷偷摸摸地结了，在此节骨眼上大张旗鼓地嚷嚷干啥？高晓敏叹了一口气道：真猜不透你们男人咋如此自信？你真以为玛丽是你穿过的衣裳就没人爱了？她有她选择的自由。我说我没阻止她的自由呀？四眼哥听这话就很气愤，说你是没阻止她的自由，但她到这份儿上就下不来呀？杰克手里握有他参周秘书的四百五十万元的股本金，是港方派遣执行经理呀！我问爹如何看这事儿？四眼哥说：他让她自个儿选择，说此事是你理亏，不会为股份的事影响她的前程……我听他这般说就岔开锋芒嬉笑道：老爹至今没认我这儿，不会不认人民币吧？四眼哥板下脸说：油嘴佬，你严肃些，我可没与你开玩笑？我正色道：我也没开玩笑，我知老爹是冯老先生的亲侄子……

3

车子开到天街镇就停下了，不是开不进去公路都修到岙口厂门口，是我不愿意过于招摇。于燕知我办事爱甩派头喜在人前炫耀，撇嘴说：这可不符合你的本性呀？我说还啥本性，都到家门口了。原本都是穷得篮底脱落的红脚梗坯子。在外面不甩派头人家不认你？那是人心险恶；回家还向自己的老爹显摆吗？她点头表示理解：原来你还知道有家有爹娘？我横了她一眼：没家没爹娘……我是从石板缝中蹦出来的？她扑哧一声笑了：那不成了孙悟空吗？嘿嘿，行者悟空……唱哪一出西游记呀？我也笑了，虽然离村后我没少交管理费（户口留村里，麻皮阿梁智佬也都交管理费），算是对得起老爹与村人了；但一辆坐骑上百万元，岂不是向老爹示威出屁股招打吗？小时候他就拿青柴梗捺我屁股，现在车间里重武器多的是，榔头扳手铁锹一旦惹翻他的牛性子，我就是保住屁股也保不住那辆宝马呀？其实那年头做个体户蛮惬意的，一人吃饱全家不饿；想多赚多做些，图身子舒服少赚些。脑袋一拍签协议，二十二条军规对掌柜的不起作用，没国有大集体企业那般要担肩胛，遇上问题讨论来讨论去地锯板，待有结论黄花菜也就凉了；可老爹乐意当众家牛我有啥办法？

现在我算是明白了，玛丽与杰克的婚事实质涉及企业资产重组，这就有些悬了。沿海潘氏的股份结构简单说就是一亿元人民币的盘子，中方土地设备人力资源占五千一百万元，港方注入现金四千九百万元（二千万元尚未到位）。狗娘养的，如果港方撤资，余额估计就不了了之。其中一千五百万元由冯老先生遗嘱载明由老爹继承掌管，另一千四百万元中五百万元属潘老夫人留给玛丽的遗产兑换，苛刻条件限制婚后。浪漫且古板的冯老先生大概怕她成为老姑娘？余下九百万元嘛，是周秘书与杰克共同的股份。这就表明如果玛丽与杰克结婚，此款为共有资产无法撤回。反之玛丽另择夫婿，老爹的一千五百万元能留下，余一千四百万元将悉数归还。也就是说，我要撑起场面把玛丽（狗屁假公主）夺回来，就得往里面填资。

钱是万恶之源，可恨吗？不，钱是好东西哪，至少于我这般的红脚梗这样认为。不为钱老爹与秀才办厂做甚？我流离失所亡命塞北，留在冰天雪地拉小便立马成冰锥的地方干吗？真为采撷五十六个民族五十六朵花，与于燕这般的小丫头玩浪漫弘扬汉民族文化精神吗？我他阿娘大脚发神经耍花痴吧？有钱可以办许多事情，可以有做人的尊严，像笑面弥勒兄弟这般势利眼，轻视我爹说我是强奸犯。没钱呀，像我这般没背景的人，就会在人间活得狗屁不如；那些在街头流浪的瘪三与乞丐，能像城里白脚梗那般衣食无忧地坐下读几本书？能让于燕这般貌美如花的混血妞死心塌地跟我玩吗？有钱人有了钱玩深沉了，嘴里骂它是臭钱，心里却还想着它，弘扬门面充实底气掩饰罪恶……

四眼哥曾意味深长地与我说过：在太阳升起云开雾散时，我们每个人都受时代潮流所挟裹，要钱不是坏事，不要钱不一定是好人；有钱不一定就是资本主义，没钱就建设不了社会主义。不愧是当领导的说话有水平，我那好人笨羊姐夫就到不了这种境界。挟裹这词用得多好，在这物欲横流世风日下的大背景下，我们每个人都没思考的余地被财富挟裹着往前走。在我眼里改革开放就是一场国家资源再分配、每个人置身其内的世纪争夺战。他阿娘大脚一千四百万元哪，加上老爹继承冯老先生遗产的一千五百万元，煤瞎子下井掘煤，十年二十年三十年都攒不够本儿！四眼哥和我算过这笔大账后，宽边玳瑁眼镜片后余光一闪一闪地笑道：这下你明白了吗？企业资产重组是天上掉下个林妹妹的好事儿。我说我当然明白，我是猪吗？猪还挑选细饲料吃哩。

上山的路陡，也窄，习惯以马代步的小丫头，没爬多久就小脸儿红扑扑的，张开那张红嘴白牙的小嘴累得喘不上气来。我说你咋这么没劲……还说在校读书时是短跑冠军哩？她把手伸给我由我扶着往上走，撒娇说还不都是你害的？是呀，这几日我心里不如意，每夜就如奶娃缠身般折腾她？吃不到的馍是香的，我残酷地把她当作了玛丽。我嘻嘻地笑起来：我不折腾你还能折腾谁呢？老婆都让假洋鬼子去折腾了，心里窝着一把火哩！她停住脚步，怔怔地望着我的脸问：实话告诉我，你喜欢她吗？我……一下子也怔住了，我到底是否喜欢她？不喜欢为何在十七年前豆蔻年华时就与她做下那事？喜欢？又为何十几年音讯不通，自顾自颠三倒四地在外奔波，连写信与她谈情说爱的机会都不给？不喜欢为何闻知她结婚的信息心乱如麻，好像生活突然失去阳光，千里迢迢千山万水地从塞北雪原赶回故乡？喜欢？又为何心里总是恨她，不，简直咬牙切齿，提到她好像身上就有一道枷锁，挣扎甚至感到窒息。不喜欢又为何隔心隔肺地把爱撒在另一个女人身上时，眼前总会浮起她的身影……

她阿娘大脚，我真还没有仔细考虑过这事儿。

没话说了吧？于燕委婉地笑了笑，挪开我拉她的手挣扎着往上走。我觉得，汉人在这事儿上没我蒙古人放得开。此话咋说？我有些惊诧小丫头咋一下把性爱话题扯到民族问题上。其实你们汉族男人都自私呀……把女人当作传宗接代与玩乐的工具，就像经历战争后攻下一座城堡，只想着城堡中的居民臣服，而不是使他们获得文明与幸福。这下我停住脚步呆呆地看着她，是什么时候起我们汉族男人把爱情给玩丢了呢？历朝历代，还是当下？于燕还在往前走，我说等一等呀，你说啥呢？她回头对我嫣然一笑道：其实在我们蒙古人眼里，男人喜欢女人是想给她幸福，而蒙古族女人却不仅仅满足这种单一狭窄的幸福，总渴望着像鹰一般在天空展翅，像骏马一般驰骋草原与男人一起奋斗。你们汉族的女人太懦怯了，不敢把爱大胆地喊出来……玛丽姐（这么快就视作同类）却是异数，她与一般汉族女人不同，要以自己的努力挣脱爱的桎梏……我点点头，赞她的话有一定的道理。她继续说道：她的毛病是因为在心理上太强大，就变成了你的鸡肋……你们汉族男人都有毛病，只喜欢女人小鸟依人，而不喜欢她鹰击长空。生命对每个男人只有一次，对每个女人同样只有一次……你以为我喜欢你才跟你来这儿吗？不对……那为啥？我明知故问。她怔怔地望我一会儿慢慢地说：我是想让自己的生命有更多的体验；世界太大而人生短暂，许多事错过就会抱憾终生。我娘说过女人要趁着年轻往前走，走一路采撷一路放下一路，采撷越多放弃也越多，路就会走得更远，因为前面必有更好的时光在等着你；可你不一样，得到的还没放下就想把失去的捡回来，这般贪心就会活得很累……

我心有所动地问：你是在说性呢还是人生？她想了一会儿说：都一样吧？对我来说性就是人生，人生也就是对性的体验；贫穷一无所有束缚了我的人生，也就由此使我想到走得更远；难道女人活着就只为男人活得好吗？我也想自己活得好哩。她用那双美丽纯净的蓝眼珠盯住我：你说呢？你只是考虑你的占有，而不是让你喜欢的女人活得更幸福……那样你自己也必然陷入痛苦之中……听了这话我若有所思。小妮子转了这一大圈，不就在说我是个自私的男人吗？是呀，我承认在过去那些年，做每件事儿都为自己的牛抬头着想，很少考虑别人也像我一般需要抬头；可是我也好像不太自私，因为我长期挂心挂肺地放不下老爹、玛丽与这方山水这个村庄的人；因为我在想自己抬头了才使他们共同抬头……

子不欺父贫，女不嫌母丑。乡情就如一道满满流淌情感的河，无论流向何方，将记住给了它第一滴水的那块土地那个地方……

　　秀才哥落魄了，比我想象得还要落魄；真对不起，他病后经历过那许多事，我因为没心没肺地忙工作没来探望过他。他穿着一件道不道僧不僧玄色的宽大棉袍，如书上描述那些在黑暗中怀抱理想的迷路者，一张越发黑瘦的脸与枯竹般的身子，如雕塑般地呆立在由乱石堆成没经粉饰的庵屋门口。这种境况很难把他与一家在业内闻名的民企创办人身份相联系，使我想起东汉时蜗居在本地客星山的名士严子陵。他与东汉开国皇帝刘秀是同学，刘秀登基后掳他进京当官视为知己夜眠一榻；可他第二天就溜走了，后来隐居在富春江畔垂钓……这故事我们这儿老老少少都熟悉；当年毛爷爷在动员柳亚子出仕时曾吟咏过：莫道昆明湖水浅，观鱼胜过富春江。看到我与于燕一前一后一胖（这几年我毫无理由地苗壮成长）一瘦地气喘吁吁地上山，黯然点头示意。我没想到他衰老得如此之快，那张皱纹密布的脸比几年前来草原时枯萎多了，脑袋变成了两头尖尖的橄榄核，只在顶尖被寒风吹起几根黑白相间的发梢，使人察觉到还是一个活人……

　　来了……他问。是来了，有三天了……我说。

　　他把我俩迎进木石相间还显宽敞的那间老庵屋里，内有书桌与一张堆满杂物的旧木床；光线有些暗（大概是我的眼睛还没适应吧），靠东墙有一石窗紧闭着，空气中流淌着药味与馊臭霉烂的气息。他在锅台点火的煤油炉上，拿下一把铜茶壶为我俩泡茶，茶杯置放在屋内唯一的书桌上；书桌挺大，是石质材料。我看清在书桌靠床那边，放着几本翻开的书与笔墨砚台，还有一副用卵石打磨过的围棋。他放下茶壶后说：我知道你会来……我没接他的茬儿，却核实一句久藏心底的话：太阳升起牛抬头……二十四年前是你让米沙说的吗？他说谁说的有区别吗？我说有，因为你肖牛？你干爹肖牛……你也许不知道，我老爹与我也肖牛，还有四眼哥、玛丽、二愣子和杂物贱……

　　是呀，太阳升起牛抬头……他干瘪的嘴唇颤动着，眉心缓缓地拧紧成一个疙瘩，后又慢慢地舒展开来，抬头望着门外满山萧瑟威严的冬色若有所思。我说也就从那时开始，这陀头山仿佛从天而降，由灵山变成为欲山，欲望之山呀，一步一步地走向世俗尘埃；这一转眼二十多年过去了，从那时开始，我们这些世俗的牛们恩怨角逐；为啃吃一口沾露水的鲜草，变成强食弱肉角斗的战场。他深深地叹口气道：油嘴佬呀，谢谢你在外闯荡多少年还记得这些；我与四眼当时意图只为大家鼓劲，其实牛抬头只是一种象征，不是指某个人某个村或者某个群体，应该代表天下所有农民……可是当时，我迫不及待地说：你干爹我爹包括你与我，都单一理解而不是整体！是的，他点头，我们借用传统的力量，目的是为启迪新的希望；那时我们不就穷得连希望都没有了吗？我说我与四眼哥都谈了，我们还可以复合在一起抬头，把我们想要的东西夺回来……

他缓缓点头说：我已经想到了……你能回来我就想到了。我说你在电话里告诉我闲着无聊抄写毛爷爷的四卷本与佛教《金刚经》，我想知道此两者有必然联系吗？他说有的，毛爷爷的四卷本那许多话只讲了一个理：农村包围城市。而《金刚经》那许多道理，也只重复了以善戒恶四字。我问是不是可以这样理解，现在让一部分人先富起来，最后还是要大家走共同富裕道路？他说正是此意。共同富裕是写进中国共产党党章的；这世界只有大多数人有路可走，这条路才能走得通……

他还想对我说些什么，我摆手说不必了，我知道如何办了；即使我这条牛立即要进屠宰场，我也必须涅槃办好这件事。麻烦你告诉我老爹，这次他的儿子是真的回来了……

他说：你不会自己与他沟通吗？我说：你与他说比我直接告诉他更好一些。男人做事不解释，我会以行动证明我回头的。

他问：你见过四眼了吗？我说见了，他表达了与你同样的意思，不过表述方式不同；他与你所站的位置不同，更多的是站在政府的角度。他点头道：油嘴佬，这些年我赋闲养身，还真考虑了一些事，这世间上有许多事，不想不知道，真想还吓一跳。星星草公司走到这一步，还真是瞎子点灯盲人摸象地走出自己的一条路来；眼前也真到了收获的季节了。我问：不会有其他的路了吗？不会！他双目炯炯地盯住我的脸：用四眼的话说，这叫城镇化……红脚梗只有把自己融入白脚梗队伍中，才能涅槃以成正果……

4

火塘内的番薯与芋芴已烤熟，秀才哥把它们取出来热腾腾地堆放在石桌上，说爬了半日的山，饿了吧？随便吃两口……我这儿也没啥好招待的，不像当年我去草原时你用杀跑羊招待我。我望了望于燕抓过一个煨番薯便吃。这是山里人大半年的主食，当年娘总是挖空心思变着花样让我们吃好吃饱。番薯与芋艿虽是杂粮，吃的名堂却很多；煮粥煮饭就咸菜吃，煮熟晒干当零食吃，像秀才哥这般的做法是正餐，也可以是点心，是我最喜欢吃的一种形式。每逢过年过节，我与杏儿姐还有衰佬，都围在火塘边煨番薯与芋艿吃；煨熟的番薯与芋艿外焦内绵，香味扑鼻，咬一口满嘴生津，沁人心肺。这些年在外面晃荡做得辛苦，好菜好饭也算是吃过不少，每每酒足饭饱总是感到意犹未尽，开始不明白为啥？后来才知儿行千里不忘娘，是思念娘烧的饭食了。现在我咬上一口煨番薯，又闻到烤芋艿的焦香，口舌鼻孔的感觉全上来了，心里却觉得酸酸的，有苦涩的泪腺如泉水般地在心坎上涓涓流淌……

于燕也学着我的模样儿，小指头跷着用食指与中指剥开皮，小心翼翼地低头不碰到嘴唇，伸出长长的舌尖一口口地舔着。她化了妆涂了唇膏，生怕弄掉了口红。做女人的就这点不自由嘛，每时每刻都需要顾及一张脸取悦异性，失去了品尝许多好东西贪婪的机会……

好吃吗？秀才哥问。好吃……我说。秀才说：好吃你就多吃一些，你下回来可能就吃不到了。为何？我愣愣地望着他问。他叹了口气说也不为何，村里试点安装煤气罐……我哥三脚猫说到把煤气瓶扛山上来。我现在不是废了吗？连砍柴都由他上山照应。村里以后很少再有人家使用火塘了……

是呀，于燕说，呼市与包头也在装煤气管道，这儿是沿海开放地区嘛！

我俩下山时天已快黑了。冬天的太阳走得早，其实还不到傍晚五点。途经上戚家时，于燕询问我是否回家看看娘？我说是很想见娘，但今天不能回；反正我已回来，不在乎这几天。其实在陀头庵吃煨番薯与烤芋艿时，那种久藏于胸的思乡之情，早如厚积薄发的洪水在心头泛滥不可遏止。自砸厂事件后老爹被人绑架、娘遭受刺激重创后，我心里就一直思念着两位老人家；但我这时还不能返家，这不是我怕老爹还用青柴棍把我赶出去，自见秀才哥进行深层次交谈后，我已明确了老爹的思路。他是执意要入主沿海潘氏的，不仅因为冯老先生留给他多少遗产，这点并不能打动他；当年冯老先生要在村里掷钱搞东方化工园，不就斩钉截铁地说贫不卖山给拒绝了吗？他的心大着哩，想的还是上善若水和师出有名，水利万物而不争；尽量去帮助比他穷而没办法短期富起来的人。这在他的脑子中已经形成一种观念，只有这样使千千万万条牛抬头，他自己才得以抬头。这在理论上也许是悖论，这世间上就这些财富，别人占有了你就很难再占有；但在实际操作过程中恰恰相反，你越想让别人占有财富别人也越想回报你，别人抬头了你才能更好地抬起头来。拿他的话说是憨人有憨福，烂泥菩萨住瓦屋。老爹的处世哲学恰恰与我相反，我是表面咋咋呼呼地强大，却内心虚弱荒芜色厉内荏；而他是表面木讷看若愚笨，心理却出奇地强大。我知老爹这时还在厂里，二愣子告诉我说他就是工作狂嘛！娘是一定在家的，她的病一直没有痊愈；我怕回家控制不住感情，见不得被疾病缠身的娘哭哭啼啼地缠住抽不得身；而且娘病着爹晚上一定回家住，我没心理准备又如何面对他。

于燕见我犹豫，讽刺说：你还真把自己当成大禹治水三过家门而不入？我说大禹是圣人，我咋能比？我只是想把秀才哥提供的情况琢磨得透彻一些，才好对症下药地与老爹谈。于燕说：根据面上掌握的情况，该是你父子联合出手的时候了……我默然摇头道：你不了解老爹，他可是没路要走出路来不嚼别人嚼过馍的憨佬……于燕没理解，说事情正朝有利方向发展，难道老爹不想把企业做大做强？我说事业他倒想做……可事儿不会那么顺利。这世间上有人做包子，不会把肉都挑给你吃而自己光吃皮？何况当年我离村出走把他伤得太深；此事如果我没拿出些行动来，红嘴白牙地说个天花乱坠他也不会相信我。就如我脸上发青春痘他会认为是红斑狼疮。于燕问：你想咋办？我沉重地点点头说：你让我再想想。

是夜复返鸿发大酒店，我翻来覆去睡不着，真想打内线给于燕，她可是我的开心果呀；有她，我完全戒除应招小姐的嗜好。那种完事付钱小贩式的经营，好如北京秋末街头的糖炒栗子现炒现卖，不符合我对性的理解。于燕使我有一种踏实感，她是良家女子心头互有感觉。现代人对待性爱最大的能耐，能将灵魂与肉体分离；按说这是人的生理功能，仔细想来却没意思，即使有短暂的鱼水之欢，何能解除那种时时处处无时无刻袭来的阵阵人生寂寞？人世间每个生命都是单体的，上帝把单体生命与另一生命媾和，冠冕堂皇地称之为爱情，然后孕育出一个或多个所谓爱的结晶，以父母亲情为纽带组合宗族，以新的单体生命形式延续人类。人们通常把不以诞生生命的鱼水之欢，谴责为苟且与邪恶。这是传统社会对于人类的教育；然而在现实社会中，又有多少新生命是由爱情孕育的？现代人在自身的发展中，确实是被一种叫作权势与物欲的猛兽所击败了。虽然仍用虚伪去掩盖这种邪恶，美其名曰性的解放，把爱情当作酒后饭余的笑料留香于文艺作品中，其实这是一种对人性的误解和对生命的曲解。

　　这世界已经失去了爱情，人与人之间不再相亲相爱。我与于燕的苟且实在就是一种邪恶；虽然她出自自愿或许具有某种目的，但对我来说就是强食弱肉的精神绑架，在不能为她担负灵魂相守和孕育生命责任、恃强凌弱的一种欺凌。我承认我是个不符社会道德标准的单体生命，为何对她进行精神绑架？出自对自身信仰丧失与人性的失望，自从离开大山般屹立的老爹与溪水般明净柔顺的老娘，我就失去对乡村道德的最后依托，以灵魂与精神的背叛麻痹肉体失去祖根文化的神经。我在使于燕受到侵害满足我情欲的同时，不断用谎言编织异性复合自欺欺人的世界，使她与我在构筑未来憧憬与获得性欲的满足的前提下产生幻灭。于燕无疑是个善良的姑娘，在我的欺骗下忠心耿耿地服务于我，虽然有时她也会觉得我所构架的，其实是一种海市蜃楼的幻觉，她于我来说只是精神替代品；但她出于善良仍没离我而去。我明知像她这年龄很容易产生各种幻觉；难道我不正是利用她的幻觉实施性侵害用来解除自身心灵上的寂寞吗？在那些失去玛丽的日子里，尽管我拒不认输内心却恐慌虚弱，像一条抽去脊梁骨的癞皮狗生活在无边无涯的寂寞虚空中；我只有不断地寻求异性刺激才能满足我思想的空虚，用来慰藉没皈依感的灵魂。小苗苗、于燕与还有一些洗头房的卖春女子……她们只能短暂地满足我肉体的需求，却不能解除我心头的寂寞与恐惧。我就像一条饿急的汉子明知有毒，却饥不择食地吸食着精神鸦片，以求得到片刻的灵魂解脱……

　　在没有于燕伴在枕边的夜晚，通常是我思考的时候。我在伊盟的那两个小煤矿，与在包头的原料加工基地业务量都不大，只要联系好铁路局的车皮有人管理就行。做企业如果图舒服就不需要做大，当然太小也不行，成本周旋不过来，赚钱都支付了银行贷款，像我这般不大不小地正好。几年下来我还清银行债务，每票生意成本多少利润多少当场能核算出来；不需要老爹那样大进大出忙于奔波，一旦决策不慎或摊上事儿，就只能是沉舟侧畔千帆过，病树前头万木春了。你看一幢几十层高的大厦，遇上地震或结构出问题轰然倒下就比平屋可怕多了。由性我想到玛丽想到老爹，想到我即将面临的沿海潘氏重组股份走向市场，我不由得不寒而栗，忧心忡忡。

5

现在我揪心着老爹，他无疑知晓这事的因果关系。如果坐视不管（他生就不是这性格），冯老先生留在沿海的资产必将化为乌有；如果接手此烂摊子，不仅缺乏必要的资金保障，而且需要有辅助的人才；这国企改制也不是那么好搞的，王玫市长还是中国人民大学毕业的经济学专家哩，搞了几年还不是败下阵来了吗？而且秀才告诉我：经过这些年前赴后继的折腾，星星草公司在经历前几年的辉煌后，现在同样处在发展的瓶颈阶段，科技的换代升级与集团化规模化运作，对他又是一个面临生死考验的坎。现代大工业的发展以消灭传统农村个体生产为前提，太阳升起牛抬头，抬头后就得有田可耕；你这条牛耕田，别的牛也要耕，大家都争先恐后地耕田，沿海哪有这许多的田可耕？何况牛们又不懂得耕田的规矩，见哪些田省力容易耕，不就争先恐后地跑来轧闹猛了吗？短短十几年间，沿海市如藤缠树、枝开花、花结果似的，呼啦啦畅堂堂牛皮哄哄地冒出上万家乡镇民营企业来，从十年前农村经济占市民经济总额不到百分之十，一下子跳到百分之七十五还多，增加了近八倍。此速度使人想起那个伊索寓言：渔夫一不小心打开从海里捞上来漂荡千年的魔瓶，把魔鬼全给放了出来……而沿海还是沿海，农民还是农民，资源还是那些资源，市场还是那个市场，一条牛变成混世魔王，按说没啥大问题，成千上万条牛都变成混世魔王就爆棚炸锅了。上万家乡镇民营企业持续性地发展，需要以牺牲乡村传统作为代价进行角逐性地扩张，乃至改变农民群体性质（以前牛啃草住栈，现在还行吗），向国资国企（含大集体）外资外企索要地盘资源设备与人才乃至自相残杀，以强凌弱进行大鱼吃小鱼、小鱼吃虾米式的兼并重组直至垄断。牛性未改且受知识结构局限的老爹，显然对事物的发展缺乏基本认识，以为他只是站在众家利益上为村民办事，奉守以诚为本上善若水的办厂宗旨，就可以像这十几年走过的道路一样，众人拾柴火焰高地辛勤耕耘，脚下这块土地就会变得花团锦簇前程灿烂……

其实，这是不可能的，企业运作不仅需要管理者的办厂理念与勤奋，还在于透彻与睿智的市场分析和规模与资源化的运作。英国十六世纪的庄园主（还有伯爵子爵等贵族头衔），不就被那些脑满肠肥人性解放、每天喝得醉醺醺的资产阶级先生们打败了吗？后机器时代粉碎了中国几千年来所主宰的乡绅文化者的梦想，那些新新人类都在干着背离与仇杀老爹与阿爷们的活儿；那些小桥流水、白云深处有人家的美丽画卷即将成为历史，呈现人们眼前的只是肮脏的河、高架的桥，挣扎在水泥丛林中夜以继日摩拳擦掌工作着的白领人群，以他们手中掌握着的计算机鼠标君临天下。是世界抛弃了我们？还是我们抛弃了世界……

这些观点，几年前我赶来参加订货会时已向老爹表达过，当然只是简单地表达（老爹并没有给我足够的时间）。那时老爹尚春风得意，以为他代表红脚梗已走出一条属于自己的路来；可我并不这么认为。我说：爹呀，您知道我在外流浪十年，最怀念的是啥吗？见他摇头，我说不是您拿青柴梗打我的屁股，也不是娘偷偷煮茶叶蛋让我带到学校里吃。那些事我都记着却并不缅怀……我记忆最深的是暑假时用米淘箩兜稻田里的泥鳅……娘告诉我只要把手伸进田塍洞鼓捣，滑的是泥鳅，燥刺刺的就是蛇，得赶紧把手缩回来……他问：你想告诉我啥呢？我摇头叹息着问：经过这十年农药化肥的折腾，现在的田里还有稻田泥鳅吗？蛇也没了吧？这里面有个深奥的道理：罗贯中写《三国演义》说刘备三请诸葛亮占天下三分，为何刘备亡故蜀汉就亡了呢？是阿斗不思进取诸葛亮打仗不厉害吗？都不是，是当时的蜀汉生产力没中原发达……他瞪大牛眼睛问：没头没脑的，简单说，到底啥意思呀？我说很简单，水涨船高，你发展了别人也在跟着发展。企业壮大的生命力不是靠上善若水，而是靠不断地更新换代消灭对手扩充自己！我说狼为何比狗活得潇洒？就因为它不奉行游戏规则能去拼去抢……我这般说，老爹就受不了，反驳道：你以为别人都傻吗？我活了这么大岁数，还不知有人靠着投机取巧与出手凶残赚钱吗？但这些长不了……我说是长不了，因为还有人比他投机取巧出手凶残；自然界物华天竞，竞争就是吃掉别人发展自己。他摇头说不一样，这种竞争我们农民做不来；犯众怒结怨多会死得更快……

当初我最大的顾虑，就是与老爹办厂理念不同，眼看他春风得意如日中天，我没做任何解释，当晚就带着初出茅庐的于燕返回伊盟。老爹坚持诚恳待人善良办厂，信奉好心必有好报，这是他终生信仰的人生哲学，也是他两只肩胛扛着一个头赤手空拳办成企业的信条；没人能改变他而且他也不想改变。现在四年过去，老爹在自身企业管理与蟒蛇吞大象入主沿海潘氏成就他的农民王国时，会不会像以前一般固执己见？这是我想见老爹又怕见老爹的最大心病。与十四年前离村时一样，我的心头充满不被老爹理解的怨艾与忧伤。是呀，厂是由人办的，有啥样的带头人就能办出啥样的厂来。如果我与老爹还是尿不到一个壶里，那么这块到嘴的肥肉，就只好猫不吃让狗拖着跑了……

世界毕竟是变了，不仅老爹瞠目结舌，连我有时都觉得不可思议。沿海这濒海靠山的小城市，与十几年前我离开时判若两样。昨晚我与于燕告别四眼哥后在小吃街吃夜宵，耀眼的灯光把柏油路面映得雪亮，原先那些穿着灰扑扑的服装畏畏缩缩行路的小镇居民不见了，代之而起的是随处可见的霓虹灯，服饰酒店娱乐与化妆品的巨型广告下，一群群身穿奇装怪服的红男绿女，摩肩接踵地相拥相搂着，那时衣着光鲜的现代女孩们不是在叽叽喳喳地说话，就是在嘴里吃着零食；还有在大冬天啃冰棍与穿丝袜短裙的……每个人都在玩个性仿佛不弄出些动静来，现实世界就会把她们遗忘似的。近年沿海的乡镇民营企业高速发展，使昔日地处海隅的小城迅捷地膨胀起来。夜宵后我与于燕步行回宾馆，见路边三三两两都是基建工地，以前沿街那些平层店铺已荡然无存，一幢幢水泥钢架的楼房正拔地而起，像一个个盛装挺括傲视群雄的土豪屹立在马路两旁；路人们大都行色匆匆并不抬头仰视，熟视无睹仿佛与己无关。我走在这奢侈暴发的街头脑袋晕晕乎乎的，脚像踩在棉花毯上步履不稳；我在心里不断地询问自己：这还是我少年时所熟悉向往的县城吗？仅仅十几年时间，小城便告别过去那一份质朴与清丽，变得烦躁与浮夸起来……

我的城里阿爷已经走了，在四年前老爹开始发达时就离世了。追悼会开得很隆重（不因为他是老革命，而是老爹的缘故），市里四套班子的头头脑脑都参加了，书记赵刚义亲临作悼词。现在抗战时期的老同志越来越少，城里阿爷平反后虽没安排实质性工作，却担任过市新四军研究会副会长，与在北京赋闲任会长的伍副省长保持着密切联络，赵刚义则把他称之为这块土地的骄傲。我的城里阿奶陈瑛，还住在我少年时常去小弄堂的第一代住宅楼内，我原本想去探望，笨羊姐夫却告诉我，她得了老年痴呆症神志比我娘还糊涂，由爹雇了个乡下阿姨照顾。近两年她已经谁也不认识了，饮食起居都有困难；你给她吃肉她说是豆腐，吃豆腐又说是肉，嚷嚷说要吃榨菜，真吃榨菜却把碗筷摔了，说现在又不是暂时困难吃茅草根干啥？连大小便也不能自理，拉裤子里由阿姨收拾。每天喊着要去上海，我姐去年趁休假准备一大摞尿不湿陪她去，可到了上海她说还不就是庵东（后海小镇，洪老师打成右派下放之处）吗？结果没待上两天就回来了，排队买火车票等了大半天……

所以笨羊姐夫告诫我：做企业有风险，沿海潘氏不仅是资金到位的问题，还主要是国企员工能否与民营老板融洽？他们是人，是人就要吃饭；既然政府把他们抛弃，家里妻子父老咋办？他们需要些啥你比我清楚。接不接这茬儿你自己拿主意？如果你真想回来加盟我只有一个要求，不能再让老爹直接上火线了！我问玛丽呢？咋办？他说老爹是道德模范，你掌权就必得把她抢回来，她可拥有五百万元股份哩。我说：她不是要与杰克结婚吗？他摇头：我看这是无奈之举无稽之谈……再说你不就是一个强奸犯吗？难道不如那娘娘腔的杰克？四眼哥都恨不得丢掉这烫手番薯哩，只要不影响他政绩就一定会帮你……

他补充说：作为姐夫我得警告你，没有金刚钻千万别揽瓷器活。这不是你能施展才华之处，尤其不要打肿脸充胖子投入资金，投进去就没了。至于玛丽，全靠她运气了，能走多远就多远……末了他特意嘱咐：我与你说的话千万别告诉你姐，否则她会上山打老虎，我在家里就待不下去了。

戚长庚（四）：怪鸟之沧海一笑

1

从陀头山回来后几天，我都在宾馆蒙头大睡，吃的喝的都由于燕捎进房间来。她喜欢搞些小情调，不但嘴对嘴地喂我，还俯在我身上抚摸我额头，问是不是病了？我说我是有些不舒服但是心病，身体没有病。她笑道：你肯定想你爹娘了，回陀头山见秀才时我让你回家看看，你死猪憋硬屎绷着脸不去，现在又玩起思念来？于燕凡事聪明，简直快成了我肚子里的蛔虫……她埋怨说：你呀，真是不肖之子，到沿海都快十天了，连向老人家报个平安都没有……我说用不着我报平安，我在这儿的一举一动老爹都知道，连玛丽这香港婊子也知道。他俩不动声色地观察着我，与我憋着一口气哩。她迟疑地问：你又没打电话，他们咋都知道哩？我讥笑道：你呀，其他事儿都聪明，这事的智商咋等于零？搞了那么多年的企业，你以为老爹还是以前的农民？厂就在村口，我俩进村他会不知道？他与玛丽都噤声，肯定事先有联络争取主动，在等着我出手哩。我人歇着脑子可没歇着，在考虑下一步该如何走……

那我俩咋办？于燕双眉紧锁，显得有些忧虑。

我说：再等一等吧？总有这样那样的信息传过来……自古商场如战场，父子相见不相认……她点头说也对，兵不厌诈；予欲取之，则先忍之……这话我在生意场上说过，如今被她轻巧地拿过来用在这儿。我说是这理儿，不过他俩一个是老爹，一个是前妻，处理不好损失就大。现在各方利益纠缠牵一发动千钧，我不会如此急吼吼地扑上去，须把事儿想透再行动。

老爹呀老爹，您在暗中观察着我的动静吧？俗话说知子莫如父；虽然你与笑面弥勒有过节（看不惯他为人），但我知您是站在玛丽这边的，娘也站在她这边。她以行动获得你俩的信任，您心中有着一杆公平秤，为了她的幸福能够放下您想要的东西……这事儿是我不对，离家休妻十几年音讯不通，连一句认错的话都没有，违背了做人的道德准则，活得像猪狗畜生于情于理说不过去。现在您一定在想：天要落雨娘要嫁，你这小子没有福气？放着这么好的媳妇不娶，在外面搅七念三地只管任性逍遥，还五十六个民族五十六朵花？狗娘养的你有这能耐，想做皇帝娶三宫六妃吗？别看你人模狗样地混出个人来了，扒下衣服还不是摸田头出身的农民？这下好了呀，打破砂锅缝到底，煮熟的鸭子从锅里飞了吧？孙权招亲赔了公主又折兵。可老爹哪知道，儿的心中也有一本难念的经。您要脸面儿也要脸面呀！俗话说：满满的饭好吃满满的话难说。儿子那时年轻气盛不懂世事艰辛，离村前在玛丽面前发过毒誓：既然不愿再蹚村里的小水汪，如果出去比秀才哥混得还差，没把企业做得比村联办厂大，这辈子就是注定马革裹尸战死沙场，也不再回村见爹娘了。男人说过的话能不算数吗？这些年在外面磕磕碰碰地励精图治，就为有荣归故里帮助全村人脱贫致富让牛抬头呀！老爹呀老爹，别看儿在外面五十六个民族五十六朵花、死猪憋硬屎表面光鲜潇洒，可在心里头苦呵！《西游记》中唐僧取经用了三十年，儿子到今天足足像浮萍一般漂浮了十四年，伊盟那俩小煤矿与包头的原料场都是租赁的，连个生根立脚的地儿都没有，不像您这样祖根祖地心底踏实。儿子无时无刻不在想念着爹娘，只是没脸皮回家乡呀……

老爹呀老爹，我知您办企业讲人品，把如何做人放在第一位；说有好的人品，才能办出好的企业来。十四年前您为了图发展，曾把秀才哥当作瓦岗寨的李密；可惜天不吝才落下一身毛病。如今我已知我的欠缺……这次您以玛丽名义把我召唤回来，我心里有数不会再像以前那样不负责任一走了之；但是，我能担当起您对我的期望与信任吗？我知您也到了笑面弥勒当年卸任的年龄，心火却依然猛着哩。您是望子成龙等待机会，盼望着我这不肖浪子回头金不换帮您出手，可我能担当此重担吗？

我把我的想法告诉于燕，请她帮助我揣摩当前我所面临的局面。她问：既然大前提确立，为何非揣摩你老爹的具体想法？我说：虽然我与老爹在处世做人与企业经营上存在着分歧，但在我的眼中他就是一个神。以前我为何不听话？是因为我急于表现也想成为他一样的神。现在实践证明他是对的，他成功了可我却没能如愿。她说：在我的眼里，你也是成功者。我点头苦笑道：这只是你的想法，老爹的成功是大成功，我的成功只是鼠目寸光的小成功；与他相比我连脚底的毛都赶不上。你知这些天我在想啥吗？她说是不是在想与老爹见面说些啥？我摇头道：说啥都不重要，是我得以行动证明配合老爹拿下沿海潘氏。这些天我一直在想，为何我的聪明才智与知识结构都超过老爹，十四年过去他能使十五峯村民无论在政治经济文化上都彻底翻了个身，而我却什么力都没能使上？这就不是简单的家庭环境文化教养上的问题了。于燕侧着那颗秀美的小脑袋想了一会儿，忽然说：我明白了，你回来不是为了玛丽姐，而是为了你的老爹；你父子俩一直暗暗较着劲儿，看着谁为这块生你养你的土地做出更大的贡献？我点点头说：正是此意！她又侧着脑袋问：那你不从杰克手里把玛丽姐给夺回来了？我摇头说：她根本不可能嫁给杰克，那男人不如我；就本质说我俩一样，她是一头属于这块土地的小母牛，不会把她的乳汁洒到山外去……

接着我俩对眼下的局势，做出两点假设。

假设一：老爹决定破釜沉舟大刀阔斧地采取行动大干一场。玛丽与杰克的婚姻只是此战役中一个环节，由老爹与她（也许还有秀才哥与四眼哥参与）精心设计的一场骗局，目的是激发我的热情与贪欲与玛丽复合，联手对沿海潘氏进行资产重组改变股份结构，由我取代病入膏肓的秀才哥执掌权柄，为星星草公司进入股市做大做强立下基石。这无疑是农民创业最有前瞻性的理智一搏，关系到世世代代都在渴望着抬头的牛们能否像人一样改变身份，盛装艳服理所当然地华丽转身，进入金碧辉煌的大雅之堂。这是我们前人做了几辈子的一个梦……杰克扮演什么角色呢？他只是一个被玛丽利用逢场作戏，以结婚为幌子召唤我回归的一个道具？老爹显然不具备这般智商，但秀才哥与玛丽有。几经风雨他俩早已不是牛的脑袋了。然而问题出现了，就算玛丽深知我凡事逞强的狼子野心，秀才哥却没必要遮遮掩掩，与我谈啥佛教的"止观"与阳明先生的"格物"之道，把我当作刚开蒙的三尺童稚要呀？我已不是当年的油嘴佬，好坏也算闯荡过世界，虽对大公司 CEO 职位觊觎已久，却知投身其内的种种陷阱；仅杰克退出与香港潘氏后续资金一项就达二千九百万元。我何德何能，能筹措到这些钱吗？为争气要一张脸，伤筋动骨值吗？何况不当家不知柴米贵？三千多名职工衣食住行与欲望深渊，我能带领他们向市场索取吗？

前景固然美好，行程却荆棘遍布；我没金刚钻能揽瓷器活吗？

假设二：老爹喊我回来是为战略撤退；作为一个农民企业家，他已干了想干的事。俗话说花无百日香，峣峣者易折皎皎者易污。他是易于满足的人，当年捧着大海碗呼呼地喝番薯六谷粥，也没见他在对生活有所失望？就我有限的认知里，他办厂目的只为全村人一年四季能吃上饱饭；村民们拆掉风吹凉棚似的草舍，住上像笑面弥勒兄弟仨一样的瓦屋；还有就是村里孩娃们能坐在明亮的教室里读书学文化，不再像他那样上夜校读扫盲班。如果还有奢求的话，他希望山上女娃不再嫁山下去，油菜花黄时武装民兵不再下山抓菜花痴乱，有条件电影队能上山放两场电影，或者能像山下那般办个庙会……如今他的愿望基本实现见好就收，没必要为继承冯老先生的遗产蟒蛇吞大象地冒风险，吃下沿海潘氏借鸡生蛋求发展。如果他有志下山，五年前冯老先生投资开发就应该接受。召回我这迷途羔羊的浪子，目的为完善家族道德准则接替他为村民办事。

二愣子在电话里多次告诉我：自从你娘得病后衰佬硕士毕业去了德意志学农业，你那老爹整天心神不定日见衰老了。他说的是实话：企业 CEO 根本不是人干的活，老爹犹如一条忙过春耕的牛欲收栈歇槽了。但如果这样，玛丽愿意吗？沿海潘氏咋办？她独闯香港卖身投靠潘氏六年余，不就为向世人证明她的价值吗？按此逻辑分析，她并无与老爹达成联盟的迹象；在她的年龄不像老爹这般拿得起放得下……

　　这时我已让于燕通过互联网，收集了冯老先生逝世后香港潘氏化工的许多资料。原本我想让她去一趟香港把情况了解清楚，但小妮子不想离开我，说她带来手提电脑可在网上搜索，香港大公司基本材料都上网，像潘氏董事局变化的重大事件媒体必有报道。那年头电脑网络还是稀罕物，小妮子许多关于煤炭与化工方面的信息，都是通过搜狐百度这般的门户网站收集的。通过她的努力（还挺精明的），把港澳中英文版有关潘氏董事局与冯老先生近年的动态，进行统计归类送到我床头。种种迹象表明两家分裂几无悬念；也就是说香港潘氏由于自身状况不佳（世界贸易壁垒与环保因素影响），已成明日黄花，合作失去基本前提。世界上没有任何企业，在自身银根吃紧的状况下再做资产投资转移。

　　于燕说这两种假设都存在，但后一种可能性更大。着火害邻舍讨饭带家童。老爹作为一个成熟的企业家，肯定了解香港潘氏的实际情况，不会做肉包子打狗有去无回的买卖？我也查了星星草公司的经营情况，市场空间客观存在，眼下齐心协力做好本业才是正路，没必要为政府减负跳火坑挑担子。她还说你老爹是个思想传统的人，在他眼里浪子回头金不换，你能与玛丽复合自然高兴，天道人伦村富家和其乐融融比啥都强。但如果老爹准备舍弃他所继承的遗产不与香港潘氏合作，当然希望玛丽能与杰克一起帮助沿海潘氏共渡难关；就此分析来说，玛丽同样有可能嫁与杰克……

　　对于燕这番话我思索良久，突然有个现实与柔软的问题触动了我，那就是老爹究竟是个咋样的人？我们的村联办厂又是如何办起来的？此问题的回答使我的眼前闪过一道光亮，那就是老爹虽然是个没啥文化的憨佬，却是个有情有义秉承上善若水办厂理念之人；有恩不报见难不救非君子也？十五年前村联办厂就是在陈俊当厂长的县汽配厂无偿资助下掘到第一桶金的。此县汽配厂可是与香港潘氏合作的市化纤公司前身；可是老爹口口声声喊着工人老阿哥欲报答的恩人哪！为此我摇头叹息道：老爹不是你想的那种人，他这辈子压根儿就没想过安耽日子？只要有希望能帮助别人过上好日子，他就是刀山火海也敢往里面跳，不会丢下冯老先生留下的财富熟视无睹。这世界上凡是农民能得到的合理东西他都要！而且他了解我……看准我表面自私游戏人生，其实骨子里与他一样是个善良的人；离村十几年，我不会觍着脸面回来，胸无大志地做一个山大王。

于燕不解，抢白道：难道当年你不就是为没当厂长赌气出走的吗？我说当年是当年，现在是现在；在同等智商同类环境下，产业盘子决定前程兴衰……于燕对我突然兴奋感到茫然，小心翼翼地问我想通了？我像电影里的洋毛子一般地耸了耸肩道：想通了……韩信将兵，多多益善……老爹为何这些年能一字勿识横划纵横商界克敌制胜，就凭他识大局！这世界有两类人，一类是天生领导人的，另一类是注定被人领导的。前者是前进的人生，后者多是倒退的人生……这就是四年来你不离不弃地跟着我的原因……你终于打定主意往下跳了？于燕说不清是高兴还是悲哀，她的蓝眼睛里掠过一丝光亮哀哀地说：其实你在内蒙古出发时我就估计到了……你仍是凡心未泯？是的，我点头赞许道：凡心未泯……多好的境界呀。上帝派我来这世界不为遁世逍遥，而是试着走前人未竟之路……

下一步咋走？她见我心意已决，瞪起蓝眼睛问。月亮围着太阳转……我没头没脑地回答：我俩先去野外散散心吧！

2

次日我俩没走成，因为当晚我联系上莲子姐，约好在149卢益平茶馆吃夜宵。莲子姐去日本后读了两年书，以日籍华侨身份回国推销产品；见我回沿海主动联系。我在电话里问她做啥生意？她支支吾吾地说了一个日语名，好像是TOTO的读音，这些黄带看看、裤带解解搅七念三的小日本话我还真不懂，当即让于燕查搜狐，她说好像是马桶（坐便器）的品牌。莲子姐也真是，堂堂股份制公司的总助不当，去日本读书回国卖起马桶来？

莲子姐由笨羊姐夫陪来，我与于燕到时两人已坐在雅室里等着。她打扮得挺洋气地穿着一身灰貂毛皮大衣，因房间有暖气，我进门时她已把大衣脱下放在沙发显眼的地方，上衣穿着葱绿色花纹的丝绵背心，下身是一条时尚的灰线条的涤纶裤。可能是做过面膜的缘故吧？在灯光下她的脸显得很白；但毕竟韶华逝去青春不再，掩饰不住额头细密的皱纹。我让于燕把她的貂皮大衣挂在衣架上，这样既对她表示尊重，又变相介绍了于燕的身份。

我问姐夫：姐夫，姐咋又没一起来？他说：得问你呀？你邀请过她没有？我说我这几天不是忙吗？他说你们姐弟有得一拼，她不是街道厂的副厂长吗？今日带队去了广交会。莲子姐开始谈正事儿，说她了解沿海潘氏的情况。她说冯老先生与周秘书由玛丽带来沿海洽谈时，你秀才哥与我都在场；当时冯老先生想把钱投资到村里，却被憨叔拒绝了。原因是冯老先生提出要以搬迁房屋祖坟为代价，建立东亚化工园；憨叔不卖祖产他才把投资目标转向市化纤总厂与陈俊谈。开始秀才与我都认为谈不成，没想到后来还真的签了协议……我说这些我已了解，冯老先生提出要控股，但赵书记没同意，说合作可以控股不行。她点头说是这样。合作协议搞妥后，冯老先生又提了个条件，说国企员工出不了效益，指名道姓地要村联办厂抽调骨干掺沙子（他百分之四十九股份有这权力）。四眼与市政府同意了，秀才与我，还有杂物贱带领一百八十名骨干员工就到这儿上班来了。我知冯老先生这样做，存有帮助憨叔解困的小心思；当时村联办厂不连工资都发不了吗？我说你还是谈谈为何六年过去企业却出不了效益？她说前两年忙着搞基本建设，双方都没考虑产品市场定位与销售的事，后来考虑却已迟了；中石化集团公司在附近新建两家化工厂生产同类产品。这当然是外部原因，在内部也发生了一些变化，一是香港潘氏出了些毛病，答应三年到位的资金没全额兑现，致使港方代表杰克有职无权；二是我们这儿关系没理顺，大批一线工人下岗裁员，劳动保险赔偿到不了位，行政人员却有增无减……

我问：出现这般的情况，四眼哥与政府不管吗？莲子姐用手肘推推姐夫，说笨羊，你也是政府官员，你管吗？姐夫假装低头喝茶没吱声。莲子姐撇撇嘴道：造成这般上不能上、下不能下的原因在于政府，王玫市长拍屁股走人后，又来一位叫徐杰的市长，听说还当过港城二轻局长，对企业管理有经验，来了没一年就患胰腺癌住院去了；现在由四眼代理市长，他是聪明人有心思陷这污水坑吗？不是三道金牌让你当救火兵来了……我说我来是为玛丽与杰克的婚事。她摇头说你骗得了别人骗不了我，这是四眼、秀才与玛丽为留住港方投资，共同策划的一场骗局。你以为你那玛丽是贞女呀？允许你在外面五十六个民族五十六朵花地乱搞，不允许她名正言顺地嫁人？她是为了谋你叔爷爷冯老先生的资产去的，咋会轻易放手已到手的财富？你们男人在这种事上全都是畜生……当然，她瞟姐夫一眼：笨羊同志是个例外。我问：秀才哥、四眼哥也是畜生吗？她说别提四眼，早与插队那会儿不一样了，简直换了个人，见女人像猫见老鼠一样。如果我没猜错的话，玛丽就是他遥控指挥你老爹与你的一张牌；至于你的秀才哥嘛，在这场角逐中早如明日黄花。我问：按你的意思我得赶快撤离？她频频摇头：恰恰相反，我鼓励你协助老爹以最小的代价拿下沿海潘氏，干你想干的事。我又问：如何以最小的代价呢？她说向四眼的市政府索要企业的控股权，缩小规模彻底退出国资转行搞民用化工。我点了点头，这与我这几日关在房间与于燕酝酿的方案颇为接近，搞企业如果出门不问风浪事，焉能打得大鱼归呢？我说如果我按您说的办？您能回来帮我吗？她目不转睛地望了我一会儿道：你有钱吗？有钱先把杰克打发掉，断了与港方合作的后路。我说钱的事你别管，我要你管的是做民用化工的市场开发。她点了点头说：好样的，你比你那秀才哥强。半年后我俩上海见，我是那儿TOTO公司华东办事处营销部首席策划。

　　从益平哥的驿站茶馆出来，莲子姐打出租车走了。我问姐夫有事吗？他说周末没事，铃铛能自己照料自己了。我说那好，陪我去见见城里阿奶。姐夫把自行车寄放在茶馆，陪我和于燕步行过去。

　　城里阿奶家离我住的酒店不远，从茶馆过去也只有两三站的路。一路上我回味着莲子姐说的话，心头酸酸的有些难受，想当年小白脸陈俊那汽配厂多牛瘪，厂房崭崭新地一长溜，工人们都穿着蓝色工作服上班，有的还骑着自行车。我跟老爹谈合作项目时穿过大食堂去小餐厅吃饭，只见员工手里拿着饭盒子排队在窗口打菜；那饭可是没杂粮粒粒如珍珠闪烁的白米饭，菜也花色繁多，有炒肉片红烧狮子头与煎带鱼哩。我想如果这辈子把户口转城里当个工人，也就心满意足了。没想到只短短十几年情况就发生了变化……

　　笨羊姐夫与我并肩默默走着，通过两次接触我已知他的底。他支持我回来协助老爹兼并沿海潘氏，却又担心我俩仍走过去老路重陷泥坑。这国企说穿了就像宾馆房间内覆盖地毯的地板表面光鲜，掀起地毯臭虫百脚的啥腌臜东西全出来了。我问：你不赞成我把玛丽夺回来吗？他想了好一会儿才道：说不好，企业管理的事我不懂；婚姻上姐夫比你多过了几年日子。这事你得弄清她是不是还爱你？而你究竟爱不爱她？婚姻是两个人感情上的事，不是用钱能衡量的。我追根究底地问：姐也是这意思吗？他摇头：你还不知道她与你老爹一个思路吗？认为当年你欠下的情必须归还；而玛丽已经不是当年的玛丽了。处于她的位置上做任何事，首先考虑的是企业利弊得失。我只能告诉你，这时代中人性都为钱而绑架何况爱情？就是她与杰克结婚，也是为留住属于周秘书的那股份而不是为了爱。看着姐夫已经微微发胖的身影，我想起当年他被蛇咬伤，杏儿姐吮吸他脚上的毒血与撕碎花裤头为他包扎把他背回家的往事，觉得人世间像他这般的好男人已然不多了，男人有钱就变坏嘛。

快到阿奶家时，我让于燕去店铺买来几包绿豆糕，我记得她喜欢吃这东西。姐夫仿佛还沉浸在刚才谈话的思路中，在踏进门槛时轻轻地提醒了一句：莲子提供这情况很重要，周秘书已带律师到沿海准备与市政府打官司……

我说知道，明天我再去找四眼哥……

其实周秘书一个多月前已来过沿海。那时候玛丽还没提出与杰克结婚，但自他来后与四眼哥和中方董事长陈俊接触后，玛丽就一拨一拨地发出结婚信息来了。我想其中蹊跷应与周秘书此行相关。

他办事风格与已故的冯老先生相似，轻车简从谁都没打招呼，与律师团队在鸿发大酒店住下后，才打电话通知杰克和玛丽说：我已到沿海，你俩过来一趟……玛丽与杰克就到宾馆房间里与他见面。具体说些啥四眼哥与陈俊都不知道。三天后，陈俊才向四眼哥报告说周秘书来了想会他。四眼哥便与陈俊去见了他，见周秘书脸色铁青地带玛丽与杰克等候在会客厅，简单寒暄后，玛丽把起诉书与遗嘱复印件分别递交给他俩。两人阅毕问：这是最后的决定？周秘书颔首说应该是的，集团董事局通过了撤资决议……并委托我代理向贵方提出诉讼……这时周秘书已不在潘氏集团当秘书，他在冯老先生故世后就离开了，仍在律师事务所当律师，是潘氏集团占有股份的兼职董事。起诉书内容苍白，冯老先生签订的协议符合法律手续，董事局提出撤资主要是想把二千万元未付款削掉，不再履行协议精神。前期所付二千九百万元由冯老先生与周秘书股额中扣除……关键是那一份遗嘱，周秘书当着四眼哥与陈俊面拉开公文包，望着玛丽与杰克意味深长地笑道：我这儿有冯老先生转给玛丽小姐的股权证书，载明小姐只有完婚后才享有此权益；同样，洪根土先生也在成为沿海潘氏合法持股人后方能继承遗产。这是冯老先生的意思，也是新任董事局主席亨利·詹姆斯人性化的处理方式……

四眼哥摘下架在鼻梁上的那副玳瑁眼镜，用绒布擦着镜片淡淡地说：周秘书带律师来沿海的情况大致如此……

我问：也就是说以詹姆斯为首的董事局承担了投资失误的责任？四眼哥点头：我想应该是这样的。冯老先生下决心在沿海投资后，我们在香港与台湾媒体中分别打政治仗，做过题为"一个抗战老兵最后敬礼与达成两岸共识"的报道，他们很难出尔反尔地全面撤资。我又问：玛丽同意这样做？四眼哥显得很不高兴，说：这就是我连打三个电话，让你火速赶回的原因……你小子连自己老婆都没能管住，还人模狗样地像个男人吗？我拉下脸来说：我问你……她到底是否因为股份才答应和杰克结婚？他摇头道：她在周秘书走后第二天，就单独回村找憨叔与秀才，回来就与杰克把结婚请柬送至我的办公室了……我又像洋毛子一般地耸肩笑道：你这般说我就放心了。你……四眼哥有些惊诧，目光锐利地盯着我道：你放心了？我点头说是的，她去找过老爹我就放心了……

我俩在客厅说话时，于燕钻内室与高晓敏、安安聊天，房间里不断传出她们呀呀的尖叫声。于燕在公关事项上自学成才且学有所长，生来就是见面熟，不管有多难缠的同类都能一见如故，把人给侍候得服服帖帖。这次来沿海，她也给她们带上许多小礼物，大多是高晓敏与安安没见过的。比如说羊皮牛皮、羊骨牛骨做成的饰物，或纯羊毛具有民族风格的围脖鞋饰，还有些安安玩的小物件儿。公主虽说受过高等教育还是场面上的女人，却比民间女子更爱虚荣。她与玛丽是好朋友，却经常向我打电话告诉她的情况，主动充当义务谍报员。

这晚我与于燕从四眼哥家出来后，又开宝马车到小吃街吃馄饨；吃到后来来了兴致还喝上了红星二锅头，这酒好喝不上头且又便宜，才一块五一瓶（二两装）称之为小二，因为产地北京在乡下就牛。于燕问我谈得咋样？我说没事……很好呀。她夺下我的酒瓶：很好……你咋还喝酒？我说不就是高兴吗？世间上能用钱搞定的事都不是大事；证明我的判断没错。她疑惑地摇着头说：

不行，明天你不是要出去散心吗，我俩都喝醉了谁驾车？

<h2 style="text-align:center">3</h2>

出去散心前，我向刚上班的四眼哥打电话，告诉他说我要离开县城休养几天。他听了喊起来：戚长庚同志，你有病吗？这都啥时候了还去旅游？我说您老人家知我猢狲屁股坐不住……再说我待这儿也没啥作用，倒不如出去放松放松。他问我有事吗？我说你帮我办件事吧。他问啥事？我说麻烦你让陈董事长向下岗工人们吹吹风，说星星草公司将兼并沿海潘氏，设法把老爹给折腾到县城来……

这……岂不胡闹嘛？他犹豫。我说不是胡闹，是真的；老爹这头牛只忙着耕私田不耕公田咋办？就得您这当代市长的用鞭子抽他……四眼哥呀，俗话说无毒不丈夫；兄弟我两肋插刀，先帮你把这代字给去掉……哈、哈……他领会了我的意思，舒心地笑起来：围魏救赵？你嫂子没得说错，你毒辣呀……奸哩！我也跟着大笑起来：我不奸……赤胆忠心地卑微却不自贱！知道啥事阿拉农民该做，啥事又不该做？你喊我回来不是为替你办事吗？让嫂子把电视镜头多对准老爹……不，在精神上绑架老爹逼使他下决心……他相信电视上说的都是真话，比你找他谈话管用……看你狂的……有你这般说老子的吗？他可是你老爹呀！我嘿嘿地赔笑道：正因为他是我老爹，就得让他彻头彻尾地火上一把……

车子开上国道线空气就清新起来。时值初冬还没下过雪，田野上的小麦蚕豆油菜一垄垄地伸展开，还全都嫩汪汪着……他阿娘大脚，回沿海折腾半个月我还真有些累了，得调节调节精神，革命生产两不误嘛；总不至于心里无底灰头土脸地去拜见老爹这尊大神吧？于燕劝我与老爹沟通一下，因为兼并沿海潘氏（我已下决心），主动权毕竟在他手里；但我摇头表示没此必要。人之间的相知相识乃至心气相通，不在于见面与不见面，而在于心有灵犀一点通。我与老爹在这十几年中只会过两次面，而且两次都在订货会节骨眼上，一次在马山由秃头郑陆宴请他需要得到我的帮助，餐间他只一个眼神，我就明白他出于自尊不需要我；第二次在沿海，老爹正处兴头上，市政府邀请我出席我以为他要向我炫耀些啥，还真带于燕兴致勃勃地赶去，结果却是话不投机半句多，我当夜就搭飞机回了伊盟……在外人眼里总认为我父子俩分道扬镳各玩各的（这其实没啥不好，生命都是单体的嘛？我不是吊在他脚肚上没长大的奶娃）；认为我离村欺祖违宗是不肖子有意气他；其实不是，我自搞一套是为了让他承认我是个独立的人。我是他生的儿没错，这种血缘关系谁都没法儿隔离；就像他是冯团长的儿一样。为何冯老先生的几次投资合作他都不干呢？就是嚼别人嚼过的馍没意思。男人脚下的路得自己走，不能仰人鼻息地活着；这是我父子俩与常人的不同之处，也是我俩见面如仇雠却心气相通的基础……

人生并不是一件美好而单纯的事儿，世界对我们红脚梗来说原本就不公平。凭啥同样是一个人，你们白脚梗生来锦衣玉食前途畅通啥都齐全？就像四眼哥支农插队六年，最后还不是靠着继爹糖拌糠一步登天，人上人地要当市长了吗；而生来贱命糠菜糊口番薯芋艿半年粮的我们，却要遵守那些所谓的忠孝节义伦理纲常亦步亦趋唯命是从呢？你们可以高谈阔论循序蹈规把传统当一回事儿，而我们能把按传统出牌当作事吗？如果也把当一回事没有逆袭的精神，那么就会束缚手脚举步维艰啥事都办不成了。传统这玩意儿是统治者用来对付愚民的，它的功能就像我们日常中使用的手电筒，光芒只照别人不对准自己。宋代赵匡胤忠吗？陈桥兵变赢得天下；唐代李世民孝吗？逼父弑兄篡夺皇位；翻开历史这种不忠不孝不仁不义的事多了去哩。我十八岁屌毛未全就被戴上强奸犯帽子，输光也就不过是榨不出十斤板油的穷小子，又怕甚去？

于燕在路上告诉我说：玛丽回十五呑与老爹秀才哥密谈后，曾与杰克去过四眼哥家。我问她说这事想表达些啥？她说我不是提醒你吗？昨晚公主姐姐说了这情况应引起你注意。我说我用不着你提醒了，只要她去找过老爹，两人就不会真结婚……她尚不理解，说你说过老爹和你娘都同意她嫁杰克？我哈哈大笑道：他俩越是这样，玛丽小姐就越会留下来，那叫智赚……于燕茫然问啥叫智赚？我说就是把我当作西凉马超嘛？就如放水养鱼，水越多鱼儿就越不会跑掉。

我与于燕此行目的地，是本地古刹五里寺。来前于燕在网络上查过，五里寺可是这儿第一名刹，大家有兴趣可以上网查阅。网络可是个好东西，啥学校企业政府与知识新闻文艺，鼠标一点连美国《国家地理》这些上帝恩赐的景点全齐了，省得当作家的舞文弄墨费工夫。这世界我最佩服佛祖释迦牟尼，天下名山僧占尽？多有眼光呀，把世俗留给世人雅尚自占。大家同活在世间，你占物像滚滚红尘中你争我夺，相掳相掠打打闹闹不可开交；他却占了精神，看你争看你吵看你闹，风前月下鸟语花香享受心底的一番平静。你争累吵乏闹乏闹惨，就会带着你用心血换来的所得，去孝敬他膜拜他祈祷他，乞求换取观赏风景的权力，得到一个好听的名词，叫静修；然后再一脚把你踢回到创业前的贫困中去……

可怜世人忙忙碌碌，没几个懂得此一番道理。

我到五里寺当然不会仅游山玩水，散心嘛，只是个托词；我有一桩重要的事儿要办哩。笨羊姐夫告诉我：这时期怪鸟潜在沿海，她病了在寺院养身哩。怪鸟就是卞小枫又一个绰号，与他同班同学，比四眼哥的关系还亲一些。他说他去年在上海贸促会上碰到她，对我称赞有加。说沿海乡镇民营企业的希望在第二代人，与父兄固守本土加工业的观念不同；他们具有战略目光，狡兔三窟，盘活资源把窝往外挪。怪鸟当然对我印象不错，三年前她在伊盟有个代理商叫巴枯尔的，原先是《内蒙古青年》时尚版的编辑，下海经商卷走她上百万资金的物品销声匿迹逃之夭夭（内地常有这类事儿发生）。她千里迢迢寻上门去，是我找到处理火车站强奸小苗苗案的当地派出所所长唐璜（有汉族血统的蒙古人），通过黑社会关系把巴枯尔给摆平了，她送我三十万元的好处费，我当场取出两万元谢过唐璜但自己分文未取。后来沧海一笑集团设在呼市的办事处，就是我帮助招呼的。我这样做一是因为老乡，在家靠父母出门靠朋友呗。主要还是她在关键时刻两肋插刀，帮过老爹一把，出手就是五百万元！多情未必真豪杰……豪杰嘛！

物贱不灭，怪鸟不死是当地的俚语。说卞小枫是怪鸟，因为她行为古怪，独往独来不合群谁都不放在眼里。当地官员大多对她的印象不好。说是墙内开花墙外香；赚了钞票放在外面忘记了家乡的乡亲父老，是得志的中山狼。虽然她的沧海一笑针织集团已在沿海民企中规模庞大，在全国各大城市都设有办事处，听说还把生意做到东南亚与非洲；但大家都没把她当一回事。据说沿海财税局在她发展初期曾免过三年所得税，才使她有日后这个发展的局面，但她却连地方政府召集公益福利希望工程夕阳红大大小小的慈善事业，都拒绝参与不提供赞助。她出道后把总部搬到上海推说销售业是微利，不再上缴沿海财政税款了……四眼哥负责乡镇民营企业这块时，很想利用她搞点政绩出来，几次去上海做工作，要她看在校友面上出点血。卞小枫总是找原因躲着他，实在躲不开了才开诚布公地对他说：全校一千多校友都卖面子，我的企业岂不整垮了？四眼哥倒也直来直去，说全校一千多校友才我一个常委兼副市长，你给脸不要脸，我让工商局把你沧海一笑给封了。卞小枫不怕，说正好，我在上海发展后，沿海这条尾巴想割都割不掉哩。她这般横，四眼哥就拿她没办法，真把她那尾巴割掉，乡镇企业局与统计局局长要闹意见……

我知卞小枫这般做，是对这块脚下的土地印象不佳。人都这样，成长是人生的第一老师，就如我变成强奸犯她成为怪鸟一样。她与五里寺的因缘外界有各种各样的传说，集中起来有一本厚厚的书可写……卞小枫拼命工作拼命挣钱，除为证明自己人生价值外，主要还为排解心头那份为情所困的寂寞。她人至中年未嫁，就为少年时那段难舍的感情。简单说，五里寺住持僧智永大师，曾是她梦中畸恋的男主角。智永大师俗名为张舍一，曾是她的体育老师。当年卞小枫恋着他死去活来，他却因恋上另一女生发生关系，后来被她揭发偷听敌台（美国之音），被判十几年徒刑。待从狱中出来已疾病缠身，万念俱灰出家当了和尚。二十年后卞小枫打探到他已在五里寺出家，方才恢复了联系。不管他如何婉拒，她都每年借养病机会来此与他重聚。如此说来怪鸟不怪，应是有情有义之人……

卞小枫知我要来（是我不慎向笨羊姐夫透露，市宗教局办打过电话），在寺院居士林门口等着我。山风撩动她的裙裾，冬日的阳光下她的身影苗条纤弱，形影孤单，不像人们所传说的那般彪悍。我停稳车打开车门，她就急急地迎上来埋怨说：怎么不打个招呼？我满脸堆笑地道：你不是都知道了吗？

五里寺的居士林在附近小有名气，可谓是卧虎藏龙。不少离退休老干部为延寿益年都聚集于此茹素修行，也有像卞小枫一般的企业家，多半为生意做亏或发生家庭变故，在这儿念佛超度祈祷运气。这座居士林原先没有，是智永大师担任住持后筹资新建的；大师是省佛协理事市佛协会长，还是省政协委员市政协常委。卞小枫已在此住了一个多月，是她近年来最长的一次休假。与众不同的是她在这儿有一间独立包房，门口功德碑上镌刻着她历年出资建造居士林的事迹……

两年前，她又一次到伊盟找我，与当地企业洽谈羊绒开发业务。这时我才发现沧海一笑盛名之下其实难副，预示着做企业花无百日香的道理。她所生产销售的腈纶产品虽然色彩鲜艳质地牢固，毕竟不如天然羊毛具有透气性能；主要是人体出汗时对毛孔有刺激。随着人们生活水平日益提高，处于被羊毛制品逐步取代与淘汰的趋势。此对雄心勃勃锐意革新的卞小枫来说，面临一个产业结构转型升级的难题。这些年她已不把精力投放在国内大大小小的销售代理点上，而超脱出来寻求合作伙伴进行产业结构转移与变革。她已多次至伊盟谈判，思谋用低成本吃下原料基地解脱困境。当然，她在外面仍然唱着高调，在中央电视台电影频道的广告做得风起云涌，色彩斑斓先声夺人；这只是面上销售的需要。那些盘点积库仓储转运的产品，足够她在央视打上两年广告。那年代工商局几乎每天都注册几十家新企业；同时也倒闭与其数量相等的旧企业，就像现今电影放映的日本鬼子下乡扫荡，有多少站着冲上去，就有多少躺着抬出来。

　　我让于燕包下居士林的两间房价偏高的房。现在寺院也对外开放对内搞活，和尚也不全是吃素的。来前我与她约法三章，散心不就为清心吗？此行重在修身养性参禅礼佛各不扰。她问我山里有啥玩的？我说寺院在栲栳山中，传说有葛仙翁炼丹之处，山势比陀头山还陡峭，为沿海市海拔最高的山峰，山上古木参天风景优美；山下有杜白两湖系天然潟湖人造水库，大坝雄绝冠世为本地旅日侨商吴锦堂所修，为近代水利工程杰作。此去不远又有上林湖越窑旧址，源出西晋，历唐、宋两朝，为我国秘色越瓷发源地，史传海上陶瓷之路所销海外名品，多为此间所产。我说别看沿海是小地方，没你内蒙古一个指头大，却实实在在地称为江南形胜。身处佛门圣地，你就老老实实地陪我念上三天真经，求佛祖赐给我俩好运……她又问我可有网线？我知她携带手提电脑想上网哩。摇头说没有，大哥大信号也不好……

　　时近晌午，卞小枫陪着我俩用素斋，斋后陪我俩在寺前寺后逛了一圈，就各自回房休息，房间是贵宾房干净利索，装饰与宾馆无异，只是没有电视机。下午各自将息，自然无话。

4

　　次日凌晨打坐毕，用过早斋（甚为素淡），与小妮子在斋厅见了，一对蓝眼珠幽幽地闪着玄光，显出一副凛然不可侵犯的样子。我心中觉得好笑：你以为这般模样佛就宽恕你？只要你心头俗念未除，就难跳出三界外冷眼观世界。我自然也装作正人君子模样，眼皮都不抬地与她擦身而过。人之修行，说到底是心随境转大环境确定人生趋向；身置商海处处惊涛骇浪，谁都像乌眼鸡一般你争我夺你修行得了吗？世人谁都知金钱是万恶之源，可又有谁离得开此阿堵物？见钱眼开谁不想邪恶一把？我知小妮子在与我怄气，明知我也修不成正果，来此无非是与卞小枫商量大事（她能猜到），却装作浑然不知。这是她当助理的本分，如果事事处处要显出比我高明来，我身边自然就容不下她了……

我已与卞小枫约好商谈沿海潘氏大事。此时我表面优雅心内波澜暗生，要知无论谈成谈不成，于我来说都是破釜沉舟的一次尝试。通过半个月实地考察与分析，我知老爹要不出手出手必石破天惊。就我分析：老爹已和玛丽四眼哥秀才哥甚至小白脸陈俊达成共识，趁香港潘氏撤资之时，正崛起的星星草公司欲以蟒蛇吞大象般的豪情与气势，一举兼并和吃下沿海潘氏。这在理论上是可行的，由此解决四眼哥与陈俊压在头上的最大难题——国企体制改革；同时也帮助乡企资源不足后劲乏力诸多困难。问题在于兼并后的路如何走？这冰度冷水与沸点热水搅和一处，只能成为温吞水；如果要把水加热，不仅需要置于锅下的柴薪（钱呀），而且需要加上盖子员工的齐心协力……老爹呀老爹，您就这般不声不吭地自作主张，把儿子从十多年前的强奸犯后来的内蒙古的十大青年企业家，为了牛抬头自作主张地变成您麾下的一名锅炉工吗？啥玛丽与杰克结婚？钓鱼嘛！如果我不带五百万元印着毛爷爷头像的热妈妮（money）兑换杰克的股份，玛丽能乖乖地侍奉旧夫克已复礼为您卖命？农民哪？都到此节骨眼上，谈何君君臣臣父父子子与忠孝节义？您认为您儿子与玛丽是圣人吗？

我随着居士林通往寺院大殿的圆拱门信步走着，在约三十米处转过紧靠山崖的佛龛，转入一条曲径通幽的卵石小道向后园的塔林走去，没多久就看见身穿袈裟手执佛珠的卞小枫。见到我，她脸色平静地莞尔一笑颔首问：来了？看得出她的心情不错。我说是来了嘛，能不来吗？这等急事……也真不好意思我只有这条路可走，病急乱投医地找姐商量来了……

她说无妨……是你把姐当作亲人哩……

这是寺院的后厢房，原作藏经楼，现为僧人研经与读经之处。经此出右边门，有一块阳坡地为历代高僧圆寂的塔林。沿海的许多寺院在我们还戴着红小兵符号时，就被我们的大哥哥与大姐姐破坏了；像陀头庵一般变成了废墟，这儿能保下来就因为米沙。据说米沙当初也曲线救国地参加了造反派，以造反的名义保护了寺院，由此声名大振，在智永大师前成为此寺住持，可惜天不假年没几年就走了，他能掐准别人的命却掐不准自己的命；智永大师就是米沙慧眼相中的徒弟。

那丫头弄的材料我昨夜都看了……卞小枫盯着我的脸问：她与你啥关系？上次我在伊盟就见到她了。我说也没啥关系，总助嘛……她笑了笑：她对你挺忠诚的……我看得出你挺喜欢她的……我说我是喜欢她……可现在情况不是起了变化吗？她说：你指玛丽吗？按我直觉她是假戏真做……女人与男人不同，喜欢一个人不会轻言放弃……我说：我也是这样判断。她说问题在于你是否喜欢她？你们男人都这样，吃着碗里看着锅里的……

我俩冒着凛冽的山风，在灵幢边台阶上坐下来，我说了我与玛丽的故事。她哀哀地叹了一口气摇头道：你约我到这儿……不会让我来听故事的吧？我就把两个小煤矿与原料加工场一次性转让给她作抵押，解决资金的事儿说了。我说：姐，这事是不是很没面子？如果不到万不得已我就不会找你。她问：开价多少？我说：五百万元吧？少于这个数我还不行……她摇头道：我知你那两个小煤矿，虽然租赁期只剩下二十年，如果按正常转让应该不止五百万元呀？我说我这不是着急嘛？这下她坚决地摇头：君子不乘人之危，何况我现在不缺这钱；只要企业还在运转着，对我来说不是一个大数目；但我不能把这钱打给你……我急问为何？她还是摇头说：沿海潘氏与星星草合作是一桩没有前程的事。我不能看着我最好的朋友眼睁睁地往泥沼里跳……

饭后继续坐在屋外吹风，这是卞小枫考虑问题时多年养成的习惯。她说这般有助于思考。我有些着急脸红耳赤地道：我知道这样做极不明智，老祖宗都说过救急不救贫……国企沉疴已久，不是一般俗人能解决的问题；可你知道老爹牛脾气，他两次推掉叔爷爷原本想交与他的资产……兼并沿海潘氏不为赚钱……她笑问：做企业不为赚钱又为啥呢？我说他为脸面，为十五峇村人的脸面，也为对叔爷爷投资及遗产的一个交代……他想成为一条抬起头来的牛，让这世界不再歧视我们农民……我也不知咋的一口气说了这么多。她默默地低头听着，随即抬头望着我诚恳地说：说实话，在沿海乡镇民企中我最佩服你老爹……贫贱不矢志，富贵不能淫，能算是真正的一条好汉；我等女流之辈真不及他……我说：不对，姐……你才是我心中的真豪杰哩。别的不说，就凭你七年前在老爹走投无路时投入那笔钱，你都是大英雄大善人了？她笑着问：你知那为何吗？说起来还是你老爹运气好命不该绝，当时我做体育彩票正好赚到一大笔钱没处投放，看到他这般的老实人，连银行政府都不信他；眼看就要一文钱逼死英雄汉，就把钱转给他做了投资。我问那钱后来他还给你了吗？她说我不让他还，譬如炒股输了嘛。现在我还有十几只股票被套住；可他偏要还，说不还就看不起他的人格了。那就还呗！结果这钱我还是套住在上海郊区那幢烂尾楼上。我这人别人不了解我，我还不了解自己吗？我总在追求那些虚无缥缈的东西，就如做企业我总想着比别人做得完美做得大；别人都以为我受到市场压力心理变态了。是的，市场对我有压力，但我的尴尬我的变态主要还在内部管理。不是嘛，最牢固的堡垒都是从内部攻破的；我缺乏帮助我管理的人。我已变得谁都不相信，在这世界上形影子立孤单得很。你不明白我为何躲在这儿修禅吧？常人解释我为情所困，为智永大师？不错，我是喜欢他，赞助他修建寺院造成居士林，我想把这儿当作未来的归宿。为啥这样？就为风儿吹过时别人的湖水都起皱有了浪花与涟漪；而他的湖水依然是平静的；这些过去的事如今不会再现，他不会为我放弃寺院，我也不会为他舍弃企业皈依佛门……至少我现在还做不到这一点……

她说这些话时情绪有些激动，嘴唇微微颤抖双肩神经质地抽搐着。我小心翼翼地询问她怎么了？是不是她的沧海一笑出现了情况？她说大情况也没有，小情况年年都有；树立高处，风必摧之，世间人心隔着肚皮。智永大师已经不是我熟识的大师……变成俗和尚，他的心已被风吹起涟漪来了，忙着修灵塔为自己流芳百世。我来这儿也不是为他，而是在疗伤……说着，她撩开貂皮大衣，拉开左臂的毛线衫让我看露出纱布的颈下：看到了吗？是枪伤……五六式半自动步枪……离心脏三公分……谁干的？我大惊失色。她披上衣襟惨烈地笑道：由我一手拉扯起来的总经理马守诚，在新疆库什雇用的杀手。你说，我对这世界还存有幻想吗？

她站起来拍了拍沾在皮衣上的灰尘，牵动薄薄的嘴唇笑了笑，说这就是人性，赤裸裸的人性？以前贫穷时人之间相亲相爱，现在有了些钱，大家就变成如乌眼鸡一样了。我顿时无言以对，呆若木鸡。回屋吧？外面有些冷哩。她平静地说：如果你认为有必要，我可以帮你；但你须考虑清楚：你有否能力把握住人性？不仅仅把握企业。大有大的难处呵，人如果爬上高处，要下来就很难。

5

我与于燕回城后举行了一次答谢酒会，这是我与于燕出去散心前分别送出的请柬。原想分两拨宴请，一拨是笨羊姐夫我姐与铃铛、陈俊夫妇与莲子姐；另一拨是鸿年老师夫妇与杂物贱、陈芳儿夫妇与麻皮阿梁。因为这两拨人马文化层次或对事物看法不一致，我怕他们尿不到一个壶里，便物以类聚人以群分。但那些收到请柬的人，相互联络后向我打电话要求合在一处。说都是乡里乡亲的，主要不是吃饭，来了无非相互说会儿话还是合一处热闹些。沿海开放初级阶段在宾馆酒店请吃饭，大多在企业与政府官员之间进行，主要是求人办事儿，像这般纯粹的乡人家庭式聚会很少见；不像富起来后逢年过节，一家人拖老携少地把包厢房间订个满，把钱不当钱使用了……

麻皮阿梁牛皮哄哄地在电话里嘶开粗嗓子声明：吃饭算个啥，兜里有钱每天有人请，不如合起来开一个大桌喝酒畅快些，还可以为你省些钱哩。我大大咧咧地说钱没关系，这点钱你侄儿还出得起；许多年不通音信理应出面谢罪。他说你大海洋洋地忘记爹娘？咋不喊上你老爹你老娘呢？我都很长时间没与憨书记掰手腕了，手都痒痒哩……我就哧哧地笑着搪塞道：老娘病了，老爹可不敢请。他说有啥不敢请的，分开十几年你就不认那憨爹了？我说你不知道他的性格吗？没准脾气一上来，这一桌子好东西连台面都被他掀翻？麻皮阿梁连声说：这倒是，他就是这般一个憨人嘛！说过这些他要我留把椅子，说他要把犬儿戈登也带来见识见识。我一时没反应过来问啥犬儿，狗也与人同桌吃饭吗？麻皮阿梁带有夸耀的口气说：不就那个绰号白脸书生的大傻嘛，这几日刚好从日本归来省亲，正好让他熟识熟识人头。我问大傻也去了日本？他说是呀，我与你老爹过年都六十岁了，得考虑接班人问题，大傻出去留洋以后帮助我管理企业哩。我这才明白戈登不是狗名，而是他儿子的洋名……

杏儿也打电话过来询问聚会细节，责怪我咋把爹娘给忽视了。我解释说聚会是我们几个在县城的乡邻闹一闹，爹娘都这把年纪了，还能为吃顿饭大老远地跑一趟吗？要请也只能我回村请。她说你都回来半个多月了，还没见过爹娘哩？我装作牙痛似的哼哼说：你说……我有面目见吗？她说没面目你就不见了吗？我说至少等我变得有面目时再见……省得惹他老人家生气拿青柴棍把我撵出来，我那屁股可没以前那么禁揍了。她扑哧一声笑了：死样？你能把玛丽给抢回来，爹可就啥都原谅你了。我说我会的，浪子回头金不换嘛！如果没有特殊情况，今年我得一定回家陪爹娘过除夕。

放下电话没多久杂物贱来访。他穿着工作服一本正经地板着脸，小心翼翼地敲开我的房门犹犹豫豫站在门口。我说：进来呀，不是说好明晚吃大餐吗？他伸头向房内张望一番问没人吧？有你个大头鬼？我一把拖他入门就亲昵地抱住了他。多年没见还确实蛮想少年时被我欺侮过的玩伴。他畏畏缩缩地说：上午我来过了，敲门没开；以为你与烂眼秋猫在办事哩。我惊诧：啥烂眼秋猫？他说就是跟你屁股后转的那个蓝眼睛小蜜；沿海潘氏上上下下都把你俩传神了。说你是啥荷兰瑞典国的驸马爷，奉你老爹与四眼哥的圣旨回沿海，要买下沿海潘氏当老板……嘻，我乐了，城里的白脚梗多有想象力？义务为我与于燕做广告？我说既然这样，你咋喊她烂眼秋猫？他说我俩不就是朋友吗？我说朋友也不准这般说她。他说我知道你是冲假公主玛丽来的，我也就在你面前这般开开玩笑。我说知道就好，快告诉我香港婊子有啥反应？他愣愣地呆怔着：啥香港婊子？我说就是假公主玛丽呀……

他坐在沙发上玩我放桌上的中华烟，抽出一根放在鼻子下闻闻又放下了。我说你抽烟不？要抽就抽呀。他摇摇头把烟重新放回盒里。说油嘴佬呀，我、二愣子与你还是兄弟吗？我说是呀，这不是我请你与梅林鸡吃饭吗？他说芳儿结婚后都胖了五斤，你不能再喊她梅林鸡了。我说你还不是把于燕叫烂眼秋猫吗？他说：那好……都不喊，他们城里人不兴喊绰号。话入正题他告诉我：芳儿她哥明晚不能来吃饭了。小白脸陈俊是陈芳儿的表哥，杂物贱以为找到靠山狗仗人势很得意。我问为何？他说他有事去了马来西亚，香港潘氏董事局在那儿开年会，把他特地请了过去……我说你来这儿就为说这事吗？他支支吾吾地说：当然不是……是玛丽……他见我愣一愣，说是就是假公主那事嘛……

我凛凛地望定他问：她能有啥事？不是要与杰克结婚了吗？莫非是让你来通知我这前夫的？不是……他显得有些慌乱，事实也许不是你想的那样。我说还有哪样？我早知道你喝两口水长期提供我假情报。说吧，她啥时候收买了你？现在又要你来干啥？杂物贱装作不解地望着我大呼冤枉。说她与杰克结婚这事儿，不能与当年我仨为几瓶啤酒打赌，把屎屙泼她家门口把字刻在崖石上。他说那时我们年轻只为出气嘛；如今人到中年也算成熟了，处理得要像绅士不能影响大局。我便问他啥是大局？他低头想了想正色道：太阳升起牛抬头……我们的目的是要抬头；而不是个人意气用事……士别三日，当刮目相看；这话说得够有水平，我们都不是当年的愣头青了？图一时痛快不作思考，总觉得这辈子的岁月还有很长；就像小学生坐在课堂上盼望着放学，埋怨太阳咋总不下山？时间过得多快，一忽儿一天一忽儿一天，常啥事没做这天就过去了。我点头说明白，不会再把屎呀屙呀泼她家门口了……

他问：你还喜欢她吗？我语塞，是呀，这些年我常用成熟男人的视角审视自己：究竟还爱不爱她？从读书时那个趾高气扬腹中空洞的假公主，到自找门路在沧海一笑营业部的打工者，一直至现今名扬四方、万人艳羡的小富婆，这十几年一路闯荡，使她成全自身独特的魅力，就像丝绸一样发出光亮。这是由岁月与灵魂共同雕饰出来的光亮，犹如老鼠啮咬人心般折磨着我。不是我爱不爱，而是我敢不敢爱了？像我这般小煤矿土包子老板，虽麾下拥有于燕这般独一无二的洋娃娃，手里有着几个臭钱能说明什么呢？说到底不就是一个土鳖……在这社会中男人的成长，其实是个不断失去纯真的过程，所谓成熟就意味着他除了爱自己，已经不会去爱任何人了；当然也没有别人真爱他。男人越变得成熟，离那份爱的纯真就越遥远，有的是逢场作戏利益高于爱情，甚至以物质为诱惑不择手段地占有女人的肉体，来说服自己还拥有少年时的纯真以及虚伪的爱情……

纯真屈服理智，成熟抹杀善良。经历十几年的炼狱，我们获得了想要的一切，唯独失去了纯真与爱情；我们已不会再真实地去爱一个人了……我还是跳了起来，板下脸问：是她让你来的吗？他默默摇头说不是。我只不过想告诉你，这世间上还是存在着爱情，假公主是那种为了找回爱情，不惜付出一切代价的女人。你走吧，回去告诉她：我油嘴佬从没爱过一个人，过去是……现在也是；我从未有过纯真……也没有得到过爱情……

杂物贱离去后，我的心头许久难以平静；我似乎感觉到自己精心策划的这一仗，又一次被那种叫作纯真的东西击溃了。

聚餐会按我的要求如期进行，小白脸陈俊果然没有出现，他老婆与孩子也没出席（可能是感觉到还没到图穷匕首见的时候），余下全部到位。由于杂物贱在前天晚上出现，我承认那是一次没有主题失去灵魂的聚餐。但大家还是玩得兴高采烈，酒也喝了不少，饭后还去 OK 厅唱歌。因为大家感觉到我这杀坯不会随意出血摆席；此行动等于宣布溪流入江回沿海与他们一起轧闹猛了；对这些日夜都想着牛抬头的兄弟姐妹们来说，还有什么比人多力量强团结一致向前走更有意义的事呢？

次日，我就与于燕驾驭着宝马车回伊盟。我要在那儿与卜小枫会合，处理我的资产与帮助她在那块土地上扎根开发羊绒产品。善良而又智慧的她虽然并不赞同我为此破釜沉舟，却同意以资金形式支持我抬头。她说我的想法不一定对，为了一个叫玛丽的女人，你值吗？我说也没值不值的；在这世界上，其实我们每个人都在暗夜行路，摸索着前进，只要有一丝光亮就要勇敢迎上去……对吗？她点头说对的，话虽这么说事实不一定行得通；但我支持你试一试。保护乡土保护传统，包括保护女人。

在路上于燕很久没与我说话，直至过了省城开上高速道才问我：你说过以后不再有爱情，是真的吗？我说你偷听了我与杂物贱的谈话？她点头承认，忽然又莫名其妙地说：有人说你连骄傲都不敢，谈何作为？我问：你说啥啥呀？此话谁说的？她讷讷自语道：我没学会解释……你的事你心中明白；没听明白就算了，没必要追根究底……我心里有些不快，问：你咋对我学会吞吞吐吐了？她说本来就是嘛？我算是你什么人哪……

说得也是，她是我什么人啊？现代人的悲哀，就为明确了每个生命都是单体的；我不知道一个什么都不相信的时代，到底能走得多远？

于燕：老爹是他心中的神

1

在我还没出生时，这国家就发生了许多稀奇古怪的事。令我遗憾的是，当年我向油嘴佬隐瞒了我的过去；其实我知道我真正的爹，在我还在我娘肚子里时，被人说成苏修留下的间谍，从海拉尔当时最高的地质大楼（好像是六层）上跳下来摔成了肉饼。我娘原先也住在城里，出了那事后才离开回了貂子屯……那事儿我舅吩咐我不能说，就是打死也不能说。因为爹直到现在还没有平反，属于这个国家的敌人。我问过舅他到底是不是敌人？他说那年头乱哄哄的谁弄得清？我说现在拨乱反正不就可以弄清楚了吗？他摇头道：肥美的羊肉吃进肚子里，拉出来就变成屎了……历史能够倒退回去吗？

我很小就进城跟了舅，舅这人有些古怪；他与舅妈没自己的孩子，却喜欢孩子，特别喜欢像我这般碧眼金发的，帮助与收容了许多流浪儿；不但把家里贮存的肉与奶拿去给他们吃，有时还会领回来抚养一段时期，待联系上没生养的牧民再送到草原去。当时海拉尔像我这般肤色的流浪儿不少，每年冬天舅就捎上我骑自行车在市区各个垃圾场寻找；那些流浪儿居无定所满世界找食物吃，垃圾场是他们围聚的地方。他把他们领回家了解他们的身世，编号记录在本子上帮他们寻找亲人，找不到亲人的开春后就送去牧民家了。这些人（改革开放后）大多回去了，回到被我们称为苏修这时分裂为十几个国家的家乡。因为舅为他们编了号，经过几年十几年不懈努力，找到了他们在国内的亲人。

我曾怀疑舅知道那地方也有我的亲人，总是幻想我娘并不是我亲娘，舅不是我的亲舅，我没被他编号而且长期抚养着，是因为我比那些流浪儿长得可爱，从小就是个美人儿嘛。但后来舅妈在送我上山西煤炭学院时，交给我爹写的厚厚一叠日记，我方才明白那个我幻想过的祖籍之地，是永远也回不去了。因为我爹原本就是斯大林时代被肃反而满门抄斩唯一死里逃生的孩子。我舅的爹也就是我外公收留了他。而他是在我舅参加抗联、进城后才培养上的大学。我娘也不是外公亲生，而是他收养的日本弃婴，与舅没有血缘关系。后来我爹跳楼，是因为有人诬陷他把海拉尔的地质资料（他是工程师），提供给曾把他满门抄斩的那个国家。为此舅对我说：这绝不可能……对那片土地怀有深仇大恨的约瑟夫（我爹的姓），不可能做出那种事！我说既然这样，现在拨乱反正，不能帮他说清楚吗？舅与舅妈都异口同声地告诉我：草原上的羊儿多得数不清，不管长得瘦长得肥都要开膛剥皮杀了吃的……人都没有了说清楚还有意义吗？我说当然有意义，我不就是他女儿呀！他俩又异口同声地回答：现在又有谁知道你是他的女儿呀？

我上大学后仔细研读了爹的日记。知道舅为何逼我努力学习，非考上煤炭学院不可？就因为我爹是个地质工程师，他在这片土地上发现了有许多许多的乌金，做梦都在想着为收留他这个罪人后代的国家做出贡献……

这样的秘密我能与油嘴佬说吗？何况当年我投奔他隐藏着一桩更大的秘密，连我舅、舅妈与娘都永远不会明白的秘密。被人收养的感觉并不好，缺乏独立的人格与意识；我爹我娘都是被人收养的，我也是……我开始尝试着凭自己的努力，做一个能够拥有独立人格与有着自由意识的人……

油嘴佬其实也是一个被收养的人，虽然他有亲爹亲娘，还有我刚见识过窝在山里的亲人们，但那只是个外表与形式。他是个在精神上被人收养的人，虽然他并没有意识到这一点；在外面闯荡这么久，一直自负地夸耀着他所拥有的一切靠自己创造。是的，他很了不起，他在想着如何脱离那个收养他的群体，回归到他精神的自我中去。在当代年轻人中，很少有真正能脱离收养意识的；我说是在精神上不被收养，拥有独立人格与独立人品。这事与钱多钱少没有太大关系，每个人的物质需求不多，关键是精神需求，能随心所欲地做自己想做的事情。我爹为何从六楼跳下来自绝？就是他有着强烈的被收养意识，想报答收养人恩情而没被人理解，曲解了他的报恩心。这些在他的日记里说得很清楚。一直至自杀前他才意识到自己并不适宜被人收养，因为收养使他失去了独立人格而变得不是原先的他了。舅与舅妈显然都没能理解他，才把那日记本儿放心地交给我，指望我成为他一样有感恩心的人；可惜我把他的日记倒过来读，明白自己可以被人形式上收养，或者说是为谋生所需拥有一个舒适的环境吧？但须有独立人格与自由精神，因为我不是我爹这代人，当不来别人的奴隶……

　　跟油嘴佬回过一趟沿海接触过他的乡人与狐朋狗友后，我总算弄明白：他总挂嘴上的牛抬头是咋一回事？这有点像我说的收养与被收养的关系。世界之大无奇不有活跃着各种人，仔细分析却只有两类。一类没有独立意识喜欢被人收养。这类人大多出身卑贱由于收养改变物质环境，常怀感恩之心知恩图报。这种收养可以是形式，也可以是精神；有些人身体没被人收养，却是天生精神寄养者；他们与身体被收养者一样具有善良的天性，却同样有被人奴役的惰性与惯性。记得我刚上小学时，坊间传说着戴着白羊肚巾、蹬着土布鞋走进中南海的农民副总理陈永贵的故事（按油嘴佬的话说就是牛抬头了）。回家鹦鹉学舌地说给舅听；舅说了一句话：他不过是开荒种玉米的农民，就是当了皇帝还是个农民。此话当时我没听懂，现在想来却印象深刻。这世界还有一类人怀有收养癖，通常是高高在上喜欢主宰或收养别人的人；这两类人碰到一处就产生收养与被收养的关系。如我舅家境并不富裕，却喜欢把那些金发碧眼的流浪儿带回家来，满足他那救世主的野心；人之癖好其实与钱和权势没太大关系，草原上有许多常年住在蒙古包里的牧民，家徒四壁却像我舅一般具有收养癖。如果你因为贫穷四处流浪，可以在他寒酸的家里住一段时间，甚至要求被收养；只要他力所能及就会满脸荣光地享受这种快乐，只要他有一口吃的绝不会让你饿着，他吃什么也会让你吃什么，甚至拿好奶与好肉招待你，而自己却啃着骨头与奶渣。但你千万不要忘记：你在他心目中就是个奴隶一样的可怜人……

　　我为油嘴佬打工已经四年多了，深谙他这次回来想干些啥？他对财富获得的愿望太过强烈，认为有了财富就有了一切，包括尊严与快乐。其实这是一种错觉，生活在草原上的牧民每天与太阳星星为伴，住在蒙古包内喝奶茶吃羊肉，也没见他们失去尊严或者不快乐。就如我住在貂子屯的娘，总认为世界上最好的地方就是貂子屯，自爹跳楼自杀她回去后就没有想过回城，心安理得地过着她的日子。像油嘴佬这些从南方来淘金的企业家们，开宝马车吃筵席，西装革履地与领导一桌子吃饭谈事，也没见他们拥有多少尊严与快乐……

　　人为万物之灵，百人百思想，所处地位环境与教育程度不同，看问题的视角也就不一样。我曾把这种念头隐隐约约地向油嘴佬提过：为何你只想着牛抬头，而不是人抬头？他批评我幼稚，说牛与人受政治经济社会文化观念制约，是两种完全不同的概念。拿孟子的话说就是劳心者治人，劳力者治于人；与收养和被收养毫无关系。还说牛就是牛人就是人，是爹娘生下来就已经确定无法更改的现状。牛只有通过涅槃，才能获得与人一般生存与生活的权利。他如此武断我就没与他争论，汉人的学问搅来缠去太深奥，许多东西我都没弄懂。我只是觉得他这般肩头扛着责任活得很累也太辛苦，明明已从被精神收养的桎梏中跳了出来，何必又去钻被人收养的牛角尖呢？在我俩来沿海的路上，我就断定他此去必然陷入玛丽与他老爹设计的圈套。浪子回头金不换，他需要被人精神收养，也需要在精神上去收养别人，完成一头牛的使命；他不但要为自己涅槃，还与他的亲人们一起涅槃，完成由牛向人的蜕变与转化……

回内蒙古的路上，我俩都少说话，车子还由我开着而他在打盹。我明白他没真睡着，打盹是他考虑问题的一种方式。自与沧海一笑下总见面后，他总显得心事重重言不由衷。我知他在考虑如何置换资产如何回头夺回玛丽，又如何与老爹合作重出江湖的事儿。

其实假公主玛丽也是被人收养与绑架的一头牛。汉人的思维很庞杂也很奇怪，有一个喜欢或说习惯被人收养的系统；他们总是认准目标一竿子插到底，不会换个角度像蒙古人一样去思考。圣祖成吉思汗用马鞭子说话打天下，最后被不争气的后人失去了，只留下美丽的草原我的家；子孙们没觉得有何不妥？心安理得自由自在地过日子。不是你的东西就丢下呗，照样乐呵呵地放牧牛羊喝奶吃肉？而汉人总是太聪明，他们想得多要得也多，这样就会感到苦闷和带来烦恼。玛丽在香港待得好好的，何必非回沿海担负此责任？油嘴佬都离开她这么多年了，还非得把他给弄回去？同样没走出牛抬头的误区，在精神上被人收养了。当然，我是旁观者清站着说话不腰痛……

有一个很大的秘密是她与我的约定。那年我即将大学毕业，意外的经人介绍陪她去海拉尔找舅谈项目。这项目后来黄掉了，因为我舅只愿当官不愿意做生意；我说过他只收养别人而不愿意被人收养，认为经商要随着别人的马鞭子转不自由。回程路上她要我继续为她工作，认为我是当奸细的料。在海拉尔宾馆她送给我一条24K纯金项链，坐在对铺意味深长地笑着，问我毕业后有何打算？我说没有打算又没啥路子？只能回海拉尔依靠娘舅继续被他收养。她说你舅都退休了就没啥路子了，像搞原料这么简单的事他都没法搞定……我说是呀，他天生不是做生意的料。她便在那晚上向我讲了油嘴佬的故事，问我能不能帮她搞定他？她可以付高报酬给我。我想了想说有难度，你这么聪明漂亮，又有港资背景都没搞定，我这没出校门的雏鸟怎能搞定他？她说我不需要你咋去搞定，只电脑联网定期提供信息就行了。我看了她提供的油嘴佬资料，说他可是内蒙古十大青年企业家，你不怕我乘虚而入占为己有？她笑着摇头道：我当作宝贝的东西别人不一定当宝贝。我了解他对女人也就馋嘴猫似的玩玩……整十年了要跑早就跑了……他不是把小苗苗送去日本了吗？我说那可不一定，萝卜青菜各有所爱；没准他喜欢我这般黄头发蓝眼睛的与我有缘分。她摇头道：拜托……如果你俩真有缘分，我倒可以解脱了；为这劳什子的婚约我俩相互折腾了十几年……她说：我俩可以打个赌，如果三年内你搞定了他，我拱手相让还送一份大礼与你……

　　我问：你就这般自信？她说没有自信我还能走到今天？一个拥有野心的男人，没完成他的预定目标不会随便结婚……不信你试试……哈哈，我顿时乐了。她以为她是个独立的人，在我眼里不过是被港商精神与形式上收养的女人；人都依赖于环境生存，没那背景她就什么都不是。但她这番话还是引起我的好奇心。这般有耐力的忠贞爱情，为达到目的不择手段的婚姻尝试，不是每个被收养者所能做到的。像我这般处于社会底层的混血儿，被人高薪雇佣品尝一个优秀的男人，无疑是一种能力的培养与锻炼。是的，我不想被人收养，是因为我被我舅收养长大；但我却是被人收养的反叛者。我只是形式上被收养，精神与肉体都是自由的。我做梦都想成为有异于我爹的这一代人，具有独立完整人格的自由人。我知道这种以金钱为目的的雇佣关系，需要我做出身心的付出，需要有一定的道德担当，但这并不影响我的尝试；蒙古族的女子心灵是敞开的，没有汉人那许多繁文缛节，就像后来我遇上瞎老奶，为使晚年有个伴收留老宝贝供吃供喝，还为他养老送终。人的种种魔障，说穿了都是自己给设置的；虽然在做出抉择前我还是犹豫了一阵子，但待我接触过油嘴佬，就凭他与玛丽自以为是的浪漫故事，于我来说就充满魅力与诱惑……

　　为此，我与玛丽联系，愉快地签订下协议，在实习期间就展示青春魅力去找了油嘴佬。我相信运用我的智慧与魔鬼身材的青春活力，能使这两个不算高智商却像小说主人公一般相互怄气斗智的灵魂，双双拜倒在我的石榴裙下……

　　当然，油嘴佬并不知我已被玛丽收买，他对我的信任与依赖出于真心。也许玛丽测知时间一长，我与油嘴佬就会假戏真做使她人财两空成为失败者。这不，四年后她就逼不得已地出手召回，以此打消我越俎代庖占为己有的肮脏念头……她不是圣人，不可能把她视作珍爱的东西拱手相让；所谓与杰克结婚，是她向油嘴佬发出的最后通牒，不成功便成仁嘛！可怜的精神与形式的收养者，以征服男人发泄自由意志，用来维护她保留心底的那份可怜的自尊。她并没有我想象的那般圣洁那么坚强大度……

2

通过在沿海夜总会里的沟通，我接触了油嘴佬团队的那些狐朋狗友，准确说是正在抬头的牛们，由此明白了他所处的困境。他所面临的不仅是与玛丽的婚约纠葛；此纠葛随着时间推移感情已转化为次要，而是恪守信用（这呆骆驼把婚约刻老家的崖石上去了）的契约精神，还有那份在家乡人面前的尊严。别看油嘴佬平时嬉皮笑脸好像啥都不在乎，玩起来像种马一般昏天黑地地疯狂，正邪均沾，其实却是个讲信用守契约的男人。别说做生意，就如与我的关系吧？他可以在床上使尽全力花样百出地与我玩，想方设法地使我得到快乐，但每当我提出婚姻要求时他就沉默了。我把这现象通报给玛丽（气气她呗，谁让她花钱买肉包子喂狗），她酸溜溜骂了句粗话：他就是这屌样呗。我寻开心说你不嫉妒呀？她叹口气说：嫉妒啥呢？你不明白女人用脑袋思考；而男人则用下半身思考……没你，他同样还会有别人……

我没想到她能如此镇静地回答我的孟浪，这说明她相信他对她的承诺，相信他身上的契约精神，并愿意为此做出让步与牺牲。与油嘴佬相比，她是一头理智而又成熟的母牛，把公牛的耕耘与发情期加以区别。面对如此理性的雇佣者，就会使我这被雇佣者感到汗颜惶恐无所适从。我明白玛丽打出这张最后的王牌，无疑经过深思熟虑，相信她的猎物除了情感还应该有理智；相信他除了把握不住的肉体纵欲，还有为实现共同目标的契约精神。我在沿海并没有与玛丽联系，其实在过去的四年中，我也很少向她电话汇报，网络通信也是三言两语，而且发帖后尽快删帖（油嘴佬不断地以工作为名检查电脑），许多事我俩总是目标一致，心照不宣地做着没产生大的波折；我在恪守自己被雇佣者名分的前提下，也遵照契约精神尽量克制自身的欲望，努力促使她的男人踏上浪子回头的回归之路。这对我无疑是一桩痛苦的事，我已经发觉油嘴佬正在一个个地攻克并占领我的领地；换句话说，我已经没出息地爱上我这雇主，他对财富占有的坚毅性格与玩世不恭的处世态度，使我这初生牛犊几乎着迷。没有玛丽，我会彻底地爱上他而且不可自拔，但我能违反契约吗？

望着在高速公路上微闭着眼睛打盹的油嘴佬，我忽然明白了，我爹当年为何站在地质大楼上向下纵身一跃……

油嘴佬所面临的困境，不仅仅是对玛丽的契约。他极力回避与我精神做爱，因为他的心里还有她。这对他来说是痛苦的，因为他也爱我；我的优势是比玛丽年轻，劣势却是没她有钱。在汉人的眼里钱可以摆平一切，玛丽的召唤对拥有财富野心的油嘴佬来说，就如瓢泼大雨后必有云开日出，严冬熬尽必有春光明媚百花盛开；拿他的话说是开春布谷鸟叫起，农民就该下田育秧了。而且他真正面临的还有他老爹与村人面前的一份尊严。虽然这次他回沿海未见老爹（我分析他还没思考周全顾及面子），但老爹是他心中的神，音容笑貌深烙在他的脑子里。他敬仰他佩服他能为他抛弃所有。自十四年前从这山窝子里赌气出走，十四年奋发努力所做的桩桩件件，无非是为获得老爹的认可；这是他与我接触中留下的鲜明印象。虽然他与他老爹、秀才与四眼哥的表现与处世方式不同，但在骨子里他们同样是被这块土地收养的人，他属于这块土地这个群体，能为村人们鞠躬尽瘁地耕耘谋求幸福的一头牛。

一个男人可以油可以坏可以作，可以流氓却不能窝囊，不能心中没有目标没有偶像。这是我读高中时语文老师说过的一句话，当时我们女同学都心中不屑，说他在课堂上海淫海盗，助长男生不正之风，现在看来却有道理。在我接受秘密使命与油嘴佬几年亲密接触最后以身相许后，深刻地感受到这个男人的可亲可爱可憎可恨；他总在不断地利用现有制度中的矛盾，想方设法榨取员工的剩余价值。不断在为自己脸上贴金的同时，算计对方算计别人；可说是不露形迹地好话说尽，坏事干绝。他在我身上明明是放纵在寻找快乐，却把淫荡的责任推给我，说是为满足我的欲望……通过这次沿海之行，我明白他所做的桩桩件件万变不离其宗，都是为了这个村子的利益，为了让他老爹认可他是他的儿子。没有比这样的要求更为直接更为原始，他原本就是他的儿子；为了成为他更好更有出息的儿子，他离开了这个生他养他的村庄。但他身上流淌的血液，他在外面闯荡的一举一动，市场运作中的一招一式，仍没有离开他的老爹他的村庄。这是油嘴佬做人的品格，也是我对他的刮目相看高看他的唯一理由……

他终于睡醒过来，递上一瓶娃哈哈纯净水，说要与我交换开车。我乖乖地把车停在道旁，还没等我下车他就像猴子一般地直蹿过来，抱住我啃了一口。惊讶地问：你咋的流泪了？我反抱住他捧住他的脸哽咽道：没有……窗外的风太大，是沙子迷了眼……这时，我才深切地发现自己爱上了他。是啊，我在潜意识里还在渴望被人收养，原来我并不是我所想象的那么坚强……

车往前行，北地中原的寒风使窗外的景色渐行渐变，渐渐地变得萧瑟，大地褐黄一片。又快到1996年元旦了，这是一个呼啸前进的时代，在这块土地上的每一个成年人，都几乎为一种英语叫作"妈妮"（money）、蒙古语叫作"西库卡萨瓦"的东西而疯狂，而且是一种旷古未有不知掂量的疯狂。我不知这种疯狂要延续多久？只是觉得身陷其间很累……

现在是我开始打盹的时候了，油嘴佬此时清醒得很，噘起嘴唇吹着他那喜欢的《国际歌》旋律的口哨，每当他遇上为妈妮而奋斗的事时，总是显得格外兴奋，在《国际歌》的旋律中寻找激起他兴奋的欲望。我微闭上眼睛却像油嘴佬刚才打盹一样难以入眠。我并不为自己揪心，世间之事有聚必有散；好聚好散是我们蒙古族女孩追求的境界。我是在为油嘴佬揪心呀！

经过十多年生意场上的闯荡，我明白他父子在经营上形成两种不同的风格。从我所获知的信息分析：老爹习惯于猛打猛冲善于开拓，凭着胆大做皇帝的闯劲，打开一个个市场窗户，主要打的是运动战，在水涨船高的大趋势下求得进取；而油嘴佬呢？由于资金与技术力量局限相对谨慎，习惯于打小规模的阵地战，不做没有退路需要冒险的买卖；如果非得做，往往虚张声势打一枪换一个地方，有利就图无利就撤。这不能说他比老爹高明，也不是说老爹比他高明，而是两人所处环境不同经历不同学识不同；说到底两人同是农民，充其量油嘴佬比他爹多啃了几年书。在知识更新企业换代的现状下，如果两人联首吃下沿海潘氏这般具有国资港资背景的大中型企业，用秀才哥的话说就是蟒蛇吞大象，消化得了吗？

企业并不是凭勇气就能驾驭的。中方董事长陈俊没参加我俩设的鸿门宴，据邮政美人陈芳儿说：她哥远去马来西亚，与在那儿休假与进行项目考察的香港潘氏董事局主席詹姆斯做最后的洽谈。谈什么？无非是凭沿海潘氏唯一的资本（因政策资源所占有的一千亩地产），作为救命稻草恳求港方延缓撤资。就他来说，即使油嘴佬与老爹、玛丽达成默契舍弃自家门前的草鸡，想吃天鹅肉而涅槃的话，资金困惑无疑是沿海潘氏沦落为鸡肋的重大障碍……这块天鹅肉如果那么好吃，地方政府与有实力的其他企业（星星草并不是有实力的民营企业）早就蜂拥而上了；何况国企改制转型上千员工下岗失去饭碗，产品重新定位寻找市场，需在短期内理顺关系产生效益，问题多多障碍重重呀！虽然油嘴佬、老爹与玛丽由于历史原因捷足先登，在沿海潘氏占有股份，仅凭这份实力能在短期内使企业按照市场经济要求走上轨道吗？在我看来，此行险象环生前程叵测，油嘴佬真不该来蹚这道浑水，为身陷其内的玛丽值吗？

应该说油嘴佬明了此情况，但他为了摘面子在听到玛丽与杰克的婚讯后，心急火燎地赶回沿海并呼风唤雨地闹出声势来；不仅为当初刻在崖石上的诺言，更是为了实现个人的价值。所谓海誓山盟，在人人追求妈妮的时代，无论怎样解释都显得苍白。油嘴佬不是圣人，不至于在市场经济大潮中，为爱一个女人而沉湎其内。这点智商油嘴佬应该有。他的问题就如唐僧师徒在去西天取经，如来佛给孙悟空安上一道紧箍咒；老爹是唐僧他是孙悟空，老爹的本事不如他却掌握着这道魔咒，一旦他偏离方向老爹的咒符就会念起来。我知道这道魔咒的名字叫责任；而我却揪心他没能力承担此责任。在现实世界中，理想无疑是美好的；现实却是严酷的，需要人不折不扣地付出。越是美好的东西越是短暂，就如雨后的彩虹，只存在于一瞬间。油嘴佬也算白手起家，在市场经济大潮里折腾过十几年，这道理他自然比我懂；现实世界中没有人为了虚无缥缈的爱情或者那种叫作责任的东西，舍弃眼前的收获再在海水中泡三回，去火焰山上走几遭？如果有那样的人，必然是圣人。

车子在快到南京时剧烈地颠簸了一下，差点追尾撞上了车。我睁开眼睛发现油嘴佬神色疲惫睡眼惺忪。你还要命吗？我大喊起来，赶紧停车！他问：你要干什么？我说这状态下你还能开车吗？赶紧到加油站……我来驾驶……他不以为然地笑了笑，这儿到伊盟还有一千公里，都由你驾驶吗？我说是的，都由我开……他说：那我干啥呢？我说：你去想你的玛丽与老爹吧。

3

老爹（姑且随油嘴佬称呼）在我俩离开沿海次日就进城开始行动。其速度之快手段之强硬作风之凌厉，着实出乎油嘴佬的意料。这日上午，他坐在我的电脑旁，孩子气地对着我喊道：我知道他会行动的……知父莫若子呀！我说别以为这是好事，玛丽小姐会把你父子俩都圈进去……她有能力这样做……他望着我不解地讷讷道：连你也这样说？白在我身边待了四年，你咋知不是好事呢？现在不是他在念紧箍咒而是我在念……老爹随着我的指挥棒转哩……

十几天后，根据沿海方面发过来的信息，老爹的行动大致这样安排：

进城后他没住在杏儿家。住哪儿？大家都不知道……神出鬼没声东击西。油嘴佬打电话给他姐：我爹呢？杏儿姐气呼呼地说：你问我，我倒要问你哩？老爹也六十岁的人了，能禁得住你这般戏弄吗？油嘴佬嘿嘿地笑着道歉：姐，对不起。这次不是我戏弄老爹……而是老爹戏弄我……杏儿姐说没你在外面胡乱折腾，老爹会这般起兵发马往火坑里跳吗？在这一家人中我对杏儿姐印象不错，根据油嘴佬介绍：她只念过两年书，很小就烧饭割猪草帮助料理家务。在油嘴佬请客的宴席上，笨羊姐夫吃啥菜都得听她指挥，看样子她早把他收养得服服帖帖。电话里又传来她的声音：油嘴佬你心狠哪，你来沿海回村去见了秀才哥，却连老爹老娘都没见……油嘴佬仍咯咯地笑着说：我这不是怕老爹打断我的腿吗？他说过只要我没与玛丽圆房，回村就要青柴棍打断我的腿的……杏儿姐说：这要问你自己的行为？你这次回来上蹿下跳的，都搞得沿海街头巷尾鸡飞狗跳，不就存心气老爹吗？你都没去问问老爹是咋打算的？好像家里已是你拿主意说了算……油嘴佬道：姐呀，这话你可就倒过来说了，现在秀才哥与老爹、玛丽……还有四眼哥都合穿一条连裆裤逼我跳火坑哩，我哪敢上蹿下跳，是在挣扎着脱离苦海哪……

原来油嘴佬心中有数。他并不想回到那种被人收养的环境中去，但又被汉人千年流传的报恩思想束缚，不得不做出他认为理智的选择。他是从那块土地中出来的男人，死了要把骨灰盒归葬故土，香港冯老先生与潘老夫人就是例子；就油嘴佬师傅老宝贝是个例外，把骨灰撒在瞎老奶的牧场上了……油嘴佬向四眼哥打电话，问老爹是否到了城里？他说来了，昨晚还上我家背来一大袋番薯与洋山芋……油嘴佬问：他与你说了啥？四眼哥说他骂你哩，说他被你这逃生鬼逼上梁山……油嘴佬再次哈哈大笑起来，说骂得好骂得好……接着他问：他晚上住在哪儿了？四眼哥说八成去了麻皮阿梁那工棚……我可告诉你走后沿海潘氏情况很不好……听说港方撤资已有下岗员工抱团在市政府门口静坐……油嘴佬嘻嘻笑道：这还不好办？政府拿纳税人钱养着的警察吃素吗？去你的油嘴佬，四眼哥气咻咻地骂道，你是存心让我这代理市长下不了台是吗？我可警告你，事儿到了这步我们已都没了退路，不允许你那些花花肠子再弄出是非来……

据后来我掌握的信息分析，老爹进城与鸿年老师联合行动聘请律师，与星星草公司财务经理军嫂一起，疾速办了两桩大事。

他先把几年前征用办职业学校、坐落在天街镇旁八字桥的三百亩土地，转让给由鸿年老师事先联络的鸿发集团办酒店。那地是油嘴佬一直挂嘴上、称赞老爹与他英雄所见略同的壮举；说企业发展到一定程度，就必须有文化与技术含量。星星草公司在前些年市场折腾中获取成功，企业文化技术含量却没跟得上，办职业学校就为培养企业人才；说，企业竞争到最后，就是资产与文化软实力的较量。购置地产是使企业升值的固定资产。随着市场向纵深发展，固定资产都会贬值，唯有人才与地产才会水涨船高地保值与升值。可现在，老爹却毫不犹豫地出手卖地。从鸿年老师与油嘴佬的通话中，我知道老爹在签下九百五十万元转让费时伤心落泪，油嘴佬也手拿话筒神色黯然。我问那地拿下时不到三百万元，现在不是翻了三倍吗？他脸色苍白颤抖着嘴唇说：你知此地块五年后啥价钱吗？我说估摸不准。他伸出三根手指道：待那条途经天街镇的高速公路修通，起码值三千万元。油嘴佬在经济形势预测上具有特殊才能，后来的发展印证了他的估计。这儿我不得不提及鸿年老师这人。油嘴佬宴请时我就发现他与众不同，完全不是生意场上的人；虽年至六十岁头发稀疏，却抹上摩丝油黑发亮地梳得整齐，穿一件熨得笔挺的黑色呢制短大衣，里面是系着领带的棉质白衬衣，下身穿着一条黑裤与名牌棕色皮鞋，身材笔挺，显得精神奕奕，一举一动都透出优雅的气质。他的夫人魏淑婉比他年轻差不多二十岁，据说是小学校长；也与他一样打扮入时风度翩翩。餐后进 KTV 包厢唱歌，其他人都扯开嗓子吼，尤其是麻皮阿梁五音不全，吼嗓就为找乐子，唯独他夫妇拿起话筒像模像样地唱红歌；嗓音宽阔洪亮，与专业演员有得一拼，没想到他竟是山村小学的教师。油嘴佬为老爹忍痛割爱卖地之事，难过了好几天；深更半夜地向鸿年老师通电话，商量有没有可能用承租形式套现？鸿年老师告诉他不可能了，协议条款已经签下，转行搞酒店连锁业的鸿发集团早有意图拿下这块地。现在鸿发集团在沿海有八家星级酒店，建成天街的酒店就有九家了。还说这就是代价，老爹为把你弄回沿海尽了他的努力……

签下合同后老爹办了第二桩事，带鸿年老师与军嫂去下属麻皮阿梁的建筑公司，与智佬开设在城里由村经合社花木公司管理、由女儿娇娇经营的农家乐查账。说是常规检查实质为剥离村级资产，回收投资交由个人经营。他办第一桩事比较顺利，商量的只是价格的事儿，你愿卖他愿买，在利益点上相互退让就成交了。此举却比较复杂，因为两家企业都属于承包性质，涉及管理与品牌无形资产；村级品牌不是说转让就能转让的，须找专业评估师进行资产评估。何况麻皮阿梁与智佬当年参与创业的村干部，与油嘴佬老爹可说同出师门，大家相互帮衬着齐心协力，才把星星草的村级品牌树立起来相扶相搀着走到今天，这次转让宛如在自己股掌上割肉……

老爹显然是厉害的，在我看来甚至有些可怕，为达目的不择手段，干的是挖肉补疮的活儿。他让军嫂带人先在麻皮阿梁处查账，自己却在油嘴佬城里阿爷那套老屋里住下，与他已患老年痴呆的养母，絮絮叨叨地回忆小时候的事。洪老师在两年前没有了，据油嘴佬告诉我说晚上搓麻将时，搓着搓着身子钻到桌子底下去，手脚无恙鼻孔流出血来；麻友们七手八脚地把他弄去医院一检查：脑出血赶紧开颅动手术，抢救了七八个小时最后没能活过来。自那后陈瑛老师也就变痴呆了。我不知他俩有啥话可说的，也不知他每天躲那儿连杏儿姐与笨羊姐夫也找不到他？一星期后军嫂把账给核出来，老爹就带那账本先与鸿年老师见面，然后大摇大摆地让麻皮阿梁摆席请他吃饭而图穷匕首见……

老爹的人生在外人看来显得精彩，轰轰烈烈死里逃生大起大落，其实他的心头也很落寞。油嘴佬在沿海时告诉我，曲高和寡水清则无鱼。其实老爹挺可怜，此行为除鸿年老师与军嫂理解他忠心耿耿地干活，其他人差不多在心里都有自己的小九九。尽管他带领村民走出这一步，却没多少人感激他，大家认为国家经济形势好转水涨船高，农民靠出卖劳动力自食其力过上好日子理所应当。油嘴佬就说老爹心头充满孤独走得步步惊心。我讥讽说别说他们，这儿不是还有一个？为他心甘情愿去钻火坑的……油嘴佬听了脸色有些怏怏，说你不要幸灾乐祸，以为做人就光顾自己享乐不需担当社会责任？我说你在这儿承租煤矿不就在担负责任吗？我想就凭你在床上那死磕的劲儿，还与我谈啥责任？他说那是我与老爹赌气，他总是小看我仅凭嘴上功夫……

老爹带着鸿年老师与军嫂向麻皮阿梁摊牌，问他是要星星草公司的牌子，还是只顾自己的小乐惠？麻皮阿梁自然没当一回事，人不为己，天诛地灭嘛，再说他的钱都是自己赚来的；说你老人家查岗呀？在村里也就他敢掰手腕顶撞他。这些年他在城里混得不错，每年都按时上缴管理费。老爹没正面回答，说不查岗我只是累乏了，想在城里玩几天。麻皮阿梁听了就哈哈大笑道：大六月天飘雪，祠堂神主牌翻筋斗头一回；原来你这条犟牛也有累乏的一天？当即让人取钱陪他找地儿喝酒吃肉，知他不喜欢去 OK 厅抱小姐就邀人垒长城（麻将）。老爹说：我输不起，兜里没毛爷爷呀！他就豪爽地甩一叠钱给他，说输了算我的，赢了你拿走。这些年他在承包市政府特批的文化项目中赚到一笔大钱，这时也狂得很，说钱算什么呢？花着是钱花不了就是纸……

这样由鸿年老师与军嫂陪着玩过三天，至第四天他不玩了，把军嫂整理的两个账本甩给他说你自己看看，村干部带头搞了些啥名堂？麻皮阿梁不解说有话快说有屁快放，咋想出一招又一招地又干啥呢？他伸出手臂就要与他掰手腕，说我俩都好久没比试武功了，今儿试试你每天喝酒吃肉去 OK 厅抱小姐的男人，武功长进没有？试试就试试，麻皮阿梁疑心疑惑地将起衣袖在众目睽睽下连输三局。老爹就笑起来道：明天通知财务，打两百万到我账号里，我把星星草品牌卖给你建筑公司了，你得上交我品牌转让费用。麻皮阿梁这才大梦初醒，说干吗干吗？不是说好多劳多得吗？我可是向村里签下协议的。老爹就沉脸指着账本道：兄弟，这儿有两个账本有空你看一看。一本是你的，承包十四年，你当经理的个人消费二百一十万元，差不多每年十五万元。另一账本是我这当董事长兼总裁的，每年花不到一万元；十四年总共才十二万元；包括我背番薯蜜枣去北京治病的差旅费；你这样的分公司老总我养不起……

麻皮阿梁看不懂账本，翻了半天嘴唇颤抖地道：你这般说我就不干了，如果我不买品牌呢？老爹诡秘地一笑指着鸿年老师与军嫂说：明天马上办移交，带上倭仔浪子立即滚蛋。我养一个行，吃不消养两个。麻皮阿梁明知故问：倭仔浪子谁呀？老爹说：不就是有种出种，比你还会玩的龟儿子大傻？你都把他花公司钱送日本去了，回来连个富士胶卷说明书都翻译不了；女人倒被他糟蹋好几个。麻皮阿梁不吱声了。第二天他恳求老爹，要求提高管理费继续承包。说我现在实在没有毛爷爷，自己组织公司哩。老爹想了想说查账后我弄清了家底，建筑公司固定资产与人脉资源少说值五百万，如果你还离不开村里品牌，我同意续包三年，每年管理费一百万元，三年三百万元一次交清。麻皮阿梁哭丧着脸道：可我去哪儿找三百万元毛爷爷呢？老爹说：好办，固定资产抵押找银行贷款；先帮我吃下沿海潘氏做大品牌后，找专家评估后扩股上市。麻皮阿梁问上市咋办？老爹说上市就是做大生意冲出沿海去做行业阿大，让阿拉农民真正抬起头来。说着把秀才哥搞的策划书草案丢在他的办公桌上……

三天后，麻皮阿梁先打了一百二十万元到星星草公司账号，另九十万元要待银行贷款后再兑现。鸿年老师在电话里向油嘴佬报喜说：你爹是把豆子撒石卵蛋缝里孵豆芽；智佬那个农家乐也照样画葫芦……但智佬聪明，花了一百五十万元就把农家乐转他阿囡姣姣的名下了，与他商量扩大经营业务承包组建集团公司后的餐饮业务。油嘴佬问鸿年老师说老爹答应没有？鸿年老师说好像答应了。随即他嗟叹道：智佬算盘精着哩，仅食堂供应中饭每人赚一元，每日三千多人就三千多元呀！

油嘴佬莫名其妙地笑起来，说太阳升起牛耕田，不耕田的是倒槽牛……我问倒槽牛是啥？他说就是不会耕田的孬牛呗！

4

处理完伊盟资产的事儿，我与油嘴佬带上小呆驼开着宝马车重回沿海。此时油嘴佬除我与小呆驼外就剩下这辆宝马车了。那是他的坐骑，代表身份的一张脸，就如我这助理一样不能转让。转让他就失去了身份，尽管有钱，在别人眼里就会变得一文不名。在这拜金主义盛行的纵欲时代，人们注重徒有外表而不是实际，脸是唯一代表身份的表象。油嘴佬在向卞总告别时脸容凄然泪沾衣襟，心头充满着荒凉；卞总也伤感地说：你呀，好好地待在这儿鸡头不当，偏要去做凤尾？油嘴佬道：谁让我是老爹的儿呀！

　　沧海一笑针织集团董事长卞小枫，在一周前带着她那负责市场开发的副总康娜，从上海特地赶到这儿来。她行为得体春风满面，与我和油嘴佬半月前在五里寺见她时判若两人。在机场上她就拉着我的手说：女大十八变，你这洋美妞还真越变越漂亮了……我听多了这种场面上的套话，但从她嘴里说出来我还是挺高兴，同为女人，卞总从不与我说这话。我说油嘴佬已在飞天羊绒研发中心等您哩。她点点头说：我知道，他向我打过电话……你俩是真心帮我在伊盟做最后一件事呀……我说不是最后，我还是要回来的。她有点惊异，你不跟他留在沿海吗？我说他是要我跟去，但我不想当陪嫁丫头……她愣了一愣道：这倒也是，油嘴佬过去……说穿了也是他爹与四眼市长的一杆枪……

　　这事儿卞总与油嘴佬在沿海五里寺就谈妥了，来这儿只是办理相关手续。油嘴佬是个浑身长魂灵的男人，知晓老爹与玛丽联合发飙，除了让他去邪归正（这在他眼里并不足道，他一直认为自己是亦正亦邪的人），主要还是看中他那活撞活颠独力开发的市场经营能力，与兑换港方经理杰克所持的五百万元股份。这世上没有免费的午餐，天上也不会掉下馅饼来。为此油嘴佬还是羊毛出在羊身上着实动过一番脑筋，在五里寺与卞总谈妥两个小煤矿转让事宜的同时，帮助沧海一笑落实在伊盟开发羊绒针织内衣的业务。锦纶针织内衣在改革初期占了腈纶制品价廉物艳经久耐用的长处，符合刚富起来的城乡居民的审美需求，如神兵天降一下子把市场折腾开了；但随着人们生活水平提高，产品急需更新换代，就遇上企业发展的瓶颈。卞总在商场叱咤风云十余年，当然明白这些年她走下坡路的症结所在。油嘴佬的聪明就在于他见机行事，借物打物地抓住伊盟羊绒资源丰富，却缺乏资金开发实力与定型产品的短项；回伊盟就与飞天羊绒研发中心谈妥合作开发事宜，作为沧海一笑吃下他的两个小煤矿（七年前油嘴佬承租时不到一百万元）的补偿。飞天羊绒研发中心是一家由蒙名巴特尔，汉名陈大胜（油嘴佬在内蒙古青年企业家协会结识的酒肉朋友）负责的事业单位，他们在研制出产品后正像愁嫁女儿一般觅钓金龟婿……

　　油嘴佬在关键时刻得到天老爷的眷顾。回家路上由他开着车兴奋地吹着口哨。吹啥？还是《国际歌》，反复吹永久吹，兴奋时吹忧伤时也吹……我要与他交换开车，他说别了……燕子呀，以后你就是我的客人……千年筵席总有散的一天……卞总是比我好得多的企业家，你给她当助手一定更有出息……说完又吹起口哨，我捂住耳朵央告说：别吹了……好吗？他没理我，还是轻快地吹完一曲，稍微停顿一会儿还想继续吹，我拉住他的手央告说：真别吹了，我心头……真是够乱的……他说你乱什么？前途是光明的，道路是曲折的……人活在世上，就没有蹚不过去污水汪，也没有走不过去的火焰山……

小呆陀蜷缩在后座上打盹，他并不愿意离开伊盟，因为老宝贝与瞎老奶都埋在那儿。但油嘴佬一定要他同行，问他说：爷爷走以前与你说过啥？他说他要你照顾我。油嘴佬说这就对了嘛，你不跟我走我咋照顾你呢？他点头答应了，但早上出发时我俩忽然找不到他了。我说莫非他成心不想走躲起来了。油嘴佬说我知道他在哪儿。于是开车带我去撒了老宝贝骨灰的牧场去找，果然发现他满脸泪痕地蜷缩在干草垛里，一问，原来他整夜守在这儿未眠。

这时，离玛丽和杰克举行婚礼的时间还有半个月。

三天前，玛丽在网上与我通话，要我通报回伊盟后油嘴佬的动向，我看得出来她还真着急了；虽然措辞还如往常那般小心翼翼，却不断地打错词正心急如焚哩。这难怪，为了村里群牛的共同利益，她身陷其中设计了这么大的一个局，戏到临头锣鼓敲响，主角却磨磨蹭蹭地没明确态度登场，这对于人老珠黄已破釜沉舟孤注一掷的她意味着啥？换上我碰到这类事，一定奋不顾身拿上猎枪子弹上膛纵马来到他身边：从不从？还是不从……额么格额吉（奶奶的），不从就扣响扳机同归于尽……

汉人有许多东西我都看不懂，你想要就直说吧，搞那么多曲里拐弯的程式干什么？两千年前王昭君出塞嫁给我的祖宗匈奴，她奶奶的呼韩邪单于三次入长安和亲，末了送亲队伍弹着琵琶唱汉曲？不就是一个女人吗？剥下衣裤大家都一样，搞那些繁文缛节岂不累吗？搞不懂真搞不懂。如果把这些精力花在工作与创造上，这社会不是可以发展得更快吗？玛丽女士想老公已经想急了，她是不想与杰克结婚的，所有一切都为了刺激油嘴佬回来，但如果油嘴佬不出手，那些举办婚礼发出去的请柬如何收场？

我打过去一行字：他已在行动，沧海一笑的卞总已至伊盟……电脑荧屏上回过来冷冷清清的两个字：速办。我问：你那儿准备咋样了？

她问：啥意思？

我在键盘上连连敲击：杰克、杰克、杰克……

5

玛丽与杰克的婚礼，在鸿发大酒店鹊桥厅如期举行。

鲜花锦簇，宾客如云。说实话我还没见过这般隆重的场面，场内响着舒缓的音乐，五十几张餐桌，呈心字形排列在大厅上，每张桌上都放着精致的瓶酒与鲜花，每个餐位上都有一包中华牌香烟与一袋小白兔奶糖，油嘴佬的爹和他娘，玛丽的爹与她娘婆婆唠，双贵叔麻皮阿梁鸿年老师和四眼市长，真公主携着安安、笨羊姐与杏儿携着铃铛，陈俊厂长与夫人、杂物贱与邮政美人陈芳儿、二愣子与军嫂，还有我没见过面的智佬与许多亲朋好友都来了，莲子姐也来了，只有秀才哥没来，大家鱼贯而入按指示牌各自落座，几台据说电视台刚从德意志进口的摄像机与各种各样的高档照相机，闪着镁光灯把镜头对准喜气洋洋的人们，咔嚓咔嚓地响个不停……

昨晚，也就是昨晚吧？油嘴佬去那个城郊的洋别墅找了杰克。回来垂头丧气地赖在我的房间不走，我拼命推他出去，说：你明天就要举行婚礼……咋还赖在我这儿呢？现在我的任务已经完成了，没义务再陪伴你……他可怜巴巴地哀求说：你就让我清静一会儿吧？我心里可烦着哩。看他这副模样我就有些不落忍，让他坐下从冰箱内倒出一杯红葡萄酒递上说：遇到障碍了吗？他说千算万算，我就没算过那无赖……钱也要人也要……我问：是杰克吗？他摇着头叹息说：不是他还能是谁呢？我问他五百万元的支票他收下了？他喝了一口酒赌气道：没收下，我还到你这儿干啥？不如我俩直接开宝马往回奔……我又问：这事你不能直接找玛丽吗？他直摇头道：你想，我是那种能低头赔罪的人吗？丢不起那脸……男人真是奇怪，都到这地步了，向女人认个错就这么难吗？我把这意思婉转与他说了。他愤愤地站起来道：她还真想我赔了夫人又折兵哩？我说不管你赔不赔夫人折不折兵，我把你陪到这步就算了，余下的事你自己搞定！他又喝了一会儿酒，长叹一声道：天要落雨娘要嫁人……你认为我黔驴技穷搞不定吗？行有行规，业有业矩，这活儿就不应该这样玩？我又不是十年前的油嘴佬？正的邪的都奉陪到底……

说过这话，他就捞起大哥大向二愣子与杂物贱打电话。我知道玛丽买通我当间谍用，油嘴佬也在她身边安排了人的。两人为了爱情厉兵秣马搞长跑马拉松；自然是你中有我，我中有你……看他这副气咻咻的模样我心里就好笑，既有今天，何必当初？玛丽还真有能耐，把这自作聪明的男人玩得团团转……

我问：你打算咋办呢？他说：她无情我也无义，我咋能让她白白玩一把？说完这话他仿佛镇定下来，说：我得去找四眼哥聊聊。

婚礼的主持人是四眼市长，西装革履风度翩翩挺神气的。我坐在我的位置上啜吸着健力宝饮料，看到他这副神清气爽的模样，我就把绷紧的心放回肚子里了。我也真是，昨晚油嘴佬走后半宿睡不着；其实有啥不放心的？原本就是一场精心策划的阴谋，玛丽已告诉我不会与杰克假戏真做。昨晚油嘴佬联系上四眼市长后，匆匆向我道过晚安就丢下我走了。我也真自作多情，他根本没理由再在我房间过夜。我知道他出去是找四眼市长与那些狐朋狗友，共同协商制服玛丽的事，协商结果如何，他回来也没有告诉我，今儿一整天都没见人影。我想与玛丽发网讯问一问，又觉得没意思。反正已经把她要的人整个儿弄回沿海，我的特殊任务也算圆满完成了；这种夫妻斗法的事属于隐私，我一个局外人过分关心反而会遭其猜疑以致影响大局。是啊，他算是我的什么人？我有责任关心这档被窝里内耗之事吗？玛丽已经足够豪爽，为了制服这头人性扭曲的野牛控制属于她的财富，免费让我奴役了四年余，没一个女人能够像她这般大气……

我不明白我的餐位安排在家属席上，而且是玛丽的家眷，有何用意？我是油嘴佬带来的人，在外人眼里我显然是她的情敌，可她却让我与她的亲人见面。此间我第一次看到被人称为三脚猫的戚志海，他是秀才的同胞兄弟，不同的是他身材粗壮，虽然瘸了一条腿，脸上还是有棱有角显得蛮有男子气；看得出他在外面闯荡过，一入席就向家人介绍我的身份，并嬉皮笑脸地向我用带有浓重乡音的普通话（油嘴佬诸事聪明地踏着尾巴头会动，普通话就没他说得好）讲荤段子，多半是不堪入耳的被窝中的事。我不好沉脸只当作听不懂他的话敷衍着，其实心里头觉得特好笑。姐虽青春年少，却不是未谙世事的少女。在此餐桌上我还认识了一个人，他是从德意志赶来参加婚礼的油嘴佬的弟弟衰佬。对这兄弟油嘴佬感到足够自豪，每每提及总向我塑造学霸形象；可在此间他的表演却令人失望；他始终一言不发，后来他知我听蒙了三脚猫的荤段子，才用英格里西与我勉强交谈了几句，大意是说抱歉，鄙系乡坊陋习不要当作一回事。我摇头说没关系，我们草原上的牧民也粗犷豁达；随即我询问他在德意志学农的情况，小伙子有些腼腆，基本是我问一句他答一句，鼻尖上还沁出许多汗珠来……我俩用英格里西交谈时一桌子人都瞪大眼珠望着我的脸，但我知道他们全没有听懂。幸好衰佬用英语与我交谈，如用德语（我相信他德语与英语都说得好）我俩也就无法交谈……

　　油嘴佬在证婚人四眼市长宣布新人入场时，不知从哪儿突然冒出来。左有二愣子护卫，右有杂物贱陪伴，三条大汉全都是西装革履风度翩翩的。就是杂物贱的形象稍差些，小眼睛扁平脸塌鼻梁，当然这份尊容无伤大雅；这点上帝做得比较善良，总是垂青女同胞芳姿而赋予男同胞智慧。人靠衣装马靠鞍，巴黎的劳斯西服足够使男人挺直腰杆站立起来。三条大汉径直走向杰克，油嘴佬一把将他推个趔趄，厉声喝问：我与玛丽结婚你来凑啥热闹？杰克挣扎着挺直瘦弱的身子问：没见那横额写着我与玛丽小姐结婚？你是杰克还是我是杰克？

　　油嘴佬一把夺过四眼市长手里的麦克风，面对众人高声宣布：本人戚长庚，绰号油嘴佬，杰克是我英文名（啥时候他有英文名，连我都不知道）。全场都愣了一会儿，随即响起一阵暴风雨般的掌声！我看到像神灵一般蹲在主宾桌的老爹，脸上浮现出那种类似童贞般的笑容，还不住颔首哩……

　　几年后留在人们脑海中广为传诵的段子是：当杰克退后油嘴佬以胜利者姿态出现在大家面前，紧拉住穿着婚纱光彩照人的新娘纤手上台，欲给她套上传统戒指（珍藏多年玩过家家的狗尾巴草做成）时，玛丽突然放声号啕起来。油嘴佬战战兢兢地扶住她，用右手在她背上轻轻摩挲着问：你愿意嫁给我吗？玛丽突然抬头泪光晶莹，扬手一巴掌抽在他的脸上，咬牙切齿地问：你算是个男人吗？油嘴佬有些蒙：我咋不是个男人呢？玛丽几乎咆哮：你连骄傲都不会，谈何作为？

　　全场愣住，只有一个男人大声鼓掌；我看清楚了，是同样西装革履、在脸上呈现出如孩童般快乐的杰克……

第八拍　乱石蹿笋，熬过最初三厘米

戚长庚（五）：老爹知上善若水

1

次日晨起，我在鸿发大酒店总统套房中漱洗完毕，穿着蕾丝内衣性感的玛丽，还像一头剥皮小白猪一样用轻纱裹着S形胴体，蜷缩在恒温的席梦思床上做着美梦，桃红色的脸腮上浮现出满足的笑容。狗娘养的，她胖了，肌体丰腴，但仍充满弹性，皮肤保养得很好，与青春洋溢的于燕有得一拼；十几年前羞涩懵懂的山妹子，如今峰回路转成为能演三级片的港姐儿，累得我半夜里想喊救护车去人民医院输液。我问她为何如此癫狂是否太饥渴……想整死我呀？她摇头说我是恨你……把阶级仇民族恨全憋进心里头了。仇恨入心要发芽，你都搁了我快十五年……十五年啦，阿调、阿香的小人儿都进中学读书了……我问：阿调阿香是谁呀？她说：你见过的，就是我在针织市场时经理部的营业员。我见她一副穷凶极恶气咻咻的模样，抚着手臂的创口说：上床时你不是咬我一口吗？还不解恨？她这才抚摸着我的手臂问还疼吗？我说咋不疼呢？你看都是牙痕，你也咬得太重了……她说咬死你，我才解恨哩！

我问：你不怕我违约不来吗？

她说：你敢？不怕爹拿斧头劈了你……

我开心地笑起来，说我都躲他远远的……他还能来内蒙古伊盟劈我吗？她说这可说不定……难道你不知爹是说话算数的人？我说我说话不算数吗？十八年前我已把我俩的名字刻到山崖上去了……她咬牙切齿地道：你还有脸说？这全天下也找不出你这般薄情寡义的男人……我算是命苦……我赔笑道：不是你说的吗？有本事出山混个有头有脸的模样回来见你……我还问过你能等多少年？你说只要我有出息，一百年都等！她恼了：一百年，我说气话嘛，一百年我俩尸骨早化成灰了……我故作糊涂地说：我咋知你开玩笑呢？临走那晚我不是要你，你都推开我了？我问你是不是开玩笑？你说你是认真的，还信誓旦旦地问我啥时开过玩笑？她说你呆呀，那时你与秀才哥闹别扭争当厂长……我不是生你的气吗？我说那为何三年后我大专毕业回来见你，你还讥笑我就这点出息？她有点怒了，又要扑上来打我。我说别闹了，刚才我不是都补偿你了吗？她忽然嘤嘤地哭泣起来，我问又咋了？她道：你能补偿得了吗？你、你还不是普洒甘霖……这十五年里都五十六个民族五十六朵花的……补偿小苗苗与燕子了……

我原本想还击说你不是也有杰克吗？但想了想还是不说的好，女人比男人忌讳这事儿。就问她：我还没来得及问你，你打算把燕子咋办？

她抬起头问我：你说呢？

我说我当然想把她留下来……

她又扑过来要咬我：你真是个花佬，吃着碗里的还想着锅里的？

玛丽醒来时，侍者已把早餐（牛奶、牛排与法式面包）送到套间客厅里。她一本正经地没理我，走进洗漱间内化妆。我说先吃饭吧，反正我俩今天哪儿都不去？就过两人世界。她没正面回答，说你先吃吧，我习惯了，不化妆好像有一件事儿没做似的……

我饿了，做过那事后就觉得饿，她就好像夏日干涸的土地盼着下一场透雨似的折腾了我三次；于燕这小妮子也有过这种情况，疯起来不折不扣地喊着还要；把我的兴奋劲儿调动起来。我很快狼吞虎咽地把我那份套餐一扫而空，忽然心情很爽地吹起了《国际歌》口哨，心里想着于燕这时心头肯定充满忧伤。她无疑也是爱我的，不爱我不会如此忘情地投入。这类事女人装是装不出来的，她们的情感理智细腻，不像男人遇到漂亮女人就想入非非，下面的小阿弟就把握不住。我这样想着时，玛丽从洗漱间化妆后出来了，她换穿了一件淡蓝色的丝质睡衣，脸容淡雅轻移莲步美艳得一塌糊涂。我立即停止吹口哨目不转睛地望着她，一种前所未有的新鲜感笼罩住我，心中立即升腾起一种温柔的爱意来。是呀，十五年过去，在香港沐浴过洋风的她，已不是当年纤弱清丽的乡下丫头。我全然忘却以前所遭受的种种不快，感激老天爷营造了一个充满希望全新的她给我，让我开始一种全新的生活。她款款地在我身边沙发上坐下，把一份煎牛排推到我面前，柔声说：你没吃饱吧？代我消灭它，我有牛奶面包就够了……

我摇头说吃饱了。时光倒流我仿佛又回到镇高中读书时，我俩在教室里吃自带的午餐，她把米饭与茶叶蛋拨在我饭盒内拿起番薯就啃。我傻乎乎地问她为何这样？她告诉我说她喜欢吃番薯。当时我满心欢喜地认为她真如此，现在回想起来知那是她对我好。我避开她目光低头想心事，她很快把饭吃完了，见我东张西望地注视着门口，嘲讽地说不用找了，她一大早就走了……

我问：你说谁？她说是安排这房间的人……我又问是燕子吗？她摇头说不，应该是诺明花日……于燕是我为她取的名……说着她从睡衣口袋里拿出一张碟片交与我，房间内有放像机，你自己看看吧？我去楼下熨衣室拿几件衣服，大概半小时后回来，我已备车送你爹娘回村，你不累的话跟我回一趟村里……她已从昨晚的癫狂中恢复过来，俨然一副主妇派头像模像样地吩咐着。我心想这不好，我不喜欢受人摆布；于燕就不会任意摆布我。玛丽出去后我播放了留下的碟片，于燕也是搞啥搞的？有事明说呗，搅七念三地与她说啥呢？但观看过碟片后我沉默了，荧屏上先出现她俩在香港购物吃饭谈笑亲昵的镜头……最后是她的告别语：我走了，戚总，四年合作愉快；现在你该明白我是谁了吧……红粉杀手诺明花日。最后留着昨日深夜的时间。这样，我知道她今天天亮就离开了……

玛丽再回房间时我已关掉放像机，坐在沙发上抽烟了。她又换了一套笔挺的套装，改变刚才那副慵懒模样重新变回了职业女性，冷峻地望着我说：走吧，游戏结束了，我的车在门口等着，我俩得开始工作了。我懒散地打着呵欠讥讽说：我还没到沿海潘氏上班哩，你就捉这么紧？她点头说是的，在我的眼里，你就是取代杰克来上班的……我极不情愿地问去哪儿呀？她轻蔑地说：你昨晚没喝醉吧？冤有头债有主，十五年前你欠下我一场乡村婚礼，如今该归回故里还给我了吧……我又嘿嘿地笑起来：这也是工作吗？她沉着脸道：只要你回归团队，这儿每一天都是工作，你以为老爹与我这些年容易吗？

我懒洋洋地站起来，噘起嘴唇吹《国际歌》口哨。现在我终于明白，为何不管我如何舍弃甚至污辱于燕，她都不离不舍地跟着我的原因。是万恶的金钱，促使她俩联合起来对付我，我明白我与玛丽之间一场新的交锋开始了。我问：你付了她多少钱？玛丽笑道：你认为你值多少钱我就付了她多少钱……我嘻嘻地笑着：承谢，难道你就没想过我会使你一文不名……是呀，她故作轻松地笑道：老爹说过，你这浪子比他没出山的憨佬值钱……他说陀头山值多少钱？山里的人心也值多少钱……

回村路上我想着山里阿爷药老倌。他在我离村后为找我被汽车撞死了，掐指算来也快十五年了；但那会儿说的话尤在我的耳边回响。那时阿爷已明白我决定离村独自闯荡，叫我至他窝藏在山岙的药田边刨开乱石掘冬笋。我说我找不到呀？他说你坚持往下掘就能找到。我掘了好久才找到一棵笋芽子。阿爷张开缺牙的嘴望着我笑。我说笑啥哪？才一棵笋芽子？他说别看它小却已长了三年；三年才长三厘米，开春破土一年能长到三丈高……我好奇地问他为何才三厘米的笋芽子，一年能长三丈高？他没回答让我继续挖着寻找，终于找到它与石头纠缠在一起的根须，都扎到三丈多远的药田去了。他抬头告诉我说：做人与竹子发笋一样，别看它三年才长三厘米，那是它在地下熬着扎根……土地越贫瘠，根须扎得越远越密集，熬出土后也长得越快……他说孙呀，做人其实也一样；越是艰苦贫瘠的土地，根须要扎得越深越密集……眼下你需要熬的就是三年中的三厘米……

玛丽一脸专注地开着车，我知她心头肯定不平静，看她昨夜在床上嗷嗷乱叫的模样，我就知道十五年中她承受了多大的心理煎熬？女人与男人不同，她能熬过这最初的三厘米，足见她意志坚强根须扎实。由此我想到对她有提携之恩的冯老先生，那可是我的叔爷爷呀！是他天生慧眼地发掘了这块珍宝，才使我英雄有用武之地，神气活现地出现在沿海商场上；我想着她投奔香港潘氏的七八年中，又是怎样孤苦伶仃地熬过来的？一路上我俩沉默以对，快到村时我突然问：你打算如何发落杰克？她回头嫣然一笑目光却满含讥讽，反问我道：你说呢？能不能留下当我的助手？我言不由衷地试探着问：对化工这块我并不熟悉……她说你是一山能容两虎的人吗？你咋不问问这些年我与他是咋熬过来的？难道你一点不在意吗？我说我在意但相信你……你在婚礼上一巴掌把我打醒了，我连骄傲都不会能有啥作为？她摇头说：可惜此话不是我说的。我问谁说的？她说是冯老先生设下这个局；一个男人有多大自信，就有多大的作为。她说他临终时告诉我：男人需要不断地刺激与鼓励……还说好女人都是驯兽师，驯不服虎只能把狗当作虎用。我心头吃了一惊，原来我如此谋划算计，最终还没逃脱叔爷爷设下的陷阱！他之所以收养玛丽投资化纤总厂，万变不离其宗想把自己挣下的财富交给至亲骨肉。便讪讪地问：这就是你打我一巴掌的原因？她说打过这巴掌你就清醒了，明白你丢下的是什么……杰克先生是富二代，做企业不是他的理想而是他爹周秘书的想法，早就不想把生命无端地耗费无效劳动上；他有他的人生目标，准备凑足钱周游世界寻找他的所爱。我轻松地笑了，说听杂物贱说他是同性恋者……她说在香港此属于个人隐私，我俩的友谊是真挚的。

车至村口时，我问她是不是去我家？她反问说你家不就是我家吗？随即她像叮嘱孩子似的与我说：记住我的话，无论老爹说啥你都得老老实实听着；在家里他是爹你是儿子。我支支吾吾地问：以后在公司呢？她说他是董事长，而你是总经理。我似笑非笑地摇头道：那我以后得头顶着三座大山工作？她略作思考说：你以为你是啥呢？谁让你飞蛾扑火自投罗网……

2

出乎意料，老爹没我想的那般责怪我，以前他对外声称如果我这不肖子回来，必用青柴梗打断我的腿；可此次返家却像啥事没发生过一样。家还像我十五年前离开时一样平静。屋子已翻新，里面桌椅板凳罈罈罐罐都与以前一样没动过，床仍是板床没铺棕棚，睡着使人背板骨硌痛。爹还抽着混合葵花叶的旱烟，把糊上报纸封闭窗户的屋内弄得烟雾腾腾。衰佬在我婚礼后住进了宾馆，爹说他睡惯了外国人的席梦思，就不习惯再睡家里板床；他已买好返程的机票要立即返回德意志。恍惚之间，我觉得过去的十五年犹如一场梦幻，眼前一切就是昨天。不同的是爹与娘转眼间已经衰老了，爹的身板好像小了一圈，方正的国字脸上皱纹密布，嘴含着旱烟管老咳嗽；我把带来的两条软中华交给他，他一声不吭地用旧报纸包起来放柜子里。他说过抽这种高档烟就是烧钱哪，一包能调换一篮子鸡蛋，这样吸进去吐出来的没有了多可惜。娘也彻底变成小老太婆，与隔壁的老祖婆没两样。她的病犯得厉害，啥东西说过就忘干净了，只有一样东西没有忘，每天茹素念佛地供奉着观音菩萨，说是保佑外出的我与衰佬安全。她已经忘了笨羊姐夫与杏儿姐却记得铃铛。说铃铛小时候最好玩了，学外公喊她为番薯蜜枣……埋怨说这是她小人儿喊的吗？我是她的阿婆呀……

玛丽只在我家里住了一晚，次日大清早就背上喜糖喜烟撒村人去了。我俩的婚事以她完胜告终，于她说是值得庆贺与荣耀的一回事。临走她告诉我说晚上住在她爹娘处了，说我离村后她都没脸在家好好待，有事也只是转一转没孝敬爹与娘，现在得弥补弥补……我问要不要与她一起上门弥补？她说不需要，你该弥补你爹娘，何况爹还要与你商量工作哩。

她走后，爹与我带上娘念的佛帖上坟祭典山里阿爷。我与玛丽回家当天，娘就朝西跪下，向山里阿爷坟的方向磕了七个响头，说爹爹呀，现在您老人家可以合眼了，油嘴佬回家来了……我问爹：您说娘病得厉害，啥事都忘干净了，她没忘记阿爷哩。爹说她呀，一时好一时坏的，清醒时比谁都清醒，陈年古代的事儿都能想起来；但只有一会儿，过去就还糊涂着。阿爷的坟收拾得很干净，墓碑是以爹名义立的；他娶了他阿囡我的娘，他就是他的儿了……我问老爹：阿爷临终有啥吩咐？他说他抬回来时只剩下一口气，嘴里喊着油嘴佬……现在你回来该向你阿爷磕个头，也算断了他念想。我呆呆地在阿爷坟前站立许久，感到自己真是个无情无义的杂种！老爹吸着旱烟愣愣地望着我没说话。我想他大概知此时无声胜有声，已把思路转向工作了，玛丽说过他是要想与我谈工作的……

人都说山里阿爷为我死的，我承认当初不应该没想好如何熬就离开了他。他是把我当作家族继承人抚养，从小就培养我独立自主精神。他说过：人如果不能像竹笋一般在前三年熬过三厘米，就只能成为好人不会成为能人。他说生活在这块山里的先人们具有生存智慧，为何一代又一代地繁衍下来生下的娃儿不缺胳膊不缺腿，却没熬出一个头来？说做人要向竹笋学，熬着从乱石缝中强出头，扎下根须拥抱土地（不管它贫瘠还是丰饶）都要扎深扎实吸收天地精华，不断蓄势才能拥有后来的百尺竿头。可惜阿爷没有看到我的今天……阿爷啊阿爷，如今我已浪子回头，您为何要独自下山寻找我呢？如果您没被汽车撞倒也许今天还健在，仍会给我讲竹笋熬出头的道理……

阿爷是明眼人，与老爹在一个屋檐下生活了几十年，双方均知有几斤几两骨头。其实阿爷晚年并没对老爹寄托多大希望，老爹心诚嘴拙不会说话；他把希望寄托在我的身上。他知老爹只是冲锋陷阵的将军，不是一个可以运筹帷幄的元帅。自老爹当选村书记后，他总是喋喋不休地拉我进他屋内讲古论今说大道，他说贫苦农民要与有钱人争财产，要有叫花子讨饭的求乞精神；目光远大不争一城一地得失，不能仅顾眼前的浮财而要争天下。天下是什么？是人心！抓住了人心就啥都有了。他说在山里红脚梗最没出息的就是人心，心里想得只是一个人一个家，最多也就是全村人的利益；而没想到一个县一个省。这就是农民永远是农民的道理。村里决定办厂时我问他好不好？他说好是好，要看谁当家？说你老爹与你岳丈的长进，也就是走五十步笑百步？笑面弥勒考虑他与兄弟家人的利益，你老爹比他进了一步也只是村民的利益……做大事者心志高远，你能唆使多少人跟着你干，就能获得多少人的利益；我们农民的眼光不仅仅在村里还在城里。这道理我与你老爹说过多少回，可他还是没有听进去。我说：你说得对他咋听不进去呢？他说道理很简单，他只是一个没读过书的农民；今天有一口吃的，就不会去想明天米缸里还有没有米？

在我当时看来，阿爷对老爹的批评入木三分，他是对我寄予厚望的。当我向他提出离村的事，他忽然对我很失望，领着我去药田掘竹笋告诉我乱石抽笋的道理；我原以为他只是告诉我做人的方式，没想到这是他要我在老爹的村办厂里熬下去，帮助老爹把眼光放远共同干大事。在他的坟头我做了沉痛的忏悔，我说阿爷啊，请原谅我没听懂你的话，十五年中抽了一枝歪竿子笋。

山里气温骤降，开始飘起雪花来。我知老爹把我领来这儿有话说，轻轻地喊了一声爹。他点头应声，那双呆滞滞木腾腾的眼睛盯住我问：当年我让你秀才哥当厂长，你是不是认为我做得绝情？我低着头没吱声。他转移开目光望着远处山峦道：其实也是你山里阿爷的意思……我想怎么可能呢？阿爷一直鼓励我：人立多大志，才有多大的能耐。老爹叹了一口气，把目光收回来装着烟锅：其实……当时我的心里比你还苦……笑面弥勒当书记搞家族制众叛亲离，我也能搞家族制吗？我问：是不是在您的眼里，觉得我能力不如秀才哥？他点头说有一点……但主要还是你阿爷说人需有压力，才会有动力……他说你年轻需要历练，就像乱石堆里抽毛笋三年熬出三厘米，才能百尺竿头往上蹿……嘱咐我千万得把眼光放得远一点，要团结全村人一起干，牛抬头是要群牛抬头，而不是一家一户抬头。当然这也是我的想法……我说我已经明白了……可为何我几次想回头您都拒绝了？他点头沉思着回答：我一直在琢磨……我父子俩走的是不是一条道……

那么现在……我问，您老人家咋又让我回来了呢？

他没说话，古铜色的脸僵硬着看不出啥表情来，只从嘴里吐出一团团热气来，雪花飘在他脸上很快就融化了。我接着又问：爹，是不是您觉得老了，许多事力不从心？他轻轻地摇了摇头说：不是……爹只是觉得那些工人老阿哥不容易……十年河东十年河西哪！以前他们发粮票拿劳保生活稳定，我们农民伯伯做梦也在想着进城当工人……现在办厂后村民日子过得富裕了，可他们没你叔爷爷投资连工资都发不了。哎——他突然抬头双眼泛出兴奋的光来：明儿我领你去村里走一遭，现在村里只三户人家没翻瓦屋，余去旧换新全消灭草舍棚了……我说我在路上见到了，我家算一户，村里还有哪两户？他说：不对，不算我家还有三户哩。我在大家选我当书记时承诺，要待全村都翻新屋我才砌瓦屋哩！这承诺我做到了，这三户都是五保户家里没劳力，估计明年底我家也可以了……你别急，菲菲在城里有租屋。其实屋是人住的，你又回村住城里，我与你娘住足够了，不翻瓦屋也没关系……我问：衰佬在德意志学农，您不让他学成回村来吗？他摇头说猴年马月的事，他回来我有屋给他住……我说到哪了？对呀，政府在搞整顿，城里工人老阿哥日子难过……我思忖他们当初帮过我们，有恩不报非君子……再说我不能眼睁睁地看着你叔爷爷的钱打了水漂。我苦笑了一下问：爹，你知道国家银根收紧，在国企改革浪潮中有多少下岗工人吗？他摇头说不知道，但我看到了沿海市的情况，能帮到多少算多少……

这就是您让我回来的原因吗？他点头说对呀，你不是一直嫌我的小水汪滩小吗？泥鳅翻不起大浪来……现在你的叔爷爷给你我搭建起这平台，就有了我父子俩的用武之地……我又问：玛丽也这样看吗？他说是的，自你叔爷爷投资之日起，她就从没有与我断过联系。

老爹呀老爹，您以为世人都像您一样善良吗？地球上有一万多枚原子弹干啥的？秀才哥与四眼哥与我谈过许多，都说牛抬头后需要更大的草场，唯独没想到老爹会从此角度，单刀直入地把我这颗正在狂跳的野心，又狠狠地剜上一刀。这世界从来就是强食弱肉，八国联军焚烧清王朝圆明园时，有没有想过这民族由此少了一页正在腐烂的历史？许多事三言两语还真说不清楚，老爹也才过上几天好日子，就好了伤疤忘了痛，要去帮助一个正在衰落的阶级……

　　这天我俩意外地碰到军嫂。她也上山祭坟，烧纸给我大房二阿爷老革命戚启和的。老人家也走了有十年了，这日正好是他的祭日。她穿着一件蓬松时尚的滑雪衣，脚上是一双棉皮鞋，提着一只装着银锭与佛帖的藤篮，像草原上的女人一样包着隐花格的红头巾；远远望去，如在刚覆盖雪片的枯山上燃烧着一团火焰。二阿爷的坟与我山里阿爷紧挨在一处，她愉快地向老爹打着招呼。我轻轻地喊了一声军嫂，问：二愣子咋没来？她说不是要兼并潘氏化工了吗？留城里向杂物贱了解情况。我讥讽地说皇上不急太监急，爹与我、玛丽还在村里，他倒连爹忌日都忘了？军嫂看看老爹又看看我道：你是新郎官嘛，他算啥？还不是为你父子鞍前马后打工忙活哩？说着麻利地从竹篮里拿出祭品来，向我要打火机点香。我说你上祭不带火吗？她说带了，风大，冰天雪地都站半天了，我老远就看到你俩的身影。我说我初来乍到的不了解情况，爹给我上政治课呗！军嫂边上供边点头道：你这歪坯子一走十几年没音讯，是该让老爹给上上政治课……

　　我仨下山时雪有些大了，爹扒下他的棉军大衣披在军嫂身上。没想到军嫂不领情，说一股烟味呛人哩……一件穿了二十年棉絮都碎成猪油渣的破大衣，老往人身上披？老爹便嘿嘿地笑着说雪不是下大了吗？你老妊屴不禁冻……目光里尽显温情。军嫂说年里下的是躁雪，又不冷，春上化雪才冻死人哩！路上老爹便又谈工作，说吃下沿海潘氏后村办厂成为分厂，我带二愣子去城里，你留下有问题吗？军嫂想了一会儿道：说没问题你也不相信，八百名员工只留下三百多，骨干你都带走了，生产任务没减少；我心里总是慌慌地不踏实……老爹说别怕，就像十五年前村联办厂开业时，谁都认为我们干不了，这不……十五年中我们不是都过来了吗？军嫂点头说大道理我都懂，人少了可以搞联产联营；就是资金你蟒蛇吞大象都抽空了，我只能在年后再向信用社贷款……老爹点头道：啥事都是乱石蹦笋给熬出来的，我说过哎铜钱人讨老妊，边打边筹靠盘计。军嫂笑了：俗话说，满满的话好说，满满的活难干；我做鸡头再难不过是鸡头，倒怕您父子在城里摆不正位置输了阵栽跟斗……

　　分手时老爹关照我说：你以后也是公司领导，说话要有规矩，不能这样军嫂军嫂地喊。我说她不是二愣子的老妊吗？二愣子是我的赤卵兄弟呀？爹沉脸问：他爹是你啥呀？我说是二阿爷呀。他虎起脸说：那就辈分生成你该喊她婶。

<h2 style="text-align:center">3</h2>

　　次日天刚拂晓，我与老爹又爬陀头山去见秀才哥。昨晚上我父子俩就没好好睡，老爹喝过半斤番薯烧后情绪兴奋，不断与我说牛抬头后，农民做企业的道理。

　　他拿自己与我做例子分析道：油嘴佬呀，有时想想我这爹还真不称职，你在家时我就知道骂你打你……其实我就是个闷葫芦肚子有货倒不出来。你在外面折腾十几年，我一直在想我俩的事；今晚我父子空着一起掰扯掰扯吧……改革开放，党中央鼓动我们农民抬头，我与你都想做事儿摸索着往前走；但我俩走的是两条道。我想着你一定比我走得好，我俩论文化你比我高，论能力你也比我强；且你正是好年岁是一头壮牛呀，而我都快日薄西山的老牛了。我表面上逼着你心里却在念着你；思忖着你有个出息。但为何十五年下来你那俩煤矿转让才落下五百万元？那是你的辛苦钱呀，比起那些懵里懵懂做人的农村后生算是出息了，但离我的要求说却差得很远。你爹我没文化没啥本事，占得是憨人有憨福，烂泥菩萨住瓦屋，靠众人拾柴火焰高的笨功夫；拿现在星星草公司来说，为兼并沿海潘氏我让军嫂去会计师事务所做了个评估，你猜猜值多少？他侧着头问我。

　　我说大概值五千万元吧？他摇头说不值，但有四千二百万元，固定资产含那块我转让八字桥的地加起来有三百七十万元；这是纯资产。令我自豪的是十五年中我践行了当书记的誓言，使全村青壮年与妇女劳动力就业，村里六百多户人家都能吃上一口饱饭，除三户人家外都盖上瓦屋。你认为我得意是吗？我高兴却得意不起来，知道为啥吗？因为不是你帮我一起做的；当然这是集体资产，是村里的资产呀！如果你帮助做的我会更得意；做人一世，无非让人赞一声好。现在我有余力帮助工人老阿哥，说明我这一条路没走错。现在条件成熟我喊你回来，是让你帮我一块儿做；想到这些我心里就有些得意。你说你回来我要打断你的腿，那只是我说的气话。其实我早就原谅你了，四年前你带于燕回来时我就想与你好好谈谈，但那时条件尚不成熟，我总想交给你一个完整的盘子，但我必须告诉你……

听到这儿我的心有些酸，眼泪不由自主地掉了下来。我说：爹，你别说了，我已经知错了……不，有些事你还不会全明白……他说：我俩最大的区别，你想的是个人占的是小利；而我想的是集体要占大利……这六十年人生的道路走过来，我做每一桩事都是前半夜想想自己，决定啥事能做啥事不能做；后半夜再想想别人，我做这事儿别人能得到啥好处？想着让别人得大头我得小头的事是上上事，别人得中头我无益无害是中中事；如果别人无所获甚至损失，即使我得大利也不能做。你知道这是为啥吗？

我没理解摇头如实说：经商莫不是为赚钱吗？是呀，像你这般的年龄，说理解那是骗人；你不理解，村里像你这般年龄的人都不理解，但你秀才哥理解，这些年他就是这般陪伴着我走过来的。你知你的事业为何做不大？不是你没能力而是太聪明了，事事处处考虑自己得失。做人太聪明其实是个累赘，如果别人都知你的聪明有谁帮你做事儿呢？世间上只有像我这般经历过你城里阿爷阿奶进监、提着讨饭篮四处求乞吃百家饭长大的憨人，才明白自己有几斤几两骨头？油嘴佬呀，做人太聪明不好，你鸿年老师说过：曲高和寡；就是说你唱的戏大家都听不懂，就没人听你唱戏了。你智佬哥也是太聪明，时时处处替自己打算就办不来大事……我今天与你说这些就为向你交个底，我父子俩要做大事儿需遵从吃亏就是便宜的道理，让别人得到实惠才能办好事做大事。老爹说这些话时态度诚恳，那双木腾腾的眼珠一直盯着我的脸。我突然想起小时候，老爹在厨房帮娘灌油瓶儿，怕不慎把珍贵的油珠洒在瓶外，也是这一副木腾腾的专注模样……

是呀，他自小对我恨铁不成钢，可这般透彻的道理还是第一次与我说。后来他从塞着蒲草的枕头内，拿出一张皱巴巴的纸给我看。说这是你城里阿爷知我办企业送我的一幅字，只有四个字：上善若水。他说鸿年老师也是这般与他讲大道的。这纸条儿他保管了十五年，现在把它送给我。他说你城里阿爷也是个聪明人，可惜他吃了一辈子苦，这是他悟到的人生真谛。说你城里阿爷把它交给我时说过许多话，可惜我这笨脑子没记住；后来询问鸿年老师，才知这是圣贤老子在《道德经》中说过的话。我问他现在知道意思了吗？他点头说鸿年老师告诉我水是世界上最善良的东西，滋润万物而不争。这些年村联办厂就这样一路走下来，你越是不争别人对你越是好。你争了别人也争谁都要争，一桩好端端的事儿就捣鼓坏了，这世界上多得就是聪明人，我们农民这般的牛能争得过吗？不争，就是最大的争，别人有了你也就有了嘛。

我问：这就是您说的憨人有憨福，烂泥菩萨住瓦屋吗？他说是的，别人都住上了瓦屋，这瓦屋少得了我吗？

我俩重上陀头庵找秀才哥，是商量在不损害香港潘氏利益前提下，把沿海潘氏顺利接手过来。昨晚娘把火塘烧得很热，她仿佛知我父子要交心说话，把番薯提前煨火塘内了。到后半夜爹与我的肚子都有些饿，娘把煨番薯从火塘里取出拿到床上了。这也许是我这辈子最温馨的晚上，娘一直笑眯眯地望着爹说话；爹几次催促她去歇她都不愿去。爹有些烦她说，去、去、去，你又不懂，你坐着，我的话就说不好……娘病后记忆失常行动有些特别，见爹烦她，竟像娃儿般地扭动着身子说：我就嘛，我是听不懂你俩的话，但我就爱听你说话……爹见她这般也就不烦了，说好好，你爱听就伴着……别累着又犯病……娘一直待把煨番薯拿出来才回房去，爹见她走了，取出藏得严实的荞麦烧与我对酌……

香港潘氏的情况爹都清楚，当然是玛丽告诉他的。其实香港潘氏撤资与冯老先生逝世并没多大关系，不是我理解的家族遗产之争。继任者董事局主席詹姆斯也想对内地市场进行拓展，原因是放在沿海人口密集处开发成本高。不但劳动力成本高，而且排污问题很难解决。香港潘氏是做塑料产品起家的，近些年由于内地乡镇民营企业崛起海外市场疲软，致使冯老先生改行搞化工。这化工虽与塑料产业有联系，但终究隔行如隔山，加上内地从计划经济转向市场经济后，化工产业竞争激烈，香港是缺乏资源的城市，原料需从那些暴富的石油输出国与内地北方城市供应。由于香港回归，那些石油输出国大都由美国、欧盟控制，而内地北方城市由于市场经济运行，原料供应价格已比冯老先生在世时翻了一倍。詹姆斯是个精明的商人，明白冯老先生在世时已对此项目动摇。知锅里的馒头虽蒸得漂亮，如果咬一口是馊的吞下肚去必得拉肚子，倒不如不吞忍痛割爱收缩战线。类似情况，玛丽在与我做爱前简单提过，但她怕我初来乍到失去信心，话说至一半就此打住缩了回去。要老爹与我谈是回避夫妻矛盾。现老爹把事儿摊开来，使我感到眼下的问题并不像我想得那么简单……

发展方向是攸关企业生死存亡的大问题，我问老爹咋办？他倒坦然悠悠然，捧着那杆比我年龄还大镶铜皮的旱烟管道：车到山前必有路……如果没有困难，我把你喊回来干啥呢？星星草品牌还不是这般打出来的？我说这不就是二次创业吗？他叹息说是呀，能用钱解决的问题都不是问题，不能用钱解决的才是大问题哩。说是骡子是马？此次我父子俩得拉出去遛一遛……

秀才哥还与上次一样，冒着寒风铁沉着脸站在庵前经幢下等我们。老爹把手里提着的一布褡裢的梅糕与黄芽菜萝卜放石桌上，坐在床沿上又抽他的旱烟，葵花叶子在烟窝里燃烧的焦煳味，很快就在石屋里弥漫开来。老爹真厉害，那力所不能及正在枯萎的身体，每时每刻地都在用尼古丁充填能量。秀才哥对我说：我知道你还会来找我，自上次来过后我就有预感……我开门见山地说：其实我早就知道，你们都穿连裆裤串联好了，没牛就使唤我这马耕田……秀才哥立即肆无忌惮地大笑起来，那模样儿还真有些疯狂……

他问我想听真话吗？我说真话虽不中听，想干实事非得听到真话。他伸了伸头颈，咬文嚼字地斟酌说：真话只有一句：詹姆斯与杰克干不了的事，我们能干……因为我们是出身卑贱的农民。我戏谑说：在你眼里，农民就不是人吗？他说：从某种角度说，我们是牛不是人……接着他提起当年我俩竞争厂长的事，说你把当年那劲儿拿出来，不就有英雄用武之地……我说那不一样，当年我俩心头都窝着一盆火，想石板墩甩乌龟硬碰硬地凭一股劲……他说虽时过境迁，干事儿同样得凭这股劲；如果我没得此恶病，就有信心重拾回那份旧光景。我知他在将我的军，对十五年前的旧事耿耿于怀。便说可惜我已没了当年那份心气。他叹息道：是啊，世间只有累死的牛，没有耕坏的田。可惜天公不作美，老天爷要收我回去，否则我还真想耕就这块田……

如此戏谑一会儿，话头转入正题。我知星星草公司要向城里发展兼并或说是吃掉沿海潘氏，从七年前冯老先生放弃村里投资，考察沿海工业时就已开始。四眼哥经冯老先生同意掺沙子让秀才哥担任杰克助手，就是一着体制渗透其内的棋子。看得出冯老先生主观愿望是想着帮我憨爹与村人脱贫致富，不得已才曲里拐弯选择化纤总厂；可没想到市场瞬息万变与两年后秀才哥因身体原因撤离，造成沿海潘氏上不上下不下的局面。为此我直截了当地问：说吧，秀才哥，我这次回来就为乱石堆里抽毛笋……你打算咋办？他用眼睛余光瞟了老爹一眼，悠悠然地说：憨叔没与你说上善若水的办厂宗旨吗？我没直接回答他的话，却笑着讥讽说：光棍老倌娶媳妇，道地凉棚办筵席，留下我吃肉你喝汤成吗？说完我顺势溜了老爹一眼，生怕他跳起来指责我不敬。我说这话意思是你们合伙把我骗回来，总得指一条路让我走呀？如果十五年前老爹会一个巴掌抡过来，他啥都好就是主观搞家长制；但此刻老爹却平静地捧着旱烟管脸无表情，像个老农民在看他耕种的自留地哩。秀才哥说：我说的是真话，水润万物，万物报答于水；只要理顺香港潘氏股份的关系，把沿海潘氏下岗员工妥善安置好；然后再谈企业发展的事……是呀，四眼哥也是这意思。我说这不是把政府的矛盾转嫁到企业来了吗？他点头说是呀，你四眼哥就卡在这道坎上，如果你把沿海潘氏内部关系理顺了，市政府不就全力以赴帮企业解困了吗？政府需要政绩……回避不了沿海潘氏这般的大企业。你、我包括老爹都是他们手里的一张牌……我说我俩说的是两回事，我需要知道的是资源与市场开发前景……

一阵沉默，老爹仍不吱声；屋内葵花叶子的焦煳味更加浓了。我知老爹吸入肺里的是致癌物质，可我能制止他不吸烟吗？秀才哥突然冷笑一声：幼稚？你认为农民拥有资源与市场，是聪明脑袋一拍能想出来的吗？在中国现有体制下政府掌握一切。你还记得当年开订货会捧场的陈副司长吗？人家现在是中石化麾下化工集团的副总裁，与你四眼哥你来我往差不多都成了刎颈之交……

此话犹如鞭子抽在我身上，使我有癞头伴佛祖剃度成和尚之感。是呀，乱石堆里抽毛笋，前三年的三厘米靠自个儿长；出土后一年蹿三丈得看是不是阳光照着你？秀才哥见我瞬间黄了脸，说你明白了吧？吃下沿海潘氏憨叔只给你搭下一个平台，黑头白脸得看你如何演……接着他征询老爹的意见：我说得对吗？老爹不置可否地点头，仍埋头抽他的葵花叶子。我说明白了心里却不服气，阿娘大脚我在外闯荡十五年，也算东南西北都走过，甜酸苦辣都吃过练出一身本事，难道还不及病快快躲山上的秀才哥灵光？平台？我想：这世间上真有人搭好平台，由你骑驴看唱本地走着瞧吗？

4

关于蟒蛇吞大象，实质是对世间财富进行再分配的一场战役。按秀才哥理解有两种形态：前者是通过战争与军事占领的形式，在战略与战术上（蚂蚁战大象）以少胜多以弱制强获取财富，这在中国战争史上有过许多范例；企业经济虽与军事集团不同，它是以产品生产营销攻城略地促进社会物质的富饶与繁荣；但目的手段如出一辙。后者在正义与公平的口号下，貌似公正提出一种新的口号，和平地进行制度改革，以新事物诞生或旧事物涅槃和阶层转换的形式，在旧制度的废墟上强食弱肉地予以重建。这两种形式在中国几千年的变革史上，构写出一曲曲以军事占领和制度改革为主要手段的凯歌。秀才哥显然精通《三国演义》，在建厂初期，就有意无意地鼓吹社会阶层转换的战略与战术，并把它结合进企业产品的生产与促销中。那天我俩在山上吃过中饭，他就开始与我讲《三国演义》；重点讲了官渡之战、赤壁之战与火烧连营三场以少胜多、以弱胜强的故事。还说罗贯中塑造诸葛亮典型人物，就是在冷兵器时代突出军事占领者的智慧……

我知道他讲这些故事，是想说明星星草公司兼并沿海潘氏的合理与合法性，以此鼓舞我的斗志。他已经不能为老爹代表的阶层做贡献，希望我作为替代品实现他的人生目标。在与老爹回家的路上，我想着他对老爹上善若水办厂理念的理解。显然他与老爹玛丽可能还有四眼哥统一思想，不但对沿海潘氏志在必得，而且还奉行此理念治厂并得以开拓……对此我心里充满忧虑。我在想着军嫂说的话，不是我赞同她的看法，而是觉得位处社会底层的农民集团自身底气不足，而且企业把战线拉得太长容易出问题。我回沿海前，脑子里多次盘旋过吃下沿海潘氏后的管理理念，觉得企业家在确定目标时，必须提高管理阶层权益获取的认识。我知此权益获取建立在奴役他人的基础上；中央关于改革开放的政策，建立在社会财富再分配的基础上，作为太阳升起牛抬头的农民阶层，仅仅在经济上获得利益，能够长远持久地占领或说拓展眼前一方沃土吗？就像我，虽为报答老爹哺育之恩，终极目标却为眼前的财富而来。不为财富，我能飞蛾扑火地投入玛丽怀抱吗？天下熙熙皆为财来，天下攘攘皆为利往。在这场现代农民与工人阶层（或者说阶级）变化的豪赌中，我们每个人只是一个个类似文字的抽象符号，追逐于社会大趋势的浪潮；社会资本的高度发展，最后会把具体的有着家族性别亲疏的人，变成抽象共性没有温情的食肉动物，代之而起的是疯狂地占有财富与社会资源为目的，强食弱肉所谓高级生命的狂欢。就像我与玛丽或者玛丽与杰克，我老爹与我娘、杏儿与笨羊姐夫还有衰佬等等，均与我和于燕，于燕和玛丽交织一体，可以财富形式交换并取代肉体亲疏的交往，而蜕变成彼此需要由经济形式确定伦理关系的符号。这种复杂的变化，仅凭我城里阿爷鸿年老师与老爹上善若水的做人与办厂理念，能改变这世界上的阶层分布，或说改变农民阶层的社会地位吗？

下山路上老爹仍没说话，也许他正在考虑我在想啥？十五年奋斗所获成功奠定了他的自信心，并由此确定我浪子回头继承事业的必要。老实说，这些年来我的内心同样充满着现实与道义的挣扎。我知道老爹由于所受教育不同、所处环境与交往群体不同，势必与我产生分歧与代沟；也就是说老爹与受伤的秀才哥可以不计得失，全心全意为整个农民群体抬头而战，而我却患得患失地停留在个人得失的层面上。此时我明显地感受到现实的压迫与理想的矛盾，我在想着四眼哥如果处于我的地位，不可能抛弃私心解决此矛盾？他无疑是已脱离了农民群体的人，能不能像秀才哥预计的那样竭力帮助我们这些进城的农民军，避免闯王李自成的悲剧，从牛蜕化为人走向辉煌呢？我的回答是不可能，制度的缺陷可以短期弥补我们的损失；但从长远利益看，他必然会产生新的欲望追求更高层次的利益。因为他是人，当了官尝到权力滋味的人，绝不可能也像开始抬头的农民阶层一样上善若水，水利万物而不争清廉透明无所求。

晚上我如约去见笑面弥勒，说是接回娘门的玛丽回家，其实有点负荆请罪的意思。玛丽先回娘家，是为了避免笑面弥勒婆婆唠对我的异见。我俩的事儿在他们眼里，简直就是大逆不道的强盗行径。是呀，我都把永结同心的谎话刻在她阿爷坟后崖石上了，却杳无踪影地使她待字闺中十五年，连个娃儿都没有弄出来，不是大逆不道又是什么？

令我没想到的是，他与十五年前一样笑眯眯地坐在门口，那模样儿也没啥变化，仍胖墩墩细皮嫩肉，头发还是黑油油的，猛然看去比与他相差十二岁的老爹生得嫩相。听我喊过一声爹后，他丢过一支大红鹰过滤嘴的烟来（这比我抽葵花叶子的老爹有形多了），说坐吧，菲菲说你要来看望我哩。我把两条中华烟与两瓶蒙古王酒取出来置于桌子上，他瞥了一眼道：来就来呗，乡邻乡亲地讲啥礼数？我匆匆扫视一遍那三间翻修过的瓦屋，见里面桌椅板凳齐全连电视机与洗衣机都置上了。这年代凡追求时尚的农民该有的他一件没落下，比我那每天忙忙碌碌脚底板翻天穷折腾的憨爹实惠多了。我赞誉说：爹保养得真好，七十几岁的人了满头黑发？他笑着说去城里喝你俩喜酒时染的。我问天街有染发坊吗？他说村里都有，温州人开的；你没见厂里许多年轻娃儿都把头发染成棕黄色了……转眼间，婆婆唠从灶间捧出一碗热腾腾的荷包蛋来。我用勺子搅着数一下还是八个，与当年我拿彩礼要求平反向菲菲求亲时一样不多不少。八在我们这乡坊与南方大多数地方一样是吉祥数。见我用勺子搅着没入口，婆婆唠笑眯眯地瞅着我道：快趁热吃吧……那年家里没冰糖我撒红糖，今儿可是道地的广东冰糖，知道你要过来，我让她爹去供销社买的……

吃过点心，笑面弥勒与我和玛丽聊了一会儿，说起村民牛抬头的往事。他说其实他当村书记时也在想着抬头，只不过那时的环境条件不允许。他说：那时搞千斤畈万斤粮，公社化放卫星发展生产，就指望过楼上楼下电灯电话的日子，可也就闹猛没多久，村民们连饭都吃不上了。我问村里这些年啥情况？笑面弥勒点头称赞说：你爹说话算数，这些年全村都盖上了新瓦屋……原本他还想再拖一拖，是我与智佬以村委会的名义，把当年集资的股份都分了。改革开放政府允许大家八仙过海，各显身手，无非是给大家带来实惠嘛。我称赞他这院子改造得不错，装修都快赶上城里人了。他说没啥啥，这房子拿到城里值钱，可在村里也就是个一般般，离他心中要奔的小康还差得很远。我问他小康到底啥模样？他说不就是农村城镇化吗？城里有的我们农村也该有。我说没准还比城里好哩；城里人住房还没农村三分之一大。笑面弥勒说他家不是村里最好的，像智佬都用上机器压的地板铺地了。说原本我想把亲家一半草舍翻了，你爹说缺钱得在全村最后一家翻；我就没有坚持。我问：他把钱都花哪儿去了？他说大都放在厂里；还有一些付了衰佬读书与出国留学的书杂费……

如此聊过一会儿，我问他是否相信星星草公司蟒蛇吞大象的事儿？他没正面回答，摇头叹息说：你爹这人呀，成因为憨败亦因为憨。人憨到头啥都不图，别人就难拿捏他了……我试探地问兼并沿海潘氏前景如何？他打量玛丽一会儿道：俗话说，命里只有九斗就到不了一石；但我不会阻拦你们年轻人的事。他还面对着我教训说：世间诸事儿都有因果关系，你没尝试过又咋知风险？你要知道梨子的滋味，就得亲口尝一尝哪！

当晚我陪洋装虽然穿在身，心依然是中国心的玛丽，偎依在暖烘烘的被窝内（条件比我家自然好多了），心里还思忖着折腾；也不知为何？回村住了才两天，我觉得自己依然年轻，对她的兴趣陡然浓烈了起来。她开始拦住我说爹娘就在隔壁……我俩回娘门按老规矩不允许的……我开玩笑说我不是与菲菲做爱是与玛丽哪……你认祖宗搅支疙瘩地起个洋名干啥？她没话说了只得顺从我，说待转了香港潘氏股份就把名字改回来。我说干啥呢？我睡香港二毛子不是挺好的？改来改去多麻烦。她说不是你不高兴吗？我叹息说高兴不高兴不在名字，我要的菲菲已追不回来了。她沉默一会儿嘱咐我不要动静太大，吵了两位老人家不好意思。我说我才不管好不好意思，要把失去的时光追回来。谁知听了这话她兴奋起来，呀呀喊着把动静给弄大了，倒让我觉得怪不好意思。口是心非……完事后她问我咋了？你以前没这本事呀……我还没感觉你就不行了？我知道她在套我的话，快快地说原来啥年代？现在又是啥年代？她酸溜溜地说：怕是由啥燕子、蝴蝶练的吧？她这般说我就不理她了。其实她在床上蛮可爱的，但穿上衣服就变回道貌岸然的玛丽了。我想：这大概是十几年单身生活造成的习惯吧？

那晚我俩心头都有些不平静，后来就躺在被窝内谈工作。我问她对老爹上善若水的办厂理念咋看？她反问我是咋看的？我直抒胸臆地说：这怕会逼出人命来……你想哪，钱原本放别人兜里；现在你说是行善要把它拿过来？老子都已死了两千年，两千年中世界发生了多大变化呀？以前没原子弹也没有电子计算机，人们争权夺利，用的是冷兵器……那些封建王朝的开国皇帝没一个拿《道德经》办事。就是毛爷爷邓爷爷治世国策不同，都信奉马克思……革命是暴动，是一个阶级推翻另一个阶级的暴烈行动；还说无产阶级是资产阶级的掘墓人。这话都被写进《共产党宣言》……多么血淋淋呀！改革说到底也不是新鲜事，只是换一批人发财……邓爷爷提出让一部分人先富起来。可没说过人像水一样利万物而不争？她认真想过一会儿问我：你把你的想法与爹说了吗？我说我初来乍到对一切都感到新鲜，此话也是与你说说而已；哪敢与老爹撑顶风船？这事儿连秀才哥都支持，你仨商量好合伙骗我，以为我是三头六臂的神哪？我最担心冯老先生提出国有资产剥离与精减员工的事儿，现代企业做不到这两点只有死路一条，说不定我没当上总裁就死翘翘了，还谈何宏伟蓝图带领大家奔前程？她说咋是我们商量好呢？还不是你认为从天上掉下肉包子急匆匆地自投罗网……我说我又不傻，你有几根肋骨还不清楚？单枪匹马来到沿海无非是可以把企业搞大；如果办厂方针没取得一致，那我就是厩中马笼中鸟，被世俗与亲人的力量死死地绑架住，最大的本事也如孙悟空被如来佛镇压在石头山下。

玛丽拥衾趴在我身上劝慰说：我有几斤几两骨头你清楚，你有几斤几两骨头我也清楚，我们都是一个厩里养大的马，一块草地啃草的牛；其实老爹的话没啥不对，星星草公司凭着这理儿才走到今天……老爹是个粗人，能琢磨出这样的道理已属不易……这些年我也在思考此话原意，牛抬头后是不是需要有一种新的理念？鸿年老师解释不一定确切。上善若水的关键字是善，在古汉语中是否仅表示善良？老子原意究竟想表达什么？如果水作善良解，《孙子兵法》中兵形若水又如何解释？我在思量此善字除了善良本意外，还包含着变化的意思。水之善即水之变。所谓善变，应该是符合人性的越变越好。我忽然醒悟道：是呀，水的本质是善良，利万物而不争但同时又是变化的；不争就是一种变化，换一种方式达到目的，就像大江东去谁都堵不住它流向海洋……她说变化也是变通，通则畅，是我们兼并沿海潘氏的基础。我忽然搂住她拼命地亲了一口。干啥干啥？她喊了起来，你搂得我很痛的……我说聪明，你是不是说这善字除善良或者吝惜外，还有一种变化变通的含义？她说对的，老子是提倡无为而治的古典哲学家，他同时说过道可道，非常道；讲的就是顺应时势变化变通的道理……

我一把推开她跳了起来：我懂了，水除了利万物而不争，还有顺势变化的机理。她悄悄地埋怨说：一惊一乍地……你存心不让我爹娘睡安稳觉了是吗？我说是的，你与老爹秀才哥就没让我睡个安稳觉嘛！反正这年头谁都不能睡安稳觉，倒不如大家都别睡了。

5

次日上午玛丽回城前嘱咐我说：你已走了十五年，陪老爹多住两天熟悉一下村里情况；凡事欲速则不达，尽量不要与他正面冲突。我答应了，说你咋走得那么急？她说杂物贱来电说，厂里下岗员工已在酝酿在市政府门口示威，我得回去做些工作。我说他们闹得越急，市政府支持力度不也就越大吗？她摇头道：这事也不是一是一、二是二你想得那么简单？现在沿海潘氏的事儿人们神经都很脆弱，真闹出乱子来就会崩盘影响全局。

　　她回城后我即去见了智佬。这个在十五年前背叛笑面弥勒兄弟，向工作组力荐老爹当村书记的智囊人士，经过时间熏陶已转化成为老爹的对立面，谁都不得罪，又谁都指挥不动地另搞一套，与三脚猫志海一起欲发家致富另立山头。按玛丽的说法，他从来就是专注眼药瓶水，而忘记往公家七石缸担水的人。从我零零星星得到的信息中，知他虽不具备与老爹抗衡的能力，却是村里第二号实权人物。不仅拥有属于自己的经济实体，而且已取代我岳父笑面弥勒担任村主任，成为落后群众的幕后指使者与老爹的对方面。

　　老太婆正打扫院子，见了我一副惊慌失措的模样像见灾星，双手掩脸踮着半小脚跑进屋去。我正疑惑间，智佬身穿长袍马褂，如古代员外郎一般地迎出屋来，双手抱拳致礼说：久仰、久仰……不知大驾光临有失远迎。我说你神神道道地干啥呢？我在你眼里不就是一个欺祖违宗的叛逆？他说：也不干啥，今日是瘟神菩萨生日拜大神哪……回头又向老太婆斥道：贵客登门，还不快去泡茶？老太婆这才撩起围裙飞快地奔进厨房去，身后却掉下一个扎上银针的布人儿来。我明白夫妻俩装神弄鬼正诅咒别人倒霉哩，便问这是啥呀？智佬把它捡起来装入兜内，脸色却怏怏地极难看。我故作调侃地问是我老爹吗？他笑着摇头道：女人嘛，度量小见不得风浪；城里卫生检查队把娇娇开的外婆家给封了，她记恨哩……

　　我问损失多少？他说钱没多少，只是春节生意旺季，破了风水一年倒血霉抬不起头来……我说你不会找四眼哥想想办法？他叹口气说他是代市长，这等小事怎好麻烦？要怪，只能怪娇娇老公不争气，世代的白脚梗到他手里就歇了菜。我问她老公在干啥？他说还不是沿海潘氏的员工；前些年下海自谋生路，路没走出来倒把本钱亏得精光。说话间老太婆战战兢兢地端茶上来，一双烂了眼睑的眼睛不停地眨动着。智佬示意让她退下，语气诚恳地与我说：没想到你会来？我也想上门找你聊聊哩。太阳升起牛抬头，现在我是越抬越迷茫哪……

　　我跟老爹去天街镇政府拜访前书记吴志远，心里还想着智佬说的一番话。他说：啥蟒蛇吞大象与蚂蚁战大象？全是秀才与四眼合伙搞的鬼。历朝历代就是龙生龙，凤生凤，老鼠生子钻地洞。我们当农民家大业大，冯老先生都玩不转，人家还是国民党军官哩！能是你爹与你这班红脚梗的，说穿了就为奔一个好日子过。星星草公司赚到了钱该吃就吃，该喝就喝，该分就分，该建设就搞建设……现在倒好，要上善若水去支援工人老阿哥？就是有经济实力也没有管理的能力；沿海潘氏能是你农民伯伯玩的吗？玩得好损失钱财买一个报纸角落扬个名，玩不好就焚火烧身啥都没了。我说你把事儿想得如此悲观，咋不阻止我老爹呢？他摇头说他做的事我能拦得住吗？见我沉思着没吱声，他叹息道：夯屋要垒基，做人要知足，老话说见风下雨，知足就收；此事弄不好是搬石头补水缸，把这些年赚的钱全赔进去。我说你不支持，咋在村委会上同意呢？他摇头说：我对你憨爹做的事，向来不支持也不参与……我辞去星星草公司董事的职，把企业股份拿出来走自己的路；我不是你年轻有盼头，与你爹都是做外公的人，不为自己也该想想下代人，做些自己想做的事了。

吴志远退休后没回几公里路的鹿亭老家，属山南市的地界。山南与沿海两县级市，因水利与土地种植原因经常划来划去。这天街镇原属山南，后因舜江一条叫快船江的支流直通后海滩涂入海，又由于几个中型水库供应市民饮用水，上级就把整个镇划给沿海，而把沿江另一个入海处滩涂的周泗镇划给了山南。吴志远的社保关系都在沿海，退休后买下葫芦奶住过的两间街面屋，翻修成二层楼在天街住下来。老爹对他的感激之情，是这次他转卖给鸿发大酒店八字桥那块地，手续由吴志远帮助办的。两人七年前在与冯老先生合作事宜上没尿到一个壶里，虽然当时担任镇党委书记的他，最后还是顾全大局帮了他。饮水不忘掘井人，现在老爹拿转换的钱，要上善若水地去帮助工人老阿哥，特地带我上门感谢他……

我俩走进那略显低矮已显得陈旧的老屋时，吴志远还在床上呼呼大睡。麻姨是个在门口摆香烟摊的小女人，与老爹显得熟。老爹问：咋，病了？麻姨说没病，退休后每夜看电视打中觉哩。老爹就径直到床前拍他屁股，显宝似的把我推上前道：起来起来，我带回村的油嘴佬来见您。吴志远一个鲤鱼打挺坐起来，揉着惺忪的眼睛说：是油嘴佬？好、好……现在你老爹心里有底了。饮水思源，这四眼市长与陈俊厂长在村办厂起步时帮过我们；现在他俩碰到困难，我们也应该出手相助……啥、啥？有个成语叫什么？你看我这脑子没退下来就糊涂了？我说你是不是想说有容乃大？他说对！就是有容乃大……你爹遇人反对时常说一句话：欲成大树，何与草争？

黄志明：憨叔砍下三板斧

1

现在回想起来，那年发生在沿海潘氏的事只一字可形容：乱！乱到啥程度？领导班子开个会，董事长憨叔一个调，副董事长兼总裁陈俊一个调，执行总裁油嘴佬另一个调，有时候作为监事长与港方代表的玛丽还一个调，负责生产的副总裁兼厂长鹿长鸣又是另一个调。这位鹿副总裁可是一个了不得的人物，他十六岁参加志愿军上过朝鲜战场，是个与美帝国主义真刀真枪干过仗的老兵，年龄比憨叔还大两岁，按理该退休了，但市里有政策，企业转制后他这级别的干部可以留任。班子里除这些主要负责人外，还有新提拔的董事长助理兼办公室主任裘隆庆与二愣子和我两个总裁助理。二愣子分工抓生产，我兼油嘴佬的总裁办主任负责技术开发。我们三个助理当然不敢随便附和发言……

如此争争吵吵地维持了大约有半年吧？大家都在你来我往各不相让地拉锯子；而作为各股势力裁决师的四眼哥，却躲在暗处袖手旁观。其实也不是袖手旁观，他在密切注视着各股势力的均衡，好如一个高明的球队教练员，同时指导着几支球队的预练，然后确定由谁上场担任主力队员。

这境况，一开始油嘴佬就看了出来，说四眼哥比以前当工作组长时会当领导……躲在幕后看我们上台演戏……我说你就没他精明，差点与老爹又掰了？他嘿嘿地笑问：你咋知我没在演戏哩？大家都演戏我也在演戏嘛。我说你不是吩咐我熬呗！怎么老沉不住气？他说这要分析情况，熬只能人与人熬，不能与一个团体熬，屎壳郎成堆熬下去就会熬出病来。我问他咋办？他说还能咋办？老爹是一把手，就看他下手狠不狠。我问咋狠法？他说蛇无两个头，只能一步到位；熬过小白脸陈俊，借四眼哥改革东风彻底占领平台！我说你不是与老爹意见有分歧吗？他说那是内部矛盾，就像我与假公主盖上被子在我身底下呀呀地喊，钻出被窝就人模狗样地变回玛丽……老爹显然熬不过我们；他是爹，我是儿……世界上没有爹能熬过儿子……

　　憨叔果然熬不过我们，待公司兼并后事态基本平息，找个机会便出手发飙。他与鸿年老师（公司顾问）一起找到四眼哥，一句话没说就递上辞呈。四眼哥此时已当上市长，不明就里：股份制公司董事长不由市政府任命，您找我辞职有用吗？憨叔笑一笑道：既然如此，集团班子凭啥要市政府决定备案？四眼哥解释说这是程序。他问他好端端地为何要辞职？他说我缺乏能力做这董事长，你不同意，我只能向自己辞职交董事会改选……这话就是明显地甩包袱了。四眼哥这才慌了，要知蟒蛇吞大象、沿海农民企业家成功收购兼并具有港资背景的国有企业的报道，已由《人民日报》介绍到全国去了；作为沿海开放地区农村改革的成功典型，半年来不断有省内外政府、国企老总上门取经，咋兼任法人代表的董事长说辞职就辞职呢？沿海市政府不就赤着屁股遭人打吗？作为市长的他当然不能同意。他知道这三国演义的游戏已玩得差不多了，再玩下去就控制不住局面了，与陈俊交流如何安全撤退？没半个月，集团班子就做出调整，憨叔以胜利者姿态重新进入角色，明显变化是憨叔由董事长兼任总裁，陈俊只担任党委书记负责党务。原在分公司（老厂区）这块的军嫂，兼任集团董事长办公室主任兼人力资源部长并分管财务，把原由陈俊分管的人、财、物都拿了过来。分公司工作聘请原天街书记吴志远当董事长，三脚猫戚志海为常务经理兼厂长。

　　这般一调整，平时三爹六主意的班子会议，就剩下一种声音。啥声音？常常是憨叔大权独揽孤零零地唱独角戏。不过以后公司也很少召开班子会，啥事都由憨叔说了算。遇上不同意见他先问人家：星星草集团公司是你说了算？还是我说了算？自然由他说了算嘛，他是董事长总裁一肩担呀！我原以为小白脸陈俊蔫了，没想到他仍兴高采烈地干得很欢。他是高考恢复后首批专培生，还与四眼哥是在省委党校脱产学习时的同学；风风雨雨的十几年国企老总当下来，会甘心败在一个老农民手下？据后来邮政美人陈芳儿告诉我：你四眼哥够朋友，答应我哥退一步他这市长就能让他进一步……这话开始我费解，在星星草集团他拿十几万年薪，去政府机关能拿这么多钱吗？但芳儿告诉我说企业干部到处以上打通使用，她哥有志于行政工作，而不愿深陷在企业做二把手；这当然人各有志，萝卜青菜各有所爱，我就不言语了……

　　半年前，具体说是 1996 年 2 月 28 日；这天应是沿海工业史上值得记载的日子。千余名计划待岗只发基本工资的员工，获知香港潘氏撤资恐怕再次遭受裁员命运，在市政府门口静坐绝食遭到警察驱散后，采取突然袭击手段绑架公司原董事长陈俊，复返厂区欲与新任董事长举行对等谈判，要求保留沿海潘氏牌子（港资企业享有免税诸项特权）与他们国企员工身份。四眼哥立即派我与小呆驼开着宝马专车，去机场接从香港谈判归来的油嘴佬与玛丽，说眼下情况也只有油嘴佬能对付，千万别让这滑头货脚底抹油溜了；事情由他惹出来，就由他擦干净屁股。我从机场接到他夫妇俩已近正午，油嘴佬见我接机，满脸春风地笑道：杂物贱，不错呀，兄弟我还没走马上任你就知巴结领导？我哭丧着脸说：出大事了……就为你三天前打给我的电话，厂里的员工闹起来了。他说别逗，我的电话有这么灵吗？再说他们咋知道我已代替老爹签下香港潘氏撤资协议呢？我说不是你让我宣传蟒蛇吞大象要一鸣惊人吗？他嘻嘻笑着在我肩上拍一下道：看来你的工作还蛮得力呀！一下鼓动那么多人现场欢迎；老爹呢？来公司报到了吗？我说不知道，四眼哥打电话指定我来接机，要你啥也别耽搁火速至新厂区处理情况！正说话间，四眼哥的催促电话到了，说是骡子是马？该拉出来遛遛了。油嘴佬赔笑说此事该找我老爹，他是公司法人呀。四眼哥在电话中发火，说不要给脸不要脸？憨叔有你这般本事，事儿也就不会闹起来了。油嘴佬连说承蒙抬举，油腔滑调地仍想敷衍了事。那边四眼哥火了，说现在不是当年会哭的孩子多喂奶，你再给我演蒋干盗书，小心我先把你撤了再说。

　　这时我悄悄观察坐在后座靠窗位置的玛丽，见她脸色红润神清气爽，一脸平静心安理得地微笑着；一改原先遇事面容苍白在鼻尖上沁出细密汗珠，却假装镇静的常态，一副半夜敲门心不惊的模样儿。女人哪，多半靠男人家滋养；就如我家那位芳儿，当初与我私订终身肚里有了娃，父母因我无城镇户口不同意结婚，就垂头丧气地闹着跳楼。为这事我挨了憨叔两个耳光，说我被油嘴佬带坏了，最后让我随秀才哥进了沿海潘氏。玛丽婚后最大的变化，就是把二愣子和我重新当作朋友；要知道在油嘴佬离开十几年里，她真咬牙切齿地把我俩当作阶级敌人。可惜该死的油嘴佬并没领情，口口声声说我当双面间谍真是冤枉……

　　油嘴佬搁下电话上车后，玛丽便追问他啥事？他瞥了我一眼轻描淡写地说：厂里员工闹起来了。玛丽撇嘴道：这不就是你想要的效果吗？闹得越起劲，你向市政府加的筹码也就越重。油嘴佬淡淡一笑说不见得，外地有许多国企最后都是被工人老阿哥吵翻的⋯⋯小呆驼把车开得很稳，听油嘴佬说老宝贝过世后他就像丢了魂似的，为此油嘴佬带他回来在沿海落脚。香港潘氏确定撤资的信息，是三天前油嘴佬打长途电话告诉我的。我担忧地说：这根导火索点燃厂里岂不太平了？他说丑媳妇迟早要见公婆，闹一闹乱了对手，锻炼自己⋯⋯我说这般大家岂不恨你⋯⋯他批评道：杂物贱呀杂物贱，你搞了那么多年企业，咋一点长进都没有？搞企业埋头苦干没用，靠的是搞群众运动谈判的智慧。兄弟我初来乍到，不弄出点闹猛来，有谁把你当作一碟菜？

那时始我就发现他已不是十五年前，与我和二愣子玩在一处的油嘴佬了。他与憨叔玛丽之间，除了父子夫妻情分，更多的是阳奉阴违地斗智斗勇耍心机；他的心已经野了，只考虑个人荣辱得失与憨叔判若两人。这种发现使我感到痛苦与彷徨，我知自己不是一个有能力的人；但我却能看清是非曲直，知道别人心里想啥要啥⋯⋯

下午二时我等赶到现场时，情况已变得非常严重。只见主车间锅炉房前的空地上，人们一伙一伙地或坐或站，嘴上叽叽呱呱地相互倾诉着，有些女工穿着破棉袄，把家里老人孩子都捎上了，娃儿嘴里还有吮奶嘴的，更有年轻点的女人嘴里嗑着瓜子骂骂咧咧的；靠塔楼前密密麻麻地围满了年轻力壮身穿工作服的男人，与维护秩序的保安脸红耳赤地争吵着。那十五年前我学艺参观过的塔楼上，垂直挂下"改革图发展，工人要饭吃"的条幅。此情形与我在电影《怒潮》中看到的场面没啥不同，虽没有林祥谦慷慨激昂英勇就义，与施洋大律师声情并茂的演讲，却也气势悲壮有一种令人可怕的沉默力量⋯⋯

在我经历的十五年中（尤其在来沿海潘氏几年间），多次看到这种在弱者身上爆发出来的沉默力量。冯老先生生前已觉察到投资国企是战略性失误，迟迟没抽回前期资金，就是因为害怕这种力量。四眼哥在王玫市长调走后，同样迟迟没贯彻他砸烂涅槃重组的方针，最后与星星草公司达成联盟智赚油嘴佬加盟兼并沿海潘氏，就是因为同情改革阵营中的弱者，害怕这种寓沉默于悲壮的力量⋯⋯

世界在每天日新月异的温馨中体现出它本质的残酷，真应了我们山里人的谚语：做人是撑船过堰坝，十年河东十年河西。十几年前这种沉默与悲壮，出现在被人鄙夷的红脚梗群体中；十几年过去，却在我们曾经抬头仰望有固定收入的白脚梗身上重现。现在他们这份固定收入，因大批红脚梗进城即将失去，随即破碎了与我们一样渴望抬头向往富裕生活的梦想……

前来迎接我们的是工会副主席、保卫科长裴隆庆，我把油嘴佬介绍给他。他不相信地询问玛丽，玛丽承认是她与油嘴佬同赴香港与詹姆斯签订撤资协议的，裴隆庆这才点头陪同我们入内。可当我一行进入厂区时，却意外地发现憨叔与秋秋姨撺掇得像逃荒饥民似的，大包小包的行李丢在路边，正向闹事员工分发金义奶与娃哈哈纯净水……

爹、娘——玛丽疾步上前埋怨说，你俩咋不打招呼就过来了？

憨叔抬头呵呵笑道：我到自己的厂里上班，需要打招呼吗？在旁的裴隆庆惊讶地问：你们认识？玛丽与油嘴佬脸红红的有些尴尬；我赶忙点头介绍道：这位是戚长庚先生的爹……大家想见面的星星草集团董事长……

2

新官上任三把火，这火憨叔肯定要烧；用油嘴佬的话说：老爹是瓦岗寨英雄聚会程咬金当皇上，上阵必使三斧头。砍得动砍，砍不动也砍，不砍白不砍。成则进不成则退；所谓天下赤脚汉不怕穿鞋人，赌的是狭路相逢勇者胜。

当时企业界有一种时尚的说法：得失创意间，实施在公关。说的就是企业创意烧第一把火的重要，这把火烧好了百事皆顺，烧不好后面实施就难了。在百业竞争的后工业时代，市场决定企业生存，取决于放火者别出心裁的创意能力，烧出人无我有、人有我强、人强我奇的治厂境界与产品理念。有时一句话一个意念，就能使一家企业走出困境起死回生。二十世纪九十年代上海滩有一个很牛皮的人物邵隆图，凭两句广告语打出两家民企天下。一句是：今年二十，明年十八。推出一家化妆品公司。另一句是上海需要联想。使北京联想在上海星罗棋布地建立营销点，有能耐的公司与市民都用上了联想电脑……

但此为逆天之举。所谓酒香不怕巷子深，首先得酒香，打铁须得自身硬。拿现在的话说，首先是企业与产品定位准确，然后才是恰如其分的吆喝。初建的星星草集团，由于先天不足，构成混业经济与混合体制关系复杂，其始作俑者是四眼哥、憨叔与秀才哥，根据沿海潘氏濒临破产的实际情况，利用憨叔与玛丽和港方特殊关系，共同策划一个以退求进以进求全，诸方皆能接受的方案。憨叔在使用美人计，深思熟虑煞费苦心把油嘴佬诓回沿海后，接着面对三桩大事：一是处理香港潘氏遗留股份逐步撤出国有资产，由星星草公司全盘接收管理，转化为民营资本为主体的股份制公司。二是由香港潘氏定位的工业化工，根据当地政府与企业掌控资源与市场特点做产品结构调整，转化为实用化工（即民用化工）。三是仿照国外现代企业管理模式，进行彻底的企业转制与政府脱钩理顺劳工关系。

就当时沿海改革企业升级换代现状看，新任市长四眼哥具有这种前瞻性的战略眼光，与审视与确立现代企业蜕变的决策能力，才敢于动手敲碎这颗硬核桃；而憨叔的星星草公司，在经历过多年市场打拼与拥有冯老先生的特殊关系，才具备这种涅槃的条件。四眼哥原先考虑由小白脸陈俊领头干，陈俊也愿意。他的特点是唯上是从百战不胜却能百战不殆；但憨叔与秀才哥都不同意，连参与协调的玛丽也不同意。为啥？说来理由简单，红脚梗创业要用自个儿的人，不能买了炮仗让别人放；这才有了让油嘴佬承担这份责任的意图。据说四眼哥曾有疑虑，说油嘴佬经营能力可以放心，但外出闯荡十几年心野掉了，不会同心同德地做出牺牲。这担心是有道理的，油嘴佬也确实是这样的人。四眼哥看人看到骨子里，但憨叔不同意，说用人不怕他刁就怕他逃；野牛能调教过来耕田比家牛更卖力。还说他年轻时心野没遇上好时光，与番薯蜜枣结婚生子后才渐渐地收心安分下来；最后说通玛丽帮助他调教冒险试一试。他说好男人都是女人调教出来的，男人年轻时心火都猛着哩，是这山望着那山高的畜生；你把那山挡住就收了他的野心。玛丽开始信心不足（那时候她考虑与杰克结合，憨叔与秋秋姨也同意了），说都十多年了浪子还能回头？他说这就要看你的能耐，只要你心里有他，他就能从野牛变为家牛。这才有了与总想着周游列国的杰克合谋智赚油嘴佬这场戏。据说玛丽当初询问憨叔与秀才哥，如果油嘴佬不收心回头咋办？憨叔与秀才哥均打包票说也没咋办的，他不回头你也得假戏真做留下杰克五百万元的股本金，不能看着沿海潘氏就此倒闭……

憨叔是个农民不是创意与经营人才，这点他有自知之明；在许多正规场合上他都行动木讷缺乏自信，却给人一种诚实谦恭的信任感。但你千万不要认为他的诚实谦恭是缺乏主见。一旦当他下定决心采取行动，那可是九头黄牛也难拉回；在十几年的创业经历中，我知道其实他的内心狂得很，不把那些世弊流俗放在眼里；为了让全村的牛们能名正言顺地抬头，他已竭尽全力啥牺牲都能做出。譬如玛丽与油嘴佬和杰克的事儿上，他首先尊重她的意志，其次才说服她根据他的判断做出选择。他的特点在于那颗近乎透明赤诚的心，能将心比心地把大家团结在他周围，众人拾柴火焰高群策群力地把他想办的事办好。在过去的那十几年中，星星草公司也就是这般发展起来的。

他要赌的是民心。民心顺了，诸事皆顺。

几乎在我接到四眼哥电话去机场同时，憨叔也接到了他的电话，与谁都没打招呼就携秋秋姨一起进城了。他明白沿海潘氏员工为何闹，还不是对一字不识横划肚皮吃得横凸的红脚梗当董事长不放心？只得若要好大做小，心急慌忙地赶过来。根据他的经验：不管当领导还是当员工，这种事臣服好办不服就难办；人心都是肉做的，彼此之间不就为赤诚相见嘛！你把利益处理平衡人格上相互平等，这世间上真没有踏不过去的火焰山。为此他俩先摸到超市，买了两箱矿泉水与饮料，背上一纸箱的法式面包，背着掖着地潜入厂区。他是这样想的，工人老阿哥静坐绝食，肯定是觉得我这农民伯伯去管理他们亏了。树是栽出来的，人是做出来的，不开心没关系，我让事实说话让你们开心开心。静坐可以，反正香港潘氏撤出，空落落的没啥事儿可干；绝食却不行，人哪能不吃东西不喝水？如果让大家饿出病来，岂不是我新董事长的罪孽？无论如何先得让大家把水喝进去，面包吃下去。至于事态，该咋发展就咋发展。星星草公司与香港潘氏签下撤资意向协议，日久必要公布，不过迟一天早一天的事，还能瞒着掖着不让人知道吗？人心总有一杆秤，我贴脸孔让你打，你还能讨饭和尚赶走我这当家人？

可惜保安们不识货，一个叫宗伟民的退伍兵把他拦在门外了。亏得憨叔还机灵，知世俗者拿衣帽取人，后悔出门时没换上一套好衣裳，说里面有人让他送吃的。宗伟民心理上与闹事员工站一处，正担心绝食者有老有少地扛不住，就让他蒙混过关入内……

事后人们回忆，憨叔兵不血刃地平定员工闹事风波，得益于他在主车间门口那番慷慨激昂与掏心掏肺的讲话。那话，他是这样说的：

老阿弟、老阿妹们，你们都比我这土里吧唧的红脚梗年轻吧？政府改革开放的政策比我学得好。我是白长白大比你们年长几岁，年长的日子干啥了呢？在山里做地头农民，光荣哪，为这共和国大厦奠基（用了新词汇）；可光荣是光荣，就是吃不饱饭，搭配上番薯芋艿也不够吃。饿急了捞猪食吃。养猪有指标，一头猪每月十五斤精饲料；是啥吗？糠皮哪，我们就贪污这些糠皮，割猪草喂猪。那时候我们羡慕你们工人老阿哥，同样是人你们有定粮。我们杀了年猪上交国家，自己只留猪头猪脚与下水，你们有供应的肉票吃肉呀……我儿子油嘴佬小学写作文谈理想，题目就是《我要当工人》。当工人为国家造机器，光荣，国家管发工资，吃的穿的都比我们红脚梗好。现在是有点大翻小乱了，许多出道的红脚梗，日子过得比白脚梗还好；但只是少数，整体上说农民的日子没城里人好。我所在的村坊翻过山梁就是里山了，那儿有些地方还没装上电灯与有线广播哩。拿我来说，虽然当了星星草公司董事长，家里还住着草舍屋，你们看我与屋内的老妊丬，身上穿得还不如你们的衣裳值钱哩；不是我没钱翻新屋，也不是买不起新衣裳，而是我在十五年前选上村书记时向大家保证过，只要村里还有一户人家住草舍棚，我当阿大的就不翻瓦屋……

（注意，热烈鼓掌……）

拍巴掌嘛……不要。我嘴拙讲不出大道道来……那么，我为啥要带资金吃下沿海潘氏呢？理由很简单，就是想让大家一起朝好日子奔……幸福生活不是嘴巴讲讲而是干出来的。十五年前你们汽配厂帮助办起村里的企业，饮水思源，你们都还是我们的恩人。现在企业有能力帮助大家共同致富，我就进城与大家一起干了嘛！年长的员工都知道，化工行业是朝阳企业，只要我们咬紧牙关共同努力，一定会过上比现在好的日子。你们不必抱怨现任的领导，他们也不容易，三四千多员工连家属一万多人哪！在城里不比农村吃喝拉撒，全得花钱……又没有自留地，拔棵葱都得买……天下工人农民是一家，谁没有个头痛脑热的时候？不错，香港潘氏要撤资了，但我已做好了准备，我儿油嘴佬卖掉内蒙古两个小煤矿前来加盟，兑现前任执行总裁杰克撤出的股本金，我也卖掉在天街八字桥那块地……如果大家相信我，愿意留下干我保证你们继续上班的权利，那种吃过早饭愁夜饭米的苦日子我都过过，不会让你们失业没收入……如果要自闯江山，政策规定的钱我亲阿叔冯老先生能保障，我也能保障一分不少发到各位手里……

（又是一阵热烈的掌声）

哎——我说哪儿了？年纪大了有一点不好，说话爹头娘脚地尽忘事……噢，对了，世界大得很，天涯到处都是荒（显然口误：该是芳）草……我儿油嘴佬当年出走时，随身带了五十元钱在外面闯荡十五年，带回五百万元……这时代连烤煳的鸡蛋还能孵出小鸡来，有本事有能耐的应该闯一闯……绝食，就不要了吧，人是铁饭是钢，饿坏了身体会折大家的寿。四眼市长上午还给我打电话，说要我给大家表个态……我还是一句老话：只要大家肯跟着我干，我一个不裁员……人家有的福利星星草集团一分一厘都不会少……

这次掌声更热烈。我偷眼看油嘴佬与玛丽夫妇，见油嘴佬的脸是黑的，玛丽却不动声色地微笑着，尽管我看出来这微笑很勉强，但她却在微笑。

憨叔表过这态后，人们交头接耳地议论了一会儿，自动作鸟兽散了。

不管憨叔进厂烧的第一把火是否合理，就主观愿望说上善若水，对人对事要有善心，他做到了。可当时大家的心里都捏着一把汗，不为别的就为他不裁员的表态……做到这些容易吗？厂里机构闲设人浮于事，许多都是为照顾方方面面的人情闲设的岗位，不裁员消肿企业就无法发展。您是企业法人，表态就得兑现。冯老先生为此努力五年多，首次裁员的下岗员工都还没安置好，白白把一千五百万元启动资金赔了进去，就像棉花团丢进水里一点波澜都没兴，不继续深化改革企业能走上市场吗？陈俊厂长每年在职工大会上做报告，也曾有过这般真诚的对白。讲多了人们就不相信。这次大家信憨叔，不是因为他的话动听，而是因为他与秋秋姨自掏腰包，从超市买来金义奶娃哈哈纯净水与面包在人群中散；而是他的话说得中肯。他们说有慈悲性的人做人讲道理，待人应该不会差……但他能够兑现自己的诺言吗？

这把火在厂区迅速传播并引起反响了。人群散后我（转制领导小组成员）打电话向四眼哥汇报，他问我如何平息的？我就把憨叔亮相与讲话内容说了一遍，四眼哥静静地听完，说真没想到，以静制动以心交心，没看出他还有这一招。我说他可表态不继续裁员，这是企业发展的瓶颈，走不出这一步就没前途……四眼哥说你不懂，这是政治……目前安定团结压倒一切……

憨叔说这一番话，事先没与油嘴佬和玛丽统一。我问油嘴佬对此怎么看？他耸耸肩膀表示不以为然，说老爹缺乏铁腕整治的魄力。他委婉地说：管理是一门学问，上善若水不是啥地方都可以用？老爹这样子会把他们养娇的。我说四眼哥表扬他懂政治哩！他摇头道：你以为是表扬，我却认为批评哩。懂政治于政府官员来说就是谦让出卖利益……搞企业一毛一块钱都须用在发展生产的刀口上，老爹的善良与真诚显然找错了对象……玛丽也私下与我说：油嘴佬说得没错，现代企业用制度管理，搞法制而不是人治；当年冯老先生也就是吃了这亏……她说根据她几年观察，国企员工当前亟待提高素质。他们已不是战争年代的领导阶级，而是被固定工资与油票粮票布票惯坏了的既得利益集团，革命意志早被安定舒适的环境所磨损，蜕变成不能掌握自己命运需要别人推着行路的人……上班不干活，尽要嘴皮子盼望天上掉馅饼，心眼不像山里人实诚……我说：你这是香港老板资本家的黑话，就我接触中他们还是挺务实的实诚人，只不过眼下找不到方向而已。她说这是你的看法，实际情况是共和国改革开放号角吹响，神州大地需要对社会财富进行新一轮分配时，城市白脚梗们行为迟钝甚至麻木，缺乏对社会变化的基本认识与热情，最后才沦落为需要别人帮助的弱者；正是他们的衰落与不求上进，才让我们这些一贫如洗受尽屈辱与苦难的红脚梗们占领市场先机。她说这是一种历史的扭曲……我不屑地抢白说，这话，该不是油嘴佬在床上教的吧？咋连理论都给整出来了？她啐了我一口：你以为只有他这样想？四眼哥与陈俊厂长嘴上不说心里也都这样想着，否则会把这割瘤子的任务交给我们？我说你还是红脚梗吗？她说：我不是红脚梗是啥？我说：现在你是港方代表有股份的大款，不与我们打工阶层站在同一立场上！她不置可否地笑一笑，说老爹讲的道理都对；可惜没这力量担负此社会责任。她说城里员工不比山里农民能吃苦，就是把心掏给他，也不会像农村人一样埋头干活只会抬头看钱……

这就有些门缝里看人把人看扁的意思。我没驳斥她的话，心里却思忖着如何帮助憨叔把企业在短期内稳定下来，企业不稳定又如何向前走呢？多数员工对憨叔初次亮相印象极佳，他的讲话也在私底下流传开来。大家感觉到新董事长虽是农民出身，但话糙理正对人实诚，如果真说话算数依靠工人阶级，沿海潘氏也就有了希望。冯老先生不是不行，而是唯上不唯下没把员工当作自己人，合作几年没在厂里打过几个照面，也没在广众大庭下讲过话。来了只躲在小白脸（陈俊绰号）办公室嘀咕，尽把脑筋动在商量着对付我们了。还有人说当领导就得学会尊重人，那四眼市长虽说读过不少书，讲起理论来一大套一大

套的，但见到我们总是绕道走，你解决不了问题没关系，得坐下来与我们好好
商量呀？我们也知道政府困难该退步就退步。我们也懂得时代大趋势，中央拨
乱反正把工人阶级从领导圣坛上拉下来，吴桂贤、陈永贵都不当副总理了，说
穿了就如落毛的凤凰不如鸡，无非是混口隔夜饭填肚子，不弄得我们上有老下
有小地走投无路就是……

　　有人知我在星星草公司干过，询问我对憨叔印象如何？追问他是不是放屁
带香味儿的政治演员（对无作为的官员贬称）？我如实相告说：憨叔做人没说
的，讲话算数。你们不相信可到村里他住的草舍棚去看一看……只要大家不贪
心，他就不会亏待人，自己有口吃的绝不会让别人饿着……

3

　　沿海市政府的企业合并文件很快发了下来，这是许多人都没想到的事，连
过渡期都没有。憨叔也就在这时砍了他的第二板斧。

　　此斧没砍别人，针对以他为首的董事会与总裁两套班子的报酬。按油嘴佬
说法是自宫——哎，这事儿说起来领导阶层还真有些汗颜，市化纤厂自与香港
潘氏签订协议后，正式运营已快五年，一直搞建设投入维持原有小宗业务，企
业经营一直亏损，营业额落到了谷底；可两级领导班子（连中层），却由市政府
与冯老先生约定，按国企与港企最高标准核发工资。也不知王玫市长与陈俊如
何与冯老先生协调的，一拿五年多养起了行政人员。就以我大舅子陈俊来说，
他的工资比杰克还高半级，与同级官员相比是他们的几十倍，比现任市长四眼
哥足足多了十二倍。如果没高工资支撑着他与鹿长鸣等管理者的精神境界，他
们就不会辛辛苦苦地办事担负责任。陈俊有时也会冲我这堂妹夫发些小牢骚，
说我与你四眼哥都是改革开放后首届省委党校毕业生；看你四眼哥都当上市长，
比他神气的好多混上了地市级，我算是混得最差才是个科级厂长。我当时不知
他拿着比国家副总理还高的工资，鼓励他说当厂长有啥不好的？至少经济上比
他们官员活络一些。他说也就是工资高些，担的责任重大呀？几千人吃喝拉撒
地全要管，换个人早当逃兵去坐机关，一杯茶一张报纸，响钟回家按月数钱。
这话说得实在，我没坐过机关，但知道当官员比我们做企业的，在精神与体力

上肯定轻松多了。

市政府的红头文件发下后，憨叔算是正式上班了。他是不按常规出牌的人，主持首次董事与总裁班子联合会议，就提出改革两级班子成员与中层骨干的工资待遇。说是做人要讲良心，企业效益不好员工都拿最低工资，也就是市政府规定的保障线。这我没意见效益好了可以加上去，改革开放就为提高人民群众的生活水平嘛；但不赞成班子成员拿高工资。我在财务处查了账本，全厂六百多个管理技术人员，每月工资总额竟超出四千员工大半；同在企业工作，管理人员收入要比最低线员工多十几倍，加上发的业务奖金高三四十倍……这不公平哪，我当董事长都觉得脸红，没有四眼市长要求挤一条船上……什么什么那精神……油嘴佬补充说和衷共济。对呀，他说是和衷共济嘛，大家乘一条船上得齐心协力划桨，待遇不同就会人心向背！这事儿是否讨论一下？重新议个标准……

这事儿班子开了几次会都没讨论下来，三国四方地引经据典。以陈俊为首的旧班底坚持理由是国企以前吃惯了大锅饭，矫枉必须过正；凭据是政府发的文件，与同类股份制企业的管理分配条例，沿海潘氏不是个例，它是共和国大大小小的国企中的一个细胞，窥一斑知全局。为此他说：董事长呀，这种涉及个人切身利益的敏感事儿，我劝你还得慎重考虑；现在的人不比过去，做思想工作就能发挥积极性，你把管理技术人员的工资待遇减削了，谁给你卖命做业务？表面看来省下了钱，其实是抓住芝麻丢了西瓜，弄不好变成孤家寡人众叛亲离；改革的目的就是打破大锅饭，让一部分人先富起来。国企为何搞不好？就因为分配制度没拉开差距，无法调动管理技术人员积极性，我们不能走回头路呀。对这观点憨叔回答得干脆，说我这星星草董事长，办厂十五年来没拿过工资，积极性不也调动得呼呼的？鹿长鸣是老革命碰到新问题，没想到憨叔第二斧砍他的头上了。他也不了解村里办厂的情况，说：你不一样，是董事长是主人，企业赚到钱都归你。我们管理层说穿了也就是国家的高级打工，不拿高工资，这么苦的活谁愿意干？现在干企业也就比坐机关多几元工资，否则像我这般当过局长的人，早回机关退休享福了。这是大实话，油嘴佬能听进去，见在座的许多人脸都拉了下来赶紧表态说：调整是得调整，但幅度不宜过大，还得照顾在座各位利益；要不，保留班子成员待遇，先从基层班组与中层改起，试验一段时期再实行。现在大家讲实惠，钞票装进自个儿腰包才放心。钱给少了管理层积极性调动不起来，我这当执行总裁的，会完不成董事会额定的生产指标。

我知油嘴佬打圆场搞折中，是为企业与我们外来户着想，想替老爹收买人心。他是聪明人，憨叔兼并沿海潘氏进入管理层，连头带尾才带来几个人掺沙子，其实只有几滴毛毛雨。新组建的星星草集团说穿了换汤不换药，用的是沿海潘氏的老班底只换了块牌子，凭憨叔的三斧头能改变现状吗？为图天长日久坐稳江山，不得不取悦既得利益集团。再说他也有私心哪，知企业近些年难以拓展，舍弃内蒙古两个小煤矿至此打拼，除了想证明自身价值外不就为利益驱动？保留班子成员工资也有他一份。老爹是免费为人民服务惯了，在他手下工作管理紧，连报销个餐饮差旅费都得履行手续画押签字？深知改革实质就为换一批人捞钱，这些年脱开老爹的笼头，早就吃喝赌嫖醉生梦死惯了（大环境所致），还能回到省吃俭用的老路上来吗？他这话也引起二愣子的共鸣，以前在村办厂跟憨叔干事业，小港湾里掀不起大浪来，没想过工资与待遇，如今家大业大闯王进城吃他娘穿他娘的，再不捞钱就是呆驼儿子了？为此他也跟着发炮附和油嘴佬，说星星草公司发展需要后劲，分配就得拉开差距……只有玛丽表态支持憨叔，因为她知道这些老班底的头头脑脑花拳绣腿，拨拉几下无非为了钱？钱这东西欲壑难填就是把金山银山捧给他，企业也出不了效益。但她的话说得比较婉转：我支持董事长的提议，其实就是香港潘氏内部分配，管理技术人员的工资与员工差距也不大，主要体现在效益奖金制度上；冯老先生当初姑且酌定，是为调动管理层的积极性不得已而为之……建议是否向单市长与政府有关部门汇报再做定论……

如此交锋几次，陈俊与鹿长鸣还是不想退让，最后扩大到党委成员、纪委工会共青团妇联以及部门以及分厂车间负责人讨论，弄得憨叔成了孤家寡人，大家批评他观念陈旧搞家族制与家长制（这观点奇怪，憨叔在转制后买下国企改变性质，推行家族制但大家就是不愿承认），说现在是邓爷爷猫抓老鼠的时代，又不是毛爷爷那时搞平均主义？新班子上任要有新气象，不能啥都照搬乡镇民企的做法。还说星星草的牌子没香港潘氏响亮，人家可是按国际标准进行管理，凭吗要废掉先进的管理制度？当董事长的没金刚钻就别揽瓷器活，如果连管理技术人员的工资都发不了，谈何蟒蛇吞大象兼并国企？企业要开拓发展做大做强，管理技术人员的工资，只能水涨船高能升不能减等等。会议开到后来，变成了憨叔的现场批判会。憨叔开始倒也安宁，像黄杨木雕一般咬着旱烟管倾听着一言不发。我看到他整张脸都是黑的，烟雾与愁云使他脑门上的青筋似蚯蚓似的蠕动，突突地跳动着；但我知他在报力地忍耐着，心头早已风卷云舒风雷激荡。油嘴佬与玛丽、二愣子显然都发觉了老爹的变化，集体噤声不敢多插一句嘴……

为缓和会议气氛，小白脸陈俊卖弄才华特地背了魏晋曹植的七步诗：煮豆燃豆萁，豆在釜中泣；本是同根生，相煎何太急？讨好众人把他的意见蕴藏在诗里。可惜憨叔听不懂，问啥豆呀萁呀？要说，你就说得明白一点。陈俊说：董事长呀，会议开三四天了，大伙儿说得够明白的，现在我俩是绑一条绳儿上的蚂蚱，咋蹦跶利益关系都联系在一处，要不……他这般说应是站在团结愿望上息事宁人，想把事儿给搪塞过去，憨叔却陡然冒火（当了十几年星星草公司董事长，还没这许多人联合向他顶牛），呼地一下蹿上皮转椅，像开村委会那般蹲着，用那条抽了几十年的旱烟管敲着桌子询问陈俊：这集团公司我是阿大还是你是阿大？我是阿大由我说了算。这话是他的绝招，当年问过笑面弥勒也问过秀才哥，就是四眼哥也敢发飙。陈俊显然没经历过这场面，愣一愣说：不是您让我组织党委扩大会的吗？憨叔黑着脸挥一挥手：啥党委纪委工会妇联共青团的？企业行政都归我董事长管。如果在座各位认为我搞一言堂，明儿我让办公室把你们工资单打印出来公布，召开全厂员工大会给说道说道……

全场顿时鸦雀无声。原沿海潘氏分配方案对员工保密，我知憨叔具有一招制对手于死地的高招；就像当年村办厂开业他也组织大家讨论，目的不是让你否定，而是让你把观点暴露于他的枪口下一剑封喉……

那段时期陈俊极不开心，不仅因为减工资揪心（当然是主要因素），更是明白了憨叔不比冯老先生，自己这党委书记不过是个摆设；像他这般多年当一把手的人，没什么事比废除权力更为哀伤。在我儿虎子三周岁生日时，出乎意料地带老婆厂医胡琼和上初中的阿囡雅飞，买了一辆玩具车致贺。虎子已满三周岁，因两家地位差距（他是厂长而我是车间工程师），他没举家至我家吃过生日饭；平时都由我与芳儿带着虎子过去。我问芳儿这不是乾坤倒转了吗？她说啥乾坤倒转？还不是憨叔当董事长让你进了班子。我说事儿不至于那么简单，厂级班子有十五名成员而我只是个助理。她说那为啥？堂阿哥不是那种低头向下的人……

也许是胡琼没生养男娃的关系，陈俊对虎子特别好，他老爹是芳儿的亲伯父，两家只有虎子一个男娃。吃过晚饭他逗虎子玩了一会儿，就拉我在门口石凳上坐，发一支烟给我劈头就问：志明哪，你如实说我这人咋样？我说好呀，我与芳儿结婚，还是你向她爹娘做的工作。他摇头说这事别提，芳儿也就是身材矮小些人称邮政美人，否则像她这般年龄与条件早嫁了出去。当时你俩偷偷好上了，你一周写一封情书给她……世上很少有这般的实诚人……我说我条件差嘛，还没转上城镇户口哩。他说没关系，那东西已经越来越不值钱，现在的人一切向钱看。他又问我对那削减工资的事如何看？我想了想说一般管理技术人员削减不多，主要是班子成员与中层干部……他说这样问题就出来了嘛，行政管理人员是厂里的生产营销骨干，以后谁为新班子工作？他说：就像你，进了班子原本可拿技术岗位五倍多的工资，加上考核奖比普通工人多了十几倍；如此调整你的利益就损失了，还能安心当领导？我说我不要紧，人贵有自知之明，没您的推荐与憨叔信任，这条件哪进得了班子……就是您与鹿厂长亏大了，他还是老革命哩……他叹口气道：按理说我也不应该计较，个人得失是小事……只是这样一搞大家都没了积极性，我在企业说话没人听，自然也就没了威信。我安慰道：憨叔不是说了吗？班子成员与中层干部待企业效益好了拿提成……他摇着头把烟蒂规规矩矩地撵灭，丢进不远处的垃圾箱内，回头说：那已是猴年马月的事了！

接着，他问我对憨叔如何评价？我支支吾吾地说：人品没得说，就是思想比较传统。他又问憨叔在村办厂十五年，真没有拿过工资？我说这倒是事实，他不贪财，厂里分红只按银行取利息，其余全都放回去。平时生活节俭不乱花钱。带秋秋姨上北京看病都没向公家报车旅费。他说他的基本生活咋办？我说他当村书记每月有十元钱补贴，家里自留地还有出产……

他呆了好一会儿没吱声，后来莫名其妙地拍着我肩膀说：我搞企业十几年，总算遇上了对手……志明呀，这世界最怕两种人，一种要钱不要命，还有一种要名不要钱；我弄不懂憨叔想要啥？你转告他，我可以奉陪三年，待企业走上轨道就离开。不要为我浪费时间。我吃了一惊问他去哪儿呀？他模样古怪地笑一笑：从何处来还回何处去呗！

鹿长鸣很快生病请了长假，憨叔带了龟鳖丸去看他。那补品是油嘴佬买给秋秋姨吃的。憨叔夫妇进城后没租房子，把已变痴呆的陈瑛老师送进老年颐乐园，与秋秋姨在那小屋子住下了。鹿长鸣自然紧闭家门不愿见，他对憨叔有意见嘛！老子十六岁抗美援朝上前线，当过沿海工业局局长，无非是退休前弄点实惠才被组织上拨拉到港资企业来，如今是眼睛一眨癞婆鸡就变了鸭，要减工资谁干呀？憨叔没办法，据说与秋秋姨在他家门口坐了一宿。次日鹿长鸣趿着拖鞋下来买豆浆，才把他俩招呼进了屋……

也不知憨叔施展了啥魔法，一周后鹿长鸣正常上班，还精神抖擞情绪很好地在班子会上表态说：改革涉及个人利益，于他来说是老革命碰上了新问题。说他也是从农村出来的，知道农民办事不容易……以后咋办呢？只好而今迈步从头越，服从大局需要继续革命嘛！他一表态，班子里不再吵吵闹闹，不过背后闲话还是不少。可憨叔已经不在乎，他是什么人哪？菩萨做得，阎王也做得；板下脸六亲不认，竟要把分配方案公开？那还了得？逼急了员工就变成如一头头狼，静坐绝食扣押人质，啥事都干得出来，弄不好夜深人静时找个偏僻处做了你；再说香港潘氏撤资，星星草集团的钱还没全打进账号，如为此事出现合作反复，谁都担负不了责任？

4

半年过去，也就是市政府根据整顿方案重新调整班子后，憨叔更加得意了，异想天开地砍了他的第三板斧。这次动静大了些，经过半年的访贫问苦与调查研究（由小呆驼开车带他挨家挨户地跑），他决定把已被处理下岗赔偿金尚无全额到位，想重返岗位的七百多位员工喊回来归队。此举不但陈俊与鹿长鸣厂长不同意（岂不是否定改革成果）；连油嘴佬与玛丽也异口同声地反对：老爹的上善若水的管理理念，也豁边得太厉害简直漫无边际。这国企改革，中央政策明确关一批撤一批停一批，剥离资产员工减轻中央与地方政府负担。这批员工五年前已做基本赔偿推向社会，与企业关系无非是劳动保险与各项统筹，没必要再做回汤豆腐干。何况合作也才半年，老爹与玛丽的在香港潘氏的遗产尚无妥善处理，企业业务不饱和没钱发展再生产，在岗员工尚且有许多没安排，再增加七百多个人往何处塞？习惯独往独来小打小闹负责经营的油嘴佬就是神仙，也变不出能满负荷工作的岗位来？为此，他可怜巴巴地哀求憨叔说：老爹，您还是饶了我吧？你的上善若水也太泛爱了……这样下去，您儿子都要得脱力黄（肝病）传不了后（他总催他与玛丽生孩娃）……憨叔问他：工人没班上是领导的责任，还是他们的责任？油嘴佬想一想说：当然是领导的责任，但是前任的责任；我看羹吃饭有多少菜请多少人吃饭。憨叔说：可现在你是领导呀，不能只管生不管养。以后把你的看羹吃饭变一下，有多少人就烧多少菜。只管吃得饱，中央说过是社会主义初级阶段嘛；不要吃得好，待我们有能耐了再吃好……

油嘴佬受命召集我与二愣子、鹿长鸣和裴隆庆，又把管人力资源的军嫂与监事玛丽叫上，接连开了几次生产与岗位协调会，觉得实在没办法让大家都吃饱，就去找四眼哥告状，说：你说过不让企业走回头路，我老爹正走回头路哩！

四眼哥听说此事急了，赶紧过来召开班子会统一思想，当面锣对锣鼓对鼓地询问憨叔：国企改革，是打破机构冗员人浮于事旧制轻装上阵，按市场经济规律走上现代化轨道；不但沿海市这般做，凡改制成功的地区也这般做。您把已下岗的员工都喊回来，岂非改着改着又走回老路去了？憨叔黑着脸反驳道：你问我，我倒要问你呢？中央改革最终目的是让大家都过上好日子；你这当市长的是父母官，父母不管儿女行吗？他叫你一声市长，你就要一划公平地对待百姓，不能让富的富死、穷的穷死。你那个继父糖拌糠当年交我这穷朋友，让你插队落户来穷村，就为改变城乡差别，让阿拉农民也过上城里人一样的日子。现在我有能力帮助人，你咋不支持我反泼冷水，反对我为工人老阿哥谋利益？

这话算是说得到位，无论理论与实践上都无懈可击。改革是什么？邓爷爷说过摸着石头过河。现代化不是喊空口号就能实现的，允许这样尝试，也允许那样尝试，目的就是民富国强。民富了国才强，像苏联老大哥那样原子弹宇宙飞船上天的超级大国，国民排队买肥皂粉，最终还不是卫星上天红旗落地吗？民富是大家富，如果凭几个精英跳头王上蹿下跳搞个排行榜、去美国买几幢别墅搞个度假村就是现代化强国了，又要我们农民进城帮助工人老阿哥做甚？这一问倒使四眼哥傻眼了，只得赔笑道：我还不是怕您这条蟒蛇吞不下大象吗？如果吞下消化不良，沿海市不就又多一个亏损企业增加政府负担吗？憨叔没理他，有滋有味地抽着旱烟管神态镇定自若。四眼哥拿出油嘴佬、陈俊与玛丽，还有新上任的军嫂核算的一份财务报表丢桌面上，说您看看，合作六个月账面只有出账没进账，让我这当市长的咋放心？憨叔点头：这不是刚开始吗？他发现烟袋没烟丝了，即从四眼哥口袋里打土豪掏出一包烟来，抽出一支拆掉海绵蒂按在烟管内，慢吞吞地说：我继爹洪老师说过：有咋样的队伍打咋样的仗嘛……

四眼哥的态度变得严肃起来，说当初冯老先生就是犯了这错误，慈悲为怀舍不得花钱一次性处理下岗员工……结果这事拖了五年把企业给拖垮了……他说历史教训呀，我不得不提醒……船儿过江，如果超载就会沉江……

憨叔苦涩地笑一下问：你是中国人吗？

四眼哥莫名其妙：不是中国人，我是什么人哪？

憨叔摇头数落道：我看不像……你继爹糖拌糠活着肯定不会这样做。共产党当年闹革命，难道不是为全天下劳苦大众都有一口饭吃吗？那话可是写进党章的。别说共产党，就是鸿年老师他爹靠剥削起家的地主，灾荒年还烹大锅粥赈舍饥民哩……他也从怀里掏出一叠纸，用粗硕的食指点着敲着：你看看，我这儿有名单！这些工人老阿哥老阿姐们与小阿弟小阿妹们，离开企业后日子过得咋样？除百十位稍有能耐的跳头王外，其余还不如我十五呑村农民过的日子哪……

这需要整个社会重视……安排再就业是本届政府面临的难题呀！四眼哥的脸有些红了，讷讷道，这是本届政府的职能，而不是企业能解决的……

别逞能了……憨叔连连摆手，你们这口号那口号地喊着，统计的是对付上面的GDP，那数字对你们升官发财有用，全市差不多有两万多下岗员工，你有本事早安置了……做人哪，还是阿拉农民的一句老话，得上半夜想想自己，下半夜再想想别人，只要我有一口吃的，就不能让身边的人饿着……这是中国人做人最起码的品质……

七百多名员工接通知后，大都涕泪交加地在半月内向人力资源部报了到，经过这些年的社会艰辛，他们中的大部分人开始明白：这社会上流动的钱不那么好赚，还是原先的那份大锅饭好吃；而且做人是需要有一个家的，无论这家是贫还是富，有家总比没有家温暖。就是一碗隔夜的冷饭，一件露出猪油渣般的寒衣，一句嘘寒问暖的问候，也比相互像白眼狼般地为一块狗肉、一件时尚围脖你争我夺要温暖得多……对憨叔的关心大家从心底里感激，向军嫂报到时不少人还向憨叔办公室方向鞠躬致意……

人回来得差不多了，岗位却无从落实；油嘴佬头上一抓一把蚤，每天上班都到老爹办公室坐一会儿，向他汇报恢复生产的情况。憨叔戴着老花镜脸色安详地审看双向选择的上岗花名册与签发上岗证，边看边骂骂咧咧地指责说：这些城里人也真是，饭都落得吃不上，填报的志愿还很高；连名字也怪七怪八的，他翻《新华字典》都找不到……待油嘴佬出去他往往打电话喊军嫂，让她在上岗花名册上加注白字。回来就是一家人，他得叫得上人家的名字……

船儿超载咋办？憨叔与军嫂合计商量办职工文化技术学校。毛主席老人家说过：没有文化的军队是愚蠢的军队；而愚蠢的军队打不了胜仗。虽然和平年代不再需要小米加步枪，与日本鬼子国民党反动派对着干；可经济建设比打仗还需要有文化。没文化打仗还凑合，当时领导人大都是文化人，周、邓、朱、陈都是留过洋的大知识分子，毛主席老人家就更不必说了，那么厚的四卷本都写了出来；基层部队只需令行禁止地跟着干就行。搞经济建设没文化还就不行，不是说牛抬头吗？没文化再有钱也不过是个土豪？天街八字桥那地原本就是办学校用的，否则企业的人才就留不住。可惜这些年一直忙忙碌碌没落实，如今正凑上个好时机。兼并后的星星草集团家大业大，楼堂馆舍齐全工程技术人员也多；虽然眼前不景气，以后发展开去可得有大作为的，员工队伍素质低了就难于竞争……

军嫂指着人员花名册征求意见说：要不，先搞个轮训员工讲习班试试。憨叔问她讲啥内容呢？她说穷汉娶媳妇先发聘礼，我聘您当校长鸿年老师来当教员，先讲做人做事的道理，搞个职工文化大学堂安定人心再说。憨叔又问讲课得有教材呀？军嫂说先别贪大求洋搞正规化，像当年村里搞大会战上夜校扫盲一样，组织大家学习老三篇，弄明白办厂做工是为什么？她说别看城里员工识字多，思想不一定有我们农民积极……这社会，要想抬头成为好人，就得懂做人的道理。科学技术可以八仙过海各显神通；做人的学问还真得学学当年我为人人，人人为我的服务精神；如果现在不趁空补上这一课，待事业发展都上了岗，油嘴佬的兵就会很难带……

这观点得到憨叔支持，当场拍板说好，就这样办，你先筹备着。

5

讲习班办起来后，出乎意料地红火，不管有文化没文化，有技术没技术，员工都说好。这事陈俊觉得有些奇怪，企业已衰弱得连全工资都发不了，一把手不组织业务与生产，在班子里讲了半年上善若水，现在竟上瘾有闲情逸致组织大家学习老三篇？三十年前全国上下不就是这样搞吗？还跳忠字舞斗私批修，结果全国人民学着唱着跳着斗着，国民经济就到了崩溃边缘，落后世界几十年。而且这时厂里许多关系尚无理顺，大家人心惶惶的咋有心思坐下来学习？为此他跑去找玛丽，指着自己脑瓜子说：董事长是不是这儿有毛病，发工资组织人学老三篇？玛丽明白憨叔此举是图长远打算，便笑着问：这阵势你没见过吧？陈俊说是没见过，指着燎泡的嘴唇说，我都上了火。她问还记得十六年前搞锦纶产品，汽配厂咋输给一无所有的村办厂？陈俊茫然摇头表示不理解。玛丽便嘿嘿笑道：搞企业与做人一样，是需要精神的；当年他就是这般教育员工，结果大家都不拿加班工资抢着开夜工……

员工大学堂半月一期，每期轮训一百二十人，还要考试，合格后签订劳动协议发上岗证；接着又开出技能课来，时间也是半月一期。如此两年坚持下来，几乎把所有新老员工都轮训了一遍，后来就挂出星星草集团职工文化技术学校的牌子来。每次学员第一节课都由憨叔上台讲；也没讲义任意发挥，开头背毛主席语录：没有文化的军队是愚蠢的军队，而愚蠢的军队是不能打败敌人的。接着他就现身说法，讲自己没文化吃过很多的亏，致使企业走过不少弯路；给大家讲做人做事的道理。令人没想到：没上过正规学校，办事鲁莽行为木讷一味孤行的憨叔，讲课头头是道妙趣横生，充满着浓郁的乡村智慧与人生哲理……

他讲的内容虽杂乱，主题却从无游离。事后军嫂归纳出基本教材，要点有三：一是天下大道若简：越是大道理越简单明了，无非是种瓜得瓜种豆得豆。当老百姓的不管时代怎样变迁，只要弄通老三篇就明白做人的道理；《为人民服务》讲做人的宗旨，《愚公移山》讲奋斗精神，《纪念白求恩》是国际主义。人活着不光为自己吃饱穿暖，还要为世界多数人服务。二是大智若愚或说大巧若拙：越聪明的人，越懂得吃亏；如果聪明人让人看出你聪明，大家就不愿意与你打交道？做人要懂得吃亏就是占便宜的道理，你为别人服务好了，别人就反过来为你服务，你想做的事业也就成功了。如果一味奸诈使滑，赢得了一时赢不了长久。三是做水当如水，水利万物而不争。合世间的道理也就是有容乃大：你对人越宽容，人也就越能敬你。大肚能容天下难容之事，就如水往低处流滋润万物遇利不争。人若不争，就会活得很愉快；欲成大树，何与草争？

陈俊、鹿长鸣、裴隆庆后来都去听过憨叔讲的课，听后向大家跷大拇指，说从没听过他说得这么多，还讲得挺在理蛮有学问的。我知这些都是鸿年老师帮他整理的，见他们说得真诚（憨叔进城有自卑感，生怕别人轻视他）便趁机启发说：你们以为只有读过大学的白脚梗有学问，农村的红脚梗都是土包子？其实不然，中国的乡村哲学与民间智慧比圣人教谕要有用得多。陈俊摇头否认说：这倒不是……我一向敬佩洪董为人，不靠天不靠地自我奋斗闯出一条路来；但我真没想到他头脑里装着这许多学问，把深奥的人生哲理参悟得如此简单透彻。这下我得意了，说：明白了吧？这就是阿拉农民；但你别高兴得太早……他问为何？我想了想说：他说的有容乃大，是指水的包容性，水是往低处流的，如果遇到阻力流不通，就会风浪陡起汹涌澎湃，冲决一切阻力……

憨叔在兼并沿海潘氏第二年，与香港潘氏遗产官司打赢了，获得约四千万元的股本金，除二千五百万元抵扣沿海潘氏前期资金，余一千五百万元连同他带过来的一千八百万元全投入星星草集团，在政策许可范围内收购折旧后的国有资产，从而理顺关系，在保留原村办厂百分之三十股份的基础上，转化为以民营经济控股的股份制公司。

令人不解的是憨叔再次发飙，拿出属他个人所有的百分之三十约三千万元股本金，赠送给集团公司十五年以上工龄的员工。理由只有一条：企业是人办的，靠众人拾柴火焰高；图的是百年大计！只有把大家绑定在同一条船上，齐心协力地划桨，这条船才能驶向远方。这下油嘴佬与玛丽的脸儿全黄了，企业又由家族制变回众投制，把子孙后代的股本金全送给了工人老阿哥。油嘴佬赌气说：老爹这般的人物在沿海古往今来没有，在省里就是全国也是五十年、八十年才出一个；他不要钱，而我与我的后代要钱，他这般做只想着自己光荣，把后世子孙碗里的米饭全给舔干净了……可他无力改变老爹的意志，那份遗产是冯老先生留下的，说好用在公共事业上。冯老先生在遗嘱中写得清楚：子孙若我，财如涌潮，子孙非我，去若流水……

此时星星草集团已开始理顺关系从困境中走出来，憨叔的声望也如日中天。为此市电视台台长高晓敏写了一篇《蟒蛇吞大象，试看今日沿海民企风采》的报道，致使不少媒体记者都争着采访憨叔，弄得他很烦，最后找个地方躲起来，过了风头才回厂来。星星草集团发展到此规模，与憨叔主厂初始砍下的三板斧相关，由此厂里新老员工才真正把他敬若神明。

戚长庚（六）：树大分权，熬过老爹

1

我与老爹的矛盾，其实在合作初始就已存在。不仅由于我父子俩经历不同个性不同，对星星草化工集团创建（兼并沿海潘氏）时存在许多不确定因素看法迥异；主要还是在我离村十五年中，老爹已形成以秀才和鸿年老师为核心的思维模式。诸多事在后来看来都觉得不可思议；可当时却顺着四眼哥的思路，为得到地方政府政策与资源上的支持，由市委、市政府下达红头文件认可。此举对四眼哥为首的市政府来说是撂担子，他在国有资产评估与员工赔偿上做出必要让步，以此作为对乡镇民营公司发展的扶植；就像当年村办厂开业时一样，认为乡镇民营公司拥有好的运转机制，只要解决资金与资源开发等问题，就可以帮助国企解困，一劳永逸地走向市场；遗憾的是这种模式与做法忽视了人的因素与现代企业管理要素。在此决策中四眼哥无疑发挥了主要作用，秀才哥与鸿年老师（包括玛丽的初期行为）则推波助澜促成合作；虽然秀才哥由于身体原因未能下山，而鸿年老师却从兼并开始就留在老爹身边任顾问，影响与决定了老爹的办厂思路与行为举止。香港潘氏董事局的聪明之处，就因为看到了这些旧体制遗留下来的种种弊病，才决定放弃投资款最后分道扬镳。詹姆斯在我与玛丽赴港谈判时拍着我肩膀说：小兄弟，如果你侥幸得到一个上帝恩赐表面新鲜的甜馒头，咬一口却是馊的，有必要把它吞下肚去吗？而这些我在接管沿海潘氏时与于燕分析过，她掌握的信息与资料相对比较齐全；为何一意孤行？除了难以割舍的亲情因素外，就为老爹意外获得在我看来是一笔巨额财富的利益蒙住眼睛；同时我也过高地估计了自己。在这点上我与老爹有着许多雷同之处，我俩都是出身低贱却是内心狂妄的人，认为天下没有蹿不过去的咸水河，没有踩不过去的火焰山；在此过程中我与四眼哥有过多次深入探讨，他曾答应我在政府力所能及范围内予以帮助。问题的关键是老爹与我那种水火不容的处世境界与办厂方针，致使我俩在实施过程中各吹各调，始终踏不到同一节拍上而越走越远……

　　所幸的是玛丽很快理解了我。她在处理完香港潘氏股份与遗产，曾欲改回原名菲菲，原因是老爹与我都不喜欢此洋名，下决心与我同心同德投身于内、外拓市场内搞改革共创辉煌；可惜这些最后都没能实现，厂里员工仍把她喊作玛丽，传统沿袭成为习惯力量强大，不是你想改变就能改变的；当然这已是后话。那次为处理香港潘氏残留资金与詹姆斯洽谈后回宾馆，她就与我说：如果老爹能有你这般的思维认识，十年前村联办厂直接与冯老先生合作，就不会有今天这般的麻烦……我摇头道：别说十年前了，就说眼下老爹能按我的思路，知道原始资本积累是残酷的，不担负如此沉重的责任对内对外都狠一点，我们眼下的路也许会好走一些。这时她也看到了老爹与我的本质分歧，老爹总把上善若水的理念贯彻在办厂管理上，而我却时时逃避责任，忽视水利万物的善良而更多地注重水的变化与流动性。每当我与老爹在办厂理念上产生分歧，她虽然有时也会帮助老爹说话（更多保持沉默），事后却总是安慰我说：你不是说乱石蹿笋熬过最初的三厘米吗？那就熬吧；老爹最多也只能熬五六年……他都六十岁了，还能熬过年富力强的你吗？我说我是在熬，我知老爹在做我的规矩，做下规矩他要把集团交给我与你管理。但企业管理一旦成为制度确定下来，以后要改变就很难了。我这般说，玛丽也很难安慰我了。我知她也明白企业是靠制度管理的，创业时确立的东西，必对以后的发展产生决定性的影响。于是她说：性急的和尚喝不得热粥，我俩还是再看一看吧？你需熬的不仅仅是老爹，还有与你同年龄的内部与外部的那些对手。这事你得想清楚，如果你还没开始熬就觉得熬不下去，那么，前面熬的工夫也就白费了。

她说得在理，兼并沿海潘氏后短期没有收益，就像一个贴上商标的漂亮瓶儿没装上液体中看不中用；不小心打碎不就啥都没有了吗？人生难得几回搏！在此当口我当然不能心有旁骛……

合作后企业的权力，遵照条例转移到老爹与我这执行总裁手里，按理我俩可以大张旗鼓大刀阔斧，在法律允许的前提下动大手术，把依附在公有制机体上的寄生毒瘤给割除掉，凭老爹赤脚汉不怕穿鞋人的勇气大步向前。可惜老爹已没有当年的进取精神，固执己见地滞留在以前的时代，表现出对公有制我为人人、人人为我不折不扣的迷恋。从当村书记开始，他一直构筑着农民翻身争气不争财的理想大厦；认为他想着别人，别人也势必为他着想；这就是他长年挂在嘴上的前半夜想想自己，后半夜想想别人的理念。他总是想着把事情摆公平了，大家才会齐心协力地帮他做事；其实不然，这社会在经历过十几年国门打开西风渐至，人们的价值观念发生了很大的变化，即使最窝囊的笨汉，也知在这世界上个人利益高于一切。对新成立的集团资产评估与股本构成关键问题上，老爹首先考虑的不是自身利益，而是站在政府解套角度为员工说话，没为自己这头老牛与我们进城奋斗的新牛们着想，在所有制及股本构成上一而再、再而三地不争（水利万物而不争），以集体股份经济的架构，换汤不换药地替代原国有混合经济模式，把冯老先生留给他的个人资产给弄丢了，为我以后把集团引向规模化产业化运作，埋下泛股本化的祸根。

进厂半年后，我基本摸清原沿海潘氏生产环节与业务渠道。此厂陷在陈俊这班人手里实在可惜了，当时化工民用市场虽已基本放开，但产品开发与研制权仍掌握在央企集团（原化工部）手里，说穿了还是换汤不换药的计划经济，地方政府只能做一些搭配。同样的产品，小宗销售权掌握在民间，大宗与能在国际市场开发与发展的，营销权仍在央企手里。换句话说央企不给面子，地方企业生产能力再强，也只是做丫头的命。像沿海潘氏这般的中型企业，在冯老先生决策做工业化工存在市场不畅的前提下，如果能及时改变销售策略与生产模式，心甘情愿地做好丫头或开发政策允许的民用化工这一块，也许问题就不存在了。世间有小姐存在，就必有丫头的事儿做。问题恰恰在于陈俊与杰克当不成小姐，又做不来丫头；不是不想做而是没人决策，谁都不愿意挑这副担子，也没有能力想方设法取得有关部门允许做丫头的上岗证。也就是说你生产得再起劲，本领再大，没上岗证就只能看着人家吃肉而你吃菜；如果当没有上岗证的丫头，就只能是粗使丫头干些下等活儿混口饭吃。

我把此情况向四眼哥做过综合性汇报。他问我：陈俊为何不去弄上岗证？我说这事您最好别问我直接问他……就我的眼光看与现有体制有着说不清道不明的关系。你想哪，弄上岗证必要花代价，企业不是他的，弄成了大家得益；弄不成嘛，不但没成绩反有血光之灾。他说这咋可能呢？王玫市长一直鼓励他解放思想……我说这思想体制内的国企老总没法解放，你不知道那些掌管资源的央企老总有多黑？我向你汇报是决定试一试，不试，星星草集团只是死路一条。弄不成，损失则由老爹的集团公司承担；如果弄成了涉及政策界限，你可要当保护伞保障我的安全。因为这不是我在内蒙古小打小闹地做小煤矿，而是有着近四千名员工吃饭、于市财政举足轻重的大事……四眼哥耷拉着脑袋想了半天，忽然嘿嘿地笑了起来：油嘴佬，你可别吓我呀……我把几张调货单放在他的桌上道：你看看，这些都是大公司的下脚料，对我们民用化工来说可是宝贵的原材料。他看都没看就把单子推回来，说如果非要这样，你企业化运作我没意见；但前提是牵涉法律的事儿我帮不上忙，在地方政府力所能及范围内，我会主动站出来为你说话承担责任。

我需要的就是实话实说。此话当然无法用协议形式固定下来，只能双方心照不宣地口头承诺。后来事实证明，我把四眼哥与市政府绑架在这辆疾驶狂奔没有节制的战车上，为星星草化工集团走出困境创造了条件；也为四眼哥后来出事掘下陷阱。这不是我故意伤害，实为环境所逼无路可走无奈之举；天下事要奋斗就会有牺牲，只是这种牺牲的代价大了一些……

老爹的遗憾是他在前进中没能把握大局，不知世事纷繁杂陈人心的变化，总是以己之诚度人之腹，以传统思维模式信守他上善若水的办厂理念，在兼并沿海潘氏一年后，为理顺企业内部管理关系与稳定员工队伍；即他说的欲役其人，必安其心，得民心者得天下。让鸿年老师重做股份分配方案，拿出属于他个人的百分之三十约三千万元股本金，赠送给企业十五年以上工龄的员工，使企业重回到次公有制的老路上去。

在我看来，这是一桩近乎愚蠢的倒退行为。如果向公有制进化的话，市化纤总厂何必与香港潘氏合作组建沿海潘氏；继而由星星草公司兼并组建集团公司呢？在此事儿上，鸿年老师的智商显然比老爹高不到哪儿去？他俩总是愚人愚己地按儒家传统逻辑思维，岂不知世界进入二十世纪末资本分割大格局的现代竞争中，资本私人占有的理论已经无情地阉割了传统。如果传统理论与处世方法管用，当年清朝就不会有八国联军入侵火烧圆明园，与中日甲午海战了？他竟然不要政府的投入与补贴，就他当时拥有的股本（冯老先生遗产以及这些年村联办厂投资款增值），完全可以把新筹建的星星草集团纳入私人控股的民营公司范畴。如果这般，也许以后的路就会好走多了。改革是什么？就是社会群体个人权势利益的大洗牌；包含政治经济领域、社会文化领域以及各阶层人物身份确定人权确定多种含义。太阳升起牛抬头，不仅仅是物质财富上抬头，还须重新确定身份地位以及经济文化价值。如果兼并沿海潘氏不能确定经济模式改造成私营公司，那么我们这些红脚梗不过是换个形式打工而已，何谈在政治经济与社会文化领域的抬头？现在又不竞选活雷锋，凭啥不要政府投入与赔偿？

这些道理，我显然无法向老爹解释，为赠送内部职工股份的事儿，我与他吵也吵了，闹也闹了，都急红眼请四眼哥与陈俊厂长做说客，奉劝老爹悬崖勒马偃旗息鼓；但老爹就是不为所动。他问我两句话：一是企业是人做的还是机器做的？我说当然是人做的。他就嘿嘿地笑着问我：是多数人发挥积极性好，还是少数人冥思苦想闭门造车好。我回答当然是多数人发挥积极性好。他说这就对了嘛，赠送内部职工股就为了让多数人发挥作用。接着他问第二句话：做企业是汇拢资金钱生钱好，还是一次性赔偿下岗员工分流好？这话应该是有道理的，老爹喊回下岗员工进行文化培训重新上岗，赠送内部职工股份除了秉承他上善若水的办厂理念，不忍心让工人老阿哥丢掉饭碗外，一个潜在因素就是怕有限的资金分流，影响企业的发展。但问题在于这些下岗员工的赔偿金由谁出？就我的眼中，以四眼哥为首的市政府首当其冲应该担负责任；因为这是改革的负资产，不应该由老爹这般的农民企业家负担。

老爹做惯了牛，不通人性而通牛性，长期用牛的思维模式行为办事；就像他奉行的上善若水理念一样，只知不争、几于道与润泽万物，而不知水具有变化的"七善"，即"居善地，心善渊，与善仁，出善信，正善治，事善能，动善时"。在传统儒、释、道文化中，道家精髓是通变化，从中折射出为人处世的"七智"；老爹对此只是一知半解，不如玛丽那样能一眼看穿，解说文言中善通解变为意动用法。但这些，我能与老爹解释通吗？新聘村副书记吴志远，知他把股本金执意分派给员工的消息后，专程进城劝说他慎重考虑，说农民积累些资产不容易，分下去变成了众家财产，不但不利于班子决策，还会影响企业的性质；但老爹没有慎重考虑，他就是一根筋，凡已决定的事谁劝都不会回头。

其实，这在我跟他上任前就应该想到；老爹在办企业十五年中所有的成功与失败，都可以归纳成他一意孤行的个性与行为。自我俩见面他与我促膝长谈灌输过上善若水理念后，又去八字桥看过那块地，他就语重心长地告诫我：做人不能太聪明，得善待于人，如果啥事都要占便宜，就没人替你卖命干活。一旦你决策不慎出事，也就墙倒众人推谁都不会帮你。为此他还特地嘱咐，说如果由我当执行总裁，他担心的倒不是我的能力，而是我比他聪明。他说笨人知道自个儿笨，汲水就死磕打一口井；而聪明人心眼活不舍得力气打井，这儿看看那儿望望寻找水源，待找到人也就渴死了。我问他是不是选择我不放心？他点头说是有些不放心哪，我俩得订个君子协议，吃下沿海潘氏后的前三年，由我做规矩决定办厂方针说了算，你协助分管业务，三年后理顺关系再交班。我问他：是不是有不同意见我也不能说？他说：说当然可以说，只是决定权在我而不是你。

2

在涉及办厂方向管理体制这类事上，企业家永远斗不过政治家；站在现今的角度看，当年沿海潘氏兼并成功最大赢家应该是政府，四眼哥的智商远远高于老爹与我。随着掩盖真相漫天铺地的新闻舆论宣传，使没见过世面的老爹感到浑身飘飘然，更加坚定地要把新组建的星星草集团带进政府指引的轨道，从而在短期内产生高调低效的现象，名声很响却不赚钱。这对企业来说应是犯了大忌，但当时的人们却都疏忽了，沉浸在短暂的庆幸之中，星星草集团真正走出困境与发展，已在五年后老爹回村与我弟衰佬共同搞农业开发，集团进行二次改制转化为民营机制并由我执掌公司……

当时民间有两种声音。一种是正面的，说沿海的国企改革在市委、市政府正确引导下，经过王玫与四眼哥为首的两任市长关心扶植走出困境，重点突出老爹的思想觉悟，饮水不忘掘井人，帮助工人老阿哥脱贫致富；表达时代所提倡的正能量（这词十几年后频繁出在政府文件与媒体上）值得发扬光大。由高晓敏组织的省、市新闻媒体纷沓追踪，把老爹吹捧成改革典型与时代的超人。老爹自然免不了闹笑话，其中一则在基层干部中口耳相传脍炙人口，憨佬怕老婆当书记搞改革的佳话，还传到在北京赋闲的伍副省长耳朵里。几年后我赴京登门拜访时，他询问我是不是真的？我承认是真的。他笑得伏在沙发上连声称赞：冯团长的娃，真逗！老爹其实是挺老实的，他嘴拙不会讲话，被记者穷追猛打地缓不过气来，只得实话实说：当年我竞选村书记办厂，就为番薯蜜枣能在人前抬起头来。我知他指的是娘成分不好。这种腼腆与自谦，被媒体记者妙笔生花上纲上线扩展成政府政策的威力与万能，唤醒了一个底层农民身上所潜藏的能量，作为社会底色而归纳为时代精神。还有一种是负面的，民间说法多有不敬；无非说老爹是个典型的官迷，为当官才兼并沿海潘氏而牺牲了农民的利益。因为赵刚义书记有过许诺，兼并成功后把他结合进市委与政协。这是事实，后来老爹真成为市委候补委员与市政协常委；但说他迷恋权势却是无稽之谈，老爹平生最讨厌开会，一坐半天啥事也干不了；后来会场还规定不准抽烟，要求着装整齐不准穿裤头，他就更反感了。在我的记忆中他只出席过两次市委全委会议，至于政协根本就没到场，鸿年老师也是常委（民主党派）参会捎资料给他；老爹有过一份关于农民创业与员工福利的提案，也多半由他口述鸿年老师完善后带过去。此负面影响不但在政府官员群体中传播（原本就不认草根），还在企业界添油加醋地传播，连原本对他敬佩有加的怪鸟卞小枫，见到我也阴阳怪气地加以讥讽……

然而，老爹却是认真地遵照市委意图，亦步亦趋地朝他们希望他前进的方向，扎扎实实地贡献出所谓的典型事迹。他相信上面政策，膜拜权威，认为领导讲话都是正确的，不容违背。他吃亏在于总是相信政府红头文件，这种看起来冠冕堂皇言之成理的东西，其实有许多都不符合现实情况。一代人自有一代人的思想与行动，就像二十年后我与考入大学逆反的锤子（我儿，那时还在玛丽的肚子里）之间的论争永无了结，同样尿不到一个壶里……

老爹这种大公无私的管理思想，使改组重建的星星草集团员工把他看成救世主，这是传统文化的力量；人们总是在诋毁旧的神明的同时，不断地塑造出新的神明，然后在神的庇护下快乐地生活，为自己的无能和平庸开脱。在那个年代，城市不断地推出与创造着时尚，连西方舶来的垃圾也当海宝贝（农民乏力用来进补的海参与海马）不断膨胀着人们的欲望，助波助澜地促使神明的形成。但是农村却在继续复制着传统，鸿年老师与秀才哥就是这方面的典型，用儒家那套君为臣纲父为子纲夫为妻纲治人，用道家一套《道德经》悦己；如果此两者仍解释不了现实，就拿佛教止观、往生理念慎修来世。那时在员工中流传着这样一首民谣：吃他爹，穿他娘，憨董来了不下岗，齐心协力干四化，还做时代主人翁。他阿娘大脚，这些在市场竞争中沦落为狗熊的工人老阿哥，竟然把老爹当作三百多年前的闯王李自成？别说，老爹听了挺得意的，说：我就喜欢这气氛，如果大家都愁眉苦脸的，干啥四化赚大钱？可班子领导层却对他苦大仇深意见大了去，认为搞平均主义走回头路挡了他们的财路。说这样背背老三篇喊喊口号，就能把企业搞好？中央领导要与他换位置了……

当时国有资产尚无撤尽，鹿长鸣办理退休后又来一个副总裁名叫潘常来，是"文革"前上海交通大学毕业的高才生；看不到企业发展前景，在董事会上左手拿《企业管理学》拍桌子，右手指着老爹鼻子指责（陈俊不敢这样）道：别看你有几个臭钱（嘿，只有我和玛丽军嫂知底，人都把他土包子开洋荤地当大老板），懂啥叫现代化管理吗？企业面对的是残酷的市场竞争，把效益搞上去才是实货，就这般喊喊空口号有啥用？搞企业靠的是管理，管理出人才，管理出效益……说着翻开那本书，一、二、三、四地读给老爹听。他说这话我有共鸣，自从兼并后，老爹搞的是虚的一套，缺乏对企业制度化管理；但他那副腔调令我反感。四眼哥也真是的？好容易弄走一个警钟长鸣，又来一个侠客常来地搞平衡，把他从动力机厂厂长位置上挪过来；说是现代企业要上台阶得请老师，明摆着对我不信任。啥玩意儿吗？真把自己当作教师爷，每次开会总对老爹指手画脚地抖孔雀毛？没错，老爹和我都是一个刚抬头的农民，当然不知啥叫管理？如果懂得《企业管理学》，今天还能坐在这儿发号施令吗？你工人老阿哥搬来苏修那套东西就懂管理了？没他，你能像百屁阿三拿摩温坐在这儿指手画脚？这做人吧，是得前半夜想想自己，后半夜想想别人……

这次老爹倒还沉得住气，知道自己一字不识横划肚皮吃得凸地不懂啥企业管理学，只知将心比心地对别人好，以诚待人以理服人；但他也觉得潘常来狂了一些，有意见你可以私下提醒，怎能在班子会上触他的霉头？他耐心地听他说完不动声色地问：既然潘厂长如此善于管理，政府为何要把沿海潘氏划归星星草归我这红脚梗管理？还不是我办的公司有特色呗！老爹此话还真有水平，一剑封喉地使潘常来哑了。怎能不哑呢？沿海潘氏划归星星草集团，虽不是他主政时发生的事，但国企管理普遍存在问题；他先前工作的动力机厂不就被四眼哥整顿得没见影儿，才把他这手下无兵的厂长调来顶替鹿长鸣？沿海潘氏被兼并固然原因多多，但管理者难逃其咎？人们常以功过论英雄，世上只有愚蠢的君主而没有愚蠢的群众，说明你这名牌大学生的本本行不通。你看小白脸陈俊副董多聪明，咬不动咸榨菜嚼蒸茄子，嚼过两次逢事见人打哈哈快活似神仙。人家这才是学过庄子《逍遥游》的真功夫哪。企业管理要的就是家长制，只有一个脑袋不能要两脑袋，要不怎说蛇无头不行呢？

这位潘常来在星星草集团待了不到两年，没等老爹与我兑现退尽国有资产，就通过市委某领导的关系调去市工业公司（局）当储运科科长，算是降级使用。临走他视我为知己很负责任地对我说：戚总啊，我这人脾气臭喜欢放炮，但说的是真话实话；这事儿洪董不明白你懂呀，企业发展的内涵在于管理。员工如水，管好了驯服善良，管不好就如洪水猛兽，我们当领导，就是渠道与闸门要懂得何时关闸何时放闸？水只有顺应管理者需要才受益，反之成灾……

我当然懂得此中道理，现代企业靠管理参与社会竞争，不仅需要怀仁与致柔，这是老爹在实践中悟出的经验，是老子上善若水讲的道理，星星草集团也就是这般走过来的。可发展到一定的规模与境界，就需要潘常来说的关闸与放闸，把涓涓细流纳入管理渠道，也是我们常说的制度化管理。潘常来在这方面下了功夫，甲乙丙丁地制定出许多款条例；当时老爹之所以不能接受，关键在于企内内部人心尚不稳定，而且潘常来总以一副教师爷的腔调出现，引起主观性很强的老爹反感。潘常来在我与老爹树大分权后又回来了，当过几年储运科科长的他就显得老实，帮助我逐步把企业关系理顺了。

当时我为何不支持他？一是企业关系尚无理顺，二是想杀杀他的狂劲。我二十岁时也狂过，十几年后才明白欲速则不达的道理。他的年龄比我大又在国企混过，咋不懂这规矩呢？而且当时我面对自成体统固执己见的老爹，既然老天爷把我俩撮合到一处，他尊我卑君君臣臣父父子子呀，我咋能不顺秀才哥与四眼哥的意志违背老爹呢？而且那段时期玛丽也在床上反复叮嘱：你不是说天下没有爹能熬过儿子的；既然这样你就再熬一熬呗！玛丽婚后变回菲菲显得贤惠，对老爹与我都两面迎合，在厂里沉默寡言很少发表意见，回家则毕恭毕敬举案齐眉；尽力成为一个好儿媳好老婆，这是山里女娃儿应有的品德呀。她知道自己不是玛丽，变成玛丽是在我的无情压挤下老天爷开的一个玩笑。我知道她也在熬，不仅是熬过老爹还要熬过我；她附和我不等于就没有思想，而是世弊流俗的影响。在我们这乡村文化占主流地位的国度，女人比男人更加需要婚姻，夫妇间没几对不在这般熬着。看明白这些后为体现做人的价值，我同样不得不小心翼翼地顺从老爹，免得又惹是生非，像十几年前那般父子失和离村出走影响大局。

　　面对着强大的工作压力，我明白我与老爹就如拴在一条绳子上的蚂蚱，只能共进共退一个鼻孔出气。虽然有时我忍耐不了，也如娃儿撒娇一般与他闹些小矛盾；闹过吵过后重归于好。没办法，熬呗！乱石冒笋只有熬过前三年的三厘米，才能破土而出蹿高三丈。这般熬着自然是痛苦的，但我不得不秉承玛丽同学的意志（她在老爹面前百依百顺驯服如羔羊），与老爹达成统一战线在外界制造团结的表象，用来博取老爹对我俩的信任。我知她其实也是在熬，为了我们农民的利益，为这群牛是否抬头的目标，我俩都得心照不宣地熬着；无非是她比我更为隐晦而已。这时她已经怀孕吐得很厉害，在我面前心情很糟，却还是隐忍着帮助协调我与老爹的关系。她无疑是爱这个家这公司的，这里面渗透着她煞费苦心的种种作秀，投放了许多精力与心血，而致使她越来越失去自我，生怕我与老爹闹崩，而影响我的前程与公司的利益……

　　其实老爹不是不知道我阳奉阴违与玛丽的顾全大局；但他特立独行地在村里当阿大众星捧月惯了，兼并初步告捷就认为自己是救世主，想着给员工特别是我这个他选定的接班人立规矩，才可以放心地实现他坐在海边观赏风景的余年宏愿。对我与玛丽此时的表演虽心知肚明却假装不知。他私下这样对我俩说：我的文化没你们高，但走过的桥比你们走的路还多（此话只能从人生角度理解，他前半生几乎足不出户；而我与玛丽跑遍南北中国闯荡人生），你俩心里想啥幺蛾子我能不知道？我是哑巴吃汤团心里有数。我知未来这世界是你们的，只不过想引一条路。他说在世间年轻人看老年人，是从下往上望，看不透；而老年人看年轻人是站在山上看山下，看人看到心里去。他说不说是把握着分寸，我俩不要把他当傻子给耍了……

玛丽怀孕后，老爹平素木腾腾呆滞滞的眼睛里，闪烁出慈祥的光亮来。他迅猛而又果断地指挥军嫂安排病恹恹的老娘进城，在我霸占杰克的木房子内安寨扎营做后勤工作，自此他也不在城里阿奶屋里住了，说与我商量工作方便卷铺盖到我家。我说这不是要影响您吗？他立即横眉竖目地冲我咆哮：我的工作还不是为子孙后代谋个安居乐业吗？那段时期我很少与老爹口角相争，全家人都把目标集中在玛丽的肚子上了。患帕金森氏综合征的老娘，虽说像鸟儿关进笼子不习惯住城里，在村里她吃素念佛还有麻将搭子，进城后只能买菜扫地伺候由于怀孕变得有些神经质的玛丽；但她还是尽心尽力地把这份差使做好，在空暇时躲进房间内念佛祈祷。老爹讥笑她说：别瞎忙乎了，念佛能念出孙子来吗？二老也不知有何凭证，断定端着肚子吐得厉害的玛丽必定生养孙子。娘为证实他的判断，喊来军嫂专程陪她回陀头庵烧香。我说庵里不是早没了观音塑像，还能灵验吗？老娘又让小呆驼开车去五里寺求证做佛事……

3

香港潘氏撤股与老爹继承冯老先生遗产之事，在重组星星草集团两年后才分割清楚。我与玛丽在此两年中，带着经验丰富的王律师与老爹授权的委托书，十余次飞香港洽谈，老爹也去了六次。詹姆斯也带着周秘书三次来沿海。双方纠结焦点不是撤资，这是冯老先生逝世后董事局统一的意见。詹姆斯没说错，不是金刚钻就揽不得瓷器活。他没有金刚钻，就要撤离沿海的资产。老爹与我也赞成他撤出，不仅因为多一份东就多一个婆婆，遇事三娘六主意影响决策；而且企业尤其是现代大企业，打具有前瞻性眼光的项目战，香港潘氏董事局已否定冯老先生确定的发展战略，就没必要坚持沿海潘氏的项目。詹姆斯曾给我与玛丽分析冯老先生投资失误，说搞企业最怕被亲情蒙住眼睛，看不清发展的方向。他说：我姨夫晚年最大一桩糗事，就是只看到香港回归和他这国民党老兵归葬故里的乡情，却忽视了企业发展不仅仅靠人文环境，更要把握资源与资产的有效组合；内地工业化工资源掌握在国有大企业手里，民营股份制企业只能吃剩羹残饭。如果转向民用化工，香港潘氏没有优势，只能是忍痛割爱挖肉疗疮……

詹姆斯如此决绝没有周旋余地，余款自然一分一厘不会到位。这些资金已由老爹的星星草集团加以填补，詹姆斯只要承认退股签字就行；剩下的麻烦事儿是已到位的二千五百万元前期资金如何处置？

杰克在我婚后只待了两周，就谁都没打招呼消失了；他是个不可悔改的独身主义者与摄影发烧友，早有计划离开在我们农民看来令人艳羡而对他却似蹲监狱一般的都市生活。他的人生理想就是拿着照相机周游名山大川，记录下这个时代即将逝去的风景；此对有钱人来说是个不错的主意，像他这般的富二代已经不愁吃穿且吃喝玩乐惯了，并不像我们这般专注于物质追求，要的是他狗娘养的精神生活。至于女人，于他来说还真是天涯无处觅芳草，有钱不是啥都可以玩吗？他是打定主意不结婚的，那位非洲公主早把他男性自尊玩得体无完肤。之所以没走，因为周秘书与冯老先生同为国民党老兵，信守不仕则商的传统信念希冀继承他的事业，想把他打造为正人君子控制了他的经费来源。在他来沿海潘氏任执行总裁的几年中，周秘书虽然想方设法唆使他与玛丽接触，调动他的经商积极性，划给他百分之五的股权，最终还是智者千虑必有一失，待拿到我退还的五百万元，他自然不胜欣喜给周秘书留下撤股凭证后逃之夭夭。

其实他并没有到手五百万元现金，玛丽自作主张地把其中二百万元支票给扣下了。这事我与她赴香港洽谈时才知晓，潘氏化工集团是上市公司，近年经营效益不佳，股票下跌约百分之四十。玛丽知行情按股市价折算。我取笑她说：你真是要钱不要我，如果杰克执意不撤，这三百万元岂不泡汤了吗？她撇撇嘴揶揄道：你以为他像你这样是说话不算数的人？人家很绅士的，这是我早与他谈好的条件……我问她：我咋说话不算数了？她恨恨地咬着牙帮说：换一个女人看看，领过结婚证后还能等你十五年？

是呀，就凭她等了我十五年，我这该当将军的男人，在她面前就得示弱变成奴隶吗？可惜我没有杰克这般绅士。因为我没像他那样受过西方的那些狗屁教育。路易十四上绞刑台时还整理自己的仪容，生怕留给巴黎市民一个肮脏的狗头。出现在老爹、玛丽与我面前的，不仅是沿海潘氏前期资金缩水与折价诸问题，詹姆斯想撤走的，或说星星草欲购回的股本金、老爹继承冯老先生的遗产，是按五年前的数额折算，还是按现行股价折算？包括如何交纳香港当局规定的遗产税诸事务，就是一本厚厚的法律大书。詹姆斯虽然笑口常开，按玛丽的说法很绅士，也很谦恭，笑口常开、温文尔雅，但他在本质上是个商人，这种事关相互利益间的交易，一分一厘都不会退让……

冯老先生遗留老爹继承的股本，与潘老夫人留给玛丽的遗产如何处置？这是双方谈判的关键。拿现在眼光看，冯老先生对老爹这憨侄子显然情有独钟，在老爹拒绝以开发穷村作为交换条件，带走玛丽并确定沿海投资时，已留下老谋深算的伏笔。他的意图很明显，就是要把属于他的这份财富从香港潘氏拿出来，交给他信得过的亲人运作。钱，是在运作中生钱的，不运作只是死钱，何况他生不带来，死了同样不能带走，不妨给善者留下一份念想；之所以搁置六年未动，是因为没有合适的人运作，他就宁肯就这般荒着，等待他认为合适的人出现……于他来说，这是一份漂泊人生最后的思乡情结；也是他向玛丽常常念叨的念想。为确保沿海潘氏投资成功，他在遗嘱中载明：老爹只有在参与香港潘氏决策并成为董事后，才能继承这笔财富。至于玛丽，潘老夫人在交与周秘书的遗嘱中也载明：是潘氏股本金转让；这就是说老爹继承的只是股权，而不能兑现股本金；而玛丽获赠的能兑现股本金，但不是股权。两者区别是老爹是香港潘氏的主人，而玛丽却是没有话语权的使唤丫头。玛丽的股本金只有五百万元，而老爹却拥有五千七百万元股权。两者都是港币，按当时市价折算成人民币，玛丽约拥有四百万元，而老爹足有五千万元。玛丽在沿海潘氏注销、香港潘氏撤股时可以提现，而老爹却不可以提取……

此事我原先想法简单了些，认为他俩继承遗产与接受馈赠，只要抵扣潘氏撤资数额后，余可以用兑现办法提取。詹姆斯自然不同意，周秘书也说不符合法律依据，撤资与接受遗产是两码事。他们承认老爹对冯老先生股份的继承权与拥有权，同意他任香港潘氏的董事，只要他在周秘书转交的法律文书上签字，所持的股权就立即生效。但不同意用遗产抵扣投资，而增加新组建的星星草集团的投入。同意玛丽五百万元港币在撤股注销沿海潘氏时抵扣兑现，而与香港潘氏投资项目无关。诚然如果玛丽想继续留在潘氏，股本金也可以转入股权而持股成为主人。至于杰克拿走的三百万元，詹姆斯只能在周秘书所持股权中扣除……

这样，事情就变得复杂了。半年后我与老爹在玛丽陪同下再去香港，签订一份备忘录形式的意向协议书。双方同意香港潘氏撤股，前期资金暂不撤回，由老爹担任法人的星星草集团作为低息贷款代为管理，仍由玛丽作为港方代表监督，待老爹了断冯老先生遗产继承权时一并解决。由此，老爹正式成为香港潘氏的董事。这就形成新组建的星星草集团与香港潘氏相互借贷参股，你中有我、我中有你的复杂局面……

那次，我们被安排在维多利亚港附近一家古典装饰的民营旅社，洽谈回来已近傍晚，詹姆斯虽是上市公司的董事局主席兼总裁，其吝啬程度可与老爹媲美，整个谈判过程中只请我们喝过一次茶，吃了一份诸如虾饺粤式馄饨之类的茶点，一天下来早就饥肠辘辘。玛丽建议先用餐，老爹却让我俩去吃，他要在房间里静一静，说詹姆斯讲的许多话他还没有整明白。我问他吃饭咋办？他说你俩吃罢带一份回来就是，我被他弄得都没胃口了。这对老爹来说是罕见的情况，他一直民以食为天不亏肚子……

天还没黑透，霓虹灯就在港口四周齐崭崭地亮起来；紧接着，东南西北依次一面墙一面墙地灭，又一面墙一面墙地亮起来，如此闹腾了有大半个小时，天就渐渐地暗下来了。这下就更加热闹了，随着灯亮处不断有五彩焰火与光柱冲向天际，形成鲜花的花瓣以及心形字母，在天空幻化成各种各样的景观。我立即被这鲜艳华丽沸腾的夜景弄得激动万分，张开嘴巴呆呆地望着窗外，自言自语地说道：香港毕竟是香港……

玛丽把她那份饭扒拉一些给我，这是她的习惯性动作。女人总是喜欢做这些事，以前于燕也这样，把咬过一口的羊排放在我碗里。我回头见她的目光有些呆滞，双眉紧锁一副若有所思的模样。忽然想起她与杰克之间那些以前认为无所谓，现在却感到烦恼的事情，不由惺惺然地问：你与杰克在这儿吃过饭吧？她点头说：吃过……这儿离公司近，许多同事都约在这儿吃饭的……于燕呢？你不是说带她来香港培训过？玛丽的脸红了，说这当儿你还有心情关注这类事？我点头嘻嘻笑道：现在老爹与你，都该懂得天上不会白白掉下馅饼来？她想了想心不在焉地说：天上当然不会掉馅饼，我也从无想过吃这馅饼。

回到旅社我询问老爹：您打算这般拖下去？他沉着脸说：冯老先生如此安排，必有他的道理；我不明白他为何要如此安排？我说还不是因为他不相信四眼哥的市政府，也不相信香港潘氏……老爹摇头道：他也信不过我，觉得农民办事没眼光，心里装不下天下人。我问他下一步该如何走？他说这不急……钱是死的，法律也是死的，只有人才是活的。他留钱给我总有办法弄出来。他香港有香港的洋法律，我有我沿海农民的土法律……说完这话他忽然双眉展开，对我憨憨地笑起来，我问他笑啥？他说你一定不相信我的土法律？我点头道：这事还真有些估摸不准，詹姆斯这般的人并不好对付。我说我揣摩他也在熬，熬得您受不了自己跳出来……他摇摇头自信地道：要说熬他必然熬不过我。老话说人作孽天要收，心向善天成全。这赤佬是没安好心……待我把你叔爷爷留下这笔钱的用途想清楚，就一定有办法对付他……

在我意识里，老爹向来是内战内行，外战外行。十几年的乡企管理经验，使他有能力调动员工的积极性，却对现代大企业管理一窍不通。其实对成熟的企业家来说，善良不是万能的。虽然他没轻言放弃，在接下来一年半内不断地催促王律师向詹姆斯提出要求，隔半个月就去香港找他；还通过内地与港澳媒体的关系，在媒体上发布消息。我记得那篇题为"不为索讨遗产，只为维护乡情"的重点报道，就是以高晓敏采访老爹后写的，后来在《苹果》等几家大报推出来。图片用了冯团长的烈士墓，内有冯老先生感恩探望葫芦奶的情节。老爹又多次带我与玛丽去香港参加董事会，拍着桌子提出要兑现他的股本金。说冯老先生留下遗产给他，是要他加快老区建设步伐；但詹姆斯没答应，认为老爹作为董事，有权提出撤股，但须得董事局召开股东大会形成决议。他明白会叫的狗不咬人，老爹这般咋呼着，说明他心里没城府；每次都找理由搪塞，有几次还找地方躲起来。你有脾气惹火就冲着周秘书嚷嚷，我花钱雇他不就为找受气包？反正钱攥在我手里，死猪不怕开水烫，活不见人死不见尸躲清静了。此招数弄得老爹很痛苦，骂人也找不到对手？他责问周秘书：你们香港的法律咋都向着有钱人，我自己的钞票咋不能抽资兑现？周秘书依然耐心地向他解释香港潘氏股份条文，说你当然有权做主，只是须按程序有个执行过程。

有一次，詹姆斯单独约我时说：戚先生，我知你比老爹懂《公司法》，这事我确实无能为力；敝公司虽是家族企业，按内地的话说叫民营企业，却是个具有上千股东的现代化公司，一切都得按规章制度办本人不能贸然做主。我问他当初冯老先生如何决策投资沿海潘氏？他说那是董事局集体研究决定的，他当时就认为不现实投了反对票，大部分董事赞成他。我问他商量老爹的提案，是否需要召开董事局会议由董事投赞成票？他说是的，应该这样……又补充说还有一种办法，按股市行情私议解决，只要有人接手，我这儿没问题……只是令尊……他没把话说太明白，意思我懂，就是明摆着缩水吃亏才能兑现……

如此来来回回几次，老爹有些恼了。能不恼吗？兼并后的公司乱糟糟一片急等理顺关系，要钱花哩。在这天双方会晤的咖啡厅里，异想天开的老爹突然向詹姆斯爆发说这也不行，那也不行，我索性退股，不要这狗屁董事了……一语既出我与玛丽都吓一跳，香港潘氏的股票已在证券所上市，虽说目前走势低迷却有上升的空间；退股就意味着放弃股权把所持股票低价转让。这是老爹酝酿许久的事，现在他已有些悟明白了，叔爷爷此遗嘱不仅想帮助老区脱贫致富，主要还是用钱限制他的自由，绑定香港潘氏这条大船向内地做战略转移。毕竟这是他倾注一生心血，协助潘老先生千辛万苦搞的一份产业呀；但老爹显然没雄心也没能力驾驭这条大船，更没有可利用资源四两拨千斤，做成跨国发展的托拉斯，完成叔爷爷的遗愿。詹姆斯看准他此弱点步步进逼，擅自撤股注销沿海潘氏商标，就为在叔爷爷设定的桎梏里钻出来，驾驭潘氏赖在香港不动两者分道扬镳。我知老爹素来胸无大志，他创业不为自己贪财，为的是跟在他身后的几千农民兄弟姐妹，与兼并后的工人老阿哥老阿妹们。他享受的是一种感觉，被人簇拥着欢呼，说话有人听的权力弘扬，以及被人崇拜请客吃饭时歌功颂德受人赞赏的感觉！

周秘书在最后关头仍推心置腹地向他解释，说香港不比内地，性急和尚喝不得热粥，您是执股的董事千万得沉住气；一旦转让股份就在董事局内失去了话语权……当然，你硬性退股只要有人收购，法律上说是可行的；但你的损失太大必要三思而行，莫辜负了冯老先生留下遗嘱的初衷……我知道詹姆斯推诿这推诿那，无非是在等老爹这句话，像玛丽退还杰克股本一样低价转让；可老爹就如一头犟牛一般不回头了，黑着脸说我决定的事绝不反悔；我们农民做事相信现摸现甩，钞票只有放进自家袋袋里才是钱财……我看到周秘书的脸当场拉了下来。他出于与我叔爷爷的交情，处处维护着老爹与他公司的利益；可老爹终究把他的苦口婆心当作田头的一束烂稻草。倒是詹姆斯装得没事人一样，继续微笑着问：按洪先生意思是决意要把股本转让，退出我潘氏董事局另谋高就……如果……他伸出三根手指道：按这个数……我同意收购……说着便从文件夹内缓缓取出早准备好的转让协议，假模假样地叹息说：道不同，君子不相与谋……

这话，实则是藏着一股杀气，詹姆斯自担任董事局主席后，把叔爷爷苦心经营的战略转移兜了个底朝天，利用老爹对股市公司的外行，与接手国企员工而产生的内急逼他自投罗网。了解股市状况的王律师与玛丽正欲阻止，老爹却一把把协议文书夺了过去……

返回沿海的路上，王律师用计算机粗粗算一下，心情沉重地把文件递给了玛丽。老爹沉脸问亏损多少？王律师说大约两千万……我与玛丽都很紧张，怕生活节俭处世吝啬至今还在家抽葵花叶子的老爹，听到如此惨不忍睹的噩耗，一定会气得一口鲜血喷出来……没想到他却轻松地笑了笑说：傻木斯（给詹姆斯取的绰号）这人看起来蛮精明，账却比我这憨佬还不会算？此话我一时没会意，莫非老爹气塞于胸疯了？但接下来的话值钱了：你们以为我在逗开心，其实这笔账我早算清楚；我们搞实业如果不想国际化发展，与其这般拖着还不如兑现置设备搞产品开发，早一天启动就是一天利润……我没插话心里却想：倭人说犟话，是您没时间与能力蚍蜉撼大树，吃不了葡萄嫌憎葡萄酸？老爹见我们都不吱声，有些失望地问：你们没听懂我的意思是吗？这钱哪，没落入你腰包就不是你的钱……早一天落到你腰包就是早一天的钱。你们想过没有？十八年前我们搞村联办厂时，大米才九分一斤；现在多少？一元五吧？足足提了十五倍，还是生活必需品，由国家政策限制着。易耗品与房价涨得更快，二十倍、三十倍都不止，一副大饼油条，过去六分，现在两元……如果十年后傻木斯把股本退我就是三个亿，也不值现在的三千多万元呀……

说完这话，他得意地拍着脑袋，用那双木腾腾的眼睛直勾勾地盯住我与玛丽，那模样仿佛在问：儿子、媳妇……我这当爹的还不傻吧？

4

老爹在我儿铁锤过完四周岁生日后，选择离开星星草集团，但仍兼任村书记与董事长。那天他是这样对我与玛丽说的：油嘴佬呀，你看我连手机大哥大都用不来，俄罗斯方块（一种游戏）都是铁锤教我的，还不如你们变傻死去的娘，连烧饭洗衣都做不来，留在这儿已经没用了嘛……树高千丈叶落归根，我思念番薯蜜枣与山里阿爷了，想回村里陪他们去……开始玛丽没当回事，以为他也只是说说而已；在她眼里爹是永远不会老的，诚心诚意地挽留他留下。说星星草集团这事那事多了去，没您掌舵把握方向，油嘴佬与我还真对付不过来……爹连连摇头道：错了错了，这话你说在五年前我爱听……这会儿已不中听了……以前我与秀才都是脚底板朝天，千山万水千言万语千家万户地跑业务；现在你俩一人一台电脑、一台大哥大噼里啪啦地打着，叽里呱啦地喊着就啥事都解决了，我有劲也使不上，倒不如回村里去摸田头，像你爹笑面弥勒一样养得白白胖胖，坐海边观赏风景多活几年……

他的离去，外界舆论是我逼走的。老爹在公司班子内举行的告别仪式上，强调说他离开与谁都没关系，主要是当初的诺言，一旦把捕鱼的大机轮造成，就坐在海边观赏风景。我知这是鸿年老师在村里扫盲班讲的阿拉伯寓言故事，老爹至今记得清楚，说明他没忘了当村书记时的初衷。其实他早就盼着这一天了，说：是人，总是要到来的地方去的呀……这辈子辛辛苦苦地忙碌，就为像模像样地摆席请大家吃次饭；想不想办是你有否诚意？能不能拿出手取决你的能力；请得到请不到客人是你平素的行为；吃好吃坏则是你的面子了。他说如今他这餐饭已经请过，人生使命也算完成了；如果走后还有人惦记着，这辈子也就值了……

此话说得有些俗气，算不上人生格言。人生忙忙碌碌，怎会如单纯摆席请客吃一餐饭那么简单？老爹也太没有报纸电视上鼓吹的革命情操与思想觉悟？不像现代企业的老总们，能信口开河满嘴跑火车地大谈励志与情操；但仔细思之人生何尝不是如此？谁不为那张维护尊严的丫脸活着？剥下裤子跳进浑堂泡澡谁都一个样。历史车轮跨入二十一世纪，真没吃没喝的饿汉现今还有几个？无非是吃得好吃得差一些；麻皮阿梁还都吃出脂肪肝来躺医院内抽脂……对老爹这般贫苦出身没文化的人来说，一辈子就为摘面子而活着，请大家吃饭证明他活得有否尊严？他这辈子全部积蓄与全部努力，不就为了像花朵一般绚烂地开放，烹调这份有着强烈个人色彩的人生大餐，以此比肩人生奢华雍容且波澜壮阔吗？

老爹离开星星草集团，有与我意见不合的因素。我俩在人生观与企业发展理念上，都存在着许多是是非非的分歧与矛盾；好在我俩是父子，时间又是最好的黏合剂，经过这些年磨合他对我已基本信任；觉得我能按照他的意图，把这艘满载着牛们与工人老阿哥结合的希望之舟，驶向幸福自由的彼岸了。他离开原因是多方面的，准确表达他离开的不仅是企业而是一座城；其实他没有真正离开星星草，仍是公司董事长。他想逃离的只是这座他觉得厌烦与日益陌生、美丽与丑恶共存、每天每夜都在蓬勃生长着的当代小城……他已对社会对自己一手扶植发展起来集团公司，对我和玛丽、铁锤组成的家庭，与笨羊姐夫姐和铃铛感到无话可说。他自知之明地发现在这城市里，他已经成为一个多余人……作为一名当年叱咤风云的战士，他最不愿意看到自己人生的价值从此无从体现……

令人惋惜的是这时候，我与杏儿姐、衰佬共同拥有绰号番薯蜜枣的娘，已经永远地离开了我们。造物主巧妙安排了每个人离世的残酷，娘尽管病了快十年，却不是病死的，她的死因与老宝贝没留下名字的结发妻子，还当年由于我离村下山寻找的山里阿爷药老倌同出一辙，在那个雨天送铁锤上托儿所回家路上，被一辆飞驰而来的北京现代轿车撞死了。令人意外的是，她不在从托儿所回家的直线距离上，而在另一条马路的超市附近。这只有她患有间歇性帕金森氏综合征可以解释，她肯定迷路了，或是有目的性地去超市购物；她经常在接送孙儿时顺便去那儿，有时付款后忘记带回被她称之为下饭的菜蔬；因为她还担负着另一个责任，为工作忙碌的老爹与我们当保姆与厨娘；可是我们都在忙忙碌碌地上班，思忖着像老爹一样以最美丽最圆满的姿态，捧出自己的人生大餐而无暇顾及她孤寂的人生与卑微的生活……

无疑，失去老娘的老爹在心灵上是寂寞与孤单的；虽然他从无向我与玛丽言及，有时还甚至安慰我们说他活得很充实，但我可以感觉出来，他活得极彷徨极空虚。但这些，都还不是主要原因。老爹是一个耐不住寂寞的人，只要还有一口气，就不会停止对人生目标的追求，选择离开我们，是他还有一桩心愿未了。二十年前村人们拥戴他任村书记时，他曾信誓旦旦地许愿表示：要把村庄变得与城里一样，楼上楼下电灯电话，成为米粮川与花果山。说以后不是山里女娃做梦都盼嫁到城里，世世代代有张居民户口，而是城里的男伢儿抢着做山上的进舍女婿倒插门；说山里的光棍老倌再也用不着做梦娶媳妇发花痴，只要办好厂有了钱，不愁没漂亮女娃儿找上门来！我保证你们下一代人家家户户老少三代、子孙满堂其乐融融……他说这些话时，大家都笑语盈盈地既当作笑话也作为真话，山里佬再穷再苦再没文化也是有着自尊心的人。也正为此夙愿，他拒绝与冯老先生合作开发远东化工园，说是坏了风水（其实怕破坏环境，在他头脑里只有在地里长出来的才是物产，而工业只是促进地上生长的工具），祖宗都会从棺材里跳出来找他索魂。老爹是个说话算数的人，可事实是由于冯老先生留下这笔财富与企业发展需要，他选择捧了甜瓜未忘苦瓜。自缩小分厂规模，村里青壮年大都按照自身意愿双向选择进城掺沙子，变成他们向往能与工人老阿哥平起平坐的新一代产业工人；连与老爹同岁最不愿受拘束的智佬，也带着他的经合社在城郊弄了三百亩熟地办起花木公司，为蓬勃发展的市政工程装扮姿容。致使往昔贫穷却充满着人气的传统村落迅速衰落，眼见得满村庄取代草舍棚的新瓦屋里，只留下老弱妇孺空空荡荡，悲壮凄凉地展开一场充塞死亡与秽气、荒芜与重生的生死搏斗；负责留守在村里的三脚猫志海，像二十年前老爹带我与鸿年老师进城时一样，背着蜡染土布褡裢，多次上门来我家向老爹告急说：憨叔，您说过的……

他铁沉着脸问：我说过的吗？三脚猫说：是啊，您说过进城组建星星草集团公司，摆平城里工人老阿哥后顾之忧，待企业走上轨道后要回村的。老爹点头道：是吗？我说过的呀……他在三脚猫离开后常独自在窗口或阳台上，大口大口地吞咽着干葵花叶冒出来的劣质烟雾，黝黑方正的国字脸上泪光晶莹……

这年老爹已满六十五岁，玛丽与我都发现他老了。一是他的身子仿佛瘦了一圈，没以前那般壮实，腮帮上的肉挂了下来，行动也没以前沉稳与敏捷。二是记忆力急剧衰退，有时说话都颠三倒四，喜欢独自站在阳台上或窗口发呆。三是他在娘走后不再注意个人卫生，不愿洗澡不换衣服，有时睡觉前连嘴都不洗。更要命的是他患上了胰腺炎，小便淅淅沥沥地拉不干净，使得玛丽有空就擦卫生间，常向我抱怨抽水马桶内外都是他的尿渍……

已是 2002 年春天了，时代的车轮轰隆轰隆地向前推进着，把许多原先认为不可思议的东西，有序有列地推至我们的面前。沿海市与全国各地一样，这些年发生了许多大事，首先是被人称为拆迁市长或老拆的四眼哥，终于扶正当上市委书记，前任书记赵刚义先是至港城市（副省级）当了一阵子政府秘书长，接着被任命为副市长；而小白脸陈俊这星星草集团副董事长兼党委书记，经过这些年韬光养晦，由于公司走出困境的政绩，被树立为全省国企典型（老爹说过：名我们农民不要，官我们农民不当，我们要实惠把钱留下就是），意外地重回体制内，先擢升为沿海市常务副市长，接下来是代市长以后就是市长。这是四眼哥在合作初期就答应的，只要他尊重老爹在办厂重大问题上保持相对沉默，他必然会心中有数地关照他。陈俊自然心知肚明，为何过去十几年中他陷入体制泥淖内提升不了？就因为他太想把工作干好，总认为自己是领导最聪明。聪明就会把事儿给办砸；全厂四千多个脑袋，难道就没你一个脑袋聪明？

老爹比他傻得多哩，见大领导考察紧张得黄汗嗒嗒滴连话也说不清；但大家就是认他服他，就是糊涂了还认为是清醒着。陈俊在认清这些后对老爹唯命是从，对员工也点头哈腰上下迎合不干具体事儿。这不？企业经营额上去，国有股退净就破格擢升了……

星星草集团在合作后的五年中，主干项目民用化工产品起来了，虽然只有微利（市场竞争激烈），产值产量均可观，养人已经没问题；使赵刚义与四眼哥兴奋的是，仅集团上缴财政的税利就帮助解决了长期拖欠的扩招干部和六千多名中小学在编教职员工的工资与福利。为此四眼哥在市政府工作报告中表彰说：过去是政府养农民，现在反过来农民开始养政府。当然他表彰的不止一家，在沿海市比我们效益好的乡镇民企至少有六家；而中小企业已有八千多家，星星草集团为第一纳税大户。四眼哥说这种情况在全国很少有，简直算个奇迹！为回报我们的创造，在四眼哥支持下，星星草集团配合市政建设工程中心工作，开办出由麻皮阿梁大展身手的房地产公司与智佬施展才华的花木公司。四眼哥在集团公司创建五周年庆贺酒会上，喝多了酒拍着老爹的肩膀说：我说过只要您支持我出来挑担子，我这市长一定投李报桃有良心……没失信吧？老爹在这些年里练狡猾了，举止得体地嘿嘿笑着说：你说过吗？我咋不知道这话呢？我接手沿海潘氏是拣实惠赚钞票，与你当市长投李报桃没关系……四眼哥这才意会过来，也嘿嘿地笑着打圆场：是呀是呀，是我慧眼识英才无意中当伯乐了，这点您不能否定吧？总而言之，言而总之……干杯！我俩该互敬喝一杯……

这些年四眼哥的工作开展得顺利，嘴里总而言之，言而总之……我俩该互敬喝一杯这般的套话多了起来。沿海城市规划是本届政府的政绩工程，听说是中国工程设计院给设计的，旧城区被彻底消灭了，无数高楼洋楼酷楼靓楼岿然耸立拔地而起；现在人们看到的沿海市城关镇辖有四个街道办事处，市区面积约十平方公里，比原先扩大了近五倍，常住人口近十二万，规模比内地的地级市还海威。星星草房产公司与花木公司成立才三年，我从军嫂处调看财务报表，净利润（含资产添置）就是三千两百多万元，比四千员工的化工集团收益高得多。当然，如果没有星星草化工集团，也就没有下属的房产与花木公司。这就是四眼哥说的良心与投李报桃……现在智佬不说要单干了，农民进城组建集团公司方方面面理顺关系，比小打小闹的个体户肯定强多了。上千万元的效益，娇娇的农家乐餐厅要做多少年？仅他享受副总级别的年薪，娇娇又得上多少道菜洗多少只碗呢？

　　天下凡是农民都会算账，智佬是有名的精明人，算账特精懂得利弊得失。

　　老爹离开集团时要我摆一次酒宴送别，于他来说算是破天荒的事儿。在董事长任内不管遇上啥事，他从不设宴请客；真被客户逼急，只向管财务的军嫂叮嘱一声：今天请客，账记在我头上。如果他请客通常会让我陪同，对方有女眷也会喊上玛丽；有时遇上我出差，他也会让二愣子与军嫂夫妇作陪。他不大喜欢小白脸陈俊，说他喜欢捋顺风毛，对上拍对下压把自己给活没了。我说他原先不这样，还不是你给调教的……他摇头道：人活一辈子，我最反感为私心啥都依着别人；这般做人就会活得很累没大出息……因此他请客就不喊他；倒是小呆驼，他把他当作贴身侍卫似的带在身边，说老宝贝没了，无亲无眷哪都靠不上没人当作一盘菜，他得把他当成亲儿子养着。他回村谁都没要，却想把他带在身边……

　　临走前老爹办了两桩大事。一是由笨羊姐夫与姐陪同去了慕尼黑，把在那儿欲与庄园主女儿玛莲娜结婚，打算安家落户的衰佬喊了回来。衰佬也真是，要泡洋姐也找个年轻的？玛莲娜比他大三岁还有两个阿囡……临走我奉劝老爹说：婚姻之事强迫不得，如果衰佬真不愿回来，你千万不要大动肝火，譬如少生了一个儿子……我这般说把他给惹火了，吹胡子瞪眼睛地蛮横道：他不肯回来，我就一头撞死在那儿！果然半月后，已被晒成橄榄色的衰佬，跟着他与笨羊姐夫和姐回来了。我问姐夫：老爹用了啥好法子？他说衰佬又不是你……老爹带去一条柴绳丢给他让他自缚认错，说不跟他回国他就一头撞死在那儿；衰佬没办法就乖乖地跟我们回来了。我说那个玛莲娜咋办了？他说还能咋办？据说哭了三天三夜，临走带两洋姐开车送我们至机场，与衰佬分手时倒笑了，说感谢他在她生命中留下痕迹，喊着古德拜向我们飞吻告别。我说老爹也真是，柿子拣软的捏……他都三十六岁连个女朋友都没有。笨羊姐夫凑近我耳畔说：也不见得就分手了，衰佬都对我起誓非玛莲娜不娶，说不定就演出现代梁山伯与祝英台的好戏哩！

　　带衰佬回村后，老爹又来城里向我支了一百万元钱，注册了星星草现代农业发展公司，让跟他回村的军嫂去了一趟后海滩涂，挖掘了几万方涂泥，雇用几十辆十轮卡车，昼夜不息地拉了三天，把村里六千多亩山林统一改良土壤。

没办法，山里的土质太贫瘠，又都是石头，要搞米粮川花果山就需要改良土壤；在石板墩上是栽不出好庄稼来的。这些老爹懂，仅凭村里那两百亩的薄田，出国学习农业管理的衰佬就是有三头六臂，也搞不出他所憧憬的现代农庄来……

不是有首歌叫《在希望的田野上》吗，老爹说比他年轻时唱的《公社是棵常青藤》好听多了。

5

按老爹要求，我把晚宴放在姣姣的农家乐内，此也是智佬的意思。现在城里的居民户口松动了，只要买一套房全家就能在城里落户，与老爹同属牛的他已打算在此定居。在过去的几年中，老爹帮他把体制关系理顺，丁是丁卯是卯地划分农家乐资产归了姣姣。他还担任支委与村主任，管着村经济合作社却用不着回村去。他的花木公司划归集团已在城里注册，由于四眼哥搞旧城拆迁生意出奇地红火。智佬赚钱的眼光比老爹要敏锐得多，早在二十年前就注意到城市建设的新动向，说随着城里居民生活水平提高与审美眼光变异，欣赏性灌木花卉必会走进千家万户的庭园与窗台。经此二十年奋斗早已炉火纯青，对公司发展胸有成竹；进城后短短几年，营业额就超过麻皮阿梁的建筑公司。当然他还在体制内（这一步打死老爹也不会放），归属集团公司资产；但由于承包经营，他的报酬超过我与麻皮阿梁，要不，他咋是智佬呢？

姣姣那农家乐与集团资产不搭界，想咋搞就咋搞。拿智佬的话说是自主经营，与村级经济井水不犯河水；他说就是祖师爷恩格斯还继承祖上遗产经商做生意，花天酒地像个花花公子。为此在集团组建之初他就与老爹理顺关系，这次他让姣姣免费办席，带着对老爹崇敬与感激的意思。我当然不傻，做生意羊毛出在羊身上，有来有去，会把集团的宾客带去那儿，明知她操牛刀也笑着打哈哈。只是这些老爹并不知情，市面上许多潜规则他都不明就里；如果明白了他会立即疯掉，变成火星人。这话嘛，应该是玛丽说的……

集团领导层与中层差不多都出席了，我还把四眼哥给请了过来。四眼哥现在特忙，到处开会剪彩做报告，把车马费与红包一股脑儿置进口袋里，生意比我们企业家还红火。但老爹的告别酒宴他不得不来，谁让他是我的四眼哥呀？

我原本想把真公主与安安也请过来，大家难得相聚一次嘛。但四眼哥没有同意，说她口无遮拦像稻田麻雀似的叽叽喳喳，来了大家就都不尽兴了。我知他的命门由她掌握着，也就没再勉强。笨羊姐夫与姐、铃铛自然该出席。姐夫做人行为板扎，在官场商场上均宠辱不惊享有好口碑，是我这辈子唯一崇敬的男人。他平时不喜欢闹猛扎人堆，酒色不沾与我姐卿卿我我恩爱如初；虽当乡镇工业局副局长数年未获提升，却常在河边走（拿他话说是高危职业）就是没湿鞋。我小舅子当着全市纳税大户的老总，从无有公事私事找过我。老爹就喜欢他这点，说做人实惠夜里困得熟不会做噩梦……

吃过饭，姣姣就领着众人去唱卡拉 OK 了，男男女女都去，唯有四眼哥和老爹与我留了下来，我知他有话要与老爹和我说……

四眼哥没绕弯子开门见山地抹泪说：憨叔呀，我真没想到您会离开……如果您想坐在海边看风景，城里比山疙瘩离海更近，为何非得回山里去呀？老爹叹息道：我知这儿看风景比山里好，还看得清楚；但现在还没到那时候，人如果在心里装着事，啥地方看风景都不如在当初出发的点上看得清楚……俗话说树大分权，是千年的筵席也会散去的呀！我离去是觉得留城里帮不上你与油嘴佬的忙了，但回村还可以做些事的，三脚猫主任三天两头请我归山，说留在村里的一千多老老少少都在盼着我回去。现在是空落落的，有钱的日子比没钱时还难过，我得帮大家找到一个前进的方向……

四眼哥点头又道：说得也是，金窝银窝，都不如家里草窝嘛；我担心您上了年龄，从那年当村书记二十多年了啊，事过境迁您不是当年那副身体了，回去建设社会主义小康村，我还真有些舍不得，何况您老一直是我与油嘴佬的主心骨……您回去我感到心头空落落的不放心。接着他开始赞扬老爹为村里镇里市里公共事业做出的诸多贡献，言语恳切神色极为伤悲，老爹开始很受用地听着，后来就摆手止住他说：是呀，我知你当市长书记不容易，一直为你把着面子；当然也有许多事多嘴多舌，冒犯你弄得不开心……你说你需要我……我也就开心了。记得你选我当村书记时我对大家的承诺，现在该是兑现的时候了……集团这块，我把油嘴佬交给你了……最近我想了很多，人老了许多事得学会做减法，能割舍尽量割舍掉。否则真老了就会惹人厌，连坐在海边看风景的地处都没有……

如此真情表白，四眼哥就不再挽留……活到这岁数谁都是明白人，阅世深了就会明白别人心里想些什么。过了一会儿老爹又说：回村后我把你继爹糖拌糠那双皮鞋还给你，那鞋一直挂在村委会墙头没穿过，太小硌脚，我这当惯农民的人穿着不合适……四眼哥低头没吱声。我知他此番挽留虽碍于礼节，但对老爹的感情却是真诚的，我看到他的玳瑁镜片后挂有两串晶莹的泪珠……

是呀，穿惯草鞋的红脚梗穿皮鞋并不合适，就如耕惯了田的牛抬头后也未必能找到方向。也不知当年由红脚梗变为白脚梗的唐如康县长，这双皮鞋（还是军用的）是咋个穿习惯的？那晚四眼哥向老爹泄露了一个信息，说赵书记可能由港城市委秘书长升任副市长，组织已在考察，还说上级不准备再派他担任沿海市长了。老爹就问他谁当市长呢？四眼哥笑一笑说：群众呼声最高的是主管工业的副市长陈俊……老爹的喉咙被啥东西卡住似的干咳一会儿道：好呀，他是我星星草集团出去的人才呀！

挪亚方舟——玛丽之殇

1

于燕的电脑 E 盘内存放了许多文件，有些于她来说已是永久性保存了。她说这就是被你称作口述历史的文件。我问都是玛丽的吗？她摇头说不是，但我调给你看的都是她的……准确表达是她通过邮箱发给我的信函，内容大多是私密的家常琐事，但我认为可以代表那段时期她的状态……

你问我是否涉及隐私？当然，是有这问题，主要是她与丈夫油嘴佬之间那些难以启齿的性爱生活。你们作家不是有一种常规做法：使用 ××× 或省略号吗？当事人主要是我与油嘴佬……我在此文本里，不仅是她的姐妹（弱者同盟），而且还充当小三或性工具。油嘴佬那儿我已打过招呼，他说都过去十几年了……铁锤也已快上大学了，你想公开就公开吧？她说的基本是事实……遗憾的是我当时只顾忙碌，没有很好地照顾她……我既然把这些尘封的往事打开给你看……自然没挂在心上……

你问我为何没挂在心上呢？你读了她这十二封信函就会明白：什么是牛们的呐喊？又为何单单对我这情敌写下这些？也许你认为我没资格成为她的情敌？通常我也这般认为；但事实证明我错了，自我陷入这三角恋中，玛丽始终把我当作最好的朋友（反性侵联盟），同时又把我当作入侵者加以防范。这种关系是很微妙的，又很纯洁。她临终前才无可奈何地把油嘴佬与铁锤托付于我，于她来说是一桩痛苦的事；可除了我，她实在没有人可以信任。此也是她感情的最后防线濒临崩溃的表现，她对我当然还是在防范，怕我亏待铁锤，为此在遗嘱中特地载明：她在星星草集团百分之五的股份，要待铁锤长到十六周岁并经他同意方可动用。也就是说她并不相信我这阿姨会善待铁锤……至于油嘴佬，她根本不担心，相信他会与我苟且并接纳担待我……

她的这些想法与担忧，其实是多余的。因为我也是一个女人，铁锤就与我亲生的儿子一样，现在铁锤已满十八周岁，要独自到澳大利亚悉尼去读大学了。在此事上油嘴佬挺狠心，说世间上有些鸟注定关不住，人都是被挤压出来的；不压一压怎知自己有多少能量？当年他就是在老爹与玛丽的双重压榨下，才闯出自己的一番天地。他说他的老爹创业没走出沿海市，他与玛丽才开始走向中国，那么铁锤注定要走向世界的，否则，怎能体现农民由牛转化成人的蜕变？那百分之五的股份至今我没动用全归了铁锤。因为我也是从那时代过来的人，自己能挣钱。我在二十一岁时认识玛丽，主动充当色情间谍为她服务，开始并不爱油嘴佬而是为了挣钱……就是现在，我在名义上是铁锤的继母油嘴佬的续弦，也从来没有把自己当作人之母人之妻。我始终牢记在呼和浩特初识玛丽时她说过的一句话：在这以男性为中心的社会形态中，女人可以为人打工为人做妾，为获取你想要的生活口是心非，甚至陪人睡觉出卖肉体；但自由的灵魂永无约束。如果一旦迷失自我，认为可以把宝押在某一件事某一个人上，那么，你的下场一定很惨……

玛丽姐在人生最后几年中，为维持与油嘴佬的性爱以及她所憧憬的传统家庭生活，忘记了她的初衷而最后尝到苦果，虽然在临终前半年觉醒了，在发给我的邮件里表示她的悔恨与反思，可已经迟了，因为人生没有回头路可走……

我问：你的所谓觉醒，包含哪些内容？她想了想说：事业、工作、理想与生活……全部与一切，当然，作为女人，主要还是两性间的关系……

你是说玛丽与油嘴佬的婚姻，在她人生最后几年内出现了危机？

你在阅读过她的那些邮件后，就会明白当代职业女性在人性觉醒中碰到了什么？玛丽姐是一个情感内敛内心诚挚且富有真性情的女性，她始终在寻找着能扮演好她这角色的自强自立之路。可结果，她还是失败了……

她的失败，不仅因为油嘴佬，而且是比油嘴佬更为强大更切合实际的世弊流俗与传统习惯势力。她一直把自己看作一条拉套的牛……她走过的是一条由牛路转化成人路的崎岖小道，对新生活充满渴望与反叛传统之路……

毫无疑问，她的那些反抗或者说迎合的反抗，现在看来显得多么微不足道，但她毕竟经历过且反抗过了；只有经历与反抗过这时代存在的龌龊与腐朽，我们才能体会到在这律动颤音内发出的呐喊……

而这些，你们男性作家很难想象与体会；就如油嘴佬至今在与我的关系中，仍然保留着他认为是珍惜或说喜欢与保护我的野蛮……

男性的野蛮与女性的隐忍，是目前农民群体无法由牛蜕变为人的最大障碍；别看他们表面上人五人六西装革履，文质彬彬地变成有知识也有文化的现代人，其实在骨子里仍是一个农民，永久的牛……

人类在两性关系上，是永远无法乔装与掩饰的。

于燕说：玛丽与油嘴佬的婚姻，现在看来是一个错误。两人在错误的时间、错误的地点结下这一段孽缘；后来又在错误的认识上重新捡回这段感情。尽管在外人看来，由于金钱与财富的联结还是协调的和谐的，其实在两人的内心世界里，距离仍然非常遥远……

您先看看这段录像吧？是的……那里面的女主人公不是玛丽而是我。这段录像是她在网上发给我的，也不知油嘴佬啥时候拍下的？里面的性行为很丑陋是吧？不是因为您有了些年纪……你虽然比我跳楼自尽的爹年轻几岁，可比我却年长了十几岁……不错，我爹是老毛子，生下我时已快四十岁；但您是属于他这代人的，与我们思想已有了距离。您老慈悲我看得出来，您不是个世俗的人，写这书不为挣稿费，您说是想尝试着走进我们的世界，为世间上所有的牛们说话，想为后代人留下一些有教益的东西……

很丑陋，也很疯狂……但是真的；这并不说明我爱他，是我在他身上尝试着自己的魅力。您千万不要认为我那情迷意乱的眼神，以及呼天唤地的呻吟，各种现在看来丑陋而在当时认为是时尚的姿势……我也在寻找快乐？不是的……我是为达到某种目的装出来的，女人都有这种本领；当然，我也获得一定的快乐，是一种征服的快乐而不是性的快乐；我费尽心机地为自己也为雇主玛丽，争回一个女人的自信与魅力。因为我是被雇用的，在这种服务的背后，是我能够得到的报酬……

你理解男人为何喜欢逛妓院，而不喜欢在家里专一对他的女人？尽管这女人比妓女漂亮或高雅得多；这就是男人的劣根性。他们天生喜欢寻求刺激，不像女人那般效忠爱情与专一；但我不是妓女，她们泛交明码标价，有钱就成交，而我不是，我只是受玛丽怂恿或说雇用的一个小三，性伙伴相对固定，我负有把她所爱已离开的恋人，从别人那儿夺回来的责任……

玛丽是真诚的，正因为真诚使她变得愚蠢，她低估了我的魅力；同时太相信自己，太相信油嘴佬只是玩玩，而心并没有离开她。她太相信爱情（完全是柏拉图式）太爱自己了。这世界上男女之间的情感，三言两语能说清楚吗？就像我，开始当然出于好奇，为了钱，当然也有一种玩世不恭的心态；但当我把油嘴佬送回玛丽身边后，又很不争气地开始整夜整夜地思念他，想着与他干过的那些并不光明正大的事儿；尽管我心里并不承认那是爱情，可我就是没法儿扼制自己的思念与控制情欲……

玛丽为何发这录像给我？是因为此时她已有强烈的不安全感，并缺乏自信。她一直请教我与我探讨：是否每次都要变换姿势情乱意迷，才能博得油嘴佬的欢心？我这样与您说吧，作为男性作家与前辈，你能理解并深入到我们这些小女人的心态中去吗？我这样告诉您吧：改革开放解放了我们的思想，但也把我们心里的魔鬼给引了出来。玛丽姐是个传统与现代结合的女性，她的精神世界复杂而又矛盾。她的前半生更多地表现在牛抬头后对自身命运的把握上，有着一种不管不顾向前冲的精神。在她与我网上交流中显得老成持重且英气勃勃，有一种不屈不挠的进取精神；简直可以啥都不在乎。可当我把她的需要还给她，拿她的话说，收获后，稳定的工作与生活又使她变得守旧与传统。她总是小心翼翼地维护这份来之不易的收获，直至把自己与油嘴佬都弄得疲惫不堪，甚至相互间失去信任。她总是害怕得到的东西再次失去……

因为太害怕失去，就会真正地失去。不仅爱情，还有整个人生。这世界就是这样，越怕失去的东西越会失去，因为你迷失了自己，别人同样会迷失你……你没有了自己，别人同样会没有你。尤其像油嘴佬这般的男人，除了他认为能改变身份的财富，在事业爱情上都没有固定的爱好，在自我奋斗的道路上像一头野牛活撞活颠地摸索着，你为讨得他欢心费尽心机，他却不能天长日久地黏在你身上。女性的可悲之处，就是总在寻找一个天长地久的安全港湾，她们总把自己看作依附在男人身上的器物；可惜男人总是喜新厌旧并不在乎已经得到的东西，即使最珍贵最宝贝的情感，也会像垃圾一般丢掉……这就是现在我虽是铁锤的干娘（遵循玛丽姐遗嘱），并没与他结婚选择同居的原因。我可以负责任地告诉您，只要我还有能力自己创造，就不会重蹈玛丽的覆辙……

玛丽姐是患乳腺癌去世的，距手术只挨了半年时间。这病别人手术做好的有的是，她为何就留不住？其实还是心病。她应该在怀铁锤时已经发现左乳上有个硬块。我俩在她婚后一直保持着联系，她问我怎么办？我就劝她早些手术，她却犹犹豫豫地没有行动。不仅因为忙，这境况我可以想象到，当时企业内部关系尚无理顺，她要协助公爹与丈夫工作，常深更半夜地不着家业；但主要是她怕失去左乳后得不到油嘴佬欢心。别看油嘴佬在工作上猛打猛冲说话不着四六，在感情上其实还蛮细腻的。在伊盟与我做爱时像孩子似的把头拱在我怀里，他最喜欢玩我的乳房。平时我陪他出去时那双眼睛总是贼溜溜地盯住漂亮女孩的乳房看。每次看过影视剧后对我说那个女孩的乳房如何如何？还有许多特殊叫法，啥羊角奶鲜藕奶苹果奶鸭梨奶……我讥讽他说你都可以当奶评委了？他还津津乐道地说：我头一次见你下面小阿弟就不老实，你知为何吗？我问为何？他说就因为是盛夏你跳下马奔向我时，胸前酥白的奶像活蹦乱跳的两只小白兔，一颠一颠地向我欢跳喧哗……

玛丽姐显然知道他的癖好，她想保持那失而复得的爱情。这些，你都可以在她传给我的网文里看到；女人在这上面的智商几乎为零，为了于她来说并不值得爱的男人，可以连命都不要了。当然，她并没有想到后果如此严重，如今回想起来，我真替她感到惋惜。油嘴佬已经多次背叛你，为他的嗜奶癖，你……有必要这样吗？

她是在铁锤四周岁后才去医院动手术，那时肿块已经恶化，连在她的默许下与官员、商人在风月场上混的油嘴佬，都预感到大事不妙，说咋粒粒碎碎的，玛丽你有大问题呀？赶快去医院查一下……有大问题，是大问题呀？有嗜奶癣的油嘴佬经过五年多的夫妻生活早已对她厌倦，直至形成癌肿块才发现，说明玛丽姐想保住名存实亡的婚姻，其实只是一厢情愿地可怜而又可笑……

2. 邮件一（2002 年 3 月 20 日）

　　诺明花日妹子，恕我还是称呼你的旧名。于燕那名是我为你起的，不知现在你把它改回去没有？今天农历三月十五日，是油嘴佬生日。我要告诉你的是：老爹吃过他的这餐生日酒宴，就要离开我俩独自回村去了：也就是说，他把集团公司正式移交给油嘴佬与我夫妇了……

　　我这般告诉你，你肯定为我高兴。我知你与我一样喜欢吃奶油蛋糕与冰激凌，我俩都有过一口气吃十只冰激凌的历史纪录；当然现在我已没了这兴趣。老爹的离开使我非常担忧，有老爹在好似一块腌菜缸石头压着，油嘴佬再强横霸道也跳不起来。老爹一走，这条没拴上笼头的野牛必然开始撒欢。为了继承与获得这笔财富，他已经小心翼翼地憋闷了五年，你知道他不是为我而是为老爹。

　　衰佬与军嫂早一个月回村了，协助老爹搞精神文明小康村建设做前期。衰佬是老爹去德意志给绑架回来的，他出去有五六年原本都不想回来了，在那边与农庄主女儿（漂亮的小寡妇）好上了，我看过她的照片，脸庞晒成橄榄色，神采奕奕，眉眼间流溢出满足与自信的幸福；不像我们这儿的女人再漂亮再装扮，也去不掉眉心那浓浓的愁结。衰佬回国在我家住了半个月，我发现他并不开心，与老爹或油嘴佬待一处几乎无话可说；坐在沙发上按手指关节，发出类似捏碎核桃壳的那种声音。一旦他俩离去他就会姐长姐短地，与我说那个玛莲娜的事，说她虽在农庄生活，却是个对生活充满热情，特别阳光心灵自由的女人，与她在一起他感到很快乐。他应该叫我嫂子是吗？可他总喊我姐，习惯成为自然就改不过来了。他上大学时我常汇钱给他，他来信都喊我姐的。我与他开玩笑：你这么喜欢玛莲娜，咋不把她带回来？他摇摇头说：她倒是想跟我来，说她不需要财富需要人生的阅历（这话杰克也与我说过），可那还不把老爹给逼死了……我发现他只在背后喊老爹，当面从不喊爹，有事总以咳咳代替。他也不称呼他为哥，直接油嘴佬油嘴佬地喊，在这家里他只喊杏儿与我为姐，对笨羊姐夫也跟我一样连名喊。为此老爹批评他没规矩，他结结巴巴地改了最后还是没改过来。他特别喜欢孩子，每次都逗得铁锤咯咯地笑。油嘴佬在床上评价说：这是心灵没发育的表现……

我们村的那山地贫，老爹出手就是大手笔，向油嘴佬支取了一百万元，在后海滩涂挖了几千车涂泥载到山地肥田。我向油嘴佬说老爹平时舍不得花钱，一角一分地抠着用，这次咋如此爽气学愚公移山？油嘴佬笑一笑：譬如麻皮阿梁去澳门赌场，一次就输掉几百万元澳币……我担忧说他这般折腾会有成效收益吗？他连连摇头道：如果地里能挖出聚宝盆来，我们还办厂做甚？愚公移山是毛爷爷让干的事儿，现实世界有那么傻的人吗？这倒是，青菜萝卜一斤卖几角钱，市场上东北大米也才一元一斤，袁隆平改良种子矮脚南特再优良，单季亩产也超不过千斤，村里才两百亩大寨田只够酿酒喝，不如机器一响年产值就上千万元……油嘴佬早盼望老爹离开，有老爹在就像一块蛮石压着手脚施展不开。现在星星草集团主要靠民用化工，但利润不大。油嘴佬的脑子还真好用，主业利润低就发展副业。他总有话向老爹解释，说您搞村联办厂一鸟两翼，这么大的化工企业，四千多员工吃饭，光靠主业只能喝清汤……要挟四眼哥跨行批出个房地产公司来，由他亲自操刀卖商品房。现在教工大楼与世纪欢乐家园住宅都已封顶，我初步估算一下没特殊情况，利润将超过一亿元……

这是好事吗？你说你都乐了。我可担忧着山里，油嘴佬的心思不用在主业上，一旦国家宏观政策调控，就会如雪山春崩一般化为乌有，要知道胆大做皇帝的油嘴佬瞒过老爹，把整个星星草集团的土地与固定资产都抵押了进去，花的都是银行里的钱。何况他那些狐朋狗友，全都是吃喝赌嫖五毒俱全的人……

邮件二（2002 年 3 月 24 日）

晚上在智佬阿囡姣姣的农家乐，大家都喝了许多酒。主要不是为油嘴佬过生日，而是老爹决定要回村了。老爹很悲哀，谁都劝酒说要留他，其实谁都虚情假意玩两面派；除我依恋他外，其余的人都巴望他早些走哩，油嘴佬也不例外。老爹的创业在后人的眼里，也许就是一场悲剧。他的想法太乌托邦，现实中缺少这样的同类人！不知你是否理解？世间有许多美好的事物，只能存在一瞬间；即使适者生存暂时结出硕果，也是美丽与邪恶并存……

　　场面上老狐媚（我取的绰号）姣姣挺活跃的。她劝酒有一套，四十岁的人（比我大两岁）还整天涂脂抹粉，超短裙露屁股穿着三寸厚的高跟鞋扮嫩；还随旅行团到韩国割过双眼皮。这种装扮城里小姑娘哄哄老头们开心还差不多，一个山里进城的大嫂，阿囡都上高中了，露出蛇皮皱的胖腿肚给谁看？但她自认有魅力，说女人身上的好钢，不从炉火中锤炼而是从酒桌上泡出来的。她继承了智佬唱书的基因会说许多乡俚荤段子助酒兴，说来说去离不开女人裤裆里的那些事，还是田塍文化的老套路，用传统文化的比、兴寻开心，与你们那儿的长调差不多……

　　油嘴佬与副市长陈俊是她的常客，四眼哥也没少来。不仅因为城市发展（这些年城关镇扩大好几倍），老狐媚原城郊的现代农庄靠近集团总部（新厂）的东城开发区，成为高楼林立的繁华地段。智佬哥是聪明人，早就摸准时代脉搏，自己在集团搞花木公司，把她小打小闹的外婆家餐厅，扩张成占地约十亩的庄园，用玻璃钢隔成暖棚，侍弄得四季如春花团锦簇处处闻香。这般侍弄老爹当然反对，但他事儿多顾不得了，何况智佬趁改革深化早就把农家乐产权一次性买断了，与你集团公司浑身不搭界，他当然不好说话了。油嘴佬如黄狗见了屎似的三天两头往这儿跑。集团来了客人或四眼哥政府部门公安工商地税国税环保局官员，要埋单请客老爹懒得应付，他就让军嫂安排在这儿，说是反正得花钱，倒不如让老狐媚赚点小外快，也算肥水不流外人田……

　　陈俊一年前离开公司到机关上班，自从老爹上任后，他几乎不管厂里的事了，每天坐办公室内百事不管饭吃三碗，一张报纸一杯茶，还左手与右手下围棋，后来办公室装了电脑，他就在网上玩；最近在机关企事业单位比赛中，还得了第二名。但回到机关他就显得活跃，由于与姣姣早就熟识，也就不顾及自己的身份，在她身上捏一把抓一下，姣姣自然心领意会，笑着闹着就滚进他怀里揪着他的耳朵灌酒……说是醉里挑灯看美人，美在心里……也不知她从哪儿学来的？这般闹酒桌上的气氛当然活跃。老爹在杯盏交错中也喝了不少酒，脸色却越变越难看，连智佬哥脸上也有些挂不住。这事我得责怪油嘴佬，不就是一个告别酒宴吧？有必要如此兴师动众，荤的素的惹得老爹不开心？但老爹那天修养够好的，啥话也没说，在笨羊姐夫保驾护航下默默地坚持把酒喝完。他与笨羊姐夫很少到这儿来，来了也是规规矩矩地坐着抽烟喝酒，没油嘴佬这般荤一出素一出搅七念三地尽揽事儿……

现在我发觉油嘴佬已经变了，变得不像过去那般有灵性，按他的说法是与时共进，春江水暖鸭先知。有这般与时共进吗？没好酒好饭没女人陪着供他玩乐干事就没精神。他刚回来时心思全在我身上，那时工作也忙晚上几乎不出门，有了铁锤后他还在空闲时脚蹬着摇篮给他讲故事。我曾天真地认为：只要我俩夫唱妇随齐心协力地办好企业，日子就可以太太平平地过下去。说实话，我以前恨过你，天下没一个女人能心甘情愿地让别的女人去服侍自己男人？我算是个例外了；但我又衷心地感激你，是你的驯化使他如一头发情的野牛，重新变为家牛偎进我的怀里。可是现在他变了，他的心已不在我身上了。自从理顺企业所有制关系业务回升后，晚上他就很少碰我，也不再管铁锤，总找借口出去办事儿。啥事儿？领人在卡拉OK夜总会洗脚城找小姐玩，美其名曰放松放松……

有这样放松的吗？以前创业时没这些，男人又是咋放松的呢？

我不知他在内蒙古时是否也贪玩？现在我们这儿经济发达起来，腐败也就猖獗了。过去街上最多也就几家温州人开的洗头屋，有小姐敲背与捶腰。我刚工作时也干过那活儿，男人不规矩你可以拒绝，我就是因为拒绝打了工商局局长一个耳光才丢掉饭碗。现在可不一样，一到晚上到处灯红酒绿，满大街都是操着外地口音打扮得花枝招展拉客的小姐。玩的名堂也多起来，啥卡拉OK、汉拿山桑拿、汗蒸洗脚屋，连请客吃个饭什么的都搞色情服务，那些大冬天还露着大腿或肚皮身上擦得香喷喷的小姐，白天睡觉或当服务员，到晚上就成为陪男人睡觉的妓女。香港也有公开挂牌的色情行业，玩的内容还没这儿齐全；老狐媚的农家乐不仅有餐厅可以请客吃饭，卡拉OK、汉拿山桑拿、汗蒸、洗脚屋的啥都有。按她的说法：农家乐是男人享乐天堂，进行一条龙服务……

老爹是个正派的男人，从来不搞这一套。那晚上红焖麂子肉端上时，老爹满脸不高兴，差点都当着大家的面掀翻桌子；这样的事也不是没发生过。有一次招待外地客户点名用了这道菜（全国订货会上的招牌菜嘛），油嘴佬报发票签字时被他骂得狗血喷头。山里的野角麂越来越少，已被列为国家三级保护动物，老爹心善不忍心此动物在这代人手里绝种，就在村里贴告示不准狩猎。油嘴佬与我商量菜单时我提出不上这道菜；可他没听，说这饭对我说是生日宴，于老爹却是最后的晚餐，不上此菜档次上不去；何况四眼哥与小白脸陈俊都要出席。那晚老爹回家后向油嘴佬和我唠叨了半夜……他不放心哪，次日回村时又特地嘱咐我，有事随时向他打电话（他配了手机，我总算教会他使用了）。我答应了心里却嘀咕，像油嘴佬这般当面一套背后一套、踏着尾巴头会动的男人，我能管得住吗？向老爹打电话告密，知道后还不闹翻天……

这些年我夹在他俩中间很吃亏。一边是公爹一边是老公，两人办厂与做人的理念完全不同，相互克制着防备着。而我，恰恰得两面都需曲意逢迎照顾周全……娘死后我成了主妇，是他俩最贴心的女人……何况我还得为铁锤着想哩！

邮件三（2003 年 5 月 2 日）

铁锤难得地由油嘴佬领去银泰百货玩，我家新屋楼下就是银泰百货，铁锤喜欢玩那儿的碰碰车。我留在家里擦地板，五一劳动节嘛！昨天公司有事没休息，今日补上参加家庭劳动课。

妹子，你再三告诫我男人都是长不大的孩子：油嘴佬本质不坏，人也聪明有干劲，思想却不成熟；有时像小孩一样撒娇淘气，撒过娇淘过气后就没事了。你嘱咐我雅人得有雅量，不与他一般计较。还说譬如养宠物，他撒娇淘气时一哄两骗啥都顺着他，把他哄高兴他就啥事全随你的意了；如果硬给他套上笼头，一旦惹毛他，就翻脸六亲不认，连杀了你的心思都会有。这道理我懂，我们这儿老辈人叫浮手抲泥鳅，对不听话的老公得缓缓收他的心。他娘没发病时也常说：男人不管活得多老，在女人面前就是一个顽皮的娃，得长长的鹞线缓缓地收。可是对油嘴佬，我想尽办法都不顶用；老爹回村一年多了，他自由得像只在天空飞翔的鸟，没人再管得住他。他的心早不放在我身上了，我在他眼里就是一个多余的人。你一直安慰我，他也就是贪玩，不会再把心交给另一个人了。我记着你的话哩，你说玛丽姐呀，我为你俩排过星座；他是狮子座，你是摩羯座，你俩凑一起必天长地久。只是两人脾气都刚，争吵起来肯定是你吃亏，只要你能忍耐，他就逃不到哪儿去……记得我问你啥星座？你打过来"呵呵"两字不愿说。我知他喜欢你，有几次还在梦中喊你的名字。他喊燕子不喊诺明，我知你在他心里扎住了根。每当天气转冷时他就讷讷自语，有几次我清晰地听他说：天冷了，燕南飞……

你又在屏幕上打过来几字：我有这么大的魅力吗？

是的，我知道你也喜欢他，你们在伊盟（现鄂尔多斯）已经假戏成真；你为了我才割舍这段感情。女人在这事上都犯贱，我俩都说不清楚油嘴佬到底有多好？可就是喜欢他。你比我年轻更有魅力，男女在床上那些事装是装不出来的。你告诉我的那些办法该试的我都试了，应该说效果不大。其实女人有娃儿前与娃儿后是两回事，以后你也会碰到……自有铁锤后我好像对那事缺乏兴趣，而他仍一如既往地喜欢；为了满足（我怕失去而满足）他尽力为之，我是在装嘛，装出疯狂与有高潮的模样。这种感觉很奇妙……我装着装着有时还真有了高潮……他发觉后快快地从我身上下来嘀咕说：你能否真诚一些……我强词夺理地反问：我咋不真诚了？他说燕子是燕子，你是你；要装也装得真诚一些，哇哇地假喊有啥意思？还当我在欺负你……

他这般说，我的身子立即变得僵硬，我知道我装不来……

现在回忆起来，油嘴佬在我怀铁锤时已在外面乱搞，我洗他裤头时发现阴虱，当时我的下身痒得难受，到医院检查医生说是由性行为引发的。我想我没有呀，再淫荡也不会怀着铁锤干那事。于是我就检查他，一查就查出了名堂，下身阴毛处疙疙瘩瘩的很多。我当场就哭了，我说你不喜欢我也得对自己负责，不要为一时的欢愉弄出毛病来。他当然死不认账，这事我好像向你提起过，你说在这类事上聪明女人最好装糊涂……你还说为了自己的下半生，最好忘掉这种脏事。男人都是畜生只考虑生理需求，不懂得思索爱情是什么？这道理我懂，自他十五年后回到我身边，我一直隐忍着克制着，极力维护这段来之不易的感情。但我累了，不知道还能不能坚持？我实在没了信心；你说，我应该怎么办？

千刀万剐的油嘴佬，弃之可惜嚼之无味，我这辈子注定毁在他身上……

3

于燕跷着二郎腿，不怀好意地微笑着问：我不知您看了这几段网文做何感想？他俩的矛盾在老爹离开后集中爆发，也许你认为这是小儿女情怀，男人们总站在事业角度去衡量女人的境界。玛丽在这时代这环境中，无疑是个饱经沧桑的成熟女性，虽然婚后她仍没脱离传统女性的思维模式，在她的前半生（可惜没了后半生）总在不顾不弃地追求着；您千万不要认为她仅追求物质财富，那只是一部分，在深层次的含义上说是女性的独立与自由……她亡故后我一直在思索此问题，复杂的时代变迁促使这一代女性学会思考。她是在老爹与油嘴佬激励自己牛抬头的过程中思考自己命运的；作为这群体中较早觉悟的女性，她更多地考虑她在社会上所处的地位与作用。而油嘴佬恰恰疏忽了这一点，他喜欢的是传统受制于男性社会的旧式女性，把她当作玩偶与附庸。我以前与他的交往中就发现，他喜欢我却不会爱我。对女性来说这是两个概念，喜欢不需要尊重，而爱是需要尊重的；当时我不是他正儿八经的妻子，抱着玩世不恭的态度凑合着不付出真情。你玩我，我也玩你呗！你玩我付钱，我玩你收钱。这世间的道义，并没规定男人能玩女人就不能玩？富人能玩穷人就不能玩？你是这社会先富起来的人，我还在寻找基础生活，咱可是两不相欠……

避孕工具与药物的发明，是女人性价值取向的第一步；当代女性不会像传统女性那样，只甘心做笼中鸟房中娘；她们有着自己的价值趋向与追求。这当然是我的看法，而玛丽不一样，她在世途的疲劳中希冀得到一份稳定的婚姻，静下心来做她的传统女子和贤妻良母；她显然已过了玩的年龄，这份婚姻对她来说就是日后幸福的保障，寄托着她许多相夫教子的理想与希冀，甚至把下半辈子的人生都押上了。经过十五年的奋斗，她已经积蓄了一定的物质基础与人脉资源，不再像我当时那般一无所有，灵魂与肉体都无所依托。她需要的是精神皈依，仰仗传统回到夫唱妇随子孙绕膝的传统生活中，或像现代知识女性能和男人一般平等地向社会贡献聪明才智，像模像样地由牛变成她所渴望的人。她希图以婚姻的形式捆绑一个可靠的男人，结束一场旷日持久的战斗，回归到良家女子的队伍中怡老终生。

可惜这社会许多善良的女人，根本就回不去了。油嘴佬与他周围的男人筑起了男尊女卑的铜墙铁壁，有意无意地压抑了她这一愿望。她在这场牛抬头的世纪大博弈中，忽视了原本可以进取的台阶，而千方百计回到传统流俗中去，想以驾驭或说仰仗男人鼻息的形式，获取她所需要的尊严与自由。她始终抬举着油嘴佬，因为他根本不是安分守己的男人，一路进击一路抗争一路获取，为的是让他自己站立起来，或说与村里那些老爹所斥责的强奸犯同伙一起站立起来，成为这时代人所艳羡的英雄与真正意义上的人。为此，他根本不会考虑她的感受；他对她只是在不牺牲自己欢愉的前提下，进行欺骗与应付。是不是他不爱她或说爱上了别人呢？我想不是，像油嘴佬这般的男人，爱自己胜过爱别人……

这就是玛丽走了快十年，我虽遵她嘱托抚养铁锤与油嘴佬同居，却没有与他结婚。女人需要的是爱情而不是婚姻。在这点上，放弃玛丽的杰克先生做得比较到位；因为他明白玛丽虽已脱离牛的群体，但心灵上缺乏转化为人的素质。女性在现实社会中完成蜕变，比男性要困难与复杂得多……

您问我：玛丽与公爹相处得如何？我知您会怎样问？是她俩合谋才把油嘴佬从我身边抢过去的；当时玛丽打电话给我，说她要与老爹联合搞挪亚方舟，把牛们引渡到理想的彼岸去。挪亚方舟是《圣经》里的词汇，但不知玛丽用在这儿有何含义……抢这词儿也不妥当，油嘴佬原本就是她的嘛，使用不当才让我有了这机会。改革开放使女性的性意识提高，始知她们与男性一样有权享受性之欢愉；通常的说法是我在她俩的婚姻中扮演了小三角色，其实不是，我是被雇用的，只承认是性提供者或说打工者；因为我服务以报酬取决质量。在这事儿上，玛丽犯了两个致命错误。一是她相信老爹的分析，认为有适当平台满足他野心，油嘴佬就会浪子回头金不换，能凭着乡情拴住他的心。其实此想法对婚姻并不合适，油嘴佬在离开家乡的十几年中经历过许多人与事，包括女人。他对玛丽的印象停留在那个穷山村的时代；而玛丽之所以由村妞菲菲变成玛丽，与这些年她的自我奋斗相关。景物依旧，人却已不是那人了……

如此简单的道理老爹没悟出来情有可原，因为他年轻时没经历过如此复杂的感情；而玛丽没悟到却是一大失误。她经历过那许多事，却缺少对男人起码的认识。油嘴佬最强势，对女人来说不过是个男人？男人都是贱骨头，需要女人的经营与管理。十五年中为了财富与地位放弃管理，他原本就不是她熟识的油嘴佬而变成另一个男人了；你还指望与他有多少感情可言？至于凿刻在山崖上那四个字，原本就是小孩儿过家家般的废话，又有多少可信度？就我与他接触中，总不失时机抓住他劣势不惜代价地进行修理，才使他有浪子回头的决心……玛丽在婚后几年中消极地接受反面教训，尤其有了铁锤后一味地迁就他，没有利用自己的优势继续锤击，她想做个循规蹈矩的好女人，这恰恰中了油嘴佬的蛊。你退一步他就进一步，最后你顾及大局无路可退了！一个从奴隶铸成的将军就这般蛮横地凌空出世。而老爹的善良与退却，恰恰为半是天使半是魔鬼的油嘴佬，提供了置她于死地的基础。我如此喋喋不休您必定认为我饶舌？好吧，我再调她与周围环境的网文供您欣赏……

邮件四（2003 年 7 月 4 日）

　　燕子：我忍不住还喊你燕子，对汉人来说这名字显得亲切。今天在集团总部值班，忍不住又想与你聊天；自我在中国香港待过后，除了莲子姐有时还能聊一聊，其他能说上话的人很少了。大家都知我在集团公司有股份把我当老板看，感情上就逐渐疏远了。我有四个姐都向我借过钱，以前我也有许多同学朋友走动，后来也就没有了。她们一样三天两头地向我借钱……小钱有，我在集团担任职务有一份工资；油嘴佬这点很大气，从没有问过我把工资花哪儿了？大钱我却拿不出来。你学过《公司法》，知集团公司的股份不能随意取出来。可是四个姐与我那些同学朋友的心理就不平衡；二姐夫甚至在外造谣说：我这股份是卖瘟卖出来的……你说荒唐不荒唐？亲戚朋友只能见你穷，不能看到你富；富了她们就不开心把你当成提款机。所以我在家连手机都不敢打开，生怕接到借钱的电话。这样我在沿海心灵上就感到很寂寞，有话只能说给铁锤听，他当然不懂而我只是为解脱寂寞；油嘴佬觉得奇怪，常问我与谁说话？我说与谁说呢？跟铁锤说嘛！他说他这么小又不是神仙，你说了他也听不懂。我说你又不陪我一会儿，不与他说话我又能与谁说……

　　你总鼓励我有事多向老爹沟通，欲取人子，必媚其父。要我与老爹结成战略同盟对付油嘴佬，在家里树起女主人的权威；还推荐我读《怎样成为女主人》的书。顺便说一下这书我有，你就不必邮寄了，我已读过不少遍；但离实际很遥远……实话告诉你吧，这种心灵鸡汤大多是作者关在书房里，从书本到书本写出来的，根本就不实用……

　　与老爹沟通不是你想的那般简单。老爹是个什么人？你不了解我可了解他，他总是沉默寡言默默无闻地工作。人说识时务者为俊杰，他是俊杰者不识时务。他用毛爷爷的老三篇打开工作局面，进企业前三年威信很高，员工把他当作神一般敬着；但慢慢地身上的光环就褪去了。人们发觉他除了会讲几句鼓动的套话外，就啥都不会了。拿油嘴佬的话说是活该，人有良心狗勿吃屎。他把在村里对付农民那一套，原封不动地搬到工人老阿哥的身上来了；遇事决策在办公室里与人掰手腕决胜负。此事小白脸陈俊称之为黑色幽默，说老爹简直越活越年轻了……老爹没听出讥讽之意，还津津乐道向他介绍掰手腕的经验。

老爹在厂里看到工人老阿哥老阿妹们脸上都笑嘻嘻的，回到家里却变成为西楚霸王独断专横。许多事儿就不是你能够想象的，我仅举一个例子你就知老爹如何落伍。我怀铁锤时反应很厉害，考虑到娘的身体状况，我想像当年四眼哥与真公主一样花钱雇个月子保姆，当时市场价是两千元，比一个成熟技工还贵一些；就我家经济状况来说完全没有问题。杏儿姐非常支持我，我俩就到保姆市场找了个安徽黄山小姑娘；因事先没与爹沟通，他就拍桌摔凳大发脾气。说我是山里妞又不是资产阶级大小姐，不就生个孩子呗，你们娘三个都生下来了不也养得很好？当初油嘴佬初为人父对我关系尚不错，就向爹据理力争说娘得了帕金森症，一日三餐都管不住，还咋照顾孩子？爹说她是变傻了，但帮菲菲（他从不喊我玛丽）领个孩子没问题呀；再说她坐办公室又不忙，自己也能料理。这事娘也支持我，但爹就是不同意；说你们坚持这样搞，我就分家眼不见心不烦……我们都没办法说服他，最后只得把那安徽小姑娘回了……

他为何固执己见？道理很简单，在他眼中，我们到城里是来创业的，不是来享受的。受不了被人服侍的那种生活。他说：人有没有出息，与他所处的生活环境非常有关系。伍副省长以前在山里"打游击"时，生龙活虎的，进城后就变得庸庸碌碌的脱离群众了。我们全家在厂里都当着领导，家里雇保姆有什么呢？我不心疼钱，主要还为你俩把个面子，使员工感到是自己人……

邮件五（2003年7月5日）

我俩接着昨天的话题继续聊，老爹这人你让我咋说呢？平时在家里也都板着脸，一副舍我其谁、忧心忡忡的模样。除了工作他仿佛对啥事都不感兴趣，白天在办公室忙，晚上回到家就坐在沙发上抽烟（只在我怀铁锤时坚持去窗台抽，待坐过月子就不忌讳了，说油嘴佬与衰佬、杏儿姐都是闻着他的烟味长大的），从来不去外面散步遛个弯儿啥的。油嘴佬有时会让他去外面走走，他说这不是与肚子里的白米饭过不去吗？他对街道马路的认知能力很差，独自出去常找不到回来的路，只能窝在家里孵豆芽。他也没有啥爱好，不像智佬哥进城后加入了市曲艺界协会，每天吃过晚饭，就踩着自行车去文化广场拉二胡。

其实人都需要等距离接触，以前我对老爹蛮崇敬的，认为他比我爹正直宽厚与善良；但面对面接触后我发现他有许多毛病，有些是我这代人无法面对的。譬如说，我产后六个月就缩了奶，这事奇怪，我娘我四个姐奶水都旺，阿奶还被人称作葫芦奶挤奶水给新四军伤员喝，咋偏偏到我就没奶了？为此我打电话给香港朋友弄来澳大利亚的奶粉喂铁锤。不知咋的被老爹发觉了，立即暴跳如雷，说铁锤是他的孙子，中国人不喝外国奶……我知他心疼钱，再三解释这奶粉比国产奶粉还便宜。他听不进去说番薯蜜枣（油嘴佬娘呗）也缺奶，杏儿油嘴佬与衰佬都是他用手指头挑着麦糊糊喂大的……还问娘是不是这样？娘说是这样，五谷杂粮营养好嘛。于是他当机立断让小呆驼驾车去了天街镇，弄来两袋糙麦粉让娘调了喂铁锤。这原本没啥，只要铁锤喜欢吃，在我们这一带乡坊间用糙麦粉喂大的孩娃有的是，读书上体育课跑步跳高比城里孩子还麻利。要命的是老爹从此作为喜欢铁锤的资本，不用勺子用手指头挑着喂。于他说这是顺理成章的事儿，杏儿姐油嘴佬与衰佬也是这样喂大的；但我总觉得不放心老问他洗手没有？这使他特生气，说：我还能把亲生的孩子给祸害了？他个人生活上有许多毛病，不喜欢洗澡，平时喜欢吃生大蒜，像我们吃零食一般丢嘴里嚼着吃；使他身上散发出一种不同常人难闻的气味。他还喜欢靠近你说话，把自己嚼过的东西喂铁锤吃；这样就使人受不了，可我又不敢当面说。他是个家长制作风很严重的人，在厂里在家里都是阿大，油嘴佬在他面前老鼠见猫似的……

我婚前就给老爹买过许多衣服，他让老娘收下叠得整整齐齐地放衣柜内，就是不穿。进城后，我们蟒蛇吞大象吃下了沿海潘氏。老爹是我们这群牛的代表人物，在这啥事都图表象的社会现实中，需要有个形象包装；可他啥都不讲究地穿着二十年前村里民兵值夜的军大衣，晃晃悠悠地来到厂里上班。这些年油嘴佬与我还有杏儿都给他置行装，希望他有个大厂董事长的派头；但他总是满不在乎，说你们认为我触了你们的霉头，那就触吧？谁不知道我是个农民？农民咋啦？市委、市政府不因为我是农民才请我当董事长。谁说当董事长非得穿外国名牌？陈永贵不就包着白羊肚毛巾进中南海的吗？

你听听，啥话呢？与老爹许多事都说不清，就像争执多年的治厂方针（我相信油嘴佬是对的），仅凭老爹办读书班，背诵毛爷爷的老三篇能行吗？可老爹除了村里造大寨田以及小打小闹的作坊式村办厂外，根本就没管理过现代大企业的经验。油嘴佬开始也不行，可他肯学习，现在还与杰克保持联系，说他山之石，可以攻玉。老爹就跟不上趟了……

他的心头很寂寞，尤其在老娘去世后，他常茕茕孑立对着她照片泪眼蒙眬，讷讷自语地说：番薯蜜枣呀，我对不起你……

老爹是活在上一世纪的人，我如何与他达成统一战线呢？再说，他离开集团总部已一年了，我与他联系都有困难……

4. 邮件六（2004 年 2 月 16 日）

诺明花日，你不用过来探视我。正如我自己预料的那样，手术结果很不好，癌肿瘤已经转移到肺部去了。是呀，这事已经迟了，如果一年前手术的话，情况可能就没有这么严重……真公主高晓敏也动过手术，以后就没事了；我是耽搁了，因为不想摘除乳房。我没想到，它在最后半年中竟长得如此快？我原来还不想摘除，是油嘴佬摸出来了，他惊恐地大喊：你不要命了？我说它早在三年前就长着了，难道你不知道吗？他嗫嚅着说：我是知道的……你不是去医院检查过了吗？医生说是小叶增生呀，会动的肿瘤不会有问题……我说那是猴年马月的事了？早就不会动了……你说说，你都多少时间没碰我了……自有了铁锤……你总是冷落我……他说这种时候你还有心情与我斗嘴吗？明天马上去医院动手术……

杏儿姐、公主与邮政美人陈芳儿，还有军嫂与莲子姐都分期分批地过来探视。军嫂还专门从村里赶过来，带来老爹与衰佬的问候。她说她第一次看到老爹抹眼泪……病房里都是她们送的鲜花水果篮与食品。爹回村后我雇了一个安徽保姆，这次不是黄山的是安庆人，年龄比我还大几岁，长得也没三年前辞掉的那保姆漂亮，由她照顾在幼儿园上学的铁锤。她对这份工作很尽心，我手术后住院由她照料。油嘴佬在我手术后陪伴了几天，这于他来说已属难得；现在企业发展势头很好，老爹离开后他重新组阁，把已加入日本籍的莲子姐聘为主管销售的副总裁。她的事爹在时就议过几次，四眼哥与爹都不同意，理由不是怀疑她的能力，莲子姐的能力够强的；她在秀才哥协助杰克当副总裁时就是助理，当过十几年村联办厂业务管理，对市场情况很了解。他俩反对的理由是她加入了日本籍，是 TOTO 公司上海市场总代理。爹说：一个人一辈子做好一件事就已然不错，哪有精力做两件事？说她与秀才离了婚，做人不允许这样；四眼哥则从另一角度，说现在国家与国家之间打商务战，弄不好她是日商放置在上海搞经济入侵的棋子……这事开始我反对，秀才是我哥嘛，她丢下他独自发展总归使人心头留有疙瘩；后来莲子姐一次二次地与我接触，说她想偿还秀才哥的债才离开他的，我就开始动摇了，爹走后油嘴佬与我商量，我就没表示反对……

莲子姐来集团工作后不错，很快帮助我们打开了上海市场，但副产品也随即产生了，为企业公关需要，帮助油嘴佬搞了个由洋名戈登（麻皮阿梁儿子白脸书生大傻）负责的 21 世纪会馆，无巧不成书的是，在东京红灯区学有所长的小苗苗也回国充当经理，这不，星星草集团就一下子热闹了起来……

邮件七（2004 年 2 月 19 日）

油嘴佬在我手术后第四天，到病房探视时说，他要去东北出一趟差。我不知是否你把他召唤过去的？如果这样，我认为并不妥当。我明白地告诉你，我虽做了乳房切除手术，但肺部切片尚没出来。因为他打着工作的幌子，我不好阻拦他，我说：你去吧，你又不是医生，在也帮不上忙。他有些犹豫地说：我是不是医生，但陪着你心里就会踏实些。这话使我感到些许安慰，尽管他不是真心实意，但我知道他还关心我，不是狼心狗肺的人……

你说你与他没联系，我相信，你不会在我危难之际踩上一脚的。你不会，就凭我俩多年惺惺相惜的友谊，你也不会……我只是猜测，如果你与他在一起我倒放心，至少你值得我信任，不至于伤害我。我是怕他搅七念三地又与别的女人搭上了。因为在东北，除原料外公司并无业务往来，我怕他在欺骗我……

我这般说，你是不是觉得我有些神经质？说心里话，其实他与别人有约，我也不会再生气了；我都病成这样犯不着为这类事怄气。这些我早已看穿……你说过男人都是畜生，家里红旗不倒，外面彩旗飘飘。为此我对他说：你去忙工作吧，有情况我第一时间告诉你……他立即如释重负地点头，说那好，我走了，你肺部切片报告出来后给我打电话……

他走后我感到特别失落，还是止不住哭了一场。你说我可笑吗？为这般一个没把我放心上的男人，值吗？结婚六年多了，我从没现在这般失落……

你还想过来看我，是吗？我说坚决不要吧？我俩这种形式沟通挺好的，没必要非见面不可。如今我骨瘦如柴形骸全变不想见任何人；你过来我心里会更加难受。如果我还有希望好转，我俩再约时间痛痛快快地叙吧……噢噢，我相信你不会与他约会，但希望你能帮我注意他的动向，不是我对他在意，而是担心属于我的那份资产流失，担心铁锤的未来……

好了，觉得累，不多写了。

邮件八（2004 年 3 月 11 日）

还没出院，还要待一段时间吧？

现在我担忧着铁锤，除了生我养我的父母，他是我最直接的亲人了。晚上睡在病床上，我的眼前总会浮现出他胖嘟嘟的小嘴，含着我奶头吸吮，还用小手捧住我脸的那种亲密，使我切切实实地感觉到自己生命的延续。也从那一刻起，我开始放纵油嘴佬；我知仅凭我的努力，是不会使他回心转意了。我终于明白了你向我说过的一句话：在男人与女人的战场上，输者永远是女人。是呀，男人四十一枝花，女人四十豆腐渣。我承认我婚姻的失败，后悔自己在一条绳子上吊死。如今回忆起来，我与他之间也只有三年心心相印的缘分，自他重回沿海至铁锤满周岁实打实敲的三年。那三年使我产生幻觉认为是天长日久了，把自己的情感甚至全部投注在他身上，乃至完全迷失了自己。还是你那句老话：世间上有些鸟注定是关不住的。后来他就变了，每晚早出晚归频频应酬，身上都带有女人的香水味，连老爹都闻出味来脸板得铁青，告诫我要好好管管他。那时娘还活着，神志清醒时怕他父子俩吵翻，坐在我的床头做工作，说男人哪，年轻时都管不住下面那东西；年岁大了就会像他爹一样地懂事体……她说这种事儿你千万得沉住气，如果他父子为此吵翻，这么大的公司交与谁呢？公司搞不好老爹与我全家都玩完了……娘说得对，我只好忍着，为了铁锤我忍着……

不忍，我又有何法子呢？油嘴佬经过三年忍声吞气，犹如乱石蹿笋熬过了老爹与我，把星星草集团的权柄都掌握在他手里了，羽翼已经长成，连老爹都奈何他不得，我又有何法子？

又向你诉苦、诉苦……我也只有向你诉苦这点乐趣了。

邮件九（2004 年 3 月 12 日）

诺明花日，你好吗？我肺部的切片报告出来，医生没说我也知道，我的生命已进入倒计时。油嘴佬去东北出差还没有回来，一个月了吧？果不出我所料，他的手机关了，留给我的固定电话是哈尔滨宾馆房间的号码。你说你已与他联系上，那么请你告诉我，他去干了啥？

什么？什么？去了俄罗斯……不知道干啥？好了，我不问了……我怕拖不到他回来的一天了……

现在由杏儿姐与安徽保姆和铁锤陪着我。铁锤也仿佛明白了，平日活泼泼的已背会上百首唐诗的他，一言不发地瞪着乌溜溜的眼睛（别说，是真种，像极油嘴佬）望着我，神色充满了忧伤……医生动员我再次手术切掉肺部肿瘤，杏儿姐也说要相信医生，当代科学已经越来越发达，好人不至于穷途末路。但我还是拒绝了，我已经拿掉了半个胸脯，变成了不是女人的女人，如果再把胸腔打开切掉半边肺，活着人不人鬼不鬼的又有啥意思呢？

我好像也不是特别害怕，生死由命，富贵在天。既然老天爷这般安排，就必有他的道理。如果开刀能救命，毛爷爷、周爷爷的医疗条件比我好多了，他们不是也都走了……所以，我不签字，不同意继续手术。就是要死，也落个全尸喂火葬场去……

邮件十（2004 年 3 月 20 日）

告诉你一桩事，小苗苗过来探望我了。她是由莲子姐带过来的，一进门就向我跪下了。我赶紧让她起来，她不肯起来哭着说对不起我……

我说你没啥对不起我的，那事的错不是你也不是我，而是我们共同的对手油嘴佬，是他欺骗了我与你的感情……

我这般说她高兴了，突然就从地板上蹿起来握住我的手，兴高采烈地叫道：姐，你终于原谅我了。她还是没长大，一张原本就显年轻的娃娃脸，洋溢着青春的活力。不要说，还真漂亮。她把莲子姐晾到一边，挽着我的头颈倾诉着泡妞高手油嘴佬的罪行，与在日本当下女的经历，好像对他有血海深仇似的。可是，我已经没心情听她的倾诉了，我只是可怜她，也是三十出头的人了，咋还是这么一副没心没肺的腔调……

与你，完全是两种人。由此我想起我所敬重的老宝贝……

邮件十一（2004 年 3 月 28 日）

老爹与衰佬来探望我，昨天我爹与娘、我的三个姐（除大姐在城里缺席）也都过来看过我。老爹好像病了，脸色特别难看，由衰佬搀扶着坐在床头流泪。我从没见他哭过，不知咋的心里特别感动。我劝他不必伤心，说我一定会好起来的。没想到我这般说，他便号啕大哭起来，口口声声地说要找油嘴佬算账。我知他这不是装的，这时候他肯定连千刀万剐他的心思都有……

油嘴佬已拍回电报，要我听从医生手术，说三天后他就归家为我签字。

后来老爹与我商量公司的事，说要罢免油嘴佬总裁的职务，理由是没有善心的人做不好公司。但我没有同意，理由很简单，已长成的参天大树只能修枝而不能连根刨掉。

你说对吗？我的燕子。

5. 邮件十二（2004 年 4 月 1 日）

明天就要手术了，油嘴佬已在我的病历上签字。

死马当作活马医，上天只留给我这一条路了。有两桩事，我必须有个交代。我已喊来律师做了公证，因为涉及你，我发个网文给你算作我的遗嘱。

一桩是我把在集团的百分之五股份留给你，其实是留给铁锤的。这是我奋斗二十年唯一能用眼睛看到的一份财富，是善良的潘老夫人留下的一份职业女性的尊严与纪念。我不会把它交给公司或者油嘴佬或者老爹或者亲生父母。我留给你是有条件的。铁锤是我生命的延续，他不能没有娘。我离世后恳求你抚养他，教育他成为一个真正能理解女人的男人；我知你会答应我这要求。但这笔财富你只有在铁锤成长到十六周岁自立时才能动用。这就是条件，也就是说现在只能放在公司里增值或贬值，由油嘴佬负责监护，因为他毕竟是铁锤的爹。我已在交与律师的遗嘱中注明，这是我奉送给你的一笔财富，与铁锤无涉，算是在这十二年（铁锤四周岁）中你付出的酬劳。

还有一桩事，我不知你是否愿意？顶替我成为油嘴佬的妻子。这话从我嘴里说出来有些怪怪的，是吗？说实话这些年我一直在思考，到底什么样的女人才适合油嘴佬？一日夫妻百日恩，我对油嘴佬的感情是复杂的。他除了贪玩，心地其实不坏，还是一个有责任心的男人；那些年我在他寡情无义中，曾经试图接触过杰克（你知道的），两者比较杰克是个只爱自己不愿意付出的男人，他的肩头承担不了责任……我这样说你能明白，如果你与油嘴佬结为夫妻，铁锤就能得到父母双重的恩爱，这对他的成长无疑有益。当然，这要得到你的认可，我不知道你还爱不爱油嘴佬？但从他嘴里我知道他爱你……

另外我得告诉你：油嘴佬与小苗苗继续保持着联系，这事是莲子姐告诉我的。她说：你不知道吧？油嘴佬把小苗苗在21世纪会馆蓄养起来，一旦时机成熟就会把她弄到身边来……这是我最为担心的事。她一点不像她阿爷老宝贝善良……长得一副狐媚子样，心却刚强着，可以为达目的不择手段。如果与油嘴佬旧情复燃，对铁锤无疑是一场灾难……

现在您理解了吗？于燕仍然端坐在沙发上，微笑地望着我，青春洋溢俏脸如花。算起来她也是四十开外的人了，可岁月没在她身上留下痕迹，她还是那么身材姣好，穿着一件亚麻色的拖地长裙，一双蔚蓝色的眸子熠熠闪烁，自信而又骄傲。她说：我已按玛丽的遗愿准备送铁锤去澳大利亚了，这小子还是挺有出息的，中考出类拔萃，是重点线上第三名，且为人低调不事张扬，性格像他的阿爷不像油嘴佬。油嘴佬的聪明挂在脸上，而他却埋在心里。我从小就与他讲玛丽的奋斗史，他把她的遗像挂在胸口的项链结上；那条项链，是他的成人仪式上我送他的礼物……

玛丽姐的股份嘛，我都没动；因为那不是我挣的。她要我维护女性尊严我做不到；抚养铁锤是我的责任，也是我愿意做的事。亲情不是用钱能够衡量的。

我说了我与油嘴佬至今没结婚，我与他只是同居；这对双方都有益……这些年这些人与事……我们都一起经历了，明白必须给自己也给对方留下一定的空间，没必要图婚姻的形式……

关于小苗苗，她的故事我没必要讲，每个人都有自己的活法，四眼书记进去后她与戈登一起逃到了加拿大。也许你已经知道她是怎样一个女人，因为你在采访我前已经与四眼书记陈俊市长油嘴佬和麻皮阿梁都接触过；这些与她有过肌肤之亲的男人，一定向你提供了不少她的情况；你与她的顶头上司莲子姐都有过深切的交谈，知道当年沿海与港城的红粉杀手队伍是咋回事？她的故事在民间作为酒后饭余街头巷陌的谈资已久……我并不厌憎她。她是一个缺乏头脑的女人，在这男性主宰社会形态的前提下，她这样做也是一种活法……

只是她的下场很惨，最后在多伦多被戈登抛弃而沦落为街头卖唱的乞丐。我想，这也是老天爷收拾人的一种方式。但小苗苗生来就这样吗？我们在日常的无奈中活得都累，也许逝去就是一种解脱……于燕撇撇嘴结束了她的解说。

我问：你现在还与她有联系吗？

她说：没有，我敢保证油嘴佬也没有；如果有的话，他很难瞒过我。

戚长庚（七）：男儿膝下有黄金

1

我下半辈子的人生，是在老爹离开我之后确立的。

许多年后，我脑海中一直浮现着那晚的告别酒宴。它赋予我特殊的意义。随着时间推移，使我越来越明确人性的变异，往往集中在分离那一瞬间；它使你产生许多联想，以至于觉察到人心险恶。今后的路如何走？也就是在那个特殊的时刻，赤裸裸地凸现在我的眼前。从那晚开始，老爹无疑走向仍壮心不已却是人生的下坡路；他当然明白回村与衰佬合作开发农业不会有所作为，但还是想试一试；这就是老爹，永远不会认输的老爹。其实男人这辈子，六十岁是一条分界线。六十岁以前可以挥霍时间，恣意妄为；过了六十岁就不能为非作歹了。我的人生在那晚上发生裂变，在时间的概念上说距离六十岁不到二十年；这就是说我还能在不到二十年的时间内折腾一番，因为我也差不多到了老爹当选为村书记，办厂开始牛抬头的年龄。从此我就不能胡作非为，再不能轻易相信人了，包括崇拜偶像。我需要熔铸的是，别人把我当作像老爹这般的偶像，完成红脚梗群体由牛变成为人的偶像……四十不惑，惑指什么？就是明白该做什么事？明白余生的路该如何走？人无来生，过去之事就如流水不留痕迹，逝者如斯夫。男人如果到了四十岁，还没明白脚下的路如何走，这辈子也就完了。但这世界的多数人，是不会在此时了悟人生，有人虽悟到了却没能力独自行路，仍然虚度……

我能走到今天这一步，一半靠自己努力，另一半是环境条件（应是四眼哥、老爹，包括玛丽）决定了我的高度。现在有人认为改革开放后这不好，那也不行，这些大多是有头脑的知识分子，从宏观高度乌托邦式地构筑着精神世界。在我的眼里，共产党这些年执政最大的成功，就是给了农民一份自信，打开《圣经》故事中的潘多拉魔盒，把人性的魔鬼给释放了出来。中国历朝历代的统治阶级，都不给农民文化，因为他们知道农民一旦掌握文化，就会变成推翻他们的力量。自古秀才造反十年不成，就是百年千年也不成，因为他们自以为是患得患失，秀才只有与农民结合，使他们明白自己是主宰世界唯一不怕失去一切的群体，而且充满勇敢与牺牲精神，具有吃苦耐劳明确方向后勇往直前的精神……

四眼哥在老爹离开集团前，经常向我讲这样一个故事，大意是：

许多年前，山里有一个在外开篾匠行的财主，大房为他生了个儿子阿大不久亡故了，他娶了个二房又生了个儿子叫阿二。他出门去做生意生怕二房亏待阿大，嘱咐要像亲儿子一样养他；没想到二房心地狭窄，在他走后给阿二吃鱼吃肉，给阿大却吃清水萝卜还经常饿肚子。三年后那财主回家见阿大长得白白胖胖；而阿二却黄皮寡瘦便责怪她说：我说要养好阿大没说让你亏待阿二呀？二房是哑巴吃黄连说不出理儿来……

这故事其实是我娘讲给他听的，意思是锦衣玉食培养不出人来，青菜萝卜才最养人。他为何多次重复讲这故事，是因为他想到政府在处理国企体制时对员工必须逼一逼，否则好的动机达不到好效果，只有咬牙把全体员工推向社会绝处逢生，人们才会珍惜来之不易的财富。但老爹总是太善良了，奉行上善若水的待人理念，不懂得《孙子兵法》中兵形如水与置之死地而后生的道理。四眼哥说：这些年为何乡镇民企能如还魂草一样蓬勃发展？就因为是吃不饱饭的农民；而国企员工有定粮与固定收入由政府包养着，虽不富裕却能平安过日子，就没有生存与创造的能力了。四眼哥的话有一定道理，人越有安全感就越没出息。相反，如果你得不到安全感，那么你就会去寻找去创造，生命才会产生辉煌……

这般的例子很多，穷人若拥有了基本文化，明白做人的道理与脚下的路如何走，就会产生巨大的热情与动力。人的出生环境基因不能选择，能选择的是你脚下的路，你这辈子如何活？路如何走？是人生思考的大问题，许多辉煌的事都是逼出来的。老爹一再向我重复看羹吃饭，话虽糙，可我懂。我们农家出身的孩子能与占有国家权力与资源的红二代、红三代攀比吗？羹是啥？是指你占有的平台与资源，大，不一定适合你，小，也不是没出息，饭不够羹不满缺乏安全性，你得运用智慧向社会去争去夺，有时还必须在政策许可范围内搞点小出格、甩点小无赖；反正我们农民就是后娘养的身份卑微的赤脚汉……

明白这些道理，我眼前的视野就开阔起来。不管四眼哥不管老爹也不管玛丽如何看我，我的平台只能我做主。既然历史让我成为这场大戏的主角，我就必须毫不谦让地唱好这场戏。尽管这戏没脚本是露水戏，但在我的时间段里，我按自己对人生的理解，选择宁鸣而死，不跪而生，轰轰烈烈干一场……

四眼哥其实是个伪君子，在星星草集团发展事宜上，他早就想驱逐老爹了。就像天寒时当作宝贝的一件破棉袄，天气转热脱下随意丢开了；但他却在那天晚上，假惺惺地挽留他说了许多好话，就像离开老爹地球不转了。政府官员很多是表演专业出身的戏子，你对他有用是宝没用是草，像四眼哥对老爹临行来个安慰赛，知热知冷地说几句好话的，属凤毛麟角算是不错了。那晚老爹的情绪有些沮丧，我知他并不想离开我；他下决心离开除了要兑现对村民的承诺，主要还是为我放开手脚腾出地儿来，让我把他创办的集团公司引向辉煌……

智佬在这时不失时机地掺和进来，向四眼哥满脸堆笑地奉承说：领导真会抓紧时间忙工作？咋不与民同乐，大家都有意见了……他与老爹站的角度不同，满脸堆笑是为娇娇兜售生意打基础。他也老了，知道钱落进口袋里才能兑换亲情。四眼哥征询老爹意见，老爹没精打采地说你们玩吧？我有些累了。我知他不是不想与民同乐，自娘走后他的心头落寞，虽不习惯男男女女挤一屋子里瞎胡闹，却也喜欢有人聊天说话；再说他已不是年轻时那般上床就打呼噜，睡眠时间越来越少。我想动员一下，没想到四眼哥说：好吧，今晚谈到这儿，我与油嘴佬去活动活动……他这般说，老爹不好再觍着脸跟我们走，就让小呆驼送回家了。

结果证明还是四眼哥英明，幸喜老爹没跟去；如果去了，听了这一潮又一潮吹捧我的话，他更会感到心头失落。这时能理解与他说上话的笨羊姐夫与杏儿姐已走了，回家辅导铃铛作业。铃铛自上高中文科成绩好，数理化却跟不上了。她像杏儿智商不足情商高。姐比我大三岁，小学三年级做不来算术题，早早休学帮娘做家务。娘骂她是秤砣实心脑袋，没想到她在街道厂副厂长当得蛮好的，是市里多年的三八红旗手。在爹的眼里他夫妻是走正路的人不需要他揪心，比我这应时势而生油头滑脑的混世魔王强多了。那晚上，我在大家的喧闹与吹捧声中喝了不少啤酒；不知咋的我忽然想起我娘番薯蜜枣来，今天恰巧是她离开我们的周年祭日……我抹泪说过这件事后，拉上玛丽为大家献唱一曲鸿年老师教的一首歌：

> 月亮在白莲花般的云朵里穿行，
> 晚风吹来一阵阵快乐的歌声，
> 我们坐在高高的谷堆旁边，
> 听妈妈讲那过去的事情……

唱到后来，二愣子与杂物贼也跟着我俩唱起来，鸿年老师还像当年弹那架破风琴那样，手拍着茶几掌握节奏助兴，最后满包厢的人都含泪哼起来……

贫困而又快乐的童年呀，随着娘的逝去永不复返。我们这代人面临的是永无止境的无情厮杀与浴血竞争，根据适者生存的利益法则，与人性扭曲的集体蜕变，向着繁荣的街市与奢华的物质不可阻挡地进发……

　　人生只有经历过动荡的场面与无情的厮杀，才明白你该如何活！在我们日渐庸常的生活中，你可以这样那样地强调种种理由，对我们无奈的人生做出哲学意义上的解释，把平庸堂而皇之冠以崇高，把贪欲标榜为理想的人性；但在你得到了你想要的东西后，却仍掩盖不住产生于你心头的那种原始荒凉……其实人生只有一句话：那就是你如何按照你的理想活出自己的尊严来？你对自己对周围环境是否透彻地了解？你想做一个什么样的人？在你周围鼓噪的又是一些什么人？这些都是真实与不真实地存在着，关键在于你如何把握人生把握属于你自己的契机，你才可以活得恣意畅快。你以为有钱拥有物质支配权了，政府发文或在营业执照上标名有钱人象征的法人，就人五人六是个人物了？告诉你，不是！你还是你自己，在别人的眼里你最多是个土豪，而不是贵族。

　　那晚如果老爹同来歌厅，也许歌功颂德也有他的一份，但那是假话空话屁话，酒桌上歌厅里的话都是假的，包括对我的赞扬也是假的。人们已经习惯在流俗盛行的年代，以鲁迅笔下的阿Q精神手执钢鞭将你打。既打别人也打了自己。如果你相信那是真的，一味沉浸在灯红酒绿理智失却自我陶醉的狂欢中就错了，大错特错，错得一塌糊涂不可挽救，势必被人打翻在地走向没落……如果老爹知道五年中他所付诸的心血，在他心目中一场轰轰烈烈地改革与拯救，会被人当作酒后饭罢消化多余酒精蛋白质与脂肪的笑话，不知会做出如何反应？他还能坚守奉行上善若水的待人接物的理念吗？在中国历史上，农民认真对待并投入每次促进社会变革的趋势与思潮，结果发现留下英名彪炳千秋的只是那些伟人与哲人；而他们，不是以跳梁小丑的身份出现，就是一鳞半爪的残余笑话。不错，大肚能容天下难容之事，笑口常开笑天下可笑之人；你要的只是想把生活过得好一些的愿望，要名干啥？要利干啥？小心驶得万年船嘛，天下没有免费的午餐，却有的是免费的付出；这就是世世代代牛耕耘的命运。我在为老爹鸣不平时，想到自己如影随形的明天……

　　我发现我在大家肉麻的吹捧中，犹如一头失群的黄牛行走在荒芜的旷野上，孤独而不被人们理解。红脚梗们打天下唱的既是电影《红高粱》中的祝酒歌，又是《上甘岭》的主题曲，悲壮惨烈却缺少世人理解。是呵，现今的我已不是传统意义上的牛了，我在他们心目中成了群牛之头牛，或说他们已把我当成一个人了。该付出的我们都已付出了，没有索取没有要求也没有回报，就为了让世人承认我们不是一群牛而是一伙人……

这晚上老爹作为一个笑话在人们翻动的红唇搅动的舌尖上流动，人们把集团公司转制的功绩，记在赵书记与四眼哥为首的市委、市政府头上；当然还有小白脸陈俊与我。人们在抬高我们的同时有意无意地贬损诋毁着老爹，享受着自己由牛变成人过程的快乐；我冷眼观察并虚情假意地附和着，这难道就是老爹这般的善良人，组织学习毛爷爷的老三篇解决人生宗旨理念的人们吗……

回家后，我钻进被窝里向玛丽说了这想法。她颇为老成地笑道：人的舌头没骨，别看这会儿四眼哥小白脸陈俊在台上张牙舞爪得意扬扬；一旦失势车翻舟倾下台，人们也许会说得更难听；全厂员工吐口水都能把他俩给淹死……他们没对老爹人身攻击已然挺好，别指望有好口碑了……我惺惺然地问：如果我把企业搞砸被赶下台，下场可能还不如老爹……她说肯定的，他们把你捧得越高，你的下场就越悲惨。我说我明白下步的路如何走了，她一个激灵蹦了起来望着我迟疑地道：油嘴佬，你可别胡来？这可不是闹着玩的……我笑着问：我俩可是一条绳子上拴的两只蚂蚱，你怕我砸了你的好名声？她想了一会儿道：我觉得你还得按你的路子走，即使野路子也应该试一试，否则这条上善若水的正道根本就走不通。我无语。她又看我一会儿讷讷地说：我知道你的屁股从小由老爹拿青柴梗揍出来的，都长出了老厚的茧来了？不管多难我都会陪着你支持你！

2

很快，我继承老爹上善若水办厂理念的同时，自信地推翻了他对人才的使用，选择适合我工作的班底。因为老爹的善良，建立在他用人的道德标准上；天不变，道亦不变嘛！只要人的品德好，就能管理人。这当然有道理，有咋样的将军就训练出咋样的士兵；但现实社会中恰恰德与才不成正比。而我需要的善良，是在时世变化中的善变，改革开放中动态的善良；兵行若水是《孙子兵法》中的精粹，因为水是流动着的变化，表面静谧内在却千变万化。简而言之，不变的善良是小善，要求个人心灵纯洁自身修养良好；而变化着的善良则是大善。如果你自身品行略有微疵，做事却有利于社会进步与多数人得益，那就是一种大善；难道我们这社会对品行端庄不会做事的小善，吃的亏还少吗？我们总是要求个人道德品质完善，却缺少对个人能力上的考量，使用我们认为是完人的人，其实是对微有瑕疵的有用人才最大的浪费，等于变相对企业与社会犯罪。

我的建议得到四眼哥与小白脸陈俊的赞成。四眼哥甚至说矫枉必须过正。他说早就应该这样做了，企业家的善良就是发展生产力，对社会做出更大的贡献；只要你能把生产效益搞上去，使用人是你的权限政府绝不干涉。陈俊也说星星草集团的情况我了解，没有金刚钻还真揽不了瓷器活。一句话，他俩都赞成我进行体制深化改革；但我心里明白，作为政府官员不挑实际责任，做的是锦上添花的事，只要我不弄出负面效应来，啥事他俩都可以睁一眼闭一眼的……

我决定调整，应该说开始动作不大，这事还得循序渐进走一步看一步。确立定岗定位也不是一桩简单的事儿，就如火车，开得太快了就会翻车。在顶层班子调动上，我保留裴隆庆常务副总裁的位置。他是陈俊的老人马，我上任后配合得也不错，留着他于我全面展开调整中层干部有利；但权力，是不能集中到一个人身上的，我在取消执行总裁后重新请回潘常来。他懂企业管理，不是当储运科科长屈才吗？我就向小白脸陈俊把他要了过来。陈俊说这老潘不是嘴巴很碎自以为是吗？而且快退休了。我说他嘴巴是碎，但工作还挺负责任的，就因为他快退休了对我才有用。他问我老潘进班子干什么？我说当顾问呀，位置排在裴副总的前面。他有些不以为然地问我：他俩都是体制内出来的人，如果联合起来与你抬杠咋办？我说我想好了，提拔我信得过的二愣子也当副总。这几年助理当下来对程序熟悉了。如果有争论，他仨弄明白后再向我汇报于我省事多了。有事我只找裴副总；他为人实在只是能力差一点，缺乏杀伐决断的勇气，这点潘常来与二愣子能弥补。他问我技术改造这块谁管？我说杂物贱呀，他自学成才副高职称都批下来了；我也聘他当副总，位置放在一根筋通到底的二愣子前面，两人可以相互钳制。陈俊有些犹豫，皱眉说杂物贱人蛮好的还是我堂妹夫，品质我信得过，只是德意志进来的那两套流水线都是德文，他连英格里西都没学好，一旦机器发生故障不会修理。我说不是还有总工程师汪豪吗？他手下有个工程师团队，我让他兼任化工研究所所长，享受副总待遇。这般生产技术这块摆平了，留下销售与财务管理这一块。陈俊问我咋考虑？说这位置蛮重要的，军嫂可是跟着老爹走了呀？我故意问他有没有合适的人推荐？他摇了摇头说没有？我说没有就公开招聘。有钱还怕雇不到人才？其实我早想好这块由我暂时负责，或让玛丽兼管；民企与国企在管理上最大区别，就是把人钱物抓到手里。至于最重要的销售这块，我已想好另组由我任法人的销售公司，请回莲子姐担任总经理。如此构划，就彻底地把权力集中到我手里了。

企业转制后干部任免由董事会讨论，政府不好强加干涉。之所以请示陈俊，因为还有小额国资（包括银行贷款）没来得及撤走（斟酌一会儿没表态，要我与四眼哥和老爹再商量商量，我知他在打弹子，其实老爹用不着商量，他离开时我反复问过他，当执行董事长与总裁有人事与财务权吗？他说人事征询市政府，财务与菲菲商量，只要你上善若水心术正，把四千员工服侍好，不出幺蛾子我就放心了，用不着三天两头地打电话汇报。我都六十六岁了，说不定两脚一伸翘辫子，企业还不是你与员工的。是呀，老爹终于眼不见心不烦放心地交权于我了……至于四眼哥，我已掌握了他的命门，眼前在乎的是赵书记走后的位置，只要我配合他出政绩，企业怎样搞，他很少有精力顾及……

这就为我改朝换代提供了环境基础。其实从鄂尔多斯回来那日起，我就在谋划与盘算企业班子。企业都是由人做的，我要搞好星星草集团，得有一支自己指挥得动像模像样的队伍。只要建立起队伍又看得清市场，成功就指日可待了！大凡有能耐的企业家，平日坐坐酒馆茶楼不干正事，心里思谋的只有两桩事，一是钱越多越好，钱多能办大事。这基础是老爹为我打的。二是人，人用好了，老总就做甩手掌柜，喝茶唱歌吃饭与聊天积累人脉；这也是工作，而且是最重要的工作，像我们这些朝中无人莫做官、缺少人脉难发财的牛们，要抬头就得突出奇兵以奇制胜。否则，就会成为别人的填肚鸭……

分管财务与销售的副总人选，我心中早已留意，之所以没公开竞聘，是因为这两人都是星星草集团的有功之臣。我把这想法与玛丽交流，她听了我的话说：你看人眼光倒蛮准的，笨羊姐夫很合适的，在乡镇局就分管财务工作。爹以前就与我提过，说如果你姐夫不当局长了，来公司当副总裁兼财务总监倒蛮合适的。我问爹为何没落实呢？她说应有两个原因吧？一是姐夫历来办事循规蹈矩不贪恋钱财。对村联办厂支持够大的，初创时期不止一次地把全家生活费打到厂里，自己连房子都没买；爹外出躲债企业转不动了，他把购房款全数交给爹还债。现在爹有钱了把这钱算上利息还他；本金他拿回了，利息一分没要。这样的人现在已经很少有了，他来公司挺合适的。也许爹与他谈过这事而他没答应，认为组织培养他当了副局长不应该跳槽。我说这不可能，县级市的副局长至多是个正科级，他已五十出头上升空间不大，每月才拿一千多元工资，来这儿当副总年薪起码十几万元；他做人顶真总还认识钱吧？再说铃铛没上重点高中我听姐说想送她去国外镀金，仅凭夫妻俩的工资咋行？玛丽撇撇嘴道：你以为是你呀，都差点认人民币为爹娘了？你想想你到公司这么久，姐夫与姐花过公司的钱吗？当然，也有可能他愿意来，老爹怕别人说像我爹一样搞家族制退缩了；喊你回来也是众人着力，秀才哥都差点跪地求他。还有就是莲子姐，她的情况特殊，离开秀才哥加入日本籍。老爹最反感回汤豆腐干，何况她还给日本鬼子打着一份工；老爹用人讲人品，莲子姐与我关系不错；有能力做好这份工作。为此我曾向老爹提建议但他拒绝了。我说她的事我问过秀才哥，说与莲子姐分开是他的提议，与其两人一块儿沉沦，倒不如一人凫水逃生。莲子姐是入了日本籍，可她的心留在沿海。每次见我都问厂里的事；我想只要我们邀请，她一定会前来加盟……

玛丽问：你不怕别人说你任人唯亲搞家族制吗？我笑了：他阿娘大脚我就喜欢搞家族制。家族制有啥不好？香港潘氏不就是家族制，不任人唯亲拥有中坚力量，企业能有凝聚力吗？自星星草公司兼并沿海潘氏那天起，老爹是董事长，儿子是执行总裁，媳妇还是监事长，性质早就是家族制；其实世界许多大企业，都是家族制方式管理的。玛丽说改革开放是摸着石头过河，你可以这样做，却不能这样说；现实中有许多东西，都是能做不能说的。我怕引起副作用……

此事在我决定调整中层干部时发生了逆转，市委办打来电话说四眼哥要见我；我赶紧屁颠屁颠地跑过去。别人我可以任性，在他面前我还不敢。这不仅彼此有二十几年交情，而且是在现实中企业（尤其是民企）的命脉掌握在政府手里，就像是沧海一笑的卞小枫，尽管在外面风展云舒搞得轰轰烈烈，但在本地就吃不开；只有像我这般的油子，才在暗底下与她有着姐弟交情。在现实世界中，亲情在血淋淋的财富面前，早已显得微不足道。父子夫妇皆能反目，何况是一个没有血缘关系的人？我不敢在四眼哥面前放肆，因为他是沿海市的阿大，新近当了书记。书记是什么？不仅是县太爷的概念，全市一百万人口，还不包括来此混饭吃的几十万内地打工者，吃喝拉撒他全管；主要还是星星草集团许多可开发资源配给原料，都通过他的路子向石化总公司的陈副总（原化工部副司长陈元政）弄过来的；他放个屁，需要我们集团四千人掂量掂量。不掂量能行吗？不行的。我控制着这厂，他控制了我的思想与行动……

我进了他的办公室，他正旁若无人地打电话遥控指挥。这场面有些滑稽，他的半个屁股搁桌上晃动着两条长腿，脸涨得通红有一种泼妇骂街的味道。我装作随便的样子问：怎么？与人吵架呀……他撂下电话请我坐在沙发上，说有上好龙井请我品尝……我向他聊班子组阁与民选中层干部的理由。他摘下脸上的那副玳瑁眼镜，换上另一副金丝框眼镜，坐下看我带去的报告书。我笑问你现在咋备两副眼镜？他没好气抬抬头说：商女不知亡国恨……你年轻不知老的滋味，人过了五十精力就不如以前了，眼睛开始花了呗！接着，他看完报告书用锐利的眼光盯住我问：心急吃不了热汤圆？我可告诉你要沉住气的。我把我班子调整的理由重复一遍，说你说过的，机不可失，时不再来。许多被老爹耽搁了的事，我们要把时间夺回来。他点点头说我是这样说过，可你也得动脑子想想，现在市长尚无到位，弄不好上面又要派人过来，星星草已成为港城改革开放的一面旗帜；如果我深度介入万一惹出麻烦咋办？我说这是企业内部的事，与谁当市长有啥关系？他摇头说：我说幼稚你还不承认，政治上的事都是牵一发动全身的，你以为集团内部稳定了吗？如果发生五年前集体上访在市政府门口静坐示威那号事，我这市委书记就吃不了兜着走，现在可是稳定压倒一切。我有些不高兴，嘟哝着问：原先你可是支持的呀，现在搞得我上不上下不下的咋办？他说没咋办的，方案按旧执行，把你认为不顺眼的都换掉；做法可得向你老爹学习，文火炖猪蹄慢慢烹治收服人心，花三年时间全扫荡干净，包括你老爹送掉的员工股份收回转为彻底的家族公司。在四眼哥面前我永远有既生瑜，何生亮的感觉，我心里想的事他几乎全知道，而他却使我感到难以捉摸。我问眼下咋办？他说班子改了先稳定一段时期，中层民选与收回员工股的事先缓一缓。我正推荐陈俊当市长，待他位置稳定后配合你搞。他说这话时脸上隐露杀气，却语调平稳使人感觉到如拉家常一般。我点头道：收回员工股恐怕比班子改组还难？他说是有些难度，但你可以用扩大规模增资引入的办法，使天平一端比例加重压下去，另一端不就轻了翘起来了吗？再说还有年老职工提高转化养老保险办理退休呀；做企业你懂管理学，只有一头狮子带领一群绵羊才能取胜，如果带领一群狮子或一群狼，也许你这头雄狮还没来得及作战就已经以身殉职阵亡了。同志哥呀，他学着当年继爹糖拌糠的口吻（官场传统基因）道：现在形势发展很快，许多大企业都不是市场整垮的，而是内部管理跟不上。你有时间得去考个 MBA 啥的充实头脑？不能再像过去那套有枪就是草头王的做法了……见我耷拉下脑袋不吱声，他又安慰道：别急，待市政府配好市长你们好好商量，我当书记不管具体事儿……

3

星星草集团班子与中层民选大幅度调整，已是玛丽去世后的事了。在老爹离开一年半时间内，不知是老天爷的惩罚还是我福报未到，接连损失了三员大将。一是工作兢兢业业勤勤恳恳，最早归顺我们老黄牛队伍、配合老爹与我搞企业转制的裴隆庆，在车间主持技改项目时突发心脏病，送到医院就没气了，卒年五十有八。据医生告诉我们，他此前曾做过心脏搭桥手术。可惜为竞聘上岗（在企业这年龄最容易被组合掉）隐瞒了事实带病参与改革。裴隆庆是军人出身，参加过对越自卫反击战，与二愣子同父异母的哥饭淘箩在同一部队担任连长。战争结束在副营长岗位上转业至地方，在沿海潘氏当保卫科科长。老爹看中他的为人实在与工作干劲，以及在员工中的威望，破例从中层提拔进领导班子……

他的死使老爹很悲伤，特地赶来参加追悼会。会后恶狠狠地教训我说：以后再发生这类事我拿你是问？我想：天有不测风云，人有旦夕祸福。各人各命能怪我吗？可我没向老爹争辩，因为我知道那话的潜台词是：你是星星草集团的阿大，对员工来说是父母官，当然得对他们的饮食起居生老病死负责任。这也是老爹离开时再三向我关照的，说不管以后发生啥，我们当农民的诚恳待人，多做善举没错。玛丽支持他这观点，说在理论上，企业必须实行人性化的管理，使大家感觉到是一家人。

仅事隔一月，已与 149 卢益平谈妥由集团出资，以娱乐餐饮住宿为主体的高层次会员制沙龙，取名为 21 世纪名人会馆的项目负责人陈戈登（白脸书生大傻），气急吁吁地跑来报丧。说他老爹麻皮阿梁大概喝多了酒，在指挥会所工地上梁时跌下来摔死了。麻皮阿梁是星星草集团的执行董事，房地产公司的总经理，参与老爹的创业立下汗马功劳。他的死无疑使老爹更加悲伤，在我和大傻带着他的骨灰归葬陀头山时，老爹哭得趴倒在他的骨灰盒上良久不起，口口声声地喊着：麻皮阿梁，你死后我以后找谁掰手腕。后来他通知我停建21世纪名人会馆，我问他为何？他说是为这劳什子，把他折了进去不吉利。

但会馆已上马停不下来，何况还是与市文化局文化经营公司联营的项目。我虽答应却没停止此项目的建设，只是把由星星草集团主办变成为联营合办，由大傻戈登承包（我出资支持）去搞。搞高层次会员制沙龙的想法，是我几次去香港获得的灵感，为取得玛丽支持（我把在日本东京已涉足娱乐业的小苗苗让莲子姐与大傻弄了回来），我以大傻的名义另注册公司。这时我已与莲子姐在诸多问题上达成共识。农民欲抬头，必须有一种非常规的思维。她说：不管以后企业发展到何种程度，都必须在沿海建立一个高层次人员聚会的点。她说替日商搞销售钱赚到不少，但没有归宿感；沿海资源不少，如银行与房地产如果开发得好，就是企业稳固的增长点；就她的经验（出去这些年也算硬碰硬地见过世面）这是企业发展过程中必不可少的软实力；战后日本大企业都存在一个圈子，日本是一个缺乏资源的国家，现在都在海上造人工岛，靠的就是人脉软实力。莲子姐说：眼下关键不在于班子建设，而在于充分利用与市政府的关系，把周围的人脉资源先开发出来。我说这不是为四眼哥添堵吗？莲子姐摇头说不是添堵，而应该是帮他。政府资源又不是他个人的，可以你开发，也可以他开发；你开发好了，他的政绩也由此出来了，恐怕感谢你都来不及……

为此，我专门成立了综合开发部，在莲子姐没上任前由我挂帅，下设公关综合开发与企划三个部门。149卢益平的驿站茶馆是我跨行业收购的第一个分公司，他在城镇拆迁时为茶馆地块当钉子户，市政公司已开铲土机准备平掉，他带着一把菜刀去见四眼哥，说你当市长不是人民勤务员吗？咋只让你吃肉连汤都不留给我喝？四眼哥不孬种，见他带菜刀来就说你砍吧？我不喊人，我早想过此下场，在老同学前英勇就义也算死得其所。149还真砍。没砍四眼哥却把自己两手指头给砍了下来，说这份原拆原建报告不批，今天我就死在你的办公室里……这下四眼哥才慌了，赶紧签字把他送医院去……

我没想到麻皮阿梁会在建造会馆用房时失足摔下来……我问大傻：你爹晚上喝酒后干啥了？我知他海量一斤番薯烧只打底儿。大傻吞吞吐吐地说：老爹每晚上都安排活动，昨夜陪客户搓麻将听说输了几万。我问这话你没与公安说吧？他说他摔下来，我第一时间跑这儿没来得及说……蠢货，那就别说了，你老爹是为建设沿海人民的美好生活，一不怕苦二不怕死累的。见谁都这么说，懂吗？他翻翻白眼说懂了，你让咋说就咋说。

玛丽的癌瘤扩散报告出来时，我还在哈尔滨。干啥呢？其实我还是在帮于燕也帮沧海一笑的卞总开拓业务，只不过于燕不知道就是了。事后她埋怨我不顾假公主死活自个儿逍遥，实在是冤枉了我。于燕离开后与我没联系，却与玛丽保持着密切的关系。我原本想把她留在鄂尔多斯帮助沧海一笑管理转让的两个小煤矿，其实卞总也想留她；可是她走了。卞总告诉我说她对我动了真情，怕再见到我尴尬。她这般说我理解，因为我对她也有感情。男女相处许多事扯不清，有人共同生活一辈子熟视无睹，有人只接触一两回就一辈子惦记着。我与于燕就是这情况，她是不会装却使人认为极会装，又装得恰到好处的女孩；心里想啥就是啥？急了咬你打你都会……不像假公主玛丽这般会装不自然。于燕在我婚后去了香港潘氏工作（自然是玛丽介绍的），在那儿她待了三年多，才顺着我意愿找卞总当了她的总助。卞总挺喜欢收她当了干女儿。我去哈尔滨是卞总的安排，她要在那儿开分公司欲派于燕主管，而我恰好有熟人（省政府官员）可帮到她。我在东北与卞总待了约一个半月，主要还是考察市场。因为东北人在冬天懒得洗澡与洗涤，如果星星草化工的民用化工在那设销售总部，无疑具有很大的潜力……

但是，我接到杏儿姐加急电报告诉我玛丽的病情；说她不想让我知道，怕我分心影响工作；可姐认定要告诉我。我是她老公铁锤的爹。我回来玛丽已很憔悴了，躺在床上弱不禁风地拉着我的手连说：对不起了油嘴佬，我不能再陪你往前走了。我没想到她胸上这么一个小东西，后果竟会如此严重？安慰说不会的，现代医学很发达，许多疑难杂症都能治；你千万不要想不开……她说不是她想不开，是老天爷不准她再想开了……

就在我陪同她的最后日子里，她几次向我讲这样一个故事。故事的大意是：清朝末年上海郊区（那时还叫松江府）有陈姓兄弟俩，家境殷实广有田亩。当阿哥的乐善好施，饥荒年间不但不收租，还把陈谷施舍给穷人吃，在当地有陈善人之称；当阿弟的生性吝啬视财如命，还与官府勾结，灾年收不上租谷，遣公差抓捕吊打，私设公堂欠下人命，被人称为陈恶人。长毛（太平军）占领南京改朝换代，颁布《天朝田亩制度》，上海也闹起小刀会专找大户人家麻烦。陈善人被佃农好好保护了起来，陈恶人可就遭了厄运被小刀会抓起来要丢进黄浦江，临刑时大呼阿哥救我。众佃农把陈善人用高抬阁抬到江边诀别，面对滔滔江水他对兄弟说了这样一番话：兄弟呀，我也想救你可是来不及了；平时我就奉劝你，说钱财如水总是高处向低处流；要你向水学习拿钱粮施舍穷人你没听，如今终于要随钱财去了，为兄只能祝你一路平安转世做个善人……

我知她讲此故事是在规劝我，遵循老爹办厂定下的规矩不要走得太远。问她这故事是谁讲的？她说冯老先生与潘老夫人都向她讲过，老爹也知道。我问：你把这故事讲给我听有何深意？她说也没啥深意？就是告诉世人，人在做天在看。做人恶有恶报，善有善报；不是不报，时候一到，就全报了。我怔怔地问：你是说……她笑了笑说：其实我要说的话老爹已用行动做了；这些年我处处护着你是怕再失去你……我这人没用……你离开我这些年心里寂寞，连个说话的人都没有；后来总算碰到冯老先生与潘老夫人，感到这世界原来还充满着善良。我要走了啥事都不担心，企业在你管理下会年复一年好起来的；我要叮嘱你的只有一句话：善待老爹与给你财富的人，不要忘了帮助过你的穷人……

我突然想起于燕在哈尔滨与我见面时的反常，问：于燕去东北的事是你安排的吧？她有气无力地说：是的……我想让铁锤喊她为妈……

玛丽在生命的最后时刻，显出难有的清醒来，选择不再住医院病房等死，说那地方嘈杂，倒不如在家里清静些坚持要搬回来住；我拗不过她，就把她弄回家来。那些天晚上她回光返照地来了精神，把自己弄得香喷喷地坚持要与我做爱。这使我感到害怕，她是晚期癌症病人哪！她知我的心情，千方百计风情万种地搂我入怀，回忆种种美好的往事尽力挑逗着我的性趣。我心里很难受问她为何这样？她说：油嘴佬呀，你是饱汉不知饿汉饥；其实我一直在喜欢着你；尽管以前有着种种不愉快，那是我的性格孤僻与一意专行造成的……我其实只是想逼一逼你成才。像我俩这般的山里人，没背景没资源如果再没压力，这辈子只能待在山里做个平庸的人，而没有今天这般具有尊严的日子。我虽活得很累但已知足了，你原谅我好吗？我想这话应该是我说的呀？是我亏待而且辜负了你。如今从她嘴里说出，我心头便酸酸的，更不是个滋味……

也不知她哪来的力气，在床上恢复了我重回沿海时那种新鲜与刺激的劲头，把自己与我都折腾得死去活来。我哀求她说：不必了呀，公主，你如此折腾我心里会更觉得愧疚与难受……她安慰说别难受，该愧的是我不是你，以前我总觉得一辈子很长很长，心里总想着那些虚无缥缈的东西，把原本应该属于我的一份宁静给打破了；现在我很快就要离开你了，我想要知道你心里到底有没有我？我说当然有，没你，我现在能与你躺一张床上吗？我这般说着她就哭了，很委屈的哭，令人心碎的哭……我知道我对不起她，可惜已经来不及了。

可怜而可惜的玛丽，我俩之间的种种不快，都因为我们有着一颗要强、自卑而又脆弱的心；我们都太在乎自己的感受，而缺乏彼此的理解。我们都在抬头疾速行走着，来不及欣赏路两旁的婀娜风景；我们想着各自可以获取的目标，而忽视了原本可以拥有的那份平淡人生……

玛丽在辞世三天前，靠注射杜冷丁压抑肺部与肝部的剧疼，癌细胞已经扩散到她全身。她用尽最后的力气让自己平静下来，化上淡妆涂了指甲油，把手与脚伸给我看问美不美？我说美，很美。她笑了，笑得很悲凉却很满足……

4

在玛丽过七祭后，我开始大刀阔斧地行动了。现在我已没啥顾忌。老爹回村，作为监视者的玛丽已然离去，留下暂放在杏儿家的铁锤；一切都忧伤地自然地来临，又忧伤地自然地过去了。在此短短的几年里，我经历了包括娘在内的几位亲人死亡，觉得自己作为一个男人长大了或说成熟了。长大与成熟的标志是啥？就是作为男人得明白什么事该做，什么事不该做。

为实现抱负我很快调整经营方向，聘请市场策划大师包装产品。他问我往全国走还是在地方走？是走向世界还是走向底层？我说走向世界我暂时还没此雄心，往全国走是我多年的愿望。他说好呀，你知道"今年二十，明年十八"吗？这是我师傅邵隆图的杰作。我问：你是不是想来上一句"今年十八，明年十六"呀？他摇头说：你太小看我了吧？在我们这行当里，嚼别人嚼过的馍没意义，也体现不出我的价值。这样吧，你丢五千万在央视弄个标王啥的？我把最牛的年度十佳影视明星弄到你这儿海选，谁得奖，谁就是你星星草产品的代言人做形象宣传……我说五千万元你当我是土豪呀？他说：你说对了……我就为土豪出谋划策，你不是土豪我还不理你呢？这年头还真是胆大做皇帝，产品销售不在于质量，而在于包装与忽悠。我说我是民用产品，要走进千家万户的；明星脱离大众，如何宣传包装呢？他说这最好办了？让当红女星脱光衣服在浴缸泡澡洗涮涮洗涮涮，旁边打上星星草三个字，整体效果不就出来了吗？现代人买洗涮用品不看产品质量，只要无毒就行；人家看的是美，艺术之美，妙龄女子的纤纤玉体。看他得意忘形的模样，我傻傻地追问道：难道明星没有自尊心，她们肯脱吗？他大笑：脱一次瘪毛都没少一根，就一堆钱；现在有钱还有啥事办不成？你有性趣，一百万元我送到你房间来。再说，他忽然神秘地靠近我：那明星不脱装绿茶婊，办法多得是，我找个替身把她头像一放，不就省下几百万吗？

　　我虽没当场答应但心已被他说动，问他三千万元能不能做下来？他说当然可以，明星的档次会差一些，也就一线上的。星星草民用化工品以大众化洗涤用品做市场定位，单价低利润薄靠市场占有规模。国内同类产品很多，如果没有石破天惊的营销奇招就做不成市场规模。现我已聘请莲子姐与杰克担任副总，这样连先期聘用的二愣子与杂物贱，连同我与当顾问的回汤豆腐干原副总裁潘常来，六人组成经营决策班子。二愣子负责生产与杂物贱技术开发的分工没动，莲子姐负责营销与资源配置，杰克干啥呢？协助我行政管理与财务总监，这样我就可以相对超脱一些。杰克还没结婚，原来他还是个同志；这事玛丽向我坦白过。他拿了三百万元赔偿周游世界一趟，香港潘氏把他除名了（连周秘书说情都没用），詹姆斯可是讲法制的，与讲人治的冯老先生不属一个档次。三年后，杰克把钱花完回来向老爹要，周秘书没给想逼他浪子回头，但杰克既然出走回头断断不可能。于是就在维也纳发邮件给玛丽，玛丽怕我吃醋没理他；他又直接发邮件给我。我问他有啥可交换？他发来上千张风景照，有实拍还有航拍的，都是他游山玩水吃喝玩乐留下的凭证。别看他疯疯癫癫的心思没用在工作上，其实是个很不错的艺术家。那些照片后来我拿去给省摄影家协会行家看，他们都向我跷大拇指说是个人才。我汇钱过去时留了个心眼，说我是做企业的，这东西于我没有用，还不如订个君子协议回来协助我工作。他开始没答应，做企业不符合他秉性，后来没钱花就答应了。旅行归来没回香港直接到这儿报到。他是英国剑桥大学的工商管理学硕士，连深谙管理学自以为是的潘常来都喊他为师阿哥……

　　我把策划大师的方案拿到经理会上讨论。意见三比三。二愣子、杂物贱与潘常来显然是被三千万元的数字给吓坏了，会上连大气都不敢出，但莲子姐、杰克与我赞成。杰克说了一句很中国化的话：舍不得孩子套不住狼。钱这东西犹如潮涨潮落，只有大出才能大进。潘常来问他：既然你知这道理，以前当执行总裁时咋不实施？他说当时的体制关系似马非马似牛非牛，国资委香港潘氏都管，我十几元钱打一次出租车都得战战兢兢地交陈董批，怎敢做这项目？莲子姐也说：这事日本商家也这样做，我做代理知他们打市场靠前期宣传，常规的做法是有多大的胃口吃多少碗饭？羊毛出在羊身上，最后在销售中折回来，也就是杰克先生说的舍不得孩子套不住狼的道理。企业没钱可向银行贷款。从目前销售态势分析，我觉得这事应该办……

　　就如今眼光看脱缰的马儿会疯跑，因为没了拘束呀。当时我的脑子全被利益蒙住了眼睛，我明白我已成为端上桌的一盘菜，不能合众家口味必有自己的思路与做法；人处在这位置上退是退不回去的，只能咬着牙关上。我得考虑公司如何创利？在万马军中一枝独秀地取得辉煌，成为当地与四眼哥小白脸陈俊老爹与卞小枫这般的名人？如何使千百年来背朝青天脸向黄土辛勤耕耘的牛们，一劳永逸地摆脱贫困？这些想法现今看来很幼稚，因为传统的力量远比我强大；可在当年，我是在办公桌上用不粘胶贴着励志语录和名人警句，勉励自己不分昼夜干的呀！我眼前常会浮现出娘和玛丽的两双眼睛。这两位女人活着时，我没很好地侍候过她们；待到逝去我才觉察到爱的珍贵……

　　班子成员应是单数，就我的安排原留下个位置给笨羊姐夫，但他犹犹豫豫地没过来；还有就是于燕。玛丽没了我想到由她顶替，她现在沧海一笑当总裁助理，我正想法子把她弄过来。但这事也悬，玛丽逝去后她与我的情感也淡薄了；不过还有铁锤。她已向我打电话说要把铁锤给弄过去与她一起生活；不过这事老爹不会答应，我也不同意。铁锤现在杏儿姐那里生活得蛮好的，笨羊姐夫待他如亲生儿子一般；听说于燕为这事想与我打官司，没门，铁锤是玛丽的儿子，可他也是我的儿子呀！笨羊姐夫终于没到公司上班。老爹离开后我动员过多次，他开始有些犹豫，问我与老爹商量过没有？他为人谨慎像下海这般的大事，须认真考虑方能决定；我说爹早就有这意思，只是你没到五十岁还有提升机会就没勉强；说你这般的个性留在党政机关内比较合适，也像四眼哥一样弄个局长市长干干……爹其实没与我说过这些，但为动员他加盟我假传圣旨使用激将法。他后来没答应其中重要因素，就是他认准我会出事。姐也反对，说你姐夫要过去早过去了，不仅是爹不同意，他也不想过去，说现在公司好歹也弄出个样子来，他过去没啥忙能帮的，吃闲饭不甘心；如要管事又不懂业务。我说其实也没啥事儿可管，只要帮我管住钱就行了。姐说如果这样那就更不能过来了；难道你还不懂你姐夫这人比老爹还古板？性格固执，眼睛里掺不得一粒沙子，来了还不天天与你吵架？她这般说我就懂了，笨羊姐夫之所以是笨羊，就因为他眼里掺不得一粒沙子。姐进街道厂当副厂长也有十几年了，知道亲戚合一处工作不一定好；互相照料着和和气气一家人，合一处吵吵闹闹地伤感情，最后连亲戚都做不成。她说她征求了老爹的意见，我问爹咋说？她说爹的看法与我一样。只说大主意你们自己拿，他不反对不赞成也不参与……

我不明白老爹为何变得如此温和？也许他真老了想坐在海边观赏风景。

此策划方案在三个月后实施。现在星星草集团由我做主，老爹说过除董事会决策大政由他把关，余由我全权处理。

我这人有毛病，要不就不做事，做事就特疯狂。于燕说我平时嘻嘻哈哈的，真干起事来像个疯子。其实我心里也明白，就这点我像老爹，其他都不像。如果真有遗传基因，我更多地像娘……

班子建成后，我大刀阔斧地按照现代企业管理模式（经班子会议三上三下讨论）进行内部改革，采用自报家门、自定指标，庸者下能者上的形式，迅速掀起目标责任管理的狂飙，从老爹的人性化管理转化为制度化管理，实行中层民选调整，与车间与各科室十八名中层干部、与下属六个职能公司签订岗位责任制的承包协议。我原以为这般会得罪人，其实也就是四眼哥所担心的，再次酿发在市政府门口静坐罢工浪潮，影响他与小白脸陈俊这一茬干部的仕途；他心平气和地与我说：改革是要改的，可不能指望一口吃个胖子。这说法与他没当书记时大相径庭。但没有发生啥事。经过老爹与鸿年老师五年多时间的老三篇学习，与职能技术教育，人们仿佛突然间都想通了，风平浪静地接受了现实。

在此基础上，我趁麻皮阿梁意外亡故，把建筑公司成功地改造成房地产公司；并对智佬的花木公司、留在村里的锦纶化工分厂等重新组合，划分资产与经营范围，实行制度管理理顺关系。做企业是需要保障重点的，爹离开后我翻阅了集团公司的全部财务报告，得出了做民用化工只能维持生计而不能赚钱的结论。在这强食弱肉不进则退的现状下，为了保障集团的生存与发展，我必须有出奇制胜自我发展的招式，与时同进拓展新的经济增长点。为此我看准了搞房地产项目。为便于我直接控制，手里有捏得住的一块实行增值与再发出，我让鸿年老师当了法人。他开始不理解，说他都是退休伯伯了有国家发劳保给养着，还干啥实事儿？我告诉他集团主业化工这一块，只能薄利多销维持生计，集团五千多名员工（转制后新招了近千名合同工）能养活就是上上策。房地产是来钱的买卖，您老当法人我放心。他还犹豫着说怕干不了。我恳求他说：您干不了我自己干，您给我罩个门脸帮我做就是。这样他才接手下来……

5

搞企业得冒风险，尤其是掘得第一桶金时，领头人多多少少会做出一些剑走偏锋的事儿，充满着原罪与邪恶。星星草集团应是二次创业，同样会做出一些不合规范的事儿，这在理论上讲叫非常规运作。四眼哥开始是睁一眼闭一眼不想介入其内，怕我这不信邪的主对他造成威胁影响仕途；好在我把小白脸陈俊市长拉下马，用我的办法把他给拴住了。其实当官与搞企业一样靠跟对人，企业兼并后他与老爹搞得不很愉快，四眼哥把他弄到副市长位置上，现又攀着四眼哥路子当了市长，也算一路顺风升得够快的；为此他对四眼哥忠心耿耿言听计从。我向他汇报工作时常扯四眼哥旗号，说单书记咋说咋说的，反正他知我与四眼哥关系不会打电话问（问就傻了）。官场上的事官大半级压死人，现存制度下市长书记虽说平级，书记毕竟是阿大。

四眼哥后来忍不住，也参与了我搞的一些名堂。没办法，那时期企业搞资源整合，眼睛都盯在有形资产上，特别是批土地建房子，谁占领先机谁就坐大发展，人们都你争我夺红了眼，简直是白刀子进红刀子出，啥怪招都用上了；当老总的去医院一检查，人人可以进疯人院……不把四眼哥拖住，沿海这地儿就没了我的话语权，谁让他当初插队落户在我们村住我家，与老爹和我成为朋友？谁让他起用老爹当书记办企业，后来又为市政府撑面子挑担子兼并沿海潘氏？又是谁逼我交上亿营业税，为他当拆迁市长出政绩，以至于名副其实地混上一把手，我不拖住他又拖住谁呢？长长的青藤结瓜儿，他与我和老爹的关系，犹如《红楼梦》中描写的四大家族盘根错节，一荣俱荣一损俱损分不得彼此……

现在我手里小苗苗这张牌开始发挥作用，不过人家现在不叫芮小苗，叫内山丸子。没错，是日本人的名字，莲子姐与大傻戈登早就联系上她；这世界说大就大，中国与日本隔着个东海；说小也就小了，小苗苗赖在日本京都不肯回来，我就以断粮相威胁，她阿娘大脚的，不是因为阿爷老宝贝是我师傅，仅凭我心血来潮地玩几次就养她一辈子？日本帝国主义的花销也太大，留学读书还好说，不就是一个早稻田嘛，读公关专业花不了多少钱？在京都吃喝玩乐我可养不起。她是个胆大的女娃儿，没了家人就没了思想负担，干脆破罐子破摔，黄带看看裤带解解去夜店当了色情陪侍，没想到在京都混出个名气来，莲子姐与大傻戈登在日本时都是夜店的常客，在娱乐时就熟识她了，原因是两人日语都不行，小苗苗会来事，听到沿海口音便主动上前担任翻译……

大傻回国后替老子麻皮阿梁办事，他向我介绍她时我还不敢相信，世上竟有如此凑巧的事，不是冤家不聚头？当时玛丽还活着我就雪藏着没让她出山，玛丽走后莲子姐就把她喊来担任21世纪名人会馆的公关经理。那天她身穿和服青春靓丽谦恭有礼地出现在我面前时，我才算撞上了真神。我打肿脸充胖子开玩笑说：我打电话写信喊你回来，你咋都没回呢？她有礼有节地回答道：当时你在鄂尔多斯做煤黑子，我回来帮你挖煤呀？那地方好是好可惜风沙太大，姐我靠着一张脸庞吃饭，损坏了脸不就啥都没了。我说那你现在咋又回来了呢？她咯咯地浪笑着媚眼直抛着身边的戈登娇滴滴地说：还不是大傻告诉我，你这儿有钱可捞呗。姐吃一口青春饭，哪里好弄钱往哪里走呗。否则，人老珠黄的下半辈子谁养？

此为大实话，口气却难免轻狂。看她表演我知她入行已深，不由心中难受；我知自己负于她，抽个空儿找她，我问是不是我的原因，致使你变成这样？没想到她反问我：这样有何不妥吗？我说我也说不清楚。她说其实这没什么？你用你的脑子赚钱，我用我的身体赚钱……都是资源开发嘛；何况我俩都向政府交税，没啥贵贱高低之分。只不过我的钱起早摸黑的，赚得比你辛苦一些……好在我还年轻，以后找机会寻个安逸点的事儿做。我知她这般没心没肺的就为气我；可我对她又能有啥帮助呢？虽然玛丽没了于燕还没过来，与她破镜重圆那已经是不可能的事。我知这种在思维上的落差，短时期内是很难抹平的。就在那次她问我：你知妓女为何不与嫖客交朋友吗？我瞠目结舌不知如何作答。她立即笑得花枝乱颤地弯下腰去，我问她笑啥？她招手让我近前说我告诉你吧？那是妓女怕动感情，嫖客不付钱就被白白嫖了。我问她与大傻什么关系？她说臭鱼烂虾各有所爱，他又不与你一样想担负社会责任？噢，对了，他在床上的功夫可比你到位……

　　21 世纪名人会馆开张后，开始生意也不是很好；这怪不得别人，是我的人脉关系尚不健全。世间任何事情都有个过程，就如老爹兼并沿海潘氏开始不是一头糟吗？当时谁都不看好，说农民占领上层建筑担任经济发展的主力军，不就是搞"文革"那套吗？但通过五年多的磨合，我们不但站稳了脚跟，还吆五喝六地成了人上人。我对小苗苗的担心不是她个体能力，她阿娘大脚的足够风骚了；我怕她这领头妈咪（公关经理）完不成如此艰巨的任务。我与莲子姐、149 卢益平与大傻戈登筹划时，21 世纪封闭式会所玩概念，其实是集团公司对外的窗口；接待高端客户与官员暗箱操作运作资源，管理者需要有一定档次。大傻显然不行，考重点高中数学只考三分，麻皮阿梁无奈之中才让莲子姐带去日本上了五年大学，连日语都没学好，买一张地毯文凭回来交差。让他协助 149 搞管理，我是看在他爹跟我老爹创业劳苦功高的份儿上。小苗苗在我这儿这么浪，能管理从内地高价招来的三十名服务员。这种场合一失分寸就变成妓院。为此我问莲子姐与董事长 149 行不行呀？他俩笑得开心，异口同声地说她在京都受过训练，是色情行内的百变娇娃。在你这儿浪是因为还当自己是小苗苗哩，进入角色就变成人见人爱清纯宜人的学生娃了。还说是男人，都招架不住她这一套。不信你可以试试……

　　我当然没试。会所还没开业在办礼节培训班，小苗苗理所当然地当了教员。后来事实证明她果然不负众望，从会所开张至被查封勒令整改短短两年间，她带领的红粉杀手公关团队，主动出击与守株待兔兼顾，一举拿下二十几名当地官员，使他们拜倒在她的石榴裙下，并配合莲子姐的营销团队，在北京上海打出星星草品牌，为集团产业的华丽转型与暗箱洗牌立下汗马功劳……

　　莲子姐还为她率领的红粉杀手们，争取到省、市、县三级政府与工青妇部门授予的三八红旗手奖牌；但我知道其中充满着邪恶……社会也真乱了套，我歪打正着尝到了无序操作的甜头。如果，我说是如果，能让我如此无序操作十年八年，就是五年也行，我就能做成国内一流的公司，向老爹交出人生的答卷。

我没给四眼哥惹祸，使企业走出困境。然而好景不长，随着星星草集团横冲直撞地发展，四眼哥也由此功德圆满，满足他的夙愿擢升为港城市副市长，中央、省纪委盯上了我们。是啊，这咋行呢？不就搞着搞着返回到旧社会去了？这儿不是香港台湾还搞红灯区？我当机立断地遣散会所由军嫂接管剩余资产，改造为宾馆；但已经来不及了，随着纪委监察组调查深入，四眼哥小白脸陈俊与许多帮助过集团公司的政府官员，大多被请去喝茶了……

老爹进城来找我咆哮：油嘴佬，罪过呀，都是你短命歪坯子做下的孽……

我讷讷分辩说：苍蝇不叮无缝的蛋！您老人家不是说过搞企业，男儿膝下无黄金？谁对你都是一尊神。我不伺候好他们能如此卖命出力吗……可是，你这是做的啥事呢？他伤心地萎缩在办公室那把硬木椅上哭了，眼泪成串地掉了下来；现在，我感觉到他真是衰老了，满脸皱褶连头颈上都是皱纹……

老爹呀老爹，您说过若要好，大做小。男儿膝下无黄金……您这辈子没做到，因为您有骨头。我可是尝试着做了……可是谁，把我的膝盖骨给抽去了？

高晓敏：疯了，没有明天的赌博

1

人生如梦，身置梦中不觉梦；还以为这梦可以天长日久地做下去。待到醒来，才知梦境如此荒谬，徒留下无穷的惆怅与茫然。

思明进去那年，我已由电视台调到市纪委当副书记；这应是组织上早确定也是我所希望得到的岗位。但由于思明在当地任书记，我须异地任职，由于安安忙着高考（她可是复读两年了）搁下了。直至他被确定到港城市当副市长，我不愿意随他一起调动，组织上才任命我为沿海市纪委副书记。我当然没想到，他才上任半年就因为沿海班子腐败案事发，与现任书记陈俊一起被隔离审查。而我，也就回避接受调查，离职在家休养了一年余……

我当纪委副书记算是提拔。电视台台长在别人的眼里是个不错的岗位。我们那届毕业的中文系女生大多当了教师；我算是在她们中出类拔萃了。以前我总认为自己有能耐，辉煌前程是自己拼出来的；现在看来特幼稚，没有老爹老娘打下的基础，与思明后来的位置，我算是哪根葱？可当初我并不明白，感到电视台工作紧张，每天在俗事纠缠中忙忙碌碌，说的话干的事看的稿子，都是套话废话。也不知咋的，女人上了四十岁，从政欲望特别强烈；我总是嫌台长官小，渴望自己的权欲得到满足与发挥。这事思明倒是劝过我，也许当时他心里就有鬼，反感监察吏的职位。说如果活动不了，就别再活动了；当台长有的是抛头露脸的机会。可惜我没听进去。在家庭日常生活中我总批评他办事一根筋；其实我自己，何尝不也是一根筋？

二十几年前，我娘当过这儿的纪委书记；退休后口碑不错，还记得她办事认真替百姓说话的诸多好处。在她心目中这岗位是神圣的，鼓动我向这方面发展。说女人搞行政特别是抓经济上第一线太累，倒不如在后方搞纪检工作轻松一些。爹与她退休后活得轻松，基本上脱离与政坛是是非非的联系。老上级伍副省长在北京搞新四军研究会，缺少人手喊他俩过去。娘倒是有些动心，说可为安安上大学打个基础；爹却不愿意，说那么多年了你还没把世事看淡吗？现在人与人的关系已不像我们当年那般单纯，到了年纪该放下就得放下，儿孙自有儿孙福，我俩退休工资够吃够喝的；趁还能玩得动发展个业余爱好，活得长命比啥都强。

爹这样说也这样做。他喜欢摄影与钓鱼，与娘一起双双踩着自行车，每天背着照相机与钓鱼竿山边湖畔地到处走。这不，爹都八十多了娘也快八十岁，两老都脚轻手健无病无灾地活个潇洒……

现在看来爹的话是对的；老天爷很公平，要的越多结局也就越惨；可惜是世人大多不懂此道理。思明当然更不懂，懂还会进去坐班房吗？人生只有经历过世事沧桑，才明白要与不要、放下与放不下的道理。

当然那时我也不懂。现在微信朋友圈里，经常有家"有一个好女人，可以滋养三代"的心灵鸡汤发过来。如果能像古代女人那般贤惠就不那么作了，思明也许不会进去。我的毛病就是度量小，遇事爱与别人比较；特别是权与利这些事上，别家有什么我们也得有，争做沿海第一夫人的名头。其实有时候我是无意识的，只图个嘴上痛快把想象当作了现实，做过算了并不一定非得兑现，这样就给思明增添了麻烦。现在回想起来，他犯罪有我的因素。如我看到别家的孩子出国留学，非把安安也送去澳大利亚不可，否则，我这第一夫人就脸上无光。当然主要还是他的原因……人在那位置上没几个人能想得通？他那时已放下我与安安不管了，心里只想着当官提拔与寻欢作乐，把我爹与他爹当年的廉政教育当作耳边风。有些事我现今还感到奇怪，他应该不是学表演专业出身，咋演得那么真实？我作，只图个小恩小惠与职务升迁（那时私欲膨胀不明白自己是谁）；而他玩真的，舔着共产党的虎头龙铡玩人生？人们说：十个官员九个贪，洪洞县里无好人。他承认是权力斗争的牺牲品，却不认搞腐败；在我探监时说：我对不起你与安安，因为我心里有了别的女人，却不对党与政府心中有愧；虽然我在沿海百姓中已被传得青面獠牙狗屁不如；但我问心无愧，没有我在那特殊时期变着法儿向上层掌权者要来资源与政策，沿海能有如今的发展吗？

我说：狗屁，党与政府让你拿钱为内山丸子与洋狐狸在加拿大与澳大利亚买房子吗？他唯唯诺诺地点头惋惜道：这是我的失策，我不知道女人的物欲比男人还强烈……我说又是低智商屁话，女人不是人呀？亏你还读过历史？周幽王与妲己、唐玄宗与杨玉环、宋徽宗与李师师，哪个不是为女人而亡国？

至今想来，思明走进人生的死胡同有诸多因素，譬如放松思想改造啦、生活贪图享乐啦、失去组织监督（尤其当书记后）啦，等等。我认为主要还是他在这些年中，失去了对理想的敬畏之心，个人欲望膨胀乃至无法无天。其实人活着是需要有畏惧感的，没有畏惧就失去自我监管。这些在他被中央与省纪委请去喝茶时，大多交代过。尽管他是为交代而交代，到判刑心里还不服。我清楚地记得刑庭宣判时我坐旁听席上，他一下无厘头地掀起囚衣大呼冤枉，那身上有被电线条抽打的痕迹。是呀，他没认罪……但法庭出示的旁证材料却证据确凿岂容抵赖？

他是一个内心狂妄的人。娘说过在那年代当过红卫兵头头的人，对这世界已然没有了敬畏感，啥事都能干出来。娘说人是需要有崇拜与信仰的。共产党自革命那日起，就是从五四反传统中走过来的，陈独秀、李大钊，哪个不是反传统斗士？一个民族如果失去敬畏精神，就会走进狭窄的现实享乐主义。爹反对她的说法，说你这套是唯心主义者嘛，毛泽东从井冈山开始就提倡艰苦奋斗精神，解放初期镇压了刘青山、张子善……思明那事儿是平时不抓紧思想改造的恶果。我们党有八千万党员哩，如果都像他这样，董存瑞、黄继光们的鲜血岂不就白流了吗？

我更愿信娘的话。她说干部队伍中享乐主义的苗头早就出现了，她干纪委工作时没认真查基层干部，是因为当书记的爹怕影响大家干四化的积极性，像老母鸡孵小鸡似的护着。纪委也没力量深入地查；如果查范围广了，谁替你当书记的打工呀？仅凭你书记廉洁能单枪匹马地完成中央奔四化目标吗？爹与娘，一个当书记，一个搞纪委工作；看问题角度不同理解也就不同。

思明犯罪是被他的狂妄害了。他总是老子天下第一，不注意协调方方面面的关系。可我这不长眼的当年就被他目中无人给吸引了；首次见面爹带我到他家吃饺子，爹当然与他的继爹聊工作，他俩一个书记，一个县长，平时见面都有聊不完的话题，就像两台安装了芯片的笔记本电脑。我与他聊大学读书的事儿，大都是我讲他听……我发觉他那么心不在焉目光游离，脸上出现一种不耐烦的表情，好像我是一个不懂事的小屁孩，对他是个累赘似的。次日他要回村（工作组副组长），我买了一袋包子屁颠屁颠地跑到长途车站送他（真不要脸），他还是那种不屑一顾的目光，透视出冷酷与漠然，接受了包子理所当然地张口就咬，连一句感谢的话都没有。

安安长大后，对我夫妇俩不同的性格不同的生活规律深感好奇，询问我为何与他走到一起？这在思明没出事前属我母女俩的私房话，我想了好久才回答，说其实女人都有奴性，别看娘表面上张牙舞爪不可一世，潜意识里却渴望比自己强的男人保护。她问：你爱他吗？我说没想过爱不爱只是被他吸引……可能你外婆把我从小娇生惯养，从小学到大学身边都有男孩子献殷切，见惯太多的娘娘腔，见面就被他的气质给吸引了……安安瞪大那对浑圆的黑眼珠皱起眉头又问：婚后你是否感到幸福？我摇头道：你爹使我在场面上挣了面子，但在家庭中他却是个不称职的丈夫。

我没有向安安讲过邵素芳的事儿，当时思明对我冷落，很大原因是他经历过邵素芳。但安安，不必知道这些。后来，邵廷祯与杨氏共同生活了有十几年，精神病至死也没愈痊，杨氏一直把他当丈夫一般服侍着，最后，唐英说她娘也是一个精神病！

思明在内山丸子还没出现时，就已开始堕落。那时他的目标是洋狐狸，喝酒总把她带在身边。杨曼丽是机关管理科公务员，是思明给引进的人才。她出身低贱，幼年就没了爹，由娘（回乡知青）在山里种蘑菇养大。关于她爹有两种说法，一种是丢下她母女去外面打工，时间一长另成了家；这是杨曼丽同学说的。还有一种说法是杨曼丽讲的，她爹是村里有名的酒鬼，有一次喝醉酒回家时掉下溪坑死了。究竟哪种说法更合事实，没人去调查过。那地方是省内著名的贫困地区，我们电视台在搞扶贫结对子活动时去过，都是成片成片的山疙瘩，种不成水稻与粮食，出产毛笋与松菇；由于交通不便物价低廉，鸡蛋两元钱一大篮，母鸡才一块五一只。我出差回来带回好几只杀好的母鸡，给赵书记与思明的同事送去，他们都说比沿海的三黄鸡要好吃多了。

杨曼丽家虽穷却从小培养她读书，这是可以理解的；她说她娘是"文革"前老三届初中生，在当地算是有文化的人。她毕业于省旅游学院公关专业，她说自己是硬碰硬考上的，但她那同学（省电视台的旅游记者）在我们搞杨梅节时来过，却说她高考没上分数线，能上旅游学院是因为从小能歌善舞，得过华东地区山歌对唱大奖加分才破格录取。旅游学院学制三年，思明带队招聘人才时她还没毕业，晚上跑他住的宾馆面试后才带回来。思明出事后，专案组向我调查，说她以色诱惑拉他下水混入公务员队伍。这应该是搞错了，当时我就在思明身边（电视台也招聘播音员），真实情况是她在房间里唱了一首畲族山歌，思明问她除了唱歌，还有何特长？她说她遗传了家族基因，能喝一斤六十度白酒面不改色心不跳。思明当时正为身边没陪酒的人闹心；那年头政府招商引资都要拼酒量，感情深，一口闷；感情浅，舔一舔。还有财大气粗的老板在酒桌上扬言：一碗酒，出资十万。思明酒量差好胜心强，遇有人代酒特兴奋；听说她会喝酒，就拿出身边别人送他的山西汾酒当场测试。我当时担心没准小丫头吹牛皮，喝出事来可担负不起。没想到她连眉头都没皱一下，一瓶白酒就这般仰起脖子咕噜咕噜地灌下去，抹抹嘴唇问：可以喝水吗？思明说当然可以。她喝过水又唱了几首山歌，思明就让她回去等通知了……

思明与她真有事发生在两年后她转正时。那时洋狐狸已修成正果，大大小小远远近近的招商公关宴会，使她美女酒仙声名远播，成为市政府的一张名片。但是科长老魏对她不咋的？据思明说因为老魏想老牛啃嫩草杨曼丽没答应，就玩阴的说她生活作风有问题不给转正。洋狐狸在沿海没根底，哭哭啼啼地跑到我家里来，思明听说后就向老魏打了电话，结果杨曼丽的转正定级事儿解决了，思明的麻烦事也就来了。老魏通过鸿发大酒店电工组长的关系，把杨曼丽与思明醉卧鸳鸯双宿双栖的淫秽录像拍了下来，一份拿给赵书记一份用快递寄我这儿。当时组织上正考核思明接替市长，看到这录像后我就问他咋回事？他倒老实说常在河边走怎能不湿鞋？他与她是有过一回，两人都喝醉了也不知咋被人弄床上去了。我心中不快，遇到这样的事，没一个女人心中会愉快，但为了他的前程，我跑去向赵书记陈述。赵书记倒开通，说领导干部的生活作风问题，只要家属不闹本人深刻认识错误，组织上不予追究。事后果然没有追究，但我却长了一个心眼，凡有活动就跟着他。他当然不耐烦，说他也算是个领导百万群众的县太爷，连这点自由都没有？我说自由是相对的，对你这样没自律的人就得加强监督。

他俩的感情保留了很长时间，还让我抓住过现行……洋狐狸执迷不悟地好似喝了孟婆汤，为他信口开河的一句话，跑去韩国整容割眼皮隆鼻子，真以为可与他天长日久，连男朋友都没找甘心当小三。我抓住现行后心平气和地与她说：你俩真想好我可以让位，只要思明写下来与你结婚，我明天就去法院离婚……我这做法，等于宣告他官运结束，因为赵书记说过影响家庭组织上出面干涉。我还认真征求了安安意见。她的态度比我还坚决，说爱情不在了，何必要勉强披着婚姻的外衣？我算准思明不敢写，他的欲望太过强烈，吃着碗里的看着桌上的，婚姻家庭要情人也要……当然，他更需要的是政治上的位置。没位置洋狐狸会存心跟你这糟老头子耍宝，你以为她是救苦救难的活观音呀？

被抓过现行后，洋狐狸调动工作去了家乡旅游局，两人算是正式分开了。是不是还藕断丝连？以后我就不得而知。

2

就普通女人来说，思明算是个好丈夫；每次到外面出差或旅游，总捎上一件或两件我平时叨念着想要的礼物。每次带回礼物来他总是悄悄地藏着，夜深人静时变戏法似的突然拿出来给我一个惊喜。这时候我就变得似少女般开心，会絮絮叨叨地讲一些傻话，譬如问他是否还爱我之类？他说只要你不当着别人的面骂我，我就爱你。我问包括安安吗？他说当然，你当着她的面，像训斥儿子一般地骂我，我就会觉得特没面子。我说我有这么粗暴吗？他说有些事，你自己不知道；你的脾气已变得越来越差，有时候我下班真不想回家来。我说既然我这么可怕，那你为啥还买东西送我？他想了想道：一日夫妻百日恩；既然我俩今世有缘，就得平平安安地维持着过。

是啊，虽然我自认为不是普通的女人，我有我的婚姻观与理想；但我也想这么维持着平平安安地过。当初我追求他成立家庭，不就指望一份甜蜜温馨与安静的生活，而作为人生理想扬帆的基地吗？当婚姻最初的激情过后，生活就会变成无可挽回的平凡。在结婚最初几年中，我在八小时工作外，每天回家料理家庭琐事，买菜烧饭洗衣服擦地板等等。我多么想做个好女人，这些都是我婚前没做过的事，我总想着在做好本职工作的同时，使自己成为一个上得厅堂下得厨房的贤惠女人；这是家教所开出的绚丽花朵，我娘江姗就是榜样；除了做好她那份工作，这辈子就这般忙忙碌碌尽职尽守地伺候我爹，在碗碟盘盏的交响乐中展开她起伏而又浪漫的人生；就是在"文革"失序的那些年，她都没让爹洗过一次衣服烧过一次饭，尽量做到使丈夫与女儿活得有序而且开心。虽然有时候我仍抑制不了自己的情绪，发作公主的刁蛮脾气（思明冠以的名词）对他河东狮吼；那是我已经忍无可忍，因为他总是蓄意破坏我的劳动成果，伤到了我能容忍的底线。如他总是不讲卫生忘记冲洗卫生间和乱掷东西，忘记我规定在阳台抽烟的习惯，当着客人面吃饭聊天时大大咧咧地像农民一般挖鼻屎与抠脚丫，还有，他当市长与书记后参加重要活动时，不注意着装整洁。

关于着装整洁的事，我俩争执过许多次；就他的观念说，男人穿着随便大大咧咧是一种风度。我说你现在是县太爷，又不是过去插队落户时的知青，出去代表一个城市的形象。我这般说他就会跳起来：农民咋啦？别以为你吃上三餐饱饭就把自己当贵族看？查你祖宗三代还不就是一个农民？我这市长要深入基层联系群众，就得有农民的腔调……我尽量压制住心头的情绪，说就算你要联系群众，打扮得整洁一些总不会有错。你出去窝窝囊囊的，人家不会当面批评你，埋怨你没好太太失了我的面子。他不以为然地反驳说：面子能当饭吃？我活到五十岁又不是幼儿班小朋友，穿啥衣服都得你管？他还有个坏习惯，不喜欢换内衣与袜子；只要他在家屋里就弥漫着那股浓浓的脚臭味。我提醒埋怨说：家里有洗衣机，又不要你动手洗，为啥不每天换洗内衣与袜子？说多了他就不高兴，回击说：你如果感到不习惯我俩就分床睡；我都五十岁了，知道安排自己的生活。

他是那种理想型的男人，总在追求生活中的浪漫而忘记人是需要有约束的；一直嫌我啰唆管得太多。在家里只有一些特殊的日子，他才对我言听计从。例如每年我生日与结婚纪念日，后来还有安安的生日那天，他就会变得特别温柔，提前一晚捧着一束鲜花或纪念品来到我的房间，有时也在客厅里全家坐在一起，与我和安安商量如何摆酒设宴？什么规格与上什么菜？邀请什么客人？唠唠叨叨地像碎嘴的婆子。这时候我与安安就感到特别幸福与温馨。对一个女人来说，生活就是油盐酱醋米，还有什么比男人在乎你更心满意足的事？虽然我仍搭起架子数落说：婚姻与家庭不在乎场面，只要平时珍惜我与安安就行了。他说那怎么行？一年难得有这么一天，平时我没时间正好趁这日子弥补弥补。这时我感到时光的倒流心头充满温暖，我俩的婚姻没有因为时间逝去而褪色；一切的一切，由他这番热乎乎的表达弥补了。虽然他平时更多的时间并不在乎我，无视我的存在与劳动，回家一张报纸一杯茶；后来还玩网络游戏。他对安安也是这样，从不关心她的学习与生活，只在乎他自己的享乐，把家庭当作旅舍与餐厅……我理解于他来说，家庭就是休闲的地方；可心里总是隐隐地感到不快。在这些愉快的日子中，我们全家会交换一些意见，往往是我与安安发言他仔细倾听。就是这种倾听，使我相信他还在爱着我，他还是安安的父亲……

关于婚姻的平凡，娘在我结婚前曾有警告，说：小敏呀，这不是小事，你得想清楚；如果你只是委曲求全要一段婚姻与家庭我答应你。婚后你要有足够的耐心，才能夫贵妻荣地度过一生。如果你要事业，这般的男人对你并不合适。因为两个急速旋转的陀螺碰撞在一起，势必都转不成了。我问：难道就没有像你与爹一样，工作与婚姻两不误地达到一种人生境界？娘苦涩地笑一笑：这是因为你没有涉身其中，只看到面子而没深涉其内。就像如今你爹与思明正下功夫改造的那些国营企业，捂上羊毛地毯光鲜高贵，掀起地毯来下面窝藏着许多蟑螂与臭虫；我与你爹的婚姻外人认为是美满的，作为套中人只有冷暖自知了。我问：有没有一种方式，可在婚姻保鲜基础上使两人事业个个发展？娘说：也许有，这需要对方的宽容与忍耐。可思明不是这样的人！他的欲望太强烈，忍耐力没你爹这般好。女人哪，在婚姻中需要有浪漫与宽容作为基肥浇灌；你爹没有浪漫却有宽容；而他刚好相反，有的是浪漫却没有宽容与责任心。

如果说思明有变坏的迹象，那么二十几年前，他已开始对自己与家庭不负责任。那时我由于收获了安安，沉浸在初为人母的喜悦与忙碌中而对他放松了警惕；其实婚姻是需要女人长年经营的。男人，不管年轻还是年长，都需要女人的关爱与照料。那时电视台刚筹建，白天我在单位精疲力竭，回家安安又闹；她闹因为我不懂得哺养，奶水不够从澳大利亚捎来奶粉。保姆菲菲也不懂，一哭就给她冲奶粉喝，结果长年拉稀人瘦得像小毛猴似的，晚上又哭又闹地弄得全家都睡不好觉。因为白天工作忙我与他分床睡。当时的房子比较紧张只有两间卧室。主卧我与安安，客卧较小就给了菲菲。他睡在客厅里，卫生间与客厅连一起；我与菲菲冲凉起夜，都要经过客厅很不方便。思明那时候还没当副市长，晚上经常不回来睡觉。

这可以理解，那时客厅也没有空调，夏天睡沙发上够热的。男人没女人耐得住寂寞，他不回家就与那些狐朋狗友去喝啤酒，在外面玩玩也可以理解。问题是他回家睡觉时，表现得不够老实；我长时间没与他同床，他就对菲菲有非分之想。这不是说菲菲不安分，是他的思想意识差。有一天晚上，我服侍安安睡下，想到客厅里与他说一件事，发现他蹲在卫生间门口偷看菲菲洗澡。我问他干啥？他支支吾吾地涨红着脸答不上来；这使我看不起他，你好坏也是个有家室的男人，还是政府公务员，思想咋如此龌龊与肮脏？使我联想到他当市长后的行为。

思明出事许多人都不理解，说他平素在单位里，与女同事开个玩笑都脸红；咋一下子真刀真枪地干了那么多？我说他是装的，不叫的狗才会咬人；别看他会上做报告讲廉政法治头头是道。说我们的同志呀，现在生活待遇不错，比老一代县太爷强多了；出门公车吃喝报销要钱干啥呢？至于养小蜜，我们的时代已经过去，年过五十心有余而力不足呀……他就是个两面派嘛，打着胰岛素吃着伟哥上战场；心态年轻着哩，看到漂亮女人双眼发直，把她们当作牲口与玩物……

他出事前我问过玛丽，那时她已住院躺病床上了。我问当年的思明对她有没有非分之想？她脸孔红红地说：事儿是没有，但四眼哥有个毛病，真真假假地喜欢动荤口开玩笑；他爱在我面前暴露身体，那时你俩不是分床睡吗？他大概熬不住寂寞，开始我认为是偶然疏忽；譬如他洗澡冲凉时会忘记带内衣，喊我递进去光身子开门；几次下来我方知他是故意的。我问：他没对你动手动脚吧？她说有过一次，你上夜班他把我拉进你的房间动粗……我急中生智掐了安安一把，安安大哭起来他就清醒了……

果然是冰冻三尺，非一日之寒呀。

俗话说：可恨之人必有可恶之处，但思明却让人恨不起来。他进去后我下决心离婚，探监时提出这要求；我原以为他经受不住如此打击，一个男人，前途没了，家庭毁了，也就一无所有。我说：原谅我……我无法面对如此落差。他苦涩地一笑道：我知你好面子，此事是我辜负你无法重新开始；这样吧，家里房子存款都归你，我净身出户……我问：你同意了？他说当然同意！我坐牢因为我犯罪，你与安安是无故的；只要你俩活得好，我就心中无愧。

几天后，我收到了他的离婚协议书……

事到临头，我与安安翻悔了。安安开始鼓励我离婚，在她这年龄爱情至高无上，思明的背叛无疑对她是一次沉重的打击。但后来她变卦了，埋怨我简直愚蠢。我问她：我怎么愚蠢了呢？她说你好歹是个大学毕业生，这样做有意义吗？你连自己的老公都管不住，人家怎么看？我强词夺理地说：老公是我管的吗？他是党的干部，由组织管。安安说：那是社会身份，他在外面当市长当书记是属组织上管；在家里是丈夫是父亲属于你与我管。我说：你不是也没管住吗？她冷笑道：他在外面养女人也属我管吗？你俩离婚，他不是丈夫了却还是我爹。以前我是市长千金，现在成了腐败分子的阿囡。我说离婚后，我们不是可以重新开始吗？反正你也长大了。她拼命摇头：重新开始？你能抹掉过去的痕迹吗？我，更不行……那种流淌在血液里的基因去得掉吗？

问题回到原处。离婚只是形式心里留着疮疤，又何能重新开始？安安无论去哪儿都是他的女儿？婚能离，亲情无法割离……

爹和娘在这段伤心的时光里及时指了路。娘问我：小敏，这老公是你自己选的吧？我点头当然是我选择的。娘当时就提出没敬畏感的男人不可靠；可我鬼迷心窍非他不嫁，没想到有了安安就不是两个人的事了？娘又问：思明在你身边这么多年，他犯错误你就没责任吗？我强调说他啥事都瞒着我做，坦承我有责任只是不理解他为何要背叛我？娘说对我说，背叛与不背叛都是相对的；如果两人心灵相通心心相印，他能背叛你吗？

爹做出总结性发言，明确表态不同意离婚。他说婚姻是一种责任，思明犯罪一个巴掌拍不响。在这个显得无序的社会状态中，男人摔跤并不可怕；怕的是屡教不改。就像战争年代有人负伤有人掉队，作为亲人不能丢下伤病员不管。婚姻是责任，他失去责任罪有应得；我要问的是：在过去的二十几年中，你有没有坚守住婚姻的责任呢？

他这么说，我就无言以对；是呀，婚姻除了相互倚靠，还有责任所在。

3

思明对沿海市改革开放做出过很大贡献，这是他在狱中引以自豪并坚守的底线。他曾对我说过：历史会证明我是个能人却不是贤人；我的道德品质可圈可点，但我对沿海做出的贡献人们是抹杀不了的……

思明在沿海当书记的两年中，除确定罪名向上面跑官与行贿（这是他在我耳边常念叨的大事，年过五十五岁到不了厅级，这辈子就算是白干了），还做过一件大事，就是别出心裁地反庸政，罢免与撤换了一大批在岗位不犯错不干事的干部。这是得罪人的活儿，没一个市委书记真下决心这么干？除非是个疯子；但他就这么干了，在市三级干部会上叫嚣说：饭吃三碗，百事不管。你们拿着纳税人给的工资，扪心自问感不感到汗颜？他向来做事雷厉风行，而且不讲情面，甚至连他最好的朋友市乡镇企业管理局副局长杨小勇也给撤了。原因是他让他绕过即将退休的局长，搞个新形势下乡镇民企克服资源瓶颈、进行二次创业再次飞跃的方案，而杨小勇支支吾吾地强调客观原因，三个月拿不出一个方案来；他一怒之下从外地重金招聘来一个人才顶替，让他提前当了调研员。

他这么干，当然有人支持；可我老爹觉得不妥知道会出事。提醒说：思明呀，万丈高楼平地起，你想办事是好事，但得有个群众基础。这干部队伍的事急是急不得的；现在上面提倡抓廉政你却搞反庸政，是不是有些隔靴抓痒了？但他却听不进去我行我素地说：当官无所作为，就是最大的腐败。这般干短期内出了政绩，还真得到了他所想的厅级待遇，第三年就被提拔为港城市政府的秘书长，也就三个月被任命为副市长，与比他早提拔三年的赵刚峰副市长平起平坐。

可惜好景不长，2006 年 2 月 12 日下午，刚在沿海度过春节，由沿海新任书记陈俊陪同视察政府机关，两人同时被省纪委与反贪局宣布双规带走时，市级机关不少被他俩弄下台的庸政干部，不知咋的事先得到风声，集中在走廊与过道上向他俩吐唾沫丢办公用具。这种行为实在小儿科，真正恨他的人，如新任代市长邱少民却躲在办公室内，开窗眺望着愤怒的人群，双眉拧成了一个结，连烟头烫了手指都没察觉……

我想，思明与陈俊被带走的信息是他泄露出去的吧？出于什么目的？道不同君子不相与谋？邱少民在沿海可算老资格的干部，早在我爹执政期间，他就与思明一样，担任县委办副主任。思明当县长助理，他提拔为纪委副书记，接下来思明由于农村工作的成绩平步青云，撤县建市后提升为常委副市长，一直到市长、书记，半年前又被选拔到副省级的港城市，由市府秘书长提升为主管农业的副市长；而他打圈转了九年的纪委副书记，在赵刚义书记调离时，才论资排辈当了常委兼纪委书记。他上任后就思谋着讨好思明，要把我调到纪委任副书记，负责党员干部教育与宣传，可被思明严词拒绝了……

我这样说并不是为思明开脱，从中央、省纪委公布的犯罪材料中，大多证据确凿，除向中央、省级部门实权人物行贿外，他个人挪用与受贿资金竟达一千多万元。钱都去哪儿了？我都不知道，一部分上供给他上级的那些狐朋狗友，另一部分挥霍腐败掉了，其中为洋狐狸与内山丸子在澳大利亚与加拿大买房置产花去近五百万元。民间揶揄道：单书记是个多情种子，玩婊子都玩出真情来……

思明东窗事发，与星星草集团有着千丝万缕的关系，大多钱物通过油嘴佬转账。两人自憨叔交班回村后就吃喝玩乐到一起去了。思明是想做些事的领导，热衷于出政绩，油嘴佬正是抓住他这特点，搞了个对外称为 21 世纪名人会馆，对内是公关部的沙龙，由思明的同学 149 卢益平当董事长，麻皮阿梁那中考数学只得 3 分，由陈红莲从日本带回来的大傻儿子陈戈登当经理，网罗了二三十位面容姣好的内地女孩儿（据说是油嘴佬与那老不正经的莲子姐去贵州与湘西重金招聘来的），经过礼仪培训组成团队。内山丸子（现在我知是油嘴佬师傅老宝贝孙女芮小苗）就是那时由莲子姐联系回国的。这个被民间称之为红粉杀手的团队能量足够大的，据省纪委与反贪局通报，仅内山丸子一人，就使外地与沿海市七名处以上官员上了她的贼船。她经过日本夜店专业训练，勾引男人并不用低俗的色情引诱，如土管局原局长老郑与她没有肉体接触，仅在会馆与网上下围棋（油嘴佬为拿到城厢那块土地盖商品房，挖空心思举办两届星星草杯围棋大奖赛），就大笔一挥批了一千五百亩土地；出事后他把责任推给思明了，说有他的批条，思明让他拿出证据来他无法兑现。思明的事儿最后墙倒众人推，但他与陈俊市长帮助油嘴佬的公司上市，带着内山丸子诸红粉杀手不遗余力地去北京有关部门行贿色诱，却人赃俱获无法抵赖。

省纪委找油嘴佬谈话，他想避重就轻地抵赖；但憨叔与军嫂过来出示相应证据，才不得已地作了笔录。也有人说憨叔忘恩负义，思明在星星草集团发展中提供了力所能及的帮助；这是事实，可不能因为帮助，就可以名正言顺地搞腐败。不出示证据咋行？天网恢恢，疏而不漏。你以为省纪委与反贪局是吃干饭的？早通过现代科技手段获得情报，既然立案必一查到底，必要时可放录像与录音给你看；何况思明也早已交代，只不过资金来源需要核实。据说憨叔为此气得差点儿撞墙，于他来说这也是一种惩罚；后来他大病一场，思明入狱后几次跑去探视。说：娃儿呀，我对不起你继爹糖拌糠，没及时提醒你。思明倒硬气，说憨叔，此事我咋能怪你哩？要怪，只能怪我自个儿不争气；早知如此就不该当初了。

油嘴佬的星星草集团在退还非法占用国家资源（有些补办手续）的基础上，由港城与沿海两级政府给保了下来；企业操作虽然非法，但并没构成对人们生命财产的侵害。不仅集团是全国总工会与国家农业部树立的典型，四五千员工的一只饭碗；而且油嘴佬犯的是无序竞争罪，法律条文适用度较大，他只被关了三个月，就由集团把他保释出来……

思明任市长后对星星草集团格外器重，这是他出政绩的基础工程。在外面，谁都知道沿海有一个绰号叫憨佬的农民，带领一帮与他一样的红脚梗，在太阳升起时奔向光明，走社会主义小康之路。这是思明的资本，也是沿海施政时引为骄傲的荣誉；虽然他铁面无私在大小会议上没少批评星星草集团，说憨叔与油嘴佬都是一头憨得牵不回的牛。可谁都明白小骂大帮忙，心里爱护备至，新松恨不高千尺，一举一动为企业的发展与效益着想……

他进去后为保护星星草集团利益，主动承担了不少责任。包括袒护小白脸陈俊在企业参股（按规定政府工作人员不得参股，但陈俊有其历史原因一直领有分红），为他分挑了担子……

其实思明也是个憨人，讲所谓的江湖义气；在事发最后时刻，鬼使神差地通知内山丸子，有意保护油嘴佬这张人情网不彻底撕破。据我所知，春节前赵刚义副市长（他俩关系不错）请他去家里，推心置腹（也许是组织善意保护）地让他争取主动，找省纪委说清楚，该退赔就退赔。如果他能听从他的劝告可能会判得轻一些，可他断然否定；直接驱车回沿海 21 世纪名人会馆，找内山丸子订立攻守同盟；据说让她答应是个人行为，与幕后老板油嘴佬没有关系。据纪委后来调出来的录像（由会馆提供）看，当晚两人情投意合醉卧鸳鸯，内山丸子施展出日妓看家本领丑态百出，把思明给服侍得服服帖帖……次日思明刚离开，她就把手机交给出租车司机，在市区转着欺骗监控，乘火车直奔上海离境逃脱制裁……

思明被判十年，其中重要一条就是通风报信毁灭罪证。有关部门在办理他案子时，几个主要知情者洋狐狸、大傻戈登与内山丸子，均离境不知去向；以至于油嘴佬几年后给安安（由他送去悉尼大学读研）送生活费时，也不由不赞叹：你老爹除了花一些，品质上还算是个男人！

4

我与安安蜷缩在思明当助理时分配的那套老屋内消沉了好久。他当市长后分的那套屋子，机关事务管理科把它收回去了。这没啥奇怪的，世事残酷人去屋空。历来是权与钱住屋子而不是人住屋子。收回的理由也简单，我的行政级别低不能住那面积，何况屋子装修思明利用职权使用了公款。

在那段堪称我母女俩的黑色岁月里，除了专案组办案人员，很少有人再来看望我们。昔日车水马龙与我预约才能登门的盛况一去不返。每当夜深人静，我与安安偎依一起，相互用身体取暖；盛夏烈日的，我母女都会瑟瑟发抖，不是体冷而是心冷。此事我对安安心负歉意，她为陪伴我放弃大学的学业，后来她再不想返校就读。为啥？就怕丢人。在我们国家人们有着传统的人走茶凉的意识，贪污受贿不算丢人是本事，有钱是老大。丢脸的是五十几岁的老不死闹出桃色新闻，搞的不是良家妇女；而是比安安大不了几岁的野鸡……

老百姓厌恶这德行，你为他们做过最多的好事，万千功劳也一笔勾销。

待思明有了结论，也已经快一年过去了。这时我的心脏病闹得厉害，憨叔请示专案组同意，让军嫂陪伴我母女去国外旅游了一趟。我知这是他感到心内有愧，是他的儿油嘴佬使好端端的家庭瞬间崩溃。这次旅游的结果由我动员安安，在铃铛读研的悉尼一家艺术学院留下了。我年近五十前途已属次要，而安安年轻，要走的路还很长。她在国内读工商管理专业，思明出了这档事安安一提起管理就闹心。发誓这辈子再也不沾经济与管理的边了。好在她在少年宫与铃铛一起拉过小提琴，对艺术并不陌生。两人在一起相互也有个照应……

憨叔临走千叮咛万嘱咐地把安安托付给铃铛，说你俩虽不是姐妹，出门在外要当成亲姐妹。遇到这档子事足够闹心，你比安安先到这儿，遇事要帮她拿主意。铃铛不耐烦地打断他的絮叨，说知道知道，我与安安就是亲姐妹……

思明的案子移交给检察院，陈红莲过来看望我。这女人，我对她的印象向来不佳，并不因为秀才得病后，她丢下他去日本后又回国发展。这没有啥，夫妻原本就是同林鸟，大难来时各自飞。秀才都没怨言我一个外人凭啥强出头？我看不顺眼的是她小家子气，总自作聪明地在男人面前指手画脚，批评别人这也不是那也不是。她与思明是校友还是知青插友，当初常跑到我家里来，不与思明好好商量工作，四眼、四眼地喊着，老三老四地评论他的执政时弊。思明知她的性格，难得好修养地嘻嘻笑着应付，她走后就惋惜地对我说：女人如果太强势，个人生活就会变得一团糟……是啊，他只是同情并不会帮助她；使她在男人面前失去异性魅力，得不到她想要的一切。后来她去了星星草集团当营销副总裁，就变本加厉地进行报复。记得思明曾问油嘴佬对她印象如何？他答非所问地说：乱石蹿笋，我不会让一头母狮领着一群雄狮打仗，如果您把我当作狮子，那么我下面的人势必是绵羊而不会母狮当家。说着两人相视大笑，目光中露出轻视与不屑……

女人要使男人当作一碟菜，不是显露强势而是示弱。这道理，我也是思明出事后才想明白。在实际生活中许多女人包括我，都是自作聪明地以为自己在校读书时是学霸，在社会上也势必处处称霸，结果，悲剧由此产生，效果恰恰相反。对她前来探望，我并不表示热情；因为我知思明出事与她有千丝万缕的关系，老女人人老珠黄不济事了，弄来几只乳雏企图控制男人。陈红莲仿佛知道我这心态，并不因为我冷落而坏了心情。有一次她与我聊家常后单刀直入地问：你对办案中那叫戚雨文的女人有啥感觉？我眼前浮现出那个剪着短头发、长着鹅蛋脸、眼睛晶亮皮肤很好的女人模样。说她素质不错，说话慢条斯理摆事实讲道理，平时对我母女很和善，不像专案组其他成员一哄二吓三欺骗，没事想弄出些事儿来。

她向我讲了戚雨文的来历，说她以前的名字叫作雯雯……

我问：你说雨文是思明亲生骨肉，这咋可能？我可没心情听你那些天方夜谭的故事。她赌咒发誓地说：都到这时候了，我还有心情开玩笑？婚后四眼没与你说过素芳的事儿吗？那时我俩就住在笑面弥勒家一屋子里，他俩与秀才发生的婚姻纠葛，别人不了解我还能不了解吗？她诡秘地笑着，讲了思明始乱终弃的故事。我为这突如其来的事感到震惊，心里犹如倒翻五味瓶甜酸苦辣全涌上来。原以为我是世间最了解他的人，其实不是，我并不了解他的历史。他对我缺乏信任也没讲过他的历史，我们就这般夫妻各有牵挂地生活了二十年；直至有一天真相大白才明白我俩竟是陌路。我哀哀地问他知此情况吗？她说秀才讲朋友义气保守住这秘密，怕影响四眼当官与你俩之间的感情，因为他答应过唐如康。当然，也有为村人与企业的利益向思明讨价还价的砝码。他与雯雯有了父女感情，他不会生育雯雯是他的希望所在。我去日本前他提出离婚，条件就是要我保守这秘密，替他照顾考上中国政法学院、过继给伍副省长当孙女的雯雯……

她说时至今日我不得不告诉你，如果雯雯能出面周旋，四眼可能会判得轻一些。我说咋可能？就算她是他的亲生骨肉，也无法改变法律条文。她对我神秘一笑道：法律条文无法改变，证据却有潜力可挖。我说你这是同情我吗？她说不是的，我只想让你知道四眼为何会走上这条路……

我抱着死马当作活马医的心态，跟她去了陀头山找秀才。

去村里的路比以前好走多了，平直的水泥路一直浇筑到村口，进村的路虽弯弯曲曲地狭一些，却可直接通到陀头山上，转大半圈接上山下的省道线了。山麓岙间都植满了果树，时值残秋，柿子像一只只红灯笼挂满树梢，沉甸甸地嫩红一片。这儿出产的红柿糖分足，含多种维生素，是远近闻名的山地蜜柿。那一片果园间隙，是憨叔花了一百万元的资金，从后海运来海泥开拓的生态蔬菜园，天近霜降要冷了，垄间全是一排排用塑料薄膜覆盖的沃土，长出绿油油的荠菜、大头菜、包心菜与青菜嫩苗……

　　睹物思情，回想这些年走过的历程，不由使人五味交加心有感慨。陈红莲边走边向我介绍十五呑村发生的变化。她告诉我：秀才住持的陀头庵，修复时原本要扩建，图纸都出来了但憨叔不同意，一定要按照原样修复，还是三间两进屋面的规模，庵里供奉的不是佛陀而是观世音菩萨。她说她在村里插队十年都没有上过陀头山，因为那时根本没有路；而且山里野兽多，女娃儿上山不方便。

　　秀才身披缁衣，脸无表情地见了我。待陈红莲说明来意他摇头拒绝了。说雨文是雯雯不假；但她现在是省检察院反贪局的干部，已不是过去的雯雯了。她的履历表父亲一栏，填写的是戚志潮的名字；说她现在是他的女儿……他说：我们这代人做下的事，无论善事恶事都已成为历史，没必要让下代人卷入这复杂的旋涡中心灵受到伤害……

　　他问我：将心比心，如果雨文是安安，你当父母的能让她知道，是她秉公执法让生身父亲走进班房吗？对亲情残酷的承受，是佛陀对人类恶习的惩罚，历史恩怨该到我们这代人为止。就是四眼知道雨文是他的女儿，也不会赞成把真相告诉她……我说是否以你的名义，让她在办案中高抬贵手？好坏你与思明也算是朋友一场……秀才绷着脸连连摇头：我不会由此去找她，劝你们也不要再去找她。就让她平静地去完成使命。这世界上的茕茕众生，是福不用求是祸躲不过；要来的总归会来，不由人的意志所转移……

　　后来他双手合十领我俩参拜了观音菩萨，又说：人类犯错，不是因为愚蠢，而是太聪明了……你总是贪心不足，算计着把别人的东西要到你的手里，到头来没福报就承受不了……四眼的事我比你俩还难过……因为我们曾经是一条战壕里的战友，是斗走资本主义道路的当权派出来的……谁知几十年后，他自己也伤在这把刀上……

　　两颗豆大的泪珠，从他枯瘦的脸颊上滚落下来，拨动佛珠的手在颤抖……我明白他的眼泪与哀伤不是假装出来的；而是由历史凝聚的一种善良，与对现实深刻沉重的思考。没有人如我们这代人遭受更多的苦难了，我们曾经啥都不信仰，也啥都不相信，打开了历史的潘多拉魔盒把魔鬼给放了出来，就自作自受地承担了这一份苦果……

第九拍　善良是为后人留下的路标

戚长庚（八）：赭红色的凝重土地（上）

1

我们的党旗，颜色是红的；我们的国旗，颜色也是红的。鲜红鲜红……是革命烈士鲜血染红的。在大革命时期，我们有多少仁人志士，抛头颅洒热血打下江山，才使我们有了今天的抬头之日；可你们后代人，却强调脚下的土地是赭色的。岂不是诋毁我们的过去吗？帝国主义把复辟的希望，寄托在中国第三代、第四代人身上……同志哥呀，这种念头千万要不得，尽管你们说赭色也是红，赭红色嘛；但这是褪了色的，与我们革命先辈抛头颅洒热血换来的红色江山的红不一样，是泛旧的红，与我们提倡的鲜红欲滴不一样……

伍慧打电话告诉老爹死讯时，她阿爷九十四岁的伍副省长，正坐在星星草生态农庄网新闻发布研讨会的主席台上，有理有据地批判着我。理由似乎简单，我让人把与农业部、新华社合作的全国生态农庄网的老狗（LOGO）底色，设计成赭红色了。他在会前问我为啥是赭红色？我说代表我们九亿农民，因为我们脚下的土地是赭红色的。他又问为何不是鲜红色？镰刀斧头与五星红旗的红，都是鲜红鲜红的红……你是革命老区出来的，应该继承光荣传统……我想说在我眼里，赭红色更有代表性，赭红色的大地凝重浑厚，应是我们农民的本色。在继承与坚持革命传统时，增加了红脚梗对土地眷念的底色，具有特殊的象征意义；尽管这个国家与世界接轨时，意识形态有些混杂，但我相信坚持农民群体的底色不会有错……

但我没有解释，没解释不等于不解释，有时沉默比语言更能说明白。在日常有限的接触中，我了解伍副省长不会姑息我与衰佬这种离经叛道的想法。可我没想到，伍副省长在会上当着莅会众多记者的面，把此举上纲上线地给抖搂了出来。抖搂出来也没关系，经过三十多年的社会阶层调整，在社会稳定的形态下，利益集团已稳固地占据上层城堡，上升通道即将关闭，我们农民为自己所处的阶层发些小牢骚，无非是为挤末班车进入权益阶层，改变自身的命运与地位，并不影响既得利益集团的性质与权益基础。究竟什么是共和国的底色？理论界的说法也不一致；看你站在什么立场上说话。如伍慧，在经历过十五畲村的后期改革，认识就与她阿爷不一样。在设计星星草集团老狗（LOGO）时，我征求过她的意见。她说没错，九百六十万平方公里土地的颜色是赭红色的；星星草集团代表农民阶层的利益，那老狗（LOGO）的颜色就应该是赭红色的。她说：这事不能听我阿爷的，他老了，只想着他这代人的贡献，脑筋有些糊涂。目前老爹在名义上还是集团董事长，只要他喜欢就行；老爹在办厂初始就坚持红脚梗的利益，是个彻底坚持农民利益的奋斗者。她还说共产党革命就为了以农民为主体的劳动人民翻身得解放，中国几千年的历史难道不是由千百年来背向青天面朝黄土的农民创造的吗？他们的血与汗一年一月地渗透进黄土地里，经千百年的发酵就变成了赭红色。老狗（LOGO）的底色是赭红色，反映了一代农民的理想与追求。为此我根据大家的愿望，找在京的文化传媒公司把星星草集团的老狗（LOGO）给设计成赭红色了。因为接下来我与衰佬兄弟联首，向中国传统农民发起挑战，运用互联网走向全国打翻身仗了。在经历三十多年的拼杀肉搏、疯狂占据，转上一大圈后，我与衰佬从一个地地道道的农民儿子，仍回复到地地道道的农民本业上，这事看起来有些滑稽，但事实与现状迫使我们如此。如果牛们有脑子，仔细思考一下就会发现，在目前人皆浮躁、无数农民子弟背井离乡忍痛离开土地，去做那些表面光鲜、实际却继续沦入权贵阶层奴役工具的现状下，土地就成为不可再生的资源，足够我们星星草集团折腾与开发。树挪死、人挪活。残酷的商战教会我得如变色龙一样，不断地窥探方向实现企业的转型。牛抬头的根本性转变，在于牛们能把握自己的命运，改变世代为奴的历史现状。在不久的将来，当农民不再是代表社会地位的阶层，而是一种职业，一种现代人向往的生活方式。正因为此，我才与已从事现代农庄管理的衰佬沟通，毅然置换已走向衰竭的化工集团资产，蜕化变形开发现代农庄。

此含义，我很难向他老人家说明白。这儿有个谁是国家主人翁的问题？这些年来他停留在谁打下天下，谁就是国家主人的浅显层面上。对太阳升起时农村发生的变化，归功于改革开放的政策。说没有小平同志的高瞻远瞩，让一部分人先富起来，能有你油嘴佬风风火火咋咋呼呼的今天吗？他说油嘴佬呀，你不是枪林弹雨中走过来的，拿的钱可比我离休干部还高哩？饮水思源，你最该感谢党与政府的改革开放政策。这说得没错，没邓爷爷的顶层设计，我们与工人老阿哥这些徒有虚名的国家主人翁，有面子没有里子，至今还暗夜行路找不着北哩；但仔细想来又不是这回事。政府不代表国家，人民才代表国家。毛爷爷懂哲学讲过内因是变化的根据，外因是促使变化的条件；如果是一个死鸡蛋，能孵化出小鸡来吗？我虽在心里嘀咕：难道当初您枪林弹雨地过来，是为个人享受吗？共产党的宗旨是为人民服务，解放全人类才最后解放自己。但我没与他辩论，就年龄与经历来说，我俩已经隔了两代人；话反过来说，他认识到了又如何？世间芸芸众生，都在为多拿几张毛爷爷殊死搏斗，很少有人去考虑谁是国家主人翁的问题。有钞票你就是大阿哥，没钞票就是小阿弟。虽然大阿哥与小阿弟用来转换关系的钞票，无时无刻都掌握在印人民币的银行家手里，但毕竟拥有持续阶段的话语权……

想到这些，我在心里又吹起《国际歌》旋律的口哨。那歌唱得真好：要创造人类的幸福，全靠我们自己……我承认我不是完美的人，但却是一个有理想与追求、贪玩喜欢享乐的农民后代，我是属于这阶层的人。比起老爹和前人，我缺乏他们逆来顺受、任劳任怨、吃苦耐劳的精神；却多了些灵活机动看准方向狠下手的处世风格。我没他们正直和善良，却有他们缺少的智慧和随机应变……

我从会场匆匆出来，对着手机大声问：伍秘书，你说啥？老爹咋啦？

她的声音有些呜咽：老爹……在今天早晨走了……接着，我听到她的哭声：戚总……老爹是被砍柴斧劈死的……我惊呆了，眼前出现电影枪战片中那种血淋淋的画面。狗娘养的阿姆戏瘪，啥路数？我愤愤然地叫喊起来。伍慧的声音断断续续地传过来:一把砍柴斧劈在他脑袋上……目前还弄不清楚他杀还是自杀?小洪总已报案……警车已在过来……我狂怒地关上手机,心头再也不能平静。于燕觉察到我的异样,从会场出来问啥情况?我双手蒙脸撕心裂肺地哭泣起来:老爹没了……他终究离开我们,看不到我与衰佬的辉煌了,我与他,从今后都变成没爹娘教诲的孩子……

她扶住我说:你得挺住……开完会我俩立即回沿海……

我知道我该挺住,是啊,星星草集团进行二次改革,调整产业结构转向搞农业本行,这是眼前头等大事,也是老爹的希冀所在。我仿佛感觉到心中的大厦轰然倒塌,老爹没了,以后有事我与谁商量找谁决策?

我回头望望会场问:我俩回去,会议咋办?

于燕瞪起那双精心修饰过的蓝眼睛,镇静地道:我已宣布休会十分钟……接着,她拉我至走廊转角休息厅说:你要哭,就痛痛快快地哭出来吧……我仍固执地问:会议咋办?她想了一想道:你不是说没了杀猪屠,不吃带毛猪吗?有黄副总(杂物贱)与陈助理(邮政美人)夫妇打理,你怕什么?

我恶狠狠地发作道:伍老爷子不是在批判我吗?她摇了摇头,声如蚊蝇似乎在安慰我:隔日的黄花,又有几人能听他的呢?

老爹走了,时间是 2012 年 3 月 28 日,距四眼哥和小白脸市长陈俊事发,已然过去了六年,世界发生了翻天覆地的变化,恐怖分子驾机撞世贸大厦,萨达姆被美国制裁,不到三十岁的朝鲜领导人引起世界注目……谁都在观望,谁都在布局,谁都在挣扎,谁又都在行进。这世界只有前行的人生,而没有倒退的生命;无边落木萧萧下,不尽长江滚滚来。就中国三十多年改革开放的现状来说,经历了一场牛们集体向人蜕变,继承共产党的革命宗旨,公平竞争、勤劳致富,向"龙生龙,凤生凤,老鼠生仔钻地洞"的世俗观念,进行了猛烈的冲击,把天撕开了一道口子;但随着社会日益稳定与阶级逐渐固化,一座占据资源、由上层权贵财富及精英阶层为主体的顶层城堡业已形成,牛们(包括城市贫民与由他们子弟组成的中产阶级)的上升通道即将关闭;正逐渐回复至"龙生龙,凤生凤,老鼠生仔钻地洞"的残酷现实中去,使尚在奋斗的大多数人失去了梦想。这种阶级固化的景况,比三十多年前的贫穷落后更为可怕,那时抬头的牛们尚有梦想,想着经过自己的奋斗走出一条路来;可现在梦想被隔阻，现状残酷地陈列在这一代人的面前。就我们这些改革开放的经历者来说，前十年发财靠胆子，中十年圈钱靠路子，后十年资产规模形成，剩下只能拼老子了；各地逐渐形成阶层的红二代官二代富二代，乃至红三代官三代与富三代，仿佛在一夜之间苏醒过来，依靠手中的资源形成社会顶层城堡，挂出了贫民莫入的牌子。这些，我想中央显然不会置之不理。中国历史上强秦盛唐旺宋，都是在社会人才流动，允许平民进入社会顶层城堡，给平民子弟梦想希望的前提下，兴盛强大起来的；靠的是牛们（平民阶层）中杰出人才的逆袭，才保持了社会的发展与稳定……

站在此角度上，我相信我与衰佬的联首转型，是社会顶层城堡逐渐形成后，牛们再一次不同凡响的逆袭。可惜老爹并不明白，他并不相信我与衰佬这代人的智慧与能力。

2

望着飞机窗外一朵朵像白棉花般的云层，我心潮澎湃难以自持，深为老爹惋惜与悲哀，也为自身的不懈奋斗而感到悲哀。老爹无疑是教会我如何做人的最好导师，三十多年中他那乱石蹿笋的办厂理念，与上善若水的处世经验，就是我俩取之不竭、用之不尽的智慧宝库。他在企业创建伊始，就对我说过陀头山内藏了宝，这宝就是一块赫红色的凝重土地孕育出来的人与物……

于燕睡着了，那颗美丽的脑袋斜靠在我的肩头一颠一颠地，发出似轻音乐般有节奏的鼾声……难怪，这些天她忙坏了，与农业部、新华社的合作项目，是她负责联络，东跑西颠足够累的。她也是快四十岁的女人了，这些年无怨无悔地跟着我，我至今仍没给过她什么……她凭啥倒炒卞总（都认下干阿囡）的鱿鱼，到星星草来帮我，难道仅仅与我有过青春期的肌肤之亲吗？应该不是，她欣赏我的是与老爹一般牛抬头拥有梦想的冲劲与拼劲。自我俩从鄂尔多斯回来兼并沿海潘氏，亦有十五个年头了；距离老爹任村书记办厂创业，已然过去三十一年。星星草集团的旗帜，至今屹立不倒。公司前十六年由老爹掌舵，凭的是坚忍不拔的意志与市场开拓时期的政策优势；接下来十五年由我为主经营，虽没达到老爹预想那般有实质性的突破与发展，星星草公司至今仍未上市，却在千军万马之中保持了自己的优势……

在太阳升起，一切都在轰轰烈烈地向前发展，一切又在世弊流俗中良莠并存的时代，群体与企业竞争渐趋白热化；四眼哥与小白脸陈俊相继落马，使我背后依靠的大树轰然倒地，由于利益链条断裂而树倒猢狲散，集团除保证化工主业运行外，房地产公司被转让，花木公司倒闭了，21世纪会所改造成宾馆，由外资注入管理。唯有杯水车薪的化工职教，由市教育局发放文凭升级为学院，勉强保留了下来。这于我来说是致命打击，虽然日子难挨，我还是挺了过来……

凭啥？就因为我是老爹的儿子。

老爹生于1937年，属牛，几月几日？他不知道，好像是夏天？他说小时候曾听娘说过，他出生在桃杏上市的季节。娘生下他，冯团长按乡俗不能进红房躲得远远的。她的嘴里渴得厉害喝水不顶用，想吃西瓜，接生的快嘴婆说：这辰光，田里西瓜还没有熟透哩……桃儿与杏儿已上市了……他娘便让小黄狗去村口买了来，顾不得产妇不能吃酸的规矩，一口气吃了小半篮酸桃与青杏，把牙齿吃坏了……他娘后来发了精神病，清醒时还念叨着桃儿与杏儿吃……

这是老爹告诉我的往事，他对我亲阿奶的记忆只有这些，还是八桂告诉他的。姐的名字叫杏儿；那是他对娘的一份念想。他说自己不是石坎缝里蹦出来的，有爹和娘！如此算来，老爹应在这年初夏出生，也许迟一些，山里的瓜果熟透比山下迟十来天。至2012年初，他活了七十五岁没到生日……

七十五年，年轻时会觉得是一段漫长的岁月，老爹肯定也这样想过。他年过六十还激情满怀地想做许多事，接管沿海潘氏时说话声若洪钟，走路脚步咚咚地响。我摸清情况回村与他沟通，问他说要西瓜还是拣芝麻？那次我鼓励他下山，因为现代工业由低级往高级发展，村联办厂虽赚了些钱，毕竟块头太小生产基础薄弱，交通和资源都有限，发展到一定阶段就遇上了瓶颈；而沿海潘氏机制虽然没理顺，毕竟家大业大发展前途也大。按我的想法不能一只手抲两条泥鳅，只能抓一条放一条。老爹也确实这样想，说油嘴佬呀，你说得对，想做事的人都会这样想……你爹上了台阶很难下来。山里人有句老话：谷雨撒秧清明耕，一亩田是耕十亩田也是耕，要耕就做一处耕……他说此话时额头上皱纹舒展，张嘴呵呵地笑着，得意之情溢于言表。还说你觉得好笑是吗？你爹我就是个憨佬嘛，做事西瓜要摘芝麻也拣。我俩一起进城先吃西瓜，回头赚钱再拾掇芝麻，把山开平公路修通，使村民像城里人一样，过上缸里有米柜里有衣抽斗里有银行存折的日子，晚上还能惬惬意意地看一场电影……

看电影是老爹年轻时最大的奢望，听到有放映队进山，八里十里路地赶过去。那是这辈人深入骨髓的文化憧憬，就像在田头背跌打滚地比赛抲跌找乐子，不为别的就为放松身心，让游荡的灵魂有所归附……

老爹呀老爹……您这一辈子风风雨雨地不容易，可您到老也没明白，人心水涨船高永不满足。您在下戚家祠堂新造了电影院，村里与分厂都建有文化中心，也都有了图书馆；可又有多少人光临呢？如今人们不管有钱没钱，都已习惯世弊流俗，想找乐子还是成群结队地往城里跑。少钱的泡网吧，或找那些割过眼皮浓妆艳抹没钱的外地女子苟且；他们不像上代人那样在油菜花开时，成群结队地下山摸奶吃豆腐，被武装民兵当作菜花痴乱送上山来办学习班；他们对网络的依恋与对女人的兴趣，已经远远超过电影桥段，过一把李铁梅阿庆嫂与海岛女民兵的骚瘾头，演变为真刀真枪地网上约炮实弹演习……您看现在还有我这般的强奸犯吗？那时我被笑面弥勒黑无常的电线扣，与您的青柴梗揍得皮开肉绽，屁股整半月挨不得板凳？你有钱，漂亮女人盼着你去玩哩……有钱更不会在村里安枕，就像我那回村任分厂长的发小二愣子，在澳门赌场一输几十万，一年内总要光临几次。他把我让他管理的分厂承包给各家各户，变成了一个个家庭作坊管理赚钱；衰佬每次进城向我告状，说把山里他的菜地都污染了。我让他与三脚猫书记沟通，他说他俩还不是穿连裆裤同流合污在一处。您激烈地批评我，说我为何不管分厂。可我管得了他吗？强龙压不住地头蛇。他把厂里的配股都收到了管理层，独立承包搞销售，在村里当起了二皇帝；比当年我老丈人笑面弥勒还神气，抛弃了原配军嫂，在外面搅七念三地包养两房小三，生了两个娃……您说我不能把他撤掉？撤掉有用吗？业务渠道在他手里，另注册办厂我同样管不到。

您说村里的事您都看不懂了？说实话连我也看不明白。这些牛皮哄哄先富起来的人，他们不会按照您的理想，去帮助尚没富起来的穷人。就像您一次次地要我为内地与本地弱势群体与贫困户捐钱，我迟迟下不了手，我说没钱那是骗您的，企业发展固然需要钱，但不缺捐助的那几笔善款；而是我没想明白怎样更好地去帮助穷人。美国《福布斯》杂志有个统计，这个国家处在贫困线以下的有百分之二十三约三亿人。这么多穷人，您捐助得过来吗？我那老岳丈不是在背后笑话您傻吗？扶弱济贫还不如他戒心焦在村老年活动室搓小麻将；是呀，您股本分红的那许多钱，在大学设基金捐助贫困生，学校除给您送过几张奖状与慰问信，其他又有何表示呢？那些毕业生有谁到村里探望过您？说穿了因为您是农民，人家在心里就没正眼看过您？拿您的钱是大学搞创收，不拿白不拿，拿了也白拿；拿到是他们精英的本事，拿不到是您当农民的势利。您以为堂堂高等学府，还是以前那样高不可攀的知识殿堂？那些道貌岸然自号专家的社会精英，比那些投机钻营的奸商还要奸商；他们手上掌握的个人兑现资产，可比您这集团的董事长还要多……

时势是变了呀？变得使人不敢相信也不可思议。

于燕搡搡我的手肘，把空姐倒上咖啡的纸杯推给我，提醒说：快到了哩……我睁开眼睛说我知道。她问你在想啥呢？我摇头说没想啥……老爹没文化，却说过一句有文化的话。她疑惑地望着我问啥话？我顿时热泪盈眶地道：他要我与你结婚哩……说人对家人善良，就是对社会善良。她眨眨蓝眼睛问我啥意思？我说我也没太明白，只是觉得自己成年了，对人生有了一种新的理解。她说这与我俩结婚有何联系？我说在他眼里我俩是非法同居，只有婚姻才能相互担负责任。于燕没吱声，我见她眼眶里也慢慢地溢出泪花来。

3

坚毅而又执拗的老爹，在他生前一直教育我与衰佬，做人眼界要宽如站山峦视万物；行为要贱如水知进退……这是他晚年挂在嘴上的话；当然有时也会根据环境变化，换种方式表达。在他的理念中，心容万物或说有容乃大，身必谦让方知进退；这是他身体力行遵循的守则，他这辈子也就是这般走过来的；这也是农民处世立言的根本；也是牛抬头后的人生观体现。但我与衰佬就是学不来，学不来就做不到，是我俩与老爹这辈人的根本区别。因为是人就有私心；有私心就做不到他要求做的一切。我虽敬佩老爹如濯塘之莲花，出淤泥而不染，却成不了他这般的莲花。他是那种纯粹意义上的人，凡事一根筋、缠死理；还亏得没文化，如果有文化又缠死理，那我与衰佬就简直碰上了瘟神，骗都骗不过。不像我，菩萨做得，魔鬼同样做得；他阿娘大脚的两只肩胛扛个头，在这浊世的污水坑中腾挪折腾，活得如变色龙；就任集团总裁后，我犹如端着个烫手的番薯，捂也不是丢也不是；只要对企业或自己有益，就挖空心思地奋力向前，都快变成机械木讷的印钞机了。我知道我坐在权力的高位上，不照老爹那般上善若水办事会下地狱；可在人皆浮躁、人心险恶的环境中，总得有人下地狱，我不下地狱谁下？四五千员工等着吃饭，如果我像老爹那样一颗菩萨心，保留他的执拗与单纯（有时甚至是木讷与天真），急着升上天堂的人们，早把我大卸八块吃了；连衰佬也觉得不可能。就像他刚回村时处处维护老爹的权威，与我唱对台戏，可没几年过去，他就转变了思想与行为，渐渐地与我尿到一壶了。这是社会竞争的残酷对我兄弟俩带来的变化。其实老爹一直活在他原先的世界里，对现实变化几乎没有知觉；而我与衰佬不同，作为生活在社会底层先富起来的农民，要脱离自己的阶层由牛转化为人，心里没有无毒不丈夫的经营理念，身上没两把逆袭的刷子，我俩能获得在老爹心目中的成功吗……

如今看来，老爹早有离开我们的想法。他是为了向给予他荣耀与财富的时代谢罪，向世间至今还处于贫困线的牛们忏悔。在常人的眼光里，他无疑是这个时代的英雄，这个社会的成功者；可他却认为由于自己的不慎，以及别人对他的追捧，导致他私心爆发与财富暴增而坐上神龛，对他心目中神圣的牛们，犯下了不可饶恕的滔天大罪。在星星草集团的发展与转型过程中，我与他大的分歧有三次。每次都由我表面顺从，背地却阳奉阴违自搞一套。他曾当着我与衰佬的面不止一次地说过：连你俩也都不听我了，我活着又有什么价格（应该是价值）？自三年前被检查出阿尔茨海默症后，他说话总是颠三倒四、词不达意。那把作为他进舍女婿带来的砍柴斧，与办厂前夕糖拌糠送他的那双皮鞋，他一直视作珍宝挂在居住的堂屋里，可惜我与衰佬都没太在意……

我知他的离世，与我不得不与浊世同流合污，变成两面三刀的变色龙相关，也与社会上世弊流俗泛滥，人心不古有着千丝万缕的关系。自四眼哥与小白脸陈俊因我牵累落马；星星草集团无法转化为上市公司，我一不做二不休地破罐子破摔，进行二次改革资产重组，想方设法把老爹送掉的职工股份兑收回来，把一千二百名五十岁以上的员工，不管他们是否愿意提前退休处理，使企业轻装上阵；在全厂骨干的支持下进一步技改，神不知鬼不觉地带领骨干队伍暗度陈仓。记得那次老爹真急了，带着军嫂转回城里，对着集团董事们向我劈头劈脑的一顿大骂，说我是星星草集团的叛徒，差点免了我执行董事长与总裁的职务。遗憾的是老爹此招对与会的董事们并不管用，大家一致反对老爹的极端专横，连军嫂也反对他撤我的职护着我。事后愤恨至极的老爹花了近半年时间，一家一户地慰问退休人员，拿出他的部分股本金补助困难户方才作罢。在他与我不止一次的交锋中，反复地问我：办厂到底为了什么？是让一部分人富，还是让众人都富？牛抬头是让你这头独牛抬头，还是让众牛共同抬头？那次我花了许多时间，反复分析市场、看过公司财务报表后，我问他：黄继光为何堵枪眼，董存瑞为何炸碉堡（那些都是他心目中的英雄）……还不是为了人类的解放？您是看着集团解体，您儿子关云长拖大刀走麦城，还是让我轻装上阵挺过这一关再做理论？我这般据理力争，老爹就不再吱声了；不吱声不一定表示同意，在以后每年过年过节，老爹必让军嫂开车至县城，从公司里拿出他的分红部分，挨家挨户地向退休职工谢罪，在物质与精神上安慰他们……

相对于那次化工污染事件，处理退休员工的事儿还算小的。

三年前，由省水利局与卫生局组织的"沿海水资源污染联合调查组"，检查出七镇两乡的水源严重污染，致使该地区居民患肝癌比例蹿升百分之三十，成为全省水资源污染的重灾区，星星草化工集团被列为污染大户。这事儿应该在我的意料之中，因为星星草集团从事民用化工，原本就是手掌上的舞蹈，现代科学的发展，是以吞噬善良、酝酿罪恶为前提的冒险，要不马克思咋说资本的原始积累充满血腥与罪恶。由于涉及千家万户的使用安全与产品品牌，我们在原料筛选上虽说千锤百炼，但排污问题却无法彻底解决，影响与污染了周边地区的水源。特别是近年来为追求企业效益，我们不得已转让了世界上最大一家化工企业的核心技术，其中有一种叫作 PFOA 的剧毒致癌物质（主要生产民用不粘锅），在水里无法溶解，造成污染源头。这情况，市委、市政府相关部门应该是清楚的，但为了繁荣当地经济与扶助乡镇龙头企业，不表态地默认生产。事情发生后，市委书记郑泽南、市长邱少民先后找我谈话，责成星星草集团整改。我同意整改，但在整改的时间与资金上，却没与政府达成协议。

但这事不知咋弄的？被人用网络的手段泄露了出去，这下事情就闹大了，七镇两乡病人家属与部分环保志愿者上街游行，非让星星草集团停业赔偿损失。老爹知道这事（其实他早应该知道，村里的污染同样严重）后，旋即带着军嫂过来，自然又是臭骂我一顿；这是自然的，我没过多解释，事情至此我负有不可推卸的责任。问题在于处理的方式，已七十出头的憨佬老爹，居然像四十几年前我们游斗鸿年老师一般，胸前挂着一块上写罪人洪根土的牌子跪在大街上，向游行队伍噼里啪啦地扇自己耳光，口里还喊着：我有罪！自毁自损把星星草集团的声誉彻底扫荡殆尽……

4

事至此，倒下的只是名义；可老爹一旦上了性子，绝不肯就此罢休。他在当众谢罪后，带着他那把砍柴斧来到董事会现场，执意要把属于他的股本金（经几次退休员工补助与慈善捐助已然不多）全部拿出来，成立肝癌防护基金，用作七镇两乡患者的医疗费用。这次却遭到全体董事百分之百的反对。您不是说要牛抬头吗？取出这笔巨款，星星草集团如何整改，如何走出眼前的困境？就在这次，老爹一把鼻涕一把眼泪地回顾办厂历史，陈诉他的初衷，说星星草集团走到这一步，他是始作俑者，死有余辜的大罪人。翻来覆去地絮叨一句话：我抬头建立在别人低头的基础上，我就不要抬头。这观点他多次与我兄弟俩说过：做企业要水往低处流，不要光顾自己发财，要想一想那些至今还在贫困线上挣扎的牛们。老爹回村后，曾花了不少时间调查沿海市至今还处在贫困线的农民生活状态，秘书伍慧整理了一大沓影像资料，有空就挂在墙上看。这应该是市委书记郑达南与市长邱少民的工作，卑微的老爹却把他全揽了过来。在董事会上诉说那一家一户由于疾病与资金，缺乏竞争能力的贫困户现状。他说：不要以为改革开放促使沿海市富起来了，掀开华丽的地毯，下面有的是蟑螂臭虫的龌龊，有人至今还住在风吹凉棚狗窝一般的屋子里，出门穿不上一条光鲜的裤头……中央领导在三十几年前就说：先富起来的人，要帮助大家一起富，而不是丧尽天良为了自己更富，在别人头上踩上一只脚……他这样痛哭流涕，一面说一面还挥舞砍柴斧，大家不同意，他就一斧头把自个儿劈死在众人面前……

这架势，又有几个人见过？这次董事会整整开了三天三夜，直至我最终妥协停止生产销售很好的不粘锅，拿出集团总资本百分之五十用于整改治理七镇两乡水资源，并同意老爹百分之八十的股本金建立基金会，用作患者的医疗费用进行康复治疗，他才悻悻然地带着军嫂访病寻患，去进行他的慈善活动了……

经过此两次的折腾，星星草集团就成为一副瘦死的骆驼架子，涝灾的洪水拔光了土地的肥力，从此一蹶不振；公司的账号里也像下过一场夏日透雨一般，荡然无存，啥都没有了；可老爹没就此停止折腾。在此事平息后，他拿上一床油麻花般的旧棉絮，住到集团为他保留的董事长办公室内，监督我进行排污处理的整改。我私下向他发脾气，说菩萨您做了，恶魔我认下，企业还有两千多员工，工资都发不出了，您让我这三军主帅咋有脸见人。我以为他会安慰我几句，至少也帮我想想，可他没有，只硬邦邦的一句话：你以为你是啥？鸿年老师说过《水浒传》上一百零八条好汉，是洪太尉误开伏魔殿，放出来劫富济贫的魔头；我是魔头，你也是魔头，光顾自己抬头，而忘了尚在底层挣扎的牛、危害社会的大魔头；你干不下去更好，跟我回陀头山种田当农民去，省得在这儿丢人现眼继续害人……

我问：如此转了一大圈，如果我回去继续当农民，岂不拂了您老人家的面子？他说这有什么丢面子的？龙生龙，凤生凤，老鼠生仔钻地洞。我们原本就是农民。当农民咋了？身上又不缺一块肉，反倒不做亏心事晚上睡觉困得熟……

这是老爹的真心话吗？十六年前他与玛丽（菲菲）联首，把我从鄂尔多斯哄回来，不就为了有今日的轰轰烈烈吗？难道他已经在翻悔当年始办厂时牛抬头的初衷？我不得已向衰佬求救，要他设法把老爹弄回村去，说出了这么大的事，有他在城里我就无法再翻身了。衰佬冷静地问我：如果他把老爹弄回村，你还有办法翻身吗？我说在沿海可能是待不下去了，不但排污整改需要巨额资金，而且随着沿海日渐富庶，劳动力与资源成本日益提高，不适合再搞大型化工。他在电话那头沉思了一会儿道：树挪死，人挪活；方向是对的，但树有根、水有源，在沿海污染害民，去内地就不污染害民了吗？你要搞化工，关键还要解决污染源的问题。我说对的，道理是这样讲，但实际应用却有个时间问题……

不必赘述，最后老爹自然被衰佬哄回了村（还是他有办法，我与杏儿都不行），接下来村里现代农庄发生的事，于老爹来说比城里还要棘手，他终于十万火急地赶回村去，再没心情与我继续纠缠。

搞现代农业种植，自食其力发财致富，是老爹这辈子最大的愿望，也是天下农民的奢望。也正因为此，老爹把俯首帖耳、唯他命是从的衰佬培养上了农大，读研后又送去德国学习农艺，随后又强行把他喊回建立现代农庄。在衰佬的身上，寄托着老爹厚厚的希望、浓浓的乡情；可是从德国归来的衰佬，在现代农庄如何构建和个人生活方式上，理念与老爹天差地别。衰佬从他回乡那日起，就不断向我灌输他的观点，他问我：在美国（含西方发达国家），一个农民可以干我们九十个农民干的活儿；我们行吗？我的回答是不行的，至少我们在二十年内达不到。他就冷静地告诉我：这样你就会明白我要搞的现代农庄，与老爹梦寐以求的差距在何处？他这般说过，我兄弟俩在大的原则上取得了一致，但与老爹的梦想更加遥远了。经过十几年的闯荡，有志向的衰佬自然具备他与老爹摊牌的实力，可惜老爹并不明白他想干啥？在衰佬回村的八年中，一直恨铁不成钢地产生种种摩擦，直至近年衰佬与我取得原则统一达成共识，由民用化工转型现代农业开发而结成联盟。

5

这事我俩当然是瞒着老爹做的。由于看问题角度不同，对具体事情的分析与理解也就不同。我与衰佬瞒着他，是因为方向一致的事，落实到具体实施上，操作方法完全不同；这些企业行话上叫作执行力。何况这时，我与衰佬和老爹所要达到的目标与境界，已有根本性的差异。老爹奉行上善若水的理念，目标要走共同富裕的道路，侧重点是启发人性的善良；在他的眼里，善良是为后人留下的路标，相当于灯塔指引方向。而我与衰佬，在明白社会阶层的转换，是由上层决策与具体环境所决定的；也就是说人性的善良，须受理智控制，随着环境的变化而变化。西方哲学家罗素说过：若理性不存在，善良毫无意义。这话是衰佬告诉我的，他出国多年，啃过几本西方哲学著作；不要看他平时蔫笃笃的不声不响，其实心头特有主张。他说在社会顶层城堡即将关闭之际，只能由少数出类拔萃的牛才能转化为人，多数的牛仍然是牛，这就是社会的公道与现实；就如天上只有一个太阳，人间却有无数河流与宽广的大地一样。上帝创造人类，有富人必有穷人，如果穷人都登上天堂，那么天堂人满为患，就变成了人心险恶、充满算计，道路阻塞、处处陷阱的地狱……

就衰佬的认识来说，眼前急切需要农民群体中的三种人，即杰出人才（天才）、社会动荡中产生的富二代及富三代，还有知识精英，凭实力或已进入顶层城堡的贵人鼎力相助，才能脱离红脚梗由牛转化为人，进入社会上层城堡。

他说，这些话，我不会向老爹说，说了也白说，因为说不明白。人的世界观不是一朝一夕形成的，老爹走到今天这一步已然不易；但他永远不会明白，这世界有多大，宇宙有多广阔？人类的追求永无止境，个人力量又是多么渺小。成事在天，败事在人。中国五千年的传统文化，是一种油滑与恪守中庸之道的文化，那是人类农耕文明的产物；西方社会近世纪为何能得到快速发展，靠的是工业文明引发出人的贪欲，树立起一个又一个社会顶层城堡，把世界变成一个巨大的工业放牧场，由一群身处城堡之门、有教养的绅士，奴役与带领牛们获得尊严与财富，以此推动社会的发展与前进。因此，企业转型是必要的，只有舍弃旧的观念，才能获得人的尊严和财富。

在衰佬眼里，做现代农庄托拉斯并不为赚钱，而是农民中的精英分子进入社会顶层城堡必要的通行证；是后工业时代畸形发展留给新型农民开发朝阳产业一项美丽的事业。他认为，世界上任何事物相生相克，在循环往复中向前发展；有生长必有灭亡，灭亡是生长的另一种形式。我们不能像老爹一样，留下善良的路标为后人指引方向，需要的是社会地位的提升与人格的提炼。现代农庄这份产业在国外已很流行，国内却仍显滞后；究其原因，是改革开放后急剧膨胀的工业文明，给急于脱贫的农民阶层造成一种错觉，认为机器一响，钞票一堆，只有从事工业生产才能发财致富；这是改革开放初期的社会形态。然而三十多年过去，社会各阶层的资源占有与分工逐渐形成，阶级固化已成定势，社会环境发生了质的变化，促使那些流离土地向城市讨饭吃的农民，在现代都市中沦落为无家可归的新型牛群（城市流民），生存状态与三十年多年前的旧式农民几无区别；随着国家各项法律制度的健全，这些牛们与在残酷竞争中沦落为城市贫民，在身处后工业时代的社会精英日益厌恶水泥丛林中那种了无生机的生活与浅薄的人性尊严，欲尝试充满创造性的食物链条，改善情感生活日益贫乏的推波助澜下，形成渴望回归的还乡团洪流，致使现代农业庄园这份产业，红红火火地发展了起来。

他说：哥，搞企业在于抓住契机，星星草集团在这市场变革中不能草甸子牧羊放任自流；这是世界性的一股时尚潮流，目前在西方，农场主与农民不再代表社会地位，而是一种职业，一种时髦的消遣、充满情趣的生活方式。远的不说，你只要去台湾，就可以看到那儿的休闲农业进行得有多红火，许多从田野走出去的牛们，人生目标是在城市打工到四十岁，拥有一定财富后就告老还乡租田搞农庄……当然，此现代农庄不是我在村里开发的传统农庄，那是老爹这代人自食其力、小农经济的噩梦；由于当地政府急于致富无休止的城镇化改造，像你和二愣子这样骡马载货，没节制的工业化扩张与奴役，完全变了味儿；你看眼下的村里，处处堆满化工原料与垃圾，连水库的水都被污染，吃尽了子孙饭，破坏了自然生态环境……人家那是耕作机械化，经营托拉斯；用心去从事农艺，把现代生态农庄开发成一个个美丽的城市花园……

我问：如果星星草集团摈弃传统化工产业，按照你的思路，能致使我们兄弟走出一条新路来吗？

他说为什么不能？只要有足够的资金，人家能做到的，我们为何做不到？何况，我两原本就是农民……

为此我下决心让整改后的集团第三大股东、副总裘志平（裘隆庆之子）带人去贵州东部××州（暂行保密）扶贫办厂，金蝉脱壳把主业化工这块整体迁移，实行低成本生产与销售；这不是说沿海的水流不能污染，内地的水流就能够污染。如果站此角度看问题，你则不是企业家的思维，而是家庭作坊主的思维。水流同样会污染，只不过那儿人口稀少，受害者会少一些；企业赚到钱用之扶贫清理污染，就发展了那儿的生产力。这就是以小害换公益的生意经。当然，实情我是不会透露给公众与老爹的，否则又会发节外生枝的事儿。落实好这些，我则回头帮助衰佬，实现他与玛莲娜的上升梦想，利用新华社宣传平台与农业部对生态食品政策扶助优势，在南菜北调的同时，开发以内蒙古为基础的耐寒蔬菜（衰佬与玛莲娜已通过努力，培植出适合那儿生存的优质种子），形成全国性的销售网购，提升农民阶层的品质。

这事总体决策上老爹支持，水往低处流嘛，牛抬头是为让群牛自强自立，拥有像人一般的尊严；再说老爹平素乐善好施，帮助比他穷的人脱贫致富，是他平生的愿望。问题在于如何彻底解决化工产品污染源（拿老爹的话说不能昧着良心办事）与开发现代农庄资金投入（借船出海）上，我找了有日资背景的鸿发酒店控股集团，置换了十五畲村民的土地求得发展。这就如扇了老爹一个响亮的耳光。在他眼里办企业有污染是吃了子孙饭，卖土地求发展更是对后人的犯罪；何况还是他所深恶痛绝的日资背景。他说过：沿海的农民是人，内地的农民同样是人，不能借着扶贫由头做伤天害理的事。至于置换土地裸身求进，金窝银窝，还不是自家草窝；那是对他开创的事业的一种背叛……

戚长庚（九）：赭红色的凝重土地（下）

1

我与于燕赶回家里时，姐与笨羊姐夫已在那儿了。姐夫已办理退休，实现了于他来说浮躁时代独善其身，钓鱼与搓搓小麻将，无官一身轻的愿望。但鸿年老师把他喊过去搞乡贤研究会，说这事很重要，涉及国民的素质；你不是说世弊流俗影响沿海改革开放吗？唐僧西天取来的真经没错，是下面的和尚念歪了；市政协组织乡贤文化研究，就是要把念歪的真经重新念正……姐夫就问：真想念正还是假作真经？鸿年老师说：当然真想念正，这不，郑主席见你退休，让我请你去当会长了。姐夫想了想说：会长倒不要，让我当副会长兼秘书长有职有权行了。就去了研究会帮忙。这种在我看来不拿钱的闲差，他却比上岗当副局长时还忙得不亦乐乎。

杏儿姐还在街道厂当副厂长，每天忙忙碌碌地安守现状。她从来就是没有志向的人，对生活没很高的要求。只要姐夫一如既往卿卿我我地对她好，就觉得很幸福。不过，近年遇上的一些麻烦事，促使她的性格发生了变化。铃铛与安安从澳洲艺术学院毕业回国后，没再回沿海，由我出资去上海办音乐团。按世俗观念也算抛头露脸混得不错，现在的戏子什么地位？真混好了名字就是一沓一沓的钱，比我每天精打细算投机钻营的企业家要强。不过这是我的眼光，如果老爹知道她俩所谓的艺术家，其实是出卖色相搞行为艺术，肯定会气得吐血。这事笨羊姐夫却赞成，他知道社会顶层城堡大门对牛们关闭后，子女没有一种逆袭的才能，上升已然没有空间。姐夫这辈子没想干过大事，洁身自好安分守己，在退二线当调研员几年中，不干正事拿着照相机到处跑，把那些老房子、老桥老庙老街都拍摄下来，还编了一本署名闲翁的《沿海老照片》册子，扶贫济困做下不少善事。铃铛与安安的事姐几次与他商量，他都没当一回事。直至外面传来铃铛与安安搞同性恋，在网上吵得沸沸扬扬，姐不放心，特地去了一趟上海，发觉两人的同性恋传闻，是为乐团扩大影响在媒体上的炒作，实际情况却是为打开市场局面，青春年少的两只嫩鸡，啄上了艺界权威文广局市场处长的老笋头。这下姐与姐夫都脸黄了，找到我哭哭啼啼地想办法，说不能由世弊流俗玷污了下代人的身子。姐一把眼泪一把鼻涕地哭诉（在我印象中她还从无此失态），说老笋头与两嫩鸡都相差三十几岁……作孽呀？我说不就玩玩，又不真结婚过日子，怕啥？这下姐夫也恼了，拍着桌子骂我冷血，是浑蛋，说铃铛是你外甥女，安安是你恩人四眼哥的阿因，你咋一点良心都没有？我说我有良心就不会坐在这位置上了。你俩都别急，这世上凡用钱能摆平的事，都不是大事；抽空我去一趟上海，叫人把那老笋头给办了！我这般表示，姐与姐夫都黄了脸，摆手叫我别犯命案，说那老笋头是该死，你办掉他可毁了两小小人，也毁了自己犯不着。我哈哈大笑说：你俩既知犯不着，也就别太伤感了，我说的办掉是指用钱摆平，有钱了那老笋头要作孽，外面漂亮的卖身姐有的是，就不会缠住铃铛与安安了……

姐的面相越来越像老爹，以前当姑娘时那张快人快语的玲珑嘴，在如烟的岁月洗刷下早已不觅踪迹，却像老爹一般磨砺出木腾腾呆滞滞的目光来；可想世事沧桑犹如一把杀猪刀，把水灵灵的姑娘磨砺成佝偻老妪。与老爹不同的是她心里仍撑不住事。对铃铛与安安去上海发展，她在外面长门脸到处吹嘘：天下那么大，我一个女人想事明理干啥？有吃有穿日子过得下去就行；子女自有子女福，天南海北地由她去闯，说不定能闯出一个新的世界来。如今遇到这般的事，她的意志就垮了，背地里向我埋怨姐夫与四眼哥没出息，害得铃铛与安安不能像别的官二代、官三代一般，背靠大树好乘凉。我劝慰她说，老爹当村书记没当过官，你与我还不都自己折腾得很欢？长长的鹞线缓缓地收，鹞子飞得越高，掉下来越惨。每当她向我诉苦时，姐夫在她身边一声不吭，脸儿却涨得通红，背地里说我姐变了，犯了更年期不可理喻。只是私下也对我说些铃铛与安安的事，说安安比铃铛还可怜，摊上真公主这妈，除了每天用洗面奶擦身子，拿着个苹果手机玩微信，其他啥都不会。他与四眼哥后来虽分道扬镳，却对安安如同亲出；四眼哥进去后，他与姐时常探监看望他。

铁锤与铃铛手拉着手，一脸惶恐地站在老爹灵床前，安安也随铃铛过来了，此刻坐在墙旮旯里，没上妆的一张小脸儿悲悲切切、凄凄惨惨的，双手放在膝上；眼睛里闪烁着惊慌与无奈的光。此小人儿自四眼哥出事后，整个儿变傻了，对任何人都不信任，见到我像有杀父之仇似的躲开。赞助铃铛与她当家的音乐团后，我特地跑去上海住了两天，铃铛请我吃大餐，餐后铃铛埋单（理所当然，三百万元我都不皱眉头地赞助了，在乎这一餐饭），谁知安安虎着脸站起来，从服务员手里抢过铃铛要刷的卡，横眉怒目地向我冷笑道：别急，铃铛……这么大的老板来上海，就这么不给面子，连一顿饭都不请小女子吃吗？我嘴上说当然，心里却犯嘀咕：这安安也够厉害，当着乐团那些男女艺术家的面，岂不是借题发挥向我示威吗？是呀，这餐桌上只有我是老板，老板就是特殊材料做成的，在外甥女眼里，不过是一部生钱的机器，连一丁点儿的尊严都没有……退席后我心里不痛快好一阵，不是为钱，再多的钱我都不在乎，在于安安盛气凌人的态度。

两人都快满三十岁了，在上海也算摸爬滚打了两年多，一点声息都没做出来，连个追求的男朋友都没有。杏儿姐担心她俩真搞同性恋，据说在艺术圈中时髦搞这个，害得她带真公主高晓敏跑去上海，撺掇她俩上电视相亲节目。高晓敏说看过几期相亲节目，应聘者中像铃铛与安安这般漂亮的姐没几个，觉得有选择乘龙快婿的希望。这倒是真的，这时的铃铛脸色白里透红，漆黑的秀发上缀着一朵白花，白衣素缟秋水伊人，在悲凉的气氛中显得特别扎眼。这姑娘像当年的姐，小时候疯疯癫癫如假小子，长大虽读不进书，长相却日见一日地光鲜起来；犹如秋水中濯跃出的白莲花，不但妖冶，还浑身上下散发出一股挺有文化范儿的淡雅清香。相比于她，安安虽也漂亮，却比她差了一个档次。为此姐常向我埋怨，说她是聪明脸孔笨肚肠，凡事都没长个心眼。听说她在澳大利亚与上海，都是人见人爱的一朵玫瑰花，上过东方电视台的艺术节目。

可惜那次杏儿姐与高晓敏历经千辛万苦，联系上相亲节目并代替女儿报上名，回头却发现两人都齐崭崭地剃成了光头。为何？天下男人有的是，要上节目你俩要上自个儿上，我俩又不是臭鱼烂虾，就不在荧光屏前丢人现眼了……

这般憨与倔，与年轻时的杏儿姐与老爹无异。

见我与于燕手牵着手走进屋子，铁锤立刻扑了过来，不喊我这当爹的，却喊着姨扑进于燕的怀里。就户籍本上说：铁锤已是外籍华人，下半年就要出国留学。这当然是我这当爹的功劳，这小子从小成绩就好；这点他像我呗，但长得却比我与玛丽要差些。当年的玛丽还是菲菲时，可是深山出俊鸟，百里挑一的杰出人儿。记得四眼哥当初与我打趣说：亏得你先下手为强，否则像她这样容貌与人品都拔尖的人儿，哪轮得上你这小子？我说轮不上我也不后悔，与我相好的小苗苗与燕子，有哪个在容貌上输于她的？他说别得意，得了便宜还卖乖；不信你试试，只要她同意，沿海比你强的人有的是。那时我正犹犹豫豫地考虑是否接老爹企业的班，见他这般说，就见机行事地推却说：她不是要与杰克登记结婚吗？那就让她嫁给杰克试试？我知道她不会试的，她试了就没了铁锤……

按理说遗传基因法则应是正正得正，负负同样得正。我与玛丽都生得漂亮，铁锤也理应漂亮，但科学有时也并不靠谱，铁锤既不像玛丽也不像我。其实他应是隔代遗传，既像我的老爹，又有些像玛丽他爹笑面弥勒；小时候我仔细地观察他，见他哭的时候脑袋皱纹深深的像老爹，笑起来皮笑肉不笑，倒像我那老岳丈了。玛丽生下他没三年就没了，临终把他托付给于燕。我怕小子不认账，从小就对着燕子的照片让他喊妈，他总是不肯，摇头说不是妈是姨。玛丽死后老爹很悲痛，想把铁锤带回去雇人养在村里（隔代亲嘛，老爹特喜欢他）。爷孙也就共同住过一段时期，后来铁锤倒愿意跟阿爷，可我不愿意了，小子跟和尚就随了道人，不但走路挺胸凸肚、说话粗声大气，连吃饭都抢着大海碗，喝汤呼噜呼噜地喝出声响；这与我的教育理念不相符，他长大要到城里人的环境中生活的，我不想他仍回到牛的形态中去。带回后我把他交给了于燕，当时她还在内蒙古当我干阿姐阿富婆下总的差。我以为他会不习惯那种环境，没想到他一见于燕就格外亲，就像今天这样毫无陌生感地扑过去喊姨。

这种亲热劲使我感到妒忌，我问他为何与我生分，反与阿姨亲？他说你是我亲爹，亲不亲你都是亲爹；我不亲她就没姨了，我没姨你也就没有老婆了。你看看，小畜生的脑筋转得多快？当时他还才六岁没上学，知道我不与燕子结婚他就没有娘。

当下他偎依在于燕怀里，像个女孩似的抽抽搭搭哭个梨花带雨。我知他与阿爷的感情特别深，他也快上中学了，每年暑寒假老爹都把他带回村里，要待开学才回到我身边。每次我检查他的作文，字里行间满满地洋溢着爷孙俩的深情。老爹在三年前被检查出阿尔茨海默症，有时说话颠三倒四，神志不是很清醒，但对铁锤童年的趣事，却一桩一件地记忆深刻。衰佬曾对我说：如果留铁锤在身边，老爹的病也许发展得不会这么快……我当然没有，因为村里的小学比城里教育质量差得很远哩！但老爹对衰佬与玛莲娜生在德意志的洋种小子保尔，却总是亲不起来，这使衰佬感到不解又很无奈……

在屋里盘桓一会儿后，我问杏儿姐：衰佬与梦阿奶呢？姐的下巴抬向房间，说衰佬被公安叫去问情况，她与保尔在里屋睡着哩，昨夜守候了一夜，母子俩也都累了呀……

2

黄昏时分，衰佬从派出所回来了。我问情况咋样？他淡淡地回答说还能咋样？老爹多半是自杀的……罪人呀，当是你与我……是我们大家合伙杀害了他！我点着头问：就为鸿发集团控股、合作搞现代农庄托拉斯的事吗？他点头亦摇头道：还能啥事呢？这事我总担心要出事，现在果然出事了……

他说：树有根，水有源，半年前你把集团总部迁址贵州，老爹就不同意，几次拿上砍柴斧，说要去城里找你拼命……他问我：办化工企业要污染，根子在于治理，治理不了就下马；沿海的牛们命金贵了，内地的牛们的命就不值钱？他几次威胁说……如果我兄弟俩都不听他，他就先劈死我俩，然后劈死自己……我说：咋能不听他呢？不是说好是权宜之计吗？他说是呀，上次我不知道做了多少工作，才把他留在村里没来找你；但没来找你不证明他思想通了，他思想不通就要闹。他得了阿尔兹海默症啥事都忘得快，就是这种事彻心彻肺地不会忘。这次股份转让的事，我让大家瞒着他；他开始也许真不知道；半月前还让三脚猫书记、二愣子厂长与我商量收回宅基地与自留地，由村里规划搞环境清理哩；那次的会议精神我都在电话里与你说过，他暴跳如雷地对着二愣子骂：狗娘养的，你现在人五人六地衣冠禽兽活得像个人了，在我的心中你小子狗屁不值；为了赚钱把村里的土地、溪流水库都污染了……你狗眼看人低地去水库看看，水都变成了猩红色……过去水库每年能捞几百吨胖头鱼（鳙鱼），现在满湖都是死鱼……你把厂子都弄成啥了？承包给外地人成了一家一户的作坊，每户人家都是一个污染源，好端端的一块青山绿水，变成了一个一个的炸药库；你有钱了，致富了，可把后代子孙米饭都吃干净了；村里再不把地收回来统一管理，子孙们都会指着我们这代人的脊梁骨骂，我到阴间没脸见祖宗……

我问：他这般辱骂，二愣子有无回应？就老爹的牛脾气说，他发作时不能顶嘴，越顶他就骂得越厉害，也就急火攻心气得厉害。他说这倒没有，这事老爹骂多次，三脚猫当书记后就骂，说是社会主义精神文明村、小康村的，连个污水都治不了咋向全市人民交代……老爹骂人，是他知道没能力管理与改变现状了，他痛的是心，因为这些都是他领着大家走过来的。因此他骂大家，其实也在骂自己。二愣子可不愣，他知这事不是他一人的错；事到如今他也想治理，只是厂里没钱就是了；眼下地都分到各家各户，企业承包到户，有几家已转包了好几次，积病成痼，人们挣钱急红了眼，有几个人关心集体建设的？何况二愣子已知晓村里已把地产转让给鸿发集团搞生态农庄开发，他只是挨时辰要当甩手掌柜了，就忍着一句话也没顶老爹……

我又问：是三脚猫把这事通报给老爹了？他想了想说应该不会，我再三关照听你统一号令不要提前行动……不过也有可能……他这人嘴快好是非，这些天挨家挨户地找原住民动员签字，前天晚上独自去探望老爹……昨清晨军嫂就发现砍柴斧劈在老爹的脑袋上……

我问三脚猫现在哪儿？他说今上午派出所把我与他、二愣子都请去协助破案……昨天是喊军嫂与伍慧，今儿我仨……我与二愣子出来了，他还留在那儿……我问二愣子呢？他说他比我先回来，估计这会儿应在二奶阿娥姐那儿补觉吧？最近他与她抱得紧，她生下的二儿刚办周岁饭，眉眼儿极像二愣子……昨晚守夜我几个都没睡，这会儿有些困了……

对了，这段时间老爹的情绪反常，好像很痛苦，几次拿着砍柴斧威胁我，不听话就把我与玛莲娜、保尔全家都砍了；可我没想到，这次他把自己先砍了……

我俩踯躅在类似城市公园甬道的水泥马路上。村庄真是变模样了，山已经不是以前那坨山了，没有荆棘丛生茅草遮膝，岙里都是一块一块果园，间隔着由衰佬带人开发、由卵石驳就通渠到垅的现代梯田；以前老爹那代人造的大寨田（其实不是梯田，本地叫作畬田，区别在于水利灌溉）基本不见了；季节已近年底，地上有油汪汪的麦苗、油菜与蚕豆长出来，还有一汪汪球菜与娃娃菜，覆盖着塑料薄膜沾满雾气与水珠。我知这些都是他与玛莲娜共同培育的转基因高产新品种。衰佬虽然蔫笃笃的，连说话都细声细气提不起精神来，却是这代人中特有能力与专长的佼佼者，与国内肯德基、麦当劳连锁店订立了长期销售合同，并开创转基因良种有机食品出口业务。这也就是我与有日资背景的鸿发集团一拍即合的主要原因。遗憾的是老爹没有理解或说不能理解，我兄弟俩借船出海的宏伟蓝图，做企业是一个好汉三个帮，建立在共同得益的基础上。我与衰佬想把事业做大，掌握的是衰佬与玛莲娜开发良种与品牌网络销售源头；而鸿发集团出资，需要的是借用整体销售的牌子，在十五岙村建基地开发搞观光农业。当然，这需要把老爹深恶痛绝毁坏污染的土地，重新恢复生态面貌。而我所统率的星星草集团由于无节制开发（书上讲的原罪），已缺乏必要的资金实力。在现实社会中，合作是为了共同修好共同发展，在现代经济学中叫作资源置换。经过三十多年由牛转化为人的奋斗，我与衰佬这代人国内国外地转了一大圈，仍回到了十五岙村这个起点上……

这起点，当然不是老爹初创时期的起点了。眼前的村子被罩上了光鲜的现代化外壳，再不是三十几年前的旧模样。那些阻风挡雨的草舍棚了无踪影，代之而起的是一排排在阳光下各呈风采、被城里人称为别墅层的瓦房。过去人们嫉妒村干部笑面弥勒兄弟三开间大屋，在这些整齐划一的楼群中，只是小巫见了大巫。虽然老爹住在上戚家村口的两开间瓦屋，在漫山遍野测过风水的楼群中显得简陋与粗鄙（此是衰佬与玛莲娜不愿同住懒得装修的结果），但全村除了被列为市级文保单位的下戚家祠堂完好保存外，已找不到一座纯粹的旧屋子。除了屋子，那四通八达、绕山逶迤而行的柏油、水泥马路（这可是老爹返村后背着蜡染布褡裢，兜里装着一条条329大中华十跑交通局的结果），像渔网一般地连通每个自然村，两旁种上了一棵棵果树，一到成熟季节硕果累累，满山飘香，成为相较于平原村的一道亮丽风景；那些鸿年老师哭着跪着，提着相机拍照保留的青石板路，也荡无踪影。那一条条的溪坑，都被加固驳了石坎，拼写出具有西方文化意蕴的字母与图案，那周围一个个蚊蝇成群的露天屙缸也理所当然地不见了，连路边的厕所也改建得如旧时的宫殿……使我少年时残存的记忆一扫而空，毫无保留地存入历史皱褶的深处。仅仅三十几年时光，十五呇村就整个改变了模样。

但这只是粗疏地观赏；如果你能站下来、住下来，与这些暴发户们一起生活几天，就会发现那些道貌岸然、与政府号召城镇化接轨的村庄内，充满着肮脏愚昧、流俗泛滥失去了传统文化的龌龊。那一幢幢类似别墅的屋子，由于成为家庭作坊并雇了外地民工，门口堆满如小山一般夺人生命的化工废料，与不洁食品的成堆垃圾；那一条条四通八达的马路两边的果树丛中，丢满了建筑垃圾与来不及拉走的化工成品；由于土地承包到户、过度喷洒农药与浇灌化肥，那些貌若光鲜的果子充满剧毒，连贪食的鸟儿都不再光临。那一道道从山上流下的溪流里，水里丢满各种各样的食品包装袋，由于排污不畅，竟然使阳光下流淌的溪水变成了猩红色，翻白的鱼虾成群地浮在水面上……

鸿年老师退休后，曾约过与他一样的退休教师（许多还是政协委员）到这儿抱团养老，安居乐业；也正式带了几个人到这儿，还购买了几间没房产证的民宅；辗转反复地（因为没户口）办手续居住了下来；但只住了一阵子便匆匆撤退了。为何？不仅机声嘈杂、蚊蝇成群，根本没法静住修身养性，颐养天年；更要命的是村里的三亲四眷，把这些退休伯伯当成财神爷了，今天生日，明天嫁囡，要镶屋、要办厂、隔三岔五向他们借钱……借嘛，原本退休工资有限，存下几元钱是为了当儿子防老的，你借走也就没了；不借吧？乡里乡亲的面子上过不去。想方设法坚持大半年，终于关公拖大刀落荒而逃……

按说老爹的晚年应该是幸福的。他是村庄富裕的有功之臣，不仅实现了对村民的承诺；致使村民们过上了丰衣足食的生活；而且带出了一支能征善战、敢于抬头的牛群，村里的 GDP 历年为全市最高，成为全省数一数二的小康村与社会主义精神文明村，再也不要政府的救济粮了，荒年也不需要提着一只讨饭篮出去逃荒要饭；只有别地的讨饭腔闻名而来，携老带小地到这儿来讨生活。这是他的贡献。但同时又是他的不幸；他在实现承诺中，非但遭受了没良心的村民各种非议与不同程度的告状围攻；而且连他自己都看不上自己了，不明白这条路到底走对了还是走错了？晚年的他，从村书记岗位上退下来后，一直在拷问自己的灵魂，觉得这不是他创业时的初衷，他并没有想到坐在海边礁石上，看到的是这般的风景。可是，他已经回不去了。就像我与衰佬跨上企业这匹向前驰骋的红鬃烈马，在世弊流俗的长河中随波逐流，断断不能回头一样，为此他不止一次对我俩哀叹：我没想到会是这样……真的是没想到……他没想到啥呢？要面子而又冥顽不化的老爹，觉得自己奋斗这许多年，人们并没有把他当作救世主，反把他看作过时的老顽固，阻拦他们追求自由生活的绊脚石；甚至是连他视作亲人的衰佬和我，也都没有很好地理解他。这是他的悲剧，他的心头充满了无可奈何的悲愤与忧伤……

老爹与衰佬的矛盾，从把他从德意志带回村里时就已开始。现在保尔十岁了，玛莲娜这希特勒党卫军排长的孙女儿，连抢老公都具有纳粹精神。三年前抛弃前夫所生的双胞胎女儿和她那高鼻子的老爹；学习中国古代孟姜女，带着由衰佬育种的保尔，千里寻夫自投罗网找来沿海。老爹惊慌失措地跑城里与我商量，说衰佬鬼魂附体了咋办？我说还能咋办？您老不是说有缘千里来相会，宁拆一座庙，不毁一门亲吗？他自己愿意您就由他好吧；反正现在又不讲阶级成分，纳粹的孙女不是纳粹呀……老爹很苦闷，在那晚上抱着铁锤痛哭，还用巴掌拍打自己脑袋说：我上辈子作下啥孽？娶下两房媳妇都是蓝眼睛黄头发的杂种……我一时没意会过来傻傻地问：玛丽不是黑眼珠黑头发吗？他猛然抬头双眼喷火地瞪住我：她命短……那是你花心……你以为我眼瞎了，诺明改叫于燕就是汉人……

这般说我就不敢吱声。玛丽逝去后，老爹的悲伤几乎与日俱增，说家道败落自她离去开始，这家已然保不住了。衰佬十二年前去慕尼黑学现代农庄管理，原本没想过回来。他与我在网上联络就说要与玛莲娜结婚过一辈子。我问他慕尼黑与玛莲娜有啥好？他说也说不上啥好，就是一种感觉不担负责任活得轻松愉悦；还说做人啥叫幸福？不就轻松自在吗？我不想像老爹一样在肩头担负责任过日子……他还问我：油嘴佬，你是过来人，爱上一个人需要理由吗？我没回答，因为我没考虑过爱与不爱，也没想过怎样去爱一个人？这个时代已经剥夺了人们的爱情；我与玛丽的结合开始由于懵懂，后来建立在财富与物质占有的基础上，很难有书上讲的那种刻骨铭心的爱情。至于燕子，她原本就是来自草原、飞来飞去的性灵，与我只有肉欲的快乐，很少有精神上的交流，我俩在一起更多的是讨论工作，而不是爱情。在过去的那些岁月里，我虽然也在寻找没约束的生活，更多的却想着出人头地承担责任，在老爹的精神鞭子驱动下，重复上演着自己不算可歌可泣但也算壮丽的人生……

按衰佬的话说：这是社会人生，而他需要的，则是个体人生！

八年前，老爹带着军嫂确定回村发展，自豪地向我宣布：要去慕尼黑把衰佬带回来，搞社会主义新农村建设。我问行吗？他梗着脖子粗声大气地说咋不行？他是我的儿，不听我听谁的？玛丽感觉不对劲，与我说社会进步是尊重人格，父为子纲会弄出事儿来……她要我做做老爹的工作，说衰佬有自己的路要走……我当初不以为然，难道我是凭自己意志娶你管理这份产业的吗？我就说没事，衰佬从小性格软弱，不像我犟头倔脑不听招呼？再说老爹年纪大了，身边需要亲人照顾。玛丽说我自私没为衰佬前程考虑。我强调说：老爹是我能说服的人吗？能把衰佬喊回最好，喊不回他也就死心了。我这般说有推托照顾老爹责任的嫌疑，玛丽明白我这许多年来，在管理上没与老爹尿到一个壶里的痛苦。她对老爹养老的事儿，始终心存矛盾，既担忧他晚年寂寞，又为我的前程考虑；她知一个小水坑里容不下两条龙……

没想到老爹真把衰佬给带了回来……军嫂与我说过这样一桩事，老爹还真行，没出过国，不懂德文，却比在国内还活络；就说找厕所吧？找错会闹笑话……她问我连中文都认不全的老爹咋办？我说我又不是他肚里的蛔虫咋知道？军嫂说他记标记，说男人扑盖、女人向天保险没错。我问啥扑盖向天的？她说就是 M 与 W 开头的字母呀……

这是老爹这辈子唯一一次出国，也是他回来后津津乐道向村人炫耀的事。这村子除衰佬和军嫂，鸿年老师在市政协组织的旅游中去过新加坡，二愣子带人去澳门（不算出国）豪赌，其他人都没有出过国；为此老爹倍感自豪。

3

衰佬和我在村里的马路上踯躅良久，要说的话已然说过，踯躅是在回忆逝去的岁月。不知咋的，我首次深入思考人是要死的。这是自然界留给人类的终极话题，如果人长生不老，这世间上的罪恶必然成倍地增长。只有死亡，是阻止罪恶的终极措施；眼不见为净，我看不到了，世间的罪恶于我就不存在了。我用我的消亡，换取人们以正义阻止罪恶的决心。在自然界，这种现象叫作鲸落。身体庞大的鲸鱼，死亡时自然地把它的身体沉落在海底的淤泥中，以它的物质供养培育新的生命。没有谁告诉它这般做；它这般做纯粹是一种自觉行为，以它一生所攫取的物质，去供养另一种物质的生存。我忽然悟到，老爹的死亡是一种人类精神的鲸落，他以死亡的方式，向世人昭示与世弊流俗血战到底的决心。他以他已走向腐朽的肉体与自认为戴罪之心，向世人提出警告；就像封建社会中忠君之臣以尸谏形式，向这社会上活得欢天喜地的人们，下了一道最严厉的通缉令；不管你戴上多么崇高的头衔，不管拥有多少权力与财富，自行不义必自毙，再不回头必玉石俱焚。我仿佛听到了他站在陀头山上吼山，回去、回去……被贪欲迷惑心窍的人们，回归是你们最后的选择，因为我们是神农氏的子孙……

但是，这条路我们是断断回不去的，我不行，衰佬也不行，没有人能行。生活在锦衣玉食、互联网时代、思想复杂行为猥琐的人们，难道还能回到缺衣少食、蜷缩在火塘边依赖稻草灰取暖过冬的日子去吗？除非他像老爹一样患上了阿尔茨海默症……

这是老爹这代人的悲剧，也是我们这代人偏离方向，摸索前程付出的惨重代价。我这般想着的时候，衰佬也在思考；只见他双眉紧锁，铁青的脸上浮现着无可奈何的微笑。他在与我想同一个问题？也许是，也许不是；虽然我们兄弟走到一处来了，对我俩拥有的财富有着一种新的认识；但我俩毕竟是两个个体的人。在回国八年的接触中，我从没有揣摩透他的心；就像老爹，也从来就没揣摩透我的心一样……

我俩站在路口相视良久，后来衰佬向我告辞说要去接受惊吓的玛莲娜与保尔，回他新建的坐落在下戚家祠堂旁的西式别墅。我沉闷地再问：告诉我，爹到底咋死的？他说你应该相信公安的结论，问题很快就会弄清楚。我说：难道你就没话要与我说吗？他脸上露出一丝无奈，讷讷地道：我曾告诉过你，老爹在这世上的日子不多了，可没引起你的注意。我记得他是说过，说人世间有两类人，一类似火，无时无刻不在燃烧着自己，日久天长总有柴薪燃尽一日；柴薪燃尽，人自然也走了。还有一类人却会如水一般，源远流长曲折恒久川流不息，活着成为世人的标志，诸如季羡林、冰心、杨绛等；但他们已不再为自己活，而成为一个时代的象征。我怔怔地问：老爹不是教育我俩学水涓涓东流，而他却像一盆火一般，这么快就把自己燃尽了？他苦笑着意味深长地摇头说：这就是老爹，换成别人不会这样；他品德如水，性烈如火；总想着别人也像他一般完美；其实这世界永远不可能完美；其实他的攫取欲望比我俩还强烈，犹如强大的高压电流喷涌奔突，而承载的电线却细若游丝，因此造成他生命的短路。如果勉强活着，这社会未必能容纳下他……

我理解衰佬，在回国八年中（尤其是玛莲娜带保尔过来后），出于自尊与逆反心理，他像我一样对老爹采取阳奉阴违的手法，尽力维护自身、玛莲娜与保尔的尊严；不允许老爹与村人蔑视她。在现代农庄的管理上，他曾多次哀求老爹让他做一回主；可惜老爹没容忍他，在农庄管理上横加干涉。他也一直没认玛莲娜（连保尔也不认）；你玛莲娜是西方的农艺家，赶来这儿与他争夺衰佬，我做了一辈子农民，不至于连地都不会种了？他不认保尔是他的骨肉；如果是衰佬的骨肉，咋会是蓝眼睛黄头发（栗色）？其实保尔除了肤色与头发，脸型身材像极了衰佬；尤其那双忧郁的眼睛，深沉得如两汪深不见底的湖水。但老爹就是不认。我多次劝老爹接受保尔，说夫妻基因传给子女不一定平分秋色；谁身体强壮遗传就会多一些……可老爹听不进去，说啥鸡因鸭因地我不懂，你也用不着解释？反正中国人就得像中国人，蓝眼睛黄头发还是我孙吗？他是当着村人面扇我耳光，祖宗的台都被塌尽了……我知老爹拧巴上了，劝慰衰佬先忍忍，越解释越拧巴。反正你与玛莲娜、保尔已生米煮成了熟饭……姐与笨羊姐夫也相帮着做工作，让玛莲娜按中国传统保持耐心，总有一天老爹会接纳。姐还把他俩接到城里住，找关系报户口让保尔上小学；后来还是被衰佬接回村，建成西方别墅送进村小学安顿下来；他聘玛莲娜为农艺师建立工作室，协助他管理农庄。只是老爹不承认就不敢与玛莲娜结婚，像我与于燕一样同居着。

想想老爹委实可怜。衰佬应是他最喜欢的儿子，却像我一样离经叛道离他越来越远。玛莲娜与保尔一天没走，他就一天绷着脸不理衰佬；就像当年我与玛丽较劲一样永不原谅。在他眼里我兄弟俩的人生很失败，不但在事业上违背他的意愿，还与蓝眼睛黄头发的洋女子同居。燕子尚情有可原，蓝眼睛黄头发总归还是中国人，而且是玛丽临终嘱托；而玛莲娜却是地地道道的一个洋毛子，阿爷还是纳粹党卫军排长（他与军嫂去慕尼黑时就知道）。莫非祖宗神主牌翻筋斗，老天爷与他过不去吗？

　　晚餐时我碰上了伍慧。现在村里有多家饭店，大家喜欢在二愣子当家的川菜馆吃饭。由于分厂实行家庭作坊承包经营（此事在老爹东山再起、二次创业时已开始），村庄污染加剧，衰佬收购附近村的土地搞现代农庄后，雇用了许多南腔北调来讨生计的外地人（本地很少有人搞农业），内地那些东北菜与湘菜馆、川菜馆就应运而生，沿天街进山的公路上似衔岸螺蛳一般排开，形成一条南腔北调美味的小吃街。初一看已不认识故乡，倒像我在内蒙古创业时的鄂尔多斯城郊。于燕打电话通知二愣子办豆腐宴，他图方便就让川菜馆给承办了。别看二愣子长得人高马大，其实度量不大，小农习气严重；遇事只考虑个人得失，很少有全局观念。他也就在老爹办厂失落时干得顺手些，进城兼并潘氏化工后就玩不过来了，先与小白脸陈俊的部下争权夺利，后来和潘常来、负责技术的杂物贱与销售经理莲子姐争风吃醋，把他负责生产的一块搞成独立王国，多次向我提出物质报酬制造障碍。我念他是发小又是老爹旧部多次交心，还用老爹上善若水的理念感化他，结果都没能奏效；在军嫂跟老爹回村第四年，他与我闹矛盾提出回村担任分厂厂长，我就同意了。这般他领导的人少了，但由于独立核算权力集中反倒顺手。没想到后来他与当村书记的三脚猫搞到一处，与老爹唱起了对台戏……

　　现在老爹的旧部，只有军嫂与伍慧还尊重他。伍慧由伍副省长介绍在村里当秘书也快七年了，对老爹可算忠心耿耿；老爹也挺喜欢她的，在玛莲娜与保尔来村前，总想把她与衰佬撮合一处。对我说这般的女娃，要出身有出身（伍副省长孙女），要品貌有品貌，要文化有文化，衰佬有福气娶她当老妃，真当祖宗坟前冒了青烟……我打击说：您老人家总说别人猫拖咸鳌多管闲账……我看您也在瞎操心；人家可是正儿八经的红三代……老爹不满地嘟哝说：红三代咋啦？现在阿拉农民牛抬头，衰佬是留学生哩！鸿年老师说大学生是以前的举人，留洋硕士便是当朝进士……

　　我找机会向伍慧试探，说有没有可能留在村里不返京？她说要看以后的发展？我就是在京城住腻了才来这儿的……继而我询问她对衰佬的看法？她说他在如此复杂的社会形态中还活得单纯，应该是个好男人。这话对从名牌大学混出文凭的京妞来说，算是表扬，看得出她对衰佬有好感。为此我征求衰佬的看法，果然，他对她印象也不错，说她在同代人中挺优秀的……这样，我与燕子都觉得有戏；青年男女之间的爱恋，就是从相互有好感开始的。可惜此事由于玛莲娜与保尔出现发生逆转，就像一首钢琴曲演奏到高亢激昂时戛然而止。

由此老爹对衰佬很失望，认为他是扶不起的刘阿斗，说洋妞有啥好？还是个带着拖油瓶的二婚头。也从那时起，父子俩在情感上势不两立；而伍慧，冷眼观望着此间发生的变化不卑不亢，既没对衰佬冷淡，却又不显示出过分的热情，至今仍孤单地留在村里。我觉得她对衰佬的事应该还有盼头，否则就不会再做无谓的牺牲；我却没有仔细询问她，或者说过多地关心他俩的事。因为我知道衰佬喜欢着玛莲娜，而且还有了保尔……

昨日伍慧与军嫂都因破案需要，被派出所叫去做笔录，她回来了军嫂却在那儿过夜。她告诉我老爹去世前的种种反常，后悔没及时与我联系。说老爹的身体自书记卸任后一直不好，不但有遇事就忘的阿尔茨海默症早期症状，而且腰椎间盘突出，还有骨刺，发作时疼得厉害；她说他已有三个多月没在村委会上班，干啥呢？捞水库与溪坑里的漂浮物。他有收藏破鞋子旧衣衫的习惯，洗干净收拾好打包邮寄给贫困地区；开始还有表扬信寄来，现在没有了。可想人家已不把这些当一回事了。可是老爹还在继续，拿我岳父笑面弥勒的话说是前世修成的讨饭命，没事儿做会得浑身骨头痛。现在村里发生大事，都由三脚猫书记、二愣子与衰佬上门汇报；而以前他总是自己直接找上门去，三年前被检查出阿尔茨海默症后……他的生活平时由军嫂照顾着；衰佬原想请个保姆，他坚决不同意，说他不是过去地主老财需人伺候……

饭后我询问伍慧，是不是老爹已知道我兄弟欲转型做最后挣扎？这事伍慧是积极参与的。牛抬头，抬到啥程度？不就为提高农村生产力吗？老爹提倡牛们去城里发展，目的是为了赚钱；但赚钱不是终极目标。牛们并不喜欢背井离乡，迷失在嘈杂熙攘的人群中，沉默于轰隆鸣响的机器工业氛围里；他们喜欢的只是憩静与自由地啃草，耕耘与涅槃。只要有肥沃的土壤，就能使他们在耕耘中获得快乐。他当然不会理解，我与衰佬的再次变革，正是为了让牛们彻底抬头。在人类已然告别旧式农耕文明后，这种纯粹意义上的农民是不存在的，西方现代农业发展，展示了现代农耕文明的趋势；一代代农民离开土地转化为市民；又从市民回归乡村建立起以市场为龙头的现代农庄，致使历史螺旋式地向前发展成为新的阶层，而进入社会顶层城堡。我与衰佬瞒着老爹说服三脚猫与二愣子，以衰佬与玛莲娜开发的蔬菜良种为基础，破釜沉舟卖掉村里已被污染的土地，带着他们异地开发，依托网络走向全国。这无疑是一场改变我国农业结构的世纪性革命，就如比尔·盖茨的电脑王国与苹果电脑、马云阿里巴巴的网上交易，以此改变旧式农民身份与阶层，转化为新型农民进入社会顶层城堡，管理者只需要坐在家里按按鼠标，就可以完成交易。但老爹反对这样做，他根本认识不到这是一场世纪性的革命，对他来说，只有脚下的一块土地与他所想象的类似桃花源一般的传统村落。他对眼前的一切很不满意；但要他回到以前去当然更不满意。说是猪的语言与猪的思维；莫非是猪厩都拆尽，天上掉饲料，屠夫死光光？他说是人都不会这样去想；天下哪有不干活就能过上好日子的？

衰佬的现代农庄，近两年遭遇了国际贸易壁垒。原因还是由于土地污染，不但运营成本增加，而且海关检测出对人体不利的有毒物质严重超标。这自然又是一个悖论，就常规来说运营成本增加，蔬菜价格上升才是；国际贸易壁垒反对的是低价竞销。真实的原因是我国对出口农副产品实行政策性差价补贴；而先进国家或地区对农副产品的生态指标要求甚高，致使由衰佬管理的现代农庄出口受阻，销售低迷……

难道这些，就是老爹离开我们的真实原因吗？伍慧向我摇头说：尽管老爹对现代农庄生产与销售情况不甚满意，但能够理解。做生意有盈有亏，不至于为眼前的挫折斤斤计较；相较于眼前的境况，二十年前老爹所经历的毁厂事件要严重得多，老爹天生是个不怕难的人；越是困难劲头越是十足。难道是衰佬与玛莲娜的婚姻严重刺激了他？这自然是老爹切记在心的一桩大事；他希望伍慧能够按照他的旨意，留下来帮助村民实现牛抬头的梦想，几次向我提及欲成全此事。可自玛莲娜带着保尔进山后，老爹虽在心里不快活，也感觉到基本上没戏了。他不会为了自己的偏见，去影响一对年轻人的幸福。具有传统精神的老爹，虽嘴上嘀咕，满腹埋怨与牢骚，却不是一个心怀叵测的人，也就是说他心地善良并不阴暗。

那么，是什么促使老爹最后下决心决绝地离开我们呢？我想：原因只有一个，那就是老爹深爱着他脚下的那块赭红色的土地；而我们，作为他的子孙却背叛了这块土地……

4

．

饭后，我有意无意地询问伍慧，她与衰佬的关系究竟处理得怎样？因为我知道这是老爹的一块心病。虽然她因为玛莲娜与保尔的出现，有情人难成眷属，却在心底里还爱着他。而且，老爹也知晓她还爱着他；因为她爱着他才不屈不挠地阻挠衰佬与玛莲娜最后的结合。早在两年前的一次接触中，我就提出爱情不受条件限制，说你喜欢他可与玛莲娜竞争，你比她年轻有优势？她苦涩地一笑道：我倒想着竞争，憨叔也支持我竞争；可惜年龄并不是优势呀？人家有保尔又懂得农业栽培。我说不怕，只要你不嫌衰佬愚笨，玛莲娜就无法越过你；你玛丽姐临走托付我，说你能帮助衰佬挑起集团公司的大梁，尤其是行政管理这一块，玛莲娜没有你这般熟悉国情；而在中国，这方面是不可或缺的……她苦涩地一笑道：别人这般想我能原谅，可你不应该呀！我问为啥？她说你是见过世面的人，明白世间唯有爱情不能勉强。你说挑大梁抬举我了，我有自知之明，根本就不是这块料。小洪总接受西式教育，他需要的是与他在人格上平等的女人；明白男女之爱不在乎外界条件，靠的是灵魂的契合；只有相爱的人才能结合……

难道你不爱他吗？我明知故问。希望她能主动出击成全这段姻缘，不至于让老爹难过。她坚决地摇头道：我是爱他，明白他也爱我（至少不反感），只是我的爱，没有玛莲娜那般强烈；这些年我都细心观察着她，发现他俩这段姐弟恋，并不是一时心血来潮闹着玩，而是爱得蛮真挚的……转而她问我：爱能相互包容吗？我说是的。她说这就对了，爱上一个人就诚心祝愿他幸福；没有相互的包容，就如一杯冷白水……

接着，她若有所思地问我：你知小洪总与玛莲娜如何好上的吗？我摇头说不知，在我印象中衰佬从小就衰，老爹吩咐做啥就做啥，没我那样的反抗精神；老爹对他百般疼爱，青柴棍从没挨过身。他从小就是一个乖乖男，按照老爹光宗耀祖的意愿，一口气从小学读到大学，中间连嗝都没打一个；一娘生九子，连娘十条心。当时我想：衰佬的婚姻，肯定是玛莲娜穷追猛打发扬纳粹精神，有了保尔才逼使他就范。伍慧道：如果事实果真这样，我还不至于退让；你知这许多年我没离开沿海，就因为喜欢他。现在这样真性情的男人已然不多了，可惜事情不像你想的那样。她说衰佬被老爹喊回后一直惦记着她母子，在网上保持联络说服她来中国发展。开始玛莲娜不答应，说乖孩子（爱称）呀，我虽想你，却不会为你丢弃稳定富足的生活；你还是把我忘了，开始一种全新的生活。这般说衰佬不开心，说爱就为长相厮守。为引起她注意，他别有用心地把与我亲热的照片（那时我并不知这世界有个叫玛莲娜的女人），发过去刺激她……你想哪，如果中国女人遇上这事会有啥后果？伍慧双眼炯炯地盯住我问。我说一定大发醋性。她说这就对了，爱情是自私的……没一个女人能容忍欺骗。玛莲娜却不同凡响地在网上回文赞赏说：多美呀，青春与激情……祝贺你获得新的快乐……我问：是不是她不喜欢他了？伍慧摇头道：开始我也这样认为，但后来衰佬佯装自杀把她诓来……我问她，她说她是真诚的，两个彼此相爱的人，没理由让对方不快乐。这样你明白他俩姐弟恋建立在什么基础上？她与保尔来这儿快三年了，除了快乐工作，从没提过婚姻；一个女人心灵自信强大到此程度，别的女人还敢侵犯吗？

人如果爱到没边际，这世界上任何力量都阻挡不了。伍慧说，何况像衰佬这般的男人，平时含含糊糊的，却长着憨叔和你这般的倔性子。

晚上守灵时来了一大群人，老爹创业时这班老人马，除了去另一世界的差不多全来了。我的岳丈笑面弥勒、病恹恹的秀才哥、退休干部姨夫吴志远、三叔黑无常与军嫂，还有已鳏居的鸿年老师特地从城里赶来。我清点人头，单单缺了智佬，于是说起了这个全村最早脱农的顶尖聪明人。他五年前身体不行办了退休手续，把村经合社与花木公司交给黑无常双贵叔管理。其实我知道不是由于身体原因，他腰腿痛也不是一朝一夕的事；主要还是四眼哥与小白脸陈俊出事后，公家生意溜单没了利润，就抽出股份帮姣姣搞了外婆家餐厅，后来就没了音讯。我问鸿年老师：智佬咋没过来？鸿年老师说：你还不知道吗？我问他咋了？他说他躺在医院里犯心脏病。我有些奇怪，千金难买老来瘦，不是说瘦人不会得心脏病吗？他可是吹嘘保养得挺好的瘦肉型身材？鸿年老师微笑道：他嘛，还是聪明害了他……怕省吃俭用积蓄的养老钱被阿囡算计……一百多万元哪……现在酒店生意不好做，姣姣要装修搞美食城……智佬自然舍不得；这些年没少投入全进了无底洞，把钱要回来放进兴城公司民间集资生利息。这下好，前个月刚放进去，隔月老总走人公司宣告破产。他全军覆没急火攻心，做过心脏搭桥手术后，整个人变傻了……

呵、呵，他没福气哪，老太婆走了有两年了；姣姣与女婿平时待他算不错，现在身上没钱孝子贤孙也就没了。前几天我去医院探望他，见他身上插满管子干躺着不会说话，一双死鱼眼睛木腾腾地张着，只有进气没出气。我问姣姣以后咋办？她恨恨地蹬着脚说还能咋办？我说过多少回，那种民间集资全是圈钱走人的假冒伪劣产品；他不听，自己的阿囡信不过去找这些人渣？这下没钱了，连以后送养老院都得挖我肉……前世不修摊上这么个讨债爹？我说你开农家乐他不是投了钱吗？她说那是过去，我又不白拿得付利息；他是智佬算盘精得很……

聪明一世、糊涂一时哪。我岳父笑面弥勒见多不怪，乐呵呵地应和说：少年聪明，必老来糊涂偿还……他八十七岁了，脚轻手健地精神着，坐在老爹的灵前嗑南瓜子，脸上没有悲伤的模样。老爹活着时总说他是死藤南瓜，藤死瓜不枯，是个百事放下想得通的人……是呀，世事风云看多了，并不在意老了靠谁？岳父从没向我支过钱；岳母婆婆崂去世后，他独住在近两百平方米的砖屋里，不看电视不听新闻，靠村里补助的每月六百元低保钱过日子，每天定时上老年活动室搓麻将，为一角两角钱得失与人争个脸红耳赤。赢钱高兴输钱亦高兴，晚上睡一觉，第二天仍精神抖擞再战不殆。他在城里有四个阿囡，说起来也是子孙满堂，却一个也没去投靠，说是嫁出的阿囡泼出的水，做人只有一代服侍一代，没有隔代服侍的规矩……我八十多了，她们也都六十出头看子孙脸面吃饭，我投靠她们有好果子吃吗？倒不如好死不如赖活着地窝村里，死了棺材上山快一些，为她们省下运尸的车马费……

老爹暴卒令众人嗟叹不已。有个基本事实：他是村里的功臣，带动村民发生了翻天覆地的变化。吴志远说：可惜呀，憨书记是我镇里经济发展的第一功臣；当年我当大书记，他当小书记，全镇十六个村的书记里，我就服他一个人。别的不说，就凭他带头办起村办企业，带动多少农民自力更生走上富裕道……三十几年过来，安排解决了多少农村劳动力，使这贫穷落后的山区小镇，像发酵馒头一般繁荣膨胀起来……他这般说，众人便应和道：那还不是你当镇长书记的领导有方？他用手抓抓头皮说：你们也别媚我……当初我的思想保守，没憨书记一次两次憋红着脸与我争与我吵，伸出粗胳膊要与我掰手腕，我还真不敢支持他这样做……他是赤脚汉不怕穿鞋人，县里镇里干部都被他推搡着才往前走……

　　这样，又说了一会儿农村脱贫后如何致富的事。军嫂在旁静静地听着，大冬天的，鼻梁上冒出沁沁的汗珠。这几年由于二愣子的变心，她比以前枯瘦多了，脸上出现与实际年龄不相称的皱纹，如一张张蛛网似的密布在两颊。女人不能心里藏事，事藏得越多，脸上的皱纹也就越多。我在心里默默想着，深为她这时候的镇静而佩服。自娘没后，她把上戚家那几间屋子当作自个儿的家，想着晚上在此留宿。此中原因，也只有老爹与她自己才能说清……

　　军嫂当着大家的面解释说：公安把我喊去问话，说我俩接触最多，问有没有发现憨叔自寻短见的苗头？专家分析，他患的阿尔茨海默症有自残的行为与倾向。我回忆一下，还真发现他多次拿着这把砍柴斧……遇上不愉快的事总说要把人劈了。秀才哥阴沉着脸问：他说过要用斧头寻短见？军嫂摇头说这倒没有……啊，有过一回；八年前我跟他去慕尼黑喊衰佬回来……衰佬当时铁石心肠不肯回，他急了，从农场工具房内抄出一把洋斧头递给衰佬，说你有种，就把我当爹的笨脑袋给劈了？衰佬的脸当场就白了，最后跟我俩上飞机……那次我仨上国际机场，玛莲娜驾驶着农庄的直升机过来送；憨叔羡慕地对衰佬赞叹说：德国佬还真玩大了，家里还用上了小飞机……

　　她说衰佬记住了这句话，这些年来村里搞现代化种植办食品加工厂，用的都是从德意志捎来的种子；这种子高产是高产，还虫害不侵，可惜只能种一年，第二年种子就不会发芽……尤其糟糕的是：她从口袋里取出一份报纸交与我，说看看吧，这事真假不清楚，但对憨叔说却是致命的一击。她说憨叔是做事特别认真的人，若知道小洪总开发的转基因种子，是换一种方式害人……说着她用眼珠瞟一瞟我：戚总的化工污染问题没解决，如今又多了一种能使人断子绝孙的种族污染……啥、啥，种族污染？众人不解，惊问。她煞有介事地点头：报上说转基因食品、电脑辐射与汽车排污，是当前城市居民所遭受灭族的生理污染。我瞪了她一眼，问这是听谁说的？她说微信群发的，还有报纸。你别以为老爹没文化，不玩手机，他可订了三份报纸。其中《沿海科技报》是每天必看的……他一直说他不是啥英雄啥劳模啥优秀党员，而是这时代的罪人，早就尝试挣扎着要劈自己的脑袋谢罪……

我接过那份旧报纸翻了翻，内有一篇报道转基因食品的文章，标题做得触目惊心：八岁女童脱下尿不湿，无奈用上了卫生巾……

岳丈笑面弥勒见我尴尬，慈眉秀目地叼着我递上的中华烟把问题扯开了去。说家丑不外扬。憨佬这人嘛，不是我当事后诸葛亮说他，输就输在只知进不知退。八年前我那小阿囡还活着，好端端地不待在城里享福，花一百多万元装来海泥把衰佬喊回村穷折腾。逞能哪，以为你是谁？救世主哪？中国的农民好搞吗？连两代革命家都难摆平……农业现代化那么容易？袁隆平搞个矮脚南特稻种折腾了多少年？中国的事嘛，还就农业农村农民难搞，你一个红脚梗书没读过几本，路没走过几步，就异想天开地充勇当好佬，能有好下场吗？牛抬头，有那么容易吗？这就像上祭请祖宗，一张八仙桌坐八个人，你偏要挤进去坐十来人，破坏了规矩挤翻桌子，谁都吃不成饭了；当年我就劝他：到了你这年纪，世事像我一样看不懂了，不如见好就收，守着打下的江山过日子，把事儿交给油嘴佬一代人做，你当太公百事不管，饭吃三碗，坐岸边赏风景享闲福，儿孙自有儿孙福，管他贫富不均有否污染？像我一样饭吃三碗、百事不管；还享后福多做几年人。他听不进去，结果管也不是，不管也不是，反过来害了自己的命。志潮秀才不就听了我的话，在陀头庵养生保住性命。他呢？听不进去……人上了台阶就下不来，不当太公偏冲锋陷阵当先锋，啥事都管啥事管不住，反把自己往死里整。人啊，说别人容易，轮到自己头上就难了；对了，他说过流水逝者斯夫，过后不思量？真像我这般不思量吗？他还是思量的，结果就活活把自己给折腾死了……

谁杀害了他？没人强迫他，是一口气没顺过来，自己上了奈何桥。对他这般的性格，走得早是运气福气，迟走白白在俗世上生闲气。二愣子家的，听说你也兑现股份办移民去澳大利亚？想得通哪……别人说你是逃兵，我理解是明智，这条路你迟早会走；现在村里的年轻人，还是当年我们那茬子人吗？崽卖爷田不心疼，有钱了就享乐寻开心。你看看你那吃喝赌嫖全会的二愣子，每天拉开一桌是一桌，鸡鸭鱼肉还喝茅台；工商税务公安银行伺候得天王老子一般，这叫挣钱养家吗？是败家；猪狗畜生都不如。过去地主老财大六月双抢喝口烧酒有片咸肉吃就算福气，省吃俭用挣下几亩田地，土改时还得挨枪子，像鸿年老师他爹……天下哪有这般的吃法疯法？人心不古呀……

呵、呵……他丢掉才抽一半的香烟抹开眼泪：狐死兔悲，不要看我每天搓搓小麻将蛮舒坦的，其实心里也想不开……憨佬走了我也快了！油嘴佬呀，你问谁杀了老爹？我看是你们这些没良心的讨债鬼……

说着他就抹泪大哭起来：兄弟呀，以前我俩斗，为在村里谁做阿大坐上位头？现在没人斗了，你走了，我也快了；你在黄泉路上等等我……呜呜……

5

是呀，这条路我们已然走过来了。走过来就回不去了。如果一定要回去，那么已不再是旧日风景。这块赭红色的凝重土地，有的是沉重的过去，却缺乏创新的未来。下半夜我让大伙儿回去，说你们来了我很感激，老爹也会感到安慰。天冷，不如找地方眯上一会儿，这里有我守着就行了……秀才哥刚才没发表高论，这时附我耳朵问：咋没见衰佬呢？我说昨夜他陪整夜，这会儿带玛莲娜与保尔回去休息了……他点点头道：开弓没有回头箭，你与衰佬商量好的事，千万不要因老爹夭折改变……我问：你是指企业转型的事？他说是的，企业不转型，农民永远只是守在田亩上的牛。我说：在城里的车间劳作，与守在田亩上的牛有区别吗？他说：有，但区别不大；其实不管当农民还是工人，只是一份职业；牛能不能抬头，不在于物质上的占有，而是精神空间……说过这话后，他眼睛红红地用手背擦着脸道：憨叔走了，今后的路要靠你们自己走了……兄弟，不要太难过……做人总有这一天，你兄弟俩好自为之……你们辛苦，我身体不好先回寺了；切望节哀……

众人散去安静下来。北风歇了一日，这时又呼呼地吼叫起来，气温降至零下，像往年一样山上有些倒春寒，屋里顿时冷飕飕的。我说好说歹，总算让姐带铃铛铁锤去分厂小招待所休息。笨羊姐夫、伍慧、军嫂都不想走，于燕也执意留下。我知他们与我一样，想多陪一会儿老爹，与我说说话儿。我们伴着那一跳一跳的烛光，重又蜷坐在老爹的灵前，一时间又觉得无话可说。石坎窗上映出沉沉的山林侧影，使这间简陋的屋子变得凄凉起来。按乡俗说法，人死后灵魂七日不散，会萦绕在死者生前的屋子内，看着亲人们如何化解往昔恩怨追思于他？我知老爹不会带着恩怨走的，他是个外表严厉心地善良的人，但肯定有话与我和衰佬说。他与衰佬不和是暂时的表面的；就像我当年离家出走，不管脸上多难看，气全装在肚子里，心里还为我着想。在他眼里，儿子就是他的再生。

老爹已走两天了，姐眼泪洗脸没干过。派出所刑警告诉我，老爹昨天清晨被发现，他们赶来时尚有一丝气儿，侧卧在那张木板搭成的硬木床（腰板痛不喜欢睡席梦思）上，硕大的身子蜷缩着，前膝抵住胸口，双眼圆睁，那被认定凶器的斧头柄抓在他手里，估计是锋刃劈进脑壳来不及抽回，只是已经不会说话了；他们取证拍照后想送医院，没想到路上就咽了气儿。衰佬喊来姐与笨羊姐夫陪着过了第一夜，他的身子一直僵硬着。按佛教说法应是尚没丢下俗世琐事，如果超度了，身体就会软下来；姐一边哭着，一边在他身上揉呀揉呀，嘴上还念念有词，直至我归回来到他的身边，身体才慢慢地酥软下来。

笨羊姐夫在这时开始责怪我与衰佬的任性行为，说油嘴佬呀，不是姐夫批评你，这事你俩也太自作主张，明知老爹要自力更生抬头做人，不卖祖产让外商控股；你俩倒好，瞒着他与有日资背景的鸿发集团订立协议，把祖宗传世之地给转卖了？我想这是老爹自寻绝路的原因吗？应该不是；老爹虽然性格执拗，但断断不会因此而自寻死路。他自我了断应有更深层的社会因素；但我没向姐夫解释，人都没了，解释有用吗？经商的目的是互为有利方可成交，搞现代农业生态蔬菜托拉斯的概念，在集团内部最早由衰佬提出来，他回国七年一直在致力推动这项工作。我的贡献是用商业的模式推动企业转型，由民营化工业向现代生态农业靠拢，由农业部与新华总社牵头，集中人力、财力以资源置换的方式蛇脱壳，南菜北调把江南的生态蔬菜推向全国；合作单位鸿发集团虽有日资背景，但它是覆盖全国具有销售潜力的酒店业。强强合作才能做大做强；何况他们已是国内深市上市企业，星星草集团与其合作具有借壳上市的战略意图。姐夫见我不吱声，又问是否莲子姐介绍的？我知他对莲子姐有成见，想了想后坦率地承认是的。他好长时间未吱声，最后说：企业情况我不了解，但老爹说过做企业就是做人，现在我对人越来越看不懂了，以后你与衰佬最好离她远一些，不要忘记四眼书记与小白脸市长的教训。我明知故问道：你认为与鸿发集团合作有何不妥吗？他欲言又止地说：具体我也说不清，我猜想老爹可能是由此事受到刺激才走上绝路，因为他是个民族主义者，向来反对与外资企业（尤其是日资企业）合作……我说：此事老爹想不通你应该想通，时代发展到了全球经济文化共融的时候，现代工业越来越走向国际化；做企业不在于谁投资，重要的是把握方向。譬如做网络，搜狐投资者是美国，新浪背后助推则是日本；苹果手机是苹果公司开发由苏州生产的，资本运作是大势所趋。他讷讷地说：是呀，总有一日国人会后悔，现代工业命脉掌握在外国人手里，国内企业越来越失去主动权了……

我说这些我懂，我与衰佬需要的是资金与盘子，而不是夸夸其谈的理论。

伍慧与军嫂留下没走，应有话要与我说，见我与笨羊姐夫扯不到一起，就识趣不作声了。伍慧给老爹当秘书有七年了，朝夕相处早把他当作亲人，我说她昨夜已陪了一宿，今晚不必再陪了，让她回屋歇一会儿。她说她送老爹最后一程，不仅代表自己，还代表她的家人；再三向我表示陪夜是她阿爷伍副省长的意思。随后她把我拉到屋旮旯，提供了一个情况，说老爹辞世前的那个晚上，志海书记为合作项目事找过他，可能会说些不妥当的话。我这才想起志海书记没照面，便问：今儿我咋没见他呢？她说他领刑侦队在现场拍照摄像后就跟他们走了；估计还留在城里协助破案。笨羊姐夫警觉地跟过来，询问啥不妥当的话？伍慧低头讷讷道：戚总应该知道……就是鸿发集团开发农业观光园、村民在承租土地协议书上签名的事儿。笨羊姐夫的脸色顿时很难看；我心里也咯噔了一下。我在京洽谈由新华社托管的现代农庄骨干项目，是衰佬主持的农业生态园出现频频亏损的无奈之举；说是合作经营，其实是租赁村里土地搞旅游开发，弥补生态蔬菜经营之不足。自作聪明的三脚猫，为促成全村土地转让发扬民主频频找村民签名，以迫使不同意见的老爹和老一代村民就范……狗娘养的成事不足败事有余，一口想吃个胖子的三脚猫，急着拿到赔偿款急疯了？胡搞……我愤愤地骂着，砰的一声拍响桌子……姐夫的脸色瞬间变得通红，说油嘴佬呀，你也真是胆大包天，为了眼前的利益断了村民的后路……把地卖了，连子孙饭都吃尽了……

我阴沉着脸没吱声，我能责怪三脚猫书记吗？此举我是主谋，自鄂尔多斯回来继承老爹这份产业后，就企业主旨上我俩一直存有分歧；老爹要走的是大家共同富裕之路，也就是群牛抬头进入理想的境界；而我却认为这并不现实，总在想方设法搞折中，让一部分人先富起来，然后带动村民（包括兼并后的城里员工）共同富裕；与衰佬合伙开发现代生态农庄，就建立在此基础上。这是我父子无法跨越的一条鸿沟……

笨羊姐夫的脸色变得越来越难看，嘴里不断地嗫嚅道：油嘴佬呀油嘴佬，这就是你企业转型的目标吗？你把祖宗的基业都卖了，万一失手，大家再无家可归？你口口声声向你姐与我保证，一定要带衰佬走正路照顾好老爹，没想到你俩还是在他的心窝上捅了一刀……你姐知道他是被你与衰佬合谋开发的项目逼死的，一定会把你俩撕碎吃了的……

我沉默了一会儿说：如果我能在山下，不……广阔一点说在中国境内，建立与发展成三十个，不，也许是五十个，四季鲜花盛开、没有污染的现代化村落，你与姐还会把我与衰佬生吞活剥吗？他连连摇头说：乌托邦，当代的乌托邦；如果你的脑子没短路，完全不可能……我瞪了他一眼道：你以为土地就是现代人致富的唯一途径吗？全世界有二千多万吉卜赛人，他们在中世纪就失去了土地，现今有哪一点比我们过得差……

谬论……笨羊姐夫气急败坏地吼道：你这是自涉险境、自走绝路、自取灭亡……我坚毅地摇头作答道：不，我应是破釜沉舟……是破釜沉舟……没有游动，天下的牛们永远死水一潭，波涛难兴……

军嫂解释二愣子带刑侦队检查时，在老爹枕下与床头柜里发现的内衣。据说现场她就支支吾吾地承认是她的东西；还说那是二愣子哥饭淘箩送的彩礼，三十多年都没舍得穿留作存念。二愣子当众发脾气，责问咋一回事？弄得她很没脸面，赌气回答说还能咋回事？我俩有事呗！于是两人当场就吵翻了，二愣子赌气去姘头处睡了一觉，她走后才陪衰佬一起守灵。老爹出事是军嫂最先发现让伍慧报警；当时她赶来为老爹烧早饭，没想到……报警后她留在现场没离去；如果真与老爹有事早粉饰了，不会留下如此瑕疵让村人嚼口舌。这么简单的事二愣子不动脑筋想一想？倒是他这些年有钱任性，因军嫂宫寒不育，他在外偷鸡摸狗嫖娼养小；这类丑事军嫂都没理会过，如今他倒神气起来？端一尿壶扣在老爹身上，阿娘大脚的欠揍……

军嫂跟老爹足有三十年，为人精明强悍，息事宁人，怎会老了反撅着屁股招人打？她在众人散后把屋子收拾了一番，这时整理出老爹收藏的一藤箱鞋子，拿出来给大家看。说老爹不知从何时始，有了收藏旧鞋子的习惯。她一双一双地把这些旧鞋子拿到老爹灵前，有他与我娘番薯蜜枣、姐与我，衰佬穿过的木钉鞋、蒲草鞋、千层布鞋，还有县长糖拌糠送他的那双军用皮鞋，以及办厂后爹与我、衰佬与铃铛、铁锤穿的皮鞋、运动鞋、玛丽穿过的港式凉鞋，于燕穿的时尚宝宝鞋；足有三十几双。军嫂让我们参观说，没想到老爹这么粗疏的一条汉子，还如此细心地收藏了家人几十年前穿的鞋子？她这般说的意思我明白，老爹既然有收藏鞋子的嗜好，那么收藏她的内衣就不足为奇了。但由此引发了我与笨羊姐夫的另一种联想，为人粗疏的老爹对家人的挚爱，蕴藏在这些收藏的旧鞋子中间。也不知他何时开始有了这种嗜好？把象征着走过路的鞋子，保留在他记忆的深处。我可以想到在那些独自向寂的夜晚，他会在灯下小心翼翼地从藤箱内拿出这堆鞋子，睹物生情，缅怀那些过去的岁月……

天快亮时，大家都有些困了，靠在椅子背上打瞌睡。于燕却瞪大两只滚圆的蓝眼睛，出神地盯住那把挂在墙上的砍柴斧。这把斧头两天前从老爹手里取下来，刑侦队曾拿去当证据拍照与鉴定，今天军嫂把它取回来仍挂在原处。理由简单：这是老爹珍藏多年传给子孙的遗物，该由家属处理。我问于燕是否由此管窥到老爹整个人生？她说是的，老爹的逝去，是有人动了这把弥足珍贵的砍柴斧……这是他的人生，也是展望未来的标尺，遗憾的是后人忽视了这标尺的存在……

我问她想听听这把砍柴斧的来历吗？她说想，她娘也保存了她爹用过的一把蜡制酒壶，尽管那酒壶很陈旧很粗粝，但她娘仍如宝贝一般用羊绒巾包住，存放在蒙古包顶端的横梁上。我点点头，想起老爹曾与我姐弟说过的这把砍柴斧的来历。他说：我被你们八桂爷爷带回山里搞互助组时，地都分光了，我俩要吃饭动脑筋，你们八桂爷爷就交给我一把砍柴斧，说靠山吃山、靠水吃水，自古以来砍柴佬肚里的食身上的衣，就靠这把砍柴斧砍出来的。有了砍柴斧，穷人吃穿不愁，没地也能活得滋润……我对于燕与众人说：老爹在他当进舍女婿前，就两只光肩胛扛着一个头，靠砍柴维持全家生计。他与我娘结婚时，山里阿爷问他带了啥过来？他取腰间别着的砍柴斧拿手上扬一扬，说啥都没带，除了男人的光腚子，还有一把砍柴斧……

那是八桂爷爷给他的彩礼；陪伴老爹度过整整六十个春秋，诉说着一个无产者的得失春秋。于燕听此故事后沉思说：现在我理解你为何不想改动 LOGO 的底色，明白党旗为何由镰刀斧头组成？我说是的，这块赭红色的土地，是上千年来由老爹这般的农民，用鲜血与汗水浸润而成。她点头说明白了，这就是你宁可冒着集团解体的风险，卖掉现有的一切，转型回到农民本业的原因……

次日，我与于燕在衰佬、玛莲娜替代守灵后，去了秀才哥栖居的陀头庵，因为有许多事，包括在京的洽谈，我要与他进行深层次交流；只有秀才哥才理解我此时的心情，老爹的逝去使我做更深层次的换位思考，即将来临的中产阶级与市民层次的现实生活，究竟是否适合我这般乍富起来的农民之子，我们的前程能否再拥有诗与远方？经历这些年的嗜血困顿，身心劳累的我需要在老爹离去时，有一个合适的疗伤之处。这伤，是铭刻在内心深处永难愈合的伤痛，是挥之不去的世纪哀伤。动物界奉行强食弱肉的准则，越是凶猛的食肉动物越容易受伤；它们受伤后并无像人类一般用药物医治，只用自己的舌头舔，舔久了伤口自然愈合。但那种镶嵌在它们心灵上的创口，能用舌头舔愈合吗？

还在很久以前，秀才哥就给我讲过一个以身饲虎的佛教故事，说释迦牟尼途遇奄奄一息的一只饿虎，为让它能活下去修炼善性，不惜用自己的身体喂养它。这是什么精神哪？就是以身拭善舍己度暴。在佛经上这故事叫作涅槃……

秀才哥身上的癌细胞已在扩散，自知来日无多，但他并不畏惧死亡。躺在那张硬木床上，向我和于燕重讲了这故事。末了他说：诗与远方是人类追求的境界，在儒家经典里称之为欲，在佛教中则被视为色；你有想象证明凡心未泯，所以会感到痛苦。我问如何解除痛苦？他说顺其自然不为名利所累，心静则体悦，就是自然的境界，只是凡夫俗子无法做到这点……

这晚我与于燕在隔屋各搭一张板床，夜深时我仍东想西想睡不着，想着老爹，想着四眼哥与秀才哥，许许多多在俗世尘埃中忙碌的众生，心情糟得一塌糊涂；最后又兽性发作爬到她床上求欢（色胆包天，可在老爹丧期内）。可我还是没能熬住，那无穷无尽的无望与寂寞，如雾霾一般地从四面八方围聚拢而来，像鳝鱼钩倒刺般攫住我的心，把它钩出来在阳光下撕裂；我感到自己变成一只饿虎，想把世间的美好一口吞下……于燕当然不从，拼命地撕扯我的身体……奇怪的是她越撕扯越挣扎我越兴奋。三十年前我不就是个强奸犯吗？那时是菲菲现在是她……后来她乞求说：老爹……我看到了老爹，他在天上看着我俩……

我顿时感到身上寒飕飕地充满冷意，从她身上下来问：你害怕？她一骨碌滚下床，向我怒目而视：你的心静吗？见我脸色刷白没吱声，她复上床搂住我安慰道：要不……我俩结婚过日子吧？我说你不是个叛逆者吗？她说老爹的逝去使我明白了，女人再叛逆也不能有违传统……虽然我们已流离土地，但脚下如果没踩到坚实的土地，再富足的生活也是一场盲跑裸奔……我投降了，因为我心里有着一头饿急的猛虎。她这般说，我忽然感到一种身体悬空的恐惧，一股冷气从脚底升起弥漫全身，眼前重浮起老爹被砍柴斧劈开脑袋血肉模糊的模样；那不是老爹，是三十年后的我。我战战兢兢地问：你回归土地，为何又要与我在一处？她浑身颤抖地紧抱住我道：因为有铁锤……我没看到未来却失去了传统……

次日我俩返回上戚家时，秀才哥的情绪极不稳定，呆坐在那把老红木椅上喃喃自语：万能的佛陀呀，善良总不至于再失败……面对他的失落，我深有同感：老爹没了，故乡随之沦陷；我们都是一群迷途的羔羊，永远迷失在那个叫作家的地方……这种脚不着地、悬空虚浮的感觉，就是我们要去的地方吗？

然而，心灵在呼唤，呼唤着我们的理想与梦魇……

洪长生："狼来了"的困惑（上）

1

老爹出殡那天，老天爷特别哀伤，白日惨淡寒风凛冽，气温骤降，已过了立春，却还如严冬那般寒冷。整个山村都沉浸在那种浓郁得化不开的忧伤中，山溪哽咽风奏哀歌；草木含情人畜皆悲；那一丛丛一簇簇还带有残雪痕迹的桃李柿梨，不规则地分布在公路两侧，形态各异、翘首昂立，枝干在嫩绿中透出霜白；犹如一个个胸佩白花的忠诚卫士，默默地为老爹送行。那一块块掇上塑料薄膜的菜园子，在白日映衬下沿着山体蜿蜒曲折，一垄垄、一行行地展开，好如一条条孝旌一页页挽联一行行祭文，在寒风中静静地为老爹献上哀思；村里的有线广播奏响了哀曲，一条条宛如玉带般的溪水，沿山盘旋，好如凭空洒下一条条挽幛穿石而下，滴水含忧，风儿传诵着人们心头的悲伤，山林间回响着人们胸中的哀思……

老爹走了，不同寻常地走了。他是我老爹，油嘴佬与杏儿姐的老爹，也是全村青壮年的老爹，生前仿佛人们并不承认，但他走后却得到公认。

天空自然灰蒙蒙的，空气中流溢着一种黏糊糊的味道。有几群平时不大出现的昏鸦与老鹞，翻飞盘旋在空中；时不时地掠过山头，惊奇地观赏着这场数年难遇的葬礼，寻找着它们需要的食物。这山里的空气，近些年开始变得混沌起来，不再像我儿时那样清新又湿润，早晨起来深呼吸一口满嘴都是甜味；那时候晴日天空蔚蓝一片，溪水也是清冽的，像镜子一般透明，游鱼清晰可辨。现在没有了，我从慕尼黑回来就发现了这问题，为此请教老爹，他说他也注意到了，可能是分厂排污问题没有很好地解决，造成环境污染。为此，他一直高兴不起来，认为自己不像报纸电视台宣传的那样是改革开放的英雄，而是罪人。他曾与我说过：有朝一日当他过背（意即过世）了，功过是非得实事求是地予以评价。他说：虽说十五舀村的改革由我发轫搞起来的，是我让大家过上了好日子；其实不然，我是有愧于后代子孙的罪人，没资格当英雄……

老爹这般说并不是谦虚。自油嘴佬们搞的化工污染在媒体上曝光后，老爹领着我去参观了受灾的两镇一乡的滩涂，才使我明白十五舀村民的抬头，是建立在别人低头的基础上的。那儿的水是黑的，天空也是黑沉沉的，空气里弥漫着刺鼻的气味；连地上长的庄稼，叶子半边都枯焦了。油嘴佬是答应赔偿的，不赔偿行吗？虽说这次是管道破裂偶发事件，但十来年来星星草化工排污，都是直排后海滩涂的，造成当地的动植物生态链断裂，而且受灾的土地在十年内难以恢复。尤其令人发指的是，这地方成为全省肝癌高发区，对人们的生存造成直接影响……

那次老爹和我挨村挨户地进行访贫问苦，使我印象深刻的是下畈蒋村。这地方通埠头，以前人们生活得还不错（当然是相比较而言），而现今由于疾病的原因，全村三百来户人家，有三分之一人家靠卖血为生。我跟老爹参观了这些可以说一贫如洗的屋子，那情景与三十几年前的陀头山没啥两样；而地球，已自转了十几万次……

就在那次，老爹握着我的手哭得涕泪横流。他捶打着自己胸膛号啕大哭道：我是罪人，是该下地狱的罪人！

老爹是否应下地狱？应该不是；但他也不是政府与媒体所鼓吹的英雄。就我眼光看，他就是一个普通的农民，在向社会顶层城堡盲目冲击、任性而又固执横冲直撞的牛。在他身上流淌着牛的血液，而不是可以上升至人的人。

在这儿，我摘录一段话：

> 凡有的，还要加给他，叫他有余；没有的，连他所有的也要夺过来。

这段话出自《圣经·马太福音》第25章第29节。这不是我信基督，我自然不是教徒。我之所以记住了这段话，是在慕尼黑城郊农场学农艺时，玛莲娜的那个党卫军的阿爷，绰号咕噜的老纳粹，经常在餐前餐后带领全家人祷告时说的话。老纳粹当然信教，信教是在监狱中培养的；那年他也快百岁了吧？也就是说他信教的历史已达七十年。他餐前做祷告，祈求上帝宽恕他有个好胃口，用完餐还做祷告，请求上帝原谅他在消灭低级生命的罪恶中，培育了延续他作为高级生命的罪恶之花。这样一天之中，如果不上教堂忏悔做礼拜的话，他餐前餐后须做六次祷告，感恩上帝赐给他食物。有一次，我不知咋的对此发生兴趣，询问玛莲娜（我不敢求教脸如古铜、心如沉铁的老纳粹）这话什么意思？玛莲娜告诉我，这是西方人追求财富和快乐欲望时所产生的信条。也就是物竞天性，强者愈强，弱者愈弱。

这条冰冷的规则，应是世间最没有人性化的规则，却流行于西方社会，无处不在，无时不行，成为国家、社会、家庭奉行的准则。

后来，我在一本论述经济学的著作中，知道了西方经济学家锁定此信条，作为人类社会经济发展的原理，有个专用名词叫"马太效应"。人性具备此品质，是摆脱奴役拥有尊严的人，因为是人就得有欲望，没欲望社会就不会进步；不具备此品质的，就是仍被人奴役而失去尊严的人。这与人性的善良、国民道德准则，人所从事的职业与生存环境无涉……

一行送葬队伍在下戚家至上戚家的盘山公路上缓缓地蠕动着，中间是载着花圈与仪仗队的十几辆卡车，间隔着当地政界商界名人的豪华轿车（他们不会爬坡走路），两边是脸挂哀伤举着挽幛、白衣白帽披麻戴素的人群。半数村民与老爹生前好友近千人参与，形成了一支声势浩大的队伍。豪华车队与贵重花圈，六支仪仗队还有五里寺念经的和尚、镇浒庵的尼姑、道士成为这支队伍的亮点；这些都是我哥油嘴佬花钱雇来的，人也是他邀请的。他还是要面子讲派头。整场葬礼连同办豆腐宴预算一百二十万元，估计还要超……

队伍行进得很缓慢，那是为重塑孝子贤孙形象的油嘴佬，遵祖制每逢过桥上坡，就从轿车下来钻棺材底（其实是骨灰盒）下，背负老爹顺风顺水地过桥上坡……队伍两侧有村小学的学生，撒事先装在箱笼里的纸币。这点军嫂、姐与哥有分歧，她俩是准备了冥币的；但哥坚决反对，说是奢华也是最后一次了，老爹节俭一辈子，撒真钱让他开心一次。这不，又从银行取来十万元，全换作零钱真枪实弹地撒路上由人抢。他原本让我一起参与葬礼，我也是老爹的儿呀！可我坚决拒绝。这算什么？真情不为流俗所困，没必要启兵发马铺张浪费搞这些花里胡哨的东西！你真心对老爹好，活着时孝顺多陪他说说话就是，何必在死后做样子给人看？那不是孝顺，是作秀；如果老爹泉下有知，肯定会气急败坏地跳出来阻止，死了还让后代子孙给强奸一次？他走了，灵魂需要休憩安静，不需要喧哗；油嘴佬哥这般做，是给别人看的；他与老爹最大的不同，是他虽然不知西方经济学中有"马太效应"这专有名词，但已从实践中自作聪明地悟出了这道理。他把老爹的葬礼搞得铺张浪费大讲排场，不是为死者老爹，而是为他与我即将开始的那份产业，或说由牛上升为人的一种宣告。他的目的只有一个，掩住世人流言蜚语的嘴，证明自己是孝子贤孙；继而大张旗鼓地以老爹这辈子推崇的上善若水理念，去苟且奉行自己（包括我）进入社会顶层城堡的预演……其实不是，我与他都不是孝子贤孙，我俩和老爹不属于同一类人。如果是，老爹怎会用砍柴斧劈开自己的脑袋……

2

老爹英雄一世，最终没有逃脱庸俗理想主义者的命运；他始终牢记着总设计师的一句话：让一部分人先富裕起来后，帮助大多数人共同致富。这话按照常理，也就是中国传统文化：士大夫以天下为己任的观点没错。问题是打开国门以后，西方利己主义的庸俗哲学过来了。这种哲学的特点就是通人性，因为人就本质上来说是贪婪的；这世间很少有人会像老爹那样，牢记当年改革办厂时的初衷，让他获得的财富，毫无保留地匀给至今还贫困着的人们。就此议题上说，非但油嘴佬与我做不到（虽然在他的高压下我俩部分实施），就是当今已进入社会顶层城堡的权贵们同样做不到（不含圣人）；个别沽名钓誉者例外。

这就是人性恶劣的一面，每个人都想更多地占有，而不会去扶助弱势群体。反过来说，如果富起来的人们都像老爹一样上善若水，无偿帮助弱势群体共同致富；不要说乍富的人们尚未立稳脚跟，就是稳固阶层后，这种无偿的帮助也显得没有意义。不仅不能彻底改变弱势群体的社会地位，而且有助于世人不劳而获的懒惰之风。如果天上整天普降馅饼，人们还努力拼搏浴血奋斗干啥呢？天上也没那许多的馅饼可掉呀？乍富起来的人们并不是家家都开着馅饼工场？"马太效应"的诞生与流行，在某种意义上说是向天真与善良的人们敲响警钟。

然而，多数人贫困并不是政府改革的目的，社会的安定与发展，平衡尺度掌握在政府决策者的手里。就像两支球队在球场上你死我活地拼打，需要有吹口哨的裁判主持公道。所谓公道公理以及公平公正，这是政府官员作为裁判者，以经济杠杆为准则，最大的权限与最好的扶贫。只有公道公理公平公正，才能遏制暴富者以不法手段攫取资源，与弱势群体的优秀者脱颖而出参与竞争，以获得他应该得到的财富……

而老爹站在牛的立场上，一直天真地认为：农民能凭自己的勤奋努力坚韧不拔，由牛转化为人过上公平公正的幸福日子；真诚而又浪漫地构建着一种由想象构成的理想蓝图，并不断付诸实践，用毕生的精力去增砖添瓦，设定框子让后代子孙按照他的计划奋斗实施。这在理想与理论上应该没错，可惜并不建立在阶级日益固化的现实基础上，也就不可能实现。

人类的生存法则，从来就不是公平公正的；由于社会资源的不公平占有，形成贫富差距的客观存在，不断诱发群体之间的竞争，乃至运用残酷的战争手段获取资源。中国的大历史尽管回避这种血腥竞争的事实，却曲折地记载了作为弱势群体牛们（农民）的抗争，甚至爆发大规模的暴力革命（起义）。东汉末年的张角张梁与张宝，唐代驰骋南北的黄巢，宋代洞庭湖的杨幺，明末的闯王李自成、张献忠，还有太平天国的洪秀全（严格意义讲领袖不是纯粹的农民，但主体是农民），算是厉害的角色了，但结果都失败了。为什么？因为农民作为弱势群体的主要阶层，有着自己历史经济基础与文化的局限。只有他们中间的少数天才和精英分子，才能通过自己的才华展示，进入他们所向往的社会顶层城堡……

当然，现在不能与封建王朝相比，执政的共产党人大多来自农民阶层，由伟人毛泽东动员小车担架，小米加步枪，把代表资产阶级利益的蒋介石赶到海岛上去了。问题关键那是战争年代，是社会阶层大颠覆大变动的异常时刻，农民能打江山不能坐天下，现在一个个社会顶层的权贵与富豪，又有几个是地道的农民？当然，如果追根溯源，还都是农民后代，可已是官三代与官四代了，是他们的爷爷辈打下的根底。五花八门犹如万花筒般的城市生活，已使他们忘记乡村与农民的生活，变成了不折不扣的都市狩猎者。

当然，老爹不是社会学家；他只是用农民的眼光，让身边的弱势群体占有资源并且过上富裕的生活，成为这社会中呼风唤雨的强者。他总是想着去帮助比他贫困的弱者，帮助他们衣食无忧地活成一个大写的人。就这点说，我哥油嘴佬看得清楚，说和平年代农民只能抬头获取人权，而不能整体进入顶层城堡的序列。他说伍副省长也是农民出身，但他经历了战火硝烟，那是上升通道短暂的敞开之际；而现在和平环境中，经过改革开放三十几年的社会阶层拼杀与财富竞争，一个新型的利益集团业已形成；阶级固化阻碍了人才的流动，致使农民作为弱势群体游离于城堡大门之外。这种阶层划分是社会文明进步的基础，也就是说美好的理想须依赖必要的环境保障。老爹的不明智之处，不仅是他成为庸俗的理想主义者，而且把太多的压力强加给我兄弟俩，要挤入他设想的社会阶层，从而改变牛们的地位。于是，一场不自量力夸父逐日涸泽而竭的悲剧由此产生……

已然固化的阶层壁垒能否穿越？这是我回国后一直思索的命题，也是油嘴佬和这代人努力的方向。林子里有些鸟儿注定关不住，这是德意志那个老纳粹的儿子、玛莲娜的老爹格道夫的人格宣言。此子在老纳粹被关进集中营受教育后，成为不折不扣的流浪儿；这境况犹如明代朱元璋打下天下后，坑杀与流放数十万元朝降卒，把他们中的屈服者和妻儿沉沦为堕民，不准参加科举士进，世代从事劁猪、剃头、屠宰以及接生的贱业。格道夫当年就处在这种状态；但他却没有因此而颓废、失望乃至自暴自弃，靠着乞讨与担任家庭教师完成农科的学业，回乡下垦荒成为一代庄园主。令人佩服的是他当庄园主不为经营赚钱，而是不断进行农技革命培育良种，终于在他六十岁那年，成为德意志顶尖的农艺师，以转基因的良种开发成果担任全国协会的副主席，而成为当地家喻户晓的人物。这种逆袭需要以知识与特殊技能保障，有进入城堡者推介或施予援手，才能形成耀眼的光环上升至顶层；老爹显然不行，尽管他有许多美好的愿望，以及为实现此目标献身的精神，但城堡的管理者还是把他拒之门外……

诚然，这种逆袭故事需要有不同于常人的意志，以及知识结构作为保障。但仅有意志与知识结构，并不能获得进入城堡的门票。道格夫的成功，除了自身努力外，是社会整体对知识尊重，外力推动与他的思维模式；也就是说他原本是人而不是牛。老爹作为这时代的逆袭者，同样具备了坚强的意志，改革开放的社会外力有意无意地起到了助推的作用；但他不具备格道夫这般的知识结构与思维模式。可惜他一直没能悟到，带领村民共同致富的理想，局限了他的聪明才智；也许在晚年他已开悟，把改变社会阶层的希望寄托在我哥与我身上，自己却无力回天日暮黄昏……

人生功过是非，盖棺论定。老爹的一生自然结束，在命运大幕拉上时，儿子油嘴佬的任性与变态，却使他蒙上一层浓墨重彩、不甚光彩的污垢。我与玛莲娜、保尔坐在陀头山腰的崖边，麻木地观摩着这场土洋结合的表演。她俩都愕然张大了嘴，惊讶地望着那支缓慢行进的队伍。玛莲娜不住地在胸前画十字，嘴里念着《圣经》，请求得到主的宽恕。她信耶稣，对她来说奢华本身就是一种罪过。客观地看清事物本质与理智地对待眼前的生活，是西方人做人行事的准则。玛莲娜从没有像我这般的烦恼，她的理想就是把眼前的一切做好，快快乐乐地开始新的一天；这种理念就东方生存智慧来说，也就是随遇而安的意思。与她在一起我总感到快乐，没有压力没有疲惫感，每一天对我来说都是新的，充满着创造精神；同时每一天我又感到充实，感到眼前的世界是一种实实在在的存在。

3

一百二十万元的一场葬礼，就普通人的眼光看足够奢侈，在我看来完全没必要。这是油嘴佬与我在观念上的区别，他坚持要老爹风风光光地离去。我说奢侈不等于风光，你爱老爹，活着时对他好一些就是了，不在乎死后的排场。

姐与笨羊姐夫也赞同我的意见，说人死如灯灭，排场是做给活着的人看的，再排场他也不知道了。油嘴佬却固执己见，说老爹生前对己苛刻，吝啬一世，总得让他走得风光一些吧？他这般执拗，我与姐、姐夫就不再坚持。不仅是按山里的规矩，而且就传统文化来说，长兄代父；油嘴佬不仅是长兄，而且是老爹一手创办的星星草集团的继承人与掌门人。我就只能按着他的思路走……

我这人最大的缺陷是懦弱，虽有主见却不能像油嘴佬那般霸气地坚持，常人为地放弃原则。油嘴佬坚持这般做，正如笨羊姐夫指责的为活人的脸面不为老爹；想为自己树立尽孝道的形象，以逃脱社会舆论的指责，或说为星星草集团的风光赢取公众眼球。沿海变得富庶起来后，世弊流俗泛滥成灾无孔不入，民营企业家们相互竞争斗法，抓住各种场合炫耀富有，搞物质上的风光与排场树立人生的尊严。其实油嘴佬并不了解老爹，他讲究的是现世的事业，而不是死后的哀荣。生前为维护这视之为珍宝的现代农庄开发，扩大种植面积强行划进山下村庄近万亩土地，欠下几千万元债务。这些债务有一半是用土地向银行抵押的，另一半是老爹利用他的社会影响，向当地企事业单位借来的。老爹一生求进，锋芒毕露，咬定青山不放松，执意实施他的宏愿，认准的事绝不回头；但他太爱惜自己的羽毛，一直试图着以救世主的身份，促使附近村庄的弱者和前来这儿淘金的打工者，活出兜里有钱拥有人生尊严的人样来。可惜现代农业的开发，在我国属于尝试阶段，并不能像他想象的那样赚钱。油嘴佬明知我管理的现代农庄，至今处于勉强持平状态；这就是我俩合伙决绝地割掉尾巴、异地开发而向农业集团化、信息化与网络化发展的主要原因。但他还是大张旗鼓铺张浪费地利用老爹的丧礼，以期达到显耀家族的目的……

我明白，办过这场奢侈的丧礼后，我与油嘴佬以及得到土地赔偿的十五呑村民，从此自绝后路转换阶层，变成足不着地悬在虚空的市民；从渴望着牛抬头的农民，转化为生活在市井角落拥有尊严的城市居民。这期间的过程艰难曲折，老爹带领我们整整走了三十多年。三十多年后的老爹疲倦了、动摇了，拒绝改变，他非同寻常的告别，致使我们心怀悲痛却不得不向世人宣告转型，由油嘴佬主持的奢侈葬礼，预示着一场新的长征开始……

是喜是忧，是祸是福？而对着眼前老爹的葬礼，支持油嘴佬带着村民转型、并一手策划转型的我，此刻心头充满着怅惘与矛盾，胸中犹如掀翻了五味瓶，甜酸苦辣交替，难以言说……

　　难道老爹真的老了，不中用了；患上阿尔茨海默症后变傻了，还是我与油嘴佬没能理解他的意志，惶恐与躁动中动了原本不该动的奶酪……

　　我知自己是个软弱和平庸的人，不像我哥油嘴佬那般左右逢源、强势而有作为。虽然我也想像格道夫一般，成为一只飞出林子的鸟儿；但我总是小心翼翼、诚惶诚恐地，面对着这个对我算不上宽宏恩爱与艰难困惑的世界。我的人生，开始由老爹的安排，后来是我哥油嘴佬与玛莲娜的侵蚀，我没能按我的愿望活出境界来。虽然我有着自己的思想与念头，但总随着强者的支配与环境的变化而变化；我知这次转变，使我与油嘴佬的命运联系在一起（已然不是老爹的愿望）了，也就是说由于我的懦弱，而被他精神绑架。自我给他说过马太效应后，他就更加肆无忌惮地我行我素，但我并不想挣扎或者希图解脱。因为油嘴佬的想法，符合时代的潮流，黑格尔在《历史研究·序言》中指出：人类的文明是由高山丛林湖泊，向平原河流转移，继而向着蓝色的海洋进化发展的。对沉湎在物质现实中的人们来说，他自然是个异数。他虽然像老爹那样执拗而任性，经常别出心裁地玩出让人心跳的花样，促使这社会对他的承认与谅解；却始终站在智者的行列逶迤而行，在时代的洪流裹挟中泥沙俱下地前进；而我不行，我虽然拥有现代理念与时尚的精神世界，却由于性格缺陷，注定被排挤出时代强人行列，缺乏应付这五彩缤纷社会的能力与智慧；就像两条筷子夹不起一块嫩豆腐，还没塞进嘴里就化落在地上。但这不证明我就是弱者，因为我与玛莲娜同样是两只注定在林子关不住的鸟儿；我有我的理想与追求，也有我为人处世的行为准则。只不过我的准则与油嘴佬不同，他的快乐往往建立在别人的痛苦之上，而我，却在给人快乐的基础上，达到自己快乐为目的；我兄弟俩都不像老爹，每天忧心忡忡地心怀天下，很少收获上帝恩赐给人类原本应有的快乐。

　　暮牛逝去，理想不灭。老爹的逝去，是一代人的逝去。以后的世界，不会出现诸如老爹这般转型时期的农民英雄。

　　新时期转型的农民，不再是老爹那代人憧憬的旧式农民；他们可以没有土地，不从事烦琐而又沉重的体力劳动，不拥有锄头、铁耙传统生产工具，却不能没有电脑、网络以及现代化的通信工具，鼠标君临天下，有的只是坐在宽敞明亮的办公室内，注视风起云涌的市场，进行风雷激荡的科技革命，完成他们胸中的方案与目标。当代农民不再代表社会阶层，而是一种有着社会名流头衔的职业，一种处于生态环境中令人称道的生活状态……

　　而这些，恰恰是老爹这代人难以接受、想象不到的一场革命……

　　我知老爹的猝死，是他对现实失望与幻灭的最后反抗，也是对我与油嘴佬这代人的蔑视与失望。人生之悲哀莫过于心死，老爹在得知他精心哺育的油嘴佬与我的背叛，以及我姐与姐夫、油嘴佬的于燕、我的玛莲娜与许许多多村人都不需要他时，就在思谋着鲸落于海底。他想为后人留下一点东西，可他除了算在他名下的那份钱以外，已是一无所有。他不想看到这个群体在改革开放年代诱发而滋生的媚俗，以审判落伍者的名义，用冷漠作为武器残酷无情地对他实行审判，不得已而离开了我们。在经历过三十几年的动荡后，他终于凤凰涅槃。是我们这个世弊流俗滋生的时代，以及参与其中的逆子逆孙们集体谋害了他。我们平常总是走得太快，犹如向前航行的一艘船，来不及欣赏两岸蜿蜒的风景就顺流而下，以致失去眼前原本属于自己的风景……

　　自然，我们这代人是怯懦的，不敢像老爹这般直面人生；我们总满足于眼前你好我好大家好的生活，不再艰苦奋斗，甚至不想牛抬头后路向何方？这社会庆父已死，鲁难不再；一切现世的享受足够我们逍遥自在随波逐流，没必要纠缠在历史旋涡中，为那些可望而不可即的阶层上升，莫名其妙地为之奋斗；不必要吧？这就是横亘我们面前的路，我们没必要继续前进，完全可以得过且过稳妥地度过一生。

　　这就是油嘴佬与我、与老爹，在物质世界面前不同的际遇与抉择；然而，油嘴佬与我都不想这样走下去。尽管现实安稳舒坦，比起同类的牛们，那些至今还在温饱线上挣扎的劳动者，我们的拥有已经太多太多。但是牛毕竟是牛，我们渴望的不是成为牛的佼佼者，而是成为有尊严的人。因为我们面前还有诗与远方……

4

　　虽然我在参加殡仪馆的追悼会上，拒绝参与以老爹名义的群体作秀。那是俗世中庸俗理想主义者的狂欢，由一场聪明人举办的愚人节的群体作秀；虽然这场作秀的始作俑者是我的兄长油嘴佬，但并不证明我赞同与支持他作秀。我痛快地承认是我与油嘴佬合伙伤害了老爹，以此宣告老爹经历过的时代终结。同时我坚信生前对世弊流俗深恶痛绝的老爹，不会赞成这般做。但是他是油嘴佬的亲爹，也是我的亲爹；我有责任送他上路。

大清早我就带着玛莲娜与保尔，爬上陀头山的山腰观看送葬的队伍。这儿是我唯一的心身休闲之地了，也是全村少有未受污染的地处之一。望着山间马路上熙熙攘攘的人群，以及缠绕在山腰一抹抹白棉花似的云层，我的心头不由自主地泛上一阵酸楚。这山坡石崖下有山里阿爷早年开垦的一块小药田，那是阿爷背着童年的我锄地与褥草之处。每当他高兴时会向我唱一首歌，内中有两句我还记忆犹新：白云苍狗，潺潺逝水，天地悠悠，独怆然涕流……当年幼小的我自然不明白此中含义，此时此刻我却突然明白了。人生的境界，莫过于处于天地之间、白云深处的浩瀚广袤？这儿坐西朝东视野开阔，可以看到这场奢华葬礼的全过程。老爹的猝死，对玛莲娜印象残酷深刻。她一直没弄明白，老爹为何会采取如此极端的手段结束生命？在她眼中个体生命都是美好的，即使黄昏残霞，也自有它的精彩绝伦之处。父子间不协调，可以面对面地展开讨论，没必要去毁灭人生最为珍贵的生命？对他逝去后这种奢侈的殡礼，她更感到不可思议；就如她初来乍到，对公职人员拥有豪华轿车表示惊讶一样：密斯特洪，贵国真是财大气粗哪，这般的排场，在德意志难得一见……她来这儿三年，始终没弄明白生活在这块土地上的人们轻视生命，却尊重死亡。在得知油嘴佬对殡礼规格的安排后，她瞪大那双蔚蓝色的眼睛表示不解：一百二十万元哪……在德意志，总统出殡也没有如此风光？表示惊讶后她向我提出：你哥……是否得去医院精神病科治疗……我冷静地说他没疯……敝国风俗就是如此，轻视生命尊重死亡。我说我哥利用老爹最后的人际价值，用来维护星星草集团的品牌。玛莲娜还是不理解：这与企业品牌有何关系？我说有呀，现在政府倡导留住乡思乡情与乡愁，入乡随俗，这就是乡俗！玛莲娜又问乡思乡情乡愁，与乡俗有何联系？我想了想告诉她：具体我也说不清楚，可能就如我俩进行的良种研究，要留住的基因吧？

玛莲娜习惯把我俩进行的生态农庄，看作一项顶尖的科技研究。在她那国家，把植物种子与土质改良作为重点科研项目。德意志民族有一种非常值得我们学习的精神，那就是他们对基础学科的研究，看成神圣不可侵犯而需要认真对待的事业。而我们这里却把基础学科的开发，理解成急于生钱的工具。科技研究机构如此，国人思想亦如此。两者差别是前者（德国人）由于研究出成果后赚到了钱；而后者（我们）不重视基础学科急于求成，最终失去赚钱机会……没有意义？我讷讷地向玛莲娜解释：这场奢华的出殡仪式不是毫无意义，而是没有实际意义。她问这有区别吗？我说有的……我们的民族习惯于形式，而失去实际能力；我们总是以形式的奢华掩盖住心灵的洪荒。她仍不解地讷讷嘟哝着。我说我从没说过我们的今天具有沉淀的力量……

老爹的坟坐落于上戚家山坳上，那儿葬有我的山里阿爷药老倌、山里阿奶与我老娘番薯蜜枣。老爹的坟就在他仨旁边，那是他在世时自己请风水先生看过择定的，并由村里石匠花了七个工作日。距离他们坟旁不远处，还有许多座上戚家祖先的坟，占了山坳一大片土地。据说我的叔阿爷冯老先生，曾做过在此开发现代化工园的规划，要把村里的祖坟全迁走。老爹坚决反对，个中原因是他怕祖宗不安绝了后人风水。记得他说过：我是想让全村人过上好日子，但不能由此憋屈祖宗在泉下不得安宁……

老爹生前没有宗教信仰与约束，个性张扬藐视鬼神。譬如他责怪娘念经诵佛祈求去西方极乐世界纯粹胡扯，但他却是一个信守传统敬奉祖先的人。按油嘴佬与玛丽姐的说法，他应是冯团长的至亲骨肉，祖居河南新郑，却坚守进舍女婿传统，敬奉我娘番薯蜜枣、山里阿爷的祖先。他生前多次与我说过：在夜深人静时，看到山里阿爷领着祖先亡灵出现在他的面前……

老爹意外丧生，沿海市朝野震动。正如他生前说的一样：真情不被流俗所困。鸿年老师在追悼会上重复这话后赞叹道：这才是一个农民企业家真实的人生追求与写照。他致富不忘济贫，始终以关注弱势群体生存状况为己任，竭尽全力孜孜不倦地做出努力。可惜鸿年老师是个折中主义者，并不像我一样针锋相对地反对影响他声誉的奢华葬礼，以此向泛滥盛行的流俗宣战。如果拿此一百二十万元济贫，那么，老爹的人生将显得更加庄重与完美。

老爹曾是沿海市委候补委员。他的追悼会由市委、市政府组织在殡仪馆召开，规格隆重。市委书记郑泽南发来唁电，副书记兼市长邱少民亲致悼词，让办公室主任开车送了五套班子（人大、政协连同纪委）的大花圈过来，花圈上写着千古以及不朽的套话，以示本地政府的最高规格；事毕举行由油嘴佬牵头举办的冷餐会。邱少民出人意外地留下了，为此村书记三脚猫特兴奋，在感谢他对殡仪重视的同时，对尚处悲痛中的我姐、笨羊姐夫、油嘴佬哥与我说：憨叔值了……这是沿海市开天辟地第一回，为一个没吃皇粮的农民召开高规格的追悼会……我大伯笑面弥勒做梦都想着这一刻，多次让阿慧写回忆录，说是雁过留声人过留名。如果此刻覆盖在党旗下的是他，肯定会笑得合不拢嘴……

　　这算啥话？一条活生生的生命消失，只为换取领导的赞誉与一场高档次的追悼会？世事也太现实版了？三脚猫与老爹的不同是他一向媚俗，缺乏那种疾恶如仇的烈性。自接替老爹当上村里阿大后，热衷于保住省市社会主义精神文明村与小康村两块牌子，跑抽脚筋去上面活动，处处看上级脸色溜须拍马；懂得在什么场合说什么话。果然，纪委书记出身的政府首脑邱少民，脸上洋溢起司空见惯的笑容，破例在由公司出资的冷餐会上滔滔不绝地赞誉老爹，差点把他喷成当代农民英雄；内中不乏此届政府给予帮助关照之词。对此笨羊姐夫与油嘴佬觍脸静听，脸上流露出受宠若惊的虚情假意。我深知他俩（特别是油嘴佬）心里清楚，如果没有集团大手笔花一百二十万元（或许还有桌下交易），邱少民断断不会出席追悼会并做如此慷慨激昂的演讲，甚至不会留下共进有着牡蛎龙虾与各式南方水果的冷餐会。在这世弊流俗盛行的浮躁年代，政府与热衷于物质奢华的人们，已经习惯于用奢侈装饰门面，用来掩饰心灵的洪荒与头脑的弱智，换取相互需要的同情与温情，掩盖人性中需要张扬的个性、天赋人权的精神需求……

　　我离开国内五年，在当地算是个大海归，平素最不能容忍人们逢场作戏，不说真话。老爹的意外离世给了我向流俗开战的勇气，面对邱少民的滔滔不绝，我借敬酒机会不怀好意地询问：市长先生，你知我老爹为何自杀吗？在正统思维者的眼里，自杀无疑是一种自绝于党和人民的行为；试问在流俗横行的庸常中，能有理想主义者的诗与远方吗？老爹是农民，自然不会有那些文绉绉的思维。但他的逝去具有代表性。邱少民顿时收敛笑容（原本就不该在这场合笑），王顾左右而言他，说下午还有个研讨会要开提前告辞。我说：感谢您在百忙中抽出时间参加民间羹饭……但我想请教一个问题，为何老爹熬过穷途末路的困难时期，却在繁荣发展理该享福时告别人世？油嘴佬见我心怀叵测赶紧打圆场道：衰佬，市长管全市工作，老爹的不幸是特殊情况……嘿、嘿，是特殊情况嘛……邱少民回过神来，说此苗头市委、市政府非常重视，现在农村形势大好，富起来的农民……我又一次打断他的话，说这是官方看法；事实可不是这样……衰佬，你究竟想说些啥？油嘴佬显然明白我醉翁之意不在酒？在有限的几天中，我兄弟俩的发展方向得到理性的统一；但他不允许我在此场合理论短长。他是自命不凡掌握着乾坤的企业家，三十几年的世事沧桑使他变得如溪水冲激下的顽石外圆内方。笨羊姐夫也过来劝阻道：我与你姐都知老爹选择这方式离开，你心里不好受；但人死不能复活，有些话我们留在肚子里，慢慢想慢慢说……我憋了好久的郁愤终于当众发泄：谁杀害了老爹？不是某个人某个群体，而是大家；无知的我们一起用流俗的巨斧，送老爹上了断头台！

你哭了……玛莲娜与保尔睁大纯洁无邪的蓝眼睛，默默地注视着我，凛冽的山风已把德意志婆娘的脸庞吹得粗糙起皱，失去我与她初识时那般的红苹果色。她递过一张餐巾纸来，注视着我的眼睛讷讷地说：我知你心里难受……你最了解老爹，知道他想干什么……我抱住她与保尔痛哭起来……

缠绕蹒跚行进在山腰的队伍中，有许多人也像我一样出于内心的沉痛，默默地掉着眼泪。老爹的逝去，对那些被称作弱者的村民和企业员工来说，无异于晴天霹雳。像他这般算是有特殊贡献的才俊，尽管晚年思想保守形单影只，这样那样病态性发牛脾气指责过不少人，但人们还是能感觉出那份不同寻常的赤子情怀；不说别的，单凭当年带着村人砍硬山柴烧炭集资办厂，把冯老先生遗赠的股份分送给沿海潘氏每个下岗的员工，与大家和衷共济走出困境这几桩大事，也使人们想来肝肠寸断涕泪交加。不错，老爹是卑微者操了菩萨心；现在村里还有这等人物吗？可我们竟在他尸骨未寒的七祭内，以世弊流俗割裂他平生的信仰人格，在公司出资的奢华豆腐宴上春光满脸摆好评功，接着又以如此奢侈的葬礼送他上山。老爹如在天有灵，又如何看？

地球不懈地转动，形势一片大好，歌舞仍然升平，工厂仍在排放废气；豪华轿车依旧满地飞跑，餐桌上鸡鸭鱼肉酒池肉林；凡天上飞的地上跑的，经过地沟油的烹调，愉快地落入我们神经麻痹的肠胃，蠕动转化为恐怖的能量。每张餐桌旁边放着漂亮的塑料泔桶，待人们餐后回收再次加工成地沟油与激素饲料，供应上市形成新一轮的循环……人们仍然高谈阔论，仍然追求奢华……

望着这日复一日、年经一年的麻木，我再也无法抑止心底的悲伤，号啕大哭起来。老爹呀老爹，您的离去……并没有惊醒世人的梦魇，现代人只会敲打电脑键盘，已经不会用人的脑子思考了……

<h1 style="text-align:center">5</h1>

我们正处于一个"远方不再有诗，却依然有梦；脚下路途迷茫，却根基扎实"的时代。

老爹是英雄，是沿海农民伯伯与工人老阿哥弱势群体中的英雄；这些从他做的事迹中可得出结论。改革开放三十多年来，此地没人能像老爹这般自始至终目标坚定地为弱者（前期是农民、后期是下岗工人）的利益忘我奋斗着。他的事迹人们有目共睹；虽然晚年他因阿尔茨海默症的折磨，由于遗忘与性格变化很难与人和谐同处，致使亲人也无法与他相处生活。但他的高风亮节流水无痕的处世待人，却使人们钦佩与缅怀。其实老爹在娘还在世时就已病了，只不过人们没有发觉罢了。七年前我从德意志归来，油嘴佬与玛丽姐为我摆宴接风（哥喜欢这套），席间他大言不惭地拍着我肩膀说：老弟，亏得你回来……否则我真拿老爹没办法。我一眼看穿他想打发老爹找替代的阴谋，讥讽说爹老了，对你没帮助就想推卸责任？他赶忙赌咒发誓：不是不是……老爹吃下沿海潘氏化工功高盖世，哪会对我没帮助？只是他心中还有个梦想，要把十五吞村变成花果山与米粮川；我才忍痛割爱让他回村助你一臂之力……

这是我出生后（如果没记错）他首次在正规场合称老弟，平时都是衰佬衰佬地喊。我出生在猪年与他相差十岁。老娘番薯蜜枣原本没打算要我，她继承山里阿爷衣钵是村里的赤脚医生；计划生育这类事当时并没有强制实施，据说上级还号召学习苏联老阿哥，搞多生多育的英雄妈妈。她因为身体不好且家境贫穷，认为多生孩子累赘，才主动计划生育带了环；可老爹还想要个儿子（因为油嘴佬随山里阿爷姓）整天与她吵，娘没办法重又取环才有了我……我生下身体就不好，体重三斤二两，于是有了衰佬的称呼。那时在我眼里哥自然是英雄，而且是传奇英雄；不说别的，就凭他违背老爹的意志（我可不敢）抛弃菲菲姐离村出走，在外独闯出一番世面村里就无人能及。记得那年他离开时，我由姐背着送他至村口，姐哭，我也哭，哭得都喘不上气来……老爹横眉怒目地骂我没出息，说号丧哪，人生除死无大难，你哥下山去奔前程又不是摊板头（死）？

　　至今回想起来，我的悲剧就因为没主见，离开玛莲娜跟老爹回村搞种植，就偏离了人生轨道。我们这代留学生出去需要勇气，回来更需要勇气；不仅因为国外生活条件远比国内优越，还因为人才流动产生机会，有冲上社会顶层城堡的可能性。对身处底层又想独立成事的我（老爹与哥都是名人，我没理由不努力），自然具有极大的诱惑力，记得玛莲娜那个农艺家的父亲，已把我推荐到植物无虫害防旱抗涝转基因（属试验阶段）协会的理事，我完全有能力在那个异邦国家扬起理想的风帆。但是老爹没尊重我的选择，说我是中国人必须回中国，我不愿意，他就拿工具房木工斧劈脑袋死在我面前。正因为他的主观武断藐视我的选择，我虽跟他返村却记仇一辈子。我对生活要求不高；对人生道路选择却很专注。我上省农学院是老爹的决定，去德意志学农还是老爹的决定，回国发展同样是他的决定；按他的理念我是他生他养就得听他的。我回村后开始还存有幻想，以所学一技之长为社会做贡献。中国是农业大国有着九亿农民，政府外宣口口声声说要弘扬中华传统农耕文明；令人没想到的是，改革年代国人对基础农业丧失信心玩忽职守，致使我无用武之地继承老爹的衣钵，成为农业管理者白白耗费生命；直至油嘴佬与我思想统一达成协议，才如飞出林子的鸟，有了寻找天空的希冀。

　　人类的内心也许永远是孤独的，就如我与玛莲娜、保尔虽然相依相偎，仍是个体的生命；我永远都不知她与他的灵魂能走多远。老爹的逝去，是因为他的灵魂走得太快了，肉体就难免跟不上。我回来与他同住在新砌的瓦屋里（据说为我回村准备的），原本想好好地孝敬侍候他。他在我离开的五年中老成不见人样；以前那黝黑饱满的皮肤泛出晶亮的光泽，现在像烘干的枣儿满脸布满皱褶；他说话的嗓音变了，以前声若洪钟现在沙哑暗砺，有如秋天田野上风儿吹动稻菽一般沙沙作响；他的肩驼了，身子好像矮了一大截；要命的是他检查出轻度阿尔茨海默症。这病与我娘得的帕金森氏症有类似之处，都是以前的事记得清楚，眼前的事忘得飞快。医生说得戒酒，说病因具体虽不清楚，但嗜酒会加速病情发展。我把这事向油嘴佬做了通报，他说怪不得，他住在我家常对着窗户发呆，任性时智商还不如铁锤高。就在那次我兄弟俩商量对外保密（包括姐与姐夫都不让知道），省得大家揪心影响他的情绪。他说爹的事就拜托于你，山里生活有助于病情缓解；要钱向哥拿，在网上查查，不管是中药西药，只要对身体有利尽管用着。

老爹决定与我同住，玛丽姐特地为我俩新买了被褥衣服，还有电饭煲冰箱洗衣机电视机一应用品；我把上戚家那屋子装修改造，准备让他安安稳稳地享受晚年生活，也算是子辈的孝顺。玛丽姐嘱咐我说：衰佬，老爹不会用电器，他不像我爹连电脑都玩得废寝忘食。你回山后得照料他的生活，代你哥尽孝心。我答应让她放心，哥的老爹不就是我老爹吗？想当年他竭尽全力供我读大学出国留学；既然回来照顾他，我就责无旁贷。但玛丽姐购置的东西老爹说啥都不要，他不看电视，从不玩手机与电脑；电脑于他复杂了一些，手机除了听电话只懂叠俄罗斯方块，还是铁锤手把手教的。回村后他想铁锤了，就用粗大的手指玩俄罗斯方块；只是他的手指粗糙且病理性颤抖戳不到点子上，连两百分也打不满，刚读小学的铁锤都能轻轻松松得满分。老爹本能地反感这些现代品，喜欢穿娘与村里农妇们织的土布衣服，说这些黑心棉加了腈纶替代品，哪有老土布穿在身上实惠；对那些电器老爹至今没适应，说电饭煲方便是方便，但煮出来的饭没硬山柴烧的香？他这观点与玛莲娜的阿爷特别接近；老纳粹每天躲在房间内不出来，我在那里五年内没见过几回。据说是在修钟表，修好不拿出去卖，摔坏重修，觉得满意挂在房间墙面或锁进抽屉里。玛莲娜告诉我，老纳粹收集保存的旧钟表有上百块。我回来后没几年他就死了，玛莲娜爹把旧钟表全葬入他的坟墓。老纳粹加入战争前是小镇上出色的钟表匠，折腾旧钟表是对逝去岁月的缅怀……

晚年的老爹没有爱好，自然不会像老纳粹一般修理钟表。他钟情门口那块菜地与山里阿爷留的药田；天不亮就起床侍弄，那泥巴被他弄得糯米粉一般细腻；但这只是日常生活的一部分，地太小了，不够他把全部精力放在这上面；而且他也没老纳粹一般有罪恶感，他是这时代的英雄，尽管告老还乡仍肩负使命，以他的眼光判断是非干涉村里事务（辞去村书记后还兼任集团董事长）。这就使他如太上皇一般具有使命感，指责村书记三脚猫、二愣子和我的工作与生活，稍有不满就骂娘丢东西不给面子，心里充满着许多不同常人的矛盾与烦恼……

老爹自然希望我继承他的事业，这是他晚年专注和精神力量所在。油嘴佬的不驯使他失去教养的耐心；他承认他有许多地方比他强，却不认可他的处世油滑；在潜意识里认为只有心存善良，才能替百姓做事。他希望我比他强，培养我成为他那样的人。为此他总是喋喋不休地干涉我对农庄的管理，为了启发我的善良，他不断以我的名义从农庄支钱，捐助贫困地区的老人孩子（前后约五百余万），使我无法承受报答他的恩惠，发现自己在他面前越来越变得渺小，无法沟通乃至共同生活。我承认在现实社会中，我只是一个胸无大志的普通人，喜欢钻在实验室里搞我喜欢的种子研究；不能承担他希望我承担的社会责任和义务。他的望子成龙以及不断派生的希望，使我极其痛苦，感到自卑。在常人的眼里，我与老爹的分歧由于玛莲娜出现，中西方的文化观念冲突；其实不然，我在玛莲娜到来前已与老爹分居。因为我俩有着太多太多的分歧，没法共住在一个屋檐下。我从慕尼黑归来时早过而立之年，可在他眼里还是个孩子。他得病后容易产生时间上的错觉，在实际生活中时间概念模糊混乱；总在深夜时找我聊工作，一谈就是几小时；不仅我，包括二愣子、三脚猫这般的村干部，后来见他就像老鼠躲猫一般绕道走，以致村人在背后称他为洋辣蜂虷。我曾向油嘴佬诉苦，说没法与老爹待一处，他安慰说他比年轻时好多了，那时动辄横眉怒目地棍棒底下出孝子。我知老爹在我面前努力克制情绪，但总觉得在他的光芒照耀下难以睁开双眼……

我明白老爹与油嘴佬的成功，是乱世英雄起四方的一个喧嚣时代，社会的无序造就一代人的财富；而我不幸生长在有序时代，没必要刻意走老爹与油嘴佬同样的路。我与老爹观念的分歧，最初反映在衣食住行的小事上。比如老爹嗜好霉菜梗、臭冬瓜与酱腌食品，就要求我像他一样致富不忘本艰苦朴素；他不仅每饭必需而且强制我与他同吃。说他就因为吃腌制食品才身壮力不亏，三天不吃腌菜汤，两脚会得酸汪汪。我用科学道理向他解释没用，最后只好各做各的饭分而食之。他吃他的霉菜梗臭冬瓜，我买来电烤箱吃我自做的奶油鸡蛋面包。要命的是用水与电，他节约资源却轻视卫生常识。我在慕尼黑养成每天洗澡与勤换衣服的习惯，不但使人心情舒畅而且精神也好；可老爹砌的瓦屋没有洗漱设备，仅有一个坐便器据说还是为我而备。因为我上大学时他来看我，知道大家使用坐便器；而他则在屋后彻了个茅棚，使用苍蝇蚊子成群繁殖的露天厕缸。其实那时村里好多人家都使用抽水马桶了，可他仍然不习惯。我回村时屋里没书房，买了两架书柜才把随身带的书籍安顿下来；洗澡没地方，我在卫生间用水龙头冲。老爹始终像观察怪物一般看着我，后来就不耐烦了，嘀咕说一个大男人，每天洗澡干啥？你娘活着时也不每天洗……我说那是啥年代？

再说就允许女人洗澡男人不用洗吗？我问他村联办厂没澡堂员工咋办？他说那还不简单？用脸盆装一盆水擦……我问油嘴佬的化工厂也没澡堂子吗？他用手挠挠头皮说有浑堂，几百人下饺子……没你这样每天浪费水？还用煤气烧……五十元一罐呀；村人每年两罐都用不完，我俩得用六罐。为了节水，他在我的马桶水箱内丢进两块砖头，我拿掉他又放上了……

玛莲娜与保尔过来后，我只得和老爹分居各过各……老爹为了节约资源，放弃了现代人必要的生活需求，已经不能像现代人一样正常生活。像他这般的创业者，花点钱应该不是问题，遗憾的是老爹不会花钱。不但自己不会花钱，还阻止我正常花钱。我不能容忍的是他对我进行的良种培植不理解甚至抵制，总是发号施令实施他的传统种植；在他眼里凡祖宗做过的事必得遵循，祖宗立下的规矩必须操守。他不明白土壤与植物种子都会退化的，需要采取科技的形式，不断地加以完善。我请玛莲娜过来帮助我工作，不仅因为我俩事实存在的感情，而且还是为培育植物良种这般的大事。因为西方现代农业的发展，最先通过改良种子的形式去实现的。

但是老爹不理解，他的晚年似乎活在真空里，由传统所支配，与现代人的工作和生活格格不入……

洪长生："狼来了"的困惑（下）

1

老爹不幸逝去，其实我比谁都悲痛，感觉犹如大厦倾倒心头一片荒芜。这种感觉我从未有过，老爹健在时我总是嫌他思想陈旧，管得过多，唠唠叨叨地不胜其烦，现在他才走了几天，我就发觉身边少了他的唠叨，今后的日子不知道咋过？这种感觉是很奇怪的，可以说是哀忧，也可以说是缅怀；但更多的却是茫然，心头空落落的一片迷惘。我从考上农大开始，一直独自生活，从没有过这种茫然；现在想来，那是因为背后有老爹这座靠山。现在这座靠山突然之间倒塌、倾陷了，还真有些不适应。

当然，油嘴佬不会有这种感觉。也许他在物欲横流的污水河中畅游惯了，已经失去了这种感觉。也许他也有这种感觉，但他不会在脸上表现出来。他的星星草集团，在经历二次改革退赔员工股份，近两年的污水治理工程，与老爹威逼下的扶贫捐赠，资金实力锐减，已是一架瘦死的骆驼架子了。虽然他牛皮哄哄仍位居省级百强民营企业之首，却已是明日黄花，风光不再，面临破产危机。这次资产重组企业转型，面向内地投资化工与启动网络生态农庄，与其说是为了涅槃与蜕化，倒不如说是转嫁危机。令我没想到的是，老爹带我与伍慧去沿海污染受害区扶贫，这全国有名的百强市（县），倒有一群群衣衫褴褛、食不果腹的新一代牛们。老爹指着这些弱者告诉我：全市一百余万人口中，有十一万人处于贫困线，约占总人口的百分之十。他激愤地说：改革开放三十多年了，都说一部分人富起来后让大家一起富。事实是富者超级富，贫者还是贫。这是沿海经济发达地区，经济尚不发达的内地贫困者更多……他常对着那些衣不掩体的人们，涕泪齐下，有时用手抓自己的头发扇自己的脸，连声叹息：衰佬呀，我没有想到十五氽村的牛抬头，建立在别的牛低头基础上。罪过呀，我吃尽了子孙饭，死后肯定得下地狱……我低头望着一条条乌黑发臭的污水沟，又抬头观察尚不洁净的天空，心里当然也不是滋味，但还是安慰他说：这又不是我星星草集团一家，市里通报污染企业上百家。他说正因为有上百家，我心头才如此沉重。凡事总有个开头，星星草是市民营企业的领头羊呀，我不下地狱谁下？

但我哥油嘴佬却不这样看，说十一万人口处在贫困线算个啥，只占全市总人口百分之十，改革开放前，百分之九十的农村人口都处于贫困线。只要有阶级存在，绝对的平衡是没有的。老爹犯不着为这百分之十埋单。他决定向贵州转移化工主业时，我作为董事投的是反对票。因为老爹说过，沿海的牛要抬头，内地的牛也要抬头。如果不整改排污的源头，移厂去内地同样存在污染。但油嘴佬的主意已定，说企业不能停业整改，否则那许多刚开始抬头的牛们，又要回到牛的队伍中去。大多数董事赞成他的意见，说改革是循序渐进的，人不能一口吃个胖子，企业自然也不能一口吃个胖子。再说，这是以实际行动扶贫，人只有在富裕起来后，才有余力整治环境……

我感到迷惘的另一个因素，是老爹传给我节俭生活的理念。那就是老爹逝去后，我与玛莲娜、保尔将处于一种什么样的生活状态中？在焦灼盼望富庶又不知富庶为何物，追求简单动物般享受的新新人群中，再没人像老爹这般深刻地理解我；虽然我俩在工作生活方式上有着严重分歧，但精神层面上却渐趋一致。世风的变迁，导致遍地奢华掩不住心灵的洪荒，传统精神在人们的俗世享受中，正在悄无声息地逝去。社会上出现诸多貌如新潮的怪现象，连玛莲娜这般来自西方发达国家的人都难以理解；抬头的牛们好如逐臭之蝇，去追求那些污秽肮脏的物质享受，致使精神世界一片荒芜。不要说那些东西是否适用（老爹终生厌恶之流俗），就是有用也不必如此狂热。如果老爹活着，能使我摆脱精神苦恼，使学到的专业知识为家乡父老服务吗？其实也不能；这世界已不像我小时候与哥争吃一枚娘煮的茶叶蛋放声大哭，老爹用青柴棍抑强扶弱那么简单。现实世界的复杂性，远远超过我的预计；在这个善良让位于强权，财富掌控一切，人性被金钱污毁不再有人维护民族的传统，致使患上阿尔茨海默症的老爹，变成了人们心目中喋喋不休的祥林嫂和与风车决斗的堂吉诃德……

　　刑侦队找我做笔录，其实是审讯，不是常规审讯而是道德审讯。现代化仪器很发达，他杀与自杀检测伤口就能知道；由于警犬加入，他们把精力集中在三脚猫书记与军嫂身上。他俩在老爹出事前去过那屋子，警犬嗅觉灵敏，很快把他俩从人堆里找了出来。三脚猫与军嫂也承认与老爹说了一些不妥当的话，主要两点，一是油嘴佬哥转移化工主业去贵州发展；二是开发现代农业网络平台，与鸿发集团合作搞观光农业建立良种培育中心。这儿我有必要解释一下转基因植物，就眼下世界农业科技现状来说，转基因植物还属于试验阶段，好处是防虫害与自然灾害提高产量，不妥就是含有一定成分的生长激素。这种激素在控制范围内，是否对人体有害尚在争议中；值得说明的是西方发达国家都在大面积种植。譬如说大豆与稻米，我国进口率达到百分之三十以上，这些大多是转基因品种。我与玛莲娜研发主要在蔬菜领域，此研究在慕尼黑农庄已经开始，不但提高产量，而且生态种植远离化肥与农药。但老爹对西方科技有本能的抵触情绪，说他都种了一辈子地，难道不晓得庄稼靠农民心血栽培；凭你那些花拳绣腿能栽出聚宝盆来？像土地承租的事儿，对老爹来说是出卖资源；在他眼里十五亳的山是最好的山，地是最好的地；转让有日资背景的鸿发集团，他就认为卖国与挖了祖坟，这事我叔爷爷冯老先生欲投资东亚化工园时他就反对；其实土地是国有的，租赁只是一种形式，主人还是十五亳的村民，至于祖坟，完整地保留下来就是了。我们与鸿发集团是合作开发，而不是把村里土地卖掉不管了。我和油嘴佬暂时没告知老爹，就怕他钻牛角尖走极端……

军嫂协助办案隔天就出来了，三脚猫却留下协助调查了好几天。他俩跟了老爹许多年，虽在枝节问题上对他有些意见，尤其志海书记想把管理这块揽过去，却不至于伤害他。现在老爹信任的村人越来越少，除了我与他俩就是伍慧了。小妮子奇怪，她是研究社会学的，毕业后不好好待在北京，一头扎进村里七年了，平时就像跟屁虫一般跟着老爹；这天正好办事没在他身边。刘队长与我谈了很久，问这问那把我当成嫌疑人；譬如最近你父子有没有闹过矛盾？我如实说矛盾客观存在；但最近没有大的冲突。他又问为何与老爹分开住？我问他是不是与爹娘住一起？他说城里住房紧张，老人与孩子大多不合住。我说县城不算大城市，不合住是因为生活观念不一样；我的情况与你一样，因此无法奉告。又问我如何与玛莲娜恋爱，以及她和保尔与老爹的关系？我说这属于隐私……接着他问我与玛莲娜有没有结婚证？我说没有，因为她不需要，她在乎我能不能给她快乐，而不是那纸面上的东西。我说其实老爹蛮喜欢保尔，曾建议把他的头发染黑，我没同意。头发可以染，眼珠与肤色不能变，就是整容还有一半血统属于玛莲娜……

如此无聊的问题，刘队长不厌其烦地问了好久，这是他的工作我应尽力配合，但我却感到不胜其烦。因为就刘队长的眼光看，功成名就已然脱离贫困的老爹，咋会不恋人间奢华离奇地离去？这是世人对老爹所谓的牛涅槃的理解。我知他们也会如此询问军嫂、三脚猫书记与二愣子，包括伍慧；但他们能够提供老爹临终前的精神轨迹吗？不可能，老爹的人生充满传奇，他的精神轨迹同样难为人知。他是一部有关牛抬头冗长的书，这本书是历朝历代的农民写就的，书内记录了他们的理想、憧憬与奋斗、生活的足迹，老爹不过是他们中间某个特定阶段的代表，他的逝去不是没经历过的人能够理解与说明白的。

姐、笨羊姐夫与油嘴佬哥回村后，曾异口同声地声讨我没照顾好老爹，我没辩解，心里却不服气；哥拿镜子照照，自己关心过老爹吗？姐与笨羊姐夫还抽空打个电话，他连电话都不打，好像老爹只有我这儿子。他总说带着一群人弄饭吃工作太忙。我知他忙，这年头凡想做些事的主儿都不轻松，他带国企下来的队伍算是素质好的；我呢？当地已没年轻人搞农业，除招聘来的外地打工哥与打工妹，就是留下村里的老弱病残；不但侍弄新开垦的五百多亩薄地，与山下承包经营的近万亩试验田、两千多亩山林，还有蔬菜加工场食品冷藏厂茶厂与油坊等一应作坊。自老爹与军嫂带我回村八年，我不分昼夜地管理着这支散兵游勇，和个人名义组建的研究中心，输赢胜负冷暖自知，我容易吗？

　　若说孝道，笨羊姐夫比我兄弟俩做得好。不管老爹心情如何（年轻时做惯老实人，年纪大了性格乖张脾气暴躁），他都尽了女婿的责任，每周打电话嘘寒问暖；他一直动员老爹住养老院，说人老了怕孤独与年轻人说不拢话，那儿就有人聊天了；住着的都是老干部，医疗设施也好，鸿年老师欢迎您与他去做伴，一起有说有笑就不会感到孤单；但老爹天生不是享福之人，打死也不愿去。姐夫没办法，就骑着单车背着照相机过来住几日，陪他说说话儿。可他同样没能理解老爹，因为在他的心中，留有一个中国传统农民的梦。在那个梦里，物质不是主要追求，温饱皆可，人们想的是在平等基础上，人之间的相互尊重。我们这些人中，只有玛莲娜理解老爹的任性，说他的灵魂自由地在天上飞翔，受不得任何形式的约束……说在德国也有这类老人，灵魂远走了，肉身却栖息在出生处；就像种子落地生根拥抱大地长成大树，不离不弃。她说他们的灵魂总在天空飘荡，只在夜深人静时才回故土栖息……

　　我想她的话是对的。老爹的灵魂飞走了，而肉身扎根在村里；这儿是他的灵魂栖息之地。

2

　　老爹在满七十岁那年，才把权力移交给了志海书记。志海书记在村里口碑并不好，年轻时丢弃妻女像我哥一般去了南方，油嘴佬能到今天是比他混得好；他没混好，回来在分厂打工不敢再出去，后来接任智佬当村副主任。老爹原想让二愣子接替他的位置，厂长有实权，二愣子不愿意干徒有虚名的村书记，就向他推荐了三脚猫。老爹退下后并没坐在海边观赏风景，看后代子孙在他造成的大船上渔猎，那曾经是他盛年时的憧憬，但他不放心，仍兼任集团董事长；那是他带领大家辛勤劳作挣下的面子，失去这位置他的人生就毫无价值。现在村子按他的想法变了模样，虽然空气与水污染足够严重，但与市区比还是好的。一排排沿山而建通电通水的各式小楼接连公路，向世人昭示着社会主义精神文明村小康村的实力；村里还办了正规小学与老年活动室，一块块的梯田与满山葱绿的果园，印证了这群卑微的劳动者走过的足迹……

老爹是这世间难有的佼佼者，是这时代最后的理想守望者，代表着农民这一阶层精神与物质追求。他没满足他们追求，因此也无法心气平静地坐在海边礁石上，看我们这些已开始转型为人、牛的后代按他的设计到海上捕鱼。就这点上，我和油嘴佬永远无法与老爹比拟。他在晚年被授予全国劳模与省级优秀党员称号；但这些对他并无诱惑，他所坚守的是旧式农民的道德底线。他的本质是个农民，只想实打实地通过种植与饲养，获得他所期望的平等社会形态；对急功近利心情浮躁、急于上升的当代人来说，那只是理想主义者的梦魇；人们一旦尝试过机械劳动的富足生活，旧式耕耘就会变成梦幻史话没有实际意义；好比人们乘电梯，揿错按钮就会急剧滑落底层。乍富起来的人们，在物质生活上是占有与富足了，灵魂仍空荡荡的无家可归。老爹在晚年一直寻找牛们抬头的精神家园，可惜失望了。后代子孙凭着胆大妄为、吃苦耐劳的精神，得到了他们想要的一切，却无情地剥夺了他精神飞翔的那片蓝天。

刚回村那阵子，老爹曾想培养我入党接他的班，但我像二愣子一样，没理解他的苦衷，坚决拒绝；我自知不是这块料，不像老爹那样能够灵魂出窍，脱离肉身在天空自由地飞翔。作为这时代的凡夫俗子，我只想陪伴着玛莲娜与保尔，搞好我的种植业，安安静静地过上小日子，这使老爹深感失望。

老爹的悲剧，印证了莎士比亚的一句话：性格决定人物命运。后来哥与我静下心来，分析老爹的思想脉络，觉得他是注定要走这条路的。因为他与一般抬头的牛有区别，身为贱牛却负有神牛的使命。哥说老爹折腾大半辈子，风风雨雨地经历过许多事，改变了牛的身份，却保留了牛的思维定式。他说四十年前秀才哥与四眼哥弄来疯僧米沙，留下太阳升起牛抬头的偈言，当时才小学四年级的他，就预示到老爹与这代人的命运，将在太阳升起时发生根本性的变化。从牛抬头、牛耕耘至牛涅槃的三部曲，就如洪水漫过河道泛滥入海不可阻拦……但他忽视了一个常识，那就是洪水流经的土地留下的一道风景。晚年的老爹，身体机能与思维能力衰退，悲哀的是他雄心尚存，试图继续耕耘；他最大的缺憾，就是认为他懂农民，别人也会像他一样地咬定青山不放松。其实他真不懂已然抬头的新型农民，沾沾自喜地满足于现状，不会去顾及那些尚没抬头的弱牛。因为他们的脑子里，并没有像老爹一样具有神的思维能力。日益泛滥流行的世弊流俗，致使老爹在人们眼里，从开创者变成落伍者，他的管理搁置在理想状态，而没有任何实际操作意义。自辞去村书记后，他专职对我负责的农庄直接管理，像周扒皮一般起早贪黑地瞎操劳，最后弄得种植园员工都嫌他烦，说我们出来是为打工挣钱，又不是来接受传统教育的。如果你与我们一样没钱，又有谁听你这般唠叨？

老爹老了，智商（原本就不高）变得低下，说话行事颠三倒四、缺乏逻辑；如果见好就收承认不行，像普通人一般安分守己，那么他的晚年会变得丰富有趣一些。就像前书记笑面弥勒，饭吃三碗百事不管，找人搓搓小麻将就不再有烦恼；但老爹根本就不是这类人。他没理解别人，别人同样没能理解他。就拿我来说吧？人活在世上，每个人都有属于自己的精神空间；他有他的空间，我有我的空间。如果他强占我的空间，我就会失去自我。以老爹这般的身份与年龄，应该拥有自己的空间。就像我在慕尼黑的洋岳父格道夫，每天也像牛一般耕耘（把在田间劳作看作健身），周末必腾出时间与空间留给家人，驾车去打高尔夫自得其乐。现在沿海滩涂湿地就有球场，我与玛莲娜带保尔去过，油嘴佬也是那儿的常客（球技很臭）；可老爹连村人玩的一角两角的小麻将都不会，更不懂得享受高尔夫的乐趣了，只是每天端着脸忧心忡忡天降大任于斯人；仿佛上帝派他来人间就是干活，除了耕作啥都不会，只在军嫂、伍慧或保尔面前偶尔露个笑脸；除下雨天留家里纺麻线与踩草包外，整天板着脸来到农庄指导我们种植或饲养……

老爹当了一辈子农民，不管他是否承认，他对现代农业耕作是外行。时代的发展，促使农业机械化与电气化程度提高，当代农民已不是日出而作日落而息的原始种植了；这点笑面弥勒与村里老人都比老爹识相，不懂就是不懂从不装懂；而老爹，却总是过多地干涉，使我在总裁任上一筹莫展，挪不开手脚。听他吧？那套行不通；不听他吧？他是土地主人，还是我爹；不管是村书记还是集团董事长，都是我的顶头上司。他一直天真地认为劳动可以致富（这是神刻在他脑中的信条），不但喋喋不休地向打工哥与打工妹们讲劳动致富道理，还监视我们在套种中勤翻土地精耕细作，不准使用农机、化肥和农药，保障蔬菜的品性与质量。他那套耕种经验，在我实习的慕尼黑农场早成为陈词滥调；现代农业还有不施化肥与农药的蔬菜与食物吗？包括我与玛莲娜开发的防旱涝虫害的转基因植物，也有一个被适应的过程。我也知道纯生态植物好，但大量耕种短期实现不了。拿施肥来说，庄稼一枝花，全靠肥当家。不施化肥施什么呢？村里的露天厕缸已被消灭，很少有人家再养牲畜（成本不合算），村里虽有鸡场与猪厩（也快办不下去了），由于老爹绝对禁止我喂改良饲料土法圈养；现在市场上出售的鸡，圈养期都在一百天左右，四十天就可以下蛋应市；土法养鸡至少得二百五十天，且出蛋率低。猪的生长期要长一些，也就半年就可以出厩，如果不喂加有生长激素的饲料，出肉百斤的猪存厩需要一年；致使生产成本上升造成经营亏损，无法与散布在贫困地区的养鸡养猪专业户竞争。为此我跑到比这儿更为偏僻的里山，高价收购猪粪与人粪。至于农庄主营的大棚蔬菜，春夏之交害虫特别多，不使用农药，仅靠出太阳前用手工抓，无论怎么抓都抓不过来；应市蔬菜虫疤多品相就难看，也使消费者认为是劣质产品，而失去市场竞争力……

这样，我与老爹的争执不可避免，自然加快了我开发转基因蔬菜的进度，此是我让玛莲娜过来帮忙的主因。作为现代农庄的总裁，我不会满足于像老爹这代人一样，只当个传统的农民，面临市场竞争与农副产品出路，我自然得找到我的事业定位。保尔当然是我亲生的孩子，我这人并不现代（伍慧观点），恰恰因为传统（伍慧为此喜欢我），应对男人做过的事负责任。当然如果我特现代（这种事在西方司空见惯），我就不会让玛莲娜带着保尔过来。我与老爹主要分歧在种植观念上，为了农庄生存与效益，许多事我都瞒着他悄悄地进行。我回国担任总裁时就明确向他表示：开发现代农庄须像油嘴佬哥一样职权到位；老爹当初满口答应，说他老了只在方向上把关，但在实际操作中他食言了。据秀才哥与油嘴佬的说法，这是他一贯的做派，他历来一言九鼎藐视民主。这也是后来我与他翻脸的主要原因……

3

回村后，老爹一直向我灌输上善若水的理念，说种地先得育人，庄稼是靠人种的；人在做，天在看，人出多少力流多少汗，地就冒多少油有多少收获。就传统农业而言，这话没啥不对。种植就靠勤奋不辍，但仅仅勤奋不讲科学，是种不出好庄稼来的；否则国家培养那么多农科大学生，还送去国外读研干啥？我知上善若水是先哲老子所说，因为水利万物而不争。这是老爹做人的信条，不争应该有个前提，看把你压榨到何种程度；如果没此前提，一条屡弱的小溪寻找大海，如果周围乱石叠嶂沙砾遍地，结局只能自取干涸而无法实现愿望……

八年内，我管理的农庄在老爹的掺和下，搞平均主义，承担了近千名老弱病残者和村民福利（这些人有原居民，还有一些老爹从外地收容的孤寡老人）。随着国家对农业扶植的政策调整，与民间食品市场的流通，还有国际贸易壁垒出口菜品减少，农庄经营越来越缺乏发展后劲。那次记者不负责任地报道，说城里某小学吃了含激素的食品，刚换下尿不湿的少女提前用上卫生巾，就栽赃在我与玛莲娜正处研究状态的转基因蔬菜上。这事原本应该有个分析，是农庄的责任应该承担，可老爹不知中了什么蛊，见风就是雨，不问青红皂白地进行停产整顿，问那个用上卫生巾的小学生，是不是吃了转基因豆油的校餐引起的？人家当然没告诉他真相，老爹回家就发脾气，骂得我狗血喷头，还说玛莲娜是德国人派来的奸细。我说咋可能呢？德意志犯不着为你这小小的农庄派奸细？转基因食品的情况很复杂，三言两语说不清楚……但我可以负责任地告诉你，村里油坊榨的豆油各项测试符合指标……油嘴佬哥得知信息也特地赶回，参与老爹指示的勒令整顿，说是苍蝇不叮无缝的蛋，影响了集团的品牌和声誉（当时他正为化工业的排污问题焦头烂额，伤透脑筋）……我火起来甩砂锅对他说：只许州官放火，不许百姓点灯？你自己的屁股没擦干净，倒回村赖上我了？我说你俩都这么主观，这实验我还就不搞了；因为我没办法再干。在这遍地奢华心灵洪荒的年代，人们往往把科学当作无知，正直亦变成邪恶；我明明在与污染下一代灵魂与身体的邪恶势力战斗，却被人栽赃遭到污辱。眼下影响人类生存与健康的原因很多。沿海市与天街镇由于工业畸形发展，已找不到一条洁净的河流、一片明净的天空，空气严重污染；河里的鱼都翻白死了，天空不再有飞鸟翱翔，生态环境遭到严重破坏……你们怎都不管一管，倒把转基因食物给黜上了？我这般说触了油嘴佬哥的痛疤，后来罚了笔款不了了之……

其实生态农庄培植蔬菜良种，并不单纯是种子转基因，或施不施农药化肥的问题；科学讲究合理与严谨，需要各项指标不断测试与检定。德国是个务实与严谨的国家，我让玛莲娜过来，不仅因为她是这方面的专家，还因为她超越国籍的务实与严谨。自然界促使人类发展的诸多事，都有一个共同的个性，在由低级向高级的变异中，收获人类文明与理想王冠上的花朵。生态食品改造需要一个纯净的环境，而我们恰恰失去了这种环境，不但沉不下心来观察研究，而且新闻舆论助纣为虐地扼杀科学精神。

当然这些我不会向老爹讲；其实他心里早在忏悔自责；为何奋斗多年留下的却不是他憧憬与想象的世界，而是弥漫在人类精神上的一片荒漠？

改革开放初期，国内学术界有个时髦的话题；那就是崇拜西方洋风，在思想上否定中国传统文化。认为西方的东西一定都是好的，国产的东西啥都不行。其实非也，就人类的进步与发展来说，东西方文化都有着许多优秀的东西可以继承，同时也有不少劣质文化应该扬弃。我们喊了多年的狼来了，以前狼没有出现，大家都认为狼并不可怕，以致思想上产生麻痹心理，在大声喝彩与鼓噪声中，争先恐后地使用名牌名品，以为这样就是接受了西方的物质与文化；其实这种做法显得特别幼稚可笑。就西方文化实质来说，它首先是狼，是马克思批判过的海盗式侵略性文化。我们喊狼来了，首先得肯定狼不但要咬死牛与羊，而且它还要吃人的。这世界强食弱肉，现代人类的商品营销以及生存环境竞争，已渐趋于白热化的程度，你说狼来了就得做好被吃与反被吃的准备……

但令我遗憾的是，国人对这种准备是麻木的，甚至毫无思想准备；在一味地赞颂狼的精神的同时，不是积极地研究反被吃与如何保护弱者不被吃，而是投其所好地把弱者当作祭品献给狼吃，为的是使自己能够获得被狼吃剩的骨头。就拿转基因食品来说，国内的舆论几乎千篇一律，同仇敌忾地进行声讨，抹杀自己的研究成果，却向国外（特别是美国）进口成千上万吨的转基因大米与大豆（有资料显示占百分之三十强）。我们姑且不说这些输入的食品是否有害，就此产生的外贸逆差就足以抵消国人多年的奋斗。一个国家，如果连生存所需的粮食与农副产品都掌握在外国人手里，那么这个国家又有何发展可言？

狼来了，不仅要吃掉牛和羊（社会底层的弱者），更主要的是消灭与抹杀一个民族的文化。类似转基因食品这类事的处理，西方人的观念与东方民族就不一样。他们以法律的手段，保护弱者培养成强者。虽然他们的社会中，也有强者相食弱者的现象，但是设置了社会基本保障的警戒线，以至于弱者不被强食，而通过自己的努力进入强者序列。他们的法律保护平民，不允许外来的狼吃掉他们的牛与羊，侵蚀他们狼文化，就如两百年前大清王朝不断向西方提供白银、粮食与国粹，由此产生的贸易逆差由害人的鸦片弥补……

改革开放后，国内学者把经济生产、社会文化称之为发展，就字面上理解应在传统的基础上予以开拓，以至于三十多年间，政府官员与民间只要说起改革就是发展，把老房子拆掉造新房子是发展，农民进城转型搞企业也是发展，工人下岗做三产，同样是发展；现在有了钱开发农庄搞影视城、旅游景区，更是发展；但就是没问一问，这般的发展究竟坚持了多少民族自己的东西？社会形态以及人们的生活状态情趣意向改变了没有？与此不同的是：西方人把这种改变叫作进步。所有的发展，都建立在推动社会形态与人民思维的进步之上……

这就是狼真的来了，我们这一代人感到的困惑。我们究竟还有多少民族的东西值得坚持？如何坚持使民族文化繁荣昌盛，恒久不衰？

世人的不堪在于遗忘；这年头人们丢弃了太多需要坚持的东西，以致把东方民族的牛性都遗忘了。不错，老爹得了阿尔茨海默症，他遗忘的只是眼前，对过去那些人和事耿耿于怀记得很清楚；他想在旧文化（农耕文明）的基础上，推动社会的进步与发展。而人们集体所遗忘的，恰恰是一味迎合眼前千奇百怪无奇不有的世弊流俗，仅为发展而忘记了这个民族上升进步的优秀传统。

老爹晚年最大的失落，是由于狼来了的社会变迁，与传统人们价值观念的转变，促使他成为多余的人。时势变化也太快太突然了，使他忽然间发现对诸事陌生与不理解起来。就他的愿望来说，人性的善良是做人的本质，是这代人留给后人进步与发展的路标。人应该向水学习，利万物而不争；世间阴阳五行金木水火土，相生相克各有其用。作为国家主流人群的农民，就应该如一头逆来顺受的牛，遇事相争锅里抢食、窝里斗，是燃烧的火，而不是柔顺的水；火会燃尽一切把自己搭进去，只有水才汩汩地让道向低处流，千转百回地流向大海。他知当初为村民富庶牛抬头办厂，一元一元地集资卖硬山柴烧炭换钱，也争过抢过，使人性如火一般燃烧，那是没办法的事，人穷到底就给豁上了。现在这村子已然富裕，家家都有劳动力自食其力，该有的基本都有了，农村消费比城里还省俭；当农民两只肩胛扛个头，还有啥不满足？为何还要去争去抢……

他敏锐地感觉到，财富致使原本善良的人们，历代铸就的牛性发生了变异。村人仿佛疯了似的，他们并不满足现实，也并不感激老爹；忘记了以前的日子，一味地追求现世享乐。当然，老爹的耕耘出于自愿，并不指望人们感激他；但心里却隐隐地感到不舒服。为何现在日子过好了，人们心中的那份善良不见了呢？不要说拥有狼心而没有狼的捕食能力、像狐狸一般的现代人，对幸福与快乐的感受与他截然不同；就如他的同龄人，也觉得眼前的一切似乎仍亏待于他们。十几年前姜家塌的七家猎户，村子富裕后由老爹帮助翻了瓦屋，改行进厂或种地；他们心存感激夸政府好，致富没忘落后的群众。那年伍慧写成材料上送，省里来考察组指名实地视察；伍慧事先排演设计感恩。考察组进山后问日子好不好？猎户们冬瓜牵到豆棚里，指着墙上还挂着的毛爷爷像说好是好，却没土改分田地实惠；以前有肉吃，现在只吃蔬菜。问肉哪儿来的？他们就说以前山里野兽多，办厂致富后就没有了。考察组又问居住条件？他们摇头说瓦屋还不如草舍实惠，水费电费这费那费，村里尽动脑筋搜刮民脂民膏……一句话，今不如昔。

我问老爹：是不是日子真比过去差了？老爹说狗屁……别人不知我还不知吗？当年我跟你们八桂爷爷丈量山林分山地，姜家塌七户打猎人家都穷得娶不上婆娘，野人一样地用兽皮遮羞穿开裆裤。这叫作人有良心狗勿吃屎……

人们由于文化差异，对幸福感受不同。我回村八年，常听有人指桑骂槐地指责老爹，说他就是《半夜鸡叫》里的周扒皮，逼大家没日没夜地干活，村民身上的油都被他榨干了……估计老爹也听到了这些流言，但他没恼。他连董事会分红都没要，钱用不上不就是纸吗？他又没比别人多占财富，心里坦荡半夜敲门心不惊。但我知道他的心里，肯定会如虫啮一般难受，毕竟他是人又不是牛；就是牛，含辛茹苦耕耘三十多年，晚年也需要有人捧场与喝彩……

4

世事的变化，许多事令老爹费解。他在晚年常面壁思索，独自垂泪。这不是说后悔当年的举动了，他原本就是一条不会回头的牛；而是感到前程的迷茫与无奈。农民的局限是不懂得感恩，长期满负荷的社会责任，使他们的神经变得麻木；他们对面临的痛苦可以逆来顺受，却对突如其来的富有感觉麻木。这世界非但老爹不理解，就是我这般见识过西方世界的留学生，对当下许多人与事也觉得突然；只有我哥这般的稻田泥鳅，才能在有毒的污水里钻行自如；他当然也会有受伤的时候，四眼哥与小白脸市长出事，就足够他喝一壶的。那事发生后，老爹突然进城问他干了啥？他支支吾吾地没回答上来，老爹就当着大家面，顺手给了他一记耳光，说他伤天害理净走歪路……当时油嘴佬隐匿账本不交给专案组，是老爹指挥军嫂查账，才定了四眼哥与小白脸市长的罪。此事发生后，油嘴佬输得一败涂地，凭着油滑的处世能力最后逃过劫难，把老爹捆缚在他身上的近五千员工引领出险境。他就是在浊流污水里腾挪翻滚、见人是人见鬼是鬼的滚刀肉。老爹教育我兄弟出淤泥而不染，能不染吗？不染，他早就死无葬身之地……

这是一个集体遗忘的年代，被伍慧称为世纪阿尔茨海默症。八年前老爹就被检查出阿尔茨海默症，在八年中常六亲不认地遗忘与发作，害得我兄弟俩左也不是，右也不是；但我知道他的灵魂没病，他的病只依附在身体上；他的遗忘是对世人负心的谴责，是牛们走上抬头之路后对初心的叹息。与老爹相比，世人的病理遗忘却扎根在心里。我们的民族开始遗忘历史，遗忘了一个时代曾经的沉重苦难，并使浮躁的身心随着罪恶的污秽漂浮了起来。人们在这西风渐至、世风日下的道德尘埃里，渐渐变得不知身为何物？如狂风席卷贪图现世享乐地忘掉初衷，变得世故或说薄情起来，失去了一个民族自强自立自豪的责任感……

现在天街镇的那条扁担街，在世弊流俗的熏陶下，忽然间灯红酒绿地热闹起来；许多家牌子各异，有着千篇一律美人商标的店招，就如河塘发大水一下子被卷上岸的螺蛳，开出许多兰州拉面、西安饺子、东北菜馆、四川辣妹子、云南过桥米线等诸多饭馆，与在门口站个穿着露脐装的俏妹子，踮起脚尖手里挥着红绸巾，声音黏黏甜甜地把男人一个个地往里面拉；大小不一的洗头房、捏脚屋、洗浴中心与卡拉OK，还有量贩什么的。无论饭馆与洗浴卡拉，拉进去就让你消费；谁让你是先富起来想转型为人的牛呀？当然，食物只有一点点，啤酒倒是整箱的，由美女们白嫩的膀子搂着你，陪吃陪喝陪唱陪玩，还谁都是海量，喝够吃够玩够就由你掏钱。这好说，原本就不能白吃白喝人家的，何况

331

还是十八九岁人见人爱一朵花的嫩妹子？那些西北人、东北人、四川人、湖南人组成的女子军团，千里迢迢地跑来这儿干啥？不就为致富圈钱。否则，自家门前的田亩不种，干吗跑到这儿练摊打工？

人比人，气煞人。你沿海农村富裕起来了，无非是在太阳升起时先走一步，叼木卵撞大运，遇到了好的机遇好的环境。有钱了、富裕了就得分钱大家花，政府的政策不是向贫困地区扶贫倾斜吗？你要富，我也要富；权当是捐助后富起来的人们。这种现象连玛莲娜也感到吃惊，她开始赞叹这种奢华，对我说：密斯特洪，你不是说你的家乡贫穷落后吗？我咋看都不像贫穷落后的模样？比我的慕尼黑乡郊还热闹。后来她知道了他（她）们的目的只是为了赚钱，就显得很愤懑，撇嘴说：哪有这样挣钱的？简直连脸都不要了……贵国的政府咋不管哪？我说还咋管理？周瑜打黄盖，一个愿意打，另一个愿意挨打……

对沿街开设的餐馆，老爹尚能容忍；喝酒这码事，年轻时他也喜欢。令他不能忍受的是菜肴浪费，泔桶里鸡鸭鱼肉地喂猪和炼地沟油，罪过呀！做人哪有这般吃法喝法？喂猪卖肉还炼地沟油，不是明摆着害人吗？让他更不能容忍的是间隔其内的各式各样的洗头洗脚屋、桑拿洗浴中心与卡拉 OK 练歌厅，做法就有些邪门了，白天少见人影，一到晚上满街面的霓虹灯全亮起来了，一闪一闪一明一灭地闪烁着引诱男人，那些仿佛刚睡醒的女孩儿，全都一个个一排排地打扮得花枝招展妖妖冶冶露臂翘臀变成了狐狸精，不但在黑暗的包厢里干些偷偷摸摸的勾当，还走上大街公开勾搭男人……

老爹叹息说：这是啥世道？走着走着，仿佛回到了旧社会。我问他：您老人家看到的旧社会有如此景象吗？他语噎，支支吾吾地道：是呀，旧社会也不是这样的。那时候的人们还要一张脸，现在为了钱，连脸都不要了……

可是这些人，都是老爹思谋着想要救济的弱者，几乎谁都明白为钱出卖皮肉并不光彩；但明知不光彩人们还在玩着。现代人贪婪的占有与对社会资源的浪费毁坏，比起三十几年的贫穷落后更为可怕。那时的人们还有理想，想着富起来支配自己的生活；可现代人没这种概念，只单纯地为了赚钱。一切都在欢乐中占领，又都在欢乐中遗忘；犹如南宋王朝当年苟安江南，山外青山楼外楼，西湖歌舞几时休，暖风熏得游人醉，直把杭州当汴州。老爹的迂腐在于他不识时务，在欢乐的失去中退出占领，又在欢乐的遗忘中铭记过去。在我们庸俗平凡的日常中，世人忘却这民族推动的崇高与羞怯，把不知廉耻当作了奢侈品，致使业已鄙夷的腐朽落后沉渣泛起，当作现代时尚流行。大家有了钱就任性，好像这世界过了今天就没有明天似的。

老爹是一个没有文化的农民，按流行说法就是缺乏教养；他固守在传统文化圈子里，我行我素一味孤行地追求着未来。这就使他郁郁寡欢螳臂挡车，成为奉行时尚流俗人们的眼中钉、肉中刺。在中国，其实古人比今人更懂得享乐，政治失意没人陪着玩了，便寄情山水在民族文化中寻找慰藉。这儿的客星山与化安山，就是东汉隐士严子陵读书钓鱼，与明末黄梨洲设馆授徒的地方。眼下这种局面，原先也不是没有；不过那时人们还有羞耻感，而现代人恰恰缺乏羞耻感。近年由于招商引资拉动内需，嫖妓被当成一种特殊的资源；那些娱乐大亨沿着老爹修成的省道线，直接把生意做到乡村来了。老爹自然对这种行为深恶痛绝，多次痛心疾首哀叹说：人作孽，天要收。有几次他无奈地站在岙口路旁，劝阻厂里与农庄员工别再堕落；但人们已经不会再听这位卸任村书记的劝告，见他站在路旁不是绕道就推公事搪塞。他几次与二愣子说：我也是见过世面的人，知道小日本搞的桑拿与夜总会的小姐是干啥的？你嫌军嫂不育养小生娃我管不了……带人分期分批去天上人间（八字桥那块由老爹征用、转让给鸿发集团开的夜总会）老鼠偷油，岂不吃饱了撑的？企业没赚到钱是大气候影响，做生意有赚有亏是正理，生意亏了可以赚回来，但人心野了就会无法收拾……但二愣子根本听不进去，把行为的放荡说成调动员工积极性和政策扶贫；还说当官的搞腐败，农民为何不能搞？可怜的老爹见劝说无效，竟异想天开拿自己的分红，悄悄送去天上人间的妈咪加以阻止。在他理念中那些误入歧途的小姐们为钱卖春，有钱就能去邪归正。结果自然是鸡飞蛋打，钱没了人仍没归正；反被小姐们当作笑话流传。

人一旦陷入流俗就失去了善念。我同情这些底层女孩把青春做了抵押，却不认为她们是坏人。在社会制度分配不公的现状下，上等人动动嘴巴就能广厦百间酒池肉林，而失去教养的她们只能出卖身上的器官，所得只是上等人收入的零头。她们缺少的不是善良，而是没有资源支配权的爹娘；是这社会的集体遗忘，致使她们走进了灯红酒绿的肉体欢场……

作孽呀！老爹站在岙口路旁的身影，在月光下显得那么苍白。他已经无力纠正眼下局面，他的时代正离他远去；在他眼里越来越变得趋向物质的世界，正在腐蚀着下代人的灵魂；他唯一能做的，就是对着那片昼夜不息的璀璨灯光，长叹短吁，埋怨那些曾经会聚在他身边唯命是从的人们逐个离他而去……

5

可怜的老爹，我知您的灵魂并没有走远，您还留在我们的身边，注视着村人所做的一切；您陷入了灵魂飞翔、肉身仍留在俗世的痛苦中。我在庆幸您灵魂涅槃的同时，看到了您肉体的皈依；那是一种希望的再生。三十几年前，面对我哥油嘴佬离您而去，您就说过笼子里有些鸟儿注定关不住；这数十年中世弊流俗没关住您的灵魂，而肉体却沉湎在污秽中，如今您终于驾鹤而去，尽最后的努力敲响了世弊流俗的丧钟；您想给予我们的，是牛们眼中一个理想真实的世界。您告诉我们互爱的同时，享受这世界美好的阳光，公平公正地完善牛们的品格，合情合理地进化为人……

军嫂曾告诉过我，老爹在他辞世前半个月内，几次提出想吃我娘做的梅糕。这梅糕她为他做了送去，老爹品尝后却觉得没我娘蒸的好吃。后来又说要吃天街的焦饼，但这东西现在没有了，军嫂使唤人去里山鹿亭买，结果老爹吃了还是摇头，说现在的东西，都没以前好吃了？于此军嫂告诉我兄弟说：憨叔直至临终，都没有忘记过去，他陷在以前的岁月里没有出来。

老爹对现实感到失望，是在三脚猫书记掌权后。他其实不想让他担任继任者，那次镇党委来人，就人选与老爹商量，他支支吾吾地没回答上来，事后上陀头山找秀才哥；秀才哥听说孪生兄弟三脚猫是候选人，惊讶得半天没说出话来；最后长叹一口气道：村里也真是没有人了……兄弟俩的区别：就是一个读书成绩好有文化，另一个成绩差没文化。有文化的秀才哥年轻时也有过彷徨，他与四眼哥都造过传统文化的反；但他协助老爹办厂后，走的是弘扬传统文化的正路；病后栖居陀头庵还帮老爹出主意。三脚猫自小讨厌读书是个淘气包，常被他爹白无常绑在戚家祠堂的老槐树下用藤条抽；他恼了，深更半夜搬来柴爿，说让他读书就把做小学校的祠堂一把火烧了。造化弄人，没想到时境迁，会读书的秀才哥成了废人躲庵内苟活偷生，不会读书的三脚猫倒被上级选中担任村书记。可想做人是否成器，与文化程度并没有必然联系。

　　这年老爹整七十岁，三脚猫也五十八岁了。历经风风雨雨的三十多年，他比以前显得成熟，深知权力比钱更重要，要按他的眼光改变村子现状。他上任后曾向老书记笑面弥勒与老爹表示，在他的手里使十五畚村变成沿海市的后花园。这说法道理是对的，城镇化建设是中国乡村必由之路，问题在于如何理解城镇化？在传统的基础上发展，还是抹杀传统、千篇一律把村庄建设成现代人吃喝玩乐、度假的生理笼子？老爹晚年最大的悲哀，就是乡村群体的人才断档；乍富起来的人们越来越偏重物质制造的 GDP，而忽视了人的精神追求，使他越来越看不清前途，也就无法预知未来了……

　　在当地俗语中，三脚猫就是办事不落档摆不平，就像猪八戒踩上西瓜皮，滑到哪儿算哪儿……此绰号于他名副其实。我哥油嘴佬就对我说：他这样的人当朋友可以，讲义气指哪儿打哪儿，急起来血肉呼啦地谁都敢碰；当领导不行，没脑子缺心眼又私心重，成事不足败事有余。我说上级也是矮子里面拔将军，像你都不肯放杂物贱哥回村，村里就没人接老爹的班了。哥问我是村庄重要，还是公司重要？我说这要看你咋看？就我眼光当然是村庄重要。他嘿嘿地笑道：你错了，没星星草集团在外打拼捞钱，凭村里那几下子还不回到旧社会去？我问：既然你不信任他，他把事情搞砸了咋办？他说：别急，你只管铁胆放心地干你的事儿，有我俩那神明老爹守着，他能滑到哪儿去？

　　志海书记挺喜欢当村里阿大，此是有历史渊源的。二十四年前老爹在工作组长四眼哥的帮助下，从他大伯笑面弥勒手里，把戚姓三房把持了二十四年的村书记夺了过来。在此二十四年中，戚姓三房除了秀才哥配合老爹成全事业，余皆成了甩手掌柜。笑面弥勒虽然也没文化，但却奉行曹操那种宁可我负人，不可人负我的处世主张；做梦也想把村里阿大的位置夺回来，这关系到占全村人口半数的戚姓三房的面子。秀才哥得病自然不行了，他就把希望寄托在三脚猫身上。这与三脚猫自身人品好坏无关，即使眼前经济实体的发展致使村书记权力削弱，他要的是面子而不是实际权力。

　　现在星星草集团的境况，也不如当年风光了：那时候政府与企业劲往一处使，资源调配与员工精神状态得心应手。但四眼哥与小白脸市长进去后，方方面面的关系断了，挂靠的央企把资源管理权收回去，又遇上全省水利整治河道清理罚款三千多万元；尽管油嘴佬巧嘴滑舌地继续沉湎搞人情润滑（小腐败），也保不住日薄西山的景象；仅每月工资福利、水电原料费开支就上亿元，还有各种各样名目繁多的税收，油嘴佬就是三头六臂也支撑不了局面，只能瞒着老爹搞二次改革私分股份精减员工，让那些还兴致勃勃地想走集体化道路的工人老阿哥，提前退休颐养天年；促使转型到贵州开发，与我合作开拓生态农庄寻找出路。这些情况老爹或多或少知道，但他已没能力像当年那样八只缸七只盖，变魔术一般轮流转动。企业一旦崩盘，就会像春天融化的雪山一样坍陷……

老爹在当村书记最后几年，注重村里党组织建设；可惜生态农庄与分厂大多是外地打工者，他们是来这儿挣钱的，很少注重入党升官这些事。现在的年轻人大多没有了诗与远方的境界；所以组织发展进展缓慢。譬如我，虽然老爹多次提出发展入党，都被我婉言拒绝了。为何？我不想入党做官，留在党外也许可能做一些事业；而且我是个诚实的人，不想讲假话骗取组织的信任。因此，村党组织成员老化，逐渐变成了行政班子。别看那些牙齿脱落、无所事事在老年活动室搓麻将的老人，仔细一查全占着党员指标。在他们眼里老爹就是个怪物，有钱也不会玩，到阴间都要被阎罗王打屁股……三脚猫注意到老人们的心态，在丢豆子选举前，用面包车把大家拉到八字桥的天上人间，每人消费二百元玩小姐，使村里的老来俏疯狂一把……

这年笑面弥勒八十出头了，登面包车时由侄子搀扶着，吃过摇头丸后精神焕发，二百元没尽兴又加二百元做双飞，事毕拍着三脚猫的肩膀说：难得你有此孝心，以后当书记要多搞此类活动，丰富大家的文化生活……那次智佬也从城里赶来，却没入乡随俗吃嫩豆腐，鬼精明地向三脚猫讨五百元打车回城。他问咋要五百元？他说是城里小姐贵；超市买棵白菜都要贵两元，何况是人？

老爹知晓这事连肺都气炸了，但没向组织汇报三脚猫搞贿选。没办法呀，现代人只把毛爷爷装进口袋才是硬道理，村书记是丢豆子选出来的，谁豆子多谁人脉旺谁当阿大；二十四年前，他还不这样把笑面弥勒搞下了台？在他眼里，时势转了一圈，又重新转回笑面弥勒的老路上去了。天要下雨娘要嫁，到了他这年龄，只能是不肯过江东，演霸王别姬的时候了……

老爹的阿尔茨海默症，在临终前已很严重，常把保尔认作铁锤；发作周期越来越短，次数也越来越频繁；激愤起来骂人横眉怒对前言不搭后语，没骂人时呆怔怔地独坐着，吃饭手里拿着碗筷寻找；只记住姐与笨羊姐夫、油嘴佬与我有限的几个亲人；这事说来也怪，他清醒时尚能准确记住铁锤的生辰八字，煮一锅茶叶蛋为他庆生；还知道在手机里叠俄罗斯方块；但一糊涂，就对身边的人认不全了，称军嫂为当家的，还把保尔当成伍慧屋里的。伍慧说她很尴尬，就是玛莲娜不在意也让村人笑话哩。我问玛莲娜在德国这样的老人咋办？她说也没啥好办法，不就一个失去智商的老人呗，只能社会亲属多给一些安慰。我问她西方有没有办法让他恢复记忆。她说我查了网上，这病目前无法医治，只能听天由命。

老爹难得没忘记星星草集团的产权，与村里集体经济的账本。隔些时日就要询问情况。三脚猫书记承认出事那晚上，确实去了上戚家，因为老爹发现账本有异。在他追问下，他说了与日资背景的鸿发集团共同开发农业观光园，还说了村民以土地入股形式搞连锁经营……我问老爹如何反应？他说他没说啥，只挥手让我滚出去……

老爹走了，永远不再回来。如今我与油嘴佬成了没爹娘教育的孩子，开始了漫长的精神流浪。老爹并不属于这个时代，他的时代已经过去。在崇高日渐离我们远去时，他失去精神支撑倒下了，不能陪我们经历一个新的时代。平凡的老爹，在共和国前进的快速道上，刻下了中国农民的一道深深的履痕……

采访补述：每一个卑微的灵魂都有不屈的呻吟

1

两年后，在京城朝阳区一家会所内，伍慧，在国内已小有名气的社会形态学者，穿着一件亚麻色的旗袍，头上烫着小波浪，别出心裁地别着缀有一朵栀子花的木质发夹，足上蹬着一双中式布鞋，打扮得像个二十世纪三十年代的知识女性，时尚而又谦卑地向我款款走来。我不免一惊，这与她在村里长年一套运动衫裤的装束大相径庭；转而一想，又觉释然，知这才是她的本真。像她这类出自红色贵族的知识女性，容易极端地展示自己个性。不以家世做本傲视群芳，就是学有所成，明智内敛；在明白家族成员脱离弱势阶层的现状下，她得把握好待人接物的尺度，才能真诚地与人交流。毫无疑问，她比两年多前显得理智与成熟，显示出职业女性的独特风采来了……

伍慧长得不算漂亮却耐看，小鼻子小嘴小脑袋，身材颀长挺拔，颇有些运动员的气质。时值暮春，有些湿热，鲜桃与樱子已应市。室外空气不是很好，天空湿漉漉的，蒙着一层雾霾；但会所内装有空气清新机，吹出符合环保数据的清新空气来，包厢内也充盈着清新的青草气息。我指指中式茶几上的鲜桃与樱子问：喝茶还是咖啡？她微微一笑道：还是茶吧。我问：你开车来的吧？这时挤着哩……她款款地坐下，摇头道：我乘地铁……上午九时三环内车子动不了……她说：现今的人炫富邪门，当年我离京时不到一百万辆私家车，现今已上升至四百多万辆，加上外地车号，不下五百万辆……都限号了还这么挤……政府下令公共场所禁烟，可这几百万辆汽车尾气排放，相当于每天点燃的几千亿、几万亿、几亿亿支香烟呀……你看这天空，过去澄青碧蓝，现在三天两头有雾霾……这首都，还真不让人住了？她边向我埋怨边低头翻看身上的坤包。我讪讪补充说：可不是吗，偌大的首都竟受雾霾之灾，已找不到一处清新空气了……她抬头道：也有，我阿爷修在平谷的桃林别墅就很不错……

我小心翼翼地问：老人家高寿，九十多了吧？贵体无恙……

她说是九十多了呀！他出生在1919年，快是百岁老人了……别墅是我哥修的，我爸没了……叔与哥是他的宝贝疙瘩……说着，她便从坤包里拿出笔记本电脑，冲我莞尔一笑道：你找我，可不是聊聊今天天气怎样？呵呵……

我取笑说：你咋连自己阿爷的年龄都记不清？还今天天气……她撇撇嘴道：这有啥奇怪？连他自己也搞不清究竟有多老了？人活到一定岁数，就返老还童地忘记了年龄……

2

我询问星星草集团转型后的发展状况。伍慧没感到意外，说你在找这故事的结局吧？应说前景不错，但道路仍然崎岖。

她说：这事从头至尾，都由我与家族帮助联系实施；事实证明，这是一次有益的尝试。就人们世俗的眼光看：星星草集团的逆袭，显然取得了成功。乍富起来的农民，只有立足本业与社会需求的基础上，顶层城堡之门才会对底层人打开缝隙。星星草集团由民用化工转型到农副产品流通领域，是行业的提升与跨越；也是一次农民产业革命。实行大面积机械化耕作、通过互联网定点销售，解决农副产品销售难题；这是社会的进步，发达经济体都在推进这场革命。如我国台湾，十几年前就设法解决农副产品种植与销售矛盾：农民不再是单纯的农民，而是农艺师和花匠，把田野村庄设计得花团锦簇，无数个种植联合体抱团组成主妇消费者协会，督促政府制定生态种植与营销规划。农民成为一种职业和生活方式，吸引着越来越多在城市住得厌倦的人返乡创业与发展。这是现代人性的回归，也是改变农民社会地位的根本措施。

适应市场与气候地域条件的蔬菜良种培植，是小洪总耗费十几年精力专注研究，涉及植物转基因的课题。他接纳玛莲娜与保尔不仅为爱情，还为合作搞蔬菜品种改良与开发，这些年两人志同道合，结合得天衣无缝。小洪总是这领域中的天才，缺陷是不善于搞社会交际与经营；这方面恰好由戚总弥补，兄弟俩配合相得益彰。现在他与玛莲娜的研究已有重大突破，由农业部发文把无公害蔬菜大面积种植推向全国。星星草集团在内蒙古、山东及江南等地，与政府合作了十几处现代庄园。在流通领域虽刚起步，挂牌为星星草的推介销售网站已遍布国内城市，由此配套的物流公司也已挂牌运转……

她说：我这儿有一张诺明花日在北京东城区召开有机蔬菜试销现场会的碟片，你可以带回去看一看……诺明花日就是你书中的于燕嘛，现担任营销管理公司总裁……今年初与戚总举行了婚礼，已由铁锤的阿姨升级为妈妈……你问小洪总咋不当总裁？他是技术型人才不适合管理。

但是，任何变革都有局限性。现在我很难说清这潮流能否推动社会进步。就通常规律说：变革引发的物质变化只属于初级状态，真正的变化在于人们的心灵，能否提高到一定的层次？现今人们往往过分强调发展，却忽视进步的意义。其实发展与进步是两种不同的社会标准。发展往往依附于物质，而进步则含有精神因素。如今的十五呇村旅游生态农庄，不仅开发观光农业，这只是一小块（你看到了呀，撒出二愣子的化工分厂、做排污处理后焕然一新）；还开辟福星山（陀头山改名）陵园。但这纯粹是物质意义上的开发，仅预售三千块坟地，启动资金就达上亿元，盘活了星星草集团的资产。世人均以为是鸿发集团接手后的集体决策，其实我知道早在村联办厂创建时，老宝贝就向村委会提出此建议；憨叔没采纳是不想变卖祖产，换得村民所谓的幸福生活；当然，当初开发也绝对无法汇集一笔如此庞大的资金；因为社会没发展到人们追求来世的境界。憨叔要凭自己双手创造。但如今转了一大圈，又回到老宝贝的原始创意上来；而憨叔却为此提升付出了生命代价。他的思维是传统农民式的思维，仍停留在原始状态；他想用生命阻止变卖祖产的行为，为子孙后代留下一块山清水秀的可耕之田。也正因为此，他在无力阻止时采取暴力行为死给子孙看。这事于他来说显然蓄谋已久，用生前就建好的坟地占了陀头山的进山要冲；你要开发就绕不过这弯儿去。他就是要死不瞑目，看着后世子孙如何糟蹋他开创的事业。但他没想到新开发的福星山陵园，把他的坟地加以改造，安装了具有装饰性的野牛石雕，上面由鸿年老师题写四个大字：天堂福星。村里的人把他当作土地神加以膜拜。更离奇的是，世俗中的善男信女，把他当作佛陀转世的化身，在坟前烧香念佛祈求福音。其实这是前书记笑面弥勒的愿望；他粉碎了他的愿望，自己却身不由己被捧上祭坛……

一个轰轰烈烈的农民改革家，由于坚持牛们的浪漫与理想杀身殉仁，却被俗世的人们当作神灵供奉。憨叔做梦也想不到：他反对世弊流俗，并为之奋斗一生，到头来却被汹涌澎湃、泛滥成灾的流俗挟裹，充当了渴望物化、急剧摆脱灵魂安宁的工具……仅是一种观念的改变，致使他的子孙离开土地，在肉体与欲望的膨胀中灵魂逐渐枯萎……

现在村庄由笨羊姐夫与杏儿姐共同管理，全家人都搬回村里住了。他担任村书记，杏儿姐任了村委会主任。笨羊姐夫很不错，有理论有实践，不媚上欺下，以前担任乡镇企业管理局副局长，退休后还是沿海市传统文化研究基金会副主席……在我接触过的沿海官员中，他是一个值得人们信赖的好人，却不是一个能人……但他违背了憨叔的意志，终于与世弊流俗合流开发福星山陵园。为啥？为了钱，帮助戚总与小洪总实现梦想，为五斗米折腰……

这就是眼下的现实，抬头的农民为了追求富裕的生活，不得不向世俗与偏见低头。四十年前他们缺乏经济条件，这种妥协尚可理解，而现在沿海农民拥有一定的经济基础后，仍然妥协，没从精神上站起来，成为一个拥有尊严而大写的人，就很难理解了。所谓心魔难解……心魔是什么？我觉得流传千年的传统文化该负一定责任。它的实质是君君臣臣、父父子子；没有革命性的中庸之道，把一切都顺妥地安排好了；人在旧轨道上走习惯了，就不会创造性地走路了。人们在短短四十年的变革中，破坏与消灭了许多值得保留、承载优秀传统文化的物质，譬如那美轮美奂的传统村落，把人赶进现代化的水泥丛林中去；却在思想上保留甚至发展了那种在精神上可以扬弃的奴性文化，在抬头过程中致使思想雾霾笼罩，肉身高歌猛进，灵魂仍在原处……

你问我星星草集团总裁是谁？其实你应该猜得到，是原市长小白脸陈俊。他比四眼书记判得轻，早两年就出狱到集团工作。图啥？就为他当年与四眼书记的行为翻烧饼。四眼书记也在上个月出狱，戚总邀请他到集团工作，但被拒绝了，说在里面待了十年，待傻了，已跟不上日益发展的形势，不适合再工作。他有立功表现提前释放，那天真公主晓敏姐带着安安接他出狱迟了一步，由雨文夫妇接去省城。他那事儿在现今看来不算什么，才几十万元，现在的政府官员都经不住查，一个小小的乡镇干部，平素还都蛮朴素的，一查就上千万。像他这级别的，有些达上亿，都可以办几十家中小企业，可在当时就是大案要案。四眼书记当然有想法，心里难免嘀咕：没有他的违法乱纪、越规拓展，沿海市的经济能上去吗？星星草集团也不会有如今的规模。因此，他有想法，便躲起来不愿见人，据说在写沿海乡镇民营企业发展史。秀才哥过世后，莲子姐告诉雨文真相，她在探狱时就认下了生身父亲。这事使公主很尴尬，却没办法，因为这是历史遗留的事实。过去可以选择，现实却难以抹去……

小洪总与玛莲娜、保尔都定居北京，在民营农科所当所长。我说过了，由他俩研究开发的许多蔬菜品种，被纳入农业部农科院的重点项目。特别是燕麦与土豆项目被列入国家"十二五"规划，由戚总亲自率领沧海一笑集团（卞小枫董事长的旧部），在内蒙古大面积种植。

哦，你关心内山丸子，就是小苗苗呀；她的结局可不太好，要的太多嘛。女人在这场世纪流俗中充当传播的工具，有许多成了牺牲品，那是因为她们缺乏理性思维，在物质面前经不住诱惑要的太多了……在加拿大她骗尽了戈登的钱财，戈登不堪忍受重操旧业（黄色产业）离开了她；她人老珠黄，生活不加节制，魅力不再……最近又与戚总联系上说要回来，戚总早把以前对她的利用一笔勾销，再说他已与诺明花日结婚，有了家庭的男人，不像年轻时那般任性对旧情人负责任！经历过这些事，他的头脑开始清醒，把老爹塑造成神灵，是他在现实中经营谋略的需要，而不像过去那般与世弊流俗同流合污。说来奇怪，自憨叔离世后，他的观念发生了质的变化，所谓穿旧鞋走新路，是为了穿烂旧鞋重置新鞋，总归要穿着新鞋上路的。在生活上当然不再任性与放纵。

你可能很久没见过他吧？现今他的私生活极为严谨。出门时穿着中山装，公开场合则紧绷着脸，把风纪扣都扣得结实，连皮鞋也是中式的，很少再见他像以前一样嬉皮笑脸地没正经样儿。人都说他越变越像他老爹了。这种变化别人不理解，我理解。就人性本质说，他与憨叔是同类人，小洪总也是；他们全都本性善良，固执如牛，精明如猴，不同的只是受教育程度的差异。戚总年轻时更多地展示他内心灵秀、精明的一面，却把善良与固执掩盖了；在经历过世事沧桑（尤其是老爹离去）后，他的内心开始成熟。成熟的标志是保留了他内心最本真的部分，舍弃了不切实际和表面功夫……

呵、呵，你问我吗？我嘛，正如你看到的重回我的研究领域来了；我欣喜自己比同代人多了一份生活阅历。搞学问原本就该如此，就像你写小说，没生活体验，只能瞎掰。当然，现在有许多作品天马行空地胡扯，除了作者才华，内空洞无物；我知你不是没责任感的作家。你问我的个人问题吗？对不起，我很失败，至今仍是单身。不过快了，在帮阿爷筹备百岁寿诞时，我找回了我的初恋，对，就是与我哥一起经商的那位文艺评论家，没想到那么多年过去，他还等着我……

我们这代人在这喧嚣与奢华中失去很多，也得到了很多。憨叔、秀才哥、戚总、小洪总，还有笨羊姐夫，许多人都说过：狭路相逢勇者胜，初战凭着勇气；再战却为正义；人性的善良，最终不至于失败！

3

回顾在星星草集团的日子，许多都令人难忘。令人扼腕的是憨叔没能看到今天。表面看，他得了阿尔茨海默症，这病发作时往往伴有自戕行为，他把自己给杀死了。这是他做出的最后选择，把肉体留在俗世的同时，灵魂离我们飘然远去。现在很难评价此选择是否人道？但有一点可以肯定，那就是个体生命在逆境中的最后尊严。小洪总说得没错，我们的社会患上了集体阿尔茨海默症。憨叔的健忘，只由于生理机能变化；而我们的集体遗忘，却来自社会精神心理深处，一味奢华掩盖了人格上的贫弱，而把除肉体享乐以外的精神因素遗忘掉了。憨叔临终前，显然已与现实世界格格不入，选择健忘恰恰来自他的清醒；他看到了人们集体遗忘背后的心魔，张牙舞爪地把这社会的清醒者推入死亡的泥淖。是我们的集体无意识，共同谋害了这个民族的良心。

她说：这是个重大议题，也是现在社会学界的核心话题，中国传统意义上的农民，能否在太阳升起时勤劳致富，获得他们所需要的人权呢？这是千千万万身处底层的牛们，所发出的一次集体诘问……回顾星星草集团三十多年间走过的路，证实了农民在竞争规则混乱与不确定现状下，仅凭勤劳不能实现阶层跨越，或说进入社会顶层城堡。这不仅有农民自身的局限，譬如说缺少文化、胸无大志、患得患失等等；这些不是主要的，关键在于其所支配社会资源与竞争法则的局限。憨叔创办的星星草集团，在这场财富竞争中算是一个异数，它在创建过程中得到政府与财富集团的支持，奋斗到最后虽被戚总与小洪总以变相置换资产的形式，获得现代农庄网络营销模式存活下来，毕竟还是游离了本业，不符合憨叔固守传统土地资源谋取发展的初衷（生前决不妥协的原因）。但对戚总与小洪总来说，这是他们发展父辈产业唯一可以凭借的资源，置换是为了转型改变农民身份。除此以外两手空空，仅凭这些年奋斗与占有的资产，他们又有什么方式进入社会顶层城堡？我并不回避城堡占领者善意地施以援手，如果没我阿爷我叔我哥进行合理衔接，憨叔的下一代人，势必还要暗夜行路，摸索很长一段时间……

鸿发集团一次性买断土地承租权，搞观光农业，其实只是一个美丽的借口，他们需要的不仅是传统的土地。当然，合理开发（如改造福星山陵园）可以盘活资金，但主要还是人脉资源。作为外资集团，他们在开发过程中也需要与政府资源有机契合。星星草集团在这些年的发展中，积累了一些政府资源，可为他们发展所用。例如福星山陵园的开发，不是随意就可以置换的；而星星草集团恰巧拥有这种资源。在商场上任何一次合作，都是资源有偿使用的相互置换。所谓天下没有免费的晚餐就是这个理儿。鸿发集团总裁陈鸿生在谈判时，不止一次说过：如果不是农业部与新华总社相关领导看好此项目，就是打死他，他也不敢开发这块已被污染的土地。在商言商，赢者为王，如果不是看好这个平台，他就不敢壮着胆往里面跳。这世上没有比商人更政客、比政客更

总、小洪总、志海书记有大事瞒着他。

她说：憨叔把我俩叫到那儿，像猴子般蹲在光床板上抽着烟（他一直没适应那把老板转椅），直截了当地问：两畜生合着三脚猫，是否把我的公司给卖了？我很想说实话，但考虑到戚总与小洪总再三叮嘱，且项目没最后落实，就支支吾吾地搪塞说不会吧？他打量我一会儿，将信非信地翻阅军嫂送去的账本；翻过一会后，他又问家族内使他生疑的几桩事。记得大致是这样：

第一桩事，他问畜生是否把化工总厂五十岁以上的员工都辞退了？我回答说不是辞退，应是提前退养。他说星星草没上市，咋有持股退养一说？我说戚总这样做是准备上市，员工手里的原始股，就能翻上几倍或十几倍。他板下脸又问：如果不能上市，这些工人老阿哥岂不是揣着空心汤团上了当？他责问我：畜生把企业转型、敲碎他们的吃饭家什，还让人活不活？我无言以对，因为集团转型具有许多不确定因素；当年四眼书记与小白脸市长，就因为帮企业上市才弄出事儿来……

第二桩事，他问村民有否在持股证上签名卖地？此事由志海书记牵头，因为要与鸿发集团合作，把村里土地折价抵股份。军嫂回答说不会吧？卖地非得持股人同意，您没签名谁敢签（其实她在骗他，全村除了他以外，大伙儿都签了名）。他有些凄凉地笑道：我这老畜生没死，谅俩小畜生也不敢！

第三桩事问得我很尴尬，说小畜生抛弃你与梦阿奶有私情，是否为谋家族财产转移去国外？我说：小洪总从没说喜欢过我，他与玛莲娜是真心相爱；没想离开农庄。他嘿嘿地冷笑道：你老实得傻了，我亲眼见他与你亲热过；人为财死，鸟为食亡，她梦阿奶不为财产，漂洋过海来这儿图啥？畜生有几条肚肠，你不清楚我清楚；厌憎我当爹的没给他自由，没丢下西方花花世界……你别急，慢慢改造他。他不顺从，我会拿砍柴斧劈了他狗娘养的……

这话现在看，他完全丧失了理智。男女爱情哪有当爹的用砍柴斧逼着要挟的？何况玛莲娜已在此定居三年了；可我当时认为那是气话，也没放在心上。

接下来他问军嫂是不是要去澳大利亚定居？这是铁板钉钉的事，军嫂当然不好说什么，只是瞪眼小心翼翼地望着他。没想到他勃然大怒道：连你都玩花样想着离开我……这世间还有好人吗？也好，你们都不想做中国人……死了别再埋陀头山……随即他数落：不孝有三，无后为大……二愣子包养小三是为传宗接代。要军嫂势必想开些。说她不离开，他再横，也不敢名正言顺地休了她。她一走，他就更加胡作非为了……

军嫂听了这些话，掩脸抽抽搭搭地哭泣起来。我知她移民澳大利亚，不只是婚姻上的事，而是追求自由的一种形式。很想为她开脱，但见憨叔那架势，就把要说的话咽了回去。

第五桩事，他问我那个雯雯（就是在省反贪局工作的雨文），有否去探望她的四眼爹？他说四眼书记身为政府官员，贪赃枉法是得蹲大狱，但犯的不是死罪，当阿囡的没理由不认他。这事我还真不清楚，他显得有些沮丧，说那日本女人（莲子姐是日商销售总裁）把实情都告诉她了，你有空替我捎信，说他是她亲爹，别人可以不理，自己阿囡不能不认，做人不孝道要遭雷劈，得为他养老送终。

接下去他问了第六桩事，说铃铛好久没向我这外公拉赞助，是否在上海做下了啥坏事？现在搞文化赚不来钱，实在不行还是回十五岙村种地。他说这事我与军嫂都知晓，铃铛与安安在上海注册轻音乐团搞艺术；憨叔开始不愿赞助，说长大了须自谋发展。铃铛没理他找了戚总。现在他有点后悔，常向我询问情况，并要我支钱汇过去。说她俩是女娃儿，不能像当年他逼油嘴佬那样望子成龙。我知道他后悔了，想着把她俩从上海弄回来在沿海发展。

最后他直截了当地问我：两个畜生的全国工商联与青联委员，花了多少钱买的？是否与那日本女人有关？这下我说不是，其实真不是。那六百万元支票就是通过我与在京的莲子姐账号转过去的；但事实冤枉了莲子姐，她是全国妇联委员是事实，在京城置有地产搞会馆，却没有如此能耐；应该是我哥通过慈善基金会，确立戚总在贵州的投资项目，才审报成为工商联的会员。而小洪总那青联会员，早在几年前由本地呈报上去的……

问过这些事后，他仿佛累了，说了一句让人后怕的话……

我问啥话？她支支吾吾地说：如果谁偷偷摸摸地背着他自搞一套，不要看他现在退下来坐海边观赏风景，墙上挂着的那把砍柴斧绝不饶人……

5

最后，我问她在沿海待了七年，咬定青山不放松有何感受？

　　她想了想说：是呀，我也没想到在沿海一待就是七年。从2006年初到2012年底，我一直给憨叔当秘书，帮助集团公司董事会工作。为何待了那许多时间？这要从阿爷让我去体验农村生活开始。他说：你是搞社会形态调查的，待在北京没出息。我在地方工作过，知道中国的事情，当数农业农村农民最难搞。你搞懂农村，就了解了中国……呵，忘了告诉你，你在电话里说，我俩是北师大中文系的同窗……其实不是，我俩是校友不假，可我没读中文系，大学读的是教育，研究生专攻社会形态学……现在学科越分越细；此专业只招过两届，我是其中一届，只有七位同学……阿爷这般说，有他的想法。他早告诉过我：这辈子在浙东抗日根据地时活得最有意思……你已知他负伤后，喝过葫芦奶的乳汁……按当下流行的说法，我算是红三代，可我没像常人想的那样从小享受荣华富贵。阿爷讲革命传统要求特别严格，不让保姆照顾我们的生活，限制公车私送上学……当然，特权还是有的，我高考按地区划分没上分数线；我笨呀，重点中学都没有考上，可阿爷把全家的户口弄到北京来，我能降低分数线入学……

　　我读完研究生，执意到农村锻炼，是因为那年家庭发生了变故。家里的顶梁柱，也就是我爹在即将退休时，由于贪婪酿成经济大案，在驻港公司办公室二十层楼上跳下来，由此对我全家造成心理阴影。阿爷痛定思痛，把我叔我哥从领导岗位上撤下来，后来他俩都下海经商，把我弄到农村锻炼来了。十五呑村是他帮我选择的，当时戚总恰巧在京办事，与我哥的中化工集团打得火热；阿爷就让他把我带回来，给憨叔当秘书。说他不畏上欺下，是中国农民的好儿子……

　　我在村里一待七年，说起来意志够坚定的；除了有搞农村基层调查的志向，还有个原因就是稀里糊涂地爱上了小洪总。这事说起来令人伤感，我一开始就知他在慕尼黑乡郊农场，爱着比他大三岁的遗孀玛连娜……回国后还通过电子邮件保持联系……当时我也不知中了啥邪，明知不该爱他，却还是爱上了……你会取笑我吗？爱情在这年代已被物欲取代……不会，那好。我就如实告诉你，我下乡前在京有男朋友，他是文艺评论家，是农村来的孩子；人挺老实，开始他不知我有个副部级的离休阿爷，与我哥搞到一起后，在外扯着阿爷的旗号办事。见我下乡搞社会调查就与我闹翻了……这事对我刺激特别大；为何农村上来的孩子，进城就不再爱农村了呢？也不是说他坏到哪里，只是变得势利了，后来他果然放弃研究，跟着我哥学做生意……

衰佬不一样，他一门心思地对植物种子情有独钟，是个非常专注的人，可以躲进种植实验园几天不见人，没朋友也不出去玩，连与玛莲娜邮件联络，说的也是有关种子的事……这种人在我眼里显得特美。我从小在城市里见惯了见异思迁的男人；觉得这样的人可以托付终身。当时我也不知咋想的，以为可以把他从玛莲娜身边抢过来，憨叔也是这意思，他不赞成小洪总给他生个洋种……可后来，玛莲娜带来了保尔，情况就发生了变化……

你说啥？爱情基础吗？我原先也这样想，想与玛莲娜竞争；憨叔也很支持我，希望衰佬能舍弃那段感情，与我有新的开始。老人家在这事上显得笨拙，见小洪总对我没感觉，甚至把我俩锁进办公室内……但衰佬就是没感觉，他不是那种见异思迁的人，认准玛莲娜就不会再回头，何况还有保尔……

根据公安鉴定，老爹确实死于自杀。他的死表面看与现实无关，其实与我们每个人心里的流俗相关。志海书记在派出所提供了那晚上谈话的细节：

憨叔问：这么说，大家都在鸿发集团的合作协议上签了名？

他答：是的，油嘴佬与衰佬也签了……除了您……

好吧，我知道有这一天……他平静地说，你们已经不要我了！我也得走了……

刑警问：他说了这样的话，你没感觉到异样吗？

他答：当然没有……如果有，我一定会留下陪他……他是全村的恩人嘛……

伍慧说村里除了憨叔、戚总、小洪总等人，她对秀才厂长的印象也很深刻。她说他是群牛抬头中最早具有觉醒意识的人，可惜与憨叔一样，是个悲剧人物；多年的病体拖累了他，以至到死都没闭上眼睛……

她说这话时有些伤感，却仍姿势优雅地用勺子搅动咖啡，小口小口地啜饮着，仿佛在说一桩与她不相干的事。她告诉我：在我的眼里，他是个有思想深度、意志坚强的人，与癌症做了许多年斗争，能活下来已是奇迹；一个大男人，临终时体重只有八十几斤，还对他所承担过的事业耿耿在心，让大家在戚总、小洪总的旗帜下，坚定不移地走下去。这是一种什么精神呢？他是憨叔离世约半年后走的，晚期肝癌复发疼得难受，孪生兄弟三脚猫书记过去探望，他满头大汗地在床上爬，把身下的篾席都撕烂了。他想把他送去医院，他说不必了；

憨叔在彼岸等着他。最后疼得实在受不了，他把一条麻绳系到梁上，脖子套进绳套，蹬掉脚下垫着的小板凳……

这世界，没有比生命更为脆弱的东西了，然而，可恶的流俗竟然无孔不入。他离世那天恰巧是佛陀的诞生日，死后星星草集团又举行了一场由百人念经超度的仪式，达成了他牛抬头的凤愿。可叹的是把他视作亲爹、在省纪检部门工作的戚雨文，竟然入乡随俗领着同是公务员的丈夫与刚上小学的儿子，参加了这场奢华的葬礼。据说那天祥云环绕、瑞风四起，天空出现一头犍牛，载着他的灵魂向西天方向疾去……

这当然是村人的臆想，其实他不是真正的佛教徒，在世时就鄙视世间俗僧，认为他们不具有真正的智慧。他住在陀头山老庵里择静养生，而不是剃度出家；他说他与常人一样具有七情六欲，无法达到修行的境界。他死后竟然没闭上眼睛，因为心有不甘。岁月犹如白驹过隙，人们可以选择生活，却无法选择死亡，就像不能选择出生一样。秀才哥其实并不想过早地离开，他还想看到戚总与小洪总搞农业销售网络平台，看着他寄于厚望的牛们真正抬头。但他没能看到，就像冲锋号响起后的勇士，没见到胜利的旗帜飘扬，就被敌方机枪打倒在地……

我对秀才哥的印象也挺复杂的。他是一个说话尖刻、常会刺痛你心的人；但他为人正直，是个有理想有抱负的正人君子。村里人说：秀才哥不是死亡是涅槃……还有人信誓旦旦地说他是坐着莲花飘走的……

农民这个庞大的群体，无疑有着许多出类拔萃的人，戚总是，小洪总也是。但他们挣扎在欲望泛滥的年代，许多聪明才智被世弊流俗扼杀了。

我在的这些年中，沿海市经济发展极快，人们的生活水平随之水涨船高，大家的腰包也随之鼓胀起来；与此同时，人们的欲望也迅速膨胀，出现了许多令人瞠目的事，成为这时代不和谐的噪音。三十几年前牛们的成功，是在太阳升起时的一种逆袭；在别人争先恐后争抢社会资源，而后欢天喜地地享受改革红利时，他们奇兵突击，凭着志坚胆大、不屈不挠、艰苦创业的进取精神，凭借政府政策优势，较快地占领地域经济的制高点，创造了令人惊叹的业绩。但随着改革不断深化，各项规章制度完善，这些大大小小的民营综合体，由于经济、文化资源的先天不足，遭遇瓶颈甚至直落谷底……

　　牛们的抬头，是太阳升起社会阶层重新划分时，一次凭实力较量的总体亮相。憨叔的成功，表面看是他的憨劲、冲劲与傻劲，其实在于像流水一般利万物而不争的信念。由于不争，他得到了他想要的物质财富（有些超过他的期望）。这种品质，在冯老先生归乡投资时已经体现；他想施予而他不要，这就是境界；后来他把意外所得的财富（股本），分给国企员工就非常了不起；没几个民营企业老总能做到，可他做到了。人如果啥都不要，别人就很难对付你。扶助他创业的四眼书记与陈俊市长，就因为要的太多，才出现了问题。不争，或说不要，其实是人生的大智慧。我们政府、国企的干部队伍中，有很多人缺乏这种农民式的智慧，致使社会在富裕起来的同时，像江河流向大海一般奔腾向前，泥沙俱下。尔曹身与名俱裂，不废江河万古流。

　　搞企业其实很辛苦。如果按部就班、不搜肠括肚地策划出新点子，或者管理不力，就很难赚到钱；而赚不到钱企业就会崩溃。在当地流传着这样一句话：只有累死的牛，没有耕坏的田。这话原本形容男女关系。意思明白，男人是牛，女人是田。牛疲劳过分得累死，而地却越耕越肥。拿到做企业来说，含义就更为丰富，企业家是牛，企业与产品是田；牛越勤奋，企业与产品就越滋润……

　　唉，说了这么多，我无非想说明一个道理；那就是每一个卑微的灵魂，都有不屈的呻吟。就历史上看，乱世英雄起四方，帝王将相成堆出现；盛世发展经济，则由卑微者耕耘，在阶级日渐固化、上升空间缺乏的隙缝中穿越逆袭。以他们血淋淋的人生，与被现实撕裂的伤口，展示出时代的亮色与光辉……

　　我想，这也许是你勾勒平民史话，真实的创作动机与冲动吧？如果你能写出这些卑微者的人生，与这些不屈的呻吟，就留下了这时代一份真实的史卷。这世间，没有什么比这种上升精神更为可贵……

后记　河流为何总是弯曲着前行？

　　笨笨的我，写了一本笨笨的书。这本笨笨的书即将付梓出版，笨笨的我，自然又有一些笨笨的话要说。首先，这部书我是写给笨笨的人看的。也许聪明人只要花几个小时，翻一翻书的目录就知大概；可愚笨者如用心看，可能要花一个月甚至几个月。在天下聪明人都自以为聪明，千方百计地进行自我粉饰、实现自身价值时，这本笨笨的书，只有像我这样笨笨的人，才沉下心写给笨笨的人看。

　　许多事，大凡人们带着童真的目光寻找时，就会发现世间有许多姝美之物、静好之事在眼前出现，或在你的身边流淌而过；然我这个笨人，还能在喧哗的大街或时尚的酒吧里，看到美丽的姑娘与瞬息即逝的风景随之心动；但实在是过了说故事的年龄。人呀，年轻时都有着一颗仗剑走天涯、昆仑采雪莲的雄心，到老也就慢慢地平复了；这世界年轻时看是方的，有棱有角；随着年龄增长，这世界就变成圆的啰；可是，地球原本就是圆的。这不是我变得聪明了，而是年龄使人更接近自然本真。挣扎着写完这部笨笨的书，就像患过黄疸肝炎一般精疲力竭，啥事都不想干，以致这部书稿的修改，耽搁了很长时间；因为我怕与我一样笨笨的人们，耽误不起理该埋头于油盐酱醋米的宝贵时间……

　　这部书涉及的常识引起我深思，那就是河流为何弯曲着前行？这是小学生皆知之理，由于山峰与土地的阻碍，致使它不得不改变方向。但此理引申到人文领域，事儿就会变得复杂。人们在公认的常识面前，争论得面红耳赤不可开交。有智者在设计社会架构前，提前设计出整套方案，告诉善良的人们脚下的路该如何走？更有甚者，把科学等同人文，教诲人们物理的"直线定律"，希图一劳永逸地获得理想境界。然而，三十多年改革开放中国农民走过的路，印证了在社会人文学科中，物理界的"直线定律"似乎并不存在。十几年前，著名经济学家吴敬琏写过一本业内流行的书，书名是《改革正在过大关》，内云：涉及改革的深水区，常识往往成为累赘。他在书中并没使用累赘这词，只是委婉地告诉人们一个简单的道理，世间诸多姝美之物、静好之事欲速则不达；曲折与柔顺，才是抵达胜境的佳途。因为在人文领域中，涉及许多社会形态的折叠因素，宛如弯曲前行的滔滔大河汇流入海，越是流众越是冗长，就越是千转百回地留下大片姝美平原与静好低洼；而这些，笨笨的我岂能在一部文艺作品中解释清楚？

退休五年，我把时间基本都搭在此书上。我不是一个很好的作家，却是一个经历过世事沧桑的笨男人。我自信这部笨笨的书，值得笨笨的人们一读；书中所言大多为我实地采访所得，并不像那些顾及身前身后功名利禄的成名作家，在社会人文这条河流中驾舟而下，只看到船头泛起的浪花水漂，而没有驻舟泊埠细赏两岸风景（含阳光下之蔽荫处）。诚然，由于环境与学识所限，我能观察到的也只是一叶障目；由于我的愚笨，却比聪明者深入了一步。此书被称为长篇非虚构叙事，是介乎虚构小说与报告文学之间的文体。因为故事结构（包括地名与人名），由于众所周知的原因做了调整；内容却基本真实（尤其细节），容易引发笨笨的人们思考与联想。在我艰难的写作过程中，那些现实中存在的人，不断地与故事里的人物争论，乃至打架；他们大多是我家乡的父辈、兄弟姐妹或下代亲友芳邻。争论的焦点无非就是：在这条汩汩流淌的历史长河中，农民处于什么位置担当什么角色？他们的转型或说"消亡"（村之湮灭）究竟说明了什么？这些询问，有些我在书中有所回答，有些却难以回答。我不是社会学家，只能笼统地告诉他们：历史的河流与自然界的河流一样，总是弯曲前行汇入大海。那么海是什么呢？是人类在地球上最后的伊甸园。黑格尔在《历史研究》中说：人类文明是从高山丛林、湖泊，向着平原河流延伸，开发海洋的过程。也就是我们平素所见到的河流，尽管千姿百态、蜿蜒曲折，最后必然汇入大海的自然轨迹与价值取向。

毫无疑问，我们今天的社会，已然告别昨日的崇高；那些曾被我们看作有价值的东西，如今变得庸常而不堪一击。试问如今被琐碎的杂务所包围，每日服饰光鲜、衣食无忧、彬彬有礼地用鼠标君临天下，手不能提、肩不能挑，像关在笼子里的鸟儿一般，快乐地歌唱着的新新人类们，你们想过告别崇高后，这一代人需要担负什么责任吗？我想，大部分人应该没有想过；世间聪明人大多不活在责任里，活在责任里的应该是愚笨者。天下熙熙，皆为名来，天下攘攘，皆为利往，已成为俗世闹市的风景线。当然，你们缺少时间思考，缺乏泊舟于埠观赏沿岸风景之耐心。这很正常，现代社会犹如一架加速转动的巨大计时器，把我们每个凡夫俗子都捆绑在时间的战车上。这种庸常的日子，我与你们一样经历过。每日天一亮，我们就在琢磨这一天如何度过？如何使得眼前的生活变得更加美好？然而等待我们的，却是日复一日的平凡与庸常；我们被油盐酱醋米、按揭购房、子女入学、老来养生等必要的人生杂务所包围，很少有人会去想诸如诗与远方的问题。这就是我们作为农民的后代，在父辈经营的废墟上站立起来时挥之不去的梦魇与阴影；如果你尚有理想和抱负，或雄心壮志，立志改变后代人的生存状态，必会像我书中的主人公一样，在太阳升起时抬头放手一搏，无论成功与否。此乃我等笨笨的人们，心照不宣与持之以恒的一道风景。此也是我静下心来，搏己之长，执意把父辈以及兄弟姐妹们的故事和心境付诸文字的原因。因为我觉得凡夫俗子，在告别崇高的和平年代，需要做些什么？譬如，扯扯那些不算崇高且还有些盼头与有意义的事。因为太阳已在升起，那明晃晃、水嫩嫩的阳光，终究会光焰万丈地铺洒大地……

这已是我出版含编剧的第二十部长篇叙事作品，尽管我的那些书和剧大部分无所用心，没有意义，但是我还在写着，笨笨地写着；还写着就说明我在追求一种有意义的存在。在此前出版的那些书和剧中，我一如既往表达的也是小人物的意志；但我好像没有找到可供凡夫俗子们渴盼上升通道的登攀之门，我只是客观地反映或说表现着他们的意志。而在写这部书时，我仿佛见到了一抹些许的光亮，尽管弱小，但我毕竟看到了，这抹光亮会随着太阳的升起、阳光越来越炽烈时，变得灿烂斑驳起来。这抹光亮是什么？书中好像回答了，又无了然明确；因为任何姝美静好之物，须亲身经历方可知晓。而这，已超过一部文学作品的范畴。我在这儿想要告诉大家，本地乡贤王阳明的心学中"知行合一"与"致良知"，是我们认识世界，使自己心地变得姝美与静好的根本。先生年轻时雄心万丈，与友人"格竹不知其所竹"，直至经历藩王朱宸濠之乱、平定赣南匪患后才恍然大悟而"致良知"。在先生的心里，天下万物，格而知之；犹如佛陀传授达摩祖师禅宗原理时"拈花一笑"。有了光明的心，与光明的境界，才有你眼前光明的物与事……

我写这部书时，有幸得到当地宣传部与文联的支持与帮助。譬如，他们给了我必要的经费，去农村采访乡村创业者与民营企业家的事迹，有充足的时间进行梳理与思考。在落笔前整整三年内，我断断续续地采访了一百多位由农民转化为地域新商帮的当代企业家和农村基层干部；大家一起促膝谈心，喝酒（茶）聊天，交流生活在大时代中的小人物命运的话题。是他们帮助我一起寻找这束闪烁着城市（地域）精神之光的火炬，在我的脑海中形成一个固执的观念（为现实主义文学大师巴尔扎克所启迪）：每当一个大时代来临，地域文化精神所闪烁的光亮，往往具有特殊的象征意义。如美国独立战争结束后，华盛顿对跟着他取得胜利疲倦万分的战士们说：神勇的武士们，战争结束了，你们可以回家安居乐业……我也打算回去种地，可惜我没钱给你们……你们还得凭双手养活自己……但我要告诉你们一句话：爱你们自由民主和平的国家吧？因为这没错……

爱一个国家，爱一个民族，其实就是爱这个国家与民族的文化精神。

我想告诉读者的是：我在这部书里写到的那些人与事，其实是太阳升起晨雾尚无散尽时，卑微者不同常人的逆袭故事；因为逆袭，他们的人生充满着悲怆曲折之美。我凭大半辈子愚笨庸常的经验告诉大家：其实人生许多时候，都是靠逆袭赢取生命的辉煌与成功，用来颠覆这个东方民族自古以来龙种与鼠辈的祖训。河流为何总是弯曲着前行？因为前面有挡住它的山峰与土地；眼看都过不去了，便往低处绕个弯子继续川流不息。此常识引申到人类的社会实践中，那就是每个人都在向往着成功时，把眼光放低，你的心头才会趋于平和。平和了，转个弯子也就过去了。自然，不是所有的成功都需要绕弯子，也有物理界"直线定律"的偶然；不过，那只是偶然；大部分成功者都需要绕弯子。对不能拼爹的农家子弟来说，绕更多的弯子，成功的可能性愈大，当然所做出的牺牲也更大。

为何写这部笨笨的书？因为我就是个农家子弟。从小钦佩耕田与挤奶的牛们，是它们用辛勤的汗水与强壮的骨骼，浇灌与支撑起共和国的大厦。在历史的长河中，他们一直种瓜得瓜种豆得豆地逶迤而行，任劳任怨地重复着祖辈日出而作、日入而息的耕耘，才塑造出我们民族灿烂恒久的文化；使这部跋涉五千年历史长河的大书，变得蜿蜒多姿轰轰烈烈有声有色。遗憾的是：他们从未或绝少登上顶层城堡的舞台，得到社会各阶层的普遍尊重；他们似乎永远在做着抬头的尝试，但由于牛们天性的善良与文化的局限，终究没能够抬起头来。这似乎是值得学者研究的一桩怪事。中国的改革开放，给了牛们一次机会，但是牛们在抬头时，见到的不仅仅是阳光，还有雾霾，一种弥漫在人们心头日益扩散膨胀的雾霾，时有时无地影响阻碍了牛们的抬头。随着国门打开、西风日渐，人们社会物质与精神生活日益富有，随之而起的乡村城镇化改造，以一种承载东方民族美德的希望之舟——传统村落湮灭为代价，书中主人公憨佬洪根土式的牛们思维，也随着他子辈们逐渐转型而告段落，出现了剥离与断裂的空痕。然而，时代毕竟在前进，犹如一辆呼啸向前的高速列车，满载着人们对物质的希冀与向往，而把灵魂分离出去。前进的人们中灵与肉是分离的，肉身已在彼岸，而灵魂却留在原地，人们在快乐的窨变中，忘记了出发时的初衷。

对此，我的乡邻、前辈作家冯骥才异常痛苦地在全国两会上大声疾呼：此前的十年中，我们这国家每天都有八十至一百个美轮美奂的传统村落消失，以致失去现代人赖以生存的精神家园。这难道就是我们投入极大热忱，寄托民族希望脱贫致富的初衷吗？恐怕不是。但事实却冷漠地告诉我们，在过去的三十几年中，人们在狂热追求丰富的物质生活的同时，充满对民族传统精神的藐视乃至鄙夷。要知道，这些失去与正在失去的东西，有许多被我们的先人奉为至宝世代传承，如今却万劫难复不可再生。

我书中的牛们在这场世纪狂欢、集体的遗忘中感到快乐吗？也许快乐，也许并不快乐。就牛性的人们而言，不快乐源于对快乐的希冀，快乐往往拥有经历过不快乐的痕迹。他们知道这世界并非十全十美，善意的原谅是人类世代繁衍生存的本色；也是老祖宗留给这民族凡事必处中庸的金玉良言。路漫漫其修远兮，吾将上下而求索。两千年前屈子披头散发，在汨罗江边的吟诵，为后人留下端午节吃粽子的传统与无穷的遐思。在现实中，我们每个凡夫俗子都在暗夜行路，挣扎着创造属于自己的历史；尽管这份历史残缺片面，很难以小概全遗漏下许多东西，但因为当代人的创造与整理，仍可为后人弥补大时代中的小